大刀记（第一部）

郭澄清 ◎ 著

中国言实出版社

图书在版编目(CIP)数据

大刀记 / 郭澄清著 . -- 北京：中国言实出版社，
2021.4

ISBN 978-7-5171-3654-5

Ⅰ.①大… Ⅱ.①郭… Ⅲ.①长篇小说－中国－当代
Ⅳ.① I247.5

中国版本图书馆 CIP 数据核字（2021）第 051870 号

出 版 人　王昕朋
责任编辑　崔文婷
责任校对　王建玲

出版发行　**中国言实出版社**

　　　地　　址：北京市朝阳区北苑路 180 号加利大厦 5 号楼 105 室
　　　邮　　编：100101
　　　编辑部：北京市海淀区花园路 6 号院 B 座 6 层
　　　邮　　编：100088
　　　电　　话：64924853（总编室）　64924716（发行部）
　　　网　　址：www.zgyscbs.cn
　　　E－mail：zgyscbs@263.net

经　　销　新华书店
印　　刷　徐州绪权印刷有限公司
版　　次　2021 年 4 月第 1 版　　2021 年 4 月第 1 次印刷
规　　格　710 毫米 ×1000 毫米　1/16　81.75 印张
字　　数　1227 千字
定　　价　316.00 元　　ISBN 978-7-5171-3654-5

郭澄清（1929—1989），山东宁津人，当代著名
作家。历任小学教师、宁津县广播站站长、县委宣传
部副部长、山东省文化厅党组成员、山东省政协委

员、山东省作家协会副主席等职务。著有长篇小说《大刀记》《龙潭记》《决斗》《历史悲壮的回声》，短篇小说集《社迷》《公社的人们》《小八将》，中短篇小说集《麦苗返青》等。

目录

红
色
岁
月

红
色
历
程

红
色
史
诗

红
色
经
典

第一章

闹元宵

元宵节来到了。

听说，过元宵节的风俗，地面很广。在别的地方，元宵节也不知是怎么过法；在这龙潭街一带，元宵节是个灯节。

天刚擦黑儿，家家户户就吃了晚饭，男的，女的，老的，少的，大闺女，小媳妇，全跑到街上来了。满街筒子里，人山人海，熙熙攘攘。过节心盛的娃子们，在人空子里挤来串去，东奔西喊，蹦蹦跶跶，跳跳趱趱，尽情戏耍，拼命撒欢儿。

这是一条南北街道。

贫与富，在街心筑起一堵无形的高墙，把街东街西，分成了两个世界：街东，净些土房茅屋，大都破破烂烂；街西，一片清堂瓦舍，全是深宅大院。

每年元宵夜晚，街道两边，都顺街拴上麻绳，绳上挂满灯笼。往年，街西的灯景，年年胜过街东。灯笼不光多，而且很讲究。日头刚落窝儿，

1

就有专人把那些奇形怪状的灯笼挂好，点着，大显其荣华富贵。因此，在街东穷人中，传开一首民谣：

> 元宵逛灯朝西看，
> 灯笼要把绳压断。
> 一烛灯火一汪血，
> 财主过节咱过关！

街西的灯景胜过街东，这并不难理解。因为街东净是穷人，家家缺吃少穿，人人千愁百虑，谁有闲钱去买灯笼？谁有闲心来逛灯景？

可是，今年的灯景，却很反常——街西远不如街东。

莫非说，街东穷人的光景，今年好于往年？不！

今年运河决口，土地减收；加之房捐地税，兵抢匪劫，直逼得黎民百姓，上天无梯，入地无门。大家富户，乘荒年暴月，投机取利，大发横财；穷家小户，倾家荡产，舍儿卖女，离乡背井。

这年头，卖汗水的找不着买主，要饭吃的谁肯打发？

有的人，含着一口谷糠咽了气；

有的人，攥着一把苇根死在闯关东的路上。

近日来，这龙潭街头，竟设上"人市"——三岁的娃娃只换一斗高粱！

怪哉！穷人的疾苦已到这般地步，他们为啥反倒大过灯节？按说，这事儿是有点费解。可这龙潭街上的人们，却没人感到奇怪。看他们那心照不宣的表情，好像谁也不说谁也明白。特别是那些一根肠子闲半截的穷人，过灯节的心气儿更高得出尖儿。今年领头闹社火的，几乎全是他们。

龙潭街的尽北头，有座关帝庙。

这关帝庙，是见年闹社火化装、排练的场所。

今天傍晚，头一个走进关帝庙的，是外号白眼狼的大财主贾永贵的长工梁宝成。梁宝成，这条一截四直溜的汉子，长得敦敦实实，五大三粗，坐下好像蹲门石狮，站着犹如半截铁塔；两只大手宛如一对小蒲扇儿，据说一巴掌能扇倒毛驴；说起话来嗓似铜钟，生上气来喊声如雷。而今，他哼着大口梆子腔，晃着膀臂，跨着大步，咚咚咚，径直地朝向关帝庙走着，踩得大地在他的脚下发抖，身后带起一股小风。

庙堂的庭院里，骑门夹道有两棵参天古松。松树上，挂着一对围灯，把暮色昏沉的庙庭照得通明。一位穿着补丁山棉袄的老汉，正哈着腰扫天井。

这位老汉，是白眼狼的佃户，名叫常明义。

十年前，也是一个元宵节的夜晚，白眼狼的"大哥爹"贾永富上门逼租，硬把明义的妻子逼上屋梁，并霸占了他的宅子。打那，常明义就抱着他的老生儿子常秋生，住进这关帝庙的一间耳屋。十年来，每到元宵夜晚，常明义就闭门不出，歪倒炕上落泪。每到这时，白眼狼就领着"腚后跟"来到庙上，在院中敲锣打鼓，鸣鞭放炮，又扭又唱，成心要把明义气死！每到这时，梁宝成也来到明义的屋里，和他谈天说地，帮他消愁解闷儿。

今儿个，梁宝成跨进庙门后，见常明义打破了闭门不出的十年常规，点上围灯又扫天井，他初而惊，继而喜，就凑过去逗了个闷子：

"嘻嘻，明义哥，今儿个这是太阳从哪出哩？"

明义一见宝成来了，立刻喜上眉梢，也就劲儿打哈哈说：

"嘿嘿，你来得这么早班，是叫哪阵风刮来的喃？"

说着，两人的视线碰了个头儿，都会意地笑了。

宝成爹在世时，欠下了白眼狼的阎王债。这还不清的阎王债，不光把梁家的亩半坟地滚进去，还把宝成逼进贾家当了长工。梁宝成这条只有间半草房的穷汉子，是个"宁饿死，不愁死"的乐天派。有时候，家中的锅盖张不开口，他照样唱他的梆子腔。因为这个，村里元宵闹社火，见年少不了他。今年，他闹社火的兴头子，更是高得出眼——不光来得早班，而且当了"总管"。这时常明义嬉笑着说：

"大总管呀，派我个差吧？"

"再拾起你那老行当来呗！"

"打鼓？"

"是呀。"

"不！"

"咋？"

"你这徒弟已经出师了，我这当老师的能夺徒弟的饭碗？"明义哈哈地笑了两声说，"我来个'散灯老人'吧？"

"中！"宝成点点头说，"正缺这么个脚儿哪。"

这对同命相连、心心相印的老朋友，嘻嘻哈哈地说着、笑着，走进明义的屋去。

这个小耳屋间量不大，又是锅台又是炕，再加上破坛烂罐儿，几件子旧家具，把屋里摆得挺满挺满，简直快下不去脚儿了。炕根底下放着个火盆。火盆边上炙着两块红薯。他俩进了屋，坐在炕沿上，唠起闲嗑来：

"咦，秋生呢？"

"撂下饭碗就让永生拽走了——谁知那俩野小子钻到哪里玩去啦！"明义就手拿过烟笸箩儿，递给宝成又说：

"哎，听说白眼狼要买你那块宅基，真的假的？"

梁宝成一边装烟一边说：

"嗯，是有这么个风声儿。"

常明义把红薯翻了个过儿，又说：

"他要买，也就是给你仨瓜俩枣儿，落个'买'名就是了……"

梁宝成往前就一就身子，在火炭上抽着烟，愤然说道：

"可我姓梁的没有那么好说话！"

常明义从笊篱里又拿过一块红薯，炙在火边，叹了口气说：

"我那宅基，当初不也是不卖？后来怎么样？不是白白地叫那孬种霸去了？"

"你忒软和儿。我不能济着他传揉！"

梁宝成从席篓子里拿过一根木头桦子，放在膝盖上一撅两截扔进火盆，然后伸开他那洪亮的嗓门儿，铜声响气地又接着说：

"准要有那一天，我跟他上大堂……"

"归官司？"

"嗯喃！"

"趁早甭搭那瞎仗工夫！"

"咋的？"

"像咱这样的脑袋瓜儿，能扳倒人家？"常明义掏出一把鱼刀子，把炙熟了的红薯一劐两开，一半递给宝成，又说："俗话是实话——县令县令，听钱调用！"

宝成拔出嘴里的烟袋，在炕帮上狠狠地磕了两下儿，把脖子一横，不以为然地说：

"哼！县里打不赢，我跟他上州！"

"州里再打不赢呢？"

"上府嘛！"

"唉！叫我看呀，你就算打到宣统皇上那里，还是脱不了输的！古语道：穷人告状，白跑一趟！"

"衙门口儿是有砖有瓦的地界儿，只要有理，还怕讲不倒人？"宝成越说嗓门儿越高，"要是官家真的不给我做主，我就跟白眼狼那个狗日的……"

常明义一腆下巴颏子：

"嘘——！"

梁宝成知道这是一向多虑的明义哥嗔他的嗓门儿太大了。可他并不在乎，依然高声大嗓地说：

"咱除了这罐子血还称啥？穷到这步田地了还怕个屁？大不了把这罐

子血也倒给他到头儿了！"

"唉——！"常明义又长长地叹了口气，思忖了一阵子，然后绵言细语地说："宝成啊，我知道你是条直肠汉子，也喜欢你这个耿直脾气儿。不过，如今你是撂下三十往四十上数的人了，肚子里也得学着长点穿花儿呀！眼下没你爹了，一家妻儿老小的全指着你扛大梁哩，要是心里没个小九九儿，来不来的就要怄脾气，万一有个闪腰岔气，你这一家巴子不就瞎锅了？"

梁宝成轻轻地点着头。

那盏闪闪灼灼的豆油灯，火光越来越小，眼看就要灭了。常明义掐了一根笤帚苗，挑了挑灯草，又语重心长地说下去：

"宝成啊，你成天价在白眼狼的身边转，可得长点眼力呀！白眼狼那个为富不仁的孬种，心眼子长到肋条骨上了，除了人事儿，他啥事儿干不出来？你要一时提防不到，兴许会叫他谋算了。"

梁宝成一边吃着红薯，一边忽闪着长眼睫毛沉思了片刻，最后心悦诚服地说：

"嗯，老哥说得对。"

"往后儿，遇事别发急。要前思思后想想，从长计议。"明义说，"古人说得好：'留得青山在，不怕无柴烧。'……"

"中，听老哥的。"

屋里沉静了一霎儿。

梁宝成又说：

"白眼狼那个狗杂种，是把笑里藏刀赶尽杀绝的老手儿。他那挂黑心肺，比蝎子尾巴还毒哩！我揣摸着，他跟你那盘棋还没走到头儿呢，大哥也得加点小心。"

他俩在屋里说着话儿，院中人声鼓噪，笑语訇訇。

忽然，杨大虎从门口探进半截身子，朝屋里头望了望，向梁宝成说：

"宝成叔，人到得差不离了。"

"好。"宝成站起身，一边往外走一边向明义说，"咱别瞎叨叨了——去看看吧！"

明义吹煞灯，掩上门，随在宝成身后走出屋子。

屋外，夜风萧萧，星宿满空。

闹社火的人们，正就着灯光搽胭抹粉，描眉打鬓。梁宝成忽而东，忽而西，指点指点这个，拨弄拨弄那个，张张罗罗忙了一阵，直到各种脚色都扮好了，这才消停下来。

社火出动了。

梁宝成把那关得严严的庙门一敞，社火队摆成一溜长蛇阵，锣鼓喧天地开进街来。前头用一对狮子开路，各种脚色都踩着锣鼓点儿，走着俏步儿，浩浩荡荡，鱼贯而行。引得看热闹儿的观众，可街满道，摩肩接踵，挤挤擦擦，水泄不通。

饰扮"散灯老人"的常明义，走在社火队的最前头。

他左手提溜着浅筐，筐里盛着用碎棉籽拌成的油火；右手拿着一把铁铲，每走两步就把一铲油火放在路心。一条火龙紧随其后，慢慢腾腾向前爬行。

明义老汉手在除火散灯，嘴里还念念有词儿：

"除一铲，又一铲，老天爷爷睁开眼……天有神，地有灵，恶人总有恶报应……"

元宵散灯，每年一次，相沿成风，比比如是，没啥新花样儿。因为这个，大人们都习以为常了，没有多少人去注意它。只有那些好奇的娃子们，时而追着灯光又跑又喊，时而围着灯筐打转转。

突然间，哇的一声，常秋生哭开了。

秋生是让白眼狼的大儿子贾立仁打哭的。贾立仁这只狼羔子，又肥又矬，两只嘟噜腮活像肿疖腮。也不知他找了个什么碴儿，上来就给秋生一杵子。常秋生虽打不过他，可并不示弱。他一面跟狼羔子拼命厮打，一面连哭带骂：

7

"白眼狼，狼羔子！狼羔子，白眼狼！"

秋生一骂，刚被大人们拉到一边去的狼羔子，又揎拳捋臂扑过来。

正在这时，从人空子里霍地闪出一位少年。

这少年，细腰杆儿，扎膀头儿，既魁梧，又英俊；一张上宽下窄的漫长四方脸上，两道又黑又浓的眉梢向上翘着，再配上那对豁豁亮亮、水水汪汪的大眼睛，显得愣愣的精神。

他，就是秋生的好朋友、宝成的独生子——梁永生。

梁永生，今年十岁。可要看个头儿，你得估他十二三。这时候，他见贾立仁正走在火堆边，就把一个爆仗悄悄扔进火里。

咣的一声，爆仗响了。

油火腾空而起向四外飞溅，迸了狼羔子一身火星。

孩子堆里又蹦又笑又拍呱儿，大人群里也腾起一阵笑浪。人们都在边笑边瞅自己的衣裳。

狼羔子更加火儿了。他手忙脚乱地拍打一阵身上的火星，接着咋咋呼呼地扑向梁永生。

梁永生望着狼羔子捋胳膊挽袖子、扬风扎毛的劲头儿，紧握双拳，昂首而站，摆出一副不容轻薄、切莫冒犯的气概。迨那狼羔子凑近时，他只轻蔑地一笑，而后又以嘲笑的口吻说道：

"嗬！想打架吗？是身上刺挠了？还是活腻味啦？"

大狼羔子贾立仁是个戾包。他虽比梁永生大两岁，可他自知抵不住永生。现在他一见梁永生这膘膘楞楞的威势，又见常秋生凑过来准备助战，吓得浑身酥了骨，活像个着了霜的麻叶，蔫地蔫蔫了。

正在这个节骨眼儿，白眼狼过来了。

这个家伙，三十来往岁数，身穿长袍马褂，头戴白孝帽子。他虽穿得挺阔气，长得可不争气。看其身形，就像条长虫投的胎——尖头顶，细脖颈，溜肩膀，水蛇腰，两根鹁细精长的罗圈腿儿，约占身长的三分之二；一条干豆角儿般的小辫儿，在后脑勺上蜷蜷着，至多不过一拃长。再观其面目，更是三分像人，七分像鬼。那张瘦驴般的长弧脸上，七个黑窟窿本来就摆得不正当，现在一生气，又全挪了窝儿。这副脸谱儿，叫那黄表纸般的面皮一衬，简直像具刚从棺材里爬出来的尸壳。

白眼狼来到近前，扯开公鸭嗓子冲着狼羔子结结巴巴地吼叫起来：

"混、混蛋！净、净跟人家打仗，给我滚、滚蛋！"

他一面吡喝，一面用那对白色多黑色少的三棱子母狗眼儿从深坑里朝外乜斜着人群，好像在对人们说：

"瞧，我贾永贵多'仁义'呀！"

可是，周遭儿的人，没谁理睬他。

一对龇牙咧嘴的大狮子，摆头甩尾地扑过来了，差一丁点儿把白眼狼撞倒。他趔趔趄趄向后倒退着，吭噔一声倚在猪窝上。

挤在路心的人疙瘩，也一哄而散靠向路边。

引狮子的人，是年方十七岁的杨大虎。他头上罩着块白毛巾，脚下穿了双踢死牛的老铲鞋，从头到脚一身短打扮儿；左手举着红绣球，右手舞着一口刀，忽而拉个把式架儿，忽而打个旋风脚，引得一对大狮子围着他扑扑棱棱闹故事。

这位"引狮猎郎"杨大虎，是铁匠杨万春的骨肉。

十三年前，杨万春在村里领头闹过义和团。后来白眼狼勾通县衙把他掐入大狱折腾死了。杨万春在世时，闹社火引狮子这个脚色，年年都是他的活儿。杨大虎这个后生，人穷气不馁，如今接过了爹爹的多多的红绣球，又引上狮子了。

狮子过去了。

高跷上了场。

这个高跷队，阵容真不小，净些壮汉子。其中有：长工的儿子黄大海，月工的儿子王长江，佃户的儿子房治国，店员的儿子庞安邦，石匠的儿子唐峻岭，瓦匠的儿子汪岐山，摊贩的儿子乔士英，羊倌的儿子李月金……前前后后要有二十九号人。

高跷后头是秧歌；

秧歌后头是鼓乐；

鼓乐后头，还有龙灯、旱船、太平车……扯扯拉拉一大溜，满满当当半截街。

社火沿街而行，由北向南进发。

他们每到一个胡同口儿，那里就响起鞭炮，放出焰火，旁边还摆上茶水桌子，糖果碟子。这一切的一切，都是为了向社火"总指挥"表示：赏个脸，撂个场儿，在这里表演一番。

"总指挥"是谁？就是那位打鼓的梁宝成。

社火队这么多人，不论干啥的，他们的一招一式，一板一眼，全听鼓点儿指挥。他们这一手儿，是常明义从戏班儿里学来的，后来又传给了梁宝成。

说话间，鼓点儿变了。鼓点一变，人变动作队变形，社火立刻进入高潮。狮子跃凳、扑火；高跷劈叉、折腰；秧歌翩翩起舞；太平车险渡断桥；龙灯，旱船，也都耍得更欢了。就连瞧热闹儿的观众，叫鼓点一催，也都昂首挺胸提起精神。

这是为啥？

哦！"贾家大院"来到了。

贾家大院，是一片坐西朝东的砖瓦建筑——垂柱门楼子配上那一丈多高的垣墙，给人一种阴森的感觉；墙头上那狼牙锯齿般的垛口，又增加上一层恐怖的气氛。如今，门楼的溜口上，横搭着一匹白布；"积善堂"三字大匾上，蒙了一层黑纱；已张落半边的"门神"，把那"忠厚传家远，仁义处世长"的门对遮住了一半；高高的门阶下边，紧靠石狮又竖上一帜门幡；一些乱纸碎片，夹杂着浅黄色的纸钱，在门里门外随风飞旋。此类装点，更把那阴森、恐怖的气氛加浓了。这种景象和社火的欢乐景象搅在一起，显得极不协调。

原来是，贾家大院死人了。

说具体一点，就是大年三十那天，白眼狼的"大哥爹"贾永富，在去县城赶花花街的路上，也不知叫谁给宰了。如今停灵在家，尚未发丧。

"大哥爹"，这是个啥称呼？就是说，贾永富和贾永贵这对异母兄弟，实质上是父子关系。也不知是谁这么能耐，用"大哥爹"这个称呼，把他俩之间的复杂关系准确地表达出来了。

咱先甭管贾永富是贾永贵的哥还是爹，反正贾永贵对贾永富的死，是异常"悲痛"的。可是，这只老狐狸的死，对阎庄的穷人来说，却是大快人心。可能就是这个原因，穷人们才喜迎灯节，大闹社火。大概也是因为这个，白眼狼的门前，一没张灯，二没结彩，对社火队来到他的门口，也面挂愠色。

往年里，社火路经贾家大院门前时，白眼狼都是用"千子头"的鞭炮迎接，另外还有起火、雷子、两响、灯光炮、二起脚……他那番"盛情"，是妄想挽留社火在他门前多闹一会儿，为他装装门面，抖抖威风。但是，由此路过的社火队，见年在这里只是轻描淡写地走个过场。而今年，尽管这里一没鞭二没炮，就连灯光也很弱，社火队的情绪却丝毫没受这种冷待的干扰。他们按照鼓点的指挥，打开场子，格外卖力地大闹开了。

他们之中最卖力的，当然还得要算"总指挥"梁宝成。你看，他袖子挽过肘，上牙咬着下唇，用上了全身力气，泼命地擂着大鼓。你听，随着鼓点的节奏，整个乐队奏起高亢的喜调。不知道的人，准以为这里正在举行什么庆典呢！

继而，鼓点一变，社火又表演起各种戏出儿——

高跷队先唱了一段《逼上梁山》；

秧歌队又演了一出《打渔杀家》；

龙灯耍的是祈雨用的《谢天恩》；

太平车耍的是办喜事用的《喜临门》；

狮子耍的是《善恶报》；

旱船耍的是《皆大欢喜》。

社火闹得正火爆，突然有人在戳宝成的脊梁。宝成扭头一瞅，原来是白眼狼。宝成还没说话，白眼狼先开了腔：

"老梁，你、你过来。"

过来？在这个时刻，梁宝成怎能离开？要是鼓点一住，锣声便息，整个社火的活动，就得停下来！可是，"端着谁的碗，就得服谁管"——梁宝成身为白眼狼的长工，他要硬不听使唤，难免要出祸端。对这一点，精明的梁宝成，当然明白。但他并不在乎。他瞪了白眼狼一眼，啥也没说，又转过头去，习惯地用鼓槌子把破了边儿的毡帽头往后推了一下，将那面牛皮大鼓擂得更响了。看样子，他要把那一肚子的火，一肚子的气，一肚子的话，通过这沉雷般的鼓声全发泄出来。

对这件事，周围人们的看法是：白眼狼这个孬种，是成心要把社火搅散。同时，人们又都捏了一把冷汗：照这样僵下去，怕是梁宝成没有光沾！

咋办呢？人们正愁着没辙，常明义拨开人丛挤上来了。他用肘子捣了宝成一下儿，夺过鼓槌子，愤愤不平地说：

"老梁！让我来！"

明义说罢，冲着拳眼吃劲吐了口气，紧紧地握住鼓槌子，把那砰砰砰的鼓声擂得震天响。明义擂罢三通鼓，社火队益发火爆了。

白眼狼打了个唿哨，又凑到宝成近前：

"老梁，扛、扛鞭炮箱去！"

蹊跷？在这个节骨眼儿，白眼狼会真的要用鞭炮来为社火助兴？这个念头，在梁宝成的心里翻了几个过儿，也没想出个名堂。但是，有一点梁宝成是认准了的——狼心狗肺的白眼狼，不会干出人事来。于是，他从鼻孔里哼了一声，将一口唾沫吐在地上，两手一背，脖子一横，扭过头去。

白眼狼赶前一步，又补充说：

"在、在灵堂里搁着呐！"

梁宝成不吭声，只是心里生气地说："真是有钱的王八大三辈儿——放了工啦还来指使这爷们！"这当儿，永生和他娘也正巧赶在近前。永生娘知道自己的男人不是那种低三下四让财主随便指使的人，又见他耍开了怌脾气，怕是临年傍节的惹来心不净，就凑过来戳了丈夫一把，把他叫到旁边，温声细气儿地劝他说：

"孩子他爹呀，别怄气！值当的吗？去吧，又没隔着山和海，就是这么几步道儿，待会儿就回来了……"

这时宝成仍在琢磨："白眼狼这是要耍啥鬼花狐？"机灵的小永生，见爹面有难色，娘又脸挂忧容，他那两颗眼珠子骨骨碌碌地转了一阵，也不知想了些啥，只见他把脸一腆向爹说：

"爹！我替你去！"

他说着，就要拔腿撒丫子。

梁宝成一把拽住永生，轻抚着他那虎虎势势毛毛茸茸的头顶，亲昵地说道：

"孩子，你小哇！"

"我拿得动！"

"财主那狗咬人哪！"

"踢那个龟孙！"

"不，还是我自家去吧——"

"生儿，你爹不放心——听话！啊？"

"唉。"

湛湛蓝空，在这欢乐的元宵夜晚悄悄地布下阴云；灰蒙蒙的雾气，也正乘人们不注意的当儿偷偷地洒向人间……

第二章

灵堂栽赃

梁宝成望着阴沉沉的夜空，喃喃自语道：

"怪不得我这寒腿有点沉哩，看来那'八月十五云遮月，正月十五雪打灯'的谚语要应点了！"

他自言自语地说着，迈进了贾家大院。

院内黑魆魆的。宝成仗凭路熟，摸着黑儿绕过影壁跨进第一层院落。贾家大院一连三层院落。这第一层院落叫前院。这里，除了羊栏、猪圈、牛棚、马桩，便是碾屋、磨坊、草垛、粮仓。扛活的，倒月的，全都住在这里。

平日里，天到这时，白眼狼还不许长工、月工们歇下。那嘎啦嘎啦的碾米声，呼噜呼噜的推磨声，沙啦沙啦的铡草声，稀里哗啦的垫圈声……一直响到过半夜。

可是今天，这里没有一点声响。因为那些扛活倒月的全放工了。元宵节晚上放工，是长工们经过一场斗争立下的章程。那场斗争的领头人，就是现在正在院中走着的这位彪形大汉梁宝成。

梁宝成穿过前院又来到中院。中院里，一拉溜三道横厅。前厅是所谓"礼宾厅"。白眼狼迎宾会客，摆席设宴，就在这里。前厅后头是中厅。贾家叫"堂屋"，人们叫"狼窝"——因为这是白眼狼的住所。中厅后头是后厅。门上的招牌是"佛堂"，宝成叫它"缺德堂"。"佛堂"咋成了"缺德堂"？要知其来由，得啰嗦几句——

这个"佛堂"里，住着个看"佛堂"的。此人獐头鼠目，秃顶黄胡，名叫马铁德。照宝成的说法：这个为虎作伥的缺德鬼，浑身是贱肉，一肚子净坏水儿；他见了穿绸裹缎的"上等人"，满脸的贱肉乱哆嗦，舌头耷拉到下巴颏；他见了赤脚光背的"下等人"，则是满脸的横肉冒青气，嘴角子撇到耳朵梢。

马铁德者，何许人也？谁也闹不清。听口音，仿佛是河北大名府一带人氏。宝成曾听人讲，他本是个富商大贾，不知做出了什么伤天害理的事，犯下了"弥天大罪"，这才改名换姓，潜逃在外，以"阴阳先生"为名，坑蒙拐骗，害人谋生。物以类聚，白眼狼和马铁德这一丘之貉，臭味相投，便换了帖子，拜了把子，成了"盟兄弟"。从那，马铁德就住进"佛堂"里。

据白眼狼说，他供养这么个"贤人"，是因为他有"爱才之癖"。村里人说，白眼狼豢养这个"闲人"，一是为了装潢其"积善堂"的门面，二是来标榜其"仁义之士"的"美德"。梁宝成的看法是：马靠贾，是想"靠上大树好乘凉"；贾养马，是相中了他那一肚子坏水儿。

梁宝成还真看对了。几年来，这对狐朋狗友，狼狈为奸，就在这"佛堂"里，一面数着佛珠，一面策划谋财害命的鬼点子，干着不可告人的勾当。因此，"佛堂"成了"缺德堂"。

马铁德坑害穷人卖了力气，在贾家的发家史上立下了"汗马功劳"，因而有人说马比贾还坏。宝成说不对——狗，从来都是看着主人的眼色行事的，白眼狼不是"阿斗"。尽管马向贾表示"鞠躬尽瘁，死而后已"，可是贾只把马看作一只"高级走狗"，并没当作"诸葛亮"。

事情也确是这样。

马进贾宅后，曾披心沥胆表"忠诚"：

"往后，贤弟指到哪里，鄙人就打到哪里。"

"不！大哥太、太客气了。"白眼狼摇头晃脑地说，"我、我指到哪里，他、他打到哪里，那、那只是个奴才——我、我想到哪里，他就打在哪里，那、那才称得上个'人才'哩……"

从那，马铁德这个奴才为了当个"人才"，就想着法儿地往白眼狼的心里做事，因此也越来越得宠。后来，他又发现：白眼狼对佃户常明义那一亩地直流口水，对长工梁宝成那二分宅基更垂涎三尺。于是，便向主了说：

"贤弟这'阴阳宅'，'风水'虽好，但有点美中不足哇！"

"愿、愿听高见。"

"那'阴宅'，正而不方；这'阳宅'，门前只有'停轿坪'，少个'拴马场'，都犯点病……"

"有、有法子补救吗？"

"把常明义那一亩地靠到'阴宅'上，'阴宅'就方正了；将梁宝成那二分宅基改成'拴马场'，'阳宅'就文武并茂了。要那么一整治，就阴阳相合，完美无缺了。"

"大、大哥之言，正、正是我的心病一桩啊！"

"不是鄙人妄夸海口，愚兄手到病除。"马铁德兴致勃勃、自吹自诩地说，"要让这两块'宝地'改个姓儿，那还不是易如反掌、囊中取物耳！"

"说、说下去。"

"今年，大旱成灾，粮价飞涨，地价暴跌，咱打开谷仓，卖点囤粮，花不了几个钱，那梁家的宅基常家的地，不就都姓贾了吗？"

"使、使不得！"

"怎见得？"

"梁、梁宝成和常明义都是个刺儿头！"白眼狼摘下那顶刚花钱买来的红缨帽放在桌子上，"我、我已经吹出风儿去了，看、看来梁宝成的头最难剃呀！"

"这好办！有钱买得鬼上树，还怕那些穷巴子见财不动心？"马铁德说到这里，见白眼狼那尖脑瓜儿摇成了货郎鼓，便又加重语气劝说道，"贤弟，大歉之年，粜粮买地，可是发家捷径，一本万利呀！"

白眼狼听后，嘿嘿儿地冷笑两声，不凉不热地说：

"你，你不愧是个买卖人，张、张口就是生意经！"

马铁德以为主子很赏识他的"卓见"，沾沾自喜、洋洋得意地吹开了牛皮：

"我马某，干过钱庄，开过当铺，在那买卖行里泡了半辈子，总算把这发财的砝码摸准了……"

"不过，咱、咱俩的砝码不一样，"白眼狼打断马铁德的话说，"我、我贾某的发家之道，不、不是一本万利，而、而是无本取利！"

从前，马铁德从自己的经历中，曾得出这样的结论：世界上，顶数着买卖人尖刻了。今天他才明白：过去没瞧得起的庄稼财主，比我这富商大贾还要歹毒！

怎么用"无本取利"的砝码，让那梁家的宅基常家的地全姓"贾"呢？马铁德就围着这个题目作开了文章。一月之中，他交过两回"卷儿"，可惜都没"及格"。头一回，白眼狼说太露骨，有损他的"声誉"；二一回，白眼狼又嫌狠而不毒，后患太大。因为这件事，可把个马铁德愁住了。那些日子，他总觉着饭碗不牢靠，笑容也少了。

这两天，不知为什么，马铁德的笑容骤然多起来。特别是今天，他脸上的每一个麻子窝儿里，好像都充满了笑意。晚饭前，白眼狼还把他请进屋，两人鬼鬼祟祟嘀咕一阵，最后狂笑而散，也不知搞了些什么鬼名堂。

而今梁宝成走在院中回想着这些往事，又跨入发碹门进了后院。在这黑洞洞的后院中，有座大厅。贾家死了人，在发丧之前，棺材都停在这里。

这里，就是白眼狼所说的那个"灵堂"。

灵堂，像只张着血盆大口的怪兽卧在那里。从窗口渗出的灯光，又如怪兽的两只眼睛，虎视眈眈地盯着宝成。

这座孤孤零零的灵堂，处在空空荡荡的后院里，叫灰暗的夜色一衬，愈显得阴森，恐怖。

梁宝成并没留意这些，他踏着用方砖墁成的甬路，直奔灵堂而去。

灵堂的门扇，紧紧地关着。

梁宝成走到门口，收住脚步，向里喊道：

"谁在屋？"

屋里没人答腔。

宝成提高了嗓门儿，又喊一遍：

"喂！有人吗？"

依然没有动静。

宝成走到门下，轻轻一推，吱扭一声，门开了。

屋里，冲门搪着一口棺材。棺材前头，放着一张单桌儿。桌面上，摆着香炉，蜡扦，还有一叠烧纸，两股香。山墙上，挂着一些祭帐和挽联。这些玩意儿，全是拍马屁、溜沟子的人送来的。屋里的陈设，几乎全是白的：白茶壶，白茶碗，白桌布，白门帘，白甩子，白掸子，白椅搭，白洋蜡……

宝成跨入这白色的世界，就着昏黄的烛光犄角旮旯儿撒打一阵，也没瞅着鞭炮箱的影子。他正转身要走，突然门帘一动，从暗间走出一个女人。

这人三十来岁，从头到脚一身白，打扮得妖奇百怪。她，姓冯，外号"醋骷髅"，是死鬼贾永富从窑子里拐来的姨太太，也是白眼狼的妍头。这个婊子，像刮旋风儿般的佻佻达达走过来，酸溜溜、娇滴滴地向宝成说：

"老梁啊，屋里坐呀！"

"东家叫我来扛鞭炮箱。"

"屋里坐吧，我给你……"

醋骷髅说着，眉飞色动，不出好相。梁宝成一看这块腥油没安好心，转身就走。可是，那骚娘们儿抢步来到桌前，噗地一口，吹灭了蜡烛，接着，她又一手挠乱了头发，一手挦开了棉袄扣鼻儿，没羞没臊地哭骂起来。

梁宝成赌气骂了一声："啐！不嫌寒碜的骚货！"

随后，他一步闯到门口，正巧和马铁德撞了个满怀。马铁德嗷的一声惨叫，仰面朝天摔倒地上，急命地吆呼开了：

"不好了！来人哪！"

宝成被几个喽啰绑架进了"佛堂"。

这"佛堂"是五间大厅，三明两暗。画栋雕梁的明间里，除了"神"，便是"佛"，还有"狐仙"、"长仙"、"刺猬仙"……杂七杂八贴了一墙。香碗子、香炉子摆了个椅子圈儿，七大八小无其数，怕是三粪筐也背不了。宝成望着这些玩意儿，心中暗道："这缺德堂里净办缺德事儿，今儿个自然不会例外！"

梁宝成又被推进西里间——马铁德的狗窝。

他含着不白之冤，挺身站在屋中，气得面色铁青。

醉醺醺的马铁德，把那黑黲黲的麻脸一沉，充猫变狗、装腔作势地说：

"唉唉，老梁呀老梁！深更半夜，黑灯瞎火，你跑进灵堂去干什么？"

梁宝成两手叉腰，堂堂而立，强压住愤懑的心潮，理直气壮地亮开嗓子：

"东家叫我去扛鞭炮箱！"

梁宝成话没落地，白眼狼手托水烟袋走进屋来。马铁德当着白眼狼的面，指着旁边的鞭炮箱说：

"老梁，别瞎咧咧了！你看——鞭炮箱在这里放着！"

梁宝成定睛稳神，瞅了瞅鞭炮箱，又掉过头来，睥睨着白眼狼那副心怀鬼胎的奸相，不由得心中想道："嗄？鞭炮箱明明在这里放着，他为啥叫我到灵堂去拿？"接着，他的脑海里又浮起一连串的问号："醋骷髅明明在屋，我连喊两遍她为啥不答腔？马铁德去灵堂干啥？咋又偏偏跟我碰得这么巧？抓我的喽啰净是白眼狼的心腹，他们咋又来得那么急爽？"宝成想着想着，忽然心里一闪，眼前这噩梦似的场景，他全明白过来了："啃！闹了半天，是他们插了个圈儿来栽赃陷害我呀！"

梁宝成是个拾得起放得下的人。他想到这里，心情反倒轻松了。方才，他被这场平地风波弄得懵懵懂懂，总觉着心里压着一块坯。现在，压在心中的那块坯消失了，一团怒火又在心头燃烧起来。他的主意是：怕狼怕虎别在山上住，怕死别活着——既然走到这步棋上了，就得一个鼻儿的罐子豁着抡了；他成心要我一死，我临死也咬他两口！

宝成正然想着，醋骷髅蓬头垢面又撞进屋来，指着梁宝成又哭又叫："你这个坏了良心的，俺死了丈夫还没过'三七'，你可不该……"她哭着叫着，吵着闹着，还碰头打脸，说她再也"没脸见人"，活不成了！

梁宝成一口唾沫吐在地上，把那顶磨破了边儿的毡帽头子往后一推，先从鼻孔里哼了一声，然后用轻蔑夹带着嘲笑的口吻说：

"胡吣！你也没点儿臊肉？演得可真像啊！"

白眼狼把水烟袋呱的一声摔到地上，又装模作样地捋一把胳膊，煞有介事地逼向宝成：

"老梁！你、你吃着我的湿的，拿、拿着我的干的，竟干出这、这伤天害理的事来……"

梁宝成火攻头皮，气撞顶梁，敞开那铜钟般的嗓子厉声吼道：

"嘬！净放你妈的狗臭屁！"

宝成这一声吼，像个落地霹雳，再加上他那一跺脚，直震得墙壁上的浮土，唰啦唰啦地滚落下来，就连明间里那些贴在墙上的"神"们，也吓得哗啦哗啦地发抖，白眼狼更吓酥了。他一闭眼，一咧嘴，打了个冷战，踉踉跄跄地倒退了两三步。至于那醋骷髅，早就哆哆嗦嗦地夹着尾巴溜走了。

这时，梁宝成瞋目而视，可笑那吃不住劲儿的马铁德抓了瞎。因为这出"戏"他是"导演"，要是演砸了锅，他的饭碗可就打了。大概是因为这个，他急得抓耳挠腮又扠头皮，豆粒大的躁汗顺着鬓角淌下来，又渗进那又深又大的麻子窝儿里去了。正在这时，他望着那摔瘪了的水烟袋，想起了"敝帚千金"的成语，就弯下身子拾起来，又擦去泥土，嬉笑着向主子递过去：

"贤弟，抽烟、抽烟——"

白眼狼接过水烟袋，又强振作起精神向宝成说：

"姓梁的！你、你可要明白——灵、灵堂行奸，掉、掉头之罪！"

马铁德也顺着杆儿爬上来："二爷说的是啊！老梁，要把你绑起来，送到衙门去，你这脑袋呀，可就安不住喽……"

梁宝成听了这些屁话，憋在肚子里的那股窝囊气，一个劲儿地往上泛。他真想豁出一条命来，演上一出《梁宝成大闹"缺德堂"》，让这灵堂里再搪上几口棺材。就在这时，常明义的声音响在他的耳边："眼下没你爹了，一家妻儿老小的全指着你扛大梁哩，要是心里没个小九九儿，来不来的就要恼脾气，万一有个闪腰岔气，你这一家巴子不就瞎锅了……留得青山在，不怕无柴烧。"继而，又是老婆孩子的声音……

宝成一想到那可怜的老婆孩子，鼻子一酸，眼圈儿红了。他在心里自己解劝自己道："先忍住，别要恼，让他们把花招儿全掏出来，看看他们到底要搞个啥名堂，然后再想法儿对付。"

马铁德见梁宝成眼里揎着泪花，不说话，就以为是宝成害了怕。他挤眉弄眼地向白眼狼递了个眼色，然后又说：

"贤弟，老梁已经是错了，覆水难收；我替他求个情，你看在愚兄我的面上……"

"这、这是看面子的事吗？"

"贤弟，他的孩子还不成人，妻子正在年轻，你要把他送了官，这一家子就失散了……"

"他、他太叫我过不去了！"

"可也是呀！"马铁德一面说着瞟了宝成一眼，只见他满脸正气，凛然无畏，两条闪闪灼灼的视线，一直逼视着白眼狼。又见白眼狼不敢和宝成对视，只是歪着脖子咕噜水烟袋，以掩盖其空虚、怯懦的狼狈相。马铁德见此情景，也打心里怵了头。可是，他更怕露了馅子、裂了瓢，便打了个唿哨，抹一下眼眵，强打起精神，又硬着头皮说下去："贤弟，你也真不走运——大年三十，常明义行凶杀了永富哥，仇还没报，谁承望元宵夜晚又出了这一锅。唉，倒霉呀！归官吧？这事儿一声张，名声不好听，面子搁不住，门风也就败坏了！叫我说，最好叫老梁替你报了杀兄之仇，你饶了他'灵堂行奸'之罪……"

"净、净说梦话！"白眼狼掉过脸来，满嘴迸着唾沫星子，冲着马铁德吼叫起来，"杀、杀人要偿命，这、这仇他能报？"

"贤弟放心，我有办法……"

这俩孬种一唱一和正演滑稽戏，又一个粉墨登场的狗腿子惊慌失措地撞进屋来，大声小气地嚷叫道：

"二爷！大事不好！冯太太跳井了！"

马铁德也佯装惊慌："哎呀！贤弟快去看看吧！"

白眼狼作了个大骇失色之状，滚蛋了。

马铁德拍一下巴掌，两手一摊，向梁宝成说：

"老梁，你看！这祸可大了！"

这一阵也不知梁宝成想了些什么，这时他只是长长地叹了口气，啥也没说，抽起烟来。马铁德说：

"老梁，我向你不向你，看明白了吧？"

"我不瞎——"

"要不是我，你不得家破人亡！"

"我也不糊涂——"

马铁德从褥子底下抽出一口单刀，放在梁宝成的面前，佯叹一声，坐在一边，不吭气了。宝成灵机一转，琢磨出了他的意思——是让梁宝成用这口单刀，去替白眼狼报那所谓的"仇"。宝成心里这样想着，可他嘴里却问：

"这是啥意思？"

"你认得这口刀不？"

"认得。"

"谁的？"

"常明义的。"

"它怎么来到这里的？"

梁宝成知道，这是十三年前，白眼狼勾结官府剿义和团时，从常明义家搜出来的。可他故意说：

"闹不清。"

"常明义杀贾永富，就是用的这口刀。真没想到，它倒救了你的命！"

"救了我的命？"

"唉唉，老梁啊老梁，你怎么聪明一世糊涂一时呀！这话还用我明说吗？就是请你去把这口刀还给原主！"

"杀人？"

马铁德诡秘地笑了。

梁宝成摇摇头：

"我这个人向来是'有毒的不吃，犯法的不做'，杀人害命这号事儿，咱干不出来！"

"我也知道你干不出来！可是，事到如今，有啥办法呀？老梁啊，你掘坟可别埋了送殡的呀！你知道，我是信佛教的。杀生害命之事，从来没敢想过。今天，为了救你，我这才磨破了嘴唇死说活说，给你求下'将功折罪'的人情——"马铁德打了个唉声又说，"老梁，这事儿是你贾、梁

23

两家的事，盐里酱里都与我马某没有任何相干！无论如何，你可别曲解了我这一片好意呀！"

至此，马铁德杀机毕露，已将白眼狼的阴谋和盘端出。但不知梁宝成对此是怎么想的，他只是说：

"我心里都明白——"

"明白就好！"

照马铁德的理解，他对宝成的回答是满意的。于是，他讲了下曹操杀吕伯奢的事，又说：

"老梁啊，我也知道你跟常明义的关系。可是，古人道：'人不为己，天诛地灭。'已经挤到这条绝路上，我看你就来个'君子量'、'丈夫心'，死里求生吧！别的，什么也不要顾及了！"

梁宝成叹了口气，没吭声。

"不要怕。你干完后，把这口刀扔在常明义手边，明天咱就去报案——说他是畏罪自杀。"马铁德一边交代，一边观察宝成的面部表情。他按"人不为己，天诛地灭"的逻辑分析判断，得出这样的结论：姓梁的终于上套了！为了给宝成再加把劲儿，他又说："我这个人，一向是救人救到底，送人送到家。老梁啊，等你大功告成之后，我再跟二爷说说，让他赏给你十亩好地，你也甭扛活了，回家过日子去。那么一来，你可真算是'因祸得福'喽！"

梁宝成苦笑一下，仍没吱声。

马铁德又说："老梁，到那时，可别忘了我呀！"

梁宝成说：

"忘不了你！我还要告诉我的子孙记住你哩！"

子夜时分。

梁宝成手提单刀跨出贾家的大门。

社火早已闹罢。村中灯火尽熄，人皆入梦。鞭炮的硝烟，飞扬的尘土，已被雾蒙蒙的潮气杀下去。街道上满是碎纸、灯灰。

夜，黑乎乎，静悄悄。

天空中，节日的游兴还未散尽，仿佛灯节的光和热还在飘荡、回旋，还在发红、放亮。潮湿的空气，压迫得更沉了。曛黑的夜空里，不时撕下片片白絮，飘飘摇摇飞落下来……

梁宝成怀抱单刀，站在贾家门下，呆了约半个时辰。直到院内没有动静了，他才骂了一声，匆匆离去。

雪，愈下愈大。纷纷扬扬，扑头打面。

天地之间，万物皆白。世间的一切，都失去了本来的面目。

雪地上，一行长长的脚印，从贾家一直通向常家。可是，又很快被大雪盖住了。这无声无息的大雪呀，掩没了世上的一切，却掩没不了人间的不平！天亮以后，将会使多少人感到惊讶、意外？

第三章

——

闯衙喊冤

县衙的差役们，头戴篾顶尖帽，手持竹板绳索，如同牛头马面，在公案桌前分站两旁，一齐放开嗓子大声嚎叫：

"大老爷升堂——！"

最后这个"堂"字，喊得长而且响。

衙役三班，照这样的喊法，喊完一遍又喊二遍，喊完二遍又喊三遍。直到三遍喊完后，那个身穿长袍马褂、头戴顶子的"县令大老爷"，这才堂哉皇哉、一步一喘地走出上房。他腆着肚子，拿着架子，踱着方步，穿过二堂来到大堂，气咻咻地坐在公案桌边的太师椅上。

这个"七品县令"，长得鹰鼻鹞眼，肉头肉脑；那怕有二百斤重的块头儿，压得椅子咕吱嘎吱乱叫唤。他吭哧吭哧地喘着粗气，一阵阵的酒腥臭味儿从探着两小撮黑毛的鼻孔里冒出来，在屋中扩散着；两眼半睁半闭，眼角上挂着黄乎乎的眵目糊；伸手拿过案角上的"惊堂木"，往桌面上一拍，浊声浊气地说：

"带上来！"

两个差役拖着遍体鳞伤的梁宝成进了大堂。

进门后，差役往前一推，松开手滚蛋了。

刚受过重刑的梁宝成，疼痛难忍，站立不住，一跤摔倒地上，一阵头晕目眩昏迷过去。

梁宝成是怎么来到大堂上的呢？

这得先从白眼狼那里说起——

白眼狼硬说常明义杀了他的"大哥爹"，并没半点根据，只不过是想借口杀害常明义罢了。白眼狼所以要杀常明义，这有两个原因：

第一，这些年来，在白眼狼的眼里，有两颗钉子，一个是他的长工梁宝成，另一个就是他的佃户常明义。在长工中，梁宝成人缘儿好，孚众望，断不了领着长工们抻牛筋儿、闹乱子。常明义有点韬略，是佃户当中的"军师"，经常琢磨些对付白眼狼的点子。因为这个，他俩便成了白眼狼的心腹大患。

第二，就是白眼狼一心要霸占梁家的宅基、常家的地。

白眼狼的如意算盘儿是：通过灵堂栽赃，逼着梁宝成杀了常明义，而后，再把宝成当作"杀人凶手"，绑送县衙把他除掉。以后再想个别的花招儿，来个斩草除根。这样，既拔了他眼中的两个钉子，又用"无本取利"的砝码让梁家的宅基、常家的地全姓了贾。

照白眼狼的估计，他设的这个圈套儿，准能套住梁宝成。他这个结论，是从这样的逻辑里推出来的：我灵堂栽赃，以命相逼，人，哪有不怕死的？我许地收买，以财相诱，人，哪有不爱财的？再让口若悬河的马铁德用他那三寸不烂之舌一网花儿，还怕他个梁宝成不上我的钩？

白眼狼哪里知道，他的估计完全错了！梁宝成并没有让白眼狼牵着鼻子走，他的阴谋诡计成了泡影。

当时，梁宝成见白眼狼杀机毕露，他心中想道："我要宁死不应，他一定会把埋伏好的刀斧手喝出来，先杀了我，再去杀害那毫无提防的常明义。此后，还不知要给我们二人加上个啥'罪名'，说不定家里人还得跟着吃官司……"梁宝成想到这里，这才来了个顺水推舟的脱身之计。

宝成出了贾家，先给常明义送了个信儿，要他领上秋生赶紧逃走，而后又回到家领上老婆孩子连夜逃出了虎口。

次日，梁宝成一家，来到河西的坊子镇投亲。这家亲戚，是宝成妻子的表姑父。他虽不算大财主，可在镇上得算个上流户儿。他怕受牵连，不敢收留宝成一家。这类话儿虽然抹不开直说，可宝成已经看出人家的意思。于是，耿直的宝成领上老婆孩子，一甩袖子愤然离去。

坊子镇上，有个穷人，叫高荣芳。他听说此事，气不平，就向梁宝成说："穷哥们儿，跟我来！"旋间，高荣芳把梁宝成一家，领进一间破草棚子。这座破草棚子，周遭儿围了一圈儿篱笆障子，算是"垣墙"。

梁宝成问："这是你的？"

高荣芳说："不！是我堂弟高荣馨的住宅。年底下，他一家被穷逼得下关东了。"

过一霎儿，高荣芳又拿来几件破烂炊具，帮着梁家立起锅灶。邻近的几家穷街坊，还凑集了一点吃的烧的送过来。

梁宝成安下脚儿以后，就千方百计地打听龙潭街上的情况。听黄大海说，在宝成逃走的那天夜里，常明义被贾家的狗腿子追上活活打死了。因为他的财产全被白眼狼霸占，没有葬身之地，穷街坊们把他的遗体收殓起来，卷在一张秫秸箔里，埋在龙潭桥边的运河滩上。常明义的儿子常秋生，多亏乡亲们的掩护逃了活命，如今下落不明。

梁宝成听了这个消息，又悲痛又气愤。他想："常明义是个一咬嘎嘣嘣响的好人，如今却落了这么个下场；他的冤枉我梁宝成最知根底儿，我应当替他报仇！"

于是，宝成托人写了张呈子，递到县衙告了状。

七八天过去了。呈子如石沉大海，音讯全无。宝成又递上一张，还是没有回声。有一天，宝成听人说，"闯衙喊冤"，可以立刻见到县官。于是，他又求人写下了第三张呈子，大声喊着"冤枉"，闯进了衙门口儿。

按照当时的规矩，"闯堂喊冤"，要先打四十大板。这四十大板，一般人是经受不住的。何况，白眼狼又事先花上了银钱，竟把个梁宝成打得皮开肉绽，死去活来……

梁宝成被冷水浇醒了。

他咬紧牙关，忍住疼痛，挣扎着坐起来，瞪大眼睛，环视着身边这陌生的环境。这有生以来从未见过的场面，给他一种阴森恐怖、杀气腾腾的感觉。可是，宝成觉得"大堂"是说理的地方，就理直气壮地昂起头来，等待"过堂"。

站堂的差役向宝成喝道："跪！"

梁宝成说："腿叫你们打坏了！"

县令从头到脚把梁宝成打量一遍，撇了撇嘴角子，耸了耸膀头儿，又装五作六地干咳了两声，"过堂"便开始了：

"你叫什么名字？"

"梁宝成。"

"唔，梁宝成就是你呀？"

"不错。"

"年庚几何？"

"三十五岁。"

"何处人士？"

"龙潭街。"

"多少田亩？"

"没有地。"

"以何为业？"

"扛活的。"

"状告何人？"

"白眼狼。"

县令将那"惊堂木"一拍，喝唬道：

"哇！放肆！"

我一说"白眼狼"，他为啥就大动肝火？梁宝成心里这样想着，一股怒气涌上胸来。于是，他又加重语气，质问道：

"怎么？白眼狼那狗日的就不兴告吗？"

"惊堂木"又响了一声：

"这是大堂！不许骂人！懂吗？没有见过世面的穷巴子！"

梁宝成听了这些牙碜话儿，火撞脑门儿，怒气难忍，又质问道：

"'穷巴子'是个啥称呼？不许别人骂人，你咋骂人？"县令脸如猴腚：

"我，我是父母官！"

梁宝成的两只眼里要喷出火来：

"照你这么说，不是'只兴官家放火，不许民家点灯'吗？"

"哇！斗胆！"

宝成忍气吞声，规劝自己："咱是来打官司的，犯不上跟他怄气，算了吧！"县令喘了几口臭气，又问：

"你和被告是什么关系？"

"我是他的扛活的。"

"我一看你就不是守法百姓！你吃着东家，喝着东家，又跑到大堂上来告东家……"

梁宝成胸有成竹，依法争理：

"东家做坏事不犯王法？东家杀人没有罪吗？"

"胡诌！凡是东家，都是财主；财主是有识之士，哪能干出杀人害命的事来？"县令打了个饱嗝儿又说，"你定是诬告！"

梁宝成怒火燃胸，严词质问：

"你不问是非曲直，凭啥说我诬告？"

"我朱某，办案多年，断事如神；熟通相术，观面知心；区区小案，何须细问？"

梁宝成听了这吹五作六的胡云海嗙，浑身起鸡皮疙瘩。他将一口唾沫吐在地上：

"呸！"

"嗐！该打！"

梁宝成顶腔而上，愤怒陈词：

"白眼狼恨穷人不死，为了谋财霸产，灵堂设计，栽赃陷害，又许我十亩好地，要我暗杀常明义。只因我没照办，他又派出狗腿子将明义大哥活活打死……"

"惊堂木"打断了宝成的话弦，县令拦腰插进来：

"他常明义姓常，你梁宝成姓梁，他怎么成了你的大哥？"

"这是按庄乡的辈分儿！"

"你们沾亲？"

"不沾亲！"

"带故？"

"不带故！"

"你们一不沾亲，二不带故，为何替他'闯衙喊冤'？"

梁宝成据理力争，井井有条：

"我替他告状申冤，原因有八：第一，他的儿子还不成人，并且死活无信，下落不明，除此而外，他再无亲属。没有亲属的人，就该打死没祸吗？第二，这个案子，我知情摸根儿。知情人为苦主起诉难道有罪吗？第三，他是佃户，我是长工，我们是一根蔓上的苦瓜。凭啥只兴官家为富家争理，不许穷人为穷人申冤？第四，我连递两张呈子，都如石沉大海，不来'闯衙喊冤'，又有啥办法？第五……"

县令见宝成既不怯官，又不畏刑，持之有故，言之有理，并且，理越说越多，气越说越大，心里惊慌起来，头上直出虚汗。他想："我图了贾家的贿赂，不把梁宝成置于死地怎么交代？"于是，他用"惊堂木"打掉宝

100

1921-2021

红色岁月

红色历程

红色史诗

红色经典

成的话头，节外生枝地问道：

"你不知道'闯衙喊冤'要先挨四十大板？"

"知道！"

"知道为啥还来？"

"只要为穷爷们儿报了仇，我死而无怨！"

"一派胡言！"县令说，"'人不为己，天诛地灭。'替别人告状申冤，必是借故渔利之徒……"

县令这一阵狗臭屁，把梁宝成气了个眼蓝。"衙门口朝南开，有理没钱别进来"这句民间俗语，过去宝成是半信半疑，今天他才知道，这话半点不假。他想："不管怎样，既然来了，就要把理全说出来！"可是县令再也不容他张口了，把那"惊堂木"一拍：

"上刑！"

这也不知叫什么刑具——一根木杠，很长，两头儿钻进桩橛上的铁环里，离地约三尺高。木杠上，血迹斑斑，令人见而发指。刑役把梁宝成拉上去，两手绑在胸前，双腿弯在木杠上。木杠前边，还有一排小铁桩。用铁桩上的绳索，又系上了梁宝成的大脚趾和大拇指。

梁宝成这条倔强汉子，他怎能咽得下这口窝囊气？于是，他敞开那铜钟般的嗓门儿，破口大骂赃官。

刑役们，用皮鞭在梁宝成的身上抽打。

梁宝成，面不改色，骂不绝口。

正在这时，白眼狼手提皮鞭，走出二堂……

万里长空，乌云翻滚；天地之间，一片昏沉。

夜深了。

梁宝成被春雨激醒。这时候，他觉着天旋地转，浑身不能动弹，也闹不清眼时下自己躺在什么地方。少顷，他用了很大的力气，睁开眼睛一瞧，才知自己正躺在"乱尸坑"里。

这"乱尸坑"，离城里把路。监狱里监毙的"犯人"，重刑下屈死的告状人，都被拖进这"乱尸坑"。多少年来，从这里飞起的鹰眼是绿的，从这里跑出的狗眼是红的。

从昏迷中醒来的梁宝成，心里很明白，可是身子就像被钉在板子上，怎么也动不得。因此，他只好躺在湿乎乎的土地上，瞪着失神的大眼，仰望着无边的深空。

夜空里，绽开的云层，已分成了无数个花花搭搭的云块子；它们南一块、北一块、大一块、小一块、黑一块、白一块，在夜空中游动着，变幻着；那纯净而广阔的天幕，变成了七零八落的碎片儿。

一轮勾月，从云块的后面钻出来，悄悄地爬上了枯树的梢头。一会儿，它又钻进了另一块云彩的背后，藏起来了。

一个女人的哭声，隐隐约约传来：

"我那天哟，我那地哟，我那发了狠心的人哟！不叫你告状你偏告状哟，状没告成你送上命了！你撇得老的老来小的小哟，叫我个寡妇人家可怎么过哟……"

梁宝成挣扎着支起身子，爬出"乱尸坑"朝西一望，只见那灰暗的月光下，有一个疯疯癫癫的女人向着县衙门的方向跑去。她一边跑一边哭喊：

"狗财主，贼贪官，你们得还我的丈夫！你们得还我的丈夫呀……"

哭声消逝后，梁宝成的耳边，又响起了妻子那熟悉的语音：

"孩子他爹，你从未告过状，可要处处小心哪！完了事儿，不论官司输赢，千万早点回来，免得俺娘儿俩放心不下……"

这是梁宝成早起进城时，妻子领着儿子把他送出村外，分手时含着热泪嘱咐的最后两句话。

当时，宝成走出很远很远了，回头张望时，还能影影绰绰看到他的妻子和儿子，直挺挺地站在村头的沙丘上。

此情此景，在梁宝成的头脑中浮现上来，翻腾着，变幻着，蓦地，又化成了这样一幅惨景：

昏黄的月光下，村头的沙丘上，站着妻子和儿子；这对无依无靠的母子，向着县城的方向，正然张望着，哭泣着，呼喊着……

这种情景，使梁宝成的身上，产生了一种力量。这种力量，使他抵住了刑伤的剧烈疼痛，站起身来，吃力地，向前，向前，向前走去。

梁宝成，有骨气的梁宝成，咬着牙，忍着疼，走呀走，走呀走，一直向前走着。实在走不动了，就爬着前进。在他的身后，留下了一溜长长的血印。

这血印，是梁宝成一生生活道路的写照。

这血印，是普天之下的穷人苦难境遇的缩影。

穷人的血呀，不会白流；它必将渐渐地汇合起来，流成无底的长河。

梁宝成虽然刑伤很重，可是，他的头脑还是清醒的。他知道，自己的生命，已到了最后的时刻。这当儿，他怎能不想念自己的老婆孩子？怎能不想念那些情同骨肉、息息相关的穷哥们儿？

他想起了惨死牛棚的长工黄福印，又像看见黄福印那骨瘦如柴的儿子，穿着亡父撇下的耷拉到膝盖的大破棉袄，光着冻裂了的脚丫子，站在爹爹坟前的雪地里哭泣……

他想起了被地租逼下运河的佃户房春江，春江那痰喘的老爹的憔悴面容，又在宝成的脑海里浮上来……

他想起了死在财主磨坊里的石匠唐老五，唐老五的妻子——一个疯癫女人又哭又笑的声音，响在他的耳旁……

那些死者的血仇，得靠咱这穷哥们儿给他报呀！这些活着的孤儿、老人和寡妇，又是多么需要咱这同命相连的穷人帮助他们活下去。梁宝成想到这里，心里揪揪成一个大疙瘩，感到又惭愧又难过，不由得自己责备起自己来："梁宝成呀梁宝成，穷哥们儿待你恩深义厚，你作为一个男子大汉，没能为穷哥们儿报了仇，你对不起死的也对不起活的呀！"

梁宝成想着想着，突然间，他那血泪斑斑的家史，从脑海深处又忽地翻上来了——

梁宝成的祖籍，在大江以南的杭州府一带。那时节，宝成爹梁恨道，在杭州城里推脚儿为业。他的一家老小，住在离杭州不远的虎穴镇上。镇上有个恶霸地主，名叫苏振坡，欺穷凌弱，无恶不为。有一年，稻子因旱减收，他硬说是宝成爷爷的名字犯碍，就立逼着宝成爷爷改名字。显然，他这是借故敲穷人的竹杠。可宝成爷爷梁喜汉，是条宁折不弯的倔强汉子。他坚持不改，并据理相争：

"你连穷人起名字也管着，未免太霸道了吧！"

苏振坡恼羞成怒，就喝令狗腿子将宝成爷爷装进麻袋扔下运河。性体儿刚强的宝成爹，咽不下这口冤枉气。可又有什么办法呢？他赌气架起那辆推脚车子，这边推着年迈的母亲，那边推着生病的妻子，身后背上不满三岁的儿子梁宝成，一跺脚离开了那吃人不吐骨头的虎穴镇。

梁家三代人，在那"是岁江南旱，衢州人食人"的年头儿，怀着满腔的仇恨，顺着运粮河，向北奔逃。他们一家四口，沿途讨要，跋涉千里，餐风饮露，昼夜兼程。在一个隆冬数九、扬风搅雪的夜晚，来到了这冀鲁平原、运河岸边的龙潭街头。

宝成一家，被风雪困在了街北头的关帝庙里，多亏街上的穷人们周济襄助，梁家老小才没冻饿死去。后来，还是在穷街坊的帮凑下，又把这间半草房盖了起来。打那以后，这七十二姓的龙潭街上，又增加了一户姓梁的。

中国只有百姓，龙潭竟占了七十多姓！其姓氏之杂，何其甚乎？相传，我国在有公路、铁路之前，纵贯"神州"南北的交通干线，只有这条驰名天下的大运河。那时节，进京告状的苦主，去闯关东的穷人，常因天灾人祸，被困在这运河岸边的"龙潭"一带。

运河，在这一带，兜了个大弯，滋润着一片沃壤，还形成一个深潭。人称"龙潭"。随着这"龙潭"附近的难民越来越多，逐渐在这片沃壤上形成一个村庄。

它，初名"龙潭村"，后改"龙潭街"。

"龙潭街"，不到一里方圆；这村里的几百号人，都同庄相居，近在咫尺；但追祖籍，却隔山跨水，相距千里。

三十多年来，这龙潭街虽不是梁宝成的本乡本土，可街上的穷爷们儿从来没拿梁家当过外乡人。尽管姓氏的差异把他们分成了东家西户，可是，一个"穷"字又把他们的心紧紧地连在一起。

在那暴雪屯门的早晨，是佃户常明义背着烧柴推开了梁家的房门；在那风嘶雨啸的夜晚，是铁匠杨万春端着薯干迈进宝成的门槛；当除夕之夜白眼狼堵门逼债的时候，长工黄福印用自己的活价替宝成打上了利钱；当白眼狼的黄狗将永生扑倒地上的时候，石匠唐老五撵跑了黄狗，含着热泪把血淋淋的梁永生送回家中……

梁宝成在这更深人静的夜晚，想着，走着，走着，想着。一幕又一幕的往事，从他的脑海里闪过去；一层又一层的阶级情谊，在他的心头上聚起来。

屈死者的仇恨，苦难中的活人，促使宝成增添了力量，横下了决心：我要走回去，走不动也要爬回去，爬到穷哥们儿的面前，爬到我的妻子和儿子的面前，告诉他们……

第四章

——

龙潭桥别妻

坊子镇。

黄昏时分。

无边无际的愁云惨雾，布满天空，扣住大地，压得人们喘不过气来。天地之间，像扯起一道灰纱，使这冀鲁平原，失去了它那辽阔的气派。

一位英俊少年，登上村头沙丘的顶巅，亭亭而立，凭高四望。

早春的原野，腾腾地冒着热气，就像有人在地宫里烧火加温似的。一条弯弯曲曲的乡村大道，将这暮色沉沉浑然一体的田野切成两半，一直向那苍苍茫茫的天边伸延而去。大道的尽头，有个灰蒙蒙的小黑点，正在微微地蠕动着。

那少年面挂喜色，翘首远眺，两眼死盯着黑点，心里充满了希望。他等呀盼，盼呀等，等了好大一阵，结果，失望了。

这少年，就是宝成的儿子——梁永生。

自从宝成清早离家进了城，永生娘就凄惶不安地绷紧了心弦。她走里磨外坐立不安地盼到天黑，仍不见丈夫回来，心里更沉不住气了。梁永生见娘脸上的愁容越来越多，心里像压上了一块坯。穷家孩子成熟早。永生虽然才十岁，可他已经开始懂得大人的事儿了。他知道爹是为了给穷爷们儿报仇进城的。他也知道娘现在正端着惴惴不安的心情在惦记着爹。因此，他曾几次偷偷地跑出家，登上这座沙丘，向着县城的方向焦急地瞭望。他是多么盼望爹平安无事地回到家来呀！

暮色越来越浓了。

袅袅炊烟，从家家户户的房顶上升腾起来。黑色的，白色的，灰色的，黄色的，东一缕，西一缕，大一缕，小一缕，渐渐汇在一起，形成一个庞然怪物，拖着长长的尾巴，在半天空中蠕动着，游荡着，变幻着。可是，天到这般时间，唯独梁永生家的房顶上，还迟迟不见冒烟。

这一天之中，梁永生总是恍恍惚惚，心神不定。他一进家门就想爹，出了家门又想娘。如今他站在村头的沙丘上，望着自己的屋顶，心中不安地想道："娘准又在家发愁呢……"他想到这里，挓挲开胳膊跑下沙丘，沿着洼洼坑坑的街道，拐弯儿抹角地向家奔去。

梁永生在街上走着，忽听背后有人喊他的名字：

"永生！"

永生回头一望，只见高荣芳端着半簸箕高粱面子走过来。高荣芳说：

"永生啊，把这个送到家去，叫你娘快烧火做饭。"

梁永生难为情地说：

"高大叔，俺不要。"

"永生啊，别见外；咱们虽然非亲非故，可是一个'穷'字掰不开呀——"荣芳硬把簸箕塞到永生的怀里，又问："你爹回来了吗？"

永生忽闪着一双泪汪汪的大眼，轻轻地摇着头。

高大叔抚摩着永生的头顶，宽慰他说：

"放心吧，你爹一会儿就会回来的，快回家吧。"

"唉。"

梁永生端着簸箕，怀着忧虑、感激交织在一起的心情，继续向家走去。他一边走，一边喃喃自语："一个'穷'字掰不开，一个'穷'字掰不开……"

家门口到了。

梁永生赶紧把汪在眼眶里的泪花抹去，强装出一副笑脸走进那篱笆障子的栅栏门儿。这一天来的生活告诉永生：他自己的泪花，会把娘更多的泪水引出来；他那天真的笑面，有时能把娘脸上的愁云驱散。

他走到窗下，听到屋里有人说话。

"我跑了几十个村子，找你们已经找了一天多了！"这个气吁吁的声音，很像龙潭街上的杨大虎。娘问：

"有事儿？"

"嗯喃。"

"啥事儿？"

"你们赶紧走！"

"哪里走？"

"哪里都行，越远越好！"

"为啥？"

"白眼狼派出狗腿子，正在到处扫听你们的下落。"杨大虎说，"听说那个狗杂种发了狠心，一定要把你梁家斩草除根，免去后患！"

"好歹毒的狗杂种！"永生娘骂道。

梁永生听到这里，气得两眼冒火星，嘴不由主地骂出声来：

"他妈的！"

随后，他把簸箕放在窗台上，回手操起一根棍子，跨开脚步就往外走。杨大虎闻声蹿出屋，紧赶几步拽住永生，问道：

"干啥去？"

"上龙潭！"

"去干啥？"

"我要砸死白眼狼那个狗日的！"

杨大虎望着梁永生那股彪彪愣愣、虎虎势势的劲头儿，打心眼里高兴。他劝永生道：

"永生，你还小哇！君子报仇，十年不晚。攒着这股劲儿吧！"

杨大虎拉着永生进了屋。气傻了的永生娘，压了压气，端起半簸箕高粱面子也跟进屋来。她问永生："这是谁给的？"永生说："高大叔。"娘说："你高大叔也是过着拿不成个儿的穷日子，哪架得住咱这么拆扒呢！"永生说："高大叔说来，咱和他是一个'穷'字掰不开。"杨大虎听到这里，插言道：

"就是嘛！一个'穷'字掰不开，穷不帮穷谁帮穷？"

他说着，从腰里解下一个小布包儿，哗啦一声扔到炕上。永生娘听出是铜钱的响声儿，问道：

"大虎，这是哪来的钱？"

"穷庄乡爷们儿给你凑集的盘缠。"

永生娘知道穷街坊们的日子都皮包着骨头，谁家的手里也不活便。现在她眼盯着钱包儿，心里好像有千言万语，可是又啥也说不出来。过一阵，她向大虎说：

"大虎啊，快回去吧，你娘还病在炕上。"

"大婶，你们……"

"我们不吃紧，你只管放心。"永生娘说，"你大叔一会儿就回来了；等他回来后，我们今儿个夜里就走。孩子啊，听婶子的话！咹？"

大虎走了。

屋里静下来。

在这寂静的当儿，永生又偷偷地瞅起娘的面容。他只见，娘站在屋门口，望着茫苍苍的天空，脸上的愁云又多起来，接着，眼角上也渗出了泪珠。永生见娘发愁，心里像油煎一样难受。他拍打着两只长睫毛的火爆眼睛，想了一阵儿，就说：

"娘，咱去接接俺爹吧？"

"啊。"

娘应了一声，迈出门槛，又回手掩上门扇，拉上永生的手说：

"走。"

"唉。"

永生跟在娘的身旁，出了院门儿。刚走了几步，娘又突然收住步子，问永生：

"唉，你饿不？"

"不饿。"永生把肚子一鼓，拍着肚子向娘说，"娘，你看，肚子还圆鼓鼓的呢！"

娘苦笑了一下。

他们娘儿俩出了村口，顺着通向县城的大道照直走去。永生为了给娘解闷儿，他一边走一边跟娘说闲话儿：

"娘，从坊子到县城有多远？"

"通常说十八。十八一套拉，得有二十五！"

"你去过？"

"没价。"

"你认路吗？"

"这一半路能摸上。过了龙潭桥，路就摸不准了。"

"那就在龙潭桥上等俺爹呗？"

"对。"

"也许走不到龙潭桥就会碰上俺爹哩！"

"那敢是好！"

娘儿两个且说且走。天，黑下来了。几只晚归的老鸦，从天外飞来，忽扇着翅膀，哇哇地叫着，从头顶上掠空而过，匆匆忙忙地向前飞去。

永生和娘继续朝前走着。他们穿过云烟缥缈的荒洼，苍苍茫茫的夜色，正从四面八方向他们母子合拢过来；他们穿过炊烟缭绕的村庄，村中的窗户一个接一个地亮起来了……

刚开春儿的夜晚，天是凉的。春寒乍暖，突然下开了毛毛细雨，雨中还时而夹带着雪花。可是，雪花一沾地，眨眼就不见了。走在路上的梁永生和他的母亲，这时节谁也不觉冷。他们的心里有一团仇恨的火焰，正在熊熊燃烧。

凄风苦雨，将他们的头发撕得一缕儿一缕儿，把他们的衣裳打得精湿精湿。他们顶风冒雨，全不在意，还是一步不停地走着，不顾一切地走着。

泛浆的黄土大道，暄暄腾腾，脚板踩下去，就像走在棉絮上似的，现在被雨一淋，烂泥满道，又软又滑，更难走了。永生娘因为脚小，尽管永生搀扶着她，走起来还是趺趺撞撞，滑滑擦擦。她的两只脚上，粘了个大泥坨子，沉甸甸的，每迈出一步，都要付出很大的力气。永生见娘汗流不息，浑身像座蒸笼般地冒着热气，怪心疼的。就说：

"娘，咱歇歇再走吧？"

"甭价！龙潭桥这就到了。"

又走了一阵子，龙潭桥终于来到了。

累得筋疲力尽的永生娘，一屁股坐在桥边那湿漉漉的黄土地上，呼哧呼哧地喘息着。梁永生到底是火力旺，他好像一点也不觉累，这儿跑跑，那儿瞅瞅，简直站不住脚儿。娘不放心地说：

"别瞎跑，掉下河去！"

"不碍事，我会水！"

一霎儿，南边来了一只大船。那船，扬风张帆，顺流而下，迅速地向这桥头接近着。永生定睛一瞅，原来是白眼狼那只大船。这时，他肚子里的怒气，一下子满了腔。于是，他找了块砖头，紧紧攥在手中，想等那船来到近前，投那狗日的。娘见他攥着砖头站在桥头上，就问：

"你要干啥？"

"船！"

"船？"

"白眼狼的船！"

娘挣扎起身子，来到桥上一望，果然不假。便急忙把永生拉下桥，在堤下藏起来。娘悄声说：

"咱躲事儿还躲不迭呢，可不能惹祸招灾的！生儿啊，咱惹不起他呀，先忍着点吧！"

"忍，忍！忍到多咱算个头儿？"

娘叹了口气，没再说啥。等船过去了，她才松开手。娘一松手，永生又跑上桥头。他把一直攥在手里的那块砖头，朝着渐渐远去的木船投去。砖头落在河水中，河水砰的一声响，蹿起了二三尺高的水柱。

清风徐来，云层绽开。雨，停住了。

从云缝里透出的月光，把大地上的一切全染成黄色。

梁永生翘首四望，觉得天地开阔多了。他指着河东一片黑乎乎的地方，问娘道：

"那是啥村子？"

娘手打亮棚望了望，说：

"不是村子。"

"啥个？"

"松林。"

"真大呀！快赶上白眼狼……"

"那就是白眼狼的坟茔地！"

贾家松坟的景象，随着娘的话音，在永生的头脑中闪现出来——一片密密匝匝的松树林，阴森森的，方圆上百亩。松林中，有许许多多的坟堆。有的坟上，净些黑窟窿，里边藏着狐狸、地猴儿、大眼贼……坟堆之间，除了那些石碑、石坊、石门、石人、石猪、石羊而外，还有蜷曲着身子的大蛇蠢蠢蠕动。永生正望着松林出神，听娘在一旁自言自语说：

"也不知他走哪股道儿——"

"干啥？"永生插嘴道。

"这两股道儿，说是都通县城——"娘指着桥东的岔路口儿说，"这北股道儿，跟白眼狼的坟茔隔得很近，他要一时疏忽大意，图近便走了这股道儿……"

"娘，你在这儿等着，我到前边看看。"

永生娘为了难：让孩子去？她不放心；不让去？又挂着丈夫。永生理解娘的心，就说：

"娘，让我去吧，眨眼就回来！"

他说着下了桥头。

"生儿！可快点回来呀！"

娘的喊声追上来。永生大步流星走着，爽朗地答道：

"唉！"

梁永牛过了岔路口儿，顺着北股道儿走下去。走出半里多路，又出现了一个岔路口儿。再走哪一股？他闹不清了——收住脚步犹豫起来。

这里，离贾家的松坟，只有两箭地了。

松林中的一切，凭着月光都能看出个轮廓。坟地尽南头儿，有棵白杨树。那白杨树，挺拔屹立，高出树群，分外惹眼。白杨树上，许许多多的老鸦窝，高高低低，密密疏疏，大大小小，形形状状。每天清早，群群帮帮的老鸹，在树上起起落落，从窝中进进出出，时而登枝啼叫，时而绕树盘旋。如今，天色已晚，老鸦全钻窝了，树上静悄悄的。坟地尽北头儿，有个小屋。看坟的狗腿子独眼龙，就住在那里头。

梁永生望着松林，想起了他和爹的一段对话：

"爹，独眼龙为啥住在坟茔里？"

"看坟呗！"

"坟有啥好看的？"

"怕偷哇！"

"还有偷坟的？"

"坟里埋着东西呐！"

"不就是死人？"

"不！还有珠宝哩！"

"珠宝是些啥？"

"喔！很值钱很值钱的东西哟！"

"这么值钱为啥埋在坟里？"

"说是保养风水呢！"

"风水是啥个？"

"你没看到白杨树上那些老鸹窝吗？"

"老鸹窝有啥用项？"

"据说是凭着它升官发财哪！"

"白眼狼这么撑劲，就仗凭那些老鸹窝？"

"阴阳先生马铁德是这么说的。"

"捅那个龟孙！"

"唔！叫白眼狼知道了，比挖他的祖坟还急眼哪！"

梁永生回想着这些往事，胸中怒气翻滚。他想："爹为了替穷爷们儿报仇，敢去'闯堂喊冤'，我就不敢去捅他的老鸹窝？去！"他一跺脚，奔向松林。

风，越刮越大了，嗷嗷地吼叫着，压下了天地间一切的杂音。梁永生在风中走着。寒风透过褴褛的衣着，锥筋刺骨，直入腑脏，迫使倔强的永生加快了步伐。

松林到了。

永生站在树下，翘首仰望，只见那高入云霄的树梢，在昏昏沉沉的漫天空中摇摇晃晃，扫得残云忽忽飞跑，发着呜呜的响声。

勇敢的永生抱住树干，嗖呀嗖地向上爬去，眨眼间便登上了丫杈，又攀上股梢。而后，他手也拽，脚也踹，把满树的老鸹窝全捅掉了。他一边捅着，还一边带气地说：

"捅你个白眼狼！"

"捅你个风水！"

"我再叫你发财！"

"我再叫你撑劲！"

"再叫你个狗日的欺负穷人！"

无数的细枝儿、草棍儿、叶片儿，飘飘摇摇，撒落一地。黑白掺杂的羽毛，一团团，一串串，随风翻滚，横空而去。受惊的老鸹，一只只，一对对，扑棱扑棱地蹿出窝巢，惊慌失措地拍打着翅膀，忽呀闪地飞向远方。长空中，留下一片"哇——哇"的哀鸣。

"咕噔——！"

洋炮的响声，从看坟的小屋里打过来。数不清的铁沙子，碰得枯枝唰啦唰啦地响。一股火药的硝烟气味儿，呛得永生咳嗽了两声。永生怒视着响枪的方向，狠狠地骂道：

"独眼龙，狗日的！"

随后，他四肢合抱上树干，唰的一声，溜下树来，尥开蹶子，朝着龙潭桥的方向飞跑而去。在他跑过的土地上，留下了一溜深深的脚印。

梁永生来到桥上，见娘不在，吃了一惊。他各处一撒打，原来娘已经上了桥东，正顺着南股路朝前跑着。在娘的对面，有个人也正向这里走来。

"爹？"永生一阵惊喜，转身又跑下桥头，跟在娘的背后追过去了。

那位迎面而来的人，正是死而复生的永生爹梁宝成。

永生和娘见亲人浑身血迹，满腿泥浆，心疼欲裂，一头扑上去。梁宝成望着顶风冒雨半路来接的老婆孩子，心里又高兴又难过。永生问：

"爹，你怎么啦？"

梁宝成把"闯堂喊冤"的过程掐头去尾概述一遍，最后叹了口气说：

"俗话真是实话呀——衙门口朝南开，有理没钱别进来！"

永生宽慰爹说："往后咱就快要好了！"

爹问："好啥？"

永生说："我把白眼狼的老鸹窝捅了——他的'风水'一坏，就快穷了！"

宝成眼望着刚刚懂事而又不大懂事的儿子，苦笑着摇了摇头。他急促地喘息了几口，把他用血泪换来的教训传给了儿子：

"生儿，你这一辈子，要记住：穷煞别扛活，屈煞别告状。"

永生脸上浮现着宽慰人心的笑容，眼里汪着不能自禁的泪花，轻轻地点着头：

"爹，我记住啦！"

永生娘搀扶着丈夫坐在路旁的树墩上，又从自己的衣襟上撕下一溜布条，一边含着泪花给丈夫包扎伤口，一边带着怒气向丈夫学说杨大虎送来的信息。梁宝成听说白眼狼还要"斩草除根"，加害于他的老婆孩子，气得喷出一口鲜血，又一次昏迷过去。永生和他娘急忙上前扶住。

宝成从昏迷中苏醒过来了。他强打起精神，怀着遗憾、惭愧的心情抓住了妻子的手：

"孩子他娘啊，你跟我过了十多年，没吃过一顿饱饭，没穿过一件囫囵衣裳，没喘过一口舒坦气，没过过一天松心日子——"他缓了一霎儿又说，"我，不行了！撇得你们孤儿寡母……我，我对不起你——"他吐出一口血水，又语重心长地说，"孩子他娘，你看在咱夫妻一场的情分上，想尽千方百计，把咱的儿子永生拉扯大……"

"孩子他爹呀，你只管放心，"永生娘紧紧攥住丈夫那冰凉冰凉的手，颤抖着身子，抽抽噎噎地说，"我管许对得起你……"

人越到垂危的时刻，那种遗憾、惭愧、留恋交织在一起的心情，往往是越加浓重。这时，梁宝成用上最后的力气，又朝他那尚未成人的儿子抱歉地说：

"生儿呀，爹没给你撇下一文钱的财产，撇给你的是灾难和仇恨。我这一辈子，没给你爷爷、奶奶报了仇，没给穷哥们儿报了仇，我对不起生我养我的爹娘，对不起帮咱救咱的穷爷们儿！"他攒了攒力气，捯出了最后一口气又嘱咐道："往后儿，听娘的话，听穷爷们儿的话；你远走高飞，长大成人，要记住财主的仇和恨，莫忘了穷人的情和恩，将来要给穷爷们儿报仇，给你爷爷、奶奶报仇，给我报……报……报仇！"

梁永生握紧拳头压住气，咬紧牙关忍住泪，斩钉截铁地说道：

"爹，我全记下了！"

梁宝成满意地微笑了。接着，一挺脖子咽了气。

永生和娘趴在亲人的身上哭得死去活来。

后来，他母子把亲人的遗体抬到运河滩的那个土坪上，在常明义的坟旁用手挖了个土坑，放进了亲人的尸首。永生脱下身上的破棉袄，盖在爹的脸上。

永生和娘一边流泪一边扒土，掩埋屈死的亲人。手指被土磨破了，血水和着泪水一起渗进泥土里；一把把饱含着血泪的泥土哇，撒在含恨死去的长工梁宝成的身上……

就在这时，梁永生那幼小的心灵里，也深深地埋下了一颗仇恨的种子。这颗仇恨的种子，正在膨胀、扎根，并且必将迎着春风发芽、出土……

第五章

———

德州内外

德州，是个水旱码头。城墙，全是砖的，又高又厚，十里开外就能看见。城上的垛口，像条锯齿儿朝天的大锯，蓝汪汪，青徐徐，一眼望不到尽头。

傍黑时分。一位光背少年，出现在南关街上。

这里，是全城的繁华之区。各种各样的铺面，一家挨着一家。许多木制或布制的招牌，涂着刺眼的色彩，挂在业号门口。厦檐下边的明柱上，满是招徕顾客的大字，除了庸俗的吉利话和侉妄的狂大语，还添了些时髦的新名词。

街道上，人来车往，市井营营。

讨饭的过来了。他肩上背着破褡裢，手中拿着牛胯骨，走着，敲着，唱着：

"改了朝，换了代，当铺掌柜好买卖；掌柜还穿绸和缎，穷人光脚当棉鞋……掌柜的，休发火，如今世道是'民国'；前清时候我来过，如今来的还是我……"

光背少年，缓步街头，四下撒打。这眼前的情景，使他愤愤不平，而又迷惑不解："怎么乡下城里都有穷的富的？不是说已经推倒了满清皇上建立了'民国'了吗？怎么穷的还是照样穷，富的还是照样富呢？这叫个啥'民国'呀！"他走着想着，进了南门，又来到城隍庙前。

这里商号少了。道边上净些小摊子。葱篓靠着盐箱，肉案连着鱼筐，五金兼营木器，杂货带卖鲜姜。卖馃子的孩子，穿着油衣裳，携着竹篮子，在摊案空间，跑来串去，高声叫卖：

"香油馃子，又酥又脆，好吃不贵……"

卖糖葫芦的老人，扛着杆子，抱着签子，也是边走边嚷：

"冰糖葫芦仨子儿俩，抽签赢了俩子儿仨……"

那少年走进城隍庙，又是一番景象——

东边是卖艺的。周遭儿的观众，围了个人圈儿。

卖艺人将四块新砖摞起来，用手掌猛力一劈，把四块砖全切成了两截，他的手上只硌了一道白印儿。然后又把刀柄拄在地上，他用肚子对准朝天的刀尖压上去，压得刀片撅了个弓弯儿，他的肚皮上只扎了个白点儿。

看热闹儿的观众，有的往场子里扔铜钱，有的一面拍呱儿一面喝彩："嘿，真不糠！""嗬，好功夫！"

西边是说书的。说的段子是《三打祝家庄》。说书人嗓音挺豁亮，吐出字来嘎嘣儿脆，发出音来煞口儿甜。

说书人前面的听众，一堆堆，一排排，高高低低，密密层层，围着他摆了个扇子面儿。这里边，有白须满胸的老爷爷，有梳着灰白鬓髻的老奶奶，有网着大盘头的小媳妇，有留着长辫子的大姑娘，也有刚刚剃了光头的小伙子，还有穿着开裆裤的娃子们……所有这些人的眼珠子，仿佛都被说书人用一根看不见的细线系住了——他那里轻轻一拽，全场的眼珠子都跟着他的手指头骨碌碌地转。整个儿说书场，静得鸦雀无声。说书人的桌子上，摆着一壶酽茶。直到他端起茶杯喝水润嗓子的时候，人们才抓紧这个空隙议论几句：

"梁山将真是好样儿的！"

"脚下这个世道儿就该有这么一伙儿人！"

"唔！还说这个？脚下是'民国'啦！"

"'民国'？狗屁！挂羊头卖狗肉，换汤不换药……"

那边鼓子一响，这七嘴八舌头的议论声立刻停下来。

光背少年站在边儿上听上了瘾，他找来一块半头砖坐在腚下，也正经八道地听起来了。方才，他的肚子里还肠子碰得肝花响，可一听入了迷，连饿也忘了。

这位光背少年你猜是谁？就是死里逃生的梁永生。

那天晚上，梁永生刚埋完了爹的尸体，独眼龙就领着几个狗腿子追来了。永生娘因为脚小跑不动，让永生快跑永生又坚决不干。她为了让儿子逃活命，喊了一声"永生快跑"，跳了运河。永生为了救娘也跳下河去，可是娘已经被大浪卷走了。这时，狗腿子们已来到河边。机灵的永生一个猛子扎进河里，又在桥底下慢慢地钻出头来，用手抠住砖缝，倾听着河岸上的动静。直到狗腿子们全滚了蛋，他才爬上岸，坐在桥头上望着河水想起了娘，不由得呜呜地哭起来。他哭着哭着，娘的声音在耳边响起来："永生快跑！"永生心里说："是啊！娘是为了让我逃活命才跳河的，我得赶快离开这里！到哪里去呢？"这当儿，爹的声音又响在耳旁："你远走高飞，长大成人……报仇！"永生望了望埋在河滩上的爹，想了想死在河水中的娘，然后冲着运河说：

"爹，娘，你们放心吧，我一定给你们报仇！"

他说罢，一跺脚，走了。从那，他只身一人，走呀走，走呀走，一直向前走。渴了，就捧起河水，饱喝一顿；冷了，就找个避风处，晒晒太阳；饿了，就拣起残存在坷垃缝里的干树叶，放在嘴里嚼嚼咽下去。赶上村子，就向人家要口吃的。这样的生活，他过了一年多。

　　有些人的生活，从一个时期到另一个时期的转变，就像蓓蕾变成花朵那样坦然自如，轻快而又从容。可是，对梁永生来说，生活转变的日子，是一道活像运河般的深沟。现在，他回想起过去的一切，恍如隔世；看看眼前的环境，又像正做噩梦。

　　这一年多的时间，永生仿佛长了十几岁。他见到了许多未见过的景物，经历了许多未经历的事情。在他那幼稚的头脑里，还出现了一些新生的念头。

　　在他捧饮河水时，曾天真地想过："天底下这么多的东西，就只剩下河水不属于哪一个人！要是吃的、穿的，都不分你的我的，那该多好哩！"在他身寒腹冷的时候，又对太阳产生了特殊的感情。他觉得，人世之间，只有太阳才是自己的亲人。他冷了，太阳伸出温暖的手，轻抚着他的背胸，使他感到暖烘烘的。他哭了，太阳用那慈母般的笑脸看着他，仿佛在说："孩子啊，别哭，你的苦处我全知道。"在那漫长的、难熬的、一个又一个的冬夜里，每当永生被那飕飕的凉风冻醒的时候，他总是一次又一次地瞅着东方。是啊！对于一个饥寒交迫的孤儿来说，他不盼那光照人间、热洒全球的太阳还盼什么？

　　梁永生夜宿晓行，沿着运河一直向南。他要到一个没有又雇活又租地的大财主的地方去。后来，他听人说，德州城里没有那样的坏蛋，于是，就且问且走来到德州。谁知，德州的有钱人，跟乡间的大财主一样歹毒——他从进了德州，还从没饱过肚子。

　　黑重的大地，吞去了西方淡红色的天角。天，渐渐地黑下来了。说书的，卖艺的，全都散了场。耍手艺的煞了作。城隍庙前那些出案子的小买卖儿也收了摊子。嘈杂的市区已路静人稀，拥挤的街巷显得宽绰多了。

　　梁永生紧紧腰带，在城隍庙前的墙根下四脚拉叉地平躺下来。他的头下，枕着一块硬邦邦的半头砖。清风徐来，轻抚着他那黑红闪亮的胸膛。他伸伸胳膊蹬蹬腿儿，浑身的骨头节子嘎巴嘎巴地乱响。他忽闪着一双水汪汪的大眼，瞭望着广阔无际的深空，心如脱缰之马，一阵阵地遐想起来。他盼着，有朝一日，自己能练出一身像卖艺人那样的好功夫，为爹娘报仇，为所有的穷苦人报仇。他还盼着，自己能上梁山，当个"梁山将"，来个《三打龙潭街》，把白眼狼、马铁德、独眼龙，还有贾立仁那只狼羔子，通通剁成肉酱！

梁永生想着想着，进入了梦乡。他梦见，自己长了翅膀，飞呀，飞呀，一下子飞到漫天云里去了。他在漫天空中，美滋滋地想道："哎，该飞到贾家大院去报仇哇！"于是，他就腾云驾雾，遨游长空，向那贾家大院飞去了……

"喂！天黑啦，快起来回家吧！"

一个女人的喊声，惊跑了永生的美梦。他睁眼一看，一位老奶奶站在他的身边，便朝老奶奶发起火儿来：

"全叫你闹坏了！要不价，我已经飞到贾家大院报仇了！"

老奶奶乍一听迷惑不解。她想了一霎儿，又苦笑了。说：

"傻小子！还没醒过来哪？"

梁永生揉了揉眼睛，瞅瞅四周，扑哧笑了。接着，他又打量起这位陌生的老奶奶来。只见她穿了一身破破烂烂的衣裳，一手挎着个破红荆筐子，一手拉着根干枣条，头发全都白了，脸上的皱纹横三竖四，很深很深。她那慈善的面容，呈现着怜悯的神色，向永生说：

"孩子，天黑啦，大人不惦记你吗？"

"俺没家！"

"你娘呐？"

"叫财主那狗日的逼得跳河了！"

"你爹哩？"

"叫县衙门那王八蛋给打死啦！"

老奶奶紧锁双眉望着这个孤苦伶仃的穷孩子，沉默了一会儿，又说：

"孩子，跟我去吧！"

她说着，没容永生表示同意不同意，就拽上永生的胳臂走开了。

梁永生跟着这位讨饭的老奶奶朝前走着，他的肚子又叫唤开了。老奶奶从筐子里拿出两块干粮，递给永生："孩子，吃吧。"永生觉得老奶奶这大年纪了，要口干粮不容易，不忍心吃。老奶奶着起急来："看你这孩子！挺嫩的个身子骨儿，饿出伤来是一辈子的事哩！"永生无奈，只好吃起来。老奶奶见他大口小口狼吞虎咽吃得那么带劲，高兴地笑了。永生一边走一边瞅着这位善良的老奶奶。

走了一阵，永生问：

"你家几口人儿？"

"一口儿。"

"没有儿子吗？"

"没有价。"

"也没孙子？"

"傻小子！没儿子哪来的孙子呢？"

老奶奶说着，那爬满皱纹的脸上滚开了一串串的泪珠子。她一边走，一边用手擦着，抹着。可是，擦也擦不干，抹也抹不净。永生吃惊地问：

"你哭啥？"

"我是个风泪眼。"老奶奶转了话题说，"孩子，多大啦？"

"十一。"

"好。长得这发实个子挺出息。叫啥呀？"

"叫梁永生。你哩？"

"唉，我哪有个名字啊！"老奶奶说，"永生啊，你就叫我赵奶奶吧。"

"唉。"

梁永生跟随赵奶奶，穿大街，越小巷，钻道洞，过木桥，上崖下坡，拐弯抹角，走呀走，走呀走，出了德州城，进了漫洼地，还是往前走。梁永生越走越纳闷儿，就问：

"奶奶，怎么还没到家呀？"

"这就到啦。"

越走离德州城越远了。一片盐碱荒洼展现在眼前。正在返碱的土地，黑一片，白一片，花花搭搭，好像刚下过霜雪似的。含着大量碱分的泥土，踩在脚下，软软和和，沙沙作响。

天，已经黑透了。

隐藏在罗纱薄云后面的眉月有形无光。荒凉的郊野好像漂浮着一层水。天地之间的一切景物，都像若有若无，渺渺茫茫。

梁永生和赵奶奶踏着曲曲弯弯的羊肠小道，穿过了一片杨树行子，赵奶奶向永生说："孩子啊，到家啦！"她见永生四下张望，又用手一指说："你看，咱的家就在这里。"

梁永生看见了。这是个啥"家"呀？原来是个地窖子。这地窖子很简单——就着崖坡，挖了个土洞。这土洞，一半在地上，一半在地下，上边用树枝和茅草搭了个顶子。那个刚能钻进入去的洞口儿，既算"窗户"也算"门"了。梁永生哈下腰，对着那洞口儿朝里一瞅，黑咕隆咚，啥也看不见。他惊奇地向赵奶奶说：

"奶奶，这就是'屋'吗？"

赵奶奶苦笑一下儿，无可奈何地说：

"唉！啥法儿呀？这虽说不算屋，可总算有个安身落脚的地方呗！不比你睡在墙根底下强吗？"

寒来暑往，秋风凉了。

半年多来，他们祖孙二人，在白天，要饭的要饭，拔草的拔草；到夜晚，异途同归，又都回到地窖子安宿过夜。一老一小，同舟共济，相依为命。日子长了，梁永生把他一家的不幸遭遇，全告诉给了赵奶奶；赵奶奶也向梁永生倾诉了她那灾难的生涯。

赵奶奶是河北省大名县人。

十多年前，她那当长工的儿子不知怎么惹着了财主，被活活打死在牲口棚里。她的孙子年少志刚，一气之下烧了财主的牲口棚，连夜逃走了。

众乡亲掩护赵奶奶逃出虎口。她要饭讨食来到这冀鲁平原的运河岸边。

梁永生和赵奶奶这对萍水相逢的祖孙，相互了解了彼此的身世以后，更是情同骨肉、亲如眷属了。赵奶奶要着口好吃的干粮，自己舍不得吃，留给小永生；梁永生拔草卖几个钱，自己舍不得花，交给老奶奶。赶上风雨天，他们出不去，就捋把树叶儿来充饥；夜风凉，身上冷，他们就紧紧地抱在一起。

这天晚上，夜幕像一张广大无边的巨网，从天宫撒向人间，覆盖在黄沙滚滚的原野上。梁永生背着一背草，踏着月光，绕过地瓜地，向这地窖子走来了。他来到洞口，放下青草，喊道：

"奶奶！"

"唉。"

奶奶这声"唉"，使永生毛了脚。因为，奶奶的语音不像往日那样——声腔中流露出焦急，音韵里又饱含着笑意；而是非常低沉、微弱，间而有些颤抖。永生赶紧钻进洞去，就着从洞口射进的月光一瞅，只见赵奶奶正一阵阵地打哆嗦。梁永生凑到奶奶的脸上，急切地问道：

"奶奶，你病啦？"

"不病。"

"你冷？"

"不冷。"

"你饿了吧？"

"不，不……"

赵奶奶嘴里说着"不"，肚子却咕噜咕噜叫起来。奶奶知道没有吃的，若把饿告诉永生，不是净让孩子为难吗？小永生回想着几天来的生活情景，心想奶奶准是饿的；要能有点儿东西吃下去，就会好了。可是，这地窖子里连一口吃的东西也没有，怎么办呢？

永生正翻来覆去苦思冥想，蓦地，那块地瓜地的景象，在他的头脑里闪出来。他心中一喜，钻出了地窖子。

永生要干啥去？他要去扒两块地瓜，好救下赵奶奶的命。可是，他一出洞口，又愣住了。他想："半夜三更去扒人家的地瓜，这不叫偷吗？偷人家的东西多丢人呀！"当他正要转身回洞，耳边又响起奶奶那微弱而颤抖的声音，眼前也晃动着奶奶那令人焦心的面容。这当儿，可把个永生难住了！他在洞口上犹豫了好一阵，最后还是把心一横，迈开步子向那地瓜地奔去。

这块片张儿不大的地瓜地，青徐徐，绿茵茵，被月光一照，荡漾着水一样的光泽。

梁永生风风火火地来到地瓜地边上，心里怦怦地敲起小鼓儿。他硬着头皮蹲下身子，毛手撒脚地扒了两块地瓜，出了一身冷汗，然后撒开丫子一溜风烟跑回地窖子。

永生真没想到，当他把地瓜递到奶奶的手中时，奶奶却吃惊地问道：

"孩子，哪来的地瓜？"

"扒的。"

永生说着，低下头去，脸上腾腾地冒起火来。

奶奶一听，挣扎着坐起来，用教训的口吻说：

"孩子，咱穷，要穷个志气。无论如何也不能拿人家的东西！"奶奶缓了口气又说，"要是这地瓜地是财主的，两块地瓜就得惹场大祸；要是这地瓜地是穷人的，人家血一把汗一把种点地瓜不容易，还不知有多少个饿肚子等着它呢！"

梁永生听了奶奶的话，觉得句句在理，感到又惭愧，又后悔，心里责怪自己没想这么多。他正想向奶奶认错，又听奶奶说：

"永生啊，我这个穷老婆子，一辈子没拿过人家的一个线头儿；你，也是咱穷人的骨血，也应当有咱穷人的志气。孩子，记住：你这一辈子，以后不论到哪步田地，认可丢命，也不能丢了咱穷人的志气呀！永生，奶奶说得对不？"

"奶奶说得对。"梁永生果断地说，"奶奶，我再给人家送回去！"

"好孩子。"

梁永生拿上两块地瓜，出了洞口，又向那地瓜地走去了。奶奶的话响在他的耳边："你，也是咱穷人的骨血，也应当有咱穷人的志气。……以后不论到哪步田地，认可丢命，也不能丢了咱穷人的志气呀！"梁永生走着想着，心中暗自叮咛着："要记住奶奶的话！"接着，他又想："要是地瓜地的主人在这里就好了，也好向人家认个错儿呀！"

这块地瓜地的主人叫雒金坡，是雒家庄人，离这儿一里多路。他老两口子过日子，只有这一亩命根子地。因为地土少，占不住手儿，雒金坡三六九儿地给人家干点零工、月工。他把仅有的这块地全种成地瓜，一是因为地瓜用本小，产量高，并且叶子、蔓子都能吃；要不，一亩地的收成，怎么能够两个人嚼用的？二是年前节后挑起八股绳子卖点熟地瓜，赚几个钱儿，也好作为一年到头称盐打油的零花销。一到地瓜长成个儿的节令，雒金坡格外留心照看，怕有人扒瓜，又怕野物儿糟蹋。

今天晚上，他正要来地瓜地里看看，老远就望见梁永生进了他的地瓜地，便大步流星地追过来。当他赶到半路时，永生已经跑回地窖子。金坡正要去和他们讲理，忽见永生从地窖子里钻出来，又向他的地瓜地走去了。金坡想："好家伙呀！偷一趟还嫌不够……捉贼要捉赃，我等他扒了地瓜回来，再去抓他。"于是，他一闪身，藏在了一棵杨树后边。

梁永生来到地瓜地里，找到原来扒地瓜的那个地方，蹲蹲下身子，扒开土，把两块地瓜又埋上，然后站起身，还在松蓬蓬的土上踩了两脚，这才转身又朝地窖子走回来。这时候，永生的心里，就像一块石头落了地，踏实多了，觉得浑身轻松。

这一阵，永生的一举一动，雒金坡在树后看了个清清楚楚，他心里想："这孩子岁数不大，胆儿还真不小哩！你看他那不慌不忙的劲儿，准是个老手。"金坡正想着，永生回来了。金坡忽地站出来抓住永生大声说：

"哪里走？"

"干啥呀？"

　　雏金坡啥也不说，在永生的身上搜翻起来。他将梁永生浑身上下翻了个遍，连块手指肚儿大的地瓜也没搜出来。于是，又逼问道：

　　"你偷的地瓜放在哪里啦？"

　　"又埋在地里了。"

　　金坡听了，当然不信。

　　"你甭诓我！"

　　梁永生理直气壮，爽朗地说：

　　"大爷，你不信去看嘛！"

　　"好！跑了和尚跑不了寺！"雏金坡想到这里松了手，直往地瓜地去了。他来到地里，找到刚才永生蹲过的地方，一看，果然有一片新土。他蹲下一扒，又果见有两块离了桩的地瓜在土里埋着。这事儿可真蹊跷？他为了解开这个谜，就干脆把那棵地瓜全扒下来，和上边的断根一对，正好儿，除这两块被扒落离桩以外，半块不少。他又在地瓜地里转转悠悠瞅了一遍，那刚下过雨的地皮上，再也没有一点新土。这到底是咋的回事儿哩？雏金坡拿着扒下来的一墩地瓜，来到地窖子的洞口上，朝里边说道：

　　"你们扒了我的地瓜，为啥……"

　　赵奶奶一听人家找上门来了，心里不安，就强打起精神，抢过人家的话头儿，赶紧赔礼说：

　　"你这位大叔，别生气；孩子小，不懂事儿，扒了你两块地瓜，我已经责备了他，他又给你送回去了……"

　　赵奶奶这简简单单的几句话，却深深地打动了雏金坡的心。原先，雏金坡对住在地窖子里的这一老一小，虽不大放心，可也有一些同情，只是从未向他们表示过。今儿夜晚，永生扒地瓜、送地瓜这件事儿，在金坡看来，只有那种一咬嘎嘣嘣响的穷人，才能做到这个地步。于是，他把方才扒下来的那墩地瓜放进洞口，说："这些，你们都留下吃吧！"

　　这一来，梁永生和赵奶奶全蒙了点。世界上哪有这号事儿——扒了人家的地瓜，人家一不打，二不罚，还给送上门来？赵奶奶以为人家是赌气了，又急忙说：

"我求求你，饶了俺这苦命的孩子吧！俺这孩子从来不偷人家的东西，这一回，他是为了我……"

雒金坡一听，梁永生不是因为嘴馋偷扒地瓜，而是为了奶奶，他更爱上了这个穷孩子。临走时，他向赵奶奶说：

"往后儿，你们要是能填饱肚子，那就啥话甭说了；实在弄不着东西吃的时候，就到地里扒几块地瓜接接短儿。"

他说着又转向永生：

"小伙计儿，可得记住一条哇——要在一个地角上扒，别扒得满地里乱糟糟的！听了不？咹？"

梁永生和赵奶奶都说了不少感激的话。

"你们别说那些个。咱们都是穷人，不用客气。"雒金坡说，"今后我也不来看了。你们费点心给我照看一下儿吧。"

果然，金坡一去十几天，没有再来。

这天一早，雒金坡两口子来刨地瓜了。动手之前，雒金坡先围着地转了一个圈儿，见一棵没动，半块不少。这时，金坡心里甚是感动，就跟妻子说：

"嘿，这两个要饭的，真耿直！"

雒金坡的妻子，是个善良的女人。她把被风刮散的一缕头发撩上去，以商量的口吻向丈夫说：

"咱刨完地瓜，该给他们送两篮子去——人家给咱看了一阵子……"

"对。"金坡说，"我先去瞧瞧，他们还在不。"

金坡朝地窖子走着，仿佛听到有一种隐隐约约的哭泣声，心里一愣，大步加小步，三步并两步，一阵疾走便来到了地窖子近前。他从洞口朝里一瞅，只见赵奶奶躺在草上，永生趴在奶奶的身边正唏嘘唏嘘地哭泣。蓦地，一股同情的、怜悯的感情笼罩住金坡的心头。他一猫腰，钻进地窖子，凑到赵奶奶身边，一摸，浑身都凉了，脉也停止了，心也不跳了。他揩着泪花问永生道：

"孩子，你奶奶是怎么死的？"

梁永生抽噎着说：

"我奶奶没有病。是饿、饿死的……"

金坡一听，一股热泪涌出。他怀着敬慕的心情暗自想道："她宁可饿死，也没扒我一块地瓜，多么要强的老人，多么志气的孩子啊！"雒金坡想着，一下子把梁永生抱过来，紧紧地搂在怀里。

过了片刻，雒金坡把梁永生领出地窖子，对他说：

"孩子，咱就把你奶奶埋在这个地窖子里吧？"

梁永生忽闪着两只泪眼，感激地点点头。

金坡回到地瓜地里，扛来大镐，叫来妻子，他们这三个既不同姓又不同宗的穷苦人，一齐动手掩埋着素不相识的赵奶奶。

金坡一边刨土，一边向妻子叙述着赵奶奶临死前后的情景。善良的金坡妻子，一遇上这样的事情，她满肚子的好心肠乱翻腾，可就是嘴里说不出来。这时，她一面长吁短叹，珠泪横流，一面怀着感慨、怜悯的心情问永生道：

"你叫啥？"

"梁永生。"

"你不是姓赵吗？"

"不！奶奶姓赵。"

"这不是你亲奶奶？"

"不是。"

梁永生讲述了他和赵奶奶相识的过程，又在金坡夫妇的询问下，概述了自己那多灾多难的家史。金坡的妻子淌着热泪听完了永生的血泪倾诉，深有感触地向丈夫说：

"白眼狼跟咱村的疤癞四一样坏！"

雒金坡叹了口气说：

"是狼就吃人，是狗就吃屎，是财主就没有人心肠！"

坟埋完了。

梁永生恭恭敬敬地站在雏金坡夫妇面前，以感激的口吻说：

"大爷，大娘，谢谢你们。我，走啦！"

"哪里去？"

"走到哪里算哪里呗！"

"不！孩子，你这么小，各处乱跑，大娘我不放心呀！"雏大娘拉住永生搂在怀里，亲昵地说，"孩子，你就到俺家去吧！啊？……"

第六章

苦上加苦

第二年。雒金坡那一亩地，又种上了大西瓜。

三伏天，西瓜快要熟了。一根根的瓜蔓上，都结着圆滚滚的大西瓜。有疙疙瘩瘩的"黑老虎"，有花花道道的"大花翎"，也有白皮、白瓤、白籽的"三白脆"，还有那白皮、红瓤、黑子的"三结义"。所有这些品种，都是全国有名的"德州西瓜"。它们长得那么招人喜爱！

瓜地中间，搭了个窝棚，名叫"瓜屋"。

这"瓜屋"，是看瓜人住的地方。瓜屋的构造，既讲究又简单——在地上埋了四根立柱，柱顶端绑上两根横杆，横杆之间用苇席搭了个顶子。顶子呈半圆形。这为的是雨天便于雨水滴流，不易漏；晴天可防日光直射，能减温。顶棚两边，还各探出一尺来宽的檐子。檐子是管壮观的。在这德州一带，看搭瓜棚人的手艺高低，门道主要在这檐子上。

瓜棚的半腰里，又绑上了两条横棍子。横棍子上搭着两扇门板，这就是"床铺"。夜晚躺在上边，清风徐来，穿堂而过，蚊子站不住脚，不会挨咬。中午在这里睡个晌觉，日光晒不着，四面可来风，好像沐浴在温凉的池水中一样，舒坦极了！在这一带，瓜农中曾流传着这样的歌谣：

> 一亩园，十亩田，
> 地少种瓜最合算。
> 庄稼人，不高盼，
> 瓜铺赛过金銮殿。

今年是个旱年头。打一开春就雨水稀少。近月来竟滴雨未落。直旱得满地的庄稼都干了叶子。地皮张着大嘴，人们心似油煎。种瓜，本来就是个辛苦活儿，从开畦下种搭上风帐，这套活儿就紧攻手地忙起来了。瓜秧一出土，就定苗儿，追肥，锄了一遍锄二遍，锄了三遍锄四遍。有句农谚说得好："谷锄七遍饿死狗，瓜锄九遍不住手。"瓜秧长大了点，又得紧忙着掰杈子，压蔓子，掐顶心，光怕它长疯了。赶上像今年这旱年头儿，瓜农们受的累就更大了。雏金坡两口子，再加上梁永生打补丁，从整地开始，就风里来雨里去，泥里滚，土里爬，成天价没黑没白地长到这西瓜地里。如今，西瓜用水的时候总算过去了，他们一家三口才算稍微清闲些。

土地不负勤劳人。眼时下，秧旺瓜肥，丰收已经把里攥了。这些天来，雏金坡望着菁菁榛榛的满地西瓜，乐得一天到晚合不上嘴。他悄悄地盘算着再过一个集日，早熟的西瓜就可上市了。金坡的妻子，瞅着这长势喜人的大西瓜，心里也是乐滋滋的。她今年四十五岁了，曾经生过两个孩子，都因为日子穷，手下紧巴，孩子有病没钱治，耽搁死了。"人到中年忆子孙。"如今有了梁永生这个孩子和他老两口子一起过日子，又碰上了个西瓜大丰收的好年景，她的心里就像糖里拌蜜，蜜里调油，又香又甜。

这天下午，天朗气爽，日丽风清。雏大娘坐在瓜棚的门板上，一面看瓜，一面穿针引线缲扣鼻儿。她钉完最后一个扣鼻儿，用剪子铰断线头儿，又拿过笤帚扫净粘在大襟上的棉花毛儿，正想再纳袜底儿，一抬头望见了梁永生。梁永生扒了光脊梁，正在西瓜档子里栽白菜。雒大娘放开嗓子，满含喜韵地高声喊道：

"永生噢！"

"唉！"

"快来哟！"

"啊！"

永生顺着瓜地里的羊肠小道儿一溜飞跑，活像只刚出飞的小燕似的一翅子扑到雒大娘的身边，笑眯眯地问道：

"大娘，叫我做啥？"

雒大娘用双手撑起那件刚做好的棉袄，披在永生的身上。永生挓挲起胳膊伸上袖子。雒大娘抿着嘴儿瞟着永生那如花似朵的笑面，一个又一个地给他扣着扣子。已经失去母爱的梁永生，觉着有一股暖流立刻串遍全身，渗入肺腑。在这同时，他的肺腑里，也渗入了穷人家庭特有的温暖。

永生摸着这厚墩墩软绵绵的黑棉袄，不解地问道：

"大娘，刚立秋就穿棉袄吗？"

"看俺这傻小子！脚下哪是穿棉袄的时候呀？"雒大娘说，"我是先让你穿穿试试，看看合身不合身——这是用你大爷的一件旧夹袄改做的。"

"那，俺大爷穿啥？"

"管他哩！"雒大娘似笑非笑地说，"他那老骨头老肉的，经得住砸打，怕啥的呀！"

从前，永生在爹娘面前的时候，打也好，骂也好，疼也好，爱也好，他都没有什么动心的感觉，也没留下过多深的印象。可是，自从他进了雒家门儿，一年来，雒大爷和雒大娘处处那么知冷知热知轻知重地体贴他，爱抚他，使他打心窝儿里觉着温暖，感到幸福。一宗宗一件件的往事，都在他的头脑里留下了难以磨灭的印象。眼时下，伏梢未尽，雒大娘这不又早早地给他做上了过冬的衣裳。他现在望着这从小也没穿过的厚棉袄，再看看雒大娘身上那件补丁摞补丁、线锯挨线锯的破褂子，感动得简直要哭出来。这时，他暗自下了决心："到将来，我长大了，无论走到哪里，一定要像赵奶奶那样，像雒大爷、雒大娘这样，把阖天下受穷受苦的人，都当作自己的亲人。"

梁永生把棉袄穿好，雒大娘又给他把各处抻了抻，拽了拽，上上下下打量一阵，前后左右端详一番，然后说：

"腰胯里肥点儿。脱下来吧，大娘再拾掇拾掇。"

"大娘，甭捣鼓啦，肥点碍啥事？"

在他们娘儿俩说话的当儿，雒大爷的穷朋友沈万泉大叔溜溜达达来到瓜地里。这时正巧走到瓜棚旁边，就着梁永生的话尾儿逗趣说：

"唔！可不能这么说。往后儿，你眼看着就腾呀腾地蹿成大小伙子了，得穿得板板生生的，好有人给个媳妇呀！要不，谁家的闺女肯跟着？"他又转向雒大娘，"我说得对不，老嫂子？"

永生涨红着脸，憨笑着，跑开了。

雒大娘咯咯地笑起来，满脸的笑纹像是一朵花。

傍黑时分。村边龙王庙上，突然响起"当当"的钟声。雒家庄的大财主疤瘌四，要领头祈雨了。

雒大爷竖起耳朵听了一阵，愤然骂道：

"疤瘌四这个孬种，又要琢磨穷人！"

梁永生不解其意，就问大爷：

"祈雨怎么是琢磨穷人？"

雒大爷抽了一口烟说：

"又要摊敛呗！"

雒大娘说：

"今年咱有这片瓜，不怕他！大不了豁上两车子瓜，够他的了！"

"唉，看吧，"雒大爷说，"还不知出啥么蛾子哩！"

晚饭后。香烟缭绕的龙王庙里，梁头上吊起一盏围灯，阴惨惨地把庙堂照亮了。疤瘌四领着头跪倒，焚香，烧纸，磕头。

祈雨完毕，疤瘌四站在那边开了腔：

"祈雨，这是阖庄阖院的事，户户有责，人人有份。祈雨的香钱，我先垫出了。若是别的事，我垫上也就算了。我刘某，一不是垫不起，二也不是垫不着……"

这时候，讲者滔滔，听者很少。人们悄悄私语，议论不休：

"啐！说人话拉驴粪的东西！"

"像他这号算破天的巧利鬼，搂不着是不下笸子的！"

"万话归一，又要耍'黄鼬给鸡拜年'的花招儿呗！"

疤瘌四见人群中唧唧哝哝，乱嘈嘈的，他那肉囊囊的脸上，流露出莫测的奸笑。然后干咳了几声，把疤瘌眼儿挤鼓了几挤鼓，又油腔滑调、甜嘴呱嗒舌地说下去：

"祈雨嘛，这不同于别的事。它需要每个村民的诚心。诚心，就是踊跃地拿香钱。当然，香钱拿得越多，心就越诚喽！只有倾家荡产也在所不惜，才能惊动龙王开恩赐雨。"

"胡说八道！"

"扯淡！"

这些悄悄的骂声，也不知疤瘌四听见没听见，他网花着那两片子薄嘴唇儿，又唇不沾齿地说下去了：

"因此说，在祈雨这件事上，我刘其朝对乡亲们是爱莫能助哇！这香钱怎么办呢？如今是'民国'，就得实行'民主'了！所谓'民主'嘛，也不外乎两种法子：一是抓阄儿，谁抓着就由谁包圆；那就是让天意来决定了……"

"那除了你家谁包得起？"

"我砸巴砸巴骨头卖上也拿不出这么多钱！"

"第二个法子嘛，就是朝廷吃煎饼——君（均）摊了！眼下钱色不稳，所以得以粮计算——每户先拿二斗麦子。"疤瘌四说，"再要不够，我抱葫芦头儿！有啥法子？谁叫我是经办人来呐！诚然，有欲多拿者，我刘某……"

疤瘌四一再提高嗓门儿，哑声破锣地强说到这里，人群中吵吵嚷嚷乱了营，他再也没法儿说下去了。这时狗腿子罗矬子出来了。他为了维护其主子的"尊严"，狗仗人势地跳到凳子上，扬风奓毛地咋呼道：

"四爷话没讲完，你们起什么哄？四爷不辞辛苦，为全村谋利造福，你们咋半点不知好歹？真是愚民！"

这时，人群中响起一声炸雷般的怒吼：

"罗矬子！你说的是人话吗？"

全屋的眼光，一齐向说话的地方射去。一看，说话人是雏金坡。顿时，人群炸了：

"他要再损人，揍那个小舅子！"

"把他填回去！这小子说话太牙碜了！"

"罗矬子！你仗什么腰子？"

比泥鳅还滑的疤瘌四，懂得"众怒难犯"的道理，怕引起公愤，不敢公开与众对垒，便叱责起罗矬子来：

"不会说话，咧咧个屁？废物！饭桶！"

凡是狗腿子，他的脸蛋子跟屁股蛋子没有多少区别——这大概是狗腿子们的共性吧。你看，罗矬子想舔个热乎腚，反挨了狗屁崩，他却脸不挂火，目不惊神，把那黄牙板儿一龇，低贱地笑了。接着，又连连点头，如鸡啄食；唯唯诺诺，狼狈退后。

疤瘌四趁人们笑看罗矬子那丑态的当儿，又说道：

"我的话说结了。谁要抗缴香钱，误了祈雨大事，那可别怪我刘其朝不讲情面。"

人群又一次骚动起来。

有的说："连往嘴里拿的都没有，哪里去摸二斗麦子？这不是卡着脖子要人命吗？"

有的说："咱连鞋底大的一块地也没有，祈雨凭啥叫咱摊钱？这不是净琢磨穷人吗？"

也有的说："荒唐！如今都立秋啦，还祈雨干啥用？这哪是摊香钱？简直是敲竹杠！"

还有的说："龙王？屁！龙王爷还不是人捏的！"

初生的犊子不怕虎。正当人们纷纷议论，梁永生忽地跳上凳子，指着疤瘌四怒冲冲地说：

"祈雨，你跟谁商量过？不商量就出这么蛾子，这叫啥'民主'？要祈雨你自己祈，穷人没钱祈不起！"

人群中齐声喝彩：

"好样的，说得对！"

"是理！"

梁永生这几句话，把个疤瘌四问了个张口结舌，气了个眼蓝。沈大叔怕永生不知深浅把祸闯大，赶忙把他从凳子上拉下来，领着他出门而去。

次日一早。罗矬子领着另外几个狗腿子，歪戴着帽儿，趿拉着鞋儿，抻着鸡脖子，瞪着牛蛋眼，来到雒金坡的瓜地里。罗矬子话中带刺儿地向雒金坡说：

"姓雒的，香钱还得拿呀！"

雒金坡早就预料到有这一场。他认为硬抗也顶不了事，就早早借来二斗麦子，准备下了。这时，他正站在土井子边上的水池子里涮脚丫子。一听罗矬子的话口连烧带烫，就压了压气儿，蹬上鞋，来到瓜屋里，搬起那麦子口袋，吭噔一声拽到他们的车子上。罗矬子问：

"多少？"

"二斗。不信，要过斗就过斗，要过秤就过秤，上戥子戥也行！"

"姓雒的呀，气粗顶不了麦子——这些不够！"

"多少够？"

"四斗。"

"我凭啥拿四斗？"

"你得算两户儿。"

"从哪说起？"

"从他说起！"罗矬子指着站在一旁的永生说，"这棵野秧子，得单独算一户儿……"

"胡诌！他来到我家，就是我的孩子！"

"他算你的孩子？为啥你姓雒他姓梁？"

梁永生一听气得肺都要炸了。他质问罗矬子：

"罗矬子，你娘姓啥？你家算几户儿？你们这帮狗腿子，都住在刘家大院里，莫非说都跟他姓刘吗？"

梁永生几句话，把狗腿子们的脖子全顶直了。雒大爷觉得说碴了没好处，就想打个圆场揭过这一张去，可一时又想不出合适的话儿来。罗矬子让个孩子挖苦了几句，羞怒难忍，又无理可说，就祈灵于拳头，想要动武。梁永生也不让个儿，顺手操起棍子，要跟他们拼命。狗腿子们张牙舞爪，直扑永生。雒大爷把两条胳臂一挝挈，就像横上了一根杠子，拦住了狗腿子，然后不软不硬地说：

"你们跟个孩子要什么威风？得，我就拿四斗！完了吧？"

"不完！"罗矬子说，"你还记得不？七年前祈雨时你抗缴香钱，是四爷给你垫上的……不过，那时是两块大洋，到今天，本滚利，利翻本，可就不是两块了！"他向另一个托着算盘子的家伙一挥手，"算算，该多少——"

算盘珠儿噼里啪啦响了一阵儿：

"一百四十八块半！"

罗矬子狞笑着，向雒金坡伸过那被大烟熏黄了的手掌：

"姓雒的，一笔清了吧——怎么样？"

到这时，雒金坡已气得浑身颤抖，说不出话来。其实，他的肚子里，有的是理，有的是话，可是，那股被仇恨凝固了的怒气，塞满了胸膛，堵住了嗓子，使得他啥也说不出来了。

"姓雒的，何必犯这么大的愁肠？把心眼儿放活一点嘛！"罗矬子凑到雒金坡的近前，腆着黑脸龇着黄牙奸笑着，又指了指西瓜地说，"它，不就是钱吗？"

"地？"

"对！"

这一亩地，是雒金坡家省吃俭用、挨饿受冻积攒了三辈子，才置下的命根子。活着靠它吃，死了靠它埋，没了它再靠啥？再说，也对不起死去的爹娘啊！金坡想到这里，堵在胸口上的怒气冲上来，一口唾沫吐在罗矬子的脸上，气话冲口而出：

"你妄想！"

罗矬子一边抹着脸上的唾沫，一边向那两个狗腿子喝道："这地，已经是咱们四爷的了！把这穷鬼们赶出去！"

接着，唧咚咕咚交了手。雒金坡和梁永生由于寡不敌众，经过一阵厮打之后，终于被赶出地来。

雒大爷带着遍体鳞伤回到家，一头扎在炕上，三天三夜滴水未进。正当疤痢四大摆宴席，广请宾朋，为"财神爷"大做生日的时候，雒大爷大骂三声，吐血而亡……

梁永生趴在雒大爷的身上哭了两声，也不知他突然想到什么，立刻止住哭声，忽地站起身来，拿起切菜刀冲出门去。

雒大娘追出门外，泼命地拽住永生。永生怒气难消，极力挣脱。雒大娘死死抓住不放，并边哭边说：

"永生！你不能……"

梁永生挣扎一阵未能脱身，直急得他抱住雒大娘大哭起来……

第七章

——

难中遇难

又是一个灾难的冬日。

飕飗的北风，阵阵吹来；细细的雪粉，漫天飞舞；千里平原，茫茫一片。

彤云笼罩的一望无垠的雪原上，趔趔趄趄走着一大二小三个人。那个大人，长着一对黄溜溜的恶眼，两道卧眉，尖尖的鼻尖儿朝下勾着。他叫苏秋元，是柴胡店街上杂货铺里的大老板，还是个人贩子。走在他前边的那一男一女两位少年，是被他当作商品贩卖的穷孩子。可怜这两个落入魔掌的苦命孩子，被人贩子驱赶着在冰天雪地里走了两天，已经累得精疲力竭了。

那个短发覆额的小姑娘，长得挺秀气，两个红嫩的脸蛋儿已经冻皴了。她叫杨翠花，今年十三岁，是个穷店员的闺女。翠花爹在世时，曾和苏秋元有过一面之识。如今，苏见杨家母女沦为乞丐，就声称他和翠花爹是老相好，以"盟叔"的身份，用"替挚友抚养遗孤"的名义，甜言蜜语糊弄住了翠花娘，将翠花诓到他家。今天，他要把翠花和那个男孩子一起带到外地，当作商品卖掉。他这套鬼花狐，现在翠花已经全知道了。一个十多岁的女孩子家，离开了母亲，落入了魔掌，就像被关进笼子的鸟儿一样，知道了又能有什么办法？她只能气往心里咽，泪往肚里流，顶着霭霭暮云，踏着皑皑白雪，不顾腰酸腿疼，忍气吞声地走着。

那个男孩子，岁数比翠花小一点，可是性格比她倔强。现在，男孩子的脚上，磨起了许多血泡。硌破的血泡，淌着血水。鲜红的血浆，渗过千孔百洞的破鞋底，印在洁白的雪地上。渗进鞋中的雪水，又和血浆混在一起，把孩子的脚掌子和破烂鞋底粘连起来，疼得他就像走在刀山上。后来，他实在走不动了，就噘着个大嘴赌气往雪地里一坐，不走了。人贩子从大皮袄的深领子里，抻出脖子没好气地喝唬道：

“别耍熊，快走！”

“走不动了！”

“走不动也得走！”

“走不动咋走？”

这个倔强的少年，就是逃出龙潭又入虎穴的梁永生。梁永生和杨翠花素不相识，可是，相同的命运，把这两个穷孩子的心拧在了一起。他们相处才只有几天，彼此的心里已经成了姐弟关系。这时候，翠花见永生又要发犟怄气，怕他再吃苦头，就劝他说：

“永生啊，走吧，这就快到了。来，姐姐扶着你！”

志气刚强的梁永生，怎么好意思让姐姐扶着走呢？他一横心，一咬牙，忽地站起来，说道：

“姐姐，甭价，我能走！”

“好弟弟！”

他们顶着风，踏着雪，又走开了。走了一段路，天要黑下来了。可怕的夜幕，像个灰色的巨网，从漫天空中撒下来。远方那正在消逝着的村庄的轮廓越来越模糊了。

人贩子把永生和翠花带进了边临镇。

也许是天黑了的缘故，忽高忽低七出八进的街道上，几乎没有一个人影儿，只有依依炊烟，在那平秃秃的房顶上飘浮着，流逝着。也不知人贩子是怕花钱还是怕别的什么，他领着永生和翠花从那挂着笊篱的店门口走过去，进了镇边上的一座药王庙。这庙坐东朝西，周遭儿有一圈儿高高的垣墙。庙院内，有几棵枝叶茂密的松树。庙里没人居住，门扇大敞四开。人贩子走进庭院，四下撒打一阵，然后指着一棵靠墙的树向永生说："你上树去折点树枝，生着火暖和暖和。"

梁永生眨巴着眼皮摇摇头说："俺不会上树。"

"那你们就到庙堂里去。药王爷会保佑你们不冷的！"人贩子恶狠狠地说着，向院门走去。他到了门口，一脚门里一脚门外又扭过头来说："你们可得老实儿地等着。谁要不老实，我回来剥他的皮！我去给你们弄点吃的。"他说罢，从衣袋里掏出一把锁，跨出门槛，拉上门扇，喀吧一声，把门锁上了。

黑魆魆的夜色，越来越浓了。庙堂内外，没有一点声息，只有刺骨的夜风一阵一阵地刮着。直刮得院中的大树呜呜嚎啕，直刮得墙头上的枯草吱吱怪叫。院中的积雪被风旋卷起来，向墙上磕碰，在半空飞舞。昏昏沉沉的月亮，把它那淡黄的光芒从窗棂空间洒进庙堂，洒在永生和翠花这俩可怜的穷孩子身上。

杨翠花轻摸着梁永生那肿得像木鱼儿般的脚，就像有人把一些碎干草屑塞进她的心窝。过一阵，她汪着泪花亲昵地问道：

"疼吗？永生。"

"不疼！姐姐。"

"脱下鞋来，让姐姐看看。"

"唉。"

翠花帮着永生脱下湿漉漉的鞋子，只见他那冻肿了的脚丫子在月光下闪着紫光光的亮色，有的地方已经裂了口，簌簌地淌着血水。摸摸哪里都冰凉棒硬，活像两块冰凌。他的脚都冻成这个样子了，还说"不疼"，多么争气要强的永生呀！翠花扑闪着两只大眼这样想着，撩起衣襟，把永生那两只冰凉的脚丫子拉进自己的衣襟下。永生不安地想道："翠花姐不是和我一样冷吗？我怎么能让她给我暖脚呢？"于是，他硬是把脚抽了回来，并向翠花说：

"姐姐，不碍事，我不冷。"

才只有十二岁的梁永生，在风雪中挣揣了一天，不光没打尖，连歇也没歇，现在实在是累乏了。他蜷曲着身子，依偎在翠花的身上，一闭眼就睡了过去。一会儿，做了个噩梦。他梦见，人贩子把他从雒大娘的怀里硬扯出来，拖拖拉拉地把他拽走了。雒大娘哭着喊着在背后追上来："永生啊，我那苦命的孩子，大娘再看看你呀……"永生一听心如刀绞，拼命地挣脱出胳膊，回过头来向雒大娘飞跑过去。他扑到雒大娘面前，一头扎在大娘的怀里，叫了声"大娘"，又哇哇地哭开了……他这突如其来的哭声，把梦吓跑了，还把翠花吓了一跳。翠花问他哭啥，他说做了个梦，并把梦的大体情景跟翠花说了一遍。翠花又问：

"哎，永生，你到底是怎么落到人贩子手里的？"

永生这个噩梦，就是他落入魔掌时的一个场景。接着，永生把他落入魔掌前前后后的经过，一来二去地告诉给翠花。

自从雒大爷被疤瘌四气死以后，梁永生和雒大娘的日子更难混了。秋季，他们靠拾柴剜菜或者给人做点零活糊口。入了冬，地净场光了，再到哪里去拾柴剜菜？再到哪里去找活干？过着个穷日子，既没存项，又没进项，只好把几件子破家具折卖掉，买点糠糠菜菜哄弄哄弄肚子。穷人的家具能卖几卖？一个月后，就全靠前邻后舍合适对劲儿的穷爷们儿帮衬活命了。他娘儿俩觉得这样下去，会把那些穷爷们儿也拖累坏，便悄悄离开了雒家村，过上了要饭讨食的生活。

有一天，他们要饭要到了柴胡店，赶上连日风雪，被困在土地庙里。他娘儿俩正蜷缩在庙旮旯里，来了个"好心人"，就是这个人贩子。他弄来一些地瓜，一捆柴火，向雒大娘说："看把孩子饿成啥样子了！快起来，点着火，烧地瓜吃吧！"雒大娘和梁永生，都觉得好像在做梦，闹不清是怎么一回事儿。永生用一双警惕的眼光打量着这个"好心人"。首先刺进永生眼睛的是他那身长袍大褂和肥大的块头儿。雒大娘犹豫一阵，缓了口气说："俺吃不起呀！"人贩子把手一摆，慷慨地说："吃吧。没关系，不用还。我是个吃斋念佛积德行善的人哪！"人贩子走了。永生问大娘："天底下真有这么好心的财主吗？"雒大娘说："谁知道哩！我活到四五老十，还是头一回碰上这样的事儿！"

风息了。雪止了。梁永生和雒大娘正要出庙，人贩子又来了。他用臃肿肥胖的身子堵住庙门，阴阳怪气儿地说："你们的钱捎来了吗？"这没头没脑劈面而来的一句，把雒大娘和梁永生全问蒙了。他娘儿俩呆在那里愣了老大晌，雒大娘的嘴里才吐出一个字："钱？"

"是啊！"

"啥钱？"

"你装啥蒜？"人贩子把笑脸一变，"你们吃了我的地瓜，烧了我的柴火，不是许给我托人回家捎钱来还账的吗？怎么，想赖账？"

"你不是说不用还吗？"

"不用还？想的怪好！我又不开养济院，凭啥不用还？穷婆子！你放明白点儿——还不上账，休想出村！"

这时，跟在人贩子背后的那个豁嘴子说："我看这样吧——你反正是怎么也还不起，就把这个孩子送给苏六爷吧；苏六爷有的是钱，心又善净，脾气又好，你的孩子保险受不了屈……"

至此，雒大娘像大梦初醒，才恍然大悟，她唰地变了脸色，连声喊道："怪不得你装得像个人似的呢！闹了半天是骗人的鬼把戏呀……"

"欠账还钱，别没说的！"人贩子说，"有钱拿钱还，没钱拿人顶，说别的全没用！"

"你硬欺负穷人不行！咱得找个地方说理去！"

"哈哈！我正等着你这句话哩——好，走吧！"

这一阵，梁永生怒气冲冲站在一边，一言未发。人，往往在流了血以后，才知道教训的可贵。自从雏大爷死后，永生曾几次灰心地想："要不是我说了几句愣话，祈雨那场祸也许闯不了这么大，雏大爷也许搭不上命……往后不能再要'愣葱'了！"这时，他见雏大娘要跟人贩子归官司，又想起爹为打官司搭上命的事来，觉得无论如何——就算我自己死了也罢，再也不能让大娘去打官司。于是，他把脖子一挺，向大娘说：

"大娘，让我跟他去吧！"

"孩子，那是个火坑呀！"

"大娘，我知道！"

"要去了，孩子你……"

"要不去，大娘你……"

娘儿俩说到这里，紧紧抱在一起。就在这时，人贩子硬把永生拽走了。他最后听到的，是雏大娘那又哭又骂的声音。

梁永生胸中揣着怒火，眼里噙着泪花，向翠花述说着这段悲惨的往事。杨翠花同情地安慰他说：

"永生啊，别难过。盼着以后能找个好人家儿……"

"找人家儿？"

"是啊，人贩子要卖咱呀！"

梁永生听了这个"卖"字，十分刺耳。他问翠花姐：

"还兴卖人？"

"兴！"

"他妈的！我不兴卖！"

"傻兄弟！咱到了这步田地，交上厄运了，不兴卖也由不得咱呀！"翠花见永生忽闪着两只豁亮的大眼不吭声，又宽慰他说："永生啊，盼着吧，也许能碰到个好人家儿……"

其实，梁永生这时并没去想究竟会被卖到一个啥人家儿。他想的是：

"豁上一死也不能让他卖掉！要是让他把我卖了，谁去给爹娘报仇？谁去给雏大爷报仇……"最后，他向翠花说：

"跑！"

"门锁上了，跑不了呀！"

翠花倒是比永生大一岁，说起话来总是像个大人似的。她见永生还在想什么，又以俨然是个大姐的语气嘱咐永生说："永生啊，等这个孬种把咱卖了以后，再长点眼神儿瞅个空子，也许能跑了喽……"

"不！"

"咋？"

"这就跑！"

"怎么跑？"

"上树！"

"你不是说不会上树吗？"

"会！"永生说，"方才，我看出人贩子没安好心，故意糊弄他！"

"上到树上能跑得了？"

"能！"永生拉着翠花的手，来到庙堂门口，指着靠墙的那棵松树说，"姐姐，你看——从那棵树能爬上墙头，再从墙上溜下去，不就跑了吗？"

"太好啦！"翠花一听高兴极了，"你快跑吧！"

"你呐？"

"别管我了！"

"我不！"

"我不会爬树哇！"翠花着急地说，"傻兄弟！你不跑也救不了我，何必跟我赔罪受呢？永生啊，快跑吧；你跑出去，有朝一日万一能见到我娘，你告诉她，别让她惦记我；我总有一天，要逃出虎口去找娘的……"

"你有娘？"

"嗯。"

"那你怎么……"

"三言两语说不完——今后咱万一能见着面儿，我再仔细儿地对你讲。"翠花将一下袖子，指着自己的手腕子说，"永生啊，你记住我这块伤疤……对，我已经记住你印堂上那颗黑痦子了——就这样，你快跑吧！"

翠花急促地催着。永生站着不动。这时候，他正在忽闪着长睫毛想事儿呢！翠花问他想啥，他不吱声。过了一阵儿，他又突然喜出望外，向翠花说：

"姐姐，有了！"

"有了啥？"

"我先爬上墙头，再把你提上去……"

"用啥提？"

"绳子呗！"

"哪有绳子呀？"

"可也是呀！到哪里去弄绳子哩？"永生正为难地想着，娘撕衣襟给爹包扎伤口的情景，在他的头脑中浮上，就高兴地说："有了！"他说着脱下雏大娘给他做的那件新棉袄，哧啦一声，把里子拽了下来。随后，又哧啦哧啦地往下扯布条儿。到这时，翠花已经看明白——他是想用这布条儿搓绳子。于是，也插上手，和永生一起忙活起来。干这类活儿，翠花比永生强多了。她一动手，大大加快了速度。不大一霎儿，一根布条绳子便搓好了。两人又用力拽了拽，挺结实。杨翠花高兴地说：

"快！"

"唉。"

事儿就有这么巧——人贩子早不来晚不来，梁永生刚刚爬上树去，他来了。细心的翠花听到门锁一响，估量着就是人贩子回来了。为了掩护永生安全走脱，她急中生智，离开树下，来到庙堂前的台阶上。机灵的梁永生，也随着门锁的响声藏在密枝丛中不动了。吱扭吱扭的门声响了一阵，贼眉鼠眼的人贩子进了庙院。他一边顺着甬道急急促促地朝庙堂走来，一边向站在庙堂前半动不动的杨翠花吆喝道：

"不在里边老实儿地待着，出来干啥？"

"想找点柴火烤烤火。"翠花见人贩子在院中各处乱撒打，又挥臂向庙堂一指说，"梁永生偎缩在庙旮旯儿里，都快冻死了！"

人贩子进了庙堂，犄角旮旯儿找了一遍，横鼻子竖眼地责问翠花道：

"他哪去啦？"

"在旮旯儿里。"

"旮旯儿里有个屁！"

"那么可能是到神像后头避风去了呗。"

人贩子又一边喊一边找，把各个神像的背后都瞅了一遍，连梁永生的个影子也没找到。这下子，他可急了，一把揪住杨翠花的辫子，恶狠狠地逼问道：

"他到底藏在哪里了？说！"

"不知道！"

"你不说实话，我活活砸死你！"

"不知道！"

人贩子逼问了一顿，只问出"不知道"这三个字来。杨翠花这三个字的回答，使人贩子明确地感觉到：看来你就是真的砸死她，她也是不会说的！于是，他向外走去，还咬牙切齿地说："你等着我，回来熟你的皮！"

人贩子要去干啥？必定是要到庙院的里里外外去找梁永生。这时，永生跳下垣墙没有？在那么高的墙头上硬往下跳，会不会摔坏腿或者崴了脚脖子？要万一腿脚受了伤，跑不快了，会不会叫人贩子追上呢？心细、多虑的杨翠花越想越怕永生跑不脱，便不顾一切地扑上去，死死地抱住了人贩子的腿。

手毒心狠的人贩子，他又是威胁又是骂，还用上吃奶的劲硬折翠花的手指头。人贩子想："她痛得撑不住劲儿就松手了！"可是，他把翠花的手指头折得喀吧喀吧直响，翠花还是不肯松手，闹得个人贩子又气又急出了一身躁汗。杨翠花疼痛难忍的时候，破口大骂起来。她嘴里骂着心里想："现在梁永生要万一还在树上，他一定能听到我的骂声；他一听到骂声，知道了我正在拼命地纠缠着人贩子不放，就会抓紧这个空间赶紧逃走的……我就算一死，只要能把一个穷兄弟救出火坑，也是值得的……"

这时，梁永生已经离开了药王庙。

方才，永生趁人贩子被翠花支进庙堂的当儿，就把绳子拴在树股子上，顺着绳子溜下墙去。下墙后，他呆呆地站在墙外，心里想着墙里把自己救出虎口的翠花姐，鼻子一酸，饱含着同情、感激、气愤的热泪，像断了线的串珠似的滚落下来。最后，他终于下了决心："我得逃出去，一定得逃出去！将来好给翠花姐，还有爹娘、雏大爷、常大爷……报仇哇！"便怀着沉重的心情离开古庙，向远方跑去。

第八章

——

授刀传艺

苍苍茫茫的暮色，笼罩着宁安寨。

刚下过雨的地皮，被日光晒了一天，正在散发着一种令人胸闷的气息。村边的大场院里，有条黄犄牛，懒洋洋地站在桩橛旁，伸着长舌舔它的小犊子。它舔一阵，还抻开脖子哞哞地叫几声。场院边上，还有只老母鸡，领着一群杂色的鸡雏，正在咯咯地叫着寻觅吃的东西。

就在这样一个时刻，梁永生走进村来。

梁永生自从逃出人贩子的魔掌，就各处寻找雏大娘。今天，他在宁安寨街上走着，见有一位背粪筐的老汉正向那村边的场院走去。

老汉来到拴牛的桩橛旁，先把牛粪拾进筐，然后解开缰绳，牵着黄犄牛走回家来。梁永生迎面凑上来谦恭地问道：

"借光大爷，我打听个人——"

"谁？"

"要饭的——"

"要饭的多着呐！"

"是个女的。五十多岁。嘴门上少一颗牙。眼角上有个黑痣。头发有黑的有白的……"

梁永生滔滔不绝地说了一阵，那老汉紧锁双眉摇了摇头，走进那个古槐下的院门去了。这时候，一个白发苍苍的老奶奶，又出现在西边的门口上。她一手扶着门框，一手打着亮棚，眼往四下撒打，嘴里还"咕咕"地叫着。在场院边上觅食的鸡群，都晃荡着身子迎着主人的召唤声跑去了。

"咕——咕！咕——咕……"

另一个叫鸡声，又从东边传来。咦！这声音怎么这么耳熟哇？这是谁呢？梁永生一面竖起耳朵全神贯注地听着，一面在头脑中翻腾着记忆，捕捉着叫鸡人的形象。同时，他那两只脚，也不觉不由地朝这声音传来的方向迈开了。他走着想着，想着走着，猛地，雒大娘的面容出现在他的眼前，永生心里一阵高兴，躇起双腿飞奔而去。

永生拐过一个墙角儿，远远望见水湾崖上的水簸箕旁边，站着一位正然东张西望的老大娘。他虽看不见老大娘的面目，可一搭眼就觉得大娘的身形很眼熟。就在这时，那大娘一闪身拐过墙角不见了。当梁永生急眉火眼地跑过来时，再也没有找到老大娘的影子。梁永生站在水簸箕上，呆呆地出起神来。忽然，他见一只老母鸡进了一家角门儿，便想道："哎，这只鸡兴许就是雒大娘的哩！"于是，他来到这家门口，扶着门框探进半截身子，悄悄地朝里撒打起来。只见这个户虽还算不上很阔气，但也可以说满够排场。瓦插花子大北房，砖砌脚足有半人高。月台两侧，一边一墩石榴树，树旁边坛坛罐罐摆了一大溜。那宽宽绰绰的院子里，静悄悄的。永生正观望着院中的情景，从屋里走出一个人来。这人脸上生了一层雀斑。他用一副警惕的目光打量着衣着褴褛的梁永生，来到近前问道：

"你要干啥？"

"找雒大娘。"

"没姓雒的！"

那雀斑脸一把把他搡出门外，哐当一声把门关上了，并随手插上了门闩。永生憋着一肚子气，又窝回来朝水簸箕走去。这时，他又见一只公鸡向西走去，就紧走几步跟在公鸡后边，他要再跟着这只鸡去寻找雒大娘。梁永生紧随鸡后走了一阵，前面出现了一座黄松大门。这显然是一家大财主。一会儿，从大门里钻出两个财主羔子，指着永生叫道："小花子要抓鸡！"接着，又拾起一块瓦碴子投过来。永生不愿理他们，骂了一声便走开了。他回到水簸箕近前，又愣挣了一阵，也没见雒大娘再出来。这时天色已黑，只好失望地离去。从此后，每到黄昏时分，永生就跑到这里来，一连持续了十来天，再也没见雒大娘的影儿。

那位老大娘是不是雒大娘呢？是的——永生并没认错。雒大娘是怎么来到宁安寨的？原来是，她在被穷逼得走投无路的情况下，在宁安寨找了个晚伴儿，名叫门书海。门书海是个穷铁匠。因为没有铁匠工具，如今就靠着一条扁担、两个箱子、几件锔盆锔碗用的手艺家什，东张西奔紧跳跶，挣几个钱儿混日子。一年到头，总是早晨挣来晚上吃，住了辘轳就干畦。自从人们把他和雒大娘成全到一块儿，又添上一张嘴的嚼用，他这指地无有的日子更紧巴了。也真时气不济，近来门书海又病在炕上，雒大娘只好东一瓢子西一碗地借着吃。为给他治病，还拉下了一些饥荒。门书海是个要强爱好儿的耿直人，他觉着帮助他的那些穷乡亲都过着个拮据日子，成天价拆扒人家心里过不去，直愁得吃不下，睡不着，病情也更沉重了。

门书海一病，日子又难过，雒大娘的心，更蜷缩成一个蛋子。自从人贩子抢走了梁永生，雒大娘就像被摘去心肝一样，一天到晚，神志恍惚。几个月来，永生的影儿经常在她的眼前晃动，永生的声音也时刻响在她的耳边。她望见有个孩子在风中走着，就想："那是不是永生？"她看到有的孩子在娘怀里撒娇，又想："俺永生准在想大娘哩！"偶尔街上传来孩子的哭声，她总要到靠街的小窗口去望一阵，一边望还一边想："是不是永生来找大娘了？"当她失望地离开那跷着脚才能望到外边的窗口时，又不由得自言自语说："唉，永生怎么会找到这里来呢！那个苦命的孩子，如今还不知落到了啥地步哩！"

这天傍黑。雒大娘从魏基珂家借来一碗高粱面子，进了屋还没放下，就听街上传来乔家那财主羔子们的尖叫声："小花子！小花子！……"这"小花子"是谁呢？雒大娘心里这么想着，脚不由主地来到了靠街的小窗前。她手扳窗台跷起脚来朝外一望，街上没有人。就在这时，一个耳熟的孩子声从西边传来：

"小花子碍着你家啦？"

雒大娘又扭过头，歪着膀子向西一望，只见那湾崖边的水簸箕上，站着一位双手叉腰虎头虎脑的少年娃。他穿着一件黑棉袄，没有扣扣儿，大敞着怀，赤露着胸膛。棉袄上没有里子，露着白花花的棉絮。他的周围，站着一帮和他岁数班上班下的孩子们。乔家大院的两个财主羔子，正指手画脚讥笑这个"小花子"。那位在水簸箕上叉腰而站的少年娃，面对着财主羔子，摆出了一副时刻准备抓架的气势……雒大娘望着望着，乓的一声响，手里的碗摔落地上，红高粱面子迸撒一地。原来，那位少年娃，正是她日夜想念的梁永生。

躺在炕上的门书海，见此情景，大吃一惊，慌忙问道：

"你怎么啦？"

他这一问，雒大娘那两只扯满红丝的眼里，唰唰地淌开了泪水。门书海以为老伴儿是心疼这碗高粱面子，就又劝她说：

"你这妇道人家，就是心肠窄！不过就是一碗红高粱面子吗？等我的病好了，两只手忙活紧点就有了……"

门书海越劝，雒大娘的眼泪越多。门书海纳闷儿地又一次问她：

"你怎么啦？"

"没什么……糟蹋了东西我心疼！"

雒大娘说着，仍然泪流不止。她怕丈夫为她走心，就手拿过笤帚，又从笆斗上拿来簸箕，背过脸去扫收地上的面子。这时节，她的头脑里，正在激烈地斗争着：自己牵肠挂肚的梁永生如今已经来到门外，我是不是把他领到家来？她想："我打从跟了门书海以后，因为家境穷，日子累，还从未跟他讲过梁永生的事。如今，他重病在身，为治病拉得七大窟窿八大债，天天又是一瓢子一碗地借着吃……为这事，他愁得病情越来越重了。在这个节骨眼上我再猛丁地领进个孩子，又多了一个要吃要喝的，那不得活活把个穷老头子愁死吗？"她想到这里，就暗自拿了这么个主意：等老伴儿把病养好，再把有个孩子的事儿说明白；凭门书海的为人，他也一定会同意的。到那时，再把梁永生领进家，也就三全齐美了。可是，她转念又想："不行，不行！永生这个少爹无娘的苦命孩子，也不知遭了多么大的罪才逃出了人贩子的魔掌，现在又这一宿那一夜地各处乱跑，受多大的罪呀！要万一有个好歹，后悔不就晚了吗？再说，他现在既然来到了宁安寨，一定是来找我的，这时孩子的心里还不知怎么想大娘哩！"她想到这里，又确定和老伴儿商量商量，把孩子领到家来。可是，她回过头去，一瞅那位一辈子没有得好的穷老头子的愁眉苦脸，心又被一股怜悯的情感罩住了，舌头也发了挺，觉着怎么也不忍心再给他添愁肠。

这时，窗外传来狗的狂叫，还夹杂着孩子的狂笑。雏大娘又手扳窗台望起来。门书海和雏大娘虽然不是从小的结发夫妻，可是在一个锅里抢马勺已经是好几个月了。他对晚伴儿的为人，虽不能说吃透了膛，可也看出雏大娘并不是那种张八排李八排的好事儿人，今儿她怎么会有闲心去看孩子斗狗呢？门书海正迷惑不解，雏大娘在窗前泣不成声了。

"你倒是怎么啦？"

门书海一问，雏大娘再也压抑不住内心的感情，掉过脸来向老伴儿说："我有个为难的事儿——"

门书海一听，忙说：

"咱俩虽说是半路的夫妻，可都是长在一个穷根上的苦瓜呀！你无论有什么为难的事，只管跟我说……"

"我还有个孩子……"

"在哪里？"

雒大娘指着小窗户说：

"在街上——"

门书海来到窗前，凭窗而站，向那人喊狗叫的方向一望，只见那水簸箕边上有个衣着破烂的孩子，正和乔家大院的黄狗搏斗。那孩子已被狗咬得浑身净血了，可他一不哭二不怯，还在拳打脚踢地与狗格斗着……

站在旁边的两个财主羔子，正狂笑着，尖叫着。

门书海望着这种惨景，又是气，又是疼，阶级仇恨和阶级情义凝聚在一起的泪珠，啪嗒一声滚落地上。他回过身来，气愤地责备道：

"你咋不早说？"

话没落地，他又一头冲出屋去。带得桌凳、门板叮叮当当一阵乱响。

门口上，留下了他两只深重的脚印，还有一汪刚刚呕吐出的黄水。

门书海凭着一股子急劲儿，似乎忘了大病在身，一气跑到水簸箕旁边，踢翻财主的黄狗，从血泊中抱起长工的儿子梁永生。

门书海抱着永生向家走去。他一边走一边含着同情的泪花向怀中的永生抱歉地说："孩子啊，都怪大爷来晚了！"

梁永生扑闪着两只大眼，呆呆地望着这位陌生的大爷出神。只见大爷五十多岁，他那两扇厚厚实实的嘴唇，给人一种忠厚的感觉；他那一双明亮闪光的眼睛，又给永生留下了能干的印象。

梁永生怀着感激的心情问道："你是谁？"

门书海怎么回答呢？他愣沉了一下说："我是个穷人！"

几年来的生活经历，在永生那白如纸、平如镜的脑海里，画出了一道深深的鸿沟；这道鸿沟，把世界上所有的人一分两下——一边是穷的，一边是富的。在永生的心目中，凡是穷人，就是好人，亲人；凡是富人，就是坏人，仇人。方才，他在财主羔子们那些坏人、仇人面前，尽管是恶狗扑身，疼痛难忍，他只有仇，只有恨，只有火，只有气，但没有一滴泪。现在，他偎在了这位素不相识的穷老头子的怀里，内心又充满受了委屈的孩子见到母亲时的感情，两眼的泪水止不住地涌出来了……

一条黄土铺地、绿草镶边的乡村大道上，两个披着晚霞的行人正一前一后地走着。在后边扛着一棵杨树栽子的那位少年娃，紧走了几步，赶上前边那位挑着锢漏挑子的老人，以祈求的口吻说：

"门大爷，我来挑几步？"

"永生啊，你还小哇！"门大爷倒了个肩说，"等你长大了，大爷肩上这副挑子是要交给你的……"

永生望着门大爷那虚弱的身躯正迈着艰辛的步子，心中一阵难过："门大爷按说到了享受晚辈人供养的岁数了，可是，如今不光没人供养他，只因添上我这双筷子，反倒加重了老人的负担；现在他的病还没好利索，又为生活而挣扎了……"永生越想心情越沉重，自己叮嘱起自己来："永生啊，你要好好跟着大爷学手艺，好早点把他肩上这副担子卸下来！"

梁永生和门大爷来到了黄家镇。

村头上有个老君庙，庙台上有伙下棋的。他们一见门大爷，老远就招呼："老门！快来呀，这里眼看要将死了，等你这把高手来解围哩！"

门大爷是个棋迷。一提起下棋，他困也不困了，饿也不饿了，精神头儿就上来了。只要一蹲下，输了不服输，赢了还想赢，不到天黑起不来，有啥要紧事也全忘了。他和雒大娘结婚后，因为下棋耽搁瞎仗工夫，老两口子也打过唧唧拌过嘴。有时候，他觉得为下棋惹些气生，想起来也挺后悔；可是，以后再见到下棋的，还总是要哈下腰扒扒眼儿，扒着扒着就支招儿，三支两支又蹲到正座儿上了。

可是今天，人家这么招呼他，他却摇着头说："不来了！不来了！"说着，一步没停走过去了。

这是什么原因呢？因为他的心里有了个梁永生。自从梁永生进了他的家，他打心眼儿里爱上了这个既聪明伶俐又老实巴交的穷孩子。永生这孩子，只要进了家门，放下筢子摸扫帚，又勤快，又颠实。他跟着门大爷学手艺，给大爷打下手儿，又着真儿，又守摊儿。眼时下，门大爷的心灵几乎全被永生这个可心的孩子占领了，他正在用上毕生的精力，像修盆花剪果树那样栽培着这个长工的后代。

他们出了黄家镇，沿着回家的道路走着。散散落落的纸灰和没有烧尽的纸钱儿，被风一吹，在道边上飘飘转转，渲染着清明节特有的气氛。门大爷望着这种情景，像想起了什么，他把挑子放在桥头上，喘了口大气，掏出别在腰带上的那根没安嘴子的烟袋来。梁永生见大爷要在这里打个腰站，就把杨树栽子靠在挑子上，踩着绿茵茵的幼草爬上河堤。被风吹绉的运河水，把层出不穷的波浪送到岸边。

河边的幼树，经历了冬日的风雪长得更清新，更苗壮，更可爱了。永生这棵扎根于苦水的幼苗儿，正像幼树一样在生活的风雨中成长着。过去，他在爹娘跟前的时候，很少考虑事儿。现在，相隔才两年，简直快变成大人了。一有点闲空，他就悄悄坐在一边想心事，一想就是老大晌。你看，今天他耷拉着腿坐在浅草茸茸的河堤上，凝视着一泻千里的运河水，心如脱缰之马，又想起报仇的事来了。

"报仇"这个念头，在永生的脑海里已经游荡了二年了。他一想起报仇，肚子里的气就满了膛。现在他心里想着，直气得又捶地皮又砸砖头，并边砸边说：

"砸你个白眼狼！砸你个疤瘌四！……"

永生的血泪家史和不幸遭遇，早跟门大爷讲过。今天门大爷在运河边上歇脚，就是有意勾起永生那血泪的记忆，借以考察考察他报仇的决心。方才，他见永生望着运河水出神，就猜出他又想起血仇来，便悄悄地来到了永生的身边。永生见有个淡淡的身影在晃动，仰头一望，只见门大爷正端着烟袋笑眯眯地瞅他。这时，他又不好意思起来，涨红着脸憨厚地笑了。门大爷蹲下身子问永生：

"你在想啥？"

"想报仇的事！"

"唉！算了吧！"

"咋？"

"仇人全是财主，人家有钱有势，咱惹得起？"

"漫说他是财主，就算他是皇上他二大爷，我也要跟他见个高低！"永生话没落地，一拳把一块半头砖砸了个稀碎。门大爷再也压不住内心的高兴，他那粗糙的大手落到永生的肩上："好小子！不愧是咱穷人的后代！"

门大爷一夸奖，永生那彪彪愣愣虎虎势势的劲头儿却唰地消逝了，他又涨红起脸低下头去。

门大爷用从《三国演义》上跟诸葛亮学来的这种"激将法"，探清了永生决心报仇的实底儿，就暗自决定：我要把自己报仇的经验传给他。

门大爷本来姓"闻"，原籍是山西太原一带。他的爹，是个铁匠，人穷志刚，好为人主持公道，常替穷人帮腔争理。有一回，大财主朱玉祥逼死一个佃户，还要霸占人家的妻子，门大爷的爹听说后，操起铁锤闯进朱家，指着朱玉祥愤愤不平地说："你逼死人不偿命，还要霸人家的妻子，该当何罪？你干的这号伤天害理的缺德事儿，打谱儿怎么了结？你要不当面向我交代清楚，这铁锤就是你的对头！"那狡诈的朱玉祥见闻铁匠怒火千丈，又铁锤在手，便恨在心里，笑在面上，客客气气地说："蒙君提醒，万分承恩；此等不幸之事，皆乃下人所为；我朱某既已知晓，定将从速查处；死者殡葬费用，由我朱家一概担承；死者眷属之衣食，当然亦应由我朱某贴补，否则，王法、人情焉在哉！"朱玉祥直到把闻铁匠送出门口还说："苦口良药，逆耳忠言。从今而后，尚望多多赐教。"当夜三更，朱家的狗腿子拨开门闩闯进闻家，七手八脚把门大爷的爹架走了。次日一早，那位为人争理的闻铁匠死在了屈死的佃户的门口上。

那时候，门大爷才十多岁。村里的穷爷们儿怕朱玉祥灭子绝孙，就让门大爷领上弟弟逃出村子。后来，在别人的引荐下，门大爷磕头认师学上铁匠，弟弟找了个老师学木匠。可巧门大爷的师傅会武术，他就和弟弟一起，利用一早一晚时间，跟着师傅踢跶拳脚练功夫。又过了几年，他和弟弟都长大了，便每人拿上一口刀，来了个冷不防，闯进朱家杀了朱玉祥。而后，他们兄弟二人，把"闯"字一分两下，兄姓"门"，弟姓"王"，兄东弟西分了手。后来门大爷听说他的弟弟向西逃过黄河，到西安一带去了。与此同时，门大爷就向东爬过太行山来到冀鲁平原，改名"门书海"，在这运河岸边的宁安寨村落了户。铁匠活儿一个人没法儿干，只好把"大炉"改"小炉"，车子换扁担，挑起锔碗挑子当上锔漏匠了。

因怕暴露身份，门大爷这段家史从没跟人讲过。今天，他见永生报仇的决心这么大，就想助他一臂之力。并决定：回家后，把自己"授刀传艺"的想法告诉永生。于是，他望了望天色，向永生说：

"天不早啦，走哇！"

"唉。"

他们爷儿俩，又忽呀颤地走了一阵，宁安寨来到了。

你看，雏大娘正站在村头的高岗儿上，手打着亮棚朝这边瞭望哩。

晚上，天高气爽，月明星稀，村庄异常安谧。

雏大娘拿了个蒲团坐在屋门口，就着月光纺棉花。门大爷沏了一壶酽茶，坐在院中的一棵糟烂木头上。梁永生放下水笥摸铁锨，正忙着栽那棵小杨树。雏大娘望着永生眯眯笑。门大爷瞅瞅永生心里喜。梁永生栽完树，笑盈盈地来到门大爷面前。门大爷抓下罩在头上的毛巾扔给他："擦擦头上的汗，别闪着！"永生一边擦汗一边问："大爷，咱不打锔子吗？"

"不打啦——今晚上歇工！"

永生以为大爷累了。就说：

"大爷，你看着，我打——也当练练。"

"永生啊，光练这个不行啊！"

永生猛丁地琢磨不出大爷的意思，扑闪着大眼注视着大爷，没有吭声。门大爷咂了口茶，又抿一下沾在胡子上的水珠儿，向蹲蹲在他面前的永生说：

"你不是要报仇吗——我教你两手儿！"

门大爷站起身，闪了上衣。他那筋条条的脊梁，叫明晃晃的月光一照，闪着黑油油的光亮。随后，又勒了勒腰带子，把那本来就不粗的腰胯扎得只剩了一抯粗。接着，又用两根箔经子绑上裤腿脚儿，就手儿拿起永生栽树用的铁锨，向永生一挥手："闪开！"

永生向后退去。门大爷一拉架子，一弹腿，练起武来。门大爷的武艺可真好哇！他已经是五十多岁的人了，一个"旱地拔葱"，还能跳起二三尺高。那张大铁锨，在他的四周飕飕横飞，带起阵阵小风，闪着道道白光。梁永生瞅着想着："嘿！门大爷的武艺比那卖艺人强多了！"雏大娘原先也不知自己的晚伴儿会这么两下子，这时一看，先是吃了一惊，继而又停住纺车的歌声，嬉笑着数落起来："你这是干啥？疯啦？还是吃饱了撑的？"门大爷一面耍着，一面笑呵呵地说："哄孩子嘛。"雏大娘拍一下巴掌爆笑起来："我那娘噢！永生都快长成大汉子了，还用你这个哄法儿？唉唉，叫我说，你简直是个老没正经！"雏大娘嘟囔她的，门大爷照样耍他的，直到耍完一个趟子，他才扔下铁锨，拿过袄来往身上一披，又坐在那棵糟烂木头上了。永生赶紧递过毛巾。门大爷接过去罩在头上，原来他一点也没出汗。永生又斟了浅浅的一杯茶，他端起来一饮而尽。

永生在德州看了卖艺人的武功后，就曾天真地想过："我要会这么一套，报仇就不愁了！"现在他见门大爷的武功这么好，心里活乐煞了！

可门大爷收起笑脸一本正经地说：

"永生，武术吃功夫。要练武，可别怕苦哇！"

"行。"

永生借大爷喝水的当儿，插嘴问道：

"大爷，你卖过艺？"

"没价。"

"你咋会武术哩？"

门大爷从腰带上抽出那根一拃长的旱烟袋，装好，点着，一边抽着烟，一边和永生讲起他那血泪家史和习武报仇的经过。梁永生听完大爷的讲述，心里说："要是有口刀就好了！"不知怎么闹的，这句话不由自主地说出了声来。这声音虽然很低很低，可门大爷耳朵不背，让他听见了。于是他问永生：

"你想要个刀？"

永生摸着脖颈，不好意思地笑了。

门大爷抬起屁股进了屋。一霎儿，他拿着一口银光闪闪的单刀，来到永生的面前。这口单刀，刃薄，铓亮，门大爷腕子一抖，颤颤巍巍，铓铓闪光。刀柄上还拴着一块红绸子，风吹绸抖，飘飘摇摇，使人一看愣愣地提精神。永生一见，恨不能一下子接过来，贴到脸上亲一亲。可是，门大爷却没有他这么心急，而是不慌不忙、意味深长地指着银光闪射的大刀说：

"永生，你可知道这单刀有什么本事？"

"能杀仇人！"

"它还会说话哩！"

"会说话？"

"对！"门大爷说，"永生啊，脚下这个世道儿，阖天底下没有咱穷人说话的地方，也没有替咱穷人说话的人！只有它——这口大刀，能替咱穷人说话，能把咱穷人那一肚子苦水控出来，能把那人情世理正过来！"门大爷把大刀郑重其事地递给永生，又语重心长地说，"永生啊，你是个长工的根苗，咱穷人的后代，你要有志气，有骨气，要无愧于这口有汗马功劳的大刀，无愧于传刀人的一片心，你要把这口大刀，还有大刀的骨气，接过来，传下去……"

门大爷的这番话，深深打动了永生的心，字字句句都刻在他的心坎上。永生想："我一定记住门大爷的这些话，一定要对得起门大爷的一片心。"可是，他对门大爷的话，并不完全明白。于是问道：

"大爷，你说这大刀有汗马功劳，是个啥意思？"

"来，你搬过那个木头墩子坐下。"门大爷磕去烟灰，又吱吱地吹了两口，把烟袋往腰带上一别，坐在木头上，慢条斯理、比手画脚地讲起了那神话般的"大刀史"——

京南卫北有座"皇龙桥"。桥附近出过一条好汉——高黑塔。这人身高膀扎，力大过人，还练了一身好武艺，大刀是他最应手的兵器。哪家财主欺负穷人，他就手持大刀找上门去。后来，"八国联军"打进中国，来到"皇龙桥"附近，见人就杀，见房就烧，见东西就抢。高黑塔听说后，仰天叹了口气，啥也没说，一跺脚回了家，拿过大刀霍霍地磨起来。直到把刀磨得飞快飞快的了，他这才喘口大气，愤愤不平地说：

"龙河是中国的地盘，凭啥叫洋鬼子胡闹腾？那些杂种要真敢来，我高黑塔就叫他们尝尝这口大刀的滋味儿！"

高黑塔正自言自语，忽听门外有人喊："洋鬼子要过河了！"高黑塔一听，怒火三千丈，脸上挂了色。他把褂子一脱，提起大刀奔向"皇龙桥"。他来到桥头一看，逃难的穷百姓正一帮帮一伙伙跑过桥来。一窝洋鬼子，正在人群后边追赶。高黑塔站在桥头，把住桥口，掩护逃难人群过了河，洋鬼子也扑上来了。高黑塔一见，气就满了胸，牙齿咯咯响，两眼冒火星。他腾身而起，挡住桥口，大喝一声：

"站住！这是中国的地方，不准胡作非为！"

洋鬼子一打愣，高黑塔已蹿到近前，大刀一抢呼呼响，飕飕白光耀眼明，一阵砍，一阵杀，洋鬼子的脑袋就像断了线的蛤蟆珠，叽里咕噜乱往河里栽跟头。高黑塔越杀越勇，直杀得敌人再也不敢上了。高黑塔甩去刀上的血珠，挥臂一指，厉声道：

"有种的上吧！中国的穷百姓不怕你们！"

他说罢，哈哈一阵大笑。这笑声，如同天崩地裂一样响。他笑着笑着，哇地吐出一口血，身子晃了几晃，倒在桥上——高黑塔活活累死了！当一些穷百姓上前抢救他时，他又猛地睁开大眼，向众人说：

"穷爷们儿，别管我！快拿起大刀来，向敌人的头上砍呀！"

说罢，合上眼睛。他的脸上，还挂着胜利的微笑。

门大爷绘声绘色说到这里，喘了口大气又说：

"高黑塔死后，这口刀落到一个长工的手里。后来，长工传给月工，月工传给佃户，佃户传给小摊贩，小摊贩传给穷店员，店员传给木匠，那位木匠传给我这个铁匠，我这不又把它传给了你这个长工的儿子。"

永生听完这段传奇式的故事，心中暗道："我一定要对得起这口大刀，我一定要有大刀的骨气！"接着，他又问大爷：

"大爷，你就是用义和团留下的这口大刀报的仇吧？"

"不！那是'太平天国'留下的另一口大刀！"

"那口大刀呢？"

"我弟弟闯世英带去了！"门大爷站起身说，"永生啊，来，我先教给你两手儿！"

"好！"

月光下，异姓同心的爷儿俩，一个手把手儿地教，一个手把手儿地学，一老一小、一师一徒练起武术来。

白天听不见的那运河涛声，如今就像响在耳边。夜静更深了。可是，梁永生和门大爷谁也没有倦意，还在兴致勃勃地练着。最后，还是雏大娘死乞白赖地给他们搅散了伙，硬逼着爷儿俩睡了觉。

梁永生临睡前，把这口心爱的大刀又瞅了好几遍，然后小心翼翼地放在枕头底下。年轻觉多。他跑踏了一天，又折腾了半夜，躺下就睡着了——

这天，白眼狼听说梁永生得了一口大刀，是个"宝刀"，就派了两个狗腿子来抢这口刀。这时，梁永生的武艺已经练好了，叫他三下五除二就把那俩送死鬼给喀嚓了。永生杀了狗腿子，更把他埋藏在心灵深处的仇恨勾起来。他想："一不做二不休，扳倒葫芦洒了油——我何不就着这个劲儿找上白眼狼的门去，把那些狗日的一股脑儿全杀了……"小子有心有胆，说干就干，他扬起蹶子奔向了龙潭。说来也怪，他越跑越快，越跑越快，跑着跑着竟然飞起来……

"哏——哏——哏！"雄鸡的啼叫，把梁永生从梦中惊醒。他一醒来，又想起了枕头底下那口刀。便悄悄拿出来，这么摸，那么摸，越摸手越痒，越摸心越恣，越摸越不想睡了。他见两位老人正打着酣甜的鼾声熟睡着，便悄悄地穿好衣裳，拔开门闩，手提大刀走出房门。直到早霞映红了刀光，他还在起劲地练着。

第九章

大闹黄家镇

四月二十八，是黄家镇赶庙会的日子。

这个庙会，可不同于一般的庙会，它的名声格外远，规模特别大。正式会期，出进三天。而且，在正式赶会的前两天，街上就人如穿梭、车马辚辚了；还搭满了一个挨一个的席棚子，大勺碰小勺叮当直响。那些馃子铺，烧饼铺，窝头铺，煎饼铺，包子铺，馒头铺，也全开市了。不仅大栈小店家家客满，就连村里的碾棚、磨棚、车棚、草棚，以及村外的场屋、地屋、井屋、瓜屋，也都住满了人。这些提前来到的人，近者来自百里之外，远者是千里迢迢赶来的。他们当中，有滨州、蒲台的，有南宫、冀州的，有定州、望都的，有文安、霸州的，还有西安、兰州的，云南、贵州的，吉林、肇州的……总之，他们来自山南海北，关东口西，四面八方，全国各地。

黄家镇的庙会之所以这么兴盛，是因为这一带是杂技之乡，是耍把戏的发源地。据传说，杂技的鼻祖，就是这一带的人。这黄家镇庙会，是个进行杂技交易的场所，也是杂技用具的产地。在这个庙会上，有卖猴的，卖马的，卖熊的，卖狗的，卖蛇的，卖虎的，也有卖杂技、魔术、洋片、马戏、木偶戏用的道具的，还有卖技术的——你要花上钱，认个"过门师"，他就当场教给你几手儿。就连杂技行当请师傅，招徒弟，雇脚色，找事由儿，也都可以在这里成交订合同。因为黄家镇庙会具有这么个特点，所以才引得许许多多的人从五湖四海云集而来。他们这些人，穿着各种各样的服装，操着南腔北调的口音，在街里街外挤挤蹭蹭，串来串去。

由于赶会的人多，那些卖吃食跑勤行的人们也全上来了。卖凉粉的，卖切糕的，支着大伞沏茶糖的，都在庙台下头撑起了圆鼓鼓的大伞棚；卖大碗茶的，一头挑着碗筐，一头挑着大砂壶，吱嘎着竹板子扁担漫街叫卖；卖烧鸡的，身后背着个箱子，油手敲着梆子，操着景州口音在吆呼"德州扒鸡"；卖红薯的，一脚蹬着车子把，一手提着盘子秤，声嘶力竭地高声叫卖："红薯热的！红薯热的！"

老君庙前的广场上，用席、箔、板、棍搭了个戏台。戏台上，紧锣密鼓，梆子腔唱得正欢。戏台下，你挤我，我拥你，人声鼓噪，杂音喧天。戏台两侧，拉洋片的，卖野药的，说大鼓的，讲评词的，变魔术的，跑马戏的，相面的，劝善的，东一帮，西一伙，大一圈儿，小一堆儿，都吸引得观众、听众里三层外三层。

街筒子里要比街外规整多了。大小铺眼儿，都漆刷一新。除了固定的门市而外，又摆列上一些高几矮凳，长台短案。街口上，净些不成买卖的"买卖"，什么缝破鞋的啦，卖鞋楦的啦，张箩底的啦，攒水筲的啦，绑笤帚的啦，粘破缸的啦，还有剃头的，修脚的，镪碗的，杂七杂八，密密麻麻一大片。街里街外这种热闹景象，猛孤丁地看上去，倒也像个"太平盛世"。

街口上，在那平地凸起的高台上，有个年轻的小炉匠。他的脸前头，破盆子烂罐子摆了一大堆。一个土里土气的老汉，提溜着一把铁壶来在他的面前："掌柜的，这壶上有了沙眼儿，拾掇拾掇得多少钱？"锔漏匠看了看壶，又看了看老汉："放下吧。拾掇完了你看着拿就是了。"过了片刻，一个穿袍戴帽的阔少儿又来到摊儿上，从衣袋里掏出一把洋锁扔给锔漏匠："喂，给我撬开它！"锔漏匠瞟了阔少儿一眼，拿起洋锁看了看，然后在砧子上砸了个铁片儿，又锉了几下，只一捅，锁开了。随后他向阔少儿说："一吊二！"阔少儿嫌贵，嘴里还不三不四。锔漏匠喀叭一声把锁又锁上了，向那阔少儿扔过去。阔少儿被窝了一下，着起急来："这爷们有的是钱，再给我捅开！"锔漏匠一撇嘴说："有钱旁处花去，这爷们不侍候你！"阔少儿见锔漏匠膀阔腰圆一身疙瘩肉，又是满脸怒气话语噎人，自量着惹不了，只好吃个哑巴亏儿滚蛋了。接着，又一位要饭的老太太端着个破碗凑过来："少师傅！锔上这个碗多少钱？"锔漏匠放下手里的活儿，接过破碗忙起来。锔好后，朝那讨饭人递过去说："大娘，拿去吧！"老太太拿在手里反反正正瞅了瞅，只见碴口儿对得严严实实，锔子摆得又密又匀，就说："这活儿又好又实在——我拿多少钱？"锔漏匠说："不要钱！"老太太觉着心里下不去，说了些感谢话，又把这个英俊的小炉匠仔细看了几眼，便走开了。

这位小炉匠，就是梁永生。

如今，梁永生这个少爹无娘的穷孩子，已经十七岁了。

今天，永生趁大爷去给邻居助工的机会，头一次接过大爷肩上这副担子。雒大娘为了打发永生来赶庙会，起早馇了一锅玉米稠粥。永生就着芥菜喝了两碗黏粥，大葱蘸酱又吃了一个窝头。他怕在外头打尖还得花钱，又揣上两个陈干粮、一块咸萝苤，拾起锔漏挑子上路了。雒大娘知道，门大爷那种"能吃糠能吃菜不能吃气，吃让人喝让人理不让人"的倔脾气，如今已经招上了永生，所以在永生临要出门上路的时候，她一而再再而三地千嘱咐万叮咛："永生啊，俗话说：'儿行千里母担忧。'虽说我不是你亲娘，可是，那个'穷'字就像一把钩子，把你这个穷孩子挂在我穷老婆子的心坎上。孩子啊，脚下这个世道儿，没有咱穷人说话的地方，你出去赶会，可别惹祸招灾、多事生非呀！"直到永生走出门口了，雒大娘怀着惴惴不安的心情又追出来："永生啊！要绕道走，躲气生，话到舌尖留半句，事到临头想三想……"正走在旁边的尤大哥逗哏说："雒大婶，看你像那《三上轿》，干啥这么不放心？"雒大娘笑着说："自个儿孩子的脾气我心里有数儿，一时嘱咐不到就许闯出祸来。"她说罢，眺望着永生那渐渐远去的背影高兴得又自语道："才几年的孩子呀，中用了。"

梁永生迈着轻盈的步子，脚下发出似有非有的沙沙声，顺着曲曲弯弯的阡陌小路，穿过枝叶菁菁的杨树林，越过野花间杂的草甸子，登上了气势雄伟的运河大堤，一直奔向黄家镇去了。一路上，他观赏着印着白云蓝天的河水，眺望着运河两岸的春景，脸上渐渐露出自负的笑容，仿佛他要用这种神色向这辽阔壮丽的冀鲁平原庄严宣布：我梁永生已经正式投入生活了！

永生来到会上，所有的地基都已占严。他向一位缝鞋的说："掌柜的，迁就一下吧。"又向左边张箩底的说："买卖不错吧？我一夹楔子，打扰你了。"缝鞋的和张箩底的向两边靠了靠，搏出一块地方，让永生摆开了摊子。穷人相聚，话不截口。永生一边忙着活儿，一边和左右的"邻居"拉叨儿。当永生一个碗正锔得半半路路的时候，突然街上又挤又嚷乱了营。永生居高临下俯首一望，只见那边顺街来了个骑马的。还有几个嘴眼歪斜的腔后跟，架着一个大闺女，连拖带拉跟在马后头。那闺女，边挣边哭，边骂边喊。在闺女后头，约莫两三丈远的地方，还有一位又哭又跑的老太太。永生仔细一打量，她就是刚才来锔碗的那位要饭的老大娘。如今，那大娘蓬头散发，正在后边跌跌撞撞、磕磕绊绊地紧追急赶，并一面追赶一面哭着，骂着，喊着：

"你这些孬种们！凭啥抢人呀？"

这时，人群都激愤地站住脚，议论纷纷。

梁永生听到那姑娘的凄惨喊叫，如乱箭穿心，感同身受。老大娘的求援呼救，又使他火冒三丈，热血沸腾。他焦躁地自语道："可惜那口大刀没带来！"正在这间，他一转睛望见了竹扁担，心里说："好，就使它！"接着，他把袖子一挽，随手拿起竹扁担，向那缝鞋的说：

"老大爷，费点心，照管下我这套破烂儿。"

"你干啥去？"

"我去问问，是谁在抢人家的闺女！"

"唉，你问明白了又怎么样？"

"我要打抱不平！"

张箩底的听了插嘴道：

"小伙子，你长了几个脑袋？"

"一个就行！"

"真是初生的犊子不怕虎呀！"缝鞋匠感叹地自语着，又掉过头来问永生："你可知道那抢人的是谁吗？"

"我不管他是谁！"永生说，"抢霸民女就不行！"

"小伙子，消消气儿吧。咱个穷手艺巴子，可惹不起他呀！"缝鞋匠说，"那个骑马的杂种，既是个财主，又是个霸道！前清时他中过'武举'，'民国'了也不知又弄了个什么'委员'，反正人家还是撑劲！按说，他横行霸道确实是坏，可你个穷孩子怎么能惹得了他？"

"鞋匠师傅说得是啊！"张箩底的也说，"算了吧——别去惹祸招灾啦！"

"惹祸招灾"这个词儿，使梁永生想起了临来时雒大娘那些语重心长的嘱咐，心里为难起来。就在这时，人贩子抢他时的惨景，蓦地出现在他的眼前。门大爷的一句口头语儿，也在耳边响起来："糠可吃菜可吃气不可吃，吃让人喝让人理不能让人！"接着，又是雒大爷的声音："穷见穷心里疼，穷不帮穷谁帮穷？"这些往事，在梁永生的头脑中聚会起来，使他那疾恶如仇、见义勇为的脾性轰地爆炸开了，他从爹的嘴里接过来的那句口头语儿便冲唇而出：

"漫说他有钱有势，就算他有三头六臂，我也要跟他见个高低！"

永生不顾别人的劝阻，拨拨拉拉挤进人流，向那"委员"径直奔去。

永生已是十七岁的人了，显然早就会意识到干预此事会招来大祸。可是他，明知山有虎，偏向虎山行。他的看法是：怕狼怕虎别在山上住，怕死就别活着；见死不救，活着干啥？只要能救出穷姐妹，我梁永生死也值得！永生且想且走跟那"委员"碰了头。他扁担一横，指着"委员"的鼻子尖儿，怒冲冲、气愤愤地质问道：

"你凭啥抢人家的闺女？"

那老奸巨猾、恬不知耻的"委员"，上眼一瞅拦马的是个穷孩子，当然没放在眼里，并想就这个场合抖抖威风，卖卖谝。因此，狗腿子们要去抓挠永生时，他使个眼色止住了，然后他扬扬不睬地向永生说：

"嚯！你要管管这个事儿？"

"我要管管！"

"好！我彭保轩明人不做暗事，你既然愿意知道，我就告诉你，叫你瞧个稀罕——"那家伙洋洋得意地向永生也是向众人说，"我抢闺女，啥也不为，就是因为她的长相儿好……"

四外的群众，竦目而望，骂不绝口：

"霸道！"

"畜类！"

梁永生眼都气红了。他把手中的扁担一晃，厉声吼道：

"你再耍流氓，揍你个杂种！"

永生这一声怒吼，好像一声炸雷，吓得那"委员"打了个冷战：

"好一个不知天高地厚的穷小子！你大概忘了自己姓啥了吧？"

梁永生一拍胸脯儿，不瞒不掖地说："我就是你穷爷爷——梁永生！"

"好一个穷小子梁永生！"狗"委员"露出狰狞面貌，向狗腿子们一挥手，"给我把这个活腻了的穷小子绑起来拴在马尾巴上！"

一犬吠影，百犬吠声。喽啰们都咋咋呼呼扑上来。可他们还没来到近前，永生早已抢起扁担打在狗"委员"的脚踝骨上。只听得嗷嚎一声惨叫，那堂堂"委员"一个倒栽葱栽下马来。

一场殴斗开始了。

周围的人，全为梁永生捏了把冷汗。其实，永生的武功已经不错了。他抡起扁担一阵横扫，把狗腿子们全扫草鸡了。他们是王八吃西瓜——滚的滚来爬的爬。有的挨了一扁担，哇哇地怪叫着，抱头鼠窜了；有的跑飞了帽子，跑掉了鞋，光头赤脚还是跑；有的绑腿带子开了扣儿，他既顾不得再缠上，也顾不得扯下来，就让它在两脚之间拖拉着；有的绊了一跤，胳膊摔错了环儿，脚脖子扭了筋儿，身上也不知在哪里蹭了一片油，他啥也不敢顾，只顾连滚带爬又瘸又拐地逃活命。到这时，他们平日那股狗仗人势的嚣张劲儿全没有了，怕死鬼的洋相丑态都现了原形。这些菜虎子们在街上一跑，蹚得倾筐倒篓，尘沙飞扬；讥笑声，嘲骂声，此起彼应：

"这个狗食欠该这么收拾！"

"这回那堂堂'委员'可现眼了！"

人们一面奚落狗"委员"，还一面称赞梁永生：

"那小炉匠真不善！"

"人家这才叫汉子呢！"

正当那讨饭的母女刚来到永生近前，从四面八方呼啦啦围上一些人来，把永生圈在了当中。

一位大爷把翘起的拇指举在永生脸前："好样儿的！有咱穷人的气派！"

一位携着金针菜的人泼命地往里挤着。金针菜都挤撒了，他也不管不顾，还是边挤边嚷："闪闪，闪闪！让我看看这位顶呱呱的汉子！"

正在这时，栽了跟头的"委员"又纠合起一些打手来反扑了。人群疏散开来。可是，那方才被挤在旁边贴不上前的讨饭母女却凑上来了。

这母女二人，你猜是谁？不是别人，她们，就是那位帮助永生逃出虎口的杨翠花和她的母亲。翠花不是让人贩子带走了吗，她是怎么来到这里的呢？等以后再作交代。且说这时杨翠花已认出了这位魁伟英俊的梁永生，可梁永生并没认出杨翠花。这是因为：一来女大十八变，再加他们已经五年多没见面了；二来梁永生一直把全部精力集中在那些坏蛋身上，根本没去留心那闺女是个啥模样儿。方才，人们围着永生赞扬他时，闹得他昏头涨脑很不自在，只是想及早摆脱这个场合儿，也没去想那讨饭母女的事情。现在，他正盯着那些张牙舞爪扑过来的狗腿子们，又见那讨饭母女凑过来，心里着急地想："唉唉！她俩怎么还没逃走？"

"我……"

"你个啥？快跑！"

杨翠花一张口，就被梁永生噎了一下。可她还不死心，又说："我是……"

"别啰嗦！快，快跑！"

"你这位……"

翠花娘刚插进来说了个半截话儿，又被永生打断了：

"你们别管我！杀人不过头点地，穷汉子敢拿命换理——"他见那讨饭母女还愣着不走，挥臂一指扑来的群丑，向她母女发起火来，"你们怎么还不逃命！快走！"

杨氏母女望望那越来越近的高粱茬子般的刀枪，再瞅瞅梁永生这个横握扁担亭亭而立的年轻汉子，敬佩的心情充满腹胸，潸潸的泪水挂满双颊。她们犹豫了一下，只好把心一横，逃跑了。她们一走，永生如释重担，心中高兴地说：

"我纵然一死，也要拦住这些狗日的！"

第十章

——

夜袭龙潭街

于庄庄头上有个学堂。

这天傍黑儿，刚放了学，下起雨来了。教书先生房兆祥怕起了风雨潲窗户，就顶着个锅盖，把苫子挡在窗户上。这个学堂的院子很浅。当房先生正要回屋时，见角门洞里放着一副锢漏挑子，旁边还蹲着一个小伙子。他一半好奇一半不放心，转身来到门洞里。那小炉匠虽然年轻，可挺有礼貌。他没等房先生开口，就先站起来说："我在这里避避雨，糟扰你了。"

"没说的，没说的。"房先生见小炉匠很眼生，又问，"师傅，哪庄的？"

"宁安寨的。"

"不大盘这个乡吧？"

"对啦。"

"有二十吗？"

"十七岁。"

红色岁月

红色历程

红色史诗

红色经典

"叫啥名字？"

"梁永生。"

梁永生一说出名字，房先生大吃一惊。原来是，"梁永生大闹黄家镇"的消息不翼而飞，早在这运河两岸的各个村庄传开了。这时房先生以敬慕的眼光把个梁永生打量一阵，然后又问：

"不消说大闹黄家镇的就是你了？"

梁永生不爱谝能，又不会撒谎，只好微笑不语。

房先生见他默认了，喜形于色，两手搭在永生的肩头上，摇晃着他那健壮的身躯，响亮地说：

"真是出类拔萃的人物呀！不含糊！"

房先生的称赞，把梁永生闹了个大红脸。房先生向外一望，雨正下在劲儿上，又说：

"你走不了啦，住下吧！"

"不，不！"

"客气啥？走，屋里去……"

梁永生从来不肯讨人嫌，可又觉得房先生的实在劲儿不好推辞，正在二二乎乎，房先生拿起扁担，就要帮他挑挑子。永生一看，忙夺扁担："好，我自个儿来。"房先生回手插上门闩，领着永生进了屋。在永生放挑子的当儿，房先生闪了身上的破大褂子，掀开锅盖要做饭。永生觉得素不相识，不忍得糟扰人家，就说：

"甭做饭，我带着干粮呢，弄点开水一泡满好。"

"不光为你，我也得吃。"房先生见永生的衣裳淋得湿乎乎的，又说："脱下来，铺在炕席上焐一焐，一会儿就干。"他说着，就手撩起褥子。永生见这位教书先生挺好脾气儿，也就没再客气。过一阵，他见桌子底下放着个破盆子，就哈腰拿过来，说："闲着也是闲着，我给你锔上它。"房先生也没客气，欣然同意了。梁永生一摸挑子上的家什，房先生见工具柜里有口单刀，就问：

"你带着刀干啥？"

"我稀罕这玩意儿。"

永生随便支吾了一句。其实，他带刀盘乡，是有来历的。他那回大闹黄家镇以后，回到家如实地向门大爷说了。当时，门大爷尽管觉得这确是闯了一场大祸，那彭保轩可能伺机报复；可他认为孩子见义勇为、舍己救人做得对，因而没有责备永生，只是嘱咐说："往后儿不要盘南乡了，躲开黄家镇，改盘北乡。外出盘乡时，要把那口刀带上……"打那，永生就天天带刀盘乡。现在教书先生问他带刀盘乡的原因，他怕再引起房兆祥提到大闹黄家镇的事，所以支吾了一句，想把这一章掀过去。但是，房先生一见单刀，还是想起他大闹黄家镇来了，又情不自禁地说：

"你在黄家镇敢于虎口拔牙，火中救人，真是……"

永生打断房先生的话，谦辞地说：

"唉，只不过是一气之下，耍了个'愣葱'罢了。"

"你这个'愣葱'耍得大快人心呐！"他叹了口气又说，"如今的潮流，看来是非耍'愣葱'不行的！可我这个文弱书生，就缺乏你这种'愣葱精神'……"

他们说着话儿，饭做熟了。

他们一边吃饭一边家长里短地拉叨儿。他们越拉越投机，越拉越倾心，一会儿永生也就无拘无束了。他询问了房先生一些情况，也把自己的身世告诉房先生。经过一番推心置腹的促膝长谈，永生才知道这位房先生也是个穷人。

房先生家住边临镇。他的曾祖在世时，是个自劳自食、年吃年用的小康人家。当时他的曾祖念过几年诗书。后来，他家经过几次天灾人祸，日子穷了。可是，他那"学而时习之"的家风并没失传。他们因为再也上不起学，就用父传子、子传孙的办法，一辈一辈地传了下来。房先生由于肯用功，还巴巴结结闹了这么个"教书先生"。

房先生的父亲，常为穷人写呈子申冤告状，得罪了有钱有势的土豪劣绅，被加上一个莫须有的罪名，掐入大狱。几个月后，就在狱中活活气死了。房先生仇恨难消，又写了呈子告了状。结果，州官、县令、阳状、阴状全告到了，官司也没打出个眉目来。房先生讲完自己的家史，望着对面的梁永生深有感触地说："脚下这个潮流，一不能信官，二不能信神，要想报仇雪恨，看来只有靠'愣葱精神'！"又过一阵，他见永生面对着北墙上的"四扇屏儿"像在深思，就问：

"你识字？"

"不识字。"

房先生说："像你这个武艺高强的小伙子，要是再能识文解字，可就文武双全了！"梁永生叹口气说："咱顾嘴还顾不上呢，还有钱去上学？"房先生说："你要愿意学字的话，我教给你。"永生高兴地说："那太好了！"房先生说："那你有空儿就来，哪时来我哪时教，怎么样？"梁永生说："我一定呛劲学。就怕心太笨，叫你费点子劲，我还是不成器！"

打这以后，梁永生盘乡路过于庄时，总要到学堂里来串个门子，跟房先生学几个字。

这天侵晓，梁永生挑着锢漏挑儿又一次来到于庄学堂的门口上。他上眼一瞅，门锁着。一问别人，原来是房先生病在他家里了。房先生的家，在马厂村，距此二十里。梁永生自从在西边开辟了盘乡新路，已经有两个来月没跟房先生见面儿了，心里当然想他。现在又听说他病了，所以连个捎儿也没打，就拾起挑子向马厂奔去。因为半路上碰到一些老主顾，干了些推不出手去的零碎活儿，当他赶到马厂时，已是半过晌了。永生站在门口，只见门上贴着这样一副门对——上联是"二三四五"，下联是"六七八九"，横联是"南北"。这意思显然是："缺'一'（衣）少'十'（食）无东西。"永生看罢，思索了一会儿，便推开柴门，走进庭院，喊了一声："房老师在家吗？"房先生一听是梁永生，便赶紧让家眷把他迎进了屋。永生进屋一看，房间窄小，陈设简陋，确是一个贫寒之家。躺在炕上的房先生，面庞清瘦，气色很不好。他们唠了一阵话儿，永生才知房先生是叫白眼狼气病的。事情是这样：梁永生还活着的消息传进白眼狼的耳朵以后，他就在想法儿拔掉这个祸根。可是，尽管宁安寨和龙潭街相隔并不太远，但因不是一县管辖，所以他的阴谋尚未得逞。后来他听说房先生和梁永生成了好朋友，还尽义务教他识字，心中非常恼火。他想："梁永生已经学会了武术，要再容他练好文笔，他文武两挡不成了猛虎添翼？"因为马厂村和龙潭街是一县管辖，他便勾通了他那当县官的叔伯舅子，硬给房先生加了个"勾结歹徒"的罪名，把他扣进监狱押了十三天。多亏邻帮乡助凑了些钱，人托人脸托脸这才将房先生保释。永生听说此事，内疚于心，对白眼狼的新仇旧恨，一起涌上心头。于是，他将在路上挣的几个零钱儿偷塞在炕席底下，又说了一些宽慰房先生的话，就辞别了房先生。

永生出了马厂村，天近黄昏了。他拖着沉重的步子，怀着气愤的心情，顺大路而行，向宁安寨奔去。半路上，忽然碰见过去盘乡时结识的一位熟人。那人告诉他一个消息：三个月前，常明义的儿子常秋生曾夜进龙潭街，在白眼狼的大门上用土坷垃写下了两行大字："常秋生夜进龙潭；白眼狼小心你的牛蛋。"然后，又在他爹和永生爹的坟前各栽上一棵树，远走高飞了。梁永生听到这个消息，心潮起伏，热浪滚翻。他惭愧地想道："常秋生是好样儿的。他可能以为我忘了血仇，准在嗤笑我呐！"他转念又惋惜地想："常秋生既然进了龙潭街，咋不给他闹个响动？"他想到这里，一个"夜袭龙潭"的念头，在他的头脑中油然而生。于是，他把锢漏挑子寄托给那位熟人，手持大刀，改路更辙，直取龙潭而去。秋风簌簌，月色皎皎，一切的一切都像在预祝永生大功告成。永生一边大步疾行，一边兴冲冲地自言自语："白眼狼啊白眼狼！今天你梁爷爷要给你点辣的尝尝！"

梁永生哪里知道，狡猾的白眼狼已有准备了。

自从"梁永生大闹黄家镇"的消息传进贾家大院以后，白眼狼的心里就长了草。他想："梁永生今天大闹黄家镇，会不会有朝一日还要大闹龙潭街呢？"他一想到这个，就骨头缝里直冒凉气。好几个月的工夫，一直愁得吃不香，睡不甜，夜半三更对灯独坐，往炕上一躺就做噩梦。他心里明白：我一旦被梁永生抓挠着，命就完了！正当他心中害怕而又愁于无法的情况下，又在大门上发现了"常秋生夜进龙潭……"那两行大字，更闹得个白眼狼草木皆兵，惶惶不安了。为了千方百计保住他的狗命，围子墙上增了打更的，大院里头添了坐夜的，还找来木匠、瓦匠加固了他那狼窝的门窗。就这样，他还是做贼心虚，总觉着小命儿悬乎。这天晚上，他咕噜了一阵水烟袋，又愁了一阵，还是没愁出办法来，就索性走出屋，想去找醋骷髅开开心。当他走到庭院当央时，账房先生田狗腚挟着个算盘子迎上来，把那两颗大龅牙一龇，奴颜婢膝地说："我向二爷贺喜呀！"白眼狼问："啥、啥喜？"田狗腚说："从关了场园门儿，二爷的土地又增加了二十八亩七厘五，还有张家的场园，庞家的井园，王家的苇子湾，黄家的……"田狗腚舔嘴呱嗒舌地说到这里，只见白眼狼的脸上阴沉沉的，没有一丝笑意，心中纳起闷儿来："不对呀！贾永贵过去每当听我向他说这类事时，总是乐得合不上嘴，今天怎么不是那股劲儿呢？"田狗腚正唯唯诺诺，白眼狼说话了："知、知道啦，去、去吧！"田狗腚原想请功受赏，结果碰了一鼻子灰，闹了个没味儿，滚蛋了。白眼狼来到醋骷髅的门口上，一抬头就着月光望见了悬在门楣上的那块"冰清玉洁"的大横匾，心神又飞到马铁德的屋里去了。这块自欺欺人装点门面的"贞操"匾额，是马铁德纠合了一些善拍马屁的家伙给她挂的，匾上的字迹也是马铁德亲笔写的。白眼狼当然知道，马铁德所以要来这套鬼吹灯，意在取宠于他。今天白眼狼站在月下想着这些往事，当然也就很自然地想到了马铁德那一肚子坏水儿。于是，他不由得又朝马铁德的狗窝走去……

过了些日子，在一个晚上，白眼狼设了个小招儿——一瓶"白兰地"，四盘子酒肴，将那"贾门二先生"马铁德和田狗腚请过来，主仆三人，饮酒作乐。酒过三巡，白眼狼又把他的心事端出来了："梁、梁永生这条祸根不除，我、我一直是放心不下呀！这、这桩事我跟二位谈过多次，二、二位为此对我也帮忙不小，不、不知近来办理的情况如何？"他说罢，将视线停在马铁德身上。马铁德咽下一口酒，晃了晃亮脑门儿说："不好办呀！'隔县如隔山'。我转托了几次人都没办成……也怪我才疏学浅，不堪重任，实在抱歉！"田狗腚接言道："谋事在人，成事在天；马兄竟然不能办成，此事恐难成矣！"他掭了一片木耳放在嘴里，呱嗒了一阵腮帮子又说："文路不通，武路如何？"白眼狼说："你、你是什么意思？"田狗腚说："我是说，咱弄上几个人，到宁安寨把那颗钉子起掉……"马铁德说："田弟之意，实在好心。不过，谈何容易！出县越境行凶动武，事可大了！若再引起两县纠葛，后果不堪设想！"白眼狼说："马、马兄之言是也！此、此法我曾和内弟讲过，他、他也说使不得——"白眼狼端起酒盅一挺脖子灌下去，将盅子往桌上啪地一蹾，"再、再说，咱手下这些人，净、净些菜货，就、就算去了，能、能抵得住那梁永生？还、还有那个姓门的，听、听说也不是省油的灯！"马铁德说："贤弟说到这里，我倒想起一个主意……"他们正说着，窗外传来一声尖叫："谁？"这仨家伙不约而同地打了个寒噤。白眼狼刚刚端起来的那盅酒，晃洒了一半子。接着，独眼龙丧魂落魄地闯进来，失声转韵地说："一个拿大刀的人，正往这门口凑着，我一喊，那人一闪身，不见了……"独眼龙话没说完，白眼狼手中的酒盅子乓的一声落在地上。田狗腚失神地说："要是万一那梁永生闯进来……"马铁德强抑制住颤抖着的心，佯装镇静说："我们既有围墙又有垣墙，既有打更的又有坐夜的，他一个毛孩子还能飞檐走壁不成？"又转向独眼龙说："准是你心惊胆虚看花眼儿了！去，各处查一查，查不准不要大惊小怪的！"独眼龙"是"了一声，收场滚蛋了。这三个家伙惊神未定，全成了落架的烟，你看我我看你冷坐了好大一晌，三个黑影就像钉在墙上。后来，还是田狗腚跑去插上了门闩，他那绷得紧紧的心弦才慢慢地松弛下来。白眼狼喘了口大气说："马、马、马、马兄说下去。"马铁德喝下口酒稳了稳神，说道："河西黄家镇上，有个武士名叫彭良。此人是彭'武举'的后代，家传一身好武艺，在河西素负盛名，和黑白两道也有交情。就是吃喝嫖赌无所不干，还专爱打官司。彭'武举'去世后，没出一年，叫他把个祖产就全踢蹬净了。我和他摆过香案，交情不错。如果贤弟有意聘他进宅，给咱保镖护院，教练家丁，鄙人甘愿跑腿塞脸……"马铁德云山雾罩说了一通，把个白眼狼吹乐了，他说："真、真是'天不灭曹'哇！如、如有此人在我身边，我、我就有了主心骨了！"田狗腚见马铁德献策得宠，他也不甘落后，就劲儿献上一计："二少爷贾立义，才华出众，可惜没有用武之地。如今省里要开捐助赈。他想从中渔利，咱可借机揩油。只要二爷不惜重金，少爷官职唾手可得。那样，内有彭君护院，外有少爷做官，那些梁永生、常秋生之流的穷鬼们，就更无奈我何了！"他怕白眼狼疼钱下不了决心，又补充说："有了钱才能做官，做了官就更有钱——以钱买官，如饵钓鱼，利大矣焉！"白眼狼听完了这些"高谈阔论"，赞道："二、二位高见，某、某均受益；事、事成之日，决、决不亏待……"

屋里群丑乱舞，前院喊声震天：

"失火了！失火了！"

白、马、田三块鳖种，闻声失魂，蹿出屋来。只见，前院里火光四射，黄烟冲天，粮仓、草垛都在像炒豆子似的毕毕剥剥响着。他们像死了爹抢孝帽子一样，一齐向前院跑去。

村中的男男女女，老老少少，听到这急促的喊声，也都跑出来了。有的担着水桶，有的扛着镐锹，还有的端着盆子，抬着梯子……从村子的每个角落，丢鞋落帽地朝这喊声发起处飞跑着。可是，当人们弄清是贾家大院失火时，又全都回去了。大街小巷，留下了一片嘻嘻哈哈的欢笑声。

贾家的狗腿子站在那高高的门楼子上喊了半天，门前只有几个穿袍戴帽专爱抱粗腿的人，在赤手空拳地咋咋呼呼，叹息不已。白眼狼站在门口上，见到这种情景咬牙切齿地说："穷、穷棒子们，可、可恶极了！都、都该……"白眼狼的屁没放净，大狼羔子贾立仁突然惊叫道："爹！你看——"白眼狼斜棱着母狗眼儿朝狼羔子指着的门板一瞅，只见上边又是土坷垃写的两行大字：

"梁永生夜进龙潭；血债定要你用血来还！"

梁永生夜袭龙潭放火留字的事，被门大爷知道后，他把永生叫到近前，又从工具箱里拿出一根钢条，向他说：

"永生啊，你身上还少这种东西！"

"钢？"

"钢的韧性。"门大爷说，"钢硬不硬？"

"当然硬了！"

门大爷把钢条搣了个弯儿，一松手，钢条又恢复了原来的样子。他接着说："看了吧——你就是少这种弹性！"门大爷见永生扑闪着两只大眼出神，把钢条放回原处又继续说："永生啊，你现在只是块生铁，宁折不曲。可是，我盼着你能成为一块好钢。这你知道，铁，是硬的；可是钢，比铁还硬，而且有一种韧性。"

门大爷抽着烟，沉默了一会儿，给永生留了个空隙，让他想一想，然后又说："拿你来说，大闹黄家镇，那是火中救人，风险再大，也是对的；夜袭龙潭街，只能打草惊蛇，就有点冒失了。往后儿，无论碰上什么事，都要仔细想想，既要想到该不该，还要想到行不行；既要想到事起，还要想到事落。不论啥事，理儿，只有一个；可法儿哪，何止千万？因此说，对理儿，不要绕弯儿，理儿一绕弯儿就成了'歪理儿'；对法儿，别光走直道儿，法儿不绕弯儿就叫'笨法儿'……"门大爷讲的这些道理，就像变成了许多小动物在永生的胸腹中嘣叽乱蹦，使得他的心久久地平静不下来。

第十一章

古庙许亲

六月的天，财主的脸，说变就变。

这天，骄阳当空，万里无云。掌灯时分，老天爷突然变了脸。黑压压的老云头，势如千山万岭，出现在西北天角。云端里，电在闪，雷在鸣。风，也越刮越大，越刮越猛。直刮得尘土漫天，柴草飞舞。云乘风势，掠空迅跑，扑头盖顶压将过来。

这时候，盘乡归来的梁永生，正走在漫洼荒郊。

这个漫洼，叫水泊洼，是个大荒场，方圆十几里没有人烟。荒洼的土地，春天一片碱，夏天一片水，三年两头涝，十年九不收。因此，显得格外空旷，荒凉。

梁永生每天外出盘乡，早上顶星去，晚上戴月归，来回都要穿洼而过。今天，他挑着锢漏挑儿，正忽呀颤地走着，猛然抬头一望，只见天空中，先浑浊，后苍黄，继而晦暗。紧接着，狂飙骤落，浓云蔽日，仿佛一口大锅扣在头顶上，压得人喘不过气来。

正在这时，梁永生面前不远处，出现了一座古庙。

这座荒洼古庙，坐落在一个平地凸起、像个孤岛似的高台上。相传在汉朝时候，有个侯爵在这儿建过都，名叫林城。如今那林城早已无影无踪了。也不知是哪个朝代，在林城的废墟上，修起了这座古庙，叫"泰山奶奶庙"。永生天天出外盘乡要从庙前走个来回，有时还在庙台上歇歇脚，凉快凉快；高兴时也曾到庙里头去转悠过。现在他一看暴雨将至，就晃开膀子，甩开胳臂，大步夹小步，三步并两步，一阵疾走紧颠，扑向古庙奔来。

梁永生刚刚赶到庙门口，雨就下上了。

先是一道立闪，跟着一声炸雷；炸雷那隆隆的余音还没消逝尽，稀稀拉拉的大雨点子就落开了。雨点落地，足有铜钱大，砸得地皮砰砰啪啪响成一片。雨点由稀而密，由缓渐急，瞬息之间，便成了倾盆而降的滂沱大雨。

梁永生把肩上的扁担一横，腾腾腾，攀上那七磴台阶；将挑子放在门楼下，屁股坐在高高的青石门墩上，抓下罩在头上的羊肚子手巾，擦起脸上的汗来。他一边擦着汗，还一边骂老天爷：

"偏跟我过不去——你要晚下吃顿饭的工夫，我就到家了。"

永生这话，一点不假。这座古庙的位置，在荒洼的正当央。从这里到宁安寨，还有不大不小八里路。到周遭儿的其他村庄，也都差不离的远。俗话说："空身人儿撵不上推车汉，车轮子再快追不过扁担。"梁永生只要挑子上了肩，竹把子扁担吱扭咯扭一叫唤，他那两条腿越迈越快，这八里之遥，兴许用不了吃顿饭的工夫就能走下来。

天，已经入夜了。庙里庙外，一片漆黑。

梁永生是个勤快人。从来没有这么闲在过。如今他被风雨困在庙门里，要看书看不见，要走又走不了，闲得他两手发痒，急得他直流躁汗。于是，他习惯地摸起踩在脚下的一根草棍儿，一掐两截，双起来掐成四截，再双起来掐成八截……

急躁的永生正在消磨时间，电光闪处，一片荒凉景象映入他的眼帘：庙前在这高高的台阶下边，满是凸凸凹凹的荒场。高坎上，红荆墩墩；低洼处，芦苇丛丛。在这荆墩、苇丛之间，有条时隐时现弯弯曲曲的蚰蜒小道，这便是永生盘乡的那条必由之路。路边上，有许许多多小水汪。它们大大小小，形形状状，被风吹皱的积水，宛如一块块的镜子，对着黑夜的风雨，顽强地闪着白光。

庙院正中，有座大殿。大殿前头，有棵古槐。这槐树，树干已经空了，吃劲一敲，发出砰砰的响声。树上的枝丫，十有八九已经死去，只有为数不多的几根枝儿，还在挣着命地活着。枯死的枝丫，连树皮也已脱落干净，白噪噪，亮堂堂，叫风一刮，嘎吱嘎吱乱响。大殿的门扇，大敞四开；风头卷扬着雨水，兜进殿去。阵阵狂风，摔打着破烂不堪的门板，发着哐当哐当的响声。这座孤孤零零的古庙，处在空空荡荡的荒洼之中，四邻不靠，寂无人声，再叫这半夜三更的风雨雷闪一衬，愈显得格外荒凉，冷落。

可是，梁永生并不胆儿小。他坐在这风雨飘摇的庙门槛上，冷望着被这粗风暴雨笼罩着的夜空，触景生情地自语道：

"脚下这个鬼世道儿，多么像这荒洼古庙的风雨夜呀！"

梁永生一把这风雨夜景和当时的社会联系起来，头脑中蓦地跳出一个"谋财害命"的传说。这一带的人，常说这座庙里"不干净"——就是说，爱闹鬼儿。有一个传奇式的故事，直到今天还广为流传。

二十年前，这庙中有个尼姑。那尼姑在厅潭街一带有四十亩庙产。那庙产地跟白眼狼家的地紧挨着。因此，这庙宇虽然和龙潭相隔很远，可尼姑和白眼狼家的人们早就因是地邻而成了熟人。据人们议论，在尼姑年轻的时候，和白眼狼的大哥爹还有过一腿。这事儿是真是假，谁也没考察过，咱也就不必细讲了。却说有一天夜里，也是风暴雨狂一宿没住点儿。天明发现，尼姑死在她的屋里。人命关天的大事，当然"地方"要报官。经过察看现场和验尸，县令终于作出了判决尼姑之死，乃是"天意"。那四十亩庙产，县令遵奉"神旨"，赐予白眼狼。理由乃是出于"爱民"之心——因为那四十亩庙产是块"宝地"，尼姑"命薄"，没有那么大福分，这才惨遭天劫。据县令说，这一带的黎民百姓，只有"贾永贵命大福宏"，能担起那块"宝地"。要把"宝地"交给"穷命人"，县令说其下场要比尼姑还坏。一个死到头了，再往哪坏？被人用白花银两买去灵魂的混蛋县令，没把这个道理讲清。天哉佛哉！多亏了这位县令"通晓天机"，"广施仁政"，否则，又该有多少"薄命穷人"为这块土地丧生！大案至此，并未了结，因为那四十亩地的"钱粮"还没个着落。白眼狼为了"挽救薄命穷人"才要了"宝地"，当然"不应"再封"钱粮"。怎么办呢？十里以内，按户均摊，这叫"破财免灾"，此乃县令的又一"仁政"！至此，大案方结。案可结，人口岂可结？二十多年过去了，这个富家、官家勾结一起谋财害命、坑骗穷人的故事，还在民间广为流传着。

十八岁的梁永生，曾听人多次讲过这个传闻，并留下了深刻的印象。今天夜里，这些鬼呀神呀的传说，就像天空那曲曲折折的电闪一样，又一次穿过他的脑海。他思忖了一会儿，不由得愤愤地骂道：

"鬼呀，神呀，狗蛋！我才不信那一套呢！要说鬼，白眼狼的心里有鬼！要说神，白眼狼的洋钱有神！要是天上真有神的话，那神比县令还混蛋！要不，为啥不把地赐给几辈子没有一寸土的穷人，而偏偏赐给钱没数、地没边的白眼狼呢？有这样的混蛋县令倒是不假，难道还真有这么混蛋的神吗？"

夜，更深了。

倾盆暴雨变成了蒙蒙星星的毛毛细雨。雨丝被风一刮，再叫闪光一照，又成了金色的雨粉，好看极了。梁永生走出门洞子，站在庙院的水汪里涮了涮脚丫子，望着夜空估摸了一下时辰，心里说："怕有二更天了。雨也小了。走吧！门大爷和雏大娘准在家里焦急地惦记我呢。"正在这时，忽然觉着这呜呜狂叫的风声中，似乎还夹杂着一个女人的哭声。

梁永生闻声吃了一惊。他竖起耳朵，屏住呼吸，仔细地听起来。开头，这哭声是隐隐约约，若有若无。过了一会儿，越听哭声越真，越听泣音越痛。这哭泣声，断而又续，续而又断，好像是顺着北风从大殿里传过来。

时已更深夜晚，又是在这前不挨村后不靠店渺无人烟的荒洼古庙之中，天上还下着雨，哪里来的女人哭声？是不是我的耳朵出了毛病？梁永生用手揉了揉耳朵，又仔细加仔细地听了一阵。呦！不错呀，明明就是个女人的哭声嘛！莫非说也是和我一样的避雨人？她又为啥哭呢？难道说真他妈的有鬼？永生想到这里，回到门下，从工具箱里抽出单刀，自言自语道："我不管他妈的是鬼是神还是人，非去看个明白不可！"他说着，手持大刀走出门楼，踩着滑滑擦擦的泥水，径直向大殿奔去。

这时间，霏霏小雨还在飘洒。

庙院中，黑得举手不见掌，对面不见人。梁永生仗着往日曾在这庙院逛荡过，就凭那时留下的一点印象，摸着黑儿往前走。他来到大殿前头，收住步子，侧耳一听，那女人的哭声，并没在大殿中，而是从大殿后边传来的。

永生又绕过大殿，朝后院走去。

他刚走出几步，耳旁响起雒大娘的声音："你出外盘乡，别多事生非……"永生一想起雒大娘的嘱咐，不由得收住脚步，话在心里说："可也是啊！咱再管她是鬼是人干啥？挑起挑子走道子够多心静？何必去'多事生非'呢？"他想到这里，转身窝回来，又朝庙门迈开了步子。

梁永生在院中走着，电在闪，雷在鸣，那女人的哭声也在阵阵传来。突然，一道闪光，把庙院的荒凉景象又一次映入永生的眼帘，使他蓦地想起他和翠花姐被锁在庙院时的凄惨情景。他心里一翻，又忽然想道："噫！是不是哪一位穷家女人又在遭难？"他想到这里，猛转身朝那后院继续走去。

后院来到了。梁永生就着闪光一看，只见半身多高的蒿子，密密匝匝长满庭院。西北角上，有三间破烂不堪的平房。这三间平房，就是那个尼姑生前住的地方。由于二十多年没人居住，再加风蚀雨冲，年久失修，如今已窗残门烂，顶塌墙裂，很不像个样子了。永生一听，那女人的哭声，就是从那座破屋里传出来的。他情不自禁地倒吸了一口凉气，心里说："啊哼！真怪呀！"接着，他用刀尖拨着齐胸的蒿草，悄悄地，悄悄地，向那正在传出哭声的破屋凑过去。

梁永生摸到屋门口，收住步子。他要等闪光再亮，先看个清楚，然后决定怎么办。这间，外边的雨已经不下了，可那屋里的"雨"却下得正大——只听得各处都在滴滴答答响个不停。水蒙蒙湿漉漉的潮气，混合着霉草朽木的气息，和那女人的哭声一齐从门口冲出来。到这时，梁永生已经分辨清了——这哭声，不像中年妇女，更不像老婆子，而像是一个少女，或者是很年轻的媳妇。忽而又觉着这声音好像有点耳熟。谁呢？

梁永生正然搜罗着记忆，突然闪光一亮，屋内的一切都显现出来。一位白发苍苍的老太太，躺在一撮铺草上。一位青年姑娘，正伏在老太太的身边哭泣。她们身旁，还放着一个要饭吃的少边没沿的破柳条筐子，一根打狗用的疙疙瘩瘩的干枣条棍子。此情此景，使永生立刻想起赵奶奶临死时的惨状，一股强烈的同情感紧紧地扣住心头。

"你们是干啥的呀？"

永生这句话，虽然是经过考虑说出来的，很轻，很慢，很和善，可还是把那姑娘吓了一跳——只听得一声惊叫，哭声便打住了。屋里再也没有声息。永生想："可也是啊！在这风雨交加的半夜三更，又在这渺无人烟的荒洼古庙，我突然一发话，不管这话是什么音调，一个女孩子家也是必然要害怕的。"梁永生为了把姑娘那极度紧张的心弦尽快松弛下来，他没有马上进屋，而是站在门口上慢言细语地自我介绍道：

"我是避雨的，不要害怕。"

屋里仍无回声。

又是一道立闪。

永生望见那姑娘正偎缩在屋角上，两只大眼睛闪射着恐怖、气愤交织在一起的光亮。她紧紧地闭着嘴，手中还好像拿着一块砖头。看表情，她既希望把事躲过去，又已经做好万不得已就拼命的准备。梁永生面对这种局面，那同情的心潮使他不能离去，只好再次解释说：

"你只管放心，我不是坏人。我是宁安寨的小炉匠，出来盘乡，被雨淋在庙门上，听到这边有人哭，才来看看是怎么回事儿……"在永生说话的当儿，一连打了几个亮闪。当永生说到这里时，那姑娘突然开了腔：

"你是不是梁永生？"

"是啊。你认识我……"

永生话未落地，那姑娘惊喜地扑过来，眼里噙着泪，连哭带笑地说：

"我是杨翠花呀！"

永生一听，可喜坏了。他像不相信自己的耳朵似的，紧跟着反问了一句：

"你是翠花姐？"

"嗯喃！"

杨翠花顺口应了一声。这时，"翠花姐"三个字，在她的心里掀起一个巨大的波涛。梁永生从药王庙逃跑后，他那英俊的面容，刚强的性格……一直留在翠花的心里。尤其是在黄家镇上见面后，永生那英武的形象，更是经常在她的眼前晃动。今天，正当她大难临头举目无亲的时刻，又一次见到了梁永生，她怎能不心潮翻滚？又怎能不喜泪横流？她真想把自己的苦衷一下子全控出来倒给永生，可又觉得不知道从哪里说起。她又想把个梁永生紧紧抱住，可蓦然意识到如今已经都不是小孩子了。正在这时，梁永生突然问她一句：

"翠花姐，你还能认出我来？"

"多亏了你印堂上这颗黑痦子。"翠花抹一把悲喜交加的泪水又说，"我在黄家镇庙会上就认出你来了……"

"黄家镇庙会上？"

"大闹黄家镇的不就是你吗？"

"你在场？"

"我不在场你救的谁？"

"哎呀！我哪想到是你呀？"

"我不是要你记住……"

"那时光顾打仗了，哪还顾得上啊！"永生又问："哎，翠花姐，你是怎么来到这里的呢？"

"我被人贩子卖到钱家当了童养媳。有一天，他一家子都去看夜戏了，把我锁在家里，让就着月光给他纺线。我用了你那个办法——爬墙逃跑了。"翠花说，"跑了好些天，好容易找到我娘……"

翠花一提到她娘，永生又想到躺在屋里的那个老太太，便拦腰截断翠花的话弦，插嘴问道：

"躺着的这个老太太……"

"就是我娘！"

"她怎么啦？"

"病啦。"

"啥病？"

"一来是犯了老病根儿，二来也是饿的。"

梁永生凑过去一听，大娘已经奄奄一息了。他立刻站起身来，向翠花说：

"我拿干粮去。"

"上哪去拿？"

"在前边庙门口上的工具箱里。"

"可快回来呀！"

"唉。"

梁永生"唉"了一声，那影影绰绰的身形消失在夜幕中。杨翠花呆呆地站在屋门口，凝视着漆黑的夜色，喃喃自语道：

"这不是在做梦吧？"

杨翠花正焦急地等待着，梁永生回来了。他问翠花：

"姐姐，有水吗？"

"哪有哇！你渴啦？"

"不！没有水，这干粮怕大娘吃不下去。"

"我来试试。"

翠花接过干粮，咬一口，嚼了嚼，喂进娘的嘴里，可是娘已经不会咽了。这时，翠花又愁，又怕，又心疼。梁永生见干粮救不了大娘，心里也很难过。他问翠花：

"有碗吗？"

"干啥？"

"舀水。"

翠花递过一个碗来。永生接在手中，一摸碗上的镴子，原来是自己镴过的那个碗。他来到院中，找了个水汪，舀了半碗水，回到屋里，递给翠花，嘱咐说：

"别往嘴里倒，那会把气呛回去。"

"没有勺子呀！怎么办呢？"

"你先把水含在嘴里，再悠着劲儿慢慢地往老人的嘴里沁……"永生说，"会不？要不让我来——"

"我会。"

过一阵，翠花娘的气越喘越大。翠花高兴地喊着："娘，娘，娘……"翠花娘"哼"了一声。永生凑过去，摸摸老人的头，又摸摸胸口，也挺高兴："大娘快缓过来了！"

又过了片刻，老人果然缓过来了。

杨翠花忙告诉娘，她身边的这个小伙子，就是那位梁永生。翠花娘一手攥住永生的手，一手攥住翠花的手，颤抖着说：

"孩子们哪，我不行了……"

"娘，别想那个，不碍的！"

"大娘，放心吧，会养好的！"

"孩子啊，你们不要宽我的心了。我身上的病，我明白——"娘缓了口气又向翠花说，"闺女呀，你娘我，就只是挂着你，无依无靠……"

屋外，风雨凄凄，夜色沉沉。

翠花娘攒了攒力气，又向永生说：

"永生啊，你救了翠花的命，我……"

"大娘，还提那些干啥呀！"

"你大娘我，还要求求你……"

"大娘，你有话只管说；只要能办到，没有不行的！"

"我是想，如今翠花已经十九岁了；我要是把眼一闭，撇得她上不着天，下不着地；我就是到了九泉之下，也扯不断愁肠甘不了心哪……"

"大娘啊，放心吧。真要有那一天，我不会舍了俺翠花姐的……"

"永生啊，你没听明白大娘的意思——"

"啥意思？"

"我想把她交给你。"

"行啊！我一定把她看作亲姐姐。"

"不，不是……"

"是啥？"

"永生啊，你和翠花班上班下的岁数，我想把她许配给你——"杨大娘急促地喘了几口又说，"也不知你愿意不？"

杨翠花一听这话，觉得脸上热咕嘟的，好像腾腾地冒起火来。好在是黑灯瞎火的，谁也看不见谁，所以倒没感到特别为难。可是，她对娘的意思，打心眼儿里高兴。只是低着头儿不吭声，急切地期待着永生答话，恨不得盼着他一张口就吐出个"行"字来。

可杨翠花哪里知道，这时梁永生的心里十分为难。在杨大娘的"许配"二字出口之前，永生万没想到大娘会说出这种话来。这是因为，梁永生虽说已是十八岁的人了，可他对于说媳妇这桩事，还从来没有想过。

这些年来，他天天在想的，只有两件事：一是，为爹娘、为穷爷们儿报仇；二是，跳跶紧点挣几个钱，好供养门大爷和雒大娘。总之，只"糊口""报仇"这两件事，就占满了梁永生那头脑中所有的空间，他哪里还有时间和精力去想说媳妇的事哩？并且，在永生看来，不管是谁家的姑娘，要嫁给他这个穷光蛋，等于是活受罪。现在他想："杨大娘所以要把翠花许配我，可能是因为我救过翠花……我救翠花是应当作的事呀！咋能那么办呢？"他越想越觉得不能应许这件事，就向杨大娘说：

"大娘啊，你是不知道，我穷得一间屋里四个旮旯儿，两只肩膀扛着个嘴，吃了早上没晚上，怎么能养得起家眷呢？翠花姐要跟了我不是活受罪吗？大娘啊，这样吧——将来我一定帮着翠花姐找个好婆家，让她过几天松心日子……"

"不，不不！"杨大娘用上最后的力气，像钉子入木似的说，"永生啊，翠花只要跟了你，就算一天喝三顿凉水，我闭上眼也就放心了！"

这时节，闹得个心地善良的梁永生里外不安，左右为难。他总是怕翠花跟着他受委屈，打心眼儿里不忍心这么办。可是，他觉得杨大娘的话说得是那样真挚，又一时想不出合适的话语来说服杨大娘。就在这么个节骨眼儿上，杨翠花借着夜幕遮住脸，轻轻地说：

"永生啊，我在别的方面儿，也许不能使你称心如意，可是，咱俩都是个穷孩子，在这一方面儿，咱准能想到一块儿去，也准能说到一块儿去……"

杨翠花好像还有多少话要说，可她张了几回嘴，始终没再说下去。只这短短的几句，却在永生的心里，产生了一种巨大的冲力，搅动着他的心潮……

正在这时，梁永生和杨翠花同时感到老人的手狠狠地攥了一下，然后身子一挺，去世了。

杨翠花抱住娘的尸首，抽抽搐搐……人到最悲痛的时候，往往难以哭下泪来，这就像五月的旱天难以下雨一样。梁永生肘子支在膝盖上，两手托腮蹲在一边，一对亮晶晶的泪珠停留在鼻梁两旁……

天，已有四更多了。

屋外。雨，正越下越大，越下越急。先是像瓢泼，继而如盆倾，后来就像天河脱了底，千万条雨线连起来，天地之间一片白。风，也愈刮愈烈，愈刮愈狂。庙院中的树木，有的被捋去枝丫，有的拦腰而断，有的连根拔起……这座千孔百洞、破烂不堪的古庙哇，就像一只糟糟烂烂的小船儿，漂荡在波浪滔天的大海中。

第十二章

新婚喜日

梁永生和杨翠花拜堂成亲了。

这天，雨过天晴，风和日丽。庄里庄乡，街坊邻居，七老八少，大男小女，都跑到梁永生家来看新娘子了。仨一伙，俩一帮，这个出来，那个进去，来来往往不断溜。在看热闹儿的人群中，妇女占多数。她们指手画脚，挤眉弄眼，品头论足；时而喊喊喳喳喁喁私语，时而叽叽呱呱哄堂大笑。有的笑得拍手打掌喜泪横流，有的笑得捧着肚子前仰后合，简直快把那屋顶掀起来了。俗话真是实话，"三个女人一台戏"，半点不假。

杨翠花新来乍到，人生地疏，拘拘束束、端端正正坐在用花纸裱糊过的炕上，扑闪着她那双会说话的大眼睛，羞答答、怯生生地瞟着她身边那一张张陌生而热忱的面孔。可是，每当她的视线和对方的视线碰了头的时候，她又赶紧把眼睑一收回避开了。

手脚勤快的雒大娘，手里拿着尚未缉完口儿的鞋帮子，忙着送迎来道喜的街坊邻居，得空摸空地攘上两针。她刚把好说好笑的尤大嫂送出角门儿，絮絮叨叨的魏大婶又来了。尤大嫂一拍巴掌说：

"你看俺那老婶子哟！人家东头西头的都看罢了，你这隔一道墙的近邻，怎么才来呢？"

"唉唉，甭提啦！吃了饭，刷锅；刷了锅，又喂猪；喂完猪，正想走，那两只芦花鸡又跟在腚后头咕咕咕地直叫唤——这是叫我喂它呗。我拌上鸡食，刚要迈门槛子，又忽地想起来了，干粮筐子还没挂起来，我一走，鸡刨鼠咬，猫啃狗叼，还不得给我糟蹋个一塌糊涂呀！……唉，你怎么笑哇？里里外外一把手，一处不到也不行，想早早儿来，可出个门子活像那'三上轿'，就是拔不出个腿来！"

魏大婶喋喋不休地说到这里，又问尤大嫂：

"哎，他嫂子，永生娶的那媳妇，人品怎么样啊？"

"嘿哟！好人儿哩！甭说咱这宁安寨，就连前后两庄也算着，要论人品呐，她也得算个尖儿了！"尤大嫂眉飞色舞，比手画脚地说，"身段是个细高挑儿，一行一动满洒俐；一张瓜子形的赤红脸儿，黑黢黢儿的，挺受端详；两只火火爆爆的大眼睛，一条又粗又黑的长辫子——我亲手给她梳成了像饼盘似的大盘头……"

"啥穿章儿呢？"

"上身儿，穿的是她婆婆那件压柜底的靛蓝色印花土布褂子；下身儿，穿上了我叫人家用小毛驴儿驮进这宁安寨时穿来的那条丹青裤，这么七拼八凑地一配搭，倒也挺雅致。"

"天生人家长得受扎挂呗！"

"就是嘛！"

魏大婶咯咯地笑着，走进了角门儿。她一进院子就朝又在往外送客的雒大娘嚷道：

"你可喜呀！我来给你道喜啦！"

"大家都喜！"雒大娘满面春风地说，"你大婶成天夸咱永生有出息，得给他承揽个好媳妇，如今办喜事了，你这当婶子的不也喜吗？"

"喜呀！喜呀！"

魏大婶说着笑着走进屋去。这屋间量儿不大，横着竖着都不过一庹多长。平素里，由于家三伙四的不多，再加雒大娘拾掇得挺板生，所以间量小倒不怎么显眼儿。如今，满满当当挤了一屋人，倒是看出窄绰来了。

雒大娘指着魏大婶向翠花作了介绍。翠花照例是些微一欠身儿，嫣然一笑，叫了声"婶子"。也许是翠花刚刚死了母亲的缘故吧，或是那苦难生活对翠花的心灵摧残得太厉害了，这时候，不管人们说得多么有哏，她那平平静静的脸上，过好大一阵，才渐渐泛起一层礼貌的笑意。就是这一闪即逝的笑意，也始终未能掩盖住她那潜伏着的忧郁的神色。

魏大婶从怀里掏出一把红枣儿，一把栗子，向正盘腿坐在炕上的翠花递过去，笑盈盈地说：

"他新嫂子呀，一丁点儿厌气薄礼儿，算是你婶子的个心意，甭论多少啦，收下吧……"

杨翠花不懂这一带的风俗，高低不要。

抓紧这个空儿去和面的雒大娘可着了急，她挓挲着两只沾满白面的手，慌忙凑过来向翠花说：

"看你这孩子，这事儿哪有不要的？快收下……"

杨翠花表露出迷惑不解的神色，说道：

"俺不吃！"

"不是叫你吃的！"

"干啥哩？"

"甭问干啥——听大娘的没错儿！"

翠花无奈，只好接过去，微微一笑，轻声说：

"谢谢婶子。"

"揣在怀里！"

"干啥？"

"又问干啥——叫你揣你就揣呗！当婶子的还要笑你？"

杨翠花只好照办了。

阖屋的人都笑起来。

人们一笑，翠花以为是在耍她，就像被蜂蜇了一下儿似的，把手帕包儿嗖地拽出来，枣和栗子滚了一炕。这一来，人们笑得更厉害了。

原来，宁安寨一带，有个风俗：在新婚这天，做长辈的来看新娘子，都要送些枣儿和栗子，作为贺喜的礼物。这是啥意思？据说是借枣和栗子的字音，求其吉利——"早""立子"。究其实，这个风俗也许是这么形成的：街坊邻居男娶女嫁，总是应当送点礼的；送啥哩？山东省是栗子的产地，附近又是"乐陵金丝小枣"的故乡，在这远离城镇交通不便的穷乡僻壤，对那些少这无那的贫苦农民来说，送这两种礼物还比较方便些。

人们的笑声一稀，魏大婶拍着雒大娘插科打诨地逗哏说：

"俺那老嫂子呀，你就等着抱孙子吧！"

"托你婶子的福！俺就盼着那一天呢！"

雒大娘这一句，逗引得窗里窗外的人，又都笑起来。

窗外，净些好奇的娃娃们。他们把三块整砖摞起来，跐在上边，扒着窗台边儿，听着屋里的动静。那些大胆的调皮鬼，悄悄爬上窗台，把手指头放在嘴里蘸湿，然后再慢慢地、无声无息地把窗纸捅个小小的窟窿，又用手做一个望筒放在眼上，对着窗纸上的小孔洞往里瞅，瞅一阵，笑一阵，有时还要就着大人的话把儿插上个一言半句，招来大人的笑骂声：

"你们这些小毛桃儿！胡掭插个啥？"

一帮小丫头儿们，比这些小子蛋子要安稳多了。她们有的挤在门口上，静悄悄地朝里看着；有的在天井里踢毽子、跳绳儿，只有屋里爆炸开一阵哄堂大笑的时候，她们才竖起耳朵听一听。

在庭院的尽东南角上，有两个蛐蛐儿在墙根底下的一撮杂草中啾啾地叫着。一只不怕人的家雀儿，就在这人声鼓噪的气氛中，口衔横草从天外飞来，掠过人们的头顶，钻进角门洞子的墙洞里去了。那只仿佛是特意赶来的喜鹊，落在隔墙耷拉过来的魏大爷那柳树梢上，冲着这笑语喧哗的庭院喳喳地叫着；它还时而张开翅膀忽扇几下，为的是让身子在那颤颤巍巍的柳条上保持平衡，以免滑落下来。

从来闲不住的梁永生，独自一人蹲在院门口，正在给角门楼子砌碱脚。他干得是那么聚精会神，并且忙得汗流浃背，这院里院外熙熙攘攘非同寻常的热闹气氛，他像压根儿不知道，或者与他根本无关似的。魏大叔背着粪筐凑过来，他心里话："永生真是个过家的好孩子。"可他嘴里却说：

"永生啊，日子不够你过的，活儿不够你干的，到了今天啦怎么还这么死乞白赖地干？人一辈子就只有一个新婚的日子啊！"

永生撂下瓦刀，礼貌地站起身来，两手抓住对襟褂子扇着风，龇着两排整齐的白牙笑咧咧地说：

"人闲生病，石闲生苔。干点营生儿心里痛快！"

他说罢，又蹲下身去忙起来。魏大叔把粪筐扣在地上，坐上去，掏出烟袋来。他一边抽着烟，一边向永生询问翠花的身世。当永生把翠花的血泪家史学说完后，魏大叔"嗯"了两声，深有感触地说：

"好哇！你这个被'穷'字攒在一块儿的家庭，总算把咱穷爷们儿的行当占全了——你门大爷，是个穷手艺巴子；你雒大娘，是个穷'庄户孙'；你呢，是个长工的后代；这不，又娶了个吃劳金的穷店员的闺女为妻……"

在魏大叔和梁永生叙家常的当儿，尤大哥拿着个沙勺从树行子里穿过来，不声不响地站在了魏大叔的脊梁后头。当魏大叔说到这里时，他也诙谐地开了腔：

"魏大叔，你这话儿说得不圆！"

"咋不圆？"

"你这两家伙起来嘛，那可真算占全了！"

"哦，对了——永生家还少个佃户。"魏大叔又问尤大哥，"咦？你说话的声音不对呀！"

"咋的？"

"我听着鼻鼻囔囔的呐！"

"大叔的耳音还真灵哩！"尤大哥笑着说，"前天夜间行船，叫暴雨激着了。"

"你给乔福增当了十年的船工，光拉纤拉断的绳子怕比这棵柳树上的叶子还多，叫雨激着他不管？"

"管个屁！养几天病扣工钱还不算，借他的沙铫子熬药还不借给哩！"尤大哥把沙勺一举，"这不，才从田金玉家借来一个沙勺，就合着用吧——唉！"

永生抢起瓦刀把砖削去一个角子，带气地说道：

"我总有一天要看看财主的心是不是肉的！"

他爷儿仨正闲谈末论，雒大娘把魏大婶送出门来。魏大婶一边走一边说：

"这媳妇我一看就相中了！又精神，又实在，又泼辣，又能干，你瞧吧，准是把过家之道的好手儿……"

"走哩姊子？再坐一坐吧！"梁永生站起身，打断了魏大婶的话。魏大婶笑吟吟地向永生说："永生啊，你算有造化，说了个好媳妇儿。"

梁永生憨笑不语。

雒大娘见魏大叔和尤大哥都在门口儿上，就责备永生说：

"永生你这孩子！成了家也算大人了，怎么就不知道把你大叔、大哥让到屋里坐……"

魏大婶拦腰打断雒大娘的话，笑哈哈地插了嘴：

"他们不进屋，是老生戴胡子——正扮（办）！这两块料，一个是叔公公，一个是大伯哥，那新娘子的屋里，是他们去的个地界儿吗？"

魏大婶这么一逗乐子，逗得那些正要来看新媳妇的人们，隔着老远就叽叽嘎嘎地笑开了。好说话的人一边笑一边向魏大婶喊道：

"魏大婶，别走哇！"

"干啥？"

"你走了就不热闹了！"

"别拿俺这老婆子开心了！"魏大婶边走边说，"俺可没那么多的闲工夫哄着你们玩儿，还得赶紧回家剁野菜去呐！"

魏大婶边说边走远去了。

又一伙道喜的来到门前。

还一直没站住脚的雒大娘，笑呵呵地把这些穷街坊们又领进家去。接着，刚刚消停一点的庭院，又传出一阵阵朗朗笑声。

这一天，你来我去没断溜，直到鸟儿归巢鸡钻窝的时候，才算安静下来。杨翠花揉了揉坐麻了的腿，下了炕。她见雒大娘正准备揭锅吃饭，就问：

"大娘，在哪里吃呀？"

雒大娘见翠花下了炕，忙说：

"哎呀！你怎么下炕啦？快回去！"

"咋的？"

"新人都是三天不下炕！"

翠花笑笑说：

"大娘，咱甭按那老规矩儿了。"

永生也帮腔道：

"那都是妈妈儿论，一点道理都没有！"

门大爷也同意他小两口儿的看法。但他并没直接表态，而是向翠花说：

"在天井里吃吧，屋里太热。"

"唉。"

翠花笑着，应着，就去拾掇饭桌了。

只见她，一手提溜着小饭桌儿，一手抓住三个小板凳子，胳肢窝里，还挟着一个雒大娘刚编上的蒲团，一阵风似的走出屋去。

她来到天井当央，放下饭桌，摆开座位，回屋时，又就手把晒着南瓜子的莛秆传盘端进屋，一举胳膊放在箱盖上。然后，一回身儿，把雏大娘刚抢下来的一笊篱高粱饼子端走了。临出门时，还从灶王板底下的筷笼子里捎上了一把筷子。

雏大娘见媳妇又勤快，又麻利，又有眼力，就向正在一旁抽烟的老头子笑眯眯地挤挤眼，又朝翠花的背影一䁖嘴巴子，意思是说："嘿！你瞧——咱这媳妇多能干呀！"

门大爷依然架着一拃长的烟袋抽他的烟，没有任何表示。可是，他的心里，也是乐滋滋的，并且暗暗自语道："翠花和永生算是对把了。"

一家四口，围桌而坐，吃起饭来。

门大爷见翠花有些局促，就用筷子点点菜碟子：

"吃呀，甭拘着。"

"是啊，又没外人，就是咱一家巴子，再拘着干啥！"

雏大娘说着，搛起一块鸡蛋，扔进翠花的饭碗。

翠花笑着说："大娘，我这么大啦，你咋还拿我当孩子呀！"

"你在大娘手里，多么大也是个孩子！"

永生在一旁瞟着这种场景，心里偷偷地笑，不吭声儿。翠花偷瞟了永生一眼，把那想要泛出来的笑颜又收回去了。这时，她见门大爷一碗饭快吃完了，就撂下筷子站起身来，等到大爷扒完最后一口饭，接过碗去。门大爷说：

"盛半碗就够了。"

"唉。"翠花答应着，去盛饭了。

一霎儿，她两手举着碗，递在门大爷的手里，又从腋下抽出一把雁翎扇子，朝门大爷递过来：

"大爷，扇扇吧，身上净是汗了。"

门大爷接过扇子，拿在手里一忽扇，一股清风直透背胸，觉得浑身舒贴。这时，他心中想道："往后儿，卖卖老，给孩子们躐一膀子，兴许能过出个好光景来哩！"

　　他们这拼凑起来的一家人，一边吃饭，一边拉呱儿，有说有笑，呈现着一团亲热、和睦的家庭气氛。饭食虽然不好，可是，他们全觉着吃到嘴里香，咽到肚里甜。这是因为，在他们的生活中，又爆发出了新的生命的火花。

　　西天上，展开一幅五色缤纷的画卷。

　　啊！多么美丽的晚霞呀！

　　可惜！这晚霞的美景，是短暂的。而且，晚霞不是黎明的预报。在这晚霞和黎明之间，还有一个漫长的、难熬的黑夜。

第十三章

——

姓"穷"的人们

　　北风呼啸，黄尘滚滚，天和地浑然一体。

　　衣着褴褛的逃难人，一帮帮，一群群，推车担担，拖儿带女，一齐拥进宁安寨的街道。东头的庙宇里，西头的祠堂里，以及村里的碾棚里，磨棚里，车棚里，草棚里，就连许多门楼下，全都塞满了操着外地口音的罹难人。

　　一个怒气满腮的逃难人，怀里抱着个孩子，胳肢窝里挟着根棍子，向人们诉说着他那贫寒的身世和苦难的境遇。他说着说着，大滴大滴的热泪，从浮着尘土的脸上滚下来。紧接着，他又向人们打听："这村有收养小孩的户吗？"

　　梁永生每当见到这饥肠辘辘的人群，每当听到这绞心劚肚的话语，心里就像压上一块坏，吃不下饭，睡不着觉。

　　土鳖财主乔福增，在他的祠堂里，设上一张八仙桌子，专门收买逃难人的东西——一床被子，只换五斤生红薯；一件棉袄，只换三个窝窝头……

天，渐渐地黑下来了。寒冷的夜色笼罩着村庄。漆黑的天空落下片片雪花。黑暗的村庄被星星点点的黄色灯光一照，显得雾蒙蒙的。村庄的上空，仿佛还回旋着白日那嘈杂的余音。

飕飕的寒风，挟持着飞雪，在田野里、河岸上、坟冢间奔驰着，又刮进村落、街巷、庭院，搜刮着地皮，冲击着墙壁，形成一阵阵强大的、灰色的旋风，卷着冰雪的尘埃腾上高空。一霎儿，那凉飕飕的冰雪尘埃，又从漫空中洒下来，扑打着衣不蔽体的逃难人。

寄宿在乔福增那红漆大门外边的逃难人，刚刚打了个蒙眬，又被刺骨的寒风冻醒。这时候，饥饿，寒冷，困乏，残酷地折磨着他们。有的人，一骨碌爬起来，搓手，跺脚，捂耳朵，擤鼻涕，擦眼抹泪。继而，便是此起彼应的怒骂声。他们是骂财主，是骂官府，还是骂老天爷？从这少头无尾的骂声中，分不大清楚；反正是骂把灾难强加于穷人的那些孬种。那些依偎在母亲怀里的婴儿，时而发出阵阵哭声。哭声就像一把钢刀，插进母亲的心胸。面挂哭容的母亲，两眼早就成了干涸的泉眼，再也流不出一滴泪水。

就在这时，一股酒肉的香味儿，从门缝里钻出来。此情此景，恰似一首民歌描述过的惨状："月儿弯弯照九州，几家欢乐几家愁。几家高楼摆酒宴，几家流散在街头。"

"富帮富，穷帮穷。"村中的穷爷们儿，都来帮衬这些处在水深火热中的逃难人。他们，有的用两节罐子提了野菜汤，有的用莛秆儿传盘端来了糠团子，也有的抱来一些滑秸让他们当铺草，还有的送来几件旧鞋、烂褂子。

梁永生把一家人撙出来的高粱面儿馇成稠粥，用个大瓦盆子端进碾棚。一位老大爷感动得热泪纷纷，问道："贵姓啊？"

梁永生说："大爷，甭问啦，咱们都是姓'穷'的！"

梁永生出了碾棚，来到街上。他见有一对中年夫妇依偎着一位白发苍苍的老太太，蜷缩在路旁的墙根下，便走过去问道："你们才来吧？"

那壮年汉子说："不，来了老大晌了。"

梁永生说："恰才我打这里过去，咋没见到你们？"

那中年女人说："那时俺们在西头祠堂里。"

梁永生又问："那里不比这里暖和？为啥跑到这里来？"

那老太太说："叫狗财主撵出来了！"

"为啥？"

"唉——！"

老太太长长地叹了口气，摇摇头，没再说啥。好像是在这一声悲愤交加的长叹中，把她应当说的话全包括了。稍一沉，那壮年汉子怒气冲冲地解释道：

"那财主是个老肥。肥得胳臂垂不下，像个牛鞅子挂在肩上……对，是姓乔。乔老财可真巧利！他派人弄来好几筐箩棒子，让在他祠堂里避风的人，都给他搓棒子，还说他是吃斋行善之人，为的是让这些逃难人赚暖和……"

"合适干！"梁永生气愤地说，"净捉弄穷人！"

"这位老大娘因为得了病，没有力气给他搓棒子，那个财主就硬把她轰出来了。"那中年女人说，"俺两口子不放心，也跟了出来……"永生问了一下，原来他们不是一家子，是在逃荒路上相识的。永生又关切地说：

"走！先到我家落落脚去吧。"

"那敢是好。"

梁永生领着这三位逃难人，一边拉着叨儿一边往家走。正要进门的时候，那中年女人突然问永生："你几个娃子？……没有？……这不是孩子在家里哭吗？"

大嫂这么一说，永生才注意到，家里果然有个娃子的哭声。怨不得人们常说：生过孩子的女人，对孩子的哭声特别敏感。永生揣着纳闷儿的心情进了院子，朝屋里一望，见锅台角上坐着一位肩挎猎枪的男人。那人怀里抱着个孩子，身后背着个孩子，身边还站着个孩子。雏大娘正帮助他解背孩子的带子，显然是想把那孩子解下来，好让背孩子的人轻松轻松。正在用揢布擦桌子的门大爷，见永生又领进三个逃难人，忙迎上来："快，屋里暖和暖和。"

雏大娘也满怀歉意地向这新来的客人打招呼：

"快里边坐。你看，俺这小房窄屋的，又这么邋遢，你们别笑话，迁就着点吧！"

雏大娘说着，拿过鸡毛掸子掸着板凳上的浮土，又亲切而热情地说：

"快坐下。都跑蹚一天了，准累得够呛！"

这些逃难人，如今又冷又饿又渴又累，也都没有精神说什么客气话了，只说了句"打扰你了"，便各自坐下来。

梁永生一进屋，就注意上了那位抱孩子的背枪人。经过一阵亲亲热热的攀谈，永生才知道这位大哥叫秦海城，是泰安人。那一带因为大旱不雨，又闹兵荒，所以才逼得这么多的穷苦百姓离乡背井去闯关东。在攀谈中，梁永生也把自己的苦难生涯告诉给秦大哥。这么一来，他俩谈得更亲热了。永生问：

"秦大哥，你谱着到关东去干啥营生？"

"行围打猎呗！旁的咱会干啥？"

"会这两下子就不含糊！"

"唉，一百下子咱九十八下子不会。要再不会这两下子，指着啥吃饭哩？"

梁永生忽然看见秦大哥脚上的棉鞋已经很破了，心里想："闯关东这么远的路程，全仗凭两只脚呢！要是把脚冻坏了，怎么赶路呀？"他想到这里，就把翠花刚给他做上的那双新棉鞋从脚上脱下来，向秦大哥说：

"来，咱哥儿俩换一换！"

"那哪行？"

"能行！我看好了——咱俩的脚大小差不离。"

"不！我这鞋换不过……"

"咋换过换不过呀！"永生一边说一边硬脱秦大哥的破棉鞋，"我不走远路，咋着也好凑合；你要下关东，冻坏了脚了不得……"永生说到这里时，已经把秦大哥的鞋穿在自己的脚上，又说："秦大哥，你看，趾面不高不低，正合适！"说罢，又帮助秦大哥往脚上穿他的新棉鞋。秦大哥那双冻肿了的脚，乍穿上这双新棉鞋，觉着连身上都暖煦煦的。他直瞪着两只汪满泪水的大眼，凝视着这双可脚的新鞋，意味深长地说：

"刚才用它换个窝头都换不来，想不到倒换了双新鞋！"

"换窝头？"

"是这么回事——"坐在小板床子上的门大爷，跷起脚尖磕着烟灰，"方才，我到西头去，正巧见他脱下棉鞋换窝头。乔福增举起文明棍儿一拨拉，把棉鞋拨拉出老远，恶狠狠地说：'这破烂儿，白给也不要！'……"

门大爷说到这里，梁永生又生气，又担心。他担心要出是非。因为永生知道门大爷的脾气——不论对啥事儿，也不管对方是啥人，他总是该着咋说就咋说，丁就是丁，卯就是卯，一口咬断铁钉子，话语从不留两手。因此，永生想："这种场合叫门大爷赶上了，他准得要插话，要是一插话……"他想到这里，忙问道："以后怎么样了？"

"门大叔一看急了。"秦大哥接过来说，"他老人家凑上来，半急半恼连讽带刺儿地说：'俺那乔大老爷！你敢跟一个逃难的外乡人要脾气，可给咱宁安寨增光不小哇！'看来那个乔财主也怵大叔这耿直脾气儿，他假惺惺地笑着，佯装没听出来。然后，门大叔又刺了他一顿，就把我领到家来了。"

"这也怨你！"永生说，"怎么能脱下棉鞋来换窝头呢？"

"唉，有啥法子！"秦大哥说，"除了它，还有啥？"

"你用鞋换了窝头，穿啥？"

"唉，我又不傻不茶的，能为嘴不要脚吗？"秦大哥说，"咱这大人，渴点饿点，怎么也能忍能挨。何况咱还是挨着三分饿长大的呢？"秦大哥指着正趴在他的怀里吃饼子的孩子说，"可是他，啥也不知道，一饿了就知道哭，哭得我活像刀子剐心一样……"

秦大哥说着，两眼又汪满了泪水。梁永生望着正在吃饼子的孩子，心里猛地一动，便悄默无声地挟上一条口袋去借粮了。

梁永生跨出家门，在街上急急忙忙地走着。可是，当他快要走到要去借粮的那个古槐下的院门口时，心里又犹豫了。他想："咱和人家素无来往，今天猛孤丁地去向人家借粮，怎么跟人家说呢？人家要是万一说出个'没有'，那多没意思？"他越想越怵头，脚步慢下来。当他走到门口时，望着那只有半尺高的门槛儿就像一堵高墙，再也没有勇气迈过去了。永生正然踌躇，这家的主人出来了。这个人叫田金玉。他就是梁永生来宁安寨寻找雒大娘时认识的第一个人。现在他见梁永生挟着条口袋正在他门前徘徊，心里明白了八九分。于是，他没容永生张口，抢先开了腔：

"永生，是想借点吃的不？"

梁永生才刚说出个"是"字，还没说向他借，他又赶紧把话头抢过去：

"咱爷儿俩一样的'前程'。"

他怕光凭嘴说人家不信，会得罪人，又把胳肢窝里的口袋抽出来，拿在手里掂了两掂，摆出一副无可奈何的神态，以忧愁而兼有同情的口吻说：

"你看！我这不也是……唉！"

他一边说着，一边窥探梁永生那尴尬的表情，心里想："永生这孩子是个好人，要论这个人，该借给他；可是，他的家境太穷了！要是借给他，万一还不起了怎么办？"他横思竖想，觉着还是东西要紧，于是又说：

"遇上这种年月儿，像咱们过的这号磕磕绊绊的穷日子，真难呀！"

他为了使这句话的意思表达得更准确，说罢又紧跟着话尾儿长长地叹了一口气。

你看，田金玉这个人，他既不像乔福增那样，总恨穷人死不净；他又不像门大爷那样，穷人遭罪他心痛。那么，他到底是个什么人呢？他家的光景是这样的：十来亩地一头牛儿，老婆孩子热炕头儿；他的为人是：上炕认得老婆孩儿，下炕认得一双鞋儿；外财不贪，吃亏不干。因为他的心里成天价揣着个"外财不贪，吃亏不干"的处世诀儿，所以见了比他富的他就谝富，老怕人家瞧不起；见了比他穷的他就哭穷，总怕人家借他的。一到冬春之交青黄不接，他的胳肢窝里三六九地挟着条口袋，为的是用这条口袋来堵住向他求借人的嘴，免得人家把话说出来，借给吧，他舍不得；不借吧，他又怕得罪人家。

"大事瞒不了庄乡，小事昧不住邻居。"谁家存粮缺粮，老街坊都摸个七成八脉的。田金玉弄这套假相儿，梁永生自然知道。那么，永生为啥还借到他的门上来呢？这是因为他一看来了这么多枵腹饥肠的人等着吃饭，心里一急，万般无奈，才来到田金玉这个中流户儿的门口上。要不，到谁家的门上去呢？到穷人家的门上去吗？永生知道，那些穷爷儿们都和自己是一个单子吃药，怎么忍心去叫人家为难呢？上财主家去借吗？那不等于鱼去吞饵上了钩？宁可饿死也不能求财主哇！这时，他见田金玉又向他搬出了那支吾搪塞的老一套，就拔腿走开了。

光走开完不了呀！下晚儿那顿饭怎么办？最后还是又走了那条走絮了的老道——在穷爷儿们儿之间，东家一碗面子，西家一瓢米，七凑八凑凑合了一点吃的。回到家，杨翠花掂对着搅到两下里，又掺上一些干菜，馇了满满的一大锅菜粥。梁永生怀着不安的心情，向那些素不相识的逃难人抱歉地说：

"将就着点吧！好在是穷人知道穷人的心。"

第二天一早，翠花把搅出来的面子一股脑儿全倒上，又煮了一锅稠菜粥，让那些逃难人吃饱喝足好上路。那些逃难的穷人，吃了两顿饱饭，精神、体力都得到了很大的恢复。他们知道：虽然只扰了永生两顿饭，可是一定会把他这个拿不成个儿的穷日子，又拽了个大窟窿。所以他们在临出门的时候，都紧紧抓住主人的手，感动得光流眼泪说不出话来。

在秦大哥要出门的时候，雒大娘拿着一块旧布递给他说：

"我见孩子没裤子，你把这块旧布带上吧……"

秦大哥把布接在手里，沉思了一阵，突然说道：

"你们救人救到底吧——"秦大哥指着怀里的孩子说，"我想把他留给你们。"

秦大哥这一说，永生全家闷了宫。先说门大爷——他从心眼儿里可怜这个穷孩子，可又觉得当公公的，不能以家长身份硬主着给侄媳妇收养个孩子；再说雒大娘——她早就担心：这孩子岁数太小，跟着个男人怕是活不成！可又想到翠花已经身怀有孕，往前就要占房坐月子，我要再给她承揽一个，能顾得过来吗？至于翠花——她的心里是想把这个赢弱的孩子收下的，可她知道自己的日子少吃无穿，又怕添人加口把丈夫愁坏，所以也没敢应声；说到永生——他原先是这样想的：像收养小孩儿这类事儿，应当先由老人做主，或者是翠花说话，我不应当乱插嘴胡搪插，因而也没言语……

秦大哥见他一家你看我、我看你都不答腔，知道他们作难，又解释说：

"我知道你们日子穷，添上个孩子担不得。可是，这孩子太小，又没个女人照顾他，我怕路上……"

秦大哥说到这里，梁永生再也抑制不住那同情的心潮，他拦腰打断秦大哥的话弦，插嘴说：

"秦大哥，你只要舍得，就把孩子留下吧！"

永生说着伸出手去，把那孩子接在怀里。

那孩子乍到一个生人的怀里，哇哇地哭起来。

杨翠花忙凑上来说："你不行，给我吧！"

永生将孩子递给翠花，又问秦大哥：

"这孩子几岁？"

"两虚岁。"

"叫啥？"

"志刚。"

志刚到了翠花的怀里，还是哭。雏大娘说：

"你经管孩子还不得门儿。许是要撒尿，来，给我，我把把他……"

门大爷也凑过来，用那根没嘴子的烟袋逗引孩子。

孩子不哭了。永生对秦大哥说：

"把你老家的详细地点留下吧……"

秦大哥仿佛隐隐约约意识到了梁永生的意思，但又拿不准，只好问道："你要干啥？"

"将来孩子大了，好去找他的老家呀！"

"这不是我的孩子！"

"谁的？"

"拾的！"

"在哪里拾的？"

"逃荒路上。"

"你一个男人，弄着俩孩子了，怎么还……"

"是这么回事儿，"秦大哥说，"一个逃难的女人，死在半路上。她在咽气前，我凑巧赶到近前。那女人向我苦苦哀求说：'你这位大哥，行行好吧，收下这个苦命的孩子……'我接过孩子，又问了几句话，那女人就死去了。"

梁永生听到这里，和秦大哥为孩子卖棉鞋的事一联系，觉得秦大哥更可敬了。接着，他又问道：

"这孩子是哪里人？"

"龙潭街。"

"怎么？龙潭街？"

"对啦。"

"他爹叫啥？"

"常秋生。"

"你说谁？"

"常秋生。"

此刻，梁永生的心里忽地一闪，一段童年的、元宵夜晚的生活情景，在他的脑海里浮上来；常秋生那俊秀的面容，晃动在他的眼前；常秋生那清脆的语音，也响在他的耳畔。这一切的一切，搅得他的心里就像开了锅一样，各处都在乱翻乱滚，连他自己也说不清，究竟是喜还是悲。于是，他又迫不及待地问道：

"如今那常秋生哪里去了？"

"闹不清。"

"那交给你孩子的人不是孩子的娘？"

"八成是。"

"她不知道她的丈夫？"

"我没问。"

"她一家是咋失散的？"

"也没问。"

看样子，梁永生要从秦大哥的嘴里，尽量多了解一些有关常秋生的情况。这时，他又问：

"她还说过啥？"

"她还说，孩子的爷爷，叫常明义，是让大财主白眼狼杀害的！等孩子长大了，告诉他……"

秦大哥的话，就像一颗火星迸到汽油上，把梁永生那满腔的仇恨火焰腾地点着了。只见他那两道浓眉拧成个"一"字，眼里要喷出火来，一对拳头也攥得咯巴咯巴响。他上牙咬住下唇沉思了片刻，然后意味深长地说：

"白眼狼啊，你等着吧！我一定要把志刚养大……"

"你认识这孩子的爹？"

梁永生先把和常秋生分离的情况说了一遍，然后又百感交集地说：

"从那到这九个年头啦！如果常秋生现在还活着的话，该是二十岁了。"

他说罢，从雒大娘的手里接过志刚，紧紧地抱在怀里，久久地凝视着志刚的面容，看了又看，瞧了又瞧，然后情义深长地说：

"志刚呀志刚！你这四四方方的大脸多么像你爹呀！"

秦大哥这时对孩子更放心了。他又说了些感谢话，便怀着感激的心情告辞了永生一家，登程上路奔关东去了。

梁永生抱着志刚把他送出村外。

村外，愁云惨雾笼罩着灰暗的荒野。团团黄尘夹杂着冰雪的微粒，追逐着、袭击着、吞噬着逃难的人群。梁永生像尊石像站在村口上，眺望着秦大哥渐渐远去的身影，两颗同情的泪珠，在他的眼眶里久久地闪动着："天灾人祸，就像那张着血盆大口的饿狼一样，追赶着普天下的穷人，南跑北颠，东奔西逃……"这时候，永生的思绪如同一根扯不完的长线，财主的罪恶，穷人的苦难，就像一把把的尖刀子刺着他的心，使他感到一阵阵的难受。接着，他感慨不已地喃喃自语道：

"这条漫长的关东大道哇！官府和财主吞噬了多少穷人的生命？——你是历史的见证！"

第十四章

——

"公审"闹剧

夜，引退了。青烟般的浓雾，又徐徐降落下来，填满了县城的每一个角落和每一个空隙。街道，房屋，树木，一切的一切，全都失去了清晰的面貌。百步之外那片县府的建筑，被这罕有的大雾一罩，也沉沉不见了。来赶集的人们一边在雾中游动着，一边在谈论一件新奇的事儿：

"法庭要开庭了！"

"二叔，走，瞧瞧去！"

"四舅，咱也去扒扒眼儿吧？不去？为啥？噢！你说的那是老黄历了——脚下不是北洋军阀啦，换成国民党的政府啦……就是嘛！看看国民党的官儿审案子倒是怎么一锅！"

他们一边走，还一边议论不休：

"打安上国民党的县政府，这还是头一回开庭吧？"

"嗯，对啦——新鲜事儿嘛！"

"北洋军阀当值的时候叫'民国'，国民党来了不还是叫'民国'吗？

有啥新鲜的？"

"听说国民党和北洋军阀不是一个派头儿。"

"唉，叫我看呀，'北洋军阀'也罢，'南洋军阀'也罢，甭管它换啥字号儿，自古来都是富向富，贫向贫，当官的向那有钱人！"

人们七嘴八舌，边说边走进了法庭。

法庭的旁听席上，坐着些光背露肘破衣拉花的人。从这点看，仿佛是穷人们对这件事也有兴趣。你看，那不梁永生也来了。

往日里，就算有名生名旦的对台大戏，永生也舍不得搭点工夫去看上一出。那他今天为啥这么好事？莫非在他看来"开庭审判"比唱戏还热闹？倒不是那个。人家梁永生不是为看热闹儿来的。因为自从安上国民党的县政府以后，民间议论纷纷，说啥的都有。就连消息闭塞的穷乡僻壤宁安寨，也论调五花八门，心情人各不一。有的说："国民党是'民国'的正牌子，它跟北洋军阀不一样！"也有的说："'民国'的正牌子是孙中山。如今孙中山死了，国民党掌权的是蒋介石，那个老小子是'南洋军阀'，听说比他妈的'北洋军阀'还坏哩！"永生听了这种种说法，闹得迷迷糊糊，因则心里没根。今天他一进县城，就听说国民党的法官要"开庭审判"，又见雾气很大，赶集的人也不多，便将锢漏挑儿寄放在一个熟人家里，早班早儿地来到法庭上。他的主意是："我倒要亲眼看看国民党的法官怎么判案子，也好确定我那笔血债怎么个要法……"其实，今天揣着这类想法来到旁听席上的，恐怕不止永生一个。你瞧，那些破衣拉花的听众，谁家没有一本血泪账？哪个人没有一肚子苦水？

开庭了。由于窗外雾气正浓，这屋里稍离得远一点的人，面目就看不清楚。只见正面的审判桌边，坐下了一大溜穿洋服留洋头的阔人物。他们显然就是国民党的官儿了。

原告席上，坐下一位破衣拉花的穷人。

被告席上，坐下一个"先生"派头的"棺材瓢子"。据宣布，他是律师，是被人雇来代替被告出庭的。

他们双方的陈述告诉人们：这场官司，还是多年来农村中司空见惯的老纠葛——贫富间的土地之争。

案情大体是这样的：原告唐春山是十里铺人，他有半亩祖产地，像个鸡舌头，又窄又长，两边都靠着白眼狼的地。当初，白眼狼的大哥爹要"买"他的，他高低不卖。从那，白眼狼家就贴着他那一溜子鸡舌地一边栽上一行树。十年后，树长大了，春山那鸡舌地不用说长庄稼，就算长棵草也是黄的。到这时，唐春山还是宁死不卖这块地。事隔不久，白眼狼就让马铁德私造了一张假地契，硬是将春山这仅有的半亩地给霸去了。为这件事，早在清朝时候春山就告过状，到了北洋军阀当值的时候他又告过状，官司都没打赢。这不，如今安上了国民党的县政府，那场老官司又打上了。

梁永生十指交叉抱住膝盖，静静地倾听着原告的控诉。当春山提到白眼狼时，他的心里好像猛地叫狼刀了一爪，额角上的青筋也暴起来了，突突地跳着；埋藏在他心里的仇恨，好似已经平了槽的河水，像要一下子泄出来。他想：看来非得早点拔掉白眼狼这条祸根不可，你瞧，他一天要坑害多少穷人！

永生正然想着，思路被法官的话音打断了。说话的法官，穿着大氅，戴着墨镜，一脸抽抽搐搐的松肉皮，看来当年是个胖子。他听完原告的控告，又看了看状子，而后指着被告席上的出庭律师说："你来回话。"那个三根干筋挑着脑瓢的律师，趾高气扬地说："原告所诉，不值一驳——像贾永贵那几顷地的大财主，能霸占他那几分薄地？世理不明自白——显然是原告春山穷没脸了，硬要诬赖……"这时，旁听席上，人们悄声议论：

"越是财主，越爱霸人土地！"

"不会这一手儿，他能成财主？"

"穷人的土地霸不净，财主哪去雇长工？"

"贪得无厌是财主的本性嘛！"

"咱看看国民党的官儿怎么断这个案子吧——"

"⋯⋯"

法官说话了。他问原告："是啊！他霸占你的土地，何人做证？他假造地契，又证人何在？"话音未落，旁听席上站起一个人，高声应道：

"我做证！"

这时，人们的视线都集中在那证人身上。永生一看，大吃一惊——原来他是房先生。房先生咋知这个案情？永生正想着，又听房兆祥说：

"他霸占人家的土地，阖庄人等，有目共睹；要找证明，大有人在⋯⋯"

接着房先生的话尾，又有几个人应声而起：

"我见证！"

"我证明！"

这一来，旁听席上，人皆愤懑，哄了起来，一致要求法官为民做主，严惩强霸财产欺压穷人的狗财主白眼狼。那官儿望着怒火难遏的人群，想起了"众怒难犯"的古语，搔了一阵头皮，又骨骨碌碌翻了一顿眼珠子，然后便开腔宣布道："被告霸人土地，又假造地契，真是目无我'民国法律'⋯⋯本院将马上把他扣押起来，待查清之后，定当严惩不贷！"那官儿扫了一眼旁听席，又说："你们这些证人，没有事先经过本院同意，按说不合手续。不过，我们是'民国'嘛，就要为民办事，尊重民意⋯⋯"

这出哗众取宠的"公审"闹剧，就这么潦潦草草收场了。

旁听席上的听众们，拥拥挤挤走出法庭，沉没在茫茫一片的雾海里。他们一边走，还一边议论着：

"听法官说的那些话，是以理公断的。看来我那场官司也许还能翻过来⋯⋯"

"吃包子别光看褶儿，还不知里头包的啥馅儿哩！"

"是嘛！这只过了一堂，谁知以后怎么样？"

"等着瞧吧，怕不准有穷人的好香烧！"

审判一散场，梁永生就忙着找房先生。他东打听，西撒打，终于找上了。他们一见面儿，永生就问：

"你咋半路杀出当上证人啦？"

"这个案情我知根儿嘛！"

"你咋知根儿的？"

"我在十里铺教过书……"

"你这个证人当得好！"

两人笑一阵。房先生说：

"哎，永生，你那仇也该报啦！"

"你看能行？"

"我看行！"

"那你就给我写一张状子吧？"

"你自个儿也满能写得了！"

"反正学生不跟老师！"

"可不能那么说！冰出于水而寒于水，青出于蓝而胜于蓝哩。"房先生说，"这样吧——你回到家琢磨琢磨，先拟个草稿儿，我再给你改改，尽量捣鼓好点儿，咱来个就着榔头砸坷垃，把白眼狼一状撞死他……"

"好！就这么办！"

两人又说笑了一阵，便分手了。

永生自从那天从县城回到家，就成天价琢磨着写状子。门大爷比永生阅历多，他劝永生说：

"永生啊，还是等等看看再说吧。"

"为啥？"

"我总觉着二乎。"

"甭二乎，是我亲眼看见的嘛！"

门大爷拿过一个纸包儿，放在永生的面前，问：

"这是啥你看见了吧？"

"不是纸包儿吗？"

"里头呐？"

"隔着一层纸怎么能看得见呢？"

"是啊！我们的两只眼，不论看啥东西，先看到的是个表面儿。"门大爷说到此，抽起烟来。永生扑闪着两只眼，在琢磨门大爷的话。他想了一阵，好像明白了："对呀！我在柴胡店所以落入人贩子的魔掌，不就是因为光看他表面装得善净才吃亏的吗？"可他又不明白："那穷人用理驳倒了财主，官家已经当场宣布把白眼狼押起来，这是我亲眼看见的呀！还有啥二乎的呢？"梁永生正左思右想，门大爷又把那纸包儿戳了个窟窿，向永生说：

"你看，里边包的是啥？"

"锯子。"

"还有啥？"

"不就是锯子吗？"

门大爷又把另一边捅了个孔：

"你再看——"

"钉子！"

"永生啊，世界上的事，包罗万象，比这个小纸包儿复杂得多！"门大爷抽了口烟说，"无论啥事儿，可不能看到一点儿就下结论哪。"

永生向来听大爷的话。可是，如今他被"开庭审判"那场哗众取宠的"闹剧"一时迷住了心窍，再加报仇心切，所以又向大爷说：

"大爷，这样吧——咱先写好一张状子，不去告；等看出个眉目以后，再决定这状是告还是不告……"

门大爷同意了永生的主意。

永生费了好几天的劲，终于把一张状子的草稿儿弄完了。

这天，又是一个雾晨，永生挑着锢漏挑儿来到边临镇，本想去找房先生让他帮助修改修改那张状子，可他来到门口一看，门上上着锁。他想："今天来得不凑巧，准是房先生一家人全去走亲了——到过晌会回来的。"

于是，他就挑上锢漏挑儿，在边临镇的大街小巷盘起乡来。梁永生因为经常来找房先生，所以渐渐地把这儿盘成了熟乡。他的铛子的响声儿，人们都能听出来。不大一会儿，各种各样的活儿就全堆上手来了。梁永生在药王庙前摆开摊子，两手不闲地忙起来。因为永生脾气儿好，人们都挺喜欢他，所以他一铺开摊子，就围上了一伙人。他们一边帮着永生打下手儿，一边和他唠闲嗑儿。他们谈着谈着，永生忽然想起那天在城里看到的"开庭审判"的事来，就想："这里离十里铺不远，我何不就便扫听一下那场官司的结局呢？"他于是问道：

"哎，你们听说春山跟白眼狼打官司的事了吗？"

"你问的是白眼狼霸占土地的那桩事？"

"是啊。前些天，不是在城里开庭审判来吗？"

"唉！快别提那一锅啦！"

"为啥？"

"一提活气煞！"

"咋的？"

"简直是琢磨穷人！"

"没把白眼狼押起来？"

"押是押起来了。可是，押了三天，让白眼狼坐了三天席，又放啦！"

"这是咋回事？"

"白眼狼花上钱了呗！"

"押，那是耍个鬼把戏！"另一个人说，"国民党的狗官儿耍这个花招儿，为了两手儿：一是，要敲财主个竹杠，捞点油水儿；二是，哗众取宠，哄弄老百姓——这么一来，衙门口儿里，就生意兴隆，财源旺盛了……"

永生听了这个消息，告状申冤的想法立刻消失了。一股子怒气，又笼罩住心头。这时，有些不了解情况的人，也都七言八语地插开了嘴：

"就这么完了？"

"这么完了就好啦！"

"又怎么着？"

"又过了个第二堂！"

"怎么样？"

"这回没有'开庭公审'，是在法院后院秘密审讯的。"

"结果呢？"

"结果春山被判成'诬赖罪'，扣起来了！"

"苦主没再上告？"

"春山家里，只有一个老娘，一个女人，一个刚落草的儿子，谁去上告？"

梁永生越听越气，就说：

"叫我说——不能跟他完！"

"你不完？白眼狼还不完呢！"

"他要咋的？"

"他一面要迫害春山的家属，一面花钱行贿收买法官要逮捕房兆祥。"

"凭啥又陷害房先生？"

"兆祥不是带头儿做证来吗？说他是什么'分子'，'借机煽动群众闹事'……"

"房先生呢？"

"他听到这个信儿，连夜逃跑了，连家属也全躲到亲戚家去了。"

人们愤愤不平地说着，接着，又是一阵骂声：

"'民国'，狗尿台！"

"我算看透啦——前清家、北洋军阀、国民党一个样，都是捉弄穷人，换汤不换药！"

"披上羊皮的狼，更难提防！"

"少说闲话吧，免得找心不净！"

"反正是没盼头了，早晚也脱不了鬼门关走一遭，我豁上这百十斤儿了！"

"唉！啥话甭说啦！人家官府和财主一条裤里伸腿，咱这胳膊扭得过大腿？"

"……"

梁永生做完了活儿，憋着一肚子气离开边临镇时，大雾已彻底消退了，天地间立刻变得清朗起来。

他挑着锢漏挑儿，走在回家的路上，回想着这些天来自己感情的变化。在以前，对梁永生来说，报仇不能靠官府这件事，应该说是明白的。可是，后来他的思想被"开庭审判"那场"大雾"一蒙，不知不觉地又产生了靠官府报仇的念头。回到家听了门大爷那一席话，这种念头又动摇了。方才，在边临镇了解到那场"开庭审判"的结局后，头上就像猛地浇了一盆凉水，他才蓦地清醒过来。他心里说："甭管它是啥字号的官府，都是财主的'护身符'，都是穷人的死对头！"如今，在梁永生的头脑中，报仇不靠官府的信念，比以前更坚定了。

梁永生边走边想，来到运河岸边。时已暮色苍茫，路静人稀。他把锢漏挑儿放在龙潭桥头上，手扶着桥栏杆，凝视着河水久久地出神。也不知他想了些什么，只见他从衣袋里掏出那张写好了的状子，撕成碎片儿扔下河去。数不清的白纸片儿，浮在土黄色的河水上，顺着滔滔河水永不复返地远去了。接着，他又从工具箱里抽出那口大刀，擎在眼前，注视了片刻，然后深有感触地说：

"大刀哇大刀！穷人的血仇，还得靠你给报哇！"

第十五章

——

三条船

运河决口了！

这高高隆起的运河大堤，在宁安寨一带有段险工。国民党的所谓"民国"官府，和清朝的官府一样，只知道搜刮民财，根本不关心人民的疾苦。国民党县政府的治河官员，不是别人，就是白眼狼的二小子贾立义。贾立义这只狼羔子，自从用钱买了官以后，继承了他老子那套"无本取利"的衣钵，年年打着修河筑堤的旗号，向穷百姓征捐要税。可是，那些"国税""公款"，通过他的手大都流进了白眼狼的腰包。因而河底的淤泥就像落在百姓头上的"治河捐"一样，与日俱增，逐年升高；就在"筑堤税"成倍增加的同时，河堤的塌方也在成倍地扩大着。

这年秋天，暴雨猛降，河水陡涨。运河的洪峰溃堤而出，宁安寨一带成了一片汪洋。号啕声，呼救声，大骂国民党、大骂白眼狼的怒吼声，和大地上的浪涛声、漫空中的风雨声交织掺杂，混在一起。

当时，去缴纳治河捐税的梁永生，正走在回村的路上。他听说运河溃堤决了口，大水淹了宁安寨，便迎着纷纷外逃的人流，顶着嗷嗷怪叫的洪峰，泅水前进，赶回村来。当他奔到村子附近时，只见村里村外水滚浪翻，天水相连茫茫一片。高崖台地水齐腰，一马平川没了人。漂在水面的树头，正然摇摆挣扎；只露着屋脊的房子，一个接一个地倒塌下去，激起了冲天的水柱，发出了轰轰隆隆的响声，给人一种仿佛马上就要天崩地裂似的感觉。

梁永生面对着这种情景，心里想着门大爷，想着雏大娘，想着老婆孩子，想着村里的穷爷们儿；他把生死置之度外，艰险抛入九霄，奋力浮水，闯进村内。当他来到家门口时，家中的房屋已经倒塌，只有那座盘山砖碹的门楼子，还在洪水中顽强地挺立着。黄泡绿沫的水面上，漂浮着笤帚、炊帚、筛子、笸子、小孩帽子、掏火棍子，还有一片片的黄色的谷糠，白色的麸子，黑色的麻饼，红色的高粱面子……梁永生望着凄凉的惨景，怒火燃胸，气愤愤地说：

"穷百姓吃糠咽菜，撙出钱来缴河捐，不承望落了个叫苦连天的下场！国民党，白眼狼，净些坑国害民的野兽！"

一家人都逃到哪里去了呢？怎么连个人影儿也看不着？永生焦急不安地想着，向各处张望着，忽见那边漂着一个筐笼，正在顺流而去。那漂漂荡荡、侧侧晃晃的筐笼里，坐着两个一般大小的孩子；那是梁永生的一对双生子——梁志勇和梁志坚。梁永生一阵猛扎急游追上去，抓住了那个已经渗进许多水去的筐笼。只见筐笼里还有一口大刀。这口大刀，梁永生每天外出总要带着的。今天他早起出门时，孩子们要跟爷爷学武术，所以永生把它留下了。可是，如今志勇和志坚坐在筐笼里，门大爷哪里去了？雏大娘和翠花还有志刚、志强……永生正心神不定地想着，忽听背后有人大声喊叫：

"爹——！爹——！"

永生扭头一望，只见他那虚岁才十一的长子梁志刚，乘风破浪游水而来。他心里一阵高兴。待志刚来到近前时，永生就像怕他马上消逝似的，抓住他急切地问道：

"你爷爷和奶奶哪去了？"

"我就是来救爷爷和奶奶的呀！"

永生终于明白了：原来是——大堤决口的时候，志刚和翠花正在漫洼里拔草剜菜。聪明机灵的志刚见洪水峰高浪急来势很猛，就把娘推到树上去。然后又游水进村，来救爷爷奶奶和弟弟们。半路上，碰见魏奶奶站在齐胸深的洪水中，正抱着一棵老榆树哭天哭地，大骂白眼狼，志刚赶紧过去又把她救上了树。因为救魏奶奶耽误了时间，所以直到这时才赶到家。

永生只好问志勇和志坚：

"你爷爷呐？"

"爷爷把俺放进筐箩，又去找奶奶了。"

"奶奶哪去了？"

"去浆洗衣裳了。"

"在哪里？"

"南湾崖上。"

"你二哥呢？"

"不知道。"

永生这里问的那个"二哥"，是指的他的次子梁志强。志刚见爹心神不安，就说：

"爹，二弟会水，不碍事。"

接着，永生吩咐志刚，游着水，拖着筐箩，把志勇、志坚救出去；而后，他自己迎着洪峰挥臂斩浪，直奔南湾去了。当他赶到南湾时，要不是湾崖上那棵歪歪脖子大柳树，到哪里去找南湾呀？梁永生踩着立水四下张望一阵，也没望见门大爷和雏大娘。于是，他就把身子靠到柳树上，用手扳着树枝，放开他那铜钟般的喉咙，向着这烟波浩渺的四周急命地呼喊起来：

"门——大——爷！"

"雏——大——娘！"

回答他的，是那风声，涛声，还有从远方隐约传来的孩子的哭叫声。突然，顺流漂来一个烟袋荷包。永生捞起一看，原来是门大爷那根没有嘴子的旱烟袋。他凝视着烟袋，心惊肉跳，热泪滴流，一股不可捉摸的恐怖思绪，紧紧缠住他的心头。他把烟袋贴在胸口上，望着茫茫大水出了一阵神，最后把烟袋往腰带上一别，离开了南湾。

永生浮着水找遍了村里村外，还顺便救出了许多穷乡亲，可是，始终没找到门大爷和雒大娘的踪影，也没扫问到两位老人的消息。

时间，一天又一天地过去了。

村里村外，一棵棵的大树上，都挤满了从洪水中挣扎出来的穷人。他们四下张望，盼着官府派船来搭救这些难民。谁知，人们把眼都瞪疼了，也没看到一只船来。

这天，远处来了一只大船。人们一见船影，都喜上眉梢。有的用手做成喇叭放在嘴上，扯开嗓子大声疾呼；有的撕下衣襟举过头顶，拼命地摇摆求救。可是，那船上的人根本不理睬这些。原来那只插着"救护船"大旗的船只，是来打捞东西发难民财的——人家光要东西不要人！

船越来越近了。永生手打亮棚一望，原来是白眼狼那只船。这只船除了打捞东西而外，还兼买土地——地价由平日的一百元降到了十元。谁要应许把地卖给他，就在船上当场写文书，按手印儿。在船上替主子办这种缺德事的，是白眼狼的狗腿子独眼龙。尽管十几年后的今天他留起了"仁丹胡儿"，永生上眼一瞅就认出来了。这时候，梁永生心里想着过去的血仇，两眼望着正在洪水中受罪的人群，对白眼狼的旧仇新恨一起涌上心头。于是，他把单刀往身后的腰带上一插跳入水中，一个猛子扎到了大船近前，扳着船帮蹿上船去。独眼龙有点蒙了。他望着这个突如其来的不速之客，莫名其妙地问道：

"你要干什么？"

"我要问问——你是哪庙上的扛枪的？"

独眼龙见这位水淋淋的汉子两手叉腰一身疙瘩肉，满脸怒气两眼冒金光，肩头上还露着一截明晃晃的刀尖子，就以为是打劫的。于是想到："我们东家，在方圆百里之内，是个有名气的头面人物，他的二少爷还是县政府的治河官员，我只要把牌子一亮，自然就化凶为吉了。"独眼龙心中这样想着，脸上的惊色渐渐消退，最后笑呵呵地说：

"朋友，莫误会，没外人……"

"谁跟你是朋友？"

"你别急，我一说，你就明白——"独眼龙依然是点头哈腰满面赔笑，"你听说过河东龙潭街上的大财主贾永贵吧？他的二少爷贾立义是县政府的治河官员，我，就是贾二爷家的……"

白眼狼是个有名的大恶霸，这一带有些人早就听说过。自从他的二狼羔子当了县政府的治河官以后，他的臭名就更响了。这时，树上的人们一听是白眼狼的船，全都气坏了，人们指着独眼龙向永生嚷道：

"宰那个小子！"

"你这个死心塌地的狗腿子！"梁永生唰的一声从身后抽出单刀，咬牙切齿地说，"我今天上船来，就是为了你这条狗命！"

独眼龙见他那套没有奏效，又见这条大汉很像梁宝成的面容，浑身哆嗦起来："你是梁、梁……"

梁永生望着独眼龙的丑态，心中好笑，就说：

"今天我叫你死个明白——咱们是'冤家路窄'，我就是被你开枪没打死、赶下运河没有淹死的那个梁永生！"

梁永生气冲冲地说着，独眼龙早就吓瘫了。他跪在船板上央求着：

"饶我这一回吧……"

"饶了你，还不知又有多少穷人遭殃呢！"

梁永生手起刀落，独眼龙一命呜呼！

船上的另外两个狗腿子，一见独眼龙完了蛋，都吓得砰呀砰地落荒而逃。梁永生没去理他们。他将独眼龙的尸体踢入水中，而后，把船交给尤大哥说：

159

"你是玩船的，就用这只船把咱这些穷爷们儿救出去吧？"

"好！"尤大哥高兴地说，"先装上你这家子。"

"不！"梁永生说，"我这家子没有老人，也没很小的孩子——咱得先把那些老人、孩子和病人救出去！"

尤大哥知道梁永生的为人，觉得再多说也没用处，就装上一船老小和病人，把船开走了。船走后，留在树上的人们，继续受着煎熬。

从尤大哥离开那天起，人们就掐指计日，举目远眺，夜以继日地盼他早点回来。可是，三天两夜过去了，人们仍没盼到尤大哥的影子。这天，当人们正揣着焦急的心情张望时，忽见那天水相连的远方开来一只大船。大船越来越近了，人们逐渐地看清这不是尤大哥开走的那只船，而是一只木制汽船。这个家伙，笨头笨脑，前头翘着，活像一口大棺材。船头上，插着一面飘飘摆摆的小旗儿，旗上写着"招收童工"四个大字。小旗儿旁边，站着一个肤面白皙的中年人。他头上戴着一顶亮藤子编的礼帽儿，身上穿着随风抖动的裤褂儿，脖子里露着一圈儿雪白的衬领，手中拿着一把纸扇子，嘴里叼着洋烟卷儿，看起来是个大买卖人的打扮儿。汽船每到一个树下，这人就油嘴滑舌地说一阵：

"让孩子去做工吧？到济南可好啦——进大工厂，住大洋楼，吃大米白面，还给工钱……"

汽船来到永生一家的树下，那人还是这一套。

永生问："孩子跟你去，可有啥章程？"

那人说："只要好好干活儿，听经理的话就行。"

"给多少钱？"

"一年十块钱，三年满期，四年头上就挣师傅钱。"

梁永生听了这些话，心里像塞进一团乱麻，理不出个头绪来。他望望无边无际的洪水，瞅瞅日益消瘦的孩子，意识到往后的日子会越来越难熬。因此，他有心让孩子去，又总觉着有点悬乎，打心眼儿里舍不得；有心不让孩子去，又觉着衣食无着，怕孩子活不成。永生正在踌躇难决，那个招收童工的人又高声喊道：

"哪家怕受骗，先给十块钱！"

"爹！"志刚含着泪说，"人家先给十块钱，就让我去吧。"

志强接着也说：

"爹！我也去！"

永生看了看志刚和志强，又掉过脸来问翠花：

"孩子他娘，你看呐？"

翠花噙着泪花说：

"横竖也是个死，就让孩子去逃个活命儿吧！"

那买卖人见事将妥，就顺手拿过皮包，掏出一把票子，两个指头一搓，捻成个扇子面儿，然后把钱向梁永生递过来："你看——嘎啦嘎啦的'老头票'呀！"

梁永生伸出颤抖的手接过那几张纸票子，却觉着手里沉甸甸的。半晌，才装进衣袋里。然后将另一只手搭在志强的肩上，语重心长地说：

"志强，你去吧！"

"唉。"

早已作好准备的梁志强，高声答应着。他一蹬树身，又一纵身子，跳上了相隔好几步远的汽船。志刚见志强上了船，心中着了急，一把拉住爹说：

"爹！弟弟岁数小，还是我去吧。"

志刚说罢，就要上船。翠花一把拽住他：

"志刚，你去，爹不放心！"

"弟弟小，他去，爹不更不放心？"

志刚这一句，把翠花问了个张口结舌。是呀！她说个啥哩？把真情实况告诉他？不行！孩子年纪还小，经不住这么大的刺激。因此，翠花沉思了一下儿，只好说：

"志刚，爹叫谁去就谁去呗！听话！啊？"

志刚不吭声了。可是，有一个疑点，在他的头脑中逐渐地扩大着："在爹娘面前，都是一样的孩子，为啥爹对我和志强不一样看待？"接着，平素爹娘偏爱自己的许多事儿，也一齐涌上心来……

船开动了。洪水在船尾下边像哭一样噗噜噗噜响着，朝上翘着的船头划破浪涛往前驶去。梁永生向志强说："志强啊，到那里好好干——"

"唉。"

"到了后，求人写封信来。"

"唉。"

翠花望着开走的大船，抢过丈夫的话头接着喊道：

"出了汗别往外跑。"

"唉。"

"干不动的活儿不要逞能。"

"唉。"

船，越开越远了。翠花提高了嗓门儿，继续叮嘱着：

"别跟人家的孩子打架。"

"唉。"

"衣裳破了自个儿学着缝缝。"

"唉！——"

船，渐渐远去了。

永生站在树上，目不转睛地望着，久久地望着。

翠花望着望着，泪水挂满两腮。是经受不住这种强烈的刺激，还是怕孩子看见娘哭心里难过？她背过脸去了。

船，已经很远了。志强依然站在船边上，朝这棵汪洋中的大树眺望着。

船，已开到天水混连的地方，变成一个小黑点儿了。那颗抓去永生夫妇灵魂的小黑点儿，越来越小，越来越小，蓦地，消逝在浪涛中。

早就抽抽搭搭的翠花，这时哇的一声哭出来。

永生盯着大泪泼天的妻子，想道："在这个节骨眼儿上，语言怕是无能为力了。宽心话说一船道一车也不准顶用，干脆让她哭几声痛快痛快吧！"就在这时，国民党政府的"招兵船"又开过来了。它跟大地主的"买地船"、资本家的"雇工船"混杂一起，围着一棵棵的大树转来转去，在这些叫苦连天的穷人身上打主意。永生坐在树股儿上，两手托腮，望着这些砸骨挤油的大船小舟，一阵阵地寻思起来。他想着想着，觉着心里一闪，一个从未想通的问题，现在忽然明白过来了——几年来，永生一直在想："穷人相见分外亲，是让一个'穷'字把心连在一起的；那么，官家、富家也是往一条裤里伸腿，这是怎么一回事呢？"现在他明白了：官家也罢，富家也罢，他们的私利，都是通过穷人的苦难取得的。穷人的苦难越大，他们得到的好处越大；穷人的苦难越多，他们谋财取利的机会越多。你看，如今这场大水灾，不是把官家、富家——乡下的财主、城市的财主，这船、那船，全引来了吗？……永生越想越生气。眼下他那正在增加着的怒气，快要把胸腔撑裂了。过了一阵儿，他把别在腰里的烟袋抽了出来。残存在烟荷包里的烟叶，几天来硬让永生那滚烫的肚皮炙干了。永生不知不觉地抽起烟来。看上去仿佛是，他要通过这一口接一口的浓烟，把肚子里的痛苦、愁闷和气愤全发散出来。

入夜了。永生和翠花的心房就像秋后的场院一样，空荡荡的。翠花仰起脸来，带着哭韵问丈夫：

"孩子他爹，你说那人会不会在咱孩子身上发孬？"

永生说啥好呢？说"不会"，还是说"会"？他思忖片刻，吐出口烟说：

"把孩子撒出去，让他独自个儿闯荡闯荡不错。哪怕他是块土坯，在火里炼炼也会变成砖的。像咱这当爹做娘的，能跟孩子一辈子？"

永生这些话，故意说得那么轻松、坦然。可是，他这时的心情，和翠花一样的沉重。翠花又说：

"我老寻思，孩子岁数太小……"

妻子这一句，使永生把自己的童年和儿子的童年连起来了。这时候，他感到那压金坠铅的心里，有一股酸溜溜的滋味儿，从腑脏里升上来，直攻鼻子，眼里的泪珠儿也总想往外蹦。可是，他觉得如今自己这条五尺汉子，是全家老婆孩子的主心骨儿，流起眼泪，会增加他们的痛苦。于是，他又把那冲到眼窝儿的泪水逼回去，平平静静地说：

"志强也不算太小了。我，就是从十一岁那年开始自己闯荡的……"

永生夫妇正说着，尤大哥不声不响地回来了。他是抱着一棵檀条子泅水回来的。永生一见，又惊又喜，忙问：

"船呢？"

"叫人扣啦！"

"谁？"

"白眼狼！"尤大哥说，"南边有个地段水太浅，我只好绕着深水走。因为地理不熟，三闯两闯闯到龙潭附近去了，正巧碰上白眼狼的大狼羔子贾立仁……"

"你是怎么回来的呢？"

"是白眼狼的长工杨大虎帮我逃出来的。"

"杨大虎给白眼狼当上长工啦？"

"对啦。是被白眼狼硬逼进贾家大院的。"

"咋逼的？"

"说起来很啰嗦；咱先说要紧的吧——"尤大哥说，"杨大虎救我出虎口，要我赶紧送信给你……"

"啥信？"

"你杀了独眼龙，那两个落荒而逃的狗腿子回去向白眼狼学了舌，把白眼狼吓坏了。他勾来了土匪，要来逮你。当时只因船只没有弄妥，所以才拖了几天……"

翠花着急地说："怎么办呢？"

永生在树股子上磕去烟灰说："走！"

"咱又没长翅膀，到处是水……"

"有两扇门板、一个筐篓，还怕走不了？"

"对！"尤大哥说，"把我弄来的这块木头也绑上！"

他们说干就干。把门板、木头拴在一起，又用绳子绾了个扣儿，把筐篓和门板也连接起来。志勇、志坚坐在筐篓里，永生、翠花、志刚都在门板上，又折了几根树枝当作撑筏的杆子，便告辞了尤大哥向北去了。临行前，永生还嘱咐尤大哥也赶紧离开。

梁永生一家奋力挣扎了一天一夜，终于安全地逃出水汪，登上了旱路。

到哪里去呢？

"树挪死，人挪活。"永生向妻子说，"咱也挪挪窝儿吧。"

"往哪里挪？"

"全说关东养穷人，咱也闯关东去？"

翠花想了好久，"唉"了一声。这些年来，每当丈夫和她商量事儿的时候，她总是仔细地思虑一番，最后，只好用一个长长的"唉"声来回答丈夫。

梁永生这个人，每当被困难包围的时候，他从不绝望，总是在悄悄地想办法。可是，在那豺狼遍地的世界上，梁永生就算再精明，他又能想出什么真正理想的好办法来呢？

因此，梁永生想出的一切办法，在他的妻子杨翠花看来，都不是真正的出路。可是，除此而外，还有什么更好的道路可走？没有了！于是，杨翠花对丈夫想出的这种没有办法的办法，她总是也只能是用一个长长的"唉"声来回答。久而久之，梁永生摸准了妻子这个规律——她只要发出一个长长的"唉"声，就是表示同意了。

黄昏时分，梁永生携家带眷踏上了闯关东的大道。这条充满饿殍白骨的关东大道，像条褪了色的灰带子，弯弯曲曲地穿过了一个又一个的村庄……

第十六章

——

杨柳青投亲

深秋。

风沙骚动的荒野里，走动着永生一家人。

梁永生背着志勇，抱着志坚，艰辛地蹒跚着。

志勇和志坚两个小家伙，刚上路时觉着新鲜，一边走一边缠住永生问这问那，可是，经过几天的长途跋涉，连饿加累，如今是一步也走不动了。虽说他们那十块钱还没花完，可那是整个关东路上的盘缠，怎么轻易舍得花呢？永生因为肚里没食，那黑红色的脸上也沁出一层米粒般的虚汗。汗水划破他面颊上的浮土层，顺着下巴颏子滴落地上。饱经风沙袭击的嘴唇，裂开了一道道的血纹。

志刚和翠花，被永生拉下了一箭地。他们母子在风沙中摇晃着疲惫的身子，趔趔趄趄地跋行。翠花那蓬松的头发任凭狂风撕扯，嘴角和眼角全沾满泥土。志刚的两条小腿儿连一点劲也没有了，他死抓住翠花那破烂的衣角儿，每前进一步几乎全靠娘的拖拽。

他们由羊肠小道又转上大路。

大路上，逃荒人群迤逦而行，被蹚起的尘土像条撅着尾巴的黄龙。

怒号的秋风停下了。漫空中的黄沙细尘，向这莽莽荒原撒落着。扶老携幼、拖儿带女的逃难人，三三五五，零零落落，你搀着我，我扶着你，艰难地挪着脚步。

翠花将垂下的一绺头发撩上去，向丈夫嚷道：

"歇歇再走吧！"

永生望望天色，鼓励妻子说：

"你看，前边那个村子不远了。"

他们走着走着，一条宛宛长河横在前面。

河面上的木桥快要断了。断痕处落着几只水鸭子，飞起来又落下去，不时地发出阵阵哀鸣。桥口旁边，孤单单地耸立着一个木制的岗楼子。岗楼子上的哨兵，穿着灰军装，荷枪而站，像个木偶。岗楼下边，还有两个游动的大兵，在桥口来来回回踱着方步。

一伙逃难人正围着大兵要求过河，这时又来了两个当兵的。前边这个，脑袋上顶个金箍大檐硬盖儿帽，肩膀上扛着两块亮闪闪的牌子，脚上穿着高腰儿皮靴，走一步咯吱吱，走一步咯吱吱。他腚后头那个，像个马弁，穿章儿和站岗的差不离。站岗的规规矩矩施了个礼："报告连长！他们要过河——"连长向逃难人群说："平常里，只要缴上过河税就可过河。现在上司有令：一律不准过河！"

唉声叹气的人群走散了。永生向窝回的一个人问道：

"为啥不让过河？"

"又要有战事呗！"

"这是谁的兵？"

"过去是吴佩孚的兵，现在叫'中央军'了！"

"他妈的！除了你打我，就是我打你，净折腾老百姓！"

"少说闲话吧——免得心不净！"

永生望着桥口出了一阵神，又领着一家人窝回原路进了一个村子。这个村子的每个角落，都被从水汪里爬出来的逃难人塞满了。村里的男人们，为了躲兵灾，也都逃出去了。留下来看家的人们，不知是怕大兵抢劫，还是怕有人偷东西，家家都关门闭户。永生一家只好找了个没有顶的破房框儿，蜷偎在墙旮旯里歇了一夜。次日一早，他又领上老婆孩子，踏着朦胧的晨曦走向河畔。他们离河还有老远呢，河沿儿上就传来了尖声怪叫："滚开！不许过河！"

"他妈的！"志刚骂了一声，又说，"爹，给我刀！"

翠花看出了志刚的意思，忙说：

"志刚，忍着点儿吧！"

"忍，忍，忍！"志刚说，"忍到多咱算个头儿？"

翠花听了这话，心中想道："志刚虽不是永生的亲生子，可他爷儿俩的脾气多么随奉啊！"翠花记得：当她和永生被人贩子囚在药王庙里的时候，她也曾用"忍着点儿"劝过永生。当时永生的回答，几乎和今天志刚的回答一模一样。直到她和永生结婚以后，永生的性子还是比较暴烈的。那些年，在更深人静的夜里，翠花又多次用"忍了吧"劝过丈夫，当时永生听了这类话，总是这样回答妻子："怕啥？大不了就是个死！穷人不怕死，怕死别活着！"为这事儿，两口子还拌过几回嘴。又过了几年，永生随着年龄的增长，经过生活的磨炼，虽然"怕死别活着"这句话还是常说，可是一行一动却稳重老练多了。一遇上生气的事儿，凡是能忍下的，他全忍下，把火气埋在心里，等有人逼到头上来的时候，他这才像座爆发的火山似的，将那满腔怒焰一齐喷发出来。翠花回想着永生十几年来在性格上的发展变化，又从永生想到志刚，心里说："一个人的禀性，看来不是骨血遗传的。要不，志刚对永生为啥随奉得这么贴？"

永生领着老婆孩子顺着河沿向西走去。走了二三里路，望见一伙人正在浅地方蹚水过河。他走近一看，也大都是逃难人。还有几个人，正在河沿儿上歇着，七嘴八舌地骂守桥的大兵。一位满腿筋疙瘩的老汉叹了口气说：

"当兵的主了啥？全在他上头那些军阀们！"

人们点点头，又骂起军阀来。他们从袁世凯、张作霖、张宗昌、吴佩孚一直骂到蒋介石。

过了河，风更硬了。风卷尘沙，半空吼叫，好像千军万马正在头顶上冲锋交阵。衣衫褴褛的逃难人，紧抱着肩膀，在寒风中挣扎着。这条通往关东的大道上，横三竖四躺着佝偻的死难者。逃难人每当见到这种惨景，都毛发悚然，为之一震，因为那死者的形态，已经预示出他们明天的命运。于是，他们极力地加快脚步，小心翼翼地从死者身边绕过去，并把头扭向一边，回避开这不堪入目的惨状。

过半晌。永生一家奔到一个大镇。

永生见一个买卖人迎面走来，凑过去拱手问道：

"借光先生，这叫个啥镇店？"

"杨柳青。"

"杨柳青？"

翠花一听，喜出望外，插嘴又问：

"这就是那个出年画儿的杨柳青吗？"

"对呀！"

那人走了。永生问翠花：

"你问这个干啥？"

"我有个表哥，在这里开铺子。"

"噢！"

"咱是不是去找他求求帮？"

"你知道他住的地方吗？"

"我很小的时候跟娘来过，记不得是啥街道了，只记得他开的铺子叫'福聚小店'。"

"那倒好说——这又不是大都市，有数的几条街，许能打听到。"永生说，"还记得你表哥的名字不？"

"记得。"

"叫啥？"

"余山怀。"

"咱去找找看。"

永生一边沿街而行，一边撒打着街道两边铺面的字号。

一条街走下来了。

又一条街走下来了。

在梁永生的眼里，一直没有出现"福聚小店"四个字。永生有点二乎了。他又问翠花：

"你记得他是个啥样的门市？"

"就是三间破平房，也是赁的人家的。"

"是个小买卖儿？"

"可不是呗！那时节，里里外外就他一把手。"翠花说，"以后听到个荒信儿——说他发财了。谁知真假呀！"

他们随说随走，随走随问，又来到另一条街上。

突然，翠花捅了丈夫一把，悄声说：

"哎，我觉着这个门面很眼熟。"

永生望望招牌上的字号，摇着头说：

"这是个咸菜小铺呀！"

"反正有点儿像。"

"好。那就去问一下儿。"

永生说罢，来到咸菜铺的柜台前。站柜台的老汉没等永生张口先开了腔：

"先生，要点儿什么菜——酱腌萝卜，虾油辣椒，五香小菜儿，香椿干儿，臭豆腐，卤豆腐……样样俱全。"

掌柜的笑容可掬地介绍着菜名，梁永生也不好意思拦腰打断人家的话弦。直等他说完了，永生这才满脸歉意地一拱手，说道："掌柜的，对不起，我要麻烦你——"

"什么事儿？"

"打听个地方。"

"哪里？"

"福聚小店。"

"噢？你找谁？"

"余山怀。"

"噢——！"掌柜的恍然大悟了，"这个门市，原来叫'福聚小店'。如今，'福聚'家的掌柜的已经搬家了。"

"搬到哪去啦？"

"来，我指给你——"掌柜的走出柜台朝西一指你走到那棵电线杆那里，"往北拐；再见路口，向西拐……"

永生连声道谢，拱手相辞。

"记住，"掌柜的又说，"他抖起来了，如今字号不叫'福聚小店'了，叫'福聚旅馆'。"

翠花不放心，又插了嘴：

"那'福聚旅馆'的掌柜的，可姓余？"

"对对对！没错儿，姓余，叫余山怀。"

永生一家拐弯儿抹角走了一阵，终于按照那人指给的路线找到了"福聚旅馆"。梁永生一望见这个"暴发户儿"的门楼子，吃了一惊，心中暗道：

"哈哈！真发大财了呀！"

这是一座刚刚漆过的黄松大门。铜叶镶边，光华夺目。门垛子上，雕刻着一副草书对联——上联是："孟尝君子店"；下联是："千里客来投"。门楣上，横匾高悬，上书"福聚旅馆"。那高高的一对门墩子，是用青石做成的，上边还雕刻着许多花纹。杨翠花望着这种情景，脸上渐渐泛起一层好些天来不曾出现的笑容。在往常，杨翠花一见到富豪之家，只有愠色，从无笑颜。可今天，她却违背了这个常规。也许因为这是她的亲戚的缘故吧。

门口的台阶上，站着一个四十多岁的人。他留着短胡髭儿，戴着脸盆帽儿，穿着蓝裤袄儿，白鞋青袜，烟卷儿叼在嘴角上，嘴角往下耷拉着。永生来到台阶下，一边向上攀登，一边顺口问道：

"借光先生，这就是'福聚旅馆'吧？"

此人名张温，是把市侩老手儿。他用眼角儿扫了永生一下，又瞟了瞟跟在他身后的这些衣着破烂的乡下人，原先那种随时准备打躬作揖的自然架势蓦地消逝了，挺了挺胸脯儿耸了耸膀子，摆出一副了不起的样子，先吐出一个烟圈儿，又把它吹散，然后这才亮出他那破锣似的嗓音，恶声闷气儿地说：

"甭问啦！这店你们住不起！"

梁永生一见张温这个狂气劲儿，打心眼儿里腻味他。永生心里话："有其奴，必有其主！"在一般情况下，翠花的见解和丈夫大都是一致的。可是今天，她却跟丈夫有着不同的想法——在她看来，别看这个半吊子狗仗人势不知好歹，见到表哥准不能这样；虽说"长幼不戏，贫富不亲"，可不管怎么说，那总是我亲姨娘家的表哥呀！由于翠花揣着这种想法儿，所以很担心不能吃话儿的丈夫跟这人闹翻，误了投亲求帮那件大事。其实，翠花因为心太细，才产生了这种多余的担心。今天的梁永生，已经不是十年前的梁永生了，他不仅能够压火、忍气，而且还能做到气不上脸，脸不挂色。这时候，尽管他窝在肚子里的怒火像那已经推上膛的子弹，可是他的脸上还是像素常一样平平静静的。他的想法是既然来到人家的门上了，就进去试探试探，然后再看事做事吧——犯不上跟个守门的打嘴仗。这时，他不卑不亢地站在台阶上，不急不火不紧不慢地说：

"俺们不是住店的。"

"要干么事？"

“找个人儿。”

“哪一个？”

“余山怀。”

“找他干么事？”

“既然找他，还能没事？”

“你认识他？”

“不认识就来找他？”

“你和他么关系？”

“亲戚。”

“亲戚？”

“怎么？不大像吧？”

“哪里——么亲戚？”

“表兄弟。”

这“表兄弟”，一远一近要差很多。翠花大概意识到这一点，凑前一步忙补充说：

“余山怀的娘，就是俺亲姨娘！”

翠花这句话，对张温来说，还是真顶劲。他那副“了不起”的神色，就像被一阵旋风刮走了似的，消逝得那么快，又是那么干净。紧接着，又重新现出“哈巴狗”的原形，皮笑肉也笑，又抖身子又晃脑，一句三哈腰地说：

“对不起，对不起，实在对不起……”

“没啥！”

“因为你是稀客，我不认识，海涵，海涵……”

梁永生看不惯这套不顺眼的虚气，也听不惯这些不顺耳的淡话，因而没再理睬他，跨开步子朝里就走。

翠花和孩子们也紧紧跟上。

张温一见，不敢怠慢，慌手撒脚地抢前一步：

"我来带路，我来带路……"

张温把永生一家领到一个屋门口，一伸手臂，又一弓腰，咧嘴一笑，歉意地说："请进！"

永生翘首一望挂在门口上的牌子——"会客室"，就推开房门走进屋去。张温跟进屋后，待客人们一一坐定，又说：

"请在此稍等，我去请余经理。"

"他是经理？"

"是啊——你不是找余山怀先生？"

"就是找他！"

"他就是'福聚旅馆'的股东兼经理。"

"他在不在家？"

"在家，在家。你们来时他刚进门儿。"

"那就请你传个话儿吧。"

杨翠花接上丈夫的话尾又说：

"你就说，他的表妹杨翠花来找他。"

"好，好。尊意照传，照传！"

张温走了。

永生问翠花：

"你这位表哥，是怎么一个人？"

翠花满怀希望地答道：

"俺表哥待人可好啦……"

"咋个好法儿？"

"那回我跟俺娘来找他的时候，他对俺娘儿俩那么亲热！那时节，他还是个穷买卖儿，手里挺紧巴，每天的进项才刚够他自己消用的。就那样，俺和娘临走时，还给捎上了半面袋子干粮呢！我揣摩着，这回咱来求帮，又幸巧他发大财了，准能帮帮咱……"翠花喜气洋洋地说着，见丈夫只顾抽烟，并未被她的话语所动，便又引了一句老俗话："是亲三分向，是灰热过土嘛！"

这一阵，永生一直是箍着个嘴，不说话。翠花的话音落下，屋里一片寂静。只有挂在墙上的闹表，在嘀嘀嗒嗒地敲打着梁永生那颗因为久等而有点焦躁的心房。又过一阵，张温终于回来了。他的脸上，依然挂着笑。可是，这个笑，跟他临走时的笑大不相同了——那时是皮笑肉也笑，现在是皮笑肉不笑了。他进了门，将两只手臂一摊，先扫兴地打了个"唉"声，继而颤动着腿脚遗憾地说：

"你看！你们赶得正不是个火候——经理不在！"

翠花听了他这卯不对榫的话，愕然问道：

"你不说刚进门吗？"

"刚进门不假。可又出去了！"

"那，我们就等等他吧。"

"哎呀！他到外埠去了！"

"啥时回来？"

"那可没准儿！也许十天八天，还许一月俩月呢！"

翠花又想说啥，张温未容张口，又急转话题说：

"我看这样吧——你们先回去，等余经理回来，我去给你们送信。不去送信，就别来了！再来，也是白跑一趟啊！"他说到这儿，掏出一支烟卷儿，在指甲上蹾了几下，点着了。

事到如今，一直在旁边暗自忖度的梁永生，心里完全明白了——那个如今成了大经理的"表兄"，已经不是从前开小店的那个"表兄"了；不用说求帮，他连接见都不接见！永生想到这里，心中很生气。他啥也没说，一甩袖子，领上家眷就往外走。

张温跟在后边，牵强附会地说着惋惜话。梁永生不是那种鼠肚鸡肠的人，他觉着没有必要去跟他争情辩理，对张温的各种话语都当秋风过耳，一气儿走出了大门。

当他们最后一个人的最后一只脚刚刚迈出门槛时，只听背后哐当一声，张温把门关上了。接着，不堪入耳的损话儿，又从门缝里钻出来：

"这样的穷光蛋，也想找经理？净找没味儿！"

永生听了这话，肚子快气破了。他真想再推门进去，把那个张温狠狠挖苦几句。可又一想："最可恶的是余山怀。张温，只不过是条狗仗人势的哈巴狗。咱扯大拉小，出门在外，别跟个狗腿子置气了……"永生正想着，忽见翠花在偷偷拭泪，就问：

"翠花，你怎么啦？"

原来翠花也看破了余山怀的鬼把戏。因此，这件事挫伤了她的自尊心，给她的精神以很大的创伤。现在她对她的表哥又气又恨。永生一问，她气愤地说：

"余山怀六亲不认，真不是东西！"

"俗话是实话——"永生说，"穷人见穷人，非亲胜似亲；富人见穷人，是亲不认亲。"

"我那一回来时挺好的，这回咋不是那股劲了呢？"

永生深有感触地说：

"今非昔比——人一富了，心就变了！"

…………

第十七章

—

卖子救夫

天黑下来了。

朦胧的月色笼罩着杨柳青。

镇边的一个破厦檐下，蜷偎着梁永生苦难的一家。他们投亲不认，现在憋着一肚子气，只好在这里安宿过夜了。

村镇异常安静。远处，时而传来几声犬吠。

梁永生一口接一口地抽着闷烟。被风从烟锅里刮出的火星，向街道的对面飞逝着。

一会儿，从厦檐对面的单扇栅栏门儿里，走出一位身穿长衫、头戴帽垫儿的老汉。他来到永生一家近前，瞅了一阵，拍着志勇的肩膀问：

"呃，小家伙儿，十几啦？"

志勇盯着老汉不吱声。翠花忙插嘴道：

"才九岁。长了个傻大个子。"

"哪里人呀？"

"宁安寨！"志勇答，"不！龙潭街。"

"姓啥呢？"

"姓梁！怎么的呀？"

志勇说罢，鼓起腮帮子，鼻翅儿还一张一合的。老汉见他眼含敌意，不禁笑道：

"你岁数儿不大，性子还挺刚呐！"

苦难的童年，使志勇形成这样一个概念：凡是穿好衣裳的就不是好人；凡是坏人说得怎么好听也不是好心！今天，这个穿长衫的老汉一问他，他就起了反感。当他说出家在宁安寨以后，忽然想起爹跟他讲的家史，又马上改了口。在志勇的感觉中，姓梁，是不能跟坏人讲的；讲了会出祸。可是，现在他偏要讲，并且又重复一句："就是姓梁——你敢怎么着？"

永生喜欢志勇的刚强性子，可又觉得他对人家太不礼貌了，便插嘴道：

"我们在你门口避避风，糟扰你了！"

"没什么！你们要去哪里？"

"闯关东去。贵姓啊？"

"姓李。"

"开铺子的吧？"

"开铺子不错。不过，铺子不是咱的！"李老汉说，"我是个吃劳金的穷店员——侍候人的！"永生点点头。老汉见他一家衣禄单寒，又说：

"脚下风凉了，你们在这里过夜哪行？"

永生叹口气说："啥法儿呀！"

老汉一挥手说："走！到我家去凑合一宿吧。"

永生不忍地说："大叔，我们攮进去好几口子，给你添麻烦太大呀！"

大叔说："就俺老两口子，没别人，走吧！"

李大叔真是热心肠。他把永生一家领进门，又将老伴儿喊出来。李大婶也挺实在。她像迎接远来的稀客一样，把永生一家迎进屋去。

这是三间正房。

中间的北山墙上，挂着一张画儿。画儿上画着一只虎。志勇一进屋，就虎视鹰瞵地盯上了这张画儿：

"嘿，这猫真大呀！"

"这不是猫，是老虎！"

"老虎跟猫一样？"

"长相差不多。"

永生又问李大叔：

"这画儿就是杨柳青出的吧？"

"不。杨柳青出年画儿，不出这个。"李大叔说，"这是从天津买来的。"

"看来大叔很喜欢虎了？"

大叔只顾点烟，没吭声。

正添锅做饭的大婶将一瓢水倒在锅里，叹息着说：

"俺那儿子叫'虎儿'。从他下了关东，我总想他，他爹就买了这张虎画儿。"

大婶说罢，又去抱柴火了。

永生见大叔搬过面板又拿擀面杖，忙说："大叔，别麻烦啦，这糟扰得你够呛啦！"大叔说："没啥麻烦的。你们想吃正经八百的面条也吃不上，给你们擀轴子杂面汤喝喝吧。"永生说："你是站柜台的，还会忙饭，真算巧手儿！"大叔说："学买卖，就得先学忙饭打食，还得给掌柜的铺炕叠被，拿夜壶，打洗脸水，外带着劈柴子、点炉子、擦桌子、扫院子……"永生像有所发现似的又问："买卖行当里，趁钱人对穷人也是这么任意锉磨？"李大叔一面折叠着面片儿，一面叹了口气说："甭管啥行当，凡是'老财'都是豺狼心肠！他们离了穷人活不成，又恨穷人死不净！"永生那闲不住的两只手，一边把切连了刀的杂面条儿擀开，一边感叹地说："看

起来,只要是侍候财主,干哪一行也不易呀!"李大叔说:"唉!不易也要干不长了!"永生问:

"怎么的?"

"辞退呗!"

"谁辞谁?"

"人家辞咱!"

"因为啥?"

"因为掌柜的要想外呙!"李大叔说,"今年你们那一带闹水灾,来了好些逃难的;他要把这吃劳金的老店员开下去,再雇用逃难的,有的光管饭不要钱,要钱的薪水也少一半……"

李大叔说着话儿,杂面条擀完了。梁永生见面板翘棱了,就用笤帚扫去板上的补面,拿过斧头叮叮当当揳起来。

在永生和大叔拉呱儿的同时,帮着烧火的翠花也在跟大婶叙家常。翠花说:"这个掌柜的,对待柜上的伙计可真刻薄呀!"大婶说:"那孬种是个算破天。他对待长工、佃户更刻薄!"翠花问:"他还有长工、佃户?"大婶说:"有。他原先是个大地主,后来又成了大奸商,现在是又有地又有铺子!"翠花说:"喔!这个财主真不小哇!"大婶说:"好大财主呢!人家在前清家的时候,就是官宦户儿;成了'民国'以后,也是官宦户儿;来了国民党,还是官宦户儿!"翠花问:"他叫啥?"

"阙乐因!"李大婶一边往锅里撒杂面条,一边絮絮叨叨地说,"阙乐因这个色鬼,明牌的姨太太就有六个,下了十几个崽子,大的是酒包,二的是赌棍,三的是财迷,四的是个气虫子,五的甩大鞋,六的抽大烟,七的是鬼难拿,八的是个臭嘴子——"

"臭嘴子是啥意思?"

"好骂人呗!"大婶说,"那小子叫阙八贵,从十几岁就偷了些金条跑到关东去了,听说现在成了大粮户。头年里,阙乐因又把他的七小子阙七荣那个'鬼难拿'派了去……"

李大婶说着端过一摞碗放在盆子里。翠花凑过去，抢过炊帚说："大婶，我刷。"大婶不客气，让了手。翠花刷完碗，又去倒泔水。她推开风门一看，三个孩子拿着秫秸当刀枪，正在月下练武呢！翠花心中在想："这些孩子算叫他多招上了——啥时也忘不了练武报仇的事儿。"李大婶放上饭桌，掸了掸桌面上的浮土，扒着门框朝院子里喊道："小孙子们！吃饭喽。"她回过头来，又自言自语地嘟囔道："这些省心的孩子，也不知道饿也不知道累。"李大叔接言道："咱穷家的孩子全都是这么皮实。"

俗话说："饥不择食。"热乎乎的杂面汤，志刚、志勇和志坚每人噇了两三碗。永生一边吃着饭，一边继续和大叔、大婶扯闲篇儿。李大叔向永生夫妇述说了自己艰辛的半生，梁永生向二位老人倾诉了自己的苦难家史。李大叔听罢梁永生的血泪控诉，深表同情地说：

"咱们这些穷百姓啊，帝制时盼民国，'民国'真的来了，而且换了好几回派头，你看怎么样？还是……唉！"

大叔用一声意味深长的叹息，还配合上一阵否定的摇头，概括了他对"民国"的不满和失望。

沉默了一会儿，就着亮儿签袄缝儿的李大婶说：

"唉——！像咱们这号穷命人哪，叫我看，这一辈子八成儿没有出头的日子了！啥也甭盼了，盼来世吧！"

梁永生一挺脖子喝下最后的一口面汤，一抿嘴说：

"我历来不相信来世的造化！"

李大婶说："要说相信，来世怎样谁也没见着过；这就是自己哄弄自己，好赖的有个盼头儿呗！要么盼啥哩？"

梁永生说："我一不盼天，二不盼地，更不盼来世的好时气！我要靠我这一口大刀两条腿，闯出一条活路来！"

李大婶说："各处乱闯，也好也不好——也许闯出福来，也许闯出祸来。闯出福来敢是好，闯出祸来不塌了天？"

梁永生说："天是塌不下来的！叫我看，咱虽穷得任嘛没有，不还有一口气？再大的祸来了，豁出一条命去，顶住它啦！怕它个啥？我常说：'穷人不怕死，怕死别活着！'……"

李大叔捻着嘴角儿上的胡子点点头：

"'穷人不怕死，怕死别活着！'这两句话满对。不过，这话不大圆旋。要再加上一句嘛，那就全科了。"

"大叔，再加句啥？"

"再加上——死要死个值！"

梁永生听了李大叔这句话，心里忽地一闪。其后，他一口接一口地抽烟，一遍又一遍地仔细咂摸这句话的滋味儿：

"穷人不怕死，怕死别活着，死要死个值……"

夜深了。

灯里的油也要耗干了。

李大婶说："依着扯拉这些陈芝麻烂糠的没个完——你们跑踏一天了，怪累的，快上炕去歇下吧。"

杨翠花说："大婶子，俺们年轻轻的，乏点累点不碍的；你和大叔都这么大年纪了，又为俺们忙活了一大后晌，准累得不轻……"

"俺两口子老骨头老肉的了，经得住砸打……"大婶突然望见梁永生的身子在一阵阵地打抖搂，一层汗珠子排在前额上，就问："老梁，你是不是不熨帖？我给你沏碗姜汤……"

这时，梁永生觉着脑袋一阵阵地丝丝拉拉疼。身上也不舒服。可是，他怎么能忍心再麻烦这位素不相识而又亲如眷属的穷老婆子呢？因此，他拉住李大婶说："没事儿！"

李大叔也说："我也瞅着你的气色不正。"

永生还是说："没事儿！"

翠花也帮腔说："他这两天拉稀，再一累，就架不住劲儿了呗！歇上一宿就会好的，大叔大婶放心吧。"

夜里，永生果然病了。

梁永生这个壮汉子，向来不大生病，一病还真不轻。上吐下泻，高烧不退，一连两个昼夜昏迷不醒。

翠花守着不省人事儿的丈夫，愁得浓眉紧皱，吓得面色蜡黄。李大叔和李大婶，一面劝慰翠花，一面跑里跑外，为永生请医生，搬大夫，打听偏法儿。永生那几块钱，几天就撩光了。为了再给永生抓草药，李大叔竟脱下那件赖以混饭吃的褪了色的长衫，要往当铺送。翠花泼死泼活地拉着，说：

"大叔，不能当！当了它，你以后咋混饭吃？"

"以后再说以后，眼下救命要紧！"大叔说，"除了它还值几服药钱，咱别的没想儿了！"

他硬从翠花的手里挣出去走了。

李大婶端着个大碗，也去借面去了。她要给永生做点好饭食。

翠花坐在丈夫身边，为难地想道："大叔和大婶这种拿不成个儿的穷日子，自己刚够嚼用的，没有一丁点儿存项，哪架得住这么拆扒哩？这么一闹，两位老人往后可怎么过呀？"她再次摸摸丈夫那烫手的脑袋，那又怎么办呢？也不能眼巴巴地看着丈夫就这么挨死呀。翠花正横思竖想，左右为难，透过窗户上那块小小的玻璃，望见了正在院中的三个儿子——志刚、志勇、志坚。

从永生病了以后，翠花就没让孩子们贴前儿。她一怕孩子见爹病重害怕，二怕吵闹加重丈夫的病情。志勇和志坚年龄还小，娘不让贴前儿就不贴前儿，别的再也想不到了。志刚倒是大几岁，他断不了向娘询问爹的病情。娘一直是说："快好啦！玩去吧。"他问了消息来，就告诉两个弟弟："爹快好了！"因此，如今三个被蒙在鼓里的孩子，似乎是无忧无虑了。杨翠花隔窗望着这些天真可爱而又不懂世事的孩子，心里揣着那个倒不出头儿来的乱线蛋子，忽觉心房一震，"卖子救夫"的念头蓦然而生。

孩子是娘的连心肉哇！怎能忍心割舍呢？再说，他们两口子的毕生精力全用到孩子们的身上了，终生希望也全寄托在孩子们的身上了。孩子，怎么能卖呢？可是，贫穷像条毒蛇缠在身上，并且正在越缠越紧；灾难又像只恶虎迎头扑来，眼瞅着就要吞噬丈夫的生命，百愁在心、一无所有的杨翠花面对这样的绝境，除了在孩子身上打主意又能有什么办法？如今，摆在翠花面前的是一条绝路三股岔儿——一是丈夫活活挨死；二是李大叔为此破产；三是忍疼割肉卖孩子。这三条道就像三条钢锯，在翠花的心里来回拉着。她苦思力索了好半天，最后把心一横，决心走第三股路——卖孩子！她想："这样，一来能救下丈夫，二来也能赎回李大叔的大褂子。"

卖哪个呢？翠花又思索开了："卖志刚？不！志刚这个穷孩子，从小失去了爹娘，命够苦的了！再说，志刚是栽在丈夫心坎上的一棵花，我背着丈夫卖了他，丈夫病好之后，得跟我打下天来。卖志勇？"翠花想到这里，凝神看了看一阵清醒一阵昏迷的永生，又继续想道："不能卖志勇！志勇身强力壮，胆大性勇，他爹不止一次地说过：将来报仇志勇是员虎将。卖志坚？也不行啊——他身子骨儿软弱，经不住摔打，不能离开爹娘……"

这个不能卖，那个卖不得，那又怎么办？翠花真想卖自己。可她又想，丈夫靠她照料，孩子靠她管教，要是自己不在他们身边，不更害了丈夫和孩子？这种种念头，在她的心里纠缠不休。最后，只好硬着头皮下了决心：卖老三——梁志勇！翠花背着李大叔和李大婶，偷偷地托了人，真的把志勇卖了——换回三斗高粱！

在翠花张罗卖孩子的当儿，永生经过农医扎针，病情很快好转了。这天一早，永生坐起来吃了些饭，就问翠花：

"孩子们呢？"

"我怕他们吵你，都撵出去了。"

"我已经好了，把他们叫来吧。"

"干啥？"

"我闲着没事儿，考查考查他们的功课。"

"功课？"

"我教的那些字呀！"

翠花无奈，把志刚、志坚叫来了。永生又问：

"志勇呢？"

志刚、志坚不答话。他们看看娘，低下头去。

"那个性子野，跑出去玩了呗！"

翠花插上这么一句，掉过脸去了。她怕丈夫从她的表情上看出破绽，更怕不听话的眼泪再滚出来。永生瞅瞅孩子，望望老婆，觉着气氛不大对头，又让翠花去找志勇。翠花相背而坐，不动弹，也不吭声。李大婶以为他两口子有什么不欢快，插言说：

"志勇上他表舅家去啦。"

"哪个表舅家？"

"俺也不知道——他娘说的。"

永生这时忽地想起翠花的表兄余山怀，忙问：

"翠花，你让志勇上'福聚旅馆'啦？"

翠花依然低头不语。永生着起急来：

"唉唉！你呀你呀！把咱穷人的脸全丢净了！你咋没点儿志气？咱宁可饿死，也不能再踩他的门槛子呀！"

不管丈夫说啥，翠花极力忍受着委屈，压抑着悲痛，仍然不言不语。永生又见靠水缸放着半口袋粮食，心里很纳闷儿：

"大叔，这是哪来的粮食？"

"翠花从孩子他表舅家借来的。"

永生一听，又气又疑："他连顿饭都不管，能借给粮食？果真是他借给的，也是黄鼠狼给鸡拜年——没安好心！这粮食，说啥也要不得——要了他的粮食，一来上了他的钩，二来丢了穷人的骨气。"永生想到这里，脸色由黄变红，由红变紫，由紫变白……他翻身下了炕，闯到水缸近前，哈腰就往肩上拾口袋。翠花沉不住气了，扑上来拉住丈夫：

"你要干啥？"

"给他送去！"

"往哪送？"

"福聚旅馆呗！"

到了这时，翠花再说啥呢？她啥也说不上来了。只是一面淌着不能自禁的热泪，一面死拉死拽说啥也不让丈夫扛粮食。永生向翠花说：

"孩子他娘，我这个人，你是知道的——宁给穷人磕头，不向财主作揖！你高低不让我把粮食送回去，不是成心叫我窝囊死？"

翠花原来的打算是：等永生养好了病，再找个碴口儿把卖儿的事告诉他。到那时，他生气也罢，心疼也罢，着急也罢，没病没灾的经得住折腾了。可是，眼下丈夫逼问得急，就连大叔大婶在一旁也很难为情，若再不说出真情实话，看来是不行了。

翠花抽抽噎噎说完了卖儿经过，哇的一声哭起来。这时候，永生手中那刚刚搬离了地皮的粮食口袋，吭噔一声滑落地上。他像失去知觉似的，直挺挺地站着。大叔和大婶忙把他扶到炕上，回头来又将哭得大泪泼天的翠花拉进屋去。

过一阵，永生那涨昏了的头脑渐渐清醒过来。他想怎么办？责备妻子？顶啥用啊？再说，妻子在贫穷、灾难的威逼下走投无路才不得不割心头肉哇！她的心里该是多么痛苦哇，我咋能再去责备她呢……永生正想着，志刚来到爹的面前，簌簌地淌着热泪央求道：

"爹，不能卖俺三弟呀！我长大了，挣钱去，养活爹娘和弟弟……"

永生伸出颤抖的双手拉过志刚。紧接着，志坚又呜呜地哭着说：

"爹！卖我吧！志勇长得棒，留下他好报仇呀……"

志坚才九岁，就能说出这样的话来，多么好的孩子呀！永生心中这样想着，眼里的泪水滚下来。正当其时，爹在咽气前嘱咐的话，又一次响在永生的耳边："永生啊，你长大了，为你爷爷奶奶报仇，为穷爷们儿报仇……"永生想着爹的遗嘱，望着膝前的儿子，一手抚摸着志坚的头，一手搭着志刚的肩，安慰他们说：

"孩子们，放心吧，爹一定把志勇要回来！"

永生的话出了口，忧虑又入了心。他见李大婶用袖子把眼角印了一下，心中想道："翠花方才说过，李大叔为给我治病，连混饭吃的长衫都当了，我拿啥去给大叔赎长衫？大叔没长衫掌柜的许他进柜台吗？大叔下了事，两位老人怎么过呢？"

梁永生正为难，李大叔领着志勇走进来。

永生一见志勇，喜出望外，哈腰抱起，紧紧地揽在怀里，就像怕有人还会抢回去似的。与此同时，他的心里又浮起一个巨大的问号儿——志勇是怎么回来的呢？

原来是，翠花说出卖子救夫的真相以后，李大叔这才恍然大悟。于是，他把永生扶进里间屋，便扛起粮食闯进那买孩子的户家，跟人家讲明原委，说了些好话，费了些周折，才将志勇领回来。李大叔说明了这个过程，永生非常感动，他只吐出"大叔"两个字，再也说不出话来了。李大叔见此情景，也很不安。过了一阵，翠花说：

"叫我们怎么报答你老人家呀？"

"你把咱这些穷孩子们全拉扯大，就是报答我了！"李大叔轻抚着志勇的头顶意味深长地说，"你是咱穷人的根苗哇！"永生依然惴惴不安，也说："大叔，叫俺一家子这么一糟扰，你们两位老人以后可怎么过呢？"大叔果断地说："以后再说以后。没有过不去的火焰山。俺老两口子，都是黄土埋住半截的人了，活着也不顶什么事，死了也不算少亡了。你们甭挂着俺们，就只管亮开翅子去闯荡吧！只要有朝一日能闯出一条穷人的生路来，让咱阖天下的穷人子子孙孙不再受穷，我们就是钻土入地死在九泉之下也高兴啊！"

大叔一席话，给永生那暴病初愈的体魄注入了新的活力。他心中暗道："我梁永生一定要给穷爷们儿争气！"

　　第二天。梁永生含着感激的热泪谢绝了大叔大婶的一再挽留，携妻带子离开杨柳青，沿着闯关东的大道又登程上路了。按季节，已交霜降。辽阔的华北平原，已经铺上一层薄薄的白霜。这白霜向逃难的穷人预示着：一场新的灾难将伴随着残酷无情的严冬降临在他们的身上……

第十八章

天津街头

北方的初冬，已经很冷了。刮了一夜西北风，大地见了凌碴儿。梁永生一家人，越过一洼又一洼，穿过一村又一村，忍饥忍寒，苦熬硬挺，取道天津奔向关东。

梁志勇又冷又饿，而且越饿越冷，越冷越饿。他对娘说："你听，我的肚子叫唤呢！"娘说："哎，勒勒腰，呛呛劲，快走吧！"

"唉。"

"志勇，你看前边那烟囱。"

"那是哪里？"

"天津卫。"

"天津卫好吗？"

"好。"

"大吗？"

"大。"

"那里有杂面汤吗？"

"有。"

"多不多？"

"多。"

天真幼稚的志勇，心里想着天津卫的杂面汤，脸上泛起饱含希望的笑意，他把眉毛一扬又问："娘，天津的杂面汤让咱吃不？"杨翠花怎么回答孩子呢？说"让吃"？不！不能欺骗孩子；说"不让吃"？孩子准像个撒了气的皮球，奔不上劲了。因此，只好不答腔。志勇仰脸一望，一颗亮晶晶的泪珠儿，正巧落在他那张大了的嘴里。志勇向娘说：

"娘，我不饿了！"

"好孩子！"

翠花说着闪出一丝微笑，可脸上的泪水更多了。

天津，终于来到了。

一家工厂的门口，就像散了戏的剧场一样，涌出一股人流。这些下班的工人，带着属于他们自己的全部资财——饭盒子和烟斗，离开工厂，掺杂在马路两边的人流中。他们那破破烂烂、油污斑斑的衣着，标志着他们那繁重的体力劳动和贫苦的生活环境。可是，他们那魁梧健壮的体魄，蕴藏着旺盛的火力；他们那一张张闪着红光的脸上，却洋溢着坚毅、豪迈的气势，乐观、自信的情绪，而没有一点悲观和颓丧。他们一边昂首挺胸地走着，一边向从另一家工厂走出来的工友热情地打着招呼。正在这时，一辆插着膏药旗的日本军用卡车，从金刚桥边横冲直撞地飞驰而来。一位工人赶紧拉住志勇往道旁一闪，那卡车嗖的一声擦身而过。有个老头儿躲闪不及，被碾进车轮……一个独耳朵的日本鬼儿，从司机棚里探出头来，满不在乎地朝后看了一眼。卡车没有停，继续向前飞驰。

灰尘飞扬的马路上，一片怒骂声。有些工人呼呼啦啦追上去，他们一面追还一面向前边路口上的警察挥臂呼喊：

"截住！"

"截住！"

梁永生望望那辆罩着黄帆布的日本军用卡车，又望望那个站在路口呆若木鸡的警察，愤怒的眼里要喷出火来。他将一口唾沫"呸"的一声吐在河里，狠狠地骂道：

"天津卫是中国人的地面儿，为啥准许日本鬼子这么横行霸道？"

兜卷着灰尘的秋风，很快就把车轮的血印吹掉了。可是，这条仇恨的血印，将永远印在梁永生的心里，印在中国人民的心里。

梁永生正然愤愤不平地嘟嘟囔囔，突然觉着背后有人捅他一把。他回头一看，原是个拉洋车的。永生正想问"捅我干啥"，车夫抢先开了腔：

"老乡，从乡下来吧？"

"是啊。"

"是不是山东、河北边上的？"

"你咋知道？"

"听口音有点儿像。咱们是老乡啊——我也是那一带的人。"

"你的口音变了！"

"不变不行啊——说话不随地道，人家说咱是'佬赶'，处处掐亏儿给咱吃……"

车夫把车子往路旁一靠，又问：

"你们想来天津干啥？"

"我们不在天津站下。"

"噢！来投亲的？"

"不！这么大的天津卫，我白天认得太阳，晚上认得月亮，除了它俩，再也没熟人了。"永生说，"打算闯关东去！"

"噢！你准是听说关东养穷人——是不是？"车夫说，"唉，才不是那么回事哩！我年轻的时候，听说张作霖的老师在江北开了个大煤窑，又管吃，又管穿，月月都是双工钱……像我这穷跑腿子的，站起来一个人儿，躺下一个铺盖卷儿，走到哪里不是家？所以我就投奔煤窑去了。走哇，走哇，一直走了好些天，总算阿弥陀佛——奔到了煤窑上。你猜怎么着？登上了号头儿，住了狗（工）棚子，见天有狗（工）头儿拿着鞭子催你下洞子，一气儿十二个钟头不叫歇着。到了月头儿算账时，大经理、二掌柜，人人都要上你的税；那个狗（工）头儿心更狠，胡他妈地说：'老子天天侍候你，还要工钱？活着给我干活儿，死了上"万人坑"跟阎老五要钱去！'我受不了那号罪，也咽不下那种窝囊气，一跺脚，不干了！又跑到黑河去淘金。唉，那金子甭管澄多少，咱连个金星儿也得不着，全入了掌柜的保险柜了。"车夫缓了口气，又说，"还干过啥？还在兴安岭打过猎，长白山挖过参，也开过荒，伐过木头……干了这些行当，都是从屎窝儿挪到尿窝儿，哪里也不是咱穷人的'安乐窝儿'。这不，又跑到天津来拉上了这辆'臭胶皮'。"

翠花听了这一套，心里怵了头，就向丈夫说：

"咱甭下关东啦。"

永生只顾抽烟不吱声。车夫拽拽永生的衣角又说：

"你撅着这个小棉袄儿就下关东？"

"咋的？"

"不行呗！你们走一步冷一步，走一天冷一天。脚下关外早下大雪了。你们这身衣禄，一出山海关还不冻成肉干儿？"

梁永生觉得这位好心的车夫说得满对。可不去怎么行啊，这天津连个落脚的地方也没有哇！因此，只好说：

"我们是'逼上梁山'——没法子呀！"

"你们是不是在卫里偎个冬？要去明春再走。"车夫说，"那样，走一天暖和一天，路上还好混点儿。"

"大哥，你的意思我明白。你的心我也承情。"永生说，"可是，俺一家五口子，都是两只肩膀扛着个嘴，指啥在卫里偎冬？"

"你会手艺不？"

"会锔锅。"

"不好办！那一行，要不在行会，在天津走不开。"车夫慢慢地试探着说，"哎，干我这一行——行不行？"

"拉洋车？可是没干过！"

"拉洋车是个苦差事，有力气就行——这营生儿没有三天的力巴。"车夫说，"要干我给你找个车保……"

"那敢是好！这件事就让大哥你费心吧！"

车夫从腰里掏出一把钥匙，递给永生说："我有个穷哥们儿，也是卖大力的。前几天，锁上门回老家了，他那间房子我代管着，你们先到那里住下吧。以后他回来的时候，咱再另想法子。"车夫说罢，又告诉永生地址——南门外，海光寺，沿河五号。让永生领着家眷先自己去，他又拉着洋车去揽座儿了。临分手时，他还抱歉地说："按理说，我该送你们去。可是，咱是蚂蚱打食紧供嘴，住了辘轳便干畦；一天挣不着钱，肚子就歇工。拉洋车不同别的，全仗着个穷力气；肚子一歇工，明天也就没法子干了！"他说完要走，永生问他：

"大哥，你叫啥名字？"

"看，你不问，我倒忘了！"车夫笑着说，"我叫周义林。"

梁永生一家，杂在马路两边的人流中走着。浑浊的空气里，充满了汽油味儿、煤油味儿。他们扯大拉小，东打听，西打听，转了老半天，才找到"沿河五号"。永生掏出钥匙，捅开门锁，摘下门锦儿，进屋一瞅，锅、碗、盆、勺样样有，高兴极了。不大工夫，周义林大哥来了。他拿来一些吃的烧的，满怀热情而又深含歉意地说："都饿急了吧？快做饭！"

"坐下。"

"迭不的。"

"忙啥？"

"我给你找车保去。"

周大哥用这一句结束了他们的谈话，一转身又出门去了。

永生感动得心潮翻滚。翠花感动得热泪盈眶。志刚惊奇地问道："咦？

这个人待咱咋这么好呀？"

正做饭的翠花说："因为是老乡呗！"

永生劈着柈子说："照你这么说——老乡要比亲戚强了？"

永生一点，翠花想起杨柳青投亲的伤心事，又改嘴说：

"因为咱是穷人，他也是个穷人。"

晚饭后。周大哥又来了。他除了告诉永生车保已经找妥而外，又说："我还顺便给孩子们找了个学徒的铺子——"

"啥铺子？"

"鞋铺。"

"太好啦！"

"我搂算着，你一家五口，光靠你拉车怕是不够嚼用的。"

"我也正愁这码事。"永生向孩子们说，"你周大爷给你们找着饭碗啦——谁去呀？"没等孩子们答话，翠花开了腔："叫志勇去吧？"永生理解翠花的意思：叫志刚去，不忍心；志坚体质不大结实，舍不得。谁知志勇不愿去。这时，他正把肘子支在膝盖上，两手托着下巴颏子，扑闪着一双大眼听大人说话儿。见娘要让他去学做鞋，就说："成天价跟针头线脑打交道有啥意思？"志坚却说："我去！"志刚也说："弟弟们小，我去吧！"

叫谁去呢？永生知道钻针攮线不适合志勇的禀性，他不想让孩子窝心。至于志刚，永生和翠花的心情一样，委屈谁也不能委屈他。于是，永生就点将说：

"志坚，你去吧！"

而后，周大哥又教给永生怎么揽座儿，怎么熟悉街道，怎么跑步子……他们谈着谈着，又各自谈起自个儿的身世。他俩越谈越投机，越谈越亲热。梁永生忽然又问：

"哎，大哥，天津卫好混不好混？"

"我说这个你准不信，天津卫不养穷人！"周义林把仅有的烟叶儿撙成两袋；一半儿倒给永生，一半儿装进自己的烟锅里，点着抽了一口，又说："我来到卫里以后，在三条石打过铁，估衣街卖过破烂儿，西南城角夜市里摆过地摊儿，'三不管'里要过饭儿，官银号里当过行李卷儿，真是他妈的啥洋罪都受到啦！打头年里，又混上了这'洋差事'。"

"洋差事？"

"拉洋车嘛！"

两人都笑起来。永生又问：

"拉洋车这个事由儿好干不好干？"

"说好干也好干，说难干还真难干——"周义林先扔出一句笼统话，又说，"别看咱两只肩膀扛着个嘴，可车把儿一架走遍天津卫。管他妈的什么日租界、比租界，老子随便逛！说良心话，你别看我吹的这么大，受的洋罪、吃的窝囊气一提活气煞！扬风搅雪，雨天雾晨，也得出车！不出车吃谁去？不管你出车不出车，赁费、车税照样收你的。赶着倒霉碰上个有钱有势的'巧利鬼'，车钱甭想要，还不说好听的，你要还嘴，伸手就动武的！雾天出车，更是把脑袋挟到胳肢窝里！凡是干这一行的，尸首有多少阆阎的？"周义林说着说着，忽然站起来瞧："我这个屁股沉的！净瞎唠叨了，天有小半夜啦，你们快睡吧，我该走啦。"

周义林鼓一阵锣一阵地说了这么一套，直说得个梁永生躺在炕上翻来覆去地睡不着觉了。周大哥说的这些事儿，对梁永生这个从未到过大城市的人来说，觉着就是新鲜的，都是奇怪的。他心里说："穷人在大地界儿混碗饭吃也真不易呀！"可是，许多事情他又不明白：譬如说，在中国的地面儿上，怎么还有外国租界呢？中国的政府为啥不把他们赶走呢？梁永生一直想到天快亮，才勉勉强强打了个蒙眬。

第二天，梁永生跟着车保来到赁车厂。

老板的屋门口，挂着个鸟笼子。笼子里，有一只像小黑老鸹似的八哥儿。那八哥儿见梁永生和车保走过来，它一面在横梁儿上跳上蹦下，一面学着人语：

"又来了两个土蛋！"

永生一听，很生气，骂道：

"他妈的！鸟儿也……"

车保嗔永生气儿粗，用肘子捅他一下。他俩踏着咯吱吱儿响的地板走进屋，见衣冠楚楚、身材矮小的大老板正坐在转椅上闭目养神。旁边的茶几上摆着一壶窖香的酽茶。靠茶几的五屉桌上，一架留声机正唱《空城计》。瘪鼻子老板悠闲自在地晃着亮脑门儿，长长的指甲在椅子扶手上敲着板眼儿，用他那瓮声瓮气的嗓音轻哼着："我正在城楼观山景，耳听得城外乱纷纷；旌旗招展空翻影，却原来是司马发来的兵……"他用眼角儿扫了下朝他走过去的车保和梁永生，不光身子一动未动，就连眼皮也没撩一撩。直到车保喊了声"崔掌柜"，他这才勉勉强强、慢慢悠悠地站起来，先挓挲开胳膊睡眼惺忪地伸了个懒腰，打了个呵欠，然后又把手一背，鸡胸脯儿一挺，装猫像狗地从鼻孔里"哼"了一声。车保说明来意，交上"铺保字据"，又把梁永生介绍给他，他这才翻了翻白眼珠子，睨视着梁永生，撇着那本来就朝下耷拉的嘴角，有前劲没后劲地说：

"穿了一身铺扯毛儿，长得倒满飒利。么名字？"

梁永生一见瘪鼻子这股傲慢的酸邦劲儿，心里早就怄了。现在一听他说话儿这么牙碜，更觉得憋气。他强力抑制住自己，不卑不亢地回答道：

"梁永生。"

"哼！穷不穷的倒起了个好名字。拉过洋车吗？"

"没干过。"

瘪鼻子听了，眨眨眼，还故意把眉头皱起来，无可奈何地轻点一下头儿，然后转向车保说：

"唉！么法子？看在你的面子上，就赁给他一辆！"

"谢谢。"

"咱们是先小人后君子，把事说明白——"瘪鼻子打了个喷嚏，又转向梁永生，"丢了车，要按价赔偿；坏了零件儿，要折价包损失；出车闯了祸，如果官家向车主追责，我就拿你抵罪；你跑了，找车保……"这时，永生越听越刺耳。他想：赁辆车也真不易呀！永生真想不吃他这一注儿，可又有啥法子呢？所以当那瘪鼻子腆着个黑脸问他怎么样时，他稍一愣捎，只好硬着头皮吐出一个字：

"嘞！"

"么？"

"中！"

瘪鼻子把车保打发走，又领着永生来到停车棚。车棚里，一拉溜停放着许多洋车。瘪鼻子指着最西边的一辆，向永生说："喏！就把那一辆赁给你吧！"梁永生上眼一瞅，在车棚里的所有存车中，顶数那辆破了，而且破得简直看不上眼儿。因此，永生指着另外那些好车向瘪鼻子说：

"你赁给俺一辆好车不行吗？"

"你想赁好车？那好车不是赁给你这一号儿的！"

"我咋的？既不少鼻子又不少眼……"

"论长相你倒满英俊。不过，赁好车弱车不论长相——论铺保！"

"我不是有铺保吗？"

"你那个铺保不能保你赁好车！"

"这是啥话？"

"就是说，要赁好车，得有头有脸、家大业大的铺保才行。"瘪鼻子一撇他那薄嘴唇儿，"你那铺保是个开茶炉的，他砸巴砸巴骨头也不值我一辆好车钱！你要万一拉着我的洋车挢了丫子，我上哪里去找你这个山东侉子？他赔得起我？"永生一听瘪鼻子的话说得这么损，直气得肚子一鼓一鼓的。尤其是那铺保也跟着受侮辱，这更使梁永生火冒三丈，怒气难消。可是，他一想起正饿着肚子等他挣几个钱回去的大人孩子，又想起好心好意不辞辛苦为他找饭碗的周大哥，就极力忍住气，露着压抑住的愤恨表情说道："这样的破车还能拉人？"瘪鼻子见永生话中有气，就把黑脸蛋子一耷拉，连讽带刺地挖苦道：

"破车你趁多少？甭褒贬！要赁就是它，不赁两散伙！不是看面子，这破车你也挨不上个儿！"

梁永生以蔑视的目光望了望瘪鼻子，心中自己劝自己道："得啦！就凭他这号德行，我值不当的跟他争情辩理！我就算把理说一当院儿，也等于对牛弹琴！迫将来攒下几个钱，另想饭门不再给他赶蛋也就是了！"永生想到这里，再次把攻到喉头的火气压下去，按照"老规矩"，先把周大哥替他转借的"车份儿"钱交上，然后架起车把忍气吞声地出门去了。当他走出大门口时，瘪鼻子的嗓音又追上来："记住！车捐钱还差两块一毛六。"

梁永生再没理他，一扭车把拐了弯儿。随着周围环境的变换，永生那乱纷纷的心绪渐渐平静下来。今天和瘪鼻子这场交道，使永生又懂得了许多事情。原先，他只知道乡间的大地主和穷人是冤家。后来，在德州要了几天饭，才知道那些开铺子的对穷人也很刻薄。现在，他更进一步明白了：城市上的大老板，跟穷人也是冤家！

梁永生初进天津卫，人生地不熟，两眼黑大乎。他架着车把顺着大马路毫无目的地朝前走着，东张张，西望望，只见家家商店、洋行的橱窗上，都摆列着一些五颜六色奇形怪状的"舶来品"，不由得心中又想："中国的商号为啥偏把些外国的洋货摆在外头当出头？"梁永生握住车把，拖着沉重的步子，揣着不平的心情，蒙头转向地走着，觉着就像正在做梦一样。他过了劝业场，到了小菜市儿，抬头一望，前边是停着许多外国轮船的海河，心中一愣，忽听那边有人高声大喊：

"胶皮——！"

梁永生扭头一望，只见马路对过儿站着一个穿洋服的阔人物，正在招手……

第十九章

——

怒打日本兵

梁永生打发茶炉掌柜上了火车，见浓重的黑雾还没消散，架起车把就往家走。他一面提心吊胆地沿路边慢步缓行，一面切望着能冲出这讨厌的雾霾，跨入一个清朗的境界。可是，他迈出一步是这样，十步、百步还是这样。

今儿的生活好像脱了常规——天到这时路灯还没熄灭。橘红色的光亮，从黑暗中挣扎出来，不远又失去了作用。但是，不管气候多么恶劣，这畸形繁华的市区仍然是乱哄哄的。拖着长声的汽车喇叭，发出裂心刺耳的阵阵尖叫。梁永生正在雾气蒙蒙灯火点点的街道上走着，耳旁传来一阵孩子的哭声。他扭头一看，迷雾中有位抱孩子的妇女，正擦眼抹泪地向"广善堂"奔去。

"广善堂"是帝国主义用"庚子赔款"的钱，以天主教的名义办起来的"慈善机关"。它"专门收养中国孤儿，对其进行抚养和教育"。在当时的中国社会上，无人抚养和无力抚养的孤儿成千上万，这"广善堂"的门

199

口竟悬起"来者不拒"的招牌，难道不会发生"人满为患"？不会的。凡是送进这里的孩子，十个就有九个是"活着进来死着出去"。几乎每天早晨，总有几个工友把一个黑色的长木匣子抬上马车，驶向荒郊。每到这个时候，那个杀人不见血的外国"修女"海约约，还特地赶来，合掌闭目，"虔诚"地祷告那些含恨屈死的孩子们："祝福你们，你们升入了天国……"

现在永生透过层层迷雾眺望着罪恶的"广善堂"，心中一沉，一段往日的惨景又映在他的眼前。那是永生刚进天津不久的一个早上。他拉着洋车正从这里路过，见门旁的小树上拴着一个哇哇哭叫的孩子，门口不远的墙旮旯里还藏着一个女人。那女人时而探出头去望望孩子，又急忙抽回头来偷偷地哭泣。看样子她曾几次想去把孩子抱回来，但不知为什么却迈不动步子。正在这时，"广善堂"的铁门一开，孩子被一个"修女"抱走了。那位藏在暗处的女人，见此情景边跑边喊："等一等！我有话说——"回答她的是那哐当当的关门声。那女人快要急疯了。她用力地拍打着无情的铁门，泼命地哭叫，呼喊……刚到天津的梁永生，闹不清这是怎么一回事，便凑上去问了一下。原来这个女人是永生的老乡，十里铺人。她的丈夫唐春山，就是因为和白眼狼打官司，被判成"诬赖罪"的那位"原告"。后来，唐春山越狱逃跑了，白眼狼又要加害其家属。春山的妻子得了信儿，抱着孩子领着婆婆逃出虎口，要饭讨食来到天津。几年来，全靠她给人家缝缝洗洗，婆婆要饭、拣穷混日子。上个月婆婆病倒了。她为了救下婆婆的老命，这才忍疼割肉把这唯一的儿子送进"广善堂"，好省下几个钱给婆婆治病。当时永生听完那女人的倾诉深表同情，就把身上带的几个零钱掏给了她。打那天起，梁永生还经常向那驾驭马车送尸体的工友打听这个孩子的情况。前几天，他听说唐春山的儿子在"广善堂"里被折磨病了，至今一直放心不下。因此，现在他见这个女人又要把孩子送入虎口，就赶忙走过去，劝那女人不要上当，并把买口粮的钱全掏给她，打发那女人抱着孩子回家去了。

永生刚要走开，只听哐当一声——"广善堂"的铁门开了。那辆拉着黑匣子的马车，和往日一样照例驶出门来。拉车的瘦马吃力地迈着步子，几乎把脑袋挨到地皮上了。那个"修女"海约约，也照例站在大门以里，合掌闭目"虔诚"地祷告着……永生凑到马车近前，又向驾车人打听唐春山的儿子。驾车人神态反常地张了张嘴，又望了望车上的黑匣子，长长地叹了口气，啥也没说，扬鞭打马，疾驰而去。永生失神地眺望着远去的马车，眼窝儿里渗出了泪水。

　　马路上，大雾仍然像浓烟一样，茫茫一片，呆滞地停留着。来来往往的行人，就像挣扎在浊水中。这时每个人的心里，都在渴望太阳冲破云层光照人间——因为只有到那个时候，这雾霭才会彻底消散，这灰暗的世界才会明朗起来。永生望望雾气自语道："真是'白雾一袋烟，黑雾雾半天'哪！"当他架起车把正要冒雾出车时，耳边又响起这样的声音："送茶炉掌柜上了火车，雾要不落，就回家来，可千万别冒雾出车……"这是永生早起离家时翠花嘱咐的话。永生理解妻子的心情——雾天出车，常被汽车撞死人。因为这个，当永生拉着洋车走出门口时，翠花又追到门外叮咛一遍，并把几个零钱塞给丈夫，为的是出不成车好买点吃的回来。现在永生想着妻子的叮嘱，心里说："不出车下顿吃啥？"他想到这里腿就拐了弯儿，奔向金刚桥去了。

　　梁永生来到金刚桥口，偶然碰见了龙潭街上的杨大虎。杨大虎是来探望他的儿子的。他的儿子叫杨长岭，在天津学手艺，已经一年多了。大虎今天和永生一见面，就告诉永生：永生的次子梁志强，因受不了老板的气，曾从济南逃回宁安寨，没找到爹娘，又走了。他临走前，还偷来龙潭街看了看乡亲们，听说现在又跑到关东一个矿上去当工人了。当永生问到白眼狼时，大虎关切地说："永生啊，你以后要提防着他——他要让他的三狼羔子贾立礼来天津开铺子，据说修门市的地基都买妥啦……"大虎谈的这件事，永生早就知道。他今天送他的车保——茶炉掌柜上火车，就与这事有关联。他的车保开茶炉的地方，是租赁的。如今地基的主人已把地基卖给了白眼狼，茶炉掌柜失了业，只好卷起铺盖回他兖州的老家去了。赁车厂的老板给了永生三天期限，要他重找车保。眼下，永生正为找不到车保发愁哩！现在大虎一说要他提防白眼狼，他就问："我在天津白眼狼知道啦？"大虎说："知道啦。听说连你住的地址都扫问准了——看来他是又要想法儿拾掇你。"永生说："上一回，要不是你让尤大哥送了信，我也许来不到天津了……那回你没受连累？"大虎说："多亏了扛活倒月的伙计们掩护我，他没抓着我的把柄！"他俩谈着谈着，又谈起村中的穷爷们儿。杨大虎把黄大海、王长江、汪岐山、唐俊岭等人的情况谈了一遍，最后说："人们都盼你回去，想个法子一块儿报仇！"永生问："人们知道我的情况吗？"大虎说："准信儿谁也摸不上；人们听到的净些谣传；那些谣传的说法也不一样……"接着，他们又谈到那些狗腿子们，杨大虎说："马铁德那个孬种还在。账房先生田狗腚，拐了一批款子起了黑票跑啦！如今的账房先生是雏家庄上的刘其朝，外号疤瘌四……他脚下不是财主了——因为跟人家打官司把家业花光了。"

梁永生和杨大虎亲亲热热，扯东拉西谈了一阵，大虎望望楼尖子上的钟表说：

"快到点了——我得赶火车去。"

"今天就回去？"

"票都买啦。"

于是，这对同命相连的兄弟、患难相交的朋友，又彼此嘱咐了一些话，便分手了。当梁永生架起车把正要去揽座儿的时候，忽听那边有人高声喊道：

"胶皮的干活！"

永生扭头一看，原来是个日本兵鬼儿。他又仔细一瞧，正巧是那个轧死中国人的独耳朵。这时，日本军车轧死中国人的惨景又出现在他的眼前，永生想："狗日的！今天我叫你瞧瞧中国人的厉害！"这个成心找死的独耳朵，是个碎嘴子，一上车就骂骂咧咧地猛催："嗨，快！"

才走出两步，他又是一声："嗨，快！"

梁永生故意气他——他越催"快"，永生越是慢慢腾腾的。独耳朵见永生忒着他来，火了，气急败坏地吼道：

"你的心坏的有！你的走的不快，我的钱的不给！"

不管独耳朵放啥屁，梁永生总是不快走。他心里的主意是："你他妈的甭叽歪！一会儿我就送你回老家！"

又拐过一个路口，来到一个行人稀少的偏僻处。梁永生突然把车把一扬，车子向后一躺，那独耳朵脑勺着地叽里咕噜滚了出来。他从地上爬起来，气势汹汹地说：

"呸！你的要干什么？"

"我要揍你个鳖种！"

独耳朵见梁永生挽起袖子要抓挠他，他立刻换出笑脸，并掏出一把票子说：

"你的把我的拉到，我的钱的大大的给！"

这个狡猾的小鬼子所以马上由硬变软，是想把这个成心和他找别扭的中国车夫诓到他的大本营，再狠狠地收拾梁永生。可是，他哪里知道，梁永生不是那种不辨真假的糊涂虫，更不是那种见钱动心的财迷鬼。永生给他的回答是：

"你有票子，我有志气……"

小鬼子见软的不行，又来了硬的。他觉着自己有一支手枪，吃不了这个中国车夫的亏。可是，他的如意算盘又拨拉错了。他刚掏出手枪，手疾眼快的梁永生飞起一脚，只听嘎巴一声，不是枪响了，而是他拿枪的胳臂断了。那手枪脱手而出，跌落在路旁的臭水沟里。到这时，小鬼子知道自己不是对手了，立刻现了原形——就像只见了猫的老鼠一样，瞪直了的眼里充满了怕死的恐怖。他噗噔一声跪在地上，又磕头又作揖，用中国民间的礼法苦苦求饶："你的饶了我……"

"中国人怎么样？"

"中国人大大的好！中国人的心善……"

"我要对你心善，对不起我死去的同胞！"

永生说着，握紧了铁榔头般的大拳头，冲着囟门、太阳穴等致命处打下去。只几下儿，那小鬼子狼嗥鬼叫的呼救声就止住了，嘴角上流出一摊白沫，鲜血淌了一大洼。

眨眼间，两头路口上的国民党警察如丧考妣似的吹起戒严哨子。有的还像死了爹抢孝帽子般地朝这出事地点飞跑而来。梁永生面对着这群魔乱舞的局面，心无怯意，面无惧色，不慌不忙地架起车把，从容不迫地颠起步子，迎着那扑面而来的警察跑过去。

"站住！"

警察的喊声没落，永生来到近前。警察挥舞着警棍正要拦阻，永生飞起一脚又将那警察踢离了地皮，继而实扑扑地摔到地上，趴在那里捂着腿梁子嗷嚎嗷嚎叫唤。

梁永生没再理他，只是气冲冲地骂了一句：

"汉奸！走狗！"

这时，附近各个路口上的哨子，吱吱啦啦响成了蛤蟆湾。梁永生在雾气的掩护下，从从容容地拉着洋车继续向前。一辆国民党警车，迎面开过来了。与此同时，另一辆鸣着警笛的日本警车，也出现在永生的身后，将个梁永生围堵在中国街道和日本租界的交界处。这时候，日本警车上连声怪叫：

"站住！"

国民党警车上也跟着狂嚎：

"站住！"

日本警车上跳下几个鬼子兵。

国民党警车上也跳下几个保安队。

他们一主一奴，一呼一应，前堵后截，两面夹攻，一齐朝着这位竟敢打死日本兵的中国车夫扑来。梁永生面对着这两群狼狈为奸的疯狗们，真想把洋车一撂跟他们拼了。就在这时，他想起了李大叔"死要死个值"的话来，心中又想："可恨的是日本政府和中国'国民政府'的那些主事儿的头头们；跟这些家伙们拼个啥劲儿？……"他想到这里，一扭车把钻进了路旁的小胡同……梁永生越大街，穿小巷，绕过一道又一道的警察岗位，安全地来到赁车厂。他拉着车子刚进厂门，尾追的疯狗们立即把门口堵住了，并高兴地说："我看你再往哪里跑？"这些家伙们高兴得太早了。梁永生进了院子，把车一扔，一纵身蹿上垣墙，又来了个鹞子翻身跳到另一条街道上，安全地脱险了。

梁永生为什么泼死泼活地要把车子拉回厂？他怕丢了车子对不起瘪鼻子？当然不是。他想的是：这么一来，瘪鼻子那个可恶东西就脱不了干边了；并且，还一定会给他戴上一顶"窝藏凶手"的大帽子，叫这个处处琢磨穷人的老小子也尝尝穷人的厉害。

永生跳墙而出的这条街道，属于法国租界。日本鬼子不能直接到这里来捕人了。同时，那些家伙们也没看到梁永生翻墙出去。再加他们不知永生会武术，所以在他们看来，在这么高的垣墙上跳出人去是不可能的。可是，梁永生跳出垣墙以后，杂在大马路上的人流中，已经到家了。

给永生做鞋的杨翠花，正忙着缉鞋口。杨翠花是个能干的女人。打从进了天津以后，她一人料理五口人的吃穿，还抽空出去捡煤渣。有时候，累得她头昏眼花，腿也迈不动步子。但是，她从不把这劳累的感觉在丈夫和儿子们的面前表露出来。只是当丈夫、儿子都不在家的时候，她这才一边穿针攘线地忙着，一边自觉不自觉地嘟囔几句："穿鞋这么费！几天就是一双……"

"以后就穿不了这么多鞋了！"

翠花猛一抬头，见丈夫仓促走进屋来，气色也不对头，就感到征兆不好：

"出事啦？"

"出点小事儿。"

"啥？"

"我打死一个日本鬼子！"

翠花一听，脸上泛出一层忧喜交织的表情。她所以喜，是因为她早就恨透了欺负中国人的日本鬼儿；又所以忧，是她觉得这非同小可，必将招来一场大祸。怎么办呢？她没有主腔骨，就问丈夫。丈夫胸有成竹地说：

"走！"

"哪去？"

"先到周义林大哥那里躲躲！"

"对！"

没有多少家当，两口子不大一会儿便收拾好了。永生挑起花筐，翠花拿上行李，一同走出房门。路上，翠花悄声问丈夫："孩子们全没回来，这可怎么办呢？"永生说："有办法！"来到胡同口，永生见周义林还在那里等座儿，便凑过去说：

"我闯祸啦！"

"啥祸？"

"打死一个日本鬼儿！"

"那手活儿是你干的？"

"你听说啦？"

"嗯！"

"我先到你家躲躲吧？"

"好！"

"你在这里等一会儿——"

"干啥？"

"我的孩子们回来你好告诉他们。"

"好！"

"你然后再去鞋铺告诉志坚……"

"好！"

周义林掏出钥匙，递给梁永生。正在这时，马路对面有人喊：

"胶皮！"

"没空儿！"

周义林应了一声，往车上一仰，眯缝上眼睛。

傍晌时分，外出干零工的梁志刚回来了。周义林架起车把迎上去，咬着志刚的耳朵嘀咕一阵，志刚点了点头，走开了。周义林又回到原地，坐在车上抽起烟来。

再说梁永生夫妇。他们正在心神不安地等着孩子们，志刚和志坚同时走进来。永生高兴地问：

"你俩咋赶得这么巧？"

"俺哥叫我来的。"

"好！等志勇回来，咱们马上就走！"

"哪去？"

"闯关东去！"

沉默了片刻。志刚又问：

"爹，咱连个投奔也没有，就硬去闯吗？"

"有投奔。"

"谁？"

"你秦大爷。"

"秦大爷？"

"噢！你不记得——"永生把秦大哥投宿宁安寨的情况叙述一遍，又说："半年前，我拉过一位关东老客儿，他是兴安岭下徐家屯的。我从和他闲扯中，知道了你秦大爷的下落——就和那位老客儿住在一个屯子里。"

天快黑了。翠花望望天色着急地说：

"志勇这孩子，这时还不来，准是又上'三不管'了！"

"他不是去拾煤渣儿吗？上'三不管'干啥？"

"听说书的去呗！"翠花说，"'三不管'的说书场儿里，见天傍黑儿说一段《景阳冈武松打虎》……"

爹娘正说着，志勇回来了。永生问：

"你周大爷呢？"

"来了！"

周义林应声而入。

梁永生马上要告辞，周义林说啥也不干。他终于留下永生一家吃了顿饱饭。饭后，永生告辞了周大哥，领上老婆孩子，挑上花筐，连夜登程向市郊奔去。

周义林送出很远，洒泪相别。

当永生一家走到一个路口时，望见一辆日本警车，拉着五花大绑的瘪鼻子老板，鸣着长笛穿街而过。接着，一辆国民党警车，出现在前边的另一条路上，正向梁永生原来的住处——"沿河五号"急驰而去。永生望着警车扬起的尘土，狠狠地骂道：

"汉奸卖国贼！小子们你来晚了！"

月亮出来了。沉闷的月牙儿终于脱去了纤微的云翳，悄悄爬上头顶。朦胧的月光，透过饱含水分的夜空，把它的光亮和那灰黄的灯光融合一起洒在马路上，使人们觉得似乎夜晚倒比白天光明。天到这时才下班的、群群帮帮的工人走在马路上，不时地向这破衣拉花、扯大拉小去逃难的永生一家送来同情的目光。

一位光头赤脚的报童出现在人流中。他把报纸举过顶，边走边喊：

"看晚报！看晚报！中国车夫打死了日本兵！……看晚报！看晚报！爱国车夫大显身手，日本兵一命呜呼！"

第二十章

风雪关东路

    永生一家，离开嘈杂的闹市，来到空旷的荒郊。

    残秋的漫野，苍苍凉凉。风吹草哭。雀飞枝抖。梁永生一边踏着月光忽呀颤地走着，一边追忆着像场噩梦似的这段天津生活。生活总是这样——它不断地向人们提出一些问题，又不断地把问题的答案告诉人们。这二年来的风雨，使永生又懂得了一些道理。在他的头脑中，原来穷人的死对头只有两个——一个是财主，一个是官府；现在变成了三个——又增添上了一个外国鬼子。可是，中国的政府为什么不向中国人，而向外国人？外国政府和中国政府有啥瓜葛？为啥能合起伙来欺负穷苦百姓？梁永生正在胡思乱想，秋风送来孩子的哭声。他顺着哭声一望，只见那乱尸岗子上有个孩子，正在灰黄的月光下边哭边爬。永生触景生情，心里浮起了自己童年的生活，产生了一股强烈的同情感，促使他放下肩上的挑子，向翠花说：

    "你瞧！那孩子多可怜呀！我去看看。"

永生说着迈开步子，踏着坷垃流星的漫洼地，径直地奔着哭声走过去。那个已经哭哑了嗓子的孩子，见永生走过去，像来了亲人似的，哭得更恸了。永生问他：

"你是哪的？"

"广善堂的！"

孩子一说，永生立刻明白了：这个可怜的孩子，一定是被当作尸体用马车拉到这里来的，如今又苏醒过来了。他为了验证自己的推测是否准确，又继续问道：

"你是怎么来到这里的？"

"不知道——我睡着了，一眨眼，就躺在这里。"

"几岁？"

"八岁。"

"叫啥？"

"岳向西。"

"岳向西？"

"海约约给起的。"

"原先姓啥？"

"姓唐。"

永生听了，心中一震。又问：

"你爹叫啥？"

"唐春山。"

"你记得？"

"娘说的。"

永生问到这里，一弯腰把孩子抱起来，紧紧地搂在怀里，仔细地瞅着这位眉清目秀的娃子，又问：

"你原来是哪庄的？"

"十、十——忘啦。"

“十里铺的？”

“对。”

“你娘呢？”

“不知道。”

“你爹呢？”

“不知道。”

“你跟我去吧。”

“唉。”

梁永生抱着这个穷人的儿子，向大路奔去。那孩子怯生生地瞅了永生一阵，问道：

“你是谁？”

“我是走道儿的。”

“我叫你啥哩？”

“叫我个叔吧！”

孩子高兴起来。永生又亲昵地向他说：

“孩子，以后咱不叫‘岳向西’了！”

“叫啥哩？”

“你就叫唐志清吧！”

永生来到大路上。他向翠花说明了这孩子的来历和他自己的想法，翠花同意丈夫的主意，就把前边花筐里的破烂东西拿出来，分别背在志刚、志勇、志坚身上，将志清放在筐里。接着，一家人踏着凸出地面的蚰蜒小道，奔着闯关东的方向又走下去了。

志勇和志坚并肩走着，一会儿你把我从路上推下去，一会儿我又把你从路上推下去。他们闹够了，志勇又跟志刚、志坚讲起《景阳冈武松打虎》的故事来："……老虎有三威：一威是虎啸。人要没有英雄胆，一嗅到它啸出的那股腥味儿，就骨酥筋软，不能动弹。二威是虎爪。只要让它扑上，人就皮开肉绽，骨折筋断。三威是虎尾。它扫上人腰腰就折，扫上人腿腿就断。老虎抬头呼风，天上飞禽皆丧胆；老虎低头饮水，水中鱼虾尽亡魂……"志勇且走且讲，绘声绘色，加评加议，直讲得志刚、志坚听入了迷。

当志勇讲到武松打虎的英武气势的时候，志坚插嘴挑笑道："志勇，你要碰上老虎……"

志勇一拉架子，神气十足地说：

"嘿！老虎要碰上我梁三爷，它算又碰上一个武二郎！"

正在这时，一架轰轰隆隆的飞机出现在头顶上。志坚指着飞机问："志刚哥，飞机的翅子上有毛不？"志刚还没答话，志勇抢先道："这还用问？没毛怎么会飞哩！"他这一句，把个寡言少语的志刚也逗笑了。

在他们小弟兄边走边闹边说边笑的同时，走在前头的永生和翠花也在谈论着：

"进天津咱是个穷光光，出天津还是个光光穷！现在又去闯关东，到关东也不知是吉是凶？"

"翠花呀，咱就豁着闯吧！我觉着，有朝一日，总会闯出一条活路来的！"永生把挑子倒一下肩，又说，"我就不信，偌大的世界，就真的容不下咱这一家人。"

翠花从丈夫的语气里，再次发现他在精神上对贫困、灾难的抵抗有着惊人的毅力。这种毅力，也深深地感染着翠花。她说：

"对！咱两口子只要能为孩子闯出条路来，就算死了也值个儿！"

月亮下去了。浓重的夜幕，正在鸦雀无声地消退着。

遥远的东方，透出一线白光。这白光，慢慢地扩大着。漫空中，杂云朵朵，聚集着，撕裂着，游荡着，消逝着，有的已向天际飘去了。一会儿，那悦目的早霞，又将一片漫无涯际的荒野托在逃难人的眼前。

永生一家又出现在尘沙飞扬的关东路上。

路旁挂满雾凇的枯枝，好像戴上一头银质的首饰。一只早起的野鸟，骄傲地站在枯枝梢头。一群勇敢的大雁，展翅飘飘，正在飞回它南方的故乡。在风霜中挣扎着的野草，正把它那成熟了的种子随风播撒，传下后代。翠花望着白花花的树挂向丈夫说：

"真是一阵秋风一阵凉，看来天要冷下来了！"

永生心中数算了一下日子，向妻子说：

"不要紧！顶小雪节咱就到了，隔着数九还有一个月呢！"

世界上的事情，往往要比事前的预料复杂，曲折。永生一家打从离开天津，在闯关东的长途中扯大拉小挣扎了一年多，才算刚刚望到兴安岭的影子。

按说已是"春风又绿江南岸"的季节了。可这兴安岭一带，还是经常受到西伯利亚寒潮的袭击，千里河山仍然被冰雪覆盖着，天气还是很冷很冷的。微风像调皮的孩子似的，嬉弄着行人的衣角。远方，绵延起伏的山丘后面，神秘的层峦叠嶂披着银装，和那高空的片片白云融合一起。一只灰色的野兽，像是用青石雕成的，粗大的尾巴像根棍子朝后伸着，站在远处的山坡上。眼尖的志勇嚷道："喂，你们看——大豆青狗……"永生说："准是狼——甭理它！"

永生一家沿着崎岖小道儿，标着时隐时现若有若无的爬犁印儿，顶风而行，踏雪前进。

雪原里，荒凉一片，没有人迹。一漫铺开的雪野，势如大海的波涛，层层叠叠，被阳光一照耀眼欲花。

雪路，可真难走哇！有的地方，一踏进去，雪就到了膝盖。

雪路难走，还不能慢走。走慢了，会把人冻僵的。

渴了，他们就抓把雪塞进嘴里；饿了，就啃两口带着冰冰碴儿的凉干粮；累了，就坐在雪窝里喘两口；冷了，就挣扎起身子拼命疾走；黑了，就找个山洞栖身过夜……

这样又走了五六天，才到了山脚近前。

群山，宛如凝固了的海浪，重叠绵亘，望不到尽头。志坚眼望群山心打怵："这么多的山，多咱才能走完呀！"几株苍松，像有意蔑视风雪似的，挺立在山梁上。永生指着松树鼓励儿子说："你回头看，夜来个咱们不是在那几棵松树下过夜的吗？从那里到这里多远哪！如今，这不已经来到了？"

起伏的丘陵，蜿蜒的山梁，崎岖的山路，险峻的石崖，都好像在故意挽留这过路的旅客。永生一家从早晨就在这山脚近前动身，走一程，又一程，一直走到日头偏西，才算来到了山脚下。

从小生长在平原上的梁永生，这是头一回领略到山路的味道儿。他情不自禁地感叹道：

"'望山跑死马'，一点也不假呀！"

起大风了。

风，就像故意与这路行人作对似的，顺着山沟一阵阵地吹着，吹到凸凹不平的山壁上，就吼啸起来，旋转起来；它时而把地上的积雪滚成雪团，兜卷起来，横冲直撞，朝着逃难人的身上摔来；时而又像在故意开玩笑似的，挟持着粉末般的雪沙，漫空飞舞，往逃难人的脸上泼洒，闹得人们睁不开眼睛。那甩进脖领的飞雪，就像一根根的钢针一样，老往肉里钻。登时，雪粒被蒸笼般的体温融化了，和汗水混合起来，浸湿了他们那单薄而破烂的衣裳。

雪原上的爬犁印儿，也全被雪沙严严实实地盖住了。永生一家再也找不到路线，迷失了方向，被风雪困在了这渺无人烟的雪原上。他们既不敢停步——停步会把身体冻僵，也不敢瞎闯——瞎闯会陷进被积雪填平的山沟，只好在那一带转来转去，徘徊不前。

哪里栖身过夜？何处躲风避寒？梁永生望着苍茫暮色焦急地思虑着。永生尽管有着与困难搏斗的丰富经验，可是，在这渺无人烟的环境中，他又能思谋出什么办法来呢？但是，事到如今，梁永生并没一丁点绝望情绪。他想："事在人为，天无绝人之路。就算在这里陪风伴雪度过长夜，也不能让这严寒活活冻死！"接着，他向孩子们说："来，咱们练武哇！"

梁家父子正雪原练武，远方传来骡马的嘶叫。一会儿，一辆马拉爬犁驶过来了。爬犁上坐着两个人，穿章儿几乎一模一样：身上，穿着一件光板儿的老羊皮袍子；脚上，穿着一双大牛皮靰鞡；头上，戴的是大耳扇的狗皮帽子。他们的脖子和嘴巴，都缩进了那破旧的狐狸皮领子里。露在外面的，几乎只剩下了两只眼睛。梁永生迎上去瞅了一阵，也看不清他俩的长相和年龄。只是通过他们的胳膊可以看出：坐在前边执鞭的那位是个中等个子，坐在爬犁当中的那位是个高身量。当爬犁来到近前时，永生一拱手称道一声"大哥"，然后问道：

"借光！上徐家屯怎么走哇？"

执鞭人一勒缰绳，爬犁停下了。老骒马有气无力地鼓动着深深陷下去的肋部，耷拉着耳朵喘粗气。

"你算问着了——"执鞭人说，"你们顺着我这爬犁印儿走，就能到徐家屯。"

"还有多远？"

"二十多里。"

马背上响了一声脆鞭。马把尾巴一翘，朝这边晃一下子，又朝那边晃一下子，拖着沉重的爬犁走开了。

"站下！"高身量的说，"让他们全上来吧？"

"那可不行！"

"你怕东家知道了，打了你的饭碗是不是？"

"唐大哥，你把我看成什么人了？"

执鞭人的表情是看不见的。可是从执鞭人的语音能够听出来——他在笑着。于是，老唐问：

"小杨子，你笑啥？笑我多管闲事？"

"那倒不是！"

"是啥哩？"

"我看你是成心要把人家冻死！"

执鞭人这么一点，唐大哥醒了腔：

"小杨子，你人儿不大，心眼子还怪多哩！"

"老关东了嘛！"

"你来关东才十年，当是我不知道？"

"十年怎么的？不比你多？"

说到此，两人全笑起来。

又过了一阵，唐大哥见志清快走不动了，就向永生说：

"来，把那个小家伙抱上来！"

唐大哥说着挓挲开胳膊。梁永生说：

"甭价，让他跑吧！方才我抱他几步，他直喊冷。"

"不碍事！来吧，我有法子。"

永生见那人真心实意，不好推辞，就把志清抱起来递上爬犁。唐大哥接过志清，解开皮袍子的大襟，把志清揣进去，又紧紧地掩上，然后又问永生道：

"老乡，贵姓？"

"姓梁。"

"叫啥？"

"永生。"

"打关里来吧？"

"嗯喃。你贵姓？"

"姓唐。"

永生听了，心里一沉，好像还想说什么，可又觉得这里不是正南把北说话的地方，把原先想说的话又咽回去了。然后问道：

"唐大哥，我打听个人你可知道？"

"哪一位？"

"秦海城。"

"你是投奔他去的？"

"对呀！"

这让唐大哥怎么回答呢？几个月前，秦海城父女俩进山打猎一去未归。有人说他们被老虎吃了，有人说被土匪害了，还有人说病死在深山里。究竟怎样了，谁也闹不清。现在老唐心里想："若把秦海城的实底儿告诉他，他失去了奔头儿，心里一泄气，往前这段风雪路怕是走不下来了！"老唐这么一想，就说：

"老秦是个实在人。"

"他在家不？"

"俺们住在一个屯子里……"

唐大哥躲躲闪闪地回答着，二十多里走下来了。在徐家屯庄头上，老唐跳下爬犁，向执鞭人说：

"小杨子，到我家暖和暖和不？"

"不喽！"

执鞭人扬鞭打马，飞驰而去。

永生凑上前，要把老唐怀中的志清接过来。老唐说："他睡着了，不要惊动他。"永生又说："唐大哥，你指给我秦海城的住处吧？"

"忙啥？"唐大哥说，"走！先到我家去。"

"不！"永生说，"不再麻烦你了！"

"怕啥？先落落脚嘛！"

老唐说罢，跨开步子，领着梁永生一家朝自己的家门走去。梁永生揣着感激的心情，边走边问：

"几口儿？"

"算两口儿呗！"

"还有谁？"

"看家的！"

唐大哥的家来到了。

这是一所地窖式的房子。矮得头能顶着梁，窄得进去几个人就转不开身子了。这屋里，虽然已经好些天没动烟火了；可是永生一家进屋后，全都感到暖煦煦的。翠花觉着一下子攮进这么多人，把人家的屋里塞了个席满座满，心里怪不安的，就说了几句抱歉的话。唐大哥一面忙着劈桦子生火，一面风趣地逗哏说：

"我正愁着屋里冷呢！这一下子不冷了。咱们这帮人喘的气，满能顶个蹩拉气炉子！"

老唐一说"正愁屋里冷"，永生想起他那"看家的"，就问：

"哎，大嫂呐？"

"你问我那'看家的'？"

"是啊。"

"那不是——"

人们一看他指的是"灶王爷"，全都笑了。永生又问：

"唐大哥，你在这里干啥行当？"

"打铁。"

"在本屯吗？"

"对。"

"掌柜的怎么样？"

"没掌柜的。"

"那铁匠炉不是财主开的？"

"我侍候财主侍候伤心啦！"

"那么说，这炉是你自个儿的了？"

"我没那么粗的腰！我是两个肩膀扛着一张嘴来闯关东的，能开起炉来？"唐大哥一边做饭一边说，"我们两个穷铁匠，凑了半套破家什，又向穷爷们儿借了几件子，对对付付开了个马掌炉。唉，就就合合地混碗高粱米吧！刚比要饭吃强一丁点儿……"

杨翠花见唐铁匠家徒四壁，真不忍心再扰人家的饭吃。可是，唐大哥那股实在劲儿，又使得翠花无法推辞。于是，只好挽挽袖子，跟他一起忙上了。志刚、志勇、志坚和志清，他们小哥儿四个，蹭来蹭去，跑出跑进，觉着有许多事物和关里不一样，几乎一切都是新鲜的，奇怪的。一忽儿，志刚问："唐大爷，窗户纸怎么糊在外头呢？"唐大爷说："没见过吧？这就是关东的'八大怪'。"

"哪八大怪？"

"草苫房子篱笆寨，窗户纸糊在外，养活了孩子吊起来……"

一忽儿，志清又拿着一把靰鞡草问："唐大爷，这是啥？"唐大爷笑哈哈地说："这叫靰鞡草。"志清问："干啥用？"唐大爷说："絮靰鞡！"志清问："靰鞡絮草干啥？"唐大爷说："暖和呗！"志清问："草还暖和？"唐大爷说："你可别轻看这个草，它还是一宝哩！俗话说：关东三件宝——人参、貂皮、靰鞡草嘛！"

饭熟了。他们一边吃饭，一边继续聊天儿。永生问："这边好混不？"老唐说："不好混——大粮户净欺负人！"志坚问："大粮户是个啥？"老唐说："就是大财主！"永生又问："听说这边有土匪，是吗？"老唐说："有。大股土匪都在山里头。"志勇问："土匪向穷人还是向财主？"唐大爷说："财主跟土匪勾着。你没见路上那个驶爬犁的小杨子？""他是大粮户？""不！他是大粮户的扛活的。他的东家，叫阙八贵，就和土匪勾着。"翠花问："阙八贵是不是杨柳青人？"唐大哥说："对。你咋知道？"翠花把李大婶说的那些情况学说了一遍。老唐说："越说越对。就是他！"过了一阵，唐大哥问永生："你谱着来关东干啥哩？"

永生说："哪有谱儿呀？现找饭门呗！"

老唐问："你会啥？"

永生说："小炉匠。"

老唐说："那你就小炉改大炉吧。"

永生问："这是啥意思？"

老唐说："参加俺们马掌炉呗！"

永生说："那敢情好。怕干不了！"

老唐说："行啊！穷哥们儿走到一块儿了，凑合着来吧。"

永生问："你那个伙计能愿意？"

老唐说："那个伙计也是个穷人，叫赵生水，一说准行。"

接着，他们又各自谈起自己的身世。当唐铁匠讲出他老家的村名，又讲到他离家前的一段情景时，梁永生越听越入神，越看他越像那位法庭上的告状人，就插嘴问道：

"老唐，你叫啥名字？"

"唐春山。"

"你离家时家中几口人？"

"三口儿——老娘，妻子，还有一个孩子。"

"孩子多大？"

"刚落草。"

"叫啥？"

"还没起名——"

梁永生把志清叫到近前，指着唐春山说：

"志清，你认识他吗？"

"不是唐大爷吗？"

"不，他就是你亲爹呀！"

永生这一句把春山和志清都说愣了。他俩你看我，我看你，不吭声。接着，永生把见到志清娘的情况说了一遍。永生的话没落地，唐春山一下子把志清抱在怀里，凝视着志清的面容，两颗亮晶晶的泪珠滚出来……

饭后。永生向春山说："唐大哥，这回该行了吧？"春山说："我从心眼儿里感谢你……"永生说："我不是那个意思！"春山问："啥意思？"永生说："送我们去找秦海城吧？"春山说："老梁啊，你不用去找他啦。我这间小屋，就是你们的家。"唐春山长长地叹了口气，便和梁永生及其一家，谈起秦家父女进山打猎一去未归的事来……

第二十一章

———

逼进兴安岭

黄昏。

干燥的秋风，吹散了炊烟，吹弯了树头；它又卷着褐色的土沙，追逐着成群的落叶，滚过荒凉的山野，吹进了徐家屯马掌炉的小土屋。

七零八碎的窗户纸，哧啦哧啦地响着。

屋里，炉火熊熊——铁匠师傅们还没煞作。

汗流浃背的梁永生，左手拿着铁钳，右手拿着锤子，站在用木墩支起的铁砧旁边凝视着炉火。他上身光着脊梁，腰里扎了个围裙。这围裙，被火星烧得千孔百洞，快像个筛子底了。为了防御锤打热铁迸出的火花，他的腿腕上绑着破袜片儿，盖在脚跐面上。赵生水拄着大锤站在永生的对面，时刻准备着给他打下锤。唐春山站在永生的身旁，一只脚朝前伸出半步，一推一拽地拉着大风箱。风箱上那进风口处的忽搭儿，呱嗒呱嗒地发着有节奏的悦耳的响声。

一帮不嫌热的孩子们，揣着好奇的心情站在旁边瞅着，对铁匠师傅们这种傲岸的劳动神态，报以敬重的目光。梁永生用火钳从洪炉中撤出烧红了的铁条，同时关照孩子们说："闪开！"孩子们向后退去了。叮叮叮当当当的锤声响起来。伴随着大锤小锤间杂交织的响声，迸出的铁花围着梁永生的身子嗖嗖飞溅。这是孩子们兴致最高的时刻。他们乐得直个拍呱儿喝彩："再大点劲儿！再大点劲儿……"他们的喝彩，引得从没有窗棂的后窗口又钻进两个好奇的小脑袋。

他们伙计仨，一边打铁一边闲聊。这根打凉了的铁坯插进炉火后，那根刚断了的话弦又接上了。

生水说："老梁手头儿真巧，才二年多，超过我了！"

永生说："别烧我了！还不是你这师傅们拉扯出来的？"

春山说："说别的是瞎话。当下老梁顶了作，我轻松多了！"

说到此，梁永生钳着铁坯放在铁砧子上，又是一阵紧张的忙碌。过一阵，梁永生用钳子夹着那打好的深灰色的马掌，往凉水里一蘸，"哧"的一声，接着一甩腕子，扔到一边去了。梁永生趁这个空儿，装上一袋烟，一边抽着一边说：

"赵大哥，夜来个你老家来的啥信？"

赵生水瞪着直眼，久久地出神不吭声。他的脸上，就像暴雨将至的天空一样，变化无常。沉了老大晌，他这才带气地说："别提它！一提活气煞！"他这一句，闹得梁永生和唐春山全蒙了点，都觉着心里沉甸甸的。

春山说："倒是出了啥事儿？说说嘛！"

永生也说："是啊！三个缝皮匠，赛过诸葛亮。你说出来，咱们好一块儿谋谋个办法呀！"

生水说："老梁，你点子多，我信服。可是，这件事我就算说出来你也没办法。"

梁永生将一块铁坯撤出炉火，放在砧子上打了一阵，又送回火中，拔出嘴里的烟袋说："说说看。"赵生水先打了个叹声，然后说："我的弟弟叫日本鬼子抓'劳工'啦！你想啊，要是把他用车拉进深山野林，往煤窑里一填，有几个活着回来的？再说，他一走，家里舍下我的老娘，还有我们弟兄两个的一帮孩子，可怎么过呢？"永生问："沈阳那边也抓'劳工'啊？"生水说："我就是为了躲抓'劳工'跑出来的！那时节，这边还没叫日本鬼子侵占。谁知，我刚到，日本鬼子也到了……"春山说："那时你弟兄俩一块儿跑出来就好了！"生水说："一块儿跑出来？家里老的老小的小，还过不过？再说，这里就是'安乐窝'？"春山说："这里虽说也不好混，可是还不抓'劳工'啊！"生水说："你别着忙——快了！"永生问："你听到信儿啦？"生水说："前日个我出去买铁，听到个荒信儿，说是日本鬼子全安置好了，就要抓'劳工'……"

在他们说话的当儿，黑夜已把黄昏撵跑；那些围在周遭儿看热闹儿的孩子们，也先后被大人叫回家去吃饭了。他们马掌炉上的饭比较晚，所以还在继续忙着。梁永生将烧好的铁坯撤出来打了一阵，说：

"看起来，往后越来越不好混呀！"

"光吃'大粮户'的窝囊气就早把我的肚子填满膛了！"春山说，"从鬼子一来，憋在心里的气攻得头皮直忽闪！往后要真抓我的'劳工'，我就跟他拼了！"这时永生又想起李大叔说的"死要死个值"的话来，就说："拼是最后一手儿，不能拿它当家常饭吃！"他把打好的马掌甩出去，又说："等收下豆子，离开这儿……"

哪儿来的豆子？今年开春儿，大地开化后，永生就打了几把镢头，让翠花和孩子们到南山坡上去开荒。翠花母子几个，披星星，戴月亮，风打头，雨打脸，土里滚，泥里爬，力出尽，汗流干，泼死泼活干了几个月，终于开出一垧生荒地种上了大豆。土地不负勤劳人。如今满坡的大豆眼看就要熟了。梁永生早就盘算好：这垧豆子收下来，不仅够全家嚼用的，就连马掌炉上的伙计们，也不用愁着没钱籴粮食了。因此，他每当想到那片喜人的大豆，心里就美滋滋的。说到这片豆子，就连春山、生水也替永生高兴。

生水说："那片豆子长得真好，这回算叫老梁琢磨着了！"

春山说："好是好。可也不易呀！从春到秋，翠花他们流的汗珠子怕比豆粒子还多呢！"

永生说："你们也没少帮了忙啊！咱穷人不怕流汗。只要汗不白流就好。"

生水说："就是嘛！我今儿早晨到坡上看了看，再有两三天全能收割——这回看来汗是不会白流了……"

他们正满怀希望地谈着，谁能想到一场大祸又来到门口上。生水话没落地，志勇闯进屋来。永生见他气色不对，就问：

"出事啦？"

"我把阙八贵揍了！"

阙八贵明是财主，暗是土匪，是这一带有名的大恶霸。自"九一八"事变日本鬼子占了东三省，他的七哥阙七荣当上了保长，这个小子就更加张狂了。今天志勇竟然揍了他，那怎么得了？因此，志勇一说揍了阙八贵，马掌炉上的风箱住了，锤也停了，梁永生、唐春山和赵生水全直目瞪睁地愣住了。可是，这时永生并没责备志勇。原因有两个：第一，他觉得，小小的梁志勇，敢揍阙八贵，有骨气，有胆量。知子莫如父。永生知道志勇虽然性暴气粗，可他从来干不出欺负人的事来。只是在别人欺侮他的时候，他不能吃话儿，不能忍气，好耍个"愣葱"。因此，永生觉着不必细问，必定是阙八贵欺人太甚，激怒了志勇，才闯出这场大祸。第二，永生觉得乱子已经是出了，责备孩子是"马后炮"，没有用处，要紧的是怎么办。

唐春山没有永生沉着。他急得直咂嘴，情不自禁地流露出责怪的口气：

"唉！志勇呀志勇！你怎么偏偏惹他呢？"

"这回不怨志勇，乱子是我闯的！"

人们抬头一望，翠花走了进来。翠花这一句，使春山、生水都纳开闷儿了："怪呀，翠花那么细致，怎能闯这大祸？"春山问：

"真是你闯的祸？"

"对！"翠花坐在板凳上，喘着大气，讲述了这样一段情景：今天傍黑儿，翠花和志勇正在豆子地里间收早熟的豆子，阙八贵来了。他狞笑着说："庄稼长得不错呀！嗯？"翠花看出他不怀好意，没理他。阙八贵又说："你们种的是谁的地，知道吗？"翠花依然没有抬起垂下的眼睛："俺是开的荒山地！"浮在阙八贵脸上的那层假笑，就像忽地被风刮跑了似的，露出了他那狰狞的面貌，把两只牛蛋眼一瞪，发起贼横来："你说么个？荒山？荒山就没有主儿吗？你称四两棉花纺纺（访访）！在这里，你脚踩的地，头顶的天，哪一样儿它不姓阙？没别的，讲不了——赶快给我滚蛋！"志勇"呼"的一声把憋在胸口的那口气吐出来，赶前一步气愤愤地质问他道：

"你还讲理不？"

"理？我的话就是理！"

"你的话是狗臭屁！"

"好你个不知天高地厚的穷崽子！"阙八贵气得咬牙切齿，骂人的损话儿从牙缝里挤出来。他向腚后跟一挥胳臂："来，给我教训教训他！"

翠花一看事要闹大，急忙用话截住：

"你们堂堂的五尺汉子，怎么跟孩子一般见识？"

她这句话虽然很平淡，可是音调里含着愤怒的情绪。接着，她又回过头向拉着架势准备打架的志勇训斥道：

"大人说话，不许你乱插嘴！"

志勇向来是听大人话的。娘一呵斥，他没有动手。可是，那阙八贵今天是老和尚的木鱼——该着挨敲！他又说：

"原先我想原谅你们愚民无知，收回土地了事。你那个崽子竟敢骂我，那就讲不了了！你们强霸我的庄田，私种黑地，咱得送交政府，依法论处！"他又向狗腿子喝令道："来，给我把这个穷婆子，还有那个穷崽子，通通绑起来……"

志勇望着狗仗人势扑过来的狗腿子，想动手，又怕娘不许，焦急地叫了一声："娘——！"

翠花看出了儿子的意思，是要求她赶快发令，打这狗日的！这时节，翠花有心发令，又怕把事闹大，不好收拾；有心不发令，难道就老老实实让他绑起来吗？当然，除此之外，还有一条路，这就是：这片庄稼不要了，再说些好话，赔礼道歉，也许能当场了事。可是，翠花虽然性体柔和，能忍事，能压气，但她从来是话让人理不让人。要是逼她走这第三条路，对柔中含刚的翠花来说，她是宁死不干的。翠花正在想对策，那狗腿子蹿上来打了她一巴掌，随手又从腰里抽出绳子。志勇见此情景，正要扑上去，只听娘大声喝道："志勇，给我打！"

开头儿，阙八贵和那狗腿子，并没把志勇这个十几岁的小毛孩子看在眼里。可是，一交手，那个狗腿子成了草鸡毛。志勇一个扫堂腿把他摔倒地上，骑上去抡着拳头砸起来。直砸得那狗腿子鬼哭狼嚎喊爹叫娘。阙八贵见势不妙，浑身哆嗦得像发疟疾一样，抱头就跑。志勇觉得坏根儿不在狗腿子身上，光打顿狗腿子不解恨，又追上阙八贵揍了一顿……

永生听罢翠花这段叙述，很高兴。他高兴的是：翠花这个女人，就像在路边上成长起来的野草一样，天性就是泼泼辣辣的。可是，由于受到几次马踩车轧般的锉磨，心性似乎渐渐地软下来了。这几年的风风雨雨，使她的性体儿又逐渐地刚强起来。当然永生面对着当前的局面，心中绝对不是光高兴而已，他也明显地预感到一场大祸即将来临。可是，这祸不管有多大，对一个跟天灾人祸常打交道的梁永生来说，显然不会使他产生什么恐惧心理。不过，要说他现在没有一点"怕"，也不合乎事实——他怕的是，唐春山和赵生水两位老大哥跟着受连累。因此，他向春山、生水说：

"你们先躲躲吧！"

赵生水说："老梁啊，咱穷哥们既然走到一块儿了，你的事就是咱大伙儿的事。咱们顶着他！"

唐春山说："好汉不吃眼前亏。咱是不是都躲躲？"

梁永生说："怕是来不及了。再说，志刚、志坚出去盘乡还没回来……我的意思是——你和赵大哥先躲一下儿。"

唐春山说："要躲都躲，要顶都顶！"

赵生水说："对！"

梁永生说："那，好吧！志勇，你到村头去，见到志刚、志坚回来，叫他们到炉上来；见到姓阙的来了，回来送个信。翠花，你回家收拾收拾东西，准备蹽道子！"

翠花母子走了。永生又向春山、生水说：

"我估摸着，阙八贵的七哥阙七荣很可能来。那小子，不像他八弟那个半吊子，是个进啥庙念啥经的鬼难拿。对付这号人，得拳头放在身后，大礼搁在前头。他要真的来了，你们看我的眼色行事，可别乱干……"

一会儿，志刚、志坚和志清都来了。永生又一一嘱咐一遍。接着，他们便忙着淘米做饭，准备吃饱喝足大干一场。在这做饭的当儿，他们伙计几个还在预猜着可能出现的各种情况，核查着他们的对策还有什么棱缝儿。

晚饭后。风停了。人静了。月亮出来了。由于马掌炉没有打夜作，这个荒山脚下的徐家屯，显得异常安静。梁永生、唐春山、赵生水，还有梁志刚、梁志坚、唐志清，有的手持兵器，有的紧握铁锤，围坐在那煴火将熄的洪炉周遭儿，一声不响，静静地等待着，等待着那捉摸不定的严重时刻。这当儿，梁永生一根一根地扳着手指头，发出喀喀的响声。这只手扳完了，又扳那只手，两只手全扳完了，再从头来——他一遍又一遍地重复着这个动作。若光从他那平静而又坦然的脸上看，好像是他毫无心事似的。其实，这时他正在心里悄悄地琢磨事儿哩！寂寞的气氛在屋里盘踞了好久。现在被从外头跑进来的梁志勇给打破了：

"他们来了！"

"多少？"

"十几个！"

"谁领头儿？"

"阙七荣那个矬个子！"

"十几个不在话下！收拾那些龟孙！"

"不！听我的。"梁永生驳回了志刚的话说，"志坚，把院门敞开！志清，准备练武……"

梁永生刚安排停当，阙七荣和他那三角八棱的狗腿子们，像蟊贼一样出现在门口上。阙七荣的穿章儿像个文雅的洋奴，长相儿又像个粗野的恶棍。他朝里一望，只见院子里有七八个人。他们是：梁永生、梁志刚、梁志勇、梁志坚和唐志清、唐春山、赵生水。年岁最小的志清手持单刀正在练武。梁志刚拄着大刀坐在碌碡上。志勇、志坚手持兵器站在一旁。唐春山和赵生水抓着大铁锤坐在屋门口，好像正在看热闹儿。他们对院门口上这些突如其来的不速之客，就像压根儿没看见。再说那位梁永生。他两手叉腰，昂首挺胸，俨然是一位武术教师的姿势，站在旁边全神贯注地盯着志清的每一个动作。当阙七荣一伙儿突然出现在院门口时，他心口想道："你这回是夜叫鬼门关——自己送命来了！"可是，这时他那生满胡楂子的脸上，却是神情自若，平平静静，既无怯色，也无怒容，只是撩起眼皮扫了一下，然后又把注意力集中在练武的志清身上了。梁永生这种神色和气质，给阙七荣留下了傲然不睬、凛然无畏的印象，还使他产生了不容轻薄、切莫冒犯的感觉。又见，正然练武的小志清，手挥大刀翻滚在地，月色映出的刀光就像一根根数也数不清的银线，缠绕在他的四周。阙七荣见此情景，身上直冒凉气："呀！十来岁的孩子就有这么高的武艺，不用说别人准还厉害！"阙七荣正在胆寒心怵地想着，看着，又听梁永生说："志刚，给我搬个座位来。"

志刚一猫腰把他坐着的那个大石碌碡搬起来，从从容容地放在永生身边，轻声说："爹，坐吧。"

志刚这一手儿，把阙七荣惊了个目瞪口呆。他倒吸了一口大气心里说："好家伙！他搬这么大个碌碡，气不粗喘，面不改色；像这样的大力士，怕是我领来的这一帮也抵不住他！”这时候，可把个阙七荣难住了！他想："怎么办呢？这样不声不响地回去吗？多丢人！抓人吗？那是自找难看！"他正觉着很窘，永生开腔了：

"七先生，里边坐吧！"

阙七荣真鬼。他眼皮一拍打，顺风转舵地应道：

"好好！正要来坐坐喃！"

他点头哈腰地笑着，抬脚迈进了门槛儿。可是，他这笑，口张得挺大，牙龇得也不小，而眼神里，面纹里，都没有一丝丝儿笑意。那些早吓抖搂了的狗腿子们，见主子进了门，也只好硬着头皮跟进来。这时，志刚、志勇他们小弟兄几个，立刻作好打架的准备。他们那种气色和姿势，吓得阙七荣打了个寒噤，然后回头训斥开了他的狗腿子：

"你们像个跟腚狗！我走到哪里跟到哪里——又都跟我来干啥？我来串个门子，有你们的屁事儿？还不给我滚蛋！"

他人模鬼样装腔作势地喝唬了一阵，又递了个眼色，那些善于打相猜心的狗腿子们，这才像群夹尾巴狗似的退出门去。接着，阙七荣来到梁永生的面前。他脸上仍堆着难堪的苦笑，瞳孔里闪出潜伏的凶光，向永生说道：

"梁师傅，我来给你赔礼啦！"

"这是哪里的话？"

"我八弟脾气不好，惹得你的夫人生了一场气；我的下人不懂事，和你家三公子打了架，还糟蹋了一片豆子——"他说着，感觉到这些话并没达到他的目的，便从衣袋里掏出三块钱，又说："你们风打头，雨打脸，血一把，汗一把，种点庄稼不容易——请你赏个脸收下这几块钱，就算我包赔损失吧！"他说罢，两眼还在寻觅着永生的眼神，仿佛想从那里捞取什么似的。

梁永生像原先心里根本没装这码子事一样：

"噢！你说那个事儿呀？我倒听他们说了几句——糟蹋几棵庄稼算了

229

啥？我的孩子不懂事，打了你家八先生几下儿，实在对不起呀！"梁永生又说，"无论如何，你不看僧面看佛面——请你看在我的脸上，饶他这一回吧，我一定管教他！"

"哪里哪里！孩子嘛！他懂个啥？再说，我八弟的脾气不好，这事儿也是他惹起来的，不能光怨志勇。"阙七荣腆着脸从下向上瞟着永生的面色，"人，打两下，不论谁打了谁，少啥啦？碍么事？可是那庄稼，糟蹋了，就不能再打粮食，这怎能不叫人心疼？所以，我特意给你送了几块钱来。你要嫌少，我再多拿；要不嫌少，就请赏个脸……"他说着，把钱硬塞在永生的手里。

"好吧。我就收下。"永生说，"几棵庄稼，你能赔得起我。可是，我的孩子打了八先生，损伤了八先生的脸面，我可赔不起呀！"

阙七荣又笑了。他一笑，就露出那紫红色的牙床子，眼角上还褶皱起数不清的一堆朝外辐射的皱纹：

"哪里、哪里！"

"这样吧——明天，正当午时，街上人多的时候，我带上志勇，上门去给八先生赔礼……"

"不不不，你可不要那个样子！"

"我这个人，从来都是——人家敬我一尺，我敬人家一丈。"永生说，"不管怎样，明天我是一定要带子上门，认罪赔礼的。就请七先生赏个脸，给留一扇门吧？"

他们双方谈得很好。就这么你抬我敬、说说笑笑地把个阙七荣打发走了。当他走出老远时，还在和梁永生一面招手一面说：

"咱这真是不打不成交……"

也不知他后边还放了些啥屁，那半截话尾巴被一阵平地突起的大旋风给兜走了。

梁永生回到屋里。屋里的人，有的高兴，有的扫兴，还有的正蹲在一边琢磨事儿。

"老梁，你真行！"生水说，"摆了这么个阵势儿，把那个小子吓回去了！"

"这小子真鬼，他来了这么一招儿。"志勇说，"要不，我这口大刀一抡，早把这小子送回他姥姥家去了！"

"便宜这小子，不该跟他磨牙；应该狠狠地挖苦他一顿！"志清说，"他要敢说不好听的，就揍那个龟孙！"

"这样也好，"志坚说，"化凶为吉，平安了事，总比闹个人仰马翻强得多。"

春山说："我琢磨着——怕是这样完不了。"

志刚说："对！他可能还有什么鬼点子！"

这一阵，梁永生一直坐在一边抽烟，凝思不语，全神专注地倾听着人们的议论。当人们都说出了对这桩事的看法后，他这才在鞋底上磕去烟灰，又吱吱地吹了两口，然后接着志刚的话把儿说：

"照我的看法，他这是用的一计！"

"啥计？"

"缓兵之计。看样子，阙七荣是想来动武的。可来到一看，不是对手，这才要了个花招。他想用这套把戏安住咱，好去搬兵……"

"搬啥兵？"

"日本鬼子呗！"

"鬼子就那么听他的？"

"他想点什么鬼点子呗！"永生说，"因为这个，我就来了个将计就计——他要用缓兵计安住咱，咱就也用缓兵之计安住他。"

他们正说着，阙八贵的车把式小杨子来了。他进门就说："你们怎么还不快走？"接着，他告诉人们："日本鬼子要抓'劳工'，数字已经分配到各个保里了。方才阙七荣领着人来马掌炉，就是想借故来抓你们的'劳工'，只是没敢动手。他回去后，就上鬼子那里去报告了，也不知给你们加了个什么罪名，反正是想让鬼子派兵来抓你们……"人们听罢，一齐盯住永生。永生沉思了一会儿，将那暴起青筋的拳头落在桌子上：

"走！"

"这些乱七八糟的东西呢？"

"东西不要啦！"

"对！咱从家带出啥来啦？不是两只肩膀扛着个嘴出来的？"永生说，"说走就走，事不宜迟。能带的带上，不能带的扔下。有亲的投亲，有友的奔友，咱们穷哥们儿后会有期。"永生走到屋门口，若有所思地望了望灰瓦瓦的星空，又回来向大家说："天不早了。唐大哥，赵大哥，快去收拾一下吧……"

春山、生水回家去了。梁永生越想越憋气，就把志勇叫到近前，喊喊喳喳低语了一阵，志勇点点头出去了。天将黎明的时候，永生先把赵生水送出屯子，又把唐春山和志清爷儿两个打发走，正要回家，志勇回来了。他那丰满的鼻尖上，浮动着一层细小的汗珠儿。有一股若有若无的烟熏味儿，从他的身上散发出来。永生问：

"怎么样？"

"着啦！"

"好！"永生说，"回家。咱也该走啦！"

永生一家走出徐家屯想要逃入兴安岭深山老林的时候，天已发亮了。只见屯西南角上浓烟滚滚——阙八贵的粮仓着起火来。永生望着火光风趣地说："看这个劲儿，一坰地的豆子怕是不够烧的！"正在梁永生一家要进山口时，后边传来哇啦哇啦的嚎叫声——抓"劳工"的鬼子赶来了……

第二十二章

——

打虎遇险

兴安岭。

一个春天的早上。笼罩着山巅的夜雾还没消散尽。树叶上挂满亮晶晶的露珠。一只早起的野鸟，停落在桦树枝头。也不知这叫什么鸟，脑袋挺小，尾巴挺大，它那笨重的身子压得枝条弯下来。草地上有只花鹿在啃食嫩草。

突然间，那边青岩磊磊的高山上，吐出一团火苗，继而传来一声枪响。那小花鹿从草地上猛地跳起来，青蛙投水似的钻进旁边的树林子。鹿角撞击着树枝，树上的露珠降雨般地向下洒落着。

在花鹿拼命奔驰的正前方，有一片郁郁葱葱的灌木林子。一群小巧玲珑的山雀儿，从灌木丛中忽地飞起来，惊慌地毫无头绪地飞得挺高挺高。这时候，也不知是谁，用刀尖儿悄悄地拨开了灌木的枝叶，从缝间偷偷地露出一对闪光的眼睛。当花鹿离树丛还有三几步远的时候，一位手舞大刀的小伙子嗖地蹿出树丛。趁那花鹿不知所措的一刹那，他手起刀落将花鹿砍倒地上。

正在这时，从方才响枪的方向传来一阵朗朗笑声。猎鹿青年翘首一望，只见一位背着长筒猎枪的人神奇地出现在山坡上。过一阵，那背枪猎人来到持刀青年的近前。他瞅瞅死鹿，笑呵呵地说："小伙子，你真行啊！"那青年忽闪着两只大眼，盯着这位来历不明的陌生猎人，心怀戒意，没有吭声。猎人又问："小伙子，叫啥名字？"青年见他孤身一人，心想："你就是坏人，也叫你占不了便宜！"于是，他将手中的单刀握紧，答道：

"梁志刚。"

猎人一听，猛吃一惊。他上上下下打量着这位自报"梁志刚"的持刀青年，面部表情发生着一阵阵急剧的变化，嘴里还在情不自禁地轻轻自语，喃喃有声：

"梁——志——刚——"

在这当儿，梁志刚也留意观察了这位生满络腮胡楂子的猎人。猎人给予志刚的印象是：不像坏人，也无歹意。可是，他的心里还有一个猜不开的谜：这位猎人对我的名字为啥这么注意？志刚正纳闷儿，猎人又问了：

"十几啦？"

"十八。"

猎人扳指一算，面露喜色：

"从关里来的？"

"唉。"

"宁安寨人？"

"唉。"

"你爹叫梁永生？"

"你咋全知道？"

猎人没答腔。他一下子按住梁志刚的两个肩膀，张着直瞪瞪的大眼瞅着。在这悲喜交加欲言无语的当儿，两颗兴奋的泪珠顺着他两颊的笑纹淌下来了。过一阵，他又百感交集地自言自语道："一晃，十多年了啊……"这时，把个梁志刚打入了迷魂阵，他莫名其妙地盯着猎人。猎人问："你爹呢？"梁志刚向东面的山沟一指："在那边！"猎人说："走！你领我去找他。"梁志刚把单刀往身后腰带上一插，扛起死鹿，领上猎人，顺着弯弯曲曲的山沟向东走下去。

沟壑两侧的山壁上，时而有几只小山鼠从石缝里溜出来，瞪着一对灰亮的眼睛，怯生生地望着山下的行人。当它察觉人们发现它时，又嗖地钻回石缝里去了。梁志刚领着猎人爬山越岭，褰衣涉水，一边朝前走，一边跟猎人讲述着他们一家进山前后的情况。

那天黎明，在阙七荣领着鬼子尾追的情况下，志刚一家逃进了深山。进山后，他们怕鬼子继续追捕，不敢停步，就翻过一山又一山，爬过一沟又一沟，走呀走，走呀走，一直向前走。越走岭越高，谷越深，树木也越多，越密，越粗，走着走着进了老林。这里，山连山，岭接岭，林靠林，树挨树，没有人烟，没有道路，只有虎洞熊窝，野猪鹿群。永生一家在这入林不见天、登峰不见地的深山老林里，全都失迷了方向。永生见翠花面有难色，就鼓励她说："翠花，你看那悬崖峭壁上的野花！那么险峻的地方，它也跑去开上几朵。多么勇敢哪！"永生一说，翠花提起精神，说道："走吧！咱冲着一个方向径直走，还能走不出老林去？"就这样，他们一家，你拉我，我扶你，累了歇，困了睡，饿了猎兽烧肉，渴了捧饮溪水，走呀走，走呀走，一气走了七八天，你猜怎么着？又回到了四天前他们烧过黄羊的地方。到这时，他们就干脆不走了，在这深山老林里安了"家"。为了防御野兽，他们将在宁安寨对付洪水的法子搬进林海——在树上搭起了窝棚。一到夜晚，虎啸狼嗥，熊嗷鹿鸣，使人听了阴森森的。弥漫着松枝气息的空气，又使人感到阵阵昏眩。可是，过了些日子，慢慢地适应了这种环境，也就习以为常了。白天，他们父子几个，以练武的兵器代猎枪外出打猎，翠花就留在"家"里刮宰猎物，烧肉做饭。这样的生活，他们已经过了几个月了。

志刚和猎人且走且说，来到了他们住的地方。

这个地方风景很好。杨翠花正坐在一棵古松下的青石上剥黄羊皮。猎人没等志刚引见就凑上去了，站在翠花对面笑眯眯地问道："认识我吗？"

杨翠花从进山以来，除了她的丈夫、儿子以外，再没见到过别人。现在一个黑胡蓬生的生人突然出现在她的面前，使她不由得吃了一惊。她把这位猎人仔细地瞅了一阵，轻轻地摇摇头。猎人提醒她说："你还记得十几年前有个逃难人，在你宁安寨的家里住过一夜吗？他还穿走了你做的一双棉鞋哩！"猎人一点，翠花忽地醒了腔，兴奋地喊道："你是秦大哥？"猎人说："对啦。我就是那个秦海城。"

"哎呀！我以为你……"

"你以为我死了吧？"

"我们来闯关东，就是打谱儿投奔你的。可是，到了徐家屯扑了个空……"

"我是因为迷了山，出于万不得已，才在这老林里住下来的。后来，找到了一条出山的道儿，可是觉着这里倒是挺心静的，也就没出去。"

"你找到出山的道儿啦？"

"找到了。我每隔些日子就出去一趟，卖了兽皮、野药，买回些吃、穿、用的东西来……"秦大哥说，"我觉着，在这深山老林里，虽然成天价跟豺狼虎豹打交道，可这山里的豺狼虎豹，比那屯子里的'豺狼虎豹'好对付多了！"

杨翠花表示赞同地点点头。一会儿，她像忽然想起了什么，又问："秦大哥，孩子呐？"秦大哥说："小丫头儿，从跟我进山后，天天去采药。大孩子，三年前被大粮户阙八贵给、给……"秦大哥被悲愤堵住喉咙，再也说不下去了。这时，他的两只眼窝里汪满泪水，拳头攥得咯巴咯巴直响。然后，他把猎枪握在手中，又说："这笔血仇，总有一天是要报的。"志刚插嘴说："秦大爷，报仇时我也去！"从此后，秦家父女也搬过来，和永生一家成了挨树"邻居"。转眼间冬天到了。寒流袭击着山林。林海吼叫，群山号啕；暴风卷着鹅毛雪片横冲直撞，大山小岭，深峪浅沟，全被大雪遮盖了。严寒和风雪逼迫梁秦两家搬进了山洞里。

　　一气儿下了十来天的暴风雪终于停了。白茫茫的山峦对着蓝湛湛的天空，深山荒野显得异常宁静。树林披起雪衣，兴安岭裹上银装，好一副雄伟、辽阔的气派！

　　白天，只有翠花和秦大哥的女儿玉兰留在洞中，忙吃忙穿。其余人，都跑着大雪到浩瀚的林海里去打猎。晚上，他们用桦树皮在洞中点起火堆，梁秦两家，围火而坐，尽情说笑。志刚、志勇和志坚，还有玉兰，利用这个时间跟着永生学识字。玉兰捅一下志勇："你看，我写的这个'人'字对不？"志勇歪着小脑袋瞅了一眼："你把脑袋写歪了！人嘛，脑袋就得竖起来！"永生指点着笑道："对啦。这个脑袋朝那一歪，就成'入'了！"翠花望着头顶着头的志勇和玉兰，忽然想起她自己和永生在药王庙里的一段情景，她的心中产生了一种陈旧而又新鲜、清晰而又模糊的感情。只有饱经风霜的人，才知道温暖的可贵；只有在苦水里泡大的人，才更能尝出甜的滋味。被困在山洞中的梁秦两家，此刻感到还算舒心。可是，在那个世道，穷人的"舒心"就像六月的晴天一样，既是少见的，又是不能持久的。就是在那万里晴空的早上，谁能断定晚上不会来一场粗风暴雨呢？

　　一个冬末春初的早上，勤劳的梁家父子们，又蹚着大雪出洞打猎了。翠花揣着不安的心情，把亲人们送出洞口。他们爷儿仨，分路登程，朝着不同的方向走去。由于志勇每天跑得特别远，回来得特别晚，这时翠花望着渐渐远去的志勇不放心地喊道：

　　"志勇！可别远去呀！"

　　"唉！"

　　"志勇！路上处处小心呀！"

　　"唉！"

　　"志勇！早点回来呀！——"

"唉！——"

他母子俩这一呼一应的对话，在满山遍野掀起一阵巨大的回响。随着回响的渐渐消逝，志勇那越来越小的身影也被浩瀚无际的林海淹没了。

雪山打猎可真难哪！志勇在林海雪原里转了一天，没打着一只猎物。日头落山了。月亮还没出来。要不是白雪反射，怕是啥也看不见了。当志勇正踏着雪路往回走的时候，忽见一只傻狍子从那边跑来。志勇很高兴，便一闪身埋伏在一棵被大风刮倒的粗树后边。等傻狍子跑过来时，他一纵身子，从横躺着的树身上嗖地蹿出来，挥臂抡刀，向那傻狍子砍了过去。谁知，他杀鸡用了宰牛劲，刀砍偏了，傻狍子大叫一声，跑远了。已经有了两三年打猎经验的梁志勇，他当然知道：对傻狍子来说，追是白跑道。可是，只要在这附近埋伏下，耐心地等待着，这只死里逃生的傻狍子早晚还要回来看看。不过，今天天色已晚，不能那么办了。志勇只好怀着遗憾的心情，将单刀往背后腰带上一插，把冻木了的两手捧在嘴上哈了哈，继续朝山洞奔去。志勇外出打猎空手而归，这还是头一回。往日里，志坚空手而回时，志勇总是一边擦着他那被自己哈出的热气染白了的眉毛，一边嬉笑着说几句风凉话儿给他听。因此，志勇现在一边走一边在想："回去听志坚的风凉话儿吧——嗬！你也有这一天吗？"志勇想到这里，就像看见志坚真在那里吃吃地笑他似的，脸上腾腾地热起来了。正在这时，他透过月光望见那边一个突兀的山坡上，有只大个儿的老虎从窝里蹿出来，向远方跑去了。一只很好玩的小虎羔儿，跟着母虎也蹿出窝门儿，跳跶了几下儿，又尾回窝去了。

此刻，梁志勇长了精神，心想："要是逮只小老虎儿，抱回山洞，多好玩儿呀！再说，这么一来，就一下子把志坚的嘴堵住了！"志勇越想越乐，脚不由主地就朝着虎窝迈开了。他迈着迈着，又忽然想道："钻虎窝，捉虎子，这可不是开玩笑的事儿呀！要万一叫母虎看见，那可喂瘪子了！"他想到这里，脚步一停，接着又想："怕狼怕虎不在山上住，不入虎穴，焉得虎子？"于是，他又加快了步伐，一直奔向虎窝……

剽悍的志勇钻进虎窝，抱起小虎羔儿又钻出洞来，撒腿就跑。小虎羔儿在志勇的怀里挣扎着，嚎叫着，小志勇不管三七二十一，只管拼命飞跑。谁知，他刚跑出不远，背后突然传来一声长啸巨吼。"糟了！"志勇回头一望，果然是那只大个儿的母虎追上来了。他只见，母虎张着血盆大口，露着长牙利齿，须似芒针，眼赛铜铃，正在一冲一冲地向他扑来。老虎尾巴抽扫着灌木的枝条，发出唰唰的响声，震得枝条上的雪粉四处飞溅。

"初生的犊子不怕虎。"老虎，在小志勇的心目中，虽说也是一种凶猛残暴的野兽，但不像一般人头脑中的老虎那样令人可怕，不可与敌；更不像那些胆小鬼似的，闻虎失魂，谈虎色变。这时节，小志勇眼望着月光下正在朝他扑来的猛虎，头脑中忽地闪出《景阳冈武松打虎》的故事，心中想道："那武松既没长着三头六臂，又不是钢筋铁骨，他能打死老虎，我咋不能？"他想到这里，把小虎一扔，紧了紧腰带，掖了掖衣角，手向肩头一伸，嗖地拔出单刀，抖擞起精神，摆了个架势，立定身躯，等待猛虎扑来。

"云从龙，风从虎。"老虎带着一股腥风，一冲一冲地向前扑着，越来越近了。就在这时，月亮像盏特地为志勇和老虎的夜战准备下的灯笼一样，它跳出山巅挂在树梢上。雪地上立刻明亮多了。志勇的心里也豁亮起来。老虎离着志勇只有几十步远了。它吼啸了一阵，先向这位见虎不躲的少年娃来了个示威。这吼声，在被老林覆盖着的深谷中一响，又是在万籁俱寂的夜晚，显得音响特别大，仿佛震得地动山摇。这时候，志勇也觉得吼声震耳，嗡嗡作响，腥风扑鼻，令人发晕。他又见，那条巨鞭般的老虎尾巴，不住地起落摇摆，像螺丝一样地拧着，圈圈打旋，扫起一片银色的雪雾。所有这一切，再和它那龇牙咧嘴、扬风扎毛的凶相配在一起，确是令人生畏。可是，小志勇却毫不在乎地自语道："这就叫'虎威'吧？"

这时候，小志勇紧握刀柄，挺胸而站，气宇轩昂，面不改色。他屏住呼吸，咬住牙关，一双炯炯闪光的眼睛，死死地盯住那示威的猛虎，心中暗道："你甭扬风扎毛、张牙舞爪，你梁三爷是武松转世，不怕这个！"

老虎离志勇只有十来步远了。

这时，志勇的全身筋骨和肌肉，都绷得紧紧的，活像一尊铁铸的金刚。只见那老虎的前爪后足朝前一并，头一缩，腰一拱，尾巴朝天一竖，准备来个最后一扑。眨眼间，伴着一声长吼，四只虎爪离开地皮，猛虎随着一阵凉风腾空而来。机灵的梁志勇见虎来势凶猛，他身子一蹲，脚一蹬，腿一弹，一个箭步，嗖地蹿出了三四步远。当那笨重的老虎在志勇原来站立的地方落下时，小志勇那轻盈的箭头般的身躯，早已停落在虎身的右后侧。

"该动手了！"

志勇想到这里，身子早已腾起，来了个"腾空劈山"式，居高临下，振臂挥刀，直向老虎屁股砍下去。这一刀，正砍在老虎的尾巴根上。虎血忽的一下淌出来了，把老虎那黑黄掺杂的斑毛染红了一片。志勇见此情景，心中笑道：

"我再叫你老虎屁股摸不得！"

人们常说："老虎不吃回头食。"可是，今天这只扑空的伤虎，不知是饿极了，还是因为挨了刀疼得反常——它惨叫一声，蹿出一两丈远，前爪一悬，后足一蹬，翻了个空心跟头，掉过头来打了个滚儿，又和小志勇面对面了。这时候，老虎的样子，好像比方才还要凶恶。

"打虎不死，必被其害。"秦海城大爷常说的这句猎人谚语，浮现在志勇的脑海里，使得他的心情更加紧张了。他暗自想道："他妈的！看这样子，就是朝它身上砍个十刀八刀也砍不死它！怎么办呢？好！有了——"梁志勇正在一面准备迎敌，一面琢磨取胜的方法，那只伤虎来了个"虎困"，又扑过来了。志勇望着正面扑来的那庞大的虎身，心里想着它那比自己要大若干倍的力气，断定正面迎击必将吃亏。因此，当那伤虎腾空扑来的时候，梁志勇一闪身躲到那粗大的松树后面去了。

猛虎又一次扑了空。

志勇趁虎扑空的当儿，凝聚起全身力气，朝老虎的后腿砍去。没想到，由于心情紧张，用力过猛，刀没砍在虎腿上，被树挡住了。只听喀吧一声，刀片扎进树干。这时，志勇赶紧拔刀，准备再战。可是，刀，拔不出来了！

"糟了！咋办？"志勇正心如火燎，那只猛虎又扑过来了。志勇只好松开刀柄，闪向树后。到了这时，赤手空拳的小志勇只好仗凭有个武术功底儿，胆壮心细，手脚利落，再借助于这棵古松，蹦纵蹿跳，与那只穷凶极恶的伤虎躲闪周旋。这样长时间地坚持下去哪能行呢？最后筋疲力尽了，或者动作有个闪失，不得被老虎吃掉吗？怎么办呢？跑？不行！我这两条腿哪能跑过老虎那四条腿？志勇想着想着，想起了老虎不会上树的事来，就暗自决定：上树脱险。这时候，志勇的浑身上下都是汗了，像座蒸笼似的腾呀腾地冒着热气。他觉着，越来越是力不从心，处境已经十分危急了！

希望能够产生力量。梁志勇想出脱险的办法以后，觉着身上又增加了新的活力。

老虎又一次扑过来。志勇又一次闪过去。

他趁那扑空的老虎尚未回过身来的一瞬间，用上所有的力气，来了个"旱地拔葱"，将身子悬起地皮三尺多高，一把抓住了垂下来的一根树枝，身子一纵，攀上树去。当那恶虎掉过头来又要进行反扑时，再也瞅不见志勇的影子了。急得老虎又蹦又跳，发出一阵阵长吼巨啸。这时，方才那只被志勇扔掉的小虎，出现在远处的山坡上。老虎呼啸一声，奔了过去，带着小虎转过山环，跑远了。

梁志勇溜下树来，又从树干上起下单刀，照例插在后腰带上，晃开膀臂，跨开步子，急忙地向山洞奔去。他一面赶路，一面在想："我回到家，爹娘问我，'咋回来得这么晚哪？'我说啥呢？"

其实，志勇这个思想准备，已经用不着了。

当他急匆匆地赶到洞口时，只见洞口前边的雪地上，布满了乱纷纷的脚印，还有稀稀拉拉的血点子。志勇一见这种场景，立刻大吃一惊，心里就像钻进了二十五只小老鼠——百爪挠心，他向着山洞大声地呼喊起来：

"爹！——娘！——"

山洞中没有回声。只见一只野猪，叼着一块鹿肉，嗖地蹿出洞口跑去。梁志勇急促地呼吸着，边喊边走来到洞口，朝里一望，一下子愣住了。洞里，锅翻碗碎，只见爹的那根没有嘴子的旱烟袋，歪歪斜斜地落在地上。烟袋锅里那还没着透的烟灰，尚未磕出去。就像看家人外出忘了掩门，被闯进的豺狼糟蹋得一塌糊涂。志勇拾起烟袋，走出洞来，像傻了似的朝四下张望着。只见，那西北天角，乌云翻滚，扑面而来。

过一阵，志勇又放开喉咙呼喊起来：

"爹！——娘！——"

回答他的，是满山遍野的巨大回响，还有那愈刮愈烈的风声。山风告诉志勇：一场暴风雪即将来临了。

"出了啥事呢？我的一家，还有秦大爷父女俩，都到哪里去了？"志勇隔着一层薄薄的泪膜，凝视着洞口外雪地上的血点点，喃喃地自语着。一忽儿，那层薄薄的泪膜，在志勇那失神的大眼里，渐渐地，渐渐地，又凝聚成泪花。

下雪了。梁志勇木然地站在雪地里。纷纷扬扬的雪花悄悄地向他的身上抛洒……

第二十三章

下山找党

孟春。

按说已是冰化雪消、草木萌动的季节了。可是，这塞外北国的兴安岭里，还是一片冰天雪地。那春雪常常比冬雪还多。一下起来，就纷纷扬扬，绵绵续续，落地盈尺。不过，春雪毕竟是春雪。一旦云绽日出，满山遍岭的春雪就很快地融化了。挂在树上的冰凌，一块块地跌落下来，发出像玻璃一样的清脆响声，摔碎了。只有残存在阴山背后犄里旮旯儿的积雪，仍在与日俱增的春暖中顽固地坚持着。因为伴随着春风降临人间的春暖，还不能把大自然的面貌一下子全改变过来。有时候，刚刚消退的严寒，在一夜之间又随着风雪反扑回来，将春暖变成了春寒。在人们的感觉中，似乎春寒比冬寒更冷。可是，在人们的精神上，它的威力却远远比不上冬寒。因为生活早已告诉人们：它不过是即将消逝的势力，人人盼望的春暖就在明天。

这天，一场暴风雪刚刚过去。无边无沿的林海雪原上，有四个越来越小的黑点儿正在慢慢地移动。他们，就是结束了两三年的雪山石洞生活、死里逃生的梁永生一家。

"爹，走出老林还有多少路？"

志坚实在走累了。他望着茫茫林海问了这么一句。永生鼓励他说：

"快啦！再有一天多就能走出去了。"他指着前边一棵削去一片树皮的大树说，"你看，那是上一回我出山去买东西时留的记号儿。"

"咱出了山到哪里去呢？"

"出了山再说吧——哪里的黄土不埋人？"

"实指望在这深山老林里过几年心静日子哩！"翠花说，"不承望又落到这步田地——看起来，脚下这个世道儿，走到天边儿也没好儿了！"

志刚说："我恨死土匪那些杂种了！"

永生深有感触地说："在我很小的时候，只知道大财主是穷人的冤家对头；后来，你爷爷一喊冤告状，我才知道官府衙门也是咱穷人的冤家对头；在天津混了那两年以后，在穷人的冤家对头当中，又添上了大老板和外国鬼子；来到关东我才知道——土匪也是穷人的冤家对头！"

原来，梁永生一家，是被土匪赶出山洞的。

那天夜间，永生一家正焦急不安地等着志勇，突然大祸从天降——一伙土匪闯进山洞。他们不光抢走了贮存的兽皮、鹿角，还硬逼着志刚去干土匪。因此，在洞前的雪地上，展开了一场搏斗。多亏了梁家父子会武术，再加上用了个小计谋，他们一家和秦家父女才得脱险。可是，梁秦两家被土匪冲散了。永生领着翠花、志刚、志坚逃出土匪的魔掌后，就标着出山的道路走下来了。一路上，翠花总是擦眼抹泪，想念志勇。永生劝她说："孩子他娘啊，放心吧！志勇胆大心细，出不了闪失。"永生这话是硬着头皮说的。这时他的心里也正在难过地想："一场水灾，失了志强；这场匪祸，又丢了志勇……"永生正悲愤地想着，忽然望见很远很远的雪地上，有一个孤零零的小黑点儿正在移动着。

翠花指着黑点儿向丈夫说："孩子他爹，你看——那是不是志勇？"永生心里想："当娘的想儿子想迷心了！怎么有个人影儿就是志勇呢？"他又想："可也是呀！在这渺无人烟的雪原上，成年累月见不着个人影儿，那小黑点儿不是志勇又是谁呢？"他想到这里，便说：

"你们在这里等着，我去看看。"

这时，翠花有心让丈夫去，又觉不放心；不让丈夫去，又怕那真是志勇。志刚见娘沉思不语，就说：

"娘，我和爹一块儿去吧？"

翠花欣然同意了：

"孩子他爹，你带上志刚去看看吧！"

永生想："那怎么行？这里只留下翠花和志坚，万一遇上……"永生想到这里，只见那小黑点儿越来越小了，转念又想："事不宜迟——得赶快去追！"于是，他像下命令似的对志刚说：

"你和志坚都留在这里，好好照顾你娘。"

永生说着，跨开步子朝小黑点的方向照直追去。

梁永生越往前走，那小黑点儿的影像越大。

梁永生越往前走，那小黑点儿的轮廓越看得清晰了。

当梁永生一阵疾走来到近前时，一瞅，原来不是志勇。那位三十多岁的行路人，穿着一身破烂衣裳，脸上的胡髭儿已经很长了。不知是因为走累了，还是为了防御野兽伤害他，他的手里还拄着一根棍子。这时，永生的心情，又失望，又好奇："这是个干啥的？他到深山老林来干啥呢？"他这么想着，就暗自决定：既然这么远赶来了，就上前问一下吧。

永生真没想到——当他正向那人靠近时，那人忽地把棍子擎在手中，摆出了一副要和他拼命的架势，气冲冲地说：

"你要干什么？"

梁永生一下子愣住了。他还没来及答话，那人又说：

"你们真恨穷人死不净呀！"

"你这是啥意思？"

那人没有理睬梁永生的话，又咬牙切齿地说：

"要钱，已经被你的同行掏光了！要命，倒是有一条——不过，得拿命来换！"

那人说到这里，把横握在手中的棍子抖了一抖，仿佛马上就要拼命似的。到了这时，梁永生的心里已经明白了：这位大哥一定是把我当成了劫路的土匪。

原来，这位行路人见梁永生从很远的地方向他扑过来，又见他身后还背着一口单刀，就以为他必定不是好人。因此，这位已经被土匪洗劫过一次的行路人，早就拿好了主意："他不惹我，两来无事；他要惹我，就跟他拼了！"因此，永生往他近前一凑，他那满肚子的火气就爆发出来了。这时，梁永生见他的穿章儿是个穷人，看他的气质也是个正直的老百姓，听他的话语又好像心里埋藏着深仇大恨，于是，便赶忙解释说：

"大哥，你把我当成坏人了吧？你仔细看看我这身衣禄，像坏人吗？"

"你是干什么的？"

"我是个穷猎人。"

"猎人？那你照直扑着我来干什么？"

"哈哈！我认错人了。我以为你是……"

接着，梁永生把他一家惨遭匪劫、丢失志勇的过程简要地说了一遍。那人没等永生说完，就把手中的棍子一扔，大步凑过来，既同情又抱歉地说：

"原来咱们都是受穷的呀！对不起，真对不起！"

"没啥！"永生说，"大哥，你是个干啥的？怎么走到这深山老林里来了？"

那人叹了口气说："说起来，真是一言难尽哪——来，坐下，咱们仔细扯扯。"他们在旁边的石头上坐下后，那人又说："我把我这一肚子话都倒给你。这些天来，一直憋在我的心里，憋得我撑胸胀肋……"

原来这位行路人是个矿工。他有一本血泪斑斑的苦难家史。上个月，因为谈论"红军北上"的事，犯了"条款"，被关进班房。一个穷伙夫帮助他逃出虎口，这才进了深山。进山后，又遇上了土匪，把那位好心的伙夫硬塞给他的几个零钱全给搜去了。永生听后，对这位工人的不幸遭遇深表同情，就问：

"大哥，姓啥？"

"姓何。"

"哪里人？"

"江南人——你呐？"

"也是关里的。"

"听口音像个北方人——"

"老家在山东河北边上德州一带……"

"我有个小同事，是个刚来不久的伙夫，也是你那一带的人……"

"谁？"

"梁志强。"

"你说谁？"

"梁志强！"

"他？他是怎么来到这里的？"

"那，我就不知道了！你认识他？"

"嗯喃！"

"你们是……"

"他，是我的儿子！"

"梁志强？"

"对，就是他！"

"这一说咱们更不是外人了！"

"咋的？"

"我这回逃出虎口，就是梁志强救出我来的！"

"噢！"

话到此，这一工一农弟兄二人，更加近乎了。梁永生顺便向何大哥打听了许多有关梁志强的情况。何大哥也把他谈论共产党带领红军北上触犯了"条款"的事，向梁永生学说了一遍。总之，他们越谈越亲热，话不截口了。看来何大哥像其他工人一样，是个心直口快的脾气儿。

下边，便是梁、何二人的一段对话：

"你是怎么来到这边的呢？"

"也是被穷赶来的呗！"

梁永生把自己多灾多难的经历扼要地说了一遍，何大哥叹了口气说：

"如今这个时世，穷人难穷人难哪！"

何大哥点着烟，抽了一口，像忽然想起了什么，脸上泛起一层笑意，带着亲切感，又向永生说：

"哎，你们老家那一带，往后快有盼头了……"

"有啥盼头？"

"红军要到你那一带去了……"

"红军？谁的队伍？"

"共产党的队伍。"

"共产党"这个词儿，永生在几年前曾听人悄悄议论过。可是，他一凑过去，人家立刻转了话题，并且很快走开了。当时，永生对共产党一无所知。因此，他望着议论者的神秘劲儿，心中在想："北洋军阀当值的时候，不是也有人在偷偷地议论过'国民党'吗？后来国民党来了，比北洋军阀还坏！"他一想到国民党，就话在心里说："什么这党那党呀，就盼着出个穷人党吧！"这件事，已经好几年过去了。现在，他在这林海雪原中，又听何大哥提到"共产党"，而且说共产党还有队伍，就揣着一种好奇的心情问道：

"何大哥，共产党是个啥派头？"

何大哥站起身向四外望了望，又蹲下身子，压低声音说：

"共产党是个穷人党……"

"穷人党？"

"对啦。这个党专门替穷人说话，替穷人办事，还为咱这穷人报仇雪恨……"

接着，在梁永生的追问下，何大哥把共产党领导的工农武装上了井冈山，打土豪分田地的事说了一遍。何大哥绘声绘色地说着，梁永生眉飞色舞地听着；他觉得就像嘴里含着块冰糖似的，一股股的甜水流进心窝里。这时节，在他心窝里那块肥沃土地上埋了二十多年的种子，也开始萌动了。你看，从他那两只扑闪扑闪的大眼里，闪射出了满含希望的光芒。没等何大哥说完，他就急切地问道：

"何大哥，你说的这事儿，可是真的？"

"我从好多年前就离开南方逃到关东来了。这事真不真我也没看见，全是家乡的亲属们来信说的……"

何大哥磕去烟灰，又擦了擦烟袋嘴儿，朝永生一举，说：

"会不会？"

"扰你一袋！"

永生接过烟袋，装好，点着，狠狠地吸了一口。可能是因为好几天没有抽上烟了，这口烟吸进去，使他感到浑身舒贴，精神头儿更大了。他坐在那高高的大青石上，心驰神往地遥望着远方的天空……

乌云密布的天空里，裂开了一道缝隙，露出一片蓝天。一轮红日冲出云层，万道金光，透过密林射进了这荒无人烟的雪原，使得何大哥和梁永生这对工农穷弟兄，都感到身上暖煦煦的，眼睛亮堂起来，眼前的境界也开阔多了。就在这时，永生又想起了何大哥方才说的"往后快有盼头了"那句话来，于是又问：

"哎，何大哥，共产党真的要到俺老家一带来？"

"我只是听说红军离开井冈山北上了。北上北上嘛，你老家不是在北方？兴许会到你老家一带去呢……"何大哥说着说着站起身来，"我该走了，你也走吧。家属不是还在等着你吗？"

梁永生也站起身，把烟袋递给何大哥，又关切地问：

"何大哥，你要到哪去？"

"我要穿过老林，到那边去投奔一个老朋友。"

然后，他俩恋恋难舍地相互告辞了。

当梁永生回到原处时，翠花和孩子们正焦急不安地等着他。翠花自从望见丈夫的影子，心绪就乱了起来。在永生还没回来的时候，她的心里，只是担忧丈夫发生什么意外。因此，她一望见丈夫平安无事地回来了，心里一阵高兴。可是，这高兴的心情就像一闪即逝的电闪一样，很快就过去了。接着又变成了失望，悲痛……因为她见丈夫是孤身一人回来的——这说明没有找到志勇。眼时下，因想志勇而产生的悲痛已经笼罩住了翠花的心头。

但是，这时的杨翠花，还有一点感到迷惑不解：丈夫踏雪寻子扑了空，怎么脸上反倒乐呵呵儿的呢？翠花对自己的丈夫是了解的。每当她愁闷、忧伤的时候，丈夫总是把同样沉痛的心情深深地埋在心里，而摆出一副喜悦、快活或者至少是满不在意的神色。永生这样做，是想用自己的情绪来感染妻子，帮她从痛苦中挣脱出来。可是永生哪里知道，他那种强装出来的、表里不一的快活神色，细心的妻子总是能看出来的。可是今天，在翠花的感觉中，丈夫脸上的喜色笑意，分明是从他的心灵深处流露出来的。这又怎能不使翠花纳闷儿呢？

杨翠花当然不会知道——这时节，梁永生的心里，有一股温柔的春风，正在吹拂着他那颗埋藏已久的、大报血仇的火种。永生和那位工人分手后，在健步归来的路上就一直在想："真是天无绝人之路哇！满清时，盼'民国'，盼来的'民国'，还是光向财主不向穷人！真没想到，共产党带着队伍北上了……要是共产党到了我的家乡，穷人可就有了出头的日子了，我的血仇，穷爷们儿的血仇，就都能报了……"现在他下了决心："下了山，哪里也不去了，赶回老家去！也许我赶到老家时，共产党已经到了呢……"要放在一般人身上，关于"红军北上"的消息会马上告诉老婆孩子的。可是，梁永生无论对什么事，总是先自己悄悄地琢磨好了，才肯说出来。

翠花见丈夫喜形于色，又在忽闪着大眼琢磨事儿，早就想开口问问。她开头儿想问的话是："没有找到志勇吧？"可是，当这句话来到嘴头上的时候，又觉得这种明知故问会增加丈夫内心的痛苦。她思量再三，把问志勇的想法硬压下去了。她第二句想问的话是："你乐啥？"但又觉得这话似乎也不妥帖。她想："在这虎啸熊嗷的荒山野坡，丈夫能突然得到什么喜事呢？也许，他在寻子扑空极端丧气的情况下，为了摆脱苦恼而特意寻了个什么乐趣儿……"若是一问，就把他那为摆脱苦恼而自寻的乐趣儿问跑了，这样的结果，当然不是翠花所希望的。那么，问什么呢？

细心的翠花经过一阵思忖，终于这样开了口：

"孩子他爹，到明天这间，咱能走出老林吗？"

"能！"

"爹，你不说还得走一天多吗？"

"身上有了劲头儿，走得就快了呗！"

"咱下了山，你再找个地界儿打铁去吧？"

"不！"

"拉洋车去？"

"不！"

"锔锅去？"

"不！"

"那，干啥去哩？"

"找共产党去！"

"共产党？"

"共产党是咱穷人的党，专为咱穷人办事的！"

"那可好！有了共产党咱们报仇就有盼头了！"翠花说，"到哪里去找共产党？"

"回老家。"

"咱老家有共产党？"

"听说共产党如今带领红军北上了。"

"红军又是啥？"

"共产党的队伍嘛！"

梁永生把林海雪原巧遇志强的老工友何大哥的事说了一遍，最后还加了一句："这就叫'物极必反'嘛！你看，财主和官府勾起来，官府又和洋人勾起来——乡间的财主，城市的财主，中国的官府，外国的官府，还有土匪，他们通通勾起来，欺压得穷苦百姓还能活吗？我早就琢磨着该出个为天下穷苦人办事的党了……"

这时，翠花喜形于色地高兴起来，可又觉着不大明白。志刚和志坚听了也是高兴，可他俩是更不明白。志刚向爹要求说："爹，我怎么听不明白呀？又是红军，又是共产党，你仔细说说，倒是怎么一回事儿……"

志刚这一问，把他爹算问住了。在眼时下，梁永生只是知道共产党是个穷人党，说话、办事向穷人；还知道共产党在南方领着农民打土豪分田地，要为穷人打天下，又以后就领着红军北上了……除此而外，他还知道什么？不知道了。永生自己心里都不明白，他怎么能说出个子丑寅卯来？他正在为难的当儿，忽然想起何大哥说的打土豪分田地的一些情景，于是说道：

"咱们一边走一边说——"

他说着站起身来。

永生一家，沿着下山的道路，又走开了。

阳光普照的雪原上，留下一溜越来越稀的脚印。春风荡漾的林海里，一阵又一阵地、长久地回响着他们一家那朗朗的笑声。梁永生一家人，在林海深处、雪原的尽头消逝了。

那饱含希望的笑声，还在林海飘荡，还在天际缭绕；这艰辛苦涩的脚印，也还在雪原上向前伸延着。

第二十四章

——

重返宁安寨

　　一个夕阳返照的黄昏。

　　梁永生一家，回到了一别八年的宁安寨。

　　永生一踏进村口，就像孩子投入母亲的怀抱，心里有一股说不出的舒帖。他跨着大步走在街上，两只眼不够使唤的，东张张，西望望，左顾右盼，觉着处处都是既熟悉又新鲜。

　　突然，一片宅基的废墟，映入永生的眼睑。倒塌的房框土，好像一座小土山，上面长满了野草。那些让寒霜打死的枯草，又被冬日的风雪捋去了叶子，如今只剩下一根根纤细的草根儿，像一支支钢针似的朝天竖着。小土山的周遭儿，围着一圈儿土塄子，那是倒坍的垣墙演变而成的。只有那座梁永生在新婚之日砌上砖磕的门楼子，还在歪歪扭扭地、顽强地挺立着。看上去，好像一位驼背的老人，孤孤零零地站在那里。

　　这里，便是永生一家下关东以前的故居。

　　梁永生望着这种凄凉景象，内心一阵伤感，迈步走了过去。只见，那

253

门楼子的过木上，长了一层绿苔；绿苔经过冬天，变成黑色。过木底下，麻雀垒上了窝巢；两只口衔横草正要归巢的麻雀，在这陌生人的头顶上圈圈飞旋，喳喳直叫。梁永生亲手栽下的白杨树，现已长大成材；它那孕育着绿色的枝丫，在一丈多高的漫空中，和魏大叔那棵枝条依依的老柳隔着墙头搭连起来。

梁永生倒背着手儿，在这故居的废墟上徘徊着。过了一会儿，他摸着嘴巴子上的胡髭儿，自言自语地说：

"真是十年河东十年河西呀！才八年的光景，如今变成这个样子了！"

"好小子呀，你还回来呀？"这话音没落，一只大拳头冲着永生的胸脯儿来了一杵子。永生抬头一望，尤大哥笑哈哈地站在他的对面。永生就劲儿紧紧地抓住了尤大哥的手。他俩对望着，相互在彼此的脸上寻找着别后的变化，老大晌光笑不说话。过了一阵，永生望着尤大哥那隐约可见的霜鬓，摇摇头说："见老了！"

一位须发半白的老汉，肩上背着粪筐，胳肢窝里夹着粪权子，正站在那边手打亮棚看他们。夕阳的余晖，映在老汉身上。他身上的土沙细末儿，闪着光亮。艰难的岁月，在他的两眉间刻下了深深的皱纹。辛辣的风霜，又在他的眼角上描画出鲜明的线条。他那双锐利的眼睛，失去了原有的光泽，里面又像塞进一些苦涩的东西。梁永生皱起眉峰，两条炯炯的视线在老汉的脸上打了个转儿，然后悄声问尤大哥："哎，那可是魏大叔？"

"那可是永生？"魏大叔先开了腔。

"魏大叔！"梁永生一面喊着，一面迎上去。魏大叔放下粪筐，将粪权子靠在筐系上，一面朝这边走，一面笑眯眯地说：

"从大水把你灌跑以后，一去八年，音信全无，我以为你……"

"大叔以为我死了吧？"

魏大叔来到近前，瞅开了梁永生的面目。他看到梁永生那饱经风霜的脸上，没有一丝儿颓丧的气色。他的体魄，还是像从前那样，蕴藏着旺盛的精神，充沛的火力。魏大叔看了多时，感叹地说：

"永生啊，脚下这个年月儿，虎狼遍地；凭你那股子不吃味儿的脾气，携家带眷各处去闯荡；说真的，你大叔是担心你将这把硬骨头撂到外头哇！"

"大叔，你看，我将这堆穷骨头又囫囫囵囵带回来了！"

"好！好哇！没事没非儿地回来就好！"

"大叔，你看——这野草不是又要钻芽儿了？"永生指着"小土山"的向阳处，意味深长地说，"风霜除不净没腿的野草，虎狼能吞光咱这带腿的穷人？"

魏大叔赞许地点着头。他心里话："听这话把儿，永生没白在外头山南海北地闯荡这些年，肚子里倒是有些穿花儿了，人也老成了。"大叔这样想着，又问道：

"就你自个儿来的？"

"不！一家巴子全来了。"

"他们都家去了吧？"

"没价。"

"在哪？"

"你看——"永生挥臂一指，"那不是！"

大叔急了："你不把大人孩子领到家去，怎么自个儿在这里'观光'起来了？"梁永生笑笑说："大叔别急，我就是投奔你老人家来的。走到这儿，腿不听话，拐了弯儿……"

魏大叔笑了。笑得嘴角上那两撇胡子撅起来，好像正在他头顶上飞旋着的燕子的翅膀。他把永生一家领进角门儿。三间土房以更加衰老的面貌迎接着这帮远来的客人。房顶上融化了的雪水，正顺着溜口滴落着，就像见了久别的亲人流开了喜泪一样。魏大叔一面在院中走着，一面高声大嗓地朝屋里喊道："掌柜的！接客喽！"魏大婶一听老头子的音韵饱含着笑意，就知是来了称心的稀客，急急忙忙迎出屋来。她一边朝外走，还一边嬉笑着嘟嘟囔囔地数落老头子："三根头发两根白了，还是成天价没要拉紧……"魏大叔见老伴儿推开了风门子，又说："你看——谁来啦？"

"魏大婶！"

梁永生喊了一声，大步走过去。魏大婶边走边瞅，瞅着瞅着笑出声来了："哎呀！永生啊！这是哪阵风儿把你这一家子给刮来啦？八年啦！可把你大婶子想坏喽！你要再晚来八年呀，也许就见不着你方婶子的面儿了……"

永生一家进了屋，魏大婶瞅瞅这个，看看那个，她的脸上被这意想不到的喜事刷上一层红色，笑纹也一直不退。她瞅着瞅着，把目光停在志刚的脸上，笑盈盈地问永生：

"这是那个志刚吧？"

"是啊。"

"可好，可好！长得五大三粗的，个子快赶上你爹高了！"

魏大婶说着，凑到近前，扯起褪了色的蓝衣襟擦了擦眼，抓住志刚的胳臂，仔细地端详起来。魏奶奶横瞅竖瞅瞅了一阵，说："好哇，好！你看，四四方方的一张大脸，豁豁亮亮的两只眼睛，怎么瞅怎么精神……"

翠花向志刚说："叫你奶奶这一夸，你快成一朵花儿了！"

志刚的脸上唰地布满红云，手摸着脖梗子憨笑笑，低下头去。

"你别看我是个绝户命，还就是稀罕这大小子！这宝，那宝，啥是宝哇？人才是宝哩！"魏大婶拍打着志刚身上的尘土说，"八年前，闹大水的时候，要不是俺志刚把我救上树，我这个醪糟儿呀，早漂到东海里去了！"她又指着志坚问翠花，"哎，这一个，是志坚吧？"

"是啊。"

"好！长得眼官儿挺秀气，细条条的身段儿，文文静静的，像个书生。"魏大婶又转向翠花，"你们走的时候，那对胖小子才八九岁，他俩我还分不出谁是谁来呢！这不，一眨眼，也长成大人了。俗话说的没错：'不受累的孩子长得快呀！'都说咱不老哇，不老哪里跑？看看这一条又一条的大汉子，咱还不该老吗？哎……"她说着说着，忽然想起了什么，猛拍一下巴掌，笑着说：

"你看，我可真是老糊涂了；整天价拾仨忘俩的——还有一件大喜事忘了告诉你们呐——"

她一笑，满脸的纹路更深了。

"喜事？"翠花问，"啥喜事？"

"志勇回来啦！"

"志勇回来啦？"

这句话，几乎是从翠花母子几个的嘴里同时说出来的。他们齐打忽地把个魏大婶围起来，七嘴八舌问开了。闹得魏大婶说不上该听谁的、该答谁的，只是眯眯地笑。翠花把孩子们的话止住，又问：

"大婶，志勇在哪里？"

"出去啦——我也说不清到哪里去了！"魏大婶说，"你们放心吧，他会回来的。他从关外回来以后，总是短不了到这里来看看。哪回来到，进门总是先问：'魏奶奶，我爹娘回来了吗？'问得我心里怪不好受的。为啥？他一问，我就想起你们来了呗！"

"他多咱回来？"

"哎呀，要问准多咱，我也说不清——"魏大婶一根一根地扳着指头，"初五、十五、二十五，哟！一转眼又走了二十多天了，我估摸着这几天里该回来扒扒头儿了……"

这一阵，永生坐在旁边，只是抽烟，没动声色。他见翠花喜得厉害，就说：

"看，把你喜的这个样子！你那宝贝儿子可真是个稀罕！"

"哼！甭说人家——"翠花用笑眼抠着丈夫，"别看你装得挺像，心里也早就美大乎儿的了！你寻思俺看不出来？"

"唉！你两口子谁也甭说谁！"

魏大婶拍一下巴掌，咯咯地笑起来。

接着，永生一家，又围着魏大婶说笑开了。翠花掏出了给魏大婶捎来的治腰疼的偏方儿。魏大婶找出老头子的一双鞋给志刚换上。

他们正亲亲热热喜气洋洋地说着笑着，跑到前村小铺儿里去打烧酒的魏大叔，提着个瓶子笑呵呵地回来了。梁永生激动不安地望着魏大叔，说：

"大叔，你过得不松快，咱爷儿俩又不是外人，还用得着买这个？"

"见到你们心里痛快，喝两盅开开心呗！"

魏大叔和梁永生都上了炕。

院子里传来往水缸里倒水的响声。在炕头上盘腿而坐的魏大叔，扒着窗台一瞅，原来是志刚悄悄地挑起水来了。大叔回过头向永生说："志刚这孩子，跟你那咱一样——一看就是个过家之道的勤快手儿。"永生说："脚下他们大了，挑水搭担的力气活儿，我算卸肩儿了。"过了一会儿，魏大叔盯着永生脚上那双龇牙咧嘴的大鞋又问：

"你们咋来的？"

"走呗！"

"走了多少天？"

"喔！走了快对头一年哩！"

"用得了这么长时间？"魏大叔说，"我没下过关东。听下过关东的人说，在咱家里剃了头动身，多咱头发又该剃了，关东也就到了。"

"我们不能光走，得想头儿混饭吃呀！"

"在路上咋混饭呢？"

永生抓过大叔的烟袋，装好，点着，一边抽烟一边说："我们爷儿几个，卖过苦力，干过零工，还撂过场儿卖过艺哩……"

他们爷儿俩从关外扯到关里，继而又谈起村里的新闻。

在他们拉叨儿的同时，魏大婶和杨翠花娘儿俩正在忙着准备酒菜。不大工夫，老腌鸡子、酱黄瓜、摊鸡蛋、炒白菜四样庄乡酒菜准备好了。

梁永生和魏大叔，一边喝着酒，一边畅叙别情。魏大叔呷了一口酒，关切地问道：

"永生啊，这一趟关东混得怎么样？"

"这不是嘛！走时扛走一张嘴，回来又扛回嘴一张！"

"永生啊，既然无事无非地回来了，往后儿，就安安生生地在家里扑下身子混吧，别各处去乱撞笼子了！如今，你总算拉出孩子窝子来了，你呢，还不老，又没有扯腿拉脚吃闲饭的，正经八百地干上几年，兴许能混出个好光景来哩……"

魏大叔慢慢沉沉地说着，梁永生些微向前倾着身子，文文静静地听着。他虽然觉着魏大叔的说法跟自己的想法不对辙，可是他不点头也不摇头，不截言也不插语，只是拨弄着烟袋在手指中间转来转去，眼在眯眯地笑。直到魏大叔把话说结，抄起筷子去搛菜了，他这才呷下一口酒笑嘻嘻地开了腔："大叔，这几年你过得太平不？"

"唉！"魏大叔没开口先长长地叹了口气，"脚下这个鬼世道儿，咱这穷人，就是打到后娘手里的孩子，还会有太平日子过？"魏大叔又喝了口酒，把盅子往桌上一蹾，便跟永生谈起他几年来受的财主和官府的那些窝囊气。魏大叔的苦难，一桩桩、一件件，就像一块块的石头扔下水去，在梁永生的心里激起了层层褶褶的怒浪。他喝了一口酒，把怒气压下去，然后劝慰魏大叔说：

"大叔，往后快有盼头了——"

"有啥盼头？"

"红军一过来，咱这穷人不就好混了？"

"红军？是个啥军头？"

魏大叔的反问，像在梁永生的心里打了个闷雷。他一打愣，又接着说：

"红军是共产党的队伍嘛，你没听说过？"

魏大叔摇摇头，把搛在筷子上的一箸菜放进嘴里。魏大叔这阵摇头，把梁永生心里那团希望给摇散了。永生一家下山后，所以没在关东站下，除了因为关东遍地都是日本鬼子以外，主要还是想赶回老家来找共产党。

他原先曾想："我们赶到老家时，也许共产党早就领着红军来到了……"可他进庄以后，瞅瞅各处，没有看出什么大的变化，不像来了共产党和红军的样子，心里那股兴头子就开始落潮。可他当时又想："宁安寨一向是个偏僻闭塞的小村子，也许共产党和红军已经来到了附近，只是还没来到宁安寨罢了！"现在他一提到红军，见魏大叔根本不知道这回事，心想，看来不光是宁安寨没红军，就连周围一带也必定是没有红军了。要是有的话，魏大叔能听不见说吗？永生正然琢磨着这事，又听魏大叔说：

"永生啊，你来到家，往后说话得留点神哪！要不，你在这宁安寨是存站不住的……"

"大叔，你这是啥意思？"

"别张口就是共产党、共产党的——"魏大叔端起酒盅子一饮而尽，然后把盅子往桌上一蹾，带气地说："眼时下，地面儿上不大安稳。国民党的官府，还有那些大财主，成天价拿着'共产党'这顶大帽子，到处乱扣。他们看着谁不顺眼，听说谁要乍翅儿，就给谁扣上一顶'共产党'的大帽子。这顶大帽子只要戴到头上，就是一场塌天大祸……永生啊，你那个秉性我知道，所以才嘱咐嘱咐你——往后说话，办事，都得加点小心！"

永生听了这些话，心里倒又有些高兴起来。他给大叔满上一盅酒，笑眯眯地问：

"这么说，咱这一带是有共产党了？"

"谁知道呀！咱没见着过，也没听说谁真是共产党。"魏大叔装上一袋烟，一边转动着少角没棱的火石打着火，一边说，"就连共产党是个啥派头咱也闹不清……"

梁永生接着说："我在外头听人说，还真有个共产党哩。"

魏大叔把火绒子摁在烟锅里，狠抽了一口接着说："我也是这么个看法——无风树不响嘛！既然有这么个海嚷，看来八成是有这么一伙子人儿……"

永生就了就身子，一边给魏大叔斟着酒一边说："我听人说，共产党是一伙子好人，说话、办事都向着穷人。"接着，永生把何大哥的话，原原本本地说了一遍，直说得魏大叔喜笑颜开听入了神，擎在手里的烟袋也忘了抽。直到永生说完，他才想起抽烟，可是烟火已经灭了。他又重新打着火，吸下一口烟点点头说："你说得对呀，我琢磨着也是这么回事儿。要按国民党和大财主说的，共产党可坏啦……坏人越是说坏，可能越是好！你看，凡是咱穷人说好的人，他们就说是坏人；凡是咱穷人说好的事儿，他们就说是坏事儿——他们跟咱们，正是反掉着盆儿！再说，咱穷人受穷受气多少年啦？能不出个能人？我从这些地处推猜着，你方才说的那些事儿，八成就是真的。"

人，往往是通过自己的直觉和已经发生了的事情，来印证真理，来认识世事的。梁永生听完魏大叔讲的这些话，又想了一下，点点头说：

"大叔说得对！其实，共产党到底怎么样，我也没见过。可是，方才听到你说，国民党和大财主把共产党说得一无是处，并且，他们还到处逮共产党，把共产党看成他们的眼中钉，这是为什么？他们为啥这么恨共产党？又为啥这么怕共产党？叫我看，这说明共产党和他们是对头！既然跟财主是对头，那就必定是向穷人呗！所以，现在我再想想何大哥说的那些事儿，更相信它是真的了……"

梁永生正说到这里，魏大婶端上饭来。黄米稀粥，高粱窝头，还有两张新摊的米面煎饼。大婶子带着遗憾的表情，不安地说：

"永生啊，跟着你穷婶子穷叔的受点屈吧，想给你做点好吃的也拿不出来。"

"大婶子，粗布衣裳家常饭，吃不俗穿不烂，这个满好哇！"

"唉，好个啥呀？任嘛没有！这两张煎饼，是现借来的整子新摊的——就是这么一丁点儿面子，全可上了……"

"看你数黄瓜道茄子的，俗气！说这些车轱辘话干啥？永生他是外人？"魏大叔数落了老伴儿两句，又拿起筷子朝桌上一点，向永生说：

"来，吃呀！"

"唉。"永生说，"大婶，你别忙啦，一块儿吃吧。"

"俺们这一伙子在外间里吃。"魏大婶拾起酒壶、酒盅，一边朝外走一边说，"你们爷儿俩好好唠唠吧，俺不搅混你们了……"

大婶走后，魏大叔接上方才的话弦，又和永生拉上了。他说：

"永生啊，像你刚才说的，那些井冈山上的队伍要来到咱这里，咱这些穷人可就有了出头的日子了！"

正在这时，窗外有人高声大嗓地说：

"是梁大叔回来了吗？"

话音未落，只见门口一黑，走进一位进门低头汉子。这个黑大个儿，名叫二愣，是黄大海的儿子。他姥姥家在这宁安寨。因为他的舅舅出门在外，家里只有他姥爷孤身一人，又上了年纪，他来侍候他的姥爷，已经好几年了。他走进屋来，见炕上只有两个人，一个是魏姥爷，另一个不认识，显然就是多常说的那位梁永生大叔了。二愣的话向来是出门三声炮。这时他站在永生的对面，先哈哈地笑了两声，然后愣头愣脑地说：

"梁大叔，认认我——"

梁永生一打愣儿。

"你梁大叔怎么能认出你呢？"魏大叔一指黑大个儿，转脸对永生说，"他是你们龙潭街的。"

"谁？"

"黄大海的小子。"

"噢，这么大了！快坐下。"梁永生把小伙子拉到炕上。这时，永生的脑海里忽地闪出黄大海来。他用记忆中的黄大海和站在面前叫大叔的这个小伙子一对牌儿，个头、面目和岁数几乎一模一样。在梁永生逃出龙潭的时候，黄大海也是二十五六岁，他的儿子刚落生。梁永生心中很高兴。他是多么怀念龙潭街上的穷爷们儿，又是多么想知道龙潭街上近来的情况呀！于是，永生一边吃着饭，一边和二愣有问有答地谈起龙潭街上的事来了……

他们一顿饭吃到半扯腰里，跑来看望永生一家的穷街坊就陆陆续续满了屋子。那些眼目前的见面话，把永生和二愣的话弦也给打断了。来的这些人中，有男的也有女的，有老的也有少的。他们那一双双的眼睛都在灯光中闪射着兴奋的光芒。尤大哥家两口子全来了。尤大嫂跟一帮妇女堆在外间里，围着杨翠花问长问短，又说又笑。也不知因为个什么事儿，大家笑了个大弯腰，把志刚笑了个大红脸。尤大哥挤进里间，在人空儿里加了个楔子，坐在炕沿上。穷哥们儿的情绪，就像一个个的热火盆，炙得永生的心窝里暖烘烘的。穷人在一起，说话不截口。他们互相插嘴截舌地争着问这问那，从关里扯到关外，从"民国"扯到满清，从闹大水扯到抓劳工，从宁安寨又扯到龙潭街……直到报更的公鸡叫起来了，尤大哥这才打断人们的话头说："啊唷！半宿了，咱们该散啦！往后日子长着呐，有话改日再说；永生他们跑踏一天了，让他们快歇下吧！"直到这时，人们才注意到，在炕旮旯儿里的志坚，依偎着魏爷爷早已蜷蜷地睡熟了。

人们都走了。

他们睡下了。

屋里静下来。

这时，梁永生躺在炕上，又想起共产党和红军的事来。当他想到跋山涉水跑了几千里，忍饥忍寒走了快一年，结果，不光没有找到共产党，就连红军北上的信儿也没听到的时候，便产生了一股像在外头叫人家欺负了的孩子跑回家又找不着娘一样的心情。

永生的心在沉沉地下坠着，翻来覆去合不上眼。忽然，传来一阵砰砰的敲门声。

这是谁哩？细心的翠花一下子就听出是志勇来叫门了。她一骨碌爬起来，只是惊喜地说出"志勇"两个字，就一边披衣伸袖一边向外走去。

人们常常是这样——尽管明知某种事情必将发生，但它一旦真的发生了，仍免不了会产生激动的心情。翠花开了门，和志勇一见面儿，就一头扑上去，紧紧地抓住志勇的两条胳臂，好像怕他还会马上消逝掉似的，久久地不肯松开。这当儿，志勇轻轻地叫了声"娘"，将头埋进娘的怀里。杨翠花摸着志勇那毛茸茸的头顶，泪水越来越多，笑纹越来越密，心里有千言万语，嘴里吐不出一个字来。她太激动了。顷刻，她望望星空，瞅瞅四周的夜色，不自觉地喃喃自语道：

"我不是又在做梦吧？"

"看来你是常做这种梦吧？这会儿可不是做梦了！"

翠花扭头一望，魏大叔也披着衣裳出来了。后边还跟着魏大婶。魏大婶说：

"这是啥地方？快屋里去！"

屋外发生的这一切，永生在炕上全听清了。可是，他没走出来。叫不了解他的人看上去，就像他对志勇的半夜归来无动于衷似的。其实，这时永生的心里，同样是既高兴又激动，其程度不次于任何人，包括当娘的杨翠花在内。不过，他不愿意当着儿子的面，把这种心情毫无保留地、毫无控制地一下子倾泻出来。说真的，要是换个别人，在这种情况下，不管你愿意不愿意，那种惊喜的强大冲力，是想控制也控制不住的。可是，生活的磨炼已使永生有一种克制炽烈感情的力量。

志勇走进屋来。他庄重地站在爹的面前，像个得胜而归的"将军"似的，说道：

"爹，我回来了！"

永生笑望着挺然而立的儿子，点点头说：

"才一年，变得像个大人样儿了！"

志勇那双视线赶紧从爹的脸上移开，可又觉得不知往哪里看好，只好不好意思地低下头去，两手卷起衣角来。他这突然变化了的表情，和他方才那股威威势势的劲头显得很不协调。

接着，志勇和爹娘说起了离别一年的经过来。当他正神气活现地讲到打虎遇险的情景时，志刚被娘的笑声惊醒了。他一睁眼望见了志勇，带着一副睡态跳下炕来，两手卡住志勇的腰杆举上屋顶。志勇在志刚的头顶上，朝下俯视着志刚那喜泪横流的笑面，腼腆地叫了声"哥哥"。志刚刚放下志勇，志坚也醒盹了。他那睡得涨红的脸上，烙了几道斜印子，额头上排了一层米粒般的汗珠儿。他一手揉着惺忪的眼睛，一手轻打了志勇一撇子，乐呵呵儿地说："你怎么回来啦？"

"我早就回来啦！"

"你知道我们回来？"

"当然知道！"

"咋知道的？"

"估计的呗！"

"净吹！"

"吹啥？这不是明摆着的——"志勇说，"我找不着爹娘以后，心里就琢磨：'我到哪里去呢？'琢磨来琢磨去，琢磨出一个主意来：回老家。当时我是这么想的：爹报仇的决心那么大，早早晚晚总有一天要回老家的，我就先回去等着他。我回来以后，又琢磨：爹娘要是回来，投奔哪里呢？我想，一是宁安寨，二是雒家庄，三是龙潭街……反正不外乎这些地方。于是，我从回来后，就总是在这一带转来转去……你看，这不真等上你们啦！"

永生听了志勇这些话，心里说："志勇自个儿闯荡这一阵，比原先长出息不少，心里的故事儿多了……"翠花亲昵地点一下志勇的前额说："都说你心粗，粗不粗的还有点小道道儿呢！"志刚关切地问："志勇，你回来后，这些日子咋混的？"

"哎哟！俺志勇这孩子可勤啦，一天也不闲着！"魏大婶插嘴说，"光我知道的——打过短儿，挑过脚儿，撑过摆渡，拉过纤……"

"我那不光是为了混饭吃，"志勇说，"也是为了出去各处跑跑，好打听爹娘回来的消息。因打听不到爹娘回来的消息，我还偷着哭过好几回哩！"他说到这里，忽然想起了爹的烟袋，便从衣袋里掏出来，向爹递过去说:"爹,你丢在山洞里的烟袋,我给你带回来了。"

永生接过这个没有嘴子的烟袋,蓦然地想起了门大爷,又从门大爷想到了穷爷们的苦难,想到财主们如今仍在横行霸道……他想着想着,那股因找不着党而产生的急切心情,又涌上来了。说真的,这时永生的心景,和志勇打听不到爹娘的消息时的心景很相似。因此说,志勇的到来,固然是一件喜事,也确实在梁永生的心里激起一些兴奋的浪花。可是,这件喜事,又怎么能把永生因找不着党而产生的焦急心情压下去呢?

第二十五章

——

杨家遭劫

梁永生又安了新家。

这是一所破旧的闲院子，坐落在宁安寨的尽东头。它的前边，是一片杨树林子。东边是平展展的田野。西边是尤大哥的住宅。在这宁安寨拐了个弓弯的运河，从这所院落的后面悄悄流过。院内房虽不多，好在永生没啥东西，只不过是几口子人，挤巴挤巴倒满能住下。

这个住处，是梁永生托尤大哥给他找的。

在永生要另起炉灶自己安家的时候，魏基珂老两口子说啥也不干。可永生长短不听，死说活说不变卦。魏大叔和魏大婶万般无奈，只好把这条耿直汉子和他的家眷送入新居。魏大叔、尤大哥还有附近的一些穷爷们儿，这个拿来一些吃的，那个送来一些烧的，还有的匀给他一些随手使用的家什，这么七拼八凑，齐打忽地一操扯，总算帮助永生一家安起了锅灶。

梁永生为啥高低要从魏大叔家搬出来呢？一来是，梁永生觉着魏大叔的穷日子皮儿包着骨头，三天两头闹饥荒，架不住他这一家子糟扰；二来，也是主要的，是从疤瘌四上门逼债引起的——

这天下午，魏大叔两口子和孩子们都出去了，家里只剩下了永生和翠花，突然疤瘌四鬼鬼祟祟地闯进宅来。疤瘌四仗凭两片子嘴唇会网花，在白眼狼手里闹得挺红火。今天他奉命来打探，又是一个立功得宠的机会，心里当然高兴，所以他一进门就皮笑肉不笑地嚷道：

"梁永生可在这里住吗？"

正在给鸡拌食的杨翠花，搭眼一瞅，不认识。可是，她从这个家伙的衣着、神色满可看出——不是个好蘑菇！于是，她紧走几步，站在屋门前，挡住疤瘌四问道：

"你是干啥的？"

"哦！不认识？我是龙潭街上贾永贵——贾二爷的账房先生。"

疤瘌四一提到"贾二爷"，脸上是那样的卑贱。可是，翠花一听，心里的气就满了。她又问：

"你要干啥？"

"我找梁永生——"

"他不在！"

"哪去啦？"

"出去啦！"

"噢！你大概就是他那孩子的娘吧？"

"你也甭问是爹是娘，有话就说吧！"

"哎，你这个人怎么这么说话法？"

"天生的就是这么说话，凑合着听吧！"

疤瘌四这个老滑头，是把白铁刀，样子挺神气，一碰硬就卷刃。现在他当然能看出，杨翠花是故意跟他怄气。可他觉着在这里要威风怕是没光沾，只好佯装不察地又说：

"你别误会，我和梁永生是老相识，听说他回来了，来看望看望他，还想帮帮他的忙……"

"帮他啥忙？"

"给他找个饭碗。"

"啥饭碗？"

"贾二爷家还少个长工……"

"你回去告诉他吧——"

"妥啦？"

"不去！"

"贾二爷已经向我言明：工钱加倍……"

"他有工钱，俺有志气——侍候不着他！"

疤瘌四见杨翠花净戗着他来，把那疤瘌眼儿一斜立："你可别忘了——二十多年前，你们还欠东家一笔账呢！"

"我们和白眼狼那笔账，一辈子也忘不了！"

"那好！当初是四升棒子，如今过了二十多年……"

"变成多少啦？"

"一百三十四石五斗六升！"

"好吧！"

"还得起？"

"有数就还得起！"

"那更好了！可空口白话不中用，就请你拿出粮食来清账吧。"

"俺跟你清不着！回去和你主子学学舌——我们早晚是要跟他清账的！"

疤瘌四像条当头挨了一闷棍的哈巴狗，找了个没味儿，夹着尾巴溜走了。

这一切，梁永生在屋里听了个清清楚楚。不知为什么，他始终没有出面。当翠花回到屋时，他高兴地说：

"好！你不是鼻子不是脸地给他那一套，满好！"

翠花问：

"你琢磨着，他这是来干啥呢？"

永生说："你们方才在院里说着，我就想好啦——什么'请长工'呀，'逼旧债'呀，全是闲扯淡！很可能是白眼狼派他来探风儿的！"

"探风干啥哩？"

"又要在咱身上打什么坏主意呗！"永生说，"看来要出事儿了——咱得想个法儿，要万一碰上什么磕绊，好别连累上魏大叔……"

第二天，他们就搬到这个闲院子里来了。

几天来，永生借了副锢漏挑儿，天天外出盘乡。

他盘乡的目的，除了挣几个钱糊口而外，还有一个比这更占主要的想法，就是要借盘乡之便，到周围各地，去扫问扫问共产党和红军的消息。

今天，他又特地远出，到城根底下盘了一趟乡。原来他以为那一带消息灵通，兴许能扫问着共产党和红军的信儿，可是，还是没有打听到什么准信儿。

阴沉的天气渐近黄昏。

风沙吹打着新糊的窗纸。

梁永生风尘仆仆地回到家，把锢漏挑儿一撂，侧到被窝卷儿上，正架起腿来抽闷烟，二愣姥爷嚓嚓走进屋来。这一带的风俗：越不系外，越不打招呼；这更显得亲近。二愣姥爷坐在炕沿上，把那皱皱巴巴的手伸进怀里，掏出一个信封，递给永生说：

"我那个小子打来一封信。你给我看看，上头写了些啥意思。"

永生直起身，接过信，又划着火柴点上灯，从信皮儿里把信瓤儿抽出来，凑在灯前默默地看开了。

闪闪烁烁的灯光，只有黄豆粒那么大，突突地冒着烟子。可能是因为灯草快够不着油了，这已经很微弱的光亮还在逐渐缩小。不知是因为灯光太弱，还是因为信中写了些什么叫人不高兴的事儿，只见梁永生越看脸色越沉，两眼越瞪越大，眉间也聚起个疙瘩。

二愣姥爷不去理睬永生的表情。他在永生看信的当儿，耷拉着脑袋装上一锅子烟，然后又把注意力集中在火石上，乒噌噌乒嚓嚓地打起火来。

一只在院中俯冲低飞的燕子，瞅了个人们不注意的空隙钻进屋来，打了一个圈儿又飞走了。

二愣姥爷一边打火，一边像在跟火石说话似的，断而又续、续而又断地自己叨念：

"几个月前，他来过一封信……那封信上，写的是他们工人们闹斗争的事儿……那信上说的，可叫人高兴啦——工人们提出几个条件，大老板不想承认，又不敢不承认……打那以后，我这个老头子的心里，也像点起了一把火，成天价盼着……"

二愣姥爷嘟嘟囔囔说到这里，撩起眼皮看了永生一眼，只见永生早就把信看完了，信瓢已经撂在桌子上。这时的梁永生，仰在被卷上，两手交叉托着后脑勺，瞪着两只大眼瞅屋梁，仿佛正在想着什么。二愣姥爷赶紧撂下他那没说完的半截话儿，向前就一就身子，凑在永生脸前，盯着他那忧思重重的神色，问道：

"信上密密麻麻那一大片，净写了些啥？是他们工人跟大老板闹斗争的事儿不？"

"是！"

"如今闹胜了不？"

"蒋介石那个孬种，镇压工人运动……"

永生气冲冲地先说了这么一句，把思路从沉思中收回来，将信上的内容从头到尾跟二愣姥爷说了一遍。

二愣姥爷的耳朵有点背了。他侧歪着膀子，并用手掌帮助耳轮，捕捉着从永生嘴里发出的每一个字音。听完后，他长长地叹了口气，用一种气愤、惋惜和自慰相混合的语气说：

"实指望工人们成了气候，咱这庄稼人也跟着沾点光呢，不承望又叫蒋介石那个混世魔王给搅了！唉，算啦！稀里糊涂、凑凑合合地过吧……”

永生劝了他几句。他又说：“像我这个，老老搭搭的了，还能活几天呀？我是愁着你们这些年轻人没法熬哇！”

二愣姥爷说了些泄气话，抬起屁股走了。

他这些话，在梁永生的心里，掀起了层层波涛，激荡着心弦，撞击着胸壁。原来永生过去听人说过工人运动的事，并且他也曾有过这样的想法：“工人和农人，都是受穷受苦的人。一旦工人们闹出个名堂来，乡间的穷人们也许就有个奔头了……”现在他看了这封信，心里很苦闷。不由得暗自想道：“就真的像二愣姥爷说的那样，稀里糊涂地过下去吗？不！不能那样窝窝囊囊地活一辈子！可又怎么办呢？”

永生正然沉思，屋外传来一阵咕咚咕咚的脚步声。

接着，哐当一声，屋门开了。一股凉风吹进屋，扑灭了桌上的油灯。梁永生随手点上灯，只见一位生着连鬓胡子的红脸大汉，像个半截黑塔似的站在眼前。他那胖乎乎的脸上，好像暴雨欲来的天空，阴森森的；一张一合的大鼻孔里，喷着火焰般的热气；两颗网满血丝的大眼珠子，闪射着愤怒的光芒；他那虎彪彪的身躯，仿佛也在微微颤抖。梁永生木愣愣地望着眼前这位熟人，好像感到十分生疏；由于纳闷儿，他脸上的神情也在发生着急剧的变化。他初而喜，继而惊，而后惊喜交加地开了腔：

“大虎哥！你从哪里来？”

“龙潭！”

杨大虎顺口扔出两个字，抽下掖在腰带上的毛巾擦着汗，坐在板凳上。接着，他又一面掏出烟袋装着烟，一面呼哧呼哧喘大气，还是不吱声。我们的语言，的确是有没有能力来表达感情的时候。看大虎这时的表情，分明是装着满满的一肚子话，恨不能一下子全向永生倾诉出来，就像喉头被一种什么东西堵住了，使得他一句话也说不出；仿佛那些一齐向外攻的话，由于挤在一块儿谁也攻不出来，憋在胸膛里，撑得胸脯子忽闪忽闪直鼓涌。

　　梁永生望着大虎的表情，心里火辣辣的，暗自纳起闷儿来。杨大虎留给永生的印象，是个大大咧咧的脾气，乐乐呵呵的笑面。当永生在天津街头遇见大虎时，大虎一下子抱住他，亲热得恨不能啃两口。从那以后，又是四五年没见面了，这回一见面儿，怎么竟是这样一种神色呢？说真的，在大虎没来之前，永生早就想和大虎哥见个面儿。并且，他还曾情不自禁地预想到乍见面的情景——鲁莽莽的杨大虎，一定会亲亲热热地抓住他，兴许还会给他一撇子，然后说长道短，问这问那。可他今天的表情，怎么简直判若两人？这到底是咋的回事呢？永生一面悄悄地想着，一面用两条目光往大虎的心里钻探。他最后得出的结论是：眼时下，理智对大虎已经失去了控制能力，大虎现在的行动，几乎完全是被一种冲动的感情驱使着。正在这时，外边不知是谁家的孩子放了几声鞭炮。这噼噼啪啪的鞭炮声，使永生蓦然想起，后天又是元宵节了。于是，永生为了把大虎的思路从冲动的感情中引开，就说：

　　"大虎哥，后天又是元宵节了，今年你还引狮子不？"

　　"引狮子？我要打狼了！"

　　"打狼？"

　　"对！"

　　这时，大虎的心情也平静些了。他一面抽着烟，告诉永生这样一件事情——

　　前天，大虎因不愿再给白眼狼拉套，想辞活不干了。白眼狼一听可毛了脚。一个长工，辞活不干，这有啥值得毛脚的呢？因为白眼狼相中了大虎这身好力气。拿耪地来说，他的锄杠比别人的长着一尺，别人一天耪二亩还得起早贪黑，大虎一天三亩地两头见太阳。说到担水，他不干则罢，要干，都是两条扁担同时上肩。有一回老牛惊了车，好几个人拽不住，他腾腾赶上去，抓住缰绳一蹲身子，车就刹住了。从那，人们给起了个外号，叫"气死牛"。杨大虎这身好力气，在白眼狼的眼里，是很有分量的。因为白眼狼的看法是：沙里能澄金，水里能捞鱼，穷鬼的血汗中能捞出无穷富贵。因此，白眼狼对每一个长工，只要汗没流干，油没挤净，他是想尽法儿也不叫人家离去的。你想啊，像杨大虎这个大有潜力可挖的长工，他怎肯松手呢？

于是，他装出笑脸说好话，张着狼嘴许大天：

"老杨啊，你、你好好干吧，我、我准亏不了你……"

大虎腻味他这套虚情假意，就把脖子一横，不费思索地、干掰截脆地说：

"说这些没盐没酱的淡话做啥？结账吧！"

"你、你为哈不干哩？总、总要说个理儿呀！"

"俺卖的是力气，挣的是工钱，人并没卖给你！"

白眼狼脸上那一丝儿强挤出来的笑容，像被一阵硬风吹灭了的灯亮一样，唰地消失了。接着，他收起软的又端出了硬的：

"长、长工长工，就、就得长干；我、我这里不是开店，不、不能那么随便！"

大虎虽没有梁永生那叱咤风云的气魄，可他也不是逆来顺受的认命派。这时他一听火了，忽地站起来，指着白眼狼质问道：

"你说啥？咱找个地方说理去——"

白眼狼为了把大虎这股虎劲儿唬回去，冷笑道：

"你、你要跟我打官司？那、那我花上几个钱，就轻而易举，买、买你这条命，叫、叫你做第二个梁宝成！"

……

梁永生一听白眼狼这么狂气，心里很生气，不知不觉地把捏在手里的一根火柴棍儿捻碎了。他问大虎：

"你怎么回答的？"

杨大虎气冲冲地说：

"我一把抓住了那个老杂种的脖领子，吼道：'现在就走！就算刀抹脖子，我也得吐出这口气来！'"

"对！就是这样答对他！"永生说，"他怎么样？"

"他吓瘫了！紧说好的——什么'伙东一场是有缘啦'，'一个锅里抡马勺这么多年啦'，净是些草鸡毛话儿！"

"叫我看，他并不怕你上县政府，他知道你也不真去跟他上县政府。"永生说，"他大概是怕你把他弄出去掏出他的五脏。"

"我就是打算那么办！"

"以后怎么样啦？"

"以后马铁德那个孬种闯进来了，他一看不妙，又打圆盘，又赔不是，并许给我：账房先生外出回来，马上结账，该多少是多少，分文不会少——"大虎说着说着又上了气。他一拍桌子说："谁知他妈的这是用的一计！"

"啥计？"

"两天以后，就是今天，他派了几个狗腿子，把我的儿子给抓去了！"

"长岭？"

"对！"

"他不是出门了吗？"

"在外头跑了几年，混不下去，又回来了。"

"抓他干啥？"

"说他是共产党！"

"他真是共产党？"

"要真是又好啦！就连他们也知道长岭不是共产党。"大虎说，"我听说，他们是这么谋划的：把长岭抓了去，来个屈打成招，然后押送县府……你想啊，长岭进去还有个出来？连我这条老命怕是也得一勺子烩进去！"

杨大虎说到这里，梁永生的肺都要气炸了。激怒使他的面颊红晕起来。他觉着像有块咸腥的东西，堵住了他的喉头，一时说不出话来。停了一会子，他问大虎道：

"大虎哥，你要怎么办？"

"依着我——"

大虎说着，瞪起涨红了的眼珠子，从腰里嗖地抽出一把捎谷刀，喀嚓一声戳在桌子上，震得桌上的灯火颤颤巍巍地晃动起来。

梁永生尽管从心眼里喜欢杨大虎这种直杆炮的性体儿，可他自己，毕竟是个心回肠转的人。所以他劝大虎说：

"先别！你就算豁上命，怕是也救不出长岭来！"

"旁人也这么劝我，我这才来找你，想让你帮我谋划个办法。"大虎缓了口气说，"我爹死在了他的手里，我儿这不又要死在他的手里——不管怎么拼，我决心是要跟他拼了！"

昏黄的月亮悄悄爬上窗角，正偷偷地朝屋里探头。屋外，风势猛了。庭院前头的杨树林子，好像在为大虎鸣不平似的，发出愤怒的吼声。

梁永生侧在被窝卷上，久久地不吭声，只是大口大口地抽烟。从他的鼻孔、口腔中喷出的黄烟，和从灯光上冒出的煤油烟子混杂起来，形成一片浓重的雾气，塞满了屋里的每一个空隙。这本来间量就不大的屋子，如今显得更窄狭了。这时，如果你没有注意梁永生那大幅度起伏着的胸脯子，你会感到他的感情平平静静，仿佛对大虎的境遇无动于衷似的。其实，梁永生目下的心中，既有对杨大虎的同情，又有对白眼狼的气愤；既有长岭被抓的新仇，又有爹娘屈死的旧恨。这些思绪一齐涌上心来，搅得他的心潮就像浩瀚大海又遇上了十二级台风似的，骇浪滔天，翻滚奔腾。只不过是他和大虎比起来，比较能够控制自己的感情罢了。

过了一阵，他可能是已经想出了营救杨长岭的办法，便把视线移到大虎戳在桌子上的那把捎谷刀上来了。接着，他拔下捎谷刀，紧紧地握在手中，朝大虎说：

"咱一定能把长岭救出来！"

"咋的个救法呢？"

大虎虽然这样问，可是他那紧绷绷的心弦，已开始松弛下来。因为永生的动作，实际上已事先给他做了回答。

梁永生笑了笑，把身子凑近些，就和大虎一字一板地谈起来。

屋后河水流动的响声，正在越来越大。它告诉人们：夜已深了。

大虎在炕帮上磕去烟灰，把安着青铜烟锅子的大烟袋往肩上一搭，又把捎谷刀插在腰带上，站起身说：

"就这么着吧。我走啦。"

方才这一阵，翠花和孩子们都坐在外间里听他俩说话，没进来。现在一听说杨大虎要走，杨翠花一撩门帘挡住了门口：

"杨大哥，住下吧……"

"不，住不下。"

"不住下也得吃了饭再走。"翠花指着热气腾腾的锅灶说，"我知道你饭量大，还特意多添了两瓢水呢。"

"不，家里这个烂蒲团，我得赶快回去。"

豁达的永生，理解大虎的心情，就说：

"不吃不吃吧。给大虎哥拿上个干粮，让他揣在怀里，路上饿了就啃两口垫补垫补。"

大虎走出屋门，志刚、志勇和志坚也齐打忽地围上来。这个拉住手，那个抓住胳膊，异口同声地喊"大爷"。杨大虎望着这帮虎头虎脑的孩子们，心里有说不出的高兴。在那潜伏着气愤的脸上，浮现出一天来不曾出现的笑容。是因永生的谈话解开了他的思想疙瘩，还是见了志刚他们忘了长岭？反正这时他的眼、嘴和鼻子，都有兴奋的表示。他望着这些茁壮的孩子动情地说：

"真是苦瓜长得大呀！你们跟着穷爹穷娘吃糠咽菜，也都长成硬邦邦的大小伙子了！"

"那一年，要不是大爷你救出尤大爷给我们送信，我们现在还不知怎么样了呢！"志刚话一落地，志勇又接上说："要不是杨大爷给爹和奶奶送信、送盘缠，还……"

"你怎么啥也知道？"

"爹说的。"

他们像眷属重逢似的亲亲热热说了一阵儿，杨大虎就迈出院门走了。严冬是不肯轻易退走的：春夜的凉风，还在向人们显示着严冬的余威。在大虎和孩子们说话的当儿，永生回到屋里拿来一件破棉袄，披在大虎的肩头上。接着，他又和杨大虎肩并肩地迈着步子，说着话儿，一直把他送上运河大堤。在大虎高低让永生回去的时候，梁永生左手握住他的右手，右手搭在他的左肩上，又语重心长地嘱咐道：

"大虎哥，可千万别耍牛脾气呀！"

"放心吧。你方才说的那些话，我全记住了。"

"路上多加小心。"

"好。"

"进庄更要留神。"

"好。"

"劝劝你家大娘和大嫂子……"

"好。"

杨大虎大步一跨，踏着凹凸不平的河堤向前走去。一些砖头瓦片，在他的脚下骨骨碌碌地滚下河堤，跌入水中。

天空中，一疙瘩一疙瘩的白云块子，渐渐聚集起来，又变成了瓦灰色，土黄色……

杨大虎顺着长堤远去了，梁永生还昂首挺胸站在这高高的河堤上。风推浪涌，拍打着堤岸，也拍打着永生那颗剧烈跳动着的心。他那双像炮弹火光似的大眼睛，面对着灰蒙蒙、雾腾腾的夜空，面对着黄乎乎、死沉沉的原野，面对着正挟持着冰凌滚滚奔腾的运河，面对着正在被夜幕掩没着的杨大虎的背影，愣了老半天。

这时节，他正在竭力地想把那杂乱的思绪理出个头绪，认真地思索着问题，暗暗地下着决心……

第二十六章

——

龙潭卖艺

这天，龙潭街头，来了一伙卖艺的。

村里的人们，男的，女的，老的，少的，穷的，富的，全跑到贾家大院门前的广场上来看热闹儿了。这伙卖艺的，一共来了四个人。一老一少站在广场中央，另外两位，一个打鼓，一个筛锣。周遭儿看热闹儿的人们，围得里三层外三层，三层外头还三层。里圈的坐着，外圈儿的站着，外圈儿的外圈儿站在凳子上。除此而外，就连广场四周的房顶上、墙头上、草垛上、土堆上、车上、树上，到处都是人了。

那位年长的卖艺人，三十五六岁。他上身儿穿着对襟小褂儿，胳臂肘子上已经磨成麻花儿了；下身儿穿着肥裆灯笼裤，膝盖上补了块大补丁；头上罩着一条洗得刷白的羊肚子手巾，结花打在额头上；脚上穿着家做的布袜子，配着一双踢死牛的老铲鞋；腰带子扎得勒紧勒紧，裤腿脚儿上绑着柳叶带子。他两手叉腰，翘首四望，给人一种英武可敬的感觉。那位少年，十六七岁，也是头齐腰紧一身小打扮儿。他腆胸塌腰丁字步儿站在长者的对面，给人留下了飒爽可爱的印象。那位长者见观众来得差不离了，就朝那边一挥手，锣鼓停了下来。随后，他们一老一少，一问一答，一套又一套地说开了生意经，引得看热闹儿的观众们，短不了地发出一阵阵的哄笑声。在这阵阵哄笑的间隙里，还夹杂着若有若无的喁喁私语：

"咦？那位年长的卖艺人，我咋像见过他似的？"

"是啊！我也看着挺眼熟！"

"他们是哪的人？"

"谁知道哇。"

"听口音远不了。"

"对啦。"

按照冀鲁平原上的风俗，卖艺人撂下场儿以后，在开始表演之前，是要先散签子的。这签子，起戏票的作用，凡是接到签子的人，都要帮个钱儿或者帮个干粮。散签子这手活儿，一般都是由当庄人来承担。今天，这手活儿被杨大虎抢上了。他来到领班儿人的面前，称了声"老师傅"，道了个"辛苦"，然后就接过一把签子散起来："黄大海，给你一根——王长江，接住——唐峻岭，破费破费吧——汪岐山，捧捧场吧……"黄二愣也好事儿起来了。他从家里提来一壶茶水，挤进入圈儿，向卖艺人深表歉意地说："师傅们！来到我们龙潭街这小地界儿，连好叶子也没有，包涵着点吧。"然后，他又拨拨拉拉连推带揉地帮着卖艺人打场子。

卖艺人开始练武表演了。

观众们的议论声煞住了。

这时节，一双双瞪直了的眼珠子，都在随着练武人的动作骨碌碌转动着。整个儿场子上，除了兵刃的撞击声而外，再也没有别的声音了。这伙卖艺的，武艺真棒。他们耍起刀来，刀片儿就变成了一条找不着头儿的白线，在耍刀人的四周飘飘绕绕。他们练起七节鞭，七节鞭又成了无数支长矛，向四面八方横穿直射。周遭儿那些观众的视线，就像铁碰上磁石一样，一下子粘到那练武人的身上了。他们不眨眼地望着，时而目瞪口

呆，时而提心吊胆，时而喝彩，时而鼓掌。爱开玩笑的黄大海老汉，将快
把眼珠子瞪出来的锁柱戳了一把："哎，小伙子，小心！可别把眼珠子丢
了哇！"锁柱不吱声，还是看。直到练完一个节目时，他这才呼出一口
大气：

"棒！能耐！"

其他的观众，也都趁这个空儿议论开了：

"一个赛一个，个个都是好家伙！"

"人家这是为了压住场儿，叫住座儿，先来两手儿拿手的……"

"光凭这两手儿拿手的就不糠！贾家大院的彭教师爷也自称武艺高强，
跟人家一比呀，啐，差粗啦！"

"你听他云山雾罩地吹唬啥！他那一套，是混饭吃的花枪；人家这套
全是硬功夫！"

"少说闲话吧，别找不自在！"

"怕他个屁！无非是……"

"嘘——！留点神，你看——"

"我早看到那狗日的了——"

人们指的是白眼狼。

在观众悄悄议论的同时，卖艺人也在窃窃私语。筛锣的向打鼓的附耳
低言道："唔！坐圈椅的就是白眼狼。"那位长者和少年脉脉而视，继而又
在人们不注意中，将视线移向圈椅。

坐在圈椅上的白眼狼，身边围着一大堆嘴眼歪斜的狗腿子。这时的白
眼狼，虽说才五十多岁，已经痰喘得很厉害。他坐在那里，喉头上一直在
呼噜噜呼噜噜地响着永远咳不净的黏痰。不过，还有一点没有变，仍然和
二十几年前一样——他那灰暗无光的千褶百皱的脸皮上，依然挂着狠毒可
憎、奸诈莫测的神色。

白眼狼望着这些陌生的卖艺人出类拔萃的表演，呆若木鸡，面有惧
色。他那些充当打手的狗腿子们，都被卖艺人的武功惊得惶惧不安，毛发

100

1921-2021

红色岁月

红色历程

红色史诗

红色经典

悚然。

一个满口龅牙的噘噘嘴儿倒吸了一口凉气说：

"喔！好厉害呀！"

他身边的那个六指儿搔着头皮自我安慰道：

"哼！别看咱没这两下儿，照样吃三顿儿！"

一个满脸雀斑的家伙，把那尖头从他俩的肩膀上探过来，鬼头鬼脑地悄声说：

"喂，伙计们，咱哥们儿全是靠打架吃饭的。有朝一日，要是碰上这么一伙对手，你说糟糕不糟糕？"

六指儿一撇嘴角子："糟啥糕？"

雀斑脸摸着脑瓜子："咱这个交给谁呀？"

六指儿拍拍大腿道："它是管啥的？"

噘嘴儿道："你这副罗圈腿儿呀，就怕是到那时节它只顾打哆嗦不听使唤喽！"

他们说到这里，另一个瘦猴子参进来说：

"你们甭拿着真话当假话说。说不定真有那一天哩！"

瘦猴子见其伙友们不以为然，换了个语气又说：

"听说梁永生的武术练得挺棒，要是一旦回乡报仇，咱们这一伙儿能脱了干边？"

雀斑脸说："脱干边？俗话说得好：'出头的椽子先烂，近火的木头先燃'——咱们到那天就成了替罪羊喽！"

六指儿说："你们闲得牙疼咧？临年傍节的，少说这丧气话！前几年我听到个荒信儿，说是梁永生一家被赶进深山老林了，一去无回音。现在八成变成虎粪了！"

噘嘴儿说："哎，你们一提到梁永生，我倒想起一个事儿来——前几天，忘了听谁说的了……"

"啥？"

"恍惚是说——梁永生一家子全回到宁安寨了！"

"哟！真的？"

"那可该着咱们走厄运了！"

"别那么屁包好不好？来到宁安寨怕啥的！龙潭离那里远着呐！梁永生他敢进龙潭？"

狗腿子们哪里知道，梁永生不光敢进龙潭，而且已经来到这些杂种们的眼皮子底下了。这伙卖艺的领班人，不是别人，就是他们正然谈论着的梁永生。其余三位小伙子，是梁志刚、梁志勇、梁志坚。

他们为什么要乔装改扮龙潭卖艺？梁永生的打算是：瞅个机会，大刀一抡杀仇人，闯进大门救出杨长岭。

现在，"仇人相见，分外眼红"。梁永生眼睁睁地看着白眼狼坐在那里，压在他心里二十多年的刻骨仇恨，随着他那沸腾起来的血液一齐往上涌，使得他的心情犹如大海中急风刮起的巨浪，千山万岭般地升腾起来；一团熊熊怒火，燃烧着，飞溅着，正在向四外强力崩散。再看看他的儿子们，都已作好了准备，不时向他投来期待的目光。他们那潜藏着的焦躁而冲动的情绪，也从那一双双灼灼的目光中流露出来。当然，他们这种心情，只有梁永生的眼睛才能看出来，旁人是无法理解的。尤其是小志勇，被堵在胸口的仇恨憋得脸似关公，急得直扰头皮。就连一向稳重的梁志刚，仿佛也有点等得不耐烦了。梁永生看看面前的仇人，想想死去的老人和正在受苦的杨长岭，瞅瞅焦急待令的孩子们，曾几次想下令动手。可是，永生思筹再三，这个"令"，却始终没有发出来。正在这时，散签子的杨大虎来到梁永生的面前，以东道主代表的口气歉意地说："老师傅，今儿来看热闹儿的人忒多，而且有很多手脚不灵的老人和孩子；请你嘱咐嘱咐那几位少师傅，谨慎一点儿；要是万一在这个场合失了手，可就糟糕了……"永生听出了大虎这些话的意思，是提醒他——看眼下这个场景，不能动手。永生也是这么想的：广场上这么多人，还有许多女人、老人和娃娃们，要是突然间打起架来，刀枪横飞，能不误伤好人？再加上对白眼狼那些狗腿子们，咱大都不认识，战线不清，敌友不明，手软了要吃亏，手狠了难免误杀好人……梁永生又思筹了一下，就把发令动手的念头彻底打消了。他乐呵呵儿地向杨大虎说："谢谢先生的关照！请放心，这几个不争气的小徒弟儿，都是我亲手拉扒出来的，我心里有根，不会出事儿的！"可是，由于这出戏没演成，可把永生的儿子们急坏了。在返回宁安寨的路上，志坚问爹道：

"爹，你咋不下令动手？可把我急死了！"

梁永生还没答话，志勇带着埋怨的口吻接言道：

"就是嘛！爹太软！"

梁永生理解儿子们的心情，并且正在悔恨自己事先想得不细致，所以他对志勇的怨言没有生气，只是把自己没发令动手的想法讲了一遍。志勇听后，觉得爹说得有理，没有吭声。只有梁志刚提醒爹说："爹，事不宜迟，夜长梦多呀！"

永生听了，心中想道："志刚看出大来了，说得满对哩！"

晚饭后。天空的阴云撕成无数的云块子，几颗星星在云缝里眨着眼睛。梁永生爷儿几个，正坐在油灯下商量搭救长岭的事儿，黄二愣冒冒失失闯进屋来。二愣是从龙潭跑来的。他甭得鼻子口里三道寒气，一进门就愣头磕脑地说：

"梁大叔，你们得想法提防着点呀！"

"提防谁？"

"白眼狼呗！"

"他要干啥？"

"前天疤瘌四不是来过一趟吗？"

"是啊！"

"那是白眼狼派他来探风的——你没看出来？"

"好！"永生点点头，笑着说，"别看人们管你叫二愣，你今天琢磨的这个事儿还有门儿哩！"

"大叔，你别夸奖啦！"二愣指着自己的头说，"凭我这个榆木疙瘩脑袋，要有那个琢磨劲儿，那又不是'二愣'了！"

"那你咋知道的？"

"大虎叔告诉我的。"二愣说，"他叫我捎信来，要你们处处加小心——白眼狼要下毒手了！"

"噢！"梁永生傲然一笑，"他要怎么着？"

"他要一网打尽，永除后患！"二愣说，"他的法子是——勾些土匪来，再加上他们的打手，来个夜袭宁安寨，把你们爷儿几个砍净杀光，然后带上重礼，到官场去结案……"

"他们随便杀人说啥理儿哩？"志坚问。

"就说你们是拒捕的共产党！"二愣说。

梁永生听后，抽着烟想了一会儿，又问二愣：

"这些事儿，全是大虎告诉你的？"

"嗯喃！"

"他又是怎么知道的呢？"

"那我就不知道了！"二愣说，"像俺大虎叔那人，向来是说出话来落地有声，决不会瞎说一气的，一定是……"

永生对大虎的为人是了解的，对他的话也是信得过的。因此，他打断了二愣的话，迫不及待地转了话题问道：

"长岭现在怎么样了？"

"他妈的！白眼狼……"

"倒是怎么样了？"

活像块生铁疙瘩似的二愣，这时光喘粗气，不吭声。永生有点沉不住气了，一连问了三遍，可他还是光喘粗气不吭声。最后永生急得站起来了：

"二愣呀二愣！都说你是个直肠人，肚膛子能装八碗饭，可是装不住一句话。我喜欢你这个脾气。可今天这是怎么的啦？"

"哎！说了吧——"二愣拍一下大腿说，"杨长岭叫白眼狼抓去后，打了几个死，说是明天下午要送城里了！"

永生听后，又气愤又心疼。沉了一下儿，他又问：

"这事儿你一进门就该说，我问你怎么还不想说呢？"

"大虎叔不让我告诉你——"

"为啥？"

"他怕你……他怕你……"

"我明白啦！"永生说，"他想着怎么办？"

"他已经把铡刀磨好了，单等押送长岭的大车起程的时候，跟那狗杂种拼个你死我活。"

二愣的话音落下，没人再说话，只有呼呼的喘息声，看来每个人的肚膛子都被怒气灌满了，喉头也被怒火凝固起来的仇恨堵住了。那一双双喷射着火星的眼睛，都在盯着永生，仿佛想从他这里要得到什么满足似的。可是，一直等了好久，永生才令人不解地问二愣道：

"你是站下，还是回龙潭去？"

"回龙潭！"

"多咱走？"

"马上走！"

"去干啥？"

"我，我有事！"

永生想了一下说：

"好吧！你给我捎个信儿去。"

"捎给谁？"

"杨大虎。"

"啥信儿？"

"你告诉他：我们爷儿几个，明天头晌还要去龙潭，让他先别动刀动斧，等等我们……"

"你们去？"

"干啥去？"

"你的话——有事嘛！"

"我知道——你们又要去'卖艺'！"

"不！去唱戏！"

"唱戏？"

"对！"

"噢！我知道啦——"二愣说着拉了个把式架儿，又用期待的目光盯住永生凝神沉思的脸，"对不，大叔？"

梁永生伸出他那粗糙的大手，拍拍二愣那硬邦邦的肩头，笑眯眯地说：

"调皮鬼！"

在这个时候，永生本不想把自己的打算告诉二愣，可是，二愣从永生那两只眼里，已经知道了他要知道的一切。

二愣走了。梁永生把那口大刀拿在手中，对着它百感交集地说："大刀哇大刀，穷人的新仇旧恨靠你报哇！"说罢，提着大刀走出屋去。

第二十七章

——

月下磨刀

屋外。

一轮明月挂在头顶，浅蓝的夜空散布着稀稀零零的星星。

志刚和志坚，大概也从爹的言谈话语中，预见到了明天要做的事情；他们早已悄悄溜出屋子，踢打起拳脚来了。就连正在生病的志勇，也下了炕跑出屋来，可是又被娘拽回去了。

永生来到院中，搬过磨刀石，又舀了半碗水，用蘸过水的炊帚苗儿把石面刷湿，霍霍地磨起刀来。

吱扭一声，角门儿开了。魏大叔端着烟袋咔嚓咔嚓地走进院来。"熟不讲礼"——魏大叔自个儿搬过一条板凳，坐在永生的对面，悄声问道：

"永生，你磨它干啥？"

梁永生直起腰来，一边蹭蹭刀刃，一边笑呵呵地说：

"我要上龙潭走一遭！"

魏大叔走亲戚刚回来，不知道梁永生今天已经去过龙潭。永生也不想说破。这时，魏大叔吃惊地问道：

"嘻！你要去捅白眼狼那个马蜂窝？"

梁永生又往石头上淋了一些水，一面磨刀一面说：

"是啊。"

魏大叔吸了口烟，望着永生沉思了一阵子，慢慢地斟酌着字句，说道：

"永生啊，你大叔有几句话，想跟你唠唠。要在理儿，你就听；不在理儿，全当耳旁风……"

梁永生哈哈地笑了两声，把刀片儿翻过来，爽快地说道：

"大叔，这是哪里的话呀？我年轻，有个大事小情的，全仗着你操心哩——有啥话就只管说吧。"

魏大叔在石头边上磕去烟灰，吱吱地吹了两口，又思量了一阵儿，然后慢条斯理地说：

"永生啊，依我看，咱穷家小户的，惹出祸来不塌了天？还是先忍着点吧！……"

"咱怕他啥呀？"永生说，"天塌下来不是有地接着吗？"

"你打小胆气壮，这我知道。可是，像咱这号穷人，在人家那脚底下过日子……"

"不！别看咱穷，也是堂堂五尺汉子，不是财主脚底下的蚂蚁！"

"你还是年轻啊！财主都是刀子心，可歹毒啦——他们是杀人不见血的魔鬼，吃人不吐骨头的豺狼……"

"财主全是刀子心，他们是吃人不吐骨头的豺狼，这都不假。可是咱们穷人，并不是他刀下的豆腐，更不是任人宰割的绵羊！"

"唉！脚下白眼狼的势派可不小哇！你这些年没在家，还不知道那个孬种的厉害……"

"他厉害？"永生握紧刀把儿，把腕子一抖，又说，"白眼狼再厉害，能跟咱这口大刀厉害？砍下腿来他接不上，斩下头来他活不成！"

魏大叔听罢，思虑了一会儿说：

"永生啊，你那个风火性子总是改不了。这回听大叔的话，忍个肚子疼吧！像咱们这窝着脖子过了好几辈子的庄稼人，躲灾躲祸都躲不迭，你怎么还去惹祸招灾呀？我还是那句话——人再拧，拧不过命；硬不认命不行啊！"

梁永生放下单刀，掏出那根没有嘴子的烟袋，一边挖呀挖地装着烟，一边揣摸着魏大叔的每一个字句。等大叔说完后，他带着对长辈应有的尊重说：

"大叔哇，你说别的，我都信服。你开导我，我也知情。可是，在这一点儿上，咱爷儿俩的看法不一样啊——"

"哪一点儿上？"

"认命这一点上呗！"

魏大叔慨叹了一声，又劝永生说：

"永生啊，你傻大叔，也并不是一起根儿生来就是个软骨头。当初我年轻的时候，心气儿也是高着哪！成年价装着一肚子气，就是不认那半壶醋，天天胡思乱想，东张西奔，到头来你说怎么样？碰了个头破血流，结果还是个穷光蛋！"魏大叔吸了口烟，思筹了一会儿又说，"脚下，我算认命了。一认命，心里倒平静多了，愁也少了，气也小了……"

梁永生听完大叔一席话，思谋了一阵，粗大的眉毛挑动一下，笑着说：

"人，都是肉长的，全是一个嗓子眼儿吃东西，谁也不多脑袋，谁也不少腿，为啥说有的人就'该'受穷受气，有的人就'该'吃喝享乐？为啥说有的人就'该'挨欺负，有的人就'该'欺负人？为啥说有的人就'该'当牛做马，有的人就'该'擎吃坐喝？为啥说有的人就'该'穿绸裹缎，有的人就'该'光背露膀？为啥说有的人就'该'三房四妾，有的人就'该'打一辈子光棍儿？为啥说有的人就'该'杀人无罪，有的人就'该'死了白死？……这是为什么？这究竟是为什么？这个'该'字，是从哪里来的？"

魏大叔怀着激动的心情，听完了永生这些话。他觉着，永生用很平常的、但又是像钢铁一样硬的道理，把他推到一条死胡同的角上去了。这个死犄角对魏大叔来说，不是个生地方；过去已经来过多次了。他的思路经过多次在这个黑旮旯里徘徊漫步，最后找到了一条虽不理想但也只好如此的出路——认命！现在，他又要把这条"出路"指给永生。于是，他紧接着永生那带着质问语气的话茬儿，简截了当地说：

"从'命'里来的呗！"

"那个'命'，到底是啥样的？"梁永生吸了口烟说，"好命，孬命，富命，穷命，又是谁给定的呢？"

魏大叔张了张嘴，没答上来。

这时节，魏大叔一边啪嚓啪嚓地打着火镰，一边心里在想："梁永生这孩子，从小就跟块火石似的，一碰就噌噌地冒火星子。他出去山南海北地闯荡了这些年，看来那股子倔强脾气儿还是没有改……不管怎么着，我这当长辈的，不能眼巴巴地看着孩子受糟害！"他想到这里，又规劝永生道：

"永生啊，你也是三十多岁的人了，做起事来，总该有个前思后想啊！你那个血仇，已经等了这些年了，为啥不能再等个节骨眼？"

这时候，梁永生想把杨大虎的事说出来，用以说服魏大叔。可是，当话儿来到嘴边上的时候，他却又咽回去了。接着，他吐出一口浓烟，只是说：

"大叔哇，这桩事，我实在等不得了！"

"懒汉争食，好汉争气。永生啊，你那口气，在肚子里憋了二十多年；你这一辈子，就算烂了骨头也烂不了报仇的心！这个，你大叔我知道。就是这样，也不能去动刀动斧的！那是随便打哈哈儿的？"

"那咋办？"梁永生说，"我是憋着一口气来到阳世三间的，难道再憋着一口气回去吗？"

"你把话都说绝了，叫大叔再说啥？"魏大叔说，"永生啊，你仔细想想吧——大叔不害你呀！"

"大叔，我不傻，傻也傻不到这种程度——大叔不害我我知道。"永生认真地说，"大叔这些话，我一定再仔细想想。"

夜深了。魏大叔一边朝外走着，一边指着正在月下习拳练武的孩子们，又向梁永生语重心长地说：

"永生啊，你是爹的儿，儿的爹，做出事来，既要对得起老也要对得起少哇，既要对得起死的也要对得起活的呀！"

到了这个时候，按说梁永生应当把对白眼狼的新仇旧恨，以及他去"捅马蜂窝"的远因、近因都说出来了。可是，他仍然没提杨大虎父子那些事。他所以始终不把去捅马蜂窝和那件事联系起来，主要是不想牵累大叔，也不愿给人留下这样的印象：梁永生是为别人去拼命的，真是抱打不平的英雄汉子！因此，这时梁永生咬着嘴唇想了一下，啥也没说，只是庄重地望着好心的魏大叔。这庄重的神情在向人们宣布：梁永生决心踏着蒺藜走，顶着浪头上，他准备迎接生活给予他的任何考验！

第二十八章

——

坟前叙旧

东方未亮，梁家就吃完了早饭。

永生、志刚、志坚爷儿仨，整装待发，要到龙潭街去大报血仇了。细心的翠花向丈夫说："你们就这么明出大卖地去吗？"永生问："你说怎么好？"翠花说："是不是想个法儿悄悄地去？"永生说："那有啥用？那样杀完就没事儿了吗？反正是事儿已经闹大了，怎么也完不了啦，何必再弄那种窝囊事儿哩？"翠花一听，觉着也是这么回事，没再说啥。在梁永生要出门的时候，他问翠花：

"哎，志勇呐？"

"他觉着抱屈，怄气去了呗！"

翠花扯下她罩着头发的黑布当甩子，抽打着志刚脊背上的尘土，顺口答了这么一句。志勇怄啥气呢？这用不着翠花细说，梁永生心里明白。昨天夜里，永生送走魏大叔和尤大哥以后，就和一家人商量去龙潭大报血仇、营救杨长岭的事。当时志刚、志勇、志坚都各抒己见说了一套。永生没有马上表示可否，又向翠花一腆下颏儿，笑津津地说："哎，你有啥高招儿？"这时，翠花正在就着灯亮儿网扣鼻儿。一个蒜疙瘩扣鼻儿网好了，她的心里也网起一个疙瘩。永生一问，她就手里忙着嘴里说："叫我看，咱穷人跟财主结的这个死疙瘩，就跟这扣鼻儿一样，反正是不动剪子铰刀子割是解不开了！咱不去找他，他也是要来找咱的。再说，杨长岭正遭难，咱怎能不去救呢？叫我看，也是赶上他的门去比在家里擎着好。可有一件儿，你们的大刀得长眼哪！中杀不中杀总得分出来……"志勇说："哪这么些个啰嗦呀！冲进贾家大院，来他个鸡犬不留！"志坚也说："对！剁他个肉泥烂酱！"志刚不赞成这个说法。永生最后说："你们不要争了，到那里都听我的。"志勇问："爹，多咱去？"永生说："事不宜迟，明儿一早——不过，你不能去！"志勇一听毛了，忙说："爹，我准听你的就是了！"永生说："听我的好——留在家。"永生所以不让志勇去，主要是他的病刚刚见轻，还没好利索；白天去龙潭卖艺回来，又有些恶化；所以永生打心眼儿里有些舍不得。他的想法是："这回去，是磨盘压住手，火烧眉毛，和'卖艺'不一样了——不管遇上什么情况，也要交手拼杀一场；一来杨长岭身处险境不容再拖，二来要让白眼狼翻过手来就不好办了！"因此，他觉着无论如何不能让孩子带着病去打仗。除此而外，他还有一层意思，就是把志勇留下来和娘做伴，这样他还放心些。可是，他并没把这层意思说出来，最后的一句只是说："你有病嘛，所以不能去！"永生这句话，说得像板上钉钉，没点活动余地。并且，他说完，没容志勇张嘴，又紧接着说："天不早啦，全睡觉吧，明天好去打仗。"现在永生回想着这些经过，又嘱咐翠花：

"你和志勇留在家，也要留点神哪！"

"你爷儿仨就放心大胆地去吧，不用挂着俺俩。"

翠花一遍又一遍地看着丈夫，一遍又一遍地看着儿子，好像她要把亲人们的每一个特征都印在心里。

永生领着志刚和志坚，正要出门，只见志勇站在门口上；他见爹和弟兄要出发，也跨开步子走开了。永生喊住他：

"志勇！你干啥去？"

"报仇去！"

"昨儿个夜里我说的啥？忘啦？"

"不！"志勇歪着脑袋，"我去！"

他说罢，鼓起腮帮子，用一双期待的目光望着爹。翠花怕他自找挨吱责，上前拉住志勇的胳臂：

"志勇，你不是有病嘛，你爹不放心哪……"

志勇倔强地把膀子一侧棱，挣脱了娘的拉拽，争辩说：

"我的病好了嘛！"

志勇一发犟，翠花算没咒儿念了。她只好将两条求援的视线投向永生。永生强压住眼看就要流露出的笑意，严肃地说：

"志勇，听话！"

"不！"

"留下！"

"不！"

在平常日子里，小志勇对爹的话，从来不打驳回，更没跟爹犟过嘴。可是今儿个，他却有些反常，跟爹顶了牛儿。说来也怪，眼下永生的心情也很反常。平素里，他对拧手的执拗孩子，一向是讨厌的。可是，如今小志勇竟然戗着他一连说了几个"不"，他的心里不光不烦，反倒有些高兴。这是因为，他喜欢志勇这种不怯阵的精神，也喜欢他报仇的决心，还喜欢他敢于坚持自己想法的倔强性格儿。但是，他经过一番左思右想，把发自内心的喜悦悄悄埋藏起来，用眼睛压住志勇的视线，提高了嗓门儿怒喝道：

"给我回去！这么不听话还了得！"

这时，永生的脸上，出现了铁石一般的严峻。这种少有的严峻，给他的话增添了分量；似乎每个字都有千斤重，令人不敢抗拒。志勇抬眼一瞟，见爹真发了火，赶紧不声不响地溜了。

梁永生又朝志刚、志坚一挥手：

"走！"

杨翠花大步加小步，跟在后边，一直把亲人送到村头。这时节的杨翠花，活像肚子里有二十五只小老鼠乱鼓涌——百爪儿挠心。可是，她的脸上，却一直挂着镇静的笑容。她那血泪的记忆，驱使着她支持丈夫和儿子的行动；她那倔强的性格和强烈的自尊心，又指使她不能成为亲人的累赘。因为这个，她用宽慰人心的笑容，一次又一次地迎回了儿子们那不断回头张望的视线。

梁永生甩开膀子咚呀咚地跨着大步，志刚和志坚紧紧地跟在后头。他父子们的身影，在杨翠花的目光中，渐渐地缩小着。当亲人们的身影缩小到看不见的时候，站在村头上的杨翠花突然觉得像被挖去心肝似的，两颗亮晶晶的泪珠儿，在她的眼角上游移不定地闪动着，闪动着……

再说永生和志刚、志坚。他们扯开趟子，风风火火一路疾行，奔着龙潭径直走下去。在路过坊子村头时，永生忽然望见了他曾经住过的那个篱笆障子院落，蓦地想起了杨大虎送盘缠的事来。这时候，他觉着心里有一种力量，正在扩张着，促使他又加快了脚步。

运河来到了。混浊的河水，还和往日一样，汩汩地流着。河畔上的麦田里，安着一架木斗儿水车。被人捂起眼睛的小毛驴儿，顺着那条永远走不到头的圆圈儿"道路"奔走着。有时候它猛孤丁地打个前失，抻着脖子咴儿咴儿地叫几声，又继续走下去了。

梁永生领着儿子登上运河大堤，又继续朝前走去。他们走着走着，白眼狼那片松树林，映入永生的眼帘。那棵高高的白杨树上，被永生捅掉的老鸹窝，又重垒起来了。永生眺望着那棵大树，回想着二十五年前捅老鸹窝的情景，觉得自己当时非常幼稚可笑。这时他情不自禁的话在心里说：

"二十五年后的今天，我又要来捅'老鸹窝'了！"

他们爷儿仨又走了一阵，那座血泪斑斑的龙潭桥来到了。二十五年的风风雨雨，已把那血迹泪痕冲刷得干干净净；但是，它将永远冲刷不掉梁永生那血泪的记忆，冲不灭永生那仇恨的火焰。今天，梁永生百感交集地站在龙潭桥头上，心里挺乱腾。稍一沉，他手扶着桥栏杆，心里回想着娘在这里被白眼狼的狗腿子逼下运河的惨景，手像突然被蝎子蜇着似的，猛地抖了一下。过了一阵儿，他那两条含仇赍恨的目光，又停落在桥东不远处的路边上。二十五年前，永生爹就是在那个地方，向他的儿子说出了最后一句话："你长大成人，要记住财主的仇和恨，莫忘了穷人的情和恩……要给穷爷们报仇，给你爷爷奶奶报仇，给我报、报、报仇！"永生追忆着这些往事，目光又渐渐地移向河滩……

在那临河傍堤的河滩上，有个平地凸起的小土坪。土坪上，并摆着两个坟堆。坟堆前头，有两棵松树，都已长大成材。它们那经冬未枯的枝叶，已被春日的阳光染上一层绿色，显得更加清新可爱了。它俩那在半空中搭连在一起的枝枝叶叶，在这和煦的晨风中不停地摆动，仿佛正在亲密地攀谈着。坟堆上，开放着一朵朵黄灿灿的迎春花。那花儿，正在向着对它出神的梁永生点头，好像在说："我们等了二十五年，你们终于回来了！"

梁永生站在龙潭桥头，一双大眼久久地凝视着坟景，心里回忆着那对生前撂着胳膊走的穷朋友，觉着鼻子阵阵发酸，眼窝儿里渐渐地汪满了泪花。

"爹，你怎么啦？"

心细眼尖的志坚这么一问，立刻把志刚的视线引了过来。

永生一挥手：

"跟我来——"

去干啥哩？志刚和志坚的心里都在这么想着。他们紧紧跟在爹的身后，走下龙潭桥头，翻过河堤，顺着暄腾腾的河滩，一直向前走去。河滩上的细沙，在他们的脚下，发着唰啦唰啦的响声。他们的身后，留下了一溜深深的脚印。这脚印，从龙潭桥下一直摆到那两座坟堆的近前。

梁永生站在坟前，指着那两座坟说：

"孩子们！咱全家的深仇大恨，就埋在这俩坟里！"

孩子们不懂爹的意思，都向爹送去疑问的目光。

永生又指着左边那个坟说：

"这座坟里，埋着我屈死的爹——你们的爷爷！"

这时候，志刚、志坚都注视着坟堆，久久地出神。他们心里那团仇恨的火焰，燃烧得更旺了。他们那一双双豁亮的大眼睛，渐渐地，渐渐地，湿润了，四只拳头紧紧地攥了起来，发出嘎巴嘎巴的响声。

过了一阵，永生把垂下去的头仰起来，问儿子们说：

"你爷爷是怎么死的——你们不是都知道吗？"

儿子们齐声回答："知道！"

梁永生点点头。然后，又转向爹的坟，以沉重的语气说道：

"爹呀！你在临死之前，曾嘱咐我说，要我长大成人，为你和穷爷们儿报仇……二十五年过去了。你的子孙后代回来了，今天就要去给你报仇了！"

这时节，晨雾渐渐消散，空气显得异常肃穆。

过一阵，梁永生又向儿子们说道：

"孩子们，还记得我跟你们讲过的你常明义爷爷的事吗？"

"记得！"

"他是怎么死的？"

"被白眼狼活活打死的！"

梁永生把儿子们领到右边那个坟堆近前，语重心长地说道：

"就是这座坟里，埋着你们的常明义爷爷！"

梁志刚向坟堆注目了一阵，又指着坟前的两棵松树问爹：

"爹，这松树是你栽的吧？"

"不！"

"谁？"

"常秋生。"

"他是谁？"

"他是你常明义爷爷的儿子。"

"常爷爷还有儿子？"

"有！"

"在哪里？"

"闹不清！"

"咋走的？"

"叫白眼狼赶走的！"

梁永生沉默了一会儿，又向志刚说：

"你常爷爷还有一个孙子呢！"

"还有孙子？"

"对！"

"他在哪里？"

"就在坟前！"

"坟前？"

梁志刚正然四下撒打着，梁永生又说：

"志刚啊，他的孙子不是旁人——"

"谁？"

"你！"

"我？"

"对！"

这时节，梁永生的脸上，呈现着一种严峻的神情，讲起了志刚来到梁家的过程。梁志刚全神贯注地听着听着，心里充满了悲痛，充满了愤恨，充满了由悲痛、愤恨而产生的力量。这种力量使得志刚再也控制不住自己，他噗噔一声扑到梁永生的怀里，激动地喊了一声"爹"，眼里的泪水滚下来了。

梁永生亲昵地抚摸着志刚，噙着亮晶晶的泪珠儿向他说：

"孩子呀，咱们爷儿俩，本来是既不同姓，更不同宗；我姓梁，你姓常，我是长工的子孙，你是佃户的骨血。不过，咱们都是穷人的后代，是同一个苦根儿上结出的苦瓜。为了不让你和我一样，在那幼小的心坎上留下少爹无娘的创伤，十多年我没告诉你……"

极度的悲痛能激起酷爱的浪花。现在志刚对永生的敬爱已超过了父子之情。由于感情太冲动了，他张了好几次嘴，才说出一个字来：

"爹！"

梁永生缓了口气又说道：

"志刚啊，财主们逼得我们长工、佃户家破人亡，妻离子散；逼得我们东张西奔，南跑北颠。可是，一个'穷'字，把我们长工、佃户的心紧紧地系在一起，使我们非亲非故的人们成了家眷。"

梁永生用他那双闪耀着泪花的眼睛，把志刚和志坚巡视了一遍，然后又说：

"孩子们呐！贫穷，就像自个儿的影子，咱跑到哪里，它跟到哪里，直到今天，它还在身边缠磨着我们。它，灌了我们一肚子苦水，塞给我们许多的灾难。可是，苦水养育了穷人的骨气，灾难教会我们许多的本事。贪得无厌的财主，就像张着血盆大口的饿狼一样，在我们的身上留下了无数的伤疤，把我们的心脏里注满了仇恨；伤疤增斗志，仇恨是火种——我们今天去血战龙潭，不就是这些伤疤、仇恨下的令吗？"

"对！"

孩子们异口同音地应了一声。梁永生又向泪流不干的志刚说：

"志刚啊，你的爷爷常明义，你的亲爹常秋生，都是一咬咯嘣嘣响的硬汉子。他们生前，在歹毒的财主面前，向来是宁流血，不流泪。孩子呀，泪水报不了你爷爷的仇，泪水淹不死白眼狼。让这泪水流进肚子里去吧！眼泪入心化为仇。仇恨埋在心中，它将变成一团火。一旦爆发出来，它能把我们的仇人烧成灰！"

"咳。"

倔强的梁志刚，用手背在脸上抹了一把，眼泪骤然止住了。他脸上那悲痛的神色一层层减少了，心中的仇恨却正在一层层地增加着。

梁永生满意地点点头。他又指着两座坟堆向儿子们说：

"长眠地下的这两位老人，生前齐膀并肩跟白眼狼斗了几十年，结果都怀恨含冤死去了。现在，旧仇还没报，新仇又来了——你们知道：杨长岭已经被白眼狼抓起来，今天就要往县里押送了！杨长岭在等着我们去搭救。这些新仇旧恨，也要靠咱们去给他们报哇！孩子们，看来我们在这一带是站不住脚了。我们这次去龙潭，杀了仇人，救出亲人，就算跑遍天涯海角，还要去找党……"

"走！"

从儿子们的口中同时发出的这个巨大的怒吼声，像突然爆发的火山一样，腾上高空，冲入九霄，在云端回荡，在天际缭绕。

他们这同心同仇不同姓的爷儿仨，离开坟堆，健步直前，一齐奔向龙潭。

这时梁志刚的脑海里，就像大海的巨浪一般，汹涌翻腾，波涛连天。一段段的往事，一篇篇的记忆，都随着志刚那思绪的浪花翻滚上来，并将埋在他心里许多年的无数个疑团冲散了。多少年来，志刚一直在想："在我们弟兄几个当中，顶数我的年龄大，爹娘为啥却处处偏爱我？死在白眼狼手中的穷爷们儿多得很，可是爹为啥却偏偏爱跟我讲述常明义爷爷的血仇？那次深山偶遇秦大爷，他为啥对我的感情非同一般？……"这些数不尽的问号儿，如今都一下子消逝了。同时，从梁志刚的灵魂深处，又冒出了一种崭新的、生命力十分强大的东西……

龙潭街来到了。它摆出一副遭难者的神态，迎接着它这真正的主人。梁永生注视着正在朝他迎上来的龙潭街，就像一脚走进了咸菜铺，酸、甜、苦、辣各种各样的滋味儿，一齐扑面而来。

一棵高高的白杨树，挺拔地站在村边。它就像全村穷爷们儿的代表似的，正在热情地向着他们招手。不知是谁，在村边唱着歌子——

　　夏季里来热难当，
　　长工汗水湿衣裳；
　　汗水泪水一齐流呀，
　　我在为谁忙？

　　冬季里来雪茫茫，
　　佃户没有过冬粮；
　　扯大拉小去逃难呀，
　　何日回家乡？
　　……

　　村歌未落，大树后边闪出一位少年。

　　那位小将，两只大眼睛，一身短打扮儿。他那灵活的身躯，宛如一条小梭鱼游在水里。他的身后，背着一口大刀。刀柄上的红绸布，垂在朝外扎着的肩头上。这种装束，给那位生来英俊的少年娃娃，又增添上一种小将特有的英武气概。

　　这位小将你猜是谁？他就是被爹硬留下的那个志勇。原来是，志勇被爹斥退以后，他觉着抱屈，仍不死心。等爹和弟兄们出了村，他就从另一条路上也奔龙潭来了。他来到后，偷偷地顺着街筒子往里一瞅，只见街上平静如常，就知是爹和弟兄们还没赶到，便在这棵离村三箭地的白杨树后藏起来。如今，他远远望见爹和志刚、志坚披刀挂剑拖尘而来，便赶忙从树后闪出身躯，飞步来到爹的面前。他，一声没吭，拦路而站，那双瞪大了的眼睛，宛如两汪澄清了的水池子，里边的一切，都能一览无余地看得清清楚楚。他若有所待地看了爹一阵子，稚气的脸上流露出一股和他那小小的年龄不相称的表情，然后低下头去。

小志勇不声不响地站在这里要干啥呢？梁永生透过志勇的眼睛已经看到儿子的心里——他是来拦路请战的。怎么办呢？梁永生面对着这本来没有预料到的局面，心里又是气，又是喜，又是疼，又是急。志刚见爹挺作难，就出面为志勇讲情说：

"爹，就叫俺三弟去吧！要不，他一窝囊，病会加重的……"

梁志坚不赞赏志勇的做法。他朝志勇说：

"有本事头里打去嘛！站在这里干啥？"

儿子们的话，说动了爹的心。尤其是梁志坚这句愣话，更促使着永生想道："是啊！志勇脾气儿执拗，性子急，并且一向是志气刚强的；我要是硬不让他去，他已经来到了村边上，能老老实实地回去吗？若万一他自个儿单独地去乱闹腾，那可就更糟了。"永生想到这里，就说：

"志勇，抬起头来！"

"爹，准我啦？"

"准你！"

"好爹！"

小志勇一挺脖子仰起脸，脸上浮现出一股掩饰不住的满足的笑意。

永生说："我答应你了。你可要记住我的话——只杀仇人，不许乱杀乱砍！"

志勇道："行！"

接着，梁永生一挥手说：

"走！"

爹的余音未落，志刚、志勇、志坚一齐跨开步子，齐向龙潭街口奔去了。

第二十九章

—

血染龙潭

龙潭街。

街当腰的巷口上，聚着一帮妇女——有的抱着孩子，有的纳着袜底儿，还有的胳肢窝里挟着麦莛，正编草帽缏儿；她们交头接耳，嘀嘀咕咕，时而叹息一声，时而嬉笑一阵，也不知谈论的什么事儿。一位老奶奶走过来了，她拿着箩床，挟着绳套，浑身挂满霜花似的面粉细末儿；见人们绵言细语喃喃不休，就凑到近前，侧歪着膀子听了一霎儿，打一个唉声又走开了。一位发梢半白的妇女喊她道："锁柱奶奶，怎么走哇？"锁柱奶奶说："你们这些年轻的，到一堆子没正格的。俺那帮孙男嫡女还等着吃饭呐——快推磨去……"

那边墙根底下，坐着一伙子老汉。他们一边眯缝着眼睛晒太阳，一边摸着胡子唠家常。

一位留着八字胡儿的老汉抽了口烟说：

"年根底下下了场好雪，今年的麦秋许孬不了。"

一位留着山羊胡儿的老汉吐口唾沫说：

"我说李月金呀李月金，麦秋好孬有咱的个啥？"

"乔士英大哥你可不能那么说！像咱们这号人，蚂蚱打嚏喷，满嘴的庄稼气，不盼个风调雨顺的好年景，还盼啥？盼着做皇上？"

一位去饮牲口的老汉从此路过，拦腰来了这么一杠子，没站脚走过去了。乔士英继续向李月金说：

"咱跟人家那十来亩地一头牛的不一样。你不就是那五只绵羊一根鞭？麦子好了关乎你什么事？你搉着羊去啃人家的麦苗儿？"

"先别瞧不起我这五只羊一根鞭，你呀，还不如我呢！"李月金说，"你撑船撑到年半百，大概连那根撑船的竿子也不是你的吧？一登上旱地儿，你连个放鞋的地盘儿也没有！"

在他老哥儿俩抬闲杠儿的同时，旁边那几位老汉正在议论杨长岭的事儿。

有一位年纪最高的、留着海仙绦的老爷子，将装上烟的烟袋挟在腿腋下，右手拿着火镰，左手捏着火石和火绒子，一面嚓嚓地打火，一面含恨带气地说：

"脚下这个鬼世道儿，真是人死王八活的年头儿！穷就有罪，富就有理……"

看来这位老爷子心怀不平，窝着一肚子火。他崩一个词儿打一下火，打一下火崩一个词儿，越说越上气儿，越打越吃劲儿；把那大拇指甲都打掉一块了，可还是在不停地打着；就像满肚子的火气没处发泄，他要照着火石煞气似的。

一位留着月牙儿胡子的老汉叹了口气，顺着这口气把那满腔子的浓烟吐出来，然后带着劝解的口吻说：

"黄老哥呀，把眼闭起来，马马虎虎地过吧，无论啥事儿甭找那么真呀！眼时下这个世道儿，依着细找理儿，还不得活活气煞？"

那位留着络腮胡子的老汉，把拿在手里摆弄着玩的一块花岔瓦儿往地下一拽，朝前圪蹴一下身子，气呼呼地插了嘴：

"我说庞安邦噯，你这话不沾！照你这个说法儿，杨大虎的儿子杨长岭就得等死啦？"

"人家白眼狼谁惹得起？唉！"庞安邦争辩了一句，又叹息了一声，接着向那络腮胡子老汉说，"唐峻岭啊，像咱们这号穷孙头，谁不是叫白眼狼踩在脚底下过日子？漫说一个杨长岭，梁宝成家那是屈死了几口子？到眼下说话——"他扳着指头划算了一下，"喔！今儿又是元宵节啦，整整二十五年了！怎么样？那仇，报了吗？唉！"

"君子报仇，十年不晚。"唐峻岭说，"我看不会这么云消雾散……"

人们都沉默下来。过了一阵，唐峻岭像突然想起了什么，他往前就了就身子，现出神秘的态势悄声说：

"瓦匠汪岐山到河西耍外作，听到一个荒信儿——"

在当街说话儿，高声大嗓往往没人理会，悄声私语却很爱引人注意。唐峻岭这种神情，立刻把坐在那边的王长江、房治国全吸过来了。他们你一言我一语没头没脑地插了言——

"老唐，啥荒信儿？"

"听说梁永生回来了！"

"他在哪里？"

"说是在宁安寨呢！"

"真的吗？"

"真假谁知道哇？荒信儿荒信儿嘛！"

"唉！就算真回来个把人，也掀不起啥浪头！"李月金两手按着膝盖，哈着腰听了这大晌，冒出这么一句泄气的话，又回到原来的座位上，捡起一截干棒，在地上乱画起来。

"嗯！当不住有影儿。"乔士英也凑合过来了，"那一天我看卖艺的，总觉着那个领班儿的有点眼熟；你这么一说，我又一琢磨，哎，八成儿是梁永生那个小伙子……"

王长江说："这话有响儿，算算岁数也贴边儿。梁永生那小伙子，从小就志气刚强；我估摸着，他早晚有一天得到贾家大院来找白眼狼……"

王长江正说着，唐峻岭戳他一把。他一撩眼皮，又接着说下去了：

"贾家庄上有个白木匠，叫白会来。会来算个屁？你别看我这个整木匠是半路出家，可还就是不宾服他那两下子……"

原来是，方才唐峻岭戳王长江的时候，白眼狼的四狼羔子贾立智，已经来到他们的近前。他斜愣着两只蛤蟆眼儿听了片刻，不以为然地说：

"呔，净吹牛！"

四狼羔子是个大舌头，说话嘴里像含着个鸡蛋，满处喷唾沫星子。他来到这里放了这么个屁，挠勾着脖子趿拉着鞋，滚蛋了。

人们斜视着四狼羔子的背影，又响起一阵怒骂声。

一会儿，那边人声嘈杂乱了营——白眼狼的四狼羔子和长江的儿子王锁柱吵起来了，也不知他们究竟是因为啥。只见狼羔子上来就是虎牌儿的，他骂骂咧咧没人话儿，吹胡子瞪眼发贼横。锁柱两手叉腰，挺胸而站，一句也不让过儿。他俩四只眼睛对峙着，正然越吵越凶，从那边来了两个狗腿子。四狼羔子一咋呼，狗腿子们撅趷撅趷地过来了。狼羔子向狗腿子喝令道："给我打！"狗腿子们呼啦一下子上来了。"好虎架不住群狼多。"不大一会儿，王锁柱便被他们打倒在地。狼羔子连声咋呼："狠打！照着脑袋打！打死他看出殡的！"这时节，在场的穷街坊们又气又急，有的上前去拉仗，有的准备要动手，锁柱他爹王长江，两手举着一根顶门杠子，边跑边骂也赶了来。有人担心地说："糟了！看来这场乱子要闹大了！"

正在这个节骨眼，南街口上进来四个人。

他们每个人的身后，都背着一口单刀；顺着大街，大摇大摆，飞步而来。

这伙人，就是梁永生和梁志刚、梁志勇、梁志坚。

永生一见狼羔子、狗腿子们正行凶打人，气得两眼血红，火冒三丈，五脏六腑全要崩裂了。他一个箭步蹿上来，怒喝一声：

"住手！"

狗腿子们抬头一望，都吓了一跳，倒退了好几步。狼羔子惊魂稍定，向这手持兵器的人们一打量，冷笑道："噢！卖艺的呀！去！卖你的艺去，少管闲事儿，免得不自在！"梁永生蔑视地一笑：

"对不起！这个'闲事儿'，我非管不可！"

"告诉你，这是龙潭街！"狼羔子一拍胸脯儿，"我们姓贾的说了算！"

"狗屁！"

"你们放明白点，这是我们贾家大院的四少爷……"

那个雀斑脸狗腿子的话没说结，被梁志勇一脚踢了个狗啃蜜。与此同时，志勇又嗖地抽出大刀：

"我叫你四少爷——"

他话未落地，狼羔子的脑袋滚在地上。吓得狗腿子们嗷嗷地叫着，屁滚尿流地逃跑了。这个场景，被五狼羔子贾立信看见了。那小子像只屎壳郎，他一面顺着大街跌跌撞撞地往家飞跑，一面张着个臭嘴嗡嗡开了：

"来土匪了！杀了人了！"

街上的人们，都惊得目瞪口呆。

梁永生腾身站在道旁的石磙上。他向着远远近近的人堆大声说：

"乡亲们！我们不是土匪！也不是卖艺的！我是梁宝成的儿子梁永生。今天是来找白眼狼报仇的！……"

可能是由于太激动了，他那洪亮的嗓音似乎有点沙哑。

永生说罢，就领着他的儿子们杀奔贾家大院去了。

满街筒子的穷爷们儿，听了梁永生这段话，都喜在心里，笑在面上。黄老汉和王家父子，更是遏制不住兴奋的心情。王长江当众喊道：

"穷爷们儿听着！报仇的时候到了！"

接着，又是一片人声：

"梁家爷们儿就这么明火执仗地杀进来了，真有点气派！好样儿的！"

"我早就盼着这一天哩——走，拿家伙去！"

"对！就着榔头砸坷垃——打狼去呀！"

呼喊的怒浪，势如洪水奔腾，给永生增添了力量。

梁永生一行来到贾家大院门前。他们正要破门而入的时候，突然从大门口踢里跶拉拥出一窝蜂。梁永生瞋目一望，只见杂七杂八十几号，刀枪棍棒样样有，一齐扑了过来。走在前头的几个家伙，还一边走一边咋咋呼呼：

"拿凶手哇！"

"捉土匪呀！"

梁永生目睹此景，心中暗道：

"哦！白眼狼要耍花招儿——想让这些人给他当替罪羊！"

于是，他向身后的儿子们喝令道：

"退！再退！……"

那伙乌合之众，继续向前扑来。贼头贼脑的五狼羔子，端着一支缨子枪，走在最后头，推推搡搡驱赶着战战兢兢的人群，发出刺耳的尖声怪叫："走！——快！……"

这些被驱赶的人群中，有被白眼狼花钱雇佣来的赌鬼、酒鬼和大烟鬼，还有给财主舔腚溜沟子的狗腿子，也有被白眼狼硬逼来的长工、月工和佃户。他们的表情，形形色色，人各不一。有的狗仗人势扬风扎毛，有的抽头缩脑左顾右盼，有的忧容满面踌躇不前。

梁永生站在一个平地凸起的土台子上，放出两条炯炯闪亮的目光，扫视着这伙人，然后，向着他们大声说道：

"我是梁永生，不是土匪。二十五年前，我的爹娘都死在白眼狼的手里。今天，我们来到贾家门前，是要找白眼狼报仇的。你们这些人，和我今日无仇，往日无冤，为啥要来和我们拼命？"

梁永生这段话，把那伙乌合之众喊乱了营。有的，情不自禁地低下头，收住了步子；有的，偷偷摸摸向边上溜靠，准备逃之夭夭；有的呆呆地望着梁永生的面容，送来一副同情的目光……五狼羔子见秩序乱了，在后头叫道：

"上！快上！真他妈的屁包！谁敢煞后儿，我抽地封门！我扣他的工钱！我要他的脑袋！"

甭管五狼羔子怎么嗥叫，人群依然是只见腿动不见进；还有的干脆停住了脚，直挺挺地站在那里。这时节，梁永生亮开他那铜声响气的嗓门，又开了腔：

"你们当中，有些人是和我们一样的受苦人，来替白眼狼卖命不冤吗？我们是来救杨长岭的，你们要是顶着跟我们干，这叫我们怎能下得手呢？"

永生这么一说，那些被逼来、骗来的穷人，像撒了气儿的皮球，全都蔫了。有的唉声叹气，有的目瞪口呆。五狼羔子一看都不像个打仗的劲头儿，气急败坏地又嚷道：

"快上呀！净些窝囊废！谁要捅上姓梁的一枪，我赏他十两烟土！谁能割下姓梁的脑袋，我赏他十亩大田！"

大烟鬼们一听说"赏烟土"，都馋涎欲滴，忘其所以。有两个闻烟不顾命的送死鬼，端着缨子枪朝永生扑过来。可是，这些横草拿不成竖草的家伙，他们的两只手只会摆弄大烟枪，又怎能玩得了这缨子枪呢？只听"叭——叭"两声脆响，大烟鬼们连人带枪全变了样子。这一个的枪杆被永生的大刀削断了，丁零当啷成了"梢子棍"；那一个在永生举刀开枪时震破了"虎口"，胳臂也酥麻了，缨子枪溜落地上。这时候，直吓得两个大烟鬼魂飞天外，面无人色，抖抖搂嗦成了一摊泥。

梁永生没再理睬他们。他亮开嗓子又向人群说道：

"谁要是跐着鼻尖上额盖，愿意拿着脑袋换烟土，我们这里收庄啦！"

在永生说话的同时，短胫熊背的五狼羔子，在人群后头也吆吆喝喝、骂骂咧咧地嚷起来。永生想："杀仇人要紧，不能光跟这帮乌合之众纠缠。"

于是，他向志勇递了个眼色。早就等得心急了的梁志勇，手里的刀柄都快攥碎了。只见他像离弦的箭头一般，嗖地蹿出去，往左一拐，绕过人群，一直扑向在后头督阵的五狼羔子贾立信。五狼羔子见势不妙，把枪一扔撒腿就跑。他一面屁滚尿流地挣扎逃命，还一面歇斯底里地狼嗥鬼叫："救命啊！救命啊……"

怒火燃胸、疾恶如仇的梁志勇，岂肯放过这只崽子？他一边飞步猛追，一边厉声吼道：

"跑不了你个狗杂种！"

志勇的吼声，把个狼羔子吓傻了。他只觉腿一软，眼一黑，吭噔一声跌倒地上。接着又半爬起身子，冲着另一个方向磕开了响头：

"饶命啊！饶命啊……"

"饶了你对不起穷爷们儿！"

志勇一溜风烟扑过去。眼观着五狼羔子就要狗头落地的当儿，从贾家大门口又拥出一撮打手。

原来是，诡计多端的白眼狼安排了两道防线。他的如意算盘是：先让这些乌合之众跟梁永生拼杀一阵，好让他们穷人之间结下不共戴天的仇；待他们两败俱伤，再把"精锐"打手撒出去坐收渔利。可他没想到，梁永生一眼就识破了他的鬼花狐，没有让他牵着鼻子走，使白眼狼的恶毒用心落了空。正当白眼狼登上他那高高的门楼子要来个"坐山观虎斗"的时候，忽见梁志勇正在追赶他的五狼羔子，他一下子慌了神，便赶紧把他埋伏在大门以里的疯狗们放出来了。主子下了命令，奴才怎敢不从？打手们这才蜂拥而出，冲上来刀下救主。

这些打手，是白眼狼的心腹，都是死心塌地的狗腿子。论武功，全觉着有半壶醋，其实稀松二五眼。不过，他们毕竟是靠打仗吃饭的家伙，总比那些大烟鬼之类的玩意儿难对付。可也不知咋的，他们那股子狗仗人势的扬张劲儿，却较往日大为逊色，也许是观看卖艺时吓破胆了吧？永生见白眼狼的打手们扑向志勇，就向志刚、志坚发令道：

"打这狗日的！"

随后，一拥而上。

仗，就这样打起来了。

正当志刚、志勇和志坚他们，和贾家的"精锐"打手们相互拼搏的时候，突然，伴随着"嘎勾儿"一声大枪的响声，从贾家大院的角楼子里，飞来一颗罪恶的子弹，志坚中弹身亡。

这是怎么一回事儿？

原来是，而今的贾家大院里，已经有新式武器——大枪了。

具体说来，事情是这样的：

几个月前，白眼狼派马铁德跑了一趟天津卫，才买来一支"湖北造儿"大枪，还有二百发"七九"子弹。可是，大枪买来后，贾家大院的百余号人，无论奴主，都打不响。于是，白眼狼又破格出高价，从河西雇来一个名叫方巾的家伙。方巾，是个兵痞，在大军阀吴佩孚部下当过多年兵，玩枪玩得很熟。白眼狼为了让方巾给他"保镖护院"，还特地在他贾家大院的西南角上，赶修了一个角楼子。方巾这个奴才，就黑白待在这个角楼子里。现在打死志坚的子弹，就是他射出来的。

再说梁永生，他一见四子志坚被打死，内心十分沉痛，眼泪夺眶而出。只见，他朝正在贾家大院门楼子上"坐山观虎斗"的白眼狼一挥胳膊，又向其长子志刚发令道：

"去把那个老杂种给我宰了！"

一向善于蹿房越脊、飞檐走壁的梁志刚，遵父命飞步来到贾家大院的门楼子下，纵身一跃，蹿上了那高高的门楼子，朝白眼狼的背后就是一脚。白眼狼"哎哟"一声嚎叫，一个"倒栽葱"跌落地上，闹了个"狗啃蜜"。继而，志刚来了个"燕子投井"，飞身下了大门楼子。他，右手用刀压着白眼狼的后脖颈子，左手背扭着白眼狼的胳膊，厉声喝道：

"走！"

"哪、哪里去？"

"跟我走！"

"好，好！我，我走……"

梁志刚刀押着仇人白眼狼，顺着大街，拣直向运河滩走下去。志刚的主意是，把白眼狼这个血债累累的刽子手，弄到他的两个爷爷的坟前，再砍下他的脑袋，来个"狼头祭祖，大报血仇"！谁知，当他登上龙潭桥边的河堤以后，白眼狼望见梁宝成和常明义的坟墓，就预感到了不是好兆，便拼命挣拽，不下河堤，并企图脱身逃命。志刚怕他跑掉，便朝他的大胯砍了一刀。正在这时，忽然从贾家大院的方向又飞来一颗子弹，志刚中弹倒了下去。过了一阵子，当他挣扎着从血泊中站起身时，只见白眼狼正在远处一瘸一拐、跌跌撞撞挣命地奔逃着……

回头来，再说贾家大院门前的广场上。这里，那场梁贾两家的厮杀，已经发展成了龙潭街上穷富之间的大混战。

刚交手时，是一个战场，双方混战。不多时，永生他们被冲散了帮，由一个战场变成了几个战场。

先说永生。他被一伙狗腿子团团围住，孤身奋战，四面冲杀，忙于招架。他想："这个打法，寡不敌众，终将吃亏……"于是，他虚晃一刀，冲出重围，撒腿便跑。狗腿子们见他败了，岂肯放过？尾随其后，拼命猛追。一忽儿，他们那原来的一大片，被梁永生拉成了一条线。这时候，永生突然转过身来，杀了个"回马枪"。方才，永生被一大帮围住时，双方打了个平局。现在是一对一了，永生占了绝对优势。再加不知深浅赶到尽前头的这个家伙，错误地把梁永生当成了"惊弓之鸟"，只想一枪刺死永生抢个头功，没想永生还敢转身再战。由于实力不敌，加上措手不及，刀中右臂，卸去了胳膊，惨叫一声，倒在血泊中。梁永生乘胜前进，又向他后边的一个扑过去。那小子自知招架不住，撒腿便跑，弃枪逃命。到这时，其余的狗腿子一哄而散。梁永生瞄着一个狼羔子追下去了。他正追着追着，突然头顶上传来一声鸟叫。永生抬头一望，只见庞安邦从屋檐上探出一个头来，朝西一指。永生一想，必然是西边情况紧急，忙改道更辙，向西奔去。

西边，杨大虎手中的棍子打成了三截，被几个狗腿子围在了运河岸边。那伙疯狗似的狗腿子，正齐嚎乱叫：

"要死的！"

"抓活的！"

杨大虎面敌背水挺立河岸，把那连鬓胡子一挓挲，冲着群丑冷冷一笑：

"哪个小子带蛋？你就来吧！"

"哈哈！你赤手空拳还要来个背水阵吗？真是不自量力——"白眼狼的"教师爷"彭良话未落地，枪头已刺向大虎的胸口。大虎猛一闪身，躲过了枪头，就劲儿抓上彭良的臂膀，另一只手抠住他的尻骨，一吃劲把他举了起来。这下子，吓得狗腿们倒退了好几步。彭良在半空中也叫了"爹"。接着，只听嘭的一声，彭良扎进了滔滔的河水。而后，大虎指着群丑又道：

"愿意去喂王八的上啊！"

狗腿子正要挠鸭子，六狼羔子领着几个狗腿子又赶来了。正在这时，梁永生也来到近前。一阵拼杀，把那些家伙们撵了个燕飞。当永生、大虎顺着大街正追赶仇人的时候，忽见梁志勇被几个狗腿子围在贾家大院门前的广场上。这时志勇的胳臂已经中弹受了伤。在志勇处于危险之际，从那边传来一声巨吼：

"要脑袋的闪开！"

接着，生满络腮胡子的红脸大汉王长江，双手举着明光光的铡刀片儿冲上来。吓得狗腿子们失魂落魄，一哄而散，各自逃命了。就在这时，突然，又飞来一颗罪恶的子弹，王长江中弹倒在血泊中。永生、大虎赶到近前。他们救出志勇，正往前走，又见那边尘土飞扬，原来是二愣、锁柱他们，正在追赶一只狼羔子和几个狗腿子。于是，永生、大虎、志勇又一齐扑上前去……

就这样，这场恶战，越杀越凶，越打越乱。他们从前街打到后街，南街打到北街，道西打到道东。梁永生他们为避开贾家的枪弹，后来又把战场从大广场引进小胡同。直打得整个龙潭街上，到处都是急促的脚步声，兵刃的碰击声，夹杂着呼喊声，叫骂声，还有一声、两声的大枪声。被削断的半截枪杆，被打落的长矛缨子，大街小巷，处处皆是。直打得黄尘满空，天昏地暗，鸡飞狗叫，遍地是血。受了伤的狗腿子们，在街上横倒竖卧，滚着，爬着，呻吟着，惨叫着。总之，整个龙潭，家家户户掩门上闩，街街巷巷一片混乱。

村里的人们，有的跐着凳子扒着垣墙朝外看，有的搬过梯子上了房。你想啊，不管他是个什么样的人，谁能不关心龙潭街上穷富大混战这桩惊天动地的大事情？对这件事，每个人都有自己的想法，自己的看法，自己的表现。不过，从总的方面分，也就是两类——凡是大家富户，都盼着财主胜，穷人们败；他们在房顶上鸣锣击鼓，为贾家的打手们助威。凡是穷家小户，都一铺心地盼着穷哥们儿胜，白眼狼败；他们全在为参加打仗的穷哥们儿喝彩鼓劲。除此而外，还短不了有些苦大仇深的穷人，也挺身而出，半扯腰里又参进来了。

太阳下山了，只把几片红色的云彩留在天边。真是"残阳如血"呀！

可是，龙潭街上，没有一个烟筒冒烟，因为龙潭街上穷富之间的这场大混战还在打着。

……

第三十章

——

夜奔

已是万家灯火的时候了。

水势洋洋的运河，还和往常一样静静地流着。

蓝湛湛的夜空，也和往常一样出满了繁星。

血战了一天的龙潭街上，阴阴沉沉，寂静异常。家家户户，都早早地插上了门闩；街街巷巷，望不见一个人影儿。整个村子，除了几声汪汪的狗叫外，仿佛再也没有半点儿声响了。只有从周围村里传来的锣鼓声、鞭炮声，在提醒人们——今天，又是一年一次的元宵灯节了。

每个家庭的情景，跟街道上这死一般的沉闷气氛截然相反——一所所的庭院，一间间的住房，一颗颗的心脏，都像被大火烧开了的水锅一样，翻滚着，沸腾着。是啊！在这非同寻常的夜晚，哪一个家庭的气氛能够安安宁宁？哪一个人的心情会是平平静静？

在那一盏盏聚拢着家庭成员的油灯下，都在议论今天这个事件的是非曲直，揣测着它的发展变化。在这千差万别的论调中，仍可以财产为尺度分为几种。

富人，都把梁永生等人视为不法歹徒，对他们的伤亡，都幸灾乐祸，并为贾家的不幸而叹息不已。他们觉得这场风暴实在可怕。有的富家老人，主张明天派出喽啰，去助贾永贵一臂之力。他们的理由是：这不是反了吗？照这个闹法，还成什么体统？

穷人，都把梁永生一伙儿看作英雄好汉，但又为他们这场"悲剧"感到痛心，同时还为贾家的厄运心情大快。他们觉着就像吃了顺心丸一样，格外舒贴。有的穷家子弟，攥着拳头向他的家长说：

"爹！明儿个，我也去参上干一场！"

"好！我也卖卖老，咱们爷儿俩一块儿去！"

"爹！你上年纪啦，甭去啦。我再串通上几个穷哥们就行啦！"

"不！这窝囊气我实在受够了！要不就着这个劲儿把白眼狼除治了，咱受到多咱算个头儿？"

少儿无女的穷老太太，也满心满意地想搭搭手儿帮把劲儿，可又觉着力不从心。于是，她拉开门扇走出屋来，向着蓝天默默地祷告：

"老天爷呀老天爷！你要有灵验，保佑着那些因无路可走才豁命的穷人哪……打个炸雷劈了那些狗财主，要不价，俺这些穷人可没法儿活啦……"

那些说穷不穷、说富不富的中流户儿，当家长的正在嘱咐儿子：

"可千万别往关帝庙里凑合呀！"

"咋的？"

"说是梁永生在那里……"

"梁永生又不是老虎……"

"梁永生是个好人。可这是人命关天的大事，谁要一傍边儿，沾上就了不得！"

"看起白眼狼来，也欠该这么治治他！"

"这话儿倒是对的。说句公道话——梁永生他们也些微地过分了点儿……"

许多大胆的穷爷们儿，冒着风险来到关帝庙上。

这个端来了油灯，那个携来了干粮。有的扛来铺盖，有的提来饭汤。也有的两手空空，只是送来一副火热的心肠。还有的淌着热泪拉着梁永生的手说：

"走！到我家去……"

梁永生因为怕连累穷爷们儿，才确定临时先在这关帝庙里落落脚的。因此，他说：

"不！我们不住下，一会儿就要走了……"

梁永生真要走吗？不是的。杨长岭还没救出来，白眼狼还没杀掉，他怎么能就这么虎头蛇尾地走了呢？再说，那些参加打仗的穷爷们儿，都扯大拉小一家巴子，永生爷儿几个要是一走，白眼狼岂肯与那些人善罢甘休？现在永生所以说"一会儿就走"，一来是一种不去打扰穷爷们儿的借口，更重要的还是想让穷爷们去安心地睡觉，不要为他担忧。那么，他不走，又想怎么办呢？他的主意是：如今天已经黑了，在谁也看不清谁的情况下，闯进那住有许多长工、月工的贾家大院，是难免误伤好人的。因此，他想等月亮升起来以后，再想个法儿闯进贾家大院，救出杨长岭，杀掉白眼狼……可是，永生刚把来看望他的穷乡亲们送走，杨大虎又来了。他和永生一见面儿，就急急火火地说：

"大狼羔子去搬兵了！"

"上哪里？"

"县政府。"

"这信儿可准？"

"准。是贾家的一个长工，偷着跑出来告诉我的。"大虎又提醒永生说，"我估摸着，白眼狼早已派人去勾搭的那股子土匪，也八成儿快来了。"

他俩蹲在门洞子里说了一阵，永生抽着烟想了一会儿，最后说：

"大虎哥，我看这么办——你快回家，把东西拾掇拾掇，背上你的老娘，领着老婆孩子，赶紧离开龙潭街。事不宜迟，越快越好……"

"事到如今，我看也不能再顾那么多了——死就全死到一块儿算了！省得死的死活的活，扯不断肠子甘不了心……"

"不！大虎哥，咱们穷人，向来是不怕死的。可是，死，得死个值呀！"永生说，"大虎哥啊，这回，你一定要听我的——走！"

"我那个家，进了屋四个旮旯儿，没多少过活儿！所有的家当，一胳肢窝就能挟走。要走，没啥难的。再说，像咱这死活一样价钱的穷光蛋，走到哪里不是家？哪里的黄土不埋人？"大虎说，"可是，舍下你们爷儿几个，我心里下不去呀！"

"大虎哥啊，你不要惦记我们。"永生说，"我们这里没有扯腿拉脚的；下边有这两条腿，上边有这两只手，手里攥着刀把子，就是死，也保险赔不了本儿……"永生说到这里，见大虎仍不忍心离去，又说："我们去给参加打仗的那些穷哥们儿送个信儿，然后也走！"他缓了口气接着说："大虎哥，你也把咱庄的穷爷们儿挨门挨户虑一虑，对那些可能受连累的关照一下儿……"这时大虎的心里，悄悄地拿好主意：把一家老小送到亲戚家安排下，再回龙潭街，想法儿救长岭。他意识到这个干法会有很大风险，所以并没告诉永生就回家去了。

星星在被血染过的龙潭街上空眨着眼睛。漆黑的夜空像崩塌了一样张着大嘴。梁永生送走杨大虎，望着夜空沉思了一阵儿，又转身走进庙去。

这时候，志刚和志勇小哥儿俩，坐在大殿前边那高高的台阶上，正议论今天打仗的事哩！

志勇说："今天这一仗，得算个败仗——咱们爷儿几个，再连上大虎大爷、长江大爷、二愣哥、锁柱哥，还有其他那些参加打仗的穷爷们儿，只是砍伤了白眼狼，杀了两只狼羔子，还有几个狗腿子。可是我们这边，也有伤亡，包括志坚！"

志刚说："当然要算败仗喽！咱受了这么大损失，既没杀了白眼狼，又没救出杨长岭！"

志勇说："咱吃了他们有'洋枪'的亏了！"

志刚说："对！看明天的！明天……"

志勇正说了个半截话儿，永生回来了。他笑哈哈地说：

"你们想着明天还打呀？"

"当然喽！"

"不打啦！"

"为啥？"

永生把白眼狼去搬官兵、勾土匪的事说了一遍。志勇说："嘿！官兵、土匪都上来，这个仗更有个打头了！"志刚也说："爹，叫我看，反正是已经走到这步棋上了，不能就这么算了。"

"不！"永生说，"咱要顶着干，怕是要吃更大的亏，仇，也难报了！"

"那怎么办呢？"

"走！"永生说，"志刚，你和你三弟都受了伤，得先走一步。"

"爹，你呢？"

"我去给受连累的穷爷们儿送个信儿，帮助他们离开龙潭街，然后也走……"

永生这种说法，是为了打发志刚、志勇安心地回去。他这时的真正打算是：等志刚、志勇走了，该走的穷爷们儿也都走了，他越墙而过杀进贾家大院，救出杨长岭，宰了白眼狼，然后再离开龙潭街。他怕志刚、志勇不忍心走，所以没把这个打算告诉他俩。那么，他为啥还要打发志刚、志勇提前走呢？因为官兵、土匪随时可能来到。只要那些家伙们一到，再走就不易了。到了这样的时刻，永生怎么忍心让志刚和志勇留下呢？他们全受了伤！可是，志刚哪会知道爹这个用意？所以他在拿起大刀要起程的时候，只是说：

"爹，我们走啦——你可早点回去呀！"

永生笑着说："放心吧！"

志刚和志勇，顺着洼洼坑坑的甬道，向庙门走着。

月亮升起来了，像个盘子挂在天角。

梁永生倒背着手，随在儿子身后，一边走一边嘱咐：

"你们路过贾家大院附近时把角楼子上那个小子干掉！"

"唉。"

"别的不要惹事。"

"唉。"

"回到宁安寨，还要提防去抄家——"

"唉。"

志刚、志勇告辞了爹爹，踏着月光向前走去。当他们来到贾家大院附近时，忽然望见拐角处有个黑影。这时，志勇紧走两步，捅一把志刚，悄声说：

"哥，你等一下儿。"

"你要干啥？"

"干掉他！"

"净胡闹！"

正在这时，那个人也发现了他们。接着，一个苍老的声音传过来：

"谁？"

"走道儿的！"

梁志刚手握钢刀边答边走，大步流星地来到那人的面前。上眼一瞅，原来是黄老汉。于是，志刚亲昵地叫了声"黄大爷"。

"你可是梁志刚？"

"对！"

"你们干啥去？"

"我们要出村……"志刚说，"黄大爷，你……"

"我在这里哨着贾家大院，有啥动静好去给你们送个信儿……"

"谢谢黄大爷。"

"傻孩子！谢啥？你们的仇就是我的仇。"黄老汉说，"要说谢，我得先谢你哩！"

"谢我啥？"

"你们血战白眼狼，不光是报了你们的仇，也是报了我的仇，还是给咱这一带的穷人都报了仇——我还不该谢谢你们？"黄大爷指指贾家的角楼子，又说，"志刚啊，今天这一仗，咱们吃了贾家的亏，全是叫它闹的……"

"它是个啥？"

"贾家大院的角楼子呀！"

"那个给白眼狼保镖护院的家伙，就住在这里头吧？"

"对！"

"要是早知道这个情况就好了……"

梁志刚话未落地，一纵身子蹿上角楼子，伴随着一声惨叫，方巾的狗头从角楼子的窗口里滚下来。血水，也顺着蓝砖墙淌在地上。

这时，黄老汉又向志刚他们说：

"你们先等等——"

"咋？"

"我先到前边探探路。"

"唉。"

一霎儿，黄大爷回来了。他说：

"孩子们哪，走吧！没动静。只是在贾家大院的房檐上，有一只夜猫子叫唤。"

辽阔的大地，终于从那黄昏之后的短暂的黑暗中挣脱出来。沐浴在月光中的冀鲁平原，又变成了一个灰黄色的柔和而匀静的世界。这时节，自然界的万物生灵，都处在酣眠的沉寂状态中。唯独志刚和志勇这俩穷孩子，正然冒夜赶路，朝着宁安寨的方向飞步疾行。

灰黄的道路延长着。

空气停滞，夜色朦胧，四周寂静无声。这静寂的环境，和志刚、志勇的心境很不协调。此刻，他俩的心里，思虑万端，很不平静。他们在担心爹，生怕会发生什么不测事件。因此，他们不时回过头来，张望着那难忘的龙潭街。

龙潭街，静悄悄的，仿佛早已在这夜幕中睡熟了。从其外表看来，好像这里什么事情也未曾发生过，什么事情也不会发生似的。

他们眺望前方，又想起了留在宁安寨的母亲。志刚想："现在娘在家中还不知多么着急呢？"他想到这里，心如火燎，恨不能两条膀臂生出一双翅膀，一翅子飞回宁安寨，飞到母亲的面前。

他们走着走着，突然志勇说道：

"哥！你看，前头那黑乎乎的是些啥？"

志刚顺着志勇手指的方向凝神一望，只见有几个人影，迎着他俩照直地走过来了……

夜深了。

心神不安的杨翠花，正两眼汪泪伴灯闷坐。忽然，传来一阵敲门声。她匆忙走出屋，一边朝角门儿奔着，一边竖起耳朵听着——她要从门板的响声中，识辨出这半夜敲门的是不是自己的人。永生爷儿几个，敲门的响声翠花全能听出来：永生叫门，都是用烟袋锅子敲门板——得得！得得得！得得……志坚叫门，是用手指敲门板——乒乓！乒乓！乒乓乓……志勇叫门，是用拳头捶门板——砰砰砰！砰砰砰！砰砰砰……志刚叫门，是用手背敲门板——咄咄！咄咄咄！咄咄！咄咄咄……

梁家父子叫门的方法，并没有谁统一规定过，是他们多年来自然形成的一种习惯。在天津卫时是这样，在徐家屯时也是这样，回到了宁安寨后还是这样。像这类生活细节当中的微妙差别，也并没有人进行过分析，唯独细心的杨翠花在多年的共同生活中悄悄地注意到了。

红色岁月

红色历程

红色史诗

红色经典

翠花听着听着，听出来了——敲门的是梁志刚。她心中一阵高兴，因为她从插上门闩以后，就焦急地等待着敲门的声音。她等呀等，盼呀盼，一直盼到这小半夜，终于盼来了敲门的响声——这个响声明白地告诉翠花：她的大儿子梁志刚已经安全地回来了。当娘的心里怎能不喜呢？

说真的，打从他们爷儿几个离开家，杨翠花那颗火辣辣的心，就像叫手攥起来一样，紧紧地收缩起来了。并且越收越紧，直到紧得发疼。在这一天当中，她不觉渴，也不觉饿。尽管一天水米没沾牙，肚子里反倒觉着塞得满满的。按季节，还隔着夏至很远呢，不能算是长天气。可是，在翠花的感觉中，这一天比十天都长——真是度日如年哪！从早到晚，她望着太阳算时辰何止千百次？可她总觉着日头就像在天空扎下根一样，老是不见动弹。一天来，翠花那宽宽的眉宇间，一直是聚着个疙瘩。她的脚下就像起了火，坐也坐不住，站也站不稳，走里摸外，坐立不安。

杨翠花当前的心情，虽没跟谁说过，可是村中的穷爷们儿，全能猜个八九成儿。人们把宽慰她的话说了千千万，把能使她宽心的办法也想了万万千。可是，在这种情况下，宽慰的空话能顶啥用？好心的穷乡亲可又能想出什么好办法来呢？显然，最好的办法，就是去龙潭打探打探消息了。于是，尤大哥按照魏大叔这个主意，便和几个年轻力壮的穷哥们儿一起，揣上两个窝头奔了龙潭。当然，他们奔龙潭打探，不光是为了解脱翠花的苦闷。你想啊，这些同命相连、休戚相关的穷爷们儿，谁能不为梁家父子的命运而担忧呢？今天有好些穷人的灶筒都没冒烟哪！

杨翠花最惦记的是谁呢？这很难讲。在去龙潭报仇的四个人中，除了她的丈夫，便是她的儿子，她对哪一个能不惦记或者说不大惦记呢？连她自己也说不上来。这真是，十个指头虽不一般齐，可是个个连着心，咬咬哪个都是一样疼。不过，在不同的情况下，她对自己亲人们的疼爱程度，还是有所区别的。譬如说，当志勇出猎未归的时候，经常装在翠花心里的是梁志勇；在天津那一段，志坚离开爹娘进了鞋铺，她就成天价挂着志坚；当梁永生病倒杨柳青的那几天，丈夫的命运又成了杨翠花最担心的大事；在秦大哥把梁志刚交给翠花以后，志刚便成了她的心肝，一旦志刚有个头疼脑热，翠花就哭得眼睛像对铃铛。一到他们父子几个都在翠花的眼前，并且全十旺八跳、平安无事的时候，她就又捎扯起她那远离的二儿子梁志强来了……现在，她一听敲门的是志刚，觉着心里有一块石头落了地。可是，另外那几块石头，却悬得更高了。因此，她一边拔门拉门，一边迫不及待地隔门就问：

"志刚，全回来了吗？"

聪明的志刚知道娘是啥样的心情，答道：

"娘，放心吧。"

门，开了。翠花上眼一瞅，门前的月光下站着两个人，只有两个人——志刚和志勇。又见他们的胳臂上还缠着白布，并用一根带子吊在脖子上，这不用问，显然是受了伤。去了四个怎么回来俩？那两个亲人怎么样？翠花心中这么想着，头上的冷汗唰地淌下来，胸腔里也咚咚地砸开了棒槌。志刚望着娘的神态，又赶紧安慰她说：

"娘，咱打胜啦！"

志刚觉着别的话都不好一口说清。他想用这个可以概括一切的"胜"字先安住娘的心，然后再从头到尾、一字一板地向娘把舌学明白。可是，翠花哪里等得！她又追问起来：

"你爹呢？"

"在龙潭。"

"志坚呢？"

"在龙潭。"

"都在龙潭？"

"都在龙潭。"

志刚一边向屋里走着，一边又向翠花说：

"娘，你只管放心！俺们爷儿几个，就是俺俩受了点伤，也不碍的；别人全都平安无事……"

他们娘儿仨，且说且走，进了屋子。

随后，志刚把一天来打仗的情况，以及爹和志坚晚来一步的原因，从头到尾说了一遍。到这时，翠花的心情才算渐渐安定下来。接着，她从灯窑儿里端过油灯，凑到志勇近前，一边照，一边瞅，一边用发颤的手轻轻地摸着志勇那受伤的胳膊。她看完志勇又看志刚。看翠花的神情，就像是伤在她身上一样。她看了多时，又瞅开了儿子们的面容。仿佛她要从儿子们的表情上，衡量出疼痛的程度来。可是，志刚和志勇的神态，还和往常一样，仿佛这伤不是在他们身上似的。于是，翠花又心疼地问道：

"志勇，伤着骨头了吗？"

"没价！"

"志刚呐？"

"也没价！"

"疼不？"

"不疼！"

志刚和志勇打从见了娘的面，一直是乐呵呵儿的。儿子这种满不在乎的神色，对娘起了很大的感染作用。翠花把灯送回灯窑儿，说：

"你看，你娘都快傻了——我快给你们做饭去！"

翠花烧着火，志刚一直在想："爹怎么还不来呢？"他越想越沉不住气，后来竟站起身向娘说：

"娘，我去接接俺爹吧？"

"你不吃饭吗？"

"接回俺爹和志坚来一块儿吃吧！"

志刚的话，说动了娘的心。因为翠花这时也正在为永生和志坚迟迟不来而焦急。于是，她愣揣了片刻，向志刚说：

"好！这回娘就依着你！"

志刚背上单刀，向娘说：

"娘，我走啦！"

翠花让志勇看着灶火，对志刚说：

"走吧——娘送你出村！"

"娘，你送啥？一会儿就回来啦！"

"我也当走动走动散散心。"

他们母子二人，出了家门，顺着沉静的街道，向村头走去。一团挚爱的火，在他们各自的心里燃烧着，可是谁也不说啥，只是往前走。当路过尤大哥家的门口时，翠花从角门缝隙间望见他的窗户还亮着灯，蓦地想起一件事来，就向志刚说：

"哎，志刚，尤大哥他们到龙潭去看你们了……"

"已经回来了。"

"你咋知道？"

"我在半路上把他们迎回来的。"

"他可挂记着你们啦……"

"龙潭的情况，在路上我都跟他说啦——请他放心。"

起雾了。青灰色的、混浊的雾气，被微风吹动着，在头顶上飘荡，在身周围回旋，在空旷的漫洼地里弥漫开来。当梁志刚和杨翠花穿过山楂行子来到村外时，那条通向龙潭的大道，从脚下伸向旷野。

这时，志刚觉着，好像有好些话要跟娘说。当他正感到不知从哪里说起的时候，蓦地又想起了还在龙潭的爹来，心中一阵着急，就说了声："娘，回去吧！"便撒腿跑开了。当他一气跑出老远，又透过灰蒙蒙的雾气回头张望时，仿佛望见娘的身影还在雾海中伫立着。为了让娘早点回家，他又泼命地朝前跑下去。

志刚跑一阵走一阵，望不见爹的影子。

他又走一阵跑一阵，还是望不见爹的影子。

道路是暗而且静的。附近的村中时而传来几声犬吠。

当志刚快要走到龙潭桥头时，突然听到从龙潭村边传来几声枪响。紧接着，一阵奇嚎怪叫的人声，冲出龙潭街口，直扑桥头而来！"不好了！"志刚心中一惊，尥起蹶子迎着嘈杂的人声飞奔而去。

起风了。黎明前的夜风，正在绞杀着路边野草的嫩芽。

第三十一章

—

村野小店

　　黑龙村头，有个小店。

　　这个乡村小店，远离村庄，临街傍道，四邻不靠。它的周遭儿，是用黄土打成的人头来高的垣墙。墙根，已经碱得很厉害了。从墙上溜下的碱土，被风刮起，到处飞扬。两扇翘翘棱棱的大门，是用杂木板条子钉起来的。大门口上，靠垣墙竖着一根劈裂了的大竹竿。竹竿头上，挂着一把破笊篱。笊篱被风一刮，像打秋千似的摆来摆去，扯得竹竿嘎吱嘎吱乱响。这种景物，告诉由此路过的行人：这是一家乡村小店。

　　黄昏逼近了。

　　青烟、白云点缀着初春的农村。

　　藏仇怀恨的梁永生，含冤带气地赶了一天路，来到这家陌生小店的门口上。这时节，他已经精疲力竭，觉着有点吃不住劲儿了，便决定今晚就投宿这里，歇上一夜，明儿再走，也顺便扫问扫问翠花和志勇的下落。

　　梁永生跨步进了院门。

这是一个四四方方的大院儿，平平展展，宽宽绰绰。房虽不多，也不好，可设计的格局倒挺在行。北面是客房，东面是车棚，西面是畜棚，南面是草棚。大概是因为天还不大黑吧，畜棚里空荡荡的，一头牲口也没有。只有几只毛腿鸡，正咯咯地叫着，用脚扒刨粪土。一群唧唧喳喳的麻雀，时而落在槽头觅啄食物，时而又腾上屋檐叫起来。

在一排客房的尽东头儿，有个两庹来宽的独间小屋。一位六十来岁的老头儿，正趴在桌边上，戴着老花眼镜，一手擎着毛笔，一手拨拉算盘子。在他捺笔的当儿，站在院中的梁永生朝屋里喊了一声：

"店家！"

"来喽！"

那老头高声地答应着，屁股并没动。他不慌不忙地在本子上写完一行字，把笔担在墨盒儿上，摘下眼镜子，然后这才急忙起身出迎。他来到永生面前，望着旅客那残留着失眠青印的面孔，抱歉地说：

"事忙先落账；叫你久等了——来，快屋里坐。"

梁永生跟着店家，来到一座客房的门前。店家推开残缺不齐的破风门子，又把手臂一伸，眼里含着热情的光泽：

"请吧。"

梁永生进屋一看，这是一座五间屋通连着的大客房。靠着后山墙，有一条扯东到西的土炕。这条用土坯垒起来的炕上，没有苇席，只铺了一层厚厚的谷草。靠窗的前山墙这边，摆着一张角斜懈缝的单桌儿。桌面上，放着两把茶壶、几个茶碗。桌子底下，有两个大瓦盆，这是供旅客洗脸用的。搕在墙面上的钉子上，挂着一把用黍子苗儿缚成的大笤帚。店家跟进屋后，跷起脚来摘下笤帚，一边给梁永生扫着脊背、脖领上的尘土，一边跟他说着眼目前的见面话儿：

"贵姓啊？"

"姓梁。"

"三十挂零了吧？"

"半截零啦！"

店家已经明显地看出：这位旅客虽已到了中年人的年龄，可他还仍然保持着青年人的风貌。就说：

"你长得少相——从南乡来吧？"

"唉。"

"到哪里去呢？"

"到北乡去。"

"在这里住几天吗？"

"不。明儿就走。"

"你是龙潭街一带的吧？"

"唉。"

"你是不是叫梁永生？"

这一句，把个梁永生问愣了：咦？蹊跷！他怎么知道得这么清楚？于是，永生便打量起这位五短身材的店家来。只见他高高的鼻梁，长长的寿眉，朝前端端着的下巴颏儿上，留着一撮儿黑白掺杂的山羊胡儿。腰里，扎着一个油污斑斑的白围裙，把他那破破烂烂的裤子罩住了半截。永生一边观察店家的衣着、相貌，一边翻腾着记忆。眨眼登时，一张又一张的男人面孔，在永生的脑海里一个跟一个地闪出来，接着又很快地消逝了。他看罢多时，想了好久，觉着并不认识这位店家。于是，只好问道：

"你认识我？"

"不认识。"

"那，你咋知道我的名字？"

"你真是梁永生？"

永生的默认，引出了他完全没有想到的结果。只见，那又惊又喜、肃然起敬的店家，伸着大拇哥朝他赞叹不已：

"好样儿的！是汉子！"

接着，店家告诉永生："你们血战龙潭的消息，在这黑龙村一带也传开了。如今，街头巷尾，茶馆酒肆，人们像讲《汉书》似的沸沸扬扬地议论着。凡是穷人，都把这事儿当作喜讯，巴不得亲眼看看你。凡是富人，全把这事儿当作噩耗，恨不能帮着官府捉到你们……"

永生听罢，冷冷一笑。他掏出烟袋，挖呀挖地装着烟，又问店家：

"就凭这个，你能猜出我是谁来吗？"

"哈哈！来，你先洗脸——"店家从门后头的小水瓮里，舀上一瓢水倒在瓦盆里，"你前身土少，后身土多，按照今儿的风向，我能估出你是从哪边来的……"

"这话有理儿！"

"我又见你身后的棉衣下头露着刀尖儿，可这粗俗的穿章儿不像个在财主家混事儿的，憨厚的神情不像个走夜道儿的，纯朴的气色不像个久闯江湖卖艺的，听口音离此地不很远但又不是当地的。像啥？我这个人好说冷话——叫我看，你的穿章儿像个道道地地的穷庄稼巴子，你的神态像个老实巴交的土豹子，你的气色又像个心中窝着火、怒气还没消的苦难人，听你说话还像个常在外边闯荡的人，再加上你已经告诉我家在龙潭一带……"

梁永生抓下罩在头上的毛巾，抖落上边的飞尘，一面擦着脸，一面点点头乐呵呵儿地说：

"行！你真不愧是个开店的！"

那开店的端起用过的洗脸水，泼在天井里。又接着说：

"还有，你脚上这双破靰鞡，说明你可能闯过关东；你走路的架势，告诉我你练过武功；你后衣角上那斑斑点点的血迹，又使我怀疑你耍过'愣葱'；看你这个年纪儿，当然不是梁志勇……"

"唔哈！看来，你连我的经历，孩子的名字，也全知道？"

"你们血战龙潭街的因因果果，前前后后，人们传说得有枝有叶的。"店家说，"还有的越扯越多，越传越玄，近乎是神乎其神了！"

梁永生见店家是个精明人，也是个好人，就跟他攀谈起来。经过一阵子攀谈，永生了解到，这位店家叫孟广芹，是个房无一间、地无一垄的穷汉儿，还是个少妻无子的孤独老头子。这个店的店主，名叫崔忠君，是个大财主，还是白眼狼的一门姻亲。孟广芹老汉给崔忠君当雇工，已经二十五年了，和梁永生逃离龙潭立志报仇的年头儿正好一样多。接着，梁永生把他二十五年来的苦难经历，也全告诉给了这位穷老头子孟广芹。

不同的生活环境，给了人们不同的风度和性格；相同的贫苦命运，又给了穷人相同的思想感情。你看，梁永生和孟广芹老汉，他俩在风度、性格上的差别是多么明显、多么大呀！可是，他们在相互了解了彼此的身世之后，却立刻变成了一见如故的朋友。当梁永生要求孟老汉不要暴露他的身份时，孟老汉心领神会地笑了。他点点头爽朗地说：

"永生啊，瞧好儿吧！我不是那扇车嘴，扬不出去。有我在，算你入了保险柜了！"

这个小店里，里里外外一把手，上上下下一个人，就是孟广芹老汉自己个儿。写账是他，做饭是他，迎新送旧、找这找那也是他。正当他和永生越谈越热乎的时候，伴随着一声焦脆的响鞭，一辆花里胡哨的时髦轿车掏进店院。孟老汉说：

"老梁，你歇着，我去看看——"

孟老汉迈出房门，又向驾车人笑哈哈地说：

"马大个儿！你这碗饭不想吃啦？"

"咋的？"

"天还不黑，你就住店，要叫你那东家知道了……"

"东家？狗屁！车马离开他，就由咱当家！"

他俩一面逗闷子，一面解绳套。车卸完了。两人且说且走进了客房。从他们的谈笑中，梁永生闹清了这位马大个儿的身份——他是财主家拉脚的车把式。

天，在乌云的帮助下，很快地黑下来了。

店房中的旅客，陆续增加，越来越多。

掌灯时分，来自四面八方的客人，挤挤擦擦满了屋子。他们，有的把推车用的绳襻双起来当甩子，抽打着身上的浮土；有的把竹把子扁担往墙上一竖，踞踞下身子洗起脸来；有的正吃着菠菜烩窝头，又把筷子一撂去给咴咴儿叫唤的小毛驴去添草了；有的找来一块半头砖往墙上搂了个钉子，把说书用的弦子高高地挂起来；那位张箩的，把放在墙旮旯儿的货郎柜子靠了靠，将他的箩筐撂在上边。看来他不光是怕碍脚，还怕哪一位不经心的愣大爷蹭坏了他那精细的马尾儿箩底……总之，住在这个屋里的人们，大都是些穷跑腿儿的。他们之间，有的原来就认识，有的是一见面儿自来熟。一会儿，这散散乱乱的一屋人，聚成了一堆堆的人疙瘩。有的闲嗑牙儿，有的拉行情，有的攀亲套友论当家子，有的扯东拉西议论世事。这一伙子说《三国》，那一伙子讲《水浒》，另一伙子谈天论地，还有一伙子评风议雨，靠近梁永生的这一伙子，从"蒲公英"能治肿毒扯到"芝麻沿草"治痢疾，从黄家庙会的盛况扯到彭委员栽跟头，扯来扯去，又从"梁山将三打祝家庄"扯起梁永生大闹龙潭街的事来了。一说起这个，人们全都活跃起来。有的发议论，有的提出疑点截言插语。讲细节的绘声绘色，发议论的含情带气，引得邻近的人全凑过来，又聚成了一疙瘩一疙瘩的人堆。尽那头儿的一些人，没有凑过来——因为那位常年跑车拉脚见闻广的马大个儿，也正在给人们讲述着"龙潭血战"的详细经过。梁永生见此情景，心中暗自想道："这正是打听翠花和志勇下落的节骨眼儿。"于是，他也就着个碴口儿插了嘴，向人们问道：

"哎，梁家的儿子们怎么样啦？"

"听说老大梁志刚被捕入狱啦！老三梁志勇受了重伤，老四梁志坚惨死龙潭街上——"

这些情况，梁永生全都知道。他所以先这样含糊地问，是为了掩饰自己的身份。于是，他喟叹一声，又问：

"那个梁志，志，志……对啦——志勇，逃到哪去了？"

"谁知道哇！"

"他娘哩？"

"也说不清！"

"咱听说，那天夜里，官兵、土匪、贾家的打手，三伙子合在一起，追赶突围而走的梁永生。那梁永生可真不含糊，他英勇拼杀，且战且走，宁死不屈。可是，官兵、土匪、狗腿子人太多啦，寡不敌众啊！并且，这些坏家伙们还有枪。多亏下了一场大雾，梁永生才逃了活命……"

"那梁志刚呢？"

"梁志刚掩护着被打坏了的杨长岭，朝另一条路跑了……"

"那可好！"

"好？好啥？听说后来志刚被捕了……"

"呀！长岭呐？"

"那就不知道了。"

屋里沉静下来。过了一霎儿，又有人问道：

"哎，那志刚是怎么被捕的呢？"

"这一段儿也没听说过——"

梁永生一边听着人们的议论，心中在想："他们知道得可真清楚呀！说的这些经过大体上都是那么回事。"这时，站在黑灯影儿里的店家，正抿着嘴儿笑。梁永生朝他递了个眼色，又接着问议论的人们：

"以后呢？"

"以后，梁永生突围脱险回了宁安寨，想拉着翠花和志勇赶紧逃走，可是一进屋扑了个空——他娘俩已经逃走了……"

"他们往哪里逃呢？"

"那咱就说不清了。"

梁永生自从奔回宁安寨扑空以后，就到处寻找翠花、志勇的下落，打听志刚在狱中的情况。这些天来，他从南到北，从东到西，跑遍了大大小小许多村庄，问过老老少少无数的路人，既没找到翠花、志勇的下落，也没打听到志刚在狱中的情况。今天晚上，他通过和店中的旅伴们谈了一阵，又是闹了个葫芦白菜葱，没有问出个子丑寅卯来。这时，他扫兴地叹了口气，耷拉下脑袋抽开了烟。翠花和志勇到底逃到哪去了呢？这个问号，又在他的脑袋里发涨，并且越涨越大，眼看快把脑壳撑破了。

旅客们把"血染龙潭"的细节讲完后，那些七言八语的议论又成了话题的中心。

有的说："咱穷人要是都像人家梁永生似的可就好了！"

也有的说："好啥？要说梁永生是好汉子，这个我信服。不过，叫我说，也不该这么个干法儿——他就不想想，怎么能干得过人家呢？"

"干不过？咱听说，当天后半夜，梁永生越墙而过，来了个突然袭击，杀进了贾家大院儿。一会儿，杨大虎也杀进去了。他们斩了马铁德，杀了一只狼羔子……就是白眼狼那个老杂种钻了草垛，没找着他。要不是官兵、土匪围上来呀……"

"都是叫官兵、土匪闹坏了！"有人接上说，"要不价……"

"咋能'要不价'呢？自古以来，财主、官府、土匪都是一伙手，那官兵、土匪还有个不来？何况白眼狼还有个在县里混官差的儿子呢！"

"唉！你看，死的死，伤的伤，逃跑的下落不明，入狱的还能出来？一家人又大失散了。"

"唉——惨哪！"

"谁说不是哩……"

人们陷入沉默。屋里充满无声的愤怒、悲愤和叹息。屋外，发着怒吼的电闪未能把乌云撕破，稀稀拉拉的雨点落下来了，仿佛老天爷也正为遭难的穷人在流泪。

一位老汉又接上了刚才那根低沉的话弦："听人说，梁永生的爹梁宝成是被刑役活活打死的。看来，梁永生的儿子梁志刚，大概还脱不了这条道儿哇！"

"不至于那样吧？听说梁永生还活着呐……"

"活着管啥？他又能怎么着？他去砸大狱？"

"那也难说——"

"就是嘛！凭梁永生那样的汉子，能这样就善罢甘休？"

"我承认梁永生是汉子。可就是这条道儿也走不通！"

"哪条道儿？"

"拼命呗！"

"不拼命咋办？认命？"

"那条道儿更糟糕！"

"拼命不行，认命糟糕，你说走哪条道儿？"

"你这一军算把我将住了！"那人说，"我是从这两条道上窝回来的，所以知道这两条道儿都是死胡同，走不通！眼时下，我正在这两条道儿的岔路口上打磨磨儿，想找第三条道儿，可就是找不到……"

这一阵，梁永生一袋接一袋地抽闷烟，也在一句不落地倾听着人们这七嘴八舌的议论。他越听头脑越涨，越听心里越乱。蓦地，梁志刚留给他的最后的一副神态，在他那烟火缭乱的眼前晃动起来。一股强大的压力，也在他那纷乱如麻的心里向外扩张。到这时，身边那些嘈杂的人语，已经是再也不能触动他的听觉了。接着，他和志刚分手时的一段情景，又一次在他的脑海里翻滚上来——

那是一个阴云密布、大雾蒙蒙的黎明之前。梁永生面对着猛赶穷追的官兵、土匪和财主的家丁，正然且战且走，情况已经十分危急了。就在这时，志刚赶到了。他要爹赶快逃走，他来挡住仇人决一死战。可是，永生高低不干。后来，他们退到龙潭桥上，志刚噗噔一声跪在桥头，苦苦地向爹央求道：

"爹，我求求你——你赶快回宁安寨，帮助我母亲和三弟脱险吧！要不，咱一家子可都完啦……"

梁志刚说到这里，哭起来了。

尾追的仇人，越来越近。

梁永生着急地说：

"志刚，仇人上来了，快起来！"

梁志刚坚决地说：

"爹不走，我死也不起来！"

仇人越来越近了。

梁永生边拉边说：

"快！快！快！……"

梁志刚挣扎着说：

"爹一走，我马上就起来——"

梁永生望着眼看就要扑上来的仇人，万般无奈地说：

"好！我走——"

爹的话一出口，志刚忽地站起身来，抢起大刀冲到桥口，大喝一声，拦住了正要上桥的群丑。接着，他一面奋力拼杀，又一面高声大喊：

"爹！快走！"

…………

现在永生回忆着这段惨景，气愤堵住他的胸口，悲痛咬住他的心，使得他两眼汪满了悲愤交加的泪水。他感到难过，他感到内疚。他那宽敞的胸怀全被痛苦塞满了。他觉着对不起志刚的爹和爷爷，对不起从逃荒路上把志刚救活的秦大哥，也对不起他那惨死路旁托子传仇的母亲，更对不起梁志刚这个苦命的孩子。这时候，他的心里有一个念头，正在像钻头似的往深处钻："我就是拼上一死，也要把我的儿子、佃户的后裔救出大狱……可怎么个救法呢？"梁永生一口接一口、一袋接一袋地抽着闷烟，苦思苦想地琢磨营救志刚的办法。这时他的心情，就像涨潮的海水又遇上台风那样，没有一点平静的地方。他想着想着，叼在嘴里的烟袋杆儿被牙咬裂了，觉着嘴里又苦又涩。他吐出一口唾沫，瞅着已经劈裂的烟袋杆儿，蓦地想起了那位王大叔——门大爷的弟弟……

"你说啥？劫监砸狱？我看梁永生不会干那傻事儿。"

"怎么是傻事儿哩？"

"不傻怎么的？那不是拿着脑袋往钉子上碰？要是劫狱不成，那可就更糟了！"

人们这些议论，把永生的思绪拉了回来。他的理智在说："可也是啊！我去劫狱不成，死活另作别论，志刚不势必因此而要吃更大的苦头儿吗？不行，这个办法使不得！可那又怎么办呢？"永生又抽起闷烟来了。

时间已经过了午夜。还没把地皮洒湿的雨早就住了点。

这乡村小店的客房里，顶起屋来的嘈杂人声开始落潮了。高声大嗓的议论，渐渐地变成了悄悄低语。这悄悄低语，也正在由多而少，由密渐稀，并夹杂上了断而又续的鼾声，还有那少头无尾的呓语。整个儿的大客房，逐步地宁静下来。就在这时，梁永生又听那边有人说：

"我到河东去盘乡，听人说，明儿个白眼狼家要发丧出大殡了……多大？嗬！好大哩！放炮的四五个，戏子七八棚，杉篙苇席拉了几十车，出进三天，神气得很呐！"

"他妈的！这是吓唬穷人！"

"就是嘛！"

"不说这营生子了，怪生气——睡觉吧！"

这些话，声音很低。也不知是因为夜深人静了，还是因为梁永生对这类消息特别敏感，反正是他全听见了。这个消息，对别人来说，是属于闲谈末论。可是，它在梁永生的心里，却掀起了一阵惊涛骇浪。明天白眼狼家要开丧出大殡，干脆，我今夜赶到龙潭街，给那狗日的"送葬"去！在他那四五个炮手、七八棚戏子之外，我再给他凑个热闹儿，让他的灵棚里再多搪上几个寿木，把殡出得更大一点儿……

梁永生迈步出了客房。他来到小店的柜房中，唤醒了正把肘子支在桌边上、托着脑袋打瞌睡的孟老汉，掏出一把零钱放在桌子上，然后十分谦恭地说：

"谢谢你的照应。算账吧——我要走啦！"

"走？"孟老汉用大拇指的关节抹一下眼角，"半夜三更的，你上哪里去？"

"上龙潭！"

"上龙潭？"

"对！"

"干啥去？"

"送殡去！"

精明的店家，当然知道这"送殡"意味着什么。他一再劝阻永生，要他不要再去冒险。可是永生含着亮晶晶的泪珠儿，双手握住店家的手，意味深长地说：

"孟大叔，谢谢你的好心。你老人家多多保重！"

永生话毕，跨步出门，扬长而去。

瓦蓝的天空，出满了星星。星星像那调皮孩子的眼睛，一眨一眨地看着夜行人。广阔的村野，充满了清新的空气，呈现着一派宁静的气息。孟广芹老汉和梁永生一同来到路口上。他怀着崇敬而又惋惜的心情，用眼睛默默地送着梁永生飞步远去的身影。直到永生那魁梧的身影在夜幕中消逝后，他这才拖着沉重的步子回到店中。

第三十二章

—

三岔路口

春夜。

星空。

刚刚解冻的冀鲁平原，还在夜幕中酣睡着。换上了春装的运河，泛起层层银花，向北倾泻而去。大地上，笼罩着一层淡淡的银白的雾气。天幕上，白云朵朵，在深不可测的蓝空中漫游着，变幻着。

一条大路，从天边伸过来，在龙潭桥口分成三股，变成了一把三股叉。

运河滩上，倚堤傍水有个瓜屋。这个壮观别致的瓜屋，是瓜农修的。每到夏秋两季，那勤劳的瓜农就住在这里。打从入了冬，瓜农回家了，瓜屋空闲起来。因为它正处在三岔路口附近，所以又成了路行人的歇脚地点，逃难人的寄宿之处。

轰！轰！轰！

一连三声土炮，从运河下游传来。

土炮的余音未落，一位须发斑白的老汉，出现在瓜屋门口。他扛着一口铡刀片儿，朝响炮的方向凝神瞭望。

炮声停了。荒洼的夜晚，又恢复了春日的宁静。

老汉望着蓝空的星辰，在喃喃自语：

"啊！四更天了！"

继而，他把铡刀坐在腚下，掏出烟袋来。

在老汉抽烟的当儿，土炮又响了几声。

老汉再没因此而吃惊。因为他已经弄清，这是财主送葬的炮声。

春风爱抚地吹拂着大地。月亮出来了。它那喜人悦目的容颜，好像正在催促着偌大天空中的星辰，准备迎接即将到来的黎明。

老汉仰望着春意盈盈的夜空，心潮翻滚，热血沸腾，情不自禁地轻声唱着：

起来，饥寒交迫的奴隶！

起来，全世界受苦的人！

满腔的热血已经沸腾，

要为真理而斗争！

旧世界打个落花流水，

奴隶们，起来，起来！

不要说我们一无所有，

我们要做天下的主人！

……

这时节，一位死里逃生的夜行人，背着一口单刀，正走在龙潭桥边的三岔路口上。他站在桥头，凝视着摆在他面前的三条路，心中惊疑地想着："咦？变啦？从多咱又踩出了一条新路呢？二十五年前，我和娘冒夜赶路去接爹的时候，这里只有两股小路，如今怎么变成了三股路呢？我走错路了吧？"他回头再看那座龙潭桥："不错呀！这不明明就是那座龙潭桥吗？"当他又回过头来的时候，那条新踩出来的、明光光的大路，依然摆在他的眼前。正在这时，他突然听到隐隐约约传来一阵歌声。又仔细一听，这歌声是从那座倚堤傍水的小瓜屋里传过来的。那歌声虽然很轻很轻，可是由于在这夜深人静的时刻，还是能够听得清清楚楚。他听着听着，从那郁伤而疲倦的脸上，流露出一股不可捉摸的笑容。"这歌儿唱得对呀！我不就是'饥寒交迫的奴隶'？我不就是'受苦的人'吗？我早就'满腔的热血已经沸腾'了！……"他回味着歌词的意思，心里甜丝丝的，就快步向那传出动人歌声的瓜屋走过去。

背刀夜行人越走越快，越走越近；那感人肺腑的歌声，也越听越清，越听越真——

　　……

这是最后的斗争，

团结起来，

到明天，

英特纳雄耐尔就一定要实现。

那背刀人听到这里，觉得这些歌词，就像数九隆冬山洞中那桦树皮火堆一样，炙得披着冰甲的身躯暖煦煦的；又像在那酷暑炎夏吞下一枚冰雹，使人打心窝儿里往外痛快。他正聚精会神地听着走着，突然歌声消失了。这可把他急坏了，他像追赶什么似的，一溜飞跑扑上前去。瓜屋到了。他各处瞅瞅，空空荡荡，没有一个人影儿。他惊疑地想道："怪呀！那歌声，明明是从这里传出来的，咋找不到那唱歌的人呢？"他又就着月光向瓜屋里边瞅了一阵，只见里边也是空无一人。他怀着怅惘的心情，离开瓜屋又登上河堤。因为他向往着那诱人的歌声，渴望着见见那位唱歌人，因而不肯离去，便坐在高高的河堤上，抽起闷烟来。

大堤下边的河水中，打挺跌脊的鱼儿玩弄着浪花；浪花激起层层波纹，渐远渐细，消逝在岸边。背刀夜行人的思绪，坠入沉思的深渊。

轰！轰！轰！

又响了三声土炮。炮声把背刀人从沉思中惊醒。他忽地站起身，把烟袋往腰里一别，冲着响炮的方向狠狠地骂道：

"他妈的！我叫你威风！走！给他送殡去！"

正当这时，瓜屋后头闪出一个人来。

这个人，就是那位唱歌的老汉。方才他见有人向他走来，就把歌声一收，躲到瓜屋侧面去了。他想："莫非这回又要因唱《国际歌》惹场大祸？"于是，他将铡刀擎在手中，作好了以防万一的准备。这一阵，他在那边偷偷地朝河堤观察着，越看这位背刀夜行者越不像坏人。后来，又从他的骂声中，听出了他好像有什么冤仇在心。于是闪出身躯，一面朝大堤走着，一面顺口问道：

"谁呀？"

"我呀！"

"干啥的？"

"走道儿的——你呐？"

"咱们一样。"

老汉边说边走，登上了运河大堤。背刀人想："方才那个唱歌人，八成就是他……"他正想问，老汉先开了腔：

"贵姓？"

"姓梁。"

"怎么称呼？"

"梁永生。"

这下子，可把老汉喜坏了。他把肩上的铡刀一扔，一头扑上来，两手摇晃着梁永生那宽阔而又硬棒的膀臂，两眼直盯着他那精明而又深沉的眼睛，嘴里不住地说：

"好小伙子呀！好小伙子……"

这时候，算把个梁永生闹糊涂了。当老汉问他的姓名时，他觉着老汉虽是生乎乎的外地口音，但不像坏人，所以便如实说了。可他没有料到，这个陌生的外地人，为啥对他这么感兴趣？永生为了探听探听这个人的来历，便问道：

"大叔，你贵姓？"

"我姓王，叫王生和。"

"不是此地人吧？"

"山西太原人。"

"怎么到这里来啦？"

"唉！说来话长啊。"王生和说，"来，坐下，咱们扯一阵子……"

他俩坐在河堤上。清澈的河水打着涡儿涓涓地流着。月光将他俩的身影倒晃在水中。梁永生掏出烟袋，一面装烟一面又问：

"大叔，你现在干什么营生？"

"我在这一带，以给人铡草为生，转了个把月了。所到之处，都在议论你……"

"议论我啥？"

"议论你'大闹黄家镇'，'血战龙潭街'……"王生和闪着敬重的眼光，"人们也不知是怎么知道的——连你是多大岁数，什么长相，都说得一点不错……"

梁永生面色绯红了。他打断王生和的话，扭转了话题。他俩面对着澄清的河水，绵言细语地攀谈起来。谈了一阵，生和又说："哎，我向你打听个人儿——"

"谁？"

"门书海。"

"门书海？"

"你知道？"

此刻，门大爷的身影，在永生的眼前连续闪动，促使他加快了对话的节奏：

"他是干啥的？"

"打铁的。"

"多大岁数？"

"现在有七十来岁了。"

"哪里人？"

"原是山西太原人。"

"他，他，他去世了！"

永生这一句，好像一瓢凉水哧地倒进烧红了的铁锅里，使得王生和的心唰地凉下来，并炸出无数的裂纹。他像在怀疑自己的耳朵似的，又钉问道：

"你，你说啥？"

"他，去世了！"永生突然降低了音调。

梁永生的话音未落，王生和流下泪来。永生心里一动，猛然两手握住王生和的手，激动地说："大叔，我知道你是门大爷的什么人了！"接着，梁永生把他和门大爷相识、相处的过程说了一遍。当他讲到门大爷被洪水夺去生命的时候，把手中那根没有嘴子的烟袋，递给王生和说：

"这是门大爷唯一的遗物；我替你保存了十多年。"

王生和接过烟袋，瞅了一阵，然后又说："这是我爹撇给我们的唯一的财产！在我们弟兄俩分手以前，我哥把烟嘴子拔下来交给我说：'带去吧——想亲人的时候，就看看它……'"王生和一面说着，从衣袋里掏出一个烟嘴子，安在烟袋杆上，又递给永生说："你再带上它吧！"梁永生不肯。王生和亲切地、动情地说："永生啊，这根旱烟袋上，记载着咱穷人的深仇大恨哪。我老了，就把它传给你吧！"到这时，梁永生才注意到，王生和那明亮的眼里，好像有火在燃烧。等生和说完了，永生又问：

"大叔，你怎么知道门大爷的名字呢？"

"我在西安那边的时候，听到过一个荒信儿，说是我哥流落到这一带，改名门书海……"

"大叔，你在西安一带混了这些年？"

"对呀！"

"干啥？"

"木匠。"

"为啥不在那里了？"

"待不住了。"

"咋的？"

"蒋介石那个大孬种，到处捉拿共产党……"

梁永生惊喜地问道：

"大叔，你是共产党？"

王生和摇摇头说：

"我不是。因为我跟别人学会了唱《国际歌》——就是方才我唱的那支歌；叫国民党知道了，就说我是'共党嫌疑分子'，也上了他们的黑名单，成了逮捕对象……"

"老蒋那个狗日的！"梁永生骂了一句。王生和接着说："我得到信儿以后，就把锛凿锯斧几件子破家什一扔，逃走了。先过了黄河，又爬过太行山，来到这冀鲁平原，本想找到我的哥哥……"在王生和说话的当儿，一片浓云扑向新月，给大地笼罩上一层阴影，天地间的空间好像突然缩小了。一忽儿，月亮又从阴云后边冲出来，又给这大地镀上一层金，使它恢复了那辽阔的气派。梁永生问：

"老蒋那个孬种这么闹腾，共产党里就没有能人？"

"有——"

"谁？"

"毛主席！"

春风吹拂着。河水奔流着。王生和微笑着。他讲起了毛主席领导湖

347

南农民秋收起义，带领工农武装在井冈山插上红旗，以后又领着红军北上……这些事，梁永生曾听何大哥说过。可那时只知道有个共产党，还不知道领导人是毛主席。因此，今天他听罢生和一席话，那颗正怦呀怦地跳着的心哪，浸泡在兴奋中。这颗火红的心脏，把清冷的旷野炙热了。就在这幸福的时刻，他对毛主席无限向往的心情油然而生，并情不自禁、含喜带笑地说：

"毛主席可真是咱穷人的大救星呀！"

王生和说：

"对！共产党、毛主席就是咱穷人的大救星！"

梁永生问：

"哎，毛主席现在在哪里？"

王生和说：

"西安的老百姓都在说，党中央、毛主席带领红军经过二万五千里长征到了延安——"

在他们叙话的当儿，永生装上一袋烟。烟锅里的火星，被风一刮，飞向远方。

饱经风霜的穷苦人，就像干柴、热油一样，只要进上一颗火星，它就会燃烧起来。毛主席到达延安的喜讯，就像一支火把挂到永生的心坎上，使他那心窝里燃起一团熊熊烈火。这团烈火，烧沸了他的血液，照亮了他的心房，使他产生了勇气，产生了力量，产生了希望……眼下，他正在悄悄地、兴奋地想："我成天价找党找不着，原来那个向着穷人的共产党在延安哪！我要远走高飞，到延安去，去找共产党，去找毛主席……"

这时，生和望着这条一戳四直溜的汉子，想着永生那贫困的半生，苦难的半生，反抗的半生，再看看他当前家破人亡的惨景，不由得百感交集地想道："梁永生家和我家远隔千里，可是我们两家的遭遇是多么相似啊！"其实，在那个世道儿，在重重重压下起而反抗的穷人成千成万，得此结局者又何止他们两家？若没有共产党的领导，没有毛主席的领导，不论是山南塞北，还是关东口西，哪一个穷人能够逃脱出梁家的命运？王生和对梁永生这位吞钢化铁的刚强汉子，既敬佩，又同情，便向他说："永生啊，我虽然因为唱《国际歌》犯了蒋介石的'条款'，差一丁点儿落入他的魔掌，可是，直到今天，我还是要唱。我觉着，一唱这支歌，心里就热气腾腾……"

"你把这《国际歌》教给我吧？"

"我就是这个意思——"接着，他们一人一句地轻声地教唱起来……

梁永生学着，唱着，沉思着。王生和问他在想什么，他说：

"我在想'团结起来，到明天'……"

"你这是什么意思？"

"我是说，我为了大报血仇，南跑北颠准备了二十五六年，两代练武，浴血奋战，结果，虽然杀了个痛快，自己却也落了个妻离子散，家破人亡。这是个啥缘故呢？这么大的个世界，为啥偏偏就容不下我们一家几口人？这么多的道路，为啥偏偏没有一条咱穷人的活路？魏大叔劝我'认命'，我觉着不行；门大爷教给我'拼命'，看来也是不行啊！……"梁永生说，"这些事儿，就像个没头没尾的乱线团子，在我心里不知滚了多少来回，总没滚出个头头儿来！方才听了这个《国际歌》，特别是'团结起来，到明天'那一句，觉着心里忽地闪了一阵，好像一下子明白了。明白了个啥呢？这么仔细一想，觉得啥也抓不着，仿佛又不明白了……"

"永生啊，你想的这些事儿，我也想了好几十年，也是想不清楚。"王生和说，"到今天，才算刚刚想出一点点儿眉目……"

"啥眉目？"

"我是这样看法：像咱们这号穷人，认命不如拼命，拼命不如革命——"王生和说，"有的穷人只是认命。可是财主并不因为他认了命，就不欺负他了；相反，对他欺负的更厉害。还有的穷人不认命。财主欺负到头上来，就跟他拼命。你和我，不都是属于这类的人吗？拼命虽比认命好，可也拼不出个活路来——干不好，是一场大祸；干好了，也只是痛快一时，到头来，还脱不过大祸一场！只有革命，才是咱穷人的出路。咱听人讲，陕北的农民，在共产党、毛主席的领导下，都已经翻了身了……"

"革命到底是个啥意思？"

"革命，这个字眼儿到底是个啥意思，我也不真知道。因为从未听人讲过。可是，我按照《国际歌》的意思琢磨过。照我的看法——就是：在共产党的领导下，咱这些穷人都'团结起来，到明天'，把'旧世界打个落花流水'，把那些吃尽了穷人血肉的毒蛇猛兽消灭干净，'让鲜红的太阳照遍全球'，咱这些穷人，才能子子孙孙不受气，世世代代不受穷……"

生和一席话，永生醒了腔。他觉着心窝里豁然亮堂起来。他感慨地说：

"多亏大叔你点醒了我。要不，我又要给白眼狼送葬去了！"

"送葬"意味着什么？王生和理解永生的意思。他说：

"永生啊！光给白眼狼送葬不行啊！你还年轻，要想个法儿，给这人死王八活的鬼世道儿送葬才行哩！"

梁永生深深地点着头。这时，他凝视着眼前的三岔路口，突然意识到，人们的生活道路，也像这自然界的道路一样，充满了岔路。接着他又吃惊地想："就拿我来说，当前不是正走在这'三岔路口'上吗？过去，我在那两条绝路上挣扎了二十多年！如今王大叔这些话，使我好像又发现了一条新路——我要到延安去，去找毛主席，跟着毛主席干革命……"他兴奋地想到这里，又问王大叔：

"延安在哪里？"

"在陕北。"

"你指给我个方向吧！"

突然，天空中响起一声春雷。

这是开春以来的第一声春雷。

这春雷，唤醒了沉睡的大地，迎来了黎明的曙光，还将那阴拢了的天空炸开一片蓝天。同时，它还给天地之间的万物生灵，注入了新的活力，带来了新的生命。王生和指着万里浓云中的那片蓝天，意味深长地对永生说：

"那片蓝天底下，就是延安。"

梁永生挺起脖子，瞪大眼睛，全神贯注地眺望着那片令人神往的蓝天，语重心长地说：

"这个方向，我算认准了。"

正在这时，月亮钻出云层，出现在那片正在渐渐扩大着的蓝天上。梁永生觉着心明眼亮，胸怀开阔。他意气风发地站起身来，满面春风地说：

"王大叔，趁这大好的月光，我要走啦！"

"上哪去？"

"上延安！"

"去干什么？"

"去找毛主席！"

生和一听，有说不出的高兴，心里说："梁永生这小伙子，可真是一块好铁呀！"他面对着欢唱的河水，触景生情地又想："水过千网鱼不尽，铁经百炼必成钢。像梁永生这个从财主、官府、土匪结成的罗网中闯过来的人，要是奔到延安去，找到共产党，找到毛主席，投入革命的熔炉，经过千锤百炼，必将成为一块响当当的好钢……"他又一转念："奔延安，可并不是一件轻而易举的事呀！一路上，要排除山障水阻，要经历千难万险，要不怕风吹雨打，要不畏虎狼拦路；只有那信心百倍、毅力十足的人，才能完成这个伟大的征途哇！可梁永生，他又怎么样呢？"生和老汉郑重地问道：

"永生，你真要走延安？"

"真要走延安！"

"可是远哪！从这里到延安有上千里路，步下碾去怕得走几个月哩！"

"别说是上千里、走几个月，就是上万里、走几年，我也一定要走延安！"

"在奔延安的路上，既要爬高山，又要渡黄河……"

"漫说是爬高山，渡黄河；就是上刀山，下火海，我也决心要到延安去，去找共产党，去找毛主席！"

"永生啊，你还要知道——延安可不是交通四通八达的大都市，是不大好找的；再说，蒋介石的军队，如今对去延安的道路封锁得很严紧。我也曾经想去，没有过得去，还差一点儿被他们抓起来……"

铁，经千锤百炼生出坚强的韧性；人，经千辛万苦生出非凡的勇气和毅力。这位吃尽人间辛苦的梁永生，面对着王大叔向他提出的问题，斩钉截铁地答道：

"大叔哇，只要天底下有延安这个地方，它就算在天涯海角，我也一定要找到它，我也一定能找到它！大叔哇，我的决心已经下定了——今后，不论遇到什么艰难险阻，也不论碰上什么惊涛骇浪，我梁永生只要还有一口气，也要走在这条通向延安的大道上！"

梁永生这些话，就像铁锤落地一样，一锤一个坑，打在王生和的心坎上，使得他那股子潜藏着的兴奋心情，腾地爆发出来，再也抑制不住了。他伸出那坚硬的手掌，拍着梁永生朝外扎着的肩头，满怀激情地说：

"好一个梁永生啊！只要有这股子劲头，你一定能到达那红旗飘扬的地方——延安城！也一定能见到咱穷人的大救星——共产党和毛主席！"

"大叔哇，我再托付你件事——"

"什么事？"

"今后，你要万一能见到俺孩子他娘杨翠花，还有我的孩子梁志刚、梁志强、梁志勇，请你告诉他们，就说我已奔向延安去找共产党和毛主席了……"

"你是不是再找找他们？"王生和说，"等找到他们一块儿去，那岂不更好？"

"不！"梁永生说，"那得耽搁时间。"

"我帮你一同找——"生和说，"也许用不了多少时间。"

梁永生正在想着如何回答王大叔，忽听河水哗啦一声响，一条鲤鱼跳上河滩，打了几个跌脊，又跌进水里去了。永生望望河水，向王生和说：

"大叔哇，如今，我就像困在沙滩上的鱼一样，正在乱跌脊。为了找到一条穷人的活路，我从冀鲁平原'跌'到兴安岭，又从兴安岭'跌'回冀鲁平原，到处乱撞了二十多年，直到今天才找到一条穷人的活路——这条通向延安的光明大道！眼时下，我恨不能生双翅飞到延安去，立刻见到咱穷人的大救星毛主席！大叔哇，你想想，我的心，咋能等得下去呢？"

这时候，他们两颗炽热的一起跳动着的心，像被一条线连起来，贴乎得更近了。

王生和指着梁永生背在身后的大刀，关切地说："你背着它怕是走不开呀！"梁永生站起身来，把棉袄往身上一披，笑笑说："大叔，你看——这样不行吗？"王生和瞅了瞅，见棉袄把大刀全遮起来了，满意地点了点头。接着，又语重心长地叮咛道：

"永生啊，路途遥远，山高水险，豺狼遍地，风雨多变，一路上，你可要多多小心、处处留神哪！"

"大叔，你老人家的话，我全记下了。"梁永生百感交集地握住王生和的手说，"你老人家多多保重，我，走啦！"

"惯于长夜过春时"的人，终于盼来了黎明的曙光。

梁永生，吸吮着清新的空气，晃开他的膀臂，飞起他的双腿，又踏上新的征途，向着那春雷传来的地方，飞奔着，飞奔着。在他的脚下，发出似有非有的沙沙声。多情的运河唱起欢快的歌子，送着这位夜行人。破晓之前的天气，似乎有些凉意，可是永生的心里，却是热滚滚的。因为，一定要奔向延安去找共产党、毛主席的坚定信念，在他的心里燃起了一团火。这团永远不会熄灭的信念的火，又使他的心里生出一股浩荡的春风，吹去了他几天来的奔波劳累，使他这死里逃生的人，感到周身舒畅。这时，满天的星斗，仿佛也知道了梁永生的心情——你看，那高高的启明星，将陪伴他直到天明。

第三十三章

——

走延安

　　公鸡的啼叫相互呼应着。又一个黎明时刻到来了。

　　清晰可见的银河，像一条宽阔的大道铺在天上。

　　大地上，有条和天河交叉的、曲折漫长的大路，向着延安的方向伸延而去。

　　大路两旁，杏枝泛红了，柳条变绿了，高高的白杨树上，挂起毛绒绒的花穗。未向严冬屈服的野草，如今又在春暖中复苏过来，倔强地冒出嫩芽，把那黄秃秃的路边染绿了。

　　死里逃生的梁永生，正走在这条饱含春意的大道上。

　　梁永生的头顶上，有一群远征的大雁，排成"人"字的队形，扇动着有力的翅膀，正然向北飞行。永不停息的河水，掀起白色的浪花，唱着娓娓动听的歌声，毫无倦意地赶着它那通向大海的弯曲而漫长的路程。

　　春天，将一派生气加到草木身上，也钻进永生的心里。使得他心花怒放，思路萌动。他翘首望雁，浮想联翩："多么可敬的大雁哪！你不畏风雨，不怕路遥，从北方飞到南方，又从南方回到北方，为了生存万里鹏程，迎着艰险进行远征……"他低头见水，又触景生情："多么勤奋的河水呀！你千里迢迢来到这里，你只有欢唱，没有倦意，只有前进，从不后退，一刻不停地、夜以继日地奔向你的目的地……"梁永生想着想着，情不自禁地把大雁、河水和他自己连起来了："我一定要到达那红旗飘扬的延安城！我也一定能见到穷人的救星毛主席！"

梁永生想到这里，内心充满了希望，希望使那困乏劳累的感觉，立刻消失净尽，身上增添了新的活力。他沿着这条前程似锦的大道，又风风火火地走下去了。

一位推着车子去串乡的手艺人，被永生追过去。

一位挑着八股绳子去赶远集的小商贩儿，也让永生落到后头……

晨风吹拂着大地，早霞映红了东天。

梁永生一边飞步赶路，一边在尽情地观赏这土香四溢的原野，奔腾咆哮的河流，还有远方那巍峨庄严的群山。这些披着彩霞的山川原野，仿佛都在默默深思。

一座美丽的城市映入永生的视线。他望着这座城市想起了延安。永生从踏上去延安的道路那天起，延安，这个响亮的名字，就一直在他的头脑里萦绕。他不止一次地想过："延安是个啥样的呢？也许同德州差不多吧？不！不会是那样！延安是毛主席居住的地方，是穷人的天下，不会像德州那样净些要饭的……能像那小巧玲珑的杨柳青吗？不能！绝对不能！杨柳青有阙乐因，又有余山怀；延安是毛主席居住的地方，是穷人的天下，怎么能容许那些乌七八糟的烂杂拌儿存在呢？……要不，能像天津卫？不，更不能了！天津卫是人鬼混杂的都市。那延安，是毛主席居住的地方，是穷人的天下，当然不会有那瘪鼻子大老板，更不会有那任意横行的日本鬼子……"如今，梁永生这位朴实的庄稼人，面对着眼前这座城市，又在悄悄地想："那延安的模样，是不是就像这座美丽的城市？不，不会的。延安是毛主席居住的地方，是穷人的天下，当然要比它更加壮丽……"

绿叶上的水珠儿闪着白光，迎来了又一个黎明时刻。

天上，下着毛毛细雨，飘飘洒洒，绵绵不断。

满面春风的梁永生，沿着通往延安的道路，向着毛主席居住的地方，正在冒雨行进。

曙光中，杨柳青葱，桃花怒放。又一个秀丽的村庄，映进他的眼帘。

村头上，有位提着鸟笼子的老汉，正在早起遛鸟儿。

被关在笼子里的那只活泼可爱的小鸟儿，看来是刚刚入笼不久；它对这种笼子生活还很不习惯，正在扑扑棱棱乱撞笼子。很显然，它是想把笼子撞破，冲出这座"监牢狱"，到那辽阔天空、任其飞翔的境界去。

梁永生望着这种情景，不由得心里说："鸟呀，鸟呀！凭你那点力气儿，就能撞破笼子吗？"人在看到胜利曙光的时候，往往肯想起已经走过来的那段惊险历程。这时的梁永生，他想着想着，觉着心窝儿里忽地一闪，又蓦然想起他自己这半世生涯来了：

"我这前半辈子呀，多么像这只鸟儿啊！从龙潭到德州，以后又雒家庄、宁安寨、杨柳青、天津卫、徐家屯……跑了一周遭儿，又回到宁安寨，杀进龙潭街，就像鸟儿撞笼子似的，到处乱撞。二十多年来，要过饭，挑过锢漏挑儿，拉过洋车，打过铁，打过猎，开过荒，卖过艺，干过零工……活儿没少干，路没少跑，苦没少吃，气没少生，结果是，杀了个痛痛快快，落了个家破人亡！眼时下，我的处境，又和二十多年前刚逃出龙潭时一样了——只剩下自己个儿孤孤零零一个人了！只不过比那个时候多了这一嘴胡楂子！不，还多了一口大刀！"

梁永生摸着嘴上的胡楂子想到这里，抽出身后那口大刀，拿在手中，擎在胸前，抖抖腕子，沉思片刻，然后又心中自语道：

"大刀哇大刀！二十多年来，我把心思全用到你这一门上了，我毕生的希望也全寄托在你的身上了；实指望你能替我杀出一条活路来，不承望，你杀出的结果，只是心里美一阵儿，自家的仇，杨大虎家的仇，普天下穷爷们的仇，还是不能报！这是为什么？门大爷指的这条道儿不对吗？

前几天我还不明白。可是现在，我已经明白了——门大爷指给我的道儿，不全对，也没全错。脚下这个鬼世道儿，穷人要争理，要活命，没有大刀是万万不行的！可是，光靠这一口大刀，看来也还是不行的呀……"

洒落在山坡上的雨水，分成好几条细流，从高处泻下来，被土坷垃子挡住了。憋住的水流，团团打漩，到处乱撞。后来，积水越来越多，水位越来越高，几股细流又汇聚在一起，终于以集体的力量冲破了拦路的土坷垃子，扑上崖坡，划破原野，倾泻到河里去了。这时节，那位遛鸟儿的老汉，又出现在河边的绿林旁。梁永生望着老汉手中的鸟笼子，倾听着鸟儿的叫声，思绪奔放起来，他越想越远了——

"眼时下这个世道儿，不是很像个老大老大的鸟笼子吗？我梁永生拿着这口大刀，在这个大笼子里东碰西撞，扑棱了二十多年，扑棱出个啥结果呢？唉——！照我这个扑棱法儿，别说是再扑棱二十多年，就算扑棱到老死，也是白搭黄瓜菜呀！看起来，像咱这号穷人，想不受穷受气，非得把这个大铁笼子砸个稀巴烂才行，光在笼子里乱扑棱是扑棱不出活路来的。可是，靠一个人的力气，一家人的力气，咋能砸烂这么大个铁笼子呢？就算一个庄、几个庄的穷人合起来，怕是也砸不烂整个儿的笼子呀！只有普天下的穷人们，'团结起来，到明天'，像流水那样，万众一心聚成一股力量，劲往一处使，血往一处流，才能砸烂旧世道儿——这个穷人的牢笼！这是饥寒交迫的受苦人，唯一无二的活路哇！可是，穷人们怎么才能聚成一股力量呢？非得有共产党的领导才行，非得有毛主席领路才行……"

梁永生朝着延安的方向，想着走着，走着想着，步伐愈来愈快了。

下了一夜的毛毛雨，依然蒙蒙星星地下着。

黑夜正在慌慌张张地溜走。东方的天空，渐渐明朗起来，几乎可以看见太阳了。

密密麻麻的雨丝，被透过薄云的霞光一照，变成了金色的星星点点的雨粉，闪烁在路人的眼前，使人感到分外清新、华美、壮丽。雨点儿一沾地面，又汇成了透明的流线。路旁积水的洼坡，反射着斑斑的彩纹。

梁永生一边奔着延安的方向阔步直前，一边深情地观赏着这变幻莫测的雨景。他这条在风雨中长大的汉子，感到仿佛是头一回见到这样好看的雨景。这真是俗话说的那样："喜时望月月在笑，愁时望月月在哭。"他走着走着，一座充满生气的绿色山冈，出现在远远的前方。那刚刚被雨水冲洗过的山冈，显得更加清新，更加美丽了。这时候，他觉得头上的天，脚下的地，以及天地间的一切，仿佛都和他联系在一起了。是什么把他和这一切联系在一起的？他不知道。他只是感觉到，这一切的一切，都是那样的亲切，那样的可爱。

就在这样一个美妙的时刻，梁永生放开他那铜钟般的洪亮嗓音，把一股雄劲、嘹亮的歌声送上高空：

> 起来，饥寒交迫的奴隶，
> 起来，全世界受苦的人！
> 满腔的热血已经沸腾，
> 要为真理而斗争！
> ……

清风吹来了。

四分五裂的、千孔百洞的积云，正在流逝着，飘散着。太阳透过云层的缝隙，向大地洒下光辉，给人间送来温暖。

远方的山巅上，那披上金衫的绿林，正然安静而亲切地私语着。春雨过后的泛浆道路，就像有人铺上一层厚厚的棉絮，踩在脚下没有一点声息。

山峦，河流，树林，仿佛都向永生投来期待的目光。

梁永生渐渐远去了。他那魁梧的身躯，若隐若现地浸沉在透明的淡蓝色的雾霭里。

　　这天擦黑儿，梁永生来到了太行山下。

　　这时候，永生实在累乏了，便朝着一个闪亮儿的地方走去。他走近一望，是一所篱笆障子围着的小院落。院中只有一座茅屋。屋里时而传出老年人的低沉的咳嗽声。梁永生在外头喊了一声，贸然而进。屋中，一位胡子邋遢的老人，正在烧火做饭。永生叫一声"老大爷"，提出了借宿的请求。老大爷把他打量了老大晌，点点头，表示应许了。接着，老大爷指着永生那被雨淋湿的衣裳说：

　　"脱下来，铺到炕头上，一会儿就烘干了！"

　　在风雨中奔走了二十多年的梁永生，处理湿衣裳的办法，不是硬叫身子炙干，就是搭在绳上晾干，素来没有烘衣裳的习惯。可是，现在他觉着老大爷的盛情难却，只好照办。里间屋炕上黑乎乎的。永生冷不丁地乍走进来，啥也看不见。他脱下上衣，想把被褥撩起来，好铺湿衣裳。可他一摸索，炕上还睡着个人。这是个什么人呢？永生看了一眼，也没看清。他不忍心把人家惊醒，便悄悄地把湿衣裳往旁边的柜盖上一搁，走出屋来，坐在灶门前。他一边烧火，一边问正往锅里下米的老大爷：

　　"老大爷，几口人哪？"

　　"一口儿。"

　　"在炕上睡觉的，是你的什么人？"

　　"是，是，算是'孙子'吧！"

　　梁永生扑哧笑了：

　　"老大爷真有意思！你一口人，又出了个孙子；孙子就是孙子呗，怎么还有个'算'不'算'呢？"

　　老大爷也呵呵地笑起来：

　　"你说是孙子吧？俺俩并不认得！你说不是孙子吧？他一进门就管我叫'老爷爷'——这不'算是'孙子吗？"

　　"噢！也是投宿的？"

　　"对喽！跟你一样。"

"他是哪的？"

"大概跟你是老乡。"

"你咋知道？"

"我听着你们的口音很相仿——你是德州一带的吧？……这就对了。他也是那一带的！"

"他叫啥？"

"梁志勇。"

永生一听，喜出望外，忽地跳起来，一把抓住老大爷：

"他叫啥？"

老大爷先是吓了一跳。他一瞅梁永生那乐不可支的面容，心情又安定下来了。然后一字一顿地回答道：

"梁——志——勇。"

"多大岁数？"

"十六七……"

大爷话未落地，永生蹿进屋去。这时，屋里的光线并不比方才强，可是永生一眼就看出来了，正然沉沉大睡的这位英俊少年，就是他的三儿子梁志勇。他倾下身子，抚摸着志勇那毛茸茸的头顶，端详着他那处处表现出倔强性格的面容。这个就在他的身边长大的孩子，过去由于成天为生活穷忙，好像从未仔细看过孩子的面容。现在他仔细一瞅，仿佛觉着处处都是新奇的，可爱的。只见他那从来看不到痛苦和疲劳的脸上，浮着细碎的汗粒，潜藏着旺盛的火力，使人感到好像他不是在酣睡，而是在神秘地微笑。永生真想把志勇抱起来，狠狠地亲亲。可是，他把刚刚伸出去的手又缩回来了。他想："孩子一定累了！让他甜甜地睡个够吧，明天好一块儿奔延安哪！"梁永生想着想着，突然转念又想："这里离宁安寨多远哪！小小的梁志勇，怎么来到这里的？又咋和我碰得这么巧？是不是我在做梦？"永生正提醒自己，蓦地眼前一亮——老大爷一手端着灯，一手挡着风，出现在门口上。

"老大爷，甭端灯了，我看清啦！"

永生说着走出屋来。老大爷望望永生的笑面，突然问了这么一句：

"你叫啥？"

"梁永生。"

"噢噢，真好！"老大爷也分享着梁家父子侥幸重逢的喜悦，"你们父子俩，是千里有缘来相会呀！"

"他跟你说过我？"

"不说我就会知道啦？"

"他是咋说的？"

"我跟你从头说起吧——还真有意思哩！"

接着，老大爷一边抽烟，一边向在灶前烧火的梁永生学述了这样一段对话——

"你是德州一带的人吧？"

"嘿！老爷爷真会猜！"

"我是从你的口音上听出来的。"

"你到过德州一带？"

"没价。从你们那一带过来的挑挂钩儿的，耍把戏儿的，短不了有在我家投宿的——小伙子，你是干啥的呀？"

"老爷爷，你猜哩？"

"我猜你是上延安的。"

"嗬！老爷爷真像神人一样——你咋啥也知道？"

……

梁永生将一根干树枝一撅两截，填进灶中，也情不自禁地问道："是啊！这你是咋猜出来的？"老大爷告诉永生：党中央、毛主席带领红军来到延安的喜讯，他早就听到说了。早在几个月前，他就打发他的儿子许江城，投奔延安去找毛主席了。并且，几个月来，他还三六九地看到一些投奔延安的人，由此路过。永生问：

"老大爷，你几个儿子？"

"就这一个。"老大爷说，"因为这个，他不忍心舍下我。我对他说：'孩子啊，脚下这个世道儿，咱这穷人，都是没娘的孩子。亲人之间，谁也救不了谁。你在家守着我，不也是一块儿受罪呀？如今既然有了穷人的活路，你就上延安去找毛主席吧！孩子啊，你只要走上这条光明大道，我就算死了也放心啦！'"老大爷说到这里，抽了口烟，又说："志勇不也是这样吗？他跟我说——他和他娘，正在各处寻找你的下落，忽然听到了毛主席带领红军到了延安的喜讯。他娘高低让他奔延安。志勇把他娘安排下以后，就奔着延安走下来了……"老大爷说着说着，又夸奖志勇："说别看志勇岁数不大，还真有点心数儿哩！"梁永生说："他一个庄稼孩子，有啥心数哇！"

"他说你要上延安，这不猜对了？"

"他说我要上延安？"

"对了！"

"他咋知道？"

"是啊！当时我也纳这个闷儿，一问他，他对答如流：

"'我估摸着，俺爹一定是上延安了。'

"'他要是万一没去哪？'

"'他要没去，我就在延安等他。'

"'他准去？'

"'他准去！'

"'你根据啥这么有根？'

"'穷人的大救星毛主席，领着队伍到了延安；这么大的喜事，俺爹还能听不到说？'

"'他知道了就准去？'

"'他只要知道了，我保准他要去的！'

"'你咋知道他准要去？'

"'他是我爹嘛！我咋会不知道他准要去？'"

"你听，他小小的个人儿，答的这话儿够多俏皮？在当时，对他这个推断我还不太相信——"老大爷吸了口烟说，"这不，你果然赶上来了！"

锅烧开了。白色的蒸气，充满了屋子。梁永生一面吃着饭，一面和老大爷聊天儿。

饭后。梁永生和老大爷，斜着身子对坐在炕沿上，又各自谈起自己的苦难经历。直到深夜才上炕睡觉。

繁星在天幕上悄悄地消逝着，又一个黎明时刻到来了。

梁永生告辞了老大爷，领上志勇，又兴致勃勃地登程上路了。大路两旁，葱葱茏茏的绿海中，点缀着各种颜色的花朵，喷洒着醉人的香气。

东风浩荡，晴空万里。被春雨冲洗过的天空，像那蓝晶晶的大海一样辽阔；水汪汪的月亮，也显得异乎寻常的清新，明快；使人仰望长空，真是心旷神怡！

梁永生顶着挂在天心的月亮，望着山水如画的前方，想着延安城，想着毛主席，心潮翻滚，思绪横飞，感情激动，热血沸腾。蓦地，他仿佛望见那挺拔屹立、花红柳绿的山顶上，红光闪闪，金辉四射，映得万山红遍，层林尽染；又仿佛望见那山顶上站着一位顶天立地的伟人——普天下的穷人日夜想念的大救星毛主席。毛主席神采奕奕，正在向着这死里逃生的梁家父子招手，微笑……这时候，梁永生像个受了委屈的孩子，突然见到了久别的母亲，从他的心窝儿里，骤然泛起一股百感交集的情波，两行兴奋、激动的喜泪，顺着他的眼角淌下来了。在这样的时刻，谁能阻止他放开喉咙纵情歌唱：

……

是谁创造了世界？

是我们劳动群众。一切归劳动者所有，哪能容得寄生虫！

最可恨那些毒蛇猛兽，吃尽了我们的血肉。

一旦把它们消灭干净，鲜红的太阳照遍全球！

……

梁永生跨着雄劲的步伐，边走边唱，边唱边走；越唱越提神，越走越长劲。他走着走着，忽然觉着自己成了一个力大无穷的巨人，天塌下来，他能顶得住；地陷下去，他能托上来。什么高山大河，什么险峰恶水，又有谁能挡住他这向着延安前进的步伐？他唱着唱着，又觉着自己成了一个钢铁铸成的大汉，即使枪口对着胸口，刀刃压着脖子，又怎能阻止住他这满含激情的《国际歌》声？

梁永生一连唱了几遍，梁志勇也学会了。他们这半路相遇、同路而行的父子二人，发出不同的嗓音，怀着相同的心情，一齐把嘹亮的《国际歌》声抛上高空。

梁家父子正然且唱且走，背后又传来了同样的歌声。

梁永生听了，心里一阵激动，情不自禁地说道："延安城啊！毛主席！有多少饥寒交迫的受苦人，在想念着您，在不畏艰险地投向您统帅的队伍哇！"

不多时，梁家父子的歌声，和从背后追上来的歌声，渐渐地，渐渐地，合拢起来——

这是最后的斗争，

团结起来，

到明天，

英特纳雄耐尔就一定要实现。

东方，天地相连的地方，张开一柄七彩斑斓的金扇。东风唤醒了沉睡的大地，给梁家父子又注入了新的活力；使他们沿着通向延安的大道飞步直前，把那贫困的命运，血泪的记忆，和漫长的黑夜一起留在后边。他们的眼睛，一直注视着前方。他们那火红的心哪，早已飞到延安。从今而后，他们将和多灾多难而又壮丽可爱的祖国一起，经历一个艰难惊险而又光辉灿烂的时期。

早霞映红了云朵。

红云点缀着蓝天。

天地间的一切，都面貌一新，披起金衫，笑逐颜开，正在迎接喷薄欲出的朝阳。

一轮呆呆旭日，在众目注视的东方，正冉冉升起。

雨后的朝阳，分外灿烂，分外鲜艳，分外温暖。

这一切的一切，都在向朝延安前进的人们预示着：

一个明朗多彩的艳阳天就要到来了！

　　　　　　　　　　一九七一年九月至一九七二年六月

　　　　　　　　　　草于宁津，八月改于北京

　　　　　　　　　　一九八四年春最后改就于郭呆庄

大刀记（第二部上）

郭澄清 ◎ 著

中国言实出版社

目录

红
色
岁
月

红
色
历
程

红
色
史
诗

红
色
经
典

第一章

风火燎原

"爹——"

"啥？"

"咱还奔宁安寨不？"

"奔。"

"刚才，那位大哥不是说——如今，俺梁大叔是大刀队队长了……"

"哦！你是说，咱不奔宁安寨了，去找大刀队？"

"是啊！"

"瞧你个傻丫头！那人不是说过吗——大刀队，是八路军的一支游击队，到处打游击，不长期住在一个地方。你想想，这一带地面儿这么大，村庄这么多，咱到哪里去找？"

"对啦对啦！"那姑娘紧走几步赶上爹，又说，"咱先奔到宁安寨，找到俺翠花婶子，就不愁找不到俺梁大叔了——爹，你是不是这个意思？"

爹点点头："这就对了！"

他们默默地走了一阵儿，姑娘又问：

"哎，爹，你抱着我去闯关东路过宁安寨的时候，我有多大？怎么我一点也不记得哩？"

1

"那时你还不满一周岁哩，记得个啥呀！"

"哎呀！这一说，这不是过去二十多年了吗？"

爹沉思着点点头，慢腾腾地说：

"是啊！"

"现在你还能认出宁安寨来吗？"

"怕是认不出来了！"爹说，"二十多年，变化该是多么大呀！……"

他们且说且走，一个绿林笼罩的村庄迎上来。那村庄，披着金色的阳光，浮动在绿禾似海的原野上，正在向这远来的客人发出亲热的微笑。姑娘望着村庄向爹说：

"按照前边那位大爷的指点，那个村庄就该是宁安寨了——爹，你说呐？"

爹还没有回答，突然从路旁的青纱帐里钻出两个少年娃娃。这两个娃娃，一个拿着大砍刀，一个拿着红缨枪，来到行路人的面前，把手掌一伸：

"路条呢？"

"我们是从远处来的，没路条！"

"从哪里来的？"

"从关东。"

"到哪里去？"

"宁安寨。"

"宁安寨？"

"是啊！"

"到宁安寨干什么？"

"找个人。"

"找谁？"

"找，找……"

那人又想说又想不说。正在这时，那边的青纱帐里又闪出一位八路军战士。那战士朝这边走过来了。两个少年娃娃转过身去，两脚一并咔的一声打了个立正：

"报告锁柱同志！这两人没有路条！"

锁柱是个长得很飒利的小伙儿，红润的脸膛配着浓浓的眉毛，乌黑的瞳子晶晶发亮。他来到近前，先朝两个少年笑笑，又拍拍他们的肩膀，啥也没说，然后来到那男人的对面，和善地问道：

"老乡，你们从关东来吧？"

"是啊！你咋知道？"

"这些日子从那里回来的人不少，都是你们这种打扮儿！"锁柱转了话题又问道，"听口音，你们大概不是此地人吧？"

"对！不是此地人——我们的老家，离这里还有好几百里地呢！"

"你们现在要到哪里去？"

"我们想到宁安寨去。"

"宁安寨有投奔吗？"

"有。"

"谁？"

"梁永生。"

"梁永生？"

"是啊！你认识他不？"

锁柱没有回答。又问：

"你是怎么认识他的？"

"他过去闯关东的时候，我们在一起打过铁……"

"你贵姓？"

"姓秦。"

"叫什么名字？"

"海城。"

"哦！知道知道！这么说——"锁柱指着秦海城身边的姑娘说，"她，看来就是那位秦玉兰了？"

秦海城瞪着一双惊奇的眼睛：

"你……"

"我叫王锁柱，是八路军大刀队的战士。你要找的梁永生，就是我们大刀队的队长。"锁柱说，"在这以前，他一跟我们谈到在关东受的日本鬼子的气，就总肯提到你们父女二人……"

秦海城一听，喜出望外，忙道：

"锁柱同志，你是龙潭街人吧？"

"是啊！你又是怎么知道的呢？"

"我和老梁在关东徐家屯开马掌炉时，他短不了和我们谈起他那苦难家史。一谈起这个，就必定谈到龙潭街上的大地主白眼狼，还要谈到街上的一些穷爷们儿，其中，就有你的父亲王长江，还有你爷爷……"

"我爷爷就是叫白眼狼折磨死的！"

过了一会儿，他朝秦家父女一挥手，说：

"走吧！这里不是说话的地方，快到村里去吧！"

"唉。"

秦海城和玉兰跟在锁柱身后，朝村里走着。他们只是走，谁也不说话。正在这时，村里传出一阵嘹亮的歌声：

> 大刀向鬼子们的头上砍去！
> 全国爱国的同胞们，
> 抗战的一天来到了，
> 抗战的一天来到了。
> 前面有工农的子弟兵，
> 后面有全国的老百姓，
> 咱们军民团结勇敢前进！
> 看准那敌人，
> 把他消灭！
> 把他消灭！
> 冲啊！
> 大刀向鬼子们的头上砍去！
> 杀！

这不是唱歌，这是在向祖国宣誓。这钢铁的誓言，在秦海城的心里，点燃起仇恨的怒火，凝固着抗日的决心，聚集着战斗的力量。他指着那传出歌声的村庄问锁柱：

"那是个什么村子？"

"宁安寨。"

"宁安寨？"

"对！"

"变了！变了！和我二十多年前路过这里时，完全不一样了！"秦海城一边走一边自言自语着。锁柱向他解释说："这里是个游击区，鬼子来了，烧！鬼子走了，我们就帮助群众，修！鬼子又来了，又烧！鬼子走了，我们又修！就这么烧、修、烧、修，不知折腾过多少次了，它怎么能不变呢？"

他们边说边走进了村子。

秦海城和秦玉兰一踏进村口，都觉着心里有一股说不出的舒帖。他们走在街上，两只眼睛好像不够使唤的，东张张，西望望，左顾右盼，觉着这宁安寨的抗日气氛，就像那波涛汹涌的大江大河那样，正在怒气冲天地向前奔流着。你看！抗日的大字墙标，比比皆是：

"打倒日本帝国主义！"

"严惩汉奸卖国贼！"

"抗战到底！"

"抗战必胜！"

"共产党万岁！"

"毛主席万岁！"

一位写墙标的青年，站在一条长长的板凳上，左手端着一个大海碗，右手举着一支大鬃笔，正往墙面上继续写着。他的字虽不算好，可是笔画儿特别有力量，有精神。一位过路人夸赞道：

"铁蛋，看出你是个打铁抡大锤的来了，腕子里真有把劲儿呀！"

"劲没在腕子上！"

"在哪里？"

"在心里呗！"铁蛋说，"你想想，咱这墙标，鬼子给擦了多少回啦？他们为啥来一回擦一回？就是因为他们一见到这个就害怕；他们越是害怕，我们就越多写，越往好处写，吓死他！"

那边有位大娘以关切的口吻在喊：

"铁蛋！下来，到树荫下凉快凉快再写！"

"大娘，我不热呀！"

"还说不热呢，脊梁晒得冒烟儿，脸上的汗都快流成河了！这么个老热天……"

铁蛋指指胸口笑哈哈地说：

"我这里头，比这天气还要热！你看，这汗不是从里头冒出来的吗？碍不着天气的事啊！"

在树荫底下乘凉的几位老汉议论起来：

"老哥，你铁蛋出息得真快呀！你听他说的这些话儿，还真有点味道哩！"

"他的底细你还不知道？是个用糠蛋子噎起来的穷孩子，为了赌这口气，我才给他起名叫铁蛋！要说长点出息，那还不是亏了共产党、毛主席？没有共产党、毛主席来领导，他别说懂这么多事儿，斗大的字也不认一个呀！"

"别看我爱和你抬杠，你说这个我服气！就说咱老哥儿俩吧，像铁蛋这么大岁数儿的时候，知道个啥？一说到国家大事，更是一窍不通！"

"你这个说法儿，我得和你抬杠——咱那时就啥也不知道？知道东张跟头西打把式想着法儿糊口，也知道挨财主的欺负心里憋气，还知道像连阴天盼着出太阳一样盼望着出个穷人的大救星……你说是不？"

在老汉们正然谈论的当儿，那边又传来了青年人的对话。一位拿着绑上长把儿的笤帚扫墙面的青年，指着一个墙面问铁蛋：

"这里还写不？"

"为啥不写？"

"你看叫鬼子铲得坑坑洼洼的，怎么写呀！"

"鬼子把这里的墙标给铲下去了，我们越要写到这里！"铁蛋用足全身力气写完了那个字的最后一笔，"为的是叫鬼子再来时看看——他们只能铲掉墙上的标语，可他永远铲不掉中国人民抗日的决心！"

一位在树下乘凉的老汉大声插言道：

"对呀！铁蛋说得对呀！你们把墙面铲平了，写！再把被鬼子铲掉的那个原话写上去！"

那位帮助铁蛋写墙标的青年说：

"三爷爷，再铲一回，你这堵墙可就太薄了呀！"

"薄就让它薄去！"老汉说，"别说太薄了，就是倒了算个啥？不就是一堵黄土打的破墙嘛，抗日要紧呀！这里用得着永生那句话：为了赢得战争，我们要准备献出我们的一切！"

他这一句，把人们的话头引到梁永生身上来了。

一位留着海仙绦的老汉一边抽烟一边说：

"永生这孩子，好比是一棵长到肥土里的好苗子，打从他当了八路，在了党，又好像小苗儿得到了阳光雨露，出息得真快呀！"

一位留着八字胡儿的老汉，架着烟袋和老爷子对着火，狠狠地吸了一口接过话头说：

"是啊！青年人只要跟他在一堆子混上几天，就眼看着长成色！甭说旁人，俺铁蛋就是一个！……"

一位留着山羊胡儿的老汉，一面磕着烟灰，一面把话头抢过去：

"你怎么光说青年人？就是咱们这老一号儿的，只要跟他谈上一阵子话儿，也觉着愣愣地长精神儿！我不知道别人，我反正是这样的——"

人们一说起梁永生，就必然要说到"咱那大刀队"，就像一说到"咱那大刀队"就必然要说到梁永生一样。现在，他们说着说着，话路又照例跑到"咱那大刀队"上来了。

那位留着八字胡儿的老汉抽了口烟说：

"咱那大刀队真棒啊！前天打的那一仗，够多漂亮！一场伏击战，只用了抽袋烟的工夫，打死鬼子十来个，还得了八支大盖儿枪……"

那位留着山羊胡儿的老汉一边装烟一边说：

"咱那八路军主力部队更不糠！我听说最近在城东又打了个大胜仗——一仗就干掉了鬼子两个排，还缴获了一挺歪把子机关枪哩！"

那位留着海仙绦的老爷子，一提到鬼子就上了气。他将装上了杂拌儿烟的旱烟袋挟在腿窝里，右手拿着火镰，左手捏着火石和火绒子，一面啪嚓啪嚓地打着火，一面含恨带气地说：

"鬼子，鬼子，坏透了，把他们千刀万剐，也解不了我的恨！……"

显然，这位老爷子对鬼子窝着一肚子火气。

有位留着月牙儿胡子的老汉，同情地望了他一阵，向前就一就身子，带着劝慰的语气说：

"老哥呀，甭生气。光生气当了啥？有共产党，有八路军，你儿子那血仇啊，是准能报的！"

这些景象，这些议论，使走在街道上的秦海城父女俩深深感到：这村的群众抗日情绪，像狂风一样猛，像暴雨一样急。是的！抗日这件事情，已经占据了这村人民群众的心灵，成了人们生活中的头等大事；抗日这个字眼儿，已经成了人们见面必谈的话题。

你瞧！在这伙老汉议论不休的同时，那边巷口上的妇女，不是也正在谈论着抗日的事吗？一位胳肢窝里挟着麦莛正编草帽缏儿的中年妇女，向一位纳鞋底儿的妇女说：

"他婶子，你的军鞋任务都超额儿了，还这么紧忙，下回选抗日模范，我那一票啊，非得投你不行！"

"俺那老嫂子哟！俺再积极还能比上你？"纳鞋底的妇女说，"你为了不让咱那八路军挨晒，现从姊妹家学来编草帽缏儿的手艺……"

她们正谈得火爆，那边走来一位白发苍苍的老年妇女：

"你妯娌们得了啥喜事啦？值当得这么欢喜！"

看来这位老奶奶是个忙人，她手里拿着箩床，腋下挟着绳套，一面说着一面脚不停步地走过去了。当人们喊她站下拉两句时，她笑咧咧地说：

"你们这些年轻的，到一堆子就说呀笑的，俺可没有闲工夫跟你们磨牙！大刀队上那帮孩子们，还等着我给他们做饭吃呢——得快推磨去！"

她这话，显然是由于耳朵不灵，没听清人们谈的是啥内容。因此，引起一阵哄笑声。

抗日，这个富有感召力量的字眼儿，不仅挂在人们的嘴上，揣在人们的心里，它还正在促使着人们纷纷行动起来！你听，这边的院子里，儿童们正在教唱抗日歌曲，一阵阵清脆的童音缭绕在村庄的上空，给这热情似火的村庄又增添上了一派生气；那边的院子里，村干部们正在开会，一句句昂扬有力的讲话声飞出院外，使这街道上的行路人也提起了精神；这边的广场上，民兵们正在挥刀舞枪演习拼刺，一片脚步声撼动着大地，一阵喊"杀"声划破了长空；那边的广场上，一伙身强力壮的农民，和大刀队的许多战士们一起，正在装运军粮。他们，拴绳套的拴绳套，牵牲口的牵牲口，扛口袋的扛口袋，七手八脚忙个不停。牲口的嘶叫声，人们的说笑声，混杂一起，恰是一曲战斗的旋律。道边的土堆尖上，站着一位年轻的姑娘。她将一个用纸褙褙做成的喇叭筒放在嘴边，放开她那洪亮的喉咙，发出清脆悦耳的喊声：

"妇女同志们！快来交军鞋了！"

一阵叮叮当当的锤声，又从村子的当腰传来。秦玉兰指着锤声传来的方向问她的父亲：

"爹，你听，那是打铁的声音吧？"

秦海城听了一下，点点头说：

"是啊！"

他扭过头去又问锁柱：

"这村里有铁匠炉？"

"有。"锁柱说，"不过，我们不叫铁匠炉——"

"叫啥？"

"叫'大刀炉'！"

"大刀炉？"

"对啦！"

"噢！打大刀的炉？"

"是啊！"锁柱带着自豪的口吻说，"大刀队大刀队嘛，没有大刀炉还行？"他继而解释道，"不过，大刀炉并不光是给我们大刀队打刀，更多的是给各村的民兵同志们打刀。"

秦海城父女二人，一边走一边观望着宁安寨这动人的景象。这是男女老少时刻准备战斗的景象，这是全国人民奋起抗战的缩影。这种景象，使他们父女的热血沸腾起来，使他们的身上增添了新的活力。海城兴奋地在想："中国要想不亡国，穷人要想不受穷，非得这么个干法不行！"玉兰在想："我要和爹商量商量，就在这里参加抗日！"

他们看着，听着，想着，走着，梁永生家的住宅来到了。小锁柱将他们领进院门，三间土房以一副全新的面貌迎接着这两位远来的客人。庭院中，梁永生亲手栽下的那棵小杨树，如今已长大成材。那些好像巴掌般的大杨叶，被风一刮哗哗作响，就像正在热烈鼓掌欢迎着这秦家父女。一只灵巧的燕子，在这陌生人的头顶上圈圈打旋，吱吱儿叫着，一忽儿又飞进屋去，钻到那垂在梁头上的窝巢里去了。一只战胜过无数次风风雨雨的老鹰，从天外飞来，斜倾着翅膀掠过碧空。一群勤奋的蜜蜂，正在盛开着的枣花丛中时飞时落，来来去去忙个不停。锁柱一面走在天井里，一面朝屋里高声喊道：

"翠花婶子！"

"唉！——"

一个女人的声音，含着喜气洋洋的笑韵，拖着长长的尾音儿，从窗口里传出来。小锁柱接上那尚未落尽的余音又道：

"来客人啦！"

"哪的客人？"

"远来的呀！"

正盘腿坐在炕头上赶做军鞋的杨翠花，一听来了远来的稀客，便赶紧放下手中的活儿，急急忙忙迎出屋来。她一边往外走，一边纳闷儿地想着："远来的？谁呢？……"

锁柱见翠花推开了风门子，指着秦海城和玉兰又道：

"婶子你看——这是谁来啦？"

"翠花婶子！"

秦玉兰没等翠花开口，先惊喜地喊了一声。她一面喊着，还一面大步流星地扑过去。杨翠花边走边瞅，瞅着瞅着，她笑出声来了：

"哎哟！这是俺玉兰呀！"

"是我呀！"秦玉兰又指着正往这里走的秦海城说，"婶子，你看，俺爹也来了！"

翠花放开玉兰，又赶忙朝秦海城迎过来：

"秦大哥呀！快屋里坐！哎呀，可好！这是哪股风把你们爷儿俩给刮来了呢？"

秦玉兰带点撒娇的口吻抢先道：

"这股抗日的风呗！"

秦家父女进了屋，翠花先找了个座位让秦大哥坐下，又凑到玉兰的近前仔细地端详起来。她只见，这位玉兰姑娘，有一双聪明的眼睛，有一副虽不算美丽可却是讨人喜欢的丰满端庄的面孔。这时，杨翠花的脸上，被这意想不到的喜事刷上了一层红色，长长的笑纹一直不退。她一面用手理着玉兰前额上的短发，一面目不转睛地瞅着玉兰的面容，喜腔笑韵地说：

"几年哪，长成大姑娘啦，和你婶子一般高了！模样儿也越长越俊了——你看，白里透红的面皮，上宽下窄的脸盘，又黑又长的两道弯眉，忽忽闪闪的一双大眼，怎么瞅怎么精神，怎么看怎么受看……"

翠花这么一夸，玉兰的脸上布满了红云，不好意思地笑了。她一笑，两腮上呈现出一对深深的酒窝儿。

翠花对于眼前这种像场美梦似的重逢，心里不由得产生了这样一种愿望："他们父女俩要是能留在这里那该多好啊！"于是，她就想找个话题，问一问秦大哥，是打算回老家呢，还是在这宁安寨住下来？翠花刚一转身，秦海城不见了。原来是，方才翠花和玉兰说话的当儿，锁柱向秦海城说："你先坐着，我去找梁队长。"然后便出去了。秦海城把锁柱送出屋门口，没再回屋，便倒背起双手在天井里徘徊起来。他一边漫步徘徊，一边仔细观望着天井的情景，嘴里在不住声地自言自语：

"变了！变了！全都变了！"

正在这时，院门口走进一位身材魁梧的中年汉子。他穿着一身半新不旧的灰便衣，一条宽宽的皮带扎在褂子外头，前腰带上斜插着一支匣子枪，后腰带上斜插着一口大砍刀；刀柄从左肩头上露出来，系在刀柄上的红绸布倒垂在肩峰上；由于他走得又急又快，身旁带起一股小风，那红绸布就像被风吹动着的火苗一般，正在轻轻摆动。太阳泻下万道金光，映在他的身上；他身上的土沙细末儿，闪出耀眼的光亮。这一切，和他那红光闪闪、笑纹四射、春风拂动的面容配搭起来，更显得威武、英俊了。他进院后，一面跨着大步急匆匆地朝屋里走着，一面放开他那亚赛铜钟般的嗓音兴冲冲地喊道：

"秦大哥！"

这喊声未落，秦海城从那边赶过来，话没出口，先在永生的脊梁上来了一杵子：

"你这个家伙！还满有个队长样儿哩！"

永生转身一望，只见秦海城正笑哈哈地站在他的身旁。他就劲儿握住了秦海城的手，两人对望着，久久地对望着，相互在彼此的脸上寻找着别后的变化，老大晌光笑不说话。这当儿，喜悦在他们的唇边蠕动，欢快在他们的眉梢跳跃。在久久的对望中，秦海城发现，艰苦的岁月，在梁永生那两道浓黑的眉毛之间，刻下了三道深深的皱纹；那辛辣的风霜，又在他的眼角上，描绘出若干显明的线条。可是，这抗日战争的战火硝烟，却使得他这副红润的面孔更加红润，使得他这双锐利的眼睛更加锐利了。秦海城瞅了多时，感慨地说：

"你越长越年轻了！"

这时的梁永生，皱起眉峰，忽闪着那双豁豁亮亮的大眼，放出两条炯炯的视线，在秦海城的脸上打了几个转儿，然后将视线停在他那隐约可见的霜鬓上，摇摇头说：

"你可见老了！"

他俩正说话儿，魏大叔进来了。这老汉肩上背着个粪筐，胳肢窝里挟着个粪叉子，一进院就手打着亮棚朝这边瞅他们。

秦海城和魏大叔没见过面。可是他俩通过梁永生的嘴，早就在彼此的心里"认识"了。现在秦海城向老汉打量一阵，悄声问永生道：

"哎，这可是你常说的那位魏大叔？"

"你就是那位用猎枪打死过日本鬼子的秦海城吧？"

在秦海城正要赶过去的当儿，魏大叔在那边抢先开了腔。他一面说着，一面放下肩上的粪筐，又将粪叉子倚在筐系上，而后便急忙迎上来。他笑眯眯地说：

"老秦啊，咱俩虽没见过面，可是你的一切，永生都跟我叨叨过，我老汉挺喜欢你这样的人呀！"

魏大叔说到这里，哈哈地笑了两声，笑得嘴角上的胡子撅起来，撅得好像那正在他头顶上飞旋着的燕子的翅膀。他缓了口气，又接着说：

"老秦啊，你来得正好哇，咱这里的抗日工作，正需要你这样的人哩！往后，你就和永生摽起膀子来干吧！听说你是一把好猎手，跟野兽斗了半辈子，如今一闹抗日战争，可该到了你大显身手的时候了！"

魏大叔是个实在人，净说些实在话。你看，人家秦海城从关东回老家由此路过，是顺路来看望梁永生的，并没说在这里住下来，可是他，一上来就来了这么一套。不过，秦海城听了魏大叔这段话，心窝儿里觉着热滚滚甜滋滋的。他想："可也是哩！到哪里还不是抗日？这里的抗日局面这么好，干脆在这里干不是更痛快吗？"

在他们亲亲热热又说又笑的当儿，杨翠花和秦玉兰在那大白杨的荫影下放了一张小炕桌儿，还在桌子周遭儿摆下了三个小板凳。翠花向他们说：

"魏大叔，秦大哥，你们仨坐到那树荫影里说话吧，我去给你们烧水沏茶喝。"

梁永生和秦海城一齐让魏大叔先坐下。可那魏大叔说：

"不，不！你们坐，我还有事哩！"

他说罢，背起粪筐，挟上粪叉子，出门去了。

永生和海城面对面地坐下来。永生盯着秦海城脚上那双龇牙咧嘴的鞋问道：

"你爷儿俩怎么来的？"

"咱又没有翅膀，拿腿走来的呗！"

"路上好走不？"

"好走就好了！一路上，遭了不少的罪，也受了日本鬼子不少窝囊气！"秦海城点着烟，抽了一口，又说，"在山海关以外，是所谓'满洲国'的地面儿，到处都是横行霸道的日本鬼子，路过岗卡如过鬼门关，又是搜，又是翻，说不定还要拳打脚踢！这不算，本来日本鬼子是外国强盗，可他们却说我们是'外国人'——你说气人不气人？"

"进关以后呢？"

"进关以后也不好走——凡是城镇地界儿，鬼子都安上了据点。我们爷儿俩，一边走一边扫问鬼子据点的分布情况，为的是想着法儿绕着据点走。就这样，还有好几回差一点被他们抓去呢！"

"你路过的地方，人民群众的抗日情绪怎么样？"

永生一问这个，海城的兴头上来了：

"老百姓的抗日情绪嘛，可高啦！我们所路过的一些村庄，都有抗日的活动。我们不仅碰见过站岗放哨的儿童团、民兵，还好几次碰见八路军的队伍呢！"

梁永生一半是真一半逗哏地笑着说：

"噢！我说你对我们这当八路的这么亲热呢，原来你在路上已经和八路军打过不少交道了哇！"

秦海城也笑了。他笑得满脸的络腮胡子挓挲起来。继而认真地说：

"八路军同志们待人可亲热了。他们不仅管我们饭，在我们临走的时候，还总是硬塞给我们几个干粮，让我们路上吃，并且把我们送出庄外，指给我们该走哪条路，然后，还站在村头上，亲眼看着我们走上了正路，他们这才回村去……"

秦海城说到这儿，杨翠花提着一把茶壶、拿着三个茶碗来到桌边。她把壶、碗放在桌上，问永生道：

"咦！魏大叔呢？"

"走啦。"

"又是忙他的工作去了！这个老头子对抗日的事可积极啦！"

"是啊！"永生一边给秦海城斟着茶，一边说，"我琢磨着，他准是到前庄上去了。"

"到前庄上去干啥？"

"这宁安寨的军粮运输队，要和前庄上的运输队一路去，魏大叔是联络员……"

永生正说着，院门外传来脚步声。他立刻收住话头，改口道：

"锁柱来了。听这脚步声，准是有急事。"

他站起身来，带上一点歉意又说：

"秦大哥，你先喝着，我去看看。"

"好好！你快忙去！"

秦大哥的话未落地，梁永生已经走出好几步去了。当他走近院门口时，小锁柱一步闯进来。锁柱满面春风地向永生说：

"梁队长！请你马上到队部去——"

"谁？"

"县委书记来了！……"

永生一听，立刻喜上眉梢，并且加快了步伐。他和锁柱边说边走远去了，将一阵笑声留在门口上。

秦海城望着杨翠花，问：

"县委书记是什么人？"

"县委书记是全县党的负责人。"翠花一提到县委书记，立刻爆发出一股炽热的感情，"这位县委书记，对永生的帮助可大啦！……"

杨翠花刚说开个话头儿，魏大叔又回来了。他一进院门就高声大嗓地喊：

"翠花呀，随便对付几样儿菜。"

他边说边走来到桌边，从衣袋里掏出一个小小的酒壶放在桌子上。翠花一见酒壶，自然明白了魏大叔的意思，忙"哎"了一声走进屋去。秦海城望着酒壶不安地说：

"魏大叔，我知道你的日子过得并不松快，买这个干啥？你怎么拿着我当外人呀！"

魏大叔一屁股坐在小板凳上，从腰里拔出烟袋，一面捻捻搓搓地装着烟，一面笑呵呵地说：

"海城啊，大叔并不是拿你当外人。见到你来我们宁安寨我心里痛快。刚才我到前庄上去办事，顺便从那村的小铺儿里打了二两，咱爷儿俩喝两盅开开心吧！"

魏大叔这几句话，使秦海城想起刚才永生说他当联络员的事来，于是说道：

"大叔，你这么大年纪了，对抗日工作还这么不辞辛苦……"

"我能干了啥？打打零杂儿，跑跑腿儿呗！"魏大叔说，"要把鬼子打出去，还得靠你们这些身强力壮的硬汉子们哪！要不，为啥一见你来我就这么高兴哩！"

两人正这么说着，玉兰姑娘送了酒菜来了。她两只手里端着四个小碟儿，哈下腰摆在桌子当央。这四个小碟儿里，是四样庄户酒肴——老腌鸡子儿、酱腌黄瓜、煎鸡蛋、拌黄瓜。这时翠花也跟了来。她歉意地笑着说：

"魏大叔，秦大哥，反正你们都不是外人，凑合着点吧，没有好东西……"

秦大哥说："这不是四个菜了吗？不少哇！"

"唉！别看在四个碟子里盛着，其实只有两样东西——除了鸡蛋，就是黄瓜！"

翠花说罢，咯咯地笑起来。

魏大叔瞅瞅玉兰，向翠花说：

"翠花呀，玉兰一来，给你来了个好帮手哇！"

杨翠花乐得脸上闪着红光，忙接口说：

"是啊！我手底下，正少这么个丫头哩！"

秦玉兰不好意思地笑着说：

"俺啥也干不了，以后好好地跟着俺翠花姊子学呗！"

说罢，一转身朝屋里走去了。

魏大叔听了翠花、玉兰这些话，好像突然间想到了什么，还仿佛有什么话儿在嘴里打转转。当他正要说出口来的时候，忽然望见秦玉兰手里拿着两把蒲扇，又从屋里走出来。因此，魏大叔话没出口，拿着酒壶就要给秦海城斟酒。翠花把酒壶夺过去了。她先给魏大叔满上一盅，又给秦大哥满上一盅，然后说：

"你们喝着，俺忙俺的事去！"

她说罢，回屋去了。玉兰把扇子递给他俩一人一把，也跟着翠花进了屋。

魏大叔端起盅子呷了口酒，又抄起筷子，指点着桌上的菜碟子，说：

"老秦啊，来，吃菜，吃菜。"

秦海城搛起一筷子凉拌黄瓜放进嘴里，一面嚼着一面说：

"大叔，后来，你是怎么从那条'认命'的死胡同里走出来的呢？"

"这多亏了俺永生！"魏大叔咽下一口菜说，"是他把我从那条'认命'的死胡同里拉出来的……"

"怎么？亏了我？"梁永生回来了，"要是靠我拉呀，那就把你拉到'拼命'那条死胡同里去喽！对不大叔？"永生笑哈哈地说着，坐到他原来的座位上。这时的魏大叔和秦大哥，也跟着他一起笑起来。

笑声落下。魏大叔问：

"县委书记走啦？"

"走啦！他是忙人。来到这里，听了听汇报，传达了几条指示，就连忙赶到别处去了。"看来梁永生不想谈这个话题，他说到这里，话头来了个急转弯，"你们正在谈论啥呀？听刚才魏大叔的话音，是不是又谈起了'认命——拼命——革命'？"

魏大叔笑着说：

"我们只谈到了'认命'和'拼命'。那革命嘛，正要留给你来谈哩！"

"我也谈不出个名堂来！"永生放慢了说话的节奏，指指魏大叔意味深长地说，"他老人家曾指给我一条'认命'的路，我不愿意走；门大爷还曾指给我一条'拼命'的路，我走了好些年！后来，我才走上了革命这条路；指路人，就是刚刚走了的那位县委书记……"

"就是他？"

"就是他！"

"他叫啥？"

"方延彬。"

"你是在哪里认识他的？"

"在走延安的路上。"

"走延安？"

"是啊！"

"那是多咱？"

"那是毛主席到达延安以后。"

"那时你是不是要到延安去找毛主席？"

"对呀！"

"你是怎么知道毛主席到了延安的？"

"说起来，话就长了——"

"报告！"

再次走进院来的小锁柱，一声"报告"打断了梁永生和秦海城的对话。永生转向锁柱，笑吟吟地望着这位又精神又飒利的小伙子：

"说吧！"

"雒家庄上的民兵队长杨大虎来了——"

"有事儿？"

"他说，今天夜晚，他们三个村的民兵开大会，要求你去给他们做报告——咱答应不答应？"

"答应。"

"答应？"

"答应！"

"你不是来了客人吗？能去得了？"

"我去不了不会派个别人去吗？"永生说，"咱大刀队上这么多人，就是我会做报告？"

"队长，你想派谁去？"锁柱说，"你告诉我，我这就去通知他，好叫人家准备准备呀！"

"那好。你就给我当当参谋吧！"

"叫指导员徐志武同志去吧！"

"瞧你，说话不走大脑！"永生笑着说，"为了送一批战士升主力的事，他去县委开会……"

"回来啦！"

"我知道回来啦——"

"知道？我来时他刚进门，你咋知道的？"锁柱忽闪着一双大眼边想边说，

"噢！方才他从你这垞墙外头一路过，我就知道了……"

"你先别研究那个，知道就是知道了——光兴你会揣摸，就不兴俺会揣摸？"永生把话拉上正题又说，"我想抓紧今天晚上的时间，开个支委会……"

"这么说，高树青、梁志勇、高荣馨这些人，也都去不了啦？"

"对呀！他们都得参加会。"

"那就叫小胖子去呗？"

"小胖子另有任务——"永生说，"你去通知他，要他马上出发，到龙潭去一趟——"

"对！"锁柱说，"前天，龙潭的民兵配合我们大刀队打了个漂亮的伏击战，让小胖子去了解了解那村民兵在胜仗之后的思想情况——对不？队长！"

"对！"梁永生高兴得站起来，拍着锁柱的肩头说，"在这个问题上，你满够个'参谋'材料儿呀！"

锁柱涨红着脸，微笑着，低下头去，一面卷衣角儿，一面喃喃自语道：

"在那个问题上，算把我这个'参谋'难住了！"

"好！不难你啦；我告诉你——"

"谁？"

"你！"

"是！"

小锁柱咔地来了个立正，跑步而去。

这一阵，秦海城没有注意梁永生和小锁柱的谈话，因为他还在想着梁永生走延安的事。锁柱一走，他又问上了：

"老梁，接着说——你是怎么走上革命道路的？"

梁永生指着锁柱的背影说：

"那得先从他身上说起——那一年，小锁柱被白眼狼抓了起来……"

"这些，刚才我都和老秦说过了。"魏大叔说，"你就从你要了'愣葱'以后说起吧。"

"好！说说！"

梁永生又点着一袋烟，一面抽着，一面开始了他那满怀激情的、绘声绘色的陈述——

那是一个花红草绿的春天。梁永生正沿着通向延安的大道朝前走着，突然遇到了一支队伍。这支队伍里，有一位连指导员，名叫方延彬。这位方延彬同志，对待永生很关心，很和善。他打来饭菜，让永生一面吃着，一面亲切地问道：

"老乡，你叫什么名字呀？"

"梁永生。"

"干啥的？"

"受穷的！"

"哪里的人呢？"

"宁安寨人。"

"要到哪里去哩？"

梁永生慨然答道：

"要到延安去！"

方延彬点点头，微笑着，又问：

"要到延安去干什么？"

梁永生满面春风地说：

"去找毛主席！"

永生这句回答，使方延彬产生了强烈的兴趣。

这位方延彬，原先是个矿工，也是在毛主席到达延安之后，他才离开矿山投奔到延安去的。在延安期间，他还曾幸福地见到过人民的大救星毛主席。因此，他对面前这位一心要到延安去见毛主席的梁永生，非常喜欢。等永生吃完了饭，他说：

"老梁，走，咱们到外边溜达溜达去！"

不一会儿，他们来到一座桥头上。刚换上春装的小河，泛起层层浪花，唱着动听的歌声向前流去。由于刚刚下过一场雨，河床两旁的麦田，显得格外清新。阵阵微风从那一起一伏的麦苗的梢头掠过，好像正在用那温暖的手掌抚摸着它们。一条大路，从天边伸过来，在这河对岸的桥口处分成三股，好似一把三股叉。方延彬站在桥头上，指着身边的一块大青石向永生说：

"老梁啊，来，坐，咱俩在这里谈谈。"

他们二人在同一块石头上肩并肩地坐下了。随后，在方延彬的启发、引导下，梁永生向着这位八路军的指导员，倾诉了他那血泪的家史和苦难的遭遇。永生这悲壮的控诉，和着风声、水声一道掠过方延彬的心头，在他的心窝儿里激起一阵百感交集的情波，使得他的眼睛也不知什么时候湿润了。他眼望着梁永生这条一戳四直溜的汉子，心里想着他那贫困的半生，苦难的半生，反抗的半生，不由得话在心里说："真是一块纯铁呀！水过千网鱼不尽，铁经百炼必成钢。像梁永生这个从财主、官府、日本鬼子结成的罗网中闯过来的人，一旦投入到革命的大熔炉里，经过战斗实践的千锤百炼，必将成为一块响当当的好钢！"

到这时，方延彬和梁永生那两颗炽热的一起跳动着的心，好像被一条看不见的线连在了一起，贴得更近了。

随后，方延彬对永生说：

"我们八路军，就是原来的红军，是跟着毛主席经过二万五千里长征到了延安的。从前的红军，现在的八路军、新四军，都是共产党的队伍，毛主席的队伍。"

永生高兴极了，眼里满含着兴奋的泪花：

"毛主席的队伍啊！今天可遇到你们啦！你们这是要开到哪里去呢？"

"正巧要开到你的家乡一带去。"

"开到那里去干啥？"

"毛主席知道那一带的劳苦大众正在受难，也知道那一带的人民群众要求抗日救国——"方延彬说，"所以，派我们到那一带去，要我们帮助那一带的群众建立人民抗日武装，建立人民抗日政权，并和那里的人民群众一起，进行抗日战争……"

饱经风霜的穷苦人，就像那干柴热油一样，只要迸上一颗火星，就会立刻燃烧起来。方延彬这些话，使得梁永生那心窝儿里腾地燃起一团熊熊烈火。

方延彬望了望梁永生，又以商量的口吻说：

"老梁啊，我有个想法，想跟你商量一下——"

"啥？"

"叫我看，你眼下先不用到延安去了——"

"为啥？"

"你就参加我们的队伍，跟我们一起回到你的家乡一带，投入这场抗日救国的伟大斗争吧！"方延彬见梁永生没有立时回答，又说，"到将来抗战胜利了，你带着抗日的战功，带着人民的重托，再走延安去见毛主席，比现在空着手去不是更好吗？你想哪？"

梁永生认认真真地思考了一下，最后，干脆地蹦出两个字来：

"好吧！"

随后，他便向方延彬询问起一些有关八路军的情况。方延彬除一一回答了梁永生的提问而外，还主动地和他讲述了抗日战争的光辉前景，讲述了共产党的各项主张，讲述了毛主席在湖南领导农民"秋收起义"、创建井冈山革命根据地的情况……直讲得个梁永生心花怒放了，热血沸腾了，他这才收住话头，踏着金光粼粼的大道和梁永生一起走回连部去。

从那，梁永生这个长工的儿子，穿上了军装，拿起了枪，走上了革命的道路。

不久，争取做一个共产党员，又成了梁永生新的奋斗目标。

丰富多彩的部队生活，在促使着战士们的精神世界时刻发生着巨大的、今天不同于昨天的变化。在八路军奔赴抗日前线的东进路上，火热的革命斗争，就像那磁石一般，紧紧地吸住了梁永生这块纯铁。梁永生和他的战友们一起，一面刻苦地学习毛主席著作和党的文件，一面宣传群众，组织群众，武装群众。与此同时，他还在积极地完成着由一个贫苦农民向一个无产阶级革命战士转化的过程。

当八路军挺进到冀鲁平原时，这一带的人民群众，正处在水深火热之中。

根据当时战争形势发展的需要，部队决定派一位同志到地方上去，在龙潭街——宁安寨一带开辟工作。

从龙潭街到宁安寨一带，是敌我必争的战略要地。对我们来说，这里是我河东、河西两个地区的抗日军民进行联系的必由之路；对敌人来说，是个南北交通要道。而且，这个地区土地肥沃，地势平坦，是个粮食、棉花、油料的重要产区。另外，这一带还出产一种重要的军用物资——火硝。

正是由于这些原因，日寇一心要把这个地区牢牢地控制在他们的手里，妄想以此将我河东、河西的抗日军民分割开来。我们呢？则是坚决要把这个地区掌握在我们手里，以便保证我河东、河西两个地区抗日军民的联系畅通，同时威胁敌人的交通线。

这项开辟工作的重要任务，放在了梁永生的肩上，并确定由方延彬同志向他传达部队的决定。与此同时，党支部已经决定吸收梁永生入党，确定跟梁永生进行谈话的人，也是这位方延彬。

这天，方延彬借部队驻在龙潭附近的时机，肩负着部队党组织的委托，同梁永生一起来到了龙潭桥头。

这一阵，方延彬一直在静静地观察着梁永生的情绪，在悄悄地分析着梁永生的思想活动。当他发现永生那厚墩墩的嘴唇微微动了一下的时候，他便走过来问道：

"老梁，你在想啥？是不是又想起你那血仇来啦？"

他没容永生开口，朝那坟地一挥手，又道：

"走，咱到那里去看看！"

他们来到坟前，方延彬先问了问两座坟的情况，然后向永生说：

"老梁，现在报仇的时候到了吧？"

"到啦！白眼狼既是我的仇人，这一带穷人们的仇人，也是民族的罪人，抗战的敌人，我找个机会一定要把他除掉！"

"机会马上就要来到！"

"马上就来到？"

"是的！"

"啥机会？"梁永生迫不及待地说，"指导员，快告诉我——"

就在这个节骨眼上，方延彬将党委决定派他到地方上开辟工作的决定，告诉了梁永生。梁永生高兴地说：

"那太好啦！我一定努力完成这项任务！"

"怎么完成法？"

"把游击队拉起来，把抗日组织建立起来，把群众发动起来……"

"都'起来'了，又怎么着？"

"打鬼子、打汉奸呗！"

"到那时，除掉白眼狼的机会可该到了吧？"

"对！"永生一挥拳头说，"一定要除掉这个害人精！"

"为什么一定要除掉他呢？"

"过去，他害了那么多的人；现在，他又当了汉奸，除掉这样的人，不是我们八路军的任务吗？"

"像白眼狼这样的人，是该除掉！"方延彬说，"不过，老梁啊，要知道，更主要的，还是日本鬼子……"

"这个我知道！"梁永生说，"杀了白眼狼，就杀日本鬼子……"

"不！"

为什么"不"？这个道理，方延彬当然能讲得清清楚楚。不过，他并没有马上讲下去，而是撒出一副寻求的目光，在周遭儿巡视着。这是因为，按照他的习惯，不喜欢泛泛地讲一些道理；现在他正要寻找一种什么东西，用以帮助他来把他要讲的道理讲清。过了一阵，他指着坟边一丛酸枣棵，向永生道：

"老梁，你看那是什么？"

"那是酸枣棵呀！"

"那酸枣棵上长了些什么？"

"长了些刺针！"

"那刺针是要扎人的，是不是？"

"是啊！"

"假若说，那酸枣棵上的某一个刺针扎了你，你该怎么办？"方延彬拉着梁永生走到那酸枣棵近前，他哈下腰去，扳下一根刺针，又向永生说，"就这么办吗？"

永生摇头道：

"这么办不行！"

"为什么？"

"你扳下这个刺针，那些别的刺针还是要扎人的！"

"要是把这上面的刺针一个个地都扳下去呢？"

"也不行！"

"又是为什么？"

"它还会生出新的刺针来！"永生说，"那新的刺针还是要扎人的！"

"那怎么办？"方延彬说，"难道就没有办法除掉它吗？"

"有办法！"

"啥办法？"

"刨掉！"

"连根刨掉？"

"对！"

到此，指导员又不说话了。他从衣袋里掏出一张小纸条儿，又从烟荷包里捏出一捏烟，放在纸条儿上，然后低着头儿捻捻搓搓地开起了他那"卷烟工厂"。这时的梁永生，两眼注视着酸枣棵，心里思索着方才指导员说的话，也不吱声了。过了一阵，他忽然高兴起来：

"指导员，我明白啦！"

"噢？"方延彬抬起头来，两眼笑乎乎儿的，"你明白什么啦？"

"你是不是说——白眼狼虽然当了汉奸，他就算再坏，也只不过是酸枣棵上的一根刺针，他的老根儿，是日本鬼子！"梁永生说，"因此，我们抗战的根本任务，是打败日本侵略者，而不是除掉白眼狼——指导员，我说得对不？"

"对了一半儿！"

"一半儿？"

"唉。"方延彬说，"'一半儿'，就是不全对的意思。"

沉默。过了一会儿，永生又说：

"你是不是说，还该有这样一些意思——打败了日本侵略者，像白眼狼这一类的汉奸们，自然就完蛋了；为了打败日本侵略者，有时也需要先除掉一些罪大恶极的汉奸……"

"你补充的这些都对。"方延彬说，"不过，我说你对了'一半儿'，是在谁是白眼狼这类家伙的老根儿这个问题上——在当前的情况下，站在抗战的立场上说话，把日本侵略者比作汉奸白眼狼的老根儿，这是对的。可是，从更大处说，往更深处挖，人剥削人、人压迫人的这种罪恶的社会制度，才是白眼狼之流的真正老根儿，甚至说也是日本侵略者的老根儿！"

梁永生深深地点着头。

"所以说，我们打败了日本侵略者以后，还只能算抗战胜利，不能算革命成功，还要继续革命！"方延彬说，"别忘了，我们共产党人最终的奋斗目标，是要彻底消灭方才说的那种罪恶的社会制度，实现共产主义呀！"

梁永生笑着说：

"这个道理倒是学过多次了，可一碰上实际又看不这么远了！"

方延彬认真地说：

"以后要看得远——因为你很快就要成为一个共产党员了！"

"很快？"

"是的！"方延彬庄重地向永生说，"支部已经研究过你的入党申请，认为你具备了一个共产党员的条件，这就要召开党员大会讨论……"

这时，梁永生的心怦怦地跳起来，一种兴奋、激动的感情，正在他的身上扩张着。同时，他还仿佛感到，肩上的担子更重了……

梁永生正然讲述着这些往事，杨翠花笑盈盈地来到他们跟前。翠花将一双新鞋向秦海城递过去，说：

"秦大哥，看你脚上这鞋，都挂不住脚了，快换上这一双吧！"

她这一句，打断了永生这大段的叙述。那位正听得入神的秦海城，赶忙掉过脸去，向翠花说：

"不用，不用！如今，玉兰凑合着能做上鞋了……"

"看大哥说的！谁做的不是一样穿呀？"翠花把鞋放在秦海城的脚下，"大哥，快换上吧！"

秦海城把鞋拿在手中，端详着，沉思着。过了一会儿，他向着永生百感交集地说：

"二十多年前，我穿走了你一双新棉鞋，现在又……"

梁永生意味深长地说：

"是啊！二十多年前，你穿上我那双鞋，走上了闯关东的道路；现在，你穿上这双鞋，就要走上革命的道路喽！"

秦海城听后，会意地笑了：

"老梁啊，那你就当个'指导员'吧？"

"我当'指导员'？"

"是啊！从前，那个叫方延彬的指导员，把你领上了革命的道路；现在呢，不是到了你把我领上革命道路的时候了吗？"

梁永生刚才那句话的意思，就是想引导秦海城留下来参加抗日工作。现在秦海城这么一说，永生显然明白：秦海城父女俩不想回老家了。于是，他高兴地说：

"我们这里的抗日工作，正需要秦大哥你这样的人！"

"那你就安排我个差事吧！"

梁永生哈哈地笑了。

杨翠花也笑了。

魏大叔笑得更响。

秦海城不解地问：

"你们笑啥？"

魏大叔抖动着花白胡子解释道：

"海城呀，抗日工作，不叫'差事'，叫'任务'！"

听魏大叔这么一说，秦海城自己也笑起来。

他们这一阵朗朗的笑声，引得个好奇的姑娘秦玉兰出现在屋门口。

笑声落下后，梁永生向秦海城说：

"今天晚上，我们大刀队党支部开支委会。关于你的工作安排问题，提到支委会上研究一下……"

晚饭后。

秦海城撂下饭碗就往外走。玉兰问他：

"爹，你到哪去？"

"我到外头溜达溜达，也顺便打听打听你梁大叔他们的会开完了没有。"

"打听到消息可快告诉我呀！"

"瞧你急得这个样子！"

"甭说俺，你比俺还急——你当是俺看不出来？"

"叫我说，你爷儿俩谁也甭说谁——全够急的！"

杨翠花话音未落，秦海城出门去了。

嘿！这抗日年间的乡村夜晚，比白天还要热闹！人们的脚步声响遍了街街巷巷，忙碌的战斗气氛笼罩着宁安寨的夜空。

东边，上夜校的学员们，有的手里拿着小板凳，有的腋下挟着大蒲团，还有的在肩上扛着圆杌子，正在三三五五走进夜校的院门……

西边，准备去搞夜战演习的民兵们，有的拿着大刀，有的扛着红缨枪，还有的掖着手榴弹，伴随着一声"跑步前进"的号令，整整齐齐地拉出村去……

南边，大刀队的几位战士们，和一伙农民正在进行月夜谈心。他们，你抢过我的话头，我接上你的话尾，还有的拦腰打断别人的话弦大声说："对！抗日嘛，就是要有这样的气派！"

北边，大刀炉上正在打夜作。叮叮当当的铁锤声，陆陆续续传过来。正要去找梁永生的秦海城，听到这锤声猛然一愣：这锤声怎么这么耳熟啊？哦！想起来了——原来是梁永生正在打锤呀！在关东开马掌炉的时候，耳边不是天天都在响着这样的声音吗？于是，他便奔着锤声传来的方向走去了。

大刀炉来到了。

这是一个破破烂烂的小院落。院门口上，挂着一个专给敌人看的木头牌子，上面写着一行大字："三兄弟铁匠炉。"大字旁边，还有两行小字，写的是："出售铁锨、镰刀，代打耙齿、耧脚，兼修铡刀、钢镐。"

院门里头，是一个宽宽绰绰的大天井。天井里，有些人正在磨刀。由于他们边磨边谈，使这庭院里充满一片人声。

这是两位老汉的对话：

"我磨的这口刀，准是梁永生打的。"

"你咋知道？"

"别人打不出这个成色来！"

"有理。"

这是两个青年人在谈心：

"你今天磨得特别有劲儿！是吧？"

"对呀！"

"我知道这是为什么。"

"那你说说！"

"因为你要求参军批准了呗！"

一位少年向一位老汉要求道：

"老爷爷，你这口刀磨好了，给我行不行？"

"唔！那我可主不得——要由领导人统一分配哩！"

一位青年小伙子，拿着一口刚刚磨好的大刀舞扎了一阵，然后抖抖腕子说：

"嘿！真来劲呀！"

一位中年汉子朝屋里喊道：

"铁蛋！加油儿呀！我们快磨完啦！"

"放心吧！有你的刀磨就是了！"

这是一个青年小伙子的回声。这回声被叮叮当当的锤声伴奏着，从那座靠北边的三间小土屋里传出来。这时，小土屋里，炉火正旺，围拢在炉火旁边铁砧子周遭儿的人们，正在火火爆爆地忙着。

屋门口处，挤着一帮大大小小的孩子们，正在看热闹儿。秦海城来到屋门口，站在孩子们的背后，从孩子们的头顶上往里一看，果然不出他的所料——那位架着钳子当师傅的人，正是梁永生。

只听给永生打下锤的小伙子问：

"梁队长，你哪时学会的打铁呢？"

"我在闯关东以前，不是当小炉匠吗？"

"是啊！不过，那时我年纪小不记得，只是听说过。"

"我到了关东以后，就来了个'小炉'改'大炉'，加入了两个穷铁匠开的马掌炉……"

"你既然练出了这么好的手艺，为啥又不干了呢？"

"以后，东三省叫日本鬼子占了，成了所谓'满洲国'——听说过没有？……对啦！日本鬼子欺负人不算，还让我们给他打马掌！"

"作为一个中国人，能侍候他？"

"不侍候他就抓你的劳工！"

"那就干脆回老家！"

"对啦！我就是这么回来的！"

他们说到此，梁永生钳着那根烧红了的铁坯又放在砧子上，打下锤的小伙子也赶紧抄起大铁锤，紧接着又是一阵忙碌。叮叮当当的锤声过后，梁永生挟起那块打好了的深灰色的刀片，往凉水里一蘸，哧的一声，随后一甩腕子，扔到一边去了。永生趁这个空儿，装上一袋烟，一边抽着一边转了话题说：

"铁蛋啊，你这手艺得抓紧练呀！"

铁蛋是个活泼的小伙子，说起话来，眼睛眉毛都在动：

"对啦！这一阵，我是有点松！"

"你先别检讨，我倒不是想批评你。"永生说，"我是说，你的师傅炮筒子要去参军了——知道吧？那门'大炮'要是一撤走，你这个徒弟再顶不起作来，咱这个大刀炉的阵地还保得住哇？"

"咱这个大刀炉也该撤了！"

"撤大刀炉？"

"我是这么看的！"

"为什么？"

"前天，你领着大刀队和龙潭的民兵，打了个伏击战，只用了抽袋烟的工夫，八支大枪到手啦！嘿！多爽神！昨天，我见到龙潭的民兵黄二愣，他一谈起这桩事，可神气啦，让人看着怪眼热的！"铁蛋说，"哎，梁队长，你领着我们宁安寨的民兵，也来上那么一手儿，不比叮叮当当地打这玩意儿强多了？"

"你就是因为这个想撤大刀炉呀？"

铁蛋光笑未答。永生说：

"要是这么说，我可真得批评你了！"

永生说到这里，一回手将烧到了火候的一块刀坯撤出炉火，放在砧子上锤打起来。魏大叔见永生和铁蛋全神专注地打锤了，他一面拉着忽忽搭搭的风箱一面接言道：

"永生啊，你今天一来打铁，我就估摸着你是想借这个机会敲打敲打铁蛋的思想——看来我估摸对了！"

接着，他又把话题转向铁蛋：

"铁蛋！你呀，也欠该敲打敲打了！"

永生把打凉了的刀坯插进火里，用一双笑眼盯着铁蛋。铁蛋站在永生的对面，直目睖睁地望着他的领导人：

"梁队长，你就照着我的病根儿下锤子吧！"

永生笑望着铁蛋那股诚朴动人的神态，指着他身边那些刚打好的刀片说：

"铁蛋，你可别轻看这些玩意儿呀！"

"我并不是轻看它！"铁蛋说，"可甭管怎么重看，它反正不如大枪！"

"你可知道那大枪是怎么来的吗？那不是敌人白白送给咱的！"永生又向刀片一指，"是咱用它换来的！"

铁蛋笑了。永生又以质问的口气说：

"我们现时枪支不多，要是把大刀炉一撤，拿啥打仗去换大枪？咹？铁蛋，你说哩？"

铁蛋干掰截脆地说：

"通啦！"

"这样通了不行！"永生说，"铁蛋，我问你——咱们打的是什么战争？"接着，他从问答开头，又和铁蛋讲述起人民战争的问题来了。他讲到了人民战争的性质，讲到了人民战争的特点，还讲到了人民战争的威力……最后说：

"人民战争，是我们共产党人的一个法宝！这个法宝，能战胜一切敌人，而且是敌人永远夺不去，也永远学不会的！在当今，我们扔掉了大刀，人民战争怎么开展？那不等于扔掉了这个法宝？"

铁蛋信服地点着头。魏大叔、秦大哥以及在场的其他人，也都情不自禁地点着头。秦海城在连连点头的同时，心中还感慨地自语道："梁永生变了！变得已经不是过去那个梁永生了！你看，他的肚子里装着多少东西呀！"

这时，又听铁蛋说：

"梁队长，把钳子给我！"

"给你干啥？"

"我得抓紧练呀！"铁蛋说，"光打下锤怎能顶作呢？"

"好！"

永生让了手。当他正要拿起大锤给铁蛋打下锤的时候，站在旁边的一个小伙子赶过来说：

"梁队长，让我来！"

"你？"

"啊！"

"你会打？"

"练练嘛！练会了也好接铁蛋的班呀！"

他们正说着，一个大刀队战士进来了：

"梁队长！人到齐了，请你去开会！"

这时想来打听会议结果的秦海城才意识到，原来他所急切盼望的那个会还没有开呢！梁永生走到屋门口，望见了秦海城，问道：

"秦大哥，你怎么跑到这里来啦？"

秦海城没有如实讲。他说：

"我一听见铁锤响心就动了，两条腿三迈两迈就迈到这里来了！"

"你来得正好！"永生说，"我知道你等着参加抗战的心情急不可耐呀，那你就来参加参加吧！"

随后，梁永生把秦海城领进屋子，并把他介绍给屋里所有的人，又说：

"秦大哥，你就帮铁蛋掌钳吧——我去开会！"

"好！"

秦海城扎上围裙，和大家一起忙起来了。

午夜时分。天高露浓，一钩弯月静静地挂在西南天角。

夜幕苦着沉睡的平原。大地显得分外宁静。漫洼里充溢着庄稼的香味。星星就像萤火虫似的在饱含着水分的深空里微微闪耀。颤动的月光，将河床左侧的一切景物，鲜明地绘在水面上。大刀炉上的锤声传得很远很远。

在这样一个夜深人静的时刻，梁永生和秦海城又肩并肩地出现在河堤上。凉爽的微风，随着夜的翅尖儿，掠着路人的眉梢。他们一边漫步走着，一边在谈论着一件事情——

"扩大主力，是我们赢得战争的一项重要措施。不断地向主力部队输送战士，是我们游击队的一项重要任务。这次，县委决定让我带领一批战士，到主力部队去……"

"你到主力部队去？"

"是啊！"

"什么时候走？"

"具体日期，还要听县委的通知。不过，我估计着，大约还得个把月二十天吧！"

"关于我的事，你们这次会上研究了吗？"

"研究啦——"

"叫我干什么？"

"想叫你父女俩，到龙潭街去安家落户。"

"安家落户？"

"不同意？"

"我们是来参加抗战的呀！"

"安家落户，正是为了参加抗战。"梁永生说，"这就像唱戏一样，总得有扮演各种角色的人才行啊！叫你父女俩去安家落户，名义上是参加他们村的铁匠炉，当个师傅，实际上，是想让你家当个八路军的联络点……"

"联络点是啥？"

梁永生把联络点的任务讲了一遍。又说：

"这个任务，比拿起枪来去战斗还要艰巨呀！"

"艰巨不怕，只怕是担当不了！"

"行啊！干吧！你比起别人来，还是有一些有利条件的！"永生说，"第一，别人不大了解你的身世，便于活动；第二，你是一把好猎手，有多年来和野兽打交道的经验……不过，你要注意一点——"

"啥？"

"现在，那龙潭街上有我们的联络点——"

"谁？"

"这个，你先不要问。"永生笑笑说，"你们父女俩，是我们八路军的二线联络点……"

"啥叫二线？"

"二线，就是平日里不暴露身份，将来一旦形势发生了变化，我们的斗争到了最困难的时候，一线联络点不便于活动了，或者是被敌人破坏了，你这二线联络点，便马上接替那一线联络点的任务。"永生说，"具体的活动方法，联络暗号，以后还有人和你仔细交代……"

"以后还会有最困难的时候？"

"会有的！"梁永生十分肯定地说，"要赢得这场伟大的抗日民族解放战争，不是一件轻而易举的事啊！尽管胜利一定是我们的，可是在取得这个胜利之前，还有一段更艰苦的路程要走哇！对此，我们要有充分的思想准备……"

这时，北方的天空里，出现了老云头。接着，又有一阵凉风刮过来。这些天象正在向夜行人发出预告：有一场残暴的风雨将要来临！

第二章

—

夜行人

乌云低空滚翻，阴影笼罩着荒原。我们伟大的抗日战争，进入了一个最困难的时期。处在硝烟战火中的冀鲁平原，正在经受着艰苦岁月的熬煎！而今，这片辽阔壮丽的沃野，带着遍体鳞伤，含着悲愤的泪水，仰卧在茫苍苍的暮色中。

漫卷着飞沙的狂风，就像它要毁灭一切似的，正在这运河两岸的千里原野上横冲直撞！天，仿佛眼看就要被那浓重的云块子坠下来了；地，宛如正在被这狂妄的暴风旋上去。

残暴的日本侵略者，集中了大量兵力，对这块具有战略意义的地区，一连进行了五次"强化治安"。

"保甲制"编起来了！

"维持会"成起来了！

由鬼子和伪军混合组成的"扫荡队"，骑着铁蹄锵锵的洋马，端着鲜血淋淋的刺刀，如同成群的疯狗饿狼一般，从河东窜到河西，又从河西窜到河东。

每到这样的时刻，一些忘了姓啥的老财们，就从阴暗角落里钻出来，跑到显眼处，抪着腰大吹冷风：

"咱早就看着八路成不了旗号！这会儿云消雾散了吧？"

"胡说八道!"

这是群众愤怒的回声。

我们的八路军主力部队,在这一带打了许多胜仗以后,为了更多地消灭敌人,虽已暂时作了战略转移,可是,这一带的地方部队、游击队、民兵和广大人民群众,在党的领导下,正与日本强盗继续进行着顽强不屈的斗争。

有多少抗日的勇士牺牲在战场上?

有多少不屈的民众躺在了血泊中?

多少个党的工作人员,多少个抗日政府的干部,在敌人的重围中打光了子弹,在眼看就要当俘虏的一刹那间,他们用最后的一粒火儿,使自己成了光荣的烈士!

时光在血中流逝!

时光在火里行进!

夜幕降临了。

因为云厚,又是风天,今日的夜幕来得早。

随着夜幕的徐徐降落——

老鸹归巢了;

野兽钻窝了;

烧杀抢掠闹腾了一天的敌人"扫荡队",知道夜晚不是他们的世界,现在拉着尸体,抬着伤兵,牵着百姓的牛驴,驮着抢劫的东西,夹着尾巴挨着追腔枪,全都急急忙忙地溜回据点去了。

枪炮声响了一天的荒原上,渐渐地平静下来。

险山不绝行路客,恶水仍有渡船人。就在这样的时刻,有位彪形大汉,如同从天而降,出现在这硝烟弥漫、白雪似毯的旷野里。

这位路行人,穿着一身便衣,披着从云缝里射出的晚霞的余晖,风快地走在一条弯曲而又漫长的大道上。

大道上,白雪斑斑,霞光粼粼。

散落在路面上的砖头瓦片,在路行人的脚下骨骨碌碌地翻滚着;还有的,发出一声惨叫后,粉身碎骨了!

一团团的尘沙雪粒,从那风快的脚步下飞扬起来,被大风吹向远方。

看这位路行人行进的冲劲儿,他的体魄里蕴藏着充沛的火力。可是,由于风沙的袭击，也许还有长途跋涉的缘故，使得他那厚墩墩的嘴唇，裂开了一道道细小的血纹。在他那顶磨破了边的毡帽头儿上，还有那件闪披着的大棉袍子上，以及那双开了花的老铲鞋上，全都蒙上了一层黄乎乎的浮土。

如果，不是这人的腰带上，斜插着一支张着大机头的匣子枪，有谁能辨认出，这位路行人竟是一位八路军？

这里，目下已是岗楼如林，公路如网了！又是在这深不可测的漫洼中，该潜藏着多少难以预料的危险啊！可是，这位腰掖匣枪的八路军，只身一人走在风沙骚动的漫洼里，昂首挺胸，坦然自若，如同那"明知山有虎，偏向虎山行"的猎人，根本就没把那些随时可能出现的虎狼放在眼里。

不过，他的心里还是非常警惕的。

你看，每当有个什么意外的动静触动了他的耳鼓，或者有个什么可疑的影像映入他的眼帘，他那双豁豁亮亮的大眼睛，便立刻闪射出两道机警的光芒。这光芒，犹如一对利剑，刺穿了风沙滚滚的夜幕，投向可疑的地方。在这同时，他那活像小蒲扇似的大手，还会习惯地按到枪柄上去。

这些动作又告诉我们：这位八路军同志，准是个富有游击经验的老战士。

他是谁呢？

他就是梁永生。

梁永生挺立在高高的河堤上，用手指往后推一下毡帽头，又用手背抹一下挂在眉毛上的汗珠，瞪起那双锐利而又深沉的大眼，仰望着正在阴空里奋飞的雄鹰。

一会儿。他那双沉思的目光，从深空里收回来，又久久地俯视起大堤之下的土地。

这是他曾用自己的鲜血染过的土地呀！

也不知过了多长时间，他终于抬起头来，又顺着这运河大堤向前眺望。前边，在那密布沙尘的夜幕后头，有一个隐约可见的村庄。

那隐约可见的村庄，好像一位多灾多难的母亲，正在月夜里迎接她的儿子。

那是哪里？

哦！他一眼就认出来了：那正是他今夜要去的地方——龙潭街。

梁永生那难忘的童年，不就是在他这故乡龙潭街度过的吗？直到今天，故乡和他一起经受的苦难，还鲜明地留在他的记忆中。尤其是抗日战争爆发以后，他在这一带打游击的时候，故乡亲人的音容，故乡景物的色泽，更给他留下了特别深刻的印象。多少个战火纷飞的日日夜夜啊，他和故乡的脉搏一起跳动，他和故乡的命运共同呼吸。因此，这里的一草一木，一砖一瓦，对他都含有一种特殊的感情。你想啊，他在这重返故土的时刻，心里怎能不热滚滚的？

他沿着大堤走下去了。

他一边走一边轻哼着抗日小调：

> 运河滚滚浪滔天，
> 两岸战旗红艳艳，
> 抗日军民手挽手，
> 前仆后继冲上前！
> …………

梁永生走过熟悉的路，跨过熟悉的桥，在靠近龙潭街头时，收住了歌声，放慢了步子，全神贯注地注视着那月光下的村庄。

村中的房屋、树木，正热情地向他招手。

浑浊的月光，映在弹坑累累的墙面上。整个村子，呈现着灰蒙蒙的橙黄色。这位夜行的八路军梁永生，对他这几经战火血洗的故乡，好像既熟悉而又生疏！

他望了一阵，悄悄自语道：

"这战争年月，各处的变化真大呀！"

他说着走进村子。

村中的空气里，充满了尘埃，烟雾，火药味儿。

道旁边的柴火垛，全被烧过了，变成了一堆堆的黑灰。黑灰被风一刮，时而飞出几颗稀稀拉拉的火星，又很快地消逝在黑暗中。胡同口上的大树下，有一片血迹，血迹附近有个小小的破烂书包。

这位军人触目惊心，燃起满腔怒火。

他正然且走且看，且看且走，两条到处巡回的视线，穿过几棵枯树的空隙，盯住了一所残垣破壁的宅舍。他愣怔一下，便朝那院落走过去。

这是谁家？

秦海城家。

秦海城从关东回来，在这龙潭街上安家落户以后，就一直住在这所院落里。

梁永生来到秦海城的角门外头，收住脚步，站在了门口旁边的一棵老槐树底下。

这棵老槐树，活像那饱经风霜的老人的面孔，树身上爬满了一道道的裂纹。人们不是常说"唐松晋槐"吗？这棵古槐怕是也有千岁高龄了。如今已是冬日，树叶早已落净，干枯的树头上，只剩下了一个喜鹊的窝巢。

一只不知为什么还未钻窝的喜鹊，站在被风刮得摇摇摆摆的树梢上，正然唧唧喳喳地啼叫。

梁永生朝门口望了望，只见两扇破烂不堪的门板虚掩着；沙啦沙啦的磨刀声，从被火烧得煳气拉塌的门缝里传出来。他站在树后，听了一阵，直到听见院中传出一位男人的干咳声，他这才把嘴一撮，唧唧呱呱地学起鸟叫来。

庭院中的磨刀声停住了。

少顷。伴随着吱扭一声门响，从门缝里探出半截身子。他瞪着两只大眼，朝门前各处张望着。这时节，隐藏在槐树后头的梁永生，就着月光已经看清了，那个出来张望的人，正是他要找的秦海城。

永生还没来得及答话，秦海城也发现了他，并忽地扑过来。这时节，大概是怒气冲晕了秦海城的头脑吧，只见他来到梁永生的近前，把永生打量了好大一阵，他那双充满血丝的、含着怒火的眼里，还是迟迟不见变化。

这时，永生只见秦海城的脸上，已经蓄起了很长很长的络腮胡子。他脸上的气色，就像那阴云密布的天空一样。直到梁永生说：

"秦大哥，你不认识我了吗？"

他那脸上才像忽地刮了一阵风似的，刮去了满脸阴云，闪现出兴奋的光彩，嘴边的胡子抖动着，劈头问道：

"老梁啊！你怎么来啦？"

接着，他伸出两只湿漉漉的大手，扳住永生那两只朝外扎着的肩头，吃劲地摇晃着。

看样子，秦海城像有许多话要跟永生说，可是，由于有一股又惊又喜的情绪涌上来，使得他觉着就像有个什么东西堵住了喉头，所以张了好几次嘴，却一句话也说不出。只是，在他那憨笑的脸上，扑簌簌扑簌簌地淌下了两行激动的热泪。

永生瞅着秦海城的面容，也激动得两眼发潮，说不出话来。

他们呆呆地愣着，眼对眼地看了好大一阵，永生这才关切地说：

"秦大哥，你瘦了！"

到这时，秦海城又像才从梦中醒来似的，拉上梁永生的胳膊说：

"走！快家走！"

秦海城将梁永生拉进角门，又回手闩上门闩，就一边领着永生朝屋里走，一边迫不及待地说：

"你走了这一年多，可真把人们想坏啦！……"

梁永生自从带领着大刀队上的一批战士升入主力离开了这个地区以后，到今天说话，已经是一年多了。在一年多以后的现在，由于形势发展的需要，上级党又从主力部队重新把他派回来，让他继续担任原来的职务。

现在，他正乘着这昏沉的寒凉的夜色，到处寻找大刀队的战友们。今天，他就是为了这个目的，才首先来到秦海城家的门前的。

永生和海城且说且走进了屋子。

屋里，乱纷纷的。

箱箱柜柜，大敞四开；谷囤糠篓，东倒西歪；凳子侧歪在墙旮旯里，桌子倾倒在炕根底下；木器的板条儿，盆碗的碎片儿，还有破铺扯、烂套子，乱七八糟、七零八落撒了一地。屋当场子里那厚厚的尘土上，还残留着鲜明可见的皮鞋印子。

梁永生一见这种情景，又是一肚子气。他把冻冷了的手放在嘴上，哈了哈，问秦海城道：

"敌人又来闹腾过？"

"那些凶煞神，哪天都来点卯！"秦海城气冲冲地说，"这一阵子，鬼子、汉奸们可把这一带的老百姓折腾苦了！他们来到村里，逢门便进，见人就打，要酒肉，要粮要钱，什么'地亩捐'呀，'户口捐'呀，'爱路费'呀，'维持费'呀，'保安粮'呀，没完没了的苛捐杂税不算，还他妈的乱抢乱夺……"

他们又进了里间。

里间屋里，冲门放着一张少皮无棱、开角懈缝的迎门橱子。一盏小小的豆油灯，蹲在橱子角上。他俩朝里一走，带进一股小风，那黄豆粒般的灯火，立刻猛烈地摇晃起来。浑浊的动荡的灯光，在被炊烟熏黑了的四壁上，闪动着一跳一跳的光波。

梁永生顺手拿过一把笤帚，折下一根笤帚苗，一边拨着灯花一边问：

"秦大哥，最近哪些同志来过？"

秦海城搬过歪歪棱棱倚在山墙上的板凳，吹去凳面上的浮土，坐上去，叹了口气说：

"眼时下，敌人猖狂得很！大刀队的同志们，好些天没到这里来了！"

梁永生耷拉着腿坐在炕沿上，掏出那根没有嘴子的小烟袋，将烟锅插进烟荷包，一边捻捻搓搓地装着烟，一边向秦海城简要地叙述着他回来的过程。

秦海城一边听一边对着窗户出神。

窗户上，镶着一块小小的玻璃。玻璃上，布满了十分细致的冰雪花纹，很像一块用银丝线绣成的手帕。这块只有手帕大小的玻璃，是秦海城的女儿秦玉兰精心镶上的，为的是，便于常来常往的八路军能从屋里看到天井里的动静。

秦海城一望见这块玻璃，觉着像刀子绞心一样难受。在他正翻肠搅肚久久沉思的当儿，听见梁永生又叫了一声"秦大哥"，问他道：

"听到过大刀队的消息吗？"

"半个月前，听说他们在柴胡店附近跟敌人干了一家伙……"

"结果怎样？"

"打死了一些敌人，咱们也吃了点亏！"

"还有啥情况？"

"别的闹不清楚！"

沉默。

在这沉默的当儿，秦海城把梁永生那空瘪瘪的烟荷包拿过去，又回手拿过烟笸箩儿，一面给永生装烟，一面带着焦虑的神色说：

"这一小笸箩儿乱杂拌儿，就是给他们预备的。可是，这一憋气子半拉月了，大刀队一直没转悠过来……"

他说罢，又叹了口气。

这口气，使得屋里的空气更沉重起来。

屋外，风还在刮着。屋里一静，那风声显得更大了。这座破烂不堪的土房茅屋，在狂暴的夜风中摇晃着。真叫人有点担心——这房子不会被狂风卷走吧？

秦海城的悲观情绪，使永生意识到了自己的责任。于是，他便开导秦海城说：

"打仗嘛，就有胜有败。不怕百战失利，就怕灰心丧气。秦大哥，你只管放心，咱毛主席领导的队伍，士气是扑不灭的火焰，截不断的泉源，是什么样的敌人也打不垮的！"

秦海城点点头：

"是啊！船有好舵手，不怕浪头高！"

他说罢，笑了。

这一笑，在他那稍微朝上挑着的外眼角上，拥起几道细长的皱纹。一向善于观察人的表情的梁永生，这时分明地可以看出，在这愈伸愈长的笑纹中，还依然隐藏着秦大哥那沉重的心情。他的心里究竟有啥心事？

过了一阵。

他俩又谈起村里的情况来。

这当儿，秦海城向梁永生叙述的每一个情况，都和敌人的罪行联系着。例如：有一个老寡妇，为失去独子哭瞎了眼睛；有一个新媳妇，因丈夫被敌人杀害而变成了疯子；有个吃奶的孩子，趴在娘的尸体上哭哑了嗓子……这些含火带气的血泪控诉般的叙述，一阵紧过一阵地激荡着梁永生的心弦。

永生一面抽烟，一面静静地听着。

此刻，他那两条火龙般的视线，不时地在秦大哥的脸上一圈圈儿地盘旋。他只见，秦海城这位只有五十来岁的人，由于留起了很长的络腮胡子，猛孤丁地看上去，仿佛已是年近花甲的人了。

他为啥要留这么长的胡子呢？

梁永生当然知道，这是为了便利工作，他特地蓄起长胡来让敌人看的。永生一想到这一点，进而更加明确地意识到：这一年多来，这里的人们，是在像旋风似的紧张的战斗生活中度过的；如今，自己已经进入到这个旋风的中心来了！

这说明，眼前的环境是极端恶劣的；今后的斗争是异常艰苦的！

梁永生面对着这样的局面，他正在想：如何早日把这战斗的旋风大大地刮起来，把这种艰苦、被动的局面改变过来？

夜深了。

夜风扑打着窗纸。

窗纸沙沙地响着。

远处，有报更的雄鸡在叫。

邻家，传来婴儿的夜啼声。

梁永生沉思了片刻，大刀队里那些战友们的形象，又一次闪现在他的头脑中。是啊！不管在什么时候，也不管在什么情况下，要把大刀队战士们的形象从梁永生的心里挖去，那是根本办不到的！

现在，他一想到队伍，一想到自己还没和队伍接上头，特别是通过秦海城这个联络点仍然打听不到大刀队现时的下落，心中又焦急起来。于是，他在炕帮上磕去烟灰，将那根只有一拃长的小烟袋往腰带上一别，站起身来，向秦海城笑笑，说：

"我走！"

"走？"

"对！"

"哪去？"

"找队伍去！"

"到哪去找？"

"先到黄家镇……"

"那里去不得！"

"为啥哩？"

"敌人安上据点了！"

"噢！"

永生习惯地往后推一下帽头儿，摸着汗津津的脑门儿琢磨了一阵子，又说：

"那么，我到水泊洼里转转……"

"到那里转啥？"

"也许在那荒洼古庙里，同志们留有什么暗号儿……"

在梁永生去升主力之前，这荒洼古庙是他们大刀队的三线联络点，也叫"无人秘密联络点"。现在秦海城听他一提到荒洼古庙，忙摆手说：

"也去不得！"

"也安上据点啦？"

"对！"秦海城气愤地说，"自从那次'大扫荡'以后，鬼子就五里安一个据点，三里修一个岗楼，实行了严格控制。鬼子头子石黑，给他这套手段还起了个名字，叫什么'囚笼战术'！……"

关于"囚笼战术"，梁永生在来这里以前就听到说过。可是，对于这一带敌人据点的变化情况，他还没有掌握起来。因此，等秦海城说完后，他又问：

"坊子没安据点吧？"

秦海城说：

"那里没有。"

梁永生说：

"我到那里看看。"

秦海城说：

"可是，敌人把坊子看作八路的基地，三六九儿地去闹腾……"

梁永生说：

"那没关系！"

秦海城说：

"你一定要去，我就送你一趟。"

"甭送。"

"为啥？"

"这段路，我熟。"

"熟也不行！"

"咋？"

秦海城说：

"你不知道——这些日子，敌人的巡逻队，夜间也短不了出来闹腾……"

梁永生笑了。他风趣地说：

"敌人的巡逻队没啥可怕的！几年来，没少和他们'打交道'，我们是'老交情'了！"

秦海城说：

"你甭管咋说，我是不能放你自己走的！"

他说话的时候，脸色是严肃的，固执的，凝然不动的。随后，他又从炕席底下抽出一把捎谷刀，插在背后的腰带上，然后一挥手说：

"走吧！"

永生一见这把锃锃闪光的短刀，触景生情地想起了他来时听到的那磨刀声，就问：

"哎，秦大哥，你刚才磨刀干啥？"

永生这一问，秦海城上了气，说：

"我要跟阙八贵那个狗养的拼命！"

"阙八贵？"

"他是柴胡店据点上的一个伪军小队长。"秦海城气冲冲地说，"那个孬种，听说他七哥阙七荣当了石黑的翻译官，就投奔到这柴胡店来了。他来到以后，仗凭着阙七荣的势力，在白眼狼的手下当了小队长。几个月来，他烧杀抢劫，奸污民女，无恶不为，老百姓把他恨透了！前两天，他竟派来了'媒人'，要'娶'玉兰去给他当'姨太太'……"

在秦海城说话的时候，屋里的空气一层层地下沉着。梁永生的心弦一扣扣地拧紧了。

秦海城的闺女秦玉兰，是个爽直姑娘。她自从跟随父亲在龙潭街落户以后，一直是秦海城这个联络员的好帮手，还是村中各项抗日工作的积极分子。除此而外，据说，现在她和志勇之间，还有点恋爱关系。

秦玉兰现在哪去了？

她在宁安寨梁永生的家里。

这一点，永生已经知道了。可是，阙八贵派来"媒人"这件事，他并没听说过。他在来龙潭街以前，曾经见到过宁安寨的魏基珂大叔。当时由于他急着要找队伍，所以只是侧重问到了大刀队的情况，别的没顾得多谈。至于秦玉兰在他家住着这件事，是魏大叔在说话中顺便带出了这么一句。

现在，梁永生虽然觉着阙八贵实在可恨，可又觉着秦玉兰并没啥危险，所以他没把这件事看得很重，只是顺口劝了秦大哥两句：

"你不要来不来的就动刀动斧的！这是一刀就能砍完了的事吗？你只要别让玉兰回家，那阙八贵再孬不也是没有办法吗？"

他们一边说话一边朝屋外走。说到这里时，秦海城回手拉上房门，咔嚓一声上了锁。而后，他一抡胳膊，把提在手中的二大棉袄披在身上，又一挥手臂，向永生示意道：

"走哇！"

他俩一前一后，走出角门儿。

秦海城站在门前向周遭儿撒打一阵儿，没发现什么动静，就一哈腰把钥匙填进槐树根底下的一个小窟窿里，并向永生悄声说：

"瞧见了吧？我只要出去，钥匙就放在这里。以后，你来的时候，我要不在家，你好自己开门……"

"唉。"

两人喊喊喳喳地说着，向左一拐，顺着弹坑累累的街道，踏着昏沉的月光，一直朝前走去。

快到村口了。

秦海城紧走几步撵上永生，戳他一把悄声说：

"你慢走！"

"咋？"

"防备敌人在村口偷放暗哨！"

他说罢，没容永生张口，就跨开大步赶到前头去了。

出村后，他们绕过关帝庙，又绕过鱼塘，进入了一片枣树林。

一根根干枯而刚劲的枣条，迎着寒凉的风霜朝天竖着。黄乎乎的月光，穿过枯枝的空间，照射在被冰雪封住的大地上。荒凉的旷野，喷发着寒气，使人感到冷飕飕的。由于这里是荒野漫洼了，他们又是走在密密匝匝的枣林之中，风声显得更大了。

滚过枣林的夜风，像一把把的利刀扎进骨缝，又钻入血管。一根根的冰柱，犹如闪光的锥子，倒挂在树枝上。被风一刮，有些脆弱的冰柱张落地上，摔碎了。

永生和海城顶着寒风走在枣林中，好像有人往他们的身上泼凉水。从他们的口腔中、鼻孔中喷出的热气，在眉毛和胡子上结成了白霜。树林中有些酸枣棵。酸枣棵的刺针不时地挂在他们的衣裳上，发出嘶啦嘶啦的响声。

他们出了枣林，又进入一条道沟。

这条道沟，是八路军游击队领导着抗日民众挑开的。名叫"交通沟"。为的是便于游击活动。你想啊，在山区打游击，地形是多么有利的条件呀！可是，在这大平原上，漫洼里的"青纱帐"起来以后，还好办些；要是到了地净场光的时候，一望无际，游击活动可真难呀！因此，这才将漫洼里那些横三竖四的大道全挑成沟，一来可以阻止敌人的车辆畅行无阻，二来便于我们军民开展游击活动。

从事游击战的一些同志们，研究这种办法，也是用过一番脑子的。如今，梁永生走在沟里，一边想："这一手儿，太顶事了！"一边又在琢磨："这条沟挑得太深！要是低着头走，在沟外看不见；仰起头来，又能看见沟外的情景，那就更好了！……"

永生正想着，忽见秦大哥要往沟上爬，就问：

"你要干啥？"

"我到沟上去走。要不，咱俩低着个傻脑袋走在这里头，敌人来到沟崖上也看不见呀！"

秦海城说着，爬上沟去。

夜，已经深了。

荒原上，远远近近大大小小的村落，都拥着她们的孩子进入了梦乡。大地上的一切，全都沉浸在灰黄色的夜幕中。这夜风嘶鸣的漫洼里，冷清清的。只有四周的村庄中，时而传来一声两声的狗叫。

天空中，星星和月亮，已被灰色的罗纱薄云遮住，从敌人据点上射出的贼闪闪的灯光，更显得刺眼了。梁永生走在道沟里，望着秦海城的身影心中在想："战争，正在改变着人，改变着人的思想、性格呀！许多本来并不很聪明的人，在战争中令人难以置信地聪明起来了；许多曾经怯弱了大半辈子的人，战争硬把他改造成了一条坚强的汉子；还有的人，过去，只知道拿着锄头用泪水、汗水浇灌地主的土地，而今，他们竟然勇敢地拿起刀枪，一心要用自己的鲜血来冲刷人间的污垢了！秦大哥虽说不是软弱的人，可现在主动挑起了革命斗争的担子，不是比过去更刚强了吗？还有那位原先已经认了命的魏大叔，以及我那善于忍事的妻子杨翠花……不都是属于这类人吗？"

是的！时代变了，人也变了。就说梁永生他自己吧，从前，在那三十多年的漫长岁月中，他的思想、性格虽然也有一些变化，但是，从实质上来讲，又是没有什么变化的。自从他投入到党的怀抱以后，又直接参加了革命斗争实践，在这短短的几年中，从思想到性格，简直都成了另外一个人了！……现在，秦海城也正在边走边想："共产党能把那样一个只知'拼命'的梁永生，培养成这样一个革命的好干部，真了不起呀！"

梁永生和秦海城这一军一民，正然且走且想，忽见一条公路像条死蛇似的横在他们的面前。秦海城蹲在沟沿儿上，倾着身子，悄声细气地向梁永生说：

"老梁啊，前头有条公路——"

"我看见了。"

"你站一站。"

"干啥？"

"我先去探探动静。"

"不用了吧？"

"不！小心无过错！"

这时的梁永生，心情是矛盾的。他既不忍心让秦大哥冒着风险去为他的安全而打探，同时他又觉着秦海城的意见是有道理的。于是，他在愣沉一下之后，关切地说：

"秦大哥，你可要多加小心呀！"

"好！放心吧！"

其实，永生对秦海城倒是放心的。因为，秦海城自从担负起联络点的任务之后，他曾掩护着多少同志安全脱险，又曾帮助过多少同志顺利地通过了敌人的岗哨啊！

这一回，他来到公路附近，又碰上了敌情。

先是从西边传来一阵嗒嗒嗒的马蹄声。

紧接着又射过一道手电筒的光带。

随后便是一声粗野的嚎叫：

"站住！"

几年来的战乱生活，特别是联络点的工作实践，使这位猎人出身的秦海城，有了一套像对付野兽那样熟练的对付敌人的经验。目下，他见敌人已经发现了他，再也无法回避了，就从容不迫地收住了步子。

不大一会儿。

敌人的巡逻队旋风一般地冲了过来。

这伙家伙，是水泊洼据点上的巡逻队。他们总共八匹马。每个马背上都驮着一个黑狗子。当头那个，是个大麻子。他来到秦海城的面前，勒住马，用马鞭子凶煞凶气地指着秦海城，斜立着眼问道：

"老家伙！哪庄的？"

"龙潭街的。"

"'良民证'呐？"

秦海城从那件二大棉袄的衣袋里掏出一个硬纸片儿递过去。大麻子用手电照了照，又扔给秦海城，接着问道：

"到哪去？"

"于家集。"

"干啥去？"

"请大夫。"

"他妈个巴子的！你撒谎！为啥半夜三更请大夫？"

"人病得厉害呀！"

在这个伪军盘问秦海城的同时，另一个伪军用手电在他的身上照了一遍。他们只见秦海城是个地地道道的庄稼老头子，特别是他那一嘴长胡子，又挂上一层白霜雪，显得年岁更大了。再加上他还故意弓着腰，喘息着，说话又坦然自若，对答如流，疑心便消失了。

于是，那个大麻子又转了话题问道：

"你在路上碰见过人吗？"

"倒是碰到过一个！"

"他是干啥的？"

"呀！老总，那我可知不道哇！"

"多大岁数儿？"

"看不清面目。不过，看走的那个冲劲儿，是个硬棒棒的小伙子！"

"啥穿章儿？"

"穿着便衣，腰里还扎着一条皮带。"

"上哪去了？"

秦海城朝西南一指：

"往那边去了！"

麻子一挥胳臂：

"追！"

他说罢，一提缰绳，掉转马头，顺着一股斜道朝西南追下去。其余的那些家伙们，也都扬鞭催马，尾随其后，滚蛋了！

在他们的屁股后头，腾起一股灰蒙蒙的尘雾。

秦海城注视着伪军们那渐渐远去的背影，以蔑视的口吻骂道：

"这些笨蛋！"

随后，他干咳了几声。

这干咳声，是事先约定好的暗号。

梁永生走过来了。

接着，他俩一齐跨过公路，进入另一条道沟，继续朝前走下去。

又走了一阵，翻过一个土岭子，来到一座沙丘下。

这座光秃秃的沙丘，被白雪缠裹着，好似银铸玉塑一般。它，在梁永生的脑海里，留下了多少难忘的记忆呀！

在永生的童年时期，他曾站在这座沙丘上接过他那闯衙喊冤的父亲；在大刀队刚刚成立的时候，他曾带领着战士们在这座沙丘下伏击过"讨伐"的鬼子……

因此，永生当然知道：这座沙丘后头，不远，就是他今夜要去的那个村庄——坊子镇了。于是，他收住步子，向秦大哥说：

"到啦。你回去吧。"

秦海城曾多次来这村送过信，所以也熟悉这个地点。他说：

"好。你可要多加小心呀！"

"唉。放心吧！"

梁永生抓住秦海城的手，语重心长地嘱咐他说：

"秦大哥，路上，要小心——"

"好。"

"过公路，更要留神——"

"好。"

"关于玉兰的事，要时刻提防阚八贵那个孬种，可又千万不要急躁，不要耍'愣葱'！"

"好。"

他俩分手了。

秦海城走几步回头望望；

再走几步又回头望望。

当他走出十几步远以后，又突然窝回来了。

他回来干啥？

永生正纳闷儿，秦大哥来到了他的近前，又叮咛道：

"永生啊，要记住——自从敌人实行了'保甲制'以后，强给家家户户安上了门牌儿，还逼着不少户搬了家。你无论到谁家去，可得先看看门牌上的户主姓名呀！要不，万一摸错了门儿，兴许会出娄子哩！"

梁永生感激地说：

"好。我记住了！"

秦海城又抽出腰里那把捎谷刀：

"给你！"

"干啥？"

"带上它！"

"不用！"

"咋？"

永生拍拍腰间的匣枪：

"我有这个！"

"那个不行！"

"咋不行？"

"来不来的就开枪，会惊动临近据点上的敌人！"秦海城又将刀子递过去，"还是带上刀方便！"

"该用刀时，咱也有哇！"永生说着，将披在身上的大棉袍子一闪，一口明晃晃的大刀，在他的身后露出来。

接着，他又朝秦大哥一侧身，说：

"你瞧！"

秦海城笑望着那口五寸宽的大刀，问：

"还是你走延安的那口刀吧？"

"对！"

"你一直背着它？"

"对！"

"好哇！"

"大刀队大刀队嘛，能失了老传统？"

永生说着，披上棉袍，朝前走去了。

秦海城站在沙丘下，透过浓重的雾海般的夜幕，眺望着梁永生那正在越来越模糊的身影。直到永生那高大的身躯在他的视线中完全消失了，秦海城依然一动不动地站在沙丘下……

永生绕过沙丘，来到坊子村边。

月亮已经落下去了。

云块的缝间，有几颗星星，时隐时现，一映一映地眨着眼睛，仿佛他们正在期待着什么。

梁永生围村绕了半遭，而后，顺着一条胡同插进村去，在一家门前停下来。他就着星光，先端详一下角门的轮廓，又各处瞅了瞅，然后竖起耳朵静静地听着院内的动静。

院中，传出嗡嗡的纺车声。

这是多么熟悉的声音啊！

哦！永生想起来了——在他去升主力之前，短不了带着队伍来坊子活动。那时节，在那更深人静的夜里，永生躺在热乎乎的炕头上睡下了，高大婶就坐在炕梢上守着他纺棉花。因此，高大婶拧纺车的特点，梁永生早已听熟了。甚至，她纺棉时的心情，永生从纺车的响声中也能听出个大概。如今，这嗡嗡的响声告诉梁永生，这是高大婶在纺棉花。

不过，细心的永生，并没冒冒失失去敲门。

他还是按照秦大哥的嘱咐，先摸着钉在门板上的那个木制门牌儿，又凑上去就着星光仔细地瞅起来。

门牌上的"户主"一栏里，填写着三个字——高小勇。这"高小勇"一映进他的眼帘，梁永生的心里才算一块石头落了地。

高小勇是谁？

他是高树青的儿子。

高树青又是谁？

梁永生十岁那年，跟着爹娘逃出龙潭以后，不是曾来坊子投过亲吗？那时节，他们在亲家没有站住脚，不是有个叫高荣芳的穷人，曾主动为永生一家安排了食宿吗？这位高荣芳，就是高树青的父亲。

抗日战争爆发后，梁永生在这一带拉起了大刀队，高荣芳家，便成了八路军游击队的堡垒户。后来，高荣芳为掩护抗日战士，被敌人杀害了。此后，他的独生子高树青同志，又参加了八路军，并很快在大刀队里担任了分队长。高树青的母亲和小勇留在家中，仍然是八路军游击队的堡垒户。

今天，梁永生到这里来，就是想打听打听高树青同志的消息。现在他一见户主是高小勇，这说明高大婶没有搬家，所以心中一阵高兴。

于是，他又走到北屋东山墙下，冲着墙皮踹了三脚。而后，他闪在门口旁边的一个坏摆后头，将身子隐蔽起来。

他等着，静静地等着。

过了一阵。

伴随着角门的轻微响声，一位老太太出现在门口上。

这位发丝雪白的老太太，就是高树青同志的母亲。从前，梁永生在她家住时，她对待永生就像对待自己的儿女一样。现在，永生一望见这位可亲的老人，就立刻产生了一种孩子见到母亲的感情。因此，他赶紧从坏摆后头闪出来，一头扑过去，轻声喊道：

"高大婶！"

高大婶先是一惊。

继而，她把一绺垂下来的遮住视线的头发撩上去，眯缝起眼睛，将梁永生的身形、面目端详一阵，又蓦然转惊为喜，带着一种酸鼻的音韵说：

"我的孩子！是你呀！"

永生笑道：

"没想到吧？"

高大婶说：

"真没想到！"

她拽上永生的胳膊又说：

"快！快家去！"

梁永生跨步迈进门槛。

高大婶回手插上门闩。

这时，高大婶像突然见到了多年不见的儿女一样，领着永生亲亲热热地朝屋里走着。当他们走到屋门口时，大婶拽住了永生：

"你等一等！"

"为啥？"

"我去掌灯。"

"不用！"

"听话！"

永生留住了步子。

他莫名其妙地想："我对高大婶的屋里，熟悉得就像自己家里一样。这一点，大婶并不是不知道。可她为啥又非要掌上灯才让我进屋哩？……"

永生纳闷儿地想着。

高大婶走进那黑洞洞的屋里去了。

她摸着黑儿，先用棉被挡上窗户，然后，又划着了火柴，点上灯。

灯光一亮，站在屋门口的梁永生愣住了！

他只见，在屋中的灯光里，冲门放着一张小饭桌。饭桌上摆着香炉子。

这个小饭桌后头，搪着一口白刷刷的棺材！

梁永生盯望着棺材，活像蓦然傻了一样！

大婶向永生说：

"孩子啊，甭难过！树青他，为国出力了，总算上级没有白白教育他，我这当娘的，也没白白养活他！永生，来，快进屋！"

这时，高大婶的脸色是严峻的。在那严峻的神情下面，仿佛还潜伏着一种将永远不能抹掉的痛苦。看样子，上面这话，是她鼓起最大的力气才说出来的。她把话说完后，嘴角儿微微地搐动了几下，这分明是她正在极力地抑制着自己的感情。就在这间，还有两颗亮晶晶的泪珠儿，在老人那悲愤交加的眼窝儿里闪动着。她一眨眼，那不听话的泪珠儿便簌簌地淌出来了！

这时的梁永生，望望大婶，瞅瞅棺材，瞅瞅棺材，又望望大婶。就在这当儿，他觉着有一股不可名状的悲痛感情，突然袭过来，钻进了他的脊梁骨，又串入每一条血管儿，每一根神经！

这是因为，大婶的语言，大婶的神情，使梁永生明显地感觉到，他要找的那位高树青同志，已不幸牺牲了！

这个念头一掠过梁永生的脑际，梁永生那紫铜色的面孔，唰地变成了一张白纸。继而，那股悲痛、气愤和仇恨交织在一起的感情，又紧紧地扣住了他那好似正被滚油煎烧着的心头！

他，梁永生，真想放开嗓子哭上两声，好将堵在胸口上的那股令人发闷的感情全都发散出来！

不过，他并没有这么办。

因为，永生已经意识到，他面前的这位光荣烈士——高树青同志，生前是个宁流千滴血、不洒一滴泪的刚强战士；过去，他在革命的队伍里战斗了一生，现在，他的崇高形象成了革命队伍里永远不会退役的战士！在这样一位战士的面前，永生怎能那么办呢？

永生所以没有真的哭两声，还因为他又意识到，在目下的环境中，在目前的情况下，必须用革命的理智控制自己的感情，而决不能容许自己的感情，去冲动革命的意志；一个真正的革命者，经受一次打击之后，应当是变得更坚强，更刚毅，而不应当是它的反面！梁永生在意识到这些以后，便自然而然地想道："我，作为一个革命的军人，作为一个共产党员，当着烈属老人的面这么办更是不能容许的！"

这种革命者的责任感，压住了他那翻腾的感情。

他又想说几句话，来宽慰宽慰大婶的心。可是，喉头里像堵着一个什么东西，使他连一个字儿也吐不出来。于是，他面对着战友的灵柩，情不自禁地，慢慢地，慢慢地，低下头去。

高大婶站在一旁，望着永生呆呆地愣着。

周围的空气，异常肃穆。

呼呼的北风，呜呜地叫着，沉重地滚过屋顶。

梁永生两眼凝视着，思想在飞转。蓦地，高树青那高大而又英武的形象，在他的眼前晃动起来。接着，永生离开大刀队去升主力时的一段动人情景，又在他那辽阔的脑海里忽忽地闪过去——

那是一个静静的月夜。

去升主力的战士们，已经离开出发地点宁安寨很远很远了，高树青同志还在依依不舍地送着他的战友们。他一边走，一边和正在离去的同志们倾心地谈论着。他们谈得是那么亲热，那么恳切。在临要分手的时候，他又紧紧地握住梁永生的手说：

"永生同志，你再嘱咐我几句吧！"

"该说的都已经说了，再没啥好说的了！"永生虽然先说了这么一句，可他望了望树青同志那热烈期待着的目光以后，还是又继续说下去了，"树青同志啊，我一走，大刀队的领导责任，落到了你的肩上。并且，留给你的斗争任务，是空前艰巨的，空前繁重的。说实话，我很想再多待几天，帮助你熟悉熟悉全队领导工作的情况。可是，整个抗日战争形势发展的需要，不能允许我那样做。现在，我们只好走了。将来有机会时，我一定回来看看你和大刀队上的战友们……"

自从大刀队建立不久，高树青就和梁永生一起工作，一起学习，一起战斗。他们，一起享受过胜仗后的快乐，也曾一起分担过受挫后的痛苦。多少个奇寒盛暑啊，他们你枕着我的胳膊，我枕着他的大腿，顶着一件衣裳睡在漫洼里，睡在破庙中；多少次出生入死的遭遇战啊，他们冒着敌人的炮火，在子弹空里钻，在硝烟浓雾里滚，你掩护着我，我掩护着你，肩并肩地冲出了敌人的重围。当他们两人共同掩埋着阵亡的战友的时候，曾淌着热泪相互倾谈过誓死革命到底的志愿；他们一块儿饿着肚子在漫洼地里露营的时候，还曾畅谈过抗战胜利以后的美妙理想。经过了几年战斗洗礼的高树青，现在尽管完全明白：革命，使我们这些来自五湖四海的同志会合在一起；革命，又常常使我们这些并肩战斗着的战友不得不暂时离开。可是，有一股强烈的留恋感情，还是在紧紧地缠绕着他的心头。因此，他只好强力地克制着自己，喘了一口粗气说：

"永生同志啊，你只管放心吧！过去，我们凭着一颗对党对毛主席的赤胆忠心，从一次又一次的艰难险阻中冲杀过来了，并取得了一次又一次的胜利；今后，无论斗争任务是多么艰巨，也无论斗争环境是多么残酷，我们凭着对党对毛主席的这颗赤胆忠心，也一定能冲杀过去，并用胜利来迎接我们的主力部队打回来！"

梁永生带领着队伍走远了。

当他回头张望时，只见高树青和其他战友们，还依然伫立在原地目送着他们……

梁永生在离开大刀队后的这些日子里，只要一有点闲空儿，就想起他的战友高树青同志，想起大刀队上的其他伙伴们。有时候，他想得入了神，又仿佛觉着高树青和其他同志们，已经来到他的面前，并且轮流着对他说了些什么。可是，今天摆在永生面前的无情的事实是，高树青同志为了民族的解放事业，已经流尽了最后一滴血，献出了宝贵的生命！烈士，光荣的烈士，将他那未实现的志愿、理想，还有那尚未完成的事业，通通地留给了他的同志，留给了还活着的战友们！

"血沃中原肥劲草，寒凝大地发春华。"

高树青同志的一生，是苦难的一生，是战斗的一生。他来到人世时虽然没有多少人知道，可是，而今他的离开人间，却必将唤起许许多多的人投入战斗，也必将促使更多的革命者更加英勇顽强地战斗下去！一个真正的革命战士，当他挺身站立在自己的战友的灵柩之前的时候，他就会不知道什么叫作困难，他就会不知道什么叫作危险，他就会觉着今后党让自己去挑多么重的担子也决不打折扣！

今天的梁永生，一面回忆着这些历历在目的往事，一面噙着热泪注视着战友的灵柩，深深感到自己对党的事业贡献太少了，感到自己过去对战友的关心太差了，又感到胸中有一股怒火正在燃烧，自己肩上的担子也更加沉重了。这些感觉，促使他决心在今后的日子里，把一分钟当一年使用。

就在这时，有一种强大的责任感，正在促使他赶紧了解那些留下来的战友们的下落。可是，他还没有开口，高大婶在那边含着泪花强笑着说：

"永生，怪冷的，愣在那里干啥？快屋里来！"

高大婶说着，将永生拉进屋里，又轻轻地掩上屋门。

梁永生进屋后，就着黄乎乎的灯光，望着这位离别了一年多的高大婶。只见老人的脸上，皱纹更多了，也更深了，一道一道又一道，就像用刀子刻上的一样。而后，他坐在炕沿上抽了几口烟，头脑才逐渐地冷静下来。这时候，高大婶用那颤颤抖抖的手，端着小油灯，在永生的脸上照呀，照呀，一直在照。照了好大晌，说道：

"孩子，我可把你盼回来了！"

她说着，眼里滚下两颗泪珠。

这泪珠中，包含着见到亲人的兴奋，也包含着失去亲人的悲痛！

梁永生面对着这位善良的老人，心被一股阶级同情感笼罩住了。这时，他的理智又在提醒他：革命斗争中的流血牺牲，给活人留下的不应当是消沉、脆弱和苦痛，而应当是仇恨、勇气和力量。并且，要从中吸取经验教训，用以消灭敌人，夺取胜利。永生意识到这些以后，就极力忍住自己内心的悲痛，劝慰高大婶说：

"大婶，打仗嘛，总是要死人的。树青同志为了抗日牺牲了性命，他是我们的好榜样，他是人民的好儿子，他是共产党的好党员，毛主席的好战士！……"

这时梁永生的嘴里尽管这样说着，可是他的心里似乎仍然不能相信他面前的事实——像高树青那样的好同志，他真的能够永远放下肩上的担子，永远离开自己的党和自己的战友吗？

精明的坚强的高大婶，看出了永生的心情和自己同样沉重，她赶紧把那正在往上涌的悲愤感情压下去，将脖颈子挺起来，又来宽慰永生说：

"孩子啊，放心吧，大婶不难过。树青他，是为抗日死的，他死得光彩，死得值呀！"

永生一时找不着一句合适的话，来接上大婶的话尾说下去，屋里沉默起来。大婶说完这些话，再也没话儿了。她愣了老大一阵，才像侍候亲近的病人似的冒出这么一句没头没脑的话来：

"孩子，饿不？"

永生摇摇头说：

"不饿。"

此后，又沉默起来。

过了一会儿，梁永生猛一回头，蓦地看见了睡在炕里头的高小勇，心里一阵激动。这个高树青同志的遗孤高小勇，今年十一岁了。十一岁的孩子，当然还不能理解人生。可是，生活已经开始在熔炼他了。

永生悄悄地凑过去，将小勇伸出被外的小嫩胳膊塞进被窝里，便直瞪着两只父亲般的笑眼仔细地瞅起孩子的面目来。

这时，小勇那红扑扑汗津津的小脸蛋儿上，布满了一层露珠般的细小的汗粒。他那厚墩墩的小嘴唇，紧紧地闭着，显示出一股倔强的神气。永生没见到小勇一年多了，他那虎虎势势的小脑袋长大了不少。现在永生望着高小勇的面孔，仿佛看到了战友高树青的影子，许多往事再次从他的头脑中闪过去。过了一阵，当他忽然发现小勇的枕头底下放着一把木头单刀的时候，他的思绪才从沉思中解脱出来，高兴地问高大婶道：

"脚下，小勇还是那么爱摸刀抚枪的呀？"

"可不是呗！"高大婶一边用笤帚扫着永生脊背上的尘土，一边理着她自己那稀疏的白发，一边向永生说，"自从他爹阵亡以后，小勇这孩子练刀练枪的劲头儿更足了！他还整天价口口声声地嚷着要给他爹报仇哩！"

梁永生听了这些话，心里热滚滚的。他情不自禁地伸过手去，一边轻轻地抚摩着高小勇那毛茸茸的头顶，一边向高大婶说：

"大婶啊，你有一个好儿子，还有这么个好孙子，儿子虽然牺牲了，几年后孙子就又长大了……"

梁永生这句话，使高大婶的眼前立刻出现了两个小勇。一个是个小孩子，拿着一把木头单刀乱舞扎；另一个是条大汉子，一手拿着大砍刀，一手端着匣子枪，正在鬼子群里勇猛冲杀。一会儿，这两个形象渐渐地模糊起来，合为一体了。这时候，高大婶那两只含笑的眼睛，正集中在睡得香甜的小孙子的身上。几年来，特别是儿子牺牲以后，每当有人提起她的孙子，高大婶的脸上就立刻泛起一层笑纹，话也多起来。这时，她笑着向永生说：

"小勇盼你回来，比我还心切哩！他见天都念叨几遍儿，等梁大爷来了，跟他学武术！练好了武术，就去当八路。当上八路，把小鬼子，狗汉奸，全剁成肉酱！"

高大婶絮絮叨叨地说着，又倾下身子，凑到小勇的近前轻声地喊着：

"勇子，勇子！你梁大爷来啦！"

高大婶的意思，是想把小勇喊醒，让他跟永生亲热亲热。可是，奶奶喊一句，小勇吭一声，就是不睁眼。后来，奶奶喊紧了，他梦梦吃吃地撒起娇来，脚也蹬，手也抢，嘴里还有音无字地嘟嘟哝哝。永生望着小勇笑着说：

"大婶，先甭喊他啦！"

"唉，这孩儿，醒着赛只欢虎，一睡着就叫不醒！"高大婶说，"这间叫不醒他，明天又得埋怨我……"

"埋怨你啥？"

"埋怨我不叫醒他呗！"高大婶说，"他要是知道你夜间来了，睁开眼又见不着你，那非得跟我打下天来不行！"

永生笑了。又说：

"以后见面的机会多着了嘛！"

大婶给小勇盖好被子，溜下炕去，将放在炕梢上的火盆端在永生的面前。

火盆已经不旺了。

有的火炭虽然已经熄灭，但是，有的火炭，还在顽强地燃烧着。并且，正在向它周遭儿的劈柴蔓延。一股股的黑黄掺杂的浓烟，突突地冒出来。看来，满盆的火焰很快就要燃起来了。

大婶忙了一阵，盘腿坐在炕上，把村中这一年多来发生的各种各样的事情，一桩桩一件件地跟梁永生学说着。她讲述的事儿，是很平常的。而且是想起什么说什么，想到哪里说到哪里，所以是不系统的，不连贯的。

不过，永生听了这些，却都觉着挺新鲜。

少顷，梁永生用烟袋锅子挑动一下正冒烟的火头桦子，像忽然想起什么似的问大婶道：

"哎，大婶，这些日子，大刀队的同志们……"

永生的话未说完，被高大婶拦腰打断了。她像突然得了什么喜事似的，拍一下巴掌嬉笑着说：

"哎呀呀！你看我，真是老糊涂了！……"

"啥？"

"还有件事忘了告诉你——"大婶说，"小王住在这里！"

"小王？"

"就是锁柱呀！"

梁永生一听高兴起来。他忽地站起身，凑在大婶的近前，眉飞色舞地问道：

"他在哪里？"

"我在这里！"

回答梁永生的声音是从靠北山墙的躺柜里发出来的。话音未落，又听柜盖哐当一声响，锁柱从躺柜里钻出一个头来。

"锁柱！"

"梁队长！"

梁永生和王锁柱两个人的话音，几乎是同时发出来的。

锁柱一纵身子跳出柜来。

永生扑上前去扳住了他的两只肩膀。

这时，锁柱给永生的第一个感觉，仿佛是对他既熟悉又生疏。因为他瞅着锁柱那仍有些孩子气的脸，和一年多以前比起来，已经明显地成熟多了。

小锁柱，有一副俊俏的面孔，还有一对火爆的眼睛。用一些熟悉他的房东老大娘的话说："锁柱这小伙儿，要是脊梁后头再背上一条大辫子，活是一个漂漂亮亮的大姑娘。"锁柱的生活作风，一向是要求自己很严格的。他自从参军入伍以后，无论在什么情况下，衣帽都是整整齐齐，腰里的皮带扎得紧绷绷的。现在永生见锁柱依然不失常规，身子挺得直峥峥的，心里挺高兴。可能是由于他失血过多的缘故吧，他的脸色比原先黄一些了。这时永生正想跟锁柱说些什么，可还没有开口，只见小锁柱一头扎在他的怀里，就像个受了屈的孩子突然见到了久别的母亲那样，伏在梁永生的胸前呜呜地哭了起来。并且越哭越痛，直哭得身子一抽一抽的，继而又有些轻微的颤抖。

是啊！他们这对同命相连的战友，过去一起受过苦，一起受过难，一起血战过白眼狼；抗战以来，在敌人一次又一次的"拉网式"的"大扫荡"中，他们一块儿冲，一块儿杀。锁柱常跟人说："是梁队长看着我长大的。"几年来，锁柱跟梁永生说话，向来是不加思考，不加修饰，心里是怎么想的，嘴里就怎么说。在梁永生的心目中，包括锁柱在内的这些生龙活虎的战士们，是自己的亲兄弟，也是自己的孩子们。在表面上，他像对待自己的小弟弟那样对待他们；从内心里，他又像老母亲疼爱自己的孩子那样待承他们。

现在梁永生见到小锁柱这股孩子式的纯真的表情，就用他那粗大的手掌摸着锁柱的头顶，亲昵地说：

"看，这么大了，怎么还像个不懂事的小孩儿一样呀，来不来的就哭鼻子，不怕人家笑话你？快起来，啊？"

梁永生嘴里这么说着，心中也压抑不住战友重逢的激动感情，自己的眼圈儿也红润起来。

沉静了一霎儿。梁永生像突然想起了什么，又向锁柱说："锁柱，忘啦？干革命，需要什么、不需要什么呀？"他这一句，将锁柱的哭泣立刻止住了。原来是，在永生去升主力之前，曾跟锁柱说过这样的话："干革命，需要汗，需要血，就是不需要眼泪！"如今看来，锁柱还记着这句话。接着，梁永生从衣袋里掏出一支挺漂亮的钢笔，举在小锁柱的眼前，轻轻地摇晃着：

"哎，锁柱，你瞧，这是啥呀！"

多少年来，锁柱最喜欢两样东西：一是枪，二是笔。现在，他仰起脸来，一瞅，见永生手里拿着一支钢笔，心里立刻乐了，一把夺了过去。他拿在手中摆弄着瞅了一阵儿，扑闪着两只泪眼笑乎乎地问道：

"嘿！真好！队长，谁的呀？"

"谁的？你的呗！"

"我的？"

"怎么？不想要？"

"哪来的？"

"人家托我给你捎来的。"

"谁？"

"你猜猜——"

小锁柱真扑闪着大眼想开了。梁永生没等他想出来，就说：

"给你捎钢笔的，是县委的一位领导同志……"

"噢！我知道了！"

"你知道个啥？"

"准是县委书记方延彬同志——对了呗？"

"你听说啦？"

"没价！"

"咋知道的？"

"揣摸的嘛！"

永生笑了。他拍拍锁柱的肩膀说：

"怪不得人们叫你'王揣摸'，还真是'名不虚传'哩！"

小锁柱一想到老方，就觉着有股暖流串遍全身。

这时，他乐得连脖颈子里都有笑纹了：

"老方是俺老师嘛，当然能揣摸出来了！"

"老师？"

"可不是呗！"

"噢！想起来了！"这时，一段往事在梁永生的头脑中跳出来——

那是好几年前的事了。

方延彬为养枪伤，在锁柱家住过一些日子。那时间，锁柱还没参军，在村里正当民兵。当时，老方见他不认字，有时为了工作难得哭，就说：

"锁柱，你该学文化呀！"

锁柱问：

"咋学？"

老方说：

"一个字一个字地学呀！"

锁柱没信心：

"不上学认老师，光凭戳手指头，零零碎碎地认几个字，就能摘掉'文盲'帽子？"

老方鼓励他说：

"能！你只要肯戗劲，准能行啊！"

他见空说不能使锁柱信服，便又讲起他自己学文化的过程：

"锁柱啊，我，原先是个挖煤的，没进过一天书房门儿！你看，如今不已经不是'文盲'了吗？那顶'文盲'帽子，就是加入了部队以后，靠同志们'戳'手指头'戳'掉的！"

事实最有说服力。锁柱说：

"那么说，我就认你个戳手指头的老师吧？"

老方欣然应诺：

"好！我就过过'老师瘾'！"

从那天起，锁柱就跟着老方学识字。

他先学会了"共产党领导我们抗日"，又学会了"毛主席是咱穷人的大救星"……就这样，越学越多，越练越熟，只几个月，聪明伶俐又肯用功的小锁柱，就能认能写一千多字了。

方延彬养好了伤，离开锁柱家以后，锁柱又认了许多"叔伯老师"，继续学文化。等到小锁柱参加大刀队的时候，这个从未进过学堂门儿的穷孩子，不仅懂了许多革命道理，而且已经具有能识两三千字的文化水平了。

锁柱参军后，对学习依然抓得很紧。绳锯木头断，水滴石头穿。到目下，他已经成为大刀队上公认的"文人"了。主力部队在运动战过程中到这一带来的时候，小锁柱又曾和他的老师方延彬同志见过几回面儿。老方每次见到他，还是继续教育他，鼓励他，并许下将来给他搞到一支钢笔。

这个钢笔的问题，给锁柱留下了很深的印象。

今天，他听说老方真的给他捎来了钢笔，所以乐得个里外都是笑纹，坐也坐不稳了。

梁永生见锁柱这股高兴劲儿，就鼓励他说：

"锁柱啊，我听县委书记说，这支钢笔，是一位共产党员，在英勇就义之前，作为他最后的一次党费交给县委的。现在，县委把它发给你，你可要好好利用这支笔，充分发挥它的作用啊！"

锁柱将钢笔攥在手里，深情地瞅了多时。

这当儿，经梁永生这么一说，他仿佛觉着这笔的分量立刻增加了不知多少倍。过了一阵，他向他的领导人梁永生郑重地说：

"梁队长，我记住了！"

他俩说话的当儿，掩藏八路军游击战士富有经验的高大婶，并没注意永生和锁柱交谈的情景，甚至也没听见他们谈了些什么。

她在干啥哩？

她悄悄地坐在梁永生的身旁，扯起永生那被酸枣棵挂破了的衣襟，一针一针地缝着。她缝得是那么仔细，那么认真。

永生说：

"破衣烂裳的，缝上两针算啦，甭这么费劲！"

大婶说：

"你说你的，甭管俺这事！"

她说罢，还是照样认真，一丝不苟。

目下看高大婶的表情，使人感到仿佛她就像正在打发自己的儿子到千里之外去那样，一定要把这针针线线缝得结结实实的。

这时，从小失去母亲的梁永生，心里荡漾着十分激动的感情。

高大婶在给永生缝衣服的同时，将自己的注意力全都集中到了耳朵上，全神贯注地倾听着外边的动静。在这段时间里，不论有个风吹草动，还是有个鸡啼狗咬，都要引起这位老人的极度注意。

这时，有只灰色的小老鼠儿，从墙旮旯儿的黑窟窿里悄悄地钻出来，簌簌地跑到这儿，又簌簌地跑到那儿，毫不避人地用鼻子各处嗅着。

咚咚咚！

咚咚咚！

一阵阵的敲门声，突然传进高大婶的耳朵。

她一面在那白花花的头发上磨着针，一面提醒永生和锁柱说：

"你们听！"

永生和锁柱的谈话停下了。

屋里静下来。

用皮鞋踹门板的响声，又在西边隐隐约约地响着。

梁永生用期待的目光盯着高大婶。高大婶告诉他：

"狗汉奸们又来查户口了！"

"怎么办？"

"你们藏一藏吧！"大婶说罢，用嘴咬断了线头儿，将钢针插在那个很小很小的鬈髻上，又一边用手指甲平顺着才缝的衣缝一边说，"我来对付那些杂种！"

小锁柱满不在乎地说：

"甭忙！"

"咋甭忙？"

"听这响声，还远着呐！"

高大婶用食指轻点着锁柱的脑门儿，说：

"你呀你呀！净叫我老婆子着急！"

锁柱望着高大婶，嘿嘿地憨笑，没再吱声。

"好。听大婶的。"永生说，"可是，往哪藏呢？"

锁柱下了炕，掀开柜盖，向永生说：

"梁队长，来，进吧！"

永生望望卧柜，笑道：

"咱俩都往这里头钻？"

"对！"

"等着挨打呀？"

锁柱说：

"咦？你不知道？这柜里有门道！"

永生迟疑了一下。

大婶插嘴道：

"柜后头，是个夹壁墙。"

锁柱补充说：

"夹壁墙的暗门儿，就在柜里头。"

梁永生来到卧柜近前，站在锁柱的脊梁后头，从锁柱的肩上探过头去，一瞅，只见靠后山墙的卧柜板子抽开了两片，墙壁上有个刚够钻进人去的洞口露了出来。锁柱指点着洞口向永生解释说：

"队长，你看！咱们钻进去以后，再把柜板插上，还像个完整的好柜一样。敌人就是打开柜盖，也保他看不出破绽来……"

永生一看，服了，点头道：

"不错不错！"

稍一沉。他又问：

"你们从啥时候搞了这么一套？"

锁柱得意地笑了。他说：

"自从咱们的主力部队转移以后，敌人从好几个地方集中了大量兵力，对这一带一连气来了好几次'强化治安'！我们的环境越来越恶劣，斗争越来越复杂，形势越来越紧张。当然这是暂时的。可是，暂时不搞这一套，就站不住脚……"

永生拍一下锁柱的肩膀说：

"你不光能'揣摸'，还挺能'琢磨'哩！"

他这一句，说得锁柱的脸涨红起来。

咚咚咚！

咚咚咚！

外边的踹门声，越响越近了。

高大婶以催促的语气再次提醒他们：

"你俩怎么还没松没紧地逗哏呀！听这响动，查户口的杂种们，已经进了咱这条胡同，再查三五户，就来到咱这门口上了！"

锁柱见高大婶越说越着急，忙笑笑说：

"好。不说啦。这就进。"

他接着朝柜一指：

"队长，你先进！"

"不！"

"咋？"

"我不懂'门道'呀！"永生向锁柱说，"你先进！"

"不行啊！"锁柱说，"我还得做善后处理呢！"

永生笑了：

"唔哈！你这故事还真不少哩！"

他说罢，钻进洞去。

随后，锁柱也钻进去了。

高大婶一边盖柜盖，一边叮嘱着：

"你们可要留心我的暗号儿呀！唵？听了不？……你们可别亲不够光顾说话呀！听了不？唵？……"

她一遍又一遍地说着，直到听见锁柱笑吟吟地"嗯"了一声，这才住了口。随后，她噗地一口吹灭了灯，又将挡在窗户上的棉被扯下来，便盘腿坐在窗前，像那打发孩子睡了觉时的心情一样，觉着踏实多了。

这时，她听见夹壁墙里传出喊喊喳喳的说话声，心里着急地自语道："这些孩子们，总是大大乎乎的……"

其实，他们并不是大乎。因为洞中很黑，梁永生头一回进去，摸不着头脑，小锁柱正在指点他：

"队长，往左拐。右边是'仓库'，左边是'卧室'！"

永生含着笑意说：

"哟！还挺复杂喃！"

夹壁墙里，黑魆魆的，举手不见五指。

战争生活，使梁永生养成一种敏锐的感觉。这种感觉，在黑暗中常常能代替眼睛。现在，他用手向四外摸了摸，发现这个夹壁墙内只有一庹多宽。地上铺着干草。草上铺着苇席。席上还有一张狗皮。

一些衣服和被褥，全都堆在一个角上。

他摸了一阵，心里说："虽说这个地界儿不大，还倒满舒服哩！"

这一阵，锁柱一直没进来。

他在干啥哩？

永生闹不清。

洞口上，时而发出轻微的响声。锁柱正蹲在那里堵洞口吧？永生说：

"洞口这么难堵？"

锁柱说：

"洞口倒不难堵。"

永生问：

"那你蹲在那里干啥？"

锁柱说：

"我在布置'卫兵'！"

永生不懂：

"啥'卫兵'？"

锁柱解释说：

"我在柜板和墙皮之间，弄上一个手榴弹。手榴弹的拉火索，挂在柜板的一个钉子上。这么一捣鼓，敌人不抽动这块柜板算他命大，他要是一动这块板，保准叫他上西天……"

梁永生对这个安排很满意。他说：

"锁柱，你这个小家伙也学刁了！你琢磨的这套玩意儿，等于用马蹄刀在瓢里切瓜，滴水不漏哇！"

"嘿嘿。我这个刁，是叫敌人逼出来的！"锁柱带着自豪的语气说，"敌人，弯弯道道地琢磨咱，咱咋办？也得想着法地对付它呗！"

他堵完洞口，往左一拐，凑到永生近前，又问：

"队长，前些日子，我们打了一次遭遇战，牺牲了一些同志，你听说了吗？"

梁永生说：

"我多少知道一些情况。那是我来这里以前，县委书记方延彬同志告诉我的。不过，我很想知道一些更详细的情况。你如果知道，就跟我说说。"

"好吧！"

随后，锁柱向永生讲了这样一些情况——

自从梁永生带着一部分战士升入主力后，一年多来，大刀队又打了许多胜仗。后来，敌人纠集了大量兵力，来了个"拉网合围"。这个"拉网合围"，一家伙搞了好几十天。开头，我们很主动——一面牵着敌人的鼻子转圈圈，一面神出鬼没地敲打它，一连打了好几次很漂亮的伏击战。后来，不知敌人怎么掌握了我们的情况，我们开始被动起来。有一回，我们的大刀队，被敌人追得一天一夜没站住脚。

当时，代理大刀队队长职务的高树青同志，觉着这样跑下去，最后势必被左右堵击的敌人围住。于是，他作出一个决定：让分队长杨长岭同志，带领着一部分战士，不惜一切代价阻击住尾追的敌人，以掩护由梁志勇和赵生水分别带领的两个小分队迅速撤退，甩开敌人。

杨长岭同志接受任务后，便和那几位战士一起，依靠交通沟的有利地形，硬是把二百多尾追的敌人给堵住了。使得敌人半天的时间，未能前进一步。可是，当他们胜利完成了阻击任务以后，再想撤时，已经撤不下来了。

敌人冲上来了。这时，杨长岭和他的战友们，子弹都已打光。面对这种情况，他们抽出大刀，和敌人的刺刀展开了白刃战。一场恶战，直杀得敌人狼嗥鬼叫，尸横遍野。可是，最后，我们那位英勇的杨长岭同志壮烈牺牲了，那几位战士，也大都牺牲了！

小锁柱带着悲痛和仇恨，一气说到这里，突然哽噎住了。

梁永生只顾抽烟没有吭声。

沉寂了一会儿。锁柱喘了口粗气又接着说：

"听说，只有一个人没有牺牲——"

"谁？"

"余山怀。"

余山怀，就是杨翠花的那个表哥。他在杨柳青的"福聚旅馆"被炮火击毁，一年前跑到这一带来，找着八路军的大刀队，一迭声地要求参加抗日。在当时，大刀队的党支部，虽然对他入伍的动机有所怀疑，可是没什么可靠的凭证，又为了团结这类人抗日，就收下了他。现在，锁柱一提到这个人，便立刻引起了永生的注意。他向锁柱问了问余山怀来时的情况，又说：

"为啥偏偏他一个人没有牺牲？"

"搞不清！"

"他没牺牲又怎么样了？"

"当俘虏了呗！"

"他被俘以后呢？"

"没听到消息！"

他俩的对话进行到这里断了弦。

梁永生深深地陷入沉思中。他在想："敌人为啥能很快掌握了我们大刀队的活动情况？为啥又偏偏唯独余山怀一个人没有牺牲？他会不会……"

斗争形势，在梁永生回到这里的第一天，就以一种示威的态势，向这位共产党员表明了它的复杂性和残酷性。可是，久经斗争考验的、从来和怯懦绝缘的梁永生同志，面对着这一下子朝他扑过来的，而且是变化了的斗争形势，依然是充满了胜利的信心。不过，时间不容许他马上作出全面的考虑。因此，他又急切地问下去：

"撤走的那两个分队怎么样了？"

"那两个分队，是两种情况——"

"哪两种情况？"

"志勇带领的那个分队，胜利地甩开了敌人。"锁柱说，"赵生水带领的那个分队，也就是我所在的那个分队，刚刚甩开这股敌人，又被另一股敌人围住了。这个分队，本来人就不多，经过一场激战后，又被敌人打散了头，指导员徐志武同志也负了伤！"

指导员徐志武，是梁永生的老战友。现在锁柱一提到他，自然又勾起了梁永生的怀念心情。其实，指导员已经牺牲的消息，县委早已告诉永生了。可是，他到底是怎么牺牲的，连县委也还没搞清楚。因此，现在永生又问锁柱道：

"在当时，指导员跟着你们这个分队活动？"

锁柱说：

"对啦！因为赵生水同志身体不大好，指导员不放心，所以从你走了以后，每当各个小分队分头活动的时候，指导员总是和老赵同志在一起……"

"他是怎么牺牲的？"

锁柱听了听外边的动静，又说：

"在他负伤的时候，队伍已被敌人冲散了。当时，在他身边的，只有两个人，一个是我，另一个是……"

锁柱正说着，忽然响了三下敲柜声：

"嘚嘚嘚！"

永生闹不清是怎么回事，用肘子捣了锁柱一下。

锁柱收住了话头，又小声告诉永生：

"这是高大娘发给咱的暗号——查户口的来了！"

不一会儿，传来了踹角门儿的声音。

这时，他俩都不约而同地把枪握在手中，屏住呼吸，静静地听着洞外的动静。

嘭嘭嘭！

嘭嘭嘭！

踹门声一阵阵地响着。

高大婶悄声骂道：

"狗杂种！"

随后，高大婶的脚步声，由近而远，由大渐小，走出房门去了。

一会儿。

哐当当！

门开了。

天井里又响起咔嚓咔嚓的皮鞋声。与此同时，一个粗野的男人声音，喝唬道：

"老家伙！开门咋这么磨蹭？我以为你死绝了呢！"

"老了，耳朵背了！"高大婶说，"别说隔着这么远有人叫门，有时候，耗子就在耳边叫唤，俺也常常听不大清楚……"

那个粗野的家伙，又骂骂咧咧地放了一阵驴子屁，继而，便是下面这样一段对话：

"老家伙！几口人？"

"你们一天来八趟，问多少遍也是那些人！"

"你的孙子呢？"

"在炕上睡觉哩！"

"今夜你家来过人吗？"

"来过！"

"在哪里？"

"你们这不来了？"

"老家伙！老实点！"

"这不是老实话吗？除了你们，谁还半夜三更串门子？……"

"住口！"

稍停。还是那个粗野的声音：

"有八路不？"

大婶的声音：

"八路？"

"对！"

"有！"

"有？"

"有！！"

大婶的"有"字尚未落地，就听见吱嘎吱嘎的皮鞋声乱响了一阵。显然，这是那些查户口的家伙们，被高大婶的一个"有"字全吓慌了！

一霎儿。大婶又说：

"八路，不是在灵堂里明摆着吗？还问啥？"

那个粗野的家伙狂叫道：

"你这个八路婆子！还不老实，找死吗？"

突然，一个唯唯诺诺的男声插进来：

"嘿嘿，老总，别生气。她，自从死了儿子，精神总是不大正常……嘿嘿。"

这时，锁柱把嘴贴在永生的耳朵上说：

"说话的这个，是两面村长。这老小子，专爱攀高结贵，是把拍马屁的好手！只要是用得着的人，他可以亲人家的屁股！他的名字叫……"

永生戳了锁柱一把，意思是不让他再说了。

为啥不让他再说了？

这有两方面的原因——

一是，梁永生觉着现在不是说这个的时候。二是，永生也已经听出来了，这个油嘴呱嗒舌地打圆盘的人，是他的"表姑爷"。哪来的个"表姑爷"呢？就是三十年前，梁永生一家逃难来到坊子时，他怕受连累，不敢收留永生一家的那个老滑头。

他叫迟保录。

"七七"事变后，迟保录当上了两面村长。

在梁永生去升主力前，曾跟他打过几次交道。

现在，永生心里回想着过去和两面村长打交道的情景，两面村长那种酸帮辣气的样子，便蓦地出现在他的眼前：他穿着一件虾青色的大襟长袖的古式袍子，外边罩着个黑直贡呢马褂儿。腿腕儿上绑着一副黑市布腿带，头上戴着个缎帽垫儿，帽垫儿上安着一枚珐琅瓷的顶子。

梁永生正然想着，又听见那个粗野的家伙说：

"老家伙！你这个死八路怎么还不埋？摆在这里当摆设呀？真是岂有此理！"

大婶没作声。

迟保录插嘴道：

"老总，我已经催她好几回了。可她，总是想儿，舍不得埋！"

"不埋不行！"

"是，是！老总，你只管放心，我这就叫她埋，这就叫她埋！"

这里，咔嚓咔嚓的皮鞋声，越来越近地响着。又听迟保录说：

"老总，你可别进屋呀！"

"咋？"

"屋里搪着死人哩！"

"活人还怕死人？"

"不，不是那个意思——我是怕冲了你的官运呀！……还是我替你们进屋去看看吧！"

此后，再没听见那个粗野的声音。

只听见，一阵蹀嚓蹀嚓的脚步声，由远而近，进了屋子。

过了一会儿，脚步声又由近而远，出屋去了。

接着，又听迟保录说：

"老总，我把屋里旮旮旯旯儿都看了一遍，只有她的小孙子在炕上睡觉，别的啥也没有！……老总，咱走吧！她这里没啥油水，这你们早就知道。咱赶快查完了户口，好上办公处里喝酒去呀！……"

下边，又是一阵咔嚓咔嚓的皮鞋声，还夹杂着蹀嚓蹀嚓的脚步声，渐渐远去——查户口的滚蛋了！

高大婶闩上门，回到屋，一面怒气未消地骂着狗汉奸，一面又敲了几下柜板。

这是"警报解除"的讯号。

讯号传进洞中。洞中又接上了话弦。不过，这话弦，是经过一个短暂的沉默之后才接上的。因为方才这段意外的干扰，闹得永生和锁柱把原来话题的茬口儿给忘了！永生静静地思索了一阵，才接上话头向锁柱问道：

"指导员负伤后怎么样了？"

锁柱说：

"高树青同志命令我：'背上指导员继续撤退！我来掩护你们！'"

永生问：

"高树青同志也在场？"

锁柱说：

"对！我方才不是说还有一位同志吗？那位同志，就是高队长！我们正在通过一个交通沟不相衔接的地段，突然，敌人的一梭子机枪子弹扫过来，指导员再次中弹，牺牲在我的肩背上，我也挂了彩！"

永生道：

"情况真危急呀！"

锁柱说：

"是啊！在这危急关头，高队长将我从血泊中背起来，又继续猛跑！光是一路子跑，当然是危险的。如果是打一阵跑一阵，显然要比光跑好得多。不过，当时我们的子弹已经打光了，不跑又有什么办法呢？后来，当我们跑到于庄村头的时候，敌人的一颗炮弹打过来。高队长一看不好，立刻将我扔在地上，他又转身趴在我的身上。接着，炮弹轰的一声响，高队长他，他牺牲了！……"

锁柱说到这里抽噎起来。

他一抽一噎地又接着说：

"在我的生命万分危急的时刻，志勇领着他的小分队，在大虎带领的民兵配合下，赶来接应我们了……"

锁柱这一席话，闹得梁永生的心里很不平静，并使他渐渐地陷入了沉思——

在梁永生刚参军不久的时候，每当见到自己的战友牺牲了，只知道悲痛，只知道难过！……

当然，还知道要为死去的战友报仇！

当时的永生，虽然已经受到党的一些教育，可是，由于缺乏实际经历的东西，因而还不能一下子就理解抗日战争的全部意义，从而也就不能对为抗战而牺牲这件事有深刻的认识！那时候，他只知道，侵略者打进中国来了，中国人要想不当亡国奴，就得拿起刀枪来抵抗，把敌人消灭掉，或者赶出去！

在那个时候，他还不能懂得，有些平凡的受苦人，将在反侵略的战火中锻炼成不平凡的英雄。他也还来不及体验到，一个人走在革命斗争的道路上，是要冲破无数艰苦困难前进的。他更想不到，有些人，为了赢得战争的胜利献出了生命，其代价，并不仅仅是消灭了几个敌人，而是还为活着的人们，创造了极为可贵的精神财富。

在战争的历程中，党使梁永生懂得了，对一个革命战士来说，困难是教科书，斗争是基础课；在经历了一次又一次的战火之后，保存下来的同志，不单单是保存了原有的战斗力量，而是为最后的胜利，又增添了新的力量。因为这些同志，比战前更坚强，更英勇，更纯正，更高尚了。同时，永生还进一步认识到：英勇顽强、可歌可泣的正义战争，还教训了我们的敌人，使他们从我们不怕牺牲的英勇斗争中可以看到，中国人民的心是红的，血是热的，骨头是比他们的钢铁还要硬的！

永生曾这样想过：当野兽们看到我们的战士从容对敌为国捐躯的时候，他们怎能不胆战心惊？当他们发现我们的一个战士倒下去而千万个战士站起来的时候，他们又怎能不感到自己的末日来临？

今天，梁永生用现身说法讲述了这些道理，直讲得小锁柱那股悲痛情绪云消雾散，一股新生的力量在他的心头聚集起来。当他听见小锁柱的拳头攥得嘎巴嘎巴响的时候，才又转了话题说：

"锁柱啊，咱们的大刀队，在咱毛主席领导的全国抗日武装当中，只不过是大海里的一滴水。咱们的大刀队，虽然暂时受到一点挫折，可是，从整个抗日战争的战局来看，我们在这段时间里，又取得了很大的胜利……"

锁柱一听这个，立刻长了精神：

"咱们又取得了哪些胜利？"

他稍一停顿，又说：

"这些日子，我藏在这个墙洞里养伤，外头的情况，啥也不知道，简直成了聋子、瞎子，快把我活活闷死了！"

"好吧！我跟你说说——"永生说，"今年七月间，我们八路军、新四军总部，公布了抗战第五周年的战果——"

"消灭敌人多少？"

"一年来，毙伤俘日伪军总共十三万多！另外，还有一些日伪军投诚、反正……"

"喔！真不少哇！"

"从那以后，敌人对我们共产党领导的各个解放区，又进行了多次大规模的'扫荡'和'围攻'——"

"情况怎么样？"

"他们集中了一万多人的兵力，围攻我冀东抗日根据地；同时还集中了另外的一万多人，围攻我晋察冀边区；另外，还有一些敌人，围攻我其他抗日根据地……"

"结果怎么样？"

"所有这些'扫荡'和'围攻'，通通被我党领导的抗日军民很快粉碎了，并且，还杀伤了敌人大量的有生力量！"

"好！"

"还击毙了一个日寇少将指挥官！"

"真好！"

"在这期间，敌人还集中了大量兵力，在我山东解放区各地进行反扑'扫荡'！这些敌军，也同样受到了我抗日军民的沉重打击！"永生以结束谈话的语气说，"到目下说话，他们那种妄想把我们一网打尽的阴谋诡计，已宣告破产了！"

小锁柱听了这些胜利消息，像吃了开心丸一样，心情更加振奋起来。接着，他趁梁永生抽烟的当儿，又问：

"队长，咱本县的情况怎么样？"

"咱县，和全区、全国一样，也是大好形势！"永生说，"我从县委到这里来之前，县委方书记告诉我：这段时间里，各区的人民抗日武装，和各地的民兵相互配合，协同作战，连续出击，进行反'扫荡'，战果辉煌！"

"消灭多少敌人？"

"仅最近一个月，就报销了敌人三百多！"

"真不少！"

"在一部分主力部队、地方武装、民兵武装的紧密配合下，只临河镇一仗，就干掉了敌军的一个囫囵连！"

"嘿！真棒！"

梁永生说：

"县委讲，这些战绩，也有咱大刀队的功劳！"

锁柱懊丧地说：

"得啦！别说这个！"

"咋？"

"一说这个我活躁死！"

"躁啥？"

"人家都打胜仗，俺们打了败仗……"

"这话错了！"梁永生说，"从我们走后，大刀队的人员减少了四分之一。可是，你们在人民群众的有力配合下，将全县敌军的将近一半兵力陷在这里，这就大大减轻了其他地方的兄弟部队的压力，并为临河之役制造了有利的战机，这怎能说没有你们的功劳呢？……"

接着，他们又谈起了这个地区的斗争形势。

"当前这一带的斗争形势相当困难呀！"锁柱说，"队长，你看了吧——高树青同志牺牲后，高大娘为了掩护我在这里养伤，直到今天还没给烈士出殡啊！……"

"锁柱，县委已经向我们指出：像今天这样的艰苦环境，还要持续一个时期，要我们有充分的思想准备。"永生把语气一转又说，"不过，云再高，它总在太阳底下！"

锁柱说：

"队长放心。对于最后胜利，我是有信心的！"

永生说："那好！"

一会儿，锁柱又问：

"哎，老梁同志，你这回回来，担任啥？"

梁永生说:"原先干啥还干啥。"

小锁柱说:"还是大刀队队长?"

梁永生说:"对!"

小锁柱问:"谁当指导员呢?"

梁永生说:"我曾要求县委派个人来,担任指导员的职务,以加强咱大刀队的领导力量。可是,方书记说,目前干部不好安排,暂时还派不出人来……"

锁柱说:"那么说,就由你先兼着了?"

他见永生迟迟未答,又说:

"队长!担吧,担吧!党员嘛,党给一千就担一千,党给一万就担一万;党让你担的担子越多,说明党的事业越需要你……"

"锁柱啊,你知道我的根底;由我来挑这两副担子,尽管是暂时的,可也真够呛呀!"梁永生停顿一下又说,"锁柱呀,咱们是老战友了,往后儿,你还得多多地帮助我哩!"

小锁柱不好意思地说:

"我是个小孩子,懂个啥?"

"可不能这么说!有志不在年高。后生的胡子比先生的眉毛长。年轻的就准不如年老的?我看不一定!"梁永生抽了口烟说,"好在县委给咱们大刀队又建立了一个新的支委会,今后的领导担子,就靠咱们大家同心协力共同挑呗!"

锁柱高兴地问:

"建了新的支委会啦?"

"对!"

"可好!"锁柱又问,"几个人组成?"

"五个人。"

"都是谁们?"

梁永生习惯地扳着指头说:

"原来的支部领导成员有:梁志勇,高荣馨……"

"高荣馨?"

"对!"梁永生说,"荣馨同志虽然年龄大一些,可是我们大刀队……"

"老高牺牲了!"

"你说的是高荣馨?"

"嗯！"

小锁柱的回答虽然仅有一个字，可是，在梁永生的感觉中，这一个字足有千斤重！这时，梁永生的心情，由吃惊又转化成悲痛！继而，又由悲痛转化为对敌人的气愤和仇恨！

在梁永生的感情急剧变化的同时，许多难忘的往事同时闪现在他的脑际。这其中，有高荣芳将永生一家安排进高荣馨的住宅的情景，有高荣馨一家在"九一八"以后逃回老家的情景，有高荣馨参军的情景，入党的情景，以及那许许多多梁永生和高荣馨并肩战斗的情景，当然还有在梁永生去升主力时和高荣馨同志分手告别的情景……

这一切，和荣馨同志牺牲的消息搅在一起，使得梁永生心潮汹涌，血浪翻腾，久久不能平静！沉寂了半晌，他才强力抑制住自己的感情，平平静静地说：

"在确定支部领导成员时，县委还不了解这个情况。"

锁柱问永生：

"你当然得参加支委会吧？"

"参加。"

"我揣摸着这回建支得吸收赵生水同志参加领导……"

"你是怎么揣摸的？"

"他自从参军以后，杀敌勇敢，连立战功；入党后，学习又上了紧摞子，思想水平提高很快！"小锁柱说，"特别是在工作能力方面，他现在已经能够独当一面了……"

小锁柱的话弦长。据说，要是济着他扯，他一个话头儿能扯两天。这话是梁志勇给他形容的，也许有些夸张。可是，他和梁永生算是对把了——永生听人说话，耐性特别大；如果不是在特殊情况下，对方扯到哪里他听到哪里，扯到多咱他听到多咱，从不腻烦，更不插言截舌。这话，是县委书记方延彬讲的，据说没有夸张。就说现在吧，直到小锁柱把他揣摸的依据说尽了，转而问他：

"我揣摸得对不？"

他这才一笑道：

"一百分儿！"

"这总共是四个人了——"一向是打破砂锅墨（问）到底的锁柱又追下去，"那一位是谁？"

永生笑道：

"你不是会揣摸吗？"

锁柱也笑了。他想了一阵，说：

"炮筒子孟春海？"

"他入党啦？"

永生这一反问，锁柱哧地笑了。他带着检查、校正兼而有之的口吻说：

"我大脑没把关，说冒了——他入倒是入了，可还没转正！"

锁柱说到这里，继而又问：

"是不是王海生？"

"你说小胖子？"梁永生说，"在我离开大刀队时，他和现在炮筒子的情况相仿——虽已入党，还没转正……"

"他现在倒是已经转正了。"

"这么说，算你五十分儿！"

"五十分儿是啥意思？"

"算你揣摸对了一半儿呗！"

"对就是对，不对就是不对，怎么又有'算'又有'一半'呢？"

"小胖子是个好青年，是革命队伍中的一棵好苗子。像他这样的年轻人，应当吸收进领导班子。一个领导班子里，如果没有一定比数的青年人，就往往缺乏生气，更重要的是，还需要多培养一些青年领导干部。你是不是这么考虑的？对！这说明你揣猜的依据是对的，所以给你打了五十分儿——算你对了一半儿！"梁永生说，"不过，具体对象你没揣摸对——这次建支没把他吸收为支部委员。"

此后，小锁柱边想边说，又先后提出了好几个名字，结果又都被梁永生给否定了。这时，闹得他的心里很纳闷儿，也很冒火。说真的，小锁柱所以被人称为"王揣摸"，就是因为他能"揣摸事儿"，而且是一"揣摸"就十有九准。因此，他现在不禁惭愧地想道："我和战友们经常生活在一起，战斗在一起，过去还满以为自己对同志们是了解得很清楚的，如今看来，真是太差劲了！"埋怨自己差劲有什么用？于是，他干脆以央求的口吻问道：

"梁队长，这回我算认输了！你给我划个零分儿，告诉我吧——那一位到底是谁？"

"那一位就是那个先'一百'，后'五十'，最后得了'零分儿'的同志！"

永生说得这么幽默，在通常情况下，准会引出锁柱的笑意。可是今儿个，锁柱不仅毫无笑意，而是心里一震，惊韵满腔：

"我？"

"对！"

"这哪行？"

"咋不行？"

"我挑不动这副担子呀！"

"你要觉着'挑不动'，那你就是'不想挑'！"梁永生说，"革命担子，要拣重的挑嘛！"

这时，小锁柱像忽然想到了什么，他先扳着指头算了一下，而后以疑问的口气说：

"这次建支，高树青同志——"

永生听出了锁柱的意思，他接过话头说：

"县委原来的计划是，我到任后，调他到县大队去，所以这次建支没建上他……"

沉默。

过了一霎儿，锁柱又说：

"将来找到梁志勇，找到赵生水，再找到咱大刀队上的其他同志们，那就好办了！"

梁永生就势转了话题：

"最近你跟他们联系过吗？"

"十天前，梁志勇同志曾派了小胖子和炮筒子来看过我。可是，他俩在这儿只待了抽袋烟的工夫就走了。他们说，目下外边的斗争形势很复杂，环境很恶劣，志勇要他们早点回去。还说，如今我们的队伍一天不知转移多少地点，怕是回去晚了，队伍一转移，就不好接头了！"锁柱说，"他俩临走时，将志勇让他们捎来的一本毛主席写的书——《论持久战》留给了我……"

"以后再没接过头？"

"没有。一晃十来天了，队伍上再没来人！"小锁柱说，"在目前的情况下，十来天，形势的变化该是多大呀！因此，我很不放心，总想出去找找同志们……"

他们说话间，外头鸡叫了。

梁永生沉乎一阵儿，又问：

"他们好找不好找？"

机灵的锁柱，显然知道永生问这话的意思，于是便说：

"队长要想找他们的话，我跟你去！"

"你去？"

"我去！"

"你不是正在养伤吗？"

"伤？早就用不着再养了！"锁柱说，"可是，高大娘就是不放我出去！"他口气一转又说，"梁队长，你一来，正是个碴口儿，快替我求求情吧！"锁柱怕永生不肯应这个差，又在用话唤起他的同情，"队长，让我跟你出去跑蹚跑蹚，也好活动活动筋骨散散心呀！要不，老让我蜷偎在这里头，简直快把我活活地憋闷死了！"

梁永生思忖了片刻：

"好吧！你既然托我，我就试试看。"

小锁柱一听队长答应他了，直乐得撒娇地说：

"你真是我的好队长！"

他说着，从枕头底下抽出匣枪，插在腰带上，又从墙壁上摘下了大刀。可是，当他正要说："走哇！"忽而又想道："呀！队长远路赶到这里，一点还没休息呢！"于是，他将那来到嘴边的"走哇"咽回去，便说：

"队长，你先在这里睡上一觉儿咱再走吧！"

他怕永生不同意，又紧跟上一句提醒道：

"要知道，一出去，想睡点觉怕是再也找不到这么清静而又安全的地方了！"

"不！"

"咋？"

"不睡！"

"为啥？"

"锁柱，你想想——"永生在启发锁柱的记忆，"像我这个脾气儿，找不着队伍能睡得着觉吗？"

小锁柱当然是十分了解永生的。因此，没再强拧，便将刚咽回去的那句话又吐出来：

"那，走哇！"

随后，小锁柱先发了个暗号儿，然后和永生先后出了洞口。这时，高大婶已挡上窗户，点上灯。她问：

"你们要干啥？"

"要找队伍去——"梁永生向老人说了一下所以急着要去找队伍的原因，然后又变为请求的口吻说，"大婶，让锁柱也跟我去吧？"

"行啊！"大婶说，"有你和他在一起，我也放心了！"

锁柱高兴起来。他冲着高大娘咔地来了个立正："敬礼！"引逗得大娘无声地笑了。接着，他们二人整理了一下衣装，告辞了高大婶，还前倾着身子看了正在沉睡的小勇一眼，便悄悄地离开了这所院落。

夜近五更，鸡叫三遍了。刮了一天一夜的风，还在毫不撒劲地刮着。这呜呜的风声，仿佛正在向饱受战争苦难的人们发出呼吁；它呼吁人们起来，起来，起来跟给予我们苦难的敌人，斗争，斗争！

黎明前的荒原上，又出现两位夜行人。

他们俩，一个是高大身躯的中年人，一个是中等身材的青年人；而今，正一边肩并肩地阔步向前，一边娓娓动听地谈论着：

"脚下这条道路，弯弯曲曲，坑坑洼洼，疙疙瘩瘩，真不好走哇！"

"是啊！不过，别忘了：长途必有崎岖路，疙瘩道磨不薄脚底板；而且，走尽崎岖路，必是平坦途……"

第三章

雪后初晴

连日来，漫天空里一直是云山云海。就像有谁扯开了一块大灰布，把偌大的天空囫囵个儿地全给遮起来了。无穷无尽的雪花，时而零零落落，时而又飘飘洒洒，一直持续到今天五更头儿里，这才算渐渐地住了溜儿。

满天的白云块块，悠悠东去，宛如那解冻的河水，载着片片浮冰，正向大海漂流。

雪后初晴。

云层褪净。

初晴的天空，显得高远而开朗。蓝天雪原一映衬，这清冷的早晨显得更加清冷，这宁静的乡村显得更加宁静，这多娇的江山啊，显得更加多娇了！

雄鸡报晓。雒家庄上的农民们，伴随着此起彼落的鸡啼声全起来了。村子里，担水的，倒灰的，抱柴的，找鸡的，你进我出，东奔西走。可是，所有这些人，无论男女老少，在他走出院门之前，都是先将耳朵贴在门缝儿上，听听院外街巷里的动静。而后，这才从那半开的院门里探出身来，放出一双警惕的目光，朝四外撒打着，仿佛话在心里说：

"今儿夜里没发生什么意外吧？"

他们听一阵，看一阵，直到断定村里没有意外情况以后，这才把屏在胸口上的那口气呼出来，自我宽慰地自语道：

"这一宿总算平平安安地过去了！"

继而，人们便都迈开急匆匆的步子，跨出各自的家门，去办他们那些要办的事情了。

不用说在战前，就是在这战争时期环境比较好的那些日子里，街坊邻居们见天早起碰面时，也总是习惯地相互打个招呼，彼此寒暄几句。甚至有的还要开上几句玩笑，逗个闷子。

可是，在而今的雒家庄上，那套相沿多年的风习全都改了；眼下，人们谁也不肯多言，谁也无心搭话，都在悄悄地干着各自那非干不可的活儿。

这种气氛，是战乱年月环境恶劣的象征。它向人们预示着：伴随着环境的变化，人们的紧张心理又开始了！

不过，事物总有差别，情景从不相同。

你看！在街头路口的广场上，那不有一伙背着大人从家中跑出来的娃子们聚集起来了？这帮不知冷热的娃娃，大都八九十来岁，正在同心协力地滚雪球。他们先用积雪攥成像馒头大小的圆蛋蛋，然后就用手拨动着它在雪地上滚起来。他们滚呀滚，滚呀滚，滚得那雪球越来越大，越来越大。随着雪球的增大，滚雪球的人也在增加。这些孩子们，谁也不惜力，全弄得浑身上下一色白，简直都成了雪人了！

正在这时，又从那边跑来一个孩子。

这个孩子是沈万泉的孙子。

他的乳名叫牛子。

牛子往近前一凑合，那帮娃子们立刻起哄了：

"小汉奸儿！汉奸崽儿！"

"汉奸崽儿！小汉奸儿！"

还有个孩子赶过来，愣头磕脑地推了牛子一个趔趄：

"滚蛋！我们滚地雷炸鬼子，不招小汉奸儿！"

牛子羞得面颊血红，蔫蔫地走开了。可是，他又舍不得离开这些从前很要好的伙伴们，就孤零零地站在一个墙角处，用一双泪汪汪的眼睛远远地朝那边张望着，久久地呆呆地张望着。

在牛子身边不远处，有一只早起觅食的大芦花公鸡，正在清扫过积雪的院门口上咕咕地叫着蹬刨雪土。就在这时，从这个破烂角门儿里走出一位中年汉子。这人肩上背着个粪箕子，头上戴着一顶耳帽头子，身上穿着一件大棉袍子；棉袍子的大襟斜拉起来，掖进扎在棉袍外边的粗腰带上。他见牛子呆愣愣地正站在巷口上，就冷冷地问道：

"牛子！你站在这里干啥？"

牛子低头不语。

背筐人又问：

"你爷爷回来啦？"

牛子只是摇了摇头，仍未答话。

那背筐人没再说啥，顺着大街出庄去了。

这个背筐人是雏家庄的民兵队长杨大虎。

杨大虎要出村去找梁永生。

真是无巧不成书——杨大虎一出村，便跟正要进村的梁永生和小锁柱相遇了。他们一见面儿，杨大虎就一下子扑上去抓住了梁永生，梁永生也就劲儿抓住了杨大虎。此刻，这对患难相交的亲人，久别重逢的战友，宛如两股激流猛然聚会在一起，在双方的感情上都腾起一阵势如海潮涨落般的波涛。这种极为兴奋的心情，使得他们二人心率加速，语言哽咽，只是眼对眼地相互对望着，长久地相互对望着。可是，在这眼光相遇的当儿，他俩那种迸发着火花的感情，却已胶着般地交流在一起了。

这时候，在梁永生的感觉中，杨大虎的手劲竟是那么大，直握得他这练过武功的手都感到有点发麻。与此同时，梁永生还明显地注意到，目下杨大虎的面色，正在急剧地变化着，变化着，最后终于焕发出一种红亮照人的光辉，鼻孔里还喷出两道白茫茫雾腾腾的热气，带着惊喜交加的语气说道：

"哎呀，永生！你怎么上这来啦？"

"怎么？我就不兴上这里来吗？"

这时的梁永生，表情是坦坦然然的，语气是乐乐呵呵的。这一切，与杨大虎那带着几分紧张的神色，形成了明显的对照。

在永生的强烈感染下，大虎的心弦松弛下来：

"永生啊，夜来后晌，我听到一个荒信儿，说你又调回大刀队来了。对这个消息，我又信又不信，闹得一宿没睡着。这不，现在我正想出村去打听打听你的下落哩……"

"那你为啥还对我来你村这么吃惊呢？"

"我是觉着你来这村太危险呀！"

大虎说罢，拉着永生就往前走。来到一家小铺儿门旁的墙下，他朝墙面上一指，又说：

"你看，敌人贴出布告来了——"

永生一边朝布告凑着，一边顺口问道：

"布告？啥布告？"

杨大虎说：

"捉拿你的布告呗！"

梁永生从容不迫地迈着步子，来到布告近前，习惯地将两手背在身后，又稍息一站，仰着脸逐字逐句地看起来。他只见，那张布告上边印的是——

> 梁永生，共产党员，八路军大刀队队长。长期以来，他带领一股游击队，出没运河两岸，扰乱治安，为害甚大，特悬赏缉拿，赏金如下：
>
> 有活捉此人者，赏洋五万元；
>
> 有击毙此人者，赏洋三万元。
>
> 此布！
>
> 　　　　　　　　大日本皇军运河区特务队队长　石黑

梁永生在看布告的当儿，脸上始终呈现着轻蔑的笑意。

他看完以后，将一口唾沫吐在地上，摸着后脑勺风趣地说：

"喔哈！我这个脑袋还怪值钱哩！一年多以前才一万元，如今一下子涨到五万元了！"

永生正说着，锁柱走过来，戳他一把，笑笑说：

"哎，队长，你瞧——"

"啥？"

锁柱朝旁边的墙上一指，又说：

"那边还有个小布告哩！"

梁永生跟着锁柱朝前走了几步，抬头一望，只见大布告不远处的墙面上，确实贴着一张"小布告"。

永生揣着好奇的心情凑近一些，一瞅，只见在半人高的墙面上，贴着一个二指多宽的小纸条儿，纸条儿上写着几行歪歪扭扭的铅笔字：

> 石黑，是个鬼子的头子。白眼狼，是个大汉奸。他们全是杀人放火的大坏蛋。谁捉住石黑，赏他一杆红英枪。谁崩死白眼狼，赏他一个好弓见。
>
> 此布！
>
> 八路军儿童团

在永生看"小布告"的当儿，锁柱从衣袋里掏出钢笔，把"红英枪"的"英"字改成了"缨"字，把"好弓见"的"见"字改成了"箭"字。

永生挂着喜色看罢，笑道：

"不错，不错不错！"

接着，他又问大虎：

"你们村的儿童团挺活跃哇！这是哪个儿童团员搞的呀？"

"俺们村的儿童团才成立不久，还没这套本事。这八成是坊子镇高小勇干的这手活儿！"

"高小勇？"

杨大虎望着梁永生那喷发着热情的眼睛，又补充说：

"前几天，他来这村住姥姥家的时候，成了这村儿童团员们的'小领袖'，领着他们还写过不少'小墙标'哩！"

锁柱点头接言道：

"大概是那个小家伙儿！"

"你咋知道？"

"看这手笔像他。"锁柱说，"他也真够聪明的——前些日子，我曾教给他这么一句话：'英雄要有英雄气，定与敌人见高低。'你看，他把那个'英'字和'见'字，都用到这里来了！……"

锁柱正津津乐道地说着，杨大虎从旁插嘴道：

"老梁，这儿不是久站之地，走，到我家去！"

杨大虎不是龙潭街上的人吗？这雒家庄上怎么又有了他的家呢？

这真是"十年河东十年河西"呀！杨大虎自从那年协助梁永生和黄二愣从白眼狼家救出小锁柱后，就带着家眷离开龙潭，在这雒家庄的一家穷亲戚门上落了户。这家穷亲戚，是沈万泉。抗战以来，杨大虎对抗日工作很积极，并让他的儿子杨长岭参加了八路军。沈万泉是个地下共产党员，还发展杨大虎参加了中国共产党。现在，杨大虎除了担任村里的民兵队长之外，还是这村党小组的临时负责人。

梁永生跟随杨大虎朝他家走着。

小锁柱像个警卫员似的机警地走在他俩的身后。

他们走了不远，正巧路过沈万泉家的门前。

永生留住步子，向大虎说：

"你先头前走吧！"

"你干啥去？"

永生指指沈万泉的家门说：

"我到这里串个门子！"

大虎拽住永生，带点命令的口气说：

"可去不得！"

梁永生望着杨大虎那固执的神态，鲜明地感觉出大虎哥那种又耿直又倔强的性体儿，在这极端艰苦的环境里仍然丝毫没有变。

可是，大虎哥为啥不让我到沈万泉家去？永生想了一阵，也没想出个子丑寅卯来。于是，只好问道：

"大虎哥，老沈家为啥去不得？"

杨大虎凑过身来，将嘴贴在永生的耳朵上，带着一股怒气说：

"那个老小子'汉'了！"

"汉了"，就是当上汉奸了！这怎能不使梁永生大吃一惊：

"'汉'了？"

"嗯！"

"不会吧？"

"他已经上了黄家镇据点了！还不会？！"

"他在据点上干什么？"

"当伙夫！"

沉默。

杨大虎望望梁永生那疑惑的神色，又道：

"当伙夫就不算当汉奸？叫我说，只要混伪差事，就得算当汉奸！"

永生仍未吭声。

这时，一种困惑的思绪，正抓住梁永生的心。

在梁永生的记忆中，沈万泉这个穷汉子，从年轻就是个耿直人。他活不背理，死不坠志。他常说："宁做穷人脚下的尘土，不当坏人戒指上的宝石！"

当年少的梁永生在龙王庙顶撞疤瘌四闯下大祸的时候，就是这位雒大爷的穷朋友——沈万泉，不顾任何风险，将永生领出了庙门；

当雒大爷被疤瘌四活活气死以后，又是为人耿直的沈万泉这位穷汉子，领头撺掇起一些穷爷们儿，经常帮凑梁永生和雒大娘……

因此，早在梁永生的少年时代，沈万泉就给他留下一个很好的印象。

另外，梁永生还听人说过，沈万泉年轻时学过厨子。他出师后，又在县城的一个名叫"一品聚"的饭馆子里，当过"掌勺的"。

那时节，在干勤行的人们当中，沈万泉的手艺是数得着的。不光是煎炒烹炸都能干得了，还能设酌摆宴，拉桌成席；他做的抻条儿挂面、烫面饺儿，在这一带更是有点名气。

可是，早在"七七"事变前，他就离开了"一品聚"。

这是为什么？沈万泉既然有这么好的手艺，他需要靠这个手艺混个饭碗，"一品聚"的掌柜的也需要他这把好手多赚些钱，他为啥要离开那里呢？当然是事出有因的：在那时，县城里有个国民党的县党部。那些国民党县党部的老爷们，要请沈万泉去给他们当大师傅。可是，沈万泉觉着他们不正路，没应那个差。从那，他们就老是找沈万泉的邪碴儿。

沈万泉一看没法跟他们生气，就卷起铺盖卷儿回了老家，连"一品聚"的那碗饭也不吃了！

抗日战争爆发后，梁永生根据党的指示，拉起了大刀队，经常在这一带打游击，每当来到雒家庄时，总是把沈万泉家当作堡垒户之一。

当时，沈万泉对抗日救国很热心，为八路军做了许多工作。后来，梁永生又介绍他入了党。他入党后，工作更积极了。

几年来，梁永生一直认为沈万泉是个很坚强的好同志。由于自己是沈万泉的入党介绍人，永生还总是感到自己对他负有一种特殊责任。在一年多以前，永生奉命带队去升主力的时候，他还曾特地拐了个小弯儿，来到这雒家庄上，和沈万泉见了个面儿，并对他嘱咐了一番。

那时，沈万泉曾向自己的入党介绍人郑重表示：

"永生同志，你只管放心，今后的时局，不管它变成什么样子，我沈万泉的心，是永远不会变的！"

梁永生和他分手时，沈万泉还恋恋不舍地把永生送出村庄，送过公路，并紧紧地握住永生的手，久久地不肯松开。

直到永生从怀里掏出一本油印的《论持久战》送给他，他这才两手捧着那本书，就像捧着自己的心一样，高高兴兴地回村去了……

今天，永生回想着这些往事，又听杨大虎说沈万泉"汉"了，怎能不大吃一惊？

这时，他的心情也沉重起来："真是画龙画虎难画骨，知人知面不知心呀！"可他又想："不对吧？沈万泉家，受穷受气好几辈子，他娘是活活饿死的，他爹是被地主折磨死的，后来，他的儿子，又被鬼子抓了'劳工'……像他这样一个苦大仇深的穷人，咋能说变就变了呢？再说，沈万泉是那样的耿直，能干出这宗事来？"

梁永生沉思着，杨大虎催促道：

"老梁呀，别愣着啦，快到我家去吧！"

永生同意了。

他来到大虎家的炕头上，又问：

"沈万泉上了据点以后，出过什么事吗？"

"倒没出事。"大虎说，"叫我把他唬住了！"

"唬住了？"

"嗯喃！"

接着，杨大虎讲述了这样一段过程——

那天，沈万泉从黄家镇据点回家来了。杨大虎拿上他那支老套筒子，找上他的门去。当时，大虎想："要是谈崩了，我就结束他！"

可是，他们坐下来一谈，倒没谈崩。

先是，杨大虎劝他迷途知返，改邪归正，沈万泉为难地说：

"大虎啊，你不知道，我有我的难处啊！我去干这营生子，是出于万般无奈，迫不得已。你们，只管抗你们的日，我混我的饭吃，咱们井水不犯河水。你们不用害怕我，我沈万泉的为人，你是知道的。再说，咱们还是亲戚，我能干出缺德的事来？"

杨大虎当即警告他说：

"姓沈的呀！今后，你要干些什么，你就自个儿看着办吧！不过，有句俗话你别忘了：跑了和尚跑不了寺！"

"这我明白！"

"明白就好！"大虎说，"告诉你：如果你要不听劝，可别怪我们不客气！"

杨大虎向永生讲完上述情况，最后说：

"那个老小子挺鬼，净拣好听的说，所以我才没崩他！以后，我反正处处提防他……"

永生听到这里，笑了，插嘴道：

"你这个一根肠子通到底的人，也学会这一套了？"

大虎笑道：

"这是逼出来的！"

永生抽了口烟，又问：

"你没找个负责同志问问？"

"问啥？"

"问问沈万泉到底是怎么回事？应当怎么对待他？"

"这我倒问过——"

"问过谁？"

"在大刀队的指导员徐志武同志牺牲前，我去问过他。"杨大虎说，"我把沈万泉的情况向他原原本本汇报以后，他说，这是件大事！还说：'你们民兵不要参与这件事了，由我们直接处理。'从那，我虽然还是注意沈万泉的活动，可没再参与这件事……"

永生听到这里，掉过脸去问锁柱：

"哎，锁柱，你知道这件事吗？"

锁柱摇头道：

"搞不清楚！"

永生抽了几口闷烟，又问大虎：

"最近，你听到过大刀队的消息吗？"

"好些天以前，我带领民兵配合志勇领的那伙大刀队打过一次伏击，战斗胜利结束后，大刀队就马上拉走了。"

大虎叹息一声又说：

"从那以后，再没听到他们的消息！这不，我正想出村去打听打听哩！"

他们又说了一阵子话儿，梁永生站起身说："大虎哥，我们得赶紧找队伍去，咱们改日再见吧！"

大虎理解永生的心情，没强留他：

"好吧！我送你们出村。"

街道上冷冷清清。

一群麻雀儿，正趁这寂静的时刻，在扫去积雪的地方跳跳趓趓地觅食。它们见有人走过来，全机警地飞起来，不一会儿，又落在了离人不远的另一个地方。

梁永生走着走着，一座瓦插花子砖门楼儿，映入他的眼帘。安在门楼上的两扇黑大门，油漆得闪闪发光。一对斗大的"福"字儿，贴在门板上。

这是疤癞四的哥哥刘其海的住宅。

吱扭儿一声响，两扇大门张开一道能钻出狗来的缝儿。一个头上戴着缎帽垫儿的干巴老头子，从门缝里探出半边脑袋，撅撅着一小撮儿焦黄的胡子，瞪着两只猴儿眼，正朝街上窥视。

这个老家伙，就是刘其海。

刘其海一见梁永生、小锁柱和杨大虎三个人，正顺着大街走过来，他就像那被人戳了一棍子的乌龟一样，把头一抽，嗖地缩回去了。

梁永生见此情景，心中暗想："看样子，这个老小子已经发现我了！我，也得让他知道我也看见他了，以防他产生歹心！"他一念及此，便喊了一声：

"刘其海！"

刘其海赶紧转身走出门来，嘴笑眼不笑、点头又哈腰地说：

"哦，哦！是梁队长啊！到院里坐一坐呀？……"

"不啦！"永生说，"你起得挺早哇！"

"可不，可不。"刘其海说，"人老了，觉儿少……"他支支吾吾地说着，又转向杨大虎和小锁柱，"你们二位，也没空到我家坐一会儿呀？"

梁永生他们走过去了。

刘其海又缩进去，掩上大门。

永生走到一个僻静处，悄声问大虎：

"哎，刘其海近来怎么样？"

杨大虎一边走着一边说：

"这个老小子，本来就不老实；自从他弟弟疤瘌四当上伪军小队长以后，更胀腰子了！"

梁永生和杨大虎并肩走着，问：

"怎么个胀腰子法儿？"

杨大虎瞭扫着四周，又说：

"他短不了跟据点上勾勾搭搭的！"

"抓到事实没有？"

"要说事实，倒没抓到他的真凭实据，只是有一些怀疑点——"

"光怀疑点不行！"永生吩咐说，"要通过怀疑点，顺蔓儿摸瓜，抓他的事实……"

"唉！"

沉默了一会儿，杨大虎又说：

"刘其海那个狗养的，还经常散布一些破坏抗战的言论哩！"

"他说过啥？"

"他常说：'现在闹兵灾，这是劫数，在劫的难逃，《推背图》上早已注定了！'他又说：'既然几十万国军都战不过日本，缺枪少炮的土八路还能顶用？'他还跟民兵说：'散伙吧！抵抗有啥用？岂不是白白丢了身家性命？'……"

梁永生想了一阵说：

"当前，斗争形势复杂，要特别注意像刘其海这样的人物儿！"

永生说到这里，那边走来一个人。因此，杨大虎没再说啥，只是深深地点点头，轻轻地"嗯"了一声，脚下加快了步伐。

梁永生小时候，曾在雒家庄上住过一年多。抗战后，他又带领大刀队在这一带打游击。因为这个，这村的人们梁永生都认个差不多。往日里，永生和人们见了面，都是主动打招呼。可是今天，由于环境恶劣，斗争复杂，敌人气焰嚣张，人心难免浮动，再加上梁永生是新来乍到，还没和队伍接上头，全面情况也没掌握起来，所以他的心情是，先尽量不和不需要见面的人见面。一切要做的工作，他打算都放到找上队伍以后去做。

身为民兵队长的杨大虎，又有了几年来从事抗日工作的经验，当然是能够理解梁永生的心情的。所以，他一看来了人，没等永生吩咐，就自动地领着永生、锁柱拐了弯儿。

一路上，他们总是拐弯抹角地回避着人们的视线，朝村头龙王庙的方向走着。

不多时，龙王庙来到了。

这座龙王庙，已和三十年前大不相同。

它的身上，除了三十年来的风风雨雨留下的痕迹而外，也和这冀鲁平原上的其他建筑物一样，还留下了许许多多战争的创伤。庙顶子上，被敌人的炮弹炸了个大窟窿，已经露着天了。椽子和瓦片，有的翘翘棱棱，有的张张忽忽，说不定哪一个随时会掉下来。那些又密又粗的窗棂子，已被枪弹穿透了许多孔洞，有的竟被连发的机枪打得半边拉块，七零八落，快像个破栅栏子一样了。

两扇咧嘴龇牙的门板，倒是还歪歪扭扭地安在那里。庙院的墙壁，倒的倒了，塌的塌了，坍的坍了，没倒没塌也没坍的，也都张开了一道道的大缝子，在那里歪歪斜斜地竖立着。

端坐在大殿中的"龙王爷"，脸上身上被枪子打了许多窟窿，两条胳膊已断去了半截！它那一双眼睛，如今成了两个黑窟窿，眼珠子也不知道叫谁家的孩子抠走，拿它当琉璃蛋儿弹球玩去了。

这座龙王庙，记载下历史上的多少事情啊！

在永生少年时，他曾来这里看过祈雨的，并由此而闯出了一场大祸！来了鬼子以后，永生领导的大刀队，和大虎领导的民兵一起，在这里打过伏击，将疯狂的敌人狠狠地教训了一下！……

今天，梁永生再次来到这座破庙中，该能引起多少感慨万分的回忆呀？

可是，他目下是顾不上去细想那些往事的！

他只想利用这个破庙蔽住身子，再嘱咐大虎几句，然后，就从这庙后的交通沟里出村，继续去寻访他的战友们。

谁知，他仨刚蹲在庙台上才谈了几句，就听得庙外传来一阵嘈杂的人声。

这声音是从村外那个道沟口的方向传来的。

梁永生听到这种意外的动静，眉毛一动，立刻从腰里抽出匣枪，紧紧地握在手中。

随后，他快步来到一堵已经倒坍了半截的垣墙近前，悄悄地探出头去，静静地观察着村外的情景。只见，有二三十个伪军，都骑着东洋造的自行车，像个吊丧队似的摆成了一拉溜，顺着村外的小道，正由东而西匆匆赶去。

这些家伙们的枪支，大都由左肩到右腰斜背着，一边洋洋得意地走着，还一边唧唧哝哝地胡乱谈论。有个瘦猴子，走在队列当腰。他一手扶着车子把，一手胡乱挥动着，哑声破锣地朝前嚷道：

"赵瞎子！你跑这么快干啥？想着那五万元了吧？"

"瘦猴子你甭叫唤！叫我看呀，你正是怕那五万元弄不到手着急哩！小子说良心话——是呀不是？"

赵瞎子的眼色本来就不济，现在又光顾侧歪着膀子朝后嚷了，忘了看路，车子前轱辘撞到路边一个被锯去身子的树墩上，摔了个车翻人滚狗吃蜜。

他腚后头那个家伙，来不及刹车，一下子撞上去，和赵瞎子压了摞儿。这时节，一大溜伪军全都哄笑起来，笑得像一群夜猫子齐声乱叫那么难听！

有个戴肩章的老家伙，一脸横肉高洼不平，看不清是疤是麻还是皱纹，也许是三者兼而有之吧！这个老小子，笑得声音最大最响最难听。可是，他自己笑够了以后，又骂骂咧咧地朝他那些喽啰们嚷起来：

"笑！笑！笑个屁？"

伪军们的笑声止住了。

那个老家伙又大声小气地说：

"这是军事行动，不许乱唧哝！你们谁要再他妈的胡乱讲，暴露了军事秘密，放跑了梁永生，老子我要你们的脑袋！"

这老小子一提到永生的名字，永生心里一震：

"咦？怪呀？我才回来这么几天，敌人就知道了？你看！他们又是出示布告，又是出动人马，口口声声要捉拿我梁永生，闹腾得还怪火爆哩！这是怎么回事呢？"

他将自己这个疑点，悄悄地告诉给大虎。

杨大虎说："谁知道哩！我也闹不清是咋的回事！反正是早在你回来之前，

他们就见天咋咋呼呼地要捉拿梁永生。起初，我还曾认为你真的回来了呢，后来才知道，那时你并没真回来……"

在他们说话的当儿，有一只老鹰回绕在头顶上，它的翅子一动不动，就像有根看不见的长线将它吊在天上一样。一只兔子，从墒沟里蹿起来，一蹦十八垄地逃窜着。梁永生将视线从兔子身上收回来，又盯住了那伙伪军。他看了一阵，问大虎道：

"这伙伪军是哪一部分？"

大虎指着那个戴肩章的家伙说：

"那个老小子，叫阙八贵，是白眼狼部下的一个小队长，驻在柴胡店据点上……"

杨大虎这么一说，梁永生又仔细一瞅，他认出来了，这个汉奸头儿，果然就是阙八贵。正当梁永生的怒气已经攻到头皮的时候，又听杨大虎怒气冲冲地说：

"阙八贵这个老小子，仗凭他哥阙七荣是石黑的翻译官，胆大包天，无恶不为，把这一带的老百姓可糟蹋苦了！咱得想个法儿拾掇这个王八羔子……"

小锁柱也上了气。他凑到永生近前建议说：

"队长！是不是干掉这个小子？"

梁永生沉思了片刻。说：

"不！"

"为啥？"

"我们当前的主要任务，是先找到队伍。"

敌人越走越远了。

他们在关庄附近，变成了一溜像驴粪蛋子似的小黑点儿。

关庄，在这雒家庄的西南方。过去，梁永生曾在那村住过，了解那村周围的地形。在关庄的东南角上，有一片洼地。现在，他眼望着敌人绕了一个小弯儿，潜入那片洼地后，便不见了。

此景此情，富有战斗经验的梁永生当然一看便知，这伙敌人虽然人数不多，但这是一次知根摸底的有计划的行动。

时过不久。

关庄村里响起枪来。

这枪声，越响越密，越响越乱，不大工夫就像炒料豆似的响成一团了。

梁永生注视着枪响的方向，细听着枪响的声音，又朝枪响处一指，问锁柱：

"你听！这枪声像不像敌人在放虚枪？"

锁柱听了一阵，摇摇头道：

"不像！"

"像啥？"

"好像打起来了！"

"你说谁跟谁打起来了呢？"

"兴许是敌人和敌人！"

"敌人和敌人？"

"发生误会嘛！"

锁柱这种说法，是基于这样一点：他和梁永生是刚从关庄转过来的——在那里并没打听到大刀队的消息，也没发现有其他兄弟部队，不会是自己人跟敌人打起来。现在，梁永生猜出了锁柱的这种想法。可是，他对锁柱的回答，只是笑了笑。这笑意，好像在说："在当前的情况下，什么可能性都是有的，唯独敌人自己发生误会是不可能的。"

在永生看来，敌人出于虚惊而发生误会，自己跟自己打起来，大都是发生在夜晚，或者是大雾的早上，一般还要在两股敌人同时出发的情况下，而目下，这些因素都不具备，那敌人怎么会自己跟自己打起来呢？

"也许是民兵和老百姓跟敌人干上了！"

这是杨大虎的说法。

开初，梁永生认为这种说法倒是有可能的。因为，民兵袭击敌人是常有的事。特别是在当前的情况下，我们的大刀队受了挫折，敌人疯狂得厉害，被折腾得活不下去的老百姓，起来跟敌人硬拼，也不是不可能的。过去，就在许多村庄发生过这样的事情。

可是，他想到这些，不由得转念又想："不对呀？这枪声中，除了大枪而外，匣枪也响得很密呀！要是老百姓和民兵跟敌人干了起来，哪会有这么多的匣枪声哩？……"梁永生一边自己在仔细地分析着各种可能性，一边又问锁柱和大虎：

"你俩想想——还有什么可能？"

锁柱又提醒永生说：

"哎，会不会是邻近的兄弟部队拉过来了？"

永生听了这话，脑子里忽地一闪："可也是哩！邻区的兄弟部队，听说大刀队受了损失，敌人气焰嚣张起来，他们为了鼓舞这边群众的抗日情绪，拉过来打击敌人，这也是完全可能的。或者说，友邻地区的兄弟部队，为了甩开敌人，暂时撤过了边界，又可巧在关庄和阙八贵这伙敌人遭遇了，这也是有可能的……"

梁永生正暗自思忖，又听杨大虎说：

"八成是城关区的区队！"

"咋见得？"

"前些天，他们来这边活动过几天。"杨大虎说，"他们在柴胡店附近伏击过敌人，还在俺雒家庄住了一夜，给俺们民兵开了一次会呢！"

梁永生问：

"他们在你村住下后，放岗没有？"

杨大虎说：

"放岗倒不少，可全是便衣。"

梁永生根据自己的经验认为：游击队出区活动时，由于群众关系不多，缺乏知根知底的堡垒户，再加地理环境不大熟悉，所以都特别重视设岗布哨。因此他想："那么，如果是城关区的兄弟部队来到了关庄，方才我和锁柱从那里转过来时，怎么没有发现他们派出的岗哨哩？"

永生默默沉思着。关庄的枪声更激烈了。

步枪声，匣枪声，手榴弹的爆炸声，相互交叠起来。

锁柱提议道：

"队长！咱快走吧！"

"干啥去？"

"转移呗！"

"咱们出来是干啥的？"

"不是找队伍的吗？"

"光躲能找到队伍？"

永生这一问，把锁柱的脸问红了。

锁柱所以提议"转移"，主要是怕队长受损失。因为他现在已经自动地把自己当成队长的警卫员了。

可是，梁永生眼时下的想法是：在关庄跟敌人交火儿的，必定是自己人；既是自己人，不管他们是哪一部分，我们都有责任去接应他们。要不然，他们从大清早就跟敌人黏在一起，非到天黑是不易甩开敌人的。要跟敌人纠缠一整天，那可腻歪了。而且，他们和敌人纠缠的时间越长，敌人会越聚越多，那对我们是非常不利的，甚至是要吃亏的！

永生想到这里，便暗自决定：去把那伙已投入战斗的同志接应出来。

怎么个接应法呢？

他又习惯地向身边的同志作调查了：

"照你们的看法，那伙在关庄和敌人接火的同志，可能朝哪个方向撤退呀？"

锁柱抢先发言：

"叫我看，很可能朝西北撤！"

"根据什么？"

"因为敌人是从东南进村的！"

他为了增强自己这个论点的说服力，指着关庄的方向又补充说：

"你听！这枪声，刚才在关庄东南角上响，现在，这不已经转移到西北角上去了？"

梁永生一向喜欢一面倾听别人的议论，一面自己悄悄地拿主意。这时，他觉着锁柱的说法是有一定道理的。因而情不自禁地点了点头。可他又想："枪声的转移，会不会是声东击西呢？"

要按"声东击西"的逻辑推断，梁永生认为，他们向村子的东北角撤退的可能性也是有的。

梁永生一面悄悄地分析着，判断着，一面放出他那两条炯炯的目光，仔细地观察着那关庄北面从东北到西北的地形。

关庄正北，是片一马平川的开阔地。这里，显然不是撤退的路线。村子的西北面，有一条大道沟，弯弯曲曲地朝西北天角伸延而去。村子的东北面，也有一条道沟。这条道沟，虽然有的地段已被敌人垫平了，可是，作为一条撤退的路线，还是可以利用的地形。

在这两条道沟之间，有一座因常年失修而多处倒坍的破窑。这座窑，离左右两边的道沟各有百米左右。在村西北的那条道沟西面，二百来米的地方，有一片散散乱乱的坟地。村东北的这条道沟东面，有一条沙河故道，离道沟有将近三百米。

梁永生看罢地形，又沉思了一会儿，转过身来发布了命令：

"杨大虎！"

"有！"

"你去召集民兵！"

"是！"

随后，他指点着关庄村北的地形，进行了一番部署，然后又说：

"我们的任务，是接应我们的战友安全撤走。你知道，咱们干的是没有本钱的买卖，经得住赚，经不住赔，你们要注意节约子弹，不要乱打一气。等我和锁柱打响以后，你们再开枪侧击，喊杀助威，制造疑阵，迷惑敌人……"

"是！"

大虎应声而去。

当他要出庙门时，梁永生又喊住他，嘱咐道：

"还要派两个民兵，监视刘其海的行动！"

他稍一停息，又加重语气说：

"行动要迅速，越快越好！"

"是！"

"是"没落地，人没影了。

杨大虎走后，梁永生又向锁柱挥手道：

"走！"

"是！"

他俩一前一后，快步出了庙门，贴着墙皮绕到庙后，进入一条东西道沟。而后，一溜飞跑飞颠，直奔关庄村北那座破窑而去。

关庄的枪声，一阵更比一阵紧。

他俩的脚步，一步更比一步快。

不多时，破窑来到了。

这座破窑，像座小土山似的，孤孤零零地兀立在大平原上。

99

平原上，有一只可爱的野兔儿，正在飞也似的奔驰。它勇敢地跃过横在它的前进路上的一切障碍物，消失在那天地相连的远方。

一轮初升的太阳，从东方的地平线上升起来，放射出五光十彩的万道金线，烧红了半边天。阳光映在地面，地面金红一片，仿佛马上就要燃起遍地火焰！

梁永生和小锁柱，隐蔽在窑顶上，居高临下，四眼瞪直，一齐盯着关庄的方向。

关庄仍在激战中。

时而有颗飞子儿呼啸而来，钻进窑边的泥土里。

每到这时，就必然引出锁柱的悄悄怒骂声。可是梁永生，他从未去留意飞子儿，而是不时地扭着脖子朝西边的坟地看一眼，又很快地把视线收回来，投向那枪声四起、战火纷飞的关庄。

关庄，有十来个便衣战士，正在奋勇突围。

他们，一手抡着匣枪，一手舞着大刀，正从各个不同的路线向外冲杀！

你看！那些龙腾虎跃的战士们——

有的突然出现在高高的房顶上，甩开匣枪打了一阵，随后一纵身子跳了下来；

有的先从墙头上朝外打了几枪，然后来了个鹞子翻身，来到了垣墙以外；

有的先从后窗户里扔出一颗手榴弹，接着，身子像箭头一样蹿出了窗口；

有的宛如猛虎下山驱赶群羊一般，追逐着一伙伪军冲出了胡同。

他们来到后街，又立即会合起来，形成一股洪流，一直朝着村西北角的这条道沟冲过来。你看他们那股顽强的气势，不管有什么样的力量在拦截堵击，也是挡不住他们的前进道路的。

勇士们冲出村来了。

伪军们像一群苍蝇一样，跟在他们的后头，嗡嗡地叫着，恶疯疯地追了上来。也不知是敌人根本没把几个便衣战士看在眼里呢，还是他们为了自己给自己壮胆呢？只见他们在一边追赶一边打枪的同时，一片狼嗥鬼叫的喊叫声又在枪声的缝隙之间冲过来：

"抓活的了！"

"活捉梁永生喽！"

"你们跑不了啦！"

"快缴枪吧！"

狂犬叫不倒高山。尽管敌人扬风孛毛地嚷成了一片蛤蟆湾，可是这伙身着便衣的战士们，别看人数不多，他们并没把尾追的敌人当个玩意儿。你瞧！不论敌人在屁股后头怎么嚷，他们依然是从容不迫，精神抖擞，沉着应战，依仗着道沟的掩护且战且走，没有一个人有心慌胆怯的表示，个顶个的都是好家伙！

敌人逼近了。

他们趴在道沟的崖坡上，还击一阵。

敌人卧下了。

他们又站起身来，继续后撤。

便衣战士们渐渐地向破窑靠近着。伏在破窑上的永生和锁柱，目不转睛地盯着他们战斗的情景。突然，小锁柱望着望着惊喜地嚷了一声：

"嘿！志勇！"

锁柱嚷罢，瞅瞅永生。

永生没反应。

锁柱压不住兴奋的心情，用肘子悄悄地捣着永生：

"队长！看见了不？那是志勇他们……"

梁永生依然没有反应。

只见，他那两只久经战阵的眼睛，宛如两条火龙一般，直目瞪瞪地盯着那两兵相交的战场。这时节，小锁柱的目光在队长的脸上打了个转儿，队长那严肃的神色使他意识到，眼下正在打伏击，自己这么不冷静是不对头的。他意识到这点以后，脸色腾地红起来，悄悄地吐一下舌头，低下头去伏在窑顶上，聚精会神地注视着前方，再也不吱声了。

其实，战场上的情况，永生比锁柱看得还细致。

在那十来个便衣战士的尽后头，有一位孛膀细腰的小伙子。他，二十挂零年纪，身穿一套灰棉衣。一条宽宽的皮带，扎在棉袄外头，使得他那灵活健壮的身段儿，更加突出了英武飒爽的特点。起初，梁永生虽然还没看清这位战士的面目，可他就凭着这种光景，便已经认出来了——那就是他的儿子梁志勇。

你想啊，梁永生透过硝烟战火，突然望见了志勇的身影，他的心里，该是多么激动，多么兴奋啊！

可是，他这种心情，并没表露出来。

梁志勇，自从从主力部队转到大刀队以后，一直担任分队长的职务。在爹奉命去升主力的时候，他曾几次向爹请求，要和爹一起回到主力部队去。

为此，还挨过爹一顿好剋！

梁永生自从离开大刀队以后，一年多来，他曾不止一次地想过："志勇是不是还在闹情绪？"现在，他在这战火纷飞、硝烟弥漫的疆场上，突然见到了他那怀念已久的小志勇，而且，只见志勇还和从前一样，赛只欢老虎似的，他这当领导、做父亲的，怎能不从内心里感到高兴呢？

战场向前推移着。

它离破窑越来越近了。

这时候，只见身为指挥员的小志勇，在孤军无援的情况下，一面指挥着他的战士迅速后撤，一面抡开他那两支匣枪沉着地阻击尾追的敌人。他用这支匣枪瞄着敌人扫射着，同时将另一支匣枪挟在小腿腋下，熟练地压上了子弹。过一阵，他又用另一支匣枪扫射着，在腿腋之下又将这支匣枪压上了子弹。

就这样，他用两支匣枪轮番扫射，持续不断，活像一挺小机枪，堵住了扑上来的敌人！这当儿，斜背在志勇脊梁后头的那口大刀片儿，闪闪放亮，锃锃闪光，愈加烘托出了这位小伙子那股英武气概！

梁永生默默地注视着。

又听锁柱悄声赞道：

"嗬！志勇真棒！"

是啊！亲眼看到了自己的战友，在寡众相交、孤军奋战、极端困难的情况下，以一当十，顽强抵抗，充分表现出了人民战士的英雄本色，小锁柱怎能不兴奋？怎能不自豪？又怎能不激动呢？

当然，这时梁永生的心情，论其激动程度，是不会次于小锁柱的，他只是能够抑制自己罢了。因此，就在小锁柱赞不绝口的同时，永生依然是目不转睛地盯着前方，脸上平平静静，几乎没有任何表情。

战斗越来越紧张。

敌人离志勇他们只有一百多米了。

这时的梁志勇，两张厚墩墩的嘴唇，紧紧地闭着。在他那红喷喷的长方形的脸上，构成了两道刚强的弧线，显示出他那无穷的勇气和力量。他那不时扇动着的鼻子，还在一股股地冒着白汽，倾泻着他胸腔中的怒火。

这时的阙八贵，张牙舞爪地扑过来，歇斯底里地嚎叫着：

"一班向西，二班向东——包围！"

乱乱纷纷的伪军，在坷垃地里蠕动着。

阙八贵在混乱中挥动着手臂，再次狂叫道：

"弟兄们！上啊！谁逮住姓梁的，那五万元的赏钱，我分给他一半！"

一会儿。

敌人改变了队形。

他们散成一个扇子面儿，向梁志勇冲过来。这时候，伏在道沟崖下的梁志勇，一抡胳膊扔出一颗手榴弹，高声喊道：

"同志们！冲锋啊！"

其实，他的同志们，都根据他的命令，早已顺着道沟撤远了。就连他自己，喊罢，也猫着腰，提着枪，迅速地向后撤去。

可是，志勇这暴雷般的喊声，再加上手榴弹一爆炸，却把伪军们吓了一大跳。他们由于一时闹不清这是虚张声势，所以全都乱起来。

过了一阵。

敌人见没人冲锋，知是中了计，又呼呼啦啦地猛追上来。

可是，这时梁志勇他们，已经撤远了。

敌人当然不肯放走他们，便加快了步伐拼命追赶。

这伙送死鬼扑到破窑附近了。

梁永生的匣枪突然吼叫起来。

两个跑在前头的伪军，应声倒下去。

与此同时，小锁柱的匣枪，也哇哇地叫开了。

这突如其来的枪声，直打得敌人蒙头转向乱了营。有的，像热锅上的蚂蚁，团团打转，不知如何是好。有的，像窝倾巢的黄蜂，一哄而散，掉头就跑。看来，在这个节骨眼上，他们除了命，啥也不要了。第一个伪军跌倒了，第二个伪军绊倒了，第三个伪军踩着他俩的身子连滚带爬地朝前跑下去，第四个伪军踩断了另一个伪军带在身上的手榴弹把，手榴弹冒着烟，要爆炸了，那个正要爬起的伪军发出一声惨叫，又在烟尘翻飞中倒下去了。还有的伪军，见跑在他前头的那个吓酥了，跑不快，就一膀子将那个撞倒在地，夺路而逃！正夹杂在伪军士兵当中向后猛跑的阙八贵，听见后边的枪声不多，扭着脖子回头望了望，便向他的喽啰们狂喊大叫起来：

"别跑！"

他跑两步又喊：

"顶住！"

他见这命令不顶屁用，就又一边跑着一边气吁吁地嚷道：

"谁再跑！老子我枪、枪、枪……"

看来，这个老小子本来是想说"枪毙"。可是，他由于一来吓没了真魂儿，二来窜得上气不接下气儿，所以只是"枪、枪、枪"地"枪"了一阵，也没说上个"枪毙"来。

到这时，已经失去了控制而正在狂跑的伪军们，谁还肯听阙八贵的指挥呢？他们还是一步不停地跑着！其实，不光是伪军们争相逃命，就连那个伪军头子阙八贵，他一面在喊别人不要跑，一面自己在拼命地跑，而且是越跑越快，越跑越快。这时候，他正在恼恨他的爹娘把他这两条罗圈腿生得太短了！

不过，汉奸头目儿大概都是这样——他们是光兴自己跑而不兴旁人跑的！你看这个阙八贵，一看他的命令制止不住溃逃的伪军，便真的朝他的喽啰们开了枪！

但是，他这枪声，并没堵住倒退的人流。

正在这时，西边的坟地里，响起嘎勾嘎勾的枪声。

东边的沙河里，又传来一片喊杀声。这喊杀声，和窑顶上、坟地里的吼喊声搅在一起，形成一股巨大的声浪：

"同志们！冲啊！"

"杀呀！"

"伪军们！缴枪吧！"

"缴枪不杀！"

"八路军优待俘虏！"

"活捉阙八贵！"

敌人最怕八路军打埋伏，因为他们已经吃过多次苦头了。这时，伪军们一见腹背受敌，两面夹击，更慌神了！四面楚歌中的阙八贵，也以为中了计，进了八路军的口袋，便一面用上吃奶的劲豁命地跑着，又一面转声转韵地向他的喽啰们叫道：

"糟了！中计了！快向南……"

他嚷着嚷着，被土坷垃绊了一跤，闹了个狗啃泥，失声地喊了一声"妈"。随后，来了个驴打滚儿，挣着命地爬起来，继续一边跑一边嚎叫：

"我受伤了！快来保护我！……"

其实，这个老小子并没受伤。没受伤为啥说受伤了？那谁知道呀！要不是吓傻了，他就是故意这么说。可是，在这个节骨眼上，那些伪军们，都恨不能一步飞出这个险境，只顾各自逃命，逃命，逃命，谁还顾得去管那阙八贵呢？

就这样，他们滚的滚着，爬的爬着，舍下了六七具尸体，都屁滚尿流地跑远了！

阙八贵呢？他三步一个跤，五步一个滚儿，跟在伪军们的屁股后头，两手捂着后脑勺子，也跌跌撞撞踉踉跄跄地向南跑下去！

被伪军们踢蹬起的尘土飞扬起来，伴随着鸦群般的溃敌向南流逝着。

梁志勇和他的战友们，正顺着道沟向后撤退，忽听背后枪声四起，喊声连天，一阵大乱，便登上高坡朝后张望起来。

志勇望着阙八贵那被尘头缠裹的狼狈相，心中觉着好笑！可是，他想："这是谁在打伏击来接应我们呢？"他为了弄清这个问题，便领着队伍朝回走来。

梁永生他们，这次打伏击的目的，只是为了把志勇他们接应出来，所以，在放了一阵追腚枪把伪军们赶跑以后，并没去撵那些杂种们。

民兵队长杨大虎，见敌人全夹着尾巴逃跑了，就提着大枪从那条东西道沟里跑过来。他来到梁永生的近前，把那络腮胡子一挖挲，宛如一员得胜而归的战将一样，神气十足一本正经地说：

"报告队长！雏家庄的民兵，前来请求指示！"

梁永生把那支枪口还冒着烟的匣枪往腰里一插，乐呵呵儿地朝前跨进两步，来到杨大虎的对面，先朝大虎那起伏着的胸脯子来了一拳，然后扑哧一声笑出来：

"大虎哥，你多咱学的这一套哩？"

杨大虎的脸似红非红，但依然是郑重其事的，说：

"民兵嘛，就得有点纪律性！"

"好！"

梁永生抓住杨大虎的手，高兴地说：

"大虎同志，你们的任务，完成得很好！现在，我代表大刀队的党组织和同志们，奖励奖励你们这些参战有功的民兵同志们……"

"奖励？"

"大虎同志，你来看——"梁永生一手扶着杨大虎的肩膀，一手挥臂一指，亲热地说，"在那战场上，敌人不是留下六七具尸体吗？那敌人的每个尸体附近，都有一支大枪……"

"归我们？"

"对！"

杨大虎那毛茸茸的脸上，泛起一层兴奋的红晕：

"我代表雏家庄上的全体民兵，谢谢八路军……"

梁永生笑笑说：

"别谢了！你们参战有功嘛！"

杨大虎高兴得像孩子一样，望着梁永生嘿嘿地笑。梁永生拍他一下肩膀，又说：

"别愣着了，快去把枪敛起来吧！"

"是！"

大虎应声要走，永生喊住他又说：

"敛完枪支、弹药，立刻把你的民兵撤走！"

"是！"

永生又一挥臂，大虎飞步而去。

这时节，杨大虎那虎彪彪的背影，在梁永生的头脑中，勾起了一连串的回忆——

那是抗战刚刚开始的时候。

大刀队帮助雏家庄上的人们，建立起了民兵组织。在民兵组织宣告正式成立的当天晚上，有的人从多年的土堆里扒出了大砍刀，在石头上沙沙地磨着。有的人从柴草垛里把盖火枪翻腾出来，用布条仔细地擦着上边的铁锈。第二天，他们在梁永生的具体帮助下，又支起炉，生着火，叮叮当当地打起砍刀来。在当时，被选为民兵队长的杨大虎说：

"多咱弄到几支快枪就来劲了！"

　　后来，他们从国民党军那败阵南逃的散兵手里，买到几支步枪。人多枪少，让谁来背呢？他们经过讨论，一致决定，这几支枪先让队长杨大虎和几个班长背起来。那时候，大虎又说：

　　"以后，咱再向鬼子手里去夺，争取每个民兵都闹上一支……"

　　现在，梁永生回忆起这些往事，心中不由得暗自想道："当大虎把这些枪支去分发给他的民兵的时候，那些民兵同志们该是多么高兴啊！……"永生正然想着，忽见大虎转过身来朝他喊道：

　　"老梁！"

　　"干啥？"

　　"你们回俺村去不？"

　　"不去啦！"

　　"上哪去？"

　　"上那去！"

　　梁永生的手臂朝西北指着。是啊！梁志勇和他的战士们，都向西北方向撤去了，梁永生和小锁柱得赶紧去找队伍取联系呀！可是，大虎刚走，小锁柱就拽了梁永生一把，指着西北方向惊喜地嚷开了：

　　"哎，队长，你看——志勇他们来了！"

　　梁永生顺着锁柱的手臂一望，只见志勇他们果然来了！这时候，那些走在道沟中的便衣战士们，一边急匆匆地朝这边走着，一边东张张，西望望，显然是正在寻找接应他们的战友们。

　　小锁柱兴奋得耐不住了！

　　他纵身跳入道沟，挓挲开胳膊，像只小燕似的扑上前去。他腿在飞快地跑着，手又摘下头上的帽子，抡着，喊着：

　　"梁志勇！分队长！"

　　那边，志勇和战士们，也一齐喊起来：

　　"锁柱！"

　　"小王！"

　　"王揣摸！"

　　这些呼喊的人群，舞动着手臂，飞奔过来。

　　他们在道沟中见面了。

志勇和锁柱一见面儿，亲热得啥也顾不得说，两人紧紧地搂抱在一起。

这时节，两个人的四只眼睛对视着，长久地直瞪瞪地对视着，仿佛双方都是第一次见到对方。

大刀队的战士们，呼啦一声拥上来，将志勇和锁柱围在当中。人们七嘴八舌地嚷着：

"锁柱！你从哪里冒出来的呀？"

"锁柱！你的伤好了吗？"

"锁柱！那伏击是你打的？"

"锁柱！你还真有个揣摸劲儿哩！"

"锁柱！……"

锁柱和志勇松开了。

他扑闪着两只水汪汪的大眼睛，笑望着他周围的战友们。战友们那一张张激动、兴奋的笑面，也都在盯着小锁柱。锁柱的眼珠子一骨碌，顽皮地说：

"我要有这个揣摸劲儿呀，早弄个队长、副队长的干干喽！"

小锁柱这句俏皮话儿，再加上他那洋相百出的眉眼，把他的战友们全都逗笑了。

梁志勇伸出他那只赛个小榔头般的大拳头，朝锁柱的膀头捣了一下，笑咧咧地说：

"瞧你这个洋相包！"

志勇这一拳，差一丁点捣在锁柱的伤口上。志勇见他微微一皱眉，心中猛然醒了腔。他带着满脸的懊悔神色，抱歉而又心疼地问道：

"呀！锁柱，你那伤……"

锁柱没留心志勇的表情，也没注意志勇的话，只见他扭过头去，朝后张望着，张望着。

他望啥呢？

人们正纳闷儿，忽见锁柱眉梢一挑，又挥臂往后一指，喜气洋洋地跟大家说：

"哎！你们看——"

十多个人，十多双眼，一齐朝锁柱指向的地方望去。只见，在那高高的道沟崖上，有一位精神抖擞、身材魁梧的人，正然昂首挺胸地跨着步子，虎势彪彪地朝这边走过来。那个人，一边向这边走着，一边笑眼眯眯地向这边眺望。

可能他已经发现人们正在打量他了，他高高地举起胳臂，在阳光的照射下，向这道沟中的人群招手致意。

人们终于看清了——这位正向他们走来的彪形大汉，原来不是别人，正是他们怀念已久的领导人——梁永生。

这时候，人们都心花怒放，热血沸腾，压也压不住的激动在腹腔中膨胀着。接着，全都乐不可遏欢欣若狂地呼喊起来：

"梁队长！"

"梁队长！"

"梁队长！"

"梁队长"这三个字，从十来张热烘烘的口中，同时喷发着。

兴奋的情绪激荡着天空。

火热的眼睛盯视着前方。

就在人们又是看、又是想、又是招手、又是喊的当儿，又呼呼啦啦地全都开了腿。他们像撒了欢儿的马驹那样，跑中有跳，跳中有跑，跑呀跳，跳呀跑，一齐朝着梁永生飞奔过去！

这时梁志勇的心情，当然是和同志们同样兴奋，同样激动，甚至可以说，而且也必然是，有过之而无不及。可是，事情也怪，他在这惊喜若狂的当儿，又突然莫名其妙地愣了一下儿！

他为啥愣了一下哩？

当然是有缘故的——

那是一个霜花飘洒树叶悄然下落的冬夜。辽阔的大地喷放着凉气，蓝空的星月闪烁着寒光。天，就像一块无边无沿的大冰凌罩在头顶上；地，正在被霜花、落叶覆盖起来……

大刀队的战士们，就在这样的时刻进了雏家庄。

他们是悄悄进村的。进村后，他们没有惊动任何人，便按照预定计划走进了村头上那座龙王庙。

他们走进这龙王庙要干什么？

要在这里安宿过夜！

哟！这是怎么回事儿——他们为什么不去找个房东，而要在这破庙里安宿过夜？噢！他们是怕惊扰正在安歇的阶级弟兄吧？我们的许多部队，出于这样的动机，不是曾多次街头露营吗？

不！今日大刀队所以要在庙中过夜，其主要原因，还不是为了这个！

那么，其主要原因是啥哩？

是因为：当前的斗争形势十分复杂，环境极端恶劣，再加上他们已有十几天没到这村来了，对这村近日来的情况变化一无所知，因而他们生怕闯进村去走漏了消息，引出预料不到的麻烦……

可是，这座破庙之中，除了只有四面挡风的墙壁而外，是既无热炕，也无铺盖，所以把战士们全冻坏了！他们，将那冻疼了的手，放在自己的嘴上哈着热气；将那冻木了的脚，相互伸进战友的怀里暖着。

暖脚暖手不如暖心。

用什么来暖战友的心？

对这个问题，如今肩负着大刀队领导担子的梁志勇，是有着丰富的实践经验的。长期以来，一到困难的时刻，梁志勇就跟战友们讲述毛主席关怀战士、关怀群众的故事，用毛主席那光辉高大的形象，用毛主席那亲切的面容，来温暖战士们的心。他还经常讲述红军二万五千里长征的故事，用红军的老传统，来鼓舞战士们坚持下去。今天，人们听完志勇讲的故事，全把冷忘了，不大一会儿就囫囵打囵囵地睡过去。

唯独志勇没有睡意。

因为，他感到肩上的担子沉重，心中的压力太大了！这时候，有许许多多的难题，正在他的头脑里纠缠不休。搅得他，翻个身儿，睡不着；再翻个身儿，还是睡不着！

于是，他索性爬起身，坐在高高的门槛上。

一轮黄乎乎的月亮正挂在天心。

月光透过庙宇顶子上的大窟窿射进庙堂，洒在战士们的脸上，身上。

战士们正然鼾鼾沉睡。

梁志勇扑闪着一双沉思的眼睛，就着月光巡视着那一张张熟悉的面孔——他这些生死与共、同甘共苦的战友们。

他只见，有的同志，头下枕上块半头砖，眼皮一合就打开了呼噜。有的同志，脊梁倚着墙，怀里抱着枪，坐在那儿睡上了。还有的同志，睡下以后不时地吧吱吧吱呱嗒嘴，好像正在吃着什么可口香甜的东西。也有的同志，平日里很老实，可他睡着以后又很不老实，一忽儿把胳膊压上这个战友的前胸，一忽儿又将腿扔在那个同志的身上。

最有意思的是小胖子。

他醒着一天到晚不住嘴，睡着了，嘴还是一点不闲着。一会儿咯吱咯吱地咬牙，一会儿又抿着嘴儿笑了。过一阵儿，又迷里蒙眬地说起梦话来："对……找着县委……那可好了……"

炮筒子睡觉最老实。

他平铺铺地坐在地上，啥也不倚不靠，两条胳膊抱住一对膝盖，下巴颏儿拄在胸脯子上，不声不响地进入了梦乡。你别看他醒着时说话粗声粗气的，可他睡着后，却安详得连喘气都几乎听不见了。

梁志勇望着这些比亲兄弟还要亲的战友们，心里一阵阵地发热，忽而又一阵阵地发冷。

他觉着，这些战友们，虽然年龄有大有小，个子有高有低，长相有胖有瘦，可是个顶个地都是好战士。他们，平常日子能吃苦，打起仗来敢拼杀，实在太可爱了！

在素常里，全像一头老黄牛，给他轻载拉轻载，给他重载拉重载，为了抗日救国的事业，他们忍饥忍寒不吱声，吃苦耐劳面挂笑。一旦和敌人接上了火儿，他们又都变成了小老虎儿，只要指挥员一声令下，全都迎着子弹上，冒着硝烟冲，前头的同志倒下了，后头的同志又扑上前！

志勇一想起这些，觉着眼前这些战士，是革命的宝，是自己的命；只有有了他们，才有抗战的胜利，才有革命的成功！

可是，他眼望着这些战士，突然一转念，又想起了过去大刀队的几十号人在一起宿营的情景。这时，他觉着眼前这十来个战士，越瞅越少，越瞅越少……接着，他那股热滚滚的心情，唰地凉下来，直凉得心里一阵阵地发冷！

继而，他便情不自禁地自语道：

"现如今，大刀队的领导同志们，调走的调走了，牺牲的牺牲了，我几次找县委又没找到，整个大刀队的领导责任，落在了我这个小孩子身上……"

他越想越觉着担子重，压力大！

后来，他在不知不觉中，打了个蒙眬。

就在这个蒙眬中，他做了个梦，梦见爹回来了，并坐在月光下和他谈话，教育他说：

"志勇啊，我们进行的战争是持久战。战争中，会出现曲折，会遇到困难，甚至会遇到极端的困难。越是在这样的时候，越要看清前途，越要增强信心，越要提高勇气啊……"

这段话，是爹在去升主力之前，爷儿俩交谈学习毛主席著作时谈的。当他从梦中醒来以后，曾经这样想过："要是爹真的再回到大刀队来，那该多好啊！"因此，他方才那一愣之际，是心中正在惊疑："呀！莫非真是爹又回来了？还是我又在做梦？"可是，说句实话，在他还没有判明是不是做梦之前，他那两条腿就自动地和人们杂在一起跑开了！

梁志勇来到爹的面前了。

他脚跟一并，打了个敬礼，端端正正地站在一旁。这位车轴汉子挺身一站，使人感觉着仿佛是他的脚下已经在地里扎了根，就算来一阵十二级的大风也刮不动他！这时候，只见他用左手按住正在摆动的手榴弹兜儿，宽宽的胸脯儿起伏着，脸上挂着愈泛愈浓的笑容，豁豁亮亮的笑眼中汪着兴奋的泪花。

这当儿，志勇觉着心里有千言万语要跟爹说，可是他那不受使唤的嘴，一时又啥也说不上来。所以，只是扑闪着一双长睫毛的笑眼望着爹的面容，张着个大嘴嘿呀嘿地笑。

他那颗心啊，在剧烈地跳动着。

诚然，这时的梁永生，心情也是兴奋的，激动的。

其实，当他远远地望见梁志勇和大刀队的战士们的时候，他那股兴奋的心潮，早就升腾起来了！谁知，他真的来到同志们的面前了，目光在战士们的脸上走过一遍后，觉着心里猛地抽动一下儿，那股兴致勃勃的心情，又唰地消逝了！

这是因为什么？

因为永生望见，眼前这一张张熟悉的面容，比原先都黑了，也瘦了！在这些战友们的衣装上，既有泥土，又有血迹，还有火烧的窟窿和子弹穿的枪眼儿！显然，这一切，明明白白地告诉永生：这些日子里，这些战友们，是在极其艰险的环境中度过的！

梁永生面对着这种情况，忍住心中那又是难过又是赞许的情绪，伸出他那粗大的手掌，搭在梁志勇的肩上，并用一双兴奋的眼睛笑望着大家，爽朗地说：

"同志们！你们辛苦啦！"

"不辛苦！"

战士们笑韵洋溢地齐声回答着。

须臾，梁永生又将他那热乎乎的手掌，移到小胖子那肥突突的肩上。与此同时，他那双含情露笑的眼睛，喷射出两条炽热的视线，在小胖子那神飞色舞的脸上，一圈儿又一圈儿地打着转儿。

这个被人称作小胖子的王海生，是个渔家子弟。他的老家，住在渤海边上，自幼就跟着父亲出海打鱼。"七七"事变后，他的母亲和妹妹，被日本鬼子的炮弹炸死了。此后不久，他的父亲，也不知是因为什么缘故，又被渔霸加了个"罪名"，扔下海去……

小胖子忍无可忍，杀了渔霸，投奔了八路军。

这话，已是两年多以前的事了。

这位带着报仇思想走进革命队伍的小胖子，在两年多的时间里，经过党的教育，使他开始树立起了自愿为祖国的利益、为人民的幸福而战斗的思想，并作出了为了革命事业而牺牲自己的一切的准备。因此，他现在从内心里乐意永远当一个革命的战士，而且，他还从内心里爱上了这革命战士的战斗生活。

目下，梁永生眼望着小胖子的面容，只见他和其他战士们一样，尽管也比从前有些消瘦了，可是，那旺盛的战斗精神，并未减退分毫！

仅此一点，就使永生十分兴奋。

梁永生大概是由于过分激动的缘故吧？你看，他那宽阔的前胸，这时正在紧张地起起伏伏。稍微沉静了一下，他的手从空中往下一压，使情绪沸腾的战士们静下来，说道：

"同志们！你们这个突围战，打得很好！"

战士们宽慰地笑了。

炮筒子含着笑韵道：

"还不是多亏了你们打接应？"

永生摆摆手，认真地说：

"不是！我说你们打得好，是说你们打得勇敢，打得顽强；灭了敌人的志气，长了我们的威风！"

有人问："梁队长，你怎么来得这么巧啊？"

永生说："县委派我来找你们了！"

大家一听这话，再次沸腾起来。在这样的时刻，一股过分激动的心情，使得战士们几乎忘记了一切，只知道高兴。你瞧，他们都在纵情地喊，笑，跳，叫人猛乍一看，就像一帮天真的娃子那样。

在这样的时刻，战士们那一双双笑芒四射的眼里，都汪满了闪闪发光、滚滚打转的泪珠儿。

这是激动的泪珠儿！

这是兴奋的泪珠儿！

在这又激动又兴奋的泪珠中，正在喷发出一股股按压不住的、火焰一般的热情，也正好反映出战士们那充满了自豪感、幸福感的喜悦心境。

几个战士同声道：

"我们成天价找县委呀！"

梁志勇就劲儿接舌插言道：

"我们这一时期没找着县委，活像一伙儿没娘的孩子……"

喝着苦水长大的梁志勇，自从参加革命以后，他那种与苦搏斗的坚毅、顽强的性格，有了很大的发展，并且起了质的变化。今日的梁志勇，已经成了这样一个人：只要是为了革命的事，对他自身吃的苦，一向是吃苦不觉苦，受苦不诉苦；他对为革命而吃苦，具有一种惊人的意志力量！可是今天，他一说到没找着县委的事，又一想到因得不到县委的领导而吃的苦头，却说着说着眼圈儿变红了，湿润了！

梁志勇的这种说法，代表着战士们急于找到县委的共同感情；他这种神态，又激起了战友们思念党的领导的心情。因此，小胖子紧接着志勇的话尾引申地说下去：

"俺这伙找不着娘的孩子，这些日子就像没了主心骨一样啊！"

梁永生深表同情地点着头：

"县委完全理解你们的心情，在这以前也曾几次派出人来找你们，可是，都没和你们取上联系。我到县委报到时，县委书记方延彬同志，饭没吃完就和我交代任务，要我立即起程，连夜出发，赶快来找你们。我临行前，他再次嘱咐，见到你们以后，要我代表县委问候你们……"

战士们听后，那股兴奋的劲头儿达到了新的高潮。他们七嘴八舌地说：

"县委太关心我们啦！"

"我知道县委准挂着我们！"

"党嘛，就是母亲，咋能不挂着她的孩子们呢？"

这当儿，永生东看西瞅地撒打了一阵，问道：

"志勇，咱大刀队的那些同志……"

永生一问这个，战士们的情绪突然落了潮。志勇眼里那兴奋的泪花也蓦然失去了光彩，他泛指着身边的十来名战士，以沉重的语气说：

"所有的同志都，都，都在这里！"

志勇这句话，在永生的感觉中，仿佛一字足有千斤重；又仿佛，有千万根锥子，扎进他的心中！这是因为，梁永生的脑海里，目下正在浮现出一张张熟悉的面容……

志勇说完这句话后，也在拼命地收缩着面颊上的肌肉，极力忍受住正在袭来的苦痛，极力控制着正要张落下来的泪水……可是，一忽儿，他的感情再也不受他控制了，便一头扎在爹的怀里。

梁永生当然知道现在志勇是啥样的心情。可是，他觉着眼前不是做思想工作的时机，所以啥也没讲，只是将志勇的头扶了起来。

这时，他仔细一瞅，又发现志勇的眼里闪射着顽强的光亮，这说明残酷的战斗并没能熄灭一个共产党员的英气，艰难困苦也没能压服为祖国而战斗的战士们。这使得梁永生的心里又是一阵高兴。接着，他把自己又调回大刀队的事告诉给同志们，而后，又以乐呵呵儿的语气另起话题说：

"你们藏得真严呀，还怪难找哩！"

"你找我们好久了吗？"

"是啊！要不就说难找啦？"

"你到哪村找过？"

"唔！要说到过的村子吗？可多啦！"梁永生扳着指头说，"龙潭街，宁安寨，马厂，于庄，十里铺，贾庄，宋庄……"他又向东南一指说，"就连这个关庄，我和锁柱今天早上还去过一趟哩！"

一位战士惊奇地问：

"怎么？今儿早上你们上关庄去过？"

"就是嘛！"锁柱插言道，"我们从关庄出来，又串了几个村子到了雒家庄。谁知，我们正要出雒家庄，就见阙八贵领的那伙子敌人进了关庄。不大一会儿，你们就跟他们接上火儿了！……"

"说来也真蹊跷！你们明明就在关庄住着，我们进村打听了一顿，怎么连一点气信儿也没扫问出来呢？"

梁永生说罢，将那双巡视的目光停在志勇的脸上。显然，他这是要志勇对他这个疑问作出回答。志勇笑了。解释说：

"脚下环境太恶劣了！我们半夜三更扎进村去，不声不响地住到一个户家，严密封锁消息。不用说村里的群众，就连隔墙邻居，对门舍户，也都尽量不让他们知道我们住在哪里……"

"真严呐！"

"不严不行呀！就这么严，还三六九地被敌人发现哩！就说今天吧，不就是这样吗？"志勇说，"因为这个，如果我们不需要搞东西吃，进村住上一夜，有时那村的人没有一个知道……"

"叫你这一说玄了！"锁柱又说，"房东能不知道？"

"不玄！"志勇解释说，"我们进村后，还有时不到户家去……"

"在哪住？"

"就找个草棚、车棚或者破庙睡上一觉儿，解解乏，不等天明，又神不知鬼不觉地走了！……"

永生听了志勇和锁柱这段对话，觉着志勇他们这个做法不大对头。在永生看来，应当是：环境越恶劣，斗争越复杂，敌我力量悬殊越大，越要和群众保持密切的联系。这个问题，他打算以后找个机会，跟志勇谈谈。因此，现在他只是说：

"这里不是谈话的地方。咱们走吧！"

"是！"

志勇挺身站直：

"往哪走？请队长发布命令！"

永生说：

"我才来，不了解情况。往哪走，你决定。"

你看，现在的永生和志勇，俨然是一种战友之间的上下级关系。如果让不了解情况的人见到这种场面，谁能猜出在他俩之间还有一层父子关系呢？

这时，志勇的嘴角上，添了一丝微笑，向爹应了一声"是"，又转过身去，向战友们宣布道：

"同志们注意！现在马上要出发。路线是：由此向北，到前杨庄西洼，顺着通向后郑庄的交通沟，折向东北；到后郑庄北洼，再顺着通向十里铺的道沟，折向西北；到十里铺南洼，沿着通向万老庄的道沟窝回去，照直插向正东……"

志勇部署完了行军路线，又侧过身来向锁柱说：

"你做后哨！"

"是！"

"任务是防备敌人追上来！"

"是！"

锁柱应着，打了个立正。

队伍出发了。

每个战士之间，都拉开了十来步远的距离。因此，这支只有十多人的小队伍，却摆成了长长的一大溜。

梁永生这个人，只要和战士们在一起，战士们就觉着浑身产生力量。今天，在这支小队伍里增加上了他，在人们的感觉中，仿佛不是增加了一个人，而是将队伍的战斗力，增加到了任何敌人也不可战胜的地步。

你看！正在行军的战士们，一边走一边不时地回头望望永生，因为他们觉着，只要永生跟在后头，自己心里就有主心骨。

再说而今走在自己的队伍行列中的梁永生，也觉着浑身是胆，信心倍增。因为他从自己的经历中早已深深体会到，一个人的力量是很有限的；一个人离开了党的领导，离开了那些志同道合的战友和阶级弟兄，不论这个人的决心多么大，本事多么强，到头来，他必将一事无成。目下，他和志勇走在队伍行列的尽后头，一边撒出两股热光笑望着自己的战友们，一边正和志勇且走且谈。永生问志勇道：

"哎，志勇，今儿早上，你们是咋被敌人发觉的？"

梁志勇说：

"我也正纳这个闷儿！我们是夜来后晌二更天进入关庄的。今儿一早敌人就扑上来了！……"

梁永生说：

"这里边，八成有个什么名堂！"

梁志勇说：

"是啊！我也这么想。可是，想了老半天，也没想出个道道儿来！"

沉默了一阵。

梁永生又问：

"哎，志勇，敌人怎么总是咋呼着要捉拿我哩？"

"这，这……"

志勇"这这"了一顿，也没"这这"上个子丑寅卯来，却扑哧一声笑了。

永生问："你笑啥？"

志勇说："我笑我呗！"

永生又问："笑你啥？"

志勇笑道："笑我傻！"

随后，志勇向多讲述了这样一个情况——

过去，梁永生领导着大刀队在这一带活动时，由于认真贯彻执行了毛主席关于游击战争的战略战术原则，处处按照党的指示办事，所以打了许多胜仗，杀出了大刀队的威风。

因为这个，这一带的敌人，对梁永生这个人物，既恨之入骨，又闻名丧胆。现在，在这敌我力量悬殊，斗争形势极端困难的情况下，梁志勇他们这一伙儿，就琢磨出一个"巧法儿"——打出了"梁永生"的旗号，用它来吓唬敌人！

现在永生听了，觉着心里好笑。

梁志勇自己，也说着说着笑了。

梁永生好奇地问：

"你们这一招灵不灵？"

梁志勇涨红着脸说：

"开头灵！因为敌人一时摸不着真底儿，我们利用敌人的胆怯心理，打着你的旗号还真打了几次漂亮仗呢！可是后来，大概敌人也怀疑我们是冒名的假'牌号'了，我们这个'巧法儿'，就越来越不灵了！……"

这时梁永生想："志勇他们，在暂时和领导失去联系的情况下，能够独立作战，坚持斗争，想着法地对付敌人，这种精神是可贵的。"于是，他对志勇他们想着法儿地跟敌人斗争的精神，鼓励了几句。

他这一鼓励，却闹得志勇更不好意思起来。

沉静了片刻。

梁志勇问道：

"今后咱该咋办？"

梁永生说：

"今后咋办，猛孤丁地我也说不上来！"

他抽了口烟，又说：

"不过，在今后的斗争中，应当掌握什么原则，县委倒有明确指示——"

"啥指示？"

"等咱们站住脚，开个支委会，我向你们传达传达。"

"好！"

"到那时，你们再向我汇报汇报咱这个地区当前的斗争情况……"

"对！"

"这样，有了上头的'精神'，有了下头的'底数'，大家伙儿再呛呛咕咕一讨论，那个'今后咋办'的答案也就出来了！……"

志勇是多么渴望县委的指示啊！

因此，他又要求爹说：

"爹，我要求一件事情行不？"

"啥？"

"你把县委的指示，先向我讲个大概吧？"

讲不讲呢？永生沉思起来。

这当儿，有个亲切的声音，响在他的耳边：

"永生同志，你们这个大刀队，既不是区中队，也不是县大队，而是在县委直接领导之下的一支特殊的游击队。所以说它是个特殊游击队，是因为它担负着特殊的战斗任务……"

"知道。"

"对啦！这些你都知道，我就不作详细交代了。需要向你交代的是：县委对大刀队的活动区域，作了一下调整——从前，不是只包括河东、河西两个区的各一部分吗？如今，又增加上了枣林、梨园两个区的各一个角儿，地面扩大了。

100
1921-2021

红色岁月

红色历程

红色史诗

红色经典

另外，还给你们这个跨区越界的活动区域，改了个新的代号儿……"

"叫啥？"

"叫'临河区'！"

"县委的意图是……"

"县委的意图是：不让敌人摸清我们的行政区划。因此，你到任后，要把'临河区'这个迷惑敌人的旗号打出去，把'区长'的牌子也亮给敌人……"

"亮谁？"

"别人那有谁呀？就亮亮你这'梁永生'三个字呗！"

"我这次回去的任务是啥？"

"任务嘛，我打个比方：你，好比是从一片烈火中取出的一颗火种，一颗革命的火种。而今，根据形势发展的需要，党决定再把你放进那片烈火中去，把那片刚刚遭了一场暴雨的烈火点得更旺……"

这些话，是永生来上任前，和县委书记的一段对话。

今天，他一边走路，一边回想着方书记这些语重心长的话语，在头脑中，又闪现出了那位和蔼可亲的领导者的微笑面容。特别令人难忘的，是方延彬同志故意用这笑容掩盖着的那沉重的心情，还有他那种只有对自己的同志才会有的热切期待和充分信任的眼神。他那无声的眼神好像正在向永生说：

"老梁同志啊，我相信你一定能够完成这项艰巨任务！"

永生从接受了这项任务那天起，心就立刻飞回了"临河区"。多少张喜气洋洋的笑脸，多少激动人心的话语，在他的眼前晃动，在他的耳边回响，在他的心里聚成一股强大的力量，使他又生出一种坚强的决心和信念："坚决完成党赋予我的这项光荣使命！"

可是，怎么去完成呢？

又靠什么去完成呢？

靠毛主席的教导，靠党的指示，靠人民群众——这就是梁永生在到任之前想了一路得出的结论。

现在，他面对着迫不及待地渴望知道县委指示精神的小志勇，心中蓦地闪过这样一个念头："将县委的指示精神先跟志勇透透气儿也好。要不，在这样恶劣的环境中，一切不测事件都是随时可能发生的！志勇知道了县委指示精神，也免得……"永生想到这里，便向一直用期待的目光望着他的志勇说：

"我先将县委的指示精神，跟你说个大概的轮廓吧！到党支部会议上，我再作全面的传达……"

梁志勇高兴了：

"那太好啦！"

梁永生说：

"好是好，但有个条件——"

梁志勇问：

"啥条件？"

梁永生说：

"你听了以后，要动动脑子，对如何贯彻执行县委的指示想些点子，提到支委会上去研究……"

"行！"

随后，梁永生便有条不紊地向志勇讲开了。

在他俩边走边谈的当儿，走在他们身后的小锁柱，腿不由自主地加快了步伐。

他要干什么？

他要听听永生和志勇的谈话。

这也许是由于小锁柱的年龄所决定的，他在精神上，有一种贪馋的特质，总想从外界吸取一些营养。除此而外，还有一点，这就是，在小锁柱的心目中，梁永生不仅是个领导者，还是一个父辈人物。小锁柱，一向敬慕像梁永生这样的领导人，更爱听他那头头是道娓娓动听的谈话。大概就是因为这个，今天永生和志勇在行军路上的交谈，一直在强烈地吸引着小锁柱，使得他不由得凑近些，再凑近些……

就这样，他原来在距永生四五十步远的地方，三凑两凑，眼时下已经凑到梁永生的身子后头来了。

永生听见脊梁后头有人沸儿沸儿地喘气，回头一望，见是锁柱，笑了笑，没说啥，转回头，又继续讲了下去。梁志勇也理解锁柱的心情，所以也没责备他"失职"，只是提醒他说：

"锁柱，可别忘了你的任务啊！"

志勇拿话一点，锁柱醒了腔。

他吐一下舌头，尴尬地留住了步子。

可是，不大一会儿，他不觉不由得又凑上来了。

梁永生望望锁柱，笑着说：

"锁柱，又忘啦？"

志勇瞟瞟锁柱，也笑了。

锁柱再次留住步子。

梁永生接上方才的话头儿，又说下去：

"关于县委的指示精神，就先谈到这里吧。我想今晚上开个支委扩大会，再作详细传达，你看怎么样？"

"好哇！"

"扩大哪些人参加呢？"

"你说吧！"

"我不了解情况，还得你先说。"

"我看，是不是让沈万泉同志参加这次会议？"

志勇一提到沈万泉，使永生想起了杨大虎跟他谈的那些情况，于是问道：

"哎，志勇，听大虎同志说，沈万泉到黄家镇据点上去当伙夫了……"

"嗯。"

"真的？"

"真的。"

"你知道这回事？"

"知道。"志勇说，"是徐指导员派进去的。"

"派进去的？"

"对啦。"志勇说，"情况是这样——那时节，黄家镇据点上的汉奸头子乔光祖，听说沈万泉有一套炒炒煎煎的好技术，就派人来'请'他到据点上去当伙夫。老沈同志呢，当然不愿去！于是，他当即决定出去躲一躲。在临走之前，他特地找到咱大刀队的指导员徐志武同志，说明了敌人逼他上据点的情况，并谈出了自己的打算……"

永生插嘴问道：

"徐指导员怎么说的？"

梁志勇摹声绘影地说：

"徐指导员还是那种老习惯——先淡淡地一笑，而后一句三顿地说：

"'叫我说，他既然来请，你就去。'

"'去？'

"'去。'

"'不！'

"'咋？'

"'那不等于当了汉奸？'

"'不，不等于当汉奸。而且，等于继续做抗日工作哩！'徐指导员又淡淡一笑，'借此机会，你打进敌人的内部，对咱们的抗日救国事业，能起到一种特殊的作用。当然，这是有风险的！……'

"'风险我倒不怕！'老沈说，'我怕群众说七论八！'

"'怕背黑锅？'

"'对啦！'

"'黑锅嘛，是难免要背一背的。'徐指导员说，'共产党员嘛，是干啥的？干革命嘛，先得不怕死！死都不怕了，还怕暂时背黑锅？……'经过指导员的开导和教育，沈万泉同志最后笑着说：

"'听党的！'"

梁永生听了志勇这段原原本本的叙述，恍然大悟地点着头：

"噢！原来是这么回事儿！"

他抽了口烟，又说：

"怪不得杨大虎说沈万泉'汉'了！"

"这件事，谁也不知道。"志勇解释说，"当指导员跟沈万泉谈话时，只有我在场……"

志勇说到这里，永生心里那块悬石落了地。

沉默了一会儿，志勇又另起话题说：

"我再向你汇报汇报余山怀的情况吧——"

永生很重视这个问题：

"好！你谈谈吧。"

"在指导员牺牲的那次战斗中，余山怀被俘了……"

"这我知道了。"

"锁柱告诉你的？"

"对。"永生说，"他被俘以后怎么样了？"

"叛变了！"

"叛变了？"

"嗯！"

像余山怀这类人物，在被俘以后，叛变革命，叛变祖国，成为可耻的叛徒，这是不足为奇的！可是，永生现在再次想道："余山怀是像志勇说的那样——在被俘以后叛变的吗？他会不会早在'被俘'之前就已经成了内奸？……"他一想到这里，心弦又立刻拽紧了。大概正是因为这个缘故吧？梁永生的语气里破例地带上了几分急迫的味道：

"你谈谈他叛变以后的情况！"

志勇摇头道：

"谈不出来！"

永生追问着：

"你就只摸到这么一点情况？"

"嗯。"

"这个情报准不准？"

"准。"

梁永生沉思着。他久久地沉思着。

过了一阵，梁志勇以请示的口气又提出一个新的问题：

"今晚上的支委会，在哪里开呢？"

永生从沉思中醒来，顺口答道：

"你先拿个意见。"

志勇一边想着一边说：

"根据目前的局势，在村里开会更不安全。"

梁永生点头道：

"嗯。我同意这个看法。"

志勇想了一阵儿，一面走着一面说：

"咱该找个大松林作为会议地址——"

"哪个松林合适？"

"白眼狼那个松林怎么样？"

"为啥要选那个地点？"

"一是那个地方离敌人的各个据点都比较近，更不会引起敌人的注意——"志勇向白茫茫的雪野瞭望一眼，又接下去说，"再是那个地方的地形地物比较理想，万一发生了敌情，顶也罢，撤也罢，都比较好办……"

梁永生听完志勇的陈述，往后推一下帽头儿，一面走一面抽烟，沉思了片刻，而后点点头说：

"嗯。好。就这样定啦。"

随后，他们又谈起如何和沈万泉取上联系的事，谈起如何发展队伍的事……

梁永生一边带领着队伍向前行进，一边跟志勇谈论，还一边不时地向四外瞭望着。

四野里，一片银白。

银白的雪野，千里无垠，显得异常辽阔，异常清新。

淡蓝的天空，很高很高，依然寒流滚滚。在那遥远的天边上，有条花串般的云带。云带被阳光一照，正在闪射着五光十彩。

东风吹来了。东风带着一股微微的暖气，正在徐徐地吹拂着大地。

树枝上的雪花，变成了晶莹的水珠儿，闪闪下滴。雪后清晨的旷野，经过朝阳的照射，东风的吹拂，散发着醉人的气息。这醉人的气息，驱散了梁永生连日来为找队伍而到处奔走的疲劳，使他顿时感到周身轻松，心窝舒畅！

第四章

战火中的支委会

一更时分。

天空里布满一块块的疙瘩云。月亮从云块里钻进钻出，好像在故意跟人们开玩笑似的。大刀队的战士们，在队长梁永生的带领下，踏着忽明忽暗的月光走出一条道沟，鸦雀无声地进入一片密松林。

他们要在这里开会。

志勇根据队长的命令，先派人和龙潭街的民兵取上联系，而后又对松林四周的岗哨设置作了一番周密部署，梁永生到任后的第一次会议，便准备开始了。

这是一次支委扩大会议。

这次应当参加会议的，总共四个人：梁永生，梁志勇，王锁柱，沈万泉。

现在，沈万泉还没来到。

这个作为会址的松林中，有四棵高得出眼的古松。四棵古松之间，有个大理石的石桌。石桌的四面儿，还都设有石凳。永生他们三个人坐下后，志勇请示永生道：

"咱等不等老沈同志？"

永生没有当即回答。他透过松枝望了望天空的星辰，又屏住气听起四外的动静。四外，鸡不叫，狗不咬，只有松林在发着轻微的涛声。这时，永生的脸上渗出一层淡淡的、不易被人察觉的焦急神色：

"天到这时了，怎么还没来呢？"

他自语了一句，又问志勇：

"你跟他怎么约定的？"

志勇皱皱眉头：

"若按约定的时间，该来了！"

小锁柱也有点不安地插嘴道："是不是路上……"他说了个半截话儿，便将话头收住了。这显然是，在他看来，话一说到这儿，旁人就能领悟出他的意思，不必再说下去了。

这一阵，梁永生一直箍着嘴，没再作声。观其神态，仿佛是，他目下正在自己跟自己悄悄地商量着什么。他这个主持会议的支部书记一不说话，参加会议的志勇、锁柱也闷了宫。这么一来，闹得整个松林异常宁静，只有远处的据点上，偶尔传来刺耳的冷枪声。

过了一会儿，梁永生这才带着分析的口吻说：

"老沈同志，身在'虎穴'，出进不是那么容易的。咱们再等他一会儿吧！"

他说到这里，先看了锁柱一眼，又将视线从锁柱身上移向志勇，然后变换一下口气接着说：

"咱是不是抓紧这个空儿，先由你俩谈谈情况？"

"那也好！"志勇说，"我先说——"他说着捅了小锁柱一把，"伙计，我说完后，你作补充。"锁柱点点头。志勇便滔滔不绝地陈述起当前敌我斗争的情况来。这当儿的梁永生，静静地坐在一旁，将小烟袋插进烟荷包里，一边捻捻搓搓地装着烟，一边听着，思索着。

一霎儿。他把烟装好了，想要点烟时，蓦然意识到，在这四邻不靠的松林之中，不能出现火光。于是，又将烟袋插在腰带上。可是，永生有这么个习惯：一到用脑子的时候，他那只手就不自觉地去摸烟袋。因此，不多时，他那根刚刚别在腰里的烟袋又拔出来了……

志勇把这个地区的当前形势讲完了。

他在结束他的发言之前，是用这样一句话来收尾的：

"总而言之，我们当前面对的局势是：抬头见据点，低头是公路，我们活动的地盘儿越来越小，处境极端困难呀！"

客观事物的一些现象给人们的直接感觉，一般说来大体是相同的。可是，由于人们有着不同的思想感情和不同的思想方法，使得人们对同一客观事物又会产生出不同的反映，进而得出形形色色的结论。

就拿当前的敌我斗争形势来说吧，梁永生当然也认为是艰苦的，困难的。在这一点上，他和志勇是相同的。可是，他在认识到困难的同时，懂得困难并不可怕，可怕的是害怕困难；还认识到经过我们的斗争，困难是能够克服的。他基于这样的观点，所以对当前形势的估计是非常乐观的，信心十足的。在这一点上，他和志勇又是不大相同的。

在对问题的认识上发生了差距时，怎么办呢？当然是应当进行说服，达到统一。梁永生作为领导人，显然更不会忽视这一点。

不过，今天的梁永生，尽管对革命的道理已经懂得很多了，可他在跟别人谈论什么事情的时候，从来不喜欢用一些空空洞洞的名词讲一大串串道理，而是习惯于用一些具体事实来阐述自己的论点。这一点，他是从县委书记方延彬那里学来的。

和永生相处得比较久的同志都知道，他不论讲述一个什么观点，常常是一张口就举例子，要不就打比喻，算细账。

今天，他听了志勇的论调以后，是先从这里说起的：

"如今，敌人的据点越安越密，公路越修越多，这确乎是个事实。不过，对这个问题，要有个正确的看法——"

他把手掌举起来，指着手心说：

"不能光看到这一面——"

他将手掌一翻，又指指手背说：

"还要看到它的另一面——"

他习惯地停顿一下，又说：

"也就是说，既要看到对我们不利的一面——好去克服它；也要看到对我们更加有利的另一面——为的是好去利用它！"

"还有更加有利的一面？"

"当然喽！"梁永生盯望着志勇说，"我举个例子吧——从前，你不是跟白眼狼的狗腿子们打过一回架吗？当时，他们好几个人围着你，你虽会点武功，但很难取胜；后来，你一跑，他们一追，将他们的一个人蛋，拉成了一条长线，不是叫你一个一个地全收拾了吗？"

志勇不以为然地说：

"这和那咋能相比呢？"

"咋不能相比呢？"梁永生反问一句，又接着说，"敌人安的据点越多，他的战线就拉得越长，他的兵力就越分散，就更有利于我们集中力量各个击破！……"

他缓了口气，变换了一下口吻，又说：

"他们修的公路越多，我们破路的机会不越多吗？随着公路的增加，敌人的护路任务不也在增加吗？因此说，敌人多修一条公路，不光是给我们添了块绊脚石，还等于在他自己身上缠上了一条绳子！敌人多安一个据点，也不光是给我们安了个钉子，还等于给他自己的背上增加上一个包袱！除此而外，他们每多安一个据点，多修一条公路，还等于多给我们开辟了一个和他们进行斗争的场所！你们琢磨琢磨，是不是这么个理儿？"

梁志勇点点头：

"理倒是这么个理。"

可他叹息一声又说：

"可惜我们的力量太小了！"

梁永生摇摇头说：

"不对！"

"咋不对？"

"我们的力量不小嘛！"

"还不小？"

"总比敌人大得多呀！"

"比敌人大得多？"志勇也摆开事实了，"在我们活动的这个地区，敌伪军二三百，我们大刀队是十多个，敌我双方力量的对比，是好几十比一呀！"

梁永生笑了。他说：

"敌伪军二三百，这不假。我们大刀队十多个，也不假。可是，他那二三百，分散在大大小小若干个据点里，等于这个——"

他在说话的同时，将右手的拳头伸成巴掌，又将相互靠拢着的五个指头分离开来，擎在半空不动了。而后，他变了个语气，又说：

"我们大刀队呢？虽然只有十多个人，可是，力量凝聚在一起，就成了这个——"

他说着，又将左手的巴掌握成了拳头，也擎在半空，不动了。

过了一阵。

他两手一击，又说：

"你们看！哪个力量大？"

"还得用发展的眼光看问题呢！"小锁柱插进来了。他忽闪着两只自豪的眼睛，瞟着志勇说："我们的大刀队，还要扩军嘛！能光十多个人？"

永生点头道：

"锁柱说得对……"

他刚说了个话头，小胖子忽然来报：

"报告队长！运河堤上发现敌人！"

"噢？"永生眼珠儿一转，"多少？"

哨兵小胖子说：

"我没见到。因敌人还在龙潭那边的河堤上。这个情报，是龙潭街上的群众向我们报告的。那报告情况的民兵黄二愣还说，河堤上的敌人，正向这边移动……"

梁永生往后推一下毡帽头，细眯着眼睛，捉摸着近来前村后店发生的一些情况。这时，几片乌云从天角上扑过来，几颗星星在云块的边缘上闪烁着，宛如蟊贼的眼睛。梁永生沉思了片刻，向小胖子命令道：

"注意监视敌人的动向！"

"是！"

"发现新的情况，再来报告！"

"是！"

小胖子应声而去。

会议又接上话弦。

头一个开腔的是梁志勇。他说："通啦！"

梁永生问："通啦？咋通的？"

志勇说："我觉得你讲得有理，所以就通了呗！"

梁永生说："你要就凭这些通了，那就'通'错了！"

志勇迷惑不解地忽闪着眼睛："错了？"

"当然错了！"梁永生先肯定一句，继而又带着几分责备的语气说，"有一笔很平常的账你都没算对，这个'通'，是'通'到哪里去了呢？"

"啥账？"

"啥账？那个'好几十比一'呗！"

"哦！那是个荒数儿。"志勇道，"我是估摸着说的，并没细算，当然不很准确。不过，我是想用这个大概其的比数，说明一个论点……"

"我说你错了，就是说你这个论点错了！"

"咋错了？"

"我问你——"梁永生说，"我们是十多个人吗？"

梁志勇继续争辩道：

"你是不是说，还有赵生水同志带领的被敌人冲散了的那个分队？据我了解，那个分队的同志们，人数也不多了！除了锁柱而外，大概也只不过还有两三个人，目前在边缘地区活动。就是加上他们，也还超不出'十多个'这个荒数儿，还是跟不上敌人的零头儿多！……"

志勇说的，根本不是永生质问的意思。可是，尽管他答非所问，永生并没打断他的话。直到他说完了，永生才说：

"我问的不是这个意思！"

"啥意思？"

永生仍未直接回答。还是继续向志勇提出问题。只是语调增加了一些严肃的成分：

"我再问你——我们进行的是什么战争？"

"人民战争！"

"仗为谁打？"

"为人民！"

"靠谁打？"

"靠人民！"

"我们'临河区'有多少人民？"

梁永生一句紧跟一句地问到这里，志勇已经意识到自己那个"比数"不对头了。因此，他对这最后的一句追问没作回答。可是，梁永生是不会轻易放过他的，又紧接着提出了一连串的问题：

"全区的人民群众不止'十多个'吧？人民群众能不算'我们'？你那个敌我双方的力量对比，你那个'好几十比一'，是怎么算出来的呢？照你这个算法，把人民群众算到哪里去了？……"

"我拐过弯儿来了。那个'比数'错了！"

梁志勇是个爽快人。他一向是自己跌倒自己爬，拾得起放得下的。凡是想不通的事，从来不隐讳自己的观点。一旦发觉自己错了，就直截了当地认错。可是，在志勇认错之后，永生却又转了话题道：

"当然，目前我们这个地区，敌我斗争形势，还得算敌强我弱。谁要不认识这一点，也要犯错误。"

志勇点点头，继而又谈到另一个问题：

"自从敌人实行了'三光政策'以后，烧杀抢掠越来越残暴，人民群众的抗日情绪受到打击，积极性不如过去高了，我们发动群众的工作，和从前相比，也困难得多了！"

梁永生说："你举个'困难'的例子吧。"

梁志勇说："连龙潭街上的滑稽二都不滑稽了！"

梁永生问："还有什么例子？"

梁志勇说："更多的具体例子举不出来。"

梁永生问："为啥？"

梁志勇说："这些日子，光顾领着敌人'赶圈儿集'了，一直站不住脚，哪还顾得上搞群众工作呀！"

梁永生问："那你咋知道'困难多了'？"

梁志勇说："这不是秃子头上的虱子——明摆着了吗？再说，从一些现象上，也能看得出来！"

梁永生听了志勇这种论调，觉得他犯了表面看问题的毛病。也就是说，他叫敌人那种外强中干的假象儿给迷住了眼睛，因而也就看不到敌人必将灭亡、我们必将胜利的实质了。

这是永生心里想的。可他并没泛泛地讲这些大道理。目下，他正在考虑的是，举个什么例子，打个什么比喻，或者是摆个什么事实，来说服志勇，同时也使小锁柱受到教育。

可是，在目前的情况下，梁永生要做到这一点并不是容易的。因为他离开这个地区已经一年多了，现在回到这个地区又才不几天，哪有那么现成的例子呢？

没有说明实情的例子，梁永生宁可不说话，也不愿只讲些空道理。

因此，他只好静静地听着，久久地想着。

这当儿，松林附近的村庄中，时而传来一阵阵的砸门声，犬吠声，还有婴儿的夜啼声。

这些声音，虽然相隔很远，可是，由于夜深人静了，还是隐隐约约、断断续续地传进了这漫野荒洼的松树林子里。

锁柱指着声音传来的方向，提醒人们说：

"听！八成是敌人进了龙潭街了！"

梁永生听了一阵，狠狠地骂道：

"强盗！"

这时，他的头脑中忽地一闪，说道：

"你们想想，敌人半夜三更地这个闹腾劲儿，连个安稳觉也不让老百姓睡，群众能不恨他们？"

志勇说："当然要恨他们！"

锁柱说："不让群众睡安稳觉，这是小事儿！"他说着说着上了气，"最叫人可恨的，是他们任意地杀人放火，乱抢乱夺，奸污妇女……"

"这些野兽！"梁永生捻搓着烟荷包说，"不过，我们的敌人，又不同于那深山老林里的野兽……"

"他们是有大脑的野兽！"

"对！他们为啥要杀人放火呢？"梁永生自问自答地说，"叫我看，他们是想通过这种灭绝人性的残暴手段，来吓唬群众！妄图使人民群众不敢再抗日，也不敢再接近抗日的共产党、八路军，从而割断我党我军和人民群众的血肉联系……"

"对！就是这样的阴谋！"

"可是，敌人这个算盘儿，又错打了码！"梁永生若有所思地说，"敌人杀了老百姓的儿女，当爹娘的能不恨敌人？敌人杀了老百姓的爹娘，做儿女的能不恨敌人？敌人奸污了老百姓的妻子，为丈夫的能不恨敌人？敌人烧了老百姓的房子，那房子的主人能不恨敌人？……"

梁永生正讲着，小胖子再次来报：

"梁队长！敌人出了龙潭街——"

"往哪去了？"

"朝这边来了！"

"他们有多少人？"

"三十多个！"

"离这里还有多远？"

"不到一里路了！"

"继续监视！"

"是！"

哨兵又走了。

锁柱提议说：

"队长！咱该干他一家伙？"

"不！现在，咱的任务，是开会。"

梁永生一字一板地说了这么一句，紧接上方才的话把儿，又继续说下去：

"总而言之，敌人杀了我们的人，不光被害者的亲属恨他们，我们的阶级弟兄，我们的人民群众，谁能不恨他们？"

他瞟了志勇、锁柱一眼，又说：

"就说你俩吧，一提起敌人的兽行，这不也都气得变了色吗？"

志勇和锁柱，情不自禁地点着头。

梁永生将烟袋插在腰里，又说：

"因此说，敌人每杀一个中国人，每烧一间中国房，每糟蹋一个中国妇女，就等于，在每一个中国人民的心里，增加了一分仇恨；也等于，给我们中国的抗日怒火，又加上了一滴油——"

他盯着志勇的面孔，又加重语气说：

"而不是泼上了一瓢水！"

志勇的脸红了。永生带着将一军的口气问他：

"懂吗？"

"懂了！"

梁永生这个人，不论谈什么事，也不论对什么人，总是喜欢一竿子插到底——把话说尽。现在，尽管志勇已经表示"懂了"，可他还是继续说了下去：

"因此说，敌人进行一次烧杀抢掠之后，某些群众的情绪低落，那是暂时现象，表面现象……"

他停顿一下，缓了口气，又说：

"其实质是，人们对敌人，更恨了；他们那种抗日救国的要求，也必然是更加迫切了……"

永生讲到这里，志勇和锁柱都因又明白了一个道理而心情兴奋，活跃起来。

志勇先说："我刚才那个调子，是完全错误的！"

锁柱也说："原先我也不懂得这层道理。"

志勇说："爹，你应当把这个道理，向全体战士讲讲。"

锁柱说："以后找个机会，让队长跟民兵、群众都讲讲。"

永生笑道："喔哈！你俩推得可真干净！看来，这革命成了我一个人的事啦？"

志勇笑了。

锁柱也笑了。

永生又接着刚才的正题说下去：

"我们当前的情况是极端困难的。不过，这种困难，是'黎明前的黑暗'。困难的本身正在说明：黑暗即将过去，曙光就在前头。当前的问题是，我们，也就是说作为一个支部领导成员的我们，如何使我们的战士，使我们的群众，都能明了这一点。并要紧紧抓住敌人的滔天罪行，用以教育我们的战士，用以发动人民群众，并带领他们继续前进，去迎接那胜利的曙光……"

永生正说到劲上，哨兵又跑进松林。

他来到永生近前，气吁吁地说：

"敌人上来了！"

梁永生慢慢腾腾地站起身来，拍拍哨兵的膀头儿，笑盈盈地说：

"看你慌得这个样子！"

"我倒不慌。队长你……"

梁永生坦然自若，逗笑道：

"我？我慌了？"

指挥员的风度，给哨兵壮了胆。

哨兵一吐舌头，脸红起来。

梁永生坐下。让哨兵也坐下。又问：

"敌人现在哪里？"

哨兵朝西一指：

"在河堤上！"

"噢！还远着呐！"永生朝志勇、锁柱说，"咱继续开咱的会。"他又转向哨兵，"你把你的哨位撤到松林边上来。注意监视敌人的动向。敌人只要不下河堤，你就不必再来报告了！"

"是！"

哨兵应声站起身。又问：

"队长，我可以走了吗？"

"告诉小胖子他们，也把哨位撤到松林里边来！"梁永生一挥手说，"去吧！"

"是！"

哨兵走了。

锁柱听了听河堤那边的动静，手不由自主地摸了摸腰里的匣枪，而后压低着声音说：

"哼！脚下敌人的胆子太大了！"

永生拍拍他的肩膀，笑着说：

"看！你又错了！"

"啥错了？"

"说错了呗！"

小锁柱忽闪着两只迷惑不解的眼睛。梁永生解释道：

"敌人不是胆太大了，而是胆太小了！"

"不对！"锁柱摆晃着脑袋争辩说，"在'大扫荡'以前，敌人怕黑夜就像蝉怕立秋一样，他们一见天黑就脑袋疼！那时候，敌人就怕夜战；别说这么几个人，就是人再多一倍，他们半夜三更也不敢出来！……"

梁永生以诙谐的语气说：

"噢！我明白了——照你的看法，看敌人是大胆还是小胆，就看他敢不敢夜间出来？是不是这个意思？"

他并没等锁柱回答，又接着说下去：

"我这个人爱举例子——咱比方说老鼠吧，它敢夜间出来，能说它是'大胆'吗？不能吧？敌人，和老鼠一样，也是胆小鬼儿！他们夜间不出来，是因为小胆儿；他们夜间出来，还是因为小胆儿！叫我看，这是一种实质，两种表现形式罢了！出来与不出来，改变不了他们那种小胆的实质！"

永生停顿一下又说：

"锁柱，你想想，他们要不是胆小心虚，如今半夜三更，黑灯瞎火，又怪冷的个天气，跑出来闹腾个啥哩？难道敌人净些傻瓜，不知道躺在热被窝里安安稳稳睡个香甜觉儿舒服？……"

小锁柱，聪明伶俐，能言善辩，这在大刀队里是有名的。长期以来，他在和别人争论问题时，最后的结局，理，总是他的。

可是，唯独梁永生是个例外。

这是因为，小锁柱从内心里敬佩梁永生，所以很少和永生争辩。有时争辩几句，结果败了，他倒更高兴。因为每到这时，他的心里在想："又学了一手儿！"

现在，锁柱和永生争辩了两句，又学了点什么呢？首先是永生讲的这个道理，其次是他在说话时的举动、神色、表情……

这有啥可学的呢？

当然有。你想想，眼时下，敌人就在旁边了，可从梁永生的动作上，表情上，神色上，语气上，以及语言的节奏上，却没有一丝儿紧张或是匆忙的意思。他这种沉着、稳重的气质，给了小锁柱以很大的感染，使得他那颗急促地跳动着的心，又不由得恢复了正常。

沉静了一会儿。梁永生又说：

"你们再谈谈近来敌人的活动规律吧！"

"好！我先说——"

随后，小锁柱有条不紊地谈开了。

这当儿，梁永生将他的全部精力，全都集中到那两只耳朵上了。现在，他这耳朵的任务可真多呀！既要听小锁柱的发言，又要听松林内外的动静……

你看！他对周围的一切响动，竟是听得那么仔细，那么认真！不论是若有若无的脚步声，还是枯树枝梢的摩擦声，他都要听个仔细，辨个清楚。

这是因为他不信任自己的哨兵吗？

当然不是。而是出自他作为领导人的一种严峻的责任感。如今梁永生的心情，就像那当母亲的看护着一帮已经睡熟了的孩子那样，尽管明明知道不会发生什么事情，可又丝毫不敢掉以轻心！

这是因为，梁永生他既懂得革命战士们在革命中的分量，也懂得在这样的时刻，一个领导人的失职或失策将意味着什么。

过了一会儿。

锁柱正说着，梁永生听见有一种轻微的但又是急促的脚步声，由远而近地响着。显然，这是负责警戒的哨兵又来了。

哨兵来到永生面前，悄声报告道：

"两个伪军下了河堤，直奔松林而来！"

志勇望望爹：

"咱走吧？"

锁柱插言道：

"干掉他！"

梁永生将刚溜到前头来的帽头又推到后头去。他忽闪着两只豁豁亮亮的大眼睛，久久地盯着西北天角，好像在问自己："该怎么办呢？"

片刻。他干掰截脆地说：

"咱不能干，也不能走！"

志勇、锁柱还有哨兵，六只眼睛一齐盯着永生，他们的眼神都好像在说："为啥？"

永生明白他们的心理，又解释说：

"一干，会就开不成了；一走，老沈哪里去找？"

志勇问："那，咋办？"

梁永生语重声低地命令道：

"分散！隐蔽！"

他又转向哨兵：

"你向同志们去传达我的命令！"

"是！"

哨兵飞步而去。

永生又嘱咐志勇、锁柱：

"我不发令，不许开枪！"

"是！"

随后，他们仨，各自找了个蔽身之处，隐藏起来了。

这间，有团"磷火儿"出现在林边，忽明忽暗，时近时远，眨眼间，便消逝了。

不一会儿，两个伪军来到松林附近。他们先用手电筒往林中照了照，可能是没发现什么可疑的迹象，便放心大胆地走进松林来。

走在前头的，是个大麻子。他侧歪着溜肩膀，迈着两条片儿呱唧的镰把腿，一面大大咧咧地蹒跚着步子，一面尖声浪气地哼唱着黄色小调儿。

跟在大麻子屁股后头的，是个像瘟三似的瘦猴子。这个驴脸猴腮的家伙，远看像个寻食虾，近看赛只闻腥狗。他将叼在嘴角上的烟头儿噗地一口吐出去，咧开那张蛤蟆嘴没好气儿地说：

"你别他妈的穷叽歪好不好？"

大麻子将那松松囊囊的眼皮一拍打，转动着一对绿豆般的眼珠儿笑咧咧地说：

"哦！老弟，我的明白了！……"

"哼！你能明白个屁？"

"准是我这一唱，又勾起你那失恋的心思来了！"大麻子拍拍瘦猴子的肩膀，"是不是呀？老弟！"

瘦猴子没吱声。

大麻子将那蒜头鼻子一卷，又说："哎哎，过去的事了，何必老去想它？老弟，我知道你念了几天中学，好闹'失恋'那个玩意儿，可叫我说，最要紧的，是着眼于现在。得乐且乐嘛，懂吗？……"

大麻子说罢，又抻着脖子吱吱啦啦唱起来。

瘦猴子急了："又他妈的穷叫唤！"

大麻子也火了："你他妈的挣钱不多管的事还怪不少哩！你有什么权利总是干涉老子的自由？"

"我干涉你做屁？我是想多活两天儿！"瘦猴子说，"头头儿叫咱来察看察看，咱就老实儿地蹓上一圈儿回去得啦！看你哼哼唧唧地这个吱啦劲儿，要是万一嚷出那梁永生来，你这个梆子头还想要不？"

"梁永生？梁永生算个啥？他不是肉长的？他的身上不透枪子儿？"大麻子吹五作六地说，"老弟，别大惊小怪的！有我这个神枪手在，你就算入了'保险柜'喽！"

"啐！你吹个屁！真不嫌寒碜！才刚过了两天的事，这又忘了？……"

"啥？"

"啥？又装蒜！"瘦猴子撇着蛤蟆嘴说，"前日个，你正撒尿，我用手指头顶住了你的脊梁骨：'不许动！我是梁永生！'吓得你噗嚓拉了一裤裆稀薄屎！……"

"这就说明我是老兵油子了！"大麻子说，"要是叫你呀，这么一吓唬，恐怕是想拉也拉不出来了！"他咳儿咳儿地笑了两声又说，"老弟，咱说真格的——就是碰上八路也满没关系！咋没关系？腿又没借出去，一跑就了！"

这两个伪军边说边蹓，蹓到一个石碑的西面来了。

这时候，梁志勇正在这个石碑的南面隐蔽着。当他见到两个伪军从北面走过来，出现在这块石碑西面的时候，便悄悄地转到石碑的东面去了。

谁知，这俩活胀了月儿的家伙，就像非要找死不行一样，他们晃荡着身子，来到石碑近前，往左一拐，从石碑的南面又朝东走来。显然，这么一来，志勇在石碑东面又藏不住了！

怎么办？

梁志勇真想搂搂扳机结束他们这两条狗命！

不过，他虽有这个想法，并没这么办。因为队长不让随便开枪的命令在约束着他。于是，他又悄悄地转移到石碑的北面去了。

在这块石碑的东边，就是方才他们开会的那个石桌。

石桌离石碑二十多步。

梁永生就蹲在石桌东面。

小锁柱蹲在石桌的南面。

两个伪军往东一走，锁柱怕被敌人发现，便慢慢挪动着身子也转到石桌东面去了。他在转移过程中，偶尔不慎蹬动了一块瓦片，发出一点轻微的响声。

这点响声，吓得两个伪军一阵手忙脚乱，并失声转韵地惊叫起来：

"谁呀？"

"出来！"

"吱吱……"

"他妈的！地猴子！"

锁柱刚用口技将伪军蒙骗过去，又突然发生了新的情况：

"啪啪啪！啪啪啪！"

这清晰可辨的拍掌声，从西南方向传进松林。

那俩伪军闻声失魂，又是一阵慌乱。他们赶紧掉过身去，并将那刚刚背在肩上的大枪又重新端在手中，颤抖着嗓音喝道：

"干啥的？"

"口令！"

与此同时，两个伪军都举起了电棒子，两道手电筒的光束，一齐朝西南方向射过去。

这是谁在拍巴掌呢？

梁永生正被这意外的情况弄得摸不着头脑，忽听西边石碑后头乒呀乓地响了两枪。

两个正想开枪的伪军倒下去了。

志勇忽地来到梁永生的身边。

永生问志勇道：

"拍巴掌是怎么回事？"

"这是暗号儿——沈万泉同志来了！"志勇说，"爹，我……"

"你做得对！这两枪打得好！"梁永生挥手道，"快去把老沈同志接过来！"

"唉！"

志勇应了一声，继而拍起巴掌：

"啪！啪啪！啪！"

巴掌声落下了。

沈万泉走过来。

这位老汉是个细高挑儿，方脸盘紫里透红，前额上被生活中的风雨刻下几道深深的纹路，嘴上留着掺白短胡儿，肩膀头儿上搭着旱烟袋。当他那身形出现在人们面前的时候，他的衣服上散发出一股油腥气味儿。这时，好几道担心的、询问的视线，一齐朝他射过去。梁永生挺身抢先大步赶上前，紧紧地握住老沈的手，代表着大家热情洋溢地说：

"老沈同志，我们可把你盼来啦！"

沈万泉一见永生，心情十分激动。他的眼里噙着兴奋的泪花，说：

"哎呀！永生啊，你……"

在他们说话的当儿，运河大堤那边嘎咕嘎咕地响起了枪声。在这乱乱纷纷的枪声中，还夹杂着一个哑声破锣的嗓音正在一声声地嚎叫：

"一班向东！二班向西！三班从正面冲！包围松林！快包围松林！……"

这大堤上的狂叫声和四外村庄中的犬吠声混杂一起，和着那虚张声势的枪声一齐传进松林，传进梁永生的耳鼓。永生竖起耳朵，静静地听了一阵儿，而后，朝站在他的对面正等候命令的志勇说道：

"集合队伍！"

"是！"

志勇将两根手指插进嘴里，用力一吹，立刻发出了一阵清脆的鸟叫声：

"唧呱呱！唧呱呱！唧唧呱呱！……"

鸟儿的啼叫声在松林的上空缭绕着。

松林的四面八方同时响起一片急促的脚步声。

不一会儿。那些跑步赶来的战士们，齐打忽地全都围在了梁永生的身边。他们一齐盯着队长，一声不响，静静地等待着指挥员的命令。

这时，林外的枪声，越来越密，也越来越近了。

梁永生想："走！跟敌人黏住就麻烦了！"于是，他截住老沈的话头说：

"沈万泉同志，咱们的会到路上开去。"

他说罢，转过身来，向一位又粗又高的战士说：

"你这大炮在前头，当前哨！"

这个战士，就是一年多以前在宁安寨参军的"炮筒子"。要在平时，永生这么一说，准得把人们逗笑了。可是今天，由于情况已十分紧急，所以尽管永生说得这么诙谐，战士们并没人发笑。就连炮筒子本人，也郑重其事地应了一声：

"是！"

"你再带上两个同志！"

"是！"

"顺着道沟向东南转移！"

"是！"

炮筒子的应声未落，梁永生又转向小胖子说：

"你带领着其余同志断后！"

"是！"

小胖子带着笑韵应着。永生拍着他的肩膀又说：

"记住！你们的任务是：拦住敌人不让他贴前，保证会议照常进行；打法是：边打边走，以走为主，节约子弹，不要硬拼！"

"是！"

小胖子应声转身，向战士们宣布道：

"同志们！立刻分散，坟边隐蔽！等开会的同志们进入道沟后再向道沟转移！"

"是！"

战士们一齐应了一声，立刻行动起来。

小胖子在这边向战士们进行战斗部署，梁永生在那边朝志勇、锁柱和沈万泉一挥手道：

"走哇！"

他一面跨开步子一面又说：

"他们打他们的仗，咱们开咱们的会去！"

这时，越来越近的枪声响得正密，一颗颗闪光的子弹，从人们的头顶上，从人们的身子旁，吱溜吱溜地尖叫着飞过去。

永生、志勇和锁柱，手里提溜着匣子枪，从容不迫地跨着大步，朝那松林东南角上的道沟奔过去。

沈万泉走在他们的前头。

在他们的背后，敌人的狼嗥鬼叫声，南腔北调混杂一片，伴随着阵阵枪声滚滚而来：

"弟兄们！上啊！冲呀！"

"上呀！冲呀！抓活的呀！"

敌人这些嚎叫，仿佛快喊破嗓子了。可是，久经战阵习以为常的梁永生，就像压根儿没有听见。他一面和沈万泉贴身走着，一面带着几分诙谐的语气问道：

"咋来晚啦？是不是又跟那个狗食玩意儿动了掏灰耙啦？"

"咦？"沈万泉惊奇地说，"你才回来这么几天，连这点事你都知道啦？"

"知道！"永生扯着长声随了这么一句，又加快了节奏接着说，"调查研究嘛！"

沈万泉和着梁永生的笑韵解释道：

"自从那回我冒充愣头青跟张温那个狗食要了一回叉，愣头青的脾气嚷开了，他们都不大敢零碎惹我了！因此，这回来得晚，倒不是因为那号事……"

老沈提到的这个张温，就是杨柳青"福聚旅馆"里那只守门狗。自从"福聚旅馆"报黄以后，他和他的主东、经理、把兄弟余山怀，一齐来到了这一带。当时他俩商量好，一个投八路，一个投日本，两人暗勾着，来个两门赢。结果，余山怀参加了大刀队，张温当了伪军。现在老沈一提到张温，永生就想顺便问一下余山怀的情况。可他还没有张口，沈万泉又接上他那话茬儿说下去了；而且事情就有这么巧，老沈一张嘴便提到了余山怀：

"我所以来晚了，主要是叫余山怀那个小子闹的！我刚喂饱了那些猪呀狗的，余山怀就凑到我的屋里去了。他叼着洋烟卷儿，侧歪到我的被卷子上，便东扯葫芦西扯瓢地瞎扯起来，他三扯两扯扯出这个来了：

"'咱们俩总算是命运相通的有缘之人哪！怎么说哩？从前，你开过八路店，我吃过八路饭；如今，这不又都改换了门庭……'

"我拦住他说：'不！不不！咱俩不能相比——'

"他问：'咋不能比？'

"我说：'我是个庄户人家，八路军要在我家住，我敢不招？那怎么是开八路店哩？要说住过八路就算开八路店，这你该知道，南庄北村，东家西户，没住过八路的能有多少？现在，这面上又叫我来当忙饭的，还是那话，我是个庄户人家，敢不来？唉，像俺这一号的，来了，也就是卖点子傻力气，混碗饭吃呗！说到你，不管在哪一面儿上做事，都得算是个混官差的人……'

"他又说：'不管怎么说，咱们过去都得算跟八路有些瓜葛，现在又都在日本人这边混事，往后，得相互多关照着点呀！'……"

沈万泉说到这里，来到道沟崖上。

梁永生先纵身跳下沟去，转过身来又招扶着沈万泉下了沟。

随后梁志勇和小锁柱也咚呀咚地跳下来了。

沈万泉下了沟，正喘粗气，还没顾得接上话弦，小锁柱就性急地问道：

"余山怀那个叛徒，在他的东洋主子那边闹了个什么'官儿'？"

沈万泉气咻咻地说：

"现在鬼子还没封他什么'官儿'，只是叫他当'探子'！"

走在后边的梁志勇抢前一步说：

"怪不得自从这个小子被俘以后，我们的队伍无论住在哪村总是常被敌人发现哩！"

志勇停顿一下，见人们都在思考问题，没人插言，便又接着说：

"余山怀在我们这边混了一阵，摸到一些我们的活动规律，他要当了敌人的'探子'，对我们是个祸患……"

永生接过志勇的话头儿，问沈万泉道：

"今天关庄这一仗，敌人对我们的情报摸得这么准，是不是和余山怀有关？"

沈万泉摇摇头说：

"闹不清！听说，敌人偷袭关庄，是阙八贵干的。阙八贵驻在柴胡店据点上。至于余山怀，已经把他派到水泊洼据点里去了。我呢，在黄家镇据点上，所以对这件事是两头摸不着缰！"

他说着说着朝前一侧棱，被永生一把扶住了。老沈赌气将绊他的冻坷垃踢了老远，又向永生表示说：

"我以后注意了解了解关庄这事的情况吧！"

"你能了解到？"

"我通过一个关系，也许能摸到点气息儿……"

"你有'关系'？"

"我有个同行，在柴胡店据点上当伙夫。"

"他是个什么人？"

"他是个穷人，也是个好人。"沈万泉说，"在据点上当伙夫，是叫敌人抓进去硬逼着干上的……"

"这个人叫什么名字？"

"叫柴兴武。"

"好哇！"永生说，"除了刚才谈到的这个情况以外，你还要想些别的办法，从多方面掌握有关余山怀的情况，并及时地把情报送出来……"

永生的话音落下，锁柱将那个憋了好大一阵的疑问终于提了出来：

"老沈同志，你不是说余山怀在水泊洼据点上吗？怎么又说跑到你的屋里胡扯了一阵呢？"

"他是来这里找乔光祖的。咱不知是谁派来的。也不知是来干什么。只知道他顺便跑到我的屋里放了那么一通狗臭屁！"沈万泉说着说着又上了气，他就着这个话柄一转话题又说下去，"在那个叛徒闯进我的屋时候，我真想用切菜刀宰了他！可又一想，不行啊！党派进我来的任务还没完成，在没有党的指示以前，不能瞎胡来！再说，今儿夜里我还要来参加党的会议，误了开会就会给党造成损失！于是，我跟他蘑菇一阵，便想了个办法儿把他支走了……"

永生见老沈将话题又回到"为啥迟到"这上边来了，就又顺口问道：

"从黄家镇到这里，路上挺平顺吧？"

"平顺就好了！"老沈说，"倒霉的事儿总是爱碰在一起。没出门先来了个余山怀，闹得我的心里就够腻歪的了。出门后，一路上又先后碰上两伙子敌人的巡逻队。好歹算把他们对付过去了。这不，紧跑慢颠才奔到这松树林，这松树林里又打起来了……"

志勇插言问老沈：

"眼时下，这一带的敌人为啥这么疯闹？你听说过这其中的因由吗？"

"真底儿，咱摸不着。只是听到有些伪军小头头儿瞎呛呛，说是县里的鬼子头子荻村，给石黑下了一道命令，要他尽快肃清这一带的'八路残余'，将这个地区变成一个'模范治安区'……"

"噢！"永生插进来了，"近来敌人还有啥动向？"

"前些日子，在柴胡店附近，石黑和白眼狼他们，不是配合'扫荡队'偷袭了我们大刀队一下吗？为那次战斗，石黑和白眼狼，都受到了他们的上司通令嘉奖。从那以后，这两个狗杂种都有点受宠若狂，总想再露两手儿，好就着这个劲儿往上爬蹭爬蹭！"沈万泉边想边说，"有些伪军中的亡命之徒，为了五万元的'赏金'，也有点忘乎所以；叛徒余山怀也在大卖气力……"

他们正然且走且说，且说且走，突然间，在他们背后的松林中，响起了手榴弹的连续爆炸声。在这直震得天撼地摇的爆炸声中，还掺杂着伪军们那喊爹呼娘、鬼哭狼嗥的声声惨叫。

紧随其后，又听见一个伪军头子用上吃奶的劲嚷道：

"有埋伏！卧倒！卧倒！"

在敌人蒙头转向一片混乱的同时，星光下有几个正在迅速移动的小黑点儿，在被硝烟加浓了的夜幕掩护下，已经靠近了交通沟。

梁永生凑到沟沿上，跷着脚望了望后边的情景，又回到沈万泉的身边，接着问道：

"石黑、白眼狼要露露哪两手儿？"

"听说，他们一心要加劲儿完成抢粮棉、抢铜铁的任务。"沈万泉说，"他们还要千方百计捉到你，好再到他的上司那里去报功……"

他们说着走着，背后的枪声越来越远了。

梁永生收住步子。他向老沈、志勇、锁柱说：

"咱们打个腰站吧！"

"为啥？"

"等等后头的同志们！"

"好！"

硝烟在夜空弥漫。流弹在头顶嘶叫。梁永生、梁志勇、王锁柱和沈万泉四个人，聚拢在交通沟里的一个斜坡上。他们有的虎蹲着，有的平坐着，围成了一堆儿。梁永生蹲坐在北面的斜坡高处，拔出别在腰间的小烟袋，一边挖呀挖地装着烟，一边说："咱们刚才谈的那一些，都算正式开场以前的'小段儿'！现在，咱该是'小段儿不言书归正本'了——"随后，他将这幽默的口吻一变，又一字一板地郑重宣布道：

"咱们这次支委扩大会，现在就算正式开始了！"

"咱们的会议虽然不大，可是还满隆重哩！"小锁柱说，"你们听！这礼炮声响得多来劲呀！"

人们全无声地笑了。

随后，梁永生先讲了一段国际形势，然后说：

"去年十月，咱毛主席为延安的《解放日报》写了一篇社论。社论向我们明确指出，现在第二次世界大战已经达到了转折点，并说：明年也将不是日本法西斯的吉利年头。毛主席在社论中指的那个'明年'，就是今年。"

梁永生在说话的当儿，已把烟装好。他点着烟，吸了一口，又接着说：

"因此，县委指示我们，要牢牢记住毛主席的这一英明论断，满怀信心地坚持斗争，千方百计，排除万难，把'临河区'的控制权迅速夺过来。大家知道，我们这个地区，在战略地位上，是极其重要的……"

梁永生说到这里，只顾去抽烟了，收住了话头儿。

沈万泉抓住这个空间，插嘴道：

"听汉奸头子们讲，他们的上司也说这一带是战略要地，要不惜一切代价和我们争夺……"

梁永生点点头，接着老沈的话头又开了腔，一字一板原原本本地传达起县委的指示来。他讲到最后，又换了个语气说：

"县委对咱大刀队的具体要求是：第一步，通过几场斗争，先把敌人的嚣张气焰打下去，杀出我们的威风来，借以振作群众的抗日情绪，坚定群众抗日必胜的信心；第二步，把人民群众充分发动起来，进一步组织起来，武装起来，把大刀队恢复起来，壮大起来，把主动权夺过来，把局势控制住；第三步……"

梁永生正在说下去，小胖子从后边跑上来。

锁柱抢先问道：

"怎么样？有新情况？"

小胖子没顾得理睬锁柱。

他蹲在梁永生的面前说：

"队长，我们是顶住，还是后撤？"

到这时梁永生才注意到，后边的枪声比方才又近了。他拍一下小胖子那圆突突的肩膀，带着逗哏的语调笑吟吟地说：

"你们呐，光贪打仗了，撤得太慢啦！把俺几个拴在这儿，等得怪心急哩！"

小胖子会意地笑笑，窝回原路朝后跑去。

梁永生磕去烟灰，把烟袋朝沈万泉递过来，说：

"来，抽一锅子过过瘾吧！"

沈万泉接过烟袋，梁永生站起身说：

"这是秦海城自己种的黄烟，还满有个味道哩！"

人们也随着他站起来。永生一挥手说：

"走哇！咱们的会再走着开。"

人们都走开了。梁永生一边走着，一边接上方才的话头儿又说下去：

"县委要求我们，第三步要把这个地区掌握在我们手里，并从各方面直接间接地配合主力部队的行动……"

梁永生用毛主席的教导，县委的指示，点燃了人们心中的抗日怒火。当他传达完了县委的指示以后，人们都不约而同异口同声地说：

"坚决执行县委的指示！"

急性的小锁柱，已满面春风了。他摇晃着梁永生的膀臂，心急火燎地催促着：

"队长，你快说说，咱先怎么办？"

梁永生望着锁柱那天真的面容，撒娇的神态，笑盈盈地说：

"我了解情况不多，怎么办，还得大伙儿商量呀！"

他们四个人摆成两排，并肩走着，没人说话。

这当儿，一声声的枪声从背后传来，一颗颗的子弹擦顶而过。梁永生他们，都在集中脑力思索着问题，仿佛谁也没有听见背后的枪声。尽管带光的子弹嗖嗖地飞着，可是他们谁也不低头，不弯腰，都在若无其事地走着，想着，想着，走着……

过了一阵。

又过了一阵。

梁志勇开腔了：

"在当前，具体到我们这个地区，还得算是敌强我弱。在敌强我弱的情况下，要打击敌人的气焰，最好是用奇袭的办法……"

沈万泉磕掉烟灰，把烟袋递给永生，说：

"叫我看，咱该先来个除奸战，把汉奸头子干掉他一个！我琢磨着，要来上这么一手儿，对群众的鼓舞，对敌人的震动，都是比较大的，也是比较快的！……"

他们的会议边走边开。

背后的战斗边撤边打。

各种各样的枪声，紧一阵，慢一阵，稀一阵，密一阵，一直在不断溜地陆续传来。在枪声的短暂空隙里，夜风还送来了哨兵们那急促的脚步声。

锁柱抢过老沈的话头，加重语气说：

"我赞成老沈同志的意见！"

他瞟了人们一眼，又说：

"杀一儆百嘛！"

梁永生也赞成先打个除奸战的主张。

他的看法是：当前，敌人确乎是太猖狂了！他猖狂，就会麻痹；他麻痹，就便于我们寻找奇袭的战机；有了奇袭的战机，除掉一个汉奸头子就是可能的！

这是永生的想法。

可他并没说出来。

因为梁永生这个人，历来就有这么个习惯——一边听人们你言我语地发议论，一边琢磨这些议论中的可取之处，悄悄地拿主意。他的主意想不成熟，是从不轻易拿出来的。因此，现在他只是默默地走着，一言不发。

突然，打前哨的炮筒子跑过来了。

他来到梁永生的面前，打了个敬礼，报告说：

"队长！前边发现敌人！"

永生从沉思中醒来：

"多远？"

"半里路！"

"多少？"

"二三十！"

稍一沉，永生想了一下又问：

"敌人发现我们没有？"

"看样子没发现我们！"

"他们在干什么？"

"正向枪声前进！"

怎么办？后有敌人的追兵，前有敌人拦路，情况显然已经十分紧急了！在这样的紧急时刻，最需要的是指挥员的当机立断。一向善于当机立断的梁永生，就在这样的紧急时刻仍未忘了向群众做调查：

"咱大伙儿想个办法吧——咋着好？"

"还有啥想的？"锁柱说，"干啦！"

梁永生向炮筒子点将道："你看呐？"

有实践经验的人才有好办法。那炮筒子建议说：

"由此向前，十几步远，有个十字道沟。我看，是不是你们从那里向左转移，我们在那里堵挡一阵……"

"我看行！"志勇说，"也只有这么办了！"

"他三个顶一阵人少些！"锁柱说，"队长，你仜先去开会，让我暂时留一留，和他们几个一起顶一阵吧？"

炮筒子摆手道：

"不用！刀快还怕他脖子粗？你们只管开会去，我们保险够敌人吃喝儿的！"

"叫我看，会嘛，改日再开。咱们齐打忽地都下手，就跟敌人开它一仗吧！"沈万泉一边挽袖子一边说，"锁柱，给我两个手榴弹！……"

梁永生见人们都列着架子要打仗，不由得笑了。

他先向老将沈万泉说："这些日子，你光摸捅火棍子，摸腻了，一见打仗心眼里发痒——是不是？"

老沈孩子似的笑了。

永生又转向大家："你们都想打仗，是不是？别急！仗嘛，是有你们打的！不过，眼时下，咱们的任务不是打仗，是开会！不是吗？敌人，要干扰我们，我们呢，决不能受他的干扰，会嘛，还是要继续开下去的！"

继而，他又问那位哨兵炮筒子：

"怎么样？能顶住吗？"

"当然能喽！"

"好！"梁永生说，"不过，光靠你放炮不行，我再给你加上一手儿——"

"啥？"

"来！"

炮筒子凑过来了。永生在他的耳边低语一阵，然后问道：

"明白吗？"

他一边问着，还一边摇晃着炮筒子的膀头儿。炮筒子笑道：

"明白了！"

"怎么样？"

"妙！"

"执行吧！"

"是！"

梁永生的视线从哨兵身上移开，又朝志勇、锁柱和老沈一挥手臂，风趣地说：

"哨兵同志不是叫咱继续开会吗？走！咱们执行哨兵同志的命令去呀！"

志勇、锁柱和老沈全随着永生的视线转过身来，一齐朝前走下去。他们来到十字道沟口上，往左一拐，顺着另一条道沟又走开了。

这当儿，炮筒子和另外两名哨兵嘀咕几句之后，便顺着道沟朝回跑去，这显然是去和断后的小胖子他们取联系去了。留下来的两个哨兵，一手端着匣子枪，一手握着手榴弹，并肩趴在道沟的崖坡上，静静地等待着前来送死的敌人。

梁永生他们四个人，走出约半里路，停下了。永生说：

"咱们的会，再在这里开一阵。"

月亮钻入云海。大家又都在道沟里蹲下来。

永生向锁柱说：

"还得给你加个差——"

"啥差？"

"你趴在沟沿上——一面开会，一面警卫！"

"好！"

随后，这次战火中的支委会，又继续开下去了。

会议正在进行中。

那边的枪声突然激烈起来。

须臾。大刀队的战士们，顺着交通沟一个接一个地全撤下来了。这些战士中，有担任断后的小胖子那一伙，也有负责打前哨的炮筒子他们几个。

可是，到这时，那边的枪声还在激烈地响着。

梁永生问先来到的炮筒子：

"怎么样啦？"

炮筒子眉飞色舞：

"给他们'接上关系'啦！"

"接上关系"是啥意思？不了解情况的人们正纳闷儿，又听飞步赶来的小胖子说：

"听！那些笨蛋们打得多来劲呀！"

他这一说，沈万泉忽地明白了："原来是狗咬狗啊！"继而，老沈拍拍小胖子的肩膀头，说：

"你跟敌人来上'捉迷藏'啦？漂亮！"

小胖子怪模怪样地接言道：

"漂亮是漂亮！可是'漂亮'不着我！"

"谁？"

小锁柱插言说：

"还用问？这又是咱梁队长的妙计呗！"

炮筒子补充说：

"你们刚才没见他向我'伏耳授意'吗？"

人们都乐起来。

永生命令志勇：

"点点人数！"

志勇报告说：

"早点过了——一名不少！"

梁永生点点头。他又指着密密麻麻的枪声笑着说：

"敌人给咱把追兵拦住了，咱们走哇！"

众人笑了。永生又说：

"他打他的仗，咱开咱的会，这叫互不干涉！"

这一句，又引出一阵咔咔的笑声。

梁永生把烟袋往腰里一别，发布了命令：

"我们仍然按原来的队形出发，当前哨的还当前哨，当后卫的还当后卫，开会的还继续开会！"

他又转向炮筒子：

"前哨注意！见路向北，从两伙打仗的敌人背后插过去，向白眼狼的松林绕道前进！"

"是！"

永生最后面向大家说：

"我们这次战火中的支委会，是在那里开始的，还要到那里去结束！"

他在结束他的话语之前，习惯地作了一个挥臂姿势：

"出发！"

队伍开始行动了。

梁永生又向志勇说：

"你和小胖子，到龙潭去一趟——"

"去干啥？"

"搞吃的！"

"送哪去？"

"松树林！"

"是！"

梁志勇和小胖子同声应着。随后，他俩跨开大步，头前走下去了。他们走后，梁永生又安排了一名同志，接替小胖子，负责指挥担任断后的战士们。同时，还吸收了两名战士，参加他们这个尚未开完的支委扩大会议。

战火中的支委会在行军路上继续开着。

梁志勇和小胖子大步流星地朝龙潭奔着。

他俩走到一个岔路口上，志勇指挥小胖子说：

"喂！伙计，走小道儿！"

小胖子不以为然地说：

"放着大道不走走小道儿，这是为啥？"

"别发犟好不好？光说咱俩，我算山中虎，你算水中龙，要讲海洋我不如你，要论陆地你准不行！"志勇幽默地说，"俗话说得好嘛：'走道儿不用问，小道儿准比大道近。'你连这点普通常识也不懂？"

小胖子服了：

"这回算叫你逮着理啦！"

而后，他们俩，顺着那条小道儿大步走下去。

由于好几天没站住脚了，所以现在的小胖子，是又困又乏。

说起来，也真怪——方才，他指挥着负责断后的战士们跟敌人打仗的时候，他的精神是那样的旺盛，可是现在，光走路不打仗了，他却一下子落了神，困也来了，累也来了，眼皮上也像坠上了一块千斤重的大石头，脚底板子也觉着热辣辣的发胀。

你看他，走着走着，一闭眼，睡着了；一忽儿，脚一蹬空又醒了。艰苦的游击战争生活，使许多战士练出了睡觉、走路两不误的本事。论这方面，小胖子能算得上一把强手。

他俩走了一阵，来到了运河边上。

刚刚开化的运河，还漂浮着冰块。

一条勇敢的小船，正顺流而来。

小胖子一见小船来了精神，他向那撑船老翁一面招手一面喊道：

"老大爷，我们跟船走行吗？"

撑船老翁一见在河岸的月光下，站着两位夜行人。他从夜行人的光景上，就知道那是两位八路军。于是，便将船靠了岸。

海边生海边长的小胖子，对凫水、划船，都是拿手好戏。现在他上船后，就向那船翁说：

"老大爷，你太累了！来，我替替你！"

船翁说："唔！你可不行！"

小胖子说："试试看——"

他说着，硬夺过船篙，撑起船来。

小胖子还真有两下子！你瞧，那根长长的竹篙，在他的手里，就像孙悟空的金箍棒一样，那么随心应手，运用自如；时而轻轻地点破水面，时而悠然荡出。一忽儿，一块浮冰拦在前面，他用那竹篙轻轻一点，浮冰给小船让了路；一忽儿，又一块浮冰出现在前侧方，他使小船稍一摆头，船身便擦着冰块冲过去。

小船在月光下急速地前进着。

河面上，月影闪闪，波光粼粼。

河两岸，不时地从远方传来一阵阵的枪声，还有汪汪的犬吠声，梆梆的巡更声……

志勇和小胖子乘船走到半路了。

突然，从离河不甚远的地方，又传过一阵吵吵嚷嚷的人声。于是，他俩便下了船，登上河岸，又朝前走了一段路，在一条道沟崖上趴下来。这时，他们朝那人声起处仔细一望，只见那边有一伙伪军，正顺着一条道沟也朝龙潭的方向走着。

那些伪军们，还和往常一样——有的走在道沟里头，有的走在道沟崖上。走在道沟崖上的伪军们，踏着凹凹凸凸的暄土，跟跟跄跄，侧侧晃晃，活像一群被打断了后腿的夹尾巴狗。他们，一边深一脚浅一脚地走着，还一边七嘴八舌头地乱呛咕：

"追，追，追！追了半宿，也没追上那八路，还跟自己人干了一仗，真叫人丧气！"

"叫我看呀，咱们经过这场虚惊，得少活十年！"

"怪呀！三追两追，怎么追没影了呢？真是神八路！"

小胖子听到这里，用肘子捣了志勇一下："哎，你听！这些杂种，八成就是追咱们的那伙子伪军！"志勇没吭声儿，他只是也用肘子捣一下小胖子，看他的意思是，嗔小胖子在这种情况下胡嘀咕。

继而，他俩沉默起来。

一忽儿，有个在沟崖上走的伪军，突然跌了个跤，滚下沟去。这时，沟上沟下，立刻响起一片哄笑声。又听有人嚷道："瞎睡虫！你他妈的睡觉怎么还忘不了折跟头？"

他们相互奚落着，另一些伪军又议论起别的：

"今儿黑下，又搭上好几条命——也有叫八路军打死的，也有叫自己人打死的！……"

"咱们是背着棺材出来巡逻的，死几口子还稀罕？"

"唉！啥也甭说啦！咱好歹没死了，就认造化吧！"

"这间儿说这话还早点——离着柴胡店还老远嗬！"

"进了柴胡店又怎么样？那就是'保险柜'？糊涂！"

"叫我看呀，干咱们这种差事，早晚早晚早早晚晚，都得变成枪粪！"

伪军们正呛呛咕咕地乱发议论，一个走在沟里头的家伙大声小气地嚷道：

"少他妈的说这丧气话！谁要再瞎说八道扰乱军心，老子我揭了他的脑盖子！"

从伪军们的议论中，志勇显然可以知道，眼前这些家伙，确乎是跟大刀队纠缠了半夜的那伙伪军。在道沟里头嚷着的那个老粗嗓音，又很像阙八贵那个鳖种。

他们要到哪里去呢？去龙潭街吗？去龙潭街干啥？志勇正暗自想着，又听那个老粗嗓音从道沟里嚷道：

"前头的听着！到龙潭站站！"

走在前边的一个尖细的嗓音说：

"别站了吧我那阙队长！"

"他妈的！"老粗嗓音说，"这个队伍你当家我当家？"

"我是说弟兄们都累啦！"

"累啦？死不？死也得站站！"

"站下有事吗？"

"没事就让你们站下？"

"啥事？"

"混蛋！多嘴！"

在伪军们瞎胡吵吵的当儿，趴在沟崖上的梁志勇听了，心里又急又气。这时候，他的五根手指头，深深地抠进泥土里。

用脸紧挨着志勇肩膀头的小胖子，扯起衣襟擦了擦头上的汗水，又戳了梁志勇一把：

"哎，志勇，咱干它一家伙怎么样？"

这时节，责任感和仇恨心，正在梁志勇的头脑中矛盾着，冲突着，斗争着。斗争的结果，还是让那强大的责任感压住了他那冲动的感情和仇恨的怒焰。他伸出胳臂摁住小胖子那只握枪的手，又朝那边一甩头说：

"胡来！"

"胡来"这两个字，和他那一甩头配合在一起，包含着两层意思——一层意思是：那边的会还没开完，不能惹事，惹事要影响会议的进行；另一层意思是：刚才领导交给咱的任务不是让咱去搞点吃的吗？咱怎么能一离开领导人的眼儿就自由行动呢？

小胖子大概领会了志勇的这个意思，他没再吱声。

敌人走过去了。

梁志勇站起身，拍拍前胸上的土，又向小胖子说：

"伙计，走哇！"

"还上龙潭吗？"

"当然喽！"

"方才你没听见？"

"啥？"

"那小子们上龙潭啦！"

"兴他去，就不兴咱去？"

小胖子在前头，梁志勇在后头，两人又朝龙潭继续走下去。志勇望着小胖子走路的架势，觉着挺有意思，就带着开玩笑的口吻说：

"瞧！你胖得走路像只鸭子！要不是就合你呀，俺早就到龙潭了！"

小胖子侧侧身子，指指志勇笑道：

"你这个人呀，就好得了便宜卖乖——"

志勇问："我得了啥便宜？"

小胖子说："今儿夜里，这西北风多大呀！要不是我在前头给你挡着风，恐怕早把你灌死了！"

过了一阵儿。

梁志勇又说：

"哎，小胖子，我有个谜，总是解不开——"

"啥谜？"

"就凭咱们这样的游击生活，整天价饥一顿饱一顿，糠一口菜一口，你这身膘是从哪里来的呢？"

小胖子一腆大拇指说：

"咱是穷苦人，肠胃好，喝口西北风也长膘！"

他俩且说且走，来到了龙潭村外。

这时，村中鸡啼狗咬，人吵马叫，这显然是敌人已经进了村子。怎么办？他俩便找了个蔽身之处隐藏起来，仔细地听着村中的动静。

过了一会儿。村里响起了叮叮哐哐的砸门声。不多时，夜风又传来一个女人连哭带骂的声音。在这时高时低若有若无的吵骂声中，似乎还有一个男人的粗大嗓门儿也夹杂在里边。

除此而外，就只剩下驴叫声、犬吠声和伪军们的嬉笑声了。这些乱乱嘈嘈的声音，和哭嚎般的夜风声搅在一起，闹得七零八落啥也听不清楚。

小胖子听了这些声音，肺管子快要气炸了！

他嗖地扯出腰里的匣枪，向志勇说：

"分队长！依了我吧——"

"啥？"

"打进去！"

年轻人一负上责任就显得老练起来。就说小志勇吧，凭他那个性体儿，要在过去，小胖子这么一吵，他一准得说：

"对！干啦！"

可是今天，他是共产党员了，还是分队长，又是在离开了领导的情况下，他决定问题咋能不慎重？就凭这一点，虽然他和小胖子的年龄一般大，尽管他心里的火气比小胖子还盛，可他表面上却显得比小胖子老成多了！他想："越没有领导人为我们的行动把关定向，行动越要谨慎，越不能鲁莽行事！"这种想法，使他强力抑制着自己，并向小胖子说：

"那太冒险！"

小胖子在怒不可遏的情况下，和分队长争吵起来：

"打仗嘛，就得冒点险！怕冒险能打得了仗？……"

分队长的职务压住了志勇的性子，使他耐心地说服着小胖子：

"伙计，咱一点情况也摸不上，硬打进去，那不是蛮干吗？再说，我们是奉命出差的，任务在身，要贪着打仗误了事怎么办？……"

小胖子觉着志勇太小心了！就说：

"要不，你在这里等等，我先进村去看看？"

志勇扑哧笑了。他先照着小胖子那起伏着的前胸来了一杵子，说：

"你这个家伙呀，要搞鬼！是不是？"

"搞鬼？"

"装啥糊涂？你是想去自己硬干，然后用'既成事实'逼我'参战'，这么一来，这个仗不就打起来了？"梁志勇指着小胖子的鼻子尖儿，笑眯着眼睛逼问道，"你说真心话，我这个说法屈枉你不？"

小胖子的脸腾地红了。

他又还了志勇一杵子，笑咧咧地说：

"都说你是老粗儿，看来，你这个'老粗儿'，和张飞一样——是'粗中有细'呀！"

其实，志勇今天所以能揣猜出小胖子的心理活动，是他自己的经历给他提供了开锁的钥匙……

不大一会儿，村中的哭声、骂声和吵闹声渐渐消失了。龙潭街又恢复了原有的平静。

梁志勇站起身来，笑嘻嘻地向那气鼓鼓的小胖子说：

"走哇！"

"哪去？"

"进村！"

小胖子不满地说：

"还去呀？"

梁志勇没说理也没批评，只是笑着来了这么一句：

"你这个家伙！"

月亮落下去了。

黎明前的黑暗，正在紧紧地缠住龙潭街。

梁志勇和小胖子走进街口，拐弯抹角，一直奔着秦海城家走去。

秦海城家来到了。

两扇破烂的门板大敞四开。而且，已被砸得龇牙咧嘴七零八落了。这时，院子里头，传出一阵阵男女间杂的说话声，其中还时而有一声两声的怒骂。

这怒骂是秦海城的声音。

接着，人们也都骂开了鬼子和伪军。黄二愣紧接着人们怒骂鬼子和伪军的余音，大声嚷道：

"全怨老蒋那个王八羔子！平日里，他又要捐，又要税，跟咱老百姓能耐可大啦！日本鬼子一来，他们跑得比兔子还快；扔下这些供养他们的老百姓，不管了！早知有这一天，养那些杂种们干啥呀！"

爱说怪话的老羊倌李月金说：

"二愣啊，你就这个，有点屈枉人家老蒋！"

"屈枉他？"

"就是嘛！人家蒋家的人马，并没全跑净呀！就说白眼狼的二狼羔子贾立义吧，从前不就是国民党县政府的官员吗？人家不就没跑吗？"

"没跑算个啥？当了汉奸！"

"不！人家不叫汉奸，叫'曲线救国'！"

"你俩别扯那个啦！快帮着老秦想个办法吧！"

这位带着焦急口吻的女人，是锁柱的奶奶。

秦海城紧接着锁柱奶奶的话尾说：

"你们全回家去睡觉吧，我自个儿有办法！"

志勇和小胖子听到这里，就知是秦海城家出事了。

他俩跨步闯进门去。

庭院里乱纷纷的。

有只水筲，歪倒了，骨碌在天井当央。水筲旁边，有一条扁担。此情此景告诉志勇和小胖子，在这里刚刚发生过一场搏斗！

他俩进宅时，秦海城正坐在院中一个木墩上。

他低着脑袋抽着闷烟。两个膝头上，横放着一把捎谷刀。捎谷刀迎着星光铿铿闪亮。他的一只手，紧压着膝头上的刀把。李月金猫着腰凑在秦海城的近前，轻拍着他的膀头规劝道：

"老秦，你可不能要'愣葱'呀！"

秦海城没作声。

黄二愣接言道：

"不要'愣葱'咋办？就叫秦大叔活活窝囊死？"

他朝秦海城近前凑凑，又说：

"秦大叔，你要去报仇言语一声，我算一个！"

二愣娘插言了：

"二愣呀二愣，你除了会说愣话还会啥？"

她先挖苦了儿子一句，又来劝慰秦海城说：

"他秦大叔啊，你先放宽心，别着急，着急当了个啥呢？咱们想个法儿，赶紧去给咱那大刀队送个信儿，叫他们来……"

"大刀队忙着打仗呢！刚才你没听见枪声吗？"

"他们打完了仗会来的……"

"我们来了！"

最后这一句，是梁志勇的洪亮嗓音。

他这一句，把个二愣娘惊愣了！

二愣娘皱着眉头，眯缝着眼睛，惊望着这位突然出现在她的面前的虎虎势势的小伙子，停了一霎儿，才喜出望外地喊出声来：

"哎哟哟！这是志勇啊！看你大娘这老眼花的，自己的孩子都没认出来！……"

她一边说着，一边笑望着志勇。

这当儿，别人也都围上来，问这问那。二愣娘在人们说话的空间又插嘴问道：

"志勇，就你一个人来的？"

"不！"

"还有谁？"

"那不是——"

志勇朝秦海城那边一指。这时，秦海城正亲昵地抚摩着小胖子那平圆的头顶，在浑身上下地打量他。看样子，他仿佛生怕小胖子的身上少了什么似的。他瞅了老大晌，才以大人管教孩子的口吻说：

"瞧你这孩儿！简直成了土蛋了！"

是啊！小胖子连滚带爬地打了半夜仗了，身上的土还能少得了哇？不过，小胖子并不作任何解释，只是摸着自己那胖乎乎的后脖颈子嘿嘿地憨笑。

二愣娘朝那边望了一阵，回过头来，她接着方才的话荏儿又问志勇：

"就你俩来的？"

"嗯喃。"

"队伍呢？"

"在松林里。"

"在松林里做啥？怪冷的！咋不家来？"

"在那里开会呐！"

慈眉善目的锁柱奶奶从旁插进来：

"志勇，俺锁柱也在那里吧？"

志勇冲着锁柱奶奶点点下颏儿：

"哎。在那里。"

"看，这孩儿野的！来到村边上了，咋就不知道家来看看奶奶？忙就不会扒扒头儿再回去？……"

志勇知道锁柱奶奶耳朵不灵了，八成是没听到刚才的枪声，便凑上去，大声说：

"王奶奶！我们刚打了一仗啊！"

"刚打了一仗？好！"锁柱奶奶说，"那仗，打得怎么样啊？"

"咱打胜啦！"

"胜啦？好！可好！"锁柱奶奶说，"这间，仗不是已经打完了吗？俺锁柱怎么就不知道家来看看呢？"

志勇见锁柱奶奶有点不放心，又解释道：

"王奶奶，他现在正在开会，你只管放心好了。我们跟着党，比跟着娘、跟着奶奶还强哩！"

"孩子啊，你别看我是个三斧劈不开的老榆木脑袋，可是你说这个，我信，我一百个信呀！"

在他们说话的当儿，小胖子在那边和李月金攀谈起来。

不一霎儿。黄二愣又凑到志勇这边来了。

大家亲亲热热地谈了一阵儿，便都回家去给队伍拿干粮去了。他们一走，院子里静下来。秦海城向梁志勇和小胖子说：

"走，快屋里歇歇去吧！"

屋里，点着一盏豆油灯。

灯火只有黄豆粒那么大。

夜风从门缝里钻进屋来，向这微弱的灯光一阵阵地扑打着。灯火被风一吹，摇摇摆摆，大而渐小，小而复大，顽强地跟夜风进行着搏斗，时而爆发出一阵噼噼啪啪的愤怒的响声。

梁志勇和小胖子进了屋，坐在炕沿上。他们见秦海城脸很沉，志勇首先问道：

"秦大爷，倒是出了什么事儿？"

"没啥事儿。"

小胖子又插言道：

"今夜里，敌人又来闹腾啥？"

"这群疯狗！……"

秦海城家到底出了什么事哩？

原来是阙八贵把秦玉兰抢走了。

现在，秦海城正在为难——他又想把这件事告诉志勇和小胖子，又怕他们知道了没好处。告诉还是不告诉？老秦的嘴和心合计了好几回，最后还是这样决定了：不告诉！于是，他赶紧把想说的话咽回去，改口说：

"狗杂种作得紧死得快！我看他们还能闹腾几天！"

志勇越听越觉秦大爷话中有话，就一个劲儿地追问：

"大爷，有事你就说呗！为啥不说哩？"

"没事儿，没事儿！"

梁志勇越是追问，秦海城越是不说。这当儿，他只是一口接一口地抽烟。一缕缕的黄烟，从老秦的口腔中和鼻孔里冒出来，聚会在一起，形成一片浓重的烟雾。

不一霎儿，烟雾塞满了屋子。

由于灯光暗，烟雾大，再加上没人说话，屋中的气氛显得异常沉重。这沉重的空气，压得人们喘气都有些困难了。

梁志勇性子急，这时直急得他那方阔的前额上渗出一层细碎的汗珠儿。突然，他猛一低头，只见炕根底下，有一只还没绱完的男人鞋。他一哈腰把鞋拾起来，一瞅，又见有一根闪闪发光的钢针，被一根长长的麻绳连接在鞋帮上。

这只做得半儿忽搭的鞋子，已被那野兽一般的敌人踩了一脚。黑色的鞋帮子上，至今还残留着鲜明可辨的皮鞋印子！

志勇一看，就知这是玉兰同志给八路军做的军鞋。一来，志勇身为八路军战士，还能连那底子特别厚的军鞋也认不出来？再说，志勇已经穿过玉兰做的好几双鞋了，这双鞋和他脚上那鞋又是多么相似啊！

见鞋如见做鞋人。志勇拿着鞋，瞅着瞅着，心里猛地一抽，忙问：

"大爷，俺玉兰姐呢？"

到了这时，秦海城知道再也瞒不住了。他将嘴里的烟袋拔出来，在他腔下那条板凳腿上吃劲地磕着，怒冲冲气愤愤地说：

"叫阙八贵那个老婊子生的抢去了！……"

他说罢，上牙咬着下唇，将那尚未发泄净的悲痛和气愤憋在腹腔里，直憋得他那宽宽的胸脯子急促地大幅度地起伏着。灯光照着他那严峻的脸。他的眼里射出两道愤怒的寒光。

生活中，有些事情，常常在没有预兆的情况下，向那毫无精神准备的人猛扑过来。有些人面对这种局面，由于时间的紧迫，加之事件的严重，他的理智往往来不及起作用，感情冲动取代理智思考而暂时占据了统治位置。

眼下的梁志勇，一听说玉兰被敌人抢去了，心中腾地升起一团熊熊怒火，头脑也涨得有柳斗大！这当儿，在秦海城那像冒着炮弹火光的眼睛里，有两颗不受控制的泪珠儿滚落下来。这两颗亮晶晶的小小的泪珠儿，一映进梁志勇的眼帘，就像两桶汽油浇在了梁志勇那满腔怒火上，使得他再也抑制不住自己的感情了！他砰地拍一下桌子，直震得桌上的壶碗叮叮当当地响了一阵，桌缝里的尘土飞扬起来。蹲放在桌面上的小油灯，就像害怕似的紧张地抖动了一阵儿。

秦海城怕灯火熄灭，用烟锅儿拨了拨油碗子里的灯草。

正在晃动的灯光，将秦海城那颤动的身影鲜明地绘在墙上。

梁志勇拍一下桌子还是气不出，又破口骂道：

"胆大包天的走狗！无法无天的野兽！"

这一阵，小胖子也早就气坏了！现在他接着志勇的骂声提议道：

"分队长，咱该追那狗汉奸去！"

梁志勇忽地站起身，一甩腕子抽出了腰里的匣子枪，又就劲儿向小胖子一挥胳臂：

"走！"

"是！"

小胖子也抽出了匣枪。

两人一头冲出屋子。

秦海城呢？他早就怕出这一章，眼下果然就出了这一章！怎么办呢？他也腾地站起身，追到屋门口上，厉声喝道：

"你们给我站住！"

正走在天井当央的梁志勇和小胖子，一下子全都愣住了！他俩都扑闪着一双长睫毛的大眼睛，你看看我，我瞅瞅你，又一齐望望秦大爷那吓人的脸色，全茫然无措了！

愣沉了好大一阵。梁志勇这才以求情的口气结结巴巴地说：

"大爷，你，你……"

秦海城依然是急眉火眼的样子：

"我！我啥？你们是成心把我急死！"

他缓了口气，又加重语气说：

"都给我回来！"

志勇和小胖子在这样一位严厉的老人面前，他们能有什么办法？只好乖乖地走回屋来。

他俩又在炕沿上坐下了。全都憋气地耷拉着脑袋。秦海城知道孩子们心里窝囊，他又是批评又是解释地说：

"你们都老大不小的了！怎么这么不懂事儿？我搭上一个孩子就够伤心的了！你们又要去胡作，叫我再搭上两个孩子？那不得要了你大爷这条老命啊！……"

在他们谈话的当儿，去拿干粮的人们陆续回来了。

李月金在旁边听了一阵儿，就着秦海城的话尾劝说志勇道：

"志勇啊，你脚下当上分队长了，大小也算个头目人儿了，不论办什么事儿，都要想周到点，可不能由着自己的性子来呀！听了不？啊？"

锁柱奶奶也插言道：

"唉！你这两个小孩子，就能把人救回来？你们快去给永生送个信吧！他那心里主意多，叫他想个办法，也好早点把玉兰搭救出来呀！"

"打蚊子用不着高射炮！"黄二愣说，"不就是几个黑狗子？"

他一面朝外走一边说：

"我拿家什去……"

"回来！"

志勇把二愣喊住了。

一个人在气头子上干出来的事情，一旦火气平息下来，往往自己会来个重新估价。到这时，志勇的头脑已开始冷静下来了。他喊住二愣以后，又想劝慰秦大爷几句。可是，说来也怪！他也不知怎么闹的，突然间觉着口也拙了，舌也笨了，词儿也少了！这是因为，他那冲动的感情，不肯和他的愿望合作；他那有限的经历，也还不能及时地提供出一套宽慰人心的话儿来。因此，只是箍着嘴，沉默着。

在这沉默的当儿，梁志勇的心里，各种各样的感情交织起来，搅着他一阵阵地难过。

梁志勇当然知道，八路军是老百姓的子弟兵，老百姓和八路军是一家人；群众的苦难就是我们的苦难，群众的悲痛就是我们的悲痛！他一想起这个，就说：

"秦大爷，你老人家别难过，我们一定想法子把玉兰姐救出来！"

秦海城说：

"孩子，这么多的老百姓指望着你们，你们的担子重啊，可不许为一个丫头去冒风险！"

二愣娘说：

"志勇啊，队伍不是还没吃饭吗？我把人们凑集的干粮都拾掇好了，你们快给队伍送去吧！"

"唉。"

梁志勇提起红荆筐子，一瞅，见里边净些枣泥团子，就问：

"呀！从哪里弄来的这玩意儿？"

"傻小子！明儿不是元宵节吗？"

在这战争艰苦的年月里，对天天生活在枪林弹雨中的游击队员来说，整个儿头脑几乎全被"打仗"二字占领了，还有谁能顾得上去留意这元宵节呢？现在经锁柱奶奶这么一点，梁志勇才猛然醒了腔。

按照这一带的风俗，元宵节这一天，家家户户都吃元宵。不过，真吃元宵的，净些富人，穷人谁吃得起呀！吃不起咋办？好在这一带是小枣产地，价钱便宜，所以人们就用黄面滚点枣泥团子代替元宵。

就是这枣泥团子，哪家穷人也舍不得多做一些，而只是凑凑合合做上一点点，全家人分分尝尝应应点就是了！

现在，志勇见筐子里满满的，心想："得多少户穷苦百姓才能凑这么多呀！群众都苦煎苦熬的熬炼一年了，我怎么能把这枣泥团子全给他们拿走呢？"他想到这里，便说：

"我们吃不了这么多，捎一半就够了！"

人们都不干。

二愣娘搂着筐子不让往外拿：

"不行不行，一个不能留，都给我捎着！"

李月金带着批评的口气说：

167

"志勇，你咋这么不懂事儿？这是俺们对咱子弟兵的一份心意呀！"

锁柱奶奶将志勇拿出的几个又扔进筐子：

"这几个是我亲手做的，你们一定要捎上！咱的队伍吃了它，比吃到俺的嘴里还香甜呢！"

梁志勇见盛情难却，只好说：

"好吧！我都捎着。过几天，再来和乡亲们算清……"

"志勇呀，瞧你，又说傻话儿！"二愣娘说，"要算账，这账是永远算不清的——咱八路军为老百姓打鬼子，拼命流血，那鲜血，多少钱一斤？"

在人们说话的当儿，秦海城将挂在梁头上的干粮筐子摘了下来。筐子里也是枣泥团子。这些枣泥团子是秦玉兰亲手做的。

说到做枣泥团子，在这一带还有个名堂呢！

论忙饭打食的手艺，各地区有各地区的标准。有的地方，看一个妇女做饭手艺的高低，主要是看她的煎饼摊得怎么样。有的地方，看妇女做饭的手艺则是看她擀面条。在这龙潭街一带，妇女们要在做饭的技术上大显身手，主要是靠每年必须做一回的元宵或枣泥团子。

要论这一手儿，玉兰姑娘得算个尖儿了。

玉兰这套手艺，是跟她翠花婶子学的。真是"青出于蓝而胜于蓝"！玉兰这个心灵手巧的丫头，眼下做枣泥团子的手艺已经把她翠花婶子超过去了。

哎，玉兰不是在宁安寨她翠花婶子那里躲着吗？怎么又回家来做开枣泥团子了呢？

是啊！要不，哪会有这场祸事哩！

原来是，这里边还有个情由——

玉兰的娘，就是在一个元宵节的前一天晚上，被反动派的兽兵逼得上了吊的！这话，说起来是秦海城带着玉兰闯关东以前的事，到现在已经好多年了。可是，多少年来，每到这天晚上，秦海城就肯定想起这个仇恨，常常暗自伤心落泪。

因为这个，今年又是元宵节的前一天了，玉兰觉着把爹自己舍在家里不放心，因而高低没听翠花婶子的劝阻，从宁安寨跑回龙潭街来了。

因此，这才发生了这场不幸的遭遇！

现在，志勇见秦大爷将盛着枣泥团子的筐子摘下来，要让志勇捎着，志勇不由得想道："如今，玉兰姐已被阙八贵抢走，前景莫测……这些枣泥团子，又都是玉兰亲手做成的，我怎么能把它捎走呢？不！不能捎，说啥也不能捎呀！"

他想到这里，就说：

"大爷，那些足够了。这些，留下你吃吧！"

"够了也得捎着！"秦海城说，"在咱庄稼户里，这算个稀罕物儿了！你全把它带走，让同志们饱饱地呛上一顿，好去打鬼子呀！"

志勇仍不肯捎。又说：

"这是玉兰姐亲手做的。她……"

"越是她亲手做的，你们越要捎去。她今后还不知会怎么样，这也算她对抗日的一点最后的……"

秦海城说到这里，声音发了颤。

梁志勇怕老人伤心，没让他再说下去。他拦腰打断了秦大爷的话弦，插言道：

"不！大爷，这个，你……"

秦海城急了。

他把眼一瞪：

"什么这个那个的？给我捎着它！"

梁志勇不敢再发犟了。

因为，秦大爷的心意，秦大爷的脾气，志勇全知道。再说，自从在兴安岭下的徐家屯起，志勇就把秦海城当作自己的家长看待，而且，他听秦大爷的话也从那时就已形成习惯了。

因为这个，现在他怕惹得秦大爷生气，所以就没再说"不"，在沉愣一下之后，末了只好说：

"好！听大爷的。"

志勇话音刚落，一些群众先后拥进来。

他们当中，男女老少都有，全穿着补丁衣裳，脸上挂着怒气。房治国一进门，就关切地问：

"老秦，是玉兰叫阙八贵那个杂种抢去了吗？"

老秦"嗯"了一声。他还没开口，人们就你一言我一句地嚷开了。

庞安邦流着同情的眼泪劝老秦：

"心里甭招不开，以后总有办法……"

唐峻岭放开嗓子喊声如雷：

"咱们老少爷们儿都去，找阙八贵那个婊子养的讲理去！"

汪岐山摇头道：

"跟他讲理去？那是对牛弹琴！能管用？"

他继而提高嗓门儿又说：

"要去，就去跟他拼一场！"

就连那位已经挂上了拐杖的乔士英也来了。他拽拽志勇的衣裳说：

"咱那队伍可得快把阙八贵那小子收拾了！"

这当儿，梁志勇望着腾火冒烟的群众情绪，心情十分激动。他放开嗓子向大家说：

"父老兄弟们放心吧！我们饶不了敌人！"

他这么说着，心里那种去向队长报告的心情更迫切了。于是，他借着人们乱乱纷纷吵吵嚷嚷的当儿，偷偷地将秦大爷那筐枣泥团子放在屋门旁，便和小胖子悄悄地溜走了。他俩出了院门一溜飞跑，赶到松林时，晓鸡初啼，天将放亮了。可是，那个战火中的支委扩大会议，还没有结束——

梁永生将拳头从空中往下一砸，说：

"好！就这么定了——先干掉一个汉奸头子！"

小锁柱盯望着永生：

"咱先拿谁开刀呢？"

梁永生将一双笑眼的热光洒向大家：

"锁柱给咱点出题啦，咱们讨论讨论吧！"

沈万泉的视线跟梁永生的视线碰了个头儿：

"叫我说，咱先干掉二狼羔子贾立义那个小子！"

梁永生以启发的口气问：

"为什么？"

沈万泉先抽了口烟，慢吞吞地说：

"贾立义那个鬼羔子，活像狐狸托生的，又狡猾，又阴险！他成天价打着'曲线救国'的招牌，到处迷惑群众！及早干掉他，就除了一条祸根！……"

等沈万泉一口一句地说完后，梁永生这才带着轻蔑的语气接言道：

"是啊！贾立义确实是像狐狸一样狡猾。不过，无论狐狸多么狡猾，它的皮，总是经常被人出售的！……"

永生的话未说结，沈万泉迫不及待地又抢去话头：

"老梁，要决定干掉他的话，就把这个任务交给我老沈吧！我……"

永生笑道：

"你这个意思我倒看出来了——"

老沈兴奋起来：

"就这么定啦？"

"不！"

"咋？"

"这些天来，我和小锁柱，一面找队伍，一面做调查，从群众的反映看，贾立义虽然也很坏，不过，在各个汉奸头目儿当中，他还算不上民愤最大的一个……"

梁永生说到这里，沈万泉又插了嘴：

"二狼羔子是个笑面虎儿！他见人说人话儿，见鬼说鬼话儿，为了迷惑群众，还弄了不少蒙骗人的事儿！可是，他那挂黑心肺，比蝎子尾巴还毒哩！"

"你说的这些都不假。"永生说，"不过，要知道，猴子穿上人衣，会更显出它是兽类。"他停顿一下又说，"咱就说二狼羔子贾立义吧，他尽管在残暴上面又涂上一层伪装作为保护色，可是，他要的这套鬼把戏，是绝对迷惑不了人民群众的！"永生说到这里转了话题，"不过，现时我们要是先拿他开刀，一来对群众情绪的鼓舞不是很大，二来对伪军们恐怕也起不到杀一儆百的作用。若弄不好，兴许还会有人认为我们这一举动带有报私仇的成分哩！"

他说到这里，环顾着在场的同志们，似乎正在特地寻求着反对的眼光。

沈万泉听到这里，赞同地点点头。

其他人听到这里，也报以赞同的笑意。

可是，情况并不尽然——有个列席会议的战士，却不以为然地说：

"分那么细干啥呀？叫我说，只要是敌人，都该杀！先杀哪个都行，反正是杀一个少一个！"

梁永生对这位战士敢于直率地说出自己的看法表示赞赏。他亲切地拍拍那战士的肩膀，用开导的口吻笑着说：

"小伙子！可不能这么说呀！"

那战士挺刚直：

"为啥不能这么说？敌人还有不该杀的？"

永生依然笑着，耐心地解释道：

"我们打死蚊子，并不是因为它是蚊子，而是因为它在咬人！不是吗？我们消灭敌人，也不是把他们一个不剩地从肉体上都消灭。就说伪军吧，在他们放下武器之前，哪一个不算敌人？都得算吧？"

"当然都要算喽！"

"那么，我们能不能把所有的伪军，一个一个地全杀了呢？不能吧？"永生说，"除了少数罪大恶极的以外，对大多数伪军来说，我们还是要教育他们改邪归正，争取他们投诚反正的！"永生变换一下语气又说，"当然喽，对他们的教育方式，包括武力惩罚！并且，只有以武力做后盾，对伪军的教育争取工作才能奏效！……"

那战士显然通了。他微笑着，在情不自禁地点着头。可是，梁永生并未就此罢休，他再次拍拍那战士的肩膀，又继续说下去：

"小伙子啊，记住：我们和敌人斗，既要用拳头，又要用舌头。光用舌头不行，光用拳头也不行。只有拳头、舌头一齐用，以拳头为主，才是对敌斗争的正确方针呀！……"

曙色微露。

天近黎明。

栖息在树上的老鸦醒来了。它们将一根干枝儿蹬落地上。小锁柱仰起脸，望望树头上那颤颤抖动的老鸹窝，像触景生情地想起了什么，他抢过别人的话头儿开了腔：

"叫我说，咱就上柴胡店去走一遭！干啥？去捅石黑的老窝嘛！"

人们无声地笑了。

小锁柱加重了语气：

"笑啥？俗话讲：'拿鱼先拿头，擒贼先擒王。'咱先干掉石黑那个洋杂种，将汉奸们的'祖宗牌'一端，什么白眼狼啊，阚七荣啊，还有贾立义、阚八贵、疤瘌四、乔光祖那些没有中国人味儿的家伙们，不就全傻了眼呀？"

他说到这里，将拳头在胸前一抖，又加上一句：

"叫我看，咱要来上那么一手儿，对群众的鼓舞，对敌人的震动，都是最大不过的了！"

小锁柱这番大议论，逗得人们笑起来。

沈万泉笑着笑着，好像突然想起了什么。他收起满脸的笑纹，掉过头去，向着梁永生半真半假地说：

"哎，永生，我记得你跟我说过，在你小时候，不是捅过白眼狼的老鸹窝吗？"

他这一句，使梁永生回忆起童年的苦难遭遇……

在梁永生百感交集久久沉思的当儿，沈万泉饱含着笑韵又说：

"我是想给你提个建议——"

"啥建议？"

"叫我看，现在你该领上他——"沈万泉拍拍小锁柱的肩膀头儿，"去到柴胡店走一遭，再捅一回'老鸹窝'！"他说着，将一双笑眼转向锁柱，"小伙子！我这个建议你同意不同意？"

锁柱还没答腔，别人接了声儿：

"我同意！"

"我看行！"

"要真去柴胡店捅'老鸹窝'，我算一个！"

这些说话的人们，都向小锁柱送去一双炽热的目光。这些炽热的目光，把小锁柱那面颊给烧红了。小锁柱不好意思地做了个鬼脸儿，说道：

"俺净扔些愣话！"

梁永生风趣地说：

"你先别'翻供'——让大家来评论嘛！"

人们对永生这话，报以不出声的笑。

随后，永生缓了口气，又将话路纳入正题：

"在抗日战争中，我们的主要敌人，当然是日本侵略者。日本侵略者，发动侵华战争，不仅给中国人民带来巨大的灾难，就连日本人民，也深受其害。所以，我们是一定要消灭他们的。从这个方面说，锁柱要干掉石黑的主张，是对的。像白眼狼、阙七荣那些汉奸卖国贼，诚然也是一定要惩办的。不过，石黑、白眼狼那些家伙们，老是住在工事里，不常出来，防备又严，拾掇他们怕是一时不易得手！从这个方面说，方才锁柱那番议论，又得算是'愣话'！"

锁柱再次自白："是愣话！"

梁永生的话却又拐回来了：

"啥事都有两个方面。锁柱那些'愣话'，也有它的可取之处！"

锁柱的脸又红起来："队长净讽刺俺！"

梁永生把笑脸一收，郑重其事地说：

"不！不是讽刺你！比方说，你主张到柴胡店去捅他的'老窝'，这一点我就同意你的看法。因为那样干一家伙，震动确实大！……"

一位战士迷惑不解地问：

"既然不易弄到石黑、白眼狼，咱上柴胡店去干什么哩？"

梁永生向早起啄食的鸟儿瞟了一眼，而后指着鸟儿若有所思地说：

"咱们这游击战争，就像那鸟儿啄食一样，麻雀战嘛！一个一个地把敌人消灭掉！这次我们进柴胡店去除奸，就是拔掉石黑的一颗狗牙，我看也是可取的！"

他停了一下，又指指身边的一棵树说：

"除奸，和刨树也是一个理儿。刨树，总是先把树周遭儿的根截断，然后再去挖老根也就好办了。除奸，也是这么个理儿……"

"对！是这么个理儿。"小锁柱先点着头肯定一句，然后又忽闪着大眼建议道，"咱插进柴胡店，先干掉疤瘌四怎么样？"他那双目光和人们那询问的目光碰了个头儿，又接着申述道，"疤瘌四那个老小子，担任柴胡店的城防，就住在北门以里；我们要去干掉他，好进也好出，比较有把握……"

"我不赞成！"沈万泉说。

"为啥？"有人问。

"因为疤瘌四是篮子里的菜！要干掉他，伸手就拿过来！先干掉他没啥意思！我的意见，还是先干掉阙八贵比较合适！"

"又为啥？"

"因为那个老杂种仗凭着他哥阙七荣的势力，对百姓做了很多坏事，民愤最大！对伪军也挺凶狠，伪军也恨他。我们若干掉他，既能鼓舞群众，又能分化伪军，说不定还会增加汉奸头子之间的矛盾哩……"

一个战士接着沈万泉的话音说：

"阙八贵那个家伙，肚子里没硬货，是个大草包！干掉他是容易的……"

锁柱抢过战士的话头又插了言：

"在大大小小的汉奸头子当中，阙八贵对鬼子是最铁心的一个！我放弃我方才的意见——队长，咱就确定先干掉阙八贵吧！"

"我赞成！"

这个答腔的人，并不是锁柱对面的梁永生，而是突然出现在他的背后的梁志勇。小锁柱扭着脖子望了望窜得满头大汗的梁志勇，不由得笑道：

"你赞成？你榫里不知卯里事，赞成啥？"

梁志勇像刚和谁打过仗似的，怒气冲冲地说：

"我听清楚了——宰阙八贵那个老杂种！"

锁柱高兴起来：

"队长，大家意见一致了，光差你这一票了，你快发表意见吧！"

梁永生没吭声。他那两条视线，正在志勇的脸上一圈儿一圈儿地打旋。梁永生这个人，对每一个战士的脾气，都摸得很准。说到梁志勇，当然更是早就吃透了腔的！现在，他望着志勇的气色，心里一琢磨，就断定志勇一定是碰上了什么不顺心的事了，于是问道：

"志勇，出事了？"

志勇先呼出一口大气，说：

"把玉兰抢去了！"

"你说什么？"

志勇由于心里太不平静，再次重复着那句没头没脑的话：

"把玉兰抢去了！"

"谁？"

"阙八贵！"

"多咱？"

"才！"

"咋抢去的？"

志勇把玉兰被抢的前后过程原原本本地说了一遍。最后，他又加重语气说：

"龙潭街上的群众都气炸了！他们都要求我们赶紧想法儿救出玉兰，给俺秦大爷报仇啊！"

要在往日，锁柱见志勇为玉兰的事急成这样，准又得奚落他几句。可是今日，锁柱一听这事，心里的怒气立刻灌满了膛。他忽地站起身，一面不由自主地摆开了马上就要开腿的架势，一面冲着梁永生像下命令似的说：

"队长！走哇！"

梁永生就像没听见一样。他不光是没吱声，连那双忽忽闪闪的眼睛也没看看锁柱。

沈万泉插言了。他眯缝着眼睛问锁柱：

"哪去？"

"上柴胡店嘛！"

"干啥去？"

"去杀阚八贵嘛！"

"你主啦？"

老沈这一句，把个小锁柱点醒了。到这时，他才像大梦初醒似的，猛然意识到方才由于脑子过度膨胀，已经失去理智的控制了。于是，他又悄悄地坐下，可他那双投向永生的目光，鼓荡着急切期望的成分。

与此同时，梁志勇、沈万泉和其他同志们，也都用一副热切期望的目光盯着梁永生。

他们期望什么呢？

他们期望永生赶快说话，把除掉阚八贵的事定下来。

可是，梁永生还是那种老习惯，不肯立即答腔。他将毡帽头儿往后一推，忽闪着一双深沉的眼睛沉思着，久久地沉思着。

会场一片寂静。

过了好大一阵，梁永生这才慢慢腾腾地开了腔：

"好吧！就按大伙儿的意见办——咱就先拿阚八贵开刀，来个虎口拔牙！"

人们活跃起来。

梁永生瞟了瞟同志们那一张张快活的面容，以启发诱导的口气又说：

"咱们再具体研究一下虎口拔牙的行动吧？"

一场热烈的讨论又开始了。

人们各抒己见，争执得很厉害。

不过，先除谁，是个政治性问题；怎么除，是个方法问题；政治性问题既然定住砣了，方法问题显然是不难解决的。正因如此，一个夜袭柴胡店虎口拔牙的行动方案，不大一会儿就讨论出来了。

方案定下后，沈万泉腆着脸望了望天色，然后向永生说：

"我该回去啦！"

"好吧！"梁永生叮嘱道，"不过，还有一件事，需要你注意一下——"

"啥？"

"今后，要通过各种线索，注意了解了解叛徒余山怀的情况……"

事情就有这么巧——当梁永生刚把沈万泉打发走，这个战火中的支委会正要结束的时候，秦海城突然来到这松林里。

秦海城的胳膊上挎着一个筐子。

筐子里盛着枣泥团子。

他迈着大步叉子走进松林，见到正在开会的梁永生他们以后，没容别人说话，就冲着梁志勇发开火了：

"瞧你这孩儿！咋不听大爷的话？总得罚我跑这么一趟？真该给你两掴子！"

秦海城这喜声笑韵的责备口气，将一股家庭气氛带进了这荒洼漫野的松树林。这种气氛，使得这些正处在战火硝烟之中的八路军战士们，感到仿佛自己正置身于家庭生活中，饱享着父母抚爱的幸福。

梁永生笑望着秦海城站起身来。

梁志勇涨红着脸，颇带孩子气儿地憨笑着。可是，他啥也没有说，抬起屁股大步赶上前去，接了秦大爷手中的筐子。

这时，梁永生和小锁柱他们，也都凑过来，将个秦海城围在了当中。

梁永生握住秦海城的手，欣然道：

"秦大哥，你来得正好儿——"

"啥？"

"我正想派人去找你哩！"

"找我？"

"对！"

永生说罢，将方才他们商量的夜袭柴胡店的事告诉给了秦大哥。谁知，永生一提这个，秦海城就着开急了：

"胡闹！简直是瞎胡闹！"

秦海城没容永生张口，他缓了口气，带上几分责备的语气又道：

"唉唉，我说永生啊永生，你也是三四老十的人了，又是个头目人儿，怎么耍起老粗儿来了？……"

梁永生说：

"秦大哥，这个'夜袭柴胡店'的计划，哪里不细致，哪里不合理，你只管提出来，咱还可以改呀……"

"我不是这个意思！"

"你是啥意思？"

"你们去夜袭柴胡店就不对！"

"不对？"

"当然！"

"为啥？"

秦海城生气了：

"你咋不想想，有多少群众在指望着你们？有多少更重要的工作需要你们去做？你们咋能为了一个丫头就去冒这么大的风险哩？胡闹！简直是胡闹！"

梁永生听到这里，知道秦海城是误解了大刀队这次夜袭柴胡店的目的。因此，他对秦大哥的批评，从内心里觉着又舒服又感动，又敬佩又高兴。他心里说："秦大哥越来越进步了！"同时，他还意识到，方才光告诉了秦大哥夜袭柴胡店的行动计划，并没把这次"夜袭柴胡店虎口拔牙"的全部目的跟他讲清楚。于是，他又告诉秦大哥：这次夜袭柴胡店虎口拔牙，是一项通过军事行动来完成的政治任务，并不仅仅是为了去救玉兰；而且，在知道玉兰被抢之前，就已经决定要打个除奸战，先除掉一个罪大恶极的汉奸头子，还曾有人提出先拿阙八贵开刀……在知道玉兰被抢之后，只是来了个将计就计一箭双雕。

经过永生这么一解释，秦海城高兴起来。

梁永生问："秦大哥，现在你全明白了吧？"

秦海城兴冲冲地说：

"我全明白了！你们就是要像孙悟空那样，钻到敌人的肚子里去，闹他个人仰马翻！……"

"对！"梁永生又问：

"秦大哥，给你安排的那项任务怎么样？"

秦海城笑道：

"永生啊，看你傻的！咋问这话？这不正是我为抗日出点力的好机会吗？你只管放心吧！分配给我的任务，我保准完成就是了！"

话毕。他们俩都无声地笑了。

曙光正温柔地抚摩着他们。

晨风在调皮地掀动着人们的衣角儿。

正在这时，运河对岸传来几声枪响。显然，这是日本鬼子的"讨伐队"，又照例在这黎明时分出动了。

梁永生一声令下，松林里又响起了唧唧呱呱的鸟叫声。继而，便是从四面八方聚拢过来的脚步声——大刀队的战士们集合了。

永生握着秦海城那双布满硬茧的手，含情带笑意味深长地说：

"秦大哥，天快亮了，敌人又出窝了，我们该走了！"

秦海城问：

"你们要到哪去？"

梁永生风趣地说：

"去给敌人找点活干呀！要不，人家捎的那担架不就用不着了？"

秦海城会意地笑了。

梁永生将枣泥团子给战士们分开，让他们带在身上，又将两只筐子都交给秦海城，然后紧紧地握住秦海城的手，微笑着，意味深长地说：

"秦大哥！柴胡店再见！"

秦海城满面春风地笑着：

"好！我准在那里等你们！"

曙光正在洒满大地。

披着曙光的大刀队，迎着枪声走去了……

第五章

虎口拔牙

虽说已经打春了，地处北国的冀鲁平原，还被春雪覆盖着。

飕飕的西北风滚过荒原，圈圈打旋，嗷嗷怪叫。黄灿灿的月光，透过枣林的枯枝洒在地面，昏昏沉沉，花花点点。由于风吹树摇，那花花点点的月光在雪地上不安地移动着。

夜空里，间或有颗流星飞过，在天幕上留下一道白光，眨眼之际又消失了。

树木的枝条上，包裹着冰凌，仿佛镀上了一层银。

空旷的漫洼里凉森森的。

一更时分，寒月不见了，又刮起雪花来。

毛毛绒绒的雪片，愈飘愈大，愈下愈密，纷纷扬扬，铺天盖地。它，填平了累累弹坑，埋没了斑斑血迹；但，它掩盖不了帝国主义侵略者的滔天罪行，也压抑不住燃烧在中国人民胸腔中的抗战怒火！

你看！在这雪浪滚滚的荒原上，有一支精悍的小队伍，那不正在顶风冒雪悄然疾进吗？

这支小队伍，摆成一溜长蛇阵，一个紧跟一个地走着。他们那沙沙的脚步声，和这漫野的风雪声搅在一起，恰似一曲悦耳的音乐。

战士们那红扑扑的脸上滚动着汗珠。

一团团的热气，从他们的口腔里、鼻孔里、衣领里钻出来，又在战士的眼眉上、帽檐儿上结成了霜雪。这些热气凝结成的白霜，和从天上落下来的雪片掺混一起，形成了白花花的一层。

有的人，一边行军一边啃干粮；

有的人，抓起一把雪填进嘴里；

还有的人，习惯于走着路睡觉，在这雪夜行军的征途上，照样发出了续而又断、断而又续的鼾声。

要知道，我们这些像钢铁一样坚强的游击战士们，牵着"讨伐队"的"牛鼻子"赶了两天圈儿集，直到如今，他们还没顾得吃上一顿囫囵饭，也没捞着睡上一个钟头的安稳觉啊！

这支小队伍是哪一部分？

这就是我们那支要去虎口拔牙的大刀队。

一天来，敌人的"扫荡队"，"讨伐队"，"清乡队"，南一路，北一路，左一股，右一股，又"合围"，又"追剿"，直闹得村村庄庄鸡飞狗咬，漫洼遍野硝烟弥空。我们八路军大刀队的游击战士们，和各村的民兵配合一起，协同作战，敌进我退，敌驻我扰，敌疲我打，敌退我追，跟敌人进行着迂回周旋，使敌人到处挨打，并遭受了重大伤亡。

而今，这支惯于连续作战的大刀队，这不又出现在奔袭柴胡店的征途上！

柴胡店据点已经不远了。战士们全都抖擞起精神。你看！他们啃干粮的不啃了，"睡觉"的醒盹了，个个雄赳赳，人人气昂昂，在准备迎接这场出奇兵、入敌巢、虎口拔牙的战斗！

你瞧！我们的队伍多威武呀！

每个战士的前腰带上，都斜插着一支匣子枪，匣枪张着大机头；

每个战士的脊梁后头，都背着一口大砍刀，大刀片儿被白雪一映闪着威风凛凛的寒光！

大刀队队长梁永生，一马当先，走在队伍的前头。

他，昂首挺胸，风风火火地大步走着。风雪仿佛正在故意跟他开玩笑似的，时而偷偷地掀动他的衣襟，时而又撒娇地扑打他的面颊。这时，永生那张被风雪扑打成紫红色的脸上，是坦然、平静的，是春风拂动、笑意荡漾的。这笑意，是共产党人在即将投入战斗时所特有的。

可是，凡是了解永生的人都知道，他眼时下的心境，就像这场风搅雪的旷野一样，没有半点平静！

几十年来奔走了几千里的艰辛经历，几年来抗日游击战争的生活实践，使梁永生养成了爱在路途中思考问题的习惯。

今夜，他带领着这帮两头齐的小伙子们，一边行进一边在想："这些来自五湖四海的战友们，都是那些军属老大爷、老大娘们，一把屎、一把尿、一把血、一把汗拉扯大了的。他们把亲生的骨肉，亲手送进八路军，这等于是自己摘下自己的心肝交给了党啊！……"

他回手扶起一个滑倒的战士，继而又想："党，又将这些人民的战士——革命的宝贝，交给我梁永生，这是军属老人们对我多么大的重托！这是党对我多么大的信任啊！今后，我一定要像爱护自己的眼睛那样，爱护这些战士们。让他们永远沿着毛主席的革命路线前进，在抗战救国的伟大事业中发出更大的光和热。"

永生想到这里，他感到肩上的担子更加沉重了。

如何用最小的代价换取最大的战果？这一点，是每一个指挥员在战斗之前必然要想到的问题。对梁永生来说，他更把这看作是自己所负有的特殊责任。因此，眼下他又集中精力，预测着在这次战斗行动中，有可能会出现的种种情况。

梁永生正且走且想，运河出现在他的眼前。

这条令人触目惊心的运河，给他留下了多少难忘的记忆啊！

如今，运河已经开化了。

刚刚从冰封中解放出来的河水，就像挣脱了马缰的烈马一样，乘风奔腾波浪滔天。一道道的浪峰，好像一口口银光闪烁的大刀。有一些冰凌块子，漂浮水面，随波逐流，滚滚而下。它们，时而爬上像座小山般的浪尖儿，时而又跌入赛个龙潭似的漩涡；有的在漩涡中团团打转儿，有的从漩涡中蹦出来，宛如离弦之箭那样，向前冲去了！

这间，梁永生的脑海里，也浮起一个正在团团打旋的念头。

他在想啥呢？

莫非是他面对着运河想起了惨死的爹娘？

还是这波浪滔天的景象使他回忆起了那年的水灾？

不！不是。都不是。如今正在他脑海中圈圈打旋的念头是：这个夜袭柴胡店虎口拔牙的战斗方案，还有没有什么漏洞？

梁永生想着走着，走着想着。

时而，他扭头问锁柱：

"哎，担任策应的民兵，不会因风雪迟到吧？"

时而，他又转身去问志勇：

"咱潜入的路线，不会出岔头儿吧？"

虽说在出发之前，他曾对各项准备工作做过严格而细致的检查，可是，直到快要靠近柴胡店了，他还再次叮嘱民兵黄二愣说：

"你和秦海城规定的联络信号儿，可别弄错了哇？这是军事行动，可来不得半点马虎！"

黄二愣紧贴着永生，边走边说：

"梁队长，你准是寻思俺是个'二愣'，短不了干些少头没尾巴、驴唇不对马嘴的事，是不？可是这一回呀，队长你就瞧好吧，保险差不了事儿！因为俺懂，这桩事，要是弄得卯不对榫，那不裂瓢啦？……"

永生用肘子捣他一下儿。

二愣知道这是嗔他说这些闲话，赶紧将嘴闭上了。

二愣的肚子里，别看能装下八碗干饭，可是却装不住一句话。方才，他由于肚子里的话没倒净，这一阵，肚子里头总是一攻一攻的。

不一霎儿。

二愣感到浑身发烫，有一种欲望在燃烧。于是，他又把嘴凑到梁永生的耳边来了：

"队长，这一手儿办对了，可该答应俺了呗？"

"啥？"

二愣将拇指和食指一张，比了个"八"字：

"干这个呀！"

他说罢，一双期待的眼睛充满光彩，映着雪光一闪一闪的。

梁永生的巴掌拍在二愣肩上，用责备的口吻掩饰着爱抚的心情说：

"瞧你！那股子'二愣'劲儿，管又露馅子了！这是个啥火候呀？咋又叨叨起这个来啦？"

梁永生一点，二愣醒了腔。他憨笑了，脸也红起来。这时，他多么感谢这苍茫的夜幕啊！因为是夜幕替他掩盖起了那种难以为情的窘相。

来到柴胡店近郊了。

梁永生先照原定计划将战士们部署好，又派出人去和前来参加这次奇袭活动的民兵联系，而后，他这才领上志勇、锁柱和二愣来到柴胡店街外的这座土地庙前头。

这里，是他们和秦海城的联络地点。

突然，有个时隐时现的人影，出现在风雪中。

当那人影正向这土地庙移动的当儿，又传来了若有若无的鸟叫声。这时，擅长口技的锁柱，也学起鸟叫来。这联络信号发出后，只见有个黑小伙子，踏着被白雪覆盖的坷垃地忽呀颤地直扑过来了。

永生见来者只身一人，又是两手空空，作为一个指挥员的直感告诉他：这个黑小伙子不是坏人。于是，他就想上前答话。

可是，二愣出于对领导人的关切，他倒多了个心眼儿，就抢前一步挡住了永生，向那来人劈头问道：

"你叫啥？"

"唐铁牛。"

"从哪来？"

"柴胡店。"

"来干啥？"

"来，来……"

铁牛只说出一个"来"字，又收住话头改了嘴，反问道：

"你叫啥？"

"黄二愣！"

"你们是……"

"自己人。"

这一句是永生答的。因为他怕造成误会，所以抢先开了腔。并且，他一边答着话，一边赶上前，握住了唐铁牛的手。

一握手，永生心里踏实了。

这是因为：唐铁牛，是龙潭街上老石匠唐峻岭的儿子。由于家境穷，说不上媳妇来，招婿到柴胡店来了。他来到丈人门上以后，还是靠他那祖传的石匠手艺要外作混饭吃。这些情况，永生早就知道，可他并不认识唐铁牛。眼下，他握着唐铁牛的手，就着雪光仔细一瞅，只见这位小伙子长得很像他的父亲——中流个儿，长方脸，两道黑黑的剑眉下，有一对倔强而又灵醒的大眼睛。同时，他从握手中，又发现铁牛的手掌硬得赛把老虎钳子，而且布满了厚茧。除此而外，和铁锤打过多年交道的梁永生，还从感觉中弄清了他那些手茧的位置，并从手茧的位置又进而判断出：他是一个常摸锤把的人！这么一来，永生暗想："这个黑小伙子，八成真是那个唐铁牛！"

这个判断对不对呢？

梁永生为了给这个判断找出更多的依据，便将铁牛拉到庙门底下，和他进行了这样一段对话——

"小伙子，多大啦？"

"二十四。"

"你爹叫啥？"

"唐峻岭。"

"你来送信吧？"

"嗯嗯。"

"谁派你来的？"

"秦海城。"

"你怎么认识他呢？"

"抗战前，我爹去闯关东的时候，在徐家屯认识了他。"铁牛说，"一年多以前，他来龙潭街落了户，我们两家的关系，就更近乎了……"

"秦海城叫你来找谁呀？"

"找梁永生。"

"他不在呢？"

"找梁志勇、王锁柱都行。"

"你认识梁永生吗？"

"不认识！"

"我就是。"

铁牛一听乐了。

他对永生也更亲近了。

两人攀谈了一霎儿，铁牛告诉永生：阙八贵的"婚礼"，已经闹腾完了。眼时下，人都散去，只剩下他的一伙狐群狗党酒肉宾朋，正喝"喜酒"！

永生问：

"这些情况，你是咋知道的？"

铁牛说：

"秦海城告诉我的——叫你们快去。"

"好吧！"永生转向志勇、锁柱，"按原定路线……"

"不！不行了！"铁牛说，"那条路线，敌人加上岗了！"

久经战阵的梁永生，尽管他完全懂得，在任何一次战斗过程中，事先预料不到的意外情况总是难免的，可是，今天这个变化，来得太突然了，闹得这位一向是足智多谋的梁永生，也猛然一愣。

"有办法——跟我走！"

铁牛胸有成竹地说了这么一句，继而又将他发现的路线告诉给梁永生。永生听后，高兴地同意了：

"好！"

接着，这支由五人组成的精悍的小队伍，以铁牛为向导，以永生为指挥，在风雪夜幕的掩护下，悄悄地向着柴胡店据点的围墙靠近着。永生一边走一边悄声嘱咐着铁牛："咱们这次夜袭柴胡店，力争打个哑巴仗，无论遇上什么情况，你可不要随便出声儿呀！……"

他们越走离据点越近了。夜空中的浓色黑影，隐隐约约地勾画出了柴胡店据点的轮廓——

它，宛如一个长方形的岛子，浮沉在茫茫苍苍的夜海中。它的周遭儿，挖了一圈儿很深的壕沟。利用从壕沟中翻出来的泥土，又沿壕沟里沿儿筑起一道高高的围墙。围墙南面的正当央，砌了个发碹大门，叫围子门。围子门洞的房顶上，修了个足有丈数高的二层楼，兀然耸立，那是岗楼子。除此而外，在围墙的各个角上，还修上了角楼子。那里头，也是昼夜设岗。

在这夜静更深的目下，据点的周围一片黑暗，静悄悄的没有一点声息，只有那一缕缕的阴暗的黄光，从各个岗楼子上的枪眼里射出来，贼闪闪的，好像那毒蛇猛兽的眼睛。

在各个岗楼子之间，还各有一个巡城流动哨，像个幽灵似的在那围子墙上来来回回、来来回回地走动着。

这时，白雪反射出的光亮，帮了梁永生的忙。他的眼里放出两条无畏的锐光，借着这微弱的光亮，眺望着那个黑乌乌的敌人据点，不由得心中暗道："敌人的戒备可真森严哪！"这时节，他虽然头脑里充满着胜利的信心，也完全相信铁牛这个向导的忠诚，可他出于强烈的责任感，还是情不自禁地在叮嘱着自己："梁永生啊梁永生！你可得高度警惕处处小心啊！"

你看！谨慎的梁永生，瞅了个巡城哨遛过去的空子，这才机智而迅速地将他的突袭小组带到壕沟沿上。

铁牛隔壕一指，悄声道：

"你看——"

永生将头贴在铁牛的肩上，顺着他的手臂朝前一望，只见围墙上有个隐约可见的水眼。那水眼，刚能钻过人去。

敌人太蠢了！怎么留了这么大个水眼？

唐铁牛小声解释道：

"原先，这水眼当中还有一摆砖，刚才我从这里爬出来的时候，把砖摆抽开了……"

梁永生用手势止住唐铁牛的话头儿，又用手势发布了命令——行动！

随即，他们用上了那惯用的过壕方法——永生和锁柱趴在壕沟沿儿上，两人各抓住志勇一只手，先将他送下沟去；梁志勇无声地下到沟底以后，紧贴沟壁站直，两手交叉放在小肚子前头；人们第一步先蹬在志勇的肩上，第二步又跳上他的手，第三步便到了沟底。

就这样，一个接一个，一瞬间便全下去了。

继而，他们又你顶我拉，顺着那个用砖砌成的水簸箕爬上围墙半腰，钻进了那个大水眼。

由于围墙厚，水眼长，他们五个人全钻进去，竟能容得下！

头一个钻出水眼的是小锁柱。

不好了！

怎么的？

小锁柱刚刚站起身，正在各处撒打看情况，那个巡城哨又溜达回来了！

这再咋办？锁柱正想法儿，就听围墙上传来一声尖叫：

"谁？"

这一声余音未落，紧跟着又是一声：

"口令！"

锁柱哪知道敌人的口令！可是，敌人已经发现了目标，隐蔽显然是不行的了！这再怎么办哩？

有的人，在遇上危急情况的时候，常常会突然间生出智慧来；特别是对一个久经战阵的革命战士来说，更是这样。这时的小锁柱，面对着那个一面问口令、一面拉枪栓的敌人巡城哨，灵机一闪，当即发出一种年轻女人的声韵：

"老总啊，俺是找鸡的……"

嘿！你看锁柱这位大小伙子，装腔作势学女人学得多么像啊！直逗得藏在水眼里的人们险些笑出来！

锁柱的口技怎么这么好？

这得啰嗦几句：

人在少年时代，爱好往往是多种多样的。锁柱这套好口技，就是少年时候练出来的。那时节，庙会上有一位讲《聊斋》的说书艺人，口技特别好。他对书中各种人物的声腔韵调，都学得那么形象、生动。小锁柱听后，喜爱上了。喜爱就想学。从那，锁柱便不由得练起口技来了，而且练的成绩还相当不错。大概连他自己也觉着有意思——这本来是练着玩的，可自从他当上八路军以后，在天天和敌人周旋的游击战争中，却不止一次地发挥了作用！

就说眼前吧，小锁柱用女人的声韵一哄骗，那个咋咋呼呼的巡城哨立刻不咋呼了，他把枪往肩上一挎，忘乎所以地跑下围墙来了。这时的小锁柱，装出害怕的样子，慌忙向附近的一个猪窝后头躲避……

一霎儿，那个敌人巡城哨，以饿虎扑食的架势，追到了猪窝后头。当这个跑得眼花缭乱的伪军正要上前抓挠锁柱时，锁柱的枪口猛地拄上了伪军的胸口：

"别动！"

此刻，巡城哨眼中的那个"女人"，蓦然变成了一位全副武装的小伙子！他是干什么的？显然，像这样的问题，那个伪军不用多想便可明白：他准是个游击队！因此，现在的巡城哨，直吓得真魂出壳，语言哽咽，浑身哆嗦开了！

这当儿，梁永生他们，先后钻出水眼。

他们来到近前，啥话没说，就在永生的指挥下，七手八脚一阵忙——先脱下伪军的军衣，又用他自己的裹腿把他捆绑起来，并用毛巾塞住他的嘴，而后扯扯拉拉拖到围墙根下，将他填进那个大水眼里。

在小锁柱他们几个忙活这些的同时，梁志勇按照队长的命令穿上了伪军的军装。

该忙的都忙完了。

人们全消停下来。

梁永生风趣地说：

"志勇！叫人家歇一会儿，你就替他一班岗吧！"

聪明的志勇，当即领会了队长的意思。他含着笑韵应了一声"是"，便背起了巡城哨那支马四环步枪，飞步腾身，跑上围墙。

梁永生将视线从志勇身上收回来，又转向锁柱等人挥手道：

"走哇！咱们逛逛柴胡店去！"

在战斗中，指挥员的精神状态，对参加这次战斗的每一个人来说，都具有一股强大的感染力量。刚才，黄二愣他们刚进围墙时，心情或多或少是有点紧张的。可是，现在梁永生这些话，就像在他们的心里刮了一阵旋风，将他们那种似有似无的紧张心情，一下子给刮了个干干净净。

夜，深了。

梁永生一行人，顺着一条小街，风快地走着。

街面上的雪已被风刮走。小街上，黑乎乎的。有些柴草的叶片，被风一吹，正在到处旋舞，情景分外阴暗，分外凄凉！

小街旁，有个不大的空场。

空场上，垛满了柴草。

这柴草全是敌人的。敌人为了据点的安全，一向是将囤积的大批柴草，存放在外围子里头某一个远离据点的地方。今天，小锁柱一望见这垛柴草，觉着脑际忽地一闪，随即捅了永生一把，悄声道：

"队长！咱该去个人，把那草垛点着——"

他稍一停，见永生没啥表示，便又说：

"咱那么一来，敌人准得出来救火！他们一救火，不得乱套？他们一乱套，咱们的行动就方便了……"

在锁柱说话的当儿，有许许多多的念头，从梁永生的头脑中闪过去——

乍一开头儿，永生的想法儿是："锁柱说得有理……"可是，这个念头没有站住脚，就被从另一个角落里涌出来的念头给推倒了："不行，不行啊！一来，敌人一到这里救火，不就堵住了我们的退路？二来，街上一乱腾，阙八贵还会老实地等在那里挨收拾？三来，敌人是狡猾的——我们那么一搞，会不会打草惊蛇、弄巧成拙误了大事？另外，火场周遭儿的老百姓，还八成得因此而吃苦头！……"

这种种想法，只是在一眨眼的当儿，便从梁永生的头脑中闪过去了。同时，他的心里虽然想了这么多，可是他的嘴里，却是啥也没说，只是向锁柱摆了摆手，一步未停地朝前走下去。

过了一阵。

梁永生等人正朝十字街走着，突然有几道手电筒的光束，闪现在前边的十字街口上。

这时，永生他们，有的一闪身躲进胡同，有的将身子贴在墙上……

铁牛悄声告诉永生：

"敌人的巡逻队！"

咔嚓嚓，咔嚓嚓，一阵皮鞋声，从前头的十字街口上由东而西响过去。

永生他们又顺着小街继续前进了。

不一会儿，他们神不知鬼不觉地穿过了十字街……

不一会儿，他们又神不知鬼不觉地进入一条胡同……

阙八贵的"洞房"，就在这个胡同里。

这是一条拐子胡同。

而且，这条拐子胡同，还是死喉头儿——只有这一头儿可以出进，那另一头不通气儿。

这个胡同口上，有个坐东朝西的角门儿。铁牛走进胡同后，先凑到那个角门儿近前，挂上门钉吊儿，又从衣袋里掏出一把锁，将门锁上了。梁永生用眼睛问铁牛：这是为什么？铁牛咬着永生的耳朵告诉他："这个角门儿，是苏秋元家。那个小子，嘴说人话，心怀鬼胎。锁上他的门，是防备他万一发坏……"梁永生赞赏地点点头。接着，他们便顺着胡同向前走去。在快要接近阙八贵的院门口时，见有一个伪军门岗，狗蹲在门口上，抱着枪，倚着门，正在打瞌睡。

这时节，一阵阵的狂笑声，和着打鼻子的酒腥味儿，一齐飞出院门口。

梁永生向锁柱甩头示意。

锁柱像只灵巧的小猫儿似的，紧贴着墙皮蹿过去，猛地卡住门岗的脖子。那呼噜呼噜的鼾声，一下子止住了。他因为不了解院中的情况，怕引起敌人的惊觉，就学着刚才那门岗的鼾声呼噜起来。

锁柱真能！你听，他学得多么像啊！

一瞬间。随着几个黑影的移动，二愣、铁牛扑过来。他们还是用收拾巡城哨的办法——捆起门岗的四肢，堵住嘴，放在门扇后头的墙根下。

这一阵，永生全神贯注，监视着院里院外的动静。

突然，当的一声，伴随着门响有个人走出屋来。

糟糕！永生心里一震，轻声命令道：

"准备战斗！"

锁柱、二愣闻令提神，做好了战斗准备。

铁牛捡起门岗的"汉阳造"，也端在手中。

就听见，那脚步声，先由远而近，又由近而远；紧接着，天井当央出现一个黑影，朝院子的东南角上那个厕所走去了。

黑影到了厕所附近，发出一声干咳后，消逝了。

二愣将憋在胸口的那股大气呼出来，小声说：

"该着这小子多活一会儿！"

永生嫌他多嘴，戳他一把。随后，又将嘴贴在他的耳朵上说：

"你，负责监视厕所里那个小子！"

"唉。"

"他，要走出来，就放倒他！"

"唉。"

永生又把铁牛安排在门口上，便和锁柱进了天井。

这所灰蒙蒙的庭院，建筑物不多。除了西南角上这个角门洞而外，还有东南角上那个厕所，再就是那个主要建筑物——北房了。

北房，坐落在庭院北面的正当中。那探出墙面的屋檐，挂上了一层雪粉。西间的窗户上，糊着窗纸。东间的窗户上，在窗纸当中还镶着一块玻璃。目下，扑打在玻璃上的雪片，相继化成水珠儿，好像眼泪似的往下淌着。这座北屋的左右两侧，各有一个二尺多宽的夹道儿。西夹道儿里，有棵干巴榆树，树上挂满雪花。

有只夜猫子，正落在树头上。

你看！永生他们的动作是多么敏捷、轻盈、严密呀，直到永生、锁柱来到北屋近前时，那只夜猫子并没被他们惊走！

小锁柱，一手枪，一手刀，封住屋门口。

梁永生，来到正亮着灯的北屋西间的窗台前，将手指放进嘴里湿一湿，轻轻地点破了新糊的窗纸，又将眼睛紧贴在那个小小的孔洞上，活像孩子们在庙会上看洋片那样，往里头瞅开了。

他只见，这座正房，一连三间，两明一暗。

东间，是个暗间。有道隔墙，将它和这两间分开了。隔墙门口上，挂着花门帘。门帘两边，贴着一副对联。对联告诉永生：这间屋就是所谓的"洞房"了。

显然，那位落入敌人魔掌的秦玉兰，现在就在这间屋里。

梁永生心如油煎！

西间和中间，都是明间。两间通连着。

这时节，梁头上挂着一盏大围灯，灯下放了一张八仙桌。一帮鬼头蛤蟆眼儿的家伙们，正在酒肉的腥雾里喝酒划拳。他们围桌而坐摆了个人圈儿。桌面上，盘盘碟碟摆了一大片。

这边在喊：

"二位仙哟！五魁首哟！……"

"九连环哟！全到了！……"

那边在叫：

"四季花喽！八匹马喽！……"

"三英战吕布哇！独占鳌头哇！……"

在这些人面兽心的家伙们旁边，还坐着一位生满络腮胡子的庄稼汉。他，就是秦玉兰的父亲——秦海城。这一阵，秦海城坐在桌角处，一直是歪着脖子抽闷烟。他那宽阔的胸脯子，一阵阵地起伏着。他的脸上，冷冰冰的。嘴边上的几道斜纹，绷得像弓弦一样紧。那挓挲起来的络腮胡子，正在微微地颤动着。

也许是梁永生特别细心的缘故吧，他已分明看出，秦海城正揣着一股恼怒难忍、焦急难耐的心情，用那网着血丝的眼角儿，悄悄地瞟扫着屋门口。

他是多么盼望那屋门响上一声啊！

吱扭一声，门，真的响了！而且开了！

房门一开，一阵清风扑进屋来！

伴随着这阵清风，屋门口上，闪进两位身材魁梧的彪形大汉。

他们就是梁永生和王锁柱。

他二人，一手端着匣子枪，一手举着大刀片儿，肩并肩地站在屋门口上；两双炯炯的视线，宛如四条火龙，闪射着出膛炮弹一般的光亮，直瞪瞪地盯住了围桌而坐的家伙们。所有这一切态势、神情，再叫那花花搭搭挂满全身的雪花一衬，愈显得像那天兵天将一样威风！

冲门而坐的那个噘噘嘴儿，首先发觉了，一下子慌了神，失声地喊叫了一声：

"八路！"

背门而坐的是阙八贵。他头上戴着礼帽，身上穿了一套鼠皮色的西装。这个老小子虽然长得没个人样，可是后脑勺上并没长眼，看不见脊梁后头的情景。他以为是噘噘嘴儿故作惊慌开他的玩笑，就拍打几下因酒精中毒而浮肿起来的眼皮，揩一下油嘴，满不在意地说：

"伙计！别来这一套！你拿八路吓唬谁？"

他半醉半醒地拍拍鸡胸脯儿，把嘴角子一耷拉，又吹五作六地说：

"别看都吆呼神八路，那是风声鹤唳！我阙某虽说不是马王爷，没长前后眼，可我敢断定，他那神八路天胆也不敢上这太岁头上来动土……"

阙八贵说着，还用他那被大烟熏黄了的手指指了指他的狗头。可是，他的话没落地，忽听背后一声怒喝：

"不许动！"

又一声怒喝：

"举起手来！"

这两声喝令，像落地的霹雳，吓得那些慌手撒脚的群丑们，全都像发疟子似的打开了冷战，抖抖嗦嗦地举起了双手。

到这时，那个扭着觳细精长的鸡脖子的阙八贵，吓得骨酥筋软，喝进肚子的酒都变成了凉汗。他一面用那散光失神的猴儿眼盯着明晃晃的刀刃，一面将那两只鸡爪般的黑手慢慢地举上去!

可是,他没迭得把酒盅子放下!

盅里的酒,顺着他的胳膊腕子向袖筒里淌去!由于他那举起来的手爪颤颤巍巍直哆嗦,而且是越哆嗦越厉害,三哆嗦两哆嗦把那酒盅子哆嗦掉了!只听啪的一声,摔了个粉碎!

屋里充满紧张气氛。

在汉奸们的感觉中,这时谁要喘一口粗气,整个房子就会爆炸!

锁柱眼望着汉奸们这种草鸡样的丑态,回想着他们往日那种扬风奓毛不可一世的凶相,觉着真开心呀!可是,他一想起这些狗杂种那一桩桩一件件的罪行,胸中的怒火又升腾起来。要不是党的俘虏政策控制着他的感情,他真想二拇手指头一勾,让这些披着人皮的野兽,通通变成枪粪!

梁永生闪着鄙视的目光冷冷一笑,用匣枪口点着阚八贵那虚汗如河的额盖说:

"阚八贵!认得我吗?"

"不,不认识……"

"你成天价,又'讨伐',又'扫荡',扬风奓毛,张牙舞爪,要捉八路军,要逮梁永生,是吧?今儿个,就叫你开开眼界,见识见识吧——我就是八路军!我就是你那外国洋祖宗悬赏缉拿的那个梁永生!"

汉奸们听了这些话,更抖搂上劲了!

这些外强中干的尿包们,虽说知道有个大刀队队长梁永生,并且也听说过梁永生枪法如神,百发百中,十分厉害,可是,梁永生究竟是个啥模样的,他们谁也没有见过。今天夜里,外头刮着风,下着雪,而且又是在这层层设防、岗哨如林、戒备如此森严的据点里边,梁永生这位令人闻名丧胆的人物如同从天而降,突然出现在他们的酒席面前,这怎能不使他们头嗡耳鸣眼冒金花?又怎能不使他们虚汗如河面无人色?

这阵子,锁柱一直是一手刀,一手枪,站在门槛上。

他用两条巡视的目光,居高临下地监视着每个敌人的举动。待永生话毕,他又开了腔:

"你们别害怕!今天夜晚,我们梁队长,来给你们开个会——都要注意听!"

汉奸们听了这话，那根绷得毵紧毵紧的心弦，略微松动了一下。他们，全瞪着一双半信半疑的蚂蚱眼，似看非看地瞟着梁永生。

这当儿，东间的门帘闪动一下，秦玉兰走了出来。

她跟永生交换一下眼色，站在阙八贵的脊梁后头。

梁永生将持刀握枪的双手往身后一背，摆出了一副大大方方从从容容的神态。仿佛，他根本就没把这几个汉奸看在眼里。

稍一沉。他毫不在意地微笑着，不紧不慢地向汉奸们说：

"告诉你们：这处宅子，已经被我们围住了，不怕你们能插翅飞上天！"

永生可能是为了让厕所里那个家伙也能听见，他把"围住了"三个字的节奏拉得特别长，音量放得格外大，调门儿挑得愣愣的高。他说完这句话，还故意停顿一下，给人一种毫不急迫的感觉。

而后，他又接着讲下去：

"汉奸阙八贵，卖国求荣，认贼作父；杀害抗日志士，欺压黎民百姓；敲诈民财，抢霸民女；血债累累，民愤极大！现在，我代表临河区抗日人民政府庄严宣布：判处罪大恶极的汉奸阙八贵死刑！立即执行！"

阙八贵听了这话，像见了火的糖人一般软瘫在椅子上。

在梁永生宣判的当儿，秦海城从腰中抽出了那把磨得雪亮飞快的捎谷刀。当永生的"执行"二字一出口，他抢前一步揪住了阙八贵的领口儿，差一点把那小子提起来。接着，先朝阙八贵那刮得像珐琅皮一样的脸上呸地吐了一口，然后就听扑哧一声，那口短刀插进阙八贵的前胸！

这时，阙八贵一闭眼，一咧嘴，发出一声像被宰杀的猪一样的尖叫。当他那"哎哟"二字刚呲出一半的时候，玉兰又将一把剪刀攮进他的喉头。

就这样，罪该万死的阙八贵，晃了几晃，吭噔一声，仰躺在地上！

他身边的桌椅板凳，叫他那赛头死猪似的身子一碰，叮呀哐地响了一阵。被震倒的茶杯酒盅，在桌面上东倒西滚乱翻跟头，茶水酒水串混一起，顺着桌沿儿滴滴答答淌在地上，掺杂进阙八贵的血水里。

这当儿，梁永生持刀握枪挺立一旁，注视着其余的四个伪军。

那四个小子，见阙八贵一命呜呼，全都吓掉了真魂！

他们噗噔噗噔跪倒在地，又作揖，又磕头，丑态毕露，洋相百出，狼嗥鬼叫，一片哀鸣！

梁永生向伪军们说：

"我们大刀队，根据八路军的俘虏政策，这回饶你们的狗命！"

伪军惊喜若狂：

"谢谢大刀队！"

"谢谢八路军！"

他们一边说，一边磕头如捣蒜，还一边用眼角瞟着梁永生手中那瘆人的刀枪。全都看一下一闭眼，看一下一闭眼。

看到了吧？这就是石黑亲手精选的那"铁心队"！

这就是白眼狼那帮号称"敢死队"的"勇士们"！

"别乱叫唤！"

锁柱一声喝，伪军静下来。

"注意听着！"

"是！"

永生又慢条斯理地讲开了：

"我代表八路军大刀队，向你们宣布'约法三章'——"

"是！"

"第一，往后打仗，枪朝天放，不许伤害一名抗日战士！"

"是！"

"第二，你们别忘了自己是中国人，今后要主动向八路军通风报信！"

"是！"

"第三，你们以后再到村里去，老实一点，不许糟扰老百姓！"

"是！"

永生讲完三条以后，又说：

"光说'是'不行，我们要看行动。这三条做到了，保你无事；谁要阳奉阴违——"

他指着阙八贵的尸体说：

"看见了吧？他就是你们的样子！"

"照办！"

"不敢！"

"一定遵守！"

"愿意效劳！"

伪军们应声虫般地嚷着。

梁永生朝秦家父女一挥手，他俩领会了永生的意思，迈步跨出屋门。

梁永生从怀里掏出一张大布告，放在桌子上，也走出屋去。

锁柱用枪口指着跪在地上的伪军们，说：

"转过身去！"

"是！"

"冲墙跪着！"

"是！"

伪军照办后，锁柱又说：

"谁回头，崩了他！"

他说罢，跨出门槛，又回手关上门扇。

这时，天空的阴云，已经四分五裂。几颗亮晶晶的星星，从云缝里钻出来，扑闪着惊喜的眼睛，瞧着庭院的景色。

庭院中景色如故。

只是，停落在老榆树上的夜猫子不见了！它到哪里去了？哦！是向石黑、白眼狼报丧去了吧？管它哩！

永生走进门洞。

黄二愣凑上来。

在战争中，人们习惯于用手势或动作代替语言。现在二愣站在永生的对面，先朝厕所一指，又将手中的大刀自上而下一劈，他的意思显然是：他要去杀那个蹲在厕所里的家伙！

永生领会了二愣的意思。他想："当前，我们的任务已经完成，目的已经达到，下一步，是如何做到安全撤离。因而应尽量不去多事。何况秦家父女还需要我们来保护他们呢！"他一念及此，便摇了摇头，轻声问二愣道：

"他出来过吗？"

二愣将嘴贴在梁永生的耳朵上：

"他只探一探头。见我正用枪瞄着他，唰地缩回去了。你方才说——他走出来就放倒他！俺琢磨着，光探探头，这不能算'走出来'呀，所以没动他……"

二愣喊喊喳喳地说着，永生又像在听又像没在听。

他的两眼始终盯着厕所，仿佛是正在自己和自己商量着什么。

沉静了一会儿。

他突然高声喊道：

"王排长！"

哪有什么"王排长"？锁柱灵机一闪，又让自己的目光和永生的目光碰了个头儿，当即高声应道：

"有！"

"你这一排留下！"

"是！"

永生又命令：

"其余人集合！"

还是锁柱：

"是！"

人们学着梁永生的样子，两脚踏步，发出一阵沙沙声。继而永生又喊：

"稍息！……立正！……向右看齐！……向前看！……报数！"

又是锁柱：

"一！二！三！四！……三十五！"

小锁柱的口技真绝了！他一个人同时冒充这么多人，声腔音韵几乎没有重样的！他这一手儿，惊得铁牛目瞪口呆，逗得二愣差一点没笑出来，就连秦海城也情不自禁地暗自叫绝："好样的！"

锁柱报完了数儿，梁永生又喊了个"向左转——齐步走"，而后人们便在一阵沙沙沙的脚步声中走出门去。

最后一个迈出门槛的是梁永生。

他回手拉上门扇后，又赶到前头去了。

这支小队伍，大步流星出了胡同，一直朝着十字街奔去……

永生一行撤离庭院后，庭院里寂静下来。静得像没有一个活物儿一样！其实呢？活物还真不少哩！咱就甭算墙窟窿里的老鼠了，就说大活人吧，那不——在屋里跪着四个，门后头还捆着一个，厕所里还蹲着一个！

在厕所里蹲着的那个小子，这不探头探脑地走出来了！你瞧他，脑瓜儿不大，下颏儿挺尖，豹花秃的头顶上还留着分发，没戴帽子，穿一身黄咔叽，活像个死了爹的！

你猜他是谁？

他不是一般伪军。

他是白眼狼的二狼羔子贾立义！

这个小子，长了一副哭爹的脸，两道眉毛撇下来，活像鸭蛋上画了个八字儿。他生来不会笑，除了在他洋爸爸石黑面前是个例外，见了谁也像人家欠他两吊钱！

他自从当上伪军小队长，一直驻在水泊洼据点上。

今天，他是带着重礼特地赶来给阙八贵"贺喜"的。

他是伪军中队长的儿子，为啥还要向阙八贵这个伪军小队长大献殷勤？

这是因为，阙八贵是"翻译官"阙七荣的弟弟。那阙七荣，经常围着石黑转，是石黑的红人儿。他们贾家父子和阙家兄弟，虽然暗地里勾心斗角，你倾我轧，矛盾重重，可是，在表面上，他们还是彼此都在闹这种请客送礼的假象儿。

不过，今儿前来为阙八贵"贺喜"的狼羔子贾立义，可万没想到，偏偏就在这天夜里，赶上了梁永生他们来夜袭柴胡店！多亏正巧赶在厕所里，才没有因来送礼连小命儿也送进去，真是"不幸中的万幸"！狼羔子这样自我宽慰地想着，像只避猫鼠似的走出厕所。

天井里，静悄悄的。狼羔子瞪着一对三棱子母狗眼，向各处日溜日溜地撒打了一遍，见八路军全走了，并没留下一个排，他这才放了心。

于是，他便朝北屋走去。

不料，正当狼羔子走到屋门口时，可巧有个小猫儿跳墙头，蹬落一块坷垃。这一下，吓得个狼羔子噗啦啦拉了一裤裆屎，还出了一身冷汗。

现在，他挟着一裤裆屎，带着一身汗，悄悄地进了北屋。

北屋里，四个伪军，冲墙跪着。

那四个伪军，听见门一响，先是一抖。当他们发现来者是贾立义时，就像落水之人猛然抓到一根绳子似的，立刻转惊为喜，一齐扑过来，同声喊道：

"贾队长！"

这时的贾立义，尽管他那战战兢兢的身子还没稳住砣，可他不仅强自振作，而且恬不知耻地装起"英雄"来了：

"瞧你们这些草包！被几个土八路就吓成这种熊相儿？"

伪军们，甭管他戴着什么"头衔"，谁敢跟狼羔子争辩是非？因此，他们一面连连应"是"，一面求救似的说：

"贾队长！你看这一锅，咱怎么交代呀？"

"是啊！贾队长，你快想个办法吧！"

伪军们这些话，倒把个狼羔子点醒了："可也是哩！咋向石黑交代？"他眉头上涌起高高的一垄，正然心中这么想着，阙七荣的面孔在他眼前晃动起来，这又促使他接着想下去："我来喝'喜酒'，阙七荣是知道的。如今，阙八贵死了，我还活着，阙七荣会不会怀疑我……"他想起这些，几年来他们明争暗斗的一些往事，又在他的心里浮上来。

这只心毒手辣的狼羔子，正在越想越愁越想越怕的当儿，他又把那"闯江湖"的"处世哲学"端出来了："人间本无真理，全凭两张嘴皮！"继而，他又想："这桩事的经过，反正是石黑、阙七荣全没看见，我见了他们，只要用两片子嘴唇编风造魔地一网花儿，也就万事大吉了！"

狼羔子沉思着。

一个伪军又催促道：

"贾队长！俺们这伙倒霉鬼儿，全都依靠你了！咱们怎么向太君交代？你可快想办法呀！"

伪军这一催，使贾立义忽然意识到：

"呀！不行啊！这四个活冤家，全了解事情的真相；我到了石黑面前，要是胡云海嘹瞎说一气，事后，从他们嘴里走漏了风声，那可了不得呀！何况，他四个当中，既有石黑的耳目，又有阙七荣的亲信，他们会不会向石黑或阙七荣密报真情？这又怎么办哩？"

二狼羔子想来想去，灵机一转，话在心里说："'量小非君子，无毒不丈夫'！"接着，他将身子往屋门口一闪，又从腰里抽出匣枪，扣住扳机，对准这四个倒霉蛋冷笑道：

"朋友们！愿咱们来世再做朋友！……"

四个刚刚还阳的倒霉鬼儿，一见狼羔子端起枪，又变了脸，全都慌了！有的说：

"贾队长！你这是啥意思？"

狼羔子说：

"今天，我贾某要对不起了！……"

又一个魂不附体的伪军结结巴巴地说：

"贾队长！你，你可不能开这玩笑啊！"

"哪个跟你开玩笑！"

狼羔子说着，一勾扳机，砰的一枪。

那个正在说话的伪军倒在地上。

另一个伪军又说：

"贾队长！咱无仇无冤，你可不能……"

"有碍我者皆为仇！"

狼羔子话未落地，枪又响了。

这个跟他讲理的伪军又倒下去。

这时节，那个噘噘嘴儿扑通一声跪倒在地，两眼泪纷纷地苦苦哀求着：

"贾队长啊贾队长！我的家中，还有七八十岁的老娘，你当行好，看在老人的面上……"

二狼羔子咬牙切齿恶狠狠地说：

"漫说还是你的老娘，就是我的亲爹……"

话到这里，他又是一枪。

到这时，四个伪军死亡了，只剩下了最后一个。

这个伪军，和贾立义是个扯拉亲戚。他，原来认为"是亲三分向"——狼羔子是不会对他下毒手的。

可是，他想错了！

因为，这时狼羔子的想法是：

"我要是留下他，会被人看出破绽。再说，有利于我者，冤家也是朋友；有害于我者，朋友也是冤家！一不做，二不休，不能留下这条祸根！"

他想到此，手一转，枪口又对准了最后这个伪军。

这个伪军，一见狼羔子"六亲不认"，就趁那枪还没响的一刹那，他不顾一切地猛扑上来。

可是，晚了！

他还没扑到近前，就随着枪声趴在地上。

此后，这只杀人灭口的狼羔子，提着匣枪冲出屋子。他且走且想："赶紧向石黑报告去！"

谁知，正在这时，大街上突然响起枪来！

这是从哪里来的枪声呢？

原来是，梁永生他们，在路过十字街的时候，跟敌人的巡逻兵遭遇了！

事情是这样发生的：

当梁永生一行费了很多周折奔到十字街口时，又碰上了一伙敌人的巡逻队。这伙敌人，都扛着大枪，上着刺刀，顺着北街筒子，正咔吱吱咔吱吱地朝这十字街口走过来！

在这之前，永生他们还曾碰着过敌人的巡逻队，可是他们都机智地躲避开了。不过，这一回，永生一看再躲避是来不及了！

怎么办？

在这一瞬间，许多念头在梁永生的脑海里闪过去：

"如果只有我和锁柱，怎么也好办。可是秦海城和玉兰他们，没经过大阵势，缺乏战斗经验，行动不那么迅速，万一躲避不及，被敌人发现目标，那就更被动了！而且，我们身在虎穴，又天近拂晓，也不能再跟敌人'捉迷藏'了！……"

永生想到这些，便当机立断作出决定：干！同时，他还意识到：在当前情况下，只有干，才有主动权；有了主动权，才能速决；只有速决，才能及早脱身，安全撤离。

永生作出决断后，本想告诉身后的同志们，可是，时间不容许了！于是，他贴着墙角一站，赶紧从腰里摘下一颗手榴弹，用牙咬去弹把上的盖儿，又熟练地用小指勾住拉火索，一甩胳膊，嗖地扔向敌群。

正在黑影里走着的伪军们，突然听见眼前吭噔一声，谁能闹清是怎么一回事儿？有的莫名其妙地说：

"哎，这是啥玩意儿？"

在他们这大本营的中心地点，他们万没想到真的会有八路军出现，更没想到突然落到眼前的竟是一颗手榴弹！因此，另一个伪军开玩笑说：

"老天爷爷给扔下元宝来了！快……"

"轰！——"

一声巨响，浓烟四起，弹片横飞。整个儿柴胡店镇，四处响起回音。

蒙了点的敌人，失去了控制，乱了营，混乱地跑着。

趁着敌人的乱劲儿，永生振臂喊道：

"缴枪不杀！同志们冲啊！"

梁永生的吼喊，掀起巨大的声浪，撞击着两边的街壁，引起阵阵回声。紧接着，锁柱、二愣他们，也都吼喊起来：

"冲啊！"

"杀呀！"

那些没大经过阵势的人们，一遇上突然袭来的危急情况，难免有点紧张。可是，当危急情况真的压在他的头上时，他那种紧张心理反倒会很快地消逝掉。现时下，秦家父女，还有铁牛，大体属于这种情况。他们那种紧张心理刚一露头儿，就被梁永生他们的吼喊声赶跑了。紧接着，也跟着大伙儿一起喊开了：

"抓活的呀！"

"前边截住！"

"缴枪不杀！"

在夜战中，出敌不意的喊杀声，尽管人数不多，威力也是很大的。何况，在这齐声喊杀的同时，那匣枪、步枪也吼叫起来了呢！

这时节，枪声，喊声，炽热地搅在一起，又响成一片，更把敌人吓慌了！

过了一会儿。

敌人惊魂稍定，他们大都找到了蔽身之处，开始还击了。就在这个节骨眼上，柴胡店据点的四周，先后响起枪来。

在这来自四面八方的枪声中，还有一片喊杀声。

这是埋伏在据点外头负责策应的同志们打响了。

这一闹，敌人的巡逻队以为是八路军要里应外合攻据点了，他们再也不敢抵抗，全都屁滚尿流地奔逃而去。

这时候的柴胡店据点，像个被戳了一棍的麻雀窝，乱起来了！不过，龟缩在各个岗楼里的敌人，因为一时摸不清情况，谁也不敢出来，只是乱放空枪！

枪声，雄壮的吼喊声，惊醒了柴胡店街上的老百姓，他们都在高兴地说：

"可好了！可好了！准是八路军攻进来了！"

这枪声，也惊住了正要去向石黑报告的二狼羔子，他想："我就这样去报告，石黑信吗？"他想到这里，在天井里愣住了。

过了一霎。

谁知他想了些啥，只见他用枪对准了自己的大腿，犹豫一阵儿，又将枪口挪到胳膊上。这时，他那只握枪的瘦手，还是打抖。

最后，他终于搂了扳机，不过，并没打胳膊，而是打掉了他自己的一只耳朵。随后，他蹿出院子，好似一只从厕所里飞出的绿豆蝇一般，带着一身臭气向石黑报功去了。

狼羔子蹿出了庭院，被捆绑起来放在门扇后头的那个伪军，这才侥幸地暗自想道："我那天佛老爷哟！多亏了狼羔子走得仓促，没有发现我！要不，八路军给我留下的这条小命儿，也得丧在二狼羔子的手里！……"

这个守门的伪军，名叫田宝宝。说真的，这时田宝宝真盼着梁永生他们再回来，他也跟着八路一块儿离开据点，因为他已经预感到，今后他再继续在这里干下去，不会有好的结果了！

可是，田宝宝哪里知道——胜利完成了打击汉奸头目的任务，击退了巡逻队的梁永生一行，这时正将一张号召伪军反正的大布告，张贴在十字街头的布告栏里；而后，便顺着一条弯弯曲曲的路线，向围墙撤去了。他们一面走着，还一面在街道两旁的墙壁上张贴标语——

"打倒日本帝国主义！"

"铲除汉奸卖国贼！"

"欢迎伪军反正！"

"抗战必胜！"

这时的柴胡店，半空中子弹横飞，错综交织；大街小巷空空荡荡，静无一人！

二狼羔子贾立义，就是在这样的情况下蹿出来的。

他，一路走，一路编造着向石黑报功的词儿。这时节，有些飞子儿的弹着点不时地在他周围打起尘土，吓得他下意识地直抽脖子。于是，他紧贴着墙根，拐弯抹角，直奔石黑的鬼子队部去了。

鬼子队部里，从梁永生扔出第一颗手榴弹时起，就像个被火燎过的蜂房那样，乱了起来！

石黑的卧室里亮着昏黄的抖动的灯光。

一股樟脑与汗臭相混合的气味儿，正在满屋回荡。一个当腰顶两头尖又肥又矬的老鳖种，正像一只受惊以后乱撞笼子的野兽那样，在屋里一遭一遭又一遭地转着。

这个家伙，脸上的皱纹又多又深，有的皱纹从眼角一直拉到脸腮。他的眼睛，是恐怖的，焦虑的，充血的。在那网满血丝的眼里，还喷发着愤怒。也许是由于过度紧张的缘故吧？他那只歪歪鼻子，而今，已经歪歪到黑脸蛋子上去了！

这个歪歪鼻子的日本鬼子，就是石黑。

现在，石黑两手插进裤兜里，在屋中兜着圈子。他的身后，还跟着一个三分像人七分像鬼的家伙。显然，这就是白眼狼了！

今日的白眼狼，更加干瘦了。

他那又尖又小的脑瓜儿，活像用一根筷子插在肩膀上似的。由于牙齿已经脱落，两腮塌陷下去，一对薄嘴唇儿朝里兜着。他那一对在深坑里的母狗眼儿，因为近些年来常害眼病，周遭儿全溃烂了，又成了烂红眼子！白眼狼的身上，由长袍马褂变成了伪军军装，小腿上打着呢子裹腿，脚上穿一双又黑又亮的大皮靴，肩上还斜披着一条皮带。

看他这种打扮，倒是满"威武"的！不过，他这"威武"的打扮，跟他那哈巴狗式的举动，却显得很不协调！你瞧，他微弓着背，猫弓着腰，呼啦着抑制不住的痰喘嗓子，强装着卑贱的笑脸，像只跟腚狗似的，一步一跟，一步一跟，紧跟在石黑的屁股后头，摆出了一副十足的奴才相，不厌其烦地小声说着：

"太、太君早安！贾、贾永贵，奉、奉命来见！"

石黑毫无反应。

白眼狼又是一遍：

"太、太君早安！贾、贾永贵，奉、奉命来见！"

就这样，他撅着瘦屁股，颠着小碎步儿，一遍又一遍，一遍又一遍，也不知嗡嗡了多少遍！后来，把个石黑嗡嗡急了，就头也不回地在肩头上摆了摆手，意思是：别他妈的穷嗡嗡！

那白眼狼怎么办？他可不敢愣在一边，显然更不敢坐下，还是一步一跟地跟着呗！只不过是不再"嗡嗡"罢了！

过了好大一阵。

石黑走着走着，猛地转过身子，鼻子里先响了一下，然后冲着白眼狼破口大骂道：

"巴格亚鲁！你的笨蛋！"

他那带着腥臭味儿的唾沫星子，像下了阵小雾似的，匀匀挺挺地喷了白眼狼一脸。白眼狼下意识地一闭眼，可是又赶紧地若无其事似的睁开了。

这时候，他只见石黑那瓜子儿形的脸上，满脸的横肉乱动弹，歪歪鼻子下头那"一"字胡儿也参起来了！可能是由于过分激怒，他不光是脸皮一片铁青，就连那额角上的紫疤也快变成黑色了！而且，他那紫黑紫黑的疤瘌上，仿佛眼看就要渗出血来！

是的！石黑确乎是怒了！

他是被梁永生他们大闹柴胡店激怒的。

照这么说，白眼狼挨骂，不是太冤枉了吗？

不！不冤枉！不然的话，石黑这肚子窝囊气，向谁去发泄呢？理所当然地是应该向他的奴才发泄的！正是由于这一点，白眼狼，是完全谅解他的主子的！正是由于这一点，他对主子的怒骂，这才能毫不抱屈地应承下来：

"是，是！"

石黑将眉毛拧在一起，继续训斥道：

"八路，大大的高明！你的，大大的饭桶！"

"是，是！"

"我这柴胡店据点，高城固垒，戒备森严，本是蚂蚁藏不住、雀鸟飞不进的地方，你居然让八路军闯了进来，真是岂有此理！"

石黑一面喷着唾沫星子，一面朝白眼狼逼近着：

"我们皇军受了损失，你的死了死了的！"

这一阵，石黑那两只牛蛋眼，已张大到了最大限度。他那只毛茸茸的手掌，已从裤兜里抽出来，在白眼狼的眼前舞扎着：

"笨蛋！废物！饭桶！……"

观其气势，他那张打人很有"技术"的巴掌，随时都可能落在白眼狼那干瘦得像猴子一样的脸腮上！

面对着这种情况的白眼狼呢，他的心里，当然怕打；可是表面上，又不敢表露出怕打。他本心眼儿里想躲闪躲闪，可又不敢真躲闪开。他，只好半步半步地往后倒退着，一面又点头又哈腰地表示着歉意，一面赔着下贱的笑脸唯唯诺诺地说：

"是！知、知罪！知、知罪！……"

奴才虽已知罪，可主子并没消气！因为，现在外面的枪声、喊声正在愈响愈烈。这枪声、喊声，更激怒了石黑。石黑拿起文明棍儿，胸脯儿抢前，眼中汪血，用文明棍儿指着白眼狼的眼胡子，尖声怪叫道：

"外头的情况，你的说！"

"是！"

"快！"

"是！我、我、我的说——"

白眼狼嘴里这样说着，可是他的心里，却慌了神儿了！因为，自从出事以后，直到来到石黑这里以前，他一直抱着脑袋缩在乌龟壳里，哪敢探过头儿！这一阵，他除了听见外头有枪声、喊声而外，别的，还知道个屁？

不知道也得说呀！于是，他只好一面在心里编着词儿，一面含含糊糊吞吞吐吐地应承着石黑：

"太、太君，外、外头嘛，枪、枪声可密啦！还、还有手榴弹……"

难怪石黑说他笨蛋，这样的词儿怎能交得了差！

你看！石黑那不火了？他抢前一步，一面用文明棍儿敲着地皮，一面恶汹汹地、气急败坏地叫道：

"巴格亚鲁！你的大大的心坏！"

石黑骂着，举起巴掌。

这回，可要真打了！

白眼狼将那烂红眼子一闭，又把那鹋细精长的鸡脖子一抽，浑身上下一切地方，都立刻做好了迎接主子那巴掌的充分准备。

不料，他一闭上眼，脚就站不住了，身子不由自主地向后仰去，一下子仰到石黑那个心爱的樟木箱子上，碰得箱子叮呀咣地响了一阵，差一丁点没有翻了过儿。因为白眼狼知道碰坏了主子的箱子其罪非浅，于是乎，他就极力控制着自己，让身子向一旁溜去！于是乎，他这才摔了个四爪儿朝天！

事情就有这么巧——正在这个令人哭笑不得的节骨眼儿上，屋外响起一阵咔吱吱咔吱吱的皮靴声。接着，一个鬼子兵闯进屋来，将那两头一般粗的身子挺得好像一筒碑：

"报告队长，贾立义求见！"

这时，石黑那张举在半空的巴掌，就势向外一挥：

"他的进来！"

石黑说罢，将文明棍儿往旁边一扔，一屁股坐在椅子上。

这间，他那股憋在肚子里的怒气，由于没发泄出来，正顺着探出长毛的歪歪鼻眼子往外冒着。听声音，就像一只刚从圈坑里爬上来的老母猪！

这当儿，白眼狼已从地上爬起来了。

他的身上，沾满了浮土。可是，他不敢拍打，只好带着这身土，站在一旁，听候发落。

石黑一扭头，见白眼狼正微低着头，下垂着手，毕恭毕敬地站着，便向他身边的椅子一指，用一种懒散的腔调悄然道：

"你的，坐下。"

这时，白眼狼已经知道，他的儿子贾立义快要进来了。在这种情况下，主子赐座，他怎能不对主子的"宽怀大度"感激涕零？

可是，他是不敢和石黑并排而坐的。

于是，便将椅子搬动一下，挪到石黑的侧面，带着那身浮土坐下了。他刚坐定，屋门外头便传进狼羔子那熟悉的声音：

"报告！"

"进来！"

随着石黑的音响，贾立义带着满身血迹走进屋来。他那半张着的嘴里，像个小烟筒似的冒着白汽。狼羔子跨进门槛后，谨谨慎慎地迈着小碎步儿，来到石黑的对面，以完全合乎"操典"要求的姿势，先向石黑打了个敬礼：

"报告太君！龟田次郎奉召来见！"

"龟田次郎"是谁？就是这只狼羔子。因为狼羔子认了石黑作"干爸爸"，他"干爸爸"给他起了这个日本名儿。

这时，石黑对狼羔子的报告未予理睬。他以手抚胸，长长地吁着气。

贾立义又转向陪座上的白眼狼：

"报告队长！"

白眼狼，一见他的羔子浑身是土，又血迹斑斑，心脏猛地一收。他张了张嘴，又合上了！因为他突然意识到，主子在场，奴才不能多嘴！这时，他为了掩饰自己的窘相，便重新张开嘴打了个呵欠。

狼羔子，移在石黑的侧方，挺着胸脯，瞪大眼睛，站成一个直橛儿，特意装出一副很精神的态势。同时，他还用那副久而成习的、下贱的眼光，不时地瞟瞟石黑，耐心地等待着主子的发落。

屋里一片沉闷。

不过，这"沉闷"，并不等于"寂静"。因为，还有石黑那呼哧呼哧的喘气声，以及白眼狼那哈啦哈啦的痰喘声！除此而外，又有桌子上那嘀嘀嗒嗒的钟表声。

狼羔子等待了老大晌，那耷拉着眼皮嘟噜着腮肌的石黑，这才朝白眼狼一甩头，像刚从梦中醒来似的老气横秋地说：

"老兄，你的说话！"

这时石黑的口气，以及对白眼狼这"老兄"的称呼，要和方才对待白眼狼的那股劲头儿相比，简直是他又变成另一个人了！

这是咋的一回事儿呢？

没啥奇怪的！这是石黑惯用的一套鬼把戏！几年来他都是这样：每当白眼狼的部下在场的时候，他总是和白眼狼称兄道弟，客客气气，仿佛他们之间，不是主奴关系，而是朋友关系。

石黑为啥要来这套鬼话胡呢？

因为他认为：只有这样，才能利用白眼狼这个奴才，来笼络那些伪军为他的帝国效忠。正是因为这个，今天他才尽管窝着一肚子火气，仍然没有忘了这种强盗伎俩，还是照例喊了白眼狼一声"老兄"，并且首先让他说话。

谁知，白眼狼刚要开口，石黑一撩眼皮，望见了狼羔子那浑身是血的狼狈相，他怫然不悦地变了色，再也控制不住自己了，突然发起火来：

"巴格亚鲁！你的大大的无能！"

这时他那额角上的伤疤，又红胀得要蹦出来了！只见他忽地站起身，指着贾立义吼叫道：

"你的巴格亚鲁！你的大大的饭桶！"

"是，太君，是！"

你看二狼羔子多刁？他接着又说：

"报告太君！那些土八路，通通的被我打得跑了跑了的！"

你瞧这个死心塌地的汉奸，连说话都没个中国人味儿了！

可是，他这一句还真顶劲！石黑脸上的怒气消失了，鼻孔里喷出一股长气，嘴角上也流露出一丝儿微笑：

"土八路的，跑了跑了的？"

"通通的被我的打跑了！"

石黑狡猾地眯着笑眼：

"好的好的！你的能干！"

鸡狗的理想，只不过是一把谷糠。石黑这句夸赞，夸得个狼羔子受宠若狂。浑身的肌肉，在激烈地跳着，心里更是乐得恨不能怎样孝敬一番！

石黑又翘起大拇指头，举在狼羔子的脸前：

"你的这个！今后你好好为帝国卖力气，我保你有出人头地之日的！"

在石黑夸奖的当儿，狼羔子尽量压抑着视线，不让他心中那得意的情绪流露出来。不过，就在这同时，他那骚乱的心中，也在嘭呀嘭地敲着小鼓儿。并说道：

"谢太君！谢谢太君！"

石黑又坐到他那太师椅上去了。

继而，他一腆下颏儿，指示贾立义：

"坐！"

狼羔子在旁边的一张椅子上坐下了。

石黑又说：

"外边的情况，你的说说。"

"是！"

狼羔子像叫蹦簧弹起来一样，又成了直橛儿。

"你的坐下的说话。"

"是！"

狼羔子又坐下了。

随后，他编造了这么一套"神话"：

八路军进来好多人，围住了阙八贵的住宅，把阙八贵打死了，还打死四个弟兄。贾立义奋不顾身，跟八路死拼死战，打了个七出七进！多亏了贾立义枪法好，又用了一些智谋，他只身一人，在孤军无援的情况下，托"天皇"之福，借石黑"虎威"，终于将妄图靠近太君队部的八路拦住，并把他们赶跑了……

贾立义这小子，把这本来没根没影的假话，说得滔滔不绝，有声有色。而且，当他说到弟兄们被打死的时候，还抽抽噎噎地出了一阵洋相。可是，他自己"负伤挂彩"的事，只想让那只"耳朵"替他说话，他自己由始至终只字未提！

你看！这个藏在厕所里吓了一身大汗的狗熊，现在用他这两片嘴皮子一网花儿，硬把自己打扮成"舍命救主"、"效忠天皇"的"英雄"了！

这一阵，石黑一直在用小指的长甲挖着鼻孔，还声震屋瓦地打了个喷嚏。

最后，石黑对狼羔子的报告又赞赏了几句，继而问他说：

"外边，没八路了？"

刚才他不是说都"被打跑了"吗，哪能还有呢！因此，狼羔子只好硬着头皮答道：

"没了没了的！"

石黑又顺手拿起那根黑油油的文明棍儿，敲着二狼羔子的肩膀头儿说：

"好的好的！你的带路，我要去勘察现场！"

石黑说罢，又召来一伙鬼子兵，还叫上翻译官阚七荣，和白眼狼、狼羔子一块儿，离开他的队部，向阚八贵的住宅走去。

狼羔子是负责带路的，当然要走在前头。

真是"猫儿得势胜似虎"！你看，这只受宠若狂的狼羔子，如今美得走路也不出人样儿了！可是，他在得意洋洋的同时，却也有几分担心："八路军是不是真的全部撤出了柴胡店？要是万一出了事，石黑可是不会轻饶我这个带路的呀！"

其实，狼羔子的担心，已经是多余的了！

因为，梁永生他们，并不知石黑一伙出了窝巢，他们正在迅速地向围墙撤退着。

半路上，正巧路过唐铁牛的家门口。铁牛指着他那破烂的角门儿，向永生说：

"梁队长，你看，这就是俺家！"

他这一句，一下子把个梁永生提醒了。他说：

"哎，铁牛，你的任务，已经完成了，快回家吧！"

铁牛把腮帮子一鼓，像头小牛犊儿似的横着脑袋，从喉咙里挤出一个字来：

"不！"

"咋？"

"俺跟你们去！"

"跟我们去？"

"嗯！"

"去干啥？"

"干八路呗！"

这时节，铁牛前胸抢前地站着，不住地用脚后跟捣着地皮。一小会儿，就在地上捣了个小坑坑。

梁永生望着他那倔强的劲头儿，想起了铁牛爹唐峻岭那位老耿直人的倔强脾气儿。因此，永生思沉了一阵儿，又说：

"你的家长……"

"早同意了！"

"你说过？"

"说好啦！"

面对这种情况，永生对铁牛还能说些啥哩？他能不相信铁牛的话吗？当然不能！因为永生知道，铁牛的两层家长都是个穷人；穷人嘛，当然是要革命的！

因此，永生又愣沉一阵，啥也没说，只是拍一下铁牛的肩膀，高兴地笑了。

显然，他这拍肩一笑，意味着批准了。

这时候，唐铁牛觉着他的心窝儿里，发生了一种非常不平常的事情。于是，他情不自禁地抖抖身子，仿佛是，他这一抖，将战斗的疲乏，还有方才永生让他回家的不愉快，全抖飞了。接着，他又正正帽子，挺挺胸脯儿，好像他想用这种行动，来向他的家乡庄严宣布：我唐铁牛这个穷人的孩子，如今已经成了八路军的一名战士了！

风雪，早已停下。

黑夜，正悄悄溜走。

围墙，举目可见了。

城门的岗楼子上，围墙的角楼子上，仍在喷射着一条条的火舌。机关枪的子弹，像泼水一样地倾泻着。这机枪声和各种各样的枪声搅在一起，哗啦哗啦地响成了一片。一颗颗闪光的子弹，在漫空中刺溜刺溜地横穿。

这种景象，告诉了富有战斗经验的梁永生：被恐怖控制着的敌人，正在毫无目标地乱放虚枪。因此，永生将一口唾沫吐在地上，以轻蔑的口气说：

"你们瞧瞧这些笨蛋！"

锁柱接言道：

"净些胆小鬼儿！"

就在这时，他们突然发现了与这胆小鬼的说法很不协调的现象——仿佛是有个人挺立在那高高的围墙上！

黄二愣指着那影影绰绰的黑影问永生：

"那是啥？"

"人！"

"是谁呐？"

"志勇呗！"

"你能看清？"

"我看不清——"

"那你咋说是志勇？"

走在旁边的秦海城插言道：

"自己的孩子嘛！……"

梁永生摇摇头说：

"不是那个！"

"是啥？"

"秦大哥，你想想——"梁永生说，"在这子弹横飞的满城枪声中，除非是咱毛主席教养的战士，又有谁敢于挺胸而立站在那高高的围墙上？"

秦海城信服地点着头。

是啊！党的阳光雨露，还有那征途的风尘，战火的烟云，已将梁志勇这个苦大仇深的庄稼孩子，雕塑成了一位无所畏惧的革命战士。

梁永生一行快要靠近围墙了。

站在围墙上的梁志勇，一望见梁永生他们的影儿，心中一阵高兴。你瞧他，浓眉抖动，双目晶莹，忽呀忽地跑下围墙来了！

秦海城大步迎上去，含着激动的泪水，凝视着志勇的面容，只见他，一脸喜气正在滚动，两道剑眉向上斜挑着，英俊的风姿里还透出一点雅气。这时的秦海城，摇晃着志勇的膀臂，光是嘿嘿地笑，啥也说不上来。

秦玉兰站在爹的身后，两条视线一遭儿一遭儿地在梁志勇的身上兜圈子，仿佛生怕他的身上少了什么似的。

梁永生凑过来了。他问志勇：

"一直没发生过情况？"

"发生过两次情况——"志勇说，"都叫我对付过去了！"

在永生、志勇、海城、玉兰他们说话的当儿，小锁柱一面监视着四外的动静，一面指挥着二愣、铁牛从水眼里扯出了那个巡城哨。而后，他凑到人家的脸上，以讥讽的口气问：

"伙计！歇过来了吧？"

巡城哨嘴被堵着，当然无法说啥。锁柱又说：

"这回饶你这条性命。这是共产党的政策。往后儿，你可要记住八路军给你们规定的'约法三章'——这第一，打起仗来，枪朝天放；这第二……"

锁柱正说着，忽听背后有人道：

"唔呵！我在那里给他们上了一大课，你来到这里又给他上一小课呀？"

锁柱扭头一看，只见梁永生站在他的身后，正笑乎乎地望着他。永生说：

"要上课好办，以后有的是机会；这里不能久留，咱走哇！"

这时那个巡城哨就着黎明前的曙色望着永生的笑面，心中在想："这个人，准是八路的长官！怪呀？当官儿的跟当兵的说话，怎么这么和气呀？……"

梁永生一行出城越沟的行动开始了。

志勇伏下身子，第一个钻出水眼，溜下沟去。

而后，他又转过身来，先后将秦玉兰、秦海城、唐铁牛、黄二愣、王锁柱，最后一个是梁永生，一个跟一个地全接下沟去。

接着，他们又肩搭肩，人踩人，又是一个接一个地爬上了围墙对面的沟崖。

最后一个上沟的是梁志勇。

他是怎么上去的呢？

开头是，铁牛趴在沟崖上，向前探着半截身子，将胳膊伸直去拉志勇；可是，由于沟太深了，尽管志勇将手臂举了再举，最后举得不能再高了，而且已经跷起了脚来，可还是够不着铁牛的手！当铁牛正在着急的时候，二愣将大枪伸下沟去。他这一手儿真行——志勇抓住枪筒，蹬着沟壁，猛力纵身一跃，二愣又就劲儿一拉，便腾地蹿上沟来了。

志勇一跳上沟崖，就高兴地说：

"这出'戏'算演完了！"

锁柱摇头道：

"不！"

"咋？"

"没完呗！"

"咋还没完？"

"只是咱们这些角色算演完了！"锁柱说，"我揣摸着，人家石黑、白眼狼那些丑角儿，八成还没下场呢！"

"对！"永生说，"人家那场'戏'，很可能正在热闹时候哩！"

永生和锁柱猜对了——石黑他们的"戏"，正在劲头儿上！

就在梁永生带领着志勇、锁柱、二愣、铁牛、海城、玉兰安全地撤离了柴胡店的时候，石黑带领着白眼狼、狼羔子、阙七荣还有一些鬼子兵，又开始了新的一幕！

他们像个吊丧队似的走进了阙八贵的"洞房"。

这"洞房"，如今成了"停尸房"。

阙八贵和四个伪军的尸体，都歪歪斜斜地躺在这里。有的面朝天，有的嘴啃地，简直是什么熊样儿都有。

整个屋子的空间，都弥漫着烟雾。

烟雾中，充满了血腥味儿，酒腥味儿，火药味儿。才粉刷过的墙壁上，也飞溅上无数的血点点。

当然，在这些尸体中，最使他们注意的要算阙八贵的尸体了。只见，他那尸体的胸口上插着一把捎谷刀，喉头上还有一把剪子。他的脸上，直到这时还残留着一副下贱的求饶的死相。

石黑望着这种情景，又是怒，又是喜。

他怒的是：土枪土炮的土八路，竟敢闯进他的大本营来杀人，这太有损

100
1921-2021

红色岁月
红色历程
红色史诗
红色经典

"大日本皇军"的"威严"了！

他喜的是：八路军越这样杀伪军，伪军就越恨八路，也就越忠于他们日本人；只要能使抗日、亲日的两派中国人针锋相对地对立起来，他们就更便于从中渔利，加以控制，这就是他们那个名为"以华制华"的政策！

这是石黑的看法。至于死了几个汉奸，石黑倒没搁到心上。因为在石黑的心目中，一个汉奸走狗，比起他的一只东洋狗来，不知还要低贱多少倍哩！

石黑这个人面兽心的侵略者，一面按照他的强盗逻辑在心里盘算着，还一面在他的喽啰的尸体近前假惺惺地流了几滴蛤蟆尿。

他为啥要来这套假慈悲的表演呢？

这是演给他那些还在活着的喽啰们看的。

"太、太君！这里有一张布、布告！"白眼狼觉着这个说法不对，又忙改口说，"不、不不，共、共产党的宣传！"

直到这时，石黑的眼睛，还像夏日放了一夜的死鱼眼睛那样，红得要发紫了。他听见白眼狼一嚷嚷，便将那血红的视线从尸体上移到桌子上。

桌子上，放着一张大白纸。白纸上，写满了一行行恭恭正正粗大雄浑的毛笔字。

布告上，在"阙八贵"的名字前头，还用红笔点了个大红点儿。石黑凑到桌边，用两手撑住桌沿儿，低下头去，从头至尾地瞅起来。

他只见，上面写的是：

临河区抗日人民政府布告
刑字第 107 号

查铁心汉奸阙八贵，不仅认贼作父，卖国求荣，恬不知耻，而且杀人放火，糟害百姓，实属罪大恶极，屡教不改，本区抗日人民政府根据人民群众的要求，经过研究决定，并业已报请上级抗日人民政府批准，对该阙处以极刑，为民除害，以正国法。

现借此机会，正告伪军士兵：日本强盗侵略我国，出师不义，已遭到他本国人民的坚决反对，并激起了全世界人民的同声谴责！与此同时，我国的广大人民群众，在中国共产党和毛主席的英明领导下，日益觉醒起来，为了抗日救国的伟大事业，正在同仇敌忾，英勇奋战，抗击日本侵略者。

现在，日本强盗就像一头野牛闯入火阵，不管他暂时多么疯狂，它早晚是要被中国人民埋葬在人民战争的汪洋大海之中的！

为此，我们奉劝所有伪军士兵：望你们迷途知返，弃暗投明。凡率部反正者，携械来归者，既往不咎，一律宽大处理。凡逃离敌人据点，回家为民者，保其生命安全，不加任何歧视。凡在起义、反正中立功者，按照其功劳大小给予适当奖励或必要的表彰。凡屡教不改，继续为敌卖命杀害抗日志士，或为非作歹糟害百姓触犯国法者，一律依法制裁，决不宽容！

何去何从？阙八贵即是你们的前车之鉴！

此布！

八路军大刀队队长代临河区区长 梁永生

石黑看完布告，又恐惧，又气恨。

他为啥恐惧呢？

因为布告上对侵略者的揭露，正好打中了他的要害。再就是布告上对伪军的政策攻心，也正是石黑最怕的一点。

他为啥又要气恨呢？

因为他觉着他的喽啰们太无能了！怎么能让八路军闯进柴胡店闹了这么一阵呢？"就凭着我们占压倒优势的兵力和武器，这太不应该了！"

石黑心里这么想着，不由得暗自叹道：

"他梁永生，只不过是一小股土八路的个土头目儿，看起来，比我石黑这个高等学校毕业、受过专门军事训练的正牌子军官还要高明呀！"

从这一点看，尽管他确是蠢，可这只是一面儿。那另一面呢？他又是非常狡诈的。你瞧他，尽管心里揣着这个，可是表面上却对着布告冷笑起来了！

他为啥要冷笑呢？

显然是想给在场的喽啰这样一种感觉：八路军这张大布告，在他石黑的眼里，一文不值，只能置之一笑！

效果又怎么样呢？

石黑的奸笑并没达到他预期的目的。

你看！在场的这些人，他的走狗也罢，他的士卒也罢，面容不是都变了色吗？有的发了紫，有的发了青，有的蜡黄，有的煞白，就连石黑他自己的脸皮子，也变成了铅色！

要知道，石黑并不傻！冷笑归冷笑，他还是将这"一文不值"的布告折巴折巴装起来了。此后，他啥也没说，只是朝他的喽啰们一挥手道：

"开路开路！"

天到这时，已朝明了。

石黑走到角门洞里，见门扇后头还捆着一个伪军，就向狼羔子命令道：

"你的给他解开！"

这只没耳朵的狼羔子，一见这里还活着一个，心里嘭嘭地敲开了小鼓儿，头上的虚汗也流成河了！

现在他一边给伪军田宝宝松绑，一边懊悔自己方才走得太慌张，怎么就偏偏没有发现这个冤家！要是在那时发现了，把他也一块儿干掉，不就心净了？你看糟不糟！如今这个冤家还活着，他要把实际情况向石黑一说，那不就捽鼻子了！

眼下，狼羔子一面给田宝宝松绑，一面想着对策。

石黑问田宝宝：

"你的叫什么名字？"

"叫田宝宝。"

"土八路的你的看见？"

"我看见了。"

"他们的人，是少少的？还是大大的？"

田宝宝怎么答？可把他难住了。他怕和狼羔子说到两下去，将来狼羔子会报复他。因为这个，他一直在用眼角儿瞟着狼羔子，迟迟不敢开口。

狼羔子见此情景，心里着了慌，急忙从旁插嘴道：

"太君！土八路的，大大的多！"

田宝宝也就势说：

"对对对！太多了！"

"有多少？"

"有一千！"

"巴格亚鲁！你的大大的胡说！"

"是！太君！没有一千也有十来个！"

石黑向屋里一指，又问：

"他们怎么死的？你的如实地说！"

他们是怎么死的？田宝宝当然知道。知道归知道，敢如实说吗？当然不敢！那又怎么说呢？他又用眼角瞟开了狼羔子，急得头上也冒出了虚汗！

这时的狼羔子呢？又稳不住神了！他活像个狂风中的杨树叶儿，身不由主地颤动着，摇曳着。他想插嘴，可是，又被石黑止住了。

田宝宝的脑子里转了几个圈儿，最后只好说：

"太君，屋里的情况，俺没看见……"

这一阵，阙七荣一直站在石黑的身后。这个老小子，穿着哔叽军服，脑瓜儿像个核桃，视线有点斜散，塌鼻梁上架着一副黑玳瑁边的眼镜。这眼镜很大，约罩住了他那三角形小脸的三分之一。到这时，他已开始看出破绽，觉着狼羔子心中有鬼，又感到田宝宝在这件事上是个有用之人。

于是，他暗自决定：以后要审问审问田宝宝。

石黑也和阙七荣想到一门上去了，因而也没再追问下去，只是随随便便地问了几句，还装腔作势地骂了两声：

"废物！浑虫！"

然后，他便领上他的喽啰们出门去了。

当他们来到十字街口时，太阳已经升起来了。清新的阳光，映在布告栏上。

布告栏下站着一帮人。

这些人中，有柴胡店的居民，也有伪军。人们摆得里三层，外三层，拥拥挤挤，都在看布告。

石黑一见这种盛况，心中十分高兴。

这是因为，这几年来，无论是老百姓也罢，伪军也罢，对他的布告从来还没有这么关心，这么重视。这种新气象，怎么不叫石黑高兴呢？

可是，他走到近处一瞅，原来上边贴的不是他的布告，而是一张共产党的布告。这张布告的形式和内容，与石黑在出事现场见到的那张布告完全一样。

这时，石黑的心里可真火儿了！

不过，他并没动声色，只是悄悄地向白眼狼递了个眼色。白眼狼领悟了主子的旨意，冲着看布告的人群吼叫起来：

"这、这是八路军的欺骗宣传！谁、谁要再看，通、通通枪毙！"

他一嚷，满口的唾沫星子，成散兵线状横飞。

一来为了向主子表示忠诚，二来为了借此机会发泄发泄方才吃的石黑那肚子窝囊气，白眼狼一边吼叫着，还一边打了伪军几个耳刮子。

白眼狼的做法，正中石黑的心怀。

可是，石黑为了收买人心，却一面拉着白眼狼，一面假惺惺地讲情说：

"老兄，你的不要发火，弟兄们大大的好，他们的不知道，以后改了改了的……"

伪军们东溜西跑四散逃去。

老百姓也都走散了。

顿时，布告栏下，只剩下了石黑领的这一小撮了。

石黑指着这张布告，向他的走狗们命令道：

"把它的撕下来！"

石黑话没落地，就听嘶啦一声，贾立义将布告撕下来了。

石黑又转向白眼狼：

"你的马上派人，各街各巷搜查，哪里还有，通通的揭掉！"

"是！"

白眼狼应了一声。

过了一阵，石黑领着他的喽啰们，回到了他的队部办公室。

石黑这办公室里，方桌长案，高橱矮几，摆设得很讲究。几案上，茶杯、酒盅、麻将牌、大烟灯一应俱全。

石黑走进这个办公室，在用黄斜纹布罩着的沙发椅上坐下，然后指点着屋中的座位，向跟在他身后一起走进来的喽啰们说：

"你们通通地请坐！"

白眼狼坐下了。

阙七荣坐下了。

狼羔子贾立义不敢坐。石黑向他挥手道：

"你的大大的有功，也坐下的说话！"

狼羔子坐下后，石黑向他的喽啰们说："今夜这桩事，漏洞在什么地方？你们说说看！"

贾立义先瞟了瞟别人，抢先开口道：

"依小人之见，漏洞在城防……"

狼羔子说到这里，又瞟一眼阙七荣，把话收住了。

他的意思是，留下下半句，让别人来说。这样，他既抢先发了言，达到了取悦于石黑的目的，又可把他这半句话作任何解释，不至于和别人的说法发生冲突。

这时，白眼狼也就着狼羔子的杆子爬上去：

"太、太君！我、我以为，城、城防是值得考虑的！如若不然，八路岂能……"

他一面试试探探地说着，一面观察着石黑的神色，揣猜着主子的心理。不幸，现在石黑面无表情地坐着。他心里打开了转转儿，既怕话不投机激怒了石黑，又怕说得太露骨引起主子的猜疑，所以他稍沉了一会儿才又接着说：

"太、太君，天、天到这时，刘、刘队长怎么还没来报告情况？……"

白眼狼这里说的这个"刘队长"，当然就是疤瘌四刘其朝了。可要知道，那疤瘌四，和阙七荣有拜把之交，而且他们对贾家父子都心怀不满。因此，白眼狼看了阙七荣一眼以后，又说：

"当、当然，他、他是我的部下，我、我有责任！"

这一阵，那个戴着眼镜的阙七荣，一直是偏歪着小脑袋儿，并下意识地动弹着，仿佛正在思索着什么。到这时，他已明显地看出了贾家父子的用心——他们是要把发生事件的责任，推到负责城防的疤瘌四身上！于是，他向石黑建议说：

"太君，是不是叫刘队长来谈谈情况？"

走狗之间的矛盾，石黑早就知道。在这个问题上，石黑的心情是矛盾的。他既烦走狗勾心斗角，因为那会削弱战斗力，给八路以可乘之隙；可他又怕走狗之间没矛盾，因为走狗的团结使他感到是个威胁。几年来，石黑就是利用走狗之间的矛盾，来维持他对走狗们的控制的。今天，他既看出了贾氏父子的用心，也看出了阙七荣的意思。怎么办呢？石黑思谋了许久，向阙七荣说：

"好的！"

又转向白眼狼：

"你看呐？"

白眼狼献媚地点着头：

"好！"

阙七荣走了。

石黑又想起方才要打白眼狼的事来，就深表歉意地说：

"我的脾气的不好，你的知道，请你不要在意！"

他又指指自己的心说：

"我的明白，你们贾氏父子，对我们日本皇军大大的忠诚，我石黑，大大的信任……"

白眼狼受宠若惊，又建议道：

"太、太君！刘其朝的为人，你、你是知道的；咱可不能养、养虎遗患呀！……"

接着，他又说了疤瘌四一些坏话。

石黑方才说那些话，除了要安抚白眼狼一下而外，就是为了激他更多地暴露一些他们之间的矛盾。这是为啥呢？其用心有二：一是借以考察考察那个疤瘌四究竟怎么样；二是为了更多地了解他的走狗之间的矛盾，以便更好地加以利用。

这时候，狼羔子是"旁观者清"的。当白眼狼的话说过了头的时候，他就用脚偷偷地蹬他一下。每到这时，白眼狼就忙表白一句：

"我、我有啥可怕的？只、只不过是怕皇军受损失！"

或者是将自己的动机再盖一盖：

"其实，刘、刘君和我贾家结识好、好多年，我、我们是老交情了！可、可是，我、我一想到太君对我父子的恩德，我又不能不吐、吐露真情……"

当然，他从这里又转到说疤瘌四的坏话上去了。一直到白眼狼说完后，石黑才将他那秃亮的脑瓜儿摇了个半圆，苦甜皆有地笑着：

"老兄言之有理。不过，我石黑是重友情的爱将之人，像你说的那样对待刘其朝，我从感情上是过不去的。再说，他是曾为帝国出过力的人，说他通八路又缺乏可靠的证据，草率处理怕是大大的不妥当吧？"

白眼狼不敢再谏。忙赔笑恭维道：

"太、太君仁厚！太、太君仁厚！"

石黑这些话，是说给白眼狼听的，为的是让白眼狼更忠于他，更为他卖力。至于走狗之间的纠葛，在石黑看来，是小事一段，犯不上为此得罪任何一方。

他们正说着话，疤瘌四顶着汗珠儿怯生生地走进屋来。阙七荣跟在他的后头。也不知阙七荣和疤瘌四已经说了些什么，这时疤瘌四那两条腿就像数九隆冬穿着单裤一样，禁也禁不住地打着抖搂。他进得屋来，不自觉地先瞟了白眼狼一眼，眼神里仿佛还带着点气。接着，他向石黑行了个礼，又向白眼狼行了个礼，然后，将那双发白的迷惘的眼睛停在石黑的脸上，不动了。

石黑为了弄个假象儿，照例向白眼狼说：

"老兄，你这队长的说话！"

白眼狼为了在主子面前显示忠诚，他一开口就将疤瘌四剋上了：

"混、混蛋！怎、怎么叫土八路进来了？你、你失职！要、要是皇军受了损失，我、我要你的脑袋！……"

白眼狼说着，要去打疤瘌四。石黑把他制止了：

"老兄，不要发火嘛！"

他又走到疤瘌四近前，虚情假意地说：

"你不要害怕。坐下，慢慢地说。"

疤瘌四瞟了阙七荣一眼。

阙七荣手托下巴颏，向疤瘌四递过一个眼色：

"说嘛！"

疤瘌四依然有点战战兢兢，说道：

"八路这回夜袭柴胡店，手段很高明……"

"胡、胡说！"白眼狼道，"皇、皇军高明！"

"你的不要插话！"石黑先制止了白眼狼。他又向疤瘌四说："你的见识的大大的有！说下去。"

随后，疤瘌四一面向石黑送着感恩戴德的笑脸，一面油嘴滑舌地说开了。他根据自己了解到的一些情况，又凭着想象编造了一些情况，东扯西拉唠了一大套。总的意思，不外乎是：一面推卸自己的责任，一面影射贾氏父子"不真忠于太君"。

他说完后，石黑说：

"你的大大的能干！"

接着，又公布了这样一个决定：把狼羔子贾立义从水泊洼调回柴胡店，把疤瘌四刘其朝从柴胡店调往水泊洼。也就是说，让他俩"换换防"。石黑说完后，问疤瘌四说：

"我的意思，你的明白？"

阙七荣怕疤瘌四领会不透，插话道：

"太君的意思是，一来水泊洼是敌我必争的重地，二来那里比较容易防守……"

他特将"防守"二字加重了语气。疤瘌四眼皮一拍打，领悟了：这"防守"二字，是影射贾氏父子的。也就是说，疤瘌四离开柴胡店，比较容易防备贾氏父子的陷害。于是，疤瘌四忙表示道：

"感谢太君！服从军令！"

白眼狼说：

"太君高见！"

狼羔子半推半就地说：

"太君的栽培意图，我感恩戴德；可惜我才疏学浅，恐难胜此重任！"

阙七荣说：

"这样对调，两全其美，真是妙策！"

事情就这样定了。

石黑将狼羔子和疤瘌四打发走以后，又向白眼狼说：

"梁永生的大大的能干！大刀队的大大的厉害！我给你十天限期，要把大刀队搞掉，要把梁永生捉到！……"

"是！"

白眼狼垂手而站。

石黑又奸笑道：

"你若大功告成，皇军大大的有赏！"

"是！"

白眼狼喜形于色。

石黑将笑脸一收：

"你若干不出名堂，脑袋没了没了的！"

白眼狼面色如土。

石黑继而又道：

"你的马上集合队伍，要对这柴胡店镇进行彻底搜查！"

"是！"

他们这出"戏"，演到这里就算"闭幕"了吧！因为，八路军大刀队的突袭小组，早已撤离了柴胡店，他们的"全镇大搜查"，显然是用不着交代了。

现在，让我们再来看看大刀队的情况吧——

梁永生他们撤出柴胡店以后，刚走出不远，平地里兀地站起几个人来。接着，那边有人喊：

"队长！"

语音告诉梁永生，那个喊"队长"的是小胖子。

这时的小胖子，还有他的战友们，个顶个地浑身上下都是雪，简直成了雪人了。因此，梁永生乍一望见他们时，已经都辨认不出来了。此刻，小胖子一伙儿，见自己的队长和战友们都安全地撤出来了，秦家父女也营救出来了，全都乐得两眼眯成了一条线，构成了一副副动人的淳朴的笑容。

梁永生跨着大步叉子向飞扑过来的战士们迎上去。当小胖子一头撞进他的怀里的时候，他扳着小胖子那两只肥突突的膀头儿摇晃起来，并激动地像唱歌似的说：

"哎呀呀，哎呀呀！你们怎么跑到这儿来啦？"

"我们听见围墙里头枪声大作，真担心你们撤不出来了呢！"小胖子的话音未落，炮筒子又接上说："梁队长，你们要再不出来呀，我们就攻进去了！"

他说罢，抖抖身上的雪花，嘿嘿地笑了。

梁永生见战友们的衣裳上，不仅蒙上了一层雪，抖落雪花以后，里头还有一层冰。他们的身子一抖动，衣裳就像用铁叶子做成的一样，发出一阵嘎啦啦嘎啦啦的响声。面对这种情景，叫谁能不感动？不过，梁永生却取笑逗哏地说：

"看你们这满身铠甲，真像要强攻柴胡店了！"

战士们全都笑了。

永生又道：

"能行！就凭你们这身钢盔铁甲，也准能打它个'稀里哗啦'！"

他又指指炮筒子说：

"再说，咱还有这门'大炮'嘛！"

人们又笑起来。

这笑声，把长时间以来一直在纠缠着战士们的那些寒冷呀，疲劳呀，焦虑呀，急躁呀，通通地赶跑了！

随后，永生派出两名战士，去通知那些负责策应的民兵——迅速撤退；他自己带领着大刀队的新老战士们，还有秦家父女，拉开距离，摆成一条长蛇阵，顺着一条弯弯曲曲的交通沟，渐渐地撤离柴胡店近郊，消消停停地远去了。

到这时，他们听见柴胡店据点里头，那如同爆豆似的枪声，又紧一阵慢一阵、稀一阵密一阵地响起来了。

奇怪呀！他们又放枪干啥？

其实，并没啥奇怪的，因为这枪声连一分钟也未曾间断过，只不过是方才那一阵没人注意它罢了！眼时下，铁牛一注意到柴胡店的枪声，瞪着个大眼直愣神。志勇凑上来，问道：

"铁牛，想家啦？"

铁牛摇摇头：

"不想家。"

黄二愣接言道：

"瞧你瞪着个直眼盯着柴胡店，不是想家是想啥？光嘴硬不行！"

唐铁牛不解释，也不争辩，只是向锁柱笑了笑。

又起风了。

这雪后的晨风，卷着八路军大刀队夜袭柴胡店虎口拔牙的胜利消息，滚过茫茫雪野，刮进村村庄庄，正在敲打家家户户的门窗……

它要干什么？

它要把这振奋人心的喜讯，告诉给那些刚从沉睡中醒来的人们！

可是，风啊，你哪里知道——那些知道大刀队这次军事行动的人们，全都一夜没睡呀！是的！自己的子弟兵们去夜袭柴胡店了，各村的乡亲父老们，谁能不为这虎口拔牙的亲人挂心哩？

你看！前面的各个村头上，那不都已站满了人？

要知道，从那天还不大亮的时候，他们就早早地跑到村口上，来迎接这些威武凯旋的勇士们了！

…………

第六章

——

春天来了

春天来了。

平原的春天是美丽的。被冰雪覆盖着过了冬眠的草根，而今已被春风唤醒。它们倔强地抖净了身上的尘沙雪粒，从陈旧的草茬烂叶中，钻出了嫩绿的新芽。随风摇曳的柳枝，由黄变青，由青变绿，那潜藏着的胚芽儿，正在争先恐后地露出头角。开化了的运河，水势越来越大，眼看着又要成为一股汹涌澎湃的洪流了。灵巧的小鸟儿，停落在河岸的柳枝上，面对着满目春光的原野正纵情歌唱。

被冰雪融化的水分浸泡过的泥土，好像有人搅拌上了香油，正迎着朝阳闪光放亮，正随着春风散发着香味。在这肥沃的泥土里，只要有人播撒上一颗种子，不几天，就会扎下根去，生出芽来……

"一年之计在于春。"

变工组的农民们，一嗅到春天的气息，全来了精神。在任何情况下，他们总是不违农时的。尤其是在经过了几年的战争生活之后，人们习惯于这种环境，已如同习惯于过庄稼日子一样了。敌人来了，他们就一面组织民兵袭击敌人，一面组织群众实行空舍清野，跟敌人兜圈子。敌人走了，他们在四外各个路口放好岗哨，规定好暗号，又搞起生产来。

227

　　你听！满洼遍野，到处都是吵吵嚷嚷的。大地激荡在春耕的漩涡中。清脆的响鞭声，吆喝牲口的吼喊声，和人们的歌唱声交织起来，形成了一支高旋律的交响曲。

　　在一片繁忙的春耕气氛中，梁永生和锁柱来到坊子镇。他们进村时，正是家家户户烧早饭的时候。村中，炊烟缭绕，雾气腾腾，仿佛天上着了火。

　　几只喜鹊，在树枝的梢头，跳来跳去。

　　一群灵巧的小燕子，带着生命的愉快，喳喳地叫着，在低空飞旋。一大帮孩子们，聚集在村边的一个大场院里，正在尽情地耍闹着。场院周遭儿，原先有一些白杨树。如今，树已被敌人给锯走了，只留下了一段段半人高的树桩子。老树桩子上，已经生出了新芽。这新芽宛如在其旁边玩耍的孩子们一样，正然迎春吐叶，茁壮地、顽强地成长着。

　　高小勇也在这大场院中的孩子群里。

　　他，活像个蜂王似的，被孩子们簇拥着，手持一把木头大刀，站在人圈儿当央，又弹腿，又踢脚，又张跟头，又闪腰，耍呀耍，耍呀耍，直耍得浑身是土，满头大汗。站在周围瞧热闹儿的娃娃们，喜得唧嗒呱嗒乱拍呱儿，还有的嘣呀叭地跳老呱儿。

　　高小勇耍了一阵，停下了。

　　他一面用手背抹着脸上的汗水和泥土，一面噗噗地吐着唾沫，显然是要把渗进嘴里的汗水和泥土吐出来。不一会儿，他又两手扠在腰间，带着一副自尊的神态问他的伙伴们：

　　"你们说，我这刀法，像个大刀队不？"

　　娃娃们有的说像，有的说不像。

　　高小勇对伙伴的反应显然不满意。他又问：

　　"你们说，我这两下子，打过打不过日本鬼子？"

　　娃娃们又是一阵乱嚷。他们有的说打得过，也有的说打不过。这两种不同说法的娃子们，有的竟相互争吵起来了。

　　在说打不过的那些孩子们当中，有个后脑勺上留着一根干巴小辫儿的男孩子。这个孩子，名叫双喜，是两面村长迟保录的儿子。他不光说打不过，还用食指拨拉着自己的小脸蛋儿，撒撒嘴说：

　　"呸，呸！不害臊！那孩子还敢说打过日本哩！……"

高小勇恼火了。他气呼呼地凑到双喜近前，指着他的眼胡子怒冲冲地质问道：

"我凭啥打不过？你说！你说！"

双喜也不示弱。他将脑后的干巴小辫儿一甩，瞪着眼睛坚持说：

"说就说，你就是打不过嘛！"

"我凭啥打不过？"

"人家日本，有飞机，有大炮，还有汽车、坦克和歪歪把子机关枪哩！"

"那个管屁用！"

"管屁用？谁说的？"

"梁大爷说的！怎么着？"

"他说的不对。可厉害啦！"

"你懂个啥？瞎胡咧咧！"

"瞎胡咧咧？俺爹说的嘛！"

"你爹说的算个屁！"

"你爹算个屁！"双喜带着几分自豪的神气，"俺爹是村长！……"

"你爹那村长，整天价跟鬼子、汉奸喝酒，还有个臭脸呀！"

"你爹可有脸呀，叫人家日本打死啦！"

小勇和双喜，活像两只颈毛奓起准备决斗的公鸡。他们对峙着，争吵着，互不相让。现在高小勇一听迟双喜说这个，一下子气火了。他说：

"你不服大刀队是不是？好，咱试巴试巴！"

高小勇说罢，在几个站在一边的财主家娃子们那嫉妒愤恨的眼光下，硬将在场的娃娃们拨拨拉拉分成了两伙。而后，他指着那伙瘦弱的娃子们说：

"你们这一伙儿，算是日本鬼子！"

双喜不解地问：

"你们那一伙算啥呢？"

高小勇一拍胸脯儿，神气地说：

"我们就算大刀队呗！"

有个娃子抱屈地央求说：

"小勇，我可没说你打不过呀！为啥也叫俺当日本鬼子？"

小勇解释说：

"你的劲儿太小嘛！"

那娃子争辩道：

"当啥来论劲儿的？"

小勇坚持着：

"当然论喽！你这么一丁点儿力气，不当日本鬼子当啥？要是当大刀队，那不是净给俺大刀队丢人呀！"

那孩子没理说了。

"战斗"开始了。

小勇的第一个对手，就是那个留着干巴小辫儿的双喜。只见他一下子扑上去，没用三下五除二，高小勇就抓住了双喜的小辫儿，将双喜捺倒地上。他一面不管三七二十一地打着，一面带着自豪的语气逼问着：

"我打过打不过日本鬼子？唉？你说！我打过打不过日本鬼子？唉？你说！"

双喜草鸡了！

他嚎叫着，央求着：

"打得过！打得过！我再也不说你打不过了！……"

不大一会儿，"日本鬼子"被"大刀队"战败了。当"日本鬼子"的孩子们，嗷嗷地叫着，四处奔逃。

当"大刀队"的孩子们，全高兴得要飞起来了。他们在小勇的指挥下，追赶着，叫喊着：

"我们胜利了！"

"日本鬼子完蛋了！"

"冲呀！"

"杀呀！"

"捉活的呀！"

"快投降吧！"

在这场"战斗"激烈进行的当儿，有两个小女孩子，坐在很远的地方捏着小泥人儿。看来，她们另有自己的爱好，对男孩子们玩的这一套，一点儿也不感兴趣。

这一阵，站在远处"观战"的梁永生和小锁柱，被娃子们的这场游戏吸引住了。他们在兴致勃勃地望着，笑着，议论着。

小锁柱感慨地说：

"小勇这个小家伙儿，长大以后，准得像他爹一样，又是一员虎将！"

梁永生点点头，像深有所思地说：

"是啊！侵略者夺去了高树青同志的生命，同时，也在这烈士后代的心灵深处，埋下了仇恨的种子！"

他们正谈着，一位老大娘出现在那边的胡同口上。

这是小勇奶奶。

她手打着亮棚，朝那群乱跑乱喊的孩子喊道：

"小勇哟！小——勇——子！"

小勇停住脚步，向奶奶张望着。

奶奶加快了话语的节奏，大声小气地说：

"你还不快回家！又给我闯祸呀？"

小勇嘿嘿地笑了。

奶奶忽然望见了那两个捏泥人儿的小闺女，又朝孙子嚷道：

"你看人家那孩子，多听说呀！你瞧你这个皮猴儿，整天价撕皮捋肉的！……"

小勇奶奶正跟她的孙子嚷着，梁永生和小锁柱悄悄地凑过来。走在前头的梁永生，首先喊了一声：

"高大婶！"

高大婶扭头一望，见是永生和锁柱，真是"久别见亲人，心头格外喜"。她再也顾不上叫孙子了，便领着两位亲人急忙向家走去。

这时，小锁柱见这位老人的手里拿着笤帚和簸箕，就知她又是要去扫硝，于是便说：

"大娘，我们正要往报上写篇稿儿表扬表扬你哩！"

"表扬我？"

"是啊！"

"我个大老婆子，有啥值得表扬的呀？"

"表扬你是扫硝的积极分子呀！"

"唉！这个还值得登那报？"大娘说，"像俺这老一号儿的妇女会，干不了旁的，抽空摸空干点儿扫硝、熬硝的活儿，也好叫上级多制些炸药，狠炸那些鬼子、汉奸们呀！这不是本该干的吗？……"

她一面说一面走，将永生和锁柱领到炕头上。

高大娘和梁永生、小锁柱，由于多日没见面了，所以，这时有一股喜悦的感情，在每个人的心窝里热腾腾地滚动着。永生和锁柱刚坐下，大婶就忙不迭地问永生：

"你们怎么这么多日子没来呢？"

梁永生笑笑说：

"可不！一晃十来天了！"

"十来天？"

"不对？"

"我觉着有个把月了！"高大婶想了想又说，"可不！还是你们记性好——是才十来天儿……"

小锁柱凑上来问：

"大娘，准把你想坏了吧？"

高大娘望望锁柱，又瞅瞅永生，只见他俩一人一张满面春风的笑脸，心情宽慰地说：

"当老人的，总是这个样子——一时见不着你们，心里就觉着像回事儿似的！前几天，听说你们在柴胡店一带又打了一仗，可也不知是真是假？从那以后，我就总觉着你们这个那个的面目在我的眼前头晃……"

她说着说着，仿佛思路猛然触到了什么，只见她蓦地收住话头儿，又改口问道：

"哎，咋就你们两个？他们呢？"

永生见大婶不放心，就解释说：

"这些日子，我们根据县委的指示，已经分散活动了。我和锁柱是一伙，他们也分成了好些伙，都到各个村庄去了。"

"这是为啥？"

"为了发动群众呀！"

锁柱接了这么一句。

锁柱一插言，把大娘的视线引到他身上。突然，大娘发现锁柱的衣襟挂破了一个窟窿，就没好气儿地嘟嘟道：

"瞧你这孩儿，又把衣裳挂破了！"

她一面嘟嘟着，一面从脑后勺的小髽髻上拔下一根带线的钢针，又戴上老花眼镜，硬把锁柱拽到炕沿上，说：

"来，大娘给你缝缝！"

锁柱一面向大娘夺针一面说：

"大娘，把针给我吧！"

"给你做啥？"

"我会缝！"

"你会，你会，你会挂窟窿！"高大娘说，"你老实儿的吧！这针，可不是你那匣子枪！"

说实话，锁柱还是真会缝。他自从当上八路以后，很快就练出了这一功。几年来，不光他自己的衣裳破了自己缝，而且还经常给新战士缝补衣裳呢！不过，他知道高大娘的脾气，你要高低不叫她缝，她会生气的。因此，锁柱再也没有说啥，只好嘿嘿地笑着，老老实实地让大娘给他缝起来。

这当儿，梁永生坐在靠柜橱的一个方杌子上，吧嗒吧嗒地抽烟。高大婶一边缝衣裳，一边向他说：

"哎，永生，你不是爱吃粽子吗？我还给你留着两个呐……"

"在哪里？"

"在锅里。"

永生走到外间，掀开锅盖，一摸，说道：

"呀！凉啦！"

"凉，嚷啥？嚷嚷就不凉啦？"大婶叱咤永生说，"凉不会烧火吗？快抱柴火去！烧火做饭……"

永生挨了大婶几句叱咤，笑着，抱柴火去了。

他刚点着火，才烧了不大一会儿，大婶就把锁柱的衣裳缝完了。她用那仅有的两颗对牙咬断线头儿，又拍了锁柱一巴掌，笑盈盈地说：

"饶你啦！滚吧！"

她说着，将针插在髽髻上，又来到锅灶近前，朝永生说：

"去！你也给我滚开！"

梁永生对老人的脾气算摸熟了，他龇牙一笑，乖乖地让了手。高大婶烧着火，见永生出了房门，就知他又是要去串门儿做群众工作了，就喊他说：

"可别忘了回来吃饭呀！"

"怎么能忘了呢？还有那俩粽子哪！"

永生说着，笑着，走着，一闪身，出了角门。

高大婶烧熟了饭，正拾掇饭桌，永生串门儿回来了。大婶见他胳肢窝里挟着一个小布包，就指着布包问道：

"这是啥？"

永生笑笑说：

"票子。"

"票子？"

"是啊！"

"谁给的？"

"苏秋元。"

"苏秋元？"锁柱说，"柴胡店那个苏秋元？"

"对啦。"

"他来了？"大婶说，"你在哪里见到那个孬小子的？"

"我没见到他。"永生说，"他托村长迟保录交给我的。"

"我听说，我们夜袭柴胡店以后，他就吓坏了！"锁柱说，"我揣摸着，咱前几天在柴胡店附近又打了一仗，他更慌了神，八成是要向我们打个近步儿……"

"嗯。对啦。"永生说，"人家通过迟保录交代的明白：可惜他上了年纪，而且连个儿也没有，为抗日出不上力，只好把积攒的这几个钱献出来，表表他对抗日救国的一点儿心意……"

"他说得怪好听！"锁柱说，"没安好心！"

"可不是嘛！"大婶也说，"你不该收他的！"

"人家捐款抗日，这不是好事吗？"永生说，"哪能不收哩！"

"可他不是好人哩！"

"大婶，我们共产党、八路军，是讲统一战线的，要团结一切可以团结的人，参加抗日救国运动……"

"怕是团结不过来！"

"锁柱，你怎么能这样讲？能不能团结过来，那是以后的事。并且，只有事实才有权做这个结论。在事实没有说话之前，咱可没有资格代替事实发言呀！……"

锁柱点点头，表示同意这个看法。

大婶没听懂永生的全部意思，仍不以为然地说：

"屎壳郎做不出蜜来！狼的脖子上戴上佛珠，它还是要吃人的！……"

永生听了大婶这些话，对她老人家的阶级警惕性是敬佩的。不过，他觉得还应当向她讲明党的统战政策。于是，便凑到大婶近前，耐心地说：

"大婶，我倒同意你这样的看法——像苏秋元这号人，是不容易做到真心实意地参加抗日的。在今后，也有可能投敌当汉奸。不过，我们不能在他投敌当汉奸以前，就把他当作汉奸来对待呀！……"

永生说到这里，饭桌摆好了，锅也掀开了。他一边吃着饭又一边继续说：

"要打败日本鬼子，必须把各个阶层的人都发动起来，做到有钱的出钱，有力的出力。像苏秋元这样的人，不管他出于什么动机，既然他没有投敌，又主动捐款抗日，我们就该对他这个行动表示欢迎……"

永生这些话，是给高大婶作解释，也是借以提高锁柱的认识。小锁柱看出了队长的意思，所以很注意听，真用心想，并且插嘴问道：

"苏秋元这号人，今后对他应当掌握个什么分寸？"

"对这样的人，应当是：既争取他，又警惕他。"永生说，"他今天没投敌，我们今天就争取他；他明天投敌了，我们明天就收拾他！"永生咽下一口干粮，想了想，又补充说，"锁柱啊，要知道，我们怎样对待苏秋元，表面看来是一个人的问题，实质上并不是一个人的问题——"他稍一停，瞟了光顾听忘了吃饭的锁柱一眼，问道：

"锁柱，懂吗？"

"你是说——会影响到别人。对吗？"

"对。俗话说得好——'打马骡子惊'嘛！"

他们边说边吃，一会儿就结束了吃饭这场"战斗"。

锁柱站起身，一边擦汗一边问永生：

"队长，今儿咱怎么活动？"

永生胸有成竹地说：

"我打算找几位烈、军属谈谈。你去召集个青年会吧。"

他说罢，又向锁柱交代了开会的目的和内容。锁柱领上任务走了。锁柱走后，梁永生一边抽着饭后烟，一边和高大婶又攀谈起来。他们正谈着，门外突然响起串乡货郎的摇鼓声。

永生收住话头，竖起耳朵听起来。

大婶见他满面警觉的神色，就说：

"没事儿！卖针卖线的货郎。"

永生摇摇头说：

"不对！"

他说着站起身：

"我去瞧瞧。"

大婶着开急了：

"你待着！我去！"

大婶说着就往外走。永生拉住她说：

"大婶，只管放心，没事儿。"

他说罢，出门去了。

大婶心神不安地站在屋门口，心里在莫名其妙地想着："这是怎么回事哩？永生去看那货郎干啥？……"

过了一会儿。

梁永生领进一个人来。

这个人，穿得挺干净，眼里含着自来笑，仿佛他永远不会发愁似的。你看，他一进门就将一股春风般的快活气氛带进了院子：

"大娘，买针呀买线呀？黑线白线花花线，土线洋线合股线，样样都有；纳底针、绱鞋针、签缝针、引被针、大针小针半大针，一概俱全……"

高大娘见这人身穿大褂儿，头戴帽垫儿，肩上背着个小布包，手里拿着货郎鼓，是个地地道道的串乡货郎的打扮。又听他一进门就说了这么一套熟练的生意话，更认为他是货郎了。所以，就忙说：

"哎哟！货郎掌柜的呀，屋里坐！"

她嘴里虽然说得这么坦然，可是，她心里那个没解开的谜还在打转："永生他不光非要出去瞧瞧货郎不行，这不，又领到家来了！这是咋的回事儿哩？……"她想着想着，忽地明白了："噢！准是这么回事儿——前天，大刀队上的一个同志，弄断了我的一根针，准是又叫永生知道了！今儿个，他八成是要买针还我呗……"她这种想法，是从经验中来的：几年来，梁永生他们来到这里，就像到了自己的家一样，对待高大娘，就像对待自己的母亲。可是，他们对"三大纪律八项注意"，又是非常注意的，极其认真的。不过，大娘对他们这种做法，一向是不满意的。所以这时她又在想："永生这孩儿，就是这么肯找真儿！上边的规矩，倒是蛮对的，也该按着办。可是，那也得分论谁和谁不？跟我怎么也来这一套！……"

高大娘心里这么想着，把那货郎和梁永生一起迎进了屋。进屋后，永生指着高大娘，向货郎介绍说：

"老方同志，这是烈属高大娘，就是我们高树青同志的母亲。"

他没等老方张嘴，又向高大娘介绍道：

"大娘，这位货郎掌柜的，是老方同志。"

永生这一介绍，把个高大娘点醒了。

她是被"同志"二字点醒的。

说真的，"同志"二字的确切含义，"同志关系"究竟是个什么关系，要让高大娘说说，她不一定说得那么准确。可是，现在她从"同志"这个字眼儿里，却已经明确地知道了老方的身份，以及老方与永生的关系。于是，她拍一下炕沿热情地说：

"老方呀，快坐吧！"

太阳的光芒透过洁白的窗纸射进这庄户人家的草房。老方在这座草房的炕沿上坐下了。

大娘又望望老方嬉笑着说：

"你们这伙子人呀，真能耐！"

老方问：

"能耐啥？"

大娘说：

"装啥像啥呗！"

她说罢，咯咯地笑了。继而，这笑声又传染上了老方和永生，他俩也跟着笑起来。到这时，老方已明显地意识到：这位高大娘，是个热情的人；同时，她现在的这种热情，和他刚进门时的那种热情，已经发生了质的变化！

这位"老方同志"到底是谁呢？

他，就是那位县委书记、县大队政委方延彬。

由于梁永生住处不定，县委找他很不方便，所以在上一次县委召开的会议上，便在货郎鼓子的响声中规定了一种暗号儿。今儿个，这位化装成货郎的方延彬，就是凭着这种暗号儿找到梁永生的。

说起来，梁永生和老方同志分手日子并不多，可是，他俩一见面，在每个人的心窝儿里，却立刻泛起一股说不出的兴奋心情。这是因为，在这战争年月里，分开不几天也不是开玩笑的！有时候，哪怕只分开一天，说不定也许会发生什么意想不到的事哩！……

他们亲热了一阵以后，永生突然想起一个问题："我才从县委开会回来日子不多，县委书记又亲自找上来了，八成是有什么紧急任务。"他想到这儿，就朝老方凑了凑，问道：

"老方，有急事儿吧？"

"没有什么事儿！"老方随随便便地说，"我要到城关区去，正好打你们这一带路过，想顺便找你聊聊。"

永生很愿意跟老方谈话。哪怕是闲聊天儿也好。这不仅是老方这个人谈吐风趣，平易近人；还因为永生觉着，他每当和老方谈一次话，就算只不过是短暂的几分钟，也总是能学到一些东西。在永生看来，老方同志思考问题、判断问题、处理问题，以及他的言谈举止，都是值得学习的。说句实情话，如今永生身上的许多新特点，就是从老方身上学来的。因此，现在永生一听老方说要找他聊聊，心里乐极了，就说：

"老方啊，你来得真巧——"

"巧？"

"对啦。"永生说，"前天，沈万泉同志来和我汇报工作，谈到一些情况；有些事，我觉着应当报告县委；我们已经把报告写好了，正想派人去找你……"

"啥情况？"

"近来，我军的主力部队，在城南一带不是打得很猛吗？城里的鬼子头目儿荻村吃不住劲了——"

"这是真的。"方延彬说，"我正要来跟你谈谈这件事哩！"

梁永生接着说：

"据沈万泉同志得到的情报：敌人要从我们活动的地区抽调一批人马，组成'扫荡队'到城南去——"

永生说到这里稍微一停，瞟了老方一眼，见老方正一面弯着五指轻搔着头皮，一面全神贯注地听他汇报，没有插话的意思，于是，他又继续说下去：

"根据这个情报，我产生了一个想法——"

"要干它一家伙？"

"对呀！"

"为的是扯住敌人的腿，叫他走不脱，好减轻城南兄弟部队的压力——老梁，你是不是这么想的？"

永生笑道：

"你算摸准我的脉了！"

方延彬说：

"你这个想法是很好的——"

老方说到这里停了下来，又摇摇头，继而笑道：

"不过，可不能这么干哟！"

"为什么？"

"对不起咱那敌人哪！"方延彬将一只肘子支在被窝卷儿上，手举在耳边，指头轻轻地弹动着，又微微一笑，幽默地说，"人家从这边抽人到城南去，是按照咱的意思办的；咱要是再干扰人家，那就不够'朋友'喽！"

梁永生会意地一笑。

方延彬接着说：

"我根据情报，替敌人'算过卦'——他们这一招儿，是这么来的：你们夜袭柴胡店以后，敌人不是来了一次'大扫荡'吗？……"

"是啊！"

"从那次'扫荡'后，咱们大刀队，就化整为零分散活动了；这一段，没有进行大的军事行动。在这种情况下，石黑向他的上司荻村，虚报了'战功'，说是把咱们的大刀队打得溃不成军了。荻村呢？信了。因此，现在城南的敌人一向荻村告急，荻村这才要从这一带抽调一些人马，到城南去……"

"噢！我明白啦！"

"好哇！说说看——"

"咱们分散活动的意义，从政治上说，是为了发动群众；从军事上说，是为了造成敌人的错觉。"梁永生说，"因此说，人家是按照咱的意思办的，咱不能干扰人家！"

"你说得完全对呀！"

"看起来，敌人在'执行咱县委的指示'方面，还真够意思哩！"

永生说罢，笑了。

方延彬也笑了。他笑得是那么爽朗，那么欢快：

"'朋友'嘛！"

屋里寂静了。笑浪还在这两位战友的心里翻滚着。

正巧，就在这时，一位老大娘走进屋来。这位大娘不看屋里的情况，也不管永生干着什么，就像支吩她自己的儿女似的，进门就说：

"永生，一会儿到我那边！"

永生笑着说：

"我知道啦——叫我给你说家务去。是吧？"

"你这耳朵可真长呀！"

"放心吧大娘——今儿准去就是了！"

永生送走了老大娘，回来又问方延彬：

"哎，老方，今后我们大刀队应当怎么活动？"

"应当将计就计——继续分散活动。"书记作指示了，"你们要抓紧这个时机，除了进行必要的武装出击以外，需要进一步侧重一下政治工作。把你们这个大刀队，变成个政治工作队，发动群众，武装群众，瓦解敌军，扩大我军，为迎接新的战斗任务作好准备……"

在老方说话的当儿，梁永生双肘支在膝盖上，两手托着下巴颏，聚精会神地听着。当他见老方说着说着要掏纸卷烟时，像突然想起了什么，就说：

"我这里还有盒'洋烟'呢！"

"洋烟？"

"对！"

他说着，掏出一盒"炮台牌"的烟卷儿，递给老方说：

"你看！"

老方接过烟卷儿，瞅着，笑着：

"喔哈！老梁，你阔气起来啦！"

"这是收的'贿赂'！"

"'贿赂'？"

"唉。"

"谁'贿赂'你的？"

"疤瘌四。"永生说，"他送来一条儿。我认为，他这烟，是搜刮的群众的血汗，应当把它还给群众。所以，把那其余的九盒，分送给老乡们了。留下这一盒，为的是向县委汇报时，能让县委见到实物儿……"

"哦！你跟疤瘌四接上头啦？"

"还没有。"梁永生说，"这烟，是疤瘌四通过沈万泉转给我的。"

方延彬同志对这件事很感兴趣。他将"洋烟"放在桌子上，一面捻捻搓搓地卷着烟，一面思索着说：

"他来这一手儿，是个啥目的？"

"他是啥目的，倒没直说。只是通过沈万泉，向我传过两句话来——八路抗日人人敬，吾送薄礼略表心。"永生说到这里笑了笑，而后又学着方延彬的语汇说下去，"不过，我也给疤瘌四'算过卦'——八成是，他要通过沈万泉跟我取个联系——"

"沈万泉的身份他知道了？"

"从这一手儿看，疤瘌四也许是知道个气信儿！"梁永生点着一锅子烟，抽了一口，又说，"可是，老沈同志并没承认他跟八路军有什么瓜葛。当然，更没答应帮助疤瘌四取联系……"

"哦，是这样——"

老方陷入沉思。

他沉思了片刻，忽而又问：

"哎，老梁，在你过去的汇报中谈到的那个叛徒余山怀，不就是在疤瘌四所在的水泊洼据点上吗？"

"是啊！"

"那个人现在怎么样？"

241

"很坏！他是石黑的一条忠实走狗，干了很多坏事——"梁永生说，"据沈万泉摸到的情况，现在，他和疤瘌四的矛盾正在加深……"

"他们是啥矛盾？"

"主要是余山怀想争疤瘌四那个'官儿'……"

他们谈了一阵余山怀，方延彬将话题收回来，又向永生说：

"咱再说正题儿吧——今后你打算怎么办？"

老方在说这句话时，他那两条活泼的视线，一直在梁永生的脸上盘旋，仿佛他正要从永生的表情中寻找点什么。这时的梁永生，用浅浅的一笑，迎接着老方那和蔼可亲、热烈期待的目光：

"原先咯，我曾想把老沈同志撤出来。可是，老沈不同意。他说，今后的工作，需要他留在那里。我倒同意他这种说法。不过，由于考虑到他留在那里太危险，所以还是犹豫不定。后来，当我和老沈谈出我的想法时，老沈胸有成竹地说：'危险是有，但不大！'我问：'为什么？'他向我陈述了三条根据——"

"哪三条呢？"

"这第一条是，沈万泉在黄家镇，并未在水泊洼，因而，他是八路军的'内线'也罢，不是八路军的'内线'也罢，对疤瘌四来说，没有什么直接的利害关系。再说到疤瘌四那个人，是个老奸巨猾的家伙，从他过去的所作所为来看，凡是与他自身没有直接利害关系的事，他是从来不肯为别人去冒风险的……"

"那第二条呢？"

"第二条是，自从我们那回夜袭柴胡店以后，石黑和白眼狼对疤瘌四一直存有戒心，疤瘌四对石黑和白眼狼也心怀不满。另外，疤瘌四和老沈所在的黄家镇据点上的汉奸头子乔光祖，也是明争暗斗，矛盾重重。据说，那个乔光祖，和疤瘌四的后台阙七荣有点私仇。我看，他们之间那些乌七八糟的事，咱先不去管它！刚才我所以提到上边这些，是想用它说明这样一个问题——老沈同志根据这种情况认为，疤瘌四不仅不会为乔光祖的安全卖力气，反而有可能等着瞧他的好看，他进而从中渔利！"

"噢，第三呐？"

"第三是，当前的战争大势对我们有利。疤瘌四显然也有这样的看法。我咋知道？他主动给我们送礼，不就足以说明这一点吗？再者，疤瘌四这一送礼，暴露了他知道老沈的一些情况，如果老沈今后出了事，他肯定有嫌疑，这一点他不会想不到。假若他对老沈要出歹心，他为啥不暗中上报请功反而托老沈送礼？况且他完全知道八路军并不是好惹的呢！……"

在梁永生汇报情况的当儿，方延彬的头脑中想了很多很多——他想到了梁永生和疤瘌四从前的关系，也想到了梁永生那和他自己相似的苦难经历……这些思想活动，使方延彬越来越觉得，梁永生的经历，就是一本阶级剥削的血泪账，也是一部农民进行反抗斗争的活历史！可是，梁永生这目下的谈吐又告诉老方：那些多年来一直压在梁永生心头上的像千斤岩石一样重的仇恨，而今，已被革命的道理、革命的实践熔化成了为革命而战斗的烈火了！这位曾经立志把疤瘌四剁成肉酱的梁永生，如果不是受到党的教育，不是为了革命和人民的利益，他怎能对疤瘌四作出这样的分析呢？

方延彬听完了梁永生的汇报，又问：

"老梁，疤瘌四给我们送烟的真正目的是什么，你分析过没有？"

"分析过。我是这样看法——"永生说，"疤瘌四在他的主子面前不得势，又见我军近来在各地连打胜仗，可能是这个老滑头觉着厄运到了，要来个缓兵之计……"

老方听后，连抽了几口烟，慢慢腾腾地说：

"你这个分析，有一定道理。不过，我琢磨着，大概这只是一面儿。而且，在当前，我们必须应当想到的，恐怕还不只是这一面儿——"

方延彬又抽开烟了。

永生热切地期待着。

可是，这时的方延彬，抽了一口烟，又抽了一口烟，看来是不想说下去了。这是因为，在方延彬看来，像梁永生这样的同志，只要给他打开个题头，他就会自己想明白的，用不着别人把话说到底。同时，他还想借以发挥发挥梁永生独立思考问题的能力和习惯。

过了一阵，梁永生看出了老方的意思以后，又接着说下去：

"老方同志，你说的那另一面，是不是这个意思——我们应当而且必须要先想到：敌人，总是敌人。对疤瘌四这样的人，既要利用他，又要提防他……"

书记对梁永生的说法很满意。他接过永生的话头儿，补充道：

"是的！而且是，要在提防的基础上利用他，还要在利用的过程中提防他。"

老方停顿一下又说：

"总而言之，现在，我们需要多往更坏处想一想！"

梁永生深深地点着头。

这时，他和沈万泉同志分手时的一段情景，在他的脑海里浮现上来——

那是一个风雨莫测的傍晚。

屋里，静悄悄的。梁永生慢腾腾地踱着步子，低着头，抽着烟，沉思着，一声不响地久久沉思着。

这时节，梁永生的脑海里，好似风雨欲来的天空那样不平静。同时，在他那像天空一样辽阔的脑海里，又仿佛有颗明亮的彗星急促掠过似的，忽地一闪便消逝了！不一会儿，忽地一闪，又消逝了！

这时的沈万泉，静静地坐在桌子旁边的坐柜上，正然目不转睛地瞟着这位反复思量的领导人——梁永生。

时间在肃穆中流逝。

生活在战斗中前进。

过了一阵。

沈万泉慢慢站起身来，凑到永生近前，带着坚定的而又是轻松的语调说道：

"老梁啊，甭犹像了——咱就这样定了吧！"

梁永生说：

"我正在想，还可能会出些什么事儿——"

沈万泉说：

"甭多想啦。我都想过了——"

永生问他：

"你想的啥？"

老沈又道：

"还有啥？大不了，把我捕起来！那有啥了不得？你放心，准要有那一天，除了我这个脑袋而外，别的，敌人啥也得不到！"

永生慢腾腾地坐下了。

他用两手交叉托着后脑勺儿，倚着炕头上的被窝卷儿，思忖了好大晌，而后又站起身来，斩钉截铁地说：

"好吧！老沈同志，为了党的事业，你就暂先留在那里——"

"感谢组织的信任！"

"事后，支部打个报告，向县委请示一下。"梁永生说，"如果，县委有新的指示，我再通知你。"

"好吧！"

永生赶前一步，紧紧握住老沈的手："多多小心！"

老沈也很激动，眼里含着兴奋的泪："领导放心！"

老沈临走前，又向永生建议说：

"你是不是写封信？"

"给谁？"

"给疤瘌四啊！"

"做啥？"

"我把它带去，设法转给他——"老沈说，"趁热打铁跟他取个联系——怎么样？"

永生向后推一下帽子，用手轻搔着额角，思谋了片刻，说道：

"这事不小，需要慎重。等我请示了县委再定吧。"

今天，永生坐在县委书记的面前，心里回想着这些往事，就以请示的口吻向方延彬问道：

"老方，我可不可以给疤瘌四写封信，和他建立个联系？"

老方反问道：

"你说哩？"

永生还没来得及答话，门口一黑，进来一位老太太。那老太太一看屋里坐着一位生人，正和永生谈话，就悄声地自语道：

"哟！又忙着哪！"

她在自语的同时，脸上还泛起一层冒失闯进的歉意，然后朝永生笑笑，啥也没说就要走。

"大娘！"永生喊住她说：

"有事吗？"

大娘又想说又想不说：

"我想着……没事儿——你们先谈公事吧！"

永生见大娘手中拿着一把锁，就猜出了她的来意。于是便说：

"大娘，是要找我这个小炉匠修锁不？"

"这把锁的钥匙让小孙子给弄丢了，想让你给捅开。"大娘不安地说，"可是你正忙着……"

"把锁留下吧！"

永生说着，凑上去，接过锁，放在桌子上。又说：

"我修好后，给你送过去。"

"整天价给你添事儿……"

大娘叨叨念念地走了。

老方拿起锁，瞅着，笑着，半真半假地说：

"老梁，你这'外差'，可真不少哇！"

永生不想谈这个话题。因为，方才老方提出的那个问题，还在他的头脑中转来转去。所以，他对老方这句玩笑话，只是报之一笑，又立即拾起了方才的话头：

"老方，我觉着，给疤瘌四写封信，也许有些作用。"

老方没有直接回答，只是说：

"咱们来研究研究——你说有啥好处呢？"

"能分化瓦解敌人呀！"

"这我同意。"

"为此，我觉着，似乎应当和疤瘌四建立个联系。"

"这个想法，我也同意。"

那为什么老方不当即答复让写这封信呢？这是永生心里的话，并没紧跟在老方那话的后头追问。因为他认为，那么个问法，一来不礼貌，二来不必要——话已到此，那个问题老方会主动讲出来的。但是，他真没想到，他用一双期待的目光等待了好久，老方并没解释这个"为什么"，却是没头没脑地又向他提出了新的问题：

"老梁，疤瘌四和我们，是敌我关系——对吗？"

"当然对喽！"

"过去是这样，现在还是这样——你说呢？"

"是啊！"

老方放下手中的锁，又说："我们不能忘记：跟敌人打交道，离不开这个——"

老方将拳头举在自己的笑脸前头，轻轻地但又是有力地抖动着。梁永生盯着老方的拳头，想了一阵儿，忽地醒了腔：

"老方，我明白了你的意思——"

"好哇——你说我是啥意思？"

"你是说——和敌人建立某种联系，以达到分化瓦解敌人力量的目的，进而孤立主要敌人，打击坏中之坏，这些都是对的。不过，没有猎枪威不住狼。要和敌人建立某种关系，那得先把他拿下马来，让他跪服于我们的枪口之下，乖乖地和我们'谈判'……"

老方高兴得将那举着的拳头嘭地落在桌子上：

"对！对嘛！"

他缓了口气又说：

"也就是说——主张一律不和任何敌人建立任何关系，那显然是不懂得斗争策略，所以是不对的；可是，要和敌人建立某种关系，软了不行，心急不行，强求更不行！"

梁永生高兴地点着头。因为他觉着，这次和老方的谈话，又是一个大丰收。可他并不满足，还想学到更多的东西。他基于这种欲望，又主动扯起另一个话题，和书记谈起了别的。

他们谈了一阵东，谈了一阵西，谈着谈着便谈起当前战士们的思想状况来了。梁永生像汇报又像检查似的说：

"这一阵，由于分散活动，在某些同志中，出现了一些新的思想问题——"

"你注意到这个问题很好哇！"老方先表扬一句，然后顺水推舟地说，"在当前，大刀队的同志们，有些什么思想问题呀？你就随便谈谈吧——我也正想了解了解这方面的情况呢！"

接着，永生分门别类地将战士们的思想情况汇报了一遍。他这段汇报刚刚收住话尾，小锁柱风风火火地闯进屋来。锁柱见永生正和县委书记谈话，他热情地向书记打过几句招呼之后，转身就要退出。永生喊住他问：

"锁柱，有事吗？"

"我想跟你汇报汇报青年会的情况。"锁柱说，"可你正和方书记谈着，那就以后另找时间吧！"

"我正向老方汇报战士们的思想情况。"永生说，"你，可以把这次青年会上发现的一些思想问题，就劲儿和老方同志汇报汇报嘛！"

"好哇！"老方说，"锁柱，来，坐，我正想听听你的呀！"

锁柱一笑："好吧！"

接着，他坐下来，掏出一个小本本儿，打开，看一下，说一阵，看一下，说一阵，滔滔不绝地汇报起来。在最后结尾时，他又用向领导表示态度的口吻，加上了这么一句：

"这些思想问题，不难解决，请书记放心。"

书记笑了："我放不下心呀！"

他见锁柱没有完全理解他的意思，又说：

"锁柱，你根据什么说'不难解决'呢？"

锁柱回答说："净些青年人，头脑挺单纯……"

书记拍一下锁柱的膀头儿，插嘴笑道：

"你一开头就说错了一半儿！"

"错一半儿？"

"一半儿还多呢！"老方笑着说，"'净些青年人'，这算你说对了！说他们头脑单纯，那就错了！"

"错了？"

"错了！"

老方只把"错了"又重复一遍，没讲很多，便闭口不言了。

他为什么不讲下去呢？

这有两个原因：一来是，他有这么个习惯，总爱在话间有些间歇；二来是，他特意给永生一个机会，想让他谈谈看法。这么两加劲儿，把那"间歇"就更拖长了。这时坐在旁边的梁永生，从老方那向他送过来的目光里，看出了书记的意思。于是，他把老方的话仔仔细细地嚼了好几遍，又消化一阵，而后直截了当地接言道："锁柱，是错了！"

老方笑容可亲地问：

"老梁，说下去，他错在哪里？"

"不能用'单纯'或'不单纯'来区分青年和老年的思想——"永生说，"对吗？老方同志。"

老方说："对喽！"接着，他便慢条斯理地讲开了：

"青年嘛，有青年的特点。比如说，他们积极，热情，生气勃勃，接受新事物快，等等。说到思想问题，则是，青年有青年的思想问题；老年呢？也有他老年的思想问题。老年人肯有的某些思想问题，确乎是很少在青年人身上反映出来；青年人肯有的某些思想问题，同样也是很少在老年人身上反映出来。这两者之间，因经历不同，思想问题也肯定有些'不同'，这是个事实。可是，正像老梁方才说的，不能用'单纯'与'不单纯'来区分青年和老年人的思想……"

锁柱点点头。

老方停顿一下儿，指指桌上的锁，笑笑，又说：

"你叫'锁柱'，总该对锁有点'研究'吧？那我就拿锁来打个比方：解决思想问题，就跟开锁一样——钥匙对了，锁再复杂，一捅就开；钥匙不对，锁再简单，也捅不开。是吧？话再说回来，思想问题，'难解决'与'不能解决'，不取决于'思想单纯'与'思想不单纯'，而取决于，你的'钥匙'是不是对头。"

老方说到这里，转向永生一笑，又一语双关地说：

"要讲这个，你是内行。我听人讲，你对开锁很有研究。不论什么样的锁，到了你的手里，三捅两捅就捅开了。是吗？"

他虽最后问了这么一句，可是并没等待永生的回答，便站起身来，走到屋门口，倒背起双手，对着天井里的一棵白杨树张望起来。

白杨树上，落着几只小鸟，正然喳喳地叫着。

过一阵。有只小猫儿，从垣墙角上的水眼里钻进来，偷偷地向树上爬去。显然，它是要对那鸟儿来个突然袭击。可是，小鸟儿也很机灵，它们一张翅子，噗噜噗噜地全都飞起来了。

树枝儿，被冲撞得摆晃了一阵。

这一阵，小锁柱的思绪，也和那鸟儿一样，飞起来了——他觉着，方书记这些话，使他又明白了许多道理。

老方最后这段话，在永生的感觉中，既有对他赞许的含意，又有引导他思考问题的因素，因而他便暗自想道："我对开战士们思想上的'锁'，研究得怎么样？……差粗了哇！"

这当儿，站在屋门口观赏庭景的方延彬，稍一侧身，用眼角扫了永生和锁柱一下。

人们常说：方延彬的眼力，像 X 光一样，能透到人的心里去。而今，他通过梁永生、小锁柱的神气和表情，再加上他平素里对永生和锁柱的了解，确实又看到永生、锁柱的心里去了——在他看来，他方才那些话，已经在永生和锁柱的心里，都点起了一把火；这把火，正在突突地拔起火苗儿来！他想："要再拨动一下，火就旺了！"于是，他又踱回原来的地方，坐下，点着一支烟，抽了几口，两缕青烟从鼻孔里冒着，笑乎乎地说：

"锁柱啊，咱们每个人，都有个脑袋，是不是？"

锁柱觉着这话太突然，又不解其意，只好笑了。

老方虽然也笑着，但是，他的神情却是很认真的。继而，又指着他自己的脑袋风趣地说：

"喔！脑袋瓜子这个玩意儿，别看个头儿不算大，分量也不算重，可你不能轻估它，也不能小看它！要知道，它每时每刻都在产生出各种各样的思想，这些思想又无不打上阶级的烙印。因此说，人的脑袋里，也是个'小社会儿'，很不'单纯'哟！老梁，你说呐？"

老方几句话，又把永生和锁柱吸住了。

梁永生情不自禁地点点头，笑眯的眼里闪烁着喜悦的火花。小锁柱扑闪着一双笑眼，脸上泛起兴奋的红光。

老方望望他面前这两位可爱的同志，拿起了桌上那把锁，又笑容洋溢地说：

"老梁，你当过小炉匠，懂得这锁的构造，是不是？"

永生以笑作答。

老方继而以半开玩笑的口吻，鼓励他说：

"同志，别'保守'，讲讲嘛！"

永生明白了，老方是要看看他对这个问题的认识。于是，便朝锁柱开了腔：

"锁柱啊，照我的理解，人的头脑，跟锁一样。不，也不一样。我说它一样，就是说，每把锁和每把锁的内部结构，都不相同——这和人的头脑是一样的；我又说它不一样，指的是：锁，内部构造再复杂，总是死的，固定不变的；可是人呢？思想是经常变化的。因此说，一个人的头脑，比一把锁的内部结构，要复杂得多，比那最复杂的锁不知还要复杂多少倍呢！"

老方点点头，又指指脑袋，加重语气说：

"这个玩意儿，复杂着呐！锁柱，听了吧？你可千万别把它看'单纯'了哇！"

老方的话停下来。

锁柱还没听够，盼他再说下去，故未插言。

屋里再次出现了暂时的寂静。这时，书记的话，队长的话，就像撞动了挂在当街大槐树上的钟，声音在锁柱的心里久久地回响着。

过了一会儿。

在屋里轻轻踱步的老方，望了望小锁柱那久久期待的神态，便在他的对面收住步子，又说道：

"锁柱，你想想，老梁为什么能捅开各种不同的锁？你为什么就不能？我为什么也不能？很简单：就是因为他在锁头上下过功夫，你和我没下过功夫；他把各种锁头的内膛全吃透了，你和我没吃透，对不对？锁柱啊，记住，你是支部委员，也是个领导人了；以后，要像小炉匠研究锁头那样，经常地研究'人头'。也就是说，要在做人的思想工作方面，正经八百地下点功夫。这样，我们把每个战士的思想情况吃透了膛，在解决思想问题的时候，才能'一捅就开'！要用你的话说，才能做到'不难解决'。你琢磨琢磨，是不是这么个理儿呀？"

锁柱点着头，脸上浮起一片笑纹，爽朗地说：

"对。对呀！"

正在这个节骨眼儿上，又来了个串门儿的。这是一位中年妇女。她怀里抱着个吃奶的孩子。这女人进屋后，向这间屋里瞟了一眼，说：

"锁柱，外头有人找你！"

"谁？"

"外村的。俺不认得。只是叫俺给你捎了个信儿来！"

锁柱转向永生：

"队长，我去看看吧？"

永生说：

"好！去吧！"

锁柱站起身，朝方延彬一笑：

"方书记，回头再谈。"

方延彬笑笑，点一下头。

这当儿，那位来高大婶家串门儿的妇女，大概是怕打搅书记和永生的谈话，没进这屋，她转过身子一撩门帘走进对间屋里去了。

不大一霎儿。

从对间屋的门帘缝里，传出了高大婶引逗孩子的声音。那刚学说话的孩子，咿咿呀呀地说了一阵，大婶没听懂，就问孩子的母亲。那孩子的母亲，就给大婶当"翻译"。就这样，孩子说一阵，他娘"翻"一阵，大婶笑一阵，闹得挺火爆。

这一阵，老方一直在注意听着门帘里头的说笑，仿佛他对这半通不通的儿语也挺感兴趣似的。又过了一阵，他像突然想到了什么，转过身来，朝着永生笑笑说：

"老梁，你听见了吗？"

永生笑了笑。

老方把话引申下去：

"你看！婴儿的话，只有他的母亲才能听懂。这是为什么？为什么别人不懂，他的母亲却能懂？"

他翻来覆去地盯问了好几句，而后又自问自答地说：

"就是因为，孩子的母亲，对她自己的孩子了解得清楚，吃透了膛。像我们这些当头头儿的人，对自己的战士的了解程度，就应当达到像当母亲的了解她的孩子那样。要有人来了解你的战士的思想情况，你就应当像孩子的母亲'翻译'孩子的话那样，把战士的心声'翻译'出来！我想过，觉着自己还做不到这一点。老梁，你能做这个'翻译'吗？"

梁永生笑着摇摇头，爽快地说：

"不行！更差粗了！"

"差得倒不一定'粗'。"老方向前微倾着身子，轻拍一下永生那浑圆的肩头，笑道，"老梁啊，咱们确乎是都还做得差啊！"

他说罢，将一双探询的目光停留在永生的脸上。因为老方知道永生是做政治思想工作的一把强手。可是他想，越是强手，越要提出更高的要求。现在，他要从永生的表情上探询的答案是：老梁对我这个说法，是怎么想的呢？后来，当他这探询的目光和永生那渴求的目光碰了个头以后，老方这才又继续说下去：

"这回，我是从龙潭街、十里铺、雒家庄一带转过来的。在那些村子里，不光见到许多群众和民兵，还见到过你们大刀队的一些战士们。我通过跟他们闲聊天儿，发现他们当中的某些人，确乎是存有一些这样或那样的思想问题，其中有些问题，我过去也是了解得不深的……"

老方这诱人的话语停顿了。他那两条视线从后窗口射向郊野。

永生那双期待的笑眼依然盯着老方。

老方收回视线，一连吸了两口烟，又接上了他方才的话弦：

"这些思想问题，在你方才的汇报中，也大都已经谈到了，而且谈得很细，从这儿讲，咱们不能说'差粗了'。不过，也有的你没有谈到，或一点而过了，所以，我才说，咱们都还做得差啊。"

随后，老方又和梁永生谈起战士们的思想问题来了。

老方的谈话，叙中有议，赞中有批，同时把他自己也摆进去了，因而使人感到特别亲切。在他快要结束这个话题时，是把话路又引回到小锁柱身上来收尾的：

"老梁啊，方才，小锁柱一开口，就叫我'放心'，是吧？你想想，我能放得下心吗？我想，大概你也是放不下心的！对吧？"

这时，心情十分兴奋的梁永生，也带上了几分打趣的味道，笑着说：

"老方同志，现在你该连我也放心了吧？"

老方又笑了：

"现在，锁柱那个'不难解决'，已经从'头脑简单'的危险阵地上转移了，我当然可以放心了！可是你呐——"

他稍一停，侧过身去，朝后窗口一指，又道：

"你来看——"

永生顺着老方那举起的手臂一望，只见村边有个推车人正在爬坡。他瞅了一阵，情不自禁地点点头，笑了。老方问：

"你笑啥？"

永生说：

"我明白了！"

"说说看！"

"你是说，提高我们的工作质量，如同推车爬坡——越高难度越大，越高难度越大！"永生见书记笑点着头，又说，"老方啊，放心吧——我一定呛劲，爬

253

上去！"

话毕。两人都兴奋地笑起来。

笑声落下。老方又关切地问道：

"你们还需要啥？"

梁永生兴冲冲地说："啥也不需要了，只需要县委继续加强领导。"他说到这里，见老方要走，就紧接着又提出了新的问题……

夜幕降临了。

乡村的春夜，安谧而恬静。

淡绿色的大地，在金黄的月光下呈现着一派生气。深蓝色的天空里，镶满了宝石般的星星。春风，带着泥土和庄稼的香味，徐徐吹来，扑头打面，暖意盎然，使人感到精神焕发，周身舒畅。

就在这样的时刻，一次临河区的党员扩大会议，在运河岸边的一片白杨树林中开始了。

这次党员扩大会议的名称，叫作"抗日积极分子大会"。参加这次大会的，有大刀队上的党员，有各个村庄的党员，还有大刀队上的一些非党战士和许多农村积极分子，男男女女总共有几百号人。

在会议的开头儿，梁永生先来了几句开门炮，县委书记方延彬同志便在一阵掌声中开始讲话了。他带着一副春风拂动的笑容往众人面前一站，一张口就指着梁永生向大家说：

"你们这位梁队长，真会'巧用人'！我今天从这一带路过，跟他见了个面儿，他就硬把我'扣留'下了！'扣留'下不算，还'逼'着我非得给他开个会不行！按说哩，干八路的，都会开会。从这儿说，人家梁队长叫我帮他开个会，对我这个吃了好几年八路饭的人来说，不能算个扳倒柳树要枣吃的难题。不过，难的是，我事前没有准备。'下车伊始'就哇啦哇啦地发议论，不是我们党的作风，我也没有那套'本事'。让我讲什么呢？这不是别着象眼硬将军吗？"

老方这段风趣的谈吐，使人们越听越爱听。

可是，他说到这儿，算是给人们出了个题目，就把话打住了。

会场上一片寂静。

寂静的气氛掩盖着沸腾的心情。

不过，事情的发展，果然不出老方所料，不大一会儿，就有人打破了沉默嚷道：

"老方同志，你给我们讲讲延安的情况吧！"

这个动议，立刻得到了与会人一呼百应的赞同。

"好吧！"老方欣然笑道，"群众既然点出题来了，我就按照这个题目作文章！"

随后，他便滔滔不绝地讲开了。

延安，这个革命的摇篮，正在哺育着千千万万个革命的战士。像方延彬这个曾在延安——毛主席的身边住过一个时期的人，他的每一个经历，每一个见闻，都是一个动人的故事，要讲，真是讲上三天三夜也讲不完呀！今天，他从那高高的宝塔山，讲到潺潺的延河水；从延河流水，讲到河水两岸山坡上那葱郁、茂密的树木，还有那旺盛、苗壮的庄稼；进而，又讲到陕甘宁边区人民那种为了夺得抗日战争的胜利而意气风发的革命精神，还有你追我赶、忘我劳动的生产干劲，以及那心情舒畅、丰衣足食的幸福生活……

老方一面精神焕发地讲述着，自己也沉浸在幸福的回忆里。同时，他在讲述革命圣地——延安情况的过程中，通过联系当地的当前情况，把他要在这次会上重点解决的思想问题，以及当前的形势和任务，全都一一讲清了。最后，他指着东方兴致勃勃地说：

"同志们！你们看——曙光在望了！让我们再接再厉，迎着胜利的曙光前进吧！"

这次会议直开到晓鸡初啼才结束。

为了尽早赶到另一个地方去完成另一项任务，老方要走了。永生知道，方延彬同志作为全县的领导人，时间是很宝贵的，所以没再强留。他和几位战士护送老方跨过运河，越过公路，又返回坊子来了。

永生走进村，一转眼，人就没了影儿。

刹那间，他那使人人眼熟的身形，被深夜的灯光映在一家老贫农的窗纸上。过了一会儿，他那富有感染力的说笑声，又从另一家老雇农的炕头上传出来。

…………

又是一个宁静的春夜。

夜色正在越来越浓。从天上到地下，仿佛扯起了一幅愣大愣大的深灰色的幔帐，遮得天地之间黑咕隆咚，使你分不出哪是天的起点，哪是地的边沿；眼前的景象，宛如一片新耕过的土地又倒上了大量墨水。

多么好的月黑天呀！

太平年间，人们是不喜欢这样的月黑天的。尤其是行路人，若遇上这样的夜色，心里更加腻烦。可是，在这战乱年月，月黑天，却是老百姓所欢迎的，因为，天越黑，敌人越是不敢出窝。特别是八路军游击队，对这漆黑的夜景，更有一种特殊的感情。

梁永生开完村干部会议，摸着黑儿回到高大婶家时，已经是晚饭以后了。他刚坐下，正在装烟，高大婶就凑过来问道：

"还没吃饭吧？"

大婶说着就要去做饭。

永生忙说：

"吃过啦！"

"在哪里？"

"前庄上。"

接着，大婶像忽然想起什么，又问永生：

"哎，那天头晌来的那个人，是干啥的呀？"

永生笑道：

"你问的是那个'货郎'？"

大婶也笑了：

"是啊！就是那位老方同志呀！"

梁永生说：

"他是县委书记。"

大婶惊喜起来：

"哟！那位人们常说的县委书记，就是这个样子呀！"

永生问道：

"大婶，你说该是啥样子哩？"

高大婶说：

"俺只知道县委书记是个了不起的人，比你还要好，还要能，该是个啥样儿，咱也说不上来。可我也想过，县委书记八成跟上回来的那个王营长差不多……"

高大婶说的王营长，是我八路军主力部队的一名营长。前些天，曾拉着队伍在这坊子镇驻过一两天。因此，现在大婶提到他，使梁永生立刻想起了那位王营长的形象。于是，便笑着说：

"大婶，你以为，我们的县委书记，也是骑着高头大马，穿着军装，挎着手枪……"

"我原先是这么想的！"大娘笑道，"谁知今天一见，并不是那个样子！"

"有时他也是那个样子——那是在带队伍的时候，或者是执行军事任务的时候。"永生怕大婶不明白，又跟上一句，"他也是咱们县大队的政委呀！"

"噢！我明白了，明白了！"大婶说，"他只要办政委的公事，就打扮成武的……"

"对！"

"他要是办县委的公事，就打扮成文的——穿大褂儿，戴帽垫儿……"

永生扑哧笑了：

"这是化装，为了行动方便……"

他们正谈得热闹，锁柱回来了。

锁柱向永生汇报完他一天来的活动情况以后，永生又吩咐说：

"你再去主持那个村支部书记联席会吧——"

"在哪里开？"

"在于庄。"永生说，"我已经下通知了。"

"好吧！"

锁柱正要走，永生又喊住他说：

"别走！"

"咋？"

"我跟你交代交代这次会的内容……"

"这次会的内容，昨天不是已经研究过了吗？"锁柱说，"我都记到本儿上了。"

"除了已经研究过的那些以外，还要再加上三条儿——"梁永生说，"今天下午，我去参加了城关区委召开的一次联席会议。会上，研究了县委关于农村工作的指示。在安排贯彻问题时，上级说，我们大刀队经常活动的这些村子，他们不再派人来了，由我们派人负责贯彻……"

"好哇！"锁柱说，"内容是啥？"

"内容嘛，主要是三件事——"永生扳着指头说，"这一，先从党内研究研究发展民兵组织的问题；这二，检查部署一下拆桥破路工作；这三，号召党员带头，扩大生产变工组……"

梁永生一条一条地讲着。

锁柱掏出小本儿，拔开钢笔，坐在对面一边听一边记录。直到永生讲完后，他这才将本子一合，又插上钢笔，笑呵呵儿地说：

"队长，我走吧？"

"好！"

锁柱走了。

永生侧在被窝卷儿上，虚眯起眼睛，又在思考着什么。高小勇进来了。他撩一下儿门帘，不声不响地缩了回去。因为小勇已经开始懂事儿了，他见梁大爷正在"闭目养神"，就想到大爷一天来又累得够呛，我别去缠磨他了，叫他安安静静地歇一会儿吧！

永生是在"闭目养神"吗？

哪里！他在"演电影"。

"演电影"，是梁永生多年来养成的习惯。啥叫"演电影"呢？就是：自己安安静静地坐一会儿，把一天来遇到的、办过的各种各样的事情，从头到尾地想上一遍，看看哪里长，哪里短，哪里对了，哪里错了。

他这种习惯，由来已久了。

这么多年来，一直没有变。

不过，在这"不变"之中也有"变"——比方说，从前，他管这叫"拉洋片"。"演电影"，是他从关东回来路过天津后才改的。在那以前，他还没接触过电影。再比方说，从前"拉洋片"，是每天一早一晚在被窝头上进行。如今，这战争年代的游击生活，生活不那么规律，他就改成了抓个空儿就"演"上一出。

现在，一桩桩一件件的往事，正在梁永生的头脑中一幕幕地闪现着，忽然，对间里传来了小勇和奶奶谈话的声音。那声音是很低的。也许是由于夜晚的缘故吧，永生还是听见了。尽管听不清他们谈的什么，可是能够听出来，他们是在谈论那位房老师。

"房老师"，这个字眼儿在永生的脑海里一闪，使他蓦然想道："小学教员，是农村中为数不多的文化人儿，而且在群众中有一定影响；如果把他们发动起来，也是一种抗日力量呀！"他想到这里，感到自己过去在这方面注意不大够，于是便暗自决定：今晚就到学堂里串个门儿，去和那位房老师唠扯唠扯。

他正要起身，突然转念又想："我对房老师了解得还不够透彻，要去做他的思想发动工作，怕是'钥匙'不对'捅不开'吧？……不能干那种闭着眼睛捉麻雀的蠢事！"

按说，梁永生对房老师是了解一些的。

因为，这位房老师，是永生的老师房兆祥的儿子。这一点永生已听人说过了。他怎能说一点也不了解呢？至少是了解他的家庭出身的。不过，自从房兆祥死后，永生再没去过他家，再加这房老师又才来任教不久，永生跟他还没有什么接触，因而对当前的情况，也确乎是了解不多。

怎么办呢？

正在这时，小勇又来门帘缝里扒头儿了。永生还没来得及叫他，他一见梁大爷"醒"了，就忽地跑了进来。

小勇扑到永生身上，撒娇地揉搓着：

"大爷，俺当八路！"

永生摸着小勇的头顶：

"勇子，你想起啥来了？"

小勇不说因由，依然是：

"俺当八路！你得要我！"

永生亲昵地说：

"勇子啊，当八路好！也准叫你当！……"

小勇乐了：

"好大爷！大爷好！"

"大爷好你可得听大爷的话呀！"

"我听，我准听！"

"听就好。等你长高了，就去当——行不行？"

"长到多么高？"

永生将手掌悬在小勇的头顶上边：

"这么高就行了！"

小勇挺挺身，再挺挺身，跷跷脚，再跷跷脚，还是顶不着大爷的手掌！接着，他将大拇指顶在自己的头皮上，又伸直中指顶在大爷的手心里，然后说：

"还差一拃呀！"

"对啦！"

"大爷，多少天能长一拃？"

这问题怎么答？说多了吧，小勇准得泄气！说少了吧，当大爷的咋能哄弄孩子？可是，永生还真有办法——他说：

"当你念好了书的时候，就能长到这么高了！"

他怕小勇不信，又说：

"我那小的时候，就是念好了书才长到这么高的。"

小勇惊奇地问：

"咦！你不是没念过书吗？"

永生也惊奇了：

"谁说的？"

"俺老师。"

"他咋说的？"

"他说——'世上无难事，只怕有心人'。就说咱们大刀队队长梁永生吧，从小没上过一天学，字文儿比我都强！他还说……"

高小勇复述着他老师对梁永生的夸奖，永生听了觉着怪不得劲儿的。于是，他拦腰打断了小勇的话弦，另起话题问道：

"哎，勇子，你老师姓啥？"

"姓房。"

"哪个房呀？"

"姓房的房呗！"

孩子大概都是这样——不论他正说着什么，也不论他说完没说完，只要别人拿话一引，他就立刻撂下那一头顺着这一头跑下来。永生大概是掌握住了孩子说话的这个规律，他顺着这个蔓儿越抻越远地问下去了：

"你老师叫啥名字哩？"

"叫房老师呗！"

"我问他的大号呀！"

"大号叫，叫，叫——"小勇脸红了，"俺知不道！"

"呀！你这学生真糟糕！"永生拨拉着小勇那粉红油亮的小脸蛋儿说，"呸，呸！那孩子连老师的大号都忘了！"

小勇抓住大爷的手说：

"奶奶替俺记住呢！"

他见永生扑哧笑了，又说：

"真的！不信你去问奶奶嘛！"

这时，小勇奶奶踩着孙子的话点儿，一撩门帘走进来了。看样子，这一阵她正在外边刷洗什么，现在一边擦着湿淋淋的手，一边笑眯眯地问：

"永生，你又和勇子叨叨的啥呀？"

永生嬉笑着：

"我正问他老师的大号哩。"

大婶说：

"叫房智明。"

小勇摆出胜者的姿态，对着梁永生：

"你看怎么着？我没撒谎不？"

其实，这位教员的名字，永生倒是早就听见说过。方才他问小勇，一来是故意跟他逗着玩儿，二来是想从这里扯起个头儿，好了解一下有关房智明的情况。现在他一见高大婶这位不识字的老太太，竟对学堂老师的名字记得这么清楚，觉着有点奇怪，就问道：

"大婶，你认识那位房老师？"

"他走到哪里我也认识他！"

大婶说罢，笑了。永生纳起闷儿来："大婶怎么这么个说法？"大婶看出了永生的意思，没等他问，又自己解释说：

"俺娘家不是在马厂村吗？跟他虽不是一姓，可是按庄乡的辈分儿，他还得叫我个姑哩！"

永生恍然大悟了。

他想，这是个好机会，便问：

"他家眼时下还有什么人？"

"总共还有三口人——"高大婶说，"除了房智明他两口子以外，还有一个孩子。"

"他老娘也不在了？"

"他老娘早不在了！"高大婶说，"是他爹死后的第二年死的……"

"房智明不是还有个姐姐吗？"

"是有个姐，早出阁了。"大婶说，"她的婆家，在柴胡店。她的男人，在柴胡店据点上当伙夫——"大婶抢前一步，凑到永生的脸上，压低了声音，带点神秘地说，"听人讲，房智明那个姐夫，跟咱这一面儿上还有点什么通识哩！……"

"噢！"永生抽着烟，愣沉一下，"他叫啥？"

高大婶满脸的遗憾神情：

"哟！那可说不上！"

永生沉思着，大婶又道："八成是姓武。也不知叫武什么——"永生提醒道："是不是叫柴兴武？"高大婶拍一下巴掌笑开了："对对对！是叫柴兴武。你看我，糊糊涂涂，弄得颠三倒四……"

梁永生又沉思起来。

他在想啥哩？倚在"通天框"上的高大婶，一面絮絮叨叨地说，一面在心里悄悄地琢磨着。这时，她那两只眼睛，一直在盯着梁永生眉宇间那颗黑痦子，仿佛永生心中的秘密都藏在那里边似的。

过了一阵。

她试探着问道：

"永生，你扫听这些事儿干啥？"

永生说：

"随便问问。"

大婶还不放心：

"没有事儿呀？"

永生说：

"没事儿。"

大婶又直截了当地说：

"有事我就给你跑一趟——甭不肯得说！"

"甭价！"永生笑道，"大婶，你把房智明的情况，随便跟我拉拉吧——"

"别的不行，这个好办——说起他来我算知根儿！"

大婶坐在炕沿上，把她那话匣子打开了。先讲了房智明的上三代，又讲了他家的家境，总之，东也讲，西也讲，一讲讲了吃顿饭的工夫。按说，大婶讲的这些，永生大都知道。可是，永生并不打断她，就济着她说。直到她说得要没词儿了，永生才加了一句：

"房智明这个人怎么样啊？"

这一句，大婶的话又多起来：

"说起房智明来，是个好孩子。心也灵，嘴也巧，人也正派。叫他爹剔拨了这些年，练磨得字文儿也不孬。可是有一件儿——就是胆子忒小！甭论干点啥营生，总是前怕狼后怕虎的！说起他的爹娘，都是死在日本鬼子手里的。就冲着这口气，别说还是个男子汉呀，就是像俺这号的女人家，要是年轻，也早抡起大刀来干一个啦……"

大婶说得是那么带劲！竟把小勇的感情也带动起来了！他带着满脸稚气向奶奶说：

"奶奶！等我再长上一拃，咱俩一块儿去'干一个'！"

小勇这话，把奶奶逗笑了。

梁永生也笑起来。

笑声正浓，窗外传来吱啦吱啦的鸡叫声。这是黄鼬来拉鸡了。鸡是大婶的宝贝。她一面大声嚷着一面不顾一切地跑出去。永生和小勇也出去了。由于人出去得及时，黄鼬蹿上垣墙逃跑了。鸡，没被拉走，只是脖子上被咬破了一块儿。

这一来，大婶啥也顾不得了。她把鸡抱到屋里，又找了一块布条儿，一边心疼地给鸡包扎着，一边气恨地骂着黄鼬。

梁永生又回到他这间屋里。

小勇没去管奶奶的鸡，也跟到永生这屋来了。

他进屋后，就着黄鼬拉鸡这件事，告诉给永生一些关于老师的趣闻——

老师不是小胆儿吗？有一天夜里，他听见黄鼬拉他的鹁鸪，吓了一身冷汗，一宿没睡着觉。从那以后，他就叫几个学生在学堂里睡，跟他做伴儿。

在这几个学生中，就有高小勇。

可是，学生们在那里只睡了几天，又被撵回各自的家去——老师不招了！

为什么？

因为学生们见天晚上不好好睡觉，又练刀，又练枪。这不算，还学唱抗日歌曲。老师那么小胆儿，一看这还得了，若叫敌人知道了，不得招来大祸呀！

可是，他没想到，学生们对老师这个做法很生气。于是，小勇领着头儿，就报复老师。怎么报复呢？说起来可有意思啦——

老师的屋里，靠墙放了张书桌儿。桌上有个铃架儿，铃架儿上放着铃。有一天，小勇瞅了个老师不在屋的空子，偷偷地在墙上钻了个小孔。然后，将一根马尾丝从墙孔里通过去，拉到学堂的院外，又将另一头儿拴在铃胆上。到了半夜三更，老师睡下了，他们一拉动马尾丝，铃就当啷当啷响起来，直吓得老师缩进被窝里，蒙着头，出了一身虚汗……

小勇讲完这件事后，笑了一阵，又讲了好几个对付老师的故事。最后，得意地问永生：

"大爷，你看我们这法儿行不行？"

"这法儿是行！"永生说，"可是用错了！"

"咋用错了？"

"用错了对象呗！"

"对象？"

梁永生见小勇还不懂"对象"这个词儿，又耐心地解释道："小勇啊，我是说，你们这些机灵劲儿，不该用到你老师身上！你们当学生的，应当尊敬老师，怎么能琢磨老师呢？"

高小勇扑闪着两只茫然的眼睛。

永生就顺茬儿给他指出了方向：

"今后，你们要把这些机灵劲儿，全用来对付鬼子，对付伪军，那就好了，上回你不就机灵地写过抗日的小'布告'吗？"

小勇一听，乐了，嘴里蹦出一个字："行！"

永生为了让小勇懂得"为什么"，他又举例说：

"小勇，你看，黄鼬人人恨，为啥哩？因为它吃鸡！是不？可是猫呢，吃老鼠，人们就喜欢它。再说你吧，不是正经八百地给老师提意见，而是琢磨老师，你琢磨得越得意，就越不对！要是你们琢磨鬼子和伪军呢？琢磨得他们越厉害，你们的成绩就越大！小勇子，你好好想一想，是不是这么回事儿呀？"

小勇知道害羞了。他的脸涨红起来："是！"

梁永生在和高小勇谈话的当儿，将他那子弹袋子里的子弹倒在炕上，一个一个地擦着。小勇子为了把自己从窘境中解脱出来，就往上一蹿趴在炕上，低着头儿数起子弹来了：

"一个，一俩，一仨……"

他数了一遍，又数了一遍，惊喜地问永生：

"呀！怎么这么多呀？"

"还多？太少了！"

"一共十五个呢！还少？"

"少！十五个太少了！要有一百五十个嘛，那就差不多了！"

接着，永生告诉小勇：打鬼子是需要很多子弹的。小勇听了，认认真真地说：

"那你该多弄一些呀！"

永生笑了：

"那么好弄？这又不是坷垃块！"

这时，小勇那一对亮晶晶的眼珠儿，像荷叶上的水珠儿一样纯洁，溜溜地转着。这眼神里，含着迷惑不解，也含着求知的欲望。于是，永生又告诉他：咱们这儿，眼目下还没有造子弹的地方；现有的这些子弹，都是从敌人手里夺来的；为夺敌人的子弹，有的同志流过血，有的同志牺牲了！他还告诉小勇：子弹这玩意儿，在敌人手里、它是坏的东西；可是到了我们手里，它就成了好的东西。最后，他叹息了一声，又向小勇说：

"就说你爹吧，不就是被敌人的子弹打死的吗？在当时，他已经打光了子弹！我想，凭你爹那样一个智勇双全的人，要是还有很多子弹的话，也许能够冲杀出来的！至少，也会杀死更多的敌人……"

永生这段话，在小勇的心窝里，掀起一股巨大的波涛。这时，永生已把子弹擦完了。又装好。他跟小勇商量说：

"勇子，咱到你学堂里去呀？"

"干啥去？"

"找你老师玩玩呗！"

"太好啦！"小勇说，"俺老师问我好几回了——"

"他问你啥？"

"他问：'梁队长是个啥样儿的？'又问：'这几天到你家来过不？'"小勇说，"大爷，他还说愿意见见你哩！"

"那你就领着我走一趟呗！"

"好哇！"

永生要出屋时，高大婶问他说：

"你们要上哪去呀？"

"到学堂里玩玩去！"永生说，"顺便跟老师谈谈。"

"你想开导开导他？是不？"大婶没等永生回答，又说，"他那胆那么小，怕是得费点力气……"

永生满怀信心地说：

"只要肯下力，没有拉不直的绳子。他是个穷人嘛，根子正……"

大婶笑着说：

"那就早点儿去，早点儿回来！"

学堂，在村西的一座古庙里。

从村头到学校，约半里多路。

高小勇领着梁永生出了村口，他们这一大一小，一前一后地默默走着。

春日的夜晚，黑乎乎的，凉飕飕的。由于没有风，夜景愈显得深沉，宁静。

村野里潜伏着无穷的生气。

泥土里散发着醉人的香味。

天空的星星，像小勇那顽皮的眼睛，一眨一眨地瞧着人。

走在永生前头负责带路的高小勇，每走几步，回头望望；再走几步，又回头望望，仿佛他生怕把大爷丢了似的。

他们闷着头儿走了一阵。

小勇突然扭过头来问道：

"哎，大爷，你那两只脚，愣大愣大的，怎么走起路来，连一丁点儿声音也没有哩？"

永生半真半假地逗他说：

"老八路嘛，就有这个本事！"

"老八路咋就有这本事？"

"练的呗！"

"练这个有用？"

"当然喽！"

"有啥用？"

永生没有直接回答，而是说：

"勇子，你听听你自己，走一步吭噔噔，走一步吭噔噔，能听半里地，就像谁家跑了小毛驴——就凭这一手儿呀，当八路就不够格！"

"这碍着当八路啥事？"

"当然碍得着了！"永生说，"俺们八路军打游击，都是星来夜去，秘密行军，来无声，去无影。有时候，猛孤丁地出现在敌人的眼皮子底下，砰嘣啪嚓打他个冷不防，一转眼儿，又没影儿了！像你这样的走路法，还隔着老远呐，就叫人家听见了，怎么打突袭呢？"

这时，小勇的脚步声突然小了。

永生一瞅，原来是他正拿着劲走路，不让脚下出声。永生望着小勇那像扭秧歌似的样子，心里又高兴又好笑。就问：

"勇子，你也想练练这一手儿呀？"

"嗯喃！练好了，好去当八路呀！"

小勇的语气里，充满了倔强劲儿。

永生夸奖他几句，又指教他说：

"你这个练法不行——"

"咋不行？"

"这不是变戏法儿——一点就会！"

"那咋办？"

"大刀要快多加钢，本事全靠功夫长。这是硬功夫，得长期苦练才行。"永生说，"往后，你在走路的时候儿，只要注意一点，有长劲儿，日子多了，总会练出来的……"

他们一路说一路走，来到了学校大门口。

梁永生就着刚刚出来的月光，望见那高高的门台阶两边，卧着一对龇牙咧嘴的青石狮子；门楣上悬着一块破旧的横匾，匾上那"观音庙"三个楷字，还依然看得清清楚楚；另有一块木制的校牌，写着"坊子镇小学"，挂在门口的右边。

永生跨进校门。

继而绕过影壁。

这时，一所宽敞的院落，展现在他的眼前。庭院中，散散落落布满一地半头砖。不知底细的人，一见到这种情景，准以为是这个小学的学生不守纪律，环境卫生搞得不好！可是永生知道，村里的许多抗日群众组织短不了在这儿开会，这些七大八小的半头砖，是人们在开会时坐的座位儿。

这个庙院儿，房不很多。

坐北朝南是三间大殿。

左右两边是东西厢房。

眼时下，只有西厢房北间屋的窗户，亮着黄色的灯光。有两个被灯光绘在窗纸上的头影，正在晃动着。其余各个屋里，都是黑洞洞的。

梁永生漫步走在天井里，不时地向小勇提出各种各样的问题——

"这大殿里还有神吗？"

"有。"

"咋没搞掉它？"

"老师说，要是砸了神，敌人就说这是八路学堂了！"

"噢！是这么个事儿！你老师心眼儿满多呀！哎，那么，你们在哪屋念书哩？"

"在东厢房里。"

永生指着有灯光的窗户说：

"你老师就住在这里吧？"

"嗯喃。"

小勇还想再说什么，可是永生已经推开房门走进去了。

屋里，一老一少，隔桌对坐，正在灯下走棋。

他们旁边，还有两个扒眼儿观阵的人。

显然，他们这些人，全被象棋吸住了；要不，永生和小勇在天井里说了这么多话，又推房门走进屋来，他们怎么一点也没发觉？直到永生撩开门帘走进里间，那桌上的灯火猛晃了一阵，他们这才抬起头，随后又呼啦啦地站起来。

那位留着海仙绦白胡子的下棋老人认识永生。他先热情地开了腔：

"呀！老梁啊，坐下，快坐！"

"不客气，不客气！"

梁永生微笑着，点点头，向屋中扫视一眼。

只见，那位下棋的青年人，文绉绉的，一表书生气。在他那有些清瘦的脸上，有一对黑亮的眼睛，挂着像绸布一样柔和的笑容。永生打量着这位文文静静的年轻人，心中暗想："他，八成就是那个教员房智明了。"又见这位后生的穿章儿，要作为一位教员来要求，是很朴素的。乍看上去，要不是他的衣袋上挂着一支钢笔，和一个庄户子弟没啥两样，只是衣衣裳裳的板生一点儿。这个青年长得老相些。看其观目儿超过了他的实有年龄。

这位年轻人果然就是房教员。他虽不认识梁永生，可他曾听爹多多次讲过梁永生的相貌。再加那位下棋老翁带着尊重的表情口称"老梁"，他那聪明的脑瓜儿一转就明白了。于是，他慌忙起身离位，恭恭敬敬地向永生打招呼说：

"梁队长！请坐请坐！"

这一来，显然是用不着引见就相互认识了。可是，那位跟在永生身后的高小勇，从大爷的胳肢窝底下钻过来，郑重其事地介绍说：

"老师！这是俺梁大爷——梁大爷，就是梁队长！"

人们禁不住地笑了。

小勇不笑。继续履行他的职责——他又指着房老师向永生说：

"大爷！这是俺房老师——房老师，就是房智明！"

又是一阵笑声。

小勇依然不能理解：人们为什么要笑？他以自豪的眼睛瞟瞟老师，仿佛在说：你看！我给你把梁队长领来了吧？继而又瞟瞟永生，好像他正在用这种自尊的眼光提醒"呸"过他的大爷：怎么样？我记住老师的大号了吧？

这一阵，那两个观棋扒眼儿的人，一时成了"多余者"，都准备溜边儿了。梁永生侧过身去，主动向那位罩毛巾的老年人打招呼说：

"老孙！你这棋瘾还是这么大呀！"

那位被称为"老孙"的人，想说啥，又没说，只是站在那里笑了笑。

永生又说：

"你既然跑出二里地来帮场，光扒眼儿啦？咋不'坐坐庄'？"

"嘿嘿，我这臭棋，上不得桌子面儿！"

原来，老孙早想和永生主动打招呼，又怕人家认不得他了，闹得怪没意思的。现在，经过永生这两句话，便断定永生肯定是认出他来了，心里高兴起来，惊喜地说：

"老梁，你还能认出我来？"

"当然喽！'一回生、两回熟、三回就是老朋友'嘛！"永生笑了两声说，"咱们俩，连上这一回，是第四回见面了！得算是老老朋友了吧？"

老孙笑了。他在极力搜索着记忆：

"四回？"

"就是嘛！你忘啦？"永生一根根地扳着指头，慢腾腾地说，"头一回，那是二十多年前，在黄家镇庙会上，你缝破鞋，我锔破锅，咱俩挨着出摊儿……"

"那回我记得！"

"第二回，是抗战以前不久，有一天晌午头儿，你正在你村的大槐树底下下棋，我从那里路过，扒了扒眼儿，还支你一招。那时节，你被棋迷住了，没顾得跟我打招呼……"

"哪里哪里！那时我已经认不得你了！"老孙说，"自从你当了大刀队队长以后，我一打听，才知道这个吓得鬼子、汉奸闻名丧胆的梁永生，就是当初那个大闹黄家镇的梁永生！"

众笑。

梁永生又把第三次短暂的相遇说完后，老孙感慨不已地说：

"好记性！好记性啊！"

在他们说话的当儿，房智明从壶囤子里提溜出茶壶，给永生倒上一碗水。随着，他回手就要掀棋盘子。

永生赶前一步，伸手摁住了：

"别，别收摊儿！"

"咋？"

"接着来嘛！"

"不，不来啦！"

"我没事儿，是来闲玩儿的。"永生说，"来吧，我也爱看！"

人有了相同的爱好，从心里就像近了似的。房智明听永生说他也爱看，高兴起来，问道：

"你也爱好这玩意儿？"

"不光爱好，还是个'棋迷'哩！"

"那，你来，我让位！"

房智明说着，就往正座上拉永生。永生笑道：

"你看！上来就将我的军——不论怎么着，你得把这盘残棋走下来呀！"

永生说着，回手拉过一个圆杌子头儿，坐在观阵的陪座儿上。

房智明笑着说：

"梁队长，那你可得支着我点儿呀——我不是他的对手！"

永生以笑还笑：

"好哇！有我一支，保你准输就是了！"

永生这一逗哏，屋中又腾起一阵笑浪。

房智明用敬慕的眼光望望这位风趣活泼的梁队长，那种拘束的感觉在他的身上悄悄地溜掉了。他在人们的嬉笑声中，又回到他原来的座位上，接着那盘正走到劲头上的残棋，又拼杀起来。

屋里恢复了寂静。

只有砰儿啪儿的棋子的磕碰声。

这盘残棋的棋局，对房智明非常有利。对方，虽然处于攻势，而且气势汹汹，可是，他的后方空虚，漏洞不少，给房智明留下了许多可以利用的战机。在这种情况下，如果房智明心不怯战，发动进攻，并且不惜作出必要的牺牲，是完全可以夺回主动权，进而夺取全局胜利的。

不过，令人可惜的是，他一直没有采取攻势，而是斤斤计较一兵一卒的得失，举棋不定，顾虑多端，以致始终处于守势，忙于应付。结果是，一误再误，愈走愈被动。最后，把这盘大有胜利希望的棋局走输了！

在厮杀过程中，永生光看不语，一招没支。

当房智明被人家将住了，永生这才拍一下他的肩膀，哈哈地笑了两声，带着一种惋惜的口吻说：

"小房，这盘棋，你可不该输呀！"

小房把棋子儿一推，挂着懊悔的神色说：

"我那步马跳错了！要不，他卧不上槽！"

271

"那只是个小漏洞。"永生说，"叫我看，你这盘棋，并不是输在那步跳马上！"

小房谦虚地问：

"输在哪里？"

"输在缺乏勇气上。你自始至终，没有敢于牺牲、主动进攻的劲头儿，总是，守，守，守！后来，一看棋不行了，这又不顾一切地冒险跳马。按说，那步跳马，倒是一着进攻棋，可惜太晚了，结果输了！……"

那位下棋老翁，是个真正的"棋迷"。在他的心目中，凡是不会下棋的人，似乎都是不值得敬重的。现在，他一听梁永生谈棋谈得挺有门道，因而对永生更加敬重了。谁知，当他正聚精会神听到兴头上的时候，梁永生的话题忽然爬了蔓儿：

"下棋这玩意儿，跟干别的营生是一个理儿——莽干，冒险，固然是要吃亏的，可是，不冒必要的风险，没有进取精神，必将事与愿违。就说小房你吧，心里当然是想赢棋的，可又想一子儿不丢，这怎么能行呢？其结局是，步步被动，全盘皆输！"

永生说着说着，耳边响起一种声音："老梁啊，你一向重视政治思想工作，在任何情况下，可别忘了你这一手啊！要知道，有教育作用的话，哪怕只是一句，通过你的嘴，把它输送到别人的心里以后，它很快就会化成那个人的血肉，使那人增加力量，增强斗志……"这段话，是县委书记方延彬在和梁永生的一次闲谈中讲的。现在，这段话一在永生的脑海里浮现上来，它促使着永生把话题又引申了一步：

"咱说句闲话吧——我们当前的时局，不是很像一盘正在厮杀的棋局吗？叫我说，我们每一个人，就好比是这棋盘上的一颗棋子儿；当前的敌我双方，也就等于是棋盘上的黑红两方。咱就把日本侵略者比作'黑方'吧，人家攻进到咱的国内来了——"永生拿着一颗黑棋子儿，一边在棋盘上摆着一边说，"咱该怎么办呢？应当是：宁为玉碎，不为瓦全。也就是说，只有抵抗，只有不顾一切地坚决抵抗，而且是抵抗到底，直至胜利！不是吗？当然，在抵抗中，会有牺牲，那是难免的。如果说，我们怕牺牲，怕损坏坛坛罐罐，也就是说，怕丢子儿，不抵抗，能行吗？结果会怎么样呢？必然是，不仅坛坛罐罐保不住，连命也要完！这放在棋局上，叫输棋；放在战局上，叫亡国！"

永生说到这儿，收住话头儿去点烟了。

屋里人们，全听入了神；一双双期待的眼睛，都在盯着永生。

谁知，人们直等到他点着烟，抽了一口，又抽了一口，然后开口说话时，话又拐了弯儿——就像他已经忘了方才正在说着什么似的，突如其来地问房智明道：

"哎，小房，我听说，你为了呼吸新鲜空气，每天起早——是吗？"

"是。"

"这个习惯很好。"永生说，"不过，养成这么个习惯，可也不易呀！"

小房不以为然地说：

"这有啥不易的？"

永生提醒他说：

"唔！可不能那么说。有些人，本想做到这一点，但又做不到这一点。为什么？还不是舍不得热被窝？你在起早的时候，特别是数九寒天，没有这种感觉？"

小房点头道：

"有。"

"这就对了嘛！"永生的话题兜了个圈子，又回到老路上来了，"当前在抗日这件事上，有的人，就缺乏你那种为了起早不怕冷的决心，舍不开家庭这个'热被窝'！特别令人惋惜的，是那些懂得抗日救国是条正道，也看出了这是唯一无二的出路，可就是怕这怕那，在干与不干之间举棋不定，犹豫徘徊！"永生瞟着小房说，"像这样的人，将来必然像你方才输掉那盘棋那样，犹豫到最后，一看不行了，急了，豁上了，可是也就晚了！"

小房听着听着，又不知不觉地入了神，动了心。当永生说到这里时，在他嘴边久久盘旋的那句话冲口而出了：

"我就是这样的人！"

梁永生只顾吸烟，没有答腔。

屋里出现了暂时的寂静。

那位"棋迷"老翁，借这个空间，说了几句赞赏永生的见识的话。可是，他话不过三，又犯了他那个老毛病——不论人们正谈论着什么事儿，只要他一插上嘴，三说两说，准得扯到下棋上去！那么，今儿呢？今儿是从棋谈起的，在场的人又都懂得下棋，显然是更不会例外的——

"梁队长说得蛮在理——'丢卒保车'，这是《棋谱》的招法。刚才，房老师早就不该保那个卒子。结果不是把车丢了？……"

据说，济着这位"棋迷"老翁讲下去，能讲到天明不绝词儿。可是，永生有永生的"闲谈"目的，他怎么能让他讲到天明呢？于是，他又把话题从棋局拉到时局上来了：

"大爷说得好哇——为了保车，就不惜丢卒！当然喽，卒要能保住，还是应当保下来的。问题是怎么个保法——"他缓了口气说，"咱还是举当前的时局做例子吧——咱们这个地盘儿上，已经进来鬼子了，要保住人民群众的生命财产，好法儿只有一个：把鬼子打出去，或者是消灭掉！不是吗？除此而外，还有啥好法儿呢？我说没有了！具体到我们这块地盘儿是这样。说到我们整个国家，也是这样。"

梁永生吸了口烟，喷出来，掉过脸去对着小房，指着桌上的棋盘又说：

"方才那盘棋，正像大爷说的那样，你老怕丢卒，结果丢了车，输了棋，不是吗？"

"对呀！"

正在瞅空摸空写着什么的房智明，立刻抬起头来，笑盈盈地应了这么一句。他见永生不再说话，别人已经插了嘴，便低下头去，又继续写开了。

他在写啥哩？

永生出于好奇，站起身来凑过去，从房智明的肩膀头上探过半个脑袋，一瞅，只见他的日记本上，写了这样两句话：

"国家兴亡，匹夫有责。我不能再犹豫了！起来，起来……"

永生看罢，笑道：

"嗬！你这个小伙子的文笔蛮棒呀！"

他这一句，使小房的笔尖儿一下子停住了。接着，他扭头一望，正巧，他那吃惊的目光，和永生那眯笑的目光碰了个头儿，脸，腾地红起来，笑着说：

"瞎胡划拉！"

他说着把本子合上了。

永生回到原来的座位上，接上方才的话茬儿又开了腔：

"咱还谈棋。小房，你琢磨琢磨，只要你没把对方将死，你那个卒，不光卒，还有那些车呀炮的，包括老将也在内，哪一个子儿是保险的？没有吧？都有随时被吃掉的危险！因此说，要彻底保住自己，只有彻底消灭'敌人'。为了夺取全局的胜利，不能不付出一定的代价。怕牺牲，必将招致更大的牺牲。牺牲小的，正是为了保住大的。暂时的牺牲，正是为了以后不再牺牲。下棋是这么个理儿，打鬼子也是这么个理儿。"他抽了口烟说，"我们的敌人，就是这么个脾气儿——你越怕它，它越张牙舞爪；你越让它，它越得寸进尺……"

梁永生坐在灯下，一面讲着，一面通过他那双喷发着热情的眼睛，将奔流在自己血液中的力量，注入了人们的心脏。

在永生刚开始说话的时候，人们的眼睛，有的集中在永生身上，有的集中在棋子儿上，也有的集中在自己那个正冒烟的烟锅子上。可是，他说来说去，把所有人的眼睛，都全集中到他的脸上来了。当梁永生的话停下后，那位扒眼儿观棋的老孙，深有感触地插嘴道：

"老梁这些话，没有半点假。我有一门姻亲，哥儿俩，大哥见了鬼子打哆嗦，被鬼子捅死了；他弟弟一看急了眼，抄起一根擀面杖动了手，给了鬼子一个措手不及，把鬼子的脑壳砸瘪了！他呢？跳出垣墙也跑了……"

"是啊！"永生点头道，"我们为了救国，为了给死去的阶级弟兄报仇，就得有那么一股子劲儿！"

另一位观阵的人说：

"梁队长，你这些话，我全听透了。我去当八路行不行？"

"咋不行？当然行喽！咱们八路军，是工农子弟兵，像你这扛大活的人，我们最欢迎了！"永生说，"不过，要参军入伍当八路，不光要本人同意，还得全家人同意。你回家后，先跟家里商量商量，以后我们再见个面儿，好不好？……"

说话间，窗上的月光唰地溜走了。原来是，外边的天空中起了云彩，月亮已被云彩遮住。小房望望突然暗下来的窗户，将头摇了个半圆，慢慢吞吞地喃喃自语道：

"像我这虚度年华的人，真是无地容身啊！"

他的语气，虽感慨不已，但，又是迷惘的，平沓的。那三顿没吃饭似的声音，宛如更深人静时从邻家传来的喁喁私语。

"你咋算虚度年华呢？"永生说，"教书，不也是工作吗？"

"唉！教孩子认几个字，算啥工作？"

"咋能不算呢？抗日不需要识字？"

"等孩子长大了，日也抗完了……"

"抗完了日，不等于革完了命。"永生说，"小房啊，我们的革命，就像你们学校里搞接力赛跑一样，要一代接一代地传下去。你教的这帮孩子，正是我们革命的接班儿的呀！"

"可是，教书这一行，对抗日救国这个当务之急，总是不能有直接贡献，所以心里怪不安的。"

梁永生装上一袋烟，和那位下棋老翁对着火儿，抽了一口，又解释说：

"我们的抗日战争，打的是人民战争。人民战争嘛，就要靠人民群众来进行。所以说，不论在什么岗位上，都能为抗日救国出力。就说小学教员吧，都是识文解字的，只要多看点书籍文件，不是可以向群众作宣传吗？要是经常给报纸写稿子，也是宣传工作的一部分。如果再把夜校办起来，并把它变成教育发动群众的场所，不又是一项抗日宣传工作吗？……"

"我觉着这些事都作用不大！"

"咋不大呢？"

"公理自在人心，是非自有公论，宣传不宣传的，我看没大要紧！"

永生听了小房这种论调，哈哈地笑了。然后拍一下房智明的肩膀说：

"小房，你这说法错了！"

"错了？"

"错得可不轻！"

小房不以为然地说：

"反正我的看法是：要打败鬼子，离不了枪杆子！"

"这话对！"永生说，"抗日嘛，是要打仗的。打仗，离了枪哪能行！"他抽了口烟，问小房道：

"枪，自己会响吗？"

"当然不能！"

"靠啥让它响了呢？"

"人呗！"

"对！所以说，抗日，离开枪不行；离开人呐？更不行！"永生说。

房智明赞同地点着头。

永生点开了小房的心窍以后，又习惯地打开了比喻：

"咱比方说，我们抗日这桩事，好比是一个人；党中央呢，就是这个人的头脑；宣传教育战线，可不可以比作人的神经系统？反正是，党通过它才能把人民群众的抗日积极性调动起来！你想想，不是吗？"

小房喜笑眉开，又连连点起头来。

突然，外边传来两声枪响。

这枪声，把战争的气氛带进屋来。

屋中，人们一阵骚动。这时，唯有梁永生镇静如常，并说：

"没事儿！"

他见人们依然有点沉不住气，又说：

"这枪，是从西边据点上打出来的。"

小房感到惊奇：

"你咋知道？"

"听枪响听常了，一听声音儿就能听出来。"

永生这么一说，人们全沉住气了。于是，他又接上了方才的话茬儿：

"没有老百姓，就没有八路军。像妻子送丈夫参军的事，父亲送儿子入伍的事，哪村没有哇？"

他指着下棋老人又说：

"就说大爷你吧，不就是一个吗？"

"那不是应当应分的事吗？国家正被人家别住象眼，他年轻，去为国家出点力，那是他的本分！"下棋老人说，"我算看透这步棋了——八路军好比鱼，老百姓就是水；水离不了鱼，鱼离不开水；水没有鱼是死水……"

梁永生接言道：

"鱼离开水就活不成！"

另一位观阵的又插了嘴：

"虽说都称'神八路'，可八路并不真是'神仙'；不吃饭能行？不穿衣能行？……"

永生又把话接过去：

"这话对！要不是人民群众支援我们，我们这些'神八路'呀，不得光着膀子喝西北风呀？那可就真成了'神'喽！"

人们笑了。

那位观阵的指着永生脚上的鞋说：

"让你穿着这样的鞋打仗，我们没尽到自己的责任，真对不起你们！"

"我这鞋怎么啦？"

"破呗！"

永生大笑：

"怎么？你那鞋比我强多少吗？不服咱比比嘛！"

梁永生这个人，在联系群众方面，真是一把强手。这不光是因为他阅历多，见识广，和什么样的人都能谈得上来，主要是由于他的作风朴实，态度和善，谈吐风趣，从心眼儿里和劳动人民亲近。所以，他每到一处，只要和人家谈上一阵，就很快熟起来。要在谁家住上几天，就跟那家成了一家人。就是那些小伙子们，也并不因为他年长些而疏远他，相反，却都愿意凑合他。而且是，三凑合两凑合，就不知不觉地跟他黏到一块儿了。

而今，他说着说着，真的把那大脚丫子伸了过去，跟那人的脚摆到了一块儿。那人见永生这么平易近人，一点也没"官架子"，心里很受感动。他也自然多了，嬉笑着说：

"老梁，咱俩不能比呀！"

"咋不能？"

"你整天价星来夜去，枪林弹雨，拼命流血，多不易呀！"

"你们就易吗？领路、送信、拆桥、破路、站岗、放哨、挑道沟、割电线、送军粮、藏八路、救伤员、抬担架、埋地雷、挖地道……"

永生像数快板儿一样，一气儿说了这么一大溜。

他这些话，该让人们回忆起多少场景、多少事啊！因为他讲的净是些实在事儿，而且又都是人们经历过的，所以他们听后，都高兴地笑了。这笑声说明，永生这些话，使他们的胸中产生出一团暖到心窝的热情。这时，他们正在不约而同地想："领导上对我们的估价太高了！往后还得加把劲儿呀！"

这当儿，房智明趴在桌子上又写开了。永生问：

"小房，又作啥文章呀？"

"没作文章！"小房笑了，"我想把你说的话记下来。"

"哈哈！"永生笑出了声，"你在录我的'口供'啊！"

小房笑眯着，将钢笔尖在舌尖上蘸一下，伏下身去，在他那个小本本儿上又继续写起来。

下棋老人在装烟。

永生将自己的烟荷包递过去：

"大爷，尝尝我这烟叶儿！"

大爷并不客气。他接过烟荷包，挖呀挖地装上一锅子，点着，连吸了两口，摇摇头笑了：

"有邪味儿！"

"啥邪味儿？"

"掺假了！"

"掺的啥？"

"豆叶呗！"

永生点头道：

"你真是'行家'！"

大爷一面抽烟，一面将自己烟口袋的烟倒出一半，装在永生的烟荷包里。

这大晌，小勇一直坐在一边，两手抱着膝盖，仰着头，腆着脸，扑闪着两只大眼睛，文文静静地听着大人们说话儿，一言不插。他所以这么老实，是因为听入了迷呢，还是因为守着他的老师？……后来，直到大人们的话儿断了弦了，他这才从那个被人注意的地方走出来，凑到永生的面前问道：

"大爷，俺这小孩儿们怎么抗日呢？"

他一插话，永生才忽然意识到："哟！这一阵把他给忘了！"于是，他赶紧将小勇拉在怀里，亲昵地问他：

"你也要参加抗日？"

"嗯喃！"

"你不是早就参加了吗？"

"早参加啦？"

"忘啦？你到雒家庄去走亲的时候，不是写过'布告'吗？"永生笑着说，"我和锁柱进村时，你那不又跟'鬼子'干了一仗？……"

小勇那胖鼓鼓的脸蛋儿唰地红了：

"那是做游戏！"

"你做得对呀！现在岁数小，做游戏'打鬼子'，将来长大了，就拿起真刀真枪去打真鬼子！"

小勇失望了：

"大爷净哄弄俺！"

"咋又哄弄你？"

"俺老师说过——等俺们长大了，鬼子就打没了！那俺再去打谁呀？"小勇又转向老师，"对不？老师！"

老师笑了。

永生望着高小勇这股天真无邪的劲儿，又说：

"到那时候，日本鬼子也许真被我们打没了！可是，你要知道，打完了日本鬼子，我们的任务并不算完呀！……"

"还有啥？"

"还有那些侵略人、剥削人、压迫人、欺负人的家伙喃！"永生一字一板地说，"小勇啊，记住：往后儿，谁侵略咱，谁剥削咱，谁压迫咱，谁欺负咱，咱就同谁作斗争！"

永生一面说着，一面将拳头在半空中挥动一下儿，然后，咯咯地笑起来。这当儿，小勇的眼珠子，骨骨碌碌地转了一阵，也不知他那神秘的小心窝儿里，想了一些啥玩意儿。

沉了一霎儿。

小勇又问：

"大爷，俺眼下该做啥？"

"你们不是已经成立起儿童团来了吗？"永生扳着指头说，"站岗，放哨，领路，送信……"

"还干啥？"

"做宣传。"

"还干啥？"

梁永生想了一会儿，忽然从衣袋里掏出几个黄铜子弹壳儿，举在小勇脸前，笑笑说：

"哎，小勇，你们收集这玩意儿行不？"

小勇拿起一个，瞅着，说：

"这子弹是空的呀！"

"对！"

"能打响吗？"

"打不响！"

"那，收集它干啥用？"

"喔！有大用哩！"永生说，"咱们八路军的子弹是从哪来的？"

"不是夺来的吗？"

"对！除了夺来的，还有买来的。"

"从哪个集上买的？"

"不是从集上买的！"永生说，"从伪军手里买的。"

"伪军的子弹为啥要卖呢？"小勇问，"你不是说，子弹越多越好吗？"

"他为了钱呗！"

"他卖子弹，鬼子干吗？"

"不干呗！"永生说，"鬼子发觉了伪军偷卖子弹以后，就出了个新章程：他发给伪军的子弹，要伪军们如数把子弹壳儿交回去。这么一来，伪军们就不敢偷卖给我们子弹了！"

"呀！鬼子真坏！那怎么着哩？"

"咱就想法儿对付他呗！"

"咋对付？"

"咱先给伪军一些子弹壳儿，让他去向鬼子交差；伪军再按着子弹壳儿的数目，把子弹卖给咱。"

小勇一听，高兴起来：

"哟！这玩意儿用处还真大呀！"

房智明也发生了兴趣：

"这一手儿还真该大搞哩！"

梁永生因势利导：

"是啊！你这当教师的，应当领导着学生开展个收集子弹壳儿的运动！"永生又指着他手中的子弹壳儿说，"这个，就是别的学校的师生们收集的！"由于他把意义、用处都讲清楚了，又举出了实际例子，更进一步激发了高小勇和他的老师。教师房智明感叹地说：

"该做的抗日工作还真不少哩！"

"还有一项重要工作——"永生说，"我还没跟你谈哩！"

"啥？"

"想让你和学生们，经常不断地去教育教育敌人——"

"教育敌人？"

"是啊！"

"咋教育法？"小房不以为然地说，"梁队长真爱逗笑谈！"

"这不是逗笑谈！"梁永生很认真地说，"前些日子，我到县委去开会，兄弟地区的同志们，介绍了这么一条经验——教师领着一些年龄较大的学生，利用晚上敌人不敢出来的有利条件，到据点外边去喊话，宣传我们的对敌政策，对瓦解敌人军心作用挺大……"接着，永生又把具体做法和注意的问题交代了一遍。房智明听后来了精神：

"咱也搞一下子！"

小勇首先报名挂上了号：

"老师，可别忘了我呀！"

天不早了。

永生将一卷油印的报纸留给房智明，站起身来要告辞了。

他在临走前，再次嘱咐说：

"要搞城下喊话，可一定要和民兵配合好呀！"

他说罢，又从怀里掏出一本书，递给小房说：

"小房，我借给你一本书看看。"

小房将书接在手中，一看，原来这个手抄本的书，是毛主席的著作——《纪念白求恩》。这时，他的心里非常激动。你想，他是多么需要这种精神上的宝贵营养啊！于是，他揣着感激的心情向永生说：

"梁队长，我一定对得起你这一片心——好好学习！"

永生和小勇出了校门。

房智明和屋里的其他人，一齐送到门口。

这时，几只昆虫正在阶下啾鸣。据点上，又传来几声枪响。枪声划破了春夜的宁静，余音在高空久久回荡。

房智明冲着枪声骂道：

"这杂种们太猖狂了！"

梁永生否定地摇着头：

"不！"

"咋？"

"这不叫猖狂！"

"叫啥？"

"用你这'文人'的话说——叫恐怖！"

"这能叫恐怖？"

"小房，你替敌人想想，他们要不是心虚胆怯，疑神疑鬼，草木皆兵，为啥半宿拉夜的不好好睡个香甜觉儿，咕咚咕咚地乱放空枪干什么？……"

永生讲述着，人心跃动着。

在人们不约而同地齐点头的当儿，梁永生迈步下了台阶。而后，他转过身来，和送他的人们挥手告辞：

"再见啦！"

他说罢，随在小勇身后，向村里走去。

人们的目光喜望着永生的背影，直到他那高大的身形消逝在夜幕中。

夜深了。

春日的村野，万籁俱静。

天空的浮云，已被才起的夜风吹散。

北斗星好像特意为这夜行人照路似的，点燃起了闪闪的灯火。踏着星光走在回村路上的梁永生，被这直透背胸的东风一吹，觉着满心熨帖，浑身舒畅，情不自禁地喃喃自语道：

"哦！春天来了！……"

第七章

训敌

自从大刀队化整为零以后，梁永生和小锁柱两个人，一直在宁安寨一带活动。

他们在那里帮助几个村庄整顿了民兵组织，并在几个空白村发展了新党员，建立了党的小组。昨天，他们又在宁安寨召集各村的干部开了个会，研究部署了今后的抗日工作。

今天，他们离开宁安寨，又来到了坊子镇。

永生和锁柱这次来坊子，其主要任务，是想找找村干部们，研究研究抗日政府才拨下来的春耕贷款的分发问题，并顺便了解了解学生们城下喊话的情况。

为了这后一个目的，他俩在进村前路过学校门口的时候，先来到学校里。

这时节，正是吃早饭的时候。

上早学的学生们，已经放学回家了。

教员房智明，独自一人坐在屋中，正吃早饭。额头上渗出一层细碎的汗珠儿。

当梁永生和小锁柱闯进屋时，房智明猛然一惊。

他急忙放下手中拿着的饭碗，一步抢过来，有些惊慌地说：

"哎呀！可了不得了！"

没容梁永生张嘴，房智明忙不迭地又说：

"快！快藏起来！"

梁永生见房智明慌成这个样子，就笑吟吟地问道：

"啥事儿呀？犯得上这么害怕！"

这时，梁永生的面色是坦坦然然的，语调是平平静静的，举止是从从容容的……所有这一切，显然可以十足地反映出，梁永生那辽阔的心境，丝毫未被房智明的表情、语言所动。

今日的房智明，当然还未能全面了解这个梁永生。因此，他依然是心焦得像站在火上，几乎是全身的每一个角落都露着急迫："汉奸们，就在村里呀！……"

房智明一面嘴里这样说着，一面心里暗自想道："梁队长所以不害怕，是因为他还不了解情况。"谁知，梁永生听房智明这么一说，不仅仍然镇静如常，而且爽朗地笑了：

"噢！原来是这么回事呀！我见你吓成这个样子，以为是天要塌下来了呢！"

永生说罢，又笑了两声。他这带着感染性的笑声，闹得迷惑不解的房智明呆呆地愣住了。永生跨开步子，朝里间屋里走去。他那股从从容容稳稳当当的劲头儿，还和平时一样。他来到里间屋门口，撩开正在抖动着的门帘，走进里屋，坐在教师的圈椅上，两手挂着椅子圈儿的扶手儿，入神地端详起挂在墙上的字画儿来。这时，从梁永生那双豁亮的眼里，射出两道好像永远不会熄灭的快乐的光束。

说来也真有意思，梁永生这种乐乐呵呵儿的表情，大大咧咧的神态，在今日这种特定的情况下，对一向胆小怕事的房智明来说，的确起到了鼓气壮胆的作用。

过了一霎儿，房智明那煞白的脸上，渐渐地缓过来，有点血色了，梁永生这才向他询问起村里的敌情来。可是，房智明除了知道村里来了敌人而外，别的，他啥也不知道。于是，梁永生掏出他那根没安嘴子的小烟袋儿，不紧不慢地装起烟来了。这时的房智明，缓了口气，带着关切的口吻，又提醒梁永生说：

"梁队长！敌人那些杂种们，可是白天短不了到这学堂里来闹腾呀！"

梁永生瞟了房智明一眼，漫不经心地说：

"啊，来呗！"

他说了这么一句，又不吭声了。

房智明对梁永生的举动仍然有些迷惑。他禁不住地再次提醒梁永生道：

"梁队长，你在这里这么明出大卖地坐着，要是那小子们万一闯进来，那可怎么办呀？"

在房智明说话的当儿，梁永生已经点着了烟。当房智明把话说完后，他吸了口烟，又吐出来，然后，这才慢腾腾地开腔道：

"来就来呗！咱有啥法儿？"

他风趣地一笑，又加上一句：

"我能挡住人家来吗？"

沉默。

这当儿，房智明的两只眼，一直围着永生转。只见他，一面抽烟，一面翻看桌子上的书。并且，他一边翻着，还一边自言自语地嘟念：

"这本字典怪好的……"

一会儿，他又问房智明：

"哎，小房，过去你爹有一本《康熙字典》呀，还有没有？……噢！叫鬼子抢去啦？小鬼子真坏，怎么啥也抢呢！……"

梁永生这些话，像是跟房智明讲的，又像是自己跟自己说话。他这种丝毫不露形迹的镇静情绪，通过房智明的眼睛传到他的身上。这时节，房智明望着梁永生这股劲儿，他那紧张的心理在慢慢地消失着。与此同时，他还感到，就仿佛有人正在往他的体魄里灌注着一种使人振奋的物质，从而产生出一种新的、强大的力量，并在他的身上渐渐地扩张起来。

过了一霎儿。

房智明不解地问：

"梁队长，你咋一点也不害怕呢？"

"我怕啥？"

"你就不怕，不怕……"

永生见房智明有话不好出口，就替他说：

"你是不是问我为啥不怕死？"

房智明默认地微微一笑。

"怕火花的铁匠，准不是好炉头！怕死的人，能干得了八路？"

梁永生将手中的书本一合，又坦然笑道：

"再说，你问的这话也真怪！我为啥要害怕呢？我一害怕，敌人闯进来我就会有办法了吗？还是只要我怕死，他们就不敢来了呢？"

这时房智明心里想的，主要是梁永生的安全。这时的梁永生，也知道这一点。可是，他所想的，不是如何感激房智明对自己的关心，而是要抓住眼前这个时机，如何来教育提高房智明，以便使他更快地成熟起来。说到梁永生教育人，有个特点，就像他指挥着队伍跟敌人打仗一样，善于从中心突破。到这间，房智明的头脑，已经完全被梁永生占领了。因而他不仅情不自禁地点着头，而且扑哧一声笑出了声来。

梁永生一侧身，向挺立一旁的锁柱说：

"你到村里打探打探，瞧瞧那小子们在干什么！"

"是！"

锁柱应声而去。

这时，房智明深深感到，梁永生是一位精明而又有胆识的人。他在永生这种大无畏精神的感召下，也忘了害怕了。一种对梁永生的敬慕心情，在他的心里油然而生。这样的心情，促使着他像孩子似的问永生道：

"梁队长，你，真可谓是英雄虎胆呀！你给我讲讲，怎么样才能使自己的胆量大起来呢？"

在人们的生活中，有些问题是没有办法直接回答的。眼下房智明提出的这个问题，在永生看来就属于这一类。因此，他只好笑笑说：

"你出的这个题，算是把我考住了！"

房智明继续恳求说：

"好个梁队长啦，告诉我吧！"

"小房，你这不是扳倒柳树要枣吃吗？我不是不告诉你，我真讲不上来呀！你硬叫我讲，我只能这样讲：不敢蹚水过溪的人，自然更怕远渡重洋。"梁永生抽了几口烟，沉静了一会儿，换了个语气又说，"小房，来，我也给你出个题儿，考考你这先生——"

"啥题儿？"

"你为啥活着呢？"

房智明抓开头皮了。他抓着想着，过了一阵，这才涨红着脸有些不好意思地说：

"为人民服务呗！"

梁永生叮问道：

"你这是心里话吗？"

房智明坚定地说：

"当然是喽！"

永生又问：

"为人民服务，怕死行不行？"

小房答道：

"不行！"

梁永生在桌子腿上磕去烟灰，把烟袋又别在腰带上，倒背起两只手臂，一步，一步，在屋里慢慢腾腾地踱着步子。可是，就在他的动作如此缓慢的同时，他那血管里的血液却正在以惊人的速度奔流着，奔流着。

显然，他也正在思索着问题。

这时，屋里静得没有一点声息。

屋外的天井里，晨风正在喧闹，忽一阵忽一阵地扑打着窗纸。

过了一会儿。

梁永生也不知突然想到了什么，他收住步子，仰起脸来，问房智明道：

"哎，小房，'城下喊话'那手活儿，你们试过吗？"

"试过了。"

"怎么样？"

"不大行！"

"咋不行？"

"咱一喊话，他乱打枪，闹得啥也听不见！"

"噢！这么说，收获也不小哇！"

"别讥笑俺了！"

"咋讥笑你哩？"

"听不见有什么收获？"

"有。"

"啥？"

"小房，你想想——咱消耗的啥？不就是几句话吗？敌人呢？他消耗的是啥？"

"子弹呗！"

"对了嘛！你们不光使敌人得不到休息，还使他们消耗了子弹；咱呢？又受到了锻炼，这能说没有收获？"永生拍一下房智明的肩，"小房，你还是'先生'，怎么连这个算盘儿也没打过来哩？"小房笑了。他佩服地点着头。

停顿一会儿，可他又说：

"主要是：咱一开口，他就开枪，叫人怪憋气的！"

永生也笑了。他说：

"要不憋气，倒也好办——"

"好办？"

"好办！"

"咋办？"

"叫他改改呗！"

小房不以为然地笑着：

"梁队长真会说笑话儿！"

"这不是笑话儿！"

"不是笑话儿？"小房说，"敌人要是那么听咱的，那不就真'好办'了！现在叫人憋气的是，他不光不听话，还处处顶着咱来！……"

梁永生意味深长地说：

"小房啊，这主要是，你还没有摸准敌人的脾气！我告诉你，人家是这么个脾气儿——你越软，他越硬，你越硬，他越软；你越怕他，他越不怕你，你要不怕他了，他倒怕你了；你劝着他听话他是不听话的，你治着他听话他是能听话的……"

永生正说着，锁柱回来了。

永生收住话头问锁柱：

"情况怎么样？"

锁柱打了个立正笑笑说：

"敌人都在茶馆里——"

"干啥呐？"

"吃面条儿哩！"

"多少人？"

"一个班。"

"谁是头儿？"

"疤瘌四。"

"他们净带些啥家伙？"

"疤瘌四带着一支'盒子炮'——挂在墙上；其余的伪军，每人一支大枪——全搭起枪架来了！……"

锁柱汇报的当儿，梁永生又在屋里悄悄地走动起来。

锁柱跟永生在一起，不是一天两天三天五天了，他当然一看永生的表情就可以知道：眼下队长正在思考着什么问题。他为了尽量不干扰领导的思路，特意将报告情况的声音降低了，说话的节奏也放慢了。

是的！这时的梁永生，确乎是正在一面听汇报一面想问题。他在想啥哩？是这个："今天遇上了这种情况，怎么办？不理他们？悄悄地走开？……来个突然袭击？打他个措手不及？……"

在梁永生左思右想准备决策的当儿，沈万泉向他汇报的情况，还有县委书记方延彬同志对他的谈话，一股脑儿地在他的脑海里翻滚上来。而且，这些事儿又在促使他的思路劈了叉儿："沈万泉的身份，疤瘌四已经知道个七成八脉的了，他是怎么知道的呢？这一点，只有从疤瘌四的嘴里，才能掏出真底儿来！再说，我们要不把疤瘌四这个小子拿下马来，沈万泉同志的安全就成问题，我们的地下工作也可能因此而受损失；另外，疤瘌四和叛徒余山怀有矛盾，我们也应当利用这个矛盾……"

永生正想着，小房在一旁悄然自语道：

"这些杂种们近来太猖狂了！……"

小房这一句，传进永生的耳朵后，使永生的思路又拐了弯儿："可也是呀！从我们化整为零分散活动以来，敌人确实是又猖狂多了！敌人一猖狂，某些群众的抗日积极性或多或少总是受到一些这样或那样的影响，使我们发动群众的工作，无形之中在某些人身上也增加了一些工作量……"他想到这里，又和方书记关于和敌人"取联系"的指示一联系，有一个明确的对策便在心里肯定下来了。

这一阵子，尽管梁永生一言未发，可是，那个非常了解永生，又善于察言观色的锁柱，却已经大体上揣摸出了队长的心情。于是，他插嘴建议道：

"队长！咱是不是干一家伙？"

永生没表可否，而是反问锁柱道：

"你说该怎么个干法？"

小锁柱在插言之前，早就估计到队长会有这样的反问。因此，先将答案准备下了。现在永生果真一问，他便胸有成竹地说：

"咱该打个政治仗？"

他这种说法，正中永生的心怀。不过，永生并没当即表示赞赏，他还是继续追问锁柱：

"啥叫'政治仗'哩？"

锁柱知道队长是明知故问，可又不能不答，于是笑道：

"就是为了一个政治目的打一仗呗！"

"为啥要打个'政治仗'哩？"

锁柱又分项别类、有条不紊地说：

"为了有利于我们的对敌斗争呗！具体说，就是：第一，为了分化瓦解敌人；第二，借此机会和疤瘌四建立个'关系'……"

锁柱一说又是一大套。

永生听后心中很高兴。

他拍着锁柱的肩膀说：

"好！咱就听你这个'参谋长'的！"

锁柱又像大姑娘似的不好意思地卷起衣角来：

"队长净跟俺闹！"

梁永生认真地说：

"不跟你闹。真这么办！"

"那是因为队长早拿好了主意了！"

"是咱俩想到一块儿去了！"永生又拍一下锁柱那浑圆的肩膀，笑了。稍一沉，他忽然察觉房智明不在屋里，不由得惊疑地自语道：

"咦！小房呐？"

"我叫他到门口去了……"

锁柱话未落地，小房回到屋来。

梁永生问：

"小房，外头有情况吗？"

房智明摆手道：

"平静无事！"

永生抽出匣枪。又向锁柱说：

"准备！"

"是！"

锁柱一面应着，一面将匣枪推上子弹。

房智明问梁永生：

"你们要干啥去？"

梁永生笑道：

"给你出气去！"

房智明不解其意：

"给我出气？"

"是啊！"

"啥气？"

"你方才不是跟我说——咱一喊话，他就开枪，心里怪憋气吗？"梁永生说，"我去'管教管教'他们，叫咱的敌人改改这个脾气儿！"

这么严肃的问题，梁永生竟说得如此轻松。

他说罢，便跟锁柱研究起行动方案来。这时，房智明站在一旁，越听心里越痒。他那双渴求的目光，久久地盯着梁永生的脸，而且巴不得和永生的目光碰个头儿。他的意思，是想让永生从他的目光中知道：房智明也希望参加这次战斗行动。

可是，永生只顾和锁柱说话，并没看他。

后来，小房再也耐不住了，就主动地向梁永生提出了要求：

"俺也去！"

"你也去？"

"行不？"

"你不害怕？"

小房红了脸。笑道：

"你净揭俺的短！"

"这是真的！"永生说，"开火打仗嘛，可不是随便瞧热闹的事儿呀！"

"俺不想去瞧热闹儿！"

"那又去干啥呢？"

"你派我个差呗！"

"唔哈！你要参加打仗？"

"对！"

"真不害怕了？"

"真不害怕啦！"小房说，"人家白求恩，是个外国人，为了中国的革命，不惜自己的生命，我，今后向他学习！"

"这一说，《纪念白求恩》你认真学习过了？"

"学了好几遍啦！"小房说，"梁队长，以后找个空儿，我向你汇报汇报学习情况，学习心得，你还得好好地帮助帮助我哩……"

在和小房谈话的当儿，永生心里一直在想："看来小房是非要去不行的！叫他干点啥呢？"他想着想着，忽然又一个问题在他的脑子里翻上来："我们要去对付的，毕竟是全副武装的敌人，而且，敌人的力量，还比我们多着好几倍，要是那个计划实现不了，万一打起来怎么办？……"

他想来想去，最后向房智明说：

"你非要参加，我就派你个'差'——"

"太好了！"

"你去通知村里的民兵——"梁永生说，"让他们配合我们的行动！"

他说罢，又咬着小房的耳朵低语起来。

小房一面听着永生的耳语，一面连连点头：

"好！……对！……行！……明白了！"

最后，他还学着锁柱的样子，双脚一并，咔的一声，来了个"立正"：

"保证完成任务！"

梁永生乐呵呵儿地拍他一下膀头儿，啥也没说，只是微微地点了点头，随即跨出了学校的门口。

这是一条由学校门口一直通向村里的大道。大道两旁，长满了野生的花花草草。这些春日的花草，正在每时每刻地加浓着它们那动人的色彩。在这花草镶边的路心里，正走着几个稀稀拉拉的行人。

这些人，都是正要下地干活的农民。他们，有的扛着锄头，有的推着小车儿，还有的掏着牲口背着粪筐。永生和锁柱，将提着匣枪的手往身后一背，大摇大摆地朝村口走着。

房智明跟在他们的后头。

一位背粪筐的老汉走过来了。

这个人，就是那天在学校里扒眼儿看下棋的那位老孙。梁永生和老孙一打招呼，那老孙忙拽住了他，关切地说：

"老梁，村里有'狗'！"

"狗"，是群众对伪军的简称。对鬼子呢，群众就叫"狼"。敌人的这些别名，群众知道，八路也知道。这时梁永生笑笑说：

"知道了！"

"知道怎么还往村里走？"

"我们是去打狗的呀！"

老孙一笑，会意地点点头，表示明白了。可是，他往梁永生的身后一瞅，只见除了教员房智明而外，就还只有锁柱一个人，继而又面带惊色地问：

"就你俩？"

"少哇？"

"可不是呗！"

永生指指老孙肩上的粪筐说：

"再加上它，就不算少了！"

老孙领会了永生的意思，就说：

"你要用这个粪筐？"

"对！借我使使吧！"

"好！"

老孙虽然知不道梁永生这个仗将要怎么个打法，但他从过去的见闻中完全相信永生的勇气和智慧，并且相信他是一定能够取胜的。于是，他将粪筐递给梁永生，又悄声问道：

"哎，老梁，用着我了不？"

永生摇摇头，笑了。

老孙又关切地嘱咐道：

"你们可多加小心呀！"

永生点点头：

"放心吧！"

接着，他又扼要地问一下村里的情况，便背起粪筐走开了。这一阵，梁永生怕引起别人的猜疑，还一面和老孙说着话儿一面装上一袋烟，并和他做出对火儿的姿态。这当儿，小锁柱从另一个农民的手里，也借来一把锄头，扛在了肩上。

随后，他们一齐闯进村口。

一进村，房智明就跟他俩分了路。他，去找民兵队长传达梁永生的命令去了。梁永生和小锁柱，一个背着粪筐，一个扛着锄头，一前一后，并拉开了一个不大不小的距离，沓呀沓地走在路心，大摇大摆地直扑茶馆而去。

茶馆的位置，在村里的十字街头，老槐树底下。

这个坐北朝南的茶馆，是就着原来的一个角门洞子改造而成的。由于这个门洞子本来间量不大，如今里头又放了些水缸、水筲、井绳、扁担和火头桦子什么的，除了那个茶炉而外，再也放不开多少桌凳了。

因此，在茶馆的门前，又搭起一个席棚子。

席棚子底下，摆列着几张大小不一、开角懈缝的破烂桌子。每张桌子的周遭儿，都放了一圈儿座位。这些座位，有杌子，有板凳，还有用土坯支起来的木头板子。

总之，茶馆的设备是简陋的。

可是，在这偏僻的农村，又是战争的年头儿，能有这么个小小的茶馆，就得算蛮不错了。所以，这个茶馆虽不起眼儿，买卖倒挺兴隆。

村里的小康人家，自己点不起长年不断的茶炉，又有喝茶的习惯，于是，他们便成了这家茶馆的老主顾。

一些穷苦人，也短不了的来倒壶开水，泡泡干粮凑合一顿，为了省柴火，不再烧火了。

再就是谁家来了客人，提着壶来倒点水，也比支锅燎灶省得多。还有那些串乡的小买卖人儿，以及外出跑腿子的过路人，也都投奔到这个茶馆里来，喝茶，歇脚，烩干粮。

大概就是因为这些客观需要的缘故吧？这个小小的茶馆，这些年来虽然曾经几次更换主人，可是它，一直没有倒闭。

自从"七七"事变以后来了日本鬼子，尤其是敌人在水泊洼的荒洼古庙上安上据点，这个小小的茶馆，又成了村里应酬敌伪人员的地方。

每当来了敌人，不论是什么"扫荡队"、"讨伐队"、"清乡队"、"巡逻队"、"护路队"、"催粮队"，还是什么编保甲的、查户口的，等等，两面村长迟保录，通通把他们领到这个茶馆里来，又吃又喝闹腾一阵。

今天这伙子伪军，是水泊洼据点上的"催粮队"。

村中的老百姓，见这些丧门鬼进了村子，有的憋在家里不出来，有的溜出村子下地了。这么一来，闹得村中的街街巷巷，处处都是静悄悄的。

茶馆门口上，那棵半秃的老槐树，叫风一刮，哗哗地响着。树底下的席棚子里，坐着那些"催粮队"的伪军们，正在吱溜吱溜地扒面条儿。

开茶馆的人，就是那个被称为"棋迷"的老翁。

他坐在屋角上，呱嗒嗒呱嗒嗒地拉着风箱，两只怒冲冲的火眼，不时地瞟瞟这些祸国殃民的伪军们。

一个满脸雀斑的伪军，抢先吃饱了。

这个雀斑脸，外号叫"瞌睡虫"。他带着吃饱喝足以后的懒散劲儿，伸伸懒腰，松松腰带，坐在茶馆旁边的一个糟烂木头上，先打了个呵欠，又打着饱嗝儿驹上了。

一霎儿，高小勇突然出现在旁边的墙角处。

开头儿，这个小家伙儿，先扳着墙角儿，探出半个脑袋，偷偷地朝这茶棚底下瞅着。他一面瞪着大眼瞅着，还一面在嘴里悄悄地数着数儿：

"一个，一俩，一仨……"

他数着数着，忽然发现一个麻子脸伪军盯上他了。这怎么办？高小勇真够机灵——当他的视线跟那个家伙的视线猛地碰了头的时候，他那双带刺儿的眼珠子，不光不退缩，反而更大了，更亮了。这时节，那麻子脸的眼珠子，闪着阴森的光，仿佛正准备把小勇吞噬似的。

小勇心中丧气地想道："真倒霉！我想数完了去向民兵队长报告呢，叫这小子看见了！"于是，他干脆走了出来。你看他，裤筒挽到膝盖以上，光着两只脚丫子，上衣敞着怀，两手拽着两扇衣襟的角儿，活像一对张开的翅膀似的，踩着秧歌步儿，一步三扭地凑过来。他一面扭，嘴里还一面打着锣鼓点儿：

"叮叮锵！叮叮锵！叮锵叮锵叮叮锵！……"

他越扭越欢，越走越近。不过，他再没理睬那个麻子脸，而是一直朝着那个正打瞌睡的扭过去。谁知，当他来到了雀斑脸的面前时，"瞌睡虫"还没醒盹儿。于是，小勇便拾起一根小小的草棍儿，轻轻地捅一下瞌睡虫的鼻子眼儿。那"瞌睡虫"猛地打了个喷嚏。他睁开眼看见了小勇，正要发火，小勇却咕咕地笑了。他一面笑一面扭还一面装作撒娇地问：

"哎，你看我扭得好不好？"

雀斑脸点着一支烟卷儿。他打一个饱嗝儿抽一口，打一个饱嗝儿抽一口。小勇一问他，他斜立着白眼珠子朝这边又看了一眼。他只见，这孩子虽然穿得破破烂烂的，浑身的泥土也不少，可是，面目长得倒是挺受看的。于是，他漫不经心地问道：

"捣蛋鬼！叫个啥？"

小勇子眯笑着，把小脑瓜儿一歪，顽皮地说：

"不说给你！你说给我我才说给你哩！"

雀斑脸只顾抽烟，没再作声。

小勇凑近些，又说：

"你甭不说！不说俺也知道——"

"你知道？"

"可不是呗！"

"知道个啥？"

"知道你叫啥呗！"

小勇子用手比了个"八"字，又说：

"叫这个！是不？"

雀斑脸瞪他一眼，没吱声。

小勇的手又比了个"〇"：

"要不，就是这个！"

雀斑脸又没吱声。

小勇不高兴了。他鼓着腮帮子说：

"你甭不告诉我！反正你是官面儿上的！"

雀斑脸眯缝着眼，还是不吱声。

这时，高小勇的小心眼儿里在想："我得想个法儿凑到那伪军的近前去，好瞅个空子弄点子弹呀！"于是，他想了一阵儿，便蹑手蹑脚地兜了半个圈儿，悄悄地绕到那伪军的脊梁后头，用两只肥鼓鼓肉头头的小手，猛地捂上了雀斑脸的眼睛，说：

"你再睡吧，我不混你了！"

伪军扳开他的手，又要发火，小勇又扑哧笑了。

随后，他紧靠着伪军坐在木头上，东一笓子西一扫帚地胡乱扯起来。扯着扯着，小勇突然问道：

"哎，你是个官儿不？"

"是官儿！"

"是大官儿二官儿？"

"是三官儿！"

"俺也是官儿哩！"

"你是门插关儿！"

"不！"

"啥？"

"小羊倌儿呗！"

小勇一边和伪军逗着，一边用眼角儿偷偷地瞟着他的武装袋。他知道，那里头装着子弹。可是，他却佯装不知，指着武装袋问那伪军：

"你这里头，骨骨碌碌的，装的净些啥玩意儿呀？"

伪军没理睬他。

他又问：

"是花生不？"

伪军仍未吭声。

小勇又说：

"熟的，生的？给我个吃行不？"

伪军将烟头一扔，不耐烦地说：

"别瞎胡扯！那是子弹！"

"子弹？喔呵！你这子弹可真多呀！八成得有一万吧？"

小勇嘴里故意说着一些不懂事儿的孩子话儿，方才那个念头，又在他的心里翻滚起来："梁大爷说过，八路军的子弹不多；我要是能弄到几颗子弹，送给梁大爷，大爷一准高兴。可是，想个啥法子呢？……"

这个念头，在高小勇的头脑中，滚呀滚，滚呀滚，最后终于"滚"出了一个"计谋"。于是，他指着靠在大槐树上的枪架，以惊讶的口气向那伪军说：

"哎呀！你们的枪，怎么这么多呀？"

继而，他又自言自语嘟嘟念念地数起来：

"一个，一俩，一仨……"

他用左手指着，数着，右手悄悄地解着伪军那子弹袋子的扣儿。

小勇正解着解着，叫那雀斑脸发觉了。

雀斑脸吃惊地抓住小勇的手，恶汹汹地逼问道：

"你要干什么？"

小勇扑哧笑了。

他歪着圆鼓鼓的小脑袋瓜儿，瞪着一双索求的眼，天真地说：

"我想要你几个子弹呀！"

"干啥？"

"我也有个枪，就是没有子儿！"

"你有枪？"

"就是嘛！真的！不哄弄你！不信？我拿去，叫你看看——"

高小勇说罢，咚呀咚地跑了。

他来到一个墙角下，从碱土中扒出一支"手枪"。这支"手枪"，柄儿是木头的，筒儿是竹子的。小勇刚刚扒出"手枪"，忽见梁大爷和锁柱叔从那边沓呀沓地走进街来。他一见此景，心中一愣："他们来干啥？……哦！明白了！……"这时，他脑袋里又一转念："我得缠住这个雀斑脸！要不，他要一看见，可就麻烦了！"于是，他拿着"手枪"，来到雀斑脸近前，先瞄着他"巴勾儿"一声，然后稚气多于自豪地笑着，把"手枪"举到伪军的眼皮子底下，说：

"你瞧！不哄弄你吧？"

伪军撇嘴一笑。小勇又说：

红色岁月　红色历程　红色史诗　红色经典

"你甭笑！我要是有子弹呀，方才那一下儿，就把你放倒了！……"

他说着说着，见雀斑脸的眼神要往别处看，又忙拨拉他一下儿，改嘴说：

"哎，方才我扒枪，叫你看见了，你可别对别人说呀！要叫双喜他们知道了，他们偷我的……"

这边高小勇在和雀斑脸胡闹乱逗，那边席棚子底下的伪军们，谁也没有理睬他。那些家伙们，都在低着头只顾扒面条儿。

疤痢四嘬饱了。

他一面哗啦哗啦地洗着他那秃脑袋，一面带着颇为自负的语气，向他的喽啰们吹牛道：

"昔日，诸葛亮曾空城退司马；今日，我刘某又甩手斗八路！你们看，咱一不设岗，二不布哨，这说明什么？说明我断定八路们天胆也不敢到这'老虎口'上来逛游！"

"还是刘队长肚子里的文章多！"

"刘队长的神机妙算，比张天师还灵哩！"

由于得到了喽啰们几句奉承，疤痢四的牛越吹越大。他一面擦着他那疤痢脸，还一面用两臂做出一个呼风唤雨的"雄姿"："没有杨六郎的将才，就敢挂帅印？！孙悟空再能，逃不出如来佛的手……"

这个老小子，所以要来个"甩手斗八路"，他有两个目的：一来是，他调到这个据点日子还不很多，要在他的喽啰面前露一手儿，显显能耐，抖抖威风；二来是，他摸着了八路军已经分散活动的底儿，错误地认为大刀队没有战斗力了，想趁此机会来上这么一手儿，振振他的士气，唬唬老百姓！

谁知，他这如意算盘儿又打错了！

疤痢四的牛还没吹完，小锁柱出现在茶馆门口上。

这时的小锁柱，尽管手中平端着匣子枪，匣枪张着大机头，可是，他的脸上，却是一派坦然自若的神色。你看他，眯笑着眼，笑抿着嘴，仿佛在和伪军们开玩笑似的，嬉皮笑脸地说："你们看！我们的胆大不大？还真要来'老虎口'上逛游逛游哩！"

伪军们全慌了神！

这时的伪军们，有的两眼瞪到了不能再大的极限，可是啥也看不见！不！能看见眼前有一团金花在乱飞乱舞！有的两只耳朵竖直了，可是啥也听不见！

也不对！人家还能听出仿佛有一窝蜂，在他的耳边比着劲儿地嗡嗡！有的嘴角子往下咧着，淌出的唾液宛如那抻条挂面一般，朝下垂着，而且正在越抻越长，越长越细！

也有的，手在抖，腿在颤，身子如筛糠，活像他猛孤丁地得了打摆子病！还有的，直挺挺地纹丝不动地站在那里，仿佛已全身失去了知觉，整个儿身子都僵硬了！

伪军们就都这么尿包吗？就无一例外？

有！有"大胆"的！

就说那些脱下"国军"服以后，又穿上汉奸皮儿的老兵油子吧，胆子就"大"得多嘛！小锁柱这边还没发令呢，他那边就自动地把两只手高高地举起来了！咱就不用说这种"举手投降"的姿势完全合乎"标准"，就单说人家这种熟练劲儿，没干过"国军"的伪军能不服人家？真是熟能生巧啊！

他们不愧在蒋家兵营里干过多年，真是"训练有素"！

这一阵光说这些普通伪军了，那疤瘌四呢？

当然，疤瘌四要"高明"得多，毕竟是个汉奸头头儿嘛！

看到了吧？尽管人家也已经面无人色，嘴眼歪斜了，脸上的凉汗珠子虽然比别人还多，可是，他那两只贼眼，却是一直盯着锁柱，而且，他那只黑手，又在悄悄地悄悄地往后移动着。

他要去干什么？

他要去抓枪呗！

可惜的是，这个老小子的后脑勺上没有长眼——他挂到墙上的那支匣枪，早被那位开茶馆的老翁给摘走了！

当疤瘌四的手刚刚离开身子的时候，就听小锁柱在那边大吼一声：

"举起手来！"

锁柱那两条锐利的视线，和他的吼声拧在一起，一齐朝疤瘌四发射过去。在这个时候，在疤瘌四的感觉中，锁柱向他射过去的，仿佛不是两条视线，而是两颗要命的子弹！是的！现在锁柱这两条寒光闪闪的视线，所表达的意思，比语言还要准确，还要明白："胆敢抗拒，马上完蛋！"因此，吓得个疤瘌四，就像猛然得了抽风病一样，整个身子止不住地哆嗦起来。他那只想去抓枪的黑手，也就劲儿举上去了。

别的伪军呢？他们早就把手齐刷刷地举了起来。

锁柱望着伪军们的丑态，差一点没笑出声来。

他极力忍住笑，眼里喷发着聪慧的光芒，向伪军们说：

"你们不要害怕！今天，有我们的梁永生队长，来给你们上一次政治课，想让你们学一点政治，你们欢迎不欢迎？"

在枪口对着胸口的情况下，伪军们谁敢说不欢迎呢？他们当然是天胆也不敢！于是乎，各种各样的腔调，便齐打忽地嚷开了：

"欢迎！"

"欢，欢迎！"

"欢迎，欢迎！"

"欢，欢，欢……"

锁柱又命令他们：

"走！都到街上站队去！"

他话毕，将身子闪开，让出一条通道。而后，又加上两个字儿：

"走！快！"

伪军们，一双双的手爪在肩膀头上抖动着，腿，一步三颤，一步三颤，一个，一个，又一个，都走出茶棚，来到街道上。

你瞧这些熊样儿！全缩着脖子，低着头，弓着背，猫着腰，散散乱乱，在街心挤成一个人疙瘩！

这时候，十几个身强力壮的民兵，先后出现在四周。他们，一个个，一双双，从草垛后，从胡同中，从墙角处，从门口里，先后闪现出来。

这些小伙子们，精神抖擞，满面红光，眼里含着气，脸上挂着笑；有的握着大砍刀，有的端着红缨枪，有的拿着手榴弹，也有的拿着步枪，还有的把那打兔子的长筒猎枪也扛出来了！

教员房智明也走在他们中间。

高小勇立时从雀斑脸的身上，拔出一颗手榴弹，又举在雀斑脸的眼前，一个劲儿地晃动着。他一边挥舞手榴弹，还一边喝唬着：

"老实点！不老实崩了你！"

小勇的态势，是神气十足的。

那雀斑脸乖乖地举着手，还正经八百地应着：

"是！是！……"

不一会儿。

远处，陆陆续续出现了一些群众。

开头是，因为人们一时闹不清是怎么一回事儿，全都扒头瞧眼儿地朝这边张望着。

小锁柱，端着匣枪，威风凛凛地挺立在一个土台子上，向这群失魂落魄面无人色的伪军们喝令道：

"全放下手！"

伪军们那举麻木了的手落下来了。锁柱又道：

"站成横队！"

伪军们你拥我挤，慌里慌张地摆着队形。

"快！"

锁柱笑望着伪军们那乱乱纷纷的动作，以讽刺的口吻嘲笑他们说：

"你们还整天价搞军训，怎么搞的？"

伪军们经过一阵骚乱之后，一溜七高八低的队列，总算站成了。小锁柱像个军事教练似的，喝着口令：

"注意！听口令——立正！……向右看齐！……向前看！……报数儿！"

"一！二！三！四！五！……十三！"

最后这个"十三"，是疤瘌四喊的。

在伪军们报数的当儿，梁永生指挥着民兵们，将伪军的枪全扛走了。一转眼儿，好几个端枪的民兵出现在附近的房顶上。并见，有几个民兵，扛着才缴获的大枪，分头朝村子的东、西、南、北四面跑去。

这显然是去布岗了。

到这时，群众也都涌过来了。

他们，越走越近，越聚越多。

真是"人口快如风"呀！

这才多大工夫？你瞧哇！大街上，巷口上，街道两旁的墙头上，屋顶上，这儿仨，那儿俩，挤成堆，凑成伙，处处都是人疙瘩了！

还有的人，并没从家门口走出来。他听见街上人声嘈杂，笑语訇訇，闹不清出了什么蹊跷事儿，就搬了条板凳顺在垣墙底下，踮上去，扒着墙头朝外张望着。他望着望着，开心地笑了！

还有些好奇的娃子们，更感到这事儿新鲜，全撒着欢儿地爬上树去。他们噌呀噌，噌呀噌，摽着命地爬，仿佛是只有爬到顶高顶高的树尖上，才能看得最开心，最清楚！没去爬树的娃子们，就趔趄着膀子在人空儿里挤呀挤，挤呀挤，一层又一层地往里钻。

上了年岁的老太太，手脚不灵便了，懒得多走路，再说也舍不了家，就一手扶着门框，一手打着亮棚，向这伪军站队的地方眺望着。

有位从年轻就好事儿的老汉，一手拄着拐杖，一手领着孙子，也随在潮涌般的人流中，迈着宽裆步儿朝这茶馆走过来。他因为步子慢，心里急，刚会跑的小孙子又坠手，所以他不时地向那些从他身边赶过去的人打听：

"那边是玩啥的呀？"

"玩'狗'的！"

一位中年人回答着，嬉笑着，大步流星地走过去了……

总而言之，这件事轰动了全村。

因此，人群中，既有男的，又有女的，既有老的，又有少的。你瞧哇！穿着开裆裤的鼻涕客，抱着娃子的妇女们，还有大姑娘、小媳妇，也都来了。人们从不同的方向朝这边汇集着。

这些"观众"，来得有早有晚，表情也人各不一。

但是，有一点是相同的——这就是，有一种说不出的愉快感，通过人们那各种不同的表现形式，正在每个人的脸上流露出来。

有几位大姑娘，她们相互地将头伏在肩上，两手不自觉地将那根又黑又粗又长的辫子在手中盘来盘去，两眼远远地瞟扫着正在丑态百出的伪军们，抿着小嘴儿开心地笑了！而且，在她们那爬满脸腮久久不退的笑纹中，还流露出一种蔑视的神情。

有一位小伙子，笑得鼻梁上叠起一条条的细小的皱纹，而且把那长方形的脸盘儿也笑圆了！可是，他笑着笑着，也不知是哪个伪军那可憎的面目勾起了他血泪的记忆，使得他蓦然变脸失色，横眉冷对，又怒气冲冲了！

那些又算懂事又算不懂事的娃子们，劈拉着两腿骑在墙头上，不顾大人的斥责，尽着嗓子大声地念起童谣来：

　　疤瘌四，四疤瘌，

　　嘴皮子甜来心里辣；

　　他的亲爹是白眼狼，

　　石黑是他的干爸爸！

　　这童谣引起一阵哄笑。

　　高小勇还喝了一声彩。

　　这一阵，高小勇成了小锁柱的"保镖"。他紧紧握着手榴弹，直直地挺着胸脯儿，形影不离地站在锁柱的身边。

　　你们瞧！这个小家伙那一双水水汪汪的大眼，一面虎视眈眈地盯着伪军，又一面用眼角儿瞟扫着周围的群众，在那一本正经的神色底下，潜藏着一种自豪的表情。仿佛，他那双忽闪忽闪的大眼睛正在向人们说：

　　"你们看！我高小勇也正式参加上了！"

　　这时节，锁柱先朝那边的梁永生望了一眼，然后向伪军们说：

　　"以下，由我们梁队长向你们训话——"

　　梁永生从人群自动裂开的缝隙里向这边走来了。

　　伴随着永生的脚步声，小勇也向伪军发布了命令：

　　"你们鼓掌欢迎！"

　　引人发笑的掌声，在伪军们的队列中响起来。

　　掌声有啥可笑的呢？

　　这掌声，千奇百怪，啥样儿的都有。你看！有的拍而无声，仿佛是迫不得已而为之。有的，却把全身力气都用上了，拍得格外响，看来，他们是要利用这鼓掌来争取"立功"，好保住这条小命儿。还有的伪军，由于神魂颠倒、手臂失灵，那两只鸡爪儿般的巴掌，拍都拍不到一块儿了！

　　在伪军们胡乱拍呱儿的当儿，锁柱为了给梁永生让位，一闪身，站了一旁。但他那两只忽忽闪闪的大眼，和手上端着的匣子枪一样，仍在虎视鹰瞵地盯着面前的敌人。

　　高小勇呢？也学着锁柱的样子退下去了。

　　他依然是站在锁柱的身边，将那胸脯儿挺得愣直愣直的，还鼓起腮帮子，也和锁柱一起监视着伪军们。这当儿，他短不了地将手中的手榴弹挥动一下，两个鼻翅儿还一张一合的。

梁永生走过来了。

他来到伪军队列的前面，将提在手中的匣枪插在前腰带上，轻喊了一声：

"稍息！"

而后，他将那对像小蒲扇似的大手，往身后一背，又笑眯起眼睛，从容不迫慢条斯理地讲开了。看他这时的神态，和他平日里讲话差不多，也是那么自然，也是那么轻松，也是那么谈笑风生。

可是，透过他那喜色笑纹可以隐隐约约看到，有一种由憎恨产生出来的怒气在里边潜伏着。另外，还有一股警惕的目光，和他那视线拧成了一股绳。

他先用这种目光，向伪军们扫视了一眼，然后这才向他们说：

"你们，光知道吃面条打鸡蛋，现在，我给你们来点政治吧！"

他停顿一下，慢慢腾腾地走动几步，又接着说：

"你们当伪军，有的才几个月，有的好几年了，是不是？可是，像今天这样，听共产党、八路军讲课，大概是头一次吧？……是啊，你们要集合起来听听我们共产党人讲课，是很不容易的！今儿个，算你们走时气，赶上了，那可得正经八百地听！咳？要不，你们过了这个村可就难找这个店喽！……"

方才，在梁永生还没露面的时候，伪军们的心理，都非常紧张。那时节，他们曾暗自设想："梁永生可是个了不起的人物呀！准得比方才那个说话的小八路还要厉害！讲起话来，八成得像老虎吼叫一般！说不定哪儿不顺他的眼就会开枪崩一个呢！……"可是，当梁永生真的出现在他们的面前以后，他们却又觉着有点奇怪了！

奇怪啥哩？

因为在伪军们的想象中，像梁永生这样的人物，穿的戴的一定很不平常，甚至就连他的长相，也必定会有什么出奇的地方！可是他们没有料到，如今站在他们队前的这个梁永生，却完全不是他们原来想象中的那个样子，而是一个姿态潇洒、泰然自若而又显得普普通通平平常常的人！

特别是永生一讲话，他们原来的那种顾虑，也渐渐地消除了！永生的讲话，尽管是教训的口吻，可他的神态，是平静的，使伪军们觉着，既坦率又严肃。

说真的，在伪军的感觉中，梁永生的讲话，声音是柔和的，语言是铿锵有力的，而且没有那种大吹大擂的坏习惯，因此，比他们的上司那种连讲带骂的臭嘴子顺耳多了！因此，伪军们对梁永生的讲话，越听越觉有理儿，越听越想听下去。

梁永生讲了些啥呢？他的话引是："你们这些人，是井蛙见天小，夏虫不知冰！今天，我先给你们讲讲当前的战局吧！"接着，他先讲了一段国内、国际的战争形势，又讲了本县和本地区的形势。他在讲形势的时候，讲到了八路军、新四军在各个战场上取得的胜利，讲到了各地伪军弃暗投明、起义反正的情况，还讲到了日本人民的反战斗争，日本帝国主义者在其国内的困难和在亚洲大陆以及太平洋战场上的一系列失败。总之，梁永生通过讲形势，说明了日本侵略者一年不如一年，一天不如一天，他们彻底完蛋的日子，已经屈指可数、为期不远了！

而后，他又用毛主席的人民战争观点，通过列举出许多为这伙伪军所熟知的具体事例，深刻地阐述了日本侵略者必败，中国人民抗战必胜的道理。然后又说："我所以说你们'井蛙见天小'，就是说，我讲的这些，你们是不了解的！是不是？我所以说你们是'夏虫不知冰'，就是说，日本鬼子完蛋以后，你们将是个什么下场？想过没有？……"

梁永生讲的这些话，确乎是伪军们从来没有听到过的。所以他们都觉着很新鲜。再加上永生的讲话深入浅出，通俗易懂，并善于用实人实事来说明问题，而且讲得很有趣味儿，因而字字句句都能打动伪军们的思想，所以在梁永生讲述的过程中，有的伪军竟听着听着入了迷。甚至还有的，眼瞪得愣大，脖子伸得老长，看来连他自己当前的处境也忘了！

当梁永生讲完一个道理的时候，有些伪军情不自禁地点点头。当永生讲得特别有趣的时候，有的强力抿着嘴不让自己笑出声来；也有的不那么细心，竟失声地笑开了！直到永生具体地讲到了鬼子、汉奸们的罪恶的时候，伪军们这才像突然从梦中醒来似的，蓦地意识到自己现在是在八路军的枪口之下，那位谈笑风生引人入胜的演讲者，并不是个说鼓书、讲评词的艺人，而是那个枪法百发百中令人闻名丧胆的大刀队队长梁永生！

每到这时，伪军们的心情就来一个剧变！他们那不知不觉松弛下来的心弦又绷紧了！

可是，不一会儿，他们听着听着，又不知不觉地入了心，入了神，入了迷。当这些"夏虫不知冰"的伪军们正听到兴头儿上的时候，梁永生一提醒他们想想自己将来的下场，他们便都立刻感到不寒而栗！接着，永生又指名道姓地揭发起他们的罪恶来！这一来，伪军们浑身的汗毛又竖将起来！

被梁永生点出名字的伪军，全吓得魂飞天外面无人色了！他们在时刻地担心着梁永生会说出"枪毙"二字来。那些还没被点出名字的伪军，心里就像十五个斗罐打水那样，七上八下，生怕梁永生点出他的名字。可是，他们的耳朵里，又总是仿佛听见梁永生正在点他的名字。

就在这样的节骨眼上，他们忽听梁永生说：

"其余人的罪恶，我不一一讲了！……"

这一句，使那些尚未被点到名字的伪军放了心。他们偷偷地喘了口大气。可是，又听梁永生说：

"不过，你们每个人的罪恶，我们都一条条地给你们记上账了。今天不谈，可并不等于你们的罪恶就没有了。就是今天被点了名的，我也并没把你们的罪恶全谈出来，只不过是随便举了个例子罢了！……"

伪军们听了这些话，不论是被点了名的也罢，还是那些未被点名的也罢，心情全都紧张起来。

梁永生稍一停，又接着讲下去：

"你们这些人，有的是被迫当伪军的，有的是被骗当伪军的。还有的，虽是自愿当的伪军，可是干上以后，做的坏事还不很多，罪恶还不算大。对你们这些人，我们共产党、八路军，是讲宽大政策的。就是那些罪恶大一些的，只要你们痛改前非，我们可以既往不咎；你们今后做了好事，还可将功赎罪……"

伪军们听了这些话，快提到嗓子头上的心落下去了。

梁永生照例一停，又说：

"但是，我先提醒你们——谁要把我们的宽大政策看作是软弱，把我们的教育当成耳旁风，继续为非作歹，那可别怪我们不客气！"

"不敢！"

"不敢！"

伪军们连连表态。

梁永生伸出三根指头：

"我现在向你们宣布'约法三章'——"

他将两根指头收回去，只留下一个食指：

"这第一，以后和我们打仗，枪朝天放！……"

锁柱从旁插嘴道：

"怎么样？行不行？说！"

原来没人吱声，一逼冒出一串：

"是！"

"行！"

"是是！"

"行行！"

"……"

梁永生没理睬伪军们这一套。他又将中指伸直，和食指并在一起：

"这第二，不许糟害百姓！"

"是！"

"行！"

"……"

梁永生又将无名指伸开了：

"这第三，学着做点好事，争取立功赎罪！"

"是！"

"行！"

"……"

每当永生讲完一条，伪军们就像应声虫一样是呀行呀地嚷嚷一阵。梁永生用收尾的口吻又说：

"除了以上三条，另外还有一点——若有人城下喊话，你们照令行事，不许乱放枪！……上述种种，谁要胆敢违抗，我们一定严惩！"

梁永生习惯地用一个手势从半空劈下去，结束了他的讲话。而后，不紧不慢地退到旁边去了。

紧接着，锁柱再次登场。

他向伪军们说：

"梁队长讲完了。快鼓掌！"

伪军们俯首帖耳地鼓起掌来。

你看伪军们多"灵醒"？只学了一回，就把"鼓掌"学会了！你听，这会儿的掌声，就像那连发的机枪一样，哗啦哗啦响成了一片。

这一阵，周遭儿那些看热闹儿的人们，都喜在心里，笑在面上。有的人，心里回想着伪军们往日那股狗仗人势张牙舞爪的狂气劲儿，眼瞅着他们如今在八路军的枪口下这种驯驯顺顺的丑态，竟禁不住地笑出了声来。

"你们当中，有没有聋子？"小锁柱说，"要是净些聋子，梁队长那片话，算是白磨嘴唇了！"

伪军们齐声回答：

"没有聋子！"

小锁柱问：

"你们知道啥叫聋子？"

伪军们都想答话，又没人答话。

小锁柱接着解释道：

"世界上真正的聋子，是那些不听劝告的人！"

沉静了一会儿，锁柱改换了话题：

"现在放你们回去！"他向伪军们挥一下手又说，"都要注意听我的口令：立——正！"

咔的一声，伪军们全站成了直橛儿。

锁柱又命令道：

"都把子弹袋子留下！"

伪军们都赶紧解下自己身上的子弹袋子，小心翼翼地放在自己的脚下。

高小勇跑过去，一边拾着子弹袋子，一边数着数儿：

"一个，一俩，一仨……"

当他拾到那个雀斑脸伪军的子弹袋时，学着梁永生的姿态以教训的口吻说：

"方才，我问你要几个子弹，你还不给，这回怎么样？管净手儿了吧？往后，要老实点儿！还得记住——"

他也伸出一个指头：

"这第一，我们儿童团问你要子弹，你就得给！不给，就崩了你！听了不？哦？"

"是！"

雀斑脸哭笑不得地应着。

这个场面，把人们又逗笑了。

锁柱放开了他那洪亮的嗓门儿，压住了人们的笑声：

"向左转！……齐步走！"

伪军们按照锁柱的口令，像下操似的动作着，顺着大街向村外走去了！

嘿！这队列，这步伐，够多整齐！真是"训练有素"哇！

不！真正"训练有素"的，还不能算他们！

算谁哩？

算疤瘌四呗！

你瞧！人家毕竟是石黑所欣赏的一名"精明能干"的伪军官！他等他的喽啰们走完之后，这才小心地移动着步子，来到梁永生的面前，身子一弓三道自然弯儿，面腮上挂着一副说哭不像哭说笑又不像笑的脸谱儿，龇了龇他那一嘴歪七扭八的大金牙，一句三点头三字一哈腰地说：

"谢谢梁队长！谢谢梁队长！"

他颤动着嘴唇，用潜藏着恐怖的眼角瞟一瞟梁永生的神色，又像盲人走路似的试探着说：

"梁队长，我，可以，可以走了吗？"

"你先别走！"

梁永生这一句，吓得个疤瘌四猛然一愣，他头上的凉汗唰地淌下来。

梁永生没理睬他，而是指着正向村外走去的伪军，对锁柱说：

"你该去送送人家呀！"

锁柱领会了队长的意思：

"是！"

他笑应一声，飞步而去。

高小勇也紧紧地跟在锁柱的身后。

一伙看热闹的人们，也呼啦啦一声跑了去。跑得最欢的，是那些和高小勇班上班下的娃娃们。他们一边挓挲开胳膊像飞也似的跑着，一边放开嗓子纵情地笑着。那笑声又尖又脆，就像铜串铃似的一溜溜地响着。

人们笑望着那些列队而行的伪军们，心中都不约而同地在想："嘿！这小子们还真守规矩儿哩！"是的！你看人家都低着头，弓着腰，像个吊丧队似的，整整齐齐、不声不响地走着。据咱猜想，他们谁都想回头看看，后头究竟还有没有八路军跟着？可是，谁也不敢回头，不敢旁顾，更不敢说话，只是往前走。看样子，他们都是恨不能一步迈出这个地方，可又不敢快走。

他们怕啥？

怕八路军在后头开枪呗！

因此，心急步慢，架势可真难拿呀！

伪军们终于走出村口了。

突然，有几个平端着大枪的民兵，从隐蔽处嗖呀嗖地蹿出来，挺身而站拦住去路，并厉声喝道：

"站住！"

这些失魂落魄的伪军们，全吓得身子一抖，站住了。

正在这时，锁柱在后头答话了：

"民兵同志们！放他们走吧！"

"滚蛋！"

民兵们向伪军短促而有力地命令一声，而后将身子一闪，让开一条通道。他们端着大枪，挺立路旁，轻蔑地望着这一拉溜像夹尾巴狗似的伪军们。

伪军们渐渐远去了。

锁柱、民兵以及看热闹儿的人们，全都站在村口的高岸上，眺望着伪军们的背影。只见他们离村已经很远很远了，还依然是按原来的队形排着，谁也不敢离队，谁也不敢回头，谁也不敢快走！

他们准是这样走习惯了吧？

还是以为八路军在后头跟着呢？

这咱就闹不清了！

作者所知道的是，这时候人们都嬉笑着议论起来了。

有的人说："今儿可真开了眼啦！"

也有的说："比看出大戏还开心哩！"

还有的说："这出戏还没演完哪！"

"没演完？"

"就是嘛！"

"还有啥？"

"疤痢四不还没走吗？"

刚才这一阵，人们的注意力，全叫那些伪军们的丑态吸引住了。如今有人这么一提，全都醒了腔。有的说：

"对对对！看训疤痢四的去喽！"

人们嚷着，跑着，又向茶馆奔去。

这人群，从茶馆跑到村口，又从村口跑回茶馆，好像滚雪球一样，越滚越大。

茶馆里。

梁永生正和疤痢四谈着。

梁永生坐在椅子上。

疤痢四隔桌站在对面。

他见梁永生拔出旱烟袋，正在装烟，就忙不迭地掏出一包"炮台牌"的香烟，抽出一支，用右手拿着，左手擎在旁边，向梁永生毕恭毕敬地递过来，并怯生生地点点头，笑着说：

"梁队长，请，请抽我一支……"

梁永生摆摆手，将烟袋点着了。

疤痢四哆嗦着，把手抽了回去。

这时，梁永生抽一口烟，眼里喷射出两股清冷的、严厉的光，盯着疤痢四那疤痢脸，说：

"你干的坏事不少，罪恶是不小的……"

疤痢四本来就吓得浑身乱哆嗦，现在听梁永生这么一说，更吓得那煞白的脸色又唰地黄了。忙说：

"知罪，知罪！罪该万死，罪该万死！……"

梁永生吸了口烟，又接着说：

"咱远的先不提，就说关庄那一仗，阙八贵突然包围了我们，那是谁报告的？"

"这，这……"

"你'这这'什么？"永生嘭地拍一下桌子，"那个向石黑报告的就是你！"

疤痢四最怕的，主要就是这一章！

今天，永生没出三句话，又偏偏提起了这一章！

这一下，把个疤痢四一下子吓蒙了！

这时候，正扒着窗口、门口瞧热闹儿的人群，轰地炸了：

"疤瘌四坏透了！先捅他两个窟窿解解恨！"

"给他的狗头上钻个眼儿！"

"把这个老小子种到地里去！"

永生一逼问，群众又一怒轰，这么两加劲儿，吓得个疤瘌四像触了电似的猛然一抖，接着，又噗噔一声跪在地上，苦苦哀求道：

"梁队长，请你高抬贵手，饶恕我这一回吧！我干着这个差事，不给太君，不，不，日本鬼子做点事，应付不过去呀！……"

关于疤瘌四向石黑报告的问题，是梁永生和他的战友们根据一些迹象共同分析出来的，并没掌握住十分可靠的证据。现在，疤瘌四认了账，永生不由得心中暗想："疤瘌四是怎么得到这个情报的呢？这可能与暗藏在村庄中的阶级敌人有关。今天，应借此机会，弄清这一点。"他想到这里，又向疤瘌四说：

"现在你应当想一想了——今后怎么办？是立功赎罪呢？还是想落个阙八贵那样的下场？这由你自己决定！"

"立功赎罪！"疤瘌四忙说，"一定立功赎罪，我可以马上签字画押！"

"我们共产党人，向来是不重空文空话重事实的。我们希望你，不要光会说漂亮话儿，以后要学着做点漂亮事儿！"

疤瘌四点头道："是！是！"

梁永生接着说：

"今天我要考察考察你——你向石黑报告的情况，是怎么得来的？"

"这，这……"

疤瘌四又"这这"开了。永生见疤瘌四不想说实话，没容他"这这"下去，就又拍一下桌子，厉声道：

"你要老实点儿！"

"是！"

"你们的情况，我们全知道。这你明白！"

"明白，明白！"

永生又噌地抽出匣枪，用枪口点着疤瘌四的脑门儿说：

"你要胡说八道，它可不会客气！"

到这时，疤瘌四已吓掉了真魂，浑身哆嗦着说：

"我哥……"

"叫啥？"

"刘其海！"

几个月来，梁永生一直很注意地主分子刘其海的活动，并且也发现他一些通敌的嫌疑，只因为证据不足，所以还没除治他。这时，梁永生为了彻底弄清这件事，就又通过各种方法询问了一些情况，直到他觉着这件事大体落实了，这才又转了话题说：

"已经过去了的事情，是谁也拉不回来的。我们希望你，今后不要再当铁心汉奸……"

"梁队长，我这个人，梁队长你还不完全了解，我不是那铁心……"

疤瘌四一面说着，一面用眼角儿瞟扫着永生。当他发现永生撇着嘴冷冷一笑时，又忙变换了语气说：

"当然，我知道，我的心，是不易被人理解的！啥法哩？天下事岂能尽如人意？但求无愧我心吧！"

"一派胡言！"永生先斥责一句，又以质问的口吻说，"你不是铁心汉奸，有啥凭据？就凭你空口说空话吗？"

"不！"疤瘌四忙说，"我早就想跟咱这边，不，跟贵方，取个联系。为了这个目的，我还托过人呢！……"

永生的用意，就是激着疤瘌四提起这件事。现在疤瘌四说到这里，梁永生又佯装惊疑地插嘴道：

"哦！托过人？托的谁？"

直到这时，疤瘌四仍然被恐怖控制着。他先向茶馆里环视一眼，然后往前探一探身子，压低声音神秘地说：

"沈万泉。"

"沈万泉？"

"是啊！"

"他是个干啥的？"

疤瘌四诧异地说：

"咦？不是黄家镇据点上那个伙夫吗？他是雒家庄上的人……"

梁永生摆出一副恍然大悟的神色：

"噢！我倒想起这个人来了！……"

疤瘌四欣然道：

"这管明白了吧？"

梁永生哈哈地笑起来。他笑罢，不以为然地说：

"那沈万泉只不过是个当伙夫的呀！他能办得了这么大的事？"

"我听说，他跟八路有通识……"

疤瘌四是怎么听说的呢？梁永生本想进一步追问清楚，可又觉着那么一来，似乎更暴露了沈万泉的身份。于是，他佯装毫不在意的样子，耸耸肩峰，又爽然笑道：

"你这叫'舍下灶王拜山神'！"

"梁队长，你这话是啥意思？"

"舍近求远呗！"

"舍近求远？"

"就是嘛！"永生随随便便地说，"你们水泊洼据点上，倒是真有人早跟我们有'通识'……"

"我们据点上就有？"

"当然喽！"

"谁？"

永生未答。

疤瘌四张大了渴望的、敏感的眼睛，盯望着梁永生的神色。他只见，永生的脸上，表情凝然不动，一双目光像有千斤重，正朝疤瘌四压过来。因此，疤瘌四忙改嘴说：

"多嘴！多嘴！"

稍沉。梁永生指指手中的匣子枪，意味深长地说：

"它，如今不是已经给你取上联系了吗？你还问谁干啥？"

"是！是！"

"不过，你要知道，在你的身边，有通八路的人，对你有好处，没坏处！懂吗？"

"懂！"

"懂啥？"

疤瘌四又"这这"起来。

永生问他：

"方才，你不是表示要立功赎罪吗？"

"是啊！"

"今后，如果你真做了什么好事，你身边那个'通八路的人'，就可以替你向我们报告。是不是？"

"是！"

"这不是对你有好处吗？"

"是！"

"当然喽！你要是阳奉阴违，继续做坏事，那人也是会向我们报告的……"

"不敢！"

"敢不敢由你。"永生说，"过去，你做的坏事，你的喽啰们做的坏事，我们不是都知道得清清楚楚吗？我们怎么能知道得这么清楚？而今你该明白了吧？"

"明白了！"

其实，在水泊洼据点上，并没有我们的地下工作人员。梁永生他们对这个据点上的情况所以了解一些，主要是通过向群众调查了解到的。现在，梁永生所以说得就像那里边有我们的"内线"似的，这是一种对敌斗争的策略。

可是，这时的疤瘌四，却"拿着棒槌当了针（真）"，心里噗噔起来。他正在暗自琢磨："谁是八路的'内线'呢？……"梁永生揣猜着了疤瘌四的心理，又说：

"咱先把话说明白——真和我们'有通识'的人也罢，你认为和我们'有通识'的人也罢，今后，他们哪一个出了事儿，我们也要拿你问罪！"

"是！"

"哎，方才，你说的那个伙夫，叫，叫，叫……噢！对了！叫沈万泉。就说他吧，他是个忙饭打食侍候人的人，又是个老实巴交的人，以后，你不要再给人家添是非……"

疤瘌四又是一顿"是是是"。

继而，梁永生向疤瘌四讲了一阵共产党的对敌政策，又接着说：

"我再次提醒你——今后，你要阳奉阴违，两面三刀儿，那你是不会有好下场的！"

"知道，知道！"

"你知道个啥？"

"知道没好下场！"

"哼，知道就好！你再继续做坏事——"梁永生用匣枪指了指疤瘌四的亮脑门儿说，"枪毙你！"

这一下，吓得个疤瘌四嚎叫一声，他又苦苦哀求道：

"恳求梁队长宽恕我的过去！从今往后，我一定立功赎罪，为国出力，为民效劳，为八路那面，不，为贵军，做些好事……"

"你只要说话算话，今天饶你的狗命！"

"谢谢梁队长！谢谢梁队长！"

"你要知道，我们是按照共产党的政策办事的。"永生说，"要光凭我和你，今天我是非要枪毙你不行的！"

"是！感谢共产党，感谢共产党！"

梁永生又说：

"今后，我们的人，从你据点附近路过时，你要加以掩护；鬼子有什么动向，你要及时送出情报；我们若有伤员送进你的据点，你要设法保卫，并负责医疗；你还要想些办法，给我们筹集一些子弹……"

"行行行！"

"方才我向你的弟兄们讲的那'约法三章'，你要带头执行！"

"一定照办！"

"照办不照办，都由你决定！"永生再次指指匣枪，"可你要记住，它是从来不会客气的！"

"岂敢岂敢！照办照办！"

"起来！"

"谢谢！"

"走吧！"

"谢谢！"

刚从地上爬起来的疤瘌四，隔桌站在永生对面，又想走，又不想走，又想说，又不敢说。梁永生问他：

"你还有话说？"

"我还有个要求——"疤瘌四吞吞吐吐地说，"不知当说不当说——"

"说吧！"

"等我出了庄，要求梁队长打一阵枪……"

永生冷冷一笑：

"你好跟你的上司交代——是不是？"

疤瘌四也笑了。可是，直到这时，他那没有血色的嘴唇，还像兔子吃菜似的直哆嗦：

"嘿嘿，是！嘿嘿，是！"

"好吧！"

"谢谢！"

疤瘌四点头哈腰地倒退着步子，出了茶馆。

街上的群众，人山人海，层层叠叠。疤瘌四一走到街上，就立刻被卷进人海里。这时，许多人指着疤瘌四的脊梁骨议论开了——

有的说："这个老小子坏透了！"

有的说："真不该叫他囫囵回去！"

疤瘌四像只丧家犬似的，夹着个尾巴在大街上灰溜溜地走着。他听了群众这些咬牙切齿的怒骂声，脊梁骨上直冒凉气，心窝儿里一阵阵地打抖搂！

疤瘌四走远了。

梁永生指着他的背影向锁柱说：

"等他出了村，你到村头上去打几枪！"

一个民兵要求说：

"俺们也去——行不？"

梁永生笑道：

"好！你们民兵们也去吧——每人打三枪！拿疤瘌四当个活靶子，也当练习打靶吧！"

"好哇！"

"好是好！可别真揍死他呀！"

民兵们笑了。

群众也笑了。

梁永生又向锁柱说：

"你完成任务后，到学校里去一趟。告诉小房，让他写个讲话稿儿。到晚上，咱们一块儿到水泊洼据点外头去喊话……"

"是！"

锁柱刚要走，见永生要向村外走去，就问：

"队长，你到哪去？"

"我到村外转转。"

"村外转啥？"

"疤瘌四回去了，谁知他怀的啥鬼胎？"

"我看不会……"

"也许不会！"永生说，"不过，我们还不能这么信任他！"他笑笑又说，"你办完事，也要离开村子。到晚上，咱到小勇家去碰头儿……"

永生说罢，出村去了。

晚上。

梁永生和小锁柱都回到小勇家来了。

他们吃过晚饭，一推饭碗，就要往外走。小勇奶奶急忙赶上前去，拦住他们，没好气儿地责备道：

"瞧你们这些夜游神！刚刚撂下饭碗，顶着一脑袋明晃晃的汗珠子就往外跑，着了风儿怎么办？都老实地给我在屋里待一会儿！"

她这硬铮铮的语气里，带着一种母亲特有的爱护。

梁永生和小锁柱，眼里含着一股只有孩子对母亲才有的那种期求的神情，盯着这位高大娘嘿嘿地憨笑。而后，他俩你看看我，我看看你，看了老大一阵，谁也没有辙。是啊！他们对高大娘这母亲般的关怀，只能乖乖地服从——又都回到屋里去了。

高大娘见两个听话的孩子回了屋，她那皱纹累累的脸上闪出欣然的光彩。她那一双慈祥的笑眼，眯得快要没有缝儿了。

小锁柱回屋后，就跟小勇子混在了一起。

他们嘀嘀咕咕，喊喊喳喳，忽而争吵，忽而倾谈，忽而又爆出一阵神秘的笑声。

谁知他俩在搞啥名堂？

爱看书的梁永生，抓紧这个空儿，凑到只有黄豆粒大的灯光下，又聚精会神地看起书来。

高大娘呢？她就忙着刷锅洗碗，收拾饭桌。

这位勤劳的老人，一面收拾饭桌，还一面就着热锅熬起硝来。你看她，时而填把火，时而舀瓢水，出去一趟，进来一趟，从里间到外间，又从外间到里间，忙得一直站不住脚。她一面手脚不停地忙活着，还一面不时地瞟瞟永生、锁柱和小勇这些可心的孩子们，心窝儿里甜滋滋的，嘴角上，眼角上，还有那一道道的皱纹里，都荡漾着笑意。

她忽而问永生：

"你又看的啥书？"

永生正看到劲儿上，头也没抬，说：

《抗日游击战争的战略问题》。"

大娘知道，这是毛主席写的书，永生看过多遍了，现时又在细细地看，所以心里一阵高兴。她怕耽搁永生看书，也没再多说，又去忙她的了。

她忽而又问锁柱、小勇：

"你俩嘀咕啥？还这么昧人！"

他俩光笑不答。

看来大娘也并不真想知道他们的秘密，所以也没再追问，端着一摞碗又走过去。

不一会儿，锁柱凑上来，他要帮着大娘忙活忙活。可他刚一贴身儿，就被大娘推到一边去了。大娘说：

"去你的吧！你手重脚重的，毛毛躁躁的，摔件子家什就更值得多了！俺自己个儿忙得过来，用不着你这愣大哥来瞎掺和，快滚到一边子玩儿去吧！"

大娘全拾掇完了。

她凑到梁永生的身边坐下来，向永生说：

"永生，咱志勇，老大不小了，你这当爹的，怎么也不走走心哩……"

"走啥心？"

"张罗着给他成个家呗！"

"这号事儿，他娘倒跟他提过……"

"他说啥？"

"他说，这宗事，当前还顾不上呀！当前的主要任务，是打鬼子。等这个主要任务完成了……"

高大娘说：

"打鬼子就不娶媳妇啦？以后，志勇再来的时候，我得正经八百地说说他……"

永生没再说啥，只是笑。

稍一沉，他又另起话题说：

"大婶，今年春节，村里开展优属运动，不是给你送来二斤肉吗？"

"是啊！"

"你为啥高低不要？"

"傻孩子！我吃了，当个啥？省下来，慰劳子弟兵，叫你们吃得饱饱的，养得壮壮的，长得劲头儿足足的，好去打鬼子呀！"大娘说，"等把鬼子打出去，日子过好了，也许宰上个大肥猪，好好地吃上几顿哩！"

大娘说着说着笑起来。

永生也笑了。他说：

"大婶啊，志勇说的和你说的是一个理儿。"

大娘不解：

"啥一个理儿呀？"

"不论多咱，小事总得服从大事，私事总得服从公事。眼时下，打鬼子是大事，是公事；娶媳妇成家这类事，是小事，是私事，就得服从打鬼子呗！大婶你向来是个明白人，你说是不是呀？"

高大娘情不自禁地点着头。可是她的嘴里却说：

"不论啥事儿，叫你一说，总是有理儿，你大婶子可说不过你！可是，永生啊，甭管咋说，男大当娶，女大当嫁，反正你这孩子……"

大娘说到这里，视线落到梁永生那黑乎乎的胡楂子上，又拍一下巴掌笑着说：

"你看我！你那胡子都这么多了，我还成天价孩子孩子的呐！"

"胡子归胡子，孩子归孩子，这是两码事。"永生摸着嘴巴子上的胡楂子笑着说，"在你老人家面前，我的胡子就算长到一丈长，不还是个孩子吗？"

话罢，永生、大娘都笑起来。

笑声落下。永生见锁柱头上的汗水已干，就说：

"锁柱，你到雒家庄去一趟吧！"

"唉。"锁柱站起身来又问，"干啥去？"

"疤瘌四他哥刘其海那个小子……"

永生才说了个半截话儿，小锁柱就说：

"梁队长，我明白啦！"

"我还没说呢，你明白个啥？"

"把他抓来呗！"

永生笑呵呵地拍一下锁柱的肩膀，说：

"又叫你揣摸着了！"

锁柱憨笑着，再没吱声。

他摸了摸枪和子弹，整了整衣装，然后，立正站好，向永生说：

"队长，我可以走了吗？"

永生向锁柱打量一眼，满含笑意地点着头：

"走吧！要带几个民兵去。"

"是！"

锁柱正要走，梁永生又用话止住他：

"记住：要快去快来；下半夜，咱不是还安排了两个会吗？"

"记住啦！"

锁柱敬了个礼，扬长而去。

永生转向小勇，摸着他的头顶问：

"勇子，我要到学校里去，你去不去？"

"当然去了！"

"嗬！瞧你，怎么还当然呐？"

"俺老师布置的还有任务哩！"

"啥任务？"

"不告诉你！"

"不告诉就拉倒！"永生说，"那俺可走啦？"

"梁大爷，你等等我！啊？"

高小勇说着，跐着桌子爬上柜橱，翻箱倒柜地找起来。

永生问："小勇，找啥？"

小勇说:"也不告诉你!"

"好!你啥也不告诉我,我就不等你了!"

永生说罢,走出屋去。

小勇已经懂事了。他知道梁大爷是个忙人,所以也没强让永生等他,只是着急地喊道:"大爷!你可要在学堂里等着我呀!"

"好吧!"

永生顺口应着,出了院门。

街上,静悄悄的。

只有暴烈的夜风呼呼地刮着。远处,时而传来一声两声的犬吠。

梁永生来到学校里。

房智明正伏在灯下写什么。

可能是由于他的精神太集中了吧?你看!梁永生走进屋后,在他的背后站了老大晌了,他却没有发觉。

小房在写什么呢?永生一瞅,才知道他正在抄写《论持久战》。你看他,恭笔正楷,多认真呀!

永生心里一阵高兴。

屋里很静。

只有小房用钢笔往纸上写字的声音,还有他那由于用力而发出的急促的喘气声。这些声音,在梁永生的耳朵里,就像是一种悦耳的音乐。过了一阵,梁永生干咳了一声,小房这才猛地抬起头来,有点不好意思地笑笑,说:

"梁队长,你多咱来的呀?"

永生笑着说:

"早就来啦!"

他坐在对面的椅子上,问:

"你想抄下来呀?"

小房放下笔说:

"我光借着看,怕耽误你学习。想学你的办法——也抄下一本来。"

"好!"

"我还想多抄几本——"

"干啥?"

"送给别人看呀！"

"那更好了！"

这时，永生的心里，当然是很高兴的。因为，过去的房智明，虽有抗日之心，但无抗日之胆，总是悄悄地颓丧地打发着日子；而今的房智明，已开始振作起来，自己想着法儿地干革命工作了，梁永生咋能不高兴？于是，他又就劲儿鼓励房智明说：

"这是一项重要的革命工作啊！"

房智明却不好意思起来了：

"这算了啥？我干不了别的，认几个字……"

他一面说着，一面收拾抄写的本子。

梁永生一边抽着烟，一边顺手拿过一个放在桌子上的小本本，随随便便地翻阅着。他翻来翻去，忽然停住了。

为啥？

原来这里写了几行诗：

> 僵老腐败的历史遗物啊，
> 你像座大山似的压在人民头上！
> 苟安屈辱的黑暗思想啊，
> 你死死地锁闭着人们的心房！
> 党的宣传教育工作啊，
> 冲锋吧！快冲进……

永生看到这里，本子被小房夺去了。

永生笑笑说：

"不错嘛！为啥不叫看哩？"

小房摇头道：

"瞎胡划，见不得人！"

他虽这样说着，可是眼角上，已隐秘地渗出了几分得意的笑纹。

梁永生沉默地抽着烟，瞭望着小房的脸相。

过了一霎儿，永生又另起话题说：

"小房，前些日子，你们到据点外头喊过几次话？"

小房扳着指头算了一下说：

"唔！七次了！"

他一提起这个上了火，又带上几分怒气说：

"这七次，那小子们都没好好地听！今天虽然训他们一顿，我看还怕是狗改不了吃屎！"

"你根据啥这么说哩？"

"当汉奸的，净些胎里坏！"

"可不能这么说！"永生说，"伪军里头，也有穷人被抓去后被敌人硬逼着干上的呀，能说他们也是'胎里坏'？"

"叫我看，一进了他们这个大染缸，就全变成一路货色了！"

"原来不是坏人的，一干上伪军，是会染上一些坏毛病的。"永生说，"不过，凡是穷家出身的伪军，只要我们在宣传教育方面肯下功夫，他们当中有些人是会觉悟，会转变的……"

小房思索着。

永生又转了话题：

"哎，小房，这次喊话稿儿弄了吗？"

"弄了。"

"这很好！"永生说，"我以为你对喊话有看法，连我布置的讲稿儿也给吹了呢！"

"哪能哩！"小房说，"看法归看法，指示归指示，因有看法就不执行指示还行？"

"这话对。你又进步了。"永生说，"稿儿在哪里？"

"我怕敌人猛地闯进来，藏到墙缝里了。"

"拿来我看看。"

"哎。"

小房从墙缝里抽出一沓纸，递给永生：

"写得不像样儿！"

永生一气儿看完了，放在桌子上。

他还没说啥，小房先问道：

"是不像个玩意儿吧？"

永生的脸上挂着笑，眼里含着笑，点点下颏儿说：

"嗯。是不大行！"

原先，小房虽是一口八个不像样儿，可是他的心里想的是："梁队长一看，准会满意的。"没料到，结果与他的估计相反。于是，他又问：

"梁队长，怎么不行？你跟我说说吧！"

永生没正面作答，而是反问他道：

"我在茶馆里讲的那一套，你全抄上了，是不是？"

"嗯喃。"小房说，"抄得不完全。"

"咋不抄完全它？"

"有些地方记不清了！"

永生扑哧笑了：

"多亏你没抄完全！"

"咋？"

"这些白天讲了，晚上再去重复一遍，有啥意思？"

小房涨红着脸解释道：

"除了这些，我再没词儿了！"

"没词儿就不去喊话呗！"永生说，"咱为啥去喊话？为了宣传。对不？搞宣传，跟搞别的工作一样，要求实效，不要闹形式，凑次数……"

小房不安地说：

"今晚上咋办哩？"

梁永生说：

"今晚上还是要去的。你没词儿，我就唱主角儿，你唱配角儿……"

"太好了！"

他俩正谈着，小勇闯进屋。

他显然是跑来的。你看他上气不接下气，胖鼓鼓的小脸蛋儿涨得红彤彤的。现在，高小勇已把自己打扮得像个马上就要出征的战士一样，穿戴得整整齐齐，腰间的皮带紧绷绷的。梁永生和房老师见他腆着胸脯儿，昂着脑袋，走路也变了样子，心里都有些纳闷儿。可是，他们在小勇身上一打量，全不由得放声笑了。

笑啥呢？

原来是，小勇的左臂上，挂上一个符号。

这个符号很简单，就是在一小块横长方形的布上，印着两个大字——八路。

这是小勇爹高树青同志的遗物。

今天小勇挂上它以后，好像觉着自己的左臂突然长了些，也重了些。他走起路来，这条胳臂也愣愣地摇摆得厉害了。

现在永生一见这个符号，心里忽地明白过来："哦！怪不得方才小勇又翻箱又倒柜的那么个闹法哩，原来是找这个符号呀！"

在梁永生和高小勇谈话的当儿，又来了几个学生。那些学生们，有的站在小勇背后旁听，有的在那边跟房老师也在谈论着什么。

一会儿。

有的学生催促老师：

"老师，咱还不走吗？"

房智明掉过脸来跟永生商量：

"梁队长，咱该走了吧？"

梁永生向屋中撒打一眼：

"学生到齐了吗？"

房智明说：

"齐啦！"

梁永生问：

"就这么几个？"

小房反问：

"还少？"

永生说：

"少！"

小房道：

"我觉着他们没多大用处，多了更是累赘！"

永生又说：

"哎！这话错了！"

小房问：

"咋错了？"

永生说：

"干革命要依靠群众，带队伍不能重将轻兵！"

梁永生这一点，小房开窍了。他情不自禁地点着头。梁永生又转了话题打趣说：

"那天晚上，你那盘棋，不就输到小卒上了吗？"

他说罢哈哈地笑起来。

小房也笑了一阵。

少顷，他又向梁永生说：

"少，好办！别的没有，学生嘛，多着呐！梁队长，你就说数儿吧——再来多少？"

梁永生用眼睛点了点学生的人数，而后说：

"再来个十个八个的——怎么样？"

小房爽朗地说：

"行！"

继而又转向学生们：

"你们分头去叫！"

"叫谁呀？老师！"

房老师点出一大溜名字，又给学生具体分配了任务，学生们高高兴兴地跑出去了。

屋里静下来。

小房向永生说：

"哎，咱抓紧这个空儿下一盘吧？"

梁永生的棋艺，是从门大爷那里学来的。那时候，门大爷和别人下棋的时候，梁永生短不了的扒扒眼儿，所以对"马走'日'，象走'田'，炮打'隔山'"这一套，倒是都学会了。可是，从来没有成过"棋迷"。今天，小房要和他下棋了，他却说：

"小房啊，我就是个'棋迷'，看来，你比我还迷！你等着吧，我早早晚晚要找个机会会你这把'选手'的！不过，今天晚上不跟你来！……"

"为啥？"

"下棋要服从工作呗!"

"眼下哪有什么工作呀?"

"不是准备去喊话吗?"

"不是全准备好了吗?"

"民兵们怎么还没来呢?"

"我没通知他们!"

"为什么?"

"我看用不着他们了!"

"你这是怎么看的?"

"你刚给敌人训了话,这回又是你亲自去,他们还敢出来捣乱?"

"噢!他们跟你订下合同了!……"

"那倒没价!"

"要是没订下合同,那只能说,咱希望他不敢,咱估计他不敢。对不?也许,他真不敢。可是,人家要是万一敢了呢?"永生稍微停顿一下,笑着,风趣地说,"要是出了那一章,你是说他没信用呢,还是去跟他打官司?"

小房扑哧笑了。

可他还是争辩说:

"我看敌人不敢出来。当然,小心点好。"

"不!"

"咋?"

"这不是小心不小心的问题——"

"是啥问题?"

"是如何认识敌人和如何对待敌人的问题。"梁永生说,"小房啊,要记住:狼,总是狼。不能只是在它张牙舞爪要吃人的时候,你才认为它是狼。当狼装出一副可怜相向你求救的时候,你不要忘了它是狼。当狼摆出一副笑脸向你拜年说好话的时候,你也不要忘了它是狼。就是狼已经被我们打伤了,它躺在地上装死的时候,你还是不要忘了:它是一只吃人的狼。这就是人们常说的那句话:'蛇会蜕皮脱壳,但不会改变它的脾性!'……"

在永生说话的当儿,小房不时地点着头。

永生稍一停顿,又补充说:

"方才我那段话，是就敌人的本质来说的。当然，伪军当中的某些人，还是可以分化瓦解的，也是可以教育争取的。不过，在他们真正转变过来之前，我们还不能忘了他们是敌人队伍中的一员，对他们必须保持警惕！……"

等永生说住了口，小房又点了点头，然后站起身说：

"我叫民兵去！"

"好！"

过了一会儿。

学生到齐了。

民兵也到齐了。

梁永生向人们部署一番，大队人马出发了。

夜，已近三更。

北风吹过，带来春夜的寒意。

月亮被薄云遮住，大地上一片昏沉。

梁永生领着这伙由民兵和学生组成的队伍，进入一条交通沟，向着水泊洼据点进发。

离敌人的据点只有半里路了。

梁永生在一个岔路口上停下来。

"怎么？"小房问，"前边有情况？"

"没有。"永生说，"你看！是北风吧？在这面喊话不大行！"他又向北一指，"走！咱转到那边去！"

他们转了一个大弯儿，来到据点北面，一直挺进到离据点约二百米的地方才站下来。

他们蹲在一个崖坡下。

梁永生向民兵们部署道：

"你们去几个人，到那边的公路两侧去警戒，防备柴胡店的敌人来捣乱；再去几个人，埋伏在据点的大门以外，敌人不出来算他有福，他要是出来，就先给他一顿手榴弹尝尝；再去几个人，分左右两路，到据点的东西大门埋伏，以防狡猾的敌人偷从那里窜出来……"

梁永生部署着，有的民兵插嘴道：

"敌人全吓破胆了，甭这么小心！"

房智明向那民兵说：

"吓破胆不等于死了。狼只要没死就想伤人！"

民兵们再没人说啥，都奔赴自己的岗位去了。

梁永生、房智明和一些学生们，一声不响地蹲在洼坡里，像在等待着什么。一群叫不上名来的小虫儿，在他们的头顶上迷迷蒙蒙地飞来飞去。过了一阵，梁永生估计着民兵们全埋伏好了，就拿起那个用厚纸袼褙做成的喇叭筒，放在嘴上，伸开他那铜钟般的洪亮嗓门儿，冲着水泊洼据点喊道：

"哎！——伪军士兵们都注意喽！伪军士兵们注意喽！今天夜晚，八路军来给你们上课了，你们鸣枪欢迎吧！"

据点上的枪声响开了。

一颗颗的子弹，吱溜吱溜地从高空飞过。

高小勇高兴地说：

"嘿！你听，这枪真是朝天打的！"

另一个学生说：

"白天，梁叔叔不是在茶馆里给他们讲明白了吗？让他们枪朝天放，他们敢不听话？……"

房老师将他俩一人捅一把，批评说：

"我怎么布置的？又忘啦？咋又乱说话？"

小勇和他的同学都伸一下舌头，做了个鬼脸儿，不吱声儿了。

这一阵，永生一直盯着据点，一言不发。

又过了一会儿。

枪声由密渐稀，慢慢停下了。

永生戳一把房智明，说：

"哎，开始吧！"

"好！"

小房应了一声，又转向学生：

"来！咱先唱一段歌子给伪军们听听——"他说罢，喊了个"一——二"，学生们便都放开了那清脆的嗓音，齐声歌唱起来——

　　伪军士兵们，

　　　　要你们细听真：

　　你们卖命流血，

　　　　为的是什么人？

　　你们卖命流血，

　　　　为的是什么人？

　　…………

　　歌声停下了。

　　梁永生又拿起喇叭筒放在嘴上，向着据点讲起话来。他讲的题目是:《警告伪军们》——

　　"伪军士兵们！为了使你们迷途知返，立功赎罪，重新做人，现在，我们八路军大刀队，特向你们发出警告……"

　　永生正讲着，据点的围子门口附近，突然响起一阵手榴弹的爆炸声。梁永生中断了讲话，端起匣枪注视着前方。可是，几声手榴弹的爆炸过后，没听到响枪，又平静下来了。

　　这是怎么回事呢?

　　永生正纳闷儿，跑来一位民兵，向他报告说：

　　"有一伙汉奸，悄悄地出了围子门，想窜过来，叫我们一顿手榴弹把他们揳回去了！"

　　梁永生说：

　　"好！你们干得很漂亮！"

　　那民兵说：

　　"我们队长要我来向你报告情况，并请求指示！"

　　永生并没马上作指示，而是问道：

　　"现在敌人怎么样了?"

　　那民兵说：

　　"他们像个王八探头似的缩回去以后，关上围子门再没动静了！"

　　永生命令道：

　　"你们仍埋伏在那里，继续监视敌人，直到这次政治课讲完！"

"是！"

民兵领上命令走了。

梁永生接上方才的话头又讲起来，讲到最后，他着重说："伪军士兵们！你们作为一个中国人，给侵略中国的日本帝国主义当炮灰，是可耻的，是有罪的！要再借着日本鬼子的势力，糟蹋老百姓，杀害八路军，那是罪上加罪！人民群众是不会饶恕你们的！我们八路军也是不会饶恕你们的……"他讲话的声腔、语调仍然很高，很慢，很和气，很清楚。永生的讲话结束后，房智明又领着学生唱起歌子——

　　　　伪军士兵们，

　　　　要你们细听真：

　　　　你们全是中国人，

　　　　为啥投日本？

　　　　你们全是中国人，

　　　　为啥投日本？

　　　　…………

歌子唱完了。

学生们又呼起口号——

"打倒日本帝国主义！"

"严惩铁心汉奸！"

"欢迎伪军改邪归正！"

"中国共产党万岁！"

"毛主席万岁！"

喊话结束了。

在各处埋伏的民兵，全都聚拢过来，在梁永生的指挥下，顺着道沟向坊子撤去。房智明一边走一边问永生：

"敌人想窜出来，你说这是咋的回事儿？"

永生没答，反问道：

"你说哩？"

房智明说：

"叫我说，八成是疤痢四搞的笑里藏刀的鬼把戏！他一面装得听话，又一面想来个突然袭击！……"

梁永生说：

"这是一种可能。你说，还有什么可能？"

房智明想了一下说：

"要不就是他们内部不一致？"

他缓了口气又说：

"可不可能是叛徒余山怀那个小子搞的？"

永生再次追问：

"还有什么？"

房智明又想了一阵：

"我想不出来了。"

沉默。

小房又问永生：

"梁队长，你说呐？"

"我也说不准。"永生说，"你的分析，比较全面。至于他们究竟是耍的什么把戏，还得要经过调查研究以后，才能搞清楚。在搞清之前，我们先按第一种可能行事……"

"对。这样稳妥。"小房说，"不管怎样，这次政治课，收获不小——"

永生问：

"啥收获？"

小房说：

"你讲的那些道理，又深，又真，又现实，又好懂，对伪军们的教育作用一定很大……"

"不！不能说'一定很大'。"

"咋？"

"政治喊话能起作用。可是，对敌人的教育实效最大的，还是民兵们那顿手榴弹！"

"对！"小房说，"这一下，他们知道我们的厉害了！"

"不光这！"

"还有啥？"

"还使他们明白了一些道理。"

使他们明白了一些什么道理呢？小房走着想着，交通沟里沉静下来。这一阵，也不知小房想了些什么。过了一会儿，他又问：

"今后，咱对疤瘌四怎么办？"

梁永生坚定不移地说：

"对疤瘌四，和对别的敌人一样——怎么对打败侵略者有利，就怎么办！这个问题，过去是这样，现在是这样，就是今后，不管发生什么样的变化，也还是这样……"

他们且说且走，来到了坊子学校的门口。

梁永生仰脸望了望夜空的星辰，说：

"喔！天不早啦！"

接着，他向民兵和学生们说：

"你们的任务算完成了。快回家躺一觉儿吧！"

民兵、学生全回村去了。

梁永生和房智明进了学校。

他俩进屋不大一会儿，锁柱从雒家庄赶回来了。

永生见他满头大汗，又是只身一人回来的，就问：

"没捕着？"

锁柱气吁吁地说：

"捕着啦！"

"人呐？"

"崩啦！"

"崩啦？"

"嗯喃！"

梁永生本想通过审讯刘其海，了解一些有关的情况。这一崩，使他的想法落空了！再说，在永生看来，在彻底查实之前，就这么稀里糊涂地乱崩人，影响也不好！因此，锁柱崩了刘其海，是不符合梁永生原来的计划的。可是，他没为此而发火。因为他了解锁柱的性体儿，锁柱不是毛张飞式的人物，轻易办不出愣头愣脑的事来。他由此而想："这里边一定有什么情况！"于是问道：

"为啥要崩他哩？"

锁柱正用毛巾擦汗。永生一问，他顺口答道：

"那老小子拒捕！"

他说着，将毛巾搭在屋中的绳子上，坐在梁永生的对面，汇报起刘其海拒捕的过程来：

"我去捕他时，没想到，那老小子早有提防。他不光是持刀拒捕，而且猛地闯上来，要跟我拼！那时，多亏我事先已和那村的民兵取上了联系，他们也参加了逮捕刘其海的工作。当那老小子持刀朝我扑来时，民兵队长杨大虎在房顶上开了枪。只一枪，就把刘其海给崩了！……"

梁永生说：

"崩得好！"

锁柱继续汇报：

"把他崩了以后，民兵们又对他家进行了搜查。结果，搜出了许多罪证……"

"啥？"

锁柱从衣袋里掏出两张信纸，将其中的一张递给梁永生说：

"你看！"

"国民党的信？"

"对啦！这信中指示刘其海，要他投降日本，搞'曲线救国'，破坏八路军抗日……"锁柱说着说着，又将另一张信纸递给永生，他接着说，"这是县城里的日本特务机关给他的信，信中告诉刘其海：他由县里的日本特务机关直接领导。并指令他暂先隐蔽身份，继续在村里当老百姓，负责窥探八路军的情报……"

梁永生一面听着小锁柱的汇报，一面仔仔细细地把刘其海的罪证看了一遍。心想："这些罪证很有用处！"于是，他拍着小锁柱的肩膀表扬他说：

"你干得挺漂亮！"

小锁柱不好意思地笑了：

"队长净讽刺俺！"

梁永生见小锁柱真没理解他的意思，他便解释起来。永生解释问题，当然还是用他习惯的方式，就是他不先向人家讲，让人家听，而是先向人家提出问题，让人家讲，他听：

"锁柱，咱们白天在茶馆里演的那出戏，该叫个什么戏？你给它起个名字——"

"叫茶馆训敌呗！"

"答得好！"梁永生先肯定一句，又引着锁柱的思路走下去，"我和房老师，还有学生们，今儿夜晚演的这一出，又该叫个什么戏？"

"不是叫城下喊话吗？"

"还可叫个啥？"

"也可叫城下训敌！"

"对！"永生引着锁柱的思路先绕了个圈子，现在终于将话头引上正题，"那么，你今天夜间演的这一出，该叫个什么戏哩？"

聪明而又机灵的小锁柱，他通过上边这些问答，已经摸准了领导意向的脉络——是让他把当下这各种活动，都和"训敌"联系起来。可是，而今的小锁柱，却觉着一时找不出合适的话来回答。

梁永生见锁柱光扎头皮不说话，便笑着说：

"呀！怎么啦？你这个从来问不短的人，今天叫我问住了？稀罕！……"

锁柱叫永生一激，一急便说：

"反正不能叫'搜捕顽敌'！"

"为啥不能叫？"

"那与'训敌'联系不起来呗！"

永生禁不住地笑了。他笑啥？他笑锁柱的天真，也笑锁柱的聪明。继而，他又道：

"那你就叫它'联系'起来呗！"

"联系不起来呀！"

"为啥？"

"能瞎'联'、胡'联'？"锁柱争辩说，"联系不上的不能硬联，根本是两码事嘛！"

梁永生要引的，就是这个"两码事"，现在终于引出来了。因此，他就着锁柱的话音儿，一语道破地说：

"不是两码事，是一码事嘛！"

他瞟一眼锁柱那期待的神情，接下去说：

"我要你把刘其海捕来，就是想在'茶馆训敌'、'城下训敌'之后，再来个'法庭训敌'……"

"可已经把他崩了呀！"锁柱说，"正是因为这个，你说我'干得漂亮'，我才说'净讽刺俺'！"

"崩了，就叫'枪口训敌'呗！怎么能说联不起来呢？"梁永生见锁柱的思想已经入了扣，便将他早已准备好的那些话，全端出来了，"训敌，要根据不同的敌人、不同的需要，确定不同的目的和内容；要根据不同的条件、不同的场合、不同的情况，采取不同的形式和方法——像'茶馆讲课'，那是一种；像'城下喊话'，那也是一种；像'法庭审讯'，那又是一种……说到枪崩，也是一种！"

永生一顿，加重了语气又跟上一句：

"而且，这还是必不可少的一种！"

永生又是一顿，继而将语调恢复了正常：

"锁柱啊，咱们教训敌人，虽然不是光用枪，也还是要用嘴的，不过，我们决不是光用嘴，并且是一定要用枪的！"

梁永生说到这里，将话尾和话头衔接起来：

"用枪教训敌人，不仅是对挨'崩'的敌人是一次最严厉的教训，更重要的是，它对其他的敌人还是一次最实际的教训。因此说，在刘其海持刀拒捕的情况下，你们采取了'枪口训敌'的办法，不仅是必要的，而且是干得挺漂亮！"

永生费了这么些话，总算是将"为啥说干得挺漂亮"这个问题解释明白了。可是，对小锁柱说来，他觉着明白了的，远不是仅仅这一点，而是很多很多……因此，他满足地点点头，兴奋地笑了。

听的满足了，说的并未满足。梁永生就着这个话题又引申出去：

"从这个角度讲，我们整个儿抗日战争的过程，也可以说同时又是'训敌'的过程；既是'训'日本鬼子这个敌，也是通过'训'这个敌，同时'训'了妄图用武力征服别国的其他帝国主义那些敌……"

永生讲到这里，锁柱忽然想起一件事来——他的衣袋里，还装着县委的一封信。方才这一阵，锁柱听入了神，把这信给忘了。现在，他急忙掏出信，一边向永生递过来，一边抱歉地说：

"看！好险呀！"

永生一边接信一边问：

"啥？"

"信。"

正在伸展信纸的永生，顺口又问：

"哪里来的信？"

"县委书记的警卫员唐志清送来的。"

"唐志清？"

"对！"

"他不是在一区区队上工作吗？"

"现在已经调到县里去了！"锁柱解释说，"我也是这回在路途中碰上他才知道的。他因为还有紧急任务，将信交给我以后，没顾得多说就走了……"

在锁柱说话的当儿，梁永生只顾凑在灯下看信，一言未发。

县委这封信上的主要内容是，敌人在城南"扫荡"失败，有可能移兵到这一带来，因而指示大刀队要提前做好各方面的准备。另外，还指示他们要继续收集碎铜烂铁，陆续送往地下修械所，以支援我们的主力部队……

梁永生看完了信，将帽子往后推一下，又聚精会神地想了一阵，而后问锁柱道：

"哎，志清哩？"

"不是半路上走了吗！"

"半路上走啦？……"

永生这些追问，使锁柱感到有些迷惑不解。唐志清，过去是大刀队上的战士，后来调走了。梁永生作为他的老领导，现在有一种愿意和他见个面的心情，故而追问了这么两句，这显然是不难理解的。这时所以使锁柱感到迷惑不解的是：在小锁柱头脑中的梁永生，是个器官格外灵敏，精力特别充沛，能够一身多用、同时兼顾的人——他的脚在忙着走路的时候，脑子却可以丝毫不受影响地思考问题；他的眼睛在忙着看东西的时候，耳朵还可以照样忙它的"业务"，做到看、听两不误；甚至，两个人同时说两件事，他也可以使两个耳朵"分工"应付，把两人的话都能听个清清楚楚……因此，锁柱在想："队长问的这些，我方才都交代清楚了，现在他怎么又问呢？"

　　按说，自以为很了解梁永生的锁柱，本是不应当感到"迷惑不解"的。因为，梁永生在对待一般问题上，确乎是像小锁柱了解的那样；可是，唯一独在对待党的指示方面，却是与处理其他任何问题都截然不同。比如说，他在读毛主席的书的时候，蚊子咬他他不觉，烟火灭了他还在抽……他在听县委领导人向他作指示的时候，他连窗外的雷声、雨声都听不见了！正是因为这样的原因，方才梁永生的注意力一集中到县委的信上，小锁柱的话就再也进不去梁永生的耳朵了！你想啊，不管方才小锁柱交代得多么明白，永生他怎么能够知道呢？

　　小锁柱毕竟是聪明的。他在否定"梁队长是不是一时落神"等念头之后，立刻得出了这样的结论："呀！原来我还并未能彻底了解自己的领导人梁永生啊！"他是怎样得出这个结论的呢？他自己未说，谁能知道他的思想活动过程？不过，他那双对梁永生更加敬重的目光，还有他那极为认真的重述和志清见面过程的神态，已经十分明显地告诉人们：小锁柱已经知道了方才梁永生没有听见他的话的真正原因。

　　在锁柱讲完了有关唐志清的情况之后，梁永生又向锁柱说明了县委信中的指示精神。锁柱问：

　　"怎么办？"

　　"照县委的指示办！"永生说，"锁柱，你向西，我向东，分头去召集队伍……"

　　"哪里集合？"

　　"宁安寨！"

　　"好！"

　　"走！"

　　话毕。永生、锁柱告辞了房智明，连夜出发了。

　　可是，那早已安排好了的党员会和民兵队长会，还都在等着他们。据此，他们在分手之前，又约定好：在召集队伍的路上，要赶到开会地点，分别将两个会议开下来；并要通过这两个会，将县委这个新的指示精神贯彻到党员和民兵中去。

　　房智明送走了梁永生和小锁柱，回到他的屋中，独自坐在灯下，没有半点睡意。这是因为，他这个"旁听生"的心情，这时太兴奋了！他觉着，这一天一夜间，他从梁永生和小锁柱的身上，又学到了很多很多的东西，仿佛自己蓦然聪明了许多！

"我今天究竟又学到了一些什么？今后又该怎么办？"他默默地想了一阵，又自己跟自己商量了一阵，将日记本儿摊在灯下……

天，黎明了。

窗外，传来沙沙的风声和唰唰的雨声。这黎明时分的风雨啊！你将为大地增加多少色泽？你又将把多少正在沉睡中的人们唤醒？

房智明望望窗户，听听风声雨声，而后伏在桌上写开了：

"老天爷正用这风风雨雨对大地又扫又洗，为的是让整个世界用一副崭新的面貌来迎接那新的一天！房智明啊房智明！你该怎么办？……"

他写着想着，想着写着，猛一抬头，仿佛梁永生和小锁柱那令人敬慕的形象，又出现在他的眼前……

第八章

———

回马枪

战争年间，风云多变。

敌人由于在前一个时期连续遭到我们几次伏击，死伤累累，损失惨重，近期以来，吓得龟缩在据点里不敢轻易出窝了！

我们的大刀队，根据县委的指示，立刻抓住了这个短暂的时机，加强了群众工作和政治工作，使大刀队既是战斗队，又成了工作队。

化整为零的大刀队战士们，分别深入各村，发动群众，组织群众，武装群众。并帮助一些支部，重新健全起领导机构。还帮助一些空白村，发展起党的组织。另外，在这期间，对各村的民兵还进行了一些军事训练，并建立起了区域联防……

在各级党组织的领导下，在八路军大刀队的具体帮助下，村村庄庄的抗日气氛，犹如雨后春笋，日新一日地活跃起来了。

你听呀！广大的乡村里，处处都是抗日的歌声。就连那些从来不会唱歌儿的老爷子，也咧开了那没牙少齿的笑口，抖动着飘飘的白胡跟他的孙子学起歌儿来了！还有些年过花甲、岁近古稀的老奶奶，也自动报名挂号，参加了妇女救国会和农民救国会联合举办的赛歌会。总之，这些天来，村村庄庄天天被歌声笼罩着，抗日军民的战斗生活是在歌唱声中度过的。

革命的歌声能焕发革命的精神。

革命的歌声能激起革命的激情。

革命的歌声能唤醒革命的新兵。

革命的歌声能调动起革命的积极性。

你看吧——

东庄的妇救会员们，正在歌声中收集碎铜烂铁，准备一批接一批、批批相连地送往我军地下修械所；

西村的农救会员们，正在歌声中凿墙挖洞坚壁粮食，准备以战斗的姿态来迎击敌人的"清乡"、"扫荡"；

张家的老夫妇送子参军；

李家的新媳妇劝郎入伍。

儿童团站岗放哨盘查行人。民兵们挖壕筑堡准备战斗。村外的旷野里，被"扫荡队"给垫平的交通沟又全都挑开了。村里的墙面上，被"清乡团"刷去的标语又重新写出来：

"打倒日本帝国主义！"

"抗战胜利万岁！"

人们望着这些景象，都兴奋地说：

"抗日的火焰又旺起来了！"

可是，不几天，屡遭失败的敌人，伤疤还未干，就开始捣乱了——他们又来了一次所谓"大围剿"。

在这次"大围剿"的前夕，梁永生到县委开会去了。

大刀队领导责任的担子，暂时落在梁志勇的肩上。

敌人的这次"大围剿"，来势凶猛，势头很大，一直叮住大刀队的尾巴不放，夜以继日地穷追。可是，人民的战士，是任何敌人也追不垮的，而且，他们还决心要拖垮敌人。

神出鬼没的游击健儿们，紧紧地牵着"扫荡队"的"牛鼻子"，在这汪洋大海般的辽阔平原上，跟那些瞎长虫似的敌人兜圈圈、"捉迷藏"。有时候，大刀队的勇士们，跟敌人纠缠得连顿饭也顾不上吃，只好成天价怀里揣着干粮，抽空摸空地啃几口；有时候，他们为了不让敌人得安宁，自己一连几夜也捞不着睡觉。怎么办？他们利用在交通沟里行军的时间，大家伙儿轮流着打个盹儿。

就这样，敌人越"追"，我们的战士精神越旺；敌人越"剿"，我们的战士斗志越刚。战士们的决心是：就靠我们的一颗红心两只铁脚板儿，一定要把敌人拖垮！

这还不算，他们在跟敌人兜圈子的过程中，还短不了瞅个空子，打个埋伏，狠狠地敲打敌人两下。而且是得空就打，打了就走，使得敌人天天兵有伤亡，枪有损失，可又干着急没有办法。

把敌人消耗到一定程度，就应当像擦腚砖一样地甩掉他们了！可是，用什么法子甩掉他们呢？梁志勇想出一个法子——派出几名战士，在民兵的配合下，去佯攻柴胡店据点！

这一手儿，立见神效。

几天来，一直跟在大刀队屁股后头嗡嗡乱叫的"扫荡队"，立刻收兵去援救柴胡店了！

这时节，战士们身上带的干粮早已经吃完，他们已有两三顿没有吃上饭了，许多人饿得肚子里直唱戏。为了解决吃饭问题，梁志勇带领着大刀队，扎进了宁安寨。

大刀队的战士们进村以后，只见街道上静悄悄的，几乎没有一个人影。志勇他们望着这种景象，心里挺高兴。因为这种景象说明，这宁安寨村的民兵和群众，已按照上级的号召撤出村去了。上级的号召是，在当前敌人进行"拉网式大围剿"的情况下，各村群众，要在每天黎明时分撤离村子。民兵也要撤出村外，以便一旦发生敌情，好掩护群众转移。村中，只留下极少数的抗日积极分子和一部分老年人。根据这种情况，大刀队进村后，便一直奔向魏基珂的住宅。

这是魏基珂家。

魏基珂的老伴儿，嘴里正念念有词儿地对天祷告：

"老天爷爷呀，你保佑着大刀队上那些孩子们……"

大刀队上的战士们，悄悄走进庭院。

梁志勇扑上去，说：

"魏奶奶，你怎么又……"

魏奶奶猛地回过头，脸腔红润润的。她没等志勇说完，就用食指点着志勇的前额笑咧咧地说：

"又叫你们看我的笑话儿了！"

魏奶奶换一下口气，又说：

"这些天来，一天到晚，枪声不断，我对你们真不放心呀！……"

她说着，一头扑进战士群里，扳过这个来看看，又抓过那个来瞅瞅；而且是瞧了头，又瞅脚，看得竟是那么仔细，仿佛她生怕哪一个战士的身上少点儿什么似的。这当儿，老奶奶的眼里，正向战士们倾注着使人的心灵感到温暖的光芒；老奶奶的脸上，一直是喜泪横流，笑纹不退；嘴里还不住口地念叨着：

"还是都赛欢老虎儿似的，你们是越打仗越上精神呀！可好，可好！"

风来了。风像一只温暖的手掌，正在轻抚着战士们那疲劳的身躯。似乎，这和风中还夹带着一种宛如母亲对待儿女般的情意，又注入他们的心里。

说真的，战士们虽然觉着魏奶奶这迷信思想不对，可又全被她老人家这种深厚的、真挚的阶级情谊所感动了。因此，这时每个战士的心窝里，都有一种甜丝丝、热滚滚的感觉。

感动归感动。有着强烈的革命责任感的战士们，对老奶奶的迷信行为，还是采取了批判态度。

小锁柱先说：

"魏奶奶，什么天爷爷地奶奶的呀，根本就没有那些玩意儿！"

小胖子又说：

"对呀！咱光承认魏爷爷、魏奶奶，不承认天爷爷、地奶奶……"

魏奶奶拍打着战士们身上的尘土，兴冲冲地笑了。

战士们也笑起来。

笑声落下。梁志勇问：

"哎，魏奶奶，俺魏爷爷呢？"

魏奶奶一边拍着战士们身上的尘土，一边说：

"他听说，今儿五更里，你们在于庄和'扫荡队'又干了一仗，他怕你们人少吃了亏，不放心，背着个粪筐打听消息去了……"

魏奶奶嘴里这么说着，她那探询的眼光，在战士中间串了一遭儿。当她发现其中就少梁永生时，便立刻收住话头改了口，吃惊地问志勇道：

"哎，你爹呐？"

"开会去了。"

"上哪里？"

"县委。"

"我听人说，前些天你们在十里铺跟敌人打仗时他还在呀！……"

"对呀！他是打了那一仗以后走的。"

志勇这么一说，魏奶奶才算放了心。

这时候，好几顿没吃上饭的战士们，都饿得肠子打得肝花响，肚皮贴上脊梁骨了！唐铁牛扳着干粮筐子正找东西吃，被魏奶奶看见了。她说：

"唉！牛子，饿坏啦？是不？真不巧，一点干粮也没有！你们自己做米饭吧，米还在老地方。我到村头上给你们放哨去……"

大刀队的军粮，分别埋藏在若干个群众基础条件比较好的村子里。宁安寨就是其中的一个。在斗争环境比较好的日子里，大刀队的战士们，都随身带着米粮袋子。可是，形势一紧张，他们来不及装米粮袋子了，就走到哪村吃哪村，住在谁家吃谁家，然后开一个条子或留下粮票。今天，他们来到魏基珂家，就是属于这种情况。因此，现在魏奶奶一边朝外走一边又说：

"你们不要留粮票了。这米是村干部存在这里的，准备你们突然闯进来好做饭……"

梁志勇见魏奶奶越走越远，忙拿话拦住她，问：

"魏奶奶，你要干啥去？"

"不是已经告诉给你们了吗——"魏奶奶说，"我给你们放哨去！"

志勇说：

"甭价！"

"为啥？"

"我们自己派人吧！"

"可不行！"

"咋不行？"

"大白天，你们放哨多显眼儿呀！"

过去，大刀队来这里住时，魏奶奶常常利用看场、看枣作影身，给大刀队在村口放哨。现在，场里没庄稼，看枣又不到季节，魏奶奶用啥作影身呢？志勇想到这里，就说：

"你站在庄头上，也很显眼呀！"

"我有法子，你甭替我操心！"

她有啥法子哩？志勇不知道。但是，他知道魏奶奶对掩护八路军，是富有经验的，并相信她老人家一定会有办法。

不一会儿。

门外传来魏奶奶的叫鸡声：

"咕——咕！咕咕咕！——……"

她一面高声大嗓地叫着，还一面大声小气地自言自语地嘟嘟着：

"鸡也真气人，刚找回来，一转眼儿又没影了！气急了我，全宰宰吃这杂种们……"

她嘟嘟一阵，咕咕咕地叫一阵；叫一阵，又嘟嘟一阵。这叫鸡声和嘟嘟声间杂交织，由近而远，向着村头的方向消逝着。

战士们听着渐渐远去的叫鸡声，都高兴地笑了。

志勇从草棚子里抱来一些碎柴火，一边往屋里走，一边向他的战友们说：

"伙计们！一齐总动员——做饭呀！"

小胖子建议说：

"叫我说，咱甭做饭啦——"

"怎么？你不饿？"

"不能说不饿！可对我来说，更迫切的，还是抓紧这个空子来上一觉儿！"

现在，连志勇也觉着，要能眴眴地来上一觉儿，哪怕是一两分钟也好，那得算一次最大的享受了！可是，他又完全明白，目下的情况，是不允许他们睡上一觉儿的，必须抓紧时间，弄顿饱饭吃，然后速速走开。因此，他向小胖子说：

"同志，还是吃饭要紧！觉，留着它到路上去睡吧！"

接着，烧火的烧火，冲米的冲米，七手八脚地忙活起来，锅台周遭儿围了个人疙瘩。

那些插不上手的人们，一骨碌躺在炕上——他们是实在撑不住架了！

锁柱将最后一瓢水倒进锅里，又随手将水瓢挂在锅台后头的墙上，然后来到灶门前，拨拉志勇一下，说：

"闪开！"

"干啥？"

"我烧！"

"你烧？我呐？"

"你？你吃饭一个顶我俩，可做饭你俩也顶不上我一个！……"

"你说这个我认头！"志勇说，"越是不行，越要锻炼嘛！"

"别穷裹粘！"锁柱说，"快抓紧时间办你那该办的去！"

"该办的？啥？"

"回家去看看呗！"

要说真心话，志勇怎能不想回家去看看他娘呢？可是，他又觉着目下不同于往日，自己担负着大刀队的领导责任，不能把队伍舍在这里自己去探家呀！虽说离家不远，而且也用不了多少时间，可是，哪怕是只离开一分钟，要是万一就在这一分钟里发生了敌情，队伍失去了指挥，那还了得吗？志勇基于这些想法，便向锁柱说：

"那算下一个节目吧！"

他将几棵半截秫秸一撅两截，填进灶中，又说：

"咱利用做饭的时间开个小会吧！锁柱，你去把同志们召集到这里来！"

锁柱觉着志勇想得蛮对，应了一声"好"，就去召集人了。紧接着，他那一向含着自来笑的声音，先后在各处响起来。先是在东里间的炕上：

"起来起来！下雨啦，外头睡去……"

接着又嚷进西里间：

"躺在这里就睡呀！也不怕老鼠咬着腚！……"

一忽儿他又跑到天井里：

"别在那里'下神'啦！分队长下令——开会！"

人们都到齐了。

有的坐在门槛儿上，有的倚在门框上，有的蹲在屋当央，也有的拉过一条长扁担，自己个儿先坐上以后，又向扁担一拍说：

"伙计们！排排坐吃果果喽！"

"咱们借这个机会，分析分析敌人的动向吧——"志勇用掏火棍挑动一下灶中的柴火，又接着说，"我们一俫攻柴胡店，'扫荡队'就马上回去了！石黑、白眼狼能这么好哄弄？我老琢磨着这里边有鬼……"

"有啥鬼？咱随便出个点子，就够那些老小子们猜半年的！"才入伍的新战士申华说，"叫我看，他们又中计了！"

锁柱摇头道：

"我揣摸着，敌人怕是不那么蠢，咱得提防着点儿，可别中了石黑的'拖刀计'！"

有的战士说：

"没啥事儿！别把敌人看得神乎其神的！"

锁柱又说：

"当然，从总的方面说，敌人没啥了不起，我们有决心有信心打败他；可是，在战场上，还得重视敌人呀！咋能把对敌人的斗争看得那么轻而易举呢？"

又一个战士望望天说：

"天到这时，敌人作不出啥文章来了！"

申华是由儿童团——青抗先——民兵这条道路进入到八路军的队伍中来的，所以一来到大刀队就能做到在讨论问题时积极发言。这时，他紧接着那位战友的话尾，帮腔道：

"先呛个饱儿再说再论吧！只要肚子里有食，手里有枪，怕他个屁！"

在人们乱发议论的当儿，梁志勇凝视着灶门，一言不发。灶膛里，火舌舔着锅底，一股浓烟从灶门扑出来，在屋中扩散着。这当儿，在志勇的头脑中，翻上这样一件事来——

那是梁永生离开大刀队到县委去开会的时候，在志勇和锁柱送他的路上，他语重心长地说：

"我一走，你们的担子重了，可要多加小心呀！"

志勇向爹说：

"放心吧，出不了大问题！"

永生很认真地说：

"你要记住：问题，就肯出在认为出不了问题的时候！你这样认识问题，我真不能放心呀！"

志勇赶紧表示态度说：

"我记住了！"

在他们将要分手的时候，梁永生再次嘱咐说：

"在我开会期间，敌人要集中力量找我们决战，你们就牵着他的鼻子跟他兜圈子；敌人的'大围剿'要是越闹越凶，你们就化整为零，分散活动，千万不要硬拼！等我们准备好了，再找个机会狠狠地揍他们……"

而今，志勇一面烧火，一面倾听着人们的发言，一面回忆着队长嘱咐的这段话，一面盘算着下一步的行动计划。

锅里的米饭快要熟了。

白茫茫的热气，将锅笼罩起来。被煎熬着的小米，在锅中比着劲儿地一阵阵地吱吱叫。战士们闻到熟饭的香味儿，就像看见什么酸东西一样，嘴里直流口水。梁志勇用鼻子嗅嗅，觉着饭还不大熟，就说：

"大伙儿说说——下一步咱该怎么办？"

铁牛突然发言了：

"到晚上，咱再来个'夜袭柴胡店'吧？"

申华帮腔道：

"对！我从来还没见过柴胡店是啥样的呢！"

随后，又有几个战士发了言。

这一阵，锁柱在瞪着直眼想事儿，一直没吭声。志勇既是点将又是将军地说：

"锁柱，你这个'参谋长'要辞职吗？咋不拿个意见呢？"

"参谋长"这个称呼，是这么来的：在梁永生去开会以后，锁柱见志勇压力很大，曾鼓励他说："伙计，甭愁，干吧！队长不在，你就当家——眼时下，你算个'司令'，我给你当个'参谋长'……"现在，锁柱见志勇一拿"参谋长"来点他，他不由得笑了，说道：

"'参谋长'的意见，考虑不成熟，可不能轻易拿出来呀！"

他向战士们一甩下颏儿，又说：

"能像他们这些小卒子们一样？"

小胖子吭地给他一杵子：

"瞧你装得这个挺！"

战士们哄笑起来。

锁柱也扑哧笑了。随后，他把脸一板，郑重其事地说：

"我揣摸着，咱甭去找敌人，敌人还会来找咱！"

"我同意你的看法。"志勇说，"你再揣摸揣摸——咱该怎么办？"

"这我倒揣摸过了——"锁柱说，"可是还没揣摸出道道儿来！"

"我想再划开——"

"分散活动？"

"对！"志勇说，"你看怎么样？"

锁柱摇摇头说：

"我不赞成！"

"为什么？"

"那就没有多大战斗力了！"

"我们不是为分散而分散。"志勇说，"分散，是为了去分头发动群众，壮大我们的力量。"

"道理对；时机呢？"

小胖子插言道：

"咱是不是等梁队长回来再定？"

志勇斩钉截铁地说：

"不！眼下不能等了，要当机立断！"

"对！"锁柱指指肚子说，"咱先解决了这个问题，再接着讨论决定吧！"

"好！"志勇又在锅上听了听，嗅了嗅，像发布命令似的说，"听'参谋长'的——开饭！"

志勇的话音未落，战士们齐打忽地忙起来。掀锅的掀锅，找碗的找碗，因为筷子不够用，有些战士就折来一把秫秸莛秆儿当筷子。不一会儿，饭锅上就围上了一圈儿人，他们肩靠着肩，头顶着头，有的用铲子锄，有的用勺子盛，也有的用筷子往碗里扒拉。插不上手的人们，就一手拿着筷子，一手拿着碗，站在别人的身子后头等着。待那个同志盛满了饭碗，抽出身子走了，这个同志又从人缝里挤巴挤巴钻进去……

正在这个节骨眼儿上，忽听街上人喊狗咬一阵大乱，紧接着，魏奶奶跟跟跄跄跑进来。

只见她，直跑得张着个大嘴喘不上气来，要不是志勇抢上前去抱住她，她非得一跤跌在地上不可！

志勇急促地问：

"有啥情况？"

　　魏奶奶的脸上，流露着万分焦急的神色！可是，她张着大嘴光顾喘息，还是说不出话来。

　　这时，富有战斗经验的梁志勇，从魏奶奶的脸相上，神色上，显然可以断定：外头有了敌情；而且情况是十分急迫的！

　　于是，他向战士们命令道：

　　"准备战斗！"

　　我们八路军的战士，向来都是这样：只要一听到"准备战斗"的命令，饿也不饿了，累也不累了，困也不困了；气儿也来了，劲儿也来了，精神头儿也上来了！你看，他们唰地放下碗，忽地站起身，有的嗖地抽出匣枪，推上了子弹；有的用嘴咬开手榴弹盖儿，将拉火线挂在小指上；有的从背后拔出大刀，握在手中抖着腕子！

　　到这时，战士们那股疲乏饥饿的气色一丝也没有了，取代它的是一张赛一张的眉飞色舞的面容。

　　过了一霎儿。

　　魏奶奶从志勇的怀里挣脱出来，气咻咻地说：

　　"敌，敌人……"

　　"在哪里？"

　　"进，进村了！"

　　"从哪来的？"

　　"从，从西边……"

　　志勇嗖地抽出匣枪，就劲儿一挥手臂：

　　"走！跟我向东冲！"

　　魏奶奶拽住志勇：

　　"不，不行！"

　　"咋？"

　　"东面也上来了！"

　　"南面呢？"

　　"四面都有！"

　　志勇听了，立刻浑身一紧。屋里，顿时静下来。

　　静得连呼吸声都听不见。

怎么办？这样一个念头，在每一个战士的脑际盘旋着。一双一双又一双的求战的眼睛，一齐盯着他们这位年轻的领导人——梁志勇。

梁志勇，过去跟爹在一块儿的时候，不管敌情多么险恶，心里总是平平稳稳的。而今，志勇成了大刀队的一号指挥员，又碰上了这种意外情况，他老觉着没有主心骨，所以心里或多或少的有点紧张。

眼下，他在想什么呢？

他正在想："真怪呀？石黑的鼻子怎么比狗鼻子还灵？我们进了这宁安寨，才做熟了一锅饭，还没有吃，这才有多长时间，怎么那刚刚撤走的敌人又上来了呢？而且是，一来就包围了村子……"

原来事情是这样：石黑在带着大队人马撤走的时候，悄悄地留下一批便衣人员，在这一带布下了暗哨。这些暗哨探清了大刀队拉进宁安寨的情况后，报告给了石黑。石黑接到情报以后，便立刻带领着大队人马，直扑宁安寨来了。与此同时，他还用电话命令疤瘌四等附近各个据点上的伪军，一齐出动，配合他的行动。这些情况，当然志勇目下还无法知道。但是，他从敌人的行动中，已经判断出敌人已掌握了关于我们行动的情报，并已明确地意识到，当前的情况是非常严重的！

志勇正然迟疑思考，耳边响起了这样的声音：

"同志们！我们这些领导成员，在每一次战斗中，特别是在紧要关头的动作、表情，都是战士们所非常注意的。因此，在那样的时刻，勇敢而沉着，应当是每一个领导成员必须具备的起码条件。"

这段话，是梁永生过去在一次支委会上讲的。

今天志勇想到它以后，不由得挺挺腰，昂昂头，向他的战友们说：

"同志们！沉住气，没有什么了不起！"

他在说这话的同时，眼里闪射着勇猛无畏的光芒。

梁志勇的这种大无畏的气概，这种威风凛凛的态势，使战士们觉着分队长是我们坚不可摧的靠山，并感到有一股强大的力量正在通过他们的全身。

与此同时，志勇也向齐刷刷地站在自己周围的战友们看了一眼，只见那一双双正在盯着他的眼睛都快要喷出火来了！这些眼睛好像正在向他说："分队长！下命令吧！就是火海我们敢下！就是刀山我们敢爬！哪怕他敌人围上千万重，我们也一定能够冲杀出去！"

战士们的这种精神，又深深地感染着志勇，使他增加了勇气，增加了信心，增加了力量。于是，他再次将手臂一挥，发布命令说：

"同志们！集中火力，跟我冲！"

志勇话未落地，两面村长田台玉慌慌张张跑进来。田台玉这个两面村长，是被敌人硬逼着干上的。他自从干上以后，有心向八路，又怕鬼子知道了要家破人亡；心里恨鬼子，可又一点不敢违抗。因此，只好敷敷衍衍地应酬差事，两面儿上谁也不得罪。现在他一见大刀队的战士们要往外冲，就上前拦住志勇，变脸失色地问：

"你们要在这村打仗吗？"

"对！"

"可不行！"

"咋？"

"村里受连累倒是小事，要是万一你们受了损失，俺这个办公人可担待不起呀！"田台玉望着志勇的面色说，"我看是不是这么办——"

"怎么办？"

"你们藏一藏。我们这些办公人们在街上支应着点儿。常言道：'钱到公事办，火到猪头烂。'我们想法多撺几个钱儿，也许出不了事儿！"田台玉瞪着一对绿豆眼又叮咛道，"可有一件——你们别猛孤丁地冲出去揍他们呀！要是那么一闹，俺这帮办公人们就都得死喽死喽的了！……"

志勇正思索田台玉这些话的意思，又听魏奶奶说：

"志勇啊！这么硬冲能行吗？"

"不行也得行了！"志勇说，"已经走到这步棋上了，藏是等死，只有打……"

锁柱拦住志勇的话头说：

"你真是铁匠的儿子，就知道打，打，打！我赞成突围，不赞成用硬冲的办法突围！"

志勇很佩服锁柱能在这个节骨眼上提出反对意见。因为这反映出他对党的事业的高度责任感。可是，志勇觉得，要想突围，非硬冲不可！而且，必须快冲，争取在敌人的包围圈儿尚未部署好之前，冲出去！

生死的斗争，危急的关头，严峻的时刻，能收敛起人们一切杂乱的思维，也能压抑住人们一切无关的情绪。眼时下，梁志勇的头脑中，已变得从未有过的那么单纯了：冲出去！

于是，他微低着头，稍一沉思，又猛地昂起头来，果断而又坚决地说：

"服从命令——冲！"

"是！"

锁柱严肃地应了一声。

接着，他把匣枪一端，首先冲出屋去。

志勇大步赶上前，将锁柱拉在自己身后。

继而，他又把身子朝后一仰，右臂往前一挥，气呼呼地命令道：

"同志们！把骨头里头的劲全使出来——冲！"

大刀队的勇士们，像刮了一阵旋风似的冲出院子。

随后，他们拐弯抹角，一溜飞颠飞跑，伴随着呼呼呼的一阵风响，活像一支支箭头似的来到村子的西头上。

没等他们站住脚，就被敌人发现了，双方接上了火儿。

经过一阵激战，没能冲出去！

志勇见势不妙，怕再坚持下去被敌人困在这里，便又向战友们说：

"走！跟我向东冲！"

如今志勇的眼里，常有严峻的神气。这种神气，跟他的年岁有点不大相称。可是，战友们对他是尊重的，佩服的。今天，大家在志勇的指挥下退下阵来，顺着一条小胡同又向东飞奔而去。

来到村东口，双方又打响了。

大刀队的同志们，虽然打得很猛，可是，由于敌人兵力太大，还是冲不出去！到这时，他们的子弹已经消耗得不少了，敌人又正在像个椅子圈儿似的包围上来。

显然是没有冲出去的希望了！

怎么办？志勇当机立断，又带领着战友们撤回村里。不一会儿，他们撤到一个院子里来了。

这个户家，人全走了。屋里屋外空荡荡的。

梁志勇闯进屋，先命令两名战士把住院门，然后虎势彪彪地贴桌一站，用两只拳头拄着桌面，向他的战友们说道：

"同志们！我们眼前的形势十分危急，下一着棋，该怎么走？大家伙想个主意吧！"

蹲蹲在门槛儿上的炮筒子，冲口来了一炮：

"业已到了这步田地，没啥巧招儿了！再冲！"

小胖子抓下罩在头上的毛巾，擦了擦头上和脖子上的汗水，然后往锅台角子上一蹲，紧接着炮筒子的话尾说：

"大白天硬冲不行！叫我说，咱在这院子里守它一阵，等天黑下来再看……"

申华带着三分火气拦腰插言道：

"还看？要冲趁早儿！不冲就拼……"

小胖子反驳道：

"海鸥不畏风雨，战士还怕流血？冲也罢，拼也罢，都容易！问题是……"

唐铁牛将一只脚蹬在凳子上，气呼呼地说：

"什么这问题那问题呀！依着想那个还有完？豁出一个死去，啥问题也没了！"

到此，锁柱发言了。他说：

"我还是不赞成硬冲！……"

小锁柱这一句，把炮筒子惹急了。炮筒子和小锁柱，两人是个"对头炮儿"。几年来，他俩三六九儿地机枪对大炮叮叮当当就开起火儿来，有时竟吵得脸红脖子粗。可是吵过以后，谁也不往心上搁，还和往常一个样。有时候，炮筒子去找小锁柱认错儿，锁柱说："算啦算啦，算咱刚才没吵吧！"有时候，小锁柱去找炮筒子作检查，炮筒子就给他一杵子："别来穷叨叨！过去就是过去了，再扯那些事儿有啥意思？"今儿，炮筒子见小锁柱不同意冲，急了，他往起一跳又开了炮：

"小锁柱，你个小孩子懂个啥？还这么固执己见……"

小胖子见老炮摸着胡楂子摆起了老资格，他的话儿来得更尖刻：

"小孩子的意见就准是错的？如果说有胡子就算'圣人'，那么，山羊也就会讲课了……"

梁志勇打断了小胖子的话弦：

"你先别扯这些没用的！"

又向锁柱说：

"小王，你不同意硬冲，你说该怎么办？"

一向机灵的小锁柱，未等志勇的话音落地就开了腔。他说：

"我的看法是：现在敌人是优势，我们是劣势。毛主席说过，劣势者只要有准备，给敌人来个出其不意，也能把优势者打败。刚才我们所以冲不出去，就是因为敌人是有准备的，而我们却是无准备的。眼时下，我揣摸着敌人很可能正在准备我们再次冲杀突围。我们应当怎么办？叫我说，咱应当改变个形式，从而变无准备为有准备，使敌人变有准备为无准备……"

小锁柱这一大段发言，使志勇很受启发，并进一步坚定了他那胜利突围的决心。这决心，先产生出智慧，又变成了命令——他先用拳头击一下手心：

"对！"

继而又道：

"来个乔装改扮，分散突围！"

众喜。志勇问：

"怎么样？"

大家异口同声：

"行！"

志勇开始部署了。他的话是迅速而又简洁的：

"分散突围，需要灵活机动，独立作战；突围路线，要根据情况，随机应变……"

他部署完毕，又朝桌面砸了一拳，震得桌面上的尘土都乱跳了起来：

"立即行动！"

随后，人们又约定好了突出重围以后的集合地点，便都各自忙起来了。有的，从炕上扯起一件老大爷的褂子穿在身上；有的，拾起天井里的一个粪筐背在肩上；有的，把撑裂了的鞋用绳子绑起来；有的，扣好了纽扣儿又勒腰带；也有的，把手榴弹揭开盖儿，将拉火索勾在小指上；还有的，仔细地摸着佩在身上的子弹袋，为的是看看他还有多少粒火儿……

一切战前的准备工作在不声不响地进行着。

一场艰苦的险恶的分散突围战就要开始了。

这些生死与共、休戚相关的战友们，在行将分手的时候，有的相互盯望着，久久地盯望着；有的用上了全身的力气，紧紧地握手。这当儿，战斗经验多的老战士在叮嘱着新战士；还有两颗手榴弹的同志，摘下一颗塞给没有手榴弹的战友；子弹多的也拿出几发，给了子弹少的同志。

准备完毕。

梁志勇扑闪着他那双坚毅而光芒四射的眼睛，向他的战友们说：

"谁先冲出去谁先走，不要恋战！冲出去就是胜利！"

这时节，村里已经乱起来了！

你听！鸡飞狗咬，人喊马嘶，枪声大作。

大刀队的战士们，都揣着一颗胜利突围的决心，人人精神百倍，个个摩拳擦掌，全在准备大显身手。

就在这样的时刻，梁志勇发布了命令：

"开始突围！"

随后，一场激烈的突围战开始了！

到此，作者只好"花开千朵，各表一枝"。

先说锁柱。

他顺着胡同，贴着墙皮，向北跑去。

战友们多着急呀！既然要突围，只有想法儿向村头、村边靠近才对，锁柱越往北跑，不是离村头、村边越远了吗？可是，战友们空着急又有什么办法？大声喊回他来？显然不行！因为那会被敌人发现目标，影响整个突围计划的胜利实现。去追回他来？他已经跑远了，咋能追得上他呢！

战友们虽然着急，可也并不十分担心。因为人们相信锁柱的机智：他既然往北跑，就必然是有他的想法，有他的目的，甚至还许有什么出奇制胜的高招哩！

于是，人们便都按照事先的计划，各自走开了。

那么，咱还说锁柱——他到底有什么"出奇制胜"的突围高招呢？

人们想错了！他哪有什么"高招"呀！

那为啥要往北跑？

他要到梁志勇家去。去看看志勇的母亲杨翠花是不是安全地撤离了村子。是啊！梁志勇同志为了照顾队伍，顾不得去管他的母亲了，可是锁柱，怎能对战友的亲人不挂心哩？锁柱就是出于这样的想法，冒着风险向北猛跑，直奔村子的中心而去。

当他来到志勇家时，只见屋里屋外空无一人，他喊了两声"翠花婶"也没人答腔，就知翠花已经走了，这才心中的悬石落了地，暗自高兴起来。

高兴，是理所当然的了！他不害怕吗？你听！

"站住！——"

伴随着敌人的狂叫，嘎勾儿一声，枪又响了！

东边，正响着哐当哐当的踹门声，还夹杂着咋咋呼呼的嚎叫：

"开门！他妈的！……"

西边，又传来咔嚓咔嚓的皮鞋声，还有吱吱哇哇的鬼子腔：

"巴格亚鲁！八路的哪里去了？……"

南面，有两只老母鸡从垣墙上扑扑啦啦飞过来，惊慌地像骂街似的啼叫着。垣墙那边，各种家具稀里哗啦乱响起来，显然是敌人已经闯进了院子……

北面，敌人放火烧房了！一股浓烟腾上半空，又随着北风朝这边扑来……

这些情况告诉锁柱：敌人已经满了村子；他，目下正处在一种危急境地！

危急，对那些贪生怕死的胆小鬼儿来说，能使他产生惊慌，怯懦，甚至是苦痛，绝望！其威力嘛，确乎是不小的！可是它，对我们的共产党员，对我们的八路军战士，不仅没有任何"威力"，其作用也是完全相反的！你就瞧眼下这位小锁柱吧！他面对着四面受敌的危急局面，只有气，没有怕，动作也更加沉着了，头脑也更加清醒了，胆量也异乎寻常地大起来！

他的胆量大，就大在：既决心不做俘虏，又没有任何牺牲的念头，只是一心要冲出去，而且坚信能冲出去！于是，他提着匣枪，闯出院门，顺着胡同，朝南就走。谁知，他来到胡同口上时，忽听街上响起急促的脚步声！

街上究竟是个啥情况？

他扳着墙角儿朝外一瞅，只见两个伪军正在追赶一位青年妇女，并又突然喊道：

"干啥的？"

"站住！"

他们是喊那拼命疯跑的妇女呢，还是已经发现了小锁柱这个新的目标？这怎么知道！只知道在这喊叫的同时，伴随着两声枪响，吱溜吱溜的子弹射过来了！

锁柱甩枪还击。

随后，他抽身缩回胡同，扎进一个院门。

这是尤大哥家。

尤大哥因是民兵队长，早在黎明时分就带领着民兵和群众撤出村去了。锁柱闯进院时，正巧遇上杨翠花。杨翠花是为了照顾没有撤出村的老年人和病人，故意留下来的。刚才，她在听到敌人进了村的消息以后，立刻想起了正在病中的尤大嫂，就赶忙跑来照料她。谁知，翠花进屋一看，屋里空无一人。原来尤大嫂一早就被小铁蛋背走了。

翠花正要往外走，跟小锁柱撞了个满怀。

锁柱一见翠花，又惊又喜又急，忙说：

"敌人追来了！我堵住门口，你赶快想个法子——走！"

怎么走哩？翠花心里正着急地想着，一眼瞅上了西面那堵破烂不堪的垣墙。在目前这种异常急迫的处境中，使杨翠花蓦地想起了梁永生在边临镇药王庙中越墙逃跑的情景。于是，她捅了锁柱一把，又朝那垣墙一指，说：

"咱从那墙头上翻过去！"

锁柱没注意翠花口中这个"咱"字，只是说：

"行！快！"

他说罢，又回过头去，全神专注地盯住了门口。

翠花想："我怎么能舍下锁柱自己走呢？"她灵机一动，便说："那垣墙虽矮，可我爬不上去呀！"她这样说着，没容对方张口，就硬把个锁柱拉到垣墙近前来了。

这时，胡同里那乱嘈嘈的脚步声，正在由远而近。

翠花连推带搡地催促着锁柱：

"快！快上！"

"你……"

"你先蹿上去，再拉上我去！"

锁柱觉得翠花言之有理："好！"这声"好"没落地，他一纵身子蹿上墙去。真没想到，由于那土墙太破旧了，叫锁柱猛力一扳，一大块墙坷垃脱离了墙头，眼看着，锁柱的身子要和那个墙坷垃一起滑落下来。

胡同中的脚步声更近了。

在这脚步声中，还夹杂着敌人的喊叫：

"跑进那个门去了！追！……"

此刻，正在集中精力监听着院外动静的杨翠花，一见小锁柱要溜下来，就抢身一步赶上前，用尽生平之力，托住了锁柱那因失去控制而猛然下坠的身躯。

锁柱在翠花的帮助下终于爬上墙头了。

可是，当他倾下身来正要往上拉杨翠花的时候，角门口上突然响起枪声：

"嘎勾儿！——"

"嘎勾儿！——"

伴随在这两声枪响之后，还有一声尖叫：

"别动！"

小锁柱闻枪提神，虎胆倍增，他那全身的所有器官，也都为了一个共同的目的而行动起来——他那两只百炼成钢的大脚板，弯成一个新月形，站在鱼脊式的墙头上；身子虎蹲着；一手端着匣子枪瞄着角门儿，准备射击马上就会闯进来的敌人；一手朝下伸着，并已运足了力气，恨不能猛一提就把翠花拉上墙去；他的两只眼睛，一面警惕地盯着院门的方向，一面焦急地瞟扫着墙下的翠花；这时他的心里只有一个想法："不管将出现什么情况，我也一定要把翠花婶子救出去！……"

但是，锁柱的想法没有实现！

因为翠花这时的想法，和他截然相反："看来两人都走已经不行了！我宁可一死，也得让锁柱赶紧脱险……"精明的翠花当然知道，她这个目的，是用什么样的语言也不会取得锁柱的同意的！于是，她就着锁柱正倾着身子往上拉她的劲儿，给了锁柱一个冷不防，用上全身力气猛地一推，将个小锁柱推下墙去！

小锁柱刚刚翻下墙头，四个像疯狗似的伪军呼啦啦闯进院子，这些狗食玩意儿们，全都端着上了刺刀的步枪，围上杨翠花摆了个扇子面儿。

方才，敌人没进院、锁柱没脱险的时候，杨翠花的心弦一直是绷得紧紧的。可是，如今敌人真的闯进院来，并端着明晃晃的刺刀杀气腾腾地站在她的对面了，她那根绷紧了的心弦却唰地松弛下来。你看！她那喜气洋溢微而不露的脸上，不仅没有一丝惊恐的神情，反而闪烁着愈泛愈浓的愤怒气色。

是啊！对目下正为争取入党而积极创造条件的杨翠花来说，已经亲手把自己的孩子小锁柱救走了，除了理所当然地为此而兴奋之外，她还有什么可怕的呢？至于敌人用以威胁她的枪口、刺刀，这些玩意儿只能激起杨翠花的强烈仇恨和愤怒！

杨翠花和敌人在经过一个短暂的对峙之后，一个瞪着贼鼠鼠的眼睛的家伙带着威逼的口气开了腔：

"那个八路藏在什么地方？"

另一个伪军凑前一步抖动着刺刀接言道：

"快说！不说挑了你！"

这些威吓的屁话，对杨翠花来说，是毫无用处的！因为翠花早已作好了这样的思想准备：我的亲人已经脱险了，敌人的企图已经落空了，至于他们如何处治我，那就随他们的便吧！不过，敌人那些屁话，从另一方面说，还是大有用处的——因为它告诉杨翠花：这些杂种们，并没看见小锁柱越墙而去！要不价，他们为啥还要向我逼问呢？再说，伪军们那些贼闪闪的视线，有的盯着我，有的乱撒打，并没人去注意西面的墙头！

这步棋，翠花算看对了。

伪军们确乎没有看见小锁柱翻越垣墙的情景。至于他们打枪，那是因为胆怯心虚，人没进门先放了两枪，还连诈带吓地咋呼几声，然后这才抽头探脑地往里闯。当他们走出门洞来到庭院时，杨翠花已将小锁柱推下墙去转过身子来了。

说真的，在伪军们刚进来的时候，由于翠花闹不清敌人看没看见锁柱越墙，当时她还曾有这样的打算：敌人要翻越墙头去追锁柱也罢，还是他们要对我下毒手也罢，我就扑上去跟杂种们拼了！

眼下，她一发现敌人并没见到锁柱的行踪，便灵机闪动，智慧横生，改变了原来的主意：我得赶紧想个办法，引着敌人离开这儿！不然，时间一长，敌人若发现了墙头上的痕迹，就会看出马脚来！那样，小锁柱管走不利索了！

那么，用什么办法引开敌人呢？

这个问题，在杨翠花的头脑中忽忽地闪着。这时她是多么着急呀！她几乎是正用自己心脏的跳动在计算着小锁柱远去的脚步。这时的敌人，又在越来越凶地向她逼问着：

"八路藏在哪里？"

"快说！你不想活啦？"

翠花从敌人的威胁中想出了对付敌人的办法——她就着那杂种们声声逼问的话音，扬手挥臂，朝北屋一指，愤愤不平地说：

"那八路跑到屋里去了，你们朝着俺个庄户人家抖什么威风？有本事你们枪对枪、刀对刀地拼去嘛！……"

杨翠花这么一说，伪军们全慌了神！

他们怕什么？他们怕那屋中的八路军嗖地蹿出来，大刀一抢削下他们的脑袋！他们还怕那个八路军从屋里往外打枪，枪子儿碰上谁谁不得去见阎王？

因此，伪军们谁也不敢在这毫无遮挡的天井里站着了，有的跑到屋门口的墙角处，勾着枪机封住了屋门；有的连滚带爬奔到窗台底下，哆哆嗦嗦地从腰里摘下了那东洋造的手榴弹……

伪军们在经过一阵惊慌、混乱之后，神魂稍定便向屋中喝唬开了：

"出来投降吧！不投降我们开枪啦！"

"把枪扔出来！不缴枪我们就扔手榴弹了！"

过了一霎儿，他们朝屋里胡乱放了两枪，将那几句屁话又重述了一遍。

这当儿，四个伪军的注意力，全被吸引到屋里去，没有谁再顾得留意杨翠花这个庄稼女人了。而杨翠花呢，她趁敌人惊慌、混乱地扑向北屋的那一瞬间，早已快步出了院门……

杨翠花脱身以后到哪里去了？

还有，那四个伪军朝北屋咋呼的结果又怎么样？

这些，先不去说它。回头来，再说那位被杨翠花硬给推下墙去的小锁柱。小锁柱越墙脱险之后，是不是立刻开了腿？没有！你想啊，他怎能忍心将翠花婶舍在敌人的枪口之下独自离去呢？因此，他一直站在墙外，琢磨着来个"回马枪"去营救亲人的办法。后来，他隔墙听到翠花婶用了个调虎离山的脱身之计，把敌人的注意力引向北屋那边去；又细听一阵，再没有喝问翠花婶的动静，从而推猜出翠花已借此机会走了，他这才离开墙下。随后，他穿庭越院，一阵悄然疾行，不大一会儿，便来到了另一条胡同里。

这条胡同，和他们过去夜袭柴胡店虎口拔牙时遇见的那条胡同一样——也是个死喉头儿，南头儿不通气儿。因此，小锁柱只好顺着胡同往北走。

胡同北口来到了。

锁柱贴墙一站，扳着墙角儿探出半个脑袋，朝外一望，只见村子的西北角上，敌人的岗哨不很多，便想："我来个猛打猛冲，从那儿能突出去！"他下定了从西北角突围的决心以后，便立刻开始了突围的准备。

正在这时，村子的东北角上，枪声突然激烈起来。

小锁柱扳着墙角又朝枪声响处一望，只见炮筒子带领着一名新战士，正从那儿往外突围。又见，有一帮敌人，狗蹲在一堵半截矮墙西边，又打枪，又扔手榴弹，正在拼命阻击。在这种情况下，炮筒子和那位新战士，一面还击一面硬冲，打得十分英勇，十分顽强！

这时的小锁柱，眼望着这种情景，既敬佩战友们的勇敢精神，又为那两位同志的安全担心。他想："我要在这里从敌人的背后一开火儿，那堵矮墙下的敌人就伏不住了！那么一来，炮筒子他们，便能胜利突围脱险……"

可是，要那么一来，自己暴露了目标怎么办？

小锁柱没想这个！

敌人要是朝我扑过来，我在这条死胡同里怎么撤下去？

小锁柱也没想那个！

那么，他现在在想啥哩？

他在想："我是一个共产党员，决不能光顾自己突围，必须先掩护战友们冲出险地……"小锁柱在这种念头支配下，便以墙角为掩护，从正在堵击的敌人背后开了枪。他这一打，那帮敌人腹背挨枪，轰的一声乱了营！敌人一乱，炮筒子和那位新战士，趁机猛打猛冲，眨眼间，便闯过了敌人的封锁线，胜利地撤出村外，继而又进入道沟，安全地突出重围了。

可是，那小锁柱呢？

他果真暴露了目标！

这时节，数也数不尽、分也分不清的枪子儿，从几个角落一齐朝着小锁柱这边射过来。紧接着，活像一群群的黄蜂似的敌人，又在一片嚎叫声中呼呼啦啦地向这个胡同口扑来了！

到了这时，小锁柱咋办？

他只好从胡同口上抽身回撤，顺着胡同往南迅跑！

这不是一条死胡同吗，小锁柱往哪里跑呢？

他被迫不得已，只好又扎进一个院子！

在锁柱刚刚扎进院门的当儿，他背后的胡同里，乒乒乓乓地响起像炒豆一般的枪声。在这枪声中，还夹杂着像跑了一群大叫驴似的脚步声。情况已十分明显——那些扬风骎毛的敌人，又兜着屁股追上来了！

小锁柱能在这个院子里站住脚吗？

当然不能！

那又咋办？

这位一向足智多谋的小锁柱，闯进这个庭院以后，各处一撒打，只见在那离垣墙不远的地方，有一棵大枣树，他灵机一闪，便噌呀噌地爬上树去。接着，他从树股子上纵身一跃，登上了那堵高高的垣墙，然后一翻身子，又溜到那一墙之隔的另一个宅院里去了。

就在这时，那些尾追的敌人，像饿虎扑食似的闯进了小锁柱刚刚离开的那所庭院。他们进门时，照例先放了一阵枪；进院后，又这儿找，那儿翻，吱声怪叫地瞎咋呼：

"哼！跑到哪里去了呢？"

"他反正没长翅膀，飞不出去！"

"就算他会土遁，也要从地宫里把他抠出来！"

这些外强中干的蠢种笨蛋们，尽管嘴在吹牛，心里却充满了恐怖。这时，偶尔有个风吹草动，狗叫鸡鸣，便立刻引起一阵混乱，全都吓得脸上没了血色！就在他们在墙这边乱吵乱翻的同时，墙那边那位英勇机智的小锁柱，早已从容不迫地出了院门。

谁知，小锁柱出了院门正顺着胡同朝前走着，突然从前面的一家院门中又窜出一个伪军。在那个伪军后头，还跟着一个鬼子兵。这俩家伙，一望见锁柱，在吓得腿颤手抖的同时，还把枪一端转声转韵地喝唬道：

"站住！"

"举起手来！"

锁柱哪肯听他那一套！

他一甩腕子，乒呀乓地给了他两枪！

可惜！没打中！

这时，敌人的枪也响了！

怎么办？锁柱一琢磨，硬拼不行！他一闪身，又扎进另一个院子！这一回，他知道再翻垣墙来不及了！于是，他进了角门儿以后，便一闪身躲藏在门扇后头，样子就像在洞口等老鼠的猫儿一般。他刚藏好，那两个找死的家伙就闯进来了！只见，伪军在前头，鬼子在后头，端着大枪就生往里闯！

他们怎么这么大胆？

显然是，他们认为，这个陷入重围又被打散了头的八路军，已成了"惊弓之鸟"；"散兵无斗志"，硬赶上去抓活的就行！那个鬼子，也许还觉着，反正有伪军在前头给他挡着枪子儿，他是不会有危险的。

可他没想到，锁柱故意把伪军放了过去。

当鬼子也闯进来时，锁柱嗖地从门后蹿出来，挥臂一刀，将鬼子砍倒地上！那伪军听见后头扑哧——吭噔一声，猛回头时，锁柱的匣枪又拄在他的胸口上：

"别动！——举起手来！"

啪嗒一声，伪军的大枪溜落地上，两手颤抖着举过头顶，两排牙齿敲打起来。接着，锁柱又用枪口逼着那个伪军，叫他关上角门儿，还叫他脱下了那个死鬼子的军装。

伪军一一照办后，锁柱又命令他举起手，冲墙跪着。这时节，锁柱在伪军的脊梁后头，将那鬼子的军装、军帽和大皮靴子，一一穿戴起来。

他打扮好了以后，又用匣枪点着那伪军的前额说：

"你愿意死呀还是愿意活？"

伪军连连磕头，苦苦央告：

"我愿意活！八爷爷饶命呀！……"

锁柱用枪口戳一下伪军的额头：

"别叽歪！穷叽歪崩了你！"

伪军的狼嗥鬼叫声止住了。

锁柱又用枪口逼着他，低声说：

"饶命可以。你要答应我一条——"

伪军虽然还是浑身发抖，可是声音低下来：

"长官，你只要留我一口气，一千条也行，一万条也行……"

"那好！"锁柱说，"你背我出去——"

锁柱这话，对这个被俘的伪军来说，就像想打瞌睡给了个枕头，他满口应承道：

"行，行行！"

"有人问，你就说——皇军负伤了！"

"行，行行！"

随后，锁柱趴在伪军的脊梁上，将帽檐拉下来遮住眉眼，一手搂着伪军的脖子，一手紧握着匣枪。他那只握枪的手，放在了他的前胸和伪军的脊梁之间。他的头，垂在伪军的肩膀上；脸，冲着伪军的脑袋；嘴，对着伪军的耳朵。

伪军倒背起两手，托着锁柱的臀部。

一切都弄好以后，在动身之前，锁柱又对伪军说：

"你要注意！我的匣枪，就在这里——"

他在说话的同时，用枪口戳了戳伪军的脊梁骨。

那伪军吓得猛地一抖，差一点儿叫出声来。

锁柱又说：

"你哪时发孬，我哪时崩了你！"

他说着，又用枪口戳了伪军一下。

伪军猛一抽身子：

"不敢！"

锁柱命令道：

"走！"

"是！"

伪军真听话！他应声迈步出了角门儿。往哪走呢？他正犹豫，忽听锁柱在他的耳边悄声说：

"向南！"

"是！"

伪军背着锁柱，顺着胡同向南走开了。

锁柱将嘴贴在伪军的耳朵上，又命令道：

"快！"

"是！"

伪军背着锁柱快到胡同口了。在胡同口上站岗的那个伪军，放开那哑巴嗓子朝这边喊道：

"于皮子！背的谁呀？"

锁柱戳一下于皮子的脊梁：

"答话！"

那于皮子像演双簧似的答道：

"皇军！"

站岗的伪军又问：

"皇军怎么啦？"

锁柱小声耳语：

"负伤啦。"

于皮子大声答腔：

"负伤啦！"

站岗的伪军说：

"我帮你背背呀？"

锁柱悄声道：

"不用啦。"

于皮子高声答：

"不用啦！"

这间，于皮子生怕出了什么事他没了命，他且答且走加快了脚步。当他背着锁柱从岗位旁边走过时，锁柱学着鬼子的音韵发出了轻微的呻吟声。那站岗的伪军望着锁柱后脖领子上的血污，以一种贱韵讨好地表着同情：

"哎哟哟！皇军的伤还真不轻哩！……"

一瞬间，他们闯过了这道岗位。

谁知，他们刚出了胡同，往东才走出不远，迎面又来了几个伪军。有个爱多嘴的家伙，老远就问：

"背的什么人？"

于皮子已经答熟了。他自动地说：

"皇军！"

"咋的啦？"

"负伤啦！"

"往哪背？"

于皮子这个笨蛋蒙了点！锁柱赶紧向他耳语：

"石黑太君有令——"

于皮子像个学人语的动物似的：

"石黑太君有令——"

那边又问：

"有啥令？"

于皮子又傻了眼！

锁柱翘起脑袋，朝那伪军们叽里哇啦嚷了几句。他嚷的啥意思？谁知道哩！大概连锁柱自己也闹不清他说了些什么！不过，由于锁柱有一套好口技的本领，他的声腔、语调，以及那种熟练劲儿，使人听来简直就是一口流利的日本话！因此，把那几个伪军全吓坏了！日本话就日本话呗，为什么还全吓坏了呢？这是因为，这位"皇军"说了些啥，伪军们虽然听不大懂，可是，他们从这位"皇军"的语气里，分明可以听出，"皇军"已经生他们的气了！

这一来，自然没谁敢再多嘴，而且都赶紧地溜了。

就着这劲儿，锁柱又向于皮子命令道：

"往南拐！进胡同！"

于皮子进了胡同。

锁柱见胡同里静悄悄的，没个人影儿，又命令道：

"跑！"

"是！"

"快！"

"是！"

于皮子为了求得活命，用上了吃奶的力气，越跑越快，越跑越快。不多时，他就跑出了胡同，按照锁柱的指挥，来到了村边上。

村边上没有敌人的岗哨吗？

当然是有的！

那又怎么办？

还是老办法——用刚才对付那些伪军的办法，又闯过最后一道岗哨，出了村庄。没想到，当他们刚刚来到一个道沟口上，锁柱正要从于皮子身上下来的时候，突然，一个意外的情况发生了——从后边来了一个骑自行车的鬼子兵！

那鬼子，一边猛蹬车子一边像驴子放屁似的哇啦哇啦地乱叫唤，也不知他吱啦了些啥玩意儿！

这再咋办哩？

锁柱再装鬼子显然是不行了！

这时，锁柱想："装'鬼子'既然不行了，那就还当我的八路呗！"于是，他悄悄地抽出了匣枪，一甩腕子，砰的一声，击中了那个鬼子的脑袋盖子！

那鬼子，一个倒栽葱张下了车子！

这时候，锁柱从于皮子的身上跳下来。

于皮子又吓酥了！

锁柱望着于皮子那热气腾腾的通身大汗，说：

"我们早就了解你的过去，你的罪恶是不小的；这回，你为抗日出了点力气，算你将功折罪，留下你这条小命儿！……"

"谢谢长官！"

"可是，你要记住：我们共产党，八路军，是不杀无罪之人的；今后你要想活命，就别当铁心汉奸……"

接着，锁柱又把八路军的俘虏政策和对伪军的"约法三章"，向于皮子扼要地讲了一遍。

于皮子一口一个"好"，两口一个"是"，全应下了。

这时，村里的枪声，还在东一阵西一阵地响着。这说明，有的同志还没突出去。照眼下锁柱的心愿，他真想打进村去，杀他个"回马枪"，好帮助那些还没能突出重围的同志尽快脱险。可是，分队长事先有令，谁先冲出去谁先走，锁柱怎能违抗这道命令呢？

可那又怎么办？

锁柱想了一下，终于想出了办法——他向于皮子说：

"我放你回去——"

"谢谢……"

"你回去后，马上向石黑报告，就说我梁永生向南跑了！"

锁柱这种说法的用心，是想引狼扑身，以减轻那些正在突围的同志们的压力。可是，于皮子怎么能想到这里去呢？他以为，这是八路军在考验他！因此，他慌忙表态说：

"不敢不敢！"

"就这么说！"

"是！"

"快去！"

"是！"

于皮子朝村里走去了。

他边走边想："八路军真好！"

于皮子走后，锁柱来到那辆自行车近前，弹腿一踢，把那个鬼子的尸体踢开了。而后，他翻身跨上自行车，一溜风烟飞驰而去……

暂先放下锁柱。

回头再说志勇。

他，是最后一个离开那个庭院的。等同志们一一离去后，志勇又去把魏奶奶安排好，而后这才开始突围。

从哪个方向突围呢？

这个问题，在志勇的头脑中盘旋了好几遭，最后，他朝村子的西南角冲去了。这是因为，他见锁柱往北，已经打响，其他战友们大都朝村子的东南和东北冲去，想自己在西南上来一家伙，以分散敌人的注意力，有利于其他同志尽快脱险。

志勇利用各种地形地物，曲线前进着。

当他来到村边时，前面再也没有影身物了。

从这最后一个影身物，到村外那个道沟口，约有七八十米。这七八十米的空间，是片一马平川的开阔地。

怎么办？

志勇隐蔽在一个猪窝后头想了一会儿，便从腰里抽出一颗手榴弹，用力扔出去。

手榴弹在开阔地当央爆炸了。

这一下，惊动了正在道沟口上站岗的那四个伪军。在他们惊慌失措的当儿，梁志勇将提枪握刀的双手往身后一背，晃开膀子大踏步地朝村外的道沟口走去。当敌人发现他时，他离敌人已经不到五十米远了。由于志勇已打扮成老百姓，伪军们又没看见他的武器，便都扬风参毛地喝道：

"干啥的？"

“站住！”

在他们咋咋呼呼的同时，四支大枪一齐瞄着梁志勇。大枪上全上着刺刀，刺刀闪着瘆人的寒光。志勇望着伪军们这杀气腾腾的凶相，依然是昂首挺胸，从容不迫，继续朝前跨着步子，越走越近了。仿佛，他根本就没把这几个伪军搁在心上。

敌人不开枪吗？

不敢！

因为正当敌人要开枪的时候，梁志勇轻蔑地一笑，以迅雷不及掩耳之势，突然亮出了刀枪，并像下命令似的说：

“老实点儿！别这么狗仗人势的！”

伪军哪见过这样的人呢？只见他，一手刀，一手枪，步不紊，神不慌，迎着枪口走着，还抿着嘴儿笑：

“八路军不杀无罪的人，你们让开！”

虎胆英雄的神勇，早把贪生怕死的伪军们吓酥骨了。现在，他们凝望着这位从手榴弹爆炸起的烟雾中闯上来的车轴汉子，旁若无人地走着，腿肚子全都转了筋。

这间，伪军们盯着志勇那沉着莫测的面相，那锐利得瘆人的目光，还有那亮闪闪的大刀，黑洞洞的枪口，心中都在不约而同地暗想：“我的妈呀！八路军，全都是不怕死的。我要是开了枪，万一——枪放不倒他，我这条小命儿不就当场交待了？再者，听人说，八路军从不乱杀乱砍！你瞧，现在他手中既有刀，又有枪，可是并没乱打一气，看来那种说法是真的！对！只要我不先开枪，八成他就不会打死我……”

这个伪军是这么想的；

那个伪军是这么想的；

另一个伪军也是这么想的……

你想啊，他们是这样的心理状态，就算是武器再好，人马再多，又能有什么战斗力呢？只见，站在前头的那个伪军，腿不由自主地倒退了两步，将身子退到另一个伪军的身后去了。那另一个伪军呢，又慌忙往那个伪军的身后躲藏。

梁志勇放出两条威人的视线，逼望着这些洋相百出的怕死鬼们，不由得心中好笑。他为了进一步瓦解敌人的斗志，又一边朝前走着一边说道：

"共产党的枪，专打鬼子；八路军的刀，专杀铁心汉奸；如果你们不想当铁心汉奸，就不用害怕……"

他走着说着，说着走着；伪军们在开枪不开枪的问题上犹豫着，志勇眼看就来到他们的近前了。到这时，梁志勇这种不怕死的精神威力威住了怕死的伪军，伪军们再也不敢顶在那里，全都掉过屁股，向两边跑去。

志勇趁这个机会，飞起双腿猛蹿几步，像那离弦的箭头一般，嗖的一声扎进了道沟。

他刚进入道沟，那些找好蔽身处的伪军开了枪。

一颗颗的子弹，从志勇的头顶上嗖嗖地飞过去。

志勇伏在道沟里，听着阵阵传来的枪声，各种各样的念头，就像闪电一样，闪过他那开阔而豁亮的脑海：同志们冲出去没有？会不会有伤亡？……

他越想越不放心，觉着心情比突出重围之前更加沉重了！

正在这时，村中的枪声，又突然激烈起来。

梁志勇定睛稳神，朝枪声响处一望，只见申华和铁牛在漫天乱串的子弹群里奋不顾身地向外冲杀，敌人正用猛烈的火力节节堵击。

情况十分危急！

在这个节骨眼上，革命的意志，阶级的深情，给了志勇以无限的勇气和力量，使得他将个人的生死置之度外，向堵击的敌人立即开了枪。

随后，他趁敌人蒙头转向抽头探脑的当儿，纵身一跃，蹿出道沟，一溜风烟冲进村去，给敌人来了个"回马枪"。他一面向前冲，一面射击，还一面高声吼喊：

"同志们！冲啊！"

志勇这"回马枪"冲着堵击的敌人屁股一扫，敌人乱了阵脚。他又冲呀杀的一喊，就像有大批的八路军从村外冲进来似的，闹得敌人更摸不着头脑了！

那申华和铁牛，一见志勇来援救他们了，劲头儿更足了，精神头儿也更旺了！他们趁敌人纷纷转移阵地另找蔽身之处的当儿，展开了猛打猛冲，并放开喉咙高声大喊：

"大部队来接应我们了！冲呀！杀呀！"

就这样，他们很快冲破了敌人的堵击线，杀开一条血路，和志勇会合一起，从浓烈的烟雾中冲出了敌人的包围圈儿，向村外撤去。

当敌人从混乱中清醒过来的时候，他们仨已经进入道沟。这时节，他们三个人，你看看我，我瞅瞅你，全都扑哧笑了。

笑啥呢？

因为他们每个人的脸上，满是汗迹和灰尘了！你想啊，该是多"好看"呢！而且，乍看上去，全好像一下子增长了好几岁！可是，细一瞅他们那孩子似的笑纹，又仿佛蓦然年轻了不少！

一会儿。

恼羞成怒的敌人，又向道沟扑过来。

志勇和申华、铁牛他们，不慌不忙，且战且退，边打边走，顺着交通沟撤下去。可是，那死伤累累一无所得的敌人，怎肯轻易放走这三名突围而去的八路军？

他们像窝黄蜂一样，紧跟在梁志勇等人的屁股后头，拼着命地猛追开了。

志勇走着走着，突然觉着左腿一软，猛地朝前一侧棱，差一点儿没有跌倒！

他低头一瞅，不好了！

只见裤上有个小眼儿，就知自己已经挂了彩。

这时，他觉着眼睛一阵阵发花，眼前有好些个大小不等的金圈儿在变幻，在扩大，还有数不清的金星儿乱蹦跶。

怎么办？

志勇正想着，走在他身边的申华关切地问他：

"分队长，你怎么啦？"

这时，尾追的敌人更近了。

志勇想："申华既然问，可能是看出了什么迹象，但是，我挂彩的事，决不能告诉他！因为叫他知道了，他们必定要背着我走！那么一来，怕是三个人都走不脱了！……"

他想到这里，便说：

"没什么！这不很好吗？"

申华不信：

"没什么？那你咋想跌脚哩？"

志勇搪塞道：

"绊一下儿。"

铁牛也插了嘴：

"你的脸色怎么这么黄呀？"

志勇又支吾说：

"蹿的呗！"

这时裤上的孔洞正往外渗血。志勇还觉着腿也一阵阵疼痛起来。他怕战友们发现自己的枪伤，便赶紧卧倒在道沟的崖坡上，并将负伤的腿压在底下。

这时，他感觉着头有笸斗大，眼前又腾起一个雾团在飞旋。他暗自镇静一下，向申华、铁牛道：

"你们顺着前边岔路口上的左股路，迅速后撤！"

申华问：

"你呐？"

志勇说：

"我来掩护你们！"

申华说：

"咱一齐顶一阵吧！"

志勇说：

"不行！那怕都走不脱了！"

铁牛说：

"敌人的枪……"

志勇打断铁牛的话说：

"少说废话！敌人有枪，我手里是掏灰笆吗？"

申华又道：

"无论如何不能留下你一个人……"

铁牛忙帮腔：

"对！跟敌人拼，死也死在一块儿！"

死在一块儿？志勇听了这话，爹的一句话又在耳边响起来："指挥员的责任是什么？就是要用最小的代价去换取最大的胜利。"这句话，促使志勇长了魄力：

"瞎说！为啥要死到一块儿？我们的生命是革命的一份力量，谁也没有权利把它浪费掉！"

时间在流逝着。

敌人在靠近着。

申华、铁牛依然不肯走。

志勇见说服的办法解决不了问题，就把脸一板，把眼一瞪，严肃地说：

"这是命令！撤退！"

申华、铁牛用乞求的目光盯着志勇，呆呆地沉默着。在这沉默的一刹那，那四只眼睛里放射出多少炽热的感情啊！可是，在这样的时刻，这种感情却愈发激起了志勇那焦躁的火气，他再次命令道：

"执行命令！快！"

这时，申华和铁牛好像头一回见到志勇用这样的眼睛看人，使他俩都感到特别严峻！于是，他俩万般无奈，只好缓缓地朝后撤去。

梁志勇一面向敌人射击，一面再次命令道：

"不许还枪！快！快跑！"

申华和铁牛，抹了一把泪水，再次回头望望志勇，最后只好把心一横，按照分队长指定的撤退路线，拐过弯去，顺着左股路迅速撤走了。

就在这时，志勇的右侧，突然枪声大作。他举目一望，只见宁安寨的几个民兵，接应着刚刚突出重围的小胖子，边打边撤远去了。志勇见此情景，心中一阵激动。于是，他也向后撤去。

他，打一阵，走一阵；走一阵，打一阵……

就这样，边打边走，边走边打，将敌人的火力全吸引过来了。此后，他便顺着另一股道沟，牵着敌人走下去。这时的梁志勇，决心要用生命换取时间，好使自己的战友安全脱险。由于他撤得慢，敌人越来越近了，火力也越来越猛。可是，志勇面对这种情况，却不由得高兴起来！因为，他发现所有的追兵，都朝着他这股道沟扑过来！这说明申华和铁牛没有暴露目标，他们已胜利地甩开了敌人，安全地撤走了！

你想啊，志勇的计划已经实现了，他咋能不高兴？

现在，志勇怎么办？

他快一阵，慢一阵，走一阵，跑一阵，撤来撤去，最后撤到了龙潭附近。

直到这时，敌人还跟在屁股后头穷追！

　　可是，志勇的子弹已经打光了！

　　当他一摸子弹已经没有了时，直急得心似油煎。可就在他焦急万分的当儿，忽然往后腰带上一摸，嘿，还有一颗手榴弹呢！

　　这可把个梁志勇乐坏了！

　　要知道，在这种情况下，一颗手榴弹，该有多贵重呀！

　　它，能使革命战士继续战斗；

　　它，能使敌人付出应付的代价；

　　它，还能把一个共产党员的光辉，闪现在敌人的面前！

　　于是，志勇把这仅有的一颗手榴弹抽出来，揭开盖儿，勾住线儿，紧紧地握在手中，静静地等待着！

　　他等什么？他要等大批敌人扑到他的面前来的时候，用他这个最后的武器和敌人同归于尽！

　　在这十分危急的时刻，突然从龙潭村里跑出一个人来。

　　志勇只见那人快步如飞地离开村子，猫着腰，低着头，顺着道沟急匆匆地朝这边跑着。

　　他是谁呢？

　　梁志勇望着想着，想着望着，终于看清了——原来他是秦海城大爷。

　　志勇的心里多着急呀！他话在心里说："秦大爷呀秦大爷！在这个节骨眼上你来干啥？净给我添心事！"

　　秦海城咋来得这么巧呢？

　　原来是这样：

　　这些日子以来，龙潭村每天都要派人在村边瞭望情况。今天，正赶上秦海城值班。谁知，他才绕着村子转了半周，就忽然听到远处传来枪声，而且这枪声越来越近。几年来的战争生活，已使得这位秦海城对枪声有着一种十分敏锐的感觉，因而现在他一听就明白了——这是我们的人已经和敌人接上了火儿！他出于对自己的队伍的挂心，便找了一个既能蔽住身又能看得远的地方，朝那枪声响处张望起来，看看到底是怎么一回事儿。当他远远望见交通沟里有个人正在且战且走的时候，虽然并没看出这位拐着腿的战士就是梁志勇，可他已经看出了这位正被敌人大队人马追赶着的伤员，肯定是我们自己人！

　　于是，他快步出村，飞奔而来。

现在，秦海城来到近前，一看这位独身奋战的战士是梁志勇，又见志勇面色已经苍白，裤上满是血了，他的心里既喜又惊！这时由于面临着越来越近的敌人，他什么也没说，也没容志勇说什么，只是用上全身的力气，背起志勇就跑。

眼下的小志勇，一看秦大爷那股急劲儿，就知不让背也容不得他了！于是，他就劲儿将握在手中的那颗手榴弹甩了出去。在这颗手榴弹炸起的烟雾掩护下，秦海城背起志勇快步如飞，一溜风烟跑进村子。

秦海城一面跑，一面想："敌人一定要围起村来挨户搜查，看来藏在村里是不行的！"他在这种想法的促使下，进村后一步没停，穿大街，越小巷，拐弯抹角，又朝村子的那头跑去。

照秦海城的想法，敌人必定认为这个精疲力竭的八路军伤员，准是藏在村里的什么地方了，因此，他们很可能包围起村子仔细搜查，大概不会再往前追。他出于这样的推测，便暗自决定，趁敌人尚未发现踪迹，赶快穿村而过。他还满怀希望地想："只要出了村子，进入漫洼，也许就能甩开敌人安全脱险……"

希望产生力量。

秦海城在赶紧出村脱险的这种希望支持下，背着梁志勇这位车轴汉子竟跑得快步如飞！可是，一个人的力气，毕竟是有限度的。当秦海城跑到村当腰时，觉着实在跑不动了！

不过，他仍在坚持着，坚持着，拼命地坚持着。

这时，志勇见秦大爷那气咻咻的样子，再也不忍心趴在他老人家的脊背上，拼命地挣扎起来，说啥也不让他背了！

那怎么能行？

跑出村去就能脱险！

被敌人围在村中就难脱险！

这一点，在秦海城的头脑中，是非常明确的。因此，不管志勇说什么，他宁死也不肯放下他！可是，志勇这么一挣扎，闹得个秦海城更跑不动了！

最后，他万般无奈，只好把志勇背进二愣家。

黄二愣听到外边突然乱起来，就知敌人已经进了村子，他正要冲出院门，正巧在角门底下和秦海城撞了个满怀，差一丁点没把秦海城撞倒。

"这是怎么回事呀？"二愣脑子里一闪，可又立刻明白了。他还没迭得说什么，秦海城先开了腔：

"快！藏起来！"

他叫谁藏起来？为啥要藏起来？这些，虽然秦海城全没交代清楚，可是二愣一看秦海城和梁志勇这种样子，心里早就很清楚，所以他啥也没问，只是响亮地应道：

"好！"

他见秦海城转身要走，就问：

"你哪去？"

秦海城说：

"我出去探探风……"

"对！"二愣说，"快去吧！"

秦海城叮咛道：

"二愣啊，你可要……"

二愣抢头说：

"放心吧！有我二愣在，就有志勇在！"

秦海城高兴地走了。

他一出角门儿，就听见前街上有敌人在嚎叫。因为这是个拐子胡同，所以光能听见喊声看不见人。在那南腔北调的嘈杂声中，秦海城听出了这么几句：

"你瞧！跑进这条胡同了——"

"对！快追！"

紧接着，就听见有一阵像跑了大叫驴似的脚步声，咚呀咚地由远而近地响着。这显然是，敌人已经窜进这条拐子胡同来了。

这时节，秦海城心急如火，焦虑万端："真蹊跷呀！敌人怎么来得这么急爽？他又怎么一下子就知我们进了这条胡同？刚才还有个小子说'你瞧'，瞧啥哩？……"这么多的思想活动，在秦海城的头脑中眨眼之间就闪过去了！

他正吃惊地焦急地想着，也不知怎么猛一低头，忽然发现脚下有几个血点子。哪来的血点子呢？哦！他明白了——志勇的伤口滴下的呗！随后，他抬头朝前一望，只见稀稀拉拉一大溜血点点，从胡同当中一直通到黄二愣家的角门口！

这种情景使他明白过来——敌人所以来得这么爽利，原来就是顺着这血点点追过来的；刚才那家伙喊"你瞧"，看来也就是"瞧"这血点点……

敌人的脚步声越来越近了。

秦海城越来越焦急："怎么办？怎么办？……敌人顺着这一溜血点点追到家去不就堵上老窝儿了吗？"他心里这么想着，脚便开始趋埋开了。他一面用脚趋埋着门口上的血点点，一面下定了决心，作好了思想准备：

敌人要是往黄二愣家闯，我就拦着门口跟他拼个你死我活；我在这里一拼，志勇和二愣听见动静，就会有所准备！准备又怎么样呢？这么多的敌人，他俩还不是……

他想到这里，心里猛地一抖，不敢再想下去了，便转念又想——要万一敌人不进二愣的家门，顺着胡同一直追下去……这个念头在他的头脑中刚一露芽儿，马上又被他自己否定了："这些想法不是都带些孩子气吗？敌人追到这个门口上，血点点明明断了溜，他们怎么会不进家而顺着胡同追下去呢？哪有这样傻的敌人？……"

秦海城的焦虑、急躁心情，又达到了新的高潮。

他的头脑中，一切念头全引退了，光剩下一个"怎么办"，在骨骨碌碌骨骨碌碌地翻滚着。

敌人的脚步声更近了！

敌人的脚步声越近，秦海城头脑中的那个"怎么办"就滚得越快。真是急中生智呀！突然间，他的头脑中忽地一闪，那个"怎么办"唰地消失了，一个美妙的念头突然在秦海城的脑海里浮上来：

"对，就这么办！"

只见他，将食指伸进嘴里，嘎吱一声，用牙咬破了！

鲜红鲜红的热血，突突地冒出来。

随后，秦海城接上志勇留下的血点点，甩开了手上的血水。而且，他一边甩，一边跑，向着胡同的另一头飞跑而去。

秦海城刚刚跑出胡同口拐过弯儿去，敌人就从拐子胡同里拐过来了！

秦海城穿街越巷跑出村子后，只见背后尘土飞扬，敌人的大队人马追出了村子！这时候，他的手指尽管已经疼痛得很厉害，可是他的心里，却产生了一股从未有过的喜悦和愉快。

这时，秦海城为了尽量把敌人引得远些，再远些，他顺着一条交通沟又继续猛跑起来。当他跑到一座破窑附近时，手指上的血已经控干了！

怎么办？

他灵机一闪，又生一计——将两只手抄起来，窝回原路，迎着扑上来的敌人走过去。当他快要走近敌群时，一个伪军向他吆喝道：

"站住！"

紧跟着又是一声：

"干啥的？"

伪军端着大枪走上前来。

秦海城从容不迫地答道：

"走亲的。"

因为秦海城真是一个老百姓，当然敌人怎么看他怎么像个老百姓。再加上他那故意蓄起来的络腮胡子又密又长，在敌人看来，他已是年逾半百的人了！因此，也就相信了他是个"走亲的"。当然，敌人所以能够相信，除了上述原因而外，还有一个原因，这就是秦海城那坦坦然然的神色，何况还是迎着敌人走过来的呢！

要在往日，敌人就算明知他是个老百姓，也准得啰啰嗦嗦折腾他一番的。可是今儿，他们由于急着去追赶那个八路，却没顾得。因此，一个伪军把话一转又问：

"你见到一个八路没有？"

秦海城说：

"见到啦！"

"啥样的？"

这个，秦海城当然答得上来：

"二十多，大身量，一手拿着大砍刀，一手提着匣子枪，腿还一拐一拐的，看来好像受了伤……"

秦海城越说越像，敌人没再叫他说下去。拦头又问：

"那个八路哪去了？"

秦海城朝那座破窑一点下颏儿：

"我见他钻到那里头去了！"

敌人朝破窑一望：

"钻进破窑去了？"

秦海城点点下颏儿：

"嗯喃。"

敌人一想，有门儿，看来那个八路一定是觉着再也没处跑了，现在钻进破窑里要进行决死顽抗了！接着，他们噢嚓噢嚓地狂叫着，一齐向破窑扑过去！

敌人不再管秦海城了。

秦海城又继续朝前走下去。

当他走出约半里路时，只见敌人来了个散兵线，已将那座破窑团团围住！

他们既然围住破窑，显然是完全相信了秦海城的说法。可是，就按秦海城的说法吧，破窑里也只不过是一个八路军，而且还是个已经受了伤的八路军；可是敌人，却如临大敌一般，既来什么"散兵线"，还搞什么"包围圈"，真看出人家"内行"来了！

可也是呀！这也难怪！石黑兴师动众、扯旗放炮闹腾了大半天，子弹消耗了无其数，死伤的士兵不老少，至今，一个八路也没逮住，要再让这个受了伤的八路跑掉，那不显得太无能了吗？是的！不能落下那样的坏名声！一定要把这个钻进破窑的八路捉到手！……

天，渐渐暗下来了。

围攻破窑的"英雄"们，终于结束了这场"战役"，收兵了！

战果如何？

显然是不用交代的。

不！不能不交代。不交代人家石黑是不平气的。因为在这次"围攻破窑"的"战役"中，没有伤亡一兵一卒！仅此一点，在石黑的"征战史"上，是创纪录的空前奇迹，咋能不给人家提一笔呢？

也许有人要说：在大刀队从宁安寨突围的时候，连鬼子带伪军不是都被揍死不少吗，石黑咋能夸耀"没有伤亡一兵一卒"呢？

不能那么算账！那是"围攻宁安寨"，不是"围攻破窑"。这里说的是人家石黑在"围攻破窑"的"战役"中，创造了"无一伤亡"的空前纪录！

由于石黑他们在一天之中连续进行了"两次战役"，所以在"收兵回营"的路上，情景仍和往常一样——拖着尸体，抬着伤兵，除此而外，每人还有一张哭爹的脸相！

他们，在各地民兵们的追腔枪声中，走得是那么狼狈，那么仓皇！因为他们知道，天色一晚，八路军和民兵们，准会在夜幕的掩护下，从四面八方冲杀上来。到那时，他们都要完蛋的！

再说大刀队的战士们。

他们胜利突围以后，于天黑时分，又在约会地点——雏家庄会合起来了。

这时，每个战士的心里，都充满了自豪与骄傲。因为他们觉着，我们经过一场苦战，终于从敌人的重围中冲杀出来了。这证明，敌人是无能的；而我们，是不可战胜的。

这时，每个战士的脸上，满是尘沙、血痕和汗迹了。这一切，不仅无损于人民战士的光辉形象，反而更显露出英雄们的战功，还有意志的伟力，生命的光辉！

人们都到齐了。

锁柱点了点人数，只少梁志勇。

人们从申华、铁牛那里已经了解到，志勇为了掩护战友，已经引着敌人远去了！可是，现在怎么样了呢？大家都在为志勇的安全担心。

人们在为志勇的安全担心的同时，又都愁着大刀队暂时没有领导人："在和志勇取上联系之前，由谁来指挥呢？"在这样的节骨眼上，小锁柱挺身而出站在了战友们的面前，他郑重其事地说：

"暂由我来当个头儿，同志们赞成不？"

"赞成！"

战士们众口一声地回答着。

接着，还响起一片掌声。

要在往常的一般情况下，锁柱遇上这种场合，脸准又得红一阵儿。可是今儿，他的面色却是十分庄重，十分严峻的。

稍微沉静了一下儿，他又向战友们说：

"同志们，我们目前的首要任务，是赶紧去打问分队长梁志勇的下落……"

锁柱话音未落，二愣闯进院来。他告诉锁柱：

"梁志勇同志腿上受了伤，现在我家。他派我前来送信，让同志们放心……"

志勇有了下落，使同志们心情振奋，笑纹爬满了每一个战士的面庞，喜悦在人群中回荡，有的人竟乐得跳起来。特别是在志勇的掩护下安全撤离的申华和铁牛，方才一直是瞪着直眼像傻了似的，现在又突然乐得如同发了疯。

接着，黄二愣又向大刀队的战士们说：

"我还带来了分队长的命令——"

众人齐问：

"啥命令？"

黄二愣说：

"梁志勇同志说，眼时下，暂由王锁柱同志代替他的职务！"

众人齐说：

"拥护！"

王锁柱说：

"你回去告诉分队长吧——我已经干上了！"

有人问：

"二愣，分队长还有啥指示？"

二愣说：

"要你们化整为零，分散活动。分散和集中的时机，由锁柱同志根据情况决定。"

锁柱说：

"好！照办。"

二愣说：

"我的任务算完成了！"

锁柱说：

"不！"

二愣问：

"咋？"

锁柱说：

"志勇同志还在你家养伤嘛！"

二愣说：

"噢！你说那个呀！我是说，我当'传令兵'的任务算完成了！至于志勇同志在我家养伤的事，同志们只管放心好了！只要我黄二愣还活着，就保险少不了梁志勇的一根毫毛！"

大家笑了。

锁柱没笑。

他俨然像个富有经验的指挥员似的赶前一步，拍拍二愣的肩膀，神笑面不笑地说：

"二愣同志，我们完全相信你能做到这一点！希望你谨慎，小心……"

多少年来，在二愣和锁柱之间，是一种伙伴关系，战友关系。今天，二愣望着锁柱这从未有过的神态，灵机一闪，咔地来了个立正，胸脯儿挺得笔直，摆出一副俨然是对待首长的神气，说：

"是！"

二愣这一手儿，闹得个锁柱又有些不好意思起来。他冲着二愣那宽宽的胸脯儿，轻轻地来了一杵子，笑咧咧地说：

"你这个家伙！净出洋相！"

二愣依然是一本正经：

"这可不是出洋相！你是'代理分队长'了嘛！实际上，还是'代理代理大刀队队长'哩！"

人们又哄笑起来。

在这刚刚经过一场恶战之后的时刻，锁柱和二愣的谈吐竟是这样的风趣、快活，使人听了就像那动人的歌声一样好听；人们这阵阵哄笑，又恰似那伴歌而奏的音乐！

过了一会儿。

二愣要走了。

同志们忽地围住他，有的把自己身上的几个零钱掏出来，硬塞在二愣的衣袋里，要他给梁志勇买点东西吃；有的嘱咐说："二愣，你可要好好照顾分队长呀！"还有的从自己的枪里拿出几粒火儿，让他捎给志勇，以防万一……

锁柱紧紧握住二愣的手，一边送他一边叮嘱：

"二愣啊，我方才说的，可别忘了哇！我再说一遍——你回去告诉分队长：今天这一仗，所有的同志，都胜利突围了；让他好好养伤，不要挂着我们，他的命令，我们一定执行！"

他一边送着二愣又一边说：

"我先安排一下工作，明天，就到你家去看望志勇……"

锁柱送走了二愣，转回身来又向战友们说：

"同志们！累不累？"

同志们齐声回答：

"不累！"

也有的紧接着说：

"锁柱啊，有啥任务，你就布置吧！"

还有的帮腔道：

"对！俺们都听你的了！"

锁柱挥动着拳头：

"我想今儿再来它一家伙！"

有人不解其意：

"来一家伙啥呀？"

锁柱将举着的拳头劈下来：

"再打一仗！杀他个'回马枪'！"

人群活跃起来。

有的说：

"行！下令吧！"

有的说：

"对！连续作战嘛！"

有的说：

"宁安寨这一仗，虽说我们都胜利突围了，因为打得被动，总觉着怪憋气的！就劲儿再来个'回马枪'，也痛快痛快！"

也有的说：

"打仗没意见，就是饿了！"

还有的问：

"敌人恐怕早从宁安寨滚蛋了！咱上哪里去杀他的'回马枪'呢？"

锁柱胸有成竹地说：

"上柴胡店！"

"柴胡店？"

"对！"锁柱说，"我揣摸着，今天出来'扫荡'的那些家伙们，在天黑以前，是一定要窜回老窝去的。我们来个急行军，赶到敌人的前头去，埋伏在他们回老窝儿的路上，给他个冷不防，打它个伏击战……"

"你不说上柴胡店吗？"

"我的意思是，要埋伏在柴胡店附近！这有三个原因——"锁柱学着梁永生爱扳指头的习惯，又来上了"一、二、三"，"第一，敌人越离据点近了，越肯麻痹大意，越有利于我们打他个出其不意、措手不及；第二，越离据点近了，敌人越认为我们准是人多势众力量大，他们也就越是惊慌、恐怖、摸不着头脑……"

锁柱的三条理由才说了一条半儿，就把战士们大都说通了。

这个说：

"甭说了，通啦！"

那个说：

"行！干吧！"

还有人补充说：

"离据点越近越好。最好是埋伏在敌人认为我们不敢去的地方。那样，石黑也许一时搞不清情况，认为是他们的伪军起义反正了呢！……"

也有人半真半假地开玩笑说：

"再来一仗吧！也算是对我们的'代理分队长'上任的庆祝嘛！"

众人大笑。

也有不笑的。

为啥？

因为还有人没想通：

"为啥要杀这个'回马枪'呢？锁柱，你说说！"

"是啊！打仗的目的必须明确，总不能为杀'回马枪'而杀'回马枪'呀！"

"就是嘛！没有政治目的的军事行动，就是……"

"大家别吵！我说——"锁柱又扳起指头来，"这第一个目的是，今天夜里，我们要化整为零；从明天起，咱们就开始分散活动了；在分散活动之前，咱来上这么一仗，好使敌人摸不准我们的动向。这第二个目的是，我们的子弹已经不多了，咱来个突然袭击，好弄回点子弹，准备迎接新的战斗任务……"

到此，人们已全部被锁柱说通了。

接着，他们又马上和这雒家庄上的民兵队长杨大虎取上联系，并从雒家庄的民兵中，挑选了几位硬棒棒的小伙子，参加了他们的行列。与此同时，杨大虎还弄来一些干粮，给大刀队的战士们分开，让他们带在身上，准备到路上去吃。

有的战士已经饿急了眼，干粮一到手，就大口小口地啃上了。他们一面啃着干粮，还一面七嘴八舌喜气洋洋地议论着：

"你说怪不？一打起仗来，饿就跑了；仗不打了，它又来了！"

"这没啥怪的！本来嘛，打仗这玩意儿，也治渴，也治饿，也治困，也治累……"

"叫你们这一说，打仗，这不成了百病皆治的'万灵丹'了？"

还有些战士，正在议论着另一个话题：

"现在，敌人准认为咱们大刀队已经'溃不成军'了！咱们'攻其不备'，来它个'长途奔袭'，准得打他个屁滚尿流，落花流水！"

"神八路神八路嘛！总得带点'仙气儿'才行！"

人们正在说笑，忽然在村边值岗的民兵来报：

"村头上来了两个人——"

"干啥的？"

"民兵！"

"哪村的？"

"宁安寨的！"

"叫什么名字？"

"为首的那一位叫铁蛋……"

锁柱一听，高兴起来，继而道：

"好哇！快请他们进来！"

"是！"

民兵打了个立正，转身跑步而去。

不大一会儿，铁蛋和另外一位民兵走进院来。锁柱迎上前去，笑嘻嘻地说：

"小铁蛋，你们的消息可真灵通啊！"

"啥消息？"

"我们刚刚在这里集合起来，你们又已经知道啦……"

"哦！"铁蛋说，"早在你们还没在这里集合起来的时候，我们就已经知道你们要在这里集合了！"

"噢？"锁柱说，"那你们是怎么知道的呢？"

"是我告诉他们的——"一位大刀队战士从旁插言道，"当我从宁安寨往外突围的时候，是铁蛋同志带领着几位民兵把我接出来的……"

"噢！是这样。"锁柱又转向铁蛋，"铁蛋同志，我代表大刀队上的全体同志，谢谢你们呀！"他说着说着，话路一拐，又道，"哎，铁蛋，你们今天赶到这里来，有什么事吗？"

"没事。"铁蛋说，"村里的人们不放心，派俺俩来看看你们……"

"我们大刀队上的全体同志，都胜利突围了。你回去告诉乡亲们，让大家放心吧！"锁柱接着又问，"宁安寨的乡亲们，没受什么损失吧？"

"没受损失。"铁蛋说，"我们来时，乡亲们还嘱咐我们，要我们告诉你们放心。"他说到这里，只见大刀队的战士们，还有雒家庄的一些民兵们，都在整理衣装，整个人群，呈现着一派准备出发的气氛，于是又问：

"锁柱，你们要出发？"

"对！"

"干啥去？"

"打仗去！"

"上哪里？"

"柴胡店！"

"俺也去！"

"你要去？"

"嗯喃！"

锁柱稍一愣沉，果断地说：

"好！"

另一个民兵说：

"俺呢？"

锁柱望望那民兵的神色，又拍他一下肩膀：

"你也去！"

"是！"

那民兵高兴地笑了，并咔地来了个立正。

随后，锁柱往后一退身，又将手臂一举，朝着满院的战士、民兵大声喊道：

"集合！"

在一片急促的脚步声中，眨眼之间，人们齐刷刷地站成了一溜横队。

这时，小锁柱先喊了一溜"立正"、"看齐"、"报数"之类的口令，又极其扼要地讲了几条应注意的事项，而后，他加重语气发令道：

"出发！"

嗒嗒嗒！

嗒嗒嗒！

在一阵整齐、有力的脚步声中，我们这支由大刀队战士和民兵组成的小队伍，在锁柱的带领之下，活像燕儿飞一样，出了院门，又出了村口。

他们出村后，在一条道沟口上消失了。

继而，他们从这条道沟，又转入了另一条道沟。

一路上，他们跑一阵，走一阵，走一阵，跑一阵，一直朝着那柴胡店的方向飞奔着，飞奔着。在这条征途上，留下了一溜将永远值得骄傲的脚印。

擦黑儿时分。

大刀队的战士们和民兵们，刚刚在柴胡店近郊埋伏好，敌人的"扫荡队"，便出现在离埋伏地点不远的地方。

锁柱眺望着越来越近的敌人，向他的战友们悄声命令道：

"以我的枪声为令！谁也不许乱动！"

敌人越来越近了。

只见，鬼子在前，伪军在后，全都拖着懒洋洋的步伐，摆着松松垮垮的队形，散散乱乱地走着。他们的大枪，有的扛在肩上，有的斜背在身上，还有的挟在胳肢窝里。看样子，他们果然是像锁柱判断的那样——情绪十分麻痹，毫无一点戒备。

有一个伪军，望望举目可见的柴胡店据点，感慨万分地说：

"哎呀！这一天又算混过来了！"

另一个伪军说：

"今天是我的生日。凑上这一天，我又长了一岁……"

"小子，你别高兴得太早了！"

"咋？"

"说不定还会碰上埋伏哩！"

"你扯泡也扯不圆！八路军的胆再大，还敢到据点的墙根底下来设埋伏？"

又一个伪军帮腔说：

"今儿这一仗，已经把大刀队打零散了，你没看见？叫我看呀，就算他们不会彻底垮台，怕是三天也集合不到一块儿，半个月也还不过阳气来！……"

敌人且说且走，离我们的伏击地点越来越近了。

趴在锁柱身边的小胖子，用肘子捣了锁柱一下。他的意思是——还不该打吗？这时的小锁柱，想起了他和梁永生在关庄附近的破窑上打伏击的情景，因而他虽领会了小胖子的用意，可是没动声色，依然是目不转睛地盯着敌人。

敌人的队伍过去一半了。

焦急难耐的小胖子，再次催促锁柱：

"你睡着啦！"

锁柱嗔小胖子多嘴，用肘子捣他一下儿。

敌人的大批部队都已过去了。

锁柱依然纹丝不动。

这是怎么回事？

因为在敌人的大队人马后头，还有一小股被落下一段距离的零散敌人。

这些人，都是伪军。看来这伙伪军是由这么几种人组成的——有的，趔趔趄趄地走着，显然是已经很累很累，实在跟不上趟了；有的，头上裹着白布，或走路拄着大枪，显然这都是些轻伤号儿；有的，是些"大松心"，"郎当哥儿"，这些家伙也许是故意落在后头的，为的是离"当官儿的"远一点，更自由一些；还有的，一边走走沉沉，一边各处乱撒打，好像正在瞅个空子准备开小差儿似的；也有的，一边走一边互相吵骂，时而还摆出一副要动手的样子，看来他们是因为干架耽误了走路，因而才被落在后头的……

总之，尽后头这伙伪军，比前头那些松松垮垮的队伍还要松松垮垮。

这些送死鬼，醉生梦死地走着走着，进入了八路军伏兵的有效射程。直到这时，锁柱依然按兵不动。这回小胖子可真急了！他想："要再把这一伙放过去，再去打谁？锁柱刚当领导人，看来还不大行哩！"他想到这里，就要抬手开枪。

可是，他的手并没抬起来，因为叫锁柱给摁住了。

敌人越来越近，越来越近……

锁柱纹丝不动，纹丝不动……

直到敌人已经很近很近了，简直是用手榴弹都能投上了，锁柱这才一勾扳机，把枪打响了！

在枪响的同时，他还放声吼道：

"同志们！冲啊！"

伴随着这吼声、枪声，小锁柱挥舞着大刀首先冲向了敌群。

由于敌我相距太近了，再加锁柱已经冲出去，所以战士和民兵们，谁也没有开枪，全都抢起大刀冲上去了。他们一边飞奔冲杀，一边齐声吼喊：

"冲啊！"

"杀呀！"

"抓活的呀！"

"八路军优待俘虏！"

"缴枪不杀！"

在这吼声震天的同时，一个个的八路军勇士们，雒家庄和宁安寨的民兵们，嗖呀嗖地飞入敌群。一口口的大刀，闪着锃锃白光，来到敌人的眼前。

那些毫无准备的伪军，被这意想不到的伏击吓傻了！一个伪军在惊慌中要拉栓抵抗，被大刀队的大刀削下了脑袋；有的伪军把那来不及拉栓的枪一扔，撒腿就跑；有的伪军跪在地上，举着大枪，连声喊叫：

"我投降！我投降！……"

就这样，只用了一眨眼的工夫，这场只打了一声"发令枪"的战斗，便胜利结束了。

刚窜进围子门的石黑，在听到后头突然响了一枪的时候，先是吓得一抖，继而又恼火地骂道：

"巴格亚鲁！走火儿的枪毙！"

当那隐隐约约的人声传进他的耳朵时，他更是火上加火了：

"打架的死了死了的！"

后来，他终于弄清了，这枪声、人声，既不是"走火儿"，也不是"打架"……不一会儿，在那黑洞洞的据点门口里，哗地呕吐出黄呀呀绿乎乎的一片——老羞成怒的石黑，又带领着他的人马，采取一种"包剿"的形式，朝这边扑过来了！大概是也要来个什么"回马枪"吧！可是，当他"回马"来到出事现场时，八路军和民兵早已带着缴获的枪支、子弹，押着俘虏，顺着交通沟撤走了！摆在石黑眼前的，只剩下了一个伪军的尸体，还有那些呻吟着的伤员！

这时的石黑，直气得浑身颤抖。既而，他又感到不寒而栗，惊恐地自语道：

"土八路的真像神一样的！他们的已经'溃不成军'了，这又是从哪里来的呢？……"

石黑紧锁着眉头，向四外张望着。他的眼睛，含气而又惊惧，放射着两道阴冷的灰光。这两道阴冷的目光，渐渐地从远方往回抽缩着，抽缩着；最后，一直抽缩到他身边那个伪军伤号的身上，停下了。

这时，那个伪军伤号，正然抽动着，呻吟着。

这时的石黑，确实是怒了。你想啊，人家在一天之内，来了三次包围战，结果一无所得，咋能不怒？因此，这时只好将他那满肚子的怒气，向这个倒霉的伪军伤员来发泄了——你看他，来到那个受了伤的伪军近前，两只枯燥的眼里，发着青灰色的怒光，气急败坏地狂叫道：

"巴格亚鲁！你的大大的……"

石黑的话未说尽，忽见在这个伪军伤员旁边趴着的另一个伪军动了一下，他便气冲冲地走过去，朝那个伪军狠狠地踹了一脚。

这个伪军，已被刚才那个像场噩梦似的景象吓昏了。直到目前，他的神志还没清醒过来，耳朵和眼睛都还处于半失灵状态。这时石黑一踹他，他像诈尸似的猛地爬起上身，又磕头又作揖地嚎叫起来：

"八爷爷饶命呀！……"

他这一下，气得个石黑紧咬着牙，直咬得那牙床骨四棱四现：

"哦！你呀！巴格亚鲁！你还是班长？饭桶！……"

石黑嘴里骂着，手里的手枪响了。

那个正在求饶的伪军，立刻停止了嚎叫。

这么一来，石黑那肚子窝囊气，总算是发泄出来了！他这"回马枪"也算杀完了！于是，他向他的喽啰们一挥手臂，"耀武扬威"地发布了"班师回朝"

的命令：

"开路开路！"

接着，石黑领的这伙吊丧队，又朝他们的老窝——柴胡店据点蹿去。这时，不论是鬼子兵还是伪军，全像那被打蹿了的兔子一样——都争先恐后，飞跑飞颠，再也没有掉队的了！

至此，这场只用了一发子弹，不，敌我双方总共用了两发子弹的伏击战，才算彻底结束！

…………

第九章

打集

　　志勇在二愣家养伤，已经好些天了。

　　黄二愣家，只有两口人——二愣和他的母亲。

　　他们娘儿俩，待承梁志勇，就像待承自己家的人一个样，知冷知热，照顾得无微不至。为了志勇的安全，黄二愣还在一些民兵们的帮助下，在他家的后院儿里，挖了一个地洞。

　　今天早饭时节，黄二愣照例到角门外头放哨去了。

　　二愣娘打了个暗号儿，把志勇叫出洞来。

　　梁志勇爬上炕去，坐在炕头上，低着个脑袋喝黏粥。疼人的二愣娘，怕志勇憋闷得慌，就一面陪他吃饭，一面跟他拉叨儿，帮着志勇消愁解闷儿。

　　二愣娘是个细心人。

　　这几天儿，她总觉着志勇不大欢，心里怪纳闷儿："志勇这孩子，八成有心事？"今儿个，她越瞅越觉着志勇的气色不好，语言也愣愣得迟钝，心里更长了草："志勇这孩儿，不说不道，净叫大人发躁——他到底有啥心事哩？"于是，她一面吃着饭，一面在观察，在思索，在寻求着答案。过了一会儿，又拿话引话地试探着问道：

　　"志勇，想家啦？"

志勇满脸稚气，笑望着二愣娘：

"想家？大娘，看你傻的！这里不也是我的家吗？"

二愣娘觉着孩子说得在理，高兴地笑了：

"是啊，这里也是你的家。我是说，你是不是想你娘了？"

志勇扑闪着一对水汪汪的大眼，依然满脸笑意：

"大娘，你老人家，比我的娘能差多少？我天天生活在大娘的身边……"

二愣娘抢去志勇的话头儿：

"这话你又说对了！你就是我的孩子，我就是你的老娘……"

二愣娘问不出志勇的心事是不踏心的。现在，她一面这样说着，一面揣猜着志勇的心理，话又拐了弯儿：

"哎，志勇，你爹不是到县委去开会了吗？日子可不少了哇！怎么还没回来？"

"我听说，这次会，是个学习会。"志勇怕大娘挂心，耐心地解释着，"只要是学习会，日子准多些……"

看来，志勇不是为他爹迟迟不归而担忧！这是二愣娘的结论。那么，他心里的扣儿别在哪里呢？二愣娘又东一笆子西一扫帚地问下去：

"哎，志勇，咱想起啥来说啥——你三弟志刚，还在县里工作呀？"

"不在县里啦——"

"哪去啦？"

"上调啦！"

梁志勇笑望着大娘的脸色，见大娘不懂"上调"这个字眼儿，又解释道：

"上调，就是调到上边去了……"

"噢！那可好！调到哪去啦？"

"调到主力部队去了。"

"还是当通讯员吧？"

"不！听说当地下修械所的副所长了。"

"喔！升了呀！"二愣娘说，"升就升个正的呗！怎么还是个副的呢？"

"正所长是唐春山同志。"

"噢！知道，知道——不就是十里铺那个唐铁匠？对不？"二愣娘说，"要是那么说，老唐比志刚老成；再说，我听你们常说的那个'修械所'，八成就是

397

枪炉，是呗？论干枪炉，还得说人家唐铁匠在行……"

黄大娘扯着扯着，想问志坚，又忽然想到，志坚已经牺牲了，于是，便从志刚又扯到志强：

"哎，你二弟志强还是没信儿？"

"有信了。"

"哦！可好！"二愣娘问，"他在哪里？"

"在天津。"

"喔！那可是个大地界儿！"二愣娘又问，"志强在那里干啥营生？"

"在工厂里。"

二愣娘若有所思地说：

"该给他打个信去，叫他家来，也干一个……"

干一个什么？黄大娘没说明白。可是，她这句话，在志勇的心里，却是十分明白的——干一个八路。因此，他便主动解释道：

"大娘，我二弟在工厂里，职业是工人，可实际上，他也是干的咱这一面儿上的工作……"

"干咱这一面儿上的工作？"

"对呀！"

"听说那天津卫不是鬼子占着吗？"

"鬼子占着是不错。"志勇说，"鬼子占着的地方，就没咱们的人？有！多着喃！……"

他们正谈着，天井里传来老母鸡的啼叫：

"咯嗒嗒！咯嗒嗒！……"

二愣娘侧着耳朵听了一阵儿，笑盈盈地溜下炕沿儿，劲儿呀劲儿地走出屋去。不一会儿，她拿着一个热乎乎儿的鸡蛋，又回来了。

志勇望见鸡蛋，心里一阵不安。

黄二愣家的日子，穷得拿不成个儿。这，志勇是知道的。过去，二愣娘儿俩，常靠到集上卖几个鸡蛋籴吃买烧。自从志勇来他家养伤以后，闹得他们娘儿俩连这个进项也没有了！

梁志勇心里不安地想着这些情况，就向黄大娘说：

"大娘，自从我来这里养伤，你一个鸡蛋也没攒下，全叫我吃了！往后儿……"

大娘把鸡蛋放进一个小瓷罐儿里，又坐在炕沿上。她用笑眼盯着志勇：

"瞧你这孩儿，又说傻话儿！大娘的鸡蛋你吃不着？我不叫你吃叫谁吃？"

黄大娘这责备的语气，在梁志勇的心窝儿里掀起了滚滚热浪。可是，大娘现在不想多谈这鸡蛋的事。她撇下这个话头儿，又接上了方才的话题：

"哎，志勇，你娘快该来看你了吧？"

"不会。"

"咋的？"

"她很忙啊！上回来时，她告诉我说：'下一阵，工作更忙了，我可能来得少些了……'"梁志勇带着自豪的语气说，"我娘她，对抗日工作可积极啦！"

"哎，听说你娘当了妇救会主任啦……"

"是吗？"

"你不知道？"

"不知道！"志勇说，"你听谁说的？"

"玉兰说的呀！"大娘说，"她没告诉你？"

志勇摇摇头："没价！"

二愣娘一提到玉兰，她的话又生了枝杈：

"志勇，这几天儿，玉兰咋没来呢？"

"她来做啥？"

"来看你呗！"

"她又不是医生，来看不来看有啥关系？"

梁志勇说着，他娘儿俩都无声地笑了。

说到秦玉兰，黄大娘倒有一些心事——

从梁志勇在黄二愣家养伤以来，秦玉兰将黄二愣家的天井都踩洼了。她每次来到以后，不是给志勇煎汤熬药，便是给他包扎伤口，还短不了地把志勇穿脏了的旧衣裳拿回去，替他拆洗干净，缝补好，再送回来。

这种情景，黄大娘看在眼里，喜在心中。

有时候，她还禁不住地自语道：

"这俩孩儿，正好是一对儿！"

大娘在这样的思想指使下，还曾几次故意找个借口，躲出去，意思是给志勇和玉兰闪个空儿，好让他俩说个体己话儿。

他们利用这样的机会说了些啥？

黄大娘当然没法儿知道！

不过，她所知道的，是这对青年男女之间的关系，仿佛是发生了一些变化！

发生了一些什么变化？

当大娘的又总觉着抓不着笼头摸不着缰！

可是，有一点在她的感觉中是明确的——梁志勇和秦玉兰之间在感情方面发生的变化，正是她所希望的那种变化！

因此，黄大娘早已悄悄拿好主意："我得想个法儿，把这两个孩子的事成全起来。"其实，志勇和玉兰在感情上的"变化"，并不是从这时才开始的，只不过是黄大娘现在才发现罢了！再说，就凭志勇和玉兰这样两个人物儿，他们之间的事，显然也是用不着什么中间人来"成全"的。不过，黄大娘不了解事情的全貌，再加她不大懂得新式婚姻和旧式婚姻的差别，因而她还总觉着主动"成全"他们这事，是她这当老人的义不容辞的责任呢！

大概正是由于这样的缘故吧，这时的黄大娘，无声地笑着，思谋了片刻，而后，继续用她那惯用的试探口吻，向志勇说：

"志勇啊，你也老大不小的了，成天价光知道各处疯跑，就不知道想想自个儿的事？"

"想想自个儿的事？"志勇说，"革命方面的大事，有党给我操心；生活方面的小事儿，有大娘你给我操心……"

"我是说，你该成家了！"大娘见志勇愣了神，又说，"瞧你这孩儿！净跟大娘装糊涂！成家，就是娶个媳妇儿呀！"

志勇听后，哈哈地笑了：

"大娘，光打鬼子这件正事儿，就足够我忙活的了，哪还顾得上那些闲篇儿？"

"这是'闲篇儿'？打鬼子固然要紧！打鬼子就不娶媳妇了？……"

二愣娘和梁志勇拉呱儿的当儿，这座破旧的农家草舍里，有一股温暖的感情在荡漾，在流动。

这是一股什么感情？

这是母子般的感情；这是胜过母子感情的阶级感情。

在这战争年月里，对那些舍家离村的抗日战士来说，是多么需要这样的感情啊！在这炮火连天的生活中，这种感情，曾给多少人增添了勇气和力量？它又曾哺育了多少条可贵的生命？

突然，二愣的干咳声，从角门口传进屋来，把二愣娘的话弦打断了。这种干咳声，是事先规定的讯号，它说明门外有了敌情。

二愣娘忙向志勇说：

"快！快下洞！"

这时的梁志勇，神态安然，就像那马上会闯进屋来的敌人，还在千里之外似的。不过，他的动作又是敏捷的；只见他撂下饭碗，溜下炕沿，拉开后门进了后院。

二愣娘一边掩着后门，一边生气地小声嘟嘟着：

"这些狗杂种，连顿囫囵饭也不让孩子吃！"

杂乱的脚步声已响在门口了。二愣娘听见脚步声放开了嗓音：

"二愣！瞧你这个野劲儿！吃着吃着饭，又跑出去干啥？饭都快凉了！……"

二愣娘正嚷着，两个伪军闯进宅来。

这俩家伙，全都端着枪，气唬唬的，闯进院子啥也没说，从二愣娘的身边走过去，一直地进了屋子。由于他们走得急，惊得两只老母鸡咯嗒咯嗒地叫着飞上房去。那俩小子来到屋中，这里瞅瞅，那里看看，犄里旮儿撒打一阵儿，而后，指着炕上的饭桌儿逼问二愣娘：

"老太婆！你一个人吃饭，怎么两双筷子两个碗？"

这时，二愣正往屋里走着。

二愣娘指着二愣向伪军说：

"这不是俺娘儿俩吗？怎么一个人呢？"

她说到这里，伪军已不再注意听了。可她为了牵制敌人的注意力，又絮絮叨叨地说下去：

"俺这个野小子，生来腚上长尖儿，甭想让他老实儿地坐一会儿！这不，饭没吃完，就又跑出去玩了！刚才，你们进门的时候，我不是正在喊他吗？……"

她说到这里，见伪军朝后屋门走去，心里猛地一震，捏了一把汗！

伪军推开了后门，只见后头是一个小院儿。

后院儿里，空空荡荡，没有一间房子。周遭儿，是一圈儿破破烂烂的垣墙；垣墙的墙根，已经碱得很深很深，有些地方仿佛随时都有倒塌的危险！

在这个空间不大的小院儿里，乱七八糟的东西可倒不少。这儿侧歪着一个没了底儿的半截荆囤，那儿倒卧着一个断了系儿的半边粪筐。东边有个歪歪脖子老榆树，西边有棵干干巴巴的死枣树。除此而外，还有一些大堆小棱的砖头瓦片，散堆破垛的陈柴烂草。

伪军们站在后屋门口上，探着身朝后院儿看了一阵，没有发现什么可疑的地方，也没听见什么可疑的动静，所以并没到后院儿里去。他们缩回身子，哐当一声，又掩上了后门。

方才这一阵，二愣娘儿俩的心里可紧张了！二愣娘生怕敌人看出什么破绽，就挤在伪军的身边，一个劲儿地指指画画说这说那。一忽儿，她指着垣墙说：

"你看！都碱成这样了，也没钱修！那天，一时没看到，东邻家的孩子跑进去了，差一点儿没砸着！这可多亏了天佛老爷保佑，要不，砸着人家的孩子，那可是人命关天的大事呀！……"

一忽儿，她又指着那棵死枣树说：

"它才是个丧门星哩！有一年，财主来要账，俺那公爹被逼得没法儿，就是在这棵树上吊死的！从那，树就死了，再也没滋芽儿……"

二愣知道这几天志勇有点伤风，生怕他不知道洞外的情况，万一咳嗽一声，可就糟了！于是，他就大一阵小一阵地咳嗽起来。

精明的二愣娘，显然知道二愣咳嗽的用意，所以她在点划伪军的同时，还插着空地叱咤二愣几句：

"成天价没冷没热地往外跑！管着风了！受罪不？该！活该！……"

二愣娘虽然嘴里不住溜地叨叨着，她那根心弦可是一直绷得紧紧的。直到伪军们离开后屋门，她那颗快提溜到嗓子眼儿的心，才吭噔一声落了地。

到这时，二愣那两只握得紧紧的拳头，也松开了。

敌人这次突袭又扑了空。

他们丧气地走出屋去。

敌人自从开始"清乡"以来，三六九儿地进行突然搜查。这一点，二愣娘当然明白。可是，现在她紧紧地跟在正要出屋的伪军身后，装作糊糊涂涂的样子故意问道：

"老总，你们倒是要找啥玩意儿呀？"

一个伪军用手比了个"八"字儿：

"找这个！"

二愣娘学着伪军的样子，也比了个"八"字儿，举在她自己的脸前，像是自言自语，又像在问伪军：

"这个！这个是个啥？……"

有个伪军说：

"有个八路的伤员，落到这一带了，你要是知道……"

战争，它在给予人们困难时，也给人们增添上一份智慧。这时的二愣娘，灵机突然一闪，佯装恍然大悟：

"噢！知道！"

"知道？"

"知道知道……"

两个伪军一齐凑上来：

"在哪里？"

二愣娘摆出一副坦然的神色，又用手比着"八"字儿，爽朗地说：

"八爷的酱园在西边！"

她用手朝西一指，又显出挺热情的样子，说：

"不远，挺好找的！噢？闹了半天你们是走错门儿了呀！我告诉你——出了俺这角门儿，朝南走；走到胡同口上，往西拐，那边不是有个石牌坊吗？你们走过那个石牌坊，就有一个小厦檐儿……"

有一个伪军不耐烦了。他猛一摆手，打断了二愣娘的话，满脸秋风黑云：

"别瞎胡咧咧！我们要找伤号儿……"

二愣娘又假装明白，抢过话头打岔说：

"不，不，人家不叫'商号'，叫'福兴号'……"

另一个伪军戳了这个伪军一把，烦躁地说：

"哎哎哎！你跟她叨叨个啥？她啥也不懂！还不是白磨牙？"

随后，两个伪军，一齐走出门去。

二愣娘跟在伪军后头，一边走还一边念叨：

"老总啊，你们甭信不着我，错不了，是叫'福兴号'呀！你别看我耳朵不灵，记性也不好，莫非说连这点小事儿还记不住？……"

一个伪军一边迈门槛一边说：

"回去！别跟在后头穷叨叨！"

二愣娘说：

"看你这老总！我不是送送你们吗？别看俺是个庄稼老婆子，还能连送客要出门的这点俗礼也不懂？……"

也不知伪军们是因为烦恶二愣娘这种没完没了的乱叨叨呢，还是因为别的什么原因，只见他们那两条狗腿迈得更快了。

其实，二愣娘哪是为了送他们！

她为了啥？

她是为了要看清这小子们的去向，还怕他们偷偷地藏在角门儿旁边不走。当她"送"出角门儿以后，望见伪军们朝西走远了，这才咬着牙悄声骂道：

"这些披着人皮的畜牲！"

然后，她虚掩上门，走回屋来。

方才，在二愣娘对付敌人的时候，二愣托着一碗半菜半米的稀粥，站在屋门口，倚在门框上，一面大口小口地往嘴里扒菜粥，一面瞟扫着伪军们的一举一动。看样子，这当儿只要伪军们做出什么越不过眼去的事来，二愣就会把碗一扔，马上扑过去，拾掇那些兔羔子！

现在，他见娘安全地回来了，这才把憋在肚子里的那股劲放出来，赶到娘的近前问道：

"娘，那小子们滚啦？"

"滚啦！"

"志勇吃饱了吗？"

"哪里呀！刚吃得半饱不饥的，就叫那些狗杂种给搅了！"娘说，"二愣，快再叫出他来……"

"唉。"

二愣应声拉开后门，用他那两只大巴掌轻轻地拍起呱儿来：

"啪啪！——啪啪啪！——啪啪！"

掌声落下了。

只见那堆碎柴火慢慢地动了一下，随后，梁志勇从里头钻了出来。他朝后屋门口一望，见黄二愣站在那里正冲着他憨笑。

于是，他也朝二愣笑了笑，便贴着墙根儿，踩着乱柴草，绕了个大弓弯儿，朝着这北屋的后门走过来。

这是为啥？

因为这后院儿的地皮上，被风刮上了厚厚的一层黄乎乎的尘土，要是踩上新鲜脚印儿，会引起敌人的注意，这个洞就不安全了！

在志勇朝屋里走着的一刹那间，有个问号在二愣的脑海里浮上来："这些日子，志勇怎么不大欢哩？八成是有什么心事吧？"

这回，叫粗中有细的黄二愣又猜对了——眼下志勇还确乎是有心事！

他有啥心事呢？

说起来，话又长了——

梁志勇在洞中养伤的这些日子，时间，可以说是在穷思苦虑中前进的。人到了寂静的时刻，才顾得回想起往日的生活。这些天来，多少事，多少话，多少个领导人和战友的形象啊，都一而再、再而三地在梁志勇的头脑中闪过。甚至，就连那些几年来被紧张的战斗生活挤到一边去的少年时代的经历，如今也短不了地涌上心来，闪过脑际……

早在梁志勇还没有投入到党的怀抱以前，他除了见天和贫穷搏斗，时刻为吃穿挣扎而外，只知道报仇，只知道为报仇而活着！

他在接受了党的教育以后，才懂得了穷根扎在哪里，苦水是从什么地方流出来的，还懂得了抗日救国的真理和翻身解放的道路。因此，志勇在洞中养伤的过程中，更多地在他的头脑中回流的，不是个人家庭中的生活情景，不是自己少年时候的那些遭遇，也不是什么个人恩怨，而是他的职责，他的队伍，他的战友……特别是前几天他和锁柱见面以后，他心中那股急躁、愁闷的情绪，更加重了，加浓了，心绪也更加紊乱起来，心窝儿里一天到晚沉甸甸的！

因此，这才被二愣娘儿俩都看出了迹象。

那么，志勇到底是因为什么事又加重了他的心事呢？

事情是这样的：

自从那次宁安寨突围战以后，负了伤的梁志勇就离开了队伍，独自一人住在洞中养伤。当然，这洞中的生活气氛，比起打游击的生活要安宁得多了。可是，打了几年游击的梁志勇，他是多么渴望着早日打败日寇啊！因此，如今他处在这宁静的生活环境中日子并不多，却又不时地向往着那子弹横飞、杀声鼎沸的战斗生活了。特别是一到更深夜静的时刻，他那股向往的心情就更加强烈。除此而外，志勇所以焦躁还有一层原因，这就是：前些日子，志勇曾派锁柱到县委去了一趟，向正在县委开会的梁永生汇报了突围战斗的情况。在当时，锁柱从永生的嘴里，听到一点有关的消息：今后要进一步扩大队伍。锁柱从县委回来后，把他听到的这个消息，告诉给了志勇。

从那，志勇就一直在考虑扩大队伍的问题。并且，他从扩大队伍这个问题上，又联想到缺少骨干；从缺少骨干，进而又想起至今一直尚未取上联系的赵生水他们来了。就在这个节骨眼上，秦海城又让玉兰给他送来一个信儿，说是赵生水他们可能在河西黄家镇一带活动。于是，志勇便想："得赶紧想个法子，把赵生水等同志找回来！可是，让谁去找呢？让大刀队上的同志们去吧，这两天他们又没人到这里来，况且是都在分散活动，谁知他们都转到哪里去了？让黄二愣去吗？他太毛躁，闯出祸来可了不得呀！叫玉兰去？不行！她是个青年妇女，太不方便了！让秦大爷去？更不行了！在大刀队分散活动的情况下，他这个联络点一时也不能失灵呀！……"

志勇在越想越没法儿，越来越急躁的时候，真想自己把匣枪一掖到河西转上一圈儿！可是，这只不过是一种急躁情绪！至今他的腿伤还不好，近来伤口又有点恶化，他咋能出得去呢？

这两天里，志勇一直就是被这宗事纠缠着。他因为怕给大娘和二愣添心事，不光从未把自己的心事告诉他们，而且还总是想法尽量掩饰着自己的感情。感情是掩饰不住的。这不，不仅是细心的黄大娘已经察觉，就连黄二愣也已经看出几成来了。

志勇进屋后，二愣娘就溜出屋子到角门口上去了。二愣一边掀锅摸勺子给志勇盛饭，一边迫不及待地问道：

"志勇，你这两天准有什么心事！是不？"

志勇笑了。他说：

"二愣啊，都说你是'毛张飞'，今儿个，你怎么胡乱猜疑起来了？"

二愣将饭碗蹾在桌子上，瞪着个大眼冲着志勇忽闪了几忽闪。志勇见他不大信服，又接上方才的话茬儿说：

"我见天仨饱一个倒，还有啥心事？想做皇上呢？还是想成'神仙'？……"

二愣不跟他娘一样，说话不会拐弯儿，问事不会试探。现在他见志勇不肯说实话，就单刀直入地问上了：

"是不是吃喝儿不好，你咽不下去？"

志勇笑道：

"净说鸡蛋不长毛的二愣话！咱这个肚膛子，生来就是糠瓢儿的，这你不知道？"

"你不是身上有伤吗？"

"这点小伤还算回事呀？"

"那么，你是不是看出我有什么不对的地方？"

志勇扑哧笑了，差一点把嘴里的饭喷出来：

"这更是二愣话儿了！你要有不对，我就批评你，那还用得着成了心事呀？"

二愣听后，也禁不住地笑了。

笑归笑，他心里那个谜可并没解开。

于是，二愣又说：

"志勇啊，你有啥心事，就说吧！你越不说，我越别扭……"

志勇一听，心想："可也是哩！反正是他娘儿俩都看出来了，我硬是不说，不是反倒给他们添了心事吗？"于是，他这才一边吃着饭，一边和黄二愣叙述起他的心事来：

"自从那回遭遇战后，赵生水同志和几名战士至今下落不明，虽然曾几次派人去找，可是一直没取上联系。"志勇吃了口饭说，"前天，听到一个荒信儿，说他们目下正在黄家镇一带活动……"

志勇说到这里，二愣插嘴问道：

"你是不是愁着没法儿跟他们接上头？"

志勇笑笑说：

"看起这句话来，你不仅不是'毛张飞'，还成了'诸葛亮'了！"

二愣一听这话，显然知道是他猜对了。于是便说：

"这还用愁？"

"咋不用愁？"

"我去就是了！"

"你去？"

"你信不过我？"

"我怕你找不上他们！"

"找不上就再回来——一不用买票，二不用上税，赔了啥？"

这时节，志勇被二愣说动了心。可他又想："不行啊！大娘舍得吗？再说，大娘苦煎苦熬了大半辈子，而今已是年过花甲的人了，眼前头就是二愣这么一个亲人，要万一出个三长两短……"志勇低着头一面扒饭一面想着，忽听二愣娘说：

"志勇啊，你就叫他去吧！"

志勇猛一抬头，只见笑眯眯的黄大娘，正站在他的对面。

她怎么知道的呢？

原来是，她方才进屋时，听见志勇正和二愣叙述他的心事，因为她也正为这事纳闷儿，就站在门帘外头悄悄地听了一阵儿。后来，她听到志勇光扒饭不说话了，就知志勇为了难，便一撩门帘走进来，没头没脑地插上这么一句。她说完后，仍怕志勇不放二愣走，又接着说：

"志勇啊，你甭不放心；二愣这孩子，打小就跟个铁人似的，经得住摔打！你就放出他去叫他闯荡闯荡呗……"

二愣娘对二愣出去找八路取联系，就一点也不担心吗？哪里！娘嘛，还有不疼儿的？何况二愣娘就是二愣这么一棵独苗儿呢，当然更是加倍疼爱了！说真的，要在平日里，二愣出去走趟亲，娘还放心不下哩！可是，现在她见志勇犯了愁肠，也是怪心疼的。如今志勇在她的心里，也成了她自己的儿女，和二愣没啥两样了！所以，她既疼二愣，又疼志勇，这真是俗话说的——十个指头咬咬哪个不疼呀？可是，疼虽都疼，但她知道志勇在队伍里担负的担子重，这才宁愿让二愣去冒点风险，好让志勇了却一桩心事，安心养伤；叫他早日养好了伤，也好回到队伍上去打鬼子呀！

梁志勇呢？他由于找战友的心情太切，再加这时耳边响着多常说的一句话："屋里驯不出千里马，炕上养不成万年松。"所以在犹豫了半晌之后，还是表示同意了：

"好！就让二愣出去跑一趟吧！"

梁志勇这么一说，二愣娘儿俩全高兴起来。二愣娘一面开箱打柜地给二愣找双跟脚的鞋，一面念念叨叨地嘱咐二愣说：

"你找到那些同志们以后，可要早点回来呀，也免得叫我和志勇不放心！听见了不？唉？无论碰上什么事儿，要小心，要谨慎，别多嘴，别多事，别戳娄子……"

她将两张零票子，塞在儿子的衣袋里，又叮咛道：

"这几个零钱儿，要留心，要长眼，别掉了，别叫小偷儿给掏了去！赶上茶馆儿，倒壶开水，泡泡干粮，别凉一口热一口的……"

二愣应了一声，揣上几个窝头，正要走，娘又拉开抽屉拿出"良民证"："捎上它！"二愣一看见鬼子发的这个玩意儿就生气，便说："不捎这营生！"娘说："瞧你！又要你那二愣脾气！"她说着，硬塞进儿的衣袋里。这时，志勇也说："二愣啊，别发犟，捎着吧！"他说罢，又叮嘱道：

"你这次出去，任务就是一个——去寻找赵生水同志和跟他一块儿活动的大刀队战士。"

"知道！"

"记住！你意粗性躁。这个缺点，过去我批评过你。没忘吧？……没忘好！切莫再犯。这回出去，不论找到找不到，都要快去快来……"

"记住啦！"

随后，志勇又将应当注意的事项仔细嘱咐一遍，便回洞去了。

二愣娘推上后门，拉上前门，将二愣送到角门儿底下，又捅了儿子一把，从衣袋里掏出一只手镯，塞给二愣，悄声说：

"捎着它！"

"捎它干啥？"

"卖它——"

"卖它？"

"对！"

这只手镯，是黄二愣这个贫寒家庭的传家之宝。既是传家之宝，为啥只有一只呢？那一只，在二愣爹多黄大海被白眼狼逼得逃离故土去闯关东的时候，二愣娘把它塞给了丈夫，并说：

"这样的年月儿，谁也说不清哪天死活！万一我要有个好歹，等咱二愣长大成人，去找你认爹的时候，这只手镯就算个凭证吧！……"

二愣爹从那离开家，直到今天没音信。

这些伤心的往事，二愣曾不止一次地听娘说过。因此，现在他见娘要卖手镯，不由得大吃一惊，忙劝娘说：

"娘！咱无论如何也不能卖这手镯呀！"

娘带着为难的神色，向儿子解释说：

"唉！你知道个啥呀！你看不见志勇的伤口总是不见长肉吗？我琢磨着，准是因为给养不好！他要能经常不断地吃上点鱼呀肉的，准能收口儿快一些……"

她说到这里，脸上那为难的神色又变成了痛苦的神色，仿佛那伤口不是在梁志勇身上，而是在她的身上。

黄二愣对自己的家境当然是十分清楚的。除了这只手镯能值几个钱而外，还有什么家当能变卖呢？没有了！因此，这层理甭用娘说，他就已经知道娘卖手镯的为难心情了！说起对志勇的关心来，二愣并不比他老娘减色。方才，他所以攮出那么一句，是因为不知道娘要卖手镯的用项。现在，他听娘这么一说，便把心一横，对娘说：

"对！卖它！"

他说罢，接过手镯，装进衣袋。

二愣娘不放心地将手伸进二愣的衣袋，摸摸那只手镯，又重新放了放，仿佛她要把当娘的那颗心，和这只手镯一齐装进儿子的衣袋里。然后，又捏着二愣的耳朵再次嘱咐道：

"你可要加点仔细呀，千万千万别丢了！听了不？"

二愣见娘有一百个不放心，就说：

"娘，你只管放心好了，丢了脑袋也丢不了它！"

娘对儿子的决心满意。又对儿子的说法不满意。所以便半喜半恼地点着儿子的额头说：

"你生来不会说个吉庆话儿！"

二愣嘿嘿地笑着，大步流星地跨出角门儿，一溜风烟扬长而去。

二愣真的带走了娘的心呀！

二愣娘站在角门外头，手掌打着亮棚，脊背倚着墙角，久久地眺望着她那渐渐远去的儿子——黄二愣。是啊！自己一手拉扯起来的孩子，头一回到一个生地方去，又是独自个儿去办这么大的事情，谁知会碰上一些什么情况呀？当娘的怎能不挂心哩？不过，眼下二愣娘的心里，除了挂心而外，更多的却又是自豪和高兴。因为，她一想到二愣今天要去办的事情，又似乎从儿子的背影上，看到了自己二十多年来心血操劳的结晶。

黄二愣离开家乡以后，直奔河西而去。

路途中，他一行走一行想："这可是我从来没有办过的重要事情啊！这一回，我就算吃多么大的苦，为多么大的难，冒多么大的风险，也一定要把这件事情办好——找着那些接不上头的同志们！"可是，二愣哪会想到，事情并不像他所想的那么容易！你瞧，他来到河西已经转悠了两天了，不光没有找到一名八路军战士，就连一点线索也没扫听到！

这天，黄二愣独自走在路上，忽然想起志勇嘱咐的"快去快来"的话来，心中不安地想道："我离家已经两天了，娘和志勇准在挂着我呢！是不是赶紧回去？"他想着想着，忽一转念，脑子里闪出了梁志勇想念战友的愁闷神色，继而又想："我要这样回去，志勇不更愁了吗？不能就这样回去。我得想法儿找到赵生水他们，至少，也得扫听到一点消息……"

二愣想着，走着，走着，想着。

突然，有一种像五黄六月打闷雷似的喧闹声，从远方隐约传来，撞击着二愣的耳鼓。到这时他才注意到，在左右两边那一条条大大小小的道路上，男男女女的人群，或推车，或担担，或骑驴，或步行，势如卷饼一样，正朝那人声起处赶着路程。

他们到哪里去？去干什么呢？

二愣向人打听了一下，才知道，那人声起处是黄家镇，黄家镇上正赶庙会。他想："我该到庙会上走一遭，也好卖了镯子买点鱼呀肉的捎回去呀！要是能在那里碰上个熟人，兴许会顺便打听到赵生水同志的消息哩！……"二愣想到这里，那个庙会就像立刻变成了磁石一样，对他产生了一股强大的吸引力，使得他腿不由自主地拐了弯儿，并加快了步伐，向着那黄家镇庙会一直奔去。

二愣走了一阵，穿过一个村庄，踏上一块高地，远远望去，只见前边有个村庄，庄头上有个寺院，寺院周遭儿，聚集着一大片密密匝匝的人海。有一种轰轰的声音，从那千头攒动的人海中腾起来，就像有许多颗手榴弹正在那里连续爆炸似的，使人听了，头脑有些发涨。

显然，那里便是那个历史悠久的黄家镇庙会了！

在过去，黄家镇庙会的规模是很大的。可是而今，由于是战争年月，远处的人们大都来不了，所以庙会的规模比往年要小得多了。不过，因为这个庙会有它自己的特点，会场上的人数，比起别的庙会来，还是多得多。

这个黄家镇庙会，今昔相比，除了规模大小而外，还有一些变化。例如，原先街里街外都是会场，自从敌人在这里安上据点以后，说是为了据点的所谓"安全"，他们把赶会的人都赶到街外远离据点的地方来了。还有，因为有些庙会由于战乱已经报黄，这个残存着的黄家镇庙会，也就自然而然地增加了一般民间交易的成分，相形之下，便势所必然地把它那原来的特色冲淡了。此外，由于八路军发行的货币和敌伪的票子在这个地面上同时流行，会场上除了那些固有的市面而外，又出现了一种专门捣腾票子、兑换钱色的黑市。

黄家镇庙会来到了。

黄二愣长到这么大，还是头一回来到这黄家镇。

不过，"黄家镇"这三个字，在二愣的脑海里，却已经印得很深很深了。在他还是少年的时候，就听人讲过"梁永生大闹黄家镇"的故事。现在，他一边走，一边看，一边想象着梁永生大闹黄家镇时的情景，不觉不由得进入了这庙会的会场。

庙会正是热闹时候。

你瞧哇！行行业业的买卖，已经全了市；形形色色的生意，也都摆开了摊子。你听吧！在这嗡嗡的低沉的分不出语句来的人声之上，还笼罩着一片南腔北调、七高八低的叫卖声。

这边，有个耍把戏的，穿着一身小打扮儿，站在里八层外八层的人圈儿当中，正在高声大嗓、指手画脚地念着他的生意经：

"……行家看门道，力巴瞧热闹，没有乡亲不养艺人，我先向诸位来一个罗圈大揖……"

那边，有个卖野药的，身着长袍大褂，正面对着流水一般的游人招揽买卖：

"……腿疼腰疼胳膊疼，筋骨麻木，那是受风受寒，买了我的膏药贴在'虎眼'……"

在卖野药的旁边，有个靠摊连案的相面先生。他留着长长的指甲，捋着花白的胡子，面对着一位男人正然摇头晃脑、滔滔不绝地嘟嘟念念：

"……你天庭饱满，地阁方圆，耳大有轮，眼大有神，必有大富大贵……"

在这形形色色的摊案之间，是潮水一般的人流。

这些密密麻麻的游人，南来北往，你挤我撞。

他们当中，有穿袍戴帽拉着文明棍儿的富人，也有光膀露臂泥腿泥脚的穷人；有歪戴着帽、趿拉着鞋、提溜着画眉笼子的二流子，也有荷肩负重、汗流浃背的劳动者。除此而外，还有一些横鼻子竖眼的鬼子和汉奸们。他们是专门跑到庙会上来敲竹杠、搞外快的。这些家伙，全都耸头晃脑，逛来逛去，吱声怪叫，既没个人样儿，又没个人韵儿！

在这大街大市的人海中，还夹杂着各式各样游市串街的小买卖儿人。他们，或提筐，或挎篮，或端传盘，或扛竹竿，一边挤，一边走，一边喊着"借光油衣裳了"，一边扯着长音高声叫卖。

有个背着褡裢的人，长得身材魁梧，仪表英俊；面庞虽不怎么丰满，可一双眼睛却是忽悠忽悠有神，令人看上去，显得是那么和善、安详而又机灵；他用两根手指挑着圈铃，一路走一路晃，铜铃在他的肩峰上清脆地响着。伴随着那一直不断溜的铃声，那摇铃人还放开他那和铜铃很协调的嗓音，断断续续地喊着：

"天津卫的圆鼻子针！……天津卫的圆鼻子针！……天津卫的圆鼻子针！……"

他的叫卖虽然始终就是这么一句话，可是并不显得单调。因为除了他的喊声有快有慢、有高有低而外，他的腔调、音韵还层出不穷地变化多端，再叫那铃声一配，愈显得悦耳中听。

有的人，竟指着卖针人向他的伙伴称赞道：

"这真是个行家！"

二愣也被这卖针人迷住了。

他杂在人流中跟着人家走了老远。后来这才突然从迷中醒悟过来："这不是出傻气吗？咱跟着个卖针的跑啥？快去卖手镯去！"他想到这里，腿就拐了弯儿，随着人群的流势，又朝另一个方向走下去了。

按照二愣的脾气，是最爱逛庙会不过了。尽管这黄家镇庙会他从未赶过，可是他家乡附近那些旁的庙会，几乎都赶遍了。他小的时候，常常揣上个窝头去逛庙会，一逛就是一天，不到天黑不回来。

可是今天，他重任在身，又要急卖手镯，哪还有逛庙会的闲心！他啥也顾不得细看，只是一边在人流中挤呀挤，挤呀挤，一边不时地向身边的人问：

"借光！估衣市在哪里？"

他问估衣市干啥？

因为卖手镯得到估衣市去卖。别处，哪有这种市面儿？

黄二愣挤了一身大汗，终于挤到了估衣市里。

估衣市的周遭儿，搭着许多炉烘和席棚。席棚里，烟雾蒙蒙，热气腾腾，净些跑勤行卖吃食的。

估衣市里，人山人海，好像滚成了一个人蛋。

不过，人虽这么多，倒也容易分——大致说来，只有这么两种：一是买的，一是卖的。买的，大都是些有钱人。他们腰里掖着票子，在这里东瞅瞅，西看看，为的是买个巧儿，捡点便宜。卖的，都是些穷苦人。这些人，都穿得破破烂烂；面前摆的，不是估衣裳，便是旧家具，也有两者兼而有之的。除此而外，还有一些叫不出名来的古董玩器儿。

总之，摆在这估衣市里出卖的"商品"，并非都是估衣，而是大大小小，形形色色，五花八门，无所不有。也许有人觉着"估衣市"表达不出它的实质，所以又称它为"穷人市"。要叫"穷人市"，还确乎比"估衣市"更准确些，因为这个市面上，不论卖啥的，也不管他来自哪里，所有的"掌柜的"，一律都是穷人。

据有心之人的考究，这个"估衣市"的名字也并没起错。因为穷人的标志，首先是没钱、没地、没房子，进而是连随手使用的生产、生活工具都没有，这显然是更穷了！穷到什么没有的地步，总还是有一身随身穿的衣服，哪怕是这身衣服已经破烂得不能再叫衣服也罢，总还是有个遮身蔽体的物件。如果到了脱下身上的"估衣"大街喝卖的境地，真可以说是穷得不能再穷了！看来，"估衣市"这个名称，大概就是由此而来。

你看！今天的黄家镇庙会上，就真有这样的人呀——他自己光着脊梁，却将一件破烂的褂子摆在面前出卖。他，脸上挂着愁容，眼里含着泪花，正在和他对面的买主讨价还价！

黄二愣来到估衣市里，顾不上细看这里的市容，便在别人的空间挤了挤，求人家给他搌出一点点地盘儿，将他那只手镯摆在了面前。

他蹲在那里，守着，守着，一直守着。

后来，两条腿都蹲麻了，甭说等来个买主，连个来问价儿的也没有！

这也难怪！你想啊，谁会来买他这只手镯呢？

穷人，一来买去没用处，二来谁有这种闲钱？富人，恐怕也没谁肯花钱来买这只无对难成双的手镯呀？大概就是因为这样的缘故，黄二愣守着手镯蹲了半头晌，价钱高低不用提，根本就没来个上摊儿问价儿的！

大家知道，黄二愣是个急性子脾气儿。他强耐着性子才蹲在这里守了这大晌，现在他再也耐不下去，就想赌气收摊子，不卖了！你说巧不巧？就在这个节骨眼上，来了个买主。那买主用脚尖儿点着二愣面前的手镯，恶声恶气儿地问：

"喏！这、这玩意儿，卖、卖吗？"

"净说混蛋话儿，不卖会摆到这里来？"

这是二愣心里话，可并没说出口。人家的问法不对，二愣就值得这样吗？因为他一见伸在他脸前的那只皮鞋，心里早就呕了！可是，当他猛地抬起头，一眼望见那个三分像人七分像鬼的买主时，心里又腾地冒起一团怒火！原来，这个"买主"不是别人，正是大汉奸白眼狼那个老鳖猴儿！

白眼狼虽不认识黄二愣，黄二愣可认得白眼狼。

白眼狼不是在柴胡店吗？是怎么来到黄家镇的呢？事情是这样的：昨天，白眼狼的"姨太太"，高低要逛逛黄家镇的庙会，开开眼，散散心！白眼狼呢，对他这位"姨太太"的意愿，是从来不敢违抗的，也是不愿违抗的。于是乎，他就向他的主子石黑打了个招呼，以"视察黄家镇据点的防务"为名，带上一些人马，当然还有他那个一心要逛庙会的"姨太太"，来到了这黄家镇据点上。

今儿早饭后，白眼狼的"姨太太"，是理所当然地要照例进行她那番十分复杂的梳妆打扮！等"姨太太"打扮已毕，白眼狼这才带上两个警卫，陪同着他的"姨太太"，大摇大摆地逛庙会来了。

若按常礼，伪军中队长白眼狼来黄家镇逛庙会了，那个驻守黄家镇的伪军小队长乔光祖，是理应陪同着他的上司一同逛庙会的。可是，乔光祖很滑。他怕有风险，就推说重伤风还没好利索，不能出门，因而没跟着白眼狼一块儿来逛庙会。

现在，在白眼狼身边的，只有两个警卫兵和他的"姨太太"。

这个"姨太太"，如今四十上下年纪。

她穿着一件短旗袍儿，一双高跟儿鞋，烫着活像那老鸹窝似的卷毛儿发；嘴上的口红，抹得好像猴儿屁股；脸上擦着一层扑粉，很厚很厚，就像那干干巴巴的驴粪蛋子上又下上了一层薄霜。

这个酸帮辣臭令人恶心的女妖精，手腕儿上还戴着一只手镯子。她哈下腰，用两根指头将黄二愣正要出卖的这只手镯子捏起来，一面反反正正地瞅着，一面尖声浪气儿地说：

"咦？真巧！这只手镯子，跟咱这一只整是一对儿！"

"是、是吗？"

白眼狼抻着他那细而长的脖子凑上来。他的"姨太太"捋起袖子，一面将两只镯子放在一块儿比着，一面又说：

"你看！"

"可、可不是嘛！"白眼狼紧接着说，"还、还真是一对儿哩！"

那女妖精高兴地说：

"咱要了吧！"

白眼狼认真地问道：

"你、你相中啦？"

"嗯。"女妖精说，"今儿多亏了来逛庙会，要不价，成心去寻，也难寻这正好是一对儿呀！……"

"可、可不是嘛！"白眼狼说，"那、那、那就把它捎着……"

这时的黄二愣，在一旁也看清了——这两只手镯，果然正是一对。它们的形状、式样、色泽、花纹，都一模一样，分毫不差。他想："真怪呀！那一只我爹带走了哇！怎么如今却戴在白眼狼的小婆子的手腕子上了？"在这同时，白眼狼也起了疑心："嗯？怪！这个小伙子，怎么也有这么一只手镯呢？"他心里这么想着，眼睛盯着二愣，蓦然间，黄大海的形象，腾地在他的头脑中浮上来。他接着问道：

"你、你是哪庄的？"

这一阵，二愣一面盯着白眼狼，一面想着梁永生大闹黄家镇的事，不由得话在心里说："我也真该来个大闹黄家镇！"可是，这个念头一露头，又被梁永生的话给压下去了："二愣啊，我年轻时，比你还二愣！你方才不是提到我大闹黄家镇吗？那就是'耍二愣'的一个表现。如今想起来，当时真幼稚可笑啊！往后，你也要控制自己，不要'耍二愣'！我吃了大亏以后才懂得：办事情，心要热，头要冷。听了不？记住！啊？"现在二愣回想着梁永生的这些话，就压着气儿，回答白眼狼道：

"十里铺的！"

二愣没说真实村名，显然是多了个心眼儿。白眼狼呢？看来他对黄二愣的回答半信半疑。只见他又问：

"叫、叫啥？"

照这个追问法，哪有个完呀？追来追去，不就追出破绽来？看来，白眼狼这个老杂种已经在怀疑我了！干了吧！黄二愣心里这样想着，又见那个女妖精正要把他的镯子戴在腕子上。这只手镯子，就这样让白眼狼的小婆子拿走吗？这在黄二愣的感情上，显然是绝对通不过的！因此，这时候，可真把个二愣气炸了！他觉着浑身的热血都往头上冲，使得他再也控制不住自己。于是，他朝白眼狼的两个警卫扫了一眼，噌地从那女妖精手里夺过镯子，接着又朝白眼狼狠狠地踹了一脚，然后，一扭身子钻进人空子，连挤带跑地溜走了。

他能走得这么利索？白眼狼的两个警卫干啥去了？

这一点，二愣早就看好了！在他动手的时候，一个警卫正在邻近的一个摊上不知想什么外快，跟一个老头儿吵骂起来了。另一个警卫，正瞪着一双贼眼，目不转睛地盯望着一个赶庙会的女人。直到听见白眼狼嗷嚎一声惨叫，他这才猛回过头来；只见白眼狼已四仰八叉地躺在地上，便赶紧凑上来，一边搀扶一边问：

"队长！怎么啦？"

白眼狼又羞又怒，啪地给了他一个耳光。

这时，另一个警卫也过来了。他瞪着一双恐慌的而又是莫名其妙的眼睛，望着白眼狼的狼狈相，正不知如何是好，也挨了白眼狼一个耳光！

白眼狼丢了个大丑，他怎么办呢？

他有啥办法呀？啥办法也没有！追吗？这么多的人，挤都挤不动，看也看不见，怎能追得上？再说，那卖镯子的闯了这么个大祸，准得吓坏了，现在还不逃出黄家镇跑得无影无踪了，到哪里去追呀？

其实，这只不过是白眼狼的想法儿！

那黄二愣并没离开黄家镇!

要是别人,在这种情况下,也许会马上远走高飞离开这个是非之地的。不过,二愣不会那么办。他要是也那么办,就不是二愣了!

那么,他怎么办了呢?

他只是离开了估衣市,转呀转地又转到鱼肉市里来了。他到这里来干啥?要给志勇买点鱼呀肉的呗!他哪有钱呀?他要来个不用钱的办法!

鱼肉市里,干鱼、鲜鱼、生肉、熟肉,样样都有。

二愣来到这里,望着一片片又肥又大的猪肉,一条条又鲜又肥的鲤鱼,心中暗想:"嘿!这鱼呀肉的多喜人呀!我要是用手镯换点捎回家,叫志勇美美地吃上几顿,他那伤口准会好得快些……"

这个念头在黄二愣的心窝儿里呼呼地刮了一阵小风儿,使他觉着身上轻快多了。

于是,他朝肉案子走过去。

二愣站在肉案子前头,愣沉了一下,然后涨红着脸抱歉地说:

"掌柜的!我给你这只手镯,你换给我点肉吧?"

他说着,从衣袋里掏出那只手镯,向卖肉人举过去。在二愣看来,这是不会有什么问题的。他想:"这只手镯,是我家的传家宝啊!还不能换上几斤肉?"可是,在他这么想着的当儿,又见那掌柜的用白眼盯着他,他想可能是人家不大愿意,于是又说:

"给多少肉都行……"

谁知,二愣话未说完,那卖肉的拦头开了腔:

"这手镯是哪来的?"

他没容二愣答话又道:

"哼!准是从家里偷出来的,因为嘴馋要换点肉吃!去吧!……"

黄二愣听了这话,心绪十分复杂,他委屈,他愤怒,因为他感到受了很大的污辱!就像一根钉子揳进他的心里!

可是,他又不能把事情的因由、真相原原本本地说个明白,怎么办?只好翻了卖肉人一个白眼,涨红着脸钻进人空子,走开了。

过了一会儿。

二愣转着转着,又转到一个卖鱼的摊子上来了。

这一回，他经了一事长了一智，事先编造了一个理由儿：

"掌柜的，我是个穷人，老娘病重，想吃鱼，没钱买，我想给你添点麻烦——"

"啥？"

二愣掏出手镯：

"我想用这只手镯换两条鱼——行不？"

卖鱼老汉望着手镯：

"咋就一只？"

"可不，就一只！"二愣向周围看了一眼，"那一只叫鬼子抢去了……"

卖鱼人点点头：

"那些强盗！"

继而，他又立刻现出难色：

"这……"

二愣忙道：

"一条也行！"

卖鱼人见二愣确实是个老实巴交的穷孩子。他更加为难了：

"小伙子呀，我也是个穷户人家；家里那些人，还等着我卖了这点鱼，买点糠呀菜的糊口呢！你这银镯子，虽说只一只，我也要不起呀！"

他望着黄二愣那憨厚的面容，说到这里，叹息了一声，又说：

"孩子啊，这样吧——你这手镯，我是不能要的；我白送给你一条鱼，你拿回家去给你娘炖炖吃吧……"

他说着，拿起一条大个儿的鲜鱼，向二愣递过来。

二愣心里一阵高兴。可是，当他正要伸手去接鱼时，却又嗖地把手缩回来了。因为他蓦地想道："这位老大爷，已是白发苍苍的老人了，如今河面上还冷，打这点鱼可不是容易的呀！再说，人家家里的日子又是这么难过，我一个愣大愣大的小伙子，咋能平白无故地要这位穷老爷子的一条大鱼呢？"他心里这么想着，嘴里说道：

"不！大爷，俺不……"

"不啥？"卖鱼老人说，"你是个穷人，我也是个穷人，穷人知道穷人的难处——拿着吧！"

他将鱼又朝二愣近前送近了一些。

二愣依然不好意思伸手。并说：

"大爷，你要了我的镯子，我才要你这鱼哩！"

"你那一只手镯，我三条鱼也换不过！我要是将好几条鱼换成镯子，一家老小吃镯子呀？"卖鱼老汉着急起来，"你别叫我为难啦！快拿着！……"

这时，不光老汉为难，二愣更为难。要了吧？他望望这位忠厚渔翁的面容，怎么也不忍心。走开吧？眼前闪现着志勇那不长肉的伤口，腿又迈不动。

正在这个节骨眼儿，来了一个鬼子兵。

那小子没等走到摊前，就像个等着喂食的肉雀儿似的抻长了脖子嚷道：

"这鱼的大大的肥！"

老汉用眼角儿扫了鬼子一眼，没理他，又向二愣说：

"快拿走！"

二愣还没伸手，一只毛茸茸的鬼子手，已经伸过来了！他从老汉手中夺过那条大鱼，边瞅边笑边自语：

"好的好的！这鱼大大的好！拿回去吃了吃了的！"

老汉看出这鬼子没安好心，心里又生气又着急，他强压住火气，忙说：

"老总，你想买鱼呀？筐里有！"

鬼子瞪起了他那牛蛋眼：

"这一条我的要了要了的！"

老汉佯装没听出他的意思，又向鬼子说：

"你要这条也行！那就叫这位买主让给你——"

他说着便伸过手去：

"拿来，我称称——"

他在这说话的当儿，另一只手抄起了钩子秤。

在老汉回手拿秤的空间，鬼子一撇子把老汉伸过去的那另一只手给拨到一边去了。这一下，将老汉拨了一个趔趄。这时，把个黄二愣可气坏了，他想扑上去揍那个蛮不讲理的鬼子。老汉看出了二愣的意思，急忙向二愣递了个眼色，说：

"小兄弟，你等着，我给老总称完了，再称你的……"

二愣气不出，急得他抓得头皮快要冒出火星来了！

那卖鱼老汉口没住溜，又马上转向鬼子：

"老总，称称好算账呀！免得争斤驳两的……"

"算账？巴格亚鲁！"

老汉又忍了忍气，说：

"老总，俺是个穷买卖儿……"

老汉这边说着，鬼子那边翻了一个白眼，拿着鱼就要走开！

卖鱼老翁面对着这全副武装硬不讲理的强盗，他能有什么办法？认个倒霉，忍个心疼，当喂了狗呗！不！在老汉的感觉中，他费劲扒力打来的鱼，白白地叫鬼子吃了，比喂了狗还要心疼！于是，他大步流星赶了上去，拉住鬼子，讲理道：

"我打鱼交了打鱼捐，卖鱼又纳了卖鱼税，你要再不公买公卖……"

小鬼子叫老汉一揭，气急败坏地骂道：

"巴格亚鲁！你的大大的心坏！"

你看鬼子混账不混账？他拿了人家的鱼不给钱，还说人家"心坏"，真是十足的强盗逻辑！强盗逻辑不算，他还反正打了老汉两个脸巴掌。

到这时，老汉也豁出去了！他眼里含着泪，泪中混着血，血中喷着火，一边破口大骂，一边扑向鬼子，拼着老命跟鬼子厮打起来！

可是，那老汉已是满脸皱纹的人了，哪能打得过那个赛头牛犊子似的小鬼子呢？所以，他们越扑腾老汉越吃不住劲儿，眼巴巴地就要被鬼子打倒在地上了！

这时节，赶集的人们，见到这种情况，都气得眼睛眉毛全竖直了，脖子里的青筋也暴起来。有的，咬牙切齿地骂着："野兽！"有的，拉开架势要去动手。还有的，正从挑筐上往下解扁担。

黄二愣呢？

黄二愣的肺管子都快要气炸了！你想啊，那黄二愣，一向是火大性急，疾恶如仇，怎能见得这种情景？这一阵，他要不是想起了娘和志勇嘱咐的话，岂能等到现在？方才，他几乎咬破了自己的嘴唇，才没让那满腔怒火爆发出来！现在，他气得眼睛喷火了，耳朵冒烟了，脸色红了，脖子粗了，头发全竖直了，再也耐不住了！于是，他将那早已握起的、如今快要攥出汗来的大拳头猛力一挥，一跳三尺，就劲儿来了个箭步蹿上去，用足力气砸下来！

他这一拳，正好打在小鬼子的脑门儿上，直打得那鬼子嗷的一声嚎叫，趔趔趄趄地向后倒退了好几步，要不是身子后头有个摊案挡了一下，那鬼子早就四爪朝天了！

这时候，二愣见鬼子没有倒下去，心里挺懊悔：怎么就忘了捎那口大刀来呢？要是今天大刀在手，方才碰上的那个白眼狼，现在碰见的这个鬼子兵，我就通通把他们剁烂了！

二愣真是个二愣！他踹了白眼狼一脚，又砸了鬼子兵一拳，还嫌不满足！可他就没想到，他这一拳，马上就要招来一场大祸！

啥祸？

你看！那个疼得龇牙咧嘴，气得面色铁青的鬼子，一手捂着脑门儿，另一只手从腰里掏出手枪来了！

怎么办？

在这样的节骨眼上，只见二愣噌地蹿上去，一把抓住了鬼子那只握枪的手腕子，猛力往上一托，鬼子那支正要瞄着二愣勾机儿的手枪，当当地朝天响开了！

黄二愣和那鬼子一抓挠到一起，显得二愣更加魁梧了！你瞧，他比鬼子兵愣愣地宽一膀，高一头，胳膊根儿满跟得上那小子的大腿粗。二愣利用这身大力不亏、居高临下的有利条件，又握起了另一只拳头，冲着那鬼子的脑袋瓜子砸了下去！

头一拳，砸得鬼子的脑袋靠上了肩膀；

二一拳，砸得鬼子鼻子口里喷出血浆！

多叫人开心呀！这当儿，许多赶集人也忘了一切，有的还情不自禁地嚷着：

"好！"

"打得好！"

"打！"

"狠狠地打！"

人们正嚷着笑着，笑着嚷着，突然，不好了！

就在这时，那边大步跑来一个鬼子兵！

鬼子不是都住在柴胡店据点上吗？这黄家镇上哪里来的这么些个鬼子呢？他们是昨天跟白眼狼一块儿来的。石黑所以派几名鬼子兵跟白眼狼一起出发，名义上是保护他，实际上是监视他！

为啥要监视他呢？

我看咱先不管他那些事了吧！

且说这个鬼子兵。原先他正在那边抢一个老太太的鸡蛋。当他发现这边出了事以后，就急匆匆地朝这边赶过来了。现在，他一边哇啦哇啦地叫着，一边将手伸进腰里去掏枪！

情况已是十万火急了！

就在这间，那个背着褡裢串街卖针的人，突然出现在那个鬼子的身边。只见他将那肩上的褡裢一扔，从腰里嗖地抽出一支匣子枪。就在这抽枪的同时，他猛跑了几步，一把抓住了那个刚刚掏出枪来的鬼子！

鬼子还没迭得回头，卖针人的枪口已对准了他的脖颈子，一扣扳机，一颗热乎乎儿的子弹，钻进鬼子的腔子里去了！

接着，吭噔一声，鬼子倒在地上！

他那腿像兔子蹬鹰似的蹬了两蹬，不动了！

卖针人正想赶过来，再把这个和二愣扭打在一起的鬼子干掉，可他抬头一看，那卖鱼老汉和周围的群众都动了手，已经把那鬼子砸了个稀巴烂！

到这时，人群轰动，庙会大乱，人喊马嘶，我拥你撞，全都向四面八方跑散着。

趁这混乱的当儿，卖针人将匣枪往腰里一插，掺杂在人流之中，也顺势向外快步走去。

二愣望着这个卖针人，骤然一愣，心想："咦？怪呀！卖针的怎么还有匣枪呢？"他想到这里，忽然想起县委书记扮作货郎找梁永生的事来了，心里一下子明白过来——那个卖针人，准是八路军！

二愣一念及此，心中一阵欢喜，忙跟在那位卖针人的后头，也冲出庙会会场，向着远处奔去。他生怕叫那卖针人落下，一步不敢停留，大步迈，小步颠，直奔得两耳生风，脚板滚热！

卖针人快步走出半里多路以后，步伐减慢下来。黄二愣呢？还是紧紧跟随着那个卖针人。

不一会儿，他们走出了二里多路。

路边上，有棵大柳树。柳树的梢头绿油油的。有几只小鸟在树梢上叫着。

这时，黄家镇据点上，响起了一阵阵的枪声。要在战前，别说有这么多的枪声，就是有一声枪响，这树上的鸟儿也早吓飞了。可是，在这战争年代里，鸟儿也受到了锻炼，尽管枪声响得这么密，它们还是照样唧唧喳喳地叫，不用说飞走，连半点惊慌的意思都没有！

卖针人在柳荫下站住了。

他回过头来，朝背后一望，只见那位在庙会上打鬼子的愣小伙子，也顺着他这条道跟上来了！

卖针人心里一阵高兴。

黄二愣来到近前了。

他拍一下二愣的肩膀，乐呵呵地说道：

"小伙子，你可真够愣的哟！"

二愣没答话。

因为，这时他已经奔得喘个不停。泉涌般的大汗粒子，眼看着从鼻尖上、额头上跟头骨碌地往外钻着。

这两天儿，黄二愣的心里，已经没有别的了，只还装着一件事——找八路！正因如此，现在他站在卖针人的面前，笑咧咧地喘了一阵，刚刚缓过点气来以后，啥话没说，张口就问：

"你是八路不？"

他这股愣头愣脑的劲头儿，把那卖针人逗笑了。卖针人笑了两声以后，没有回答二愣的话，反而问他道：

"你是哪村儿的？"

二愣答非所问：

"俺是找八路的！"

卖针人又笑了：

"找八路？"

"是啊！"

"找八路干啥？"

"取联系嘛！"

卖针人又拍一下二愣的肩膀，笑眯眯地说：

"瞧你这个愣劲儿！跟谁取联系？"

"跟，跟，跟……"

二愣"跟"了三"跟"，也没"跟"出个名堂。他继而突然转了主意，忙改口说：

"你得先告诉我，我才告诉你哩——"

"我告诉你啥？"

"你是不是八路哇？"

卖针人向四周撒打了一眼，见没有什么可疑的坏人，就笑笑说：

"好！我是八路——快说吧！"

"还不行！"

"咋又不行？"

"你得拿出个凭据来叫俺看看！"

这时卖针人心里说："这个愣小伙子，还粗中有细哩！一开头愣头磕脑，到了节骨眼儿上，他又较起真儿来了！不管怎么样，看来这个小伙子是有来历的，我得仔细盘问盘问他！可是，我没有个凭据，他不跟我说实话呀！拿啥作个凭据呢？"他想了一下儿，然后拍拍腰说：

"这是啥？"

"匣子枪！"

"匣枪不是凭据吗？"

黄二愣扑闪着大眼想着，想着，想着想着笑了。

卖针人就势又说：

"方才你没见到我打鬼子吗？"

"见到啦！"

"打鬼子还不是八路？"

"对对对！"黄二愣觉得言之有理，高兴得要跳起来，他一把抓住那个八路，"我可找到你了！"

"谁叫你找我？"

"分队长！"

"分队长？"

"啊！梁志勇呀！"

卖针人神情大振：

"哦！他在哪里？"

呀！暴露了志勇的养伤地点可了不得呀！黄二愣又多了个心眼儿。他没马上告诉那人志勇住在哪里，而是改口问道：

"你姓啥？"

"姓赵。"

"叫赵啥？"

那人笑了笑：

"叫老赵呗！"

二愣知道人家不愿意告诉他。他想："可也是哩！我说我是梁志勇派来的，也没啥凭据呀！人家怎么能轻易把真名实姓告诉咱呢？对！不告诉是对的！可是，我怎么问出他的真实名字来哩？"你别看二愣在有些事上挺粗鲁，可在有些事上，心眼儿还怪多哩！他脑子里转了几个圈儿，给老赵来了个突然袭击：

"你叫赵开水！"

他望着人家的感情变化，又加上一句：

"是不？"

老赵笑咧咧地打了二愣一拳头：

"你这个愣小子！头一回见面就开我的玩笑哇？"

老赵这句话，使二愣明确地意识到，他就是那位赵生水同志了！于是又说：

"生水，叫火一烧，不就变成'开水'了？你叫战火烧了这些年，该叫'开水'了！"

他说罢，得意地笑起来。

老赵只见这位热得像个火炭似的小伙子，又愣，又精，又"宝"，挺喜欢他，就说：

"你准是黄二愣！"

黄二愣又惊又喜：

"咦？你认得我？"

老赵摇摇头：

"不！你不认得我，我能认得你？"

"那你咋知道我的名字呢？"

"我过去听梁永生同志跟我讲过，说是龙潭街上，有个黄二愣，是个好民兵。同时，他还把你的长相和性体儿，向我介绍了一番……"老赵说，"梁队长把你夸得可不轻呀！"

"夸我？"

"他说，你是块好生铁，叫战火一烧，准能成为一块好钢！"

黄二愣不好意思地笑了：

"你又开俺的玩笑呗！"

稍沉。老赵又问：

"哎，二愣，我听说梁永生同志又回来了——是吗？"

"对！"二愣把永生回到大刀队的情况，向老赵简要地说了一遍，又说，"他因为找不着你，可着急啦！"

"他现在哪里？"

"到县委去开会了！"

"噢！志勇呐？"

"志勇在我家！"

"大刀队的同志都在龙潭吧？"

"不！就他自己。"二愣说，"在宁安寨的一次突围战中，志勇受伤了！"

随后，赵生水又向黄二愣问了一些情况，并将另外一位战友的情况告诉二愣，最后嘱咐说：

"二愣啊，你回到家，告诉志勇，就说找到我们了！"

"你不跟我一块儿去？"

"不行啊！刚才我没告诉你吗？不是还有一位同志吗？我怎能舍下战友不管自己就走呢？"老赵说，"你先头前走吧！我叫上那位同志，马上就去……"

"你可得快去呀！"

"慢不了哇！"

黄二愣和赵生水分手了。

赵生水站起身，立在崖坡上，笑望着二愣的背影。

二愣兴冲冲地走在回家的路上，觉着仿佛是肩上放下了一副千斤重担，立刻轻松多了。由于几天来到处奔走而产生的疲倦，现在也像被一阵风刮跑了似的，蓦然无影无踪了。他那两条腿也骤然长了力气，越迈越快，越迈越快，赶到龙潭村头时，才是烧晚饭的时节。

这时候，夕阳正美，红霞满天。家家户户的房顶上，正飘动着一缕缕的白练般的炊烟。炊烟升腾起来，舒展着，变幻着，点缀着锦绣般的天空。

天空中，有几只灵巧的燕子，对对双双，你追我赶，忽而高忽而低地飞翔着，婉转地歌唱着。它们，有时越飞越高，越飞越高，直上蓝天，有的竟飞到了几乎是人们的目力达不到的高度；有时又从那高高的天空里俯冲下来，贴着水皮来回飞翔，绕着池塘圈圈打旋。

池塘，在龙潭村头，关帝庙旁。

这个池塘面积很大。它的周遭儿，草芽丛丛，树木行行；绿柳垂地，白杨钻天。那千万条倒垂在水面的长长的柳丝，正在随风摇曳，扫起层层波纹。懒洋洋的波纹，朝着正走在塘边的黄二愣爬过来，亲切地舔着他脚下那草茸茸的池畔。

黄二愣已被这池塘的春色吸引住。

他留住脚步，朝塘水观望着。

深深的塘水，是秀丽的，宁静的；是清澈见底的。彩色的霞光，闪烁在水面，愈使这春塘增加了诱人的力量。

突然，有个鱼儿跃出水面，跌了个脊，活像是掉猴儿的孩子那样，又撒娇地扎进水去，溜走了。水面上，留下了层层浪花。

从浪花中飞溅出的小水珠儿，跳到下垂着的柳叶儿上，眨着得意的眼睛待了一会儿，又一个跟头张落塘中，不见了！

这时的黄二愣，瞅瞅浪花，望望炊烟，触景生情地蓦然想起一件事来——

他想起了什么？

他想起娘叫他买点鱼呀肉的事来了呗！

二愣一想到这事，脸上立刻现出难色！他呆愣愣地站在水塘边上，头脑中乱乱纷纷地翻腾开了——一忽儿，梁志勇的伤口闪在他的眼前；一忽儿，他离家时娘嘱咐的话语又响在耳边……

二愣想着想着，不由得话在心里说："哎呀！我一进家，娘准得问我：

"'二愣！我叫你买啥来呀？怎么空着手儿回来了？'

"娘要这么一问，我说啥？我要是说啥也没有买，娘一准又得点着我的前额盖子骂我：

"'我就知道你是屎壳郎做不了蜜！'

"说不定，娘还得为这事着急、生气哩！再说，也不能怪娘着急！志勇那伤口儿，就是不见长肉，也确乎是急煞活人呀！可是，光急顶啥用？这再怎么办哩？……"

黄二愣想来想去，想来想去，突然，一个美妙的念头，就像这彩霞映在水面上一样，浮现在他的脑海里：

"哎！我下到这水塘里，去捞上它几条大鲤鱼，带回家去，那不挺好吗？……"

黄二愣过去所以没有张网捞鱼，是觉着影子太大，怕叫人看见起疑。目下，在这个节骨眼上，他一想到这里，心里一急，啥也忘了，便忙不迭地解衣脱鞋。不一会儿，他就把浑身上下脱了个赤条条，只剩下了一个小小的裤衩儿。谁知，他来到水边，脚丫子刚往水里一蘸，就像被蝎子蜇着似的，嗖地把脚抽回来了。

这是为什么？

因为水好凉呀！

在黄二愣的感觉中，这塘水就像锥子一样，冰得脚生疼，疼得如同锥子钻心！他蹲在水边，犹豫了一下，心中在想："人家梁志勇，为了抗日救国，枪子儿都不怕，我黄二愣也是一条五尺汉子，难道连个凉水都顶不住吗？"这样的念头在二愣的脑子里一转悠，使他立刻产生了一股巨大的勇气！

于是，他把心一横，嘭的一声，跳到水里去了。

"不到伏天水似刀"，一点不假。水确乎是凉呀！现在二愣洑在凉飕飕的塘水中，觉着就像有千百把锥子一齐扎进他的骨缝！可是，他还是咬紧牙关，坚持着，坚持着，拼命地坚持着。而且，他还暗自下定决心：我一定要抓到一条大鱼；抓不到，宁死不出塘！

黄二愣先游到这里，又游到那里，一会儿潜入水里，一会儿浮出水面，正摸呀摸、摸呀摸地摸着，突然，糟了！

啥？

他的老娘出现在离塘不大远的家门口处！

娘出来干啥哩？

二愣在望着，想着，想着，望着。

他只见，娘走出角门儿，正在向各处张望。哦！二愣明白了：准是我没回家，娘不放心，出来接我哩！他继而又想："糟了！要是娘见我下了塘，准得气火儿了！"

于是，他一个猛子，扎进水去……

他在水里仍在想："娘到底出来干啥哩？看那眼神又不像接我呀？莫非是志勇出了什么事情？……"

黄二愣他哪会想得到：原来是梁永生开会回来了！

二愣娘来到角门外头，探了探风，见没什么动静，便虚掩上门，回到屋里，对永生说：

"他叔啊，走，快跟我来！"

梁永生正耷拉着腿坐在炕沿上抽烟，听二愣娘这么一说，就从嘴里拔出烟袋，一边在炕帮上磕着，一边笑呵呵儿地问：

"哪去呀？老嫂子！"

"你就跟我走吧！"

她说着，拉开后屋门，领着梁永生进了后院儿。

后院儿的乱柴火堆下头，有个洞口。

二愣娘来到柴堆近前，先拍了三下巴掌，然后抽开一捆玉米秸，朝洞口一指，悄声说：

"进吧！"

永生点头一笑，钻进洞去。

这个地洞，空间不大。可是，里头收拾得倒挺舒适。地上，铺着一层厚厚的谷草。为了隔潮，黄二愣家仅有的那张快脱成了光板的老羊皮，也给志勇铺上了。

永生进洞前，志勇正在对着气孔看书。

现在，他见爹进来了，立刻有一种很难被人察觉的激动，悄悄地掠过他那厚墩墩的嘴唇。这是因为，尽管他天天盼爹回来，可他又万没想到，爹会突然来到他这养伤的洞中。

这时永生也很激动。

虽说他们爷儿俩离开的日子还不能算多，可就在这还不算多的日子里，发生了一场宁安寨突围战，梁志勇还在这次战斗中负了伤。如今永生眼望着受伤的儿子，回想着小锁柱跟他讲的志勇为掩护战友而负伤的情景，他的心情怎能不激动呢？要是这个负伤的同志不是志勇，而是别的哪一位战友，梁永生会马上安慰他几句，表扬他几句，为了活跃他这洞中生活的苦闷心情，兴许还会逗几句开心的笑谈呢！可是，他和志勇之间，除了同志关系、战友关系之外，毕竟还有一层父子关系呀，所以，上述种种，都被他控制在口腔里头了。

因此，现在他们父子二人的四只眼睛，都含着一汪激动而又兴奋的泪水，相互对望着，久久地静静地相互对望着。

过了好大一会儿，梁永生才慢吞吞地张开了口：

"伤好些了吗？"

永生在问这句话时，故意用一种很随便的口吻，掩盖着他那关切的心情；可是小志勇，还是明显地感受到了爹这句话的分量。

不过，志勇没有回答爹的话。他另起话题说：

"爹！我犯了错误……"

当然，对处境被动的宁安寨突围战，梁志勇是负有领导责任的。可是，永生现在见志勇已经认识了自己的责任，而且心情沉重，压力很大，就既有教育又有安慰也有批评地说：

"是啊！人嘛，总是要做些蠢事的。做过一些蠢事以后，才会渐渐地聪明起来。也就是说，不受些挫折，就得不出经验；不经过失败，便找不到真理……"

他在说话的当儿装上一袋烟。说到这儿，收住话头，点着烟，吸了一口，又接着说：

"可是，有的人，把事情搞糟了，就将脑袋一耷拉：'我错了！'要不，就拍着胸膛充汉子：'我负责！'这全是废话！"

永生的话又停住了。过了一霎儿，当志勇正要插嘴说什么的时候，他又没容志勇开口，补充说：

"人，跌个跤还算蹊跷？问题是，跌倒了，能不能爬起来？也就是说，错误，不能不犯；犯了，没啥可怕的；可怕的，是犯了以后，不记取教训！你的教训是什么？叫我说，就是没做到'知己知彼'。'知彼'，就是要摸准敌人的脉。你为什么摸不准敌人的脉呢？一是没注意侦察敌情，二是没认真地思考问题。志勇啊，特别是当你处于领导位置，起着决策作用的时候，这可是个大问题呀！"

志勇说："坚决改！"

"坚决改好！"永生说，"可是，改，光表现在口头上不行，停留在思想活动阶段更不行，要见之于行动！要知道，事情搞糟了，再说'我倒是想到过'，或者说'我不是早就说过嘛'，那顶什么用？因此说，我们必须尽可能多地掌握敌人的材料，并要对这些材料进行认真的、细致的、全面的分析。只有这样，才能在占有材料并进行了分析的基础上，作出判断，下定决心，然后方可进行战斗前的部署和战斗中的指挥。换句话说，就是：一个指挥员的当机立断，必须建筑在掌握敌情、集中群众智慧和周密思考的基础上；周密思考，又要紧跟上当机立断……"

"我记住了！"

"对你来说，前一段的情况是：当机立断有余，周密思考不足；勇有余，智不足。要知道，败事多因少思。千里长堤，溃于蚁穴。往后，要时刻注意摸敌人的脉搏；对一些事情，要细心，要谨慎，要多动脑子，进行全面分析，特别是要多往坏处想想……"

志勇点点头。又说：

"锁柱想得细。那次突围战，我要是一开头就多听取他的意见，局面还会好一些……"

"锁柱去找我汇报的时候，他说他也有责任……"

"不！"志勇坚决地说，"责任都在我身上！后来，我受了伤，锁柱领着同志们杀了个'回马枪'，应该说他立了个战功呢！……"

"是啊！那个'回马枪'杀得好！"永生说，"好就好在：打击了敌人的嚣张气焰，夺回了我们的主动权……"

永生正说到这里，洞口上响了三声巴掌。

紧接着，就听二愣娘说：

"志勇啊，你想的那两位同志来啦！"

她的话音未落，赵生水和另外一位战士，先后钻进洞来。

他们四个人一见面，都兴奋得不得了！

可也是啊，在这战争年月，人们总是这样：哪怕是彼此才离开不几天，就像离别了三年五载，只要再见了面，就亲热得了不得！何况他们之间，是在一场激战中被冲散，而又这么多的日子没能见上面呢？

因此，今天他们乍一见面，每个人的心里都热乎乎的，每个人的眼里都涌出了泪花！

他们有多少话要说啊！

可又先从哪里说起呢？

特别是梁永生，他从重返大刀队以后，尽管天天在怀念着这些同志，可是一直还没见着他们，现在在这洞中相遇了，他的心情该是多么兴奋，多么激动啊！你瞧，他那双含笑的眼睛，正在巡视着战士们，一遍又一遍地巡视着战士们！

战士们的眼睛，也全都盯着梁永生。

这当儿，仿佛他们各自都有许多话要说，可又却没人能吐出一个字来；虽说没人吐出一个字，而又仿佛通过那急促对流着的视线把心里的话全说完了！

片刻。他们又突然打破了这表面沉寂的气氛，放纵地活跃起来，彼此之间相互争着问这问那，闹得有时竟顾不得回答对方的发问。那股子热热烘烘的劲儿呀，简直是没法儿形容啦！看来，要不是他们四个人已将这地洞塞得满满的，说不定要相互搂抱起来滚上几个过儿哩！

又过了一阵。

人们那股沸腾的心情开始落潮了。

洞中的气氛渐渐地平静下来。

梁永生向赵生水说：

"我曾几次派人去找你们，一直没接上头……"

赵生水抢过话头说：

"俺们俩，也一直是转转悠悠地找组织，找队伍……"

那位战士插进来：

"我们找不着组织，找不上队伍，就像小孩子找不着家、找不着娘一样啊，心里要多难受有多难受！"

他说着说着，一颗饱含着激动、兴奋的泪珠，从那喜笑着的眼里滚下来，落在梁永生那盘曲着的膝盖上。

赵生水接上说：

"就在前些天，我们还到这边来过一回呢！正巧，你们在宁安寨打了一仗，听说同志们突围后，又紧接着在柴胡店附近打了一场伏击，以后就下落不明了，那几天敌人在这一带闹得正欢，我们没站住脚，又窝回去了……"

梁志勇说：

"你们既然来了，总该找些可靠的人打听打听啊！"

赵生水说：

"打听倒也打听了。可是，很熟的人没见到。再者，我到大刀队时间较短，又多在河西黄家镇一带活动，在这边群众基础差些，总觉着可以向我反映真实情况的人不多！"

梁永生说：

"这话不对！群众不是多得很吗？"

赵生水说：

"唉！眼时下，时局不稳，人心多变……"

永生没让他说下去：

"更错了！不管时局怎么变，人民群众拥护共产党、八路军不会变；我们共产党、八路军依靠人民群众也不能变。"

过了一会儿，那位战士又另起题目说：

"这些日子，我们虽没找上队伍，可也没有闲着。我们经常不断地跟敌人叮当叮当……"

"你们的活动情况，我们倒听到一些，干得蛮不错！"梁永生说，"特别值得表扬的是，你们在暂时得不到组织领导的情况下，能够坚持斗争，继续活动，独立作战；这种精神是很可贵的。尤其是我们这些从事游击战争的同志，这一点更为重要……"

志勇风趣地说：

"敌人把我们打散了头，却使我们学会了独立作战，看来敌人的'用处'还真不少哪！"

梁永生若有所思地说：

"是啊！世界上的事，就是这么有意思——我们的革命，就是让革命的对象硬给逼起来的；我们的革命本领，又有不少是敌人用镇压革命的反革命手段'教'会了的……"

须臾，永生又问：

"哎，你们是怎么找来的？"

赵生水说：

"二愣叫来的！"

志勇插嘴道：

"他找到你们啦？"

"找到啦！"

"我真担心他愣头磕脑……"

"这一回呀，还多亏了他那股愣劲儿哩——"

"他闯祸啦？"

"对啦！"

"闯了啥祸？"

"跟鬼子干了一架！"

随后，赵生水把他和黄二愣相遇的过程原原本本说了一遍，逗得人们轰轰地笑了一阵。

笑声落下。老赵又说：

"二愣真是个好家伙，就是冒失点！"

志勇迫不及待地问：

"你和他一块儿回来的？"

"不是。"

"他呢？"

"早来了。"

"早来了？"

"你没见到他？"

"没有哇！"

"哦！看来他还真没回来呢！"赵生水猛然醒了腔，"刚才，我们一进门，大娘就问：'二愣呢？'我说：'他不是早回来了吗？'我一说这个，大娘的脸立刻变了颜色。我问她是怎么回事——"

"她说啥？"

"她说：'没啥。也许志勇知道。来，我快送你们下洞吧。'随后，大娘就把我们送到这里来了。我来到洞里，光顾说话了，把二愣的事忘了！……"

老赵这么一说，志勇更沉不住气了！

他忽地站起身，向永生说：

"爹，我得去看看。"

梁永生说：

"好吧！有啥事送个信来。"

"唉。"

志勇应着，爬出洞口，来到屋里。

屋里。

二愣娘呆呆地坐在炕沿上，正焦急地等着她的儿子二愣回来。可是，她左等一阵不见来，右等一阵不见来，眼里不由得汪满了泪花，直瞪瞪地凝视着窗户，嘴唇微微地抽动着，仿佛正在自己对自己念叨什么。这一阵，她的眼前曾几次出现过二愣回来的幻影。她极力想着二愣买回鱼肉来，志勇吃了伤口渐渐好起来的喜人情景，用以赶跑眼下正纠缠在心头上的那些可怕的猜想……当她突然发现梁志勇猛地闯进屋来的时候，慌忙抹了一把泪，强装着笑面说：

"志勇，你出来干啥？有事打个信号不就行了吗？"

志勇未答。问道：

"大娘，二愣哥回来了吗？"

"他，他……"

"他没来？"

二愣娘怎么回答呢？她把二愣至今未归的事如实地告诉志勇吗？不行啊！告诉志勇有啥用？让他替我担心？还是让他去找二愣？不能那么办！可是，他要知道了，说不定还非要去找不行呢！这再怎么办哩？二愣娘越想心里越乱，乱得好像心窝里塞上了一把麻！

二愣娘迟迟不答，梁志勇更着急了：

"我去告诉他们！"

他说着就朝后院走。

二愣娘一把拽住他问：

"你要做啥？"

"快想个办法呀！"

"不用！"

"为啥？"

"他出不了事！"

"出不了事咋没回来？"

"也许是去哪里买鱼了！"

"买鱼？"

"是啊！"

二愣娘为了让志勇相信她的说法，只好将她让二愣卖银镯买点鱼呀肉的事告诉他。这位老人为了安住志勇的心，在说这件事的同时，脸上还泛起一层笑意。但是，这种笑意，不是像通常那样突出地反映在眼上，而是明显地反映在嘴上。同时，她的嘴里，还像含着什么苦味的东西似的。

不过，这时的梁志勇，并没留心大娘的表情。因为，他那颗惴惴不安的心，又为二愣卖银镯的事感动了！二愣卖银镯的事，方才他在洞中虽然听到老赵讲过了，可那时并不知道二愣卖银镯是为了他。如今他知道了真相以后，那颗不安的心更加不安了！

不安有什么用？得赶快想个办法呀！志勇想出的结果是："回洞请示一下，我们四个人，分头出发，连夜去找回二愣……"

志勇正想着，天井里响起嗒嗒的脚步声。

在这种情势下，老人是容易受惊的。二愣娘以为发生了什么意外，她一把搂住志勇：

"你别动，有我哪！"

她说罢，向外冲去。

她这时的想法是："我豁出这条老命去，也要把敌人挡在屋外，不能让志勇受害！"志勇呢？他知道下洞已经来不及了，也产生了一个想法："我要跟敌人拼一场，好为洞中的同志争取个准备时间！"

他想到这里，便从腰中嗖地抽出了匣枪。

谁知，当志勇正要冲出屋子的时候，忽听屋门口上哎哟一声！原来是二愣娘朝外冲得太猛了，跟那个正朝屋里闯的人撞了个满怀！要不是那人一把扶住了她，她非得趔趔趄趄摔倒不可！

那人是谁？

是二愣！

一场虚惊过去了。

二愣提着四条鲜鱼，站在娘的对面，嘿嘿地憨笑：

"娘，你忙成这个样子，有啥急事呀？"

娘一把抓住了二愣，就像生怕他再跑了似的，喜出望外地说：

"我那个儿子哟！你可回来了！"

二愣依然憨笑：

"看俺娘傻不！总不回来上哪吃饭去？"

二愣娘一见到二愣手中的鱼，更乐了：

"哎哟！那么个玩意儿，换了这么多鱼呀？"

二愣说：

"不是换的。"

娘笑道：

"又来哄弄娘！"

二愣从衣袋里掏出手镯：

"娘，你看！"

她一见手镯，唰地变了脸：

"鱼是哪来的？偷的？……"

二愣娘还想再斥责儿子，可是又把话打住了。为什么？这有两个原因：一是，她这当娘的，是了解从小在自己手下长大的儿子的，二愣多咱偷过人家一丁点东西？方才那个"偷"字，她是在一急之下说出来的！二是，她说着说着，突然发觉二愣的身子在微微颤抖，两片厚墩墩的嘴唇也发了青，身上还花里胡哨的净泥点点，心里蓦地明白了个七八成，知道自己刚才那种说法可能是屈枉孩子了！

再说二愣这个人，向来说话不会拐弯儿。尽管方才进门的时候，还在边走边想："下塘捞鱼的事，不告诉志勇，也不告诉娘！"可是，现在娘一说他"偷"，他急了！一急，不光脸又涨得火红，连那还没编顺溜的词儿，一时也说不上来了！因此，娘还没再问啥，他先露了馅子：

"捞的嘛！"

这一阵，梁志勇虽一言没插，可是他的感情，也在随着他母子的对话而变化着。到这时，二愣话没落地，他激动得再也耐不住了，一头扑过来，啥也没说，只是挓挲开胳膊，紧紧地抱住了二愣。

这时节，志勇就像要用自己胸怀里那颗滚热滚热的心，把二愣这一身的寒气驱散似的，他抱着，抱着，久久地不肯松开。就在这时，心里一热，鼻子一酸，两颗激动的泪珠蹦出眼眶，在他那微微颤动的面颊上，慢慢地向下滚动着。

这时二愣的身子像块冰凌一样凉。可是，紧紧抱着二愣的梁志勇，却感到有一股强大的暖流，正在串遍他的全身！

是的！在黄二愣这淳朴的外表里面，隐藏着多么深刻的思想，潜伏着多么炽热的阶级情谊啊！

过了老大晌，志勇才勉强地说出半句话：

"二愣同志，你叫我……"

二愣嘿嘿地笑，啥也不说，一只脚轻轻地在地上磨蹭着。

二愣娘凑上来，宽慰志勇说：

"孩子，看你傻不！你成天价风来雨去，拼命流血，为的是啥？还不是为了俺这老百姓？二愣为你养伤，下塘捞鱼，挨了一下子冻，这算了啥？志勇啊，你甭把这点事搁在心上，只要你早点把伤养好，回到队伍里，狠狠地打鬼子，这就是人们的造化……"

志勇望着把心都掏给他的这娘儿俩，本想说："我一定狠狠地打鬼子，来报答阶级弟兄。"可是，也不知为什么，这句来到嘴边上的话，攻了好几攻，却没说出来。

就在这一刹那间，志勇觉着更深刻地理解了一个道理——人与人之间的感情、友谊，是千差万别的；从这不同性质不同程度的感情、友谊之中，又产生出形形色色的憎与爱；那么，什么样的感情才是最真挚的感情？什么样的友谊才是最深厚的友谊？什么样的爱才是最可贵的爱呢？只有阶级感情，才是最真挚的感情；只有革命友谊，才是最深厚的友谊；只有同志之间的爱，才是最可贵的爱呀！

正当志勇的心里充满了激动的感情，这激动的感情又正在激励着他为人民去立战功的时刻，忽听二愣娘喜气洋洋地向她的儿子说：

"二愣啊，你梁大叔来了！"

"在哪里？"

"在洞中。"

二愣一听，啥也顾不得了，一头冲出屋子向地洞跑去。

这一阵，洞中还在继续谈论着。

"老梁，你跟我们讲讲当前形势吧！"这是赵生水的声音，"这长时间和组织接不上头，活活闷死了！"

"这次会上，没有形势报告。"梁永生说，"不过，在会议空间，看了几份文件，还跟老方同志谈了一阵，倒也了解到一些消息……"

二愣虽然不识字，可是很爱听关于国家大事的消息。他想："我一进去，就把梁大叔的话打断了！"于是，他就悄悄地在洞口外头听起来。这时，他听见梁队长习惯地停顿一下，又接着说下去：

"蒋介石发表了一个什么《中国之命运》，叫嚣反对共产主义……"

有人骂道："民族败类！"

梁永生接着说：

"国民党山东游击第二纵队司令投敌了！……"

赵生水插嘴问道：

"厉文礼那个小子？"

"对！就是他！"

那个战士又问：

"关于我们方面的，有些啥消息？"

"三个月来，晋冀鲁豫我军，作战千次，毙俘敌伪六千。晋察冀我军，克敌据点二十九个，毁其堡垒百余座。在华中，克敌据点三十余座，毙俘敌伪七千多。我苏中军民，毙俘敌伪两千多，使敌人的'清乡'以失败告终！"

"还有啥？"

"目下，敌人又在组织兵力，准备对我山东解放区进行更大规模的围攻。"梁永生说，"国民党军李仙洲部，正与日寇勾勾搭搭，又要搞什么阴谋！……"

梁永生的话停下了。

有人骂了一句国民党，又问：

"县委在这次会上布置具体任务没有？"

"有。"

"啥？"

"近来，我们的主力部队又扩大了，还打了许多胜仗，解放了一些地区，并帮助那里的人民群众，建立起了地方武装。因此，县委要我们把从敌人手里夺来的枪支、弹药，马上上交一部分，以支援新建的地方武装和兄弟地区。"

"还有啥？"

"再就是要我们进一步扩大大刀队，发展民兵，武装群众……"

方才，梁永生他们一把话题转到具体工作上，二愣就想进去，不再听了。可是，当他听到要发展大刀队时，又改变了主意，继续听起来。你想啊，早就想当八路的黄二愣，该是多么关心这件事呀！

"呀！"就听见老赵惊讶地说，"又要上交枪支，又要扩大大刀队，发展民兵，武装群众，这不矛盾吗？"

"对呀！这是个矛盾。"永生说，"我们的任务，就是去解决这个矛盾。"

"咋解决？"

梁永生没有回答赵生水的问题，而是反问他道：

"老赵，要解决这个矛盾，得先解决个什么问题？"

老赵说：

"先解决枪的问题呗！"

"对呀！"永生说，"我再问你，咱有兵工厂吗？"

"哪有哇？问题就在这里！"老赵说，"要是咱有兵工厂，自己会造枪，哪还有这个矛盾！就算暂时有了这样的矛盾，要解决也不难呀！……"

永生道：

"没有兵工厂，这个矛盾就不能解决吗？"

老赵想了一下，说：

"嗯。能解决！"

梁永生问：

"咋解决？"

赵生水说：

"夺嘛！"

永生又问：

"上哪里去夺？"

老赵笑道：

"上敌人那里去夺呗！"

永生也笑了。他指指老赵腰里的匣枪，又说：

"你带的这支枪，是咱自己造的吗？"

老赵摇摇头：

"不是！"

梁永生又说：

"不也是从敌人手里夺来的吗？"

老赵点点头：

"是呀！"

梁永生说：

"老赵啊，有你刚才说的那一个字，矛盾就解决了……"

他俩的对话进行到这里，老赵以欢快的口吻接上永生的话尾说：

"我记住那个字了——夺！"

"对！瞅个节骨眼儿，我也夺一支！"这是二愣心里话。不过，他并没吱声，又屏住呼吸继续听下去了。

下面，是梁永生那幽默的话音：

"老赵啊，你说得蛮对呀——夺！也就是说，我们虽然没有兵工厂，可是，有敌人这么一支'积极'的'运输大队'，还有石黑这么个'能干'的'运输队长'，枪支弹药的供应问题，是不用发愁的哟！"

老赵欣喜地笑了。稍一沉，他和着梁永生的音韵，也风趣地说：

"老梁，人家石黑，不能算是'运输队长'啊！"

永生笑问："喔！那你说他该算个啥？"

老赵答道："叫我看，人家得算个'后勤部长'！"

那位战士道："对！白眼狼才是'运输队长'呢！"

永生赞道："好！你们说得更贴切！"略一停，他又改口换韵地说："不过，咱们可别'埋没'了人家石黑的'功绩'呀！"

有人道："他有个蛋'功绩'？"

永生道："唷！你忘啦？在白眼狼这个'运输队长'忙不过来的时候，人家石黑这个'后勤部长'，不是曾多次'不辞辛苦'，代行'运输队长'的职务，亲自带领着那支'运输大队'给我们送过武器吗？这能不算人家石黑的'功绩'？"

他说罢，笑了。

大家也都笑了。

人们正笑着，忽听洞口上又传来笑声。

原来是，在洞口上的那个黄二愣，这时也禁不住地跟着笑起来了。

正在这时，后屋门口处，响起了二愣娘召唤人们去吃晚饭的暗号……

饭后。

梁永生在灯火上对着一锅子烟，吸了一口而后说：

"老赵啊，抓紧这个空儿，咱们开个支委会吧？"

他见赵生水好似不知如何回答是好，就又接言道：

"老赵啊，你还不知道——县委帮助咱们大刀队又重新建起了党的支部领导班子。支委会由五人组成。这个新的支委会乍一建立时，五个成员中包括高荣馨同志。后来，知道老高同志牺牲了，又经过我们提名，县委批准，补上了沈万泉同志。这样，现在说话，我们大刀队党支部的五个成员是：沈万泉，王锁柱，梁志勇，还有你和我……"

"我？"

"对！"永生继续解释说，"因为很长一段时间没和你取上联系，也无法通知你。直到今天，你还是头一次参加支委会……"

我这么长时间没和党取上联系了，党的组织在建立支部领导班子时，还把我安排成支部委员，这是党对我赵生水多么大的信任啊！赵生水心里这么想着，激动得两只眼里汪满了兴奋的泪花。

不过，老赵这个人，在这种情况下，激动归激动，兴奋归兴奋，可他一向是不习惯而且也不喜欢表示什么的。因此，现在除了那眼角上的泪花算是一种感情的流露而外，他再也没有任何表示，只是说：

"人不全呀！"

"人是不全。"梁永生指点着说，"这不，有你，有我，有志勇——五个人的支委会，已经有咱们三个了，超过半数了，可以决定问题了。"他改换成商量的口吻又道，"我看，咱就开吧？你们看哪？"

"好！开吧！"赵生水说，"在目前这样的环境中，要都等齐了，难呀！"

梁志勇接言道："在支书去县委开会期间，我们开过两次支委会，也都是只有三个人。"

梁永生听说他们在这么短的时间里，开过两次党的支委会，满意地"噢"了一声，然后又说：

"志勇啊，上两次支委会，我和老赵都没参加。也就是说，在今天参加这次支委会的成员当中，只有你一个人参加过上两次支委会。为了保持支委会工作的连续性，这次支委会的议程你先拿个意见吧！……"

永生说着说着，见那位战士要溜号儿，就喊住他说：

"你也列席这次会议吧！人多主意多嘛，咱就把这次支委会开成个支委扩大会——老赵，志勇，你们看，怎么样？"

他俩都表示同意。

在他们说话的当儿，二愣娘正在用棉被挡窗户，为的是不让屋里的灯光射出去。

志勇建议说："既是扩大会，是不是让二愣也参加？"

永生想："按这次支委会的内容看，二愣虽不是党员，作为群众代表列席这次会议也倒好。"于是，他问二愣娘："哎，老嫂子，二愣哪？"

二愣娘说："他到院门外头去放哨了。"她望了望永生又说："你们要是想让他参加会，我就去替他——"

二愣娘这么关心儿子的政治生活，梁永生从内心里感到高兴，就说：

"几天没见面儿，老嫂子又进步了！"

"净拿老嫂子开心，我又进啥步啦？"

"支持儿子开会，就是进步的表现……"

"唉！快别说啦！"二愣娘说，"这人家二愣还成天价批评俺哩——说俺脑筋旧，思想不跟趟……"她喜声笑韵地说着，出屋去了。

赵生水拔出叼在嘴里的烟袋，将烟锅在鞋底上磕几磕，倒过头来甩几甩，又把烟嘴儿抹几抹，放在嘴里吹几吹，然后开言道：

"老梁，我想在这次会上，汇报汇报我们前一段的活动情况……"

"好。将这个问题，列入这次会议的议程——"永生说，"老赵，你还有什么想法，全说出来！"接着，他又转向志勇和那位战士，"哎，还有你们哪，不论出席会议或列席会议，都有发言权呀！……"

夜静了。

天上的星星出全了。

大刀队的又一次支委扩大会议，在黄二愣家这炕头上正式开始了……

第十章

——

巷战奇观

秋天。

一个大雾的早上。

大刀队正住在龙潭街上。

突然，侦察兵回来了。他向正跟战士们谈心的梁永生报告说：

"'讨伐队'又出窝了，这回是石黑亲自带队；观其动向，要来龙潭！……"

梁永生听了这个报告，立刻喜上眉梢。

大刀队的战士们，得到这个消息更是喜气洋洋，全都摩拳擦掌，准备打仗。

你看——

正蹲在地上和一位新战士来"赶牛角儿"的唐铁牛，把眼看就要赢了的子儿用脚趄掉，不来了。他还以老战士的身份，叮嘱那位新战士："别各处跑啊，要时刻注意队长的命令……"

正踞踞在一边擦枪的炮筒子，听到这个消息以后，立刻加快了速度。待他把枪装好之后，又主动凑到一位新战士近前，抓过那位新战友的枪检查起来，并一边检查一边开导说："军人嘛，要爱惜枪……"

这时候，小胖子正在数快板儿：

不盼这，不盼那，

只盼打仗的命令下；

命令下，上战场，

杀敌立功报答党！

…………

他正数着数着，听到了敌人要来龙潭的消息，马上停下了，并向他的"听众"们说："伙计们！盼来了，准备吧！"

小锁柱正看书。他将书本一合抽出了匣枪：

"匣枪啊匣枪，我的老伙计！你好几天没捞着说话了，我知道，你准得有意见！今儿个，你就狠狠地教训教训敌人吧！"

梁志勇见小锁柱正在这边嘟嘟念念地说话，就悄悄地凑过来。小锁柱掏出一块油腻的布条儿，正要擦枪，梁志勇来到他的脊梁后头。志勇哈下腰去，慢慢地伸出两只手，猛地捂住了锁柱的眼睛。锁柱一点也没惊慌。他一面继续擦枪，一面用很有把握的语气说：

"志勇，别来捣乱！"

咦？怪！他怎么知道是我？志勇纳闷儿地琢磨着，松开手，转身坐在锁柱对面的砸布石上，不解地问：

"你看见我了？"

"当然看见喽！"

"瞎扯！"志勇说，"我明明看到你没回头，你能看见？"

"前后眼、前后眼嘛！要是也得回头才能看见，那不就跟你这'草木之人'的'肉眼凡胎'一个样了？"

他自己的话把自己逗笑了。接着他又把这笑声传染给志勇，使那轻易不爱笑的志勇也打破了常规，禁不住地笑出声来。

笑声落下去。

锁柱自动地告诉志勇说：

"我是从你喘气的声音听出来的！"

"你越说越神了！"志勇不以为然地说，"光听喘气就能听出谁来？"

"当然能！"

"我不信！"

"你可以不信！"

"我咋听不出来？"

"你没练这一功呗！"锁柱说，"你手脚上的功夫，俺咋不会？也是因为没练那一功嘛！"锁柱向志勇瞟了一眼，见志勇对他的说法有点信服，就又进了一步说，"咱们大刀队的这些人，除了最近两天才来入伍的几个新战士以外，其他人的喘气，我都能听出来……"

"吹！"

"吹？特别是你，我听得最准！"

"我又有啥两样？"

"你会武术嘛！"

"会武术和这事能扯到一块儿？"

"当然能！"锁柱说，"会武术的人，喘气跟一般人不一样！"

志勇情不自禁地笑了。他那笑眼中闪动着佩服的目光。他佩服锁柱的细心。他佩服锁柱的聪明。静了一下儿，他像突然想起什么似的又问锁柱道：

"哎，锁柱，你揣摸着今儿个这一仗打不打？"

"甭二乎！"锁柱一甩头说，"你就准备去吧！"

志勇扑哧笑了。

继而，他又朝着锁柱的胸脯子来了一杵子：

"瞧你说得这个把握劲儿，就像这件事由你做主一样！"

"揣摸的嘛！"

"你真是个'揣摸参谋'，整天价瞎胡揣摸，有根据吗？"

"当然有喽！"

"啥？"

"第一个根据是：我们的地下工作人员沈万泉同志曾送来情报，说石黑要亲自带队突袭龙潭；第二个根据是：侦察员刚才又来报告说，石黑的'讨伐队'已经出发，奔龙潭的方向来了……"

"这个还用你说！谁不知道？"志勇说，"这些'根据'只能说明敌人要来，它并不能说明仗一定能打起来！"志勇为了加强自己这话的说服力，稍一停顿又接上说，"这些天来，咱们哪天不是领着敌人进行武装大游行？不也没有打吗？"

志勇说的倒是事实。白眼狼奉令"讨伐"，日子可不少了。他们见天拂晓出巢，黄昏钻窝，像瞎子摸鱼似的，在人民战争的汪洋大海中寻找八路军，捉拿梁永生。可是，甭说捉到八路军，捉到梁永生，连个民兵也没捉到！那么说，他们见天出来到处乱窜，就啥也见不到，啥也碰不上吗？

当然不是！

什么地雷呀，冷枪呀，还有那些猛孤丁地落在他们脑瓜子上的棍棒、镢头、铡刀片儿呀，哪一天碰不见？又何止是一次两次？再说他们天天都能见到的，最多的莫过于"黑榜"了！

"黑榜"是个啥？

所谓"黑榜"，就是伪军们的罪行录。

在那"黑榜"上，写着伪军们的名字；每个名字下头，分别点着多少不等的黑点儿。做坏事多的伪军，黑点儿就多；做坏事少的伪军，黑点儿就少。在每张"黑榜"的末尾，还有这么个简要的说明："超过三个黑点者，要受到惩罚！"

这些"黑榜"，有的是八路军游击队贴的，有的是青救会、妇救会或民兵、儿童团等抗日群众组织贴的；有的贴在村口的墙上，有的贴在路边的树上，还有的贴在据点的大门上。

这种"黑榜"，对分化瓦解敌人作用很大。

有的伪军见自己名下够了三个黑点儿，一出据点窝门就提心吊胆，生怕八路军惩罚他；闻到枪声，心无斗志，争先逃命。有的伪军见自己名下已经有两个黑点儿了，再做坏事时就心惊胆战，生怕八路军再给他加上一个黑点儿，使自己变成惩罚对象。而且，不够三个黑点儿的伪军们，一到打仗时，大都怕受连累，谁也不愿跟超过三个黑点儿的在一堆子。

这么一来，夹着尾巴威风扫地的伪军们，每次下乡"扫荡"，真是草木皆兵。他们望见庄稼一摇晃，就以为那里有伏兵，吓得惊慌失措。有时看到有个烟筒冒烟，也神经质地认为那里有个地雷快要响了。就连这一座座的村庄，在伪军们的心目中，也变成了一座座行将爆发的火山。甚至连漫洼地里的坷垃块，仿佛也会随时飞起来，砸碎他们的脑袋！

这种精神状态，怎能打仗呢？所以，他们见天嘴里喊的是捉拿八路军，捉拿梁永生，可心里又怕真的碰上八路军，碰上梁永生。那又怎么办哩？他们从多次的教训中，发明创造了一套古今中外的战书上不曾有过的新战术——未进庄，先放枪，八路走了再进庄。

这战术，真高明！既应付了上司，又保全了性命。

伪军有了新战术，我们八路军当然也得用个新战术来对付他们。大刀队的新战术是：对汉奸和伪军中特别坏的家伙，进行有计划的惩罚；对一般伪军，不轻易跟他们交火儿。

现在志勇说的，所谓见天领着敌人进行"武装大游行"，就是指的这种尽量不和一般伪军交火儿的情况。可是锁柱继续坚持说：

"我还没说完哩！"

"还有啥？"

"还有第三个根据呗！"

"喔哈！你的根据可真多呀！"志勇笑着说，"说吧！我就豁上个耳朵听啦！"

锁柱往志勇近前凑了凑，倾着身子神秘地说：

"伙计，忘啦？前几天，咱们光领着敌人'武装大游行'，我想不通，闹了情绪，你不是还剋过我吗？……"

"瞧！你这'文人'呀，就是爱啰嗦！"志勇打断了锁柱的话弦说，"你别东扯葫芦西扯瓢的好不好？盆说盆，罐说罐，拉正题儿嘛！"

"这就是正题儿！"锁柱坚持说，"有一天，我给梁队长提意见，嫌他光走不打，他说：'净一伙子普通伪军，打个啥劲儿？'

"我说：'伪军不也是敌人吗？'

"他说：'当然是！'

"我问：'那为啥不打？'

"队长笑了。他没回答我。反问我道：

"'打仗，是该瞄准敌人的脑袋打，还是瞄准敌人的胳膊打？'

"我说：'当然要打他的脑袋了！'

"他问：'为啥？'

"我说：'要死的嘛！'……"

梁志勇强压着性子听到这里，又耐不住了：

"哎哎哎，我说锁柱呀锁柱！你这个人呀真成问题！怎么一开了口就锁不住呢？这是扯着扯着又扯到哪里去了？这些谁都知道的'流水账'，还用你再重述一遍？"

"你还想听不想听？"锁柱站起身，摆出要走开的架势，"不想听就散了！"

锁柱一拿搪，志勇吃不住劲了。他上前拽住锁柱，央求道：

"伙计，说下去；我再也不干扰你了还不行？"

锁柱哧地笑了。他蹲下身，又接上话弦。他这一张开嘴，又像黄河开了口子：

"咱们队长说：'拿鱼先拿头，刨树要刨根。我们对敌斗争，也得集中力量首先打击坏中之坏。现在，我们引着伪军们各处乱转，等把鬼子引出来，狠狠地揍他们！'队长还说：'我们暂时的游而不击，转而不战，是为了摸着敌人的脉搏，培养其骄傲情绪。敌人一骄傲，人马再多，武器再好，也没战斗力了。骄兵必败嘛！'如今，你看，敌人的骄傲劲儿，不是叫咱队长给'培养'起来了？不就可以出其不意、攻其不备了？再说，两路情报都说得明白——今儿个不光是鬼子兵要来，连石黑那个老杂种也要来，这仗，还有个不打？"

"你念了半天，原来净是些陈黄历呀！"志勇仍是不以为然，"今天的仗打不打，还要根据目前情况……"

"根据目前情况也准打！"

锁柱将那富于表情的头脸一甩，又朝那边的梁永生努努嘴：

"眼呢？看不出来？"

"啥？"

锁柱带着不屑的语气，悄声说：

"梁队长的表情呗！"

这时，志勇的一双视线向永生射去。他要捕捉到爹的眼光，并想从那眼光中找出锁柱这种说法的答案。他瞅了一阵，只见爹的脸上挂满笑纹，正蹲在那儿给一个新战士洗脚丫子。在这个新战士刚入伍的时候，梁永生就曾耐心地向他介绍过保护脚板的经验，例如鞋要松啦，袜要平啦，脚底板上经常抹点油啦，等等，可他总没放在心上。这几天一连来了几次急行军，如今已是两只脚上水泡套水泡了。现在永生给他洗着脚，他还在一边挣拽一边嚷：

"队长，行啦，行啦！个臭脚丫子……"

"喔！你可别小看这臭脚丫子。我们打游击，指着它哩！"

"那我自己洗，我自己洗……"

"老实儿的吧！你不会！"

"我会，我会！"

"你会？你会磨泡！"永生说，"你要把血泡洗破，那就一步也不能走了！"

梁永生一面给战士洗着脚，还一面跟杨大虎谈着话。大虎没戴帽子，敞着怀，毛茸茸的前胸起伏着，还一阵阵地冒着热气。永生问他：

"敌人有多少人？"

大虎可能是由于路上走得太急了，现在他不仅用衣袖擦抹着满头的汗粒，就连说话也气咻咻的：

"没细数。过百了。"

"里边有鬼子吗？"

"有。"

"多少？"

"十几个。"

"石黑在里边吗？"

"在。"

"看清了？"

"不是那个歪歪鼻子吗？"

"对。白眼狼来了不？"

"来了。"

"全看准啦？"

"没错儿！"

梁永生沉思了片刻，也不知想了些啥，又问：

"大虎哥，你咋知道敌人要来龙潭？"

杨大虎笑着说：

"一个伪军告诉我的！"

梁永生也笑了：

"真有意思！人家能告诉你这个？"

"说来也真赶巧啦！"大虎说，"有个伪军，闯进我家，摘下一块手表，递给我说：'老乡，这块表，请你先给我保存一下。'他见我不解其意，又解释说："这一仗，我要托天之福，死不了，还来拿。要是不来拿，就是阵亡了。到那时，求你行行好，把它送到我家去——'随后，他又把他的家乡住处告诉我。"

大虎说着，从衣袋里掏出一块手表，举在永生脸前，又说：

"老梁，你瞧！就是这个玩意儿！"

梁永生伸出一只湿淋淋的手，甩去手上的水珠，接过手表，拿在手中瞅起来。那位新战士趁这个机会，挣脱出来，端起水盆，跑到一边去洗脚了。

梁永生擦了擦手，将手表反反正正地瞅了一阵，风趣地说：

"嗬！还是个金壳的大罗马呢！"

"要不，那伪军会把这玩意儿看得这么贵重呀！"大虎说，"那个伪军，把名字告诉我以后，又掏出一把零票子硬塞给我，要收买我的心。当时，我觉着这里头八成有什么文章，就应下了他的托付，还就劲儿探听到一些很重要的情报……"

这一阵，梁永生一面听大虎谈情况，一面又在瞅那块手表。他瞅着瞅着，忽然问道：

"那个伪军是不是叫田宝宝？"

"对。"

"宁安寨人？"

"对。"

大虎惊奇地望着梁永生：

"你咋知道？"

原来，这个田宝宝，是宁安寨的老中农田金玉的儿子。因此，要说梁永生认识田宝宝，这并不奇怪。现在使杨大虎觉着奇怪的是：梁永生怎么会知道这手表是田宝宝的呢？说起来，话又长了。早在抗战初期，村中的一些青年人，有的当了八路，有的干上民兵，田宝宝一见这种情况，也动了心。有一天，他向爹说：

"我也去干一个吧！"

"干啥？"

"干八路也行——"宝宝望望爹的神色，又说，"你要不愿意，我就先干个民兵。"

田金玉依然摇头：

"看看再说吧——这可不是闹着玩儿的！要是八路军万一有个山高水低站不住，那不毁了全家性命？"

宝宝说："不干，这日本人的气，受到多咱算个头？"

田金玉叹了口气说："这是百姓的劫数，受够了就完了！"

他见儿子还不死心，又说：

"我琢磨着，日本人打进中国来，无非是为了夺江山，坐朝廷，不一定乱抢乱杀的！他们能不要老百姓吗？不要老百姓他们向谁征粮抽税呢？咱这号不党不派的庄户人家，给谁纳粮不是一样？"

后来，日本鬼子进了村，把田宝宝抓去当了伪军。

现在田宝宝手上戴的这块表，是田金玉那个老财迷从一个日本鬼子的尸体上捋下来的。那时战斗还没结束。要不是梁永生掩护他一下，他早挨上枪子儿了。可是，现在永生并没向大虎讲这些过程，只是把手表一举说：

"我认得它！"

接着，他将表递给大虎，离开话题，又急转直下地问道：

"大虎哥，你还探听到一些啥情况？"

"我这个人，你知道，从来是学舌学不清楚！今儿个，就原原本本地跟你说说吧——"大虎这些话，虽是商量的口气，可他并没容永生表示什么，便不顾别人地独白起来，"在当时，我先装作害怕的样子，试探着问那田宝宝：

"'哎哟！你们在俺雏家庄打仗吗？'

"他说：'不！你甭害怕。'

"我说：'你哄弄俺。你们的队伍，这不全在俺庄上站下了？'我将手表朝他递过去，又说：'你快自个儿收着吧，你们在俺庄一打仗，俺还知不道死活呢！'

"田宝宝没接手表，又说：'在你村打个腰站，是为了麻痹八路！仗，要到龙潭去打。'他为了让我相信他的说法，还补充说：'你没看见？通龙潭的道口，全封锁了！'我佯装消除了顾虑，又笑着劝慰田宝宝说：

"'那你何必这么担心呢？到龙潭也不一准就碰上八路，哪有那么巧的呀！'

"田宝宝说：'咱听说全探好了。龙潭不光准有八路，梁永生也在那里！'我又佯装猛吃一惊：

"'哟！听说梁永生可是厉害呀！'

"我这话，是想给那小子制造点恐慌。其实，这是多余的。那小子的心里，早就慌神了。这间，他的眉眼皱得像喝了黄连水，深深地叹了口气说：

"'谁说不是哩！这一回呀，要是碰不上梁永生，就是哪一辈子烧下高香了！要是真碰上，十有八成就得上那边凉快凉快去了！'他说到这里，我一看时间不早了，不能再跟他磨牙了，就随随便便地又跟他对磨几句，把他支走了。

"田宝宝走后，我也离开了家。先悄悄地溜出村子，又拐了个大弯儿，撒开双腿一溜飞跑飞颠，一气儿蹿到你们这里……"

杨大虎从头至尾根根梢梢说了一遍。他说的这些情况，大体梗概梁永生已经掌握起来了。那是从部队的侦察员和党的地下工作人员两条渠道传过来的。可是，梁永生对掌握敌情是非常认真的。哪怕是一丁点小事儿，他也要抓住它，在脑子里拧上几圈儿。而且，在情报的来源方面，他又特别重视人民群众这条渠道。因此，现在大虎由头至尾地说着，他既不因重复而插嘴截舌，也不因啰嗦而感到腻烦。你看他，平平静静地坐在院中的石碌上，搬起一条腿压在另一条腿的膝盖上，半倾着身子，抽着烟，微笑着，耐心地听着大虎这好像永远说不完的叙述，却看不出一丝儿心急的意思。

大虎说话有个特点，就是不管对方对他的话持啥态度，他总是按着他自己要说的一直说下去。现在，他也不顾气喘汗流，一气儿就说了这么多。当他说到这里的时候，站在一旁等了老大晌的炮筒子，再也沉不住气了，就凑前一步打断了大虎的话弦，向梁永生提议说：

"队长，咱该行动了！"

永生笑道：

"咋行动？"

炮筒子答道：

"打呗！"

永生又问：

"打谁？"

炮筒子又道：

"打鬼子嘛！"

在永生和炮筒子对话的当儿，锁柱被战士们拉到一边去了。人们把他围在当央，齐打忽地问他——今儿这一仗打上打不上？就像小锁柱能主宰这件事情似的。锁柱怎么办呢？他并不推辞，叫人们全都蹲下，聚成一堆，脑袋挨着脑袋，肩膀靠着肩膀，他又神秘地讲说上了：

"我揣摸着，今天这一仗……"

锁柱正连说带比画地讲着，也不知梁永生哪时来到了这边。他两手拄着膝盖，哈腰站在锁柱背后，悄悄地听起来。直到锁柱发现了他，他这才笑哈哈地插了嘴：

"你又跑到这里来算卦啦？"

锁柱腾地红起脸，站起身来，低下头去，摸着后脖颈子嘿嘿地憨笑着。

人们全站起身，也无声地笑了。

梁永生问大家说：

"你们都想打仗？是不是？"

"是！"

众人异口同声。永生又说：

"别急嘛！保证有你们的仗打！"

人们一听要打仗，好似干柴遇上烈火，全都心里热乎乎的，脸上冒喜气儿。一双双的笑眼盯住永生：

"队长，当真？"

永生光笑未答。

"队长！打吧！俺都准备好了！"

锁柱生怕队长的决心滑了扣，就着人们的话尾儿又来了这么一句。当他说这句话的时候，还曾想用个手势加重一下语气，表示出自己的决心，可又觉着自己作为一个军人，在和领导人说话时出现那种动作不够郑重，于是，把那只刚想抬起的手臂又收回去了。

梁永生向前跨了一步，将手搭在锁柱的肩上，一边上上下下地打量着他，一边笑盈盈地问他：

"锁柱，你准备好啥了？"

锁柱晃晃身子，神气十足地说：

"队长只管检查嘛！"

梁永生笑眯着眼，将锁柱的浑身检查了一遍。他发现，小锁柱不光衣帽板板正正，衣扣一个也不缺地扣着，就连他腰里的武装带，也扎得紧绷绷的。又见，他匣枪柄上那火红的穗儿，从腰间飘垂下来，把个英俊的锁柱衬得更加英俊了。

永生看了多时，心中一阵高兴。接着，又问：

"锁柱，你说这仗该怎么打？"

"这个，俺没想它！"

"顶大的事你没想，咋说'准备好了'？"

"这不关俺的事！俺们这些战士们，任务是听指挥——打！"

锁柱强词夺理地说着，自知理由站不住脚，脸红了。

小胖子从旁插嘴道：

"队长！人家锁柱连收条都准备下了！"

"收条？"

小胖子见队长不解其意，便猛地将手插进锁柱的衣袋，抓出一张小纸条儿，递给永生说：

"队长，你瞧！"

梁永生伸展开折皱了的纸条，一瞅，只见上面写着这样一段话：

> 石黑先生：你送来的俘虏××，枪支××，其他军用物资××，我们毫不客气地如数收下了。谢谢！为了使你便于向你的上司交账，特发此条。
>
> 八路军大刀队

永生看罢，笑道：

"唔！这仗要打，人家锁柱早已决定了哇！"

锁柱低下头去，在不好意思地卷着衣角。

人们望着锁柱的窘相，全都笑了。听这笑声，好像现在不是战斗的前夕，而是正在庙会上瞧什么热闹儿。笑声未落，哨兵唐铁牛闯进院子。他往梁永生的面前一站，身板儿挺得笔直，右手举在眉棱：

"报告队长！敌人出了雒家庄，过了十里铺，正向龙潭前进！"

"好！"永生一挥手说，"继续监视他们的行动！"

"是！"

铁牛跑步而去。

梁永生一侧身向小胖子说：

"你去告诉二愣……"

"到！"

永生话未落点，答"到"声就接上了。"到"音未尽，黄二愣从角门后头闪出身来。这小伙子打扮得头齐腰紧，精精神神地站在梁永生的对面。他那对插向鬓角的剑眉一耸一耸地跳动着。

永生笑乎乎地朝二愣望了一眼，说道：

"嗬！你来得好急爽呀！"

"知道你准得叫俺！"二愣说，"俺早就来门口等着了！"

"这又叫你愣对了！"永生说，"你去通知，你们民兵负责掩护群众撤退！"

"是！"

"不要敲锣撞钟的，悄悄地组织群众，火速撤离村庄！"

"明白！"

"快！"

"是！"

在梁永生看来，从某个角度讲，每次战斗的胜败，是在战斗之前就基本确定了的。因此，战前的准备，战前的计划，都是极为重要的，这可打不得半点马虎眼。一人心里主意少，众人一凑计千条。作为一个指挥员的任务，首先是能够充分集中大家的智慧。永生基于这种一贯的指导思想，在黄二愣走后，又将大刀队的战士们召集到他的身边，说：

"咱民主民主——仗，咋的个打法？"

因为在大刀队里有这样的习惯，所以永生只说了这么一句开场白，一场热烈的讨论便开始了。头一个发言的，当然还是小锁柱。他说：

"叫我看，该在村头湾崖上打埋伏——这有三个好处：第一……"

锁柱的对头炮炮筒子把大手一摆：

"你先别一呀二的好不好？不怕把嘴唇磨薄了？"

锁柱仍是一副严肃的神态：

"我需要讲讲自己建议的根据嘛！"

炮筒子还是活泼的口吻：

"用不上那些零碎儿！你打个题头就行了！"

接着，旁人又另提出了主意——

这个说："在桃树林里打伏击最好！"

那个说："桃林太年轻，树既稀又小……"

有的说："队长，你们转移吧，拨给我几个人——"

又有人说："敌人一百多，拨给你几个人好干啥？"

还有人帮腔道："这个主意是危险的！"

也有人又反击他："危险和胜利是邻舍家！不包含危险的胜利是不存在的！"

那个又说话了："我是请示队长的，你们乱插什么嘴？"

这个可耐不住了："争论固然好。可是，照这么个争法，争到驴年也争不出名堂来！千锤打锣，一锤定音——队长，你就决定了吧！"

"……"

好一个热闹的讨论会呀！

在这个不拘形式的讨论会上，各种各样的意见，撞击着永生的耳鼓。

可是，尽管人们好像铜盆撞上铁扫帚，谁也不肯让谁，有时直争得脸红脖子粗，梁永生却是稳坐静听，一言不发。

不过，他那一双豁豁亮亮的眼睛，一直在闪射着智慧的光芒。他这副眼光，时而在这个人的脸上打个转儿，时而又和那个人的视线碰个头儿，时而又把帽子往后推一推，低下头去，变成一副沉思的神态瞅开了地皮。叫人猛乍一看，就像他对这讨论会毫无兴趣，目下正在研究脚底下那根草棍儿似的。

其实呢？并不然！凡是了解梁永生的人，心里都很清楚——现在他正在仔细地倾听着人们的发言，咂摸着发言中的每一个字眼儿。而且，对大家正在讨论的问题，他的心里也已经有个谱儿了。

"灯不拨不亮，理不辩不明。"这句话，是县委书记方延彬说的。几年来，永生始终把这句话记在心里。另外，他还从老方那里学来这么个习惯——每当自己想出一个什么方案之后，总是自己再想出各种各样的理由来推翻它；当他自己实在无法把它推翻时，他就召集一些人来，让人们无拘无束而又认真细致地议论一番。

不自满者受益，不自是者博闻。梁永生所以习惯于用别人的看法和想法来校正自己的主意，不光是因为他具有谦虚谨慎、严肃认真的作风和品德，而且，还是出于他那种发自内心的对革命事业的强烈责任感。

现下，梁永生一面听着人们的发言，一面用各种各样的意见来鉴定自己的想法，修正自己的想法，补充自己的想法。

永生的精力竟是这样的充沛——就在这耳也听，眼也看，心也想的当儿，他还能抽出精力来，吩咐杨大虎几句话。

杨大虎走了。

人们在紧张地讨论着。

人们在紧张地思索着。

这时节，小锁柱捅了梁志勇一把，以将他的军的口吻悄声道："伙计，你瞧，怎么样？这仗是得打不？我揣摸对了吧？这你不服能行？咱就是没有白吃这几年的小米子干饭嘛！"

梁志勇没吭声。

炮筒子听见了。他插进来大声说：

"小锁柱，先别夸口，等真的打上了才有你的理说呢！"

志勇用肘子捣了炮筒子一下，又向正在发言的同志那边一甩头，意思是：别呛咕这些没用的！这是个啥时候？

这时候，讨论会还在热烈地进行着：

"我看，村东的道口上，是个打伏击的好地势。那里，既能够发挥火力射杀敌人，又有利于出击冲锋，还可以急速撤退转移……"

"这个意见好！"

讨论了这大晌，梁永生才开口。可他刚说了个话头，又被猛然闯进来的哨兵唐铁牛给打断了：

"报告队长！敌人已经离村不远了——"

梁永生下意识地摸一下别在腰间的匣枪：

"还有多远？"

"二里多路。"

"从哪来的？"

"从正东。"

永生将一双目光从铁牛的脸上收回来，又朝讨论会上的战士们扫视了一圈儿。他只见，一双又一双的眼珠子，全在盯着他，而且那些期待的眼光好像在说："队长，快下命令吧！"随后，永生在鞋底上磕去烟灰，又将烟袋别在腰里，并就手抽出匣枪，朝战士们一挥臂：

"同志们！跟我来！"

梁永生一声令下，战士们好似脱缰之马，忽呀忽地跑出门去。当大刀队正要出村时，只见有个半截铁塔般的黑小伙子飞步赶来。他手中拿着手榴弹，身后背着大砍刀，来到梁永生的面前没头没脑地说：

"俺也去！"

"干啥去？"

"打仗呗！"

"二愣呀，你这回可没愣到点子上！"梁永生说，"方才我是怎么布置的？不是让你们民兵组织群众撤退吗？"

"全组织好了！一班的民兵专门负责照顾那些家中没有青壮年的烈军属，二班和三班的民兵，负责断后掩护群众。"二愣朝西北一指，"你看——"

梁永生顺着黄二愣的手臂一望，只见扶老携幼的人群，正从一条道沟里向西北方向撤退。

在那些正然疏散撤退的人群中，大都是些老人、孩子和妇女。一些老头子们，有的轰着牲口，有的牵着猪羊，还有的背着小孙子；那些老太太们，有的挟着包袱，有的抱着鸡，还有的提溜着干粮筐子；有些青壮年妇女，不是搀着老人，便是抱着婴儿；少年儿童们，背着书包，拿着木刀，腰里还插着用胶泥做成的手枪……

在平常日子里，人们见天都在准备疏散，应当说对撤离村庄是有充分准备的。可是，每当真的撤出村庄以后，许多人却又觉着有些事并没做好。你看，现在有的人正一边朝前走一边朝后看，显然是心里在牵挂着什么。

梁永生望着人群，又向黄二愣说：

"你也去掩护他们！"

"俺不！俺……"

"你，你什么？"

永生见二愣要发犟，他直瞪着大眼盯着二愣。直到二愣两只怯生生的眼睛在躲闪永生的视线时，永生这才又钉子入木似的说：

"去！执行命令！"

"是！"

黄二愣一来就下了决心，这一回非得死活裹黏梁队长不行，直裹黏到他让参加战斗为止。谁知，这时梁永生一严厉起来，他心里蓦地产生了一种敬畏的感情。这种感情压住了他那决心，他的嘴也不由自主地喷出一个"是"来。

感情的强大冲力，使得二愣咔地又来了个立正，扭转身子跨开大步，两条腿穿梭似的飞跑而去。梁永生笑望着黄二愣那高大的背影，高兴地自语着：

"真是一棵好苗子呀！"

大刀队的勇士们出了龙潭街。

又顺着道沟进入了村东道口上的阵地。

永生笑着问一位战士：

"你提议的伏击地点，是不是这个地方？"

那战士笑着点点头。

继而，他们肩并肩地趴在崖坡上，将子弹推上枪膛，将手榴弹的保险盖儿打开，摆出了一副严阵以待的姿势。这时，战士们谁也不吭气，谁也不吱声，一股严肃紧张的空气在阵地上流动着，阵地，静得像从来没人到过的那深山老林一样。

梁永生将他那钢板似的胸脯紧贴在崖坡上，又用那带着生铁味儿的拳头支着浑圆的下颏。与此同时，他那双久经战阵的好像能穿云破雾的视线，透过灰蒙蒙的雾气死死地盯着远方。

远方的天空，阴阴沉沉。远远近近大大小小的村庄，都被这好像蒙蒙星星的细雨般的雾气覆盖着。

一会儿。敌人的先头部队，在他的视线中显现出来。这时，梁永生的心里，比在深山打猎突然发现了猎物还要高兴。讲实情，目下的敌人，是正以最大的速度风快地前进着。可是，我们大刀队战士们的心情，和他们的领导人梁永生的心情一样，却觉着敌人就像爬行一样，走得太慢了！因为这些小老虎似的战士们，盼望打仗真是如饥似渴，恨不能敌人一下子就来到自己的近前，好跟他们痛痛快快地拼上一场！

敌我的距离随着时间的流逝在缩小着。

不多时，敌人的队形，已看得清清楚楚了。

只见，一百多号敌人，摆成一溜长蛇阵，明火执仗，直扑龙潭而来！看敌人的来势，不像要来个包围战，而像是要来个挖心战——顺着街筒子直插街里，以迅雷不及掩耳之势，来个中心开花，打我们个措手不及！

梁永生观望着，思索着，觉着石黑采取这种战术是有可能的。第一个根据是：这些天来，石黑见伪军们天天出去跑，天天放空回，光打雷不下雨，一直找不到大刀队，勃然大怒了。于是，他把白眼狼等汉奸头子们，叫到他的队部，大骂三通，狠训一顿，而后，便亲自带领着他的日本小队，和伪军们一起出发了。这些情况，梁永生通过我们的地下工作人员都已了解到了。第二个根据是：从前伪军们下乡"讨伐"，都是采取包围战术，而又一直没有奏效。这回石黑来个独出心裁，花样翻新，搞个挖心战，也是有可能的！第三个根据是：敌人人多势众，武器优良，他们凭借这些有利条件也有可能敢于冒险的。第四个根据是：从柴胡店出发突袭龙潭，取捷径而进是不用路过雒家庄、十里铺的。他们既然故意先到雒家庄停留，又转道扑向龙潭，显然是用的声东击西之计。既然先来了个声东击西，继而再来个迅雷不及掩耳的挖心战，这是完全合乎逻辑的……

梁永生越想越高兴。因为敌人这样的战法，这样的队形，对我们打伏击太有利了。他心中这样想着，又见战士们也都大喜过望。他们正在紧紧扣住扳机，握着手榴弹，单等队长一声令下，准备给敌人一个出其不意的重大杀伤！

时间，在焦急中一分一秒地缓慢地流逝着。

敌人，在雾海里一步一步地向这边靠近着。

又过了一阵。敌人的先头部队，已进入了我们的有效射程。到这时，屏住呼吸的战士们，身子全像僵住了似的，纹丝不动，只是浑身的血液流得更快了。一颗颗鲜红火热的心，也正按照统一的节奏跳动着，就像共着一条血管似的。许是由于太兴奋的缘故吧？这时战士们那颗嘭呀嘭地跳动着的心，几乎快要从嗓子眼儿里蹦出来了！

这时节，在战士们的感觉中，时间行进得太慢了，一秒钟比一天还要难熬。他们把仇恨全凝聚在枪口上，心情如饥似渴，脸色憋得通红，两只鼻翅儿翕动着，一对眉毛拧成了一条绳，握枪的手心里都渗出汗来了。

道沟里很静，很静。

静得使人的耳朵里发出了各种各样若有若无的声音。

伴随着时间的流逝，战士们久久等待的命令，终于发布了：

"撤退！"

这命令，声音很低，很低。战士们有的听见了，有的虽没听见，但也感觉到了。此刻，惊呆了的战士们，大都莫名其妙地望着他们的领导人——这位发布"撤退"命令的梁永生。

伏击阵地上，笼罩着令人呼吸困难的闷气。

这闷气，掩盖着战士们的失望和不满。

战士们虽然没人说出半句话，可是他们通过自己的眼睛把要说的话告诉给了队长。梁永生向战士们扫视一眼，将人们潜藏在眼神中的不满情绪通通收捡过来以后，再次重申了他的命令：

"顺沟北撤！"

你说战士们该是多着急呀？而且永生也知道，战士们想打仗都要想成病了！但是，目前的境况，不容许他作任何解释，就连发布命令，也只能是简洁的，迅速的。紧接着"顺沟北撤"的命令之后，他又跟上这么一句：

"执行！"

战士们面对着这不符合自己心愿的命令，心里都急坏了！有的像浑身起了风疙瘩，痒得撑不住劲儿，用手搓着大胯。有的在嘟嘟囔囔发牢骚：

"敌人来到眼皮底下了，为啥不让打？真不明白！"

不通归不通；着急归着急；执行命令归执行命令。这就是我们共产党所领导的队伍的特点之一。你瞧！那些揣着失望心理和不满情绪的战士们，这不全都提着枪、猫着腰、一个紧跟一个地向北撤去了吗？

梁永生走在道沟里，眼望着一个又一个的战士们。他只见，那些往日里都赛欢老虎儿似的小伙子，如今全噘着个嘴，带着咕咕哝哝的声音从他的身边擦过去。这当儿，他不由得想起了战士们在讨论问题时敢于发表自己的见解的场面，想起了在平时战士们敢于跟他争辩的情景，心里一阵高兴，不由得话在心里说：

"我们的党有了这样既懂得民主又懂得纪律的战士，世界上还有什么样的敌人不能战胜？"

梁永生在撤退的过程中，走着走着落在了队伍的后头。他是故意落在后头的。而且每次撤退都是如此，这已成了战士们人人皆知的老习惯。不过，走在队伍后头的，也并不是只有梁永生一个人。在他的身边，左有小胖子，右有唐铁牛。他们，正在保护着自己的领导人。

永生走着走着，忽然一侧身向铁牛低语了几句，也不知他说了些什么，只见铁牛点点头"嗯"了一声，飞起双腿朝前跑去了。

一会儿。

队伍在运河岸边的一片枣林中停下来。

梁永生走进枣林，站在一棵大树下。

他的身子挺得笔管条直，两个大拇指头挂在腰间的宽皮带上，显得格外轻松愉快。他那一副笑眯眯的眼光，在这个战士的脸上打了个转儿，又忽地飞到另一个战士的脸上去了。

眼下，平素都美不够的战士们，大都闷闷不乐。他们不吭声，不看队长，相互之间也不交换眼色。有的，背靠树干，枪贴前胸，耷拉着脑瓜子，气得呼哧呼哧地喘粗气，嘴噘得能拴住一头大叫驴；有的，急得用手抓住自己胸前的衣裳，仿佛他心里正憋得难受，要放开嗓子大喊几声才痛快；有的，脸涨得通红，发紫，好像他随时准备要跟谁打架似的；有的，身子歪在树上，一手撑着地，五根指头全都抠到土里去了；也有的，两个人背靠背坐着，这边这个低着头在研究自己的脚，那边那个仰着脸在给天相面；还有的，手里拿着一根树枝儿，吃着猛劲在地上乱画，他画一阵，用脚抿掉，抿完了，又再重画，一遍一遍又一遍，一直不抬头。

情绪最大的，是这么几个人——

梁志勇。他这个"乐不够"，多咱知道心里别扭是个啥味道？现在坐在锯去了树身子的树墩子上，手里摆弄着一块土坷垃，一掰两半儿，再一掰两半儿，直到掰得掰不着了，他还在掰着。看其气色，他肚子里的气已经满了膛儿，发泄不出来，憋得难受，这时正照着他手里那块土坷垃撒气呢！

赵生水。他一向是爱发表意见的。可是今儿个，好像脱胎变了形。你瞧呀，他把脑瓜子一耷拉，蹲蹲在一棵枣树底下，一手插进腰中的皮带里，一手捂着额角儿，胳膊肘子支在膝盖上，看他这股执拗劲儿，怕是现在用大钢钎撬也撬不开他的嘴巴了！

小胖子。谁不知道他是个打仗迷？要是今儿打了胜仗回到这里，他肯定还会来上一段顺口溜的。但是现在，他拧着身子，耷拉着眼皮，仿佛他正抓紧这个空间要来上一小觉儿似的。

炮筒子。他伸了个懒腰，又重重地长长地打了个唉声，将手中的枪往身边一扔，然后胳膊一屈垫在头下，仰躺在一个土坡上。

锁柱见他摔枪，凑过来说：

"哎，伙计，怎么摔枪呀？摔坏了咋办？"

炮筒子的脸像块钢板一样，气冲冲地说：

"摔坏了更省心了！"

"这是啥话？"

"不让打仗，它有啥用？"

总之，在这个时候，除了少数人而外，大都有点情绪。那些没有情绪的人们，情况也不一样。有的是，领导叫打就打，叫撤就撤，别的，他没想。比如铁牛，就是这样。现在，铁牛正在锁柱的脊梁上悄悄地画着什么。锁柱，也属于没有情绪的一类。他没情绪，并不是没想。他想的是："既然队长决定撤，就一定有撤的道理。这道理，究竟是什么呢？"

梁永生先将每一个战士看了个仔仔细细，而后，这才乐呵呵儿地开了腔：

"同志们！你们生谁的气呀？"

志勇先答了话。他将手中的碎坷垃一摔，绷紧了脸说：

"生谁的气？生你的气！"

看气色，听语气，仿佛他已经忘了现在正在跟谁说话。可是，永生并没因此而生气。为什么？因为现在的梁志勇，在梁永生的心目中，首先是一名革命战士，而后才是他的儿子。因此，永生像对待其他战士那样，只是不在意地笑了笑，又面向大家问道：

"生我的气？是吗？为啥呢？"

永生这话，显然是明知故问。

也许因为这个，老大晌没人答话。

后来，还是那个炮筒子实在憋不住劲儿了，他一挺腰坐成个直橛儿，用手掌拍着自己的大腿，吭的一声开了一炮：

"为啥？你右！失掉了战机！"

这炮声一响，小胖子那张数快板的嘴也就劲儿开了腔：

"咱也不知你这当队长的是怎么想的！把俺们领到敌人的鼻子底下去，光让看看不让打，又把俺们领到这里来，这究竟是为了什么？叫我说，你干脆把俺们领到个什么地方养老去算了！何必这么折腾人哩？这些天来，敌人的'讨伐队'，像群疯狗似的到处乱窜，走一路抢一路，进一村烧一村，把大家的肺都快气炸了！你准不知道人们的心情吗？叫俺们眼巴巴地瞅着让敌人从刀刃上溜过去，对俺这当兵的来说，真比钝刀子割肉还难受哇！这怎能叫人没意见？……"

小胖子连讽带刺地说着，永生不急不火地听着。就在这时，他的心里是有根的——别看同志的情绪这么大，意见这么多，可是，只要指挥员一声令下，什么样的艰巨任务，他们都会坚决执行！

小胖子那顿牢骚发完了。永生这才笑着说道：

"噢！是对我有意见呐！这好办！路不明，众人踩；理不平，大家摆。有意见那就提嘛！何必这么大气呢？你瞧，要叫不了解情况的人看看这个场面，准以为我压制民主，才把大家气成这个样子，你们说是不？这可真是有点冤枉啊！"

梁永生这么一说，人们的气消了一半。

不过，消气归消气，意见并不少提。多少年来，梁永生一向是鼓励人们给他提意见的，战士们也一向是敢于给他提意见的。方才，人们全不吱声，是因为都在气头子上。经永生这么一说，人们的气一消，这个一榔头，那个一棒子，意见全上来了。

梁永生一看提意见的人们来劲儿了，就找了个不被人注意的地方坐下来，悄悄地听着，思索着。当提意见人的视线偶尔向他射来时，他就微微一笑，点点头，意思是：说下去，说下去嘛！

那些提意见的人，谁也不讲究方式，不留面子，丁是丁，卯是卯，单刀直入，开门见山。人们这些意见，其说法虽不尽相同，意思都差不离，就是：这一仗该打；撤退，失掉了战机。

这一阵，人们的发言你争我抢，只有唐铁牛坐在一边摆弄坷垃，一言不发。

锁柱戳他一把，悄声说：

"伙计，说呀！"

铁牛看看锁柱，笑笑，又低下头去。

锁柱又戳他一把：

"怎么啦？说呀！"

铁牛再抬头笑笑，又去摆弄坷垃了。

唐铁牛是个闷葫芦。平日里，他三天说不了两句话。可是，这个人的心里，并不是没道道儿。因此，曾有人开他的玩笑说：

"铁牛啊，你是壶里煮饺子，肚儿里有嘴里倒不出来！"

铁牛听了这话，并不吭声，也不还言，只是笑笑。你想啊，这么个性格的唐铁牛，在今天这样的场合，甭管小锁柱怎么撺掇他，他怎么能肯发言呢？要是他真的大张旗鼓地说上一通，那可就不是唐铁牛了！

在人们发言的过程中，梁永生静静地坐在一旁，悄悄地听着，一言不插。只是每当人们的发言断了溜儿的时候，他这才从嘴里拔出烟袋，笑吟吟地向会场扫视一眼，然后插上个一言半句的：

"怎么断弦啦？续上续上！"

有时他还点将：

"哎，该着你的啦！"

要不他就将军：

"你刚才没说完嘛！接着说——啊？"

直到人们都说完了，他这才挂着满脸笑意，望着大家问道：

"怎么啦？大家的气都出完啦？"

没谁吱声。

梁永生磕去烟袋锅子里的烟灰，带着总结的语气，笑盈盈地说：

"今天咱开的是个'出气会'，是个不拘形式的'出气会'。这个'出气会'，开得挺好。所以说它挺好，主要是好在同志们能够严厉地批评自己的领导人。作为一个头目人儿，不怕无人尊敬，就怕无人批评。因此说，今天同志们批评了我，不管批得是不是全对，我打心眼儿里感到高兴！"

他缓了口气，将语调一变，又说：

"再说今天的撤退，同志们的表现也很好。它好在：你们能在想不通的情况下，执行了指挥员的命令。有句俗语道：'只要桨花齐，不怕浪花急。'我所以高兴，还因为：我们这些同志，既敢于根据自己的认识批评领导人，又能听从指挥员的命令。"

永生说到这里伸出两个指头：

"我们有了这两条，就一定能够打胜仗！"

他一字一板地说完这句话，又去装烟了。显然，永生是故意给人们留出一段思索的时间。这时，人们有的在忽闪着大眼思考着什么，有的在交头接耳悄悄议论，还有的向永生提出问题说：

"梁队长，你说说当时为什么要撤退呢？"

梁永生点着烟，抽了一口，自问自答地说：

"今天这场伏击战，我所以突然决定马上撤退，当时是这么想的：我们不能中了敌人的阴谋诡计！这想法对头不对头哩？现在看来，那个撤退得算撤对了！"

对了？根据什么说对了？人们心里都感到迷惑不解。永生望一下战士们的神色，并没顺着听者的心理说下去，而是又从另一个角度说：

"至于你们，想打仗，当然是对的。军人嘛，应当经常保持这样一种情绪——就是想打仗的情绪。可是，别忘了，咱们打的是游击战！游击战游击战嘛，得游到个有利地点再打，游到个有利的时间再打，游到一定的有利条件下再打……"

梁永生讲着讲着，突然收住了话头。然后，他顺着枣树的一个空隙向东南一指，又说：

"同志们！你们看——"

一双双的眼睛，顺着永生手指的方向望去。

只见，在他们方才埋伏的地方，周遭儿出现了许多小黑点儿。那黑点影影绰绰，好像在动。

有人说："咦！那是些啥？"

有人说："啥？敌人嘛！"

还有的说："你看不见？那不，包围圈儿都拉起来了！"

经人们一点划，又一细瞅，全看清了——那一大溜鬼子兵和伪军们，好像一条盘起来的毒蛇似的，拉起了一个很大的包围圈儿，正从四面八方，向大刀队方才埋伏的地点收拢着，收拢着。

在战士们的视线里，那包围圈儿越来越小了。

不一会儿，敌人开始往沟里扔手榴弹了。一团团浓重的黑烟冲天而起，一声声爆炸阵阵传来。小锁柱看了一阵，气恨地说：

"鬼子真刁！看来他早就断定我们要在那儿设埋伏了！"

炮筒子说：

"就是嘛！要不，人家就包围呀？"

小胖子说：

"对呀！他摆成长蛇阵，是为了迷惑咱，怕咱不等他！"

志勇说：

"他摆长蛇阵，是一箭双雕——一是骗咱，叫咱别撤；二是让咱先跟伪军拼，鬼子坐收渔利……"

炮筒子说：

"他跟你说过？"

志勇说：

"方才你没看见？前头净些伪军！"

小胖子说：

"他们在雒家庄打腰站，说不定八成就是故意给咱留个设埋伏的时间哩！……"

锁柱说：

"不光这。这里边还有个真真假假、虚虚实实的诡计哩！他先来了个声东击西的行动，他又断定我们一定会看破他声东击西的诡计，继而又真的来了个声东击西……"

东边的那个战士说：

"咱们的三路情报，都说明敌人肯定要来龙潭。原先，我只认为我们的情报真准确，没想别的。现在看来，那些情报，也许是敌人精心策划后故意透露出来的哩！……"

西边的那个战士又说：

"看来，我们驻在龙潭，敌人也是肯定知道的了！"

另一个战士补充说：

"看这个意思，我们专找鬼子打，敌人也是知道的！"

炮筒子说：

"敌人不是傻瓜！人家就一点不掌握咱的情报？"

小胖子说：

"啥也甭说了，敌人能耐，咱队长更能耐！"

炮筒子又说："那是自然！要不是队长当机立断撤下来，咱们如今就成了包子馅儿喽！"

众笑。

一位战士凑到炮筒子近前来：

"哎，伙计，多亏你没把枪摔坏吧？要摔坏了……"

他这一揭短，又是一阵轻而且低的笑声。

笑声落下了。锁柱要求永生说：

"队长，方才你是怎么判断出敌人的阴谋的呢？给俺们讲讲吧？"

众口一声：

"对。队长讲讲！"

"我还讲啥？我当时想到的，你们方才不是都讲了吗？"永生说，"我只是有这么个看法——敌人，确实是搬起石头砸自己脚的蠢人。可是，我们的战斗计划，又不能建筑在敌人是蠢人的基础上。也就是说，我们在确定一次战斗是打还是不打的时候，在确定如何打法的时候，要把敌人看作是披着虎皮的狐狸，它既吓人，又狡猾……"

梁永生正说着，忽听龙潭村内鸡飞狗咬，人喊马嘶，乱起来了。一忽儿，又见村子的上空，冲起一片烟雾，几幢高房子吐着火舌。这种情况告诉人们：敌人进村了。

接着，村中又传出砸门声，还有敌人的吵骂声，孩子的哭叫声。枣林中的战士们，眼望着烟雾弥漫的龙潭街，心想着那些因为种种原因而留在村中的、眼下正在遭难的乡亲们，肺都快要气炸了！

锁柱向永生建议说：

"队长！咱打进去吧？"

永生沉思着，没吭声。

志勇急了。他含着泪花来到爹的面前，鲁鲁莽莽地说道：

"要打就打，不打就想别的办法，叫人们待在这里，眼看着乡亲们遭难，谁受得了哇！"

永生觉着，志勇说的确乎是这么回事。可是，不了解村里的情况，怎么能蛮干呢？

这时，村里突然响起枪来。

人们正惊奇，又见道沟里跑来一个人。

那人越来越近了。永生凝神一望，原来跑来的那个小伙子是黄二愣。

二愣来到枣林附近，蹿出道沟直扑过来。只见他，满头大汗，浑身是土，胳膊上还有血迹。永生忙迎上去，一把抓住他，关切地问道：

"二愣，怎么啦？"

二愣一见梁队长和大刀队的战士们全在这里，心里一阵高兴。他愣头愣脑地拽上永生的胳膊，气吁吁地说：

"队长，走！"

"干啥去呀？"

"打鬼子去！"

"上哪里？"

"上龙潭！"

梁永生望着黄二愣这股二虎头的劲头儿，又摁着二愣的两只肩膀，让他坐在一个土坡上，劝他说：

"二愣，别急。先跟我说说——是怎么回事儿？"

永生说着，撩起衣襟，嘶啦一声，从里边的衬衫上撕下一条布来，给二愣包扎着胳膊上的伤口。二愣说：

"你不是让我掩护群众撤退吗？我掩护着群众撤出村子，回到家正想再把我老娘背走，敌人就扑上来了。我一看，走不脱了，就藏在了躺柜底下。一霎儿，闯进一个汉奸。他问我那病在炕上的老娘道：

"'老家伙！有八路不？'

"我娘说：'没有！'

"他又喝唬道：'胡扯！我得翻翻！'"

二愣喘了口大气，又骂了一句，接着说：

"随后，那汉奸可闹腾开了！他又翻箱，又倒柜，又拉抽屉又开橱，就连一个纸盒儿也弄开看看！你瞧，这哪是翻八路呀！抽屉里、小盒儿里也会藏着八路？明明是翻东西，翻钱！"志勇插言道："伪军大都是带着发洋财的思想来下乡'讨伐'的！"二愣接着他方才的话茬儿朝着永生继续说："队长，你知道，我那个穷家，哪有什么钱哩？也没啥值钱的东西呀！"

二愣说着说着，从衣袋里掏出一只手镯，又说：

"这你知道，就是它，算值几个钱的物件！真倒霉，就偏偏叫那狗东西翻出来了！他一翻着这个，就要往衣袋里装！我娘不让他装，就泼着老命跟他夺！

这一夺，那汉奸骂骂咧咧还不算，他一脚将我娘踹了个倒仰。这一下，我娘可更火了。她挣扎着爬起来，抄起一把菜刀，要跟那狗汉奸拼老命。那汉奸，端起刺刀，就要下毒手，我从柜底下伸出了刀来，一下子把狗腿给他削断了！那小子嗷嚎一声惨叫，倒在血泊里！随后，我从柜底下钻出来，大刀片儿一举，把那个狗汉奸报销了！"

"报销得好！"

"哎，二愣，你是怎么负伤的呢？"

"你们别吵吵！听我说呀——我一手握着手榴弹，一手抡起大刀片儿，就要往外冲！不料想，我娘一把扯住我说：

"'愣种！就这么冲啊？'

"我说：'不冲等死？'

"娘说：'我先出去探探风，等我回来你再走。'我一听有理，依了娘。一会儿，娘回来了。她说：'汉奸们，都到各家各户翻'八路'去了；鬼子们正在白眼狼的大门洞子里喝酒。那里是他们的临时指挥部，石黑、白眼狼都在里头。各个街口上，都放上岗了，你要从大街上硬冲，出不去！'我说：

"'出不去也得出，不能在这里等死！'

"娘说：'你从后垣墙上翻出去吧！'

"还是老人心眼儿多！我说：'好！'可是刚跨出屋门槛，又愣住了！"

"咋的？"

"我娘咋办？可我一说，我娘倒有法子。她说：'我到邻家躲躲。你快走吧！'人急力大。我吃了个猛劲，又来了个鹞子翻身，便蹿出了垣墙。随后，拐弯抹角儿闯出村子……"

"可好了！"

"不！"

"又咋的？"

"被敌人发现了呗！"二愣说，"我正跑着跑着，敌人巴勾儿巴勾儿地开了枪！一颗颗的枪子儿，刺溜刺溜地在我的身边乱钻！我呢？不管三七二十一，他打他的，我跑我的！谁知，跑着跑着，一颗枪子儿打到我的胳膊上！挨了一枪，学精了，一琢磨，这么硬跑不行，两条腿怎么也跑不过枪子呀！咋办？我灵机一动，用上了梁队长教给我的那一套——"

"啥？"

"'就地十八滚'呗！"

黄二愣由头至尾地叙说着。

战士们你一言我一句地插问着。

梁永生一边听，一边在想："趁这机会，该冲进去，摸到白眼狼的大门洞子近前……"

二愣忽见永生闷着头抽烟，就知他是在琢磨事儿哩，于是，他甩开战士们，朝永生凑过来，愣头愣脑地问：

"梁队长，你在想啥？"

梁永生望着二愣的神色，心里一阵高兴："敌人，他只能打伤黄二愣的肉体，他将永远不能挫伤我们黄二愣这抗日的斗志，革命的精神。"永生想到这里，反问道：

"你说我在想啥？"

"你在想打不打——是不？"

永生笑而未答。二愣又道：

"队长！干了吧？我来带路！"

这时，永生确实已下定了冲进去的决心。对此，他的想法是：游击战，必须高度机动灵活，做到敌变我变；同时，还要在敌强我弱的形势下，千方百计争取主动权。只有这样，才能做到保全自己，消灭敌人；攻其不备，出奇制胜。方才，他就是根据这样的指导思想，主动安排了那次"道口伏击"；当发现敌人的情况有新的变化后，他又是根据这样的指导思想，主动地撤离了伏击阵地；目下，他还是根据这样的指导思想，又决定主动冲进村去，给大意麻痹的敌人来个突然袭击，打他个措手不及；然后，再主动地迅速地撤出战斗，使敌人找不到决战目标……可是，怎么个冲法呢？永生想到这里，正想向二愣问些什么，还没开口，黄二愣却主动地说：

"队长，你只要打，我有法儿！"

"喔哈！你有法儿？"

"嗯喃！"

"啥法儿？"

二愣见队长有意要打，来精神了。他一边在地上划，一边说：

"比方说，这儿，是龙潭的西北角儿……"

二愣说话的当儿，村中又传出几声枪响。

梁永生向身边的铁牛吩咐说：

"你注意警戒！"

随后，他又把注意力转向二愣：

"说下去！"

黄二愣又是划又是说，一气儿讲完了他所设想的进村路线，还在地上划出了一幅进村路线示意草图。梁永生听完，看罢，拍拍二愣的肩膀，笑呵呵地说：

"你想得蛮细呀！往后，不该管你叫'二愣'了！"

二愣不好意思地憨笑起来。

梁永生站起身，转向大刀队的战士们，先向大家说明了他的想法，然后点将道：

"梁志勇！"

"有！"

"王锁柱！"

"有！"

志勇和锁柱都应声站起。其余人，也都自动站起身，一齐凑过来。因为人们已经知道：仗，真要打了！这时，一双双热切期待的并含有恳求的目光，嗖呀嗖地向梁永生的脸上射来。他们，要用这样的目光来提醒队长：分配战斗任务，可别忘了我呀，我在这里盼着哪！

梁永生的视线扫过全场，和每一条目光碰了个头儿，然后，又继续点将道：

"铁牛！"

"有！"

铁牛，因在值岗，没凑过来。他在那边应了一声，可是并没回头，两眼仍在盯着龙潭的方向。梁永生说：

"你们仨，跟我进村！"

他又转向赵生水和小胖子：

"你俩和战士们留在这里！"

"是！"

"等我们进村后，你们分成两股向村边迂回；打响后，你们开火策应，混淆敌人的注意力，壮大我们的声威！"

"是！"

"再派出人去，和附近村的民兵取上联系。让他们在龙潭四周找好地势，必要时也策应一下，造成敌人的错觉，给他们增加点恐怖心理……"

"是！"

接着，永生又以幽默的口吻叮嘱道：

"注意：我们费了不少劲，刚把敌人的麻痹情绪'培养'起来，你们可别在我们打响之前先开枪呀！要那么一来，咱这些天来'培养'敌人麻痹情绪的劲可就白费喽！"

赵生水和小胖子，都笑乎乎儿地又应了一声"是"，便按照队长的命令去部署了。

到这时，战士们的失望情绪，全被炽热的希望代替了。这希望，是用生命和血汗编织而成的。可是，这时二愣的心情却与众不同，因为永生没有分给他任务。他忍耐不住了，问道：

"队长，俺呢？"

"你留下！"

"留下？"

"对！"

"不！"

"咋？"

"俺去！"

二愣鼓起腮，用一双期求的目光盯着永生。他那泉涌般的战斗热情，通过他那双水汪汪的大眼，流进梁永生的心窝儿。永生朝二愣笑笑，指指他的胳膊说：

"你不是负伤了吗？"

"哼！什么伤不伤的呀！无非是肉上扎了个眼儿，眼儿里冒了点儿血，这还碍得着参加战斗？"二愣怕人们不相信他的说法，还抡起胳膊拉了个把式架儿，然后又说，"你们瞧见了不？不碍事吧？"

梁永生郑重其事地说：

"二愣，我们大白天去搞这样的袭击，是有很大危险的……"

二愣把手中的大刀一抖，说：

"就用它，把危险给敌人送去！"

永生见二愣决心要去，伤也确实不重，事实上也真需要他，就答应了。

可是，有人不大同意，说：

"他没有多少战斗经验！"

"那就学呗！"梁永生说，"战斗经验战斗经验嘛，离开战斗是学不来的！"他说罢，又转向二愣告诫说：

"你可得听从指挥，别自由行动呀！"

"保证！三大纪律八项注意嘛，这个俺懂！"

"懂！懂！懂可不等于做到呀！"

"队长放心吧！"二愣挺挺腰，咔地来了个立正，站得像个直橛儿，严肃认真地说，"我们是毛主席的民兵，说话是算数儿的！"

突击小组又认真地研究了一番这次突袭的行动计划，便马上出发了。

他们一行五人——梁永生、梁志勇、王锁柱、唐铁牛、黄二愣，摆成一拉溜，出了枣林，进入河滩，在河堤的掩护下，向着龙潭的西北角飞速前进着。

滚滚的运河水，后浪推着前浪，从突击小组的勇士们的身边流过。这个突击小组，全都手提着匣枪，身背着大刀，腰掖着手榴弹，风风火火，大步疾行，不大一会儿，便来到了龙潭村边。

到这里，道沟已到了尽头。

梁永生收住步子，伏下身子，用胳膊肘子撑住地，胸脯儿略微抬起，从沟沿儿探出半个脑袋，向前扫视了一个扇子面儿。他要看一看，前面有啥地形地物可以利用。他望了一阵，只见村里村外，到处都是被敌人烧焦的门窗，砍倒的树木，砸碎的家具，还有一些鸡毛、猪蹄、牛角、血污……

又见，从这个道沟口，到他们计划从那里通过的那个垣墙豁口，约有四十来米。这四十来米的开阔地带，是个大场院。场院当中，有好几个大小不等形状不同的玉米秸垛。在场院边上，零零落落散布着几个厕所和猪窝。

场院东边，北街口的关帝庙前，站着两个敌人的岗哨。那两个岗哨，距这个道口，约有二百多米。梁永生在观察的当儿，脑子里急速地转了许多圈儿。然后，他扭过头去，向身后的战士们命令道：

"注意！照我的行动前进！"

随后，他瞅了个敌人岗哨不注意的空子，嗖地蹿出道沟，躲到一个厕所的西面。而后，他扳着厕所墙角朝东望着，瞅了个空子，又是一个箭步，蹿到了相隔四五米远的一个猪窝西边。就这样，梁永生借助于这些大大小小各种各样的影身物，一停一跃，一跃一停，节节前进，步步为营，从容不迫地越过了这段开阔地带，进入了他们的预定目标——垣墙豁口。

其他人，照他的样子，也过来了。

梁永生领着他的突击小组，通过垣墙豁口，进入一个院落。这时，院中空荡荡的，屋中有人吵骂。

永生示意别人各自隐蔽，他自己来到窗下。

透过窗纸的孔洞，永生往屋里一望，只见屋中有两个伪军，正抓着一件衣物拼命争夺。他们像两只决斗的公鸡似的对峙着，盯视着，拉扯着，吵骂着。

这个说："老子先看见的！"

那个说："这爷们儿先拿起来的嘛！"

这个又说："你小子耍什么野蛮？"

那个又说："你这舅子不义气！"

永生看清屋里的情况后，向志勇和锁柱使了个眼色。他俩会意地点点头，一齐闯进屋去。这时，永生一面命令铁牛和二愣把住院门，一面隔着窗纸用枪瞄准了敌人。不一会儿，只见志勇、锁柱同时出现在里间屋门口上，两支匣枪端了个平身，两口大刀举在齐肩，声低语重地向伪军喝令道：

"别动！"

"举起手来！"

两个伪军闻声失魂。他们抬头一望，脸色唰地黄了，四只黑手颤抖着举过头顶。那件已被扯破的衣物，啪嗒一声落到地上。两个伪军的嘴，都咧得像个晒裂了的瓢葫芦；长长的唾液，从失去控制的嘴角上垂下来。

就在这时，永生进了屋子。

在他的指挥下，志勇和锁柱脱下两个伪军的衣裳，穿在了锁柱和铁牛的身上。

突然，也不知从哪里跑来一只狗，在庭院中汪汪地狂叫起来。梁永生，对付狗是有办法的——他扳过干粮筐子，拿出一个窝头，向狗扔去。那狗，叼上窝头，跑到一边啃食起来，再也不叫了。

在永生对付狗的当儿，志勇、锁柱将两个伪军全绑了起来，并用破布塞住了他们的嘴。

这时节，东边邻院的锅、碗、盆、缸，在敌人的疯狂毁坏下，稀里哗啦响着；西边邻院的鸡群，在敌人的追捕之下，正然又飞又叫。这些声响，更激起了梁永生那强烈的杀敌欲望。他把匣枪往腰里一掖，又哈腰拾起伪军那两支大枪，递给锁柱一支，又递给铁牛一支，笑乎乎儿地向他的同志们说：

"来，咱演一出！"

"演一出？"

同志们不解其意，相互交换着眼色。

永生又把二愣叫过来，并让志勇和二愣倒背起双手。

他自己也背起手来，走在最前头。

到这时，人们全都领悟了队长的意思，有的差一点儿没笑出声来。一向爱和志勇开玩笑的小锁柱，这时有真有假半真半假地用枪托子轻戳了志勇一下，并强忍着笑喝唬道：

"走！快！再磨蹭崩了你！"

这出"戏"，就这样"开幕"了——

永生打头儿，二愣、志勇跟在他的身后，全都倒剪着手，哈着腰，低着头，一个跟一个地走出院门。铁牛和锁柱，穿着伪军军装，戴着伪军帽子，端着大枪，紧随其后。他俩一边走还一边喝三吼四。

胡同里，碎棉絮、烂衣裳到处都是，还有一些鸡毛、弹壳、枣核、花生皮。不料，永生一行踏着这些乱七八糟的东西正顺着胡同走着，突然从一家门口蹿出一个伪军。这个家伙长得像个嘎儿，两头尖，当中顸。铁牛见那个小子瞪着一双贼眼正往这边张望，他就用枪托子捣了二愣一下，还喝唬了一声。

与此同时，机灵的小锁柱，见那伪军正要说什么，他没容那小子开口，就抢先嚷着：

"你腰里掖的啥？"

那作贼心虚的伪军，低头一看，不知羞耻地笑了。原来是，他掖在腰里的那件女人上衣，还有一只花袄袖子耷拉在大腿上。锁柱见他正忙忙迭迭地往里塞，又嬉笑着嚷道：

"塞也晚了，腰里还有啥？"

他大声小气地嚷着，朝那伪军奔过去。

那伪军一看不妙，一面掖，一面笑，掉头就跑。

锁柱撵了几步，没撵上，又道：

"你光自己发财呀！"

这时，铁牛在那边说：

"伙计！别撵啦！先把这一锅交了差，回头再找那小子算账！"

铁牛竖上梯子，锁柱回来了。

他们一阵紧走，按照预定计划，来到胡同东头，又拐进一个门口朝北的院子里。

这个院子的状况，和前一个庭院一样，也是桶倒缸破，纷乱如麻，活像是疏忽的主人外出忘了关门，闯进一帮猪狗给糟蹋得一塌糊涂！显然，这种景象说明，可恨的敌人已来这家闹腾过了！

梁永生知道，这是锁柱家的庭院。

他家的人都撤走了吗？他这样想着，来到北屋门口。屋里空无一人。梁永生朝里一望，只见屋里被糟践得更不像个样子！一个破箱子底儿朝了天，一张破桌子倒在屋当央，油罐子，酱坛子，盆碗瓢勺，撒落一地，不是歪歪扭扭就是半边拉块了！

梁永生正朝北屋看着，南屋响起刨墙声。

永生来到南屋时，小锁柱正在刨墙。他刨墙干什么？这对永生来说，显然是用不着问的。

墙洞刨透了。

锁柱正要钻过去，永生拉住他说：

"慢着！"

"怎么？"

"你别先过去！"

"我最熟啊！"

"光熟不行！"永生指着他身上的伪军装说，"你穿着这个，要是猛丁地遇到群众，那可寸步难行啊！"

永生一说，锁柱点点头，会意地笑了。

"我先过！"

二愣说着，钻了过去。

接着，他们四个人，一个接一个，先后钻过墙洞，又进了前院儿。

这前院儿，是庞安邦家的住宅。

整个庭院，只有两间草房。如今，草房已被烧毁了。余烬里，还在闪着火星，冒着黑烟。天井中，静悄悄的，没一点声息。

庭院角上，有位老人，躺在血泊中。

永生一见这种惨景，心里猛地一抽，倒吸了一口大气。他走到死者近前，一瞅，果然是庞安邦。只见，死者的身上，有好几处刺刀的伤口。又见，死者的手中，还攥着一把斧头。顿时，一股愤怒的浪涛，在猛烈地冲击着他的心；一团仇恨的怒焰，又立刻烧遍他的全身。

他，直挺挺呆愣愣地站在死者的旁边，面色铁青，没有一点表情。他觉着全身的血液都凝住了，不流了。又觉着仿佛有人用老虎钳子钳住了他的心，正在吃劲地绞拧。他一手抓住腰间的皮带，一手攥住匣枪的把柄，站了好久，才长长地喘出一口粗气。

人们全聚拢过来了。

在死者周围站了个人圈儿。

他们都垂下头，默默地站着，没人说话，只有嘎嘎的握拳声，咯咯的咬牙声。

过了一阵。

二愣憋不住了。他猛挥着拳头，两眼喷出炽热的火光：

"我们要报……"

他刚一开口，嘴被永生捂住了。继而，永生往南一指，压低声音批评说：

"莽撞！"

这个院落，和白眼狼的大门洞子，只有一墙之隔了！你想啊，永生咋能不急哩？二愣头脑一镇静，也知错了。他懊悔不安地盯着永生。

永生的目光依然是严厉的。

就在这时，从那边的厕所里走出一个人来。

这个人，叫三华，是死者的儿子，今年十五岁。这个孩子面色铁青，嘴唇颤动，脸腮急剧地抽搐着，太阳穴上的青筋鼓胀起来。他的手里，拿着一口雪亮的大刀，喷火的眼里汪着泪水，扑到永生的面前，声轻语重地喊了声"梁大叔"，一头扎在怀里，抽抽噎噎，有泪无声地哭开了。

梁永生一见三华这种神情，眼里立刻涌出两颗亮晶晶的泪珠，在眼窝里久久地滚动着。他觉着，像有个什么东西，在胸口上剧烈在涌动，闹得血管里的血，也加快了流速。继而，心里又油煎火燎，阵阵剧疼。他望望惨死的庞安邦，瞅瞅怀里的小三华，心中内疚地想道："我作为一个革命战士，责任是什么？不就是保护人民的生命？保护人民的利益吗？"他想到这里，恨不能闯到石黑、白眼狼的近前，把这些害人精千刀万剐，剁成肉酱。

沉静了一会儿。

他强压下心中的怒火，抚摩着三华的头，亲昵地小声地说：

"孩子，别哭，我们给你多报仇！"

梁永生这句充满了父辈感情的话，在温暖地抚摸着小三华那颗受了很大创伤的心，并使他立刻长了精神。他扑闪着一双泪眼，射出两道希望的光泽，急切地问他的梁大叔：

"多咱？"

"马上！"

"我也去！"

永生当然知道，在这样的时刻，允许孩子参加为他父亲报仇的事，是对孩子最大的安慰。况且，硬不让他去，显然也是不行的。因此，他以充满信任的语气，爽快地答应了三华：

"好！咱一块儿去！"

三华往南一指，说：

"大叔，那杂种们，就在这大门洞子里！"

永生点点头，表示知道了。随后又问：

"三华，这个院门口上，有敌人的岗不？"

三华摇摇头：

"没有价。"

永生觉着奇怪：

"咦？不对吧？他能不设岗？"

三华解释道：

"鬼子把门给锁上了！"

永生听后，陷入沉思。

三华又补充说：

"小鬼子可刁啦！他们在那大门洞子里设上指挥部以后，把四邻八家搜了一遍，扬言不留一个喘气的！"

三华说着说着，嗓音高起来。永生忙将手掌从上往下一压，示意他声音再低些。三华领会了他的意思，又恢复了原先那种悄悄低语的劲儿，接着说：

"他们搜完后，把各家各户的角门儿全上了锁……"

"咋没搜着你呐？"

"当时我没在家。我爹高低不肯走，留在了家里。我因挂着爹，是以后跳墙过来的。"

梁永生点点头。继而，他盯着南面这堵高高的垣墙，出起神来。看样子，他要在这堵垣墙上作文章了。过了一会儿，负责在角门以里担任警戒的锁柱，一招手把铁牛叫过去，他让铁牛替他一霎儿，自己来到永生近前建议说：

"队长，那边有个梯子，我搬来上去看看？"

永生朝横倒在墙根底下的梯子望了望，没回答锁柱的请示，扭过头去又问三华：

"房顶上有岗不？"

"路南那个房上有岗！"

永生一听，心中暗想："看来上房是不行的！我们一露头，要被敌人发觉了，势必被围在这个院子里，那可就被动了！"

他想到这里，又打量起那堵垣墙来。

世间事物，对人的利弊，都是由特定的条件决定的。而且还要随着条件的变化而变化。就拿垣墙来说吧——过去，大刀队利用它作为影身物打过多少胜仗啊？可是目下，它却成了前进的障碍物！这时，永生面对高墙，心急如火，恨不能一膀子扛倒它，飞身蹿到敌人面前，打他个措手不及，杀他个落花流水！

但是，愿望不等于现实。当前无情的现实是，这堵又高又厚的新墙，是推不倒的！怎么办？扒吗？来不及了！而且，在目前的情况下，扒墙，也是行不通的！因为那会惊动敌人！

怎么办呢？

　　这个难题，在永生的脑海里滚翻着。当然，也在其余人的脑海里滚翻着。你瞧，战士们的脸上，不是全都闪现着焦急的神色吗？可是，永生的神态，却与众不同。他将焦虑的心情，深深地潜藏在心底；脸上，却是坦坦然然，平平静静的。现在，尽管他一直在盯着垣墙出神，可是给人的感觉，并不像他正在为无法排除前进的障碍而发愁，而像他正悠闲地在品评这堵垣墙的优缺点！

　　永生，他这种面临紧急从容不迫的风度，是由他那长期的艰苦生活磨炼和严峻复杂的战斗环境决定的。什么"山难挪性难改"？如果你是从小就跟梁永生生活在一起的人，你一定会这样说："小时的梁永生，是那样的彪彪愣愣；今日的梁永生，又是这样的沉着稳重——生活经历和社会环境的魔力可真大呀！"

　　此外，永生遇事不慌的性格，还是由他担负的职务和责任感决定的。因为他知道，领导人的神色，对战士的思绪，起着铺轨定向的作用。在情况紧迫的时刻，尤其是这样。

　　同时，他还明白：一个战斗中的指挥员，不论他对情况是多么熟悉，不论他事先安排得是多么细致，要做到主观与客观的完全统一，那是极少见的！中途遇到意外的困难，又是很常见的！永生基于这种认识，所以他对面前的难题，既不感到意外，也不觉着绝望。

　　不过，目前的困难，在永生的脑海中，毕竟是掀起了一股强大的风暴，使得他的思绪如同雷雨时的电闪，在脑际错综交织，道道相接，此起彼伏，持续不断。

　　当永生他们正为排除困难而大动脑筋的当儿，鬼子们那叽里呱啦的说话声，还有那驴叫般的狂笑声，飞过墙头传进院来。这可憎的声音，更激起了大刀队战士的仇恨，更加剧了他们的焦急心情。就在这个节骨眼上，梁永生突然发现垣墙根底下有个小小的水眼！

　　好一个小小的水眼呀！

　　它，使梁永生的脸上，腾地浮现出一层似有似无的快意。这时，只见他想了一阵儿，转过身去跟三华商量说：

　　"三华，咱毁掉你这堵垣墙行吗？"

　　胸中滚沸着报仇情绪的三华说：

　　"大叔，打鬼子嘛！哪有不行的呢？"

　　梁永生满意地点点头：

"好！"

接着，他从腰里摘下两颗手榴弹，捆绑在一起，塞进水眼，又让三华找来一条长绳子，拴在拉火索上。而后，他把锁柱叫到近前，耳语几句，又回过头去面向大家说：

"注意我的命令！"

随着永生的手势，人们都躲避起来。

锁柱一拉绳子，两颗手榴弹一齐爆炸了。

一声撼天震地的巨响，一根烟柱直上蓝空，一片火光烧红了半边天。那堵又高又厚的垣墙，呼呼隆隆地倒塌在大街上。

大街上，黑烟滚滚，黄尘飞扬，黑烟黄尘混淆掺杂搅在一起，形成了一团很大的浓雾般的烟幕。这烟幕，迅速地向高空升腾，向四外扩散。被炸碎了的墙块，变成了许许多多、大大小小、形形状状的土坷垃，一齐飞上半空。一会儿，又先后落在地上，摔碎了。

这声天崩地裂般的巨响，直吓得鸡飞狗咬，猪叫马嘶。就连停落在村边树头上的老鸦，也惊慌失措地扑打着翅膀，哇啦哇啦地叫着，飞远了。

正在大门洞子里喝酒的石黑和白眼狼，还有那些鬼子兵，全被这意想不到的、突如其来的剧烈爆炸声吓昏了，震傻了。在他们的感觉中，仿佛是天崩了，地裂了，一切的一切，全完了。

在手榴弹爆炸之前，梁永生的心头上，一直像压着一块石头。现在，他心头上那块石头，已经熔化了。他，把握着大刀的手臂猛力一挥，向他的战友们发出了一声爆雷般的巨吼：

"同志们！冲啊！"

梁永生这热烘烘的声音，通过战士们的耳朵，流进他们的心窝。这吼声未落，梁永生又腾身来了个箭步。这时，只见他就像被弹簧弹出去的那样，嗖的一声，蹿出了被炸开的垣墙豁口。

指挥员的命令，指挥员的行动，把战士们的阶级觉悟、阶级仇恨和组织性、纪律性，通通地调动起来了。梁志勇、王锁柱、唐铁牛、黄二愣，还有那个带着炽烈的复仇火焰的庞三华，都像那一支支离弦的箭头，一个紧接一个地飞了出去。

他们，有的一手端着匣枪，一手舞着大刀；有的一手举着大刀，一手握着手榴弹。一边争先恐后向前飞奔，一边亮开嗓门儿齐声吼喊：

"冲啊！"

"杀呀！"

"捉活的呀！"

"缴枪不杀！"

这些吼喊，带着愤怒，充满力量，恰是一支按照突袭的旋律谱成的胜利的前奏曲。这些吼喊，冲破了翻翻滚滚的硝烟飞尘，像春雷一般在高空滚动，像闪电一般冲向混乱的敌群。

唐铁牛向来是一声不吭，打仗也是紧咬着牙闷着头地干。可是今儿，他也破例地吼喊起来。他那喊声，活像落地的霹雳。

在这吼声震天的当儿，突击小组的勇士们，又让那匣枪和手榴弹一齐响起来。枪声、喊声和爆炸声的余音搅在一起，再叫那闪着寒光的大刀片儿一衬，更壮大了声势，增加了威风。

这时，村边也传来了一阵阵枪声和喊杀声。这是赵生水和小胖子他们在策应助威。

这么一来，酒没喝完的石黑、白眼狼以及鬼子兵们，全都轰的一声炸了窝！到这时，他们那"皇军"的威风，还有那"武士道"精神，以及白眼狼那狗仗人势扬风夆毛的劲头儿，也不知全都跑到哪里去了！从他们那一双双失神的眼里反映出来的，只剩下了失魂落魄的惊骇和面临死亡的恐怖！

先说石黑。他吓得不知所措了。呆若木鸡似的站在原地。就像个胆小鬼闯下了大祸正在等着必将到来的恶果。你看！两道酒腥臭气，从他那探着长毛的又黑又大的歪歪鼻孔里冒出来，沸儿沸儿地吹动得仁丹胡儿一股劲地乱哆嗦。一颗颗黄豆粒大的汗珠子，从他额角处那紫黑色的伤疤上渗出来，在他那蜡黄的面颊上慢慢腾腾地爬行着。爬到尽头以后，又都噼里啪啦张落地下，全摔得粉身碎骨了！

再说白眼狼。他吓得好像浑身的骨头散了架，东倒西歪站立不住。可是，他那两只三棱子母狗眼儿，却突然飞动起来。你瞧！他忽而左顾右盼，忽而东张西望，转着圈儿地犄里旮旯儿乱撒打。显然，他正在急迫地寻找一个比较理想的葬身之地！

如今，面临着死亡的白眼狼，突然产生了一种恼恨的心情，他恨什么？人家不恨天，也不恨地，只恨他那"大哥爹"，把他这身子弄得太大了！要不价，屋角儿上那个长虫窝，还有墙根下那个耗子洞，岂不是都能钻进去？

至于那些鬼子兵，素常里的那股骄横傲慢不可一世的狂气劲儿，眼时下也蓦地全没影儿了！他们，吱哇吱哇地齐嚎乱叫着，你挤我撞，南窜北逃，乱钻乱跑！有的，把那顶着钢盔的脑袋瓜子，钻进一个大草垛的缝隙里。有的，赛匹惊骡子似的，蒙头转向地跑到街上来了。也有的，刚刚蹿出大门洞子，脑瓜子就碰上了正在硝烟中突噜突噜飞过来的枪子儿，他那笨重的身子，像个醉汉似的趔趄了好几下儿，而后吭噔一声来了个仰八叉，哑然无声地躺卧在地上，纹丝不动。还有的，正跑着跑着，从翻翻滚滚的烟云雾海里闪出一道银色的弧光，大刀砍进了他的脖子！那鬼子的脑瓜儿侧歪在肩膀上，他头顶上的钢盔，张落地下，骨骨碌碌滚远了！

一场冲杀战过后，惊魂稍定的敌人开始了有组织的抵抗。他们各自找了个蔽身之处，拉栓顶火儿，砰呀砰地放起枪来！

手榴弹爆炸掀起的烟尘正然渐稀渐淡。

各种声音的枪声又在渐密渐浓。

巷战正在进入一个更加激烈的新阶段。

一个隐蔽在茅厕后头的鬼子兵，正瞄着在那边和敌人拼杀的梁永生准备开枪。小三华发现了，他一溜风烟奔过来，从鬼子的背后砍了一刀。

那鬼子，翻滚着，嚎叫着。

三华见鬼子没有死，他挥臂举手，又是一刀：

"再叫你杀死我爹！"

接着又是一刀：

"再叫你侵略中国！"

小三华正然挥刀战斗，突然从那边射来一颗子弹！

不过，这颗子弹，并没打中三华，只是在他的衣角上穿了个透眼儿！

那个射出子弹的鬼子，拉栓顶火儿，正要再打第二枪，被我们的梁志勇发现了！

这时的梁志勇，正在向南冲杀。

志勇一见小三华正处于危险中，又知他没有战斗经验，便立刻扭转了冲杀的方向，箭步如飞，朝着这个正向三华射击的鬼子扑过来。

一个革命战士，只有在殊死的斗争中，才能真正显示出他的胆量和智慧；革命战士手中的武器，也只有在惊心动魄的战场上，才能充分发挥出它的威力。

你就看这位正向敌人猛扑过来的梁志勇吧——他一只手里端着匣枪，匣枪喷发着仇恨的火焰，火焰盖得敌人抬不起头来；他的另一只手里舞着大刀，大刀带着一阵钢风正在呼呼作响，嗖嗖闪光！

梁志勇这种雄赳赳、气昂昂的威武气势，把那个貌凶胆虚、外强中干的鬼子吓破了胆！再加上志勇那势如雷鸣、经久不息的吼声：

"杀！——"

更吓得那个鬼子三魂出了壳，四肢脱了臼，五官失了灵！

你看那鬼子，尽管枪膛里已经顶上了火儿，尽管枪筒子也已经探出了墙，可是，由于心在噗咚不给他做主，手在颤抖不听他使唤，闹得他始终未能把枪放响！

他怕志勇那喷着火光的枪！

他怕志勇那闪着寒光的刀！

他更怕志勇那种迎着他的枪口猛扑过来的英雄气概，无畏精神！

因此，他面对着越来越近的梁志勇，茫然无措了，只好用上了他那最后的绝招儿——把枪一扛，掉头就跑！也不知是因为他已经眼花缭乱，还是因为他心慌步子乱，只见他跑着跑着，被一个只有拳头大的小砖头绊了一跤！他跌了这一跤，连哼一声也没顾上，来了个驴打滚儿爬起来又跑……

这个鬼子在没命地跑着，志勇的追腔枪在他的身后响着。正在这时，有一个身着伪军服装、满面红光的人，突然闪出墙角，出现在鬼子的面前。

小鬼子一见这个"伪军"，立刻感到那飞失的真魂又回到了他的身壳，他惊声喜韵、唬腔哀调地放声嚎叫道：

"你的快快的，快快保护我！……"

鬼子正叫到劲儿上，一下子不叫了！

因为啥？因为他的狗头在那个"伪军"的刀下开了花！

"伪军"为啥杀了他？

原来这个"伪军"不是伪军！

他是谁？

他是那位化了装的王锁柱！

锁柱这一刀——只一刀，就将鬼子那个滚蛋圆的脑袋瓜儿削成两半儿，活像一对葫芦瓢！这个脑袋劈了叉儿的洋鬼子，像头死猪一样，吭噔一声摔了个倒栽葱，四脚拉叉地趴在猪圈崖上！

这时西边不远处，战斗正在激烈进行。

枪声，巴勾儿巴勾儿地响着。

子弹，吱溜吱溜地横飞。

伴随着颗颗手榴弹的声声爆炸，一团团的黄烟卷旋着敌人的钢盔、皮靴飞腾起来。

黄二愣那粗壮的身躯，正在滚滚的硝烟中飞奔着，跳跃着，渐渐地靠近了敌人。他用上全身力气，将一颗手榴弹向鬼子扔过去。

黄二愣的手榴弹刚刚落地，一个鬼子兵哈腰捡起，又扔回来了！

这怎么办？

其实也好办——二愣只要往旁边的墙角处一躲，是完全可以炸不着的！

不过，黄二愣并没这么办！

为啥哩？因为二愣记得梁永生曾跟他说过，在眼时下我们还没有兵工厂，上级发给民兵的每一支枪，每一粒子弹，每一颗手榴弹，几乎都是我们八路军同志用鲜血和生命换来的。因为这个，现在黄二愣认为，无论如何不能让这颗手榴弹白白地爆炸掉！于是，他哈下腰，将那颗正在突突冒烟的手榴弹，又一次捡起来了！

他要干什么？

显然，他是想再次朝敌人甩过去！

可是，黄二愣哪里知道：时间已经来不及了！

手榴弹眼看就要在二愣的手里爆炸！

在这千钧一发的节骨眼上，梁永生从那边箭步如飞地蹿过来！他就着冲劲儿腾身而起，猛一弹腿，将二愣那颗刚刚捡起尚未攥紧的手榴弹踢飞了！并就劲儿一摁二愣的脊梁，他俩一齐趴在地上！

梁永生和黄二愣刚刚趴下，那颗被永生踢飞的手榴弹，尚未落地就在敌群中爆炸了！

随着轰的一声巨响，有的敌人被炸死了，有的敌人被炸伤了，那些没死没伤的也没了真魂，全都精神失常地嚎叫着，屁滚尿流地向四处乱跑！

这时的龙潭街道上，这边，敌人的尸体压着尸体；那边，敌人的伤兵挨着伤兵。在这些敌人尸体、伤兵的附近，还有一些枪支，鞋子，帽子……

这一阵，石黑那个老家伙，正狗蹲在那边的一个猪窝里，指挥着他身边的一伙鬼子兵，在拼命地朝这边猛烈射击着。

就在这时，又有一伙伪军，在白眼狼的驱赶下，从另一个方向的胡同里突然冲出来。

梁永生见此情景，觉着时机到了，便朝锁柱用眼睛发布了命令。得到命令的小锁柱，立刻朝那伙惊弓之鸟般的伪军振臂高呼道：

"弟兄们！向着鬼子冲啊！"

由于锁柱身上穿着伪军装，闹得伪军们一时搞不清是怎么一回事，全都蒙了！

伪军们正不知如何是好，那位穿着伪军装的唐铁牛，又出敌不意地出现在胡同旁边那火浪烟波的房顶上。只见他，这位过去很少说话的唐铁牛，现在昂首而立，正在大声吼喊：

"打倒日本帝国主义！弟兄们！向鬼子们冲啊！"

小锁柱和唐铁牛一面大声吼喊，一面向石黑领的那伙鬼子射击。

到这时，伪军们更觉迷惘无措了！你想啊，房上房下，都在喊"打倒日本帝国主义"，都在号召他们"向鬼子冲"，又都是自己的弟兄，他们一时怎能想到这身穿伪军装的人竟是八路军呢？再说那边猪窝里的鬼子，他们以为是伪军们哗变了，或是又发生了"火线起义"，便呜里哇啦地叫着，朝这伙伪军们射击起来。伪军们见鬼子们朝他们开了枪，又见身边的同伙有人中弹倒下去，更闹不清这是发生了什么意外情况了，也都胡乱开起枪来。

伪军们一还击，鬼子更认为他们真是"起义反正"了，枪声更加激烈起来。就这样，这边一群狗，那边一帮狼，你打我，我打你，越打越激烈，越打越红眼！继而，像两军对阵一般，正经八百，像模像样地干起来了！

局势发展到这种情况，梁永生他们怎么着了？

他们，这些一鼓作气进行了二十分钟奇袭激战的勇士们——梁永生、梁志勇、王锁柱、唐铁牛、黄二愣、庞三华，一行六人，利用敌、伪对阵，狼、狗相斗的当儿，捡起了敌人的一些枪支弹药，机智地撤离了这烟尘弥漫的战场。随后，他们又兜起一股旋风，一溜风烟地撤向村边。

村边上，敌人的布防已经乱了阵脚。

不一会儿，我们的突袭小组，便神不知鬼不觉地撤到了村外。又一会儿，他们便和在村外接应的战士们，在白玉般的运河滩上会合起来了。

河滩上，金沙点点，宛如一大群天真烂漫的孩子，正在眨巴着喜笑的眼睛。

运河中，浪头一浪高过一浪。

河水的涛声，像怒吼，又像狂欢！

大刀队的战士们，在沿河傍堤的运河滩上整理一下队伍，便顺着一条大道沟朝西北走下去。

到此，这场二十分钟的龙潭巷战，算胜利结束了。

不！这巷战并未结束！

你听！直到这时，龙潭村里的枪声，那不还像烧着了鞭市似的响着吗？不光枪声还在响着，四外八乡的狗们，仿佛是故意跟石黑、白眼狼凑热闹儿一样，正在群起而叫，声声相连。狼狗相斗的枪声、喊声和这犬吠声搅在一起，显得声势更大了！

大刀队的战士们，一路行军一路听着这开心的枪声，脸上都泛起得意的笑容。

乐得个小胖子，张口来了一段快板儿：

> 毛泽东思想放光辉，
> 党的领导显神威；
> 巧用奇兵袭顽敌，
> 龙潭街头创奇迹；
> 寡众相交少胜多，
> 狼狗相斗又继续；
> 人民战争威力大，
> 巷战奇观谱新曲；
> 新曲谱出新奇功，
> 奇功归于毛主席！

乐得个合不上嘴的小铁牛，摇头晃脑地说：

"石黑也是饭桶！他领了这么一大帮乱杂拌儿，还不够咱六个人收拾的哪！"

这时的梁永生，本来也是很高兴的。因为，从"夜进龙潭"，到"龙潭巷战"，梁永生走过了一段漫长而又曲折的道路。在这条长途中，他由一个普通的农民，变成了一个革命军人。他想起了这个，当然是要想起党的。你想啊，他走在凯旋的路上，心里想着党的恩情，怎能不高兴呢？

梁永生正乐滋滋地走着，一听到铁牛这句话，脸上的笑意立刻消失了。因为铁牛这句话，把他对历史的回忆压了下去，又把县委书记方延彬同志过去讲过的话，从他那脑海深处勾了上来：

"胜利本是好事。如果我们在胜利面前满足起来，这件好事就会引出坏的结果，就等于给失败播下了种子。"

现在在梁永生两眼瞟着战士们那种想掩饰而又掩饰不住的笑面，心里回想着在一次胜仗之后方延彬同志跟他说过的这段话，思绪就像初春原野上的旋风一样，在他的脑海里忽一阵忽一阵地回旋起来。

梁永生这时的面部表情是严峻的。可是，他那微微眯起的眼睛，比这头顶上的蓝空还要深沉。他这种神态，和战士们那喜悦的笑面一比，显得很不协调。

他在想什么？

他在想："今天这场龙潭巷战，寡众交锋取得大胜，这是什么原因呢？"他且走且想，情不自禁地把两条视线移到了战士们身上。

这些生龙活虎的战士，全是在苦水里泡大的。他们由于理解了抗日战争的意义，因而对抗日救国都是拥护的，积极的。并且，他们已将自己最宝贵的东西——青春、热血、生命，全部交给了党，让党调用。

素常里，往往有这样的时候，在宿营的驻地，在战斗的间隙，战士们相互之间，也有的曾为一件小事吵过嘴，甚至吵得脸红脖子粗。可是，一到了战场上，一到了敌人面前，他们又是同心同德地团结得像一个人一样，心连心，肉贴肉，枪往一处打，血往一处流。在那漫长的征途上，他们挎臂走，并肩行，经受了一次又一次的风风雨雨，闯过了一个又一个的激流险滩。一遇上关键时刻，都是甘愿用自己的鲜血和生命，来掩护自己的战友。

这又是什么原因呢？

梁永生想来想去，继而又想：我们这些抗日的战士，全是自觉自愿地投入到八路军的队伍中来的，又是被一个共同的奋斗目标组合在一起的。因此，一旦打起仗来，他们才能那样的奋不顾身、英勇无畏！由此可见，"有钱买得鬼上树"，这句鬼话是剥削者的哲学！金钱，能买到各种死物，唯独革命者的心、群众的心，是买不到的！

我们这些战士们，从前在地主面前，都是些不受使唤的人，如今，为啥能这样意气风发地听自己领导人的指挥？像我，是几辈子被人指使的长工后代，如今，怎样才能完成党赋予我的使命——通过我这个党员的作用，把战士们的光和热更充分地发挥出来呢？

永生想来想去，想到了毛主席有关部队政治工作的指示——战士们所以能够这样自觉地遵守纪律，执行命令，不怕牺牲，英勇奋战，这是我们执行了毛主席的军事路线的结果啊！现在，在打了胜仗之后的现在，我们还要时刻不忘毛主席的指示，针对战士们在胜仗之后的思想情况，抓紧做好政治思想工作。对一个领导人来说，只有这样，才算是时时刻刻地关心这些战士们。他一想到这点，脑子忽地一闪，又把以上这种种思绪和当前的情况联系起来了——今天这个胜仗，在战友们的身上，又增加了一些什么？眼时下，他们走在胜利归来的路上，又正在想着些什么？他们这掩饰不住的笑意，除了因为胜利而引起的理所当然的高兴之外，还包含着一些什么？

永生带着队伍，且走且想，且想且走。

不知是因为离龙潭太远了，也不知是因为那狼狗相斗的仗不打了？反正是枪声越来越小，越来越少，现在，已经听不见了！

辽阔的旷野，异常宁静。

嗒嗒嗒！

嗒嗒嗒！

一阵愈来愈近的马蹄声，突然打破了宁静的气氛，从道沟前边的岔路口处传过来。

大刀队的战士们，全将眼睛转向了声音传来的方向。

走在沟崖上担任警戒的铁牛跳下道沟。

他跑到梁永生的身边报告说：

"队长，那边有情况——"

"啥？"

"八成是蹿过两匹马来！"

"'八成'是什么话？"

"因为看不清真实情况——"铁牛说，"只望见两个半截人脑袋，时隐时现，正像箭头一样顺着道沟往前钻！还听见有马蹄声……"

"隔这里还有多远？"

"一里多路！"

梁永生一面听着铁牛的汇报，一面顺着道沟朝前望着。只见，从他们的脚下，到前边那个岔路口，还有一箭地。于是，他向队伍命令道：

"准备战斗！"

战士们都抽出匣枪，登上崖坡，伏在沟沿上。

永生命令志勇：

"你在这里指挥！"

"是！"

他又向锁柱一挥手：

"跟我来！"

"是！"

永生和锁柱，一齐飞起双腿，顺沟向前奔去。

转眼间，他们来到了大道沟的岔路口上。

这时节，那急促的马蹄声，已经很近了。

他俩在道沟的拐角处，找了个被夏日的雨水冲开的浪窝，隐蔽住身子，又悄悄地探出半个头，顺着那条斜插过来的道沟朝前望去。只见，有两个骑士，正在交通沟里纵马驰骋。

不大一会儿。

一匹栗子色的长鬃烈马，配着一匹尾随其后的白马，顺着道沟拖尘而来。由于马跑得像箭头一样快，它们的肚皮快要贴到地皮上了。骑在马上的两个人，打扮几乎一样——都是全副武装。他们的身子，略略向前俯着；腰间扎着子弹袋，穿在子弹袋外头的上衣敞着怀，两扇衣襟被风掀起来，宛如一对张开的翅膀；全都一手攥着马缰，一手提着匣枪，远远望去，嘿，真威武呀！

看气质，显然不是敌人。

那么，他们是谁呢？

随着距离的缩短，越来看得越清楚了——

骑在前头那匹马上的，是一位中年人。他那双豁豁亮亮的大眼，一直注视着前方。他后头那匹白马上，是一位青年小伙子，脸上闪动着年轻人特有的红光。他们的气势使人感到，不管在途中遇上多少人拦路截击，他们也要把匪枪一抡冲杀过去！

永生看罢，认出来了——骑在前头那匹栗子色战马上的人，是县委书记、县大队政委方延彬同志；骑在后头那匹白马上的小伙子，是方政委的警卫员唐志清。

这时，永生心里一阵高兴，立刻闪出身躯，一面走一面招手，跨着似跑非跑的大步迎上前去。小锁柱也紧紧跟随在梁永生的身后。

他们四个人碰面了。

风尘仆仆的方政委，猛地一勒马缰，烈马停下来。

梁永生和小锁柱，都把激动的心情掩藏在对首长应有的尊敬之后，以一位军人的姿态，首先打了个敬礼。

方政委端坐马上，雄姿英发地举手还礼。此刻，他那张饱经战火磨炼的脸庞，潜伏着炽热的感情，荡漾着刚毅的微笑。

在方延彬和梁永生敬礼还礼的当儿，方延彬座下那匹高大肥硕的骏马，由于刚刚经过长途驰骋，目下正在急促地喘息着。它的身上，渗出一层明晃晃的汗粒；从它那嘴角上淌出的白沫，不住地往地皮上滴落。同时，它还用力抖动着身子，直抖得汗珠儿顺着披散的鬃毛向四外飞溅。继而，它又扬起尾巴猛力摆头，并用两只前蹄倒替着在地上刨土。观其架势，仿佛是只要方政委将那勒得紧紧的马缰一松，这匹势如雄狮般的战马，就会立刻四蹄生风腾空而起！

方延彬一抡马缰，使战马安静下来。而后，他翻身下马，和永生热烈握手。看来，政委显然是有要事在身，实在太忙了。你瞧，他握手后，啥也没顾得说，啥也没顾得问，一开口便下达了命令：

"永生同志，你来得太巧了！马上将大刀队开到宁安寨——准备执行新的战斗任务！"

"是！"

"我军主力部队的一个团，现正驻扎在宁安寨。你们大刀队的任务，就是配合他们进行一次较大的军事行动。"方政委说，"主力部队团党委，已和咱们县委研究好，确定你们大刀队和主力部队第二营配合行动。你到达宁安寨以后，要主动找到二营的营首长，具体研究作战方案……"

"是！"

"永生同志，我还有要紧的事，不能久留了！"方延彬同志歉意地说着，一纵身子蹿上马去，继而又道，"你们先头前一步吧，今天夜里我还要赶回宁安寨——咱们宁安寨见！"

"好！首长的指示，坚决执行！"立正待命的梁永生说，"政委，你快走吧！"

方政委谦和而庄重地点着头。

随后，他一松马缰，两腿又用力一夹马肚子，那驯顺的战马立刻四蹄蹬开，高高地撅起尾巴，一纵一纵地飞驰而去。

这一阵，方政委的警卫员唐志清，也和方政委同时下了马。他尽管一直在笑望着梁永生，可是，政委正向永生交代任务，他不论是多么想和他的老领导梁永生说几句话，在这样的节骨眼上怎么能插上嘴呢！

目下的小锁柱，和唐志清是同样情况——他又是多么希望跟他的"老师"、首长亲亲热热地谈一阵！哪怕是谈上几句也好哇！可是，他这种愿望，也没能够实现！

对某些人来说，当他的强烈愿望得不到实现的时候，往往肯产生一种失望的心情。不过，今日的小锁柱和小志清，虽然都在感情不易控制的年龄，可他俩谁也没有一丝一毫的失望情绪。

这是什么原因？

小锁柱知道首长正在执行战斗任务，如果在这种情况下来满足他在感情上的需要，那就不是他衷心敬爱的首长了！因此，他只是和小志清亲热了一阵，没有得空和首长说几句话。不过，首长在临走的时候，还是让自己的目光跟锁柱的目光碰了个头儿。仅此一点，能够充分理解时间对于军事行动意味着什么的小锁柱，便感觉着在感情上已经得到了最大的满足！

小志清呢？他也懂得，在这时，自己的职责不允许他顺从自己的感情；并懂得，感情在革命职责面前，应当而且必须处于从属地位。因此，他也只是和小锁柱还有跑过来的大刀队上的其他战友们说笑了几句，又瞅了个空隙和永生两人相对一笑，随后，跨马扬鞭，紧随在首长的背后远去了！可是，这时节，他那股留恋的心情，使得他一再回头张望……

两匹腾云驾雾似的战马愈来愈远了。

这时，在那高高竖起的马尾巴后头，飞起一条愈伸愈长的黄龙。那黄龙，冉冉地升上高空，在蓝天底下翻滚着，变幻着。

战马更远了。

梁永生和小锁柱，还有大刀队的其他战士们，都怀着尊敬的心情一齐登上崖坡，朝着那正在远去的首长、战友、同志的背影，久久地张望，久久地张望。

方政委的身形已经看不清了。

这时只能看出，那两匹奔腾在蓝天底下的战马，好像四蹄蹬空已经飞起来；又见马背上的人，宛如已经长在上边，人和马形成一条线。

战马消逝在天边了。直到这时，梁永生才注意到，小锁柱手中攥着一支钢笔，正然注视着，摆弄着。梁永生轻拍着小锁柱的膀头儿：

"锁柱，咱们该走啦！"

大刀队朝宁安寨进发了。

行军路上，战士们一边在议论着县委书记布置的新任务，一边在回忆着这次龙潭巷战的前前后后。人们越谈越激动，越想越兴奋。

不知战士们想到了什么，也不知是谁先引了个头儿，只听见他们轻声地唱起《三大纪律八项注意》来了：

革命军人个个要牢记，

三大纪律八项注意：

第一一切行动听指挥，

步调一致才能得胜利；

…………

大刀记（第二部下）

郭澄清 ◎ 著

中国言实出版社

第十一章

——

"我就是八路！"

一转眼，战斗的枪声迎来了又一个战斗的春天。

每到这个季节，也就是在青纱帐起来之前，敌人总是要来一次大"扫荡"，进行"清乡"。今年，当然不会例外——这不，一次大规模的"拉网式"扫荡，又气势汹汹地开始了！

我各地军民，早在敌人的"扫荡"开始之前，就已遵照县委的指示做好了充分准备。敌人的"扫荡队"下乡以后，我们大刀队的勇士们，和各村民兵配合一起，依靠广大人民群众这个铜墙铁壁，神出鬼没，连续出击，到处袭扰和打击敌人。

敌人，由于处处被动，连吃败仗，遭受了重大伤亡。后来，他们又增加了人马，改变了战术，一心要找到我们八路军进行决战。可是，我们的八路军大刀队，为适应上级更大的战略部署和全局的需要，按照县委新的指示精神，又化整为零，开始分散活动了。

敌人找不到八路，急得赛群疯狗，四处乱窜。

大刀队的同志们，一面分散在各个村里深入开展群众工作，一面利用分散活动的有利时机，又一次完成了县委布置的收集铜铁的任务。与此同时，还和各村的民兵配合一起，跟敌人的"扫荡队"进行周旋。

这天夜里。

一轮明月挂在天心。满天的繁星眨着眼睛。

梁永生和小锁柱两个人，在夜幕的掩护下，踏着月光来到了龙潭街的关帝庙上。

永生走路和他的为人一样，步步踏实有力。

他和小锁柱走进庙庭时，这村的一些民兵和群众已做好准备，正在等着他们。永生拍拍迎着他走过来的黄二愣的肩膀问道：

"怎么样？全准备好了吗？"

"都准备好啦！"

二愣一侧身，指着大殿的台阶说：

"队长！你看——"

梁永生点头一笑，朝大殿台阶走过去。

大殿的台阶上，摆着十来副挑筐。每副挑筐里，都装满铜铁。这些碎铜烂铁，是各村的抗日群众团体收集起来的。今天，梁永生根据县委的指示，要将这一批军用物资送到主力部队的修械所去。

因此，梁永生将挑筐检了一遍，然后便从群众中挑选了十来名硬棒棒的壮汉子，担负挑着挑筐送铜铁的任务。这些人，全是抗日的积极分子，都高兴地愿意承担这项光荣任务。

于是，运输队立刻成立起来了。

在这支挑筐运输队中，有老羊倌儿乔士英的儿子，名叫乔世春。梁永生见他骨碌着两只大眼珠子，一个劲儿地各处乱撒打，就问：

"世春，你撒打啥呀？"

乔世春从梁永生的表情上已经看出，梁队长已经猜出他的心情了。因此，他没有正面回答梁永生的询问，而是反问永生道：

"梁队长，不是说有八路军同志护送吗？"

"是啊！"

"咋看不见他们？"

"他们是谁们？"

"八路呗！"

锁柱一步赶过来，拨拉一下世春的肩膀，又拍拍自己的胸脯儿，质问道：

"这不是八路是啥？"

他又给了世春一撇子：

"你这个家伙！眼眶子可真大呀！连俺这么大个人都看不见？"

乔世春伸了下舌头，笑了。

稍一沉，他又去问永生：

"梁队长，还有吗？"

"啥？"

"护送我们的呀！"

"当然还有喽！"

"在哪里？"

"不就在这里吗？"

"在这里？"

"是啊！"永生浅浅一笑，"我不算一个？"

永生这一说，世春大吃一惊："呀！"

永生知道他惊啥，却明知故问道："咋？"

乔世春伸出两个指头，朝梁永生举过来：

"就你们两个人？"

梁永生也伸出两根指头，又举向乔世春：

"两人还少吗？"

永生这一逗，人们全笑了。永生笑笑说："人少，有人少的好处——首先是目标不大，行动方便，不易被敌人发现……"

在梁永生说话的当儿，几个民兵来到了。

小锁柱望着武装得整整齐齐的民兵们，心里高兴起来。他挺挺胸脯儿，站在民兵们的面前大声说：

"当前敌人又疯狂起来了，这回去送铜铁可不同于那几回，风险是很大的！正因为风险大，梁队长才要亲自护送！"他缓了口气又说，"民兵同志们！不怕死的站出来！"

"我不怕死！"

头一个说话的是黄二愣。他学着锁柱的样子，也挺了挺胸脯儿，咔的一声向前跨进一大步，直挺挺地站在小锁柱的对面。接着，其余的民兵们，又都学着二愣的架势，一个紧跟一个地站了出来：

"我不怕死！"

"我不怕死！"

"俺也不怕死！"

锁柱开始部署了。他先点了几个民兵的名字，紧接着说：

"你们几个，跟我在一起！"

"是！"

"走在运输队的前头！"

"是！"

锁柱又转向黄二愣：

"你和其余几个民兵，跟梁队长在一起！"

"是！"

"负责断后掩护！"

"是！"

黄二愣要张嘴，可能是想要求上前头去。小锁柱没容他说出来，又道：

"我传达的是梁队长的命令！"

他这一句，还真顶劲，把二愣的嘴给封住了。

梁永生笑着走过来，轻轻地拍着黄二愣的肩膀：

"有意见？可以说嘛！"

二愣爽朗地说：

"没啦！"

梁永生一挥手臂，发布了命令：

"出发！"

随后，小锁柱第一个冲出了关帝庙门。其余的人们，一个紧跟一个，尾随其后，也全走出去了。就这样，这支既威武又精悍的运输队，便登程上路了。

他们出村不久，就消逝在夜幕中。

在他们的身后，留下了一溜吱扭吱扭的扁担声。在这扁担的响声中，还混杂着间而有之的金属的撞击声。

次日偏午。

梁永生见挑铜铁的人们实在走累了，就命令大家在一条大道沟里停下来，歇歇喘喘，并让人们利用这个时间，掏出随身带着的干粮，打打尖，垫补垫补，好使身上长点力气，继续往前走。

谁知，人们正在歇着，吃着，担任警戒的小锁柱忽然来到梁永生的面前，略带几分惊色说：

"糟了！"

"啥？"

"敌人上来了！"

正利用休息时间跟人们讲述红军长征故事的梁永生，听锁柱这么一说，便立刻停下故事来到道沟崖上。他从沟沿上探出半个头去，朝着锁柱指点的方向一望，只见在离此地一里多远的一片树林后面，转出了敌人的大队人马。

看其动向，敌人现在还没发现什么目标。

这伙步骑并进正朝这边扑来的敌军，人数不少，直蹚得草叶横飞，黄尘四起。

这时候，道沟里的人们，有的心里紧张起来。梁永生望着正在逼近的敌人，心里也有点焦急。因为，根据县委的通知，今天就应当把铜铁送到指定地点。永生知道，这种情况说明，我们的地下修械所，目下正迫切地需要这种原料。

这时，梁永生心里想："这些碎铜烂铁，是各村群众一点一点地收集起来的。有的老大爷，为了支援战争，把自己心爱的铜烟袋嘴儿拧了下来；有的青年妇女，为了抗日救国，把自己陪嫁的铜洗脸盆也自动献出了；还有的人，为了保住这些铜铁，被敌人打得头破血流，宁死没有说出埋藏地点……这些东西，可真来之不易呀！我们得想尽一切办法，保住这些物资！"

他想到这里，猛然又想："目前，敌人也正缺少这种物资。他们为了弄到铜铁，正在到处抢劫搜翻。因此，无论如何，也不能让这些铜铁落入敌人之手！"

怎么办？这个问题，梁永生早有思想准备。现在，他一看果然遇上了敌情，便胸有成竹地向锁柱命令道：

"你带领民兵，掩护着运送铜铁的群众快走！注意，一定要按照县委的要求送到指定地点！"

锁柱着急地问：

"你呐？"

梁永生斩钉截铁地说：

"不要管我！执行命令！"

黄二愣从旁插言道：

"队长！我和几个民兵跟你一块儿留下吧？"

梁永生又向二愣命令道：

"不！你们都和锁柱一起去掩护群众！"

锁柱盯着梁永生愣了一下。这时，他从看惯了的、熟知各种表情变化的梁永生的脸上，得出了这样的结论：不走是不行的了！于是，他捅了正然发怔的二愣一把，硬违背着自己的心愿说：

"二愣，服从命令！"

接着，他俩和其他民兵们，掩护着运输队，顺着道沟又迅速地前进了。

与此同时，梁永生只身一人，进了旁边的一条斜向道沟，迎着敌人飞跑而去。当他从道沟里赶到敌人的行军路线的左侧时，收住了脚步。随后，他趴在沟崖上举目一望，只见敌人离运输队的距离更近了。

看样子，再要迟延，敌人随时有可能发现运输队的目标。

怎么办？开枪！

于是，他将匣枪擎在手中，瞄准敌人稠密的地方，一搂扳机儿，嘎嘎嘎，匣枪吼叫起来。

几个敌人应声倒下去。

有的敌人一个倒栽葱从马背上滚下来；失去主人的战马在旷野里奔驰着，时而伸开长长的脖子发出一阵阵哀声丧韵的嘶叫。

整个敌群，顿时大乱。

在这当儿，梁永生就像生怕敌人不敢向他这里来一样，又一连打了几枪单发。这么一来，敌人可能已经发现永生这边人数不多了，伴随着一阵冲锋号声，他们便一窝蜂似的扑了过来。

梁永生的目的达到了。

这时他感到如同肩释重担一样，身上格外轻松，心里也格外高兴。接着，他便打一阵枪，顺着道沟跑一阵；再打一阵，又顺着道沟跑一阵，引着敌人的大队人马朝着同运输队相背的方向追下来了。

梁永生边打边撤，且战且走。

敌人尾随其后，拼命追赶。

　　后来，当敌人发现梁永生只是只身一人时，他们那种扬风爹毛的狂气劲儿更上来了。你瞧，这些家伙们又是尾追，又是包抄，小炮声声，机枪阵阵，人喊马嘶，军号长鸣，直闹得硝烟滚滚，飞尘满空，就像面对着千军万马的大敌一样。

　　这时候，一人一枪一口刀的梁永生，面对着这帮小题大做的"饭桶"们，情不自禁地笑了：

　　"喔哈哈！这声势还满不小哩！"

　　他自言自语地说了这么一句，又朝敌群投去蔑视的一瞥，骂道：

　　"一群菜虎子！"

　　说罢，他提着匣枪又继续向后撤去。

　　就这样，梁永生充分利用纵横交错的交通沟为掩护，牵着敌人的鼻子越走越远，越走越远，让他们在这辽阔的大平原上进行着"武装大游行"！

　　在这段时间里，敌人虽枉费了大量的子弹，可他们并没能伤着梁永生这位老游击战士的一根毫毛。我们的梁永生，一面迅速地但又是从容不迫地撤退着，又一面沉着还击，弹无虚发，使敌人的背后，留下了一大溜尸体，还有那嗷嗷乱叫的伤兵！

　　可是，光这个打法能行吗？打到多咱算个头儿哩？

　　梁永生在且战且走的路上，一直在琢磨甩掉敌人的脱身之计。

　　他走着打着想着，走着打着想着，他想了好长时间，也没想出个好法子来。

　　怎么办？

　　只好继续边打边撤，且战且走，寻找着甩开敌人的时机。

　　当他撤退到宁安寨附近时，子弹打光了！

　　敌人三面包抄的"椅子圈儿"形成了。

　　而且，这个"椅子圈儿"，正越来越近，越来越小。

　　梁永生面对着从三面扑来的敌人，别无他路可走，只好扎进村子。

　　敌人立刻将村子包围起来。

　　他们怕这个好容易被围住的八路跑掉，又设岗，又布哨，里一层，外一层，将个宁安寨围了个风雨不透。接着，敌人又像一股恶风似的卷进村来，实行了挨家挨户的大搜捕！

　　不一会儿，这宁安寨就翻了个过儿！

全村的群众，不论男女，也不分老少，全被强盗们赶到村中的一个大场院里。

只有杨翠花一人例外。

这是怎么回事儿？

事情是这样的：

梁永生进村后，知道自己再也冲不出去了，便朝他的家中奔去。真好！他还没到家，就碰上了杨翠花。也许有人会说"太巧了！"按说，也不算什么巧。你想想吧，梁永生正背着枪声从村头上往家奔，杨翠花正迎着枪声从家中往村头上奔，他俩半路相遇，这能算什么巧哩？那么，杨翠花为啥迎着枪声跑出家？她要到那枪声大作的村头上去干什么？

因为她不放心，要到枪声起处去探望亲人，并想帮助自己的亲人干点什么。哦！这么说，杨翠花已经知道现在正跟敌人交火的是梁永生了？不！她怎么会知道哩？她是完全不知道的！可你要知道，经过几年战火熏陶的杨翠花，已经不再是从前那种贤妻良母式的杨翠花了！而今在杨翠花的心目中，亲人，不再仅是她的丈夫和儿子了，而是所有的八路军战士！另外，几年来的战争生活，还使杨翠花这个农家妇女有了这样的常识：既然村头上枪声大作，不是亲人遇险，便是两军交火！她基于这种认识，便想："亲人遇险需要亲人营救，两军交火需要群众帮助，我怎能安坐家中不闻不问？……"

杨翠花在这种想法的支配下，只要听到附近响起枪声，她从来不是躲得远远的，而是迎着枪声赶上去。有一回，一位受了伤的八路军战士，正准备用最后的一颗手榴弹和敌人同归于尽的时候，杨翠花一步赶到了。她将那位伤员掩藏在一个柴火垛里，又用那伤员仅有的那颗手榴弹，将追捕的敌人引开……还有一回，我们的一支且战且走的小部队，正和敌人的一支大部队在村头交火，杨翠花又一步赶到了。她利用农村妇女不易引起敌人注意的便利条件，将我们这支小队伍的一封联系信件，火速送到了另一支兄弟部队，为一次成功地夹击敌人的战斗做出了贡献……几年来，被杨翠花营救的革命战士何止一个两个？杨翠花帮助部队做的事情又何止一件两件？

因此说，今天梁永生和杨翠花的"相遇"，也算巧，也不算巧。所以说它"也算巧"，是从翠花那一方面说的；因为她万没想到，她正要去帮助的亲人，竟是她的丈夫梁永生！大概正是由于这个缘故吧，现在翠花一见到永生，感到有些惊奇！

可永生并不感到惊奇。

尽管这时的杨翠花还挎着一个红荆筐子，但梁永生对这样的"巧遇"没有丝毫惊奇的感觉。这是因为，永生是了解他的妻子的。

他既了解翠花为啥正在迎着枪声跑，他也了解翠花的胳膊上为啥还挎着一个红荆筐子——这个红荆筐子里，有几个干巴馒头，还有一些小枣儿、花生、核桃和柿饼子什么的，上面罩着一条蓝花条手巾。几年来，这个装饰好了的筐子，是杨翠花手边的常备之物。一旦上级让她去传送信件，她提起这个筐子就走，以走亲探病为掩护，完成上级交给她的任务。一旦听到枪声往外跑时，她也总是把这个筐子提在手中，为的是：万一跟敌人相遇，好以走亲探病的身份掩护自己；若是自己的亲人需要她外出，她有这个筐子在手可以马上就走，用不着窝回家来再做什么乔装改扮的准备了……

由此足见，梁永生既然了解上述情况，他显然是不会为目前和翠花的"巧遇"而感到惊奇的。可是，他虽不感到惊奇，喜悦的感觉，高兴的感觉，却还是有的，而且是很强烈的！

可也是啊！由于战争的原因，尽管梁永生一直在这一带转悠，可是，到今天说话，他和翠花已有两个来月没有见到面了！你想啊，永生在今天这样的情况下，突然见到了翠花，他怎能不喜悦？怎能不高兴哩？当然是喜悦的，高兴的！而且是应当喜悦，应当高兴的！

不过，永生之所以喜悦和高兴，主要不是因为他们夫妇之间别来日久，更不是因为他在这安危莫测的严峻时刻见到了他的妻子！那么，使永生喜悦、高兴的主要原因由何而来呢？

主要是：梁永生在意识到自己难以突出重围的情况之下，在预见到可能会出现的种种情况之后，心里突然产生了一个念头；这个念头，带来一项艰险的紧急任务；这项任务，永生打算交给他的妻子杨翠花同志去完成！这便是梁永生进村后一直往家奔的原因。你想啊，这，不，他还没有奔到家，就在街巷里碰上了翠花，他不该喜悦吗？他不该高兴吗？

按常情，一别两月的夫妻突然在这种情况下见了面，特别是这两个月又是在战争中度过的，他们该是多么亲热？又该有多少话要说哩？可是，在今天这种特定的情况下，这对志同道合的革命夫妻所共有的革命责任感，不允许他们把这极其珍贵的时间用在那一方面！他们现在用那一闪即逝的目光代替了素常该说的所有话语，冲口而出的头几句见面话竟是这个：

"你到哪去？"

"我要找你！"

"你找我干什么？"

翠花这句话，在永生的感觉中，却自然延伸地变长了——也就是说，在这已经出口的话语之后，仿佛还有一句她觉着该说，而且也想说的话，只是没有说出口！那句话是："有什么任务，你就下命令吧！"

是的！这时翠花的心里确实是有这样一句话，只是她那不大听从指挥的嘴没有替她说出来！不过，这也无妨！因为她的眼神和表情，已经帮助她的嘴巴做了补充；而且，它们的补充，比她用嘴来说还要真切，还要清晰，还要明白！

梁永生说话了。

他虽没有说"我命令你"，可却又是以十分明显的命令口吻说话的：

"你马上出村，要想尽一切办法找到大刀队的同志们，传达我的命令：无论我发生什么情况，不许他们轻举妄动！"

永生在说这句话时，心里是这样想的："我现在已经被围，看来也可能被捕！我现在已经遇险，看来也可能遇难！如果，大刀队的同志们，万一听到了我在宁安寨被围或被捕、遇险或遇难的消息，是肯定要发火，要急眼的！倘若他们在一急之下，感情冲动，采取了营救或报仇的行动，那必将遭受重大损失！因为敌人的人马太多了，又是在这大白天，是无论如何不能容许他们为了我一个人的安危而采取孤注一掷的行动的！……"

梁永生这么多的心头想，到了他的嘴头上却变成了那么简单的两句话，显然杨翠花是不能马上就理解他那道命令的全部含意的。可是，杨翠花对她的丈夫梁永生这个人，是深刻了解的；她知道已经成了共产党员的梁永生，无论在任何情况下，所想的，所说的，所做的，都是从党的需要和人民的利益出发的。翠花出于这种对丈夫的信任，她啥也没想，啥也没问，并将千言万语归纳成一句最简练的话，说：

"好！"

翠花要走时，永生嘱咐她："你要勇敢！"

翠花点点头，又嘱咐永生："你要坚强！"

杨翠花告别了她的丈夫梁永生，拐弯抹角地向村边走去。由于她对自己村子的地理情况太熟了，尽管敌人的岗哨林立，她通过各种地形地物作影身，还是一层又一层地穿过了敌人各个岗卡的空隙，避开了敌人哨兵的眼睛，悄没声儿地闯出村去，进入了一条道沟。

到这时，翠花的心里踏实多了，便加快了步子朝前走下去。她要奔向哪里？她能和那些没有固定地点的大刀队战士们取上联系吗？能！

战争教育了群众，战争锻炼了群众。几年来的战争风暴，使杨翠花增长了智慧。杨翠花从与敌人作斗争的实践中，也积累了丰富的经验。另外，她通过多次给八路军传书信、送情报，还学会了一些和自己人取联系的方法，知道了一些我党、我军的联络地点。因此，翠花对完成这次永生交给她的传令任务，是信心十足的。

谁知，她正满怀信心地走着走着，突然发现了一个新情况——前边的路口上，走动着好几个伪军！原来是，敌人除了在村子附近设上了层层岗哨而外，还在这远离村庄的地方设上了流动哨！

怎么办？杨翠花急中生智，立刻转过身来，朝宁安寨的方向走开了。就在她刚刚转过身，才迈出一两步的时候，敌人的流动哨也发现了杨翠花！一声大嗓的嚎叫，从翠花的背后追上来：

"站住——！"

杨翠花闻声扭过头，佯装惊恐地朝后张望着。她还没有说啥，那伪军紧跟着又是一声：

"回来！"

翠花转过身，迎着敌人的流动哨走去。

她走了一阵，来到了敌人的面前，站住了。

好几个伪军，好几双贼眼，一齐朝杨翠花打量着。只见，站在他们面前的这个人，身上穿着一身皂青，头上梳着发髻，无论打扮，无论神态，都像一个地地道道的庄稼妇女。那个领头的伪军看了一阵开腔问道：

"哪庄的？"

"龙潭的。"

"上哪去？"

"上宁安寨。"

"干啥去？"

"走亲看病人去。"

这个伪军和杨翠花一问一答地说着，那个伪军撩开了杨翠花那罩在红荆筐子上的手巾：

"嘿！枣儿！"

他嬉笑着，抓一把装进自己的衣袋里，又抓一把装进衣袋里。这时，其余的几个伪军也凑上来了。他们抓枣的抓枣，抓花生的抓花生，拿核桃的拿核桃，抢柿饼子的抢柿饼子……眨眼之间，杨翠花的筐子成了空的了！

这当儿，杨翠花的表情一直是，见伪军们抢她筐子里的东西，既不高兴又不敢言语。

伪军们将东西抢完后，一个伪军朝翠花一挥手臂说：

"回家去吧！宁安寨已经封锁了，不许进！"

杨翠花又装成不懂事的样子，问：

"老总，为啥不让进？"

伪军不耐烦地说：

"少废话！"

杨翠花还在要求：

"老总，俺老姐病得厉害呀！你们当行好，让我过去吧？……"

一个伪军火儿了：

"你成心找麻烦怎么的？"

他说着，就要用枪托子来捣翠花。

翠花装出一副害怕的神色，往后退着。

她和这几个伪军纠缠了一阵，最后，又佯装成无可奈何的样子，往龙潭的方向走去……

就这样，杨翠花胜利地闯过了敌人的最后一道岗卡。也就在翠花安全闯过敌人的最后一道岗卡的同时，梁永生却正处在一种十分困难的境地里！

自从杨翠花走后，梁永生就马上决定找个地方隐蔽起来。

可是，隐蔽在什么地方合适呢？

永生正想着，魏大叔来了。

魏大叔也是因为听到枪声不放心，出来探风的。他一望见梁永生，猛然大吃一惊，并泼着命地跑过来：

"永生！快，快上我家去！"

"窝藏八路的，和八路一律同罪！"敌人是这样说的，也一向是这样做的。这一点，魏大叔不仅是有所耳闻，而且曾不止一次地目睹其景。现在，魏大叔是，"明知山有虎，偏向虎山行"，他要豁上自己这条老命，把梁永生掩护下来。那么，梁永生呢？他是不忍心让这大年纪的魏大叔跟着受连累的，因而有些犹豫。可是，这个决心下定了的魏大叔，不管永生犹豫不犹豫，更不等他表示同意不同意，拉上永生就走。好在他家离此地不远，不大一会儿，魏大叔便将梁永生硬拽到他家来了。进家后，他一面喝招老伴儿替永生更衣换装，一面亲自动手将永生的匣枪和大刀埋藏起来。

这一切，对梁永生来说，都是属于"半强迫""半自愿"的。他所以还有个"半自愿"，心里是这么想的："匣枪没子弹了，留在身上也没用了！大刀虽还有用，可是，光靠这一口刀是不能突围的了，而且还会因我和敌人进行以命换命的搏斗，势必给这'窝藏八路'的魏大叔老夫妇造成一场大灾大难！……"至于永生为什么还"半自愿"地更衣换装，那显然是不言而喻的事了：几年来，不是曾有许多游击战士，将自己打扮成老百姓混过了敌人的眼目吗？

梁永生改扮已毕，又让魏大婶去把那上了门闩的角门儿敞开，他便随手拿起泥板、瓦刀，蹲在屋门口上砌起墙根来。

魏大婶愣沉一下，凑过来提议道：

"永生，叫我说，你不如去躺在炕上，盖上被……"

永生笑道：

"装病？"

"是啊！"

"没用！"永生摇着头说，"帝国主义，口头上最爱讲的是'人道'，可是他们所想的，所做的，又是最惨无人道！"他见大婶对这些话不大懂，又说，"敌人是永远不会发'慈悲'的！期望敌人发'慈悲'的人，比傻得不懂事的人还要傻！"

大婶觉着永生言之有理，点了点头。可她紧接着又劝永生：

"要不，你就先到屋里去待一会儿——"

"为啥？"

"在这里干这个太显眼儿呀！"

"咱能期望敌人进了院子不进屋？这一回呀，我看他们非要把这宁安寨翻个底儿朝上不行！"永生一面忙着一面说，"大婶，咱们跟敌人作斗争，可存不得侥幸心理呀！"

魏大婶被永生说服了。

梁永生仍在忙着砌墙根。

魏大叔又搬砖，又和泥，在给永生当小工。

这时，垣墙外头，村中处处，鸡飞狗咬，人喊马嘶，一片大乱。忽而东边响起暴烈的砸门声，忽而西边响起疾跑的脚步声；有时越墙飞来粗野的嚎叫，有时又传来婴儿的哭啼……

外边是如此之乱，可梁永生和魏大叔仿佛一点也没听见。他们一面忙着活儿，一面拉着闲叨儿，就像院外那些事，根本与他们没有任何相干似的。特别是梁永生，他这时不仅泰然自若，谈笑风生，镇静如常，就连对待他那正在忙着的活儿，也竟是那样的细致，认真，竭尽匠心，一丝不苟。

魏大叔嫌他太认真，有时带着催促的口气说：

"行啦！就这样吧！"

梁永生郑重其事地说：

"喔！砌一回墙根，要管多少年哩，可打不得马虎眼哟！再说，墙根上的一块砖摆不正，要影响到整个儿房子，可不是闹着玩的！"他说着，还是将那块没有摆好的砖拿下来，翻了个过儿，换上新泥，又重新摆上去。摆上后，他照例是横瞅瞅，竖看看，里磕磕，外扳扳，直到那砖横平竖直了，他自己也觉着称心如意了，这才又摸起另一块砖。

魏大叔认为永生将注意力全集中到这借以影身的活路上了，便从提醒的动机出发向他说：

"永生！你听——敌人闯进咱这条胡同了！"

"噢。"

永生有一搭无一搭地但又是很礼貌地回照一句，可他那注意力，从表面看仿佛依然是倾注在他手中的活路上。

他们正说着忙着，忙着说着，伴随着一阵像驴蹄刨土似的脚步声，三四个伪军一齐闯进院来。这些外强中干的家伙们，端着枪闯进院后，摆出一副如临大敌的架势，忽地围住了梁永生和魏大叔。

这时的梁永生，头不抬，眼不睬，照旧在从容不迫、有条不紊地忙着。一个伪军向永生盯了一眼，又指着永生向魏大叔逼问：

"他是你的什么人？"

"他是俺的儿子！"

这句跟得很紧的话，是魏大婶答的。因为魏大叔正想答话时，那位赶出屋来的魏大婶抢在老头子的前头答了这么一句。魏大叔对老伴儿的回答很满意，所以没再说啥，把那已经张开的嘴又合上了。那伪军朝魏大叔抢前一步，张开臭口继续逼问：

"他妈的！我问他是你的什么人，怎么不吭声儿？该死的老家伙！"

其实，该死的不是别人，正是骂人的这个小子他自己！今天的魏大叔，早就不是抗战前那个"认命"的魏大叔了！战争的生活实践替他赶跑了"认命"那个魔鬼，党的教育又将"革命"引进他的头脑。因此，在今天敌人骂骂咧咧的这种情况下，他要不是由于想到了永生常说的"斗争要讲策略"的话，要不是由于考虑到永生的安危，早就用手中这张大铁锨把那个伪军的脑瓜子铲下来了！

你听，魏大叔答话了。他面对着敌人的再次逼问，指着他的老伴儿向伪军们说：

"她是我的老伴儿。俺俩是老两口子。她已经告诉给你们了，还非要我再说一遍干啥？"

魏大叔这几句形软质硬的话，不仅将敌人的注意力从梁永生的身上引开了，还使他和敌人的"舌战"由被动变成了主动。现在，好几个伪军面对着魏大叔这既是回答又有质问的话儿，全大眼瞪小眼地回不过话来了。

敌人所以回不过话来，主要是因为魏大叔这话无隙可乘，完全在理。那么，敌人没了理，怎么办？认输吗？当然是不可能的！因为我们的敌人，有这么一个脾气儿——只能在武力面前投降，决不肯在道理面前服输！

不过，敌人当中，毕竟还是有"能人"的——现在就有个"聪明"的伪军，将那旧的话题甩开不管了，又重起题目喝唬道：

"少说废话！走！"

他这一句，将其他几个伪军也从窘境中"解救"出来！他们全都咋呼起来了：

"走！"

"走！"

直到这时，永生还依旧在继续砌他的墙根，而且，依旧是那么细致，那么认真，那么不慌不忙、有条不紊。后来，当两个伪军端着刺刀在他的眼前晃动着、喝唬着的时候，他还是眼不眨动，面不改色，并坚持到把已经拿在手中的那块砖放平，摆正，然后这才住了手。

当梁永生和魏大叔被敌人押着要往外走的时候，魏大婶上前拦住说：

"他爷儿俩都是老实巴交的庄户人家，你们要带他们到哪里去呀？……"

"连你也得去！"一个伪军说，"到了你们去的地方，你就知道了！"

就这样，梁永生和魏大叔、魏大婶一起，被扬风爹毛的敌人押着，走出家门，来到那个大场院里。梁永生虎蹲在场院中央，掺杂在群众之中，心中暗想："估计会出这一章，果然就出了这一章！现在，也不知翠花她把令传到没有？"他一面心中想着，一面瞭扫着眼前的场景。只见这个场院里，挤满了全村的上千号人，看来只少杨翠花。这时，那些群众在发现梁永生后，都吃了一惊。不过人们只是心里替永生捏了一把汗，可并没有人把这吃惊的心情表露出来。同时，人们见梁永生坦坦然然，镇静如常，又都不由得从他的身上受到了鼓舞。

这时节，许多人都在不约而同地想着：不管敌人耍什么花招儿，宁可豁上命，也要把梁永生掩护下来！

与此同时，梁永生也作了种种设想。他给自己确定的斗争目标是：我的第一个任务，是千方百计保住群众的生命安全；第二个任务，是自己胜利脱险。

梁永生想到这儿，不由得向广场扫视了一眼。

只见，大场院的周遭儿，敌人围了一个大圈儿。那些横鼻子竖眼的家伙们，全都端着大盖儿枪，枪上上着刺刀，刺刀闪着寒光，摆出一副张牙舞爪杀气腾腾的凶相。在广场后面的高坡上，还架起了四挺水压重机枪，瞄着这些赤手空拳的无辜百姓。

梁永生看了这种情景，心里又气又恨又觉可笑。他不由得暗暗自语道：

"我倒要看看这些强盗们搞个啥名堂！"

过了一会。

石黑的翻译官阙七荣，遵照他主子的旨意，人模狗样地站出来，开始向群众讲话了。

他先点着一支洋烟卷儿，狠狠地吸了一口，又慢慢地吐出来，然后把嘴角子一耷拉，半露着一嘴金牙，撅撅着几根根老鼠胡儿，恶声恶气地说：

"你们注意听着！有个八路，跑到你们村里来了。现在，他就在你们当中。你们要立刻把他指出来。你们只要说出来，我阙某保你们安全无事……"

全场人怒目而视，没人吭声。

阙七荣的脸绷得像面狗皮鼓。他卷了卷红蒜头鼻子，抽了口烟，愣沉一下，提高了嗓音又说：

"你们要是不说，通通枪毙！"

全场依然鸦雀无声。

阙七荣老羞成怒了。

他把那文文静静的假象一收，露出一副狰狞面孔，瞪开两只肉黄的贼眼，像匹野驴似的吼叫起来：

"他妈的！净些不识抬举的愚民！你们是活够了怎么的？咹？今天我阙某……"

他说着说着，抽出了手枪。

这时，石黑向阙七荣做了个手势，把他止住了。在石黑看来，阙七荣这个奴才，实在太无能了。无能怎么办？只好亲自出马呗！于是，他抽缩着短粗脖子，撅着小胡子，一只手摁着挂在腰间的军刀，做出一种"善意"的姿态，皮笑肉不笑地说：

"众位！八路军是大大的土匪！你们的明白？"

他用食指指着自己的歪歪鼻子又说：

"我们大日本皇军，是为了你们中国人的幸福和安宁，来帮助你们中国人维持治安的。所以说，我们和你们是大大的朋友，你们的明白？"

群众中依然没人说话。只有远处传来驴子的吼叫。

石黑耐着性子，伴随着那咳儿咳儿的驴叫声，又接着讲下去：

"我们下乡剿匪，是为了你们老百姓，你们的明白？我们日中两国，应当共存共荣，你们的懂不懂？"

没人理他。

石黑又说：

"我们大日本，是高等民族，是文明国度，因而是最讲人道的！我们，只杀共产党，只杀八路军，不杀老百姓，你们的明白？"

还是没人理他。

石黑的脸上挂了色：

"你们一定要把那个八路说出来！明白？谁说出来，对谁就大大的有好处，大大的有好处！我讲的你们的明白不明白？明白不明白？……"

石黑将这个"明白不明白"一连重复了无数次。其结果怎么样了呢？还和每次一样——没人理他！这时候，真气得个石黑活像猪叫似的，他那歪歪鼻子嘿嘶嘿嘶地响着。他强按着火气，再次向人群逼问：

"你们的嘴，都用铁水灌住了吗？为什么不说话？不说话是不行的，大大的不行！你们的明白不明白？唉？明白不明白？说！……"

因为依然没谁理睬石黑，石黑的走狗阚七荣，替他的主子冒了火：

"你们的耳朵里全塞上棉花啦？"

他抢前一步，舞弄着两只手爪，满嘴里喷着唾沫星子，又声嘶力竭地狂叫道：

"你们都他妈的是哑巴？还是全把舌头咽到肚里去啦？太君跟你们说话，你们怎么竟敢不吱声？真是胆大包天！简直净些愚民！"

那石黑眼珠一转，转向广场上的人群，奸险地笑笑：

"我看，这样吧——你们谁要是指出那个八路来，我们皇军赏他钞票五万元！"

他说着，伸出五个指头举在半空，再一次重复着这个成千上万的巨大的数字儿：

"五万元！五万元哪！"

结果怎么样？无情的事实回答了石黑这个强盗：全场人还是鸦雀无声。

石黑提高嗓门儿说：

"十万元！"

他将两只手爪儿全都伸开，一齐举起来：

"你们的听明白：十万元！"

其结果又怎样？依然没人吭声。

狡黠、谲诈的石黑，是不甘心失败的。

他随着嗓门儿的步步高升，一次又一次地把他那"赏金"的数字加上去。

因为石黑坚信：钱，总是万能的东西！有钱，就能买得鬼上树！人，能见财不动心？不会的！人为财死，鸟为食亡，那是千真万确的呀！

谁知，石黑的"赏金"，已经增到"八十万元"了，广场上的人们，还是没有说话的！

可也是啊！这"八十万元"，确乎得算个十分可观的巨额大数了！但，它仍然不能打动这些中国穷百姓的心！这叫个石黑怎么能不生气？又怎么能不着急？你看！急得个石黑快要发疯了！

于是，石黑将他那两只毛茸茸的黑爪子再次举起来，声嘶力竭地叫道：

"一百万元！"

他将一双黑手在半空猛地一抖，又道：

"一百万元哪！"

在石黑的估计中，这一回，是一定会有人说话的了！尽管钱色比从前更毛了，这一百万元，对这些穷光蛋们来说，该有着多么大的吸引力呀？何况，他说罢，还将一大沓票子摔在桌子上了呢！在石黑看来，只用一句话就可变成百万富翁的千载难逢的大好时机，除了那些傻瓜而外，谁肯轻易放过呢？不会的！他们是不会再放过这个机会的了！

以上，这是石黑的想法。

可他哪里知道，他这个想法完全错了！

英雄的宁安寨人民，以顽强不屈的气概告诉了石黑这个强盗——全场依然是寂静无声。

石黑耐心地满怀希望地等着，等着……

时间一分一秒地过去了。

他等来的结果仍然是——没人说话！

到此，石黑这场想用金钱收买的"文戏"算是演完了！可怜的是，他的强盗目的并没达到。怎么办？他由焦急而羞怒，由羞怒而发火了！你瞧，他将那奸笑一收，翻脸变态地露出了他那野兽一般的凶残而又丑恶的真面目。这时的石黑，一脸歇斯底里的神色。他将那雪亮的军刀抽出来，双手抓住举在半空，还像诈尸似的跳一下，咬牙切齿地说：

"巴格亚鲁！限你们三分钟。再要不说，通通的，通通的，死了死了的！"

他说罢，又向他的喽啰们命令道：

"机枪的准备！"

敌人的机枪手们，全都赛只狗熊似的趴在地上，拿好架势，扣住机钮，在等待着他们的主子发布射击的命令。

广场上的群众，怒目相对，鸦雀无声。

时间在迅速地流逝着，一秒一秒地过去了！

石黑捋起袖子，看看手表，举起一根指头，朝人群嚎叫一声：

"一分钟！"

一犬吠影，百犬吠声。石黑的众喽啰，也随着其主子的声调，一起嚎叫着：

"一——分——钟！"

过了一会儿。

石黑再次看看手表，伸出两根指头，放开那大叫驴嗓子，又嚎叫了一声：

"二分钟！"

那些应声虫们，像为他的主子助威似的，又嗡嗡了一阵：

"二——分——钟！"

时间，继续流逝着。流逝了的时光，正在由秒积成分。

"三分钟"的时限，正在越来越近，越来越近，眼瞅着就要到了！显然，伴随着"三分钟"时限的到来，一场无情的灾难，即将降临到这些无辜百姓的头上！这些手无寸铁的无辜百姓现在怎么样呢？

这是一个严峻的时刻！是的，这是一个严峻的时刻！在这无比严峻的时刻里，英雄的宁安寨人，都虎蹲在这杀气腾腾的大广场上，气不粗喘，面不改色！

多么坚强的人民呀！

坚强，在斗争不甚激烈的时候，是比较容易做到的，也是不易被人注意的；只有斗争到了严峻的时刻，坚强，才会放射出照人的光彩。

你看这些英雄人民的英雄气概吧——他们在敌人的枪口面前，没有一个心慌的，没有一个眨眼的！目下，与敌人的枪口相对峙的，是一张张怒气飞扬的面孔，是一双双像要喷出火焰的眼睛！宁安寨人民的这种神态，使敌人望而生畏，心寒骨颤，并给他们一种切莫轻薄不可冒犯的强烈感觉！

其实呢，岂但感觉而已？现在被困在这广场上的上千号人，上千双拳头，都已经不约而同地握起来了，紧紧地握起来了！甚至，有的人正将拳头攥得嘎嘎响，有的人已经在手心里攥出汗来了！

这时人们的心境里，没有一丝一毫的怕。他们不怕时光走得快！他们不怕敌人开枪！他们都已下定了决心，攒足了力气，抖起了精神，单等敌人真的胆敢开枪下毒手的时候，他们就要像溃堤而出的河水那样，冲向敌人；他们就要像随着暴风扑来的海潮那样，扑向敌人；用这凝聚着仇恨的拳头，把刽子手们砸个脑浆迸裂；夺过敌人手中的刀枪，消灭这些罪恶的敌人！

这当儿，掺杂在群众之中的梁永生，被身边这些群众的昂扬斗志深深地感动了！他怀着十分激动的心情，望着这些亲如骨肉的阶级弟兄，并通过阶级弟兄们这一双双的眼睛，又看到了他们那动人的心境——他们，为了掩护一个共产党员，为了掩护一个八路军战士，都在随时准备牺牲自己的一切！

这时，刽子手石黑那血红的眼里，射出两道阴森森的凶光！他抽出军刀抡了一下，又像个魔鬼似的把那大嘴一咧，放开他那破锣般的嗓音歇斯底里地嚎叫道：

"三分钟的时限到了！开……"

在这千钧一发之际，早已做好了战斗准备的群众，都将怒气屏在胸口上，都将仇恨凝聚在拳头上，单等石黑那个"枪"字出了口，他们就要一齐冲上去，跟敌人拼个你死我活！他们不约而同的决心是："我宁可自己一死，也要保护下毛主席的好战士梁永生！"

在这千钧一发之际，早已做好了战斗准备的梁永生，他没有一丝一毫的犹豫，他只有一个坚决用自己的生命来保卫群众的决心！你看他，忽地从人群里站起来，昂首挺胸，面对着石黑那个正要行凶杀人的强盗，发出一声雄狮般的吼声：

"住口！我就是八路！"

他这一声破天惊地的吼喊，就像个落地沉雷，直震得天颤地抖，树撼村摇。停落在广场旁边树头上的一群乌鸦，也全都惊慌失措起来。它们拍打着翅膀，哇啦哇啦地叫着，飞向远方去了。

这些老鸹的叫声，仿佛是：

"可怕呀！可怕呀！"

可是老鸹们哪里知道，这时比它们更感到可怕的，是人家那个没有翅膀的石黑。你看他，直吓得眼一闭，嘴一咧，脸上唰地没了血色。紧接着，他腿也颤，手也抖，活像一只正要挨刀的草鸡一样，浑身上下一个劲儿地打开了哆嗦。他那秃而亮的脑门儿上，冷汗珠子足有黄豆粒子那么大，一个接着一个地往下滚着。稀稀拉拉的几根根黄头发，也全竖起来了！

石黑为何竟是如此惊慌？

主要是他没有思想准备！

在人家石黑原先的意料中，世界上根本就不会有这样的人——他竟敢面对着无情的枪口站出来，并公开承认："我就是八路！"

可是，钢铁一般的事实正在教训石黑——梁永生出其所料地站起来了！并正在大声吼喊：

"我就是八路！"

你想啊，石黑怎能不惊慌呢？

可是，正当石黑定睛稳神要仔细瞅瞅这位挺身而立的八路时，突然，在梁永生的前面，又站起一位雄赳赳气昂昂的中年汉子：

"我就是八路！"

这个壮年人，他是尤大哥。

尤大哥的吼声未落，蹲在他的前头的铁蛋，又忽地站起来了："我就是八路！"

蹲在铁蛋前头的是魏基珂。他也站起来了。这位老汉年老声更壮：

"我就是八路！"

继而，又站起一个，又站起一个……他们有青年、有壮年，也有老年，全都是些穿着破旧衣裳的农民。从这些年龄不一、相貌各异的农民口中，发出了一个声同情更同的巨吼：

"我就是八路！"

"我就是八路！"

"我就是八路！"

"……"

这众口同声的吼喊，势如突然暴发的山洪。这一批批站起来了的人民群众，就像一道道的高墙，将梁永生挡在了他们自己的身后，并遮住了敌人那贼闪闪的目光。

石黑，早就眼花缭乱了！

他瞪着红得快要滴血的牛眼，发疯似的挥舞着军刀，歇斯底里地狂吠着：

"住口！住口！"

可是，那机枪既然吓不倒英雄的人民，这军刀又岂能封得住人民的嘴巴？

就在石黑又舞刀又狂叫的同时，只听见广场上呼啦一声，呼啦啦一声，呼呼啦啦又一声，所有的群众都站起来了！

他们中，有五大三粗的小伙子，有身强力壮的大姑娘，有须发皆白的老头子，有拄着拐杖的老太太，还有，抱着孩子的妇女们，穿着开裆裤的娃娃们……这男男女女老老少少的上千号人，同时发出了一个声音：

"我就是八路！"

"我就是八路！"

"我就是八路！"

"……"

就连那被娘抱在怀里的刚会说话的婴儿，也学着母亲的样子挥动着小拳头喊着：

"我就是八路！"

在人群中腾起的这巨大吼声，如风暴，如海潮，飞向天涯，升入九霄，在大地上滚动，在天空中缭绕，从天上到地下掀起了一阵像天崩地裂般的巨大回响！

这声音还告诉帝国主义分子石黑：伟大民族的伟大人民，誓死不做奴隶！

侵略者在誓死不做奴隶的人民面前，他能有什么办法？

他只能惊恐万状！他只能洋相百出！

到这时，那位挺身而出的梁永生，又和挺身而出的人民群众掺杂在一起了！这上千号群众，成了敌人根本没法攻破的铜墙铁壁！

石黑面对着这种局面，他能有什么本事？真是黔驴技穷，无计可施！

不！黔驴技穷归黔驴技穷，无计可施归无计可施，可人家石黑并不甘心失败，更不肯就此罢休！

不罢休又怎么办？

开枪吗？他不敢！

因为自从他侵华以来，无数的事实早已告诉石黑这个刽子手——他的刀枪，在站立起来的人民面前是毫无用处的。现在，面前的事实，又一次向他提出了警告；他面对着这一双双握得嘎巴嘎巴乱响的拳头，不寒而栗了！他已经意识到：只要他那罪恶的枪声一响，这上千号人必将像溃堤而出的河水那样，把他们一下子淹没掉！

因此，石黑现在是虽有开枪之心，而又无开枪之胆！你看他，尽管一口接一口地咽着唾沫，极力地镇静着自己，可还是止不住地手抖腿颤，身不由主地搐动起来！

那又怎么办哩？

继续软硬兼施纠缠下去吗？石黑也不敢！

因为如今已是夕阳西下天近黄昏的时候了，再加上西北天角又响起隆隆的雷声，看样子，一场暴风雨就要来到！石黑当然知道，如果天一黑，风一刮，雨一下，那些八路军游击队，还有各村各乡的民兵们，会从四面八方围攻上来！曾多次吃过夜战之亏的石黑，他当然不会不明白，在这既无城堡又无工事的乡村之中，和八路、民兵进行风雨夜战，那对他们来说将意味着什么！

那么，就这么不了了之？

"不——！"

这是那个残暴绝伦、毒辣透顶的刽子手——石黑内心的誓言！

可又怎么办呢？正愁得石黑抓耳挠腮团团打转，人群中又突然爆发出一阵炸雷般的吼声：

"打倒日本帝国主义！"

"严惩汉奸卖国贼！"

"……"

天正在黑下来。

风正在刮起来。

柴胡店据点的一座牢房里，坐满了宁安寨村的青壮年。他们，这些用胸口对着敌人的枪口斗争了半天的钢铁汉子们，如今都窝着一腔子火，憋着一肚子气，坐在敌人牢房里这湿漉漉的土地上。有的低着头，一声不吭，让那仇恨的火焰在胸中燃烧；有的气得面色铁青，青筋暴起，正在悄声地骂着敌人；有的将一双拳头握起来，越握越紧，越握越紧，直到握得发出嘎巴巴的响声，仿佛他马上就要去跟敌人拼命似的……

窗外，正在响着呜呜的风声。风声在催促着人们的回忆；风声将人们的思绪引回了刚刚离开的故乡宁安寨——

"孩子他爹呀，我的心你是知道的！你不论到哪个地步，做出事来可要对得起救了咱的恩人呀！"

"孩子啊，你无论走到哪里，别忘了你爷爷是叫谁打死的，你爹是叫谁杀死的……"

"爹！你就放心大胆地去吧，我盼着你早日回到家来，我也准备为你报仇！"

"宁安寨的孩子们！你们是中国人的子孙，你们是穷苦百姓的后代，说出话来，做出事来，一定要对得起我们的国家，对得起我们的祖先……"

这些语重心长的话语，是这些青壮年们入狱之前，他们的家属和乡亲们嘱咐的。当时，黔驴技穷的石黑，是把这些人作为人质带进据点来的。在石黑向宁安寨的群众要人质的时候，梁永生为了保护群众，首先挺身而出："我去！"宁安寨的群众怎让梁永生自己去呢？因而又有一些青壮年也说："我也去！"就这样，这批人便一齐被石黑带进据点来了。在他们和乡亲们分手的时候，曾一致表示：

"乡亲们！放心吧！我们永远不会忘本，宁死不会变心！"

这些被捕的人被带进柴胡店据点后，就被关进了这个临时牢房里。

柴胡店据点上没有牢房吗？为啥关在临时牢房里？

不！这里的牢房是很多的。可是，由于敌人天天出去"扫荡"，天天抓来许多无辜的百姓，如今，那些所有的牢房，都已经挤得满满的了！目下，他们又从宁安寨一下子带回二十几号人，再往哪里搁放呢？于是，敌人才又开设了这座临时牢房，将这些宁安寨的青壮年们都关在这里！

梁永生呢？他也在里边吗？

是的！你看，现在的梁永生，那不挺着胸脯儿，站在窗前，忽闪着两只豁豁亮亮的大眼，正在向窗外瞭望吗？

这个窗口很小很小。一根根的窗棂又粗又密。梁永生那两条炯炯闪光的视线，穿过窗棂的空隙射向窗外。

窗外，正在刮风。

好厉害的风啊！

它活像个失去了理智的疯子，在这宽阔的庭院中颠颠扑扑，乱碰乱撞。它时而把地上的柴草碎叶旋卷起来，忽地扔到东边，忽地抛到西边，忽地卷上高空飞舞，又忽地推到一个墙旮旯里不动了。

窗前的老榆树，被风一刮，摇摇晃晃，枝丫扫着屋檐，发出唰啦啦唰啦啦的响声。

肿胀的云朵，正乘着风势拥上来，严严地罩住天空，低低地垂悬着。由于压顶的浓云越铺越厚，再加黄尘弥空，天，提前黑下来了。

灰蒙蒙的夜色，正向这牢房的窗口探视着。渐渐被黑暗填满了的庭院，仿佛正在抽搐着，缩小着。

几只尚未钻窝的老鸹，停落在摇摆不定的榆树梢头，朝向天空哇哇地叫着。两个值岗的伪军，背着上了刺刀的大枪，在这临时牢房窗外不远的地方，来来回回遛遛逛逛地走动着。

他们，时而扭着脖子朝这牢房望望，又时而低下头去瞅着自己的脚尖儿慢慢腾腾、慢慢腾腾地走过去了。可是，这牢房中的任何动静，都会引起他们的注意。

在梁永生向窗外观望的当儿，尤大哥正蹲在一边悄悄地打量这座临时牢房。

这是三间大北屋。

屋顶是平的。

四面的墙壁，不是砖的，也不是用土坯垒的，而是用黄土打成的。这一带的劳动人民有这样的本事：将黄土洇湿，调匀，夹在两片厚厚的木板中，用石杵一遍遍地砸实；砸完一板再一板，一板板地接上去，一节节地高起来，渐渐地就形成一堵墙了。这样打起来的墙，用以盖成屋，不仅由于墙厚而冬暖夏凉，而且由于墙很坚硬，能达到百年以里不会倒坍。

用黄土打成的墙能有这样坚固？

能！这不仅是一种高超的技术，甚至可以说是一种惊人的艺术！打得质量好的土墙，在墙干之后，要往墙上揳个钉子，比往木头上揳钉子花费的力气要大得多。因此，在这一带的农民中，有这样一种世代相传的说法：

"庄稼地里三大累：扒老房，拉大锯，抱着孩子看野戏！"

这就足见墙块土的坚硬了！

尤大哥撒打了一遍墙壁，又瞅门窗。

两扇厚厚的门板，关得严严实实，连点透亮的缝儿都没有！窗口上，安着两层窗棂。除了里头这层又粗又密的木头窗棂而外，外头还有一层铁棍子！

尤大哥为啥要端详这墙壁和门窗呢？

因为，他现在正在琢磨从这座牢房里逃出去的办法。可是，他瞅了这里又瞅那里，瞅呀瞅，瞅呀瞅，瞅了好大一阵，一点办法也没想出来！

正在这个节骨眼上，他忽然注意到了梁永生。只见永生沉静地站在窗前，就像出外做客乍到了一个从未到过的新地方一样，细细地观赏着窗外的庭景，还仿佛正在暗自品评着什么。梁永生在这种处境中表露出来的这种神态，使尤大哥感到有些奇怪！

于是，他凑过去，把永生拽过来，悄声问道：

"老梁，你在看啥呀？"

梁永生没有回答尤大哥的发问，而是朝前就了就那踞踞着的身子，另起一个话题问尤大哥道：

"从前，你不是在这个镇上扛过活吗？"

尤大哥忽闪着一双迷惑的眼睛，顺口答道：

"是啊！"

梁永生指着这座牢房又问：

"这座房子过去是个啥地方？知道不知道？"

尤大哥带着一副莫名其妙的神情回答道：

"知道。这座房子，那时是苏秋元的油坊！"

梁永生扑闪着沉思的眼睛点点头，没有作声。

尤大哥望了望永生的神色，又补充说：

"我就是在这个油坊里给苏秋元扛活的……"

永生想了一阵儿，又问：

"苏秋元现在还在镇上不？"

"听说还在。"尤大哥现在虽然并不知道梁永生问这些事要干什么，可他已在有意识地尽量向永生提供更多的情况，"苏秋元有两处宅子。鬼子在柴胡店安据点的时候，这处宅子归了鬼子……"

永生又问尤大哥：

"从前，这座房子是干啥用的？"

尤大哥说：

"那时是油坊的仓库。"

他指指门窗又说：

"从这设备上你还看不出来？"

梁永生没再吱声。

显然，他又在思索着什么。

尤大哥朝永生呆呆地出了一阵神，然后往前挪动一下身子，问道：

"哎，老梁，你方才往窗外看得那么认真，是不是想着……"

尤大哥本来想问：是不是想着逃出去的法子？可是，没等他把这个意思全说出来，梁永生就笑眯眯地接上了他的话茬儿：

"我是想仔仔细细地看看这里的地理环境。将来我们来攻打这个据点的时候有用处……"

尤大哥听了这话，思想一振。他想了想，又说：

"老梁啊，你看得远，这我信服！可是眼时下咱是蹲在敌人的监狱里！你不赶紧想法子怎么逃出去，怎么还顾得先看地理环境预备打据点呀？"

"尤大哥，这监狱好比是老虎口，咱不进入老虎口怎能看清楚老虎口里的情况哩？"梁永生说，"我们到这据点里头来一趟是不容易的，我们要不趁这个机会看个清清楚楚，将来用着的时候再要了解这些情况那就晚了！你说是不是呀，尤大哥？"

尤大哥听了梁永生这些话，在他的心里刮起一阵风，把他心房上的那扇小窗户忽地刮开了，使他坚决斗争胜利出狱的想法更坚定了。他问永生：

"你是不是想好了：咱们怎么个出法？"

梁永生笑了：

"具体办法嘛，我现时也说不上来！"

有些人，一碰到困难，就觉着自己碰上的这个困难是阖天底下最大的困难了！可是我们的梁永生，并不是这号人。现在，他尽管说不出一个具体的出狱的办法来，可他坚信办法总是能想出来的。

于是，他一面鼓励尤大哥他们多动脑筋，一面自己默默地拿主意。

入夜了。

屋里没有灯，就像一下子掉进煤窑里，黑得举手不见掌。屋子里，还有一种说腥不像腥说臭不像臭的湿乎乎的霉气，一个劲儿地直往鼻子里钻。

窗外的夜风，越刮越大了。

风声像金属鸣叫一样地呼啸着。

被狂风摇撼着的牢房，仿佛说不定什么时候会从地上旋起来。说真的，这时候人们真希望狂风能把这牢房卷走，不管刮到什么地方去，也比这个鬼地方强！可是，风暴并不能帮助他们，反而给他们增加了麻烦！因为，这初夏的夜风，仍带有寒意，阴森森的牢房被夜风一灌，闹得人们都觉着身上凉飕飕的。

一个小伙子实在耐不住了，粗声大嗓地嚷起来：

"哼！蹲在这里活受罪，哪如来个痛快的！"

铁蛋就着那个人的话音，扯起嗓子骂开了：

"老子犯了什么法？为啥平白无故地把俺搁在这里受这号洋罪？……"

这时，一个在屋门前值岗的伪军听见了。那个家伙收住步子，凑到窗前，朝屋里狂叫道：

"谁他妈的在嚷咆？活腻歪了吗？"

方才铁蛋那些话，是故意说给这个伪军听的。现在，他一听那伪军嘴里不干不净，火气更大了，忽地站起来，拍着胸膛说：

"老子就是活腻歪了！小子你有种吗？有种你就开枪吧！"他一面说着，一面向窗口冲去。

尤大哥一把拽住铁蛋，劝他说：

"铁蛋！你跟个站岗的嚷个啥劲儿？没意思！"

铁蛋又蹲下来。

站岗的过去了。

另一个人也凑过来劝铁蛋说：

"铁蛋，留着这股虎劲儿吧！"

"留它啥用？"

"留着它，等见了敌人的头子再用呀！"

铁蛋懊悔地说：

"我要早知道拼也是五八，不拼也是四十，看起来，不如在大场院里跟石黑拼了！"

尤大哥不解地问：

"你这话是啥意思？"

铁蛋用失望的语气说：

"现在再想跟他拼，也见不着那个狗养的了！"

"能见着！"

"能见着？"

"嗯喃。"

"咋能见着？"

"准能见着就是了！"

人们正说到这里，那个值岗的伪军又溜达过来了。他听见屋里有人唧唧哝哝地说话，又凑到窗前来，瞪着牛眼朝里嚷道：

"你们甭穷叽歪！等会儿一过堂，就全老实了！"

伪军说罢，又夹起尾巴溜过去。

屋里屋外一片沉静。

人一静下来，很多念头便在头脑中活跃起来。这一阵儿，蹲在一旁的梁永生，正在默默地想着："锁柱他们把铜铁送到没有？也许早就到了目的地，这间正在灯下跟县委书记方延彬同志汇报哩！……"

他美滋滋地想到这里，突然一转念，又吃惊地想道：

"呀！也不知小锁柱是怎么说的？老方要知道我只身一人引开了敌人的大队人马，准又得为我担心！……我被捕这件事，也不知志勇他们知道了不？要叫那些愣头青们知道了，他们脑子一热，万一再来劫狱，损失可就大了……"

永生想到这里，思绪又拐了弯儿：

"对我们这伙人，敌人是必定要过堂审讯的！在敌人的刑具面前，会出现一些什么情况呢？那些身子骨儿不大结实的人们，会不会死在敌人的刑具之下？那些脾性儿暴躁的人，会不会由于硬拼而吃亏？……"

他想着想着思绪打了个滚儿，又一根线头儿跷起来：

"我们在宁安寨，还埋藏着一些准备上交的枪支、弹药，万一有人不小心，在敌人的诈骗下露出破绽来，那就……"

永生一念及此，又拢住了思绪，自己在提醒自己：

"永生啊永生！你要抓紧这个时机，快多想些对策，想些办法吧，也好叫人们有个思想准备呀！……"

梁永生默默地想着，想着，久久地想着。

忽然，尤大哥捅他一把，问道：

"老梁，你又在想啥？"

"噢！我正想敌人将用啥法儿治咱们——"永生说，"为的是好想法儿对付他……"

"这个呀！我早想过了——"

"你早想过？说说看——"

尤大哥满口是轻蔑的语气，不以为然地说：

"他能有什么新玩意儿？叫我看，石黑过堂是狗熊耍扁担——也只不过就是那么两下儿了！"他缓了口气又说，"提讯，逼供，你若不招，他就上刑——烙铁烫，上压杠，灌辣椒水，倒吊屋梁，还有什么老虎凳，过阴床，电椅子，火镲子……"

尤大哥的话题一转，变成了十分自信的口吻：

"他们五花八门儿的这一套，我只用一个法儿就全对付得了——"

"啥法儿？"

"啥法儿？要命，给他；要话，没有！"

最后，尤大哥用万话归一的调子说：

"这里，用得着两句古语：他有千方百计——"

永生替他说出下半句：

"咱有一定之规！"

"对！"尤大哥又说，"来个一问三不知——"

永生接道：

"气死那个老小子！"

在梁永生和尤大哥谈论的当儿，小铁蛋一直在旁边听着。当他听到这里的时候，不以为然地插言道：

"我不用你们这法儿！"

"为什么？"

"太窝囊！"

"你有法儿？"

"当然有！"

"你有啥新点子？快说说——"

"咱没'新点子'，还是'老法子'！"

"啥'老法子'？"

"还是白天在宁安寨的大广场上用过的那个老法子呗！"铁蛋见别人没有领会透他的意思，又摹声绘影地说，"石黑过堂时，准得一拍桌子，问：

"'谁是八路？'

"我就一拍胸膛，答：

"'我就是八路！'……"

人们都无声地笑了。

一沉，有人又问尤大哥：

"敌人那刑罚能顶得住？"

尤大哥自豪地说：

"魔鬼并不像画的那么可怕！他们那些小把戏儿，我是尝试过的，没啥了不起！"

他停了一下，加重语气又说：

"那回我被捕以后，就是这么硬抗出去的！"

小铁蛋也不知想了些什么，他凑合到尤大哥的身边，先捅一把，继而问道：

"哎，你上回坐牢，他们提审过堂的时候，上绳不上绳？"

尤大哥说：

"没。不上绳儿！"

铁蛋没说话。

尤大哥问他：

"你问这个干啥？"

铁蛋仍未答。

梁永生看出了铁蛋的意思，就说：

"铁蛋，你问上绳不上绳，是不是要动……"

"对！跟那杂种们动这个——"铁蛋把拳头握得紧紧的，在胸前抖动着，兴冲冲地说，"死我倒不怕，就怕死得不值过！"

他语气一变又说：

"我核计过——反正是扯了龙袍也是死，打了太子也是死，那咱就豁出个死去，跟他来个命换命！"

铁蛋的拳头又抖动两下：

"砸死一个够本钱，砸死两个赚一半！……"

铁蛋正说到劲儿上，从窗口里传进一声怪叫：

"老实点儿！"

一向不能忍事的铁蛋，现在正说得有气，叫那值岗的伪军隔窗一嚷，成了火上浇油——他把嗓门儿一伸，当即原话交回：

"你老实点儿！"

伪军当然不会就此了事！他又以威胁的口吻嚷道：

"你们别不识抬举！给你们留脸怎么不觉？你们要是不老实，可别怪老子不客气！……"

"小子你不客气又怎么的？啐！地猴子戴上顶帽子也想装人吗？"

这是铁蛋的声音。紧接着铁蛋的声音，屋中又有好几个人开了腔：

"你还不兴说话吗？"

"我们说个闲话儿解解闷儿！"

那伪军觉着这话比方才铁蛋那话软，他更硬上来了：

"不兴说闲话儿，老老实实儿地伏着吧！谁要再穷嘀咕，我就把他送到太君那里去，死了死了的！"

"屁！讲个话也不兴？我们要讲！偏讲！就是讲！"铁蛋吐一口唾沫，"呸！你官儿不大，管的事儿还怪不少哩！"

那伪军撇着嘴角子带着不屑的语气说：

"嘿！真不觉愁！也不想想，到了啥时候啦，还讲闲话儿？放着你那闲话儿，一会儿上西天讲去吧！"

铁蛋一点也不让过儿。他将嗓门儿升上去：

"呸！老子就是不愁！上西天也要捎着你这个小子！"

这时，梁永生望着铁蛋这种冒腾腾、气刚刚的虎劲儿，不由得回想起了自己年轻时的性体儿。他正想凑过去说铁蛋几句，又听见那个被铁蛋顶得下不来台的伪军，一面拉栓顶火儿一面喝唬道：

"你他妈的要造反吗？小子放明白点儿，可别忘了这是个啥地界儿！"

伪军一拉栓顶火儿，把全屋的人都气火儿了！大家伙儿齐打忽地站起来，呼呼啦啦朝窗口拥去。顿时，在窗台近前挤成了一个人疙瘩。他们你一言我一语，又骂又喊：

"这爷们不怕死！怕死来不到这里头！"

"老子就是要造反，小子有种你就开枪吧！"

"你唬俺这庄户人家来能耐了！别忘了，还有收拾你们的呢！"

"小子你自己个儿倒应该放明白一点儿，给自己留点后路吧！"

"……"

人们这一吵嚷，倒把那个伪军吓住了。

他只是说了一句："你们等着瞧吧，到明儿个，叫你们知道我的厉害！"而后，他又不干不净骂骂咧咧地嘟囔几句，自己给自己竖了个梯子下了台，在人们的怒骂声中夹起尾巴走开了。

这一锅就这样过去了。

这场牢房斗争的胜利，更鼓舞了人们的勇气。当即有许多人表示：跟敌人斗下去，坚决斗到底，宁死不向敌人屈服！

梁永生抓住这个时机，把人们召集到自己身边，说道：

"宁死不屈斗到底，这固然很好！不光应当这样，而且必须这样。不过，在目下的处境中，我们应当作两手儿准备——"

"两手儿？"

"对！"

"哪两手儿？"

"一手儿是，准备过堂，斗！"梁永生说，"另一手儿是，准备越狱，走！"

"越狱？"

"是啊！"

"能越？"

"能越！"

"咋越？"

"天下无难事，只怕有心人！"梁永生鼓励人们说，"咱们大家琢磨个办法呗！"

"我琢磨过了，不大好办！"尤大哥说，"门窗这么结实，弄开是不容易的！况且还有两只看门狗，想从门窗里出去难呀！……"

在尤大哥说话的当儿，铁蛋用指甲在抠墙皮。那墙太硬了！他抠一下一道白印儿，抠一下一道白印儿，简直是连点土末末儿也抠不下来。因此，他越抠越丧气，就拦腰打断了尤大哥的话，插嘴道：

"真倒霉！这墙偏偏是土的！"

有人不解地问：

"不是土的又咋样？"

"要是砖的，或者是坯的，那就好办了呗！"

"咋好办？"

"一块块地抽开嘛！"

尤大哥叹息一声，接言道：

"是啊！我也想过，要是砖砌的、坯垒的，都能找个头儿抽开。可这土打的墙，连个插针的缝儿也没有，没铁器家什是甭想挖开的！"

他变一变语气，又惋惜地说：

"要能想个法儿挖开这堵后山墙，那可就好了！"

"好啥？"

"准能逃出去呗！"

"怎见得？"

"鬼子在这里修据点的时候，我被抓来干过活。因为这个，这里头的情况我大体知道——"尤大哥说，"这堵后山墙外头，是个空场子。在这个空场子北头儿，有个小便门儿。那个小便门儿旁边，有个岗楼子。岗楼上，平常日子只设一个岗……"

尤大哥这么一说，引起了许多人的兴趣。有人说：

"哎，这个屋里，也不知有个铁器家什不？要是大小有件家什，那可该着咱们这伙子人走时气了！"

人们听了这话，都不由得在自己的身子周遭儿摸索开了……

屋外，风更大了。

而且，又下起雨来。

密密麻麻的雨点敲打着屋顶。屋顶发着嘡嘡的响声。在屋门外头值岗的那两个伪军，被雨淋得跑到小南屋里去了。

那个小南屋，和这座牢房门对门。两个伪军狗蹲在南屋的门槛里头，守着一盏"保险灯"，一个打瞌睡，一个正抽烟。

看样子，他们对牢房这边并不十分注意。

因为在他们看来，牢房的门窗这么坚固，慢说还有人哨着，就是没人哨着，也甭想跑出人去。

事实上，要想逃出去，也确实是不易的！

人们在梁永生的指挥下，将整个屋子都摸遍了，不用说摸着个什么挖土的铁器家什，连一根半寸长的小钉子也没摸到，就是有时摸着一根草棍儿，也是潮乎乎软绵绵的！

怎么办？

人们全都焦急起来。

梁永生又鼓励大家说：

"大家别急！只要我们沉住气，静下心来，一齐开动脑筋，越狱的办法总是能够想出来的。俗话说：'三个缝皮匠，顶个诸葛亮。'我们二十几号人，该能顶得上多少诸葛亮呀？还能叫这点事难住？……"

永生这段话，又把人们的劲儿鼓起来了。

人们都默默地想着，坐着，坐着，想着。

时间过得可真快呀！特别是当人们穷思苦虑想不出个头绪的时候，对时间的感觉就更加敏感。

沉思的人们正然焦急，突然有个人气恼地说：

"呦！人倒霉了，喝口凉水也塞牙！"

这一阵，梁永生一直靠墙坐着，一边心思琢磨着越狱之计，一边漫不经心地用手指甲刻着墙皮。他原来曾这样想过："到底能不能用指甲在墙上挖个洞呢？"经过试验，确实不行！

为什么？

墙太硬，挖不动！

可是，由于他心里着急，又一时没想出更好的法子，所以尽管明知挖不动，指甲还是在不由自主地而又是毫无效果地刻着，刻着……

正在这时，那人说的那句"喝口凉水也塞牙"的话，一撞击他的耳鼓，使得他的脑海里就像窗外的闪电一样，忽地亮了一下。当他正要赶紧去捕捉时，那亮光又唰地消逝了！

方才那一闪，究竟是个什么念头要出现呢？

梁永生又觉着仿佛啥也没有了！

于是，他便朝那人凑过去，悄声问道：

"什么事儿呀，惹得你这么生气？"

那人摸着他自己的脖颈子说：

"老天爷也跟我过不去！它这一下雨不要紧，把房顶下漏了，滴了我一脖子水！"

窗外，风在刮，雨在下，电在闪，雷在鸣。

这时梁永生的脑子里，也像这风雨之夜的漫空一样，一阵黑，一阵亮，起起伏伏很不平静！他略微思索了一下，又向那人问道："漏水的地方在哪里？"

那人向身旁一指：

"在那边！"

他知道天黑，永生看不见，故而又说：

"你听！"

这时永生才注意到，有一种啪嗒啪嗒的声音，正在那人身旁不远处响着。于是，他按照声音指示的方向凑过去，伸出一只大手掌接起水点来。

一颗颗的大水点，像断了线的串珠一般，一个接一个地滴在梁永生的手心里。突然，永生觉着头脑中又是一闪，一个令人兴奋的念头油然而生：

"要是用手接水，洒在墙上，墙皮一湿，不就松软了吗？再用指甲挖，挖了这层挖那层，一层一层挖下去，还能挖不透一个洞？……"

他越想越有理，越想越高兴，便赶紧把人们召集过来，将他的想法跟大家说了一遍。人们听后，都高兴起来，全说是好办法。

于是，一场挖墙战斗，便立即开始了。

他们用手捧着轮流着在漏雨的地方接水，接了水，就洒到墙皮上去。

然后再用指甲搂墙皮。

这个捧着水走了，那个人的手捧又接上去。

这个人的手指搂疼了，那个人又接着搂。

全屋的二十几号人，接水的接水，挖墙的挖墙，接了水全往一个地方洒，好多双手全在一个地方挖。就这样，他们洒一层水，挖一层土，再洒一层水，再挖一层土，众人一心，轮流交替，持续不停，七手八脚地忙活起来。

可是，水太少了，挖墙的进度很慢。

梁永生估计一下，照这个挖法，就是一直挖到天亮，也挖不透这堵厚墙。

显然，到天亮以前要挖不通，不仅走不了，还要出事的！

咋办？

梁永生号召大家开动脑筋，群策群力想了个办法——他们人摞人，肩搭肩，筑起了一座下头大上头小的三节人塔。

梁永生登上人塔，用手硬把房顶捅了个窟窿。

这一下真顶劲！

雨水顺着窟窿淌下来，流进人们特地挖好的小坑里。

而后，人们又一捧一捧地捧水，洒到墙上去。

水一多，挖墙的进度大大地加快了。

阖屋里的人，全都高兴起来。

可是，人世间的事情，并不总是让人们欢喜的。他们正然高高兴兴地挖着挖着，突然，发生了一件令人不快的事情——雨，停下了！

雨一停，水的来源就断了！

到这时，墙洞还没有挖通！

没有水了，怎么继续挖下去呢？

当然是要继续挖下去的！因为谁都知道，这墙洞挖不通，天一明将意味着什么！你看，那些急眉火眼的人们，在没有水的情况下，就用手指头继续硬挖！

墙硬，人的骨头更硬！

他们用指甲在那坚硬如石的墙上嚓呀嚓地搂着，这个搂了那个搂，三个两个一齐搂，你也搂，我也搂，他也搂，众人一心拼着命地搂！

搂呀搂！

搂呀搂！

指甲磨秃了，又用手指继续搂！

手指磨破了，鲜红的热血流出来，人们谁也不说疼，谁也不叫苦，谁也不泄气，咬紧牙关忍着钻心的疼痛，还是搂，还是搂！

他们一边搂着，还一边在鼓励着自己，鼓励着大家。

有的说：

"钢梁磨绣针，工到自来成，没有挖不通！"

有的说：

"碎麻拧成绳，能提千斤顶。我们只要齐心合力干到底，用鲜血也能把墙洇湿，把洞挖透！"

还有的说：

"磨没了指甲有指头，磨没了指头有手掌，手掌后头还有两条长长的胳臂接着呢，我就不相信这么多人连个墙洞也挖不通！"梁永生一面亲自带头挖洞，一面跟人们讲八路军战士负伤不下火线的故事。人们听后，劲头更足了，决心也更大了。

人们正挖着挖着，在窗口近前负责监听屋外动静的尤大哥，突然干咳了两声。

这是人们早已规定好的暗号——说明敌人来了！

于是，大家立刻住了手。

铁蛋和另外两个人，一齐坐在墙根底下，身子倚着后山墙，用那宽宽的脊梁将那尚未挖通的洞口遮起来。

有的人急速把那个刚才存水的小坑填埋好，坐了下去。

其余人，也都各自坐下来。

不一会儿，一阵皮鞋声由远渐近。

在一阵门锁的响声之后，两扇厚厚的门板又哐当哐当地响了一阵，敞开了！伴随着几道手电筒的光亮，四五个持枪的伪军出现在门口上。

走在尽前头的那个小子，肥头大耳，短脖子粗腰，肩膀上还驮着两块亮闪闪的板子，看样子是个伪军小头目儿。他先抽头探脑地用电棒子往屋里照了一遍，然后扯起他那破锣嗓子气势汹汹地嚎叫了一声：

"走！过堂去！"

"走！"

这个声音，是从全屋人的腹腔中同时发出来的。这吼声叫屋外天空中的沉雷一衬，更显得雄壮了。吼声未落，呼啦一声，除了用身子遮着墙洞的几个人以外，其余人一齐拥到屋门口上。

虽说"过堂如过鬼门关"，可是英雄的宁安寨人却没有一个害怕的！他们大瞪着一双双的火眼，心中狂烧着仇恨的怒火，一面朝外拥挤着，一面相互争着说：

"我去！"

"我去！"

"我先去！"

"……"

也不知是谁，还提高嗓门儿嚷了这么一声：

"咱们一块儿去！"

敌人怎敢让这么多人一块儿去"过堂"呢？他们死命地拦住门口，说：

"别争！别争！谁也落不下！"

还有的伪军在说俏皮话儿：

"这是去过堂，不是去坐席！争啥？"

那个肩上扛着板子的大老肥说：

"太君有令——只去三个！"

"好！我算头一个！"

挤在前头的梁永生说了这么一句，迈步跨出门槛。

"我算第二个！"

"我算第三个！"

又有两个小伙子跟在永生的身后走出来。随后，咔嚓一声，牢房的门又锁上了。

他们仨，踏着庭院中的泥水，被伪军们押着进了后院儿，走入一条长廊。

长廊里，尽是不堪入目的惨景！梁头上吊着好几个人！有的人，手被反绑起来，那件被皮鞭抽烂了的褂子上，布满了一道道的血印；有的人，被拴住两个大拇指，高悬在屋梁上，腿腕子上还挂着两摞砖！……

除了这些正在受罪的人以外，长廊两边还摆着一些烧得正红的烙铁、灌辣椒水的台子、夹板、压杠、老虎凳、皮绳、竹针、铁火盘、手铐、脚镣、钉子板，等等，等等！

这些刑具，就像有生命的活物一样，仿佛正在张牙舞爪，注视着梁永生他们这三个新来的人！

敌人把这些玩意儿摆在这条进入"审讯室"前必须经过的走廊里，显然是想给被审讯的人先来个下马威！可是，它们对梁永生这样的人来说，所起的作用却是相反的——它不仅没能使梁永生等人产生一丝一毫的恐怖和畏惧的感觉，反而使他们那满腔的怒火燃烧得更旺，使他们更增加了对敌人的无比仇恨，更坚定了他们一定要打败日本帝国主义的决心！

梁永生对这些罪恶的刑具投去蔑视的一瞥，大摇大摆地走过去了。

长廊的尽头是"审讯室"。

梁永生他们被带进这间灯光灰暗的房子里。

歪歪鼻子石黑，对他的"审讯本领"十分自信。虽然过去每次审讯都使他头疼，但这次他仍要亲自审问这批"人质"，显然是毫不奇怪的。现在，他像青面判官似的坐在审讯桌子后头的椅子上，肘子支着桌沿儿，手掌捂着前额，眯着眼，咧着嘴，好像又在头疼！

俗话说：仇人相见，分外眼红。

梁永生一见石黑那个熊相，仇恨、愤怒一齐涌上心头，火气立刻满了肚子。他真想一个箭步蹿上去，抡起拳头要那个老小子的狗命！可是，他不能那么干！因为牢房中还有几十名阶级弟兄，正在拼命挖墙洞，准备越狱，梁永生要来个大闹审讯室，显然是要影响他们的越狱计划的！

并且，梁永生打了石黑，鬼子还一定会在那些人的身上进行报复！

永生一想到狱中那些正在挖洞越狱的阶级弟兄，便立刻拿定了这样一个主意：在石黑"审讯"的过程中，我要尽量和他拖延时间，好让那些亲人们把洞挖通，安全脱险。这个念头，使永生极力忍住了心里的火气。他昂首挺胸站得溜直，紧紧地闭着嘴巴，眼睛一眨不眨地盯着正前方，在迎接着一场即将到来的"过堂"战斗。

过了好大一阵。

他只见那个杀人魔王石黑，像死里还阳似的撩起了下垂着的眼皮，将梁永生他们三个人逐个地上上下下打量一遍，又像老母猪似的吭了一声，然后指着其中的一个人恶声恶气儿地问道：

"你的八路的干活？"

那人摇摇头，爽朗地答道：

"不是！"

石黑指指另一个人，又问：

"他的八路的干活？"

那人再次摇摇头：

"不是！"

石黑的手指头又指向梁永生，仍问那个人：

"他的八路的干活？"

那人照例摇头道：

"不是！"

石黑照这样的问法，问完了这个又问那个，将那两个人都问了一遍以后，便轮到问梁永生了。也不知是因为什么，石黑对永生的问法与前两人稍有不同——他不是先问梁永生自己是不是八路，而是先指着永生身旁的一个人问道：

"他的八路的干活？"

梁永生早就分析到石黑有可能要来这一手儿，现在他胸有成竹地板着脸说：

"他不是八路。"

"他是啥？"

"老百姓。"

"你的担保？"

"我担保！"

石黑指指另一个人，又问：

"他的八路的干活？"

梁永生依然是板着面孔：

"他也不是八路。"

"他又是啥？"

"也是老百姓。"

"你也担保？"

"我也担保！"

石黑问到这里，脸色唰地黑下来。他指着永生，厉声叫道：

"这个的不是八路，那个的不是八路，你的一定是八路的干活了？"

他说着说着忽地站起身，一手拄着桌子边儿，一手指着永生，朝前倾着身子，以威吓的态势连声逼问着：

"你的说！快！快快说！……"

该怎么回答呢？

这个问题，永生是用不着考虑的！因为早在刚刚入狱的时候，他在想着越狱的办法的同时，就已经下定了这样的决心：一旦敌人"审讯"，我什么也不承认！

是的！在大场院里，他所以吼出一声"我就是八路"，那是为了用这句话来堵住敌人的枪口，好救下那上千号被围困的阶级弟兄。而今，他为什么还要再承认"我就是八路"呢？

当然，永生也曾想到，我硬不承认，石黑一定是要给我上刑的。可是在永生看来，敌人的刑罚，对一个革命者来说，它的作用只能是锻炼革命的意志！同时，还可以借此和敌人多纠缠一些时间，有利于那些正在挖墙越狱的人们逃出虎口，安全脱险……因此，永生摇了摇头，坦然而有力地回答石黑道：

"我不是八路。"

石黑又问：

"你的什么的干活？"

梁永生说：

"老百姓。"

"你的不是老百姓！"

石黑的一双尖眼珠子盯着永生张了几个跟头，又以非常肯定的口吻加重语气说：

"你的，八路干部大大的！"

梁永生听了，冷冷一笑，心中暗道："石黑这个狗强盗，又用上他这套讹骗伎俩了！"因为永生早在进入这"审讯室"前，已经做过分析，现在又经过观察，便得出了结论：石黑是不认识我的！因此，他面对着石黑的发问，先仰天大笑了两声，又以轻蔑的口吻继而道：

"石黑先生！你的眼力真不怎么样啊！"

石黑一愣：

"你这是什么意思？"

永生反问道：

"你们成天价兴师动众，扯旗放炮，捉八路，逮八路，可你知道那八路净是些什么样的人吗？"

石黑拍打一阵眼皮：

"八路净些什么样的人？你的说！"

梁永生兴冲冲地说：

"干八路军的，都是些不怕死的英雄好汉！都是些决心抗战到底的爱国志士！而且他们坚信：中国人民的抗战必将胜利！侵略人的日本帝国主义必将完蛋！……"

永生越说越有力，石黑越听越生气。当永生说到"侵略人的日本帝国主义必将完蛋"时，内心恐怖的石黑不寒而栗地抖搂一下。这时的石黑，心里是又气又怕。他那两个黑乎乎的探着一小撮黄毛的歪歪鼻孔，在一张一合地直动弹。最后，他猛地拍一下桌子，打断了梁永生的话弦：

"住口！再要这样放肆，死了死了的！"

梁永生摆出一副昂首天外的姿态，眼里闪射着藐视的光波：

"我死了就死了，这倒满没关系！不过，石黑先生，我告诉你：中国人民的血是不会白流的！欠下血债的人，定要他用血来还！"

石黑理屈词穷、老羞成怒了。他忽地站起来，两腿叉开，提着拳头，恶狠狠地盯着永生愣了一阵，然后向他那些侍候在两旁的喽啰们一挥手臂，满脸黑风、口沫横飞地说：

"给他个厉害的尝尝！"

几个伪军将梁永生推出门外，来到长廊里，抡起了蘸水的皮鞭。

梁永生眼不闭，头不低，挺身而站：

"你们当心，今日给我厉害的，明日定会有人给你们更厉害的！"

伪军在永生的胳膊上抽打出一条血印子：

"你还嘴硬……"

可是，伪军打着打着，一眼瞅上了梁永生那高山傲视的神态，吓得身子像风前的小草似的，一抖一抖的。这当儿，伪军的心里，在悄悄地想着自己的心思……可是，敌人哪里知道，梁永生正在有意识地拖延时间，好让牢房里的阶级弟兄们把墙洞挖通，胜利越狱。

一个伪军小头目儿，龇牙咧嘴，又举起皮鞭：

"我倒要看看你的嘴有多硬……"

"八路军大刀队的拳头更硬——我不信你们就没尝过！"

咋能没尝过！你瞧，永生这一句，吓得伪军倒吸了一口凉气，那根已经举起来的鞭子，像根油条似的耷拉着，没有劲儿了！

过了一阵，受刑之后的梁永生，再次挺立在石黑的面前。

这时的梁永生，脸上滚动着怒涛，眼里喷发着仇恨的烈焰。

石黑望着永生的神色，心里更加恐怖起来。他极力镇静着自己，再次逼问道：

"你是不是八路的干活？说！"

"惨无人道的家伙！"梁永生心里骂了一句。他那两只冒着怒火的眼里，喷射出两道刚毅不屈的光芒，把头一横，说道：

"不是！"

石黑暴跳如雷：

"你的不是哪一个是！"

梁永生把那顽强的火眼一瞪：

"不知道！"

"不知道"这三个字，就像三颗连发的炮弹，在石黑的耳边爆炸了！直震得石黑的耳膜嗡嗡作响，身子也抖动了一下。

石黑尽管狠毒、残暴，可他对于这宁死不屈的刚强汉子，又能有什么办法？固然，石黑一向是非常自信的，他认为软硬兼施总有一天是能够逼问出他所需要的口供的。可是，他这时已"明智"地认识到，现在自己是没有办法问出什么"口供"来了！于是，他只好无可奈何地暗自决定：明天另想别的办法，继续审讯。随后，他又向伪军们说：

"把他们押下去，通通地关起来！"

"是！"

伪军们像群应声虫似的应了一声，又转向梁永生他们三个人，喝道：

"走！"

那两位农民含着悲愤的热泪凑过来，要搀扶永生。

永生坚强地说：

"不用，我能走！"

他说着，一转身，甩开膀臂跨着大步，大摇大摆地走出了这道鬼门关。

他一边走着，一边在高兴地想：

"现在，墙洞可能早已挖通，那些阶级弟兄们也许已经胜利越狱了！"

谁知，当永生回到这座牢房时，人们还都在里边。永生正然惊疑，尤大哥凑过来了。他抱住永生，高兴地说：

"你可回来了！"

梁永生劈头问道：

"还没挖通？"

"早挖通了！"

"挖通啦？"

"对！"

"那你们咋还没走？"

"等着你们仨哩！"

梁永生听了这话，被阶级弟兄们的深情厚谊感动了。他镇静了一下儿，克制着感情说：

"事不宜迟，马上行动！"

话毕。他又和人们安排一下行动计划，越狱便既迅速又从容地开始了——他们这二十几号人，先一个接一个地钻出洞口，又清点一下人数儿，然后，梁永生让人们先在一边等着，他和小铁蛋、尤大哥三个人，悄悄地向后便门儿摸过去。

后门旁边的小岗楼里，亮着昏黄的灯光。

有个值岗的伪军，抱着大枪独坐灯前，正在做美梦。嗬！这是多么美好的天地呀——大叠的钞票，金色的勋章，还有升官的委任状……都摆在他的眼前！

这个伪军，正巧是刚才骂铁蛋的那个小子。梁永生悄悄地登上岗楼，猛地卡上了那伪军的脖子！他这一卡，那伪军的满脸笑纹唰地消逝了，那驹驹的鼾声也立刻停止了！这是因为，永生这一卡，使他离开了那神往的梦境，还使他，结束了这可耻的一生！

随后，梁永生拿起这个值岗伪军的大枪背在肩上，解下他的子弹袋扎在腰里，又随手捡起几颗手榴弹，便脚轻步快地下了岗楼。

永生来到岗楼门口时，负责把门的小铁蛋正在等着他。他将几颗手榴弹攉给铁蛋，继而用手势说：

"走！"

在梁永生收拾那个值岗伪军的当儿，尤大哥已经打开了小便门儿，并按照原定计划，将在后头等待的人们全都召集到门口近前来了。

永生又攉给尤大哥几颗手榴弹，低声命令道：

"你打头儿！"

"是！"

尤大哥低声应着，跨步出了便门儿。

永生又命令铁蛋：

"你断后！"

"是！"

就这样，他们这二十几号人，一个紧接一个地走出了那窄窄的便门儿——胜利越狱了！

最后离开据点的是小铁蛋。

不！铁蛋后头还有个梁永生。

他们安全地出了敌人的据点以后，在永生的指挥下，穿大街，越小巷，拐弯抹角，一阵疾走，很快来到了围墙根下。

这时，天色已近黎明。

启明星正在安静而迟缓地升起来。

每到这个时刻，敌人城门上、围墙上的岗哨，就都有些麻痹了。巡城哨也撤了。几年来，敌人摸到了这样一条规律——八路军和民兵们攻打据点，或者对据点采取什么突袭行动，大都是在入夜之后，而不是在黎明之前。一般说来，实际情况也确乎是这样。因为，若在黎明前后采取行动，不大一会儿天就明了，那对我们显然是不利的。

可是，敌人哪会想到今天竟有这么多人集体越狱呢？正是由于这个缘故，梁永生他们在翻越围墙时，并没碰上什么大的波折，便安全地脱险了。

曙光明媚。

晨风和煦。

梁永生带领着这伙越狱脱险的人群，正在悄然疾行，火速前进，敌人的大队人马拖着尘烟从背后追上来了！这时，梁永生朝后一望，只见敌人的追兵宛如成群的蝗虫一般，散乱一片漫野而来！

看样子，敌人仗凭他们人多势众，又量欺这些越狱者都手无寸铁，所以其来势是很凶的！

永生见此情景，心中在悄悄地想着对策。

铁蛋凑过来，向永生建议道：

"梁队长，咱们快跑吧！"

永生听了，心中暗想："这么多人，又没武器，光硬跑怎么能行？不行又怎么办呢？……"他一面想着，一面观察着附近的地形地势。一霎儿，他在道沟里将人们召集起来，指着前面的一个岔道口儿，发布命令道：

"你们顺着那个岔道的左股道沟赶紧后撤！"

他在发布这个命令的当儿，又突然想道："这些人都是宁安寨的，敌人要是追不上，会不会再到宁安寨去闹腾？"永生一念及此，又道：

"你们撤得越快越好，越远越好！只是别进宁安寨！"

有人问："梁队长，你呐？"

梁永生笑着说：

"我牵着敌人游行去！"

人们被永生好说歹说劝走了。

可是，铁蛋仍然不肯走。他拿着手榴弹，凑到永生身边，说：

"梁队长！我帮你打掩护！"

永生对铁蛋这种勇敢精神很高兴。不过他想："我们这么多人集体越狱，敌人一定急眼了！要再被他们逮回去，无论是谁，敌人也会下毒手的！"他想到这里，便立刻拿了个主意："一定要用最小的代价，换取更多的人安全脱险。"于是，他向铁蛋说：

"把手榴弹给我几个。"

"干啥？"

"给我几个嘛！"

铁蛋照办了。

永生又说：

"铁蛋！你是民兵，要服从命令——走！"

梁永生这道命令，好像十万座大山一样有分量。它把铁蛋那股涌动的感情，一下子硬压下去了。铁蛋瞪着两只无可奈何的眼睛，望了望梁永生那十分严峻的面容，只好尾随在人群的后边，按照永生指定的路线撤去。

天放亮了。

平平展展的大平原，正在一会儿比一会儿地扩大着，伸延着。梁永生趴在道沟沿儿上，望望越撤越远的人群，心里乐滋滋的。这时他想："石黑呀石黑！你想再把这些人捉回你的监狱去吗？那比登天还难！……"

永生正然暗暗地想着，敌人越来越近了。

看来，敌人认为这些越狱逃走的人们，不仅是手无寸铁，而且是毫无斗志，是没有什么战斗力的，所以他们根本就没有提防会有人打阻击。他们像一窝蜂似的，呼呼啦啦地拥上来。

梁永生呢？

他虽只有一人，却是稳如泰山，正在静静地等待着追捕的敌人向他靠近。因为他知道，自己的子弹和手榴弹都是不多的，应当让它们最大限度地发挥作用。

过了一会儿。

敌人已经很近了。梁永生先打了两枪，又扔出一颗手榴弹，便顺着道沟向后撤退。

敌人见有埋伏，就找好地势，乱放起枪来。

过了一阵。他们见没动静，这才又追上来。

梁永生撤退到岔道口上，又连打了几枪，引着敌人顺着右股道沟追下来，使那越狱的阶级弟兄们，又一次脱险了。

可是，故意被敌人发现目标的梁永生，却被尾追的敌人紧紧纠缠住。怎么办？他打一阵，走一阵，牵着成群的敌人，在这辽阔的大平原上，以纵横交错的交通沟为线路，开始了又一次"武装大游行"！

他们游来游去，游来游去，游了好长时间，过了偏午，梁永生又被迫撤进宁安寨。

这是梁永生在一天之内二进宁安寨！

永生是被迫撤进宁安寨的。尽管是被迫，他在撤进宁安寨时，也有一些想法——他既想到了宁安寨的青壮年都没回村，他又想到了利用彻底熟悉村情的有利条件，力争穿村而过，借以甩开敌人……可是，没想到，敌人追得紧，上得猛，他进村以后，还没出村，敌人的大队人马，呼啦一声，又和昨天下午一样——将个宁安寨围了个风雨不透，水泄不通！

怎么办？

永生闪身扎进一所院落。

这所院落，东面有段矮墙。

当梁永生正要越墙离去时，忽然听见那边的院子里已经进去敌人了。而且，这时有个敌人，正在墙那边咋咋呼呼地喊叫：

"梁永生！梁永生！"

咦？怪！敌人怎么知道我是梁永生呢？永生正纳闷儿，又见敌人已堵上院门口，并有一颗冒着黄烟的手榴弹扔进院来，落在梁永生的脚跟底下！

手疾眼快的梁永生，猛一弹腿，将手榴弹踢向正往院里闯的那群敌人，并就劲儿腾身一跃，来了个箭步儿，嗖地蹿进屋去！

轰！

永生刚进屋，院中那颗手榴弹响了！

这声巨响，直震得门窗乱动。顿时，庭院里就像突然下了一场大雾似的，从半空到地上，角角落落，全被黄尘黑烟塞满了。

冲进庭院的敌人，全都倒下去！

他们，有的是吓倒的，有的是炸倒的；有的呜呼哀哉了，有的嗷嚎嗷嚎地叫起来……

到这时，那位二进宁安寨又陷入重围的梁永生，他该怎么办呢？

一场更加艰苦的战斗，即将在这座院落里展开；一场更加严峻的考验，正向我们这位富有经验的老游击战士梁永生又一次猛扑过来……

第十二章

再返宁安寨

梁永生被围在屋里。

屋外响着阵阵枪声。

枪声惊扰不了梁永生。梁永生还在仔细地打量着屋里屋外的情景。他要在这里跟敌人决战了！

这是一所"四合院儿"。这个院落，是个粉坊。可是现在没人住。

四四方方的天井里，宽宽绰绰，空空荡荡。

天井的东南角上，也就是在东房和南房之间，有个走廊式的角门洞子。

永生看罢屋外又看屋里。

这是三间北屋。屋里，是"两明一暗"。在中间和西间之间，有道"隔墙"。隔墙门南，有个长方形的小孔洞，名叫"灯窑儿"。

"灯窑儿"，是放灯的地方。每到夜晚，把灯放在这里，一盏灯可以把里间屋和外间屋同时照亮。

这有隔墙的西里间里，靠着窗台盘了一条土炕。

这土炕是睡人的地方。

土炕的对面，靠着后山墙放着一张破桌子。桌子上面和桌子底下，摆放着粉坊里使用的各种家具。

红色岁月

红色历程

红色史诗

红色经典

在中间和东间之间，没垒隔墙，两间通连着。

在这两间屋里，靠西边安着一盘大水磨。冲门外有口大水缸。这水缸是过箩用的。为了过箩方便，把水缸的大半截埋在了地下。

屋门右边的门扇后头，紧靠隔墙盘了个锅台。

除此而外，就是散放在各个角落里的筛子、笸箩什么的一些零碎家什了。

总之，这座屋子里的一切，都是根据粉坊的特殊需要安排设计的。

现在，刚刚挖墙越狱的梁永生，为了掩护阶级弟兄们化险为夷安全脱身，他只身一人又被敌人围在这座粉坊里。

过去，梁永生和战友们在一起的时候，和人民群众在一起的时候，不论碰上什么样的敌情，也不论遇上多么大的风险，他总是浑身是胆，觉着就算天塌下来也没啥可怕的。今天，他独自个儿被敌人围困在这座屋里，情势迫使他离开了战友，离开了群众，但他也并不感到孤寂和空虚，反而有一种强烈得从未有过的欣慰的感觉，涌上他的心头。

这不仅是因为宁安寨的青壮年安全地甩开了敌人的追捕，而且，永生还意识到，这座屋子并不是与世隔绝的。现在，敌人虽然把我围在了这里，可是，他们却已陷入了人民群众的重围！如今，该有多少双眼睛盯着这座屋？何况，我们的战士和群众，又必然是正在各处打击着敌人哩！

永生一想到这里，就觉着他仍是和群众在一起，心里十分踏实，十分轻松。因为，他目下再也不用担心群众受连累，可以自由地和敌人拼杀了！何况他的手中还有一支大枪呢？

当然，对梁永生来说，大枪，不如匣枪应手！可这总比赤手空拳好得多呀！因此，现在永生的想法是，只要武器在手，即使流血牺牲，也要战斗到底！

永生想到这里，便将大枪端在手中，仔仔细细地检查起来。谁知，他拉开枪栓一瞅，猛然吃了一惊：

"呀！枪膛里只有三粒火儿啊！"

随后，他又捏开了子弹袋子。

子弹袋子已经空空的了。

这时，外边的枪声，一阵阵地响着。在这枪声的间隙里，还夹杂着敌人的狼嗥鬼叫。

在这样的时刻，在这样的处境下，梁永生情不自禁地回想起了他那半生中的全部生活和斗争。他想到了云城街头，他想到了运河岸边，他想到了雏家庄上，他想到了药王庙中，他想到了走延安，更想到了救星共产党和领袖毛主席……这一切，使得梁永生用三粒子弹面对着数以百计的敌人胆不怯，气不馁，心不慌，从而更加充分地显露出了他那沉着、冷静的特点。

眼下，在梁永生那钢铁般的体魄里，充满了旺盛的生命力和顽强的意志力量。这些，又使他获得了难以令人置信的胆略和智慧。现在在梁永生看来，三粒子弹，虽不能算多，可也不能算少了！

于是，他猛一吃劲，嘎啦一声，将一颗子弹推上了枪膛。随后，两手紧紧握住枪杆，又用食指勾住扳机，昂首挺胸站在隔墙门里，严阵以待，等待着那些胆敢闯进屋来送死的敌人。

梁永生眼下一切杂念都彻底地消逝了，身上的勇气和力量已骤然增大到了前所未有的程度。他正将其全部精力贯注在杀敌上，又忽听屋外头枪声大作，房顶上喊声连天，继而便是一颗手榴弹飞落窗前。

轰！

手榴弹爆炸了！

浓烟四起，黄尘弥空，就像院子里突然下了一场大雾，天井的情景再也看不清楚！屋里，栖息在梁头上、墙壁上的灰尘，被这巨大的爆炸声一震动，争先恐后地张落下来。梁永生根本不注意这些。他一面注视着门口，准备对付随时可能窜进屋来的送死鬼，一面监听着外边的喊声、枪声和手榴弹的连续爆炸声，心里悄悄地推断着可能发生的情况。

不过，他一不还言，二不还枪，只是心中在想："让敌人多消耗些子弹吧！"是啊！如今的梁永生，只有一个人，三粒火儿，与这么多的敌人对阵相持，显然他自己是不能随便放枪的！

再说敌人。

他们放了一阵枪，扔了一阵手榴弹，见屋里始终没有动静，便将枪声停下了。敌人原来的打算是，千方百计引着梁永生开枪还击，待他的子弹打光了，好进屋去抓活的。可是，他们现在见永生并不还枪，便趴在南屋的房顶上对着北屋嚎叫起来：

"姓梁的！投降吧！"

梁永生不吱声。

"姓梁的！投降吧！"

梁永生还是不吱声。

敌人将这句屁话也不知重复了多少遍，而且是嗓门儿一遍更比一遍高。

不过，不管他们怎么叫唤，梁永生由始至终不吭一声。

敌人八成是急了！他们将一颗小甜瓜式的日本手榴弹从门口扔进屋来。

手榴弹在外间屋里爆炸了。

随后又是一颗。

又爆炸了。

顿时，屋里烟雾滚滚，尘土飞扬，强烈的火药味儿直钻鼻子，呛得梁永生总想咳嗽。可是，永生为了不让敌人判断出屋里的真实情况，就极力抑制住自己，没有咳嗽出声来。

这时候，这座变成了烟雾世界的屋子，就像正在起火似的，一股股的黄烟，可着门口窗口往外冒着。

过了一会儿。

南房顶上的敌人，又朝着这北屋喊叫起来：

"姓梁的！投降不投降？快说实话吧！"

梁永生呢？还是老办法——不作声。

接着，又听敌人嚷道：

"姓梁的！你再不投降，可别怪我们来厉害的啦！"

他们还有个屁厉害的？管它哩！永生依然没答腔。

这当儿，仿佛听见外头有个家伙在说：

"咦？怪呀！怎么就是不答声儿哩？是不是已经叫手榴弹炸死了？"

又听另一个家伙接着那个的下音儿说：

"对！八成儿是这么回事儿！"

"你、你们俩，进、进去看看！"

这是白眼狼的声音。

永生一听，心里乐了。

为啥？因为他不还枪不吱声的目的，就是为了诱敌深入——闯进屋来。梁永生的想法是：一来，敌我人数悬殊，只有把他们引进屋来，才能让这少得可怜的子弹充分发挥其作用；二来，梁永生已明确地意识到，他自己有子弹少的短处，但又有不怕死和会武术的长处，只有和敌人在屋里拼杀才是最有利的。除开这两点，梁永生还有个打算，就是把敌人引进屋以后，好想个法儿从敌人手里夺取枪支和子弹，用来武装自己。

　　现在，他一听白眼狼派两个敌人进屋，他的目的要达到了，他怎能不高兴呢？于是，他提起精神，又擦了擦被呛得正在流泪的眼睛，便全神贯注地盯住了屋门口。

　　不大一会儿。

　　有两个伪军，真的朝这北屋的门口闯过来了。

　　这俩送死鬼，一个在前头，一个在后头。

　　前头这个，是个大兵。他两手端着一支大鼻子捷克式步枪，枪筒上还安着一把闪光的刺刀。不过，这种武器，拿在他的手中，并不给人一种威武的感觉。这主要是因为他那像个柳叶似的小脸儿，如今已吓得比秋后的柳叶还要黄！

　　后头那个，看来是个伪军的小头头儿。他猫弓着腰，龟缩着脖子，将身子藏在那个伪军的脊梁后头。这个小子一手推着前头那个不肯前进的伪军，一手提溜着一支三把二十四响匣子枪。看这个贼眉鼠眼的家伙的态势，就像他觉着这个屋门口如同老虎口一样可怕，随时都有可能把他生吞下去。只见他一边推搡着前头那个伪军，蹑手蹑脚地向北屋走着，一边抽头探脑地东张西望左顾右盼，简直像只避猫鼠！

　　外间屋里硝烟弥漫。

　　梁永生早已作好了准备。

　　当这两个送死鬼慌慌张张闯进屋以后，只听嘎勾儿一声响，从灯窑儿里射出一枪。那个拿匣枪的伪军官儿，应声倒在地上。那个端大枪的伪军，一听见枪响，就知梁永生并没有死，立刻吓没了真魂。

　　他回头就往屋外跑。

　　谁知，这个慌忙外逃的伪军刚一迈步，被那个四脚拉叉躺在屋门口上的伪军尸体绊倒了。当他昏头涨脑地爬起来的时候，梁永生已把第二粒火儿推上了膛。这时节，只要是梁永生的二拇手指一动弹，这个伪军的小命儿也就上西天了！

　　不过，永生并没开枪。

因为他想："眼时下，一粒火儿太宝贵了，用它打死一个已经吓破了胆的小玩意儿，实在怪可惜的！"

正在这个节骨眼上，趴在南房顶上的白眼狼，朝着想往外跑的这个伪军喊道：

"你、你往外跑，我、我枪毙你！"

丧魂落魄的伪军一听这话，又嗖地蹿回屋来。

他进屋后，一步蹿上锅台。将他那乱打哆嗦的身子，紧紧地贴在隔子墙上，又把枪口伸向隔墙的门口，光打抖搂不再动了。

这一阵，梁永生那两条怒冲冲的视线，透过窗棂的空间，在南屋的房脊上搜寻着。他要寻找那个正在房上指挥的汉奸白眼狼。可是，他瞅了老半天，只是听见白眼狼在叫唤，却望不见那个老杂种的影子。

突然，永生正望着望着，就听见背后隔墙上的"通天框"嘚嘚地响了几下儿。他猛一回头儿，只见有个雪亮的刺刀尖儿，贴着"通天框"已露出了二寸多长。

八成是因为那个端枪人正在打哆嗦的缘故吧？那个刺刀尖儿正然一阵阵地颤动着，并且时而磕在"通天框"上，发出嘚嘚的响声。

梁永生看清情况后，不由得心中笑道：

"胆小鬼儿！"

于是，他不慌不忙地从灯窑儿里伸出一只手去，将二拇指头挺直，猛地顶住了那个伪军的脊梁，并以命令的口气喝道：

"别动！"

那个伪军，浑身猛一收缩，打了个冷战。梁永生又紧接着命令他说：

"放下武器！饶你活命！"

那伪军以为是枪口挂在了他的脊梁上，吓得浑身的冷汗流成了河，哪里还敢动一动呢？于是，便乖乖地把枪扔在地上，举起双手，哭声丧韵地央求道：

"我投降！我投降！饶命啊！……"

梁永生把手抽回来。又命令道：

"进来！"

"是！"

伪军哆哆嗦嗦走进里间屋。

他进屋后，一面用一双失神的直眼盯着梁永生，一面用口舌哽结的鼻音央求着：

"长官，不，同志，饶，饶我一条活命吧，我是被抓来的呀！……"

梁永生让他蹲下，随后自己也跳下炕来，蹲在炕根底下，又向伪军说：

"饶你可以……"

"谢谢！"

"可你要老实儿地听我的命令！"

"一定听！"

梁永生朝屋门口一指，说：

"你去把那支匣枪拿过来！"

伪军点头应道："行！"

永生又指着屋门口上那个伪军的尸体说：

"连他身上的子弹袋子也要解下来！"

"行！"

"去吧！"

"是！"

伪军来到屋门口，拿起匣枪，又解下子弹袋子，扭头一望，只见梁永生正端着大枪冲着他，便老老实实地又朝屋里走回来。

正在这个当儿，南房顶上响了一阵排子枪。

一颗颗的子弹，从伪军的身边吱溜吱溜地擦过去，有的钻进地去，有的打在墙上，还有一颗子弹擦伤了伪军的胳膊。

鲜血突突地流出来。

那伪军一见血，身子一抖，摔倒地上。

梁永生匍匐着身子，来到外间，拾起匣枪和子弹袋，又把吓傻了的伪军拖进里间。

永生使用匣枪已经使熟了。所以方才总觉着大枪不顺手。现在，他得了这支二十四响的匣子枪，不仅枪的成色比他几年来使用的那支还好，而且子弹袋里的子弹又装得满满的，这一下子就像猛虎添了翅膀一般，他的心里高兴极了。

再说那个伪军。

他望着自己受了伤的胳膊，又痛，又怕，又气，又恨，不由得咬牙切齿地骂起来：

"白眼狼那个老杂种！"

梁永生抓下罩在头上的羊肚子手巾，一边给伪军包扎伤口，一边教育他说：

"以后，别替他们卖命啦！啊？"

那伪军见梁永生待人挺和善，还替他包扎伤口，一点也不像石黑、白眼狼说的那样，人一当上八路就"六亲不认"，伪军落在八路手里"有死无活"。于是，他就试探着说：

"你真好！我一辈子也忘不了你的恩惠……"

梁永生严肃地纠正他说：

"不！你这个说法不对！"

伪军迷惑不解地问：

"咋不对哩？你待我好，我不应当感谢吗？"

梁永生说：

"我没啥值得你感谢的。你要感谢的话，就感谢共产党和八路军吧——我是按照我党、我军的俘虏政策来对待你的。"

伪军点点头。又说：

"不管咋说，反正是庄乡爷们儿……"

庄乡爷们是啥意思？原来这个伪军不是别人，他是宁安寨老中农田金玉的儿子田宝宝。

田宝宝在当伪军之前，一直在外地念书。梁永生呢？离开宁安寨去闯关东了。他回到宁安寨后，没站住脚，又奔了延安去。因此，永生只是听人说过，田金玉有个儿子，叫田宝宝。后来也知道田宝宝当了伪军。可是一直没有见过面儿。所以，直到今天，永生并不认识这个田宝宝。

永生虽不认识田宝宝，可田宝宝却明确地知道，给他包扎伤口的这位八路军，就是那位大刀队队长梁永生。

他是怎么知道的呢？

因为他在闯进这座屋子之前，听到石黑、白眼狼以及大大小小的伪军头目们都在吆呼：

"今天围住的这个八路，是大刀队队长梁永生，一定要想法活捉住他！活捉住他！"

而且，他被俘以后，一见梁永生的面，也大体上认出来了。这是因为，梁永生他们夜袭柴胡店的那天夜里，田宝宝不是被捆绑起来放在门后头了吗？那时，他的嘴虽然被堵住了，可是眼睛并没被捂起来。在当时，梁永生虽没去注意田宝宝，可是田宝宝，却就着时隐时现的星光，把梁永生的形象大体看清了。

可是，在他俩刚见面时，田宝宝虽然认出了梁永生，却并没敢对永生说出自己是谁。因为，石黑、白眼狼常说，"八路六亲不认"。他虽不完全相信，可又不完全不信，所以没敢攀乡亲关系。况且，田宝宝还曾听爹说过，梁永生为借粮来到过他家门口，田宝宝他爹怕永生还不起没有借给他。为这件事，田金玉还曾嘱咐过儿子：

"过去咱没借给梁永生粮食，他八成会恨着咱的；如今你和他又在两面上混事，可得处处留点神呀！"

田宝宝对他爹这些话，过去是深信不疑的。可是今天，他被他们自己人打伤以后，梁永生又对他这么好，使他很感动，所以这才开始试探着和永生攀攀乡亲。可是，他刚说了个半截话儿，梁永生的注意力，却忽地飞到房顶上去了。

原来是，房顶上的苇帘子，突然发出一阵咔嚓咔嚓的响声。

永生定神一望，又转念一想，立刻明白了：这显然是，那些黔驴技穷的敌人，派其喽啰来闯屋没有成功，现在又派人来挑房顶了！一念及此，永生又想："要是让敌人把房顶挑开一个大窟窿，再从窟窿里扔下手榴弹来，那可就糟了！"

梁永生想到这里，把匣枪往腰里一插，将大枪背在肩上，又将田宝宝那支步枪端在手里，然后朝外间的水磨一甩头，对田宝宝说：

"你先到那个磨北面去藏一藏吧！"

他见田宝宝不解其意，又用枪指着房顶说：

"你听！他们要挑房顶扔手榴弹了！"

田宝宝终于领悟了永生的意思，照令而行，躲到外间的水磨北面去了。

梁永生不声不响地监视着房顶。

房顶上的响声，正在越来越大，越来越大。

过了一阵。

又过了一阵。

铁锨铲苇帘子的声音都听得清清楚楚了。这时节，永生听着，瞅着，心中暗自分析着:"听这响声,房土已被挑开了,现在正用铁锨铲房顶上的铺材!"他想到此,便从容不迫地把手中的大枪朝上一举,瞄准了正在咔嚓咔嚓乱响的地方,一勾扳机,砰的一枪。

这枪声一响,只听见房顶上吭噔一声,就像有个什么沉重的东西从半天空中落到房顶上一样,震得房顶颤动了一阵,有些檩梁上的灰尘,纷纷飘落下来。

此后,那铲苇帘子的声音,再也没有了。

这显然是,那个撅着屁股挑房顶的家伙,被梁永生这一枪给放倒了。

不大一会儿,那边的苇帘子又响起来。

早已顶上火儿等着的梁永生,等敌人把房土挑开后,又给了他一枪。这一枪,和那一枪一样,房顶上又是吭噔一声,苇帘子又不响了!

梁永生隔着苇帘子一连撂倒两个以后,敌人只好把挑房顶的把戏收起来。可是,屋外的枪声,还在紧一阵慢一阵、稀一阵密一阵地响着。这时,按照梁永生的分析,敌人这个闹腾劲儿,看来有两种意图:一是,他们正在想尽一切办法,逼迫永生投降;二是,尽量引着永生还枪,等永生的子弹打光了,他们好闯进屋来抓活的。永生根据这样的判断,便暗自决定:我来个将计就计,跟敌人消磨时间,等天黑下来以后,再想法子突围。于是,他又招了招手,把外间屋的那个伪军又叫过来。他俩一同蹲在炕根底下。永生问那伪军:

"你今年多大岁数啦?"

"二十三岁。"

"你叫个啥名字?"

"田宝宝。"

"田宝宝?"

"嗯嗬。"

这时,梁永生对田宝宝发生了兴趣。他的兴趣,并非源于"田宝宝"这个名字起得怪有意思,而是"田宝宝"这个名字使永生打开一条新的思路——他想起了田金玉那个当伪军的儿子。可他又想:"同名同姓的人多着呢,这个田宝宝是不是就是田金玉的儿子呢?"于是,他又接着问下去:

"你是哪村人?"

"宁安寨人。"

"你爹可叫田金玉?"

"对！"

到此，梁永生算把这个田宝宝核对实了。随后，他口吻一变又问：

"你认识我不？"

"认识。"

"我是谁？"

"梁永生。"

"你见过我？"

"见过！"

"在哪里？"

"柴胡店！"

"啥时候？"

"你领着八路军夜袭柴胡店的那天夜里……"

这时，田宝宝将他被捆绑起来放在门后的过程简单地说了一下。在他陈述这件事的过程中，屋外的敌人又喊叫又打枪，还是闹得挺凶，吓得个田宝宝几次把话停下来。

永生朝窗户甩一下头，向田宝宝说：

"不管他！说下去——"

最后，田宝宝又接上这样一段话：

"从那，我虽侥幸没死在狼羔子手里，可是却无缘无故地受上气了——白眼狼三天两头儿威胁我，不许我吐露狼羔子枪杀伪军的真情；阚七荣就三六九儿地审讯我，要我证明狼羔子是八路的内应；另外，石黑也暗地里逼问过我好几回，要我告诉他事情的真情实况……后来，咱不知是谁的主意，也不知为了什么，把我从柴胡店调到水泊洼来了！"

这一阵，梁永生一面听着田宝宝的叙述，一面听着屋外的动静。

忽见杨翠花身上带着血迹，出现在南房顶上，两个敌人押着她。这个完全出乎永生意外的新情况，使得他的心中猛然一震："翠花被捕了……"

继而，永生又见，而今的杨翠花，在那高高的南房顶上，昂首而立，正在冲着北屋的窗口高声喊道：

"永生！我相信你一定会：宁做烈士，也战斗到底！"

翠花这肺腑之言，带着感人的音韵，带着动人的力量，冲进那战斗的北屋，撞击着永生的耳鼓，震动着永生的心弦。

梁永生，在这样的时刻，在这样的处境中，得到了翠花的鼓励，了解了翠花的愿望，心里有说不出的高兴！他为自己有这样的妻子而感到自豪，感到骄傲！他为自己的妻子能在这样的时刻说出这样的话来，而兴奋，而激动！因为，翠花这短短的一句话，使得永生心潮翻滚，热血沸腾；这短短的一句话，还使他力量加倍，勇气倍增！这时的梁永生，是多么想说几句话来回答他的妻子啊！可是，尽管他的心里有千言万语，万语千言，嘴里，却是连一句话也说不出来！

正在这时，又听翠花大声疾呼道：

"永生！该开枪就开枪，不要顾我！……"

翠花为啥这样疾呼？永生完全理解翠花的想法：因她已落入魔掌，敌人要把她作为人质引诱永生，企图迫使永生放下武器；现在，翠花这么一喊，就用不着永生再去考虑了！可是杨翠花这句话还没有落地，倒吓得敌人急忙把翠花拉下房去，只怕永生开枪要了他们的小命！敌人的阴谋诡计又破产了。

接着，从窗口里射进一排密集的子弹。敌人又在南房顶上开枪了，子弹打在北山墙上。到这时，直打得那北山墙坑套坑，洞连洞，好像核桃皮一样了。梁永生见田宝宝有些惊慌，问他说："怎么？害怕啦？"

田宝宝点点头："有一点儿！"

"来，你瞅着——"永生道，"我教训教训他们！"

他说着，一甩腕子，朝着南房顶上砰砰两枪。伴随着这两声枪响，那南房顶上的敌人中，一个吭噔一声倒下了，另一个发出一声惨叫后，骨骨碌碌地跌下房去！这一来，那南房上的枪声立刻停下了。你想啊，尽管那南房顶上的敌人并没死净，可是，那些还活着的怕死鬼们，一见梁永生的枪法这么准，都吓成了王八吃西瓜——滚的滚，爬的爬，光是顾命了，还有谁顾得上探头放枪呢？

梁永生所以打这两枪，一来是为了教训南房顶上那些扬风阕毛的敌人，二来是给田宝宝壮壮胆，也是向他表示：不许他心怀二意，轻举妄动。除此而外，永生还想用这两枪向石黑表明："尽管我的妻子落入你的魔掌，可我梁永生和你们拼到底的决心，并没有一丝一毫的动摇！"他还想用这两枪回答他的妻子："翠花啊！你的话说得对，说得好！我一定那样做，也一定做得到！"

落入敌人魔掌的杨翠花，将会出现什么情况？这个问题，永生想过没有？没有！因为他完全相信自己的妻子，能够经受住这次考验。而且，永生还满怀信心地认为：翠花在经受这次严峻的考验之后，必将更加坚强起来！那么，梁永生现在心里在想什么呢？他还和原先一样——我一定想法突出去，也一定能突出去！他在这样的念头支配下，将那还在冒烟儿的匣枪往腰里一插，又随随和和、沉沉静静地问田宝宝：

"你们这次来了多少人？"

这一阵，被梁永生那百发百中的枪法惊呆了的田宝宝，一直在盯着个永生出神。永生这一问，他像才从梦中醒来似的，慌忙答道：

"准数儿闹不清！我光知道，柴胡店据点上，来了一百多人。"

"别的据点上呢？"

"听说，黄家镇据点上来人了，来了多少闹不清，只知道是乔光祖亲自带队来的；水泊洼据点上，是疤瘌四带队的，来了二十多人。"田宝宝说，"另外，据说还有'扫荡队'的一些人哩！"

"你估摸估摸，总共有多少？"

"咱连个边儿也摸不着，没处估摸去！"

"连个大荒数儿也估摸不出来？"

"要说荒数儿——"田宝宝拍打着眼皮想了一阵儿，"喔！怎么也有好几百！"

"这些人都在宁安寨？"

"对！全在宁安寨。"田宝宝说，"梁队长，你是没看见，石黑为了你一个人，把这宁安寨都垛成兵山啦！"

"他们怎么知道这个被围住的八路就是我呢？"

田宝宝摇摇头说："闹不清他们是怎么知道的！"

梁永生又问："为了我一个人，他们为啥调来这么多兵？"

"我刚才不是说过吗——为了逮着你呗！"田宝宝说，"咱听人说，长期以来，石黑因为捉不到你，又羞又怒；这一回，他已经下了决心：非要活捉住梁永生不可！听说石黑还将今天的情况报了他的上司荻村。荻村也命令他一定要捉活的！因为这个，他们把守得很严……"

"他们把守得怎么个严法？"

"先说这个院子吧！房顶上，角门上，还有院子的周遭儿，各处都有人！"田宝宝说，"再说这条胡同。三步一岗，五步一哨，还有来来回回巡逻的。胡同口的两头儿，都架起了重机枪……"

"噢！村边上呢？"

"村边上，大大小小的路口，全都布上岗哨封锁住了！"田宝宝说着说着加上了议论，"梁队长，叫我看，你的枪法虽好，武艺也高，可是，好虎架不住群狼多呀！他们的人，实在是太多了！你要想突围，恐怕是，恐怕是，唉，难呀！"

梁永生这个人，脾气就是这样怪——有时候，他一讲就是一大串；有时候，却又一句话也不讲，光听别人说。只有当别人的话弦断了的时候，他才肯插上一句，引着人家再说下去。

今天，他和田宝宝的谈话，又是这样——他对田宝宝叙述的情况，发表的议论，一律不加可否。有时候，拿起一根草棍儿，在手里折来折去；有时候，向田宝宝笑笑，又追问下去：

"柴胡店据点上的人，在什么地方布防？"

"在村子的北面。"

"南面儿是哪一部分？"

"是黄家镇据点上的人。"

"东面呢？"

"是水泊洼据点上的人。"

"西面呢？"

"是那些'扫荡队'！"

梁永生和田宝宝一问一答地说着，同时他将一半精力悄悄地用在了监听外面的动静上。这一阵，屋外比较平静。永生想："方才那一阵，他们在翠花身上下了毒手，想让翠花劝降；眼下这一阵，敌人又在搞什么鬼名堂？……"梁永生尽管耳朵在听，心里在想，可是，从他的表面看来，好像他的神情非常专一，只是在和田宝宝谈话，别的，啥也没听，啥也没看，啥也没想。

过了一会儿。梁永生还在和田宝宝谈着，忽听院子里有人喊叫：

"走！"

继而又是一声：

"快！"

这声音是很低很低的。可语调又是急促的，粗野的，生硬的。在这粗野的声音后头，又听有人说：

"你光催不是白搭！我是上了年纪的人了，腿脚不给做主啦！……"

这个说话的人，听嗓音是个老头子。可是，他的声腔却特别高，仿佛是故意让藏在屋里的人听见似的。

这两种声音，一高一低，形成了明显的对照。

梁永生听了一阵，觉着那个高声说话的老年人的声音很耳熟，心中猛然一惊："咦？这是谁呢？……哦！这不是魏大叔吗？他来干啥哩？"

这些念头，在一眨眼的工夫，就从梁永生的头脑中闪过去了。并且，就在这同时，他腾地站起身来，透过窗棂朝外一望，只见魏大叔果然出现在庭院中。

又见，在魏大叔的身后，还有两个穿便衣的人：

一个是尤大哥；

另一个是田金玉。

在他们的身子后头，还有几个穿着伪军装的家伙。他们都一手提着枪，一手推着群众，正然朝这北屋门口闯过来！

梁永生一见这种情景，心里豁然明白了：这是狡猾的敌人想钻共产党、八路军的空子，用和八路军有着血肉关系的人民群众做"挡箭牌"，他们好就势冲进屋来！

面对着这种局面，应当怎么办？

这可真把个梁永生难住了：

开枪吗？不行啊——那会伤害走在前头的群众！不开枪？也不行——敌人很快就会闯进屋来了！因此，这个从来不爱着急的梁永生，如今却着起急来了！他，恨不能一下子想出个好办法来，可是，越急越觉着没有好办法！

时间，在不停地流逝着。

敌人，在迅速地靠近着。

永生，越来越焦急了。

精明的魏大叔，可能早已替永生想到了这步棋。他一面佯装出害怕的样子，一步挪不了四指地踥步前进着，一面在和伪军说着，其实是说给梁永生听：

"你们光推着俺们就挨不上枪子儿了吗？枪子不是光能从前面打，人家要是从上往下打哩？……"

伪军猛搡了魏大叔一把：

"快走！"

另一个伪军喝道：

"少说废话！"

魏大叔装作耳聋没听清，又一次重复着：

"枪子儿，是能从上往下打的呀！那一年，闹土匪，我藏在门扇后头……"

魏大叔这些卯不对榫的话，一下子提醒了梁永生。

永生一个箭步蹿上锅台，昂首挺胸站在了门扇后头。

魏大叔他们迈步进了屋门口，一下子站住了。不管敌人怎么推搡，魏大叔和尤大哥说啥也不走了。他俩挺身一站，把他们身后的伪军全都挡在了屋门口上。这时候，魏大叔和尤大哥的心情是一样的——他们要用自己的身子，把身后的敌人挡在门外，宁可自己一死，也决不让狗杂种们闯进屋去伤害梁永生！

在这时，对那些眼看就要大功告成、请功受赏的敌人来说，当然是万分焦急的。焦急怎么办呢？两个伪军正在又推又搡，白眼狼在南房顶上嚷道：

"开、开枪！"

伪军把枪一端，真要下毒手了！

正在这时，挺立在门扇后头的梁永生，突然从门扇上头伸出了匣枪，一搂扳机，当！当！一连响了两枪！

这两枪，使那两个要下毒手的伪军倒下去，永远趴在地上啃黄土了！

其余的几个伪军，都将屁股一掉，抱头鼠窜了！

与此同时，魏大叔，尤大哥，呼啦一声跑进里间。

田金玉也跟着跑进来。

他一见他那宝宝，又惊又喜，便一头扑上去，抱住他的儿子，淌着悲喜交加的泪水说：

"我那宝宝哟！你还活着呀？阿弥陀佛！谢天谢地！"

梁永生跳下锅台，手提着匣枪也走进里间屋来。让大家都隐在炕根下。他瞅瞅魏大叔，望望尤大哥，有许许多多念头，从他的脑际闪过。另外，还有一股激动的感情，正在梁永生的胸口上涌流着。

可是，梁永生还没来得及说话，只见那个田金玉，把他的儿子一扔，扑到永生的面前，连连央求道：

"梁老弟，你知道，我就是只有这么一个宝宝儿子。咱人不亲土亲。你看在咱是老庄乡哥们儿的面上，可得给我留下这条根呀！要不价，俺田家的祖坟前头，可就绝后啦！……"

听田金玉这话，仿佛梁永生马上就要枪毙他的宝宝似的。这时的梁永生，面对着一面说一面扑簌簌扑簌簌滚着眼泪的田金玉，觉着心里好笑。可是，当他正要解释几句时，那田金玉没等他张口又开了腔：

"大兄弟，过去的事，千错万错全是我的错！你宰相肚子能撑船，可千万别往心上搁呀！"

田金玉说完这些话，还觉不放心，这又扯起他那三绺稀落的灰色胡子，摆出一副可怜的苦相，继而道：

"大兄弟，你瞧！你傻大哥这大的年纪了，要是你那侄子宝宝他，有了三长两短，谁给我养老送终啊？……"

田金玉正不顾别人地没完没了地说着，田宝宝在一旁打断了他爹的话弦开了腔：

"爹！梁队长对我很好。他……"

田金玉又打断了儿子的话说：

"不，不，不能叫梁队长！要叫梁大叔！"

他缓了口气，又以教训的口气向田宝宝说：

"要知道，咱和你梁大叔，是老乡亲，老街坊，老哥们儿。俗话说：'远亲不如近邻，近邻不如对门。'叫大叔比叫队长近乎得多呀！……"

他说着说着，又突然转向永生：

"大兄弟呀，咱宝宝这孩子不懂事，你不看僧面看佛面，全看在你傻哥我的脸上，可千万别怪他呀……"

在这样紧急的时刻，在这样危险的境地，梁永生和魏大叔、尤大哥他们，该有多少要紧的话要说？该有多少重要的事儿要做？可是，这个田金玉，别的全不想，更是全不管，他那肉肉头头的大脑袋里，只有他的儿子。眼下，对他来说，儿子就是他的心，儿子就是他的命，只要能保住他的儿子，别的，都是无关轻重的。

可是，别人谁肯跟他纠缠这些事？

特别是魏大叔，气得脸都发白了！

说起来，魏大叔瞧不惯田金玉这号德行，已经不是一天两天了。早在日本鬼子刚进县城的时候，有人劝田金玉躲一躲，可田金玉不躲。他说：

"外国人进中国，主要是照着官家干，与咱老百姓有啥相干？"

当时，魏大叔顶他说：

"八国联军进北京的时候，那些外国鬼子们是怎么干的呀？……你忘啦？我没忘！那时节，光绪和慈禧他们，全跑到西安去了！鬼子们进了京城，又烧又抢，大火着了七天七夜……"

他俩争执一番，田金玉那种鬼子侵略中国与百姓无关的说法，终于被魏大叔顶回去了。今天，魏大叔正要把田金玉这些闲言淡语顶回去，可是话头却被尤大哥拦住了。原来是，尤大哥见梁永生面对着絮絮叨叨的田金玉，面有急容，便冲着田金玉嚷了一句：

"别咧咧这些废话！"

尤大哥拦腰这一杠子，把田金玉的话头儿给撅回去了！梁永生苦笑了一下儿，就劲儿开了腔。他问尤大哥：

"你们是怎么落到敌人手里的呢？"

魏大叔抢先说：

"俺们仨，三种情况——"

梁永生觉着很有意思：

"哟！还挺复杂呀！"

魏大叔又接着说：

"我，是被狗杂种们抓住了，硬被他们逼着进来的！"

永生"噢"了一声。

魏大叔又指着尤大哥说：

"他，是'自投罗网'，混进来的！"

梁永生对尤大哥"自投罗网"感到惊奇，正想问什么，还没开口，魏大叔又指指田金玉，以轻蔑的口气说：

"人家他，是来看他的宝宝儿子的！"

大叔在说这话的时候，由于气愤，满脸充血，变得火红。等魏大叔说完后，梁永生问尤大哥说：

"尤大哥，你真是'自投罗网'的吗？"

尤大哥笑了：

"这不假！"

梁永生又问：

"有事？"

"有事。"

"啥事？"

"你听我说呀！"尤大哥说，"我们越狱的那些人，听说你被围困在这里，全都急坏了！要不是我泼死泼活地拦着，人们非要来跟敌人拼命不可！我好说歹说把人们说服以后，就决定去找大刀队的同志们，让他们来宁安寨给你解围……"

"找到没有？"

"我们仨一伙，俩一帮，分头跑了半晌，终于找到了他们。"尤大哥说，"他们当即研究一下，决定马上行动，来给你解围。梁志勇还让我们分头送信，召集了八个村的民兵，配合大刀队一齐行动……"

"他们现在哪里？"

"哪里都有。"尤大哥说，"在这宁安寨的四周，全埋伏好了！"他缓了口气又说，"要是依着同志们，早就发起总攻打进村子来了！可是，志勇说啥也不同意。为这事，他还和几个同志吵了一阵呢！当时志勇说：

"'队长有令——不许轻举妄动！'

"有人反驳说：'队长的命令，是根据昨天那个场景下的！今天不是昨天……'

"志勇又说：'今天就该轻举妄动？何况现在我们一点情况都不了解，为了营救一个人，让这么多人去拼命，那不是瞎胡闹？我坚决不能同意！'

"可是，他说着说着，眼里的泪水滚下来！我知道，人们也全知道，志勇听说多只身一人被围在这里，围兵又竟达几百人之多，当然是凶多吉少，心里怎能不难过？又怎能不着急呢？"尤大哥变换成称赞的口吻说："可是，志勇这孩子，可真是好样儿的。他不论自己的心里多么难过，多么着急，可他始终不答应猛冲硬干！当黄二愣急得要领着一伙人单独行动时，志勇把桌子一拍，厉声道：

"'二愣！你给我站住！'

"二愣站住了。志勇又道：

"'不许自由行动！这是命令！'……"

尤大哥说到这里，梁永生插问一句：

"最后怎么样了？"

"最后，志勇决定，先让我混进村来，打探情况，然后，再根据情况决定怎么个干法。"尤大哥说，"可巧，我混进村以后，正赶上敌人抓人当'挡箭牌'，我想：'只有见到你，才能把各种情况摸到实底儿。要不，我们外头和你里头怎么紧密配合起来一起行动呢？'于是，我就想了个'自投罗网'的法儿，故意让敌人抓住了。这不，终于混进来了……"

尤大哥一气说了这么多。

这一阵，梁永生除了听，便是问，一直不说啥。后来，尤大哥把话说结了，并单刀直入地问永生道：

"咱下一步棋该怎么走哇？"

到了这时，梁永生还是没拿主张，而是继续问尤大哥：

"外头，敌人的情况怎么样？"

尤大哥又把敌人的情况说了一遍。

魏大叔还做了一些补充。

梁永生听了他俩谈的这些情况，又和田宝宝方才谈的那些情况联系起来想了一阵，接着问道：

"你们看，咱下一步棋该怎么走哩？"

屋里沉默起来。

永生见人们不好插嘴，又另起话题问道：

"你们看敌人那个劲儿，他下一步棋要怎么走？"

他这么一问，人们的话就多了。头一个开腔的是魏大叔。他气冲冲地说：

"叫我看，敌人要下毒手！"

"怎么下毒手？"

"放火烧房呗！"

田金玉也答话了。他变脸失色地说：

"对啦！他们把一大垛柴火都准备下了。方才，他们正到各家各户去搜翻煤油哩！……”

他说着说着转了话题：

“大兄弟，你反正是出不去的了，我求求你，你当行行好，把咱宝宝放出去吧？”

他一面观察着梁永生的神情，一面继续说下去：

“俗话说：‘胳膊折了总得袖子盖’。你把你侄子放出去，也好叫他到他的上司那里去给你讲个人情呀！他翠花婶子，还在人家的手里受刑！你要是放了宝宝，他翠花婶子也许能被放出来……”

田金玉一面说着，一面揣猜着梁永生的心理。当他说到这里时，又突然来上这么一句：

“大兄弟，你甭不放心！你放了宝宝，不还有你傻大哥我在这里吗？”

在田金玉说话的当儿，外边的枪声猛地停下了。

这是怎么一回事儿哩？梁永生正然暗自琢磨着，忽听白眼狼在南房顶上嚷道：

“梁、梁队长！请、请听我贾永贵奉劝几句：现、现在，你、你已经陷入我们的重围；你、你的妻子，又、又被我们提住！你、你是个久经世故的精明人，面对这种局面，应、应当有个自知之明——你、你既无吃的，又、又无救兵，这样抵、抵抗下去，会、会落个什么结局呢？难道你就、就不该为你的妻子想一想吗？”

他咳嗽了一阵，又说：

“梁、梁队长！我、我作为你的老街坊，对、对你当前这种山穷水尽的绝境，是、是深表同情的！古、古人道：‘亲不亲一乡人’嘛！因、因此，我、我有一言相谏：你、你只要缴出枪来，向、向皇军投降，我、我可以保你高官得做，骏马得骑！还、还可以保你的妻子安然无恙，马上释放！”

他说到这里提高了嗓门儿：

“梁、梁队长！如、如果我贾永贵说话不算话，我、我不是娘养的！”

到此，白眼狼的狗臭屁算放完了。

梁永生听了白眼狼这些屁话，心里犹如火上浇油，怒气升腾起来。他话在心里说：“方才，你们又是闯屋，又是挑房，又是逼着翠花‘劝降’……那一套花招儿全失败了，现在，又耍开了这套鬼花狐！……”永生想了一阵儿，便亮开了他那洪亮的嗓门儿，带着轻蔑的口气开了腔：

"白眼狼！你也太不自量了！我先问问你——你可知道我们八路军是干什么的吗？"

白眼狼没有答腔。

梁永生增添上冷嘲热讽的语气又说下去：

"我们八路军，是抗日的队伍！我们的敌手，是日本鬼子！你是什么东西？你只不过是日本鬼子的一条走狗，有什么资格跟我来说三道四？你们要是真有什么屁要放的话，就把你的主子石黑'请'出来吧！"

梁永生这一套话，直骂得个白眼狼脸赛猴腚，他再也张不开嘴了。南房顶上，沉寂下来。过了一会儿，白眼狼的主子石黑，真的说话了：

"梁永生的听着！你是大大的好汉！你是中国人的大大的英雄！我石黑，久仰阁下的大名，对阁下大大的佩服！"

他先给永生上了一阵刷子，又说：

"我们大日本，是文明国度，对你这样的人物，大大的喜欢！阁下只要愿意，我们可以诚心诚意地合作，实行中日亲善，共荣共存！请阁下放心，我们决不埋没你的才能，保证大大的重用，大大的重用！"

待石黑话毕，梁永生为了消磨时间，按压住火气说：

"你们要是有什么'诚心诚意'，那倒好办……"

石黑一听，高兴极了，忙插言道：

"阁下大大的明智！大大的明智！"

梁永生没理石黑的插话，接着他方才的话茬儿又说下去：

"不过，我有个条件——"

"好的好的！"石黑说，"条件嘛，可以商量，可以商量！你的说说看——"

"要说倒很简单——"梁永生说，"条件就是：你们向我们投降！"

石黑沉默了片刻，先冷笑两声，又佯装并不介意地说道：

"梁队长！鄙人素闻阁下是个很有风趣的人。今日一谈，果然名不虚传！现在，请阁下不要逗趣了！就让我们进行实质性的……"

石黑说到这里，话弦被梁永生打断了：

"谁跟你逗趣？石黑先生，请你想一想，你们是侵略者，是强盗，要不向我们投降，怎么能谈得上'诚心诚意'？我们之间，哪里又有什么'合作'可言呢？"

石黑听了梁永生这些话，心里当然十分生气。可是，这个老奸巨猾的家伙，却依然是佯装不察，又用惋惜的口吻说：

"哎呀！梁队长！我们的诚意，你不理解，鄙人甚为遗憾。不过，我们大日本帝国，是个文明国家，是十分注重人道的。今天，我们虽然围住了你，也捉住了你的妻子，可是，我们的士兵，也有的做了你的俘虏！鉴于这种情况，我们从人道主义出发，愿意向阁下提出这样的建议：你，把我们的人放出来；我们，释放你的妻子，并把你也放走。这样，两不相伤，和平解决，你看好不好？"

田金玉一听石黑这话，觉着来活门了。他那皱纹纵横的面孔，立刻泛出一脸喜气，并急忙凑到永生近前，劝说道：

"大兄弟，人家日本人说的这个办法满好哇！你就应下他，把宝宝放了吧？要不价，不光你出不去，他翠花婶子的命也难保呀！……"

梁永生没有理睬田金玉。

他朝着窗口向石黑说道：

"石黑先生！你说的什么？你们把我放走？好大的口气呀！我们共产党人，我们八路军的战士，从来是把被你们日本法西斯放走看作最大的耻辱！……"

永生特别把"放"字加重了语气。

像狐狸一样狡猾的石黑，表面上仍不着急。目下，在石黑看来，梁永生已是笼中之鸟，就算计着他扑棱，他也是跑不了的。于是，他又向梁永生说：

"梁队长！阁下是非常重视名誉的人，不愿落个被放出去的名声，这我完全谅解。那么，咱再这样商量一下你看怎么样——只要你把我们的人放出来，我们马上撤退，让你自己安全地走开，你看怎么样？"

田金玉见缝插针，他又插话道：

"我说大兄弟，这就更好了，我看你赶快答应他吧！要不，咱屋里这些人可就都完啦！……"

"永生，孬人肚里疙瘩多，你可别上当呀！叫我看，你要把宝宝放出去，敌人就要放火烧房子了！"

这话是魏大叔说的。

梁永生那颗心，不论在什么情况下，总是按照它那既定的规律跳动，半点也不会变，在这个方面魏大叔是完全放心的。可是，放心归放心，在魏大叔的心目中，年近四旬的梁永生，仍然是个孩子，在一些事情上，还是需要当老人的给他掌眼的。因此，他才拦腰打断了田金玉的话，插上这么一句来提醒永生。

梁永生点点头。

尤大哥又接言道：

"魏大叔说得对！看来敌人耍的八成就是这么个把戏。石黑来这一手儿，大概是为了摆出一副'爱兵爱将'的假象儿，好用这一套来笼络伪军们的心，使伪军以后更加为他卖命……"

在这个时候的田金玉，怕只怕梁永生被他俩说转了主意。因此，他接着尤大哥的话音儿又说：

"哪能那样哩！像人家石黑那么大的官儿，还能说话不算话？再说，真要有那一章，我田金玉就跟他拼老命！要不，弄得俺们爷儿俩，不是个瓠子不是个瓜，人往哪里站？脸往哪里搁？……"

其实，田金玉的担心是多余的。

因为根本就不存在梁永生被说转了的问题。

石黑耍的这套鬼花狐，梁永生比魏大叔和尤大哥看得还要透彻。在永生看来，石黑这个花招儿，包含着两个阴谋：

一是，像尤大哥的看法那样，石黑怕的是在伪军们有目共睹之下，把田宝宝烧在里边会影响到伪军们对他的忠诚，今后再没人给他卖命了，所以才要了这么一套房檐谈判要求释放田宝宝的鬼把戏；

二是，他用了衡量他自己的尺度来衡量一个共产党人，完全错误地估计了梁永生，妄想用软硬兼施的手法儿诱骗梁永生投降，以达到他用武力所达不到的目的。

梁永生在暗自分析了石黑的恶毒用心之后，倒想来个顺水推舟，利用这个时机，将田宝宝释放，也好顺便把魏大叔和尤大哥他们带出去。

永生的具体算盘是：

不放田宝宝，魏大叔和尤大哥就出不去。他们出不去，不光是势必受连累，还没有办法和大刀队取上联系。更糟糕的是，要是大刀队和民兵们见尤大哥老不回去，一急之下耍了老粗儿，来个强攻硬打，那可就损失大了！至于田宝宝和田金玉，梁永生觉着留下他们没用处，倒不如放出他们去还有些好处。

那么，他们会不会对永生出坏心呢？

这一层，梁永生也考虑过了。他认为那是不大可能的。因为田家父子不会不知道，他们要那么办了，不用说大刀队会收拾他们，就是宁安寨街上的群众，也是不会轻饶他们的！

梁永生正暗自盘算着，一直没插嘴的田宝宝也说话了。他向梁永生说：

"梁队长，不，梁大叔，你要放我出去，需要我做些什么的话，就只管说；我就算豁上这条命，也要把你交给我的差事办妥。要不，我对不起你刚才开导我的一片心意！再说，我要是做出恩将仇报的事来，我跑了和尚能跑了寺吗？"

田金玉也就势帮腔道：

"那是！当庄不向外来的，谁能胳膊肘子往外扭？再说，我也有一颗四两重的人心啊！人嘛，还能昧良心？俺爷儿俩又不傻不茶的，还能压着泰山不知重，顶着鹅毛不觉轻？更不会搬块石头砸自己的脚呀！……"

田金玉话还没说结，石黑又在外边催促道：

"梁队长！你的主意拿好了没有？"

梁永生心里说："好狡猾毒辣的狗强盗啊！"可他就着石黑的话音却答腔道：

"石黑先生！你说话果真兑现吗？"

石黑当即答道：

"我石黑历来把信用看得比生命还重要。梁队长，由于我们长期以来处于敌对状态，我这话你可能信不着，那我就按照你们贵国的风俗习惯，向你盟个誓吧——我要是说话不算话，天打五雷轰！"

他说罢，又跟问一句：

"梁队长，怎么样？这该行了吧？"

梁永生向田家父子说：

"你们先到外间水磨后头去！"

田家父子走后，永生又向魏大叔、尤大哥悄声说：

"一会儿，我放田宝宝的时候，你俩也随在他后头跟出去……"

魏大叔有些不解地说：

"真放他吗？永生，'一着看错，全盘皆输'，这步棋你……"

梁永生顾不得多解释，只是说：

"魏大叔，你老人家只管放心，咱不会上敌人的当！你出去以后，告诉同志们，告诉乡亲们，让他们也都只管放心！"

"好！"魏大叔说，"我就怕你叫人家赚了！"

梁永生笑笑说：

"这方面大叔也放心吧——他们赚不了我！"

尤大哥插嘴说：

"永生和白眼狼斗了几十年了，再加上走南闯北地跑过好多地界儿，经历的事儿是不少的，他是不会叫敌人赚了的！"

梁永生摇摇头，解释说：

"我说敌人赚不了我，倒不是因为这个。主要是，党教育我好几年了，我和石黑也斗了好几年了，所以说已经不是从前的梁永生了，是不会轻易被他们赚了的！"

尤大哥有些焦急地说：

"永生，你快说说——让大刀队和民兵们怎么援救你？我回去好向志勇他们传话呀！"

他说罢，用一双期待的目光盯着梁永生。看样子，他准备去做永生让他去做的任何事情。

梁永生腆起脸，朝窗一望，看了看天色，而后，悄声说道：

"现在，太阳快下山了。我准备等天色完全黑下来以后，就着夜幕影身设法突围！尤大哥，你出去以后，要想尽一切办法，争取和志勇他们取上联系，告诉他们：在天黑以后，先在村西打一下，然后就赶紧转移……"

"好吧！"

"你还要告诉他们，让他们随机应变，相机行事，得打便打，不得打便走。就是打，也要猛打一阵，打了就走，万万不能恋战。因为，敌我力量对比，悬殊太大，决不允许感情用事，招致损失！"

永生说到这里，又以严峻的神色说：

"这是我的命令！你要如实地向他们传达！"

"是！"

尤大哥在梁永生严峻的神色、语气的极力感染下，也自觉不自觉地打破了平素和永生说话的常规，郑重其事地应了一声"是"。尤大哥这种在永生面前从未有过的神态，闹得个永生倒不好意思起来。他情不自禁地笑了笑，紧紧握住了尤大哥的手，语重心长地嘱咐说：

"大哥，如今敌人到处布岗设哨，你出村去和大刀队取联系，是十分危险的，也是相当困难的，可要多多留神，处处小心呀！"

尤大哥斩钉截铁地说：

"老梁，放心吧！只要我死不了，你的命令，就一定能传达到大刀队！"

魏大叔接言道：

"永生，不要紧！他万一出了事儿，不还有我吗？我出了事儿，还有咱宁安寨那么多的人哩……"

他们仨又嘁嘁喳喳说了一阵，永生便将田金玉和田宝宝叫了过来。

永生向田宝宝说：

"宝宝，你愿意出去吗？"

田宝宝忽闪着一双迷惑不解的眼睛，在思考着梁永生这句话的意思。田金玉代子答道：

"当然愿意……"

梁永生没让田金玉继续说下去，又道：

"现在，我就放你们爷儿俩出去！"

田金玉一听，喜出望外，心里高兴得就像一出门拾了个大元宝似的。他忙说：

"还是老庄乡嘛！俺爷儿俩，一辈子忘不了大兄弟的大恩大德！"

他说着说着，猛捅了他宝宝一把，又用责备的语气向儿子说："瞧你这个不懂事儿的孩子，咋光瞪着个傻眼儿？还不赶紧谢谢你大叔！"

田宝宝遵父命向梁永生道：

"谢谢大叔！谢谢大叔！"

田金玉还觉不够，又道：

"快给你大叔磕头！"

田宝宝望着永生的面容，犹豫着。

田金玉着起急来，伸出手要摁儿子的脑袋。

永生拨开田金玉的手说：

"来那一套有什么用？"

他又转向田宝宝说：

"你出去后，要向石黑、白眼狼他们讲，就说我梁永生腿上受了伤，子弹也不多了！……"

田宝宝以为梁永生在考验他，忙说：

"不，不，我又不是没颗人心……"

梁永生非常严肃地说：

"宝宝啊，道理我不和你多讲了。你今后要不当铁心汉奸，就照我说的这么说。你要是不这么说，你要知道，今后我们是不会轻饶你的！"

田金玉见梁永生脸上挂了色，眼里含着火，他有点慌了神，便忙向儿子说：

"你大叔叫你咋说就咋说呗，别发犟！"

田宝宝也赶紧改口说：

"行，我一定照大叔说的说！"

他们要走了。

魏大叔和尤大哥在临行之前，都把眼睛盯在梁永生的脸上，溜溜地停留着，仿佛他俩正把永生的模样深深地刻在自己的心里。因为他们知道，梁永生处在这样的环境中，什么样的事情都是可能发生的。

后来，他俩终于把心一横，含着热泪告别了永生，随在田宝宝的身后，和田金玉一起，走出了这座被敌军围困着的粉坊。

田宝宝一出屋门口，就向房顶上的伪军们嚷道：

"弟兄们！我是田宝宝！不要打枪！"

他嚷了一遍又一遍。一遍接一遍地嚷着，走着。

刚才，梁永生为啥让田宝宝说他受了伤呢？他是想以此来勾起敌人想"捉活的"的欲望，引诱他们再组织几次向屋里的冲杀。

这又是为了啥？

第一，这么一来，可以更多地杀伤敌人，取得更大的战果；

第二，眼下天还不大黑，永生不能突围，这样还可以拖延敌人放火烧房的时间，等天一黑下来，他好就着夜色设法突围。

敌人的算盘，向来是靠我们替他拨动的。

田宝宝出去以后，石黑果然又连续组织了几次冲杀。其结果，还像方才的几次冲杀一样，每次都是留下了一些尸体和枪支、弹药，以彻底失败而告终了！

天色眼看就要黑下来。

老羞成怒的石黑，急眉火眼，又向永生喊话了：

"姓梁的，你说痛快话吧——缴枪不缴枪？"

梁永生以嘲笑的口吻说：

"真是天大的笑话儿！我们八路军的枪，是打日本鬼子的！你想想，怎么能把它缴给你这个日本鬼子呢？"

石黑又道：

"你要不听劝，那可就别怪我不客气了！"

梁永生道：

"你什么时候对我们'客气'过？你们这些法西斯匪徒们，什么惨无人道的事都能干出来，是永远不会对我们'客气'的！石黑！我告诉你：我作为一个共产党员，作为一个抗日战士，要是期望你这个帝国主义分子对我'客气'，那是最大的耻辱，也是对我们伟大祖国的背叛！"

到了这时，气急败坏的石黑，对迫降、诱降、捉活的都绝望了！他像只发疯的野兽一样，哇哇地嚎叫起来：

"动手！"

继而又是一声：

"快点！"

随后，一捆捆的秫秸，隔着墙头扔进院来。

一个又一个的秫秸捆，相互撞击着，发出一片乱嘈嘈的响声。

伴随着这秫秸捆一齐而来的，还有一股强烈的煤油气味儿。这显然是秫秸上已经喷洒上了煤油。梁永生见此情景，心中暗自想道："石黑终于拿出了他这个最后的绝招儿——他们要放火了！"

怎么办？梁永生一面琢磨着突围的办法，一面警惕地监视着天井里的动静。

天井里，横三竖四的秫秸捆，已经摞了半人深。

看样子，敌人还嫌不够，一捆接一捆的秫秸，还在继续不停地往里扔着。

这些秫秸捆，由于是隔着墙头扔过来的，所以都横的横，竖的竖，歪的歪，斜的斜，乱七八糟！有的，这头倚着墙壁，那头戳在了地上；有的，这一捆南北着，那一捆东西着，两捆排成了一个"十"字形。

在秫秸捆与捆之间，缝道挺多，空隙不小。

梁永生望着，想着，想着，望着，觉着头脑中忽地一闪，一个美妙的念头油然而生：

"咦！我从这秫秸捆下头钻出去……"

他又反复想了好几遍，觉着这个办法能行。于是，他将匣枪往腰里一插，就要出去。可是，他来到屋门后头，偷偷向院中一瞅，又想："哎呀！不行！屋门口处秫秸太少了！我要是从秫秸捆底下一钻，上边的秫秸捆万一滚动了，那不就被压房顶的敌人发觉了吗？这再怎么办哩？"

梁永生在屋门后头想了一阵，又暗自决定："等敌人把秫秸扔完，再见机行事。"他刚这样决定下来，忽而转念又想："不行啊！等敌人把秫秸扔完了，就没有这喊吱咔嚓的响声了。到那时，我从秫秸空里一钻，秫秸一响，不是更容易被敌人发觉吗？……"

梁永生正然细致而周到地琢磨着脱身的办法，忽听南房顶上有人在喊：

"靠、靠屋门扔！把、把屋门堵起来！"

这公鸭嗓子加上结巴嘴，显然就是白眼狼了。

看来白眼狼正在房顶上亲自指挥，由此可见他对这件事是非常重视的。这个老杂种生怕烧不死梁永生，还喝令他的喽啰们用秫秸把门口堵起来，多歹毒啊！

屋门口上的秫秸骤然多起来了。

一个压一个的秫秸捆，将屋门口屯住了多半截。

这时又听石黑说：

"好的好的！大大的好！梁永生插翅难逃了！一点火，房子会马上着起来，梁永生就要和房子一块儿上西天了！"

随后，是一阵狗咬驴叫般的狂笑。

就在石黑、白眼狼这对蠢种笨蛋洋洋得意的当儿，梁永生已悄悄地离开北屋，钻进秫秸空里去了。

社会生活中，一项计划的实行，大概都是这样——在实行的具体过程中所碰到的实际困难，往往要比事先预想到的多得多。当永生钻进秫秸空去以后，才发现秫秸捆之间的空隙，并不是从屋门口一直畅通无阻地通向院门口！

因此，他想通过秫秸的空隙奔向院门口的想法遇上了障碍！怎么办呢？

他原先想将秫秸捆拨动一下，可是，拨不动。因为上边压的秫秸捆太多了！于是，他只好按照各个秫秸捆之间现有的空隙，拐着弯儿地向院门口靠近着。

有时候，他钻了一阵，前边成了"死喉头"——不光是往前去已无路可通，就是想往左右两边拐弯儿，再也找不着能挤过人去的空隙了！

咋办？

只好从原路窝回，另找空隙，再往前钻。

就这样，他一次次地失败，一次次地重钻，一直不灰心。他想："天大的困难，难不住共产党员。一个革命者的决心，能抵住十万个困难。现在，国家正需要我，人民正需要我，我一定要钻出去，也一定能胜利突围！"梁永生在这种强烈意志的鼓舞下，以无比的决心和毅力跟困难顽强地斗争着，斗争着！

崇高的目的能产生无穷的精力。

好一个顽强不屈的梁永生啊！他，这儿不通再从那儿钻，底层不通再从中层钻，钻到"绝路"上就窝回来再重钻，钻呀钻，钻呀钻，一次一次又一次，一次一次又一次，终于排除了重重障碍，闯过了道道难关，带着通身大汗钻到了院门口的附近。

梁永生停下来。

他透过秫秸捆的空隙，朝角门儿那边一望，只见，那两扇门板一扇开着一扇掩着；门口外头，有两个端着大枪的伪军，全像捆卖不了的秫秸般地直呆呆地竖在那里。

永生想："在这种情况下，我要硬钻出去，显然是不行的！谁知门口两边还有多少敌人呀？"于是，他只好停在那里，不动了。他这时的主意是："如今，天色还没黑透，不能莽干硬冲！等天色彻底黑下来以后，我瞅个空子猛地钻出去，来个冷不防，先将敌人的门岗干掉，而后再往村边冲杀！"

梁永生这边正悄悄地盘算着，石黑在那边又嚷咆开了：

"点火！"

"是！"

一瞬间，满院的秫秸捆，呼呼地燃烧起来。

噼噼啪啪！

噼噼啪啪！

被火烧着的秫秸，一阵阵地响着。

一股股的浓烟，夹带着无数颗火星，腾上高空！

这冲天而起的火光，烟柱，惊动了埋伏在宁安寨四周的战士们、民兵们。他们望着愈升愈高的火光，望着越来越粗的烟柱，每个人的心里都像乱箭穿刺一样难受！有的人，因迟迟不见梁志勇发出攻击的信号儿，竟急得抽抽搭搭地哭起来！

这火云笼罩、烟柱冲天的情景，虽然把远远望见的人们都急坏了，可是，就趴在这个火堆底下的梁永生，却一点也没有着急。他，还和往常一样，越到危急时刻，越是更加镇静。现在，他正悄悄地琢磨着对策，从容地等待着时机。

火势越来越大了。

满院子的秫秸捆，自上而下一层层地燃烧着。

趴在秫秸捆最底层的梁永生，觉着囫囵个儿的身子就像钻进了烧开锅的蒸笼一样，有一种高温暴热正在燎烤着他那汗津津的脊梁，闹得他的嗓子眼儿里干得冒烟，一阵阵地热辣辣地发痛！舌头黏在嘴里，已转动不灵，因为口腔的唾液早就耗干了！两只豁豁亮亮的大眼睛，如今被浓烟呛得也正在流泪！

梁永生用手背抹一把罩住了瞳孔的泪水，扭着脖子朝上一望，只见自己的身子上头，烟雾滚滚，火光冲天，成了一片火海！又见身子上头那一层又一层的秫秸捆，眼下大都已经烧着，有的早已火化成灰了！

尚未燃着的，只剩下紧贴着他的这一层秫秸了！

这时，永生觉着，浑身的血液都被浓重的烟熏气摧得冲到头上来，使他感到一阵阵的晕眩。

但是，他的神志是十分清醒的——这儿，已经不能久待！如今，已不容许再有什么犹豫了。于是，他聚集起全身的力气，瞅了个一股浓烟扑向院门口的时机，用力一扛身边的秫秸捆，脚一蹬地，猛地从秫秸空里蹿出来，顺着那股浓烟一头扎进角门洞里。

梁永生进了角门洞，将身子隐蔽在那扇半掩着的门板后头，又透过门板的缝隙就着火光朝外一望，只见那两个站岗的伪军还在那儿，只是比刚才离这门口略远了一些。

这时，仇恨的怒火，好似这满院的大火一样，在梁永生的心中燃烧着。只见，他从腰里抽出了匣枪。

他真想搂一下扳机把这两个丧门鬼干掉，就劲儿冲出院去，跟敌人拼杀一场！可是，他一转念，又否定了自己的想法："不行啊！现在抗战还没有胜利，革命更远没成功，我是一个共产党员，党还有许多工作需要我去做，我不能随便牺牲自己的生命，必须想法胜利突围！"他还想道："今天，如果我能在这种情况下挫败石黑，胜利突围，不仅是今后我还能为党、为人民做点事情，更重要的是，这将给敌人的心理上一个重大打击，对瓦解敌军斗志，壮大我军声威，鼓舞群众情绪，都将起到一定的作用。"

永生想到这些，斗志更加旺盛了。

就在这样的时刻，村西突然响起密集的枪声。

在那枪声中，还夹杂着此起彼落的喊杀声：

"同志们！冲啊！"

"杀呀！"

枪声、喊声混在一起，声威甚大，就像有千军万马的大部队要冲进村来似的。当然，永生心里明白：这是尤大哥已把话传到，策应他突围的大刀队和民兵同志们已经打响了！

在这一刹那间，梁永生的头脑中想了很多。

首先，久经战阵的梁永生，显然可以想象到，同志们为了打乱敌人的包围圈儿，正在奋不顾身地进行猛烈冲杀，这是多么英勇呀！同时，他当然还可以意识到，当同志们望见村中这浓烟滚滚、火光冲天的情景时，他们的心情是何等的焦急，沉重！

永生一想到这些，身上涌起一股狂潮般的力量，勇气也成十倍、百倍地增加着。他那胜利突围的信心更足了，决心也更大了。

这时，这突如其来的枪声、喊声，闹得敌人全都晕头转向。围着这个宅子的敌人，都惊慌失措地乱了营。压房顶的那些家伙们，也全瞪起直眼朝西张望起来。那两个被烟雾熏得离门口越来越远的门岗，这时已经不大注意这个门口了，正在向从他们身边跑过的伪军打听消息。

永生觉着突围的时机已经到了，便利用烟雾影身悄悄地离开了这座门洞，在烟雾弥漫的胡同里贴着墙根向北走去。

出了这条南北胡同，是一条东西后街。

后街上和这胡同里一样，灰土飞扬，烟雾迷茫，天空中的星光月色都看不见了，只听见那边吵吵嚷嚷，一片人声。

这是哪里来的人声呢？

原来是，那些撤出村外的群众，一见村中起了火光，就知是石黑、白眼狼对梁永生下了毒手，便不顾生死地冲进村来了！

当永生走近这条胡同的北口时，只见几百号人已将石黑和白眼狼团团围住。在这两个家伙的周遭儿，站着一圈儿敌人的士兵。他们全端着上了刺刀的大枪，和群众那一双双的拳头对峙着。

这时候，村中的大火烧得更旺了。火光映着群众那一张张愤怒的面孔。有的人正在气冲冲地怒斥敌人：

"你们惨无人道！凭啥烧老百姓的房子？"

有的群众则破口大骂：

"你们这些畜牲！不会有好下场！"

还有的人说：

"你们烧死了我们的梁队长，我跟你这些杂种们拼了！"

白眼狼在众目睽睽之下颤抖着身子，挥动着手枪，正暴跳如雷：

"起、起哄的杀头！闹、闹事的枪毙！杀、杀头！枪、枪毙！……"

石黑，也被这些豁出命去的群众吓得面无人色了。可是，他还故作镇静，强装着笑脸，假眉三道地说：

"你们不要发火。你们的不明白。我的来跟你们作解释：八路的大大的不好！你们通通是大大的良民！你们不要受共产党的欺骗宣传！……"

魏大叔越听越火，领着人们呼起口号来：

"打倒日本帝国主义！"

"石黑是杀人魔王！"

"白眼狼是刽子手！"

"为梁队长报仇！"

"……"

梁永生望着这种情景，有一股感动而振奋的感情，随着人们的声音流进他的心里，使得他那浑身的血液全沸腾起来了！有一股无比强大的力量，正在他的身上扩张着。由于这种力量的灌注，他面前的敌人就算比现在再多十倍，他也完全可以抵得住！革命征途中再艰险的局面，他也能够冲破！

这时，永生见石黑正要朝着魏大叔开枪，便将手中的匣枪一举，瞄着石黑的脑袋射去!

大家知道，梁永生的枪法，是百发百中的。只要他的枪声一响，石黑就准得完蛋了吧?

没有!

为什么?

因为在梁永生正扣扳机的当儿，突然有个群众的脑袋晃动一下，永生的手腕子一歪，只打中了石黑的耳朵!

石黑发出一声惨叫。

敌人慌作一团。

梁永生本想就着这个机会干掉几个敌人，可是没有法子下手了。因为敌人和群众都混杂在一起。于是，他趁这混乱的当儿，一溜飞跑，朝向村子的东北角儿奔驰而去!

梁永生已经跑出二三百米了。

在他背后，突然响起了乒乒乓乓的枪声，还夹杂着咚咚咚的脚步声。永生回头一望，原来是一大帮敌人呼呼啦啦地追上来了!

永生暗想:"要任凭这帮敌人这么猛追，我是走不脱的! 怎么办呢? "他灵机一闪，拐弯儿钻进了一条胡同，而后，把身子一闪，在一个黑旮儿里隐蔽起来。

尾追的敌人只有四五十米了。

梁永生一甩匣枪打了一梭子，并大声喊道:

"同志们! 冲啊! "

他用匣枪一扫，又这么一喊，敌人全蒙了。他们，除了死伤的以外，全都原路窝回，抱头鼠窜了!

从这以后，又反扑回来的敌人，全像瞎子探路似的试试探探地前进，再也不敢不管盆子罐子地一路傻追了。可是，与此同时，梁永生却加快了步伐，以革命军人特有的矫健和敏捷，继续朝村子的东北角儿奔过去!

村东北角来到了。

永生先找了个蔽身之处，然后朝村东北角的桥口处打了两枪，又继而喊道:

"同志们! 冲啊! "

接着，一阵稠密的枪声，从对面打过来。

永生仔细一听，从对面射过来的子弹，大都刺溜刺溜地从高空飞过去了。他不由得心中暗道："守桥的伪军八成是水泊洼据点上的人，看来坊子茶馆那一课起作用了！"于是，他飞起双腿，一直向桥口扑过去。

在战斗中，梁永生向来有这样一种看法：无论在任何情况之下，我们都不能轻信敌人；要使敌人真正听话，必须得先用武力镇住他们，在精神上压倒他们！他基于这种认识，现在一面飞跑飞颠，还一面抢起胳臂挥动着匣枪高声大喊：

"我们八路军来了！愿意活着的闪开！"

守桥的伪军们，见梁永生跑得像支箭头，又见他舞动着匣枪，都吓得身子一抖，仓皇后撤着，无形中给飞步而来的梁永生闪出一条通道。

再说梁永生。

这时在他的身上，血液的狂潮在奔流，生命的烈焰在燃烧，英雄的意志使他振奋，意志的力量又使得他格外精明，格外勇猛。仿佛，他将十年的生命力，全集中到这一秒钟来使用了！

你看他，跑着，喊着，喊着，跑着，一溜风烟来到桥头上。桥口那边不很远的地方，便是一条道沟。梁永生纵身一跃，亚赛出膛的子弹、离弦的箭头一般，嗖的一声，扎落进道沟里去了。

在他的身后，带起了一股清风。

梁永生进入道沟后，并没有马上跑开。他趴在道沟的崖坡上，先朝村里打了几枪，然后高声喊道：

"伪军士兵们！请你们告诉石黑和白眼狼：我梁永生告辞了！咱们后会有期。再见吧！"

他说罢，爬起身，顺着道沟朝前跑去。

永生刚跑出不远，敌人的大队人马就兜着屁股追上来了。这时候，他只听见背后枪声大作，喊声连天，又见尘土飞扬，天昏地暗，把那本来就不太明亮的月光，遮得更加灰暗了！

永生不还枪，还是往前跑。

可是，由于他一连几顿没吃饭了，身上又有刑伤，再加两个昼夜没合眼，身子实在太疲乏了！因此，尽管他用上了全身的力气一路飞跑，背后的追兵还是越来越近。

梁永生已跑出二里多路了。

这时，背后的追兵，离他已经很近。

怎么办？和敌人拼了？继续跑下去？一个又一个的念头，在他的脑海里闪出来。可是，一个一个地又被他自己否定了。就在这样的节骨眼上，永生的脑子里灵机一闪，产生了一个新的念头。于是，他收住脚步，一闪身，蹲在了道沟边上的一个土坑里。

这个土坑，是在夏季被雨水冲开的，俗名叫作"浪窝"。

这个"浪窝"的面积很小很小，梁永生两臂交叉抱着肩膀刚刚蹲下去。

永生蹲在这里干啥？是听天由命碰时气吗？不！他的手里仍然紧紧握着那支匣子枪，时刻都在准备战斗！

追兵来到了。

他们没有发现梁永生，都朝前追下去。

有的敌人，就在梁永生隐蔽的土坑边上跑过去。他一边跑着，还一边丧气地说：

"都是两条腿，怎么就是追不上呢？"

跑在他身后的另一个伪军气吁吁地说：

"伙计！可别盼着追上！"

"咋？"

"追上他，咱就完了！"

其实，这话半点不假。现在他们多亏了忙忙迭迭地没有发现永生，要是真的发现了，梁永生的二拇手指头一动弹，他俩就马上呜呼哀哉了！

这俩伪军跑过去了。

又一伙伪军跑过来。

这个问那个：

"算破天，你算算——梁永生哪里去了呢……"

算破天自作高明地说：

"这还用算？他既不会'土遁'，又没长翅膀，钻不了地，上不了天，能到哪里去？正在拼着命地往前猛跑呗！"

敌人，向来是用量他自己的尺子来量别人的。所以在他们看来，那个好不容易才突围脱险的梁永生，现在必定是像只惊弓之鸟那样，豁上命地往前傻跑，是一步也不敢停留的！因此，他们哪能预料到，梁永生竟敢在这路边的一个小土坑里站下哩？

一伙敌人跑过去了。

又一伙敌人跑过去了。

待最后的一伙追兵跑过去以后，梁永生从小土坑里站起身来，他冲着正在远去的敌群轻蔑地一笑，骂道：

"饭桶！笨蛋！"

到哪里去呢？梁永生心中暗自盘算着。在一定的条件下，最危险的地方会变成最保险的地方。他思谋了一阵，话在心里说："来个重返宁安寨！"而后，他窝回头去，又顺着原路向宁安寨奔去了。

永生一边走着，一边回想着这场风险。他想来想去，最后得出了这样的结论："世界上没有什么力量能够制服我们，因为我们有党，有毛主席，有在党和毛主席领导下的广大人民群众……"

遭了一场大劫的宁安寨，眼下就像正在下雾似的，被一层浓重的烟雾笼罩着。

一颗愣大愣大的流星，拖着长长的光带，划过烟雾弥漫的灰蒙蒙的夜空，坠下去了。

替孩子担忧是老人的特点。当梁永生走近宁安寨村头时，愁容满面的魏大叔正站在村口的高台上，心神不安地张望着。一个儿女一条心呀！如今梁永生生死不明，魏大叔这当老人的咋能不焦虑呢？

这时，他一见梁永生迎着他走过来了，心里又惊又喜，一头扑过来，亲热得恨不能把个梁永生举起来。他们这种见面时的情景，叫人看来，好像他们不是才分别了只有若干个小时，而是一别若干年没见面了！现在魏大叔扑到梁永生的近前，仿佛怕他还会再跑掉似的，死死地抓住他，前前后后，上上下下，一遍又一遍地打量着，端详着，抚摸着。

梁永生望着魏大叔的面容，笑笑说：

"大叔，你瞅啥？浑身上下啥也没少，连个小小的零件儿也没丢给敌人！你看是不？"

魏大叔这间无心逗哏。他迷惑不解地问永生道：

"孩子，你咋又回来了？"

梁永生又笑了。

他拍拍身上的土，轻松地说：

"敌人滚蛋了，我就又回来了呗！"

魏大叔一向敬佩梁永生那旺盛的精力和宽敞的胸怀。可他现在又不能理解：永生他不光是刚刚脱离险境，而且是一天多水米未沾牙了，现在怎么脸上竟没有半点惊色？为啥也没有一丝儿愁容？

魏大叔心里这么想着，又听梁永生风趣地说："还不到两天的时间，我这是第二次重返宁安寨了！"魏大叔望着梁永生那乐津津喜洋洋的神色，不由得感叹地说：

"你们这些人呀，也不知怎么闹的，不论到啥时候，总是美不够！"

现在魏大叔嘴里的"你们这些人"，显然是指的八路军。梁永生听了这句话，觉着心里很舒坦。因此，他乐呵呵儿地说：

"大叔这句话算说对了！要没这点'道行'，还能算个八路？"

魏大叔出于对梁永生的关心，直到这时还是有点儿紧张：

"走！"

"哪去？"

"我送你出村！"

"出村？"

"是啊！"

"为啥？"

"到别的村去——"

"又为啥？"

"这宁安寨不安全呀！"

"不！"

"咋？"

"敌人目下是不会再来宁安寨的！"

"不会？"

"不会！"

"为啥？"

"因为他们知道我已经从宁安寨冲出去了！"

"他不会想到你再重返宁安寨？"

"不会的！"

"咋见得？"

"因为他们是敌人！敌人，永远不能真正理解共产党员是个怎样的人！"梁永生说，"大叔你想想，侵略者的逻辑能推断出一个共产党人的胆量吗？"永生说着说着又带上了幽默的口吻，"因此，我已经给敌人算好卦了——他们不会想到我敢重返宁安寨……"

魏大叔明白了。

他信服地点点头，又向村里一挥手说：

"那，你就快回家吧。我在这里给你放哨。"

梁永生"唉"了一声。

当他要走的时候，魏大叔又嘱咐说：

"你到家后，先弄点东西吃，然后躺在炕上好好地睡一觉儿……"

"唉！"

永生又应了一声，走进村去。

他来到魏大叔家，端过放在炕头上的烟笸箩，先抽了一袋烟。这当儿，永生觉着又累，又渴，又饿，肚子也一个劲儿地咕咕叫。嘴里的舌头，好像搅在了粘胶里，连一个唾沫星儿也吐不出来。

于是，他从锅台上抄起一只大水瓢，又掀开水缸上的盖子，从缸里舀了半瓢凉水，一直脖儿，咕噔咕噔地喝了个净。接着，又扳着干粮筐子，拿出两个凉窝窝头，狼吞虎咽啃了个饱。现在在永生的感觉中，这井白凉水，这红高粱窝头，香甜得仿佛要连舌头也咽下去。

永生吃饱喝足以后，困神又缠上了他。他觉着浑身精疲力竭，两条腿也在发胀，就像有许许多多的小虫儿正在肉里乱爬。于是，他就往炕头上一躺，又扯过一床棉被搭在身上，蒙头盖脸地睡上了。

梁永生安安稳稳睡了一大觉。

当他一觉儿醒来时，天已放亮。魏大叔和黎明的曙光，一同出现在他的身边。窗外，正刮着小风。小雀儿那唧唧啾啾的叫声，时起时落，忽高忽低，随着晨风从窗口里阵阵传来。

正坐在炕沿上抽烟的魏大叔，见永生睁开了眼，忙凑过来说：

"永生，我告诉你个喜事儿！"

"喜事儿？"

"是啊！"

"啥？"

"翠花回来啦！"

"回来啦？"

"对呀！"

"她是怎么回来的？"

"县委派人送来的！"

随后，魏大叔告诉永生这样一些情况：

梁永生冲出宁安寨以后，石黑一面亲自带领大队人马去追梁永生，一面派了一支伪军，要他们将杨翠花押送柴胡店。当押送杨翠花的这支伪军走到半路时，正巧碰上县大队的第三排。一场伏击战，这支伪军被三排的同志们打散了头，杨翠花得救了！

魏大叔讲完上述情况，又兴冲冲地说：

"这真是不幸中的万幸！原来我真怕……"

他说了个半截话儿，便合上嘴了。永生问道：

"大叔，你是不是怕石黑就地杀害翠花？"

"原先咯，我是怕他来这一手儿！"

"我也想过这个问题，断定他不会那么办——"永生说，"石黑必将用翠花做饵，来钓我这条鱼！"

"你猜对了！"魏大叔说，"在石黑要派人押送翠花回柴胡店时，有的敌人曾提议将翠花杀掉。可是，石黑不干。他说：'杀个八路老婆顶什么用？留着她倒有用处！'他的手下人问他有啥用处，他又说：'只要杨翠花在我手，不怕他梁永生不来降！'……"

永生听后，笑了：

"大叔，这些事儿，你是怎么知道的？"

"石黑这些话，是当着翠花说的。"魏大叔说，"翠花告诉了护送她的那两位同志，那两位同志又告诉了我，所以我就知道了呗！"

"现在翠花在哪里？"

"把她安排在了龙潭街上。"魏大叔说，"人们怕敌人再来抓她，没敢让她回宁安寨……"

梁永生又笑了：

"那你又是怎么知道的？"

"翠花怕这宁安寨的乡亲们不放心，请秦海城送了个信来。"魏大叔说，"翠花还让老秦在这一带顺便打听打听你的情况哩！"

"你把我的情况告诉给秦大哥了吗？"

"告诉给他了。"魏大叔说，"我还让人给县委捎了个口信去呢！"

"给县委捎了口信？"

"是啊！"

"叫谁捎的？"

"让护送翠花的那两位同志。"

"他们到宁安寨来过？"

"来过。"

"他们来干什么？"

"他们说，县委书记方延彬同志是这样指示的——要他们将杨翠花安排在龙潭街以后，再到这宁安寨一带转一遭，了解了解梁永生的情况。"魏大叔说，"他们来到这村头，正碰上我给你在村头上放哨……"

永生一面倾听着魏大叔的叙述，一面心中在想："当前敌我斗争的形势非常复杂，敌人又常常冒充我们的人讹取情报，魏大叔说的那两个人是不是真是县委派来的？"他想到这里，便插嘴问道：

"魏大叔，你把情况告诉他们啦？"

"唉！"魏大叔望望梁永生那机警的、思索的神态，又补充说，"放心吧——那两位同志我都认识；就在几天之前，还和县委的其他同志一起，在我这屋里住过一天一夜哩！"

梁永生点点头，高兴地笑了。

随后，他将一双目光转向窗户。

窗纸上已布满曙光。

这时的梁永生，觉得那连日鏖战的疲乏，已消散净尽，一股旺盛的火力，又蓄满全身。

魏大叔见梁永生对着窗户出神，就说：

"刚才你睡醒的时候，我才从村头上回来。外头，平静无事。叫我说，你抓紧这个空儿再睡上一觉。要不，下一觉又不知到什么时候去睡了！……"

"睡足啦！"而今，永生正在筹划着今天的活动计划。因此，他答了这么一句便转了话题："夜间没有发生什么敌情吧？"

魏大叔笑道：

"没有。"

大叔继而感叹地说：

"敌人的脉，算叫你摸准了——他们就真的没来宁安寨！"

梁永生站起身，扯下一块毛巾擦了擦脸，然后走到屋门口，望着南边树上出巢而去的喜鹊沉思了一阵，回过头来笑呵呵儿地说：

"大叔，我该走啦！"

魏大叔着急地说：

"不能走！"

"为什么？"

"这里安全呀！"

永生笑了。说：

"不！"

"咋？"

"大叔，我不能因为这里安全就光待在这里呀！"永生说，"再说，我估摸着，今天早上，敌人有可能要重来宁安寨的……"

"你不是说不可能吗？"

"那是我昨天晚上说的。"

"今天早上就不一样啦？"

"对啦！"

"为啥？"

"因为时间不同了，情况也不同了……"永生说，"大叔，你要告诉村里的人们，让大家继续保持警惕，提防敌人的反扑……"

"好吧！"

魏大叔应了一声，又思忖了片刻，问永生道：

"那，你打算上哪去哩？"

梁永生笑着说：

"我到村西破窑上去转转。"

村西的破窑，是八路军大刀队的若干个无人联络点之一。现在永生要到那里去，是为了要通过暗号儿了解到大刀队的去向。

魏大叔虽然不知道大刀队取联系的具体暗号儿是什么，但他知道那破窑是个无人联络点。因此，他习惯地照例思忖了一阵，大概是想明白了梁永生要去破窑的意思，欣喜地笑了：

"好。你等等。我先出去看看。"

大叔话没落地，人已出了屋子。

过了一阵。院外突然响起咚咚的脚步声。正在屋里抽烟的梁永生，先是闻声一愣，继而，脸上又泛起一层笑容："锁柱来了！"这个念头，在永生的心中激起一片兴奋的浪花。浪花正在起落翻滚，锁柱像只小燕儿似的一翅子扎进屋来。

锁柱进屋后，一下子扑在梁永生的身上；从他那忽忽闪闪的笑眼里，涌出两行兴奋的泪水，淌在红光荡漾的面颊上。看来，他因一时无法用语言来表达自己那种兴奋的心情，只好盯着永生嘿嘿地笑。

这时的梁永生，也浸沉在兴奋的激浪中。过了一霎儿，他那汹涌奔放的炽热感情稍微平静些了，这才和锁柱一齐坐下来，问道：

"锁柱，你怎么知道我在这里？又是揣摸的？"

"不！我在村头上，碰见魏爷爷了——"

"你知道我在宁安寨？"

"知道！"

"咋知道的？"

"县委方书记告诉我的。"锁柱说，"关于你的一些情况，县委都知道了……"

锁柱正要说下去，永生插嘴转了话题：

"铜铁都送到啦？"

"送到啦！"

"见到方书记啦？"

"见到啦！"

"县委有没有新的指示？"

"有！"

"啥？"

"打仗！"

锁柱兴冲冲地说着，将手伸进衣袋，掏出一封信来，递给永生，又道：

"这是方延彬同志给你的信。"

梁永生接过信，伏在桌上看起来——

永生同志：

目前，我军主力某部，正以优势兵力在某地进行一场歼灭战。敌人由于没有机动兵力可派，正从各据点上，抽调一些零散兵力，妄想驰援被围之敌。敌人这些援兵，来自各处，分为多股，多者一个连，少者一个班。根据我们的情报，他们将于十一日中午十二点，先赶到某地集中，然后去援救被围之敌。

据此，上级党委指示我们，要和邻近的兄弟县一起行动，将敌人的各路援军，分别消灭在他们到达集中地点之前。县委根据上级分配给我县的具体任务，已作了具体研究，进行了全面部署，并确定让你们大刀队也参加这一战役行动。分配给你们大刀队的任务是，负责对付敌人由杨柳青抽调出的一股援军。这股敌军，兵力一个加强班，将于十一日上午八点乘一辆卡车由杨柳青据点出发，沿着通往云城的公路开向其集中地点。

至于作战的方法、地点和时间，由你们根据你们的情况自行决定。不过，在作出此项决定时，请注意到以下几点：

一，这股敌军，全是鬼子兵，将由一个少尉军衔的头目儿带领；

二，他们的武器配备，除步枪外，还有一挺轻机枪；

三，这股敌军进入我们的游击区以后，沿途将有各个据点上的敌伪军分段掩护；

四，你们的作战目的，应当是力求全歼。因为我们这次行动，除了不让被围残敌得到增援外，还与下一个战役部署紧密相关。

总之，意义是重大的，任务是艰巨的，时间是紧迫的；望你们充分发

扬艰苦奋斗、连续作战的作风，再接再厉，英勇奋战，务歼这股由远路入
境之顽敌。

　　此致
敬礼！

方延彬

　　这封信，永生一连看了三遍。然后，他将信纸倒提在手中，划着一根火柴，
点着了。永生两眼注视着火苗，心中闪现出这样一个念头："这一仗，应当来个
长途奔袭，到敌占区去打……"这时的小锁柱，见梁永生正在沉思，就插言提
醒他道：

　　"梁队长，这一仗，咱是不是到敌占区去打？"

　　锁柱这句话，显然已经说明，县委的指示精神，他都知道了。其实，梁永
生也知道他已经知道了。因为，在当前情况下，特别是锁柱还是大刀队的支部
领导成员，县委书记在把信交给他的同时，会把信上的内容告诉他的。这样做
的好处是，在锁柱返回大刀队的途中，万一碰上什么紧急情况，将信销毁了，
他回来后还可以口头传达县委的指示。那为啥还要写信呢？让锁柱口头传达不
行吗？不行！如果因为什么意外情况，锁柱不能马上赶回大刀队，他还可以设
法把信交给一位可靠的同志，让那位同志替他完成传达县委指示的任务。现在，
梁永生尽管从经验中已经知道锁柱早已知道了这封信的内容，可他还是问了这
么一句：

　　"这封信上的内容你都知道了吧？"

　　"主要意思方书记都跟我谈了——"

　　"那好！"永生把将要烧尽的信纸扔在地上，"你既然比我知道得早，一定
是动过脑子了，说说看——"

　　"我觉着，到敌占区去打的理由有两条——"锁柱说，"第一，我们人数不
多，又要全歼敌军，作战方式应以伏击为宜，并要力求速决。这样，就得来个
出其不意，才能制胜。要出其不意，显然是在敌占区为好。第二，一旦敌人进入
了我们的游击区，不仅他们自己谨慎了，而且沿途还有敌伪军掩护，我们的行
动就困难得多了……"

在锁柱陈述的当儿，梁永生掏出一张自己画的军用地图，铺展在桌子上，一面听，一面瞅。他瞅着瞅着，将手指点在一个地方，仿佛自己正和自己商量：这里行不行？

锁柱凑过来了。他瞧了瞧梁永生手指点着的位置，兴冲冲地说：

"行！"

永生笑了：

"啥呀——行？"

锁柱说：

"就在你指的这个地方打伏击！"

"为什么？"

"因为我们深入敌占区太远了容易暴露，离我们的游击区太近了又做不到出其不意——"锁柱说，"你刚才指的那个地点，离我们游击区的边沿十多里路，离敌人的杨柳青据点十多里路，我认为比较合适……"

永生站起身来，望望天色，心里暗自盘算着："现在大概有五点钟了。从这里到伏击地点，有五十多里路，来个飞行军，两个多小时能够赶到……"他想了一阵，回转身来，一面折叠着桌上的地图，一面向锁柱说：

"咱们走！"

"上哪去？"

"找队伍去！"

"好！"

话毕。他俩走出屋子，回手掩上屋门，便一直向外走去。

他们来到村头上。

这时天已大亮。

风吹云荡。

云蒸霞蔚。

尚未露面的朝阳，已经烧红了半个天空。

梁永生挺立在村口的高坡上，极目四望，豪情满怀。他伸展双臂，深深地吸了一口清新的空气，心窝里甜滋滋的，继而不由得对天自语道：

"好啊！又是一个战斗的早晨！"

魏大叔凑过来了。他那银色的胡须，在晨风里飘动着，闪射出可敬的感人的亮光：

"你们要走？"

"是啊！"

"上哪去？"

"找队伍去！"

他们到哪里去找队伍？魏大叔不知道。不过，他相信永生和锁柱是能够很快找上队伍的，因为魏大叔知道，大刀队在这一带设有很多无人联络点，在当前情况下，那些大刀队上的同志们，一定会在无人联络点上留下联络暗号儿。事情也果然是这样——梁永生和小锁柱，将两副迸发着火花的笑脸留给魏大叔，告别了这战斗的宁安寨以后，通过无人联络点上的暗号儿，很快找到了大刀队。他们见面后，都激动得热泪盈眶。他们分别的日子虽然不多，可是，在梁永生与战士们分别期间，经历了一场生死的搏斗啊！战友们相互亲热了一阵，永生便向大家传达了县委指示。经过一阵简短的而又是热烈的讨论，一个伏击战的作战方案便很快定下来了。

随后，梁永生挑选出十九名战士，连上他自己，不多不少整整二十人，组成了一支长途奔袭小分队。其余的人，留下来，由梁志勇带领，和各村民兵配合一起，负责对付石黑的"扫荡队"。

奔袭小分队出发了。

初夏的原野，一片碧绿。和时间赛跑的勇士们，顺着道道相接的交通沟飞步前进着。进入敌占区后，他们又以天然的道沟和树林、庄稼为掩护，继续向前奔驰。在快要靠近伏击地点的时候，永生命令战士们在一块麦田里隐蔽下来。

他和锁柱来到公路边上，蹲在麦田里，仔细地勘察着地形。

这是一个十分辽阔的大洼。洼里分布着各种各样的庄稼。一条敌人的军用公路穿洼而过，将这绿色地毯般的大洼切成了两半。由于这个大洼地势低下，夏日积水，敌人的公路培起一道高高的路基。公路边上，有个面积很大的水汪。为绕过这个水汪，公路在这里拐了个大弓弯儿。

永生指着公路边上的水汪向锁柱说：

"我看，我们就隐蔽在那个水汪里。"

小锁柱两眼盯着波光粼粼的水汪：

"对！我们将身子蹲进水中，头露在外边，等待敌人的到来；敌人离近了，我们把头抽进水里；他们来到近前了，我们再猛地冲上去……"

永生点点头。又说：

"可不知那水汪的水多深……"

"试一试——"

锁柱说着，抓起一块坷垃，一用胳膊投过去。坷垃沿着一条弧形的路线飞向水汪，不一会儿，嘭的一声落进水里，水面上激起一根半尺多高的水柱。

永生又点点头：

"行！听这声音，水深至多不过二三尺。"

他沉思了一下，又向锁柱说：

"你去把同志们叫过来！"

"是！"

锁柱走了。

永生两眼凝望着公路，想象着战斗打响之后可能出现的种种情景。一会儿，战士们都来到近前了，他指着公路那边的几座坟堆向锁柱说：

"你带领两名战士，埋伏在那坟堆后边，等我们这边打响后，你们再冲出来……"

"是！"

锁柱和两名战士领命而去。

永生又指着公路拐弯处，向小胖子说：

"你瞧！那里不是有个崖坡吗？"

"是啊！"

"敌人从那边来——"永生指点着方向说，"我们贴着崖坡埋伏下几个人，他们非到近前看不见……"

"对！"

"你带领两名战士，埋伏到那里去！"

"是！"

"以我的枪声为令！"

"是！"

小胖子领着两名战士又走了。

永生指着一块麦田又向炮筒子说：

"你带领两名战士，埋伏到那块麦子地里去。敌人的汽车开过来，不要管它；等我们打响后，你们在远处喊杀助威，制造疑阵，以壮大我们的声势……"

炮筒子和另外两名战士走后，永生又向其余的同志一挥手说："你们跟我来！"

"是！"

他们来到水汪边，都学着梁永生的样子，在靠公路的水汪里蹲下来。随后，永生又向战士们讲了几条注意事项，便都严阵以待不动了。

这时的梁永生，就着一个崖坡影住脑袋，两条视线顺着公路注视着杨柳青的方向。不一会儿，敌人的汽车便在远方的地平线上出现了。先是像个屎壳郎似的在地皮上蠕动着，继而渐近，渐大，渐快，眨眼间，车上的鬼子兵已能看出个轮廓了。永生用眼点了点数儿，共总一十五个，外加那个带队的小头目儿，的确是一个加强班。汽车临近了。永生眼里望着心里说："我们上级的情报真准呀！"他在这样想着的同时，向战士们打了个手势。这手势就是命令。战士们一抽身子，全都将头沉进水里去了。

水面上留下了十个小小的漩涡。

眨眼登时，漩涡消逝了，水面又恢复了原有的平静。这时候，有几只燕子在水汪上空飞来飞去，有几只青蛙在水边叫着。鬼子他怎能想到，就在这光平如镜的水中，竟然埋伏着全副武装的八路军战士？

敌人的汽车飞快地开过来了。

待汽车进入了有把握的射程之后，梁永生瞄着汽车司机搂动了匣枪的扳机。伴随着匣枪那清脆的响声，司机的身子趴在了方向盘上；伴随着这匣枪的响声，车厢里那些惊慌失措的鬼子兵们，吱吱哇哇地嚎叫起来。他们一边叫着，一边在手忙脚乱地拉栓顶火儿。就在这时，我们那些埋伏在水中的大刀队战士们，也伴随着枪声一齐钻出水来。由于十个人同时猛力向外一钻，掀动得水汪就像翻了花似的，发出哗啦一声巨响，整个水汪也晃动起来。这哗啦啦的水声，还夹杂着撼天震地的喊杀声，这两种声音搅在一起，愈显得高亢、雄壮了！在这种声音撞击着鬼子们那耳膜的同时，被水的波光影衬着的闪闪刀光，又映入了他们的眼帘！

汽车，在拐弯处向前冲着。车上的鬼子兵，都吓得浑身发抖，胡乱开枪。眼时下，他们将一切希望全寄托在汽车轮子上——盼它快跑，快跑，快快跑出这个险地！

这辆无人操纵失去控制的汽车，如今是光会往前冲不会拐弯了！一刹那间，它嗖地蹿出路基，一个跟头张了下去！

这时节，分别埋伏在不同方向的三处伏兵，也和梁永生他们同时吼喊起来。他们一面高声吼喊，还一面一手挥刀一手端枪向滚翻的汽车飞奔着。

这么一来，那些本来就已经吓坏了的鬼子兵们，现在连摔带震，又见八路军冲到近前，更是眼花缭乱昏头涨脑，知不道东西南北了！当他们稍微清醒一些时，大刀已抢到他们的头顶；有的，枪，早已被八路军掳过去了！

就这样，这场我们只放了一声发令枪的伏击战，没用了抽袋烟的工夫，便胜利结束了！除了被梁永生击毙的汽车司机，两个被汽车砸死的鬼子兵，还有几个因企图顽抗而丧命的以外，其余的敌人全部被俘，无一漏网！

随后，大刀队的战士们，用汽车上的汽油点燃起一把大火，把汽车烧着了。小锁柱整理好队伍，问永生道：

"队长！队伍开往哪里？"

梁永生看了看天色，喜气洋洋地说：

"这一阵，咱和敌人，是他打他的，咱打咱的；现在，咱这一仗打完了，该回去了……"

"重返宁安寨？"

梁永生就着锁柱的话音，一挥手臂发布了命令：

"对！重返宁安寨！"

"是！"

紧接着，在小锁柱那喜腔笑韵的一溜口令声之后，这支威风凛凛的大刀队，携带着缴获的武器弹药，押着俘虏的鬼子兵，一溜风烟飞驰而去。不多时，便消逝在那花红柳绿天地相连的远方，只将一堆熊熊烈火和滚滚的尘烟，留在这敌占区的战场上！

第十三章

荒野斗智

五黄六月。

一个暴风雨后的早晨。

油绿色的漫洼里，升腾着白蒙蒙的雾气。

见年一到这个季节，总是草苗齐长，害虫群飞，庄户人家算忙上劲儿了！

一条涓涓流水，划破朝阳普照的绿野，在燕子唧唧喳喳的啼叫声中，沿着一条弯弯曲曲的沙河古道，缓缓地流向那霞光万道的东方。

祖国的河山多壮丽呀！

地是肥的，苗是旺的，按说满洼遍野该是一派丰收在望的景象。可是，眼前的庄稼，并不是那样。有的地块儿，被敌人的"扫荡队"连蹚带踩闹得缺苗断垄，或者倒伏在地上；有的地块儿，由于敌人闹得百姓不得安宁，除虫灭草不及时，眼下已经荒芜了！

只有那"野火烧不尽，春风吹又生"的野草，经得住种种摧残，在那路边上、河滩上正旺盛地生长着。天真的孩子们，跟这野草一样，不论环境多么恶劣，不论时局多么紧张，他们照例放开喉咙唱他们的童谣：

天无边，

地无沿，

祖国的山河金不换！

小鬼子，

大坏蛋，

张牙舞爪胡捣乱！

儿童团，

意志坚，

齐心合力来抗战！

…………

　　一位扛着大锄的庄稼人，披着金色的阳光，跨着稳健的大步，在那浅草茸茸的溪水岸边走着。他听到这儿童的歌唱声以后，脸上闪动着笑意。这个人，身上的衣裳全湿透了，挽得高高的裤筒上，迸溅上很多泥点点。这些情况说明，他是在夜间冒着风雨赶路的。

　　有几只栖息在水边草窝里的青蛙，时而从行人的脚下蹦出来，又扎进水里去了。

　　平平静静的溪水，被它们激起许多圆形的波纹，环环相套地向四外扩展着，渐远渐细，慢慢地消逝在水草相连的岸边。

　　扛锄人将锄拄在地上，挺立在溪水岸边，稀里哗啦地涮了涮脚丫子，而后将锄往肩上一扛，又甩开膀臂忽呀颤地赶路了。

　　这位扛锄人，虽是个农民打扮，但他不是农民。

　　他是谁？他，就是八路军的大刀队队长——梁永生。

　　梁永生来到龙潭附近，跨过龙潭桥，穿过松树林，沿着枣行的边缘走进村，穿街越巷，朝着黄二愣家的门口走去。

　　黄二愣家正在准备吃早饭。

　　当梁永生跨进他的庭院时，二愣娘正忙着掀锅，一团热腾腾的雾气从屋门口扑出来，在天井里散发着一种浓厚的野菜气味儿。

　　永生一边朝屋里走着，一边学着半生不熟的当地口音喊道：

　　"东家！使人不？"

　　二愣娘透过雾气往屋外一瞅，又回过头去。

她一面蘸着凉水往笊篱里拾那黏得粘手的菜团子，一面用一种腻歪的口吻不耐烦地说：

"不使人，去吧！"

永生走到屋门口了。二愣娘还在嘟嘟：

"多得活像鹰赶的！简直把人腻烦死了！……"

她的话未落，永生闯进屋。

二愣娘听见脚步声，猛一抬头，只见身边的雾气里，站着一个扛锄的大高个儿。进院找活干，就是才添的新风俗，哪有闯进人家的屋里问活儿的？二愣娘一面在心里这么想着，一面急眉火眼地嚷道：

"你是个啥东西？哪有你这号儿找零活干的？怎么跑到俺这屋里来啦？……"

二愣娘嚷着嚷着，梁永生哧哧笑了。

永生这一笑，把个二愣娘笑蒙了。她虚眯着眼睛，透过那白茫茫水蒙蒙的雾气朝永生的面目仔细一瞅，也不由得哧地笑了：

"哎哟！老梁啊！"

梁永生乐呵呵儿地问：

"你把我当成谁啦？"

二愣娘多少带着一点抱歉的口吻，笑哈哈地解释道：

"哎哎！方才你在院子里一喊，我又一瞅你这身打扮，以为又是来了个找零活干的哩！……"

一向好说好笑的二愣娘，连说带笑地说到这里，乐不可遏地拍一下巴掌，叽叽嘎嘎地大笑起来了。她笑了几声，又说：

"老梁啊老梁啊，你这个人呀！唉——！"

"我怎么的啦？"

"你三天不吃饭，也忘不了逗闷子！"二愣娘将垂下来的一绺灰白发梢撩上去，指指永生身上的衣裳说，"你瞧你，都淋成落汤鸡了，方才在天井里还顾得南腔北调地出那洋相！……"

她絮絮叨叨地说着，在瓦盆里涮了涮手，撂下尚未收拾完的锅不管去给永生找衣裳了。

锅里，蒸的菜团子。野菜的香味，阵阵扑鼻。

二愣娘趴在箱上一面翻找衣裳一面向永生说：

"老梁啊，真是来得早不如来得巧——今儿个，你一步攮进来，不早不晚，正赶上饭碗！……"

梁永生笑哈哈地说：

"今天真算来巧了！不光是正赶上饭碗儿，你锅里这个饭食，也正合我的口味儿！"

他说着，将肩上的大锄戳在门旮旯儿里。

接着，他又抓下头上的毛巾，拧了拧，便在脸上头上擦起来。他一面擦一面向二愣娘说：

"老嫂子啊，将二愣随身穿的孬好找一件子就行啊，用不着挑三拣四的……"

他一提到二愣，这才突然意识到二愣不在，于是改口问道："哎，二愣呢？"

"出去啦！野得一天到晚不着家！"二愣娘声烦韵喜地说，"准是又跟他那伙儿民兵钻到一堆子去了呗！"她说着说着，突然一眼扫上了梁永生今儿这身不寻常的穿章儿，心里一纳闷儿，话就拐了弯儿，带着好奇的口气问道：

"老梁，你这是唱的哪一出呀？"

"咋？"

"怎么打扮成这个样儿了？"

二愣娘说着，将二愣的一套旧裤褂儿递给永生。这时，她见永生正往桌上端咸菜碟子，就没好气儿地嘟囔说：

"你这整天价耍刀摸枪的人，别在这里多手多脚地乱抓挠了，这锅头灶脑的事儿，用不着你这一号儿的，快到一边子换衣裳去吧！"

梁永生来到二愣住的小东房里，把门一掩，脱下了湿褂子，露出了那紫红色的光脊梁。他的身上不算胖，可是前胸后背却又厚硕又宽阔，肌肉也挺瓷实。他那两条胳膊，活像两根铁杠子。

永生换完衣裳又回到北屋。

二愣娘望望永生，笑道：

"你穿上这一身儿，更添上'人才'了！"

永生笑呵呵地说：

"怎么样？像不像个庄稼人？"

二愣娘说：

"像！可像了！你没见？方才你猛孤丁地闯进来，我都不敢认你了！"

梁永生将鞋脱在炕根底下，两腿一盘坐到用布补过几回的炕席上，用筷子搛起一根萝卜条儿放进嘴里，一边嚼着一边笑吟吟地说：

"近来敌人闹腾得挺欢，化化装，便于活动呗！"

一提到敌人，二愣娘皱起眉来：

"那些狗杂种，也不知又是变的什么戏法儿……"

梁永生将嚼碎了的咸菜咽下去，说道：

"是啊！这一阵，敌人正在变换新花招儿。咱呢？就跟他来个你变我也变！……"

他俩正说着，二愣回来了。

二愣一进门，娘就跟他说：

"二愣，快到门口上放哨去！"

"谁来啦？"

"你梁大叔。"

"啊！"

二愣虽然"啊"得挺痛快，可他还是一撩门帘扎进里间屋里去了。因为二愣这孩子，几天见不到梁永生，心里就想得没法儿，人也像掉了魂！现在，他一听说梁队长来了，咋能不进去看看呢？

二愣一见永生穿上了他的衣服，先打了个愣。因为他觉着永生这么一打扮挺新鲜，便望着永生嘿嘿地憨笑起来。梁永生问他说：

"二愣，笑啥？"

"笑你呗！"

"我有啥可笑的？"

"你这么一扎裹，不像个八路样儿了！"

"你看我像个啥样儿？"

"很像个下乡找零活儿干的！"

黄二愣这么一说，梁永生心里想："咦？他们娘儿俩，怎么都对下乡找零活的人印象这么深？最近我到县委开了几天会，莫非说这一带又出了什么新情况？"他想到这里，就问二愣：

"哎，二愣，这两天来找零活的人挺多吗？"

"嗬！海啦！"二愣说，"见天都来。有的人，还跑进家来问呢！"

"净些干啥活儿的？"

"干啥的都有。有扛锄的，有扛锨的，还有扛铡刀的，扛木笸的……"

"扛木笸的？"

"是啊！"二愣一撇嘴角子说，"不光有扛木笸的，还有拿镰的呢，真是天大的笑话儿！"

梁永生越听越觉有趣儿。他又问：

"这些人，你有认识的不？"

黄二愣摇头道：

"全不认识。净些生人！"

"你看他们净些什么人？"

"什么人？庄稼人呗！"

"你咋知道他们是庄稼人？"

"除了庄稼人，谁干这一行？"

"那为啥突然多起来？又为啥净些生人呢？"

"这我倒琢磨过——"二愣说，"准是从外地逃过来的难民……"

"你净胡诌八扯！"二愣娘一撩门帘走进屋来，"我活了大半辈子，也没见过这种德行的难民！"

她用食指点着二愣的前额又说：

"你这个孩儿呀，一见了你梁大叔，就啥也忘了！刚才我叫你干啥去来？"

二愣滑拉一下脖颈子，又吐一下舌头，嘿嘿地笑着，跑出去放哨了。他那两只大脚板儿，蹬得大地咕噔咕噔响了一阵，好像外头跑了一匹大骡子。

梁永生盘着腿坐在炕头上，半倾着身子吃着饭，又问二愣娘：

"老嫂子，这几天儿，还有些啥情况？"

二愣娘咬了口干粮，在嘴里嚼着，想了一阵儿，然后咽下去，说：

"盘乡的小买卖人儿也添了些生人……"

永生转动着眼珠子，琢磨了一会儿，像是向二愣娘又像自言自语地说：

"噢！这里头八成有文章！"

二愣娘接着下音儿问道：

"这有啥文章呀？"

梁永生没回答。

他喝了口菜汤又问：

"老嫂子，我记得见年这个时候，好像是没有这些变化呀——是不是？"

"啥变化？"

"你看！这不找零活的也多了，小买卖人儿也多了，还净是些生人……"

在他俩谈话的当儿，二愣一会儿跑进来听听，一会儿又跑出去看看。当永生说到这里的时候，二愣又一步攘进屋来。他愣头愣脑地插言道：

"都叫鬼子闹的！"二愣仿佛听到外头有动静，收住话头警惕地听了一阵儿，又说，"这兵荒马乱的年头儿，鬼子和汉奸们成天价横抢竖夺，闹得一些穷庄户人家越来越难过，谁大瞪着两眼饿死？都出来想个活门混饭吃呗！"

二愣这种论调尽管谱不上永生的弦，可是一向耐心的梁永生，依然是一面吃饭一面听，并不插嘴截舌地去打断二愣的议论。等二愣说完后，永生这才眯笑着将了他一军：

"二愣，我问你——凡是穷庄稼人，该懂庄稼活吧？"

"当然是喽！庄稼地的穷人，不懂庄稼活凭啥活着？"

"二愣，你想想——"永生又说，"脚下这个季节，拿着镰出来找活儿干，也能算是个正经八道的庄稼人？"

"二百五呗！"二愣说，"树林子大了，啥鸟都有！"

梁永生摇摇头。

二愣以迷惑不解的口气问：

"怎么？不对？"

永生带着三分批评七分教育的口吻说：

"不对！完全不对！二愣啊，你太麻痹呀！"

"麻痹？"

永生意识到，二愣还没完全理解他的意思，于是，他便举出一些生活中的例子，讲明了"麻痹"的危害。黄二愣听了，又辩解说：

"民兵不该麻痹大意，这我知道；可对这伙人，原先，我只认为净是些穷人，所以没注意他们……"

永生说：

"要看一个人是个什么人，不能光看他的说话和外表，主要是看他的行动和本质！"

他说到这里，缓了口气，又说下去：

"二愣啊，革命的战士，是阶级的眼睛。麻痹可不行啊！你要知道，敌人是狡猾的，斗争是复杂的；现在，敌人的兵力一天不如一天，可是他们的毒辣心肠并没变，而是比过去更狡猾了，因此斗争也就比过去更复杂。不怕敌人诡计，就怕我们麻痹，在这种情况下，谁麻痹谁就吃亏。往后儿，你再碰上生人，只要见他可疑，就不要轻易放过他。你还要把我这个意思，传达给你们村的全体民兵。啊？记住了不？"

"记住啦！"

二愣说罢，拿起一个菜团子啃着，一转身，又跑出去放哨了。

窗外，飞来一只喜鹊，落在庭前那高高的白杨树上，喳唧喳唧地叫了几声，将尾巴一翘，拍起翅膀又朝东南飞去了。

过了一阵。

梁永生刚撂下饭碗，黄二愣闯进屋来。他一见梁永生的面，就大声小气地嚷道：

"梁队长！我逮着一个！"

梁永生哧地笑了：

"逮一个啥？"

二愣说：

"找零活干的！"

他说完后，发觉这话不大行，继而又道：

"我觉着那个人不大地道！"

永生问：

"那人在哪里？"

二愣说：

"在民兵队部里。"

永生又问：

"是个什么样的人？"

黄二愣把那人的年龄、相貌和衣着说了一遍。永生笑乎乎儿地说：

"把他带到这里来！"

"带到这里来？"

"对！"

"是！"

二愣走了。

不一会儿，二愣将那人带进屋来。

永生上眼一瞅，笑了。原来，二愣抓来的这个人，不是别人，是沈万泉。

他只见，沈万泉扛着一张扒锄子，戴着一顶破草帽儿，赤着脚，裤腿挽得高高的，露着半截布满筋疙瘩的毛茸茸的泥腿，倒很像个干庄稼活的老汉。

沈老头子是个热烘烘的人。他是带着一股热气走进屋来的。他一见永生的面，就指着二愣问永生：

"老梁，这个愣小伙子，八成就是你常提到的那个黄二愣吧？"

梁永生点点头，又笑了。

接着，他指指沈万泉，故意逗二愣说：

"二愣，说说你抓他的根据——"

二愣一见梁永生和沈万泉见面的情景，心里就已经蒙了。现在永生又故意这么一问，二愣的脸像当时喝下二两烧酒似的，腾地涨红起来。他那两只大手，也仿佛成了多余的东西，把它搁在哪儿也觉着不大合适，结果又习惯地伸到脖子后头去了。他一面用手搓着脖颈子，一面两眼盯着自己的脚，讷讷地说：

"他，他是个生人……"

正在刷锅的二愣娘没容儿子说完，就把炊帚一撂嚷上了：

"你们瞧瞧俺这愣小子！"

她又转向二愣叱咤道：

"阖天底下还有你这么二愣的不？凡是生人你就抓人家呀？抓出祸儿来怎么办？……"

二愣抱屈地说：

"娘，不光这个！"

"还有啥？"

"他不大地道嘛！"

"又说傻话儿……"

永生抢过二愣娘的话头，问道：

"哎，二愣，你看着他哪里'不大地道'？"

二愣解释说：

"我见他的脚上光有泥没有茧！"

二愣这一说，永生挺高兴。

他拍一下二愣的膀头儿，笑盈盈地夸奖他一句：

"二愣啊，你这一手儿不简单！"

永生这一夸，夸得个二愣倒挺不自在。你看他，那股手也没处放脚也没处站的劲儿又上来了，腆着一张红彤彤的脸只是嘿嘿地笑。稍沉了一下，这才又搓手又摸胸地说：

"俺净耍二愣！"

"这回又叫你愣对了！"梁永生风趣地说，"二愣啊，由我来'审讯审讯'这个'不大地道'的'生人'，你呐，还去放哨，行吗？啊？"

到这时，黄二愣对这个"不大地道"的"生人"的身份，已看出一些门道。于是，他"啊"了一声，继而又朝沈万泉笑笑，抱歉地说：

"同志，我是个二愣，你别跟我一般见识！我对不住你，你打我两下子吧！"

二愣这股实落劲儿，又把人们逗笑了。

笑声正在高涨着，二愣一头蹿出屋去。

梁永生和沈万泉笑望着二愣的背影在院门口消逝后，两人一同进了里间，在炕沿上坐下来。梁永生问沈万泉：

"有事？"

"我来汇报个情况——"

"啥情况？"

"石黑搞了个'地下线'！"沈万泉说，"他把叛徒余山怀从水泊洼据点调回柴胡店去了，并叫那个小子当了这个'地下线'的头子！"

"地下线？"梁永生问，"地下线是什么？"

"他们叫'地下线'。叫我说，就是特务！"沈万泉说，"他们从伪军中挑选出一伙子人，又从社会上雇用了几个坏蛋，全化装成各种各样的身份，到各个村庄去串游，只要见到八路军的行踪，或者是闻到一点什么消息，就回据点去报告……"

前几天梁永生到县委去开会，县委曾谈到，当前敌人在日趋末路的情况下，正在大搞特务活动。县委就此还向与会人员提出两项要求：

一、注意收集有关这方面的情报，及时报告县委；

二、根据当地具体情况，采取相应的措施，与敌人这种阴谋进行坚决的斗争。

因此，梁永生对沈万泉谈到的情况很感兴趣。他想："这个所谓的'地下线'，是不是就是石黑大搞特务活动的一种具体形式？"于是，他进一步追问道：

"'地下线'是咋的个组织法儿？"

"搞不清楚！"沈万泉说，"他们这套玩意儿，弄得还好严密哩！"

"还了解什么具体情况吗？"

沈万泉作了一些补充，然后说："暂时就这些了。我今天是专为这件事来找你的。"

"近来敌人的动向怎么样？"

"自从那回我们的主力部队、地方部队和游击队配合一起，干了他们一家伙，近来敌人老实多了！"

沈万泉这里说的，是那一次主力部队的围歼战和地方部队、游击队对敌人援军的分歼战。那次围歼战，消灭敌军一个营。各地的分歼战，消灭敌军近两个连。

现在永生接着沈万泉的话尾又补充说：

"近来敌人不那么嚣张了，与那一仗固然有关，不过，还不光是因为那一仗——"

"还因为啥？"

"还因为，近期以来，我们八路军、新四军在各地打了许多胜仗，使整个战局发生了很大变化！"永生一面装烟一面说，"从今往后，敌人的日子将越来越不好过了；而我们，仗将越打越大，形势也将越来越好……"

永生的话音落下。屋里沉静下来。这时，希望的火花，在老沈的心窝里迸发着；兴奋的浪涛，在他的胸腔中奔流着。

过了一会儿，梁永生抽了口烟，又转了话题问老沈：

"哎，疤瘌四近来有啥动静？"

老沈沉思了片刻，轻轻地摇摇头：

"没听到他的新情况。"

梁永生又关切地问：

"你近来的处境怎么样？"

"没啥事儿。挺好的。"

"你短不了出来跑，他们不怀疑你？"

"原先，我是以孩子生日娘满月的家务事跟他们请假的。后来，我觉着这样长期下去，会引起他们的怀疑，于是，就干脆公开提出来了——"

"提啥？"

"我向他们说，我家的日子不好过，当伙夫又不能像旁人似的下乡找点外快，光靠那点薪水是养不住家口的。特别是最近以来，票子更毛了，闹得家里的锅盖三六九儿地张不开口儿，内当家的成天价跟我打唧唧，不让我干这个差事了。"沈万泉说，"我将难处摆出来以后，就向他们说，往后儿，我得抽空摸空地出去找点零活干，也好挣个仁瓜俩枣儿的添补添补。要不价，我应的你们这个差事就干不成了！"

"他们说什么？"

"他们应下我了。"老沈说，"因为我有一手儿拿着他们，他们怕我辞职。"

"你哪一手儿能拿住他们？"

"烧鱼。"

"烧鱼？"

"对啦。"

"从前，我知道你做抻条挂面、烫面饺儿挺拿手。"梁永生说，"可还真不知道你有一套烧鱼的好手艺哩！"

"我是现学的。"老沈说，"从前，烧鱼这手活儿，倒是凑合着能弄，可是，弄不到好处……"

"你学这一套干啥？"

"黄家镇据点上的汉奸头子乔光祖爱吃这一口儿呀！"老沈说，"我知道那个小子爱吃这一口儿以后，就偷偷地访师拜友学了点特殊技术……"

永生故意把嘴一撇，跟他逗闷子说：

"喔哈！你对那个姓乔的，可真算得上'忠心耿耿'了！"

永生说罢，哈哈地笑起来。

接着，永生的笑，又传染给老沈，老沈也笑了。

笑声未落，门帘一摆，二愣娘走进来。她见永生和老沈的脸上又是烟火又是戏，就说：

"你们这些人呀，真叫俺纳闷儿——"

永生笑着说：

"老嫂子呀，革命工作要有分工，俺们说的这些事，不需要告诉你……"

二愣娘说：

"这个俺懂，保守秘密嘛！别说你们，就是俺二愣，有些事还跟他娘保守秘密哩！……"

永生说：

"老嫂子啊，你懂得这个很好！"

二愣娘说：

"我刚才说纳闷儿，不是这个意思！"

"是啥意思？"

"我是说，你们这些人，整天价这一宿那一夜，一顿饱一顿饥，一天也不知道开几回火儿，这不等于是把脑袋瓜子挟在胳肢窝里混日子呀？怎么一到一堆子，还有闲心打嘎叽腔哩？"

她说着，把收满碎烟叶儿的小笸箩儿放下，一闪身又出去了。

沈万泉又跟梁永生谈叙了一阵之后，便走了。

他刚走，黄二愣又回到家来。

梁永生一边往烟荷包里装烟叶儿，一边带着批评的口吻向二愣说：

"二愣，刚才，我在来这里的路上，正巧路过你那块谷子地头儿。我见到你那谷子地里，草都快赶上苗高了，还不该耪呀？你只有那么一点地，种成那个样子，像个过庄稼日子的样儿吗？二愣啊，一年之计在于春，一日之计在于晨，庄稼之计在于勤。你这么懒，就不怕乡里乡亲们笑话？"

其实，别看梁永生这么说，可他完全知道二愣是个勤快孩子，而且也知道二愣是因为忙于抗日工作才把地耽误了的。他现在所以这么说，是要故意逗逗二愣，看看二愣怎么回答他。

二愣呢？他听了梁永生的批评，没有半点抱屈的表示，也没作一句解释，只是扒着头皮嘿嘿地笑：

"耪去，耪去！"

"走，我正找不着活儿干哩，去给你当半天'短工'。"

梁永生说着，笑着，走到门旮旯儿里，摸起了大锄。

黄二愣上前拽住他，急眉火眼地说：

"哎呀呀，合而巴总像个鸡舌头似的那么一溜溜儿，还用得着仨呀俩的！……"

梁永生笑笑说：

"既然用不了这么多人，那你就甭去了呗！"

黄二愣只是憨笑，没拿的了。

他扛起大锄，乖乖地跟在梁永生的身后，下地去了。

永生和二愣已经走远了，二愣娘还站在天井里嘟嘟囔囔：

"唉唉唉，老梁这个人呀，他是多咱也不会让自己没活干的！……"

梁永生和黄二愣，一人扛着一张大锄，一前一后走出村庄。村外的漫洼地里，到处都是庄稼。各种各样的庄稼，不是缺苗断垄，便是七高八低参差不齐。梁永生一边走，一边望着满洼的庄稼，一边向黄二愣说：

"二愣啊，你们村的变工组，这一阵是不是又松下来了？得想些办法，再赶紧抓上去……"

"是松下来了！"二愣说，"因为这一阵子抗日工作太忙，生产上的事，没顾得抓……"

"错了！"

"错了？"

"错得可厉害！"

"厉害？"

"就是嘛！抗日工作当然重要。而且很重要，是中心工作。"永生说，"问题是，生产也重要。因为生产也是抗日工作。而且，它在整个抗日工作中，还是很重要的一个组成部分。"梁永生先把大前提肯定下来，稍一停顿又举上实际事例了，"二愣，你想想，能喝着西北风打鬼子吗？能光着屁股抗战？不能吧？战士也罢，民兵也罢，群众也罢，都得吃饭穿衣裳！是不是？吃的穿的从哪里来呢？搞不好生产怎么能行？……"

他们说着走着，谷子地来到了。

经过风吹雨洗的庄稼，显得更清新，更碧绿了！如今被初升的阳光一照，又像擦上了一层油！

他俩来到地头上，一人一垄地耪起来。

梁永生一面耪着地，一面褒贬二愣：

"二愣啊，你这块谷子地，土挺肥，苗也旺，可就是种得不强！"

"咋不强？"

"缺苗断垄呗！"永生说，"有句农谚说得好：'豆收长秸麦打齐，谷苗断垄不用提。'"他将拉过来的锄头扔出去，喘出一口大气又说，"二愣啊，土地无偏心，专爱勤劳人。你这块谷苗，要叫懂行的一看，准得说你懒，还得说你的庄稼活不撑劲！……"

永生一褒贬，二愣上火儿了！他气冲冲地说：

"这缺苗断垄的地方，全是叫鬼子、汉奸给踩的！那些狗杂种们，下乡'讨伐'，怕八路、民兵伏击他，他们放着道路不敢走，就以蹚八路为名，满地里乱跑乱窜！"

二愣停住锄，向周遭儿一指，又说：

"梁队长你看，这满洼遍野，还有几块囫囵苗儿？这些野兽！可把庄户人家糟蹋苦啦！"

"是啊！"永生将扔出去的锄头拉过来，又说，"岂但是庄稼？别的，被敌人糟蹋得还轻呀？"

永生一激，二愣气更大了！他先骂了一句，又指着地头上的那条大道说：

"那条道上，原先个，道两旁一边一溜白杨树，笔管儿条直，一搂多粗，多威武呀？脚下你再看，光秃秃了！全叫敌人给锯了去，修据点用了！"

他一面用脚搓着锄刃，一面指指附近的村子，继而又道：

"再说村里吧——到处都是破瓦烂窑，哪村能挑出几所囫囵宅舍？大墙小壁，还有没枪眼儿的？门窗还有不被烧焦熏黑的？"

二愣将大锄往前一扔，又跟上一句：

"一想起这些，我就活活气煞！"

永生问："你生谁的气呀？"

二愣答：“生敌人的气呗！”

“敌人对我们的摧残是严重的。可是这并不奇怪。因为敌人是侵略者。侵略者嘛，要是不抢夺，不破坏，不杀人，他们干什么去？要是真那样，他们也就不是侵略者了！”梁永生用锄角儿铲去苗根底下的一棵小草，又说，“地里不长草，世界上就没有锄。世界上假若没有这些欺压人民的反动家伙，我们这些干革命的人们，那不就该‘失业’了？”

二愣听到这里，像忽然想起了什么，他问：

“哎，梁队长，前天你给我们民兵开会，说敌人一天不如一天了，我们的胜利已经不远了，怎么他们现在又是加固碉堡，又是抢铜抢铁，闹腾得更欢了呢？”

“猪在临死之前还要吱啦两声，鸡在临死之前也要打个扑拉，日本鬼子就不兴挣扎挣扎？”永生说，“这就叫垂死挣扎嘛！”

“日本鬼子完蛋以后，咱们这大刀队再干啥呢？”

永生没有立即回答二愣向他提出的问题，只是笑乎乎儿地瞟了二愣一眼，反而向二愣提出问题道：

“二愣，你知道共产党员是干什么的吗？”

黄二愣冲口而出地说：

“抗日的呗！”

梁永生沉乎一下儿，说道：

“你这种说法，也算对。不过，我们的县委书记方延彬同志，他对这个问题不是这么个说法——”

二愣问：“他是怎么说的？”

永生说：“老方说：共产党员的使命，就是要在革命斗争中，用自己的血和汗，将这乌七八糟的世界，冲刷个干净，染它个通红！因此，每一个共产党员，都应当是为了革命的利益而活着，还得要，随时准备为了革命的利益而死去！”他稍一停顿又道，“从老方说的这个意思里可以看出，打败了日本鬼子，并不等于完成了共产党人的使命！二愣，懂吗？八路军呢，是共产党领导的队伍，也不应当只是为了抗日，打败了日本鬼子就算完事了，还要继续革命嘛！……”

他俩说着话儿，搒着地，来到了地头上。

地头上，有一条横穿而过的大道沟。

梁永生一边用毛巾擦汗，一边指指道沟向二愣说：

"二愣，这条道沟，还有其他的道沟，原先个，不都是平平展展的大道吗？如今呐，全挑成一道道的壕沟了，横三竖四，错综交织，大车走不通了，走路也不方便，对这个，你生气不？"

二愣摇头道："不生气。"

永生追下去："为啥哩？"

二愣慨然道："这是咱自己挑的嘛！"

永生转移了目标——他指着道沟口上的一座桥又问：

"那座桥，原先并不坏。是不？如今，拆了！这，你生气不？"

二愣又摇摇头："也不！"

永生还是追问："又为啥？"

"也是因为咱自己拆的呗！"

"自己挑的、自己拆的就不生气？"

"自己挑的、自己拆的生谁的气？"

"不也算'破坏'吗？"

"要说算也得算！"

"算也不生气？"

"算也不生气！"

永生追问到这里，话头又拐了弯儿：

"哎，二愣，你不生气，心疼不？"

二愣笑笑道："说真心话，心疼倒是有点儿！"

永生继续追问："拆桥你不也是积极分子吗？既然心疼，为啥还那么积极？"

二愣抠着脑袋皮说：

"你净出这囫囵题儿！闹得俺是茶壶里煮饺子——肚儿里倒是有，就是倒不出来！"

梁永生笑而未语。

黄二愣想了想，又道：

"上级叫拆嘛，心疼也拆！"

梁永生仍未说话。

二愣又补充一句：

"俺只是知道，反正上级不害咱！"

梁永生听了黄二愣这些说法，觉着二愣对战争和建设的关系还理解得不够透彻，他所以能够做到心疼也拆，不生气，只是出于对共产党、八路军的信任。于是，永生一面耪着地，一面又耐心地向黄二愣解释道：

"二愣啊，在当前，要一切服从战争。仗打胜了，啥都有了；仗打败了，一切全完。咱现在根据战争需要破坏了旧的，正是为了在打赢战争以后再建设新的；破坏这个，正是为了保住那个。你琢磨琢磨，是这么个理儿不？"

"对。是这么个理儿。"

接着，永生又满怀激情地和二愣讲述起抗战胜利以后的美好前景。黄二愣听梁永生这么一说，心里觉着豁亮多了。可是，他有个事儿觉着奇怪，就问：

"梁队长，你怎么懂得这么多道理呢？"

"大地明亮，全靠太阳的光芒。"梁永生说，"我懂得的道理，都是跟咱毛主席学的！"永生停住锄，从衣袋里掏出一本书，指着书说，"就是从毛主席写的书上学的。"

二愣忽闪着大眼，双手接过书去，擎在眼前，瞅了又瞅，瞅了又瞅，一直瞅了老大晌。最后，他把书又递给永生，说：

"给你吧。俺这肚子里没有半滴文化水儿，一个大字不识，看也白看。"

梁永生鼓励二愣说：

"往后，你该学着识字呀！识了字，等抗战胜利了，对建设新中国大有用处哩！……"

他们说着话儿，一耥地又耪下来了。

地头上，大路旁，长满了许许多多叫不上名来的野草，密密匝匝，毛毛茸茸，活像一床绿色的毯子铺在地上。天越来越热了。热得就像头上顶着一团火。永生把大锄一戳，向二愣说：

"咱抽个地头烟儿吧！"

他说着，一屁股坐在草地上，用毛巾擦着脸上的汗水。

黄二愣"啊"了一声，和梁永生面对面地坐下来。

永生一面掏烟袋一面问二愣：

"你愿意不愿意识字？"

"当然愿意喽！"

"那你为啥不积极上夜校呢？"

"俺从小穷得掉底没帮，如今已经这么大岁数了，指着上几天夜校能识几个字？"

"能识很多字啊！你只要积极上夜校，长期坚持下去，就能摘掉文盲帽子。"永生说，"如果，你再随时随地认些老师，进步就会更快。"

"到哪里去认老师呀？"二愣说，"在这龙潭街上的穷人中，找个夜校教员就找不着！现在教夜校的，是个富农子弟。我腻歪他那号德行。这也是我不愿去上夜校的一个原因。"

"这不对。在政治上，你应当帮助他；在文化上，你应当向他学。"永生说，"你腻歪他，不接近他，在政治上也就不能帮助他了，在文化上也就不能向他学了。这对抗战是不利的！"

二愣忽闪着大眼，点点头。永生将话题一转又说：

"好！我先给你当个先生——"

他说罢，用小烟袋在地上写了五个大字：

"毛主席万岁！"

写完后，二愣就一个字一个字地念出来了：

"毛主席万岁！"

永生把这几个字擦去，重新写了五个大字：

"共产党万岁！"

刚写完，二愣又念出来了：

"共产党万岁！"

"喔哈！"永生高兴地说，"你已经认字不少了嘛！"

"哪里！"二愣笑笑说，"总共认识十一个！"

"十一个？"

"嗯喃。"

"哪十一个？"

"除了刚才你写的这八个字以外，还认识三个——八路军。"

梁永生兴冲冲地点点头。又问：

"这十一个字你是怎么认识的？"

"我是从墙标上认识的。"

接着，永生又在地上写了十一个字：

"黄二愣热爱共产党、毛主席。"

二愣又指着"共产党、毛主席"念道：

"共产党、毛主席。"

永生高兴地笑着，又指着其余的字问：

"二愣，这些念什么？"

黄二愣摇摇头：

"不认得！"

于是，梁永生又一个字一个字地教起来。不一会儿，黄二愣又把其余的五个字全学会了。永生心里想："行！别看二愣是个粗鲁脾气儿，学识字儿，还满心灵哩！"接着，他又鼓励二愣道：

"二愣啊，只要你肯呛劲，你头上这顶文盲帽子，是准能摘掉的！"

"能？"

"能！"

随后，梁永生将他从前跟房兆祥学文化的过程讲了一遍，继而又道：

"二愣啊，现在，你要决心学文化，条件比我学文化的时候可好多了！眼时下，不光是村里有夜校，咱们队伍上，有好多同志也都在学文化。而且，有些人，已经认字不少了，满能给你当个老师。"

黄二愣忽闪着大眼安安稳稳地听着。

梁永生停顿一下又说：

"俗话道：'井淘三遍吃甜水，人从三师武艺高。'往后儿，你要注意随时随地向认字的人们学习，多认些老师……"

永生讲到此，二愣乐起来：

"梁队长，我向你保证：今后一定积极努力，坚决摘掉文盲帽子！"

二愣一表决心，永生的话又变了味道：

"二愣啊，可要知道，立志容易成功难呀！"

二愣又是听而不语。

永生的话题在步步引申：

"做一件事，要成功，必须走完从说到做这段路程。那些只有志愿而没有行动的人，只能靠做梦来实现他那美妙的理想……"

梁永生一面和二愣谈着，眼角在不时地向四外瞟扫。他在看什么？似乎什么都看，又似乎什么也没看——这是他的一种习惯！作为一个老游击队员，大概都养成了这样的习惯——无论在什么地方，也无论在干着什么，他都是在自觉不自觉地留心着四外的动静，而且，对那些发生在他周围的任何动静，他还非同寻常的敏感。

突然，有一群叫不上名来的野雀儿，从那边路畔的几棵高粱梢上忽地飞起来。

梁永生那正然瞟扫的视线一望见这种景象，立刻收住了话头，冲口而出地提醒二愣道：

"来人了！"

二愣朝四外撒打了一圈儿：

"哪有人呀？"

黄二愣的话未落地，从那边的高粱地边上，走出一个扛锄头的人来。

这个人，约有五十来岁年纪。身上的衣裳十分破旧，上面还有一层闪光的油渍，上眼一看，就跟剃头棚里的荡刀布差不离，使你辨认不出他这身衣裳原本是个什么颜色儿了！

黄二愣没顾得留心这个人。他在好奇地问永生：

"刚才，他还被高粱秸影着，你怎么就知道'来人了'呢？"

永生未答。

他一边擦着地上的字，一边朝那来人一甩下颏儿：

"二愣，你认识那个人不？"

黄二愣扭着脖子，朝那来人看了一眼：

"不认得！"

稍一停，他又道：

"是个找零活儿干的。"

"你咋知道？"

"好像前天来过。"

黄二愣这么一说，梁永生对那来人产生了兴趣。于是他就悄悄地向那人打量起来。

这时，那扛锄人正向这边散散漫漫地走着。他那刮得溜光光、青徐徐的脸上，笑乎乎、乐津津的，还用他那贱声贱韵的音腔，轻哼着一支民间小调儿。

永生望着，想着："不对劲儿呀！这个人，既然是出来找零活儿干的，可是天已到了这般时间，他还没有找上个饭门，怎么还这么美不够哩？再说，听他这口音，显然不是当地人，可他哼唱的又是当地流行的《打牙牌》；如果他是才从外地逃过来的难民，这小调儿是哪时学会的呢？……"

永生想到此，便朝二愣悄声道：

"注意！来人不对头！"

二愣也低声说：

"嗯。我觉摸着他也不地道！"

永生嘱咐二愣：

"你别吱声儿——看我的！"

二愣点点头，用喉音发出一个字：

"嗯。"

他俩的悄悄低语，到此断了弦。

梁永生将那根一拃长的小烟袋，插进烟荷包里，一边捻捻搓搓地装着烟，一边悠闲地望望天。

天幕上，飘来一块黑云彩。

它，将蓝天那纯净的美景给破坏了！

永生朝天空望了一阵，向二愣说：

"虽说刚下了一场好雨，要是再来一场，按说也不算多！"

这时的黄二愣，正凝视着西北天角，还鼓着两腮轻轻地吹着口哨。他听了永生这句话后，摆出一副有口无心的神态，顺嘴应道：

"那是！"

梁永生没话找话地又说：

"眼时下，正是'六月六看谷秀'的季节，只有'脱泥秀谷'，才能'有苗就收'啊！……"

"可不！"

二愣有一搭无一搭地应付一句，又吹起他那动听的口哨来。

他俩正东一句西一句平平淡淡地拉着闲呱儿，那个扛锄人来到了他们的近前。

梁永生站起身来，架着小烟袋迎上去。

在永生的目光和那人的目光一碰头的当儿，永生的心里蓦地产生一种感觉："咦？这人好面熟呀！"这时，他一面悄悄地翻腾着记忆，一面摆出一副毫无所察的神态，朝那人伸过一只满是老茧的手掌，并歉意地笑眯着两只憨厚的眼睛：

"麻烦你，借个火儿使使！"

永生这句话，是拙口钝腮的，土里土气的。

那人朝永生投来一副蔑视的眼光，在一种无可奈何的神态下，将手插进裤荷包儿，掏出一盒火柴，扔在梁永生那只端平久等的大手掌上。

永生划火点烟。

就在这一瞬间，许多念头掠过永生的脑海："这个人，手上怎么这么干净？而且连一个茧子也没有！这哪像个干庄稼活的手呀？……磷是军用物资，眼下敌人控制甚严！因此，火柴早就绝了市。敌人配给火柴，两个月才每户只给一盒儿！这盒儿火柴，老百姓都舍不得轻易使用！现在，人们都用灰盒子打火做饭，用火镰打火抽烟！可是，火柴在这个人的手里，怎么竟是这么不贵重？就从这一点看，他也不是个真正的庄户人家！……"

只是一瞬间，梁永生就想了这么多。

可是，要看其外表，给人的感觉是：梁永生现在啥也没想，只是点火，抽烟。

在梁永生点火抽烟的当儿，那人趁机和黄二愣搭搭上了：

"小伙子，耥几遭啦？"

黄二愣佯装无心的样子：

"五遭。"

"唔！不少哇！"

"嗯。"

"姓啥？"

"姓黄。"

二愣边答边想："不能让他这么问下去！"于是，他答罢，没容那人张口，又反问开了：

"你姓啥？"

"姓张！"

"是从外地来的吧？"

"哎，对，对对！是来找零活儿干的。"那人见永生已将烟点着，又转向永生，"你们是哪村的？"他的轻贱腔调里，潜伏着残暴的音韵。永生佯装一无所察，很随便地向左一甩头：

"龙潭街的。"

永生说着把火柴还给那人。

那人一面装着火柴，一面又问：

"你们村里平静不？"

"唉——！"永生先长叹了一声说：

"平静就好啦！"

"也是不平静？"

"嗯！"

梁永生这一声"嗯"，引起了那人的兴趣：

"怎么不平静？"

永生摆出一副胆小怕事的神态，先朝四下里撒打一阵儿，又用拇指和食指比了个圆圈儿说：

"白天来这个！"

继而，他把拇指和食指全都挺直，"○"变成了"八"字儿，又说：

"夜里就来这个！"

他说罢又叹息了一声。随着这声叹息吐出一口浓烟，接着说：

"脚下这个兵荒马乱的年头儿，像咱们这号庄户人家，不好混呀！"

永生说罢，又摇着头叹了一口长气。

他在叹息的同时，还哈下腰去摸锄杠，看样子，像是不愿再谈这些事，他要插手干活了。可是，这时那人的神色和永生截然相反——兴致是越来越高。他用手比着"八"字儿，又问永生：

"这个，常到你庄上来？"

梁永生拙口钝腮地说：

"敢是的！"

他说罢，又故作惊慌地压低嗓音，低语道：

"咱不谈这个，不谈这个……"

"为啥？"

"说不得呗！"

"怕啥？"

永生那严峻的神情和那人的放肆神情形成鲜明对照：

"怕啥？这才胡来哩！要叫汉奸那些狗杂种们知道了，还不得惹场大祸呀？像咱们这号老实巴交的庄户人家，扯大拉小的一家巴子，不过啦？……"

梁永生一面说着，一面用眼角儿瞟扫着那人的表情。当他提到"汉奸那些狗杂种们"的时候，只见那人的神态突然一变，立刻又强力抑制住他的感情，佯装出镇静的样子。

这时，梁永生已从那人身上明显地嗅到一种敌意。不过，他给那人留下的印象却是：这个庄稼佬，既胆小怕事，嘴又不严！因此，那人暗自决定，要在梁永生这个"庄稼佬"身上捞点油水儿。于是，他又用手比着"八"字儿，再次追问梁永生道：

"这个，真常到你们庄上来？"

"那还撒谎？"

"谁们常来？"

永生反问那人：

"你听说过大刀队不？"

"听说过。"

"他们就三六九儿地来！"

永生一说这个，那人兴致更高了。他强拉着永生坐下，并说："生人相会，都是有缘的，坐下唠扯唠扯！"他见永生不大随意，又掏出他那好像新安装上的旱烟袋，递给永生说："来，尝我一锅子，我这是上等黄烟，味道特别香……"

梁永生显出无可奈何的样子，坐下了。

他磕去自己烟锅里的烟灰，将小烟袋插进那人的烟荷包，捻捻搓搓地装着烟。那人坐在梁永生的对面，不太熟练地佯装着漫不经心的样子，又问梁永生：

"哎，咱想起啥来说啥了——听人说，大刀队上那个队长梁永生，可是能耐不小……"

"嗯。"

"他也常上你们庄上来吧？"

"嗯。"

"那你当然会认识他了？"

"嗯。"

"他现在在哪里？"

"谁？"

那人这时心里腻烦起来："这个庄稼佬儿的脑袋瓜子太迟钝了！"他虽心里暗暗地这么想着，可并没把这种感情表露出来，而是强耐着性子不厌其烦地说："梁永生啊！"

"梁永生干啥？"

"他现在在哪里？是不是在你们庄上？"

梁永生蓦地惊慌起来：

"你问这个，俺可不敢说！"

"怕啥呀？说也没关系嘛！"那人说，"反正咱们都是老百姓，哪说哪了，当说着玩儿呗！……"

永生的脑袋像货郎鼓似的摇着：

"不，不，俺不！"

"咋？"

"这可不是说着玩儿的！"

那人拍打着薄薄的眼皮儿，转动着阴险的眼珠儿，悄悄地想了一阵儿，又说：

"哎，你听说过没有——"

"啥？"

那人凑前一步，诡秘地说：

"谁要能帮助皇军……不，日本鬼子捉到那个梁永生，赏洋五万元呀！你没听说过？"

"这倒听说过。"

"五万元，可真是不少的钱呀！"

"那敢是！"梁永生土里土气地说，"俺这阖庄的家业全可上，怕是也值不了这么多的钱哩！"

那人为了进一步激发梁永生的"爱财之心"，又说：

"咱听说，因为票子又贬值了，人家日本人还要按出示悬赏布告时的币值折价行赏哩！谁要有造化，能得着这笔外财，可就一步登天无穷的富贵了！"

梁永生咯出一口痰吐出去，又佯装同感地点着头：

"可不是呗！"

那人乘机攻上来，撺掇他说：

"那你咋不去报告？"

"俺一个庄稼汉子，哪知道上哪里去报呀！"

"上据点上去报呗！"

"喔！俺可不敢！"

"咋的？"

"俺怕！"

"怕啥？"

"自古以来，不都是'兵扰民，民怕兵'吗？特别是那些汉奸狗子，见了鬼子紧蹀躞，见了八路就草鸡，专爱欺负老百姓！"梁永生稍微停顿一下儿又说，"有一回，我去给据点上送柴火，也不知怎么弄得不对劲儿了，不光锛子儿没给，还差一点儿叫那汉奸杂种们把我打死！"他点着烟抽了一口接着说，"这话，已是一年多以前的事了。可是，直到脚下，我一寻思进据点那个鬼门关就脑袋痛，脊梁骨也发凉！……"

那人来了个仰天长叹，故作惋惜地一摊双臂：

"可惜呀，可惜呀！这是一笔不费吹灰之力唾手可得的外财……真是太可惜了！"

梁永生也叹息了一声，说：

"可惜也没法儿呀，俺反正不愿进据点儿！"

沉默了片刻。那人见永生总是想起身去耪地，忙不迭地又说：

"哎，要是据点上来人，你敢不敢报告？"

"那要看来个啥样的人了——"永生说，"要是来个挺善静的人，我当然敢报。要是来个穿军装的，身上带着枪呀刀儿的，说话又吹胡子瞪眼挺横的，俺还是不敢报！"永生打了个唉声又说，"我这个人呀，从小胆小怕事，就是见不得官面儿上的人！"

那人突然转了话题，傲然自得地说：

"你见了我害怕不？"

"你有啥可怕的？咱们是一样的庄户人家！"

"我算善静不？"

"善静！"

"那你就向我报吧！"

"向你报？"

"是啊！"

"报啥？"

"报梁永生现在在什么地方呀！"

永生一听，扑哧笑了。他用一种故意逗哏的语调，有一搭无一搭地说：

"俺向你报不是白报，你又不给俺钱！"

"我要是给你钱哩？"

梁永生满脸泛起取乐儿的神色：

"你要是给我钱呀，别说是五万，就是五百，我也向你报！"

"咋这么贱？"

"来得便宜呗！既不用担险，又不用害怕，说句话费了啥？"

梁永生说到这里，见那个家伙求功心切，就故意装作要起身的样子，望着日头说：

"呀！天不早了！跟你扯了些没用的，耽误了一趟地！咱别穷逗这些没要紧了，下回再拉吧！……"

"别走！"

"别走做啥？扯拉这些闲言淡语，不是做梦娶媳妇？又不当吃又不当喝！……"

梁永生说着站起身来。

那人一见永生要走，忙说：

"你别走哇——我给你钱！"

"去吧！别拿俺开心了！"

"真的呀！"那人掏出一沓子票子，朝永生眼前一举，带着引逗的神色说，"你看——！"

梁永生佯装一见票子动了心：

"喔哈！这么一大沓子，得有一千块吧？"

"一千？五千！"那人说，"你向我报了，这些钱全给你！"

"你是据点上的人呀？"

"我，我，我不是——"

"不是你为啥……"

那人故作神秘地说：

"我给你五千，你说给我，我再上据点上去报，人家给我五万——我是为了赚钱呀！"

这时永生心里想："石黑'悬赏缉拿'的'价格'是，谁捉到梁永生才给五万，怎么他一去报就给五万？"从这里，永生更断定这个老小子不是好人了！可是，他并没把这种心情表露出来，只是"哦"了一声，佯装猛醒，又叮嘱说："那，咱得先讲好一条儿——"

"哪一条儿？"

"你到据点上去报告，可不能说是我说给你的！"梁永生带着提心吊胆的神色说，"你要是说了俺，万一叫八路军知道了……"

"不说你，保证不说你就是了！"那人说，"再说，我还不知你老哥贵姓哩，我想说你也没法儿说呀！"

梁永生笑乎乎地点点头。

那人静静地等待着。他等待梁永生告诉他梁永生的下落。谁知，梁永生向四处一撒打，又摇摇头滑扣了：

"不行！"

"咋又不行？"

"这个地界儿不行呗！现下正是收工的时候，这儿又是大道——"梁永生指指那边正在收工回家的农民说，"你看！人来人往的，哪能说这个呢？要是叫人家听了去，报告给那个梁永生——"梁永生指指自己的脑袋又说，"俺这个玩意儿管甭要了！"

"那，你说，哪里行？"

梁永生向四周瞭望着。

一霎儿，他指着漫洼地里的一个"小瓜屋儿"，以商议的语调说：

"哎，咱上那里头去说行不行？"

那人朝永生指的方向瞅着：

"小瓜屋儿里？"

"啊！"

那人想了想，说：

"就依着你！"

永生要走时，又嘱咐二愣：

"你别光贪玩儿，要哨着人点儿！啊？听了不？可千万不能走漏了风声呀！要不价，咱们这一家巴子，钱也得不着，人也全做酱了！听见了不？咳？"

永生这些话，是想暗示给黄二愣两层意思——一是，叫他注意放哨，留心随时可能发生的敌情；二是，他想用这些话，来点明他和二愣是一家人。

他这后一层意思，除了使二愣明白以后好跟他合作而外，主要是想说给那人听的。其实呢，方才永生敢于当着二愣说那些话，那人就已经认为他们是一家人了。而且，给那人造成的这种错觉，永生也已经意识到了。不过，梁永生毕竟是个非常细心的人，他目下所以再一次来上这么几句一语双关的话，意在彻底打消那人万一可能有的疑虑。

说到黄二愣，这个粗中有细的小伙子，在方才这一阵里，由始至终，一直跟梁永生配合得很好。

开初时，他见梁永生装出那股傻里傻气的神态，心里觉着好笑！可也是哩！自从黄二愣认识梁永生那一天起，无论何时何地，无论在任何情况之下，他多咱见到梁永生有过这样的神态？当然是没有的！

多少年来，梁永生留给黄二愣的深刻印象，是一种令人敬慕的英武形象！他听人说过的梁永生大闹黄家镇，是如此；他亲身参加过的营救小锁柱，也是如此。特别是抗日战争以来，黄二愣曾和梁永生一起夜袭柴胡店，也曾一起鏖战在龙潭的街头巷口，在这些战斗中，永生留给二愣的形象，更是如此！大概正是因为这样的缘故，二愣对永生目下的神态才感到可笑！

不过，黄二愣虽然心里觉着很可笑，可从他的表情看，却丝毫没有流露出来。就说刚才梁永生和那人通过拉呱儿进行斗智的时候吧，人家黄二愣，一直是装出一副不关心这号儿事的样子。

一忽儿，他跑到东边的花生地里去逮蝈蝈儿；

一忽儿，他又蹿到西边的芝麻地里去追小兔儿。

有时候，他也坐在旁边，听一阵话儿。就是在他听他们说话的当儿，他还不时地探出身子伸出手，不是将正在啃食庄稼的一个蚂蚱弄死，就是将一丛谷苗附近的小草拔下来。

因此，黄二愣给那人留下的印象是，这个小伙子，是个"不懂政治"的庄稼孩子；而且，这个孩子在他的大人面前，还有几分局促，有时看来想插嘴而又不敢插嘴。

二愣这种神情，当然是他故意装出来的。

现在，二愣听永生这么一说，灵机忽地一转，立刻领会了永生的意思。于是，他用传情的眼睛望着永生"哎"了一声，又说：

"叔，你可快点来呀！要不，我不等你了！"

二愣以撒娇的语气说着，脸上流露出一种叔侄之间特有的那股既敬重又诙谐的神色。永生用嬉笑、责备兼而有之的口吻说：

"瞧你这孩儿！这么大了，还是没点大人气儿，净是一片玩儿心！"

梁永生说罢，就踏着漫洼地斜棱八角地朝那座"小瓜屋儿"走下去。

这时，有两只灵巧的燕子，在人们的头顶上低低地飞着。它们，时而飞得挺高挺高，时而又俯冲下来，去追捕那人眼不易看见的无名小虫儿。

梁永生领着那个不知道名字的汉奸向"小瓜屋儿"走着，那汉奸一面气呼呼地跐着步子，一面挂着轻蔑的神色向永生说：

"你们这号庄户人家呀，总是怕掉下树叶来砸着脑袋，胆子小得像个豆粒儿！在那里说了够多好？唉！净自找着费这股二蔓子劲！……"

在这走向"小瓜屋儿"的路上，梁永生一直在用语言来拨动那个老小子的思路。现在，他又在边走边说地消磨着时间：

"唉！庄稼佬庄稼佬嘛！像俺这号庄稼汉子，见过啥呀？啥也没见过！不怕你笑话了，就说吧，俺打小连火车也没见过……"

"没见过火车？"

"没见过！"永生说，"我到过的地方，方圆连十里地也没有！……"

"像你这样的人，死了也算一辈子？"

"谁说不是哩！想起来也真冤呀！"永生又自暴自弃地叹息一声，"你看！脚下这个世道儿这么打仗，我就没见过什么这枪那炮的！……"

那汉奸讽嘲地问：

"见过洋炮吗？"

"洋炮倒是见过！"永生说，"可没敢放过！因为这个，俺一听见枪响就吓破胆，一见到穿军衣的就扑通心，在老远望见当兵的背着大枪心里就发怵……"

他俩且走且说，且说且走，说到这里便迈进了"小瓜屋儿"。"小瓜屋儿"，间量很小，横着竖着都不过一庹多长。

这个"小瓜屋儿"，是瓜农看瓜时住的地方。自从闹鬼子以来，鬼子、伪军一见瓜地就不走了，糟蹋个一塌糊涂才算了事。因此，瓜农们不敢种瓜了，大都把瓜地改种成了五谷杂粮。这"小瓜屋儿"的主人，也属于这种情况。因为这样的缘故，当前虽是瓜季，"小瓜屋儿"周围却没有一棵瓜蔓。"小瓜屋儿"里头，除了一条小土炕而外，便是四个墙旮旯儿，什么玩意儿也没有。

他俩进了"小瓜屋儿"以后，都半斜着身子耷拉着腿，坐在炕沿儿上。梁永生掏出那根小烟袋，将烟锅子插进烟荷包里，慢慢沉沉捻捻搓搓地装起烟来。看他那股沉住气的神态，就像他已经忘了到这"小瓜屋儿"里来干什么似的！

那汉奸催促道：

"说呀！"

梁永生低着头不吱声。

汉奸又是一遍：

"你还不快说吗？"

梁永生摆出一副后悔的神情，摇着头说：

"不行！俺越琢磨越不行！"

"咋又不行？"

"你赚俺！"

"赚你？"

"可不是呗！你也是个庄户人家，俺也是个庄户人家，俺说出来，只得五千，你去一报，得四万五，这'买卖儿'干不得！"梁永生说，"那俺哪如去直接报给人家据点上的人呀？……"

那汉奸一看梁永生啰嗦起来了，他的心里越来越不耐烦。他想："我有一支枪，他两手攥空拳，又在这漫洼居中的'小瓜屋儿'里，亮出我的身份，大量也不要紧！"他想到这里，于是便说：

"你别胡裹黏了！我就是据点上的人，快说吧！"

梁永生这时依然是不着急，不上火，不以为然，还是那股不紧不慢的憨厚劲儿：

"你说这个，俺信不着！"

"为啥信不着？"

"嘴是两张皮，连点儿证据也没有！"

永生说罢站起身来，一边朝外走，一边嘟囔着：

"多一事不如少一事，散伙吧！"

那汉奸见永生真要走，忙上前拽住了他，并从腰里掏出一支小手枪，向永生一亮，说：

"你瞧！这是啥？"

梁永生装着害怕的样子，变脸失色地说：

"枪？"

那汉奸说：

"这算证据不？"

梁永生像惊呆了似的，瞪着疑惑的眼睛，不吱声。那汉奸紧跟着又加上一句：

"你想想，庄户人家能有枪？"

梁永生呆呆地愣了一阵，佯装忽然醒了腔，摸着后脑勺儿憨笑了：

"我信着了！看来你还真是据点上的呢！"

他继而又感叹地说：

"我这个人好说实话，据点上的人，像你这么善静的可真不多呀！"

"既然信着了，那你就快说吧！"汉奸追问道，"梁永生现在哪里？"

梁永生好像没听见。他直瞪着一双好奇的眼睛，瞅着汉奸手里的手枪，并一边瞅一边孩子气儿地叨叨着：

"哎，这玩意儿挺有意思！这么一丁点儿小东西儿，也能放得响吗？"

那汉奸不耐烦地说：

"不响带它干啥？如掖着个掏灰耙吗？"

梁永生憨笑着要求说：

"叫俺看看行不？"

那汉奸以斥责的口气说：

"这是看着玩的玩意儿？"

"那怕啥的呀？这是铁的，又不是纸儿的，还能摸坏了？"

"摸响了怎么办？"

"别逗俺啦！你还没装药呢，它能响得了？"

那汉奸一听，哧地笑了。他直笑得那高牙床子上的鲜红的牙花子全露了出来，又说："你真是个地地道道的庄稼巴子！"

"我说错了？这玩意不是铁的？"

"不是那个——"

"啥？"

"这枪用子弹，不用装药！"

"噢！那么说，你没搁上子弹，叫俺看看不也看不响吗？……"

那汉奸又笑了：

"别胡啰嗦了！你快说梁永生在哪里吧！"

"你不叫俺看看，俺就不说！俺要是说了，你准更不叫俺看了！"梁永生说，"那俺管这一辈子也捞不着开开眼了！……"

汉奸在犹豫。

梁永生又说：

"嗬！你再这么厉害干啥？俺光看看，又不要你的，为啥不叫看哩？……"

永生嘟嘟着，那汉奸暗自想道："给他个空枪，让他看看，也不会出什么事儿的！"于是，他将子弹梭子抽出来，把手枪扔给永生，没好气儿地说：

"给你，看看吧！"

"可好，可好！……"

梁永生装出特别高兴的神色，讷讷地说着。与此同时，他还故意慢慢沉沉地伸出一只颤颤巍巍的手，格外小心地抓起了那支手枪。

那汉奸一面望着梁永生的神情和动作，一面轻蔑地笑着：

"你这人，真是啥也不懂，还啥也要看！看完了，可得告诉我——梁永生在什么地方呀？"

"行行行！"

梁永生一边瞅着手枪，一边顺口应着。他瞅了一会儿，笑笑说：

"嘁！就是这么个玩意儿呀！"

"这玩意儿你瞧不起？"那汉奸说，"它，放上子弹就能打死人！……"

梁永生像逗趣儿似的不紧不慢地说：

"其实，这玩意儿，俺也有一个！"

"你也有？"

"可不是呗！"

那汉奸又轻蔑地笑了。

他掏出一支烟卷儿，叼在嘴角儿上，点着，狠狠地吸了一口，又将口腔的浓烟喷出来，而后，以嘲笑的口吻撇着嘴角子说：

"你有枪？你有烟枪啊？"

"不！真有！就是比你这个大点儿！"

"泥儿捏的吧？还是木头做的？"

"不！"梁永生从腰里抽出匣枪，笑笑说，"你瞧！这不也是铁的吗？"

这时节，梁永生的神色，语气，都不像在跟敌人斗智，而是像在跟熟人逗趣。可是，在这种特定的情况下，这样的神色和语气，其威力却是比声色俱厉还要大的。你看，那个汉奸瞪着两只眼直盯着梁永生的匣枪，脸上的颜色在急速地变化着——时而白，时而黄，时而灰，时而暗！

眼下，在那个汉奸的感觉中，有一股冰水流过他的脊梁骨，使得他浑身颤抖起来。他的心境，就好像一瓢冷水倒进烧红了的锅中，唰地凉下来，并炸出了一道道的裂纹。与此同时，他头上的凉汗珠子，足有黄豆粒子那么大，正稀里哗啦地往下滚着。这时候，他那双失神的眼睛，好像突然间在梁永生的身上发现了一种东西，一种非常瘆人的东西。因此，他不由得暗暗悔恨自己——为什么方才就没发现这一点？

那汉奸愣了一阵儿，嘴里结结巴巴地说：

"你，你，你是……"

梁永生不慌不忙地站起身来。

他冷冷静静地平端着匣子枪。

枪口正对着那个汉奸的胸口。

这间，在那个汉奸的眼里，梁永生的形象蓦地变了！他再也不是傻头傻脑的"庄稼巴子"，而成了一位英武可畏的八路军！

他只见，在梁永生的眼里，正闪射着一种可怕的光亮。当那汉奸的眼光和梁永生的眼光碰了头的时候，那汉奸便赶紧地回避开了，仿佛他怕梁永生那锋锐的眼光会把他的眼珠子刺伤似的！

继而，梁永生的脸上，又泛起一种轻蔑的神色，不紧不慢地说：

"你，不是要找那个梁永生吗？"

那汉奸瞪着一对傻眼不敢吭气儿。

梁永生停了一下又自问自答地说：

"我，就是你要找的那个梁永生！"

梁永生这句话，尽管声音并不大，嗓门儿也不高，话语之中也没有什么吓唬人的字眼儿，可是你说怪不，这话却吓得那个汉奸立刻打了个冷战，脸色唰地煞白了！同时，他还失声地发出一声嚎叫：

"啊——！"

梁永生轻蔑地一笑，又说：

"瞧！你不是迫不及待地要找那个梁永生吗？咹？如今真的见着我这个梁永生了，怎么却又吓成这种熊相儿了？"

说实话，到了现在，那个汉奸已经吓得真魂出壳，啥也看不清，啥也听不见了！只见他，半自觉半不自觉地从炕沿上溜下来，噗噔一声，双膝跪地，身子宛如经过霜打的树叶在风中抖动着。他先把自己的脸打了几下儿，带着一副爹死娘亡的苦相，磕头如捣蒜地连连央求道：

"梁队长呀！你行行好！我有眼不识泰山！饶了我吧！饶了我吧！饶了我吧！……"

那汉奸不住声地叨叨着。

看来这小子的脑袋瓜儿已经失灵，仿佛是除去"饶了我吧"以外，再也不会说别的话了。梁永生用枪口点点那个汉奸的前额，说："你只要说实话，我就留下你这条狗命！"

那汉奸直瞪着一双灰溜溜的眼睛，变颜失色地满口答应着：

"说实话！说实话！我一定说实话！……"

"好吧！"梁永生说，"那你要如实回答我向你提出的各种问题——"

"行行行……"

"我告诉你——你的情况，你的罪恶，我们早就掌握起来了！"梁永生又用枪口点一下那汉奸的额盖，并在语气上增加了几分严厉，一字一顿地说，"你要说瞎话，我就枪毙你！"

"是！不敢！不敢！"

随后，一场严肃的审讯，便在这漫洼地中的"小瓜屋儿"里开始了。

梁永生端着匣枪端坐在炕沿上。

那汉奸像个直橛儿似的跪在炕根底下。

梁永生问："你叫啥？"

那汉奸答："叫，叫，叫张温。"

这时的张温，是多么不愿说出自己的真名实姓啊！他在作出这句最普通最简单的答供的一刹那间，头脑中进行了一场激烈的斗争，眼角儿还连续瞟扫了永生好几次。当他想不说真实姓名时，梁永生刚刚说过的那句话，强烈地在他的耳畔响着："你的情况，你的罪恶，我们早就掌握起来了！"除了这句话在促使着他改变说假话的主意而外，还有另外一种强大的压力，那就是梁永生那支瘆人的匣枪口，正在对着他那被虚汗覆盖着的亮脑门儿。这个无情的压力使他想道："我要是说了假话，他二拇指头一动弹，我这条小命儿就算交待了！"张温基于保命的想法，这才万般无奈地道出了真名实姓。

张温这么一说，永生心里一震。

他的头脑中忽忽地闪了一阵，终于将这个眼熟的家伙认出来了——目前跪在面前的这个汉奸，原来就是曾在杨柳青"福聚旅馆"见过面的那个张温。

张温在据点上当伪军的事，永生当然是知道的。

可是，他不仅当了伪军，而且又当了敌人的特务，这一点，永生还不清楚。特别是，跪在面前的这个特务就是那个张温，原来永生更没想到能有这么巧！

现在，永生正是由于感到遇得巧而有点吃惊的。

不过，他只是内心里有点吃惊，外表上却没任何变化，并将他的审讯毫无间断地继续下去了。下面，便是梁永生和张温的一段对话：

"你是杨柳青人吧？"

"对，对对。"

"多大岁数？"

"五十。"

"从前在'福聚旅馆'混过事吧？"

"对，对对。"

"你现在在据点上干什么？"

"当汉奸！"

"属于什么组织？"

"地下线。"

"地下线是什么？"

"就是特务队。"

"你们特务队里多少人？"

"十八个。"

"都是谁？"

"蝎子，蚰蜒，老刺猬，蛤蟆，老鼠，大眼贼——"张温急促地喘息了一口又说，"还有，屎壳郎，绿豆蝇，花蝼蛄，可怜虫……"

张温说着。

永生算着。

张温说完了。

永生问他道：

"你说的这些代号儿都准吗？"

"准，都准！"

永生严厉起来：

"你叫什么代号儿？"

张温萎缩着身子：

"可怜虫！"

"你们的头头儿是谁？"

"余山怀。"

"他是什么代号儿？"

"绿豆蝇！"

梁永生这时望着可怜虫的"可怜相"，心里一鼓鼓的，差一点儿没笑出来。他将一口唾沫吐在地上，极力忍住笑，又问下去：

"你们这里边，不还有个罗矬子吗？"

"对！有。"

"他的代号是啥？"

"屎壳郎！"

"豁嘴子呢？"

"大眼贼！"

"你把你们这十八个人的名字说一遍！"

"是！"

张温将十八个特务的名字说完了。梁永生又叫他重述一遍，然后说：

"你们归谁领导？"

"太君……不，石黑！"

"这回是谁派出你们来的？"

"石黑！"

"派出你们来的任务是啥？"

"他叫我们，打听梁永生——"张温忙改口说，"不，不，打听长官你的下落……"

永生等张温说完后，又进一步追问：

"你们这帮'绿豆蝇'、'可怜虫'们，全是怎么伪装的？"

张温像说数来宝似的说：

"装成干什么的都有——算卦的，相面的，卖姜的，卖蒜的，化缘的，要饭的，换针换线收破烂的；也有提篮挎筐冒充走亲访友、赶集上店的；还有带着各种各样的家什串街盘乡找零活儿干的……"

"有没有暗号儿？"

"有！"

"啥？"

张温又说起特务们伪装的暗号儿来。他在那边说，永生在这边看，等他说完后，永生觉着张温的说法和他自己的穿戴打扮完全相符，便转口又问：

"还有啥没交代？"

"没了！"

"胡说！"

"真没了！"

"你们在哪活动？"

"哦！对，对，对！"张温说，"我们目前的活动范围是，坊子镇，龙潭街，雒家庄，宁安寨，十里铺，七里桥，张家集，岱家庙，干马店，苏家庵，秦村，关庄，纸坊，马厂，董家庄……"

"还有啥？"

"这回真没有了！"

"今天余山怀在哪里活动？"

"雒家庄！"

"用啥作伪装？"

"卖洋蒜！"

梁永生严肃地说：

"张温！你这些话，可都是实话？"

"实话，都是实话！"张温指指画画地说，"长官！上有天，下有地，这当中间儿里还有颗良心嘛！长官你待我这么好，我要再说假话欺骗长官，那还对得起人呀！再说，我要是昧着良心做事，天爷爷也是不会饶我的呀！长官要是信不过我，我可以当着你的面对天盟个誓……"

梁永生打断了张温的话弦：

"少来这一套！"

"是！"

永生又警告张温：

"我们不管'天爷爷'饶你不饶你！你要记着：你要是用假话来欺骗我们——"

张温利用永生稍一停顿的当儿，又加了声"不敢"。永生没理睬他，掂掂匣枪接言道：

"它，是决不会饶你的！"

"知道！"

"知道啥？"

"枪毙！"

"对！"

张温身子一抖。永生向他申明：

"你方才那些话，如有遗漏，还允许你补充；如有假话，还允许你校正！可是，过了现在，就再也没有这样的机会了！……"

永生跟张温谈到这里，朝"小瓜屋儿"外边喊道：

"二愣！"

"有！"

永生喊声未落，二愣应声而入。

他怎么来得这么急爽？原来是，在梁永生审讯张温的过程中，好奇的黄二愣，早就凑到"小瓜屋儿"门口旁边来了。他一面瞭望四野，一面听屋里的问答。现在，他听永生一喊，跨步进了"小瓜屋儿"，端端正正地站在梁永生的面前，打了个敬礼以后郑重其事地说：

"报告梁队长！民兵黄二愣，奉命来到！"

"好！"

永生指指张温向二愣道：

"你将他带回村去，先关押在民兵队部，派上几个民兵严加看守！"

"是！"

永生点一下头，又道：

"然后，迅速组织一些民兵，到各村去分头送信，向各村的民兵干部，还有住在那村的大刀队战士，口头传达我的命令——让各村的民兵和大刀队战士配合起来，火速行动，把所有……"

"明白啦！"

"明白啥？"

"把所有戴草帽、穿铲鞋、褂子只扣仨扣儿的生人，全部逮捕起来！"

"你咋知道的？"

"我已经听见了！"

"送信的村庄……"

"我也知道——主要是坊子镇，宁安寨，雒家庄，十里铺……"

二愣真是好记性呀！他将方才张温提到的那些村名，一口气儿说了一遍。虽然顺序不尽相同，可是一个也没漏下。

永生听后，将高兴掩藏在心内，朝二愣说：

"不要到雒家庄去送信了！"

"你去？"

"对！"

永生忽闪着笑眼像突然想到了什么，他又以启发的口吻问二愣道：

"你对要去完成的任务都明白了吗？"

"有一点还不明白——"

"哪一点？"

"将那些特务逮捕以后，在什么时间、送到什么地方去？"二愣一缓气又跟上一句，"请队长指示！"

黄二愣不仅记性特别好，还竟是这样的细心，这哪还像个二愣呀！永生心中高兴地想着。一向细心的梁永生，今天竟没嘱咐这一点，是不是因为一时粗心？不是的。这是因为，过去二愣有个粗心的毛病，永生帮助他改正这个毛病也下过不少功夫，今天永生是想通过这件事看一看，二愣改正得怎么样了。现在他怀着兴奋的心情，迈步走到"小瓜屋儿"门口，先扶着二愣的肩膀低语了一阵，然后又拍拍二愣的肩峰，笑盈盈地问道：

"行不行？"

"行！"

"那就火速行动吧！"

"是！"

二愣得意地笑着，点一下头。而后，他转向张温，又喝令道：

"走！"

方才二愣说"行"的时候那么得意地一笑，就把个疑神疑鬼的张温吓了一跳，现在他又横眉冷目地喝了一声"走"，更把个张温吓没了真魂。你看他，身子就像被人抽去了全部筋骨似的，软瘫瘫的，连立都立不稳了，他怎么还能跟着二愣走呢？

张温不走，二愣当然不干！

二愣不干，张温向永生祈求：

"长官！我求求你，我求求你，以后我一定改，一定改……"

永生没有答话。

张温又泪蒙蒙地说：

"你们不是要枪毙我呀？"

永生心里好笑，说：

"你先别害怕，不是去枪毙你！"

张温那蜡黄的脸上渐渐泛起血色：

"谢谢长官！谢谢长官！"

这时永生想道："利用张温这个小子多了解一些有关余山怀的情况，火候到了。"永生想到这里，就说：

"如果你不立功赎罪，就凭你当铁心汉奸这条罪恶，是应当枪毙你的！"

永生这一句，把张温脸上那刚刚泛出的一丝儿血色又吓回去了！他颤动着铁青色的薄唇正要再说什么，永生没容他出声先开了腔：

"张温！我问你——你认识我不？"

说真的，张温是不认识梁永生的。你想啊，过去张温在"福聚旅馆"混事的时候，天天迎迎送送，该有多少张脸孔在他的眼前闪过呀！像当年梁永生那样一个"穷光蛋"，尽管在去找余山怀投亲时是张温"接待"的，可他怎么能给这张温留下什么印象呢？况且事情又经过了这么多年，永生当时连个名字也没留给他，所以现在他冲着永生瞅了好久最后只好说：

"不认得！"

"你在'福聚旅馆'混事的时候，不是曾经接待过去找余山怀投亲的一家人吗？"梁永生说，"我，梁永生，就是那个'自找没味儿'的'穷光蛋'！"

他这一说，吓得个张温又噗噔一声跪在地下，连磕头带作揖地央求道：

"长官！你宰相肚子撑开船，君子不见小人怪——过去那一章，千错万错我的错！再说，我当时……"

梁永生现在重提旧事，意在揭开张温和余山怀的老根！这时，没容他继续说下去，便拦腰插言道：

"张温，我把话说回来——我是了解你的。也知道你和余山怀所干的勾当。今天，你要如实交代，立功赎罪；不然，我们是不会轻饶你的！……"

随后，梁永生简要地讲了讲我军的俘虏政策。张温说：

"我一定如实交代，一定如实交代！……"

张温交代了有关余山怀的一些情况。其中，包括梁永生宁安寨被围时，敌人所以知道他的名字，就是在梁永生越狱之后、被围之前，余山怀向石黑报告的。他交代完后，梁永生又说："我再次向你讲明白——你说的这些要都是真的，我们一定按照党的政策对你进行宽大处理……"

张温急忙自我表白说：

"保证真实！"

"你自己保证不行！"

"谁给保证行？"

"得让事实来给你作保证！"永生说，"我们马上就要采取措施！只要将来的事实证明你没撒谎，我们对你就宽大处理！如果事实证明你是用假话骗了我们，那就说明你是死不悔改的铁心汉奸，我们定将严办！"他稍一停顿，继而又道，"你要还有什么事情愿意交代，现在还不晚！"

永生说罢，将手中的匣枪往腰里一插，又从小土炕上捡起张温那支手枪，并让张温交出子弹，他熟练地推上子弹梭子，递给二愣说：

"你先用着它！"

二愣得意地端着手枪，再次命令张温道：

"跟我走！"

"是！"

张温乖乖地走在二愣的前头。

他朝前走几步，回过头来瞅瞅二愣的面色，瞅瞅二愣手中的枪口；他又朝前走几步，再回过头来瞅瞅二愣的脸色，瞅瞅二愣的枪口。他越走越不放心，越瞅心越噗噔，又禁不住地问道：

"长官！你不是去枪毙我吧？"

黄二愣警告他说：

"你只要老老实实地走，我不会枪毙你；可是，你哪时不老实，我就马上崩了你！"

张温吓得瞪着一对傻眼：

"我老实！我老实！我保证老实！"

二愣见张温还是挺紧张，他就利用走路的时间，给张温上起了政治课。这时，他尽管努力学着梁永生的口气，可是，他所讲的内容，还是"黄二愣式"的：

"张温，你是中国人，应该抗日嘛！为啥偏当汉奸？当了汉奸，就是卖国贼；当卖国贼，不改，就要枪崩……"

黄二愣边走边说，和张温一起消逝在青纱帐里。

在黄二愣押着张温返回龙潭的同时，梁永生向雒家庄奔去。

太阳偏午了。

因为正是个热时候，大地被晒得好像快要着起火来似的，一股股的热气从青纱帐里升起来，腾呀腾地朝天上钻着。

一点风丝儿也没有。

几片黑云在离太阳老远的地方老实儿地趴着。

几只机灵的小燕儿，不顾天气的炎热，正在掠空飞翔，捕捉着不易被人眼发现的小虫儿。一只蝼蛄将半截身子钻进土里，正撅着屁股蛀食庄稼的根儿，被一只突然自天而降的老鹰叼走了。

梁永生悄然疾行，直向雒家庄飞奔着。

他走一里又一里，奔一程又一程，走呀走，走呀走，走着走着，雒家庄迎上来了。

村头上，报时的雄鸡正站在大土堆的顶巅声声长鸣。

村子里，伴随着咴咴的驴叫传出了串乡喝卖声：

"卖——洋——蒜了！——"

…………

第十四章

—

夺枪

傍晚。

万花筒般的嫣云，浮游在遥远的天边。

羊群好似雪白的花朵，点缀着绿色的田园。

碧野蓝天，相互烘托，彼此映衬，使得这诗情画意般的原野，给人一种格外辽阔，格外雄伟，格外秀丽可爱的感觉。

嘴里叼着短杆儿旱烟袋的老农，在嗓子眼儿里轻哼着抗日小调，驱赶着拉耘锄的毛驴，晃晃悠悠地朝村里走着。一忽儿，驴儿站下了，它伸长脖子，要去啃食路边的青草。那老农甩起响鞭，嘚嘚呀吙喝地喊几声，毛驴咴儿咴儿地叫着，又走开了。这张为军属代耕的耘锄走在田野里，不仅反映出蕴藏在群众内心的抗战热情，还为这生气勃勃的村野又增添上一种无以名之的活力。

路边上，有个清水塘。

水塘里，咕儿呱儿的青蛙们，提前唱起夜歌。

一只讨人喜欢的喜鹊，忽扇着两只灵活的翅膀，从那彩霞万里的天外飞来，停落在水塘边的树头上，伴着正在窝外久等的母鹊，一同钻进窝巢。

水塘边上，有条弯弯曲曲的羊肠小道。小道的尽头，从万绿丛中闪出一位红脸大汉，正忽呀颤地朝着这边快步走来。

这位红脸大汉是个虎虎势势的小伙子。上身，穿着一件半新不旧的月白色小褂儿，没扣扣，敞着怀；下身穿的是浅灰色的单裤，裤腿挽过膝，露着半截腿。一顶用藤批儿编成的大檐儿草帽儿，偏戴在他那宽阔的前额上。

这个粗眉大眼的小伙子是哪一位？

他就是龙潭街上的民兵队长黄二愣。

参加完民兵队长会议归来的黄二愣，目下沿着小路跨着大步，一面朝前走，一面左顾右盼地瞟扫着平平展展的四野。这时节，光闪闪的水塘，蓝瓦瓦的天空，绿油油的大地，一齐映入他的眼帘，使得他那美丽的心境更加美丽，使得他那多彩的理想更加多彩了！

黄二愣来到一个桥头上。

桥两旁，绿草镶着清澈的流水，流水泛起银白的浪花。浪花，层层相推，滚滚翻翻，绵绵不断。这时，黄二愣的脑海中，正像这河水的浪花一样，有一条活跃的思绪也正在绵绵不断地翻腾着。

他在想什么？

他在想今天会上的一些事情。

今天的会，是个战斗经验交流会。会上，各村的民兵队长们，在相互交流经验的过程中，讲到了许多动人的战斗故事。这些故事，都给龙潭这位新上任不久的民兵队长黄二愣，留下了深刻印象。尤其是关于那些民兵夺枪的故事，更使黄二愣感兴趣。因此，直到现在，他还一边走路，一边在想——

在一个伸手不见五指的夜里，天上下着淅淅沥沥的小雨。坊子镇的民兵们，抬着根据需要特制的"云梯"，悄悄地摸到水泊洼据点近前。这个据点的西北角上，有个凸出墙外的角楼子。敌人管这个角楼子叫"哨楼"。民兵们根据长期的侦察，并利用上了田宝宝这个关系，了解了一些必要的情况，并掌握了敌人哨兵的活动规律——每到下半夜，哨楼上的哨兵便开始打瞌睡。特别是那个"瞌睡虫"，一打上瞌睡就三脚踹不醒。这天夜间在哨楼上值班的，正是那个"瞌睡虫"。民兵们来到据点近前以后，先弄了个响动，见哨楼上没有反应，便剪断了铁丝网，破开鹿砦，又将云梯靠在哨楼上，神不知鬼不觉地爬上去，将正打瞌睡的敌人哨兵捆绑起来。而后，他们带着哨楼上的枪和子弹下了哨楼，安全地撤走了……

这个"哨楼夺枪"的故事，在黄二愣的头脑中刚刚闪过去，又一个"过岗夺枪"的故事，在他的头脑里闪现出来——

那是一个黄家镇赶庙会的日子。敌人为了他据点的安全，在黄家镇四外的路口上，都设上了临时岗哨。宁安寨的民兵小铁蛋，也杂在赶庙会的人流中。他利用走路的时间，和几个同伴商量出一个"过岗夺枪"的方案。在接近敌人的岗位时，铁蛋装成瘸子一瘸一拐地向前走着。敌人的岗位来到了，他啥也不说，还是往前走。一个伪军凑上来，给了铁蛋一枪托子："站住！"这时，铁蛋心里明白：敌人是想要钱！因为谁都知道：路过敌人的岗卡，得既有"良民证"又有钱才能过去。可是，这时的小铁蛋，对此却佯装不知：

"老总，干啥呀？"

伪军喝道："'良民证'呐？"

铁蛋佯装猛醒："噢！忘了，对不起！"

他说着，掏出"良民证"递过去。伪军将"良民证"扔给他以后，他正要走，另一个伪军，又给了他一枪托子：

"站住！"

铁蛋又装蒙了："又干啥？"

这时，后边有人答腔道："老总，你们别见怪，这孩子在天津学徒才回来，不懂得咱这儿的规矩……"

另一个老乡帮腔道："咱们给老总凑个茶钱儿吧！"

铁蛋歉意地说："噢！要钱呀，好说，好说！"

他一面说着，一面把手伸到腰里去掏钱。当两个站岗的伪军全伸着长长的手臂争着接钱的时候，小铁蛋突然猛喝一声：

"别动！"

原来铁蛋从腰里掏出来的不是钱，而是枪！这是一支假枪。这假枪是他们大刀炉上自己制作的。枪的样子，和手枪一模一样，就是放不响。现在，小铁蛋用假枪威住了那两个站岗的伪军，眨眼间，他们手里的真枪便到了小铁蛋的手里了……

继"哨楼夺枪""过岗夺枪"的故事之后，又有杨大虎"送粮夺枪"，尤大哥"卖水夺枪"，魏基珂"领路夺枪"，等等，一系列的夺枪故事，在黄二愣的脑海里嗖嗖地闪过去……

黄二愣且走且想，且想且走。

一个村庄过去了。

又一个村庄过去了。

每个村头的墙面上，都写有抗日的墙标。前边，又一个村庄迎上来。这个村口的墙面上，也毫不例外，照样有一行惹人注目的大字墙标：

"打倒日本帝国主义！"

黄二愣一边呱嗒呱嗒地朝前走，一边扭着脖子朝那墙上瞅，就觉着那行振奋人心的大字全像长了腿一样，嘣儿叭地蹦进二愣的眼里。于是，他眼在一个字一个字地瞅着，心里一个字一个字地念起来。越念，二愣的心里越热；越念，二愣的心里越甜！

黄二愣正走着，瞅着，念着，一阵响亮的歌声，从村中传出来：

> 背起大刀片，
> 披上手榴弹，
> 保卫家乡民兵个个是好汉！
> …………

这支歌子，是二愣最爱唱的歌子。

现在，这"背起大刀片"的歌声，一撞击黄二愣的耳鼓，二愣的嗓子眼儿里又痒痒起来。与此同时，他心窝儿里那股兴冲冲乐呵呵的劲儿，也更加高涨起来，而且高涨到了无法控制的地步！

一到这种情况下，这位不善于抑制感情的黄二愣，便情不自禁地随着村里传出的歌声唱起来了：

> 拿起锄镰咱就生产，
> 拿起刀枪咱就作战，
> 日本鬼子来捣乱打他个脸朝天！
> …………

二愣唱着唱着，蓦然想起一句话来：

"二愣啊，眼下敌人更狡猾了，咱可来不得半点麻痹大意呀！……"

这话，是从前梁永生对黄二愣的批评。

目下，二愣一想到它，便立刻收住歌声，并懊悔地自己责备起自己来：

"二愣呀二愣！你咋又犯了老毛病！"

黄二愣的话在心里这样说着，还向四周的田野里撒打一阵，没有发现什么敌情，这才塌下心来。

人们总是各有爱好的。

黄二愣虽然嗓子不算怎么好，可他却是挺爱唱歌儿。特别是他当了几年民兵以后，学会的歌子多了，他那股爱唱劲儿就更显得突出了。他无论走到哪里，往往是，人还没到，歌声先到了。

据说，他曾向人们说过：

"我三天不吃饭能活，一天不唱歌儿不能活！"

这话，未免有些夸张。可是，二愣好唱，确是事实。尤其是当他心里高兴的时候，这爱唱的特点就更加突出。今儿个，要论高兴，可以说是他从来没有过的。大概就是因为这个缘故，你看他闷着头儿走了不大一霎儿，就将那"麻痹大意"忘净了，又开始轻哼起小调儿来。

黄二愣一面哼唱着，还一面从衣袋里再次掏出了那张油印的表格。

这张表格，二愣在这一路上曾经看过三回了。现在，他双手拿着表格擎在面前，面部泛起一层既严肃又兴奋的神色，仿佛他的手里正在托着一件世界上最珍贵的无价之宝。

这是一张什么表格，竟能引起二愣这样的激动？

喔！这张表格可非同一般——原来是黄二愣的入党志愿书啊！

你想啊，黄二愣盼着入党盼了多久啦！如今终于将入党志愿书领到手了，他对这志愿书怎能不心爱？心里又怎能不激动呢？可能正是由于心情激动，他那两只擎着表格的手，在不能自禁地微微颤抖着，抖得那张表格在他的手中发出瑟瑟的响声。

这时的黄二愣，又将他的全部注意力集中到这张表格上了。他一面乐津津地走着，一面美滋滋地看着；看了一遍看二遍，看了二遍看三遍……他看着看着，心血又涨起大潮。这时候，他那原先只在嗓子眼儿里轻哼着的小调儿，不由得越来越高，越来越响，最后，竟放开喉咙尽情地大唱开了：

三月里来三月三，

有志男儿把军参；

拿起刀枪上战场啊，

保卫祖国好河山！

....

什么样的歌声最动人心？是名家谱出的高级曲调？还是著名歌手那婉转的歌喉？不！不是！都不是！

是啥哩？

是从心窝儿里发出来的革命歌声！

要知道，黄二愣今天的歌声所以分外动人，是因为他现在的心中喜上加喜，高兴里头还包含着高兴！当然，在支部已经通过了自己的入党申请，正在等待上一级党组织批准的时候，叫谁也是高兴的！这有什么奇怪？可是，你要知道，对黄二愣来说，除了入党这个大喜讯之外，在今天的民兵队长会上，小锁柱还悄悄地透露给他另一个喜讯——这就是：关于黄二愣要求参军当八路的事，大刀队党支部也已经研究过了，并在原则上已经同意了黄二愣的要求！这里边，只是因为两个原因，还需要暂先推迟一些日子。

这两个原因是：

第一，要求参军的人很多，枪支不够；

第二，二愣的民兵队长职务，还需要找个人来接他的班。

在锁柱告诉二愣这个消息时，二愣曾向锁柱说：

"枪，不成个问题！"

"咋不成问题？"

"我有！"

"你有？"

"嗯！"

"在哪里？"

"在石黑的仓库里放着呢！"

小锁柱扑哧笑了。黄二愣认真地说：

"你笑啥？他会派人给我送来的！要不，我抽个空儿去拿来也就是了！"

如今，二愣走在回家的路上，边走边想，而且越想越多——在他看来，甭管咋说，参军的事，那是定了的；至于多咱去，只是个时间问题了。你想啊，人家黄二愣，一下子得到这么两个大喜讯，叫谁谁能不高兴呢！

二愣走着走着，他的家乡龙潭街来到了。

这时，天色正在渐渐地黑下来。二愣娘正呆愣愣地站在村头上，两手交叉帮在腹前，心神不安地朝这边望着。要知道，自从黄二愣离家不久，当娘的就开始盼着儿子归来。在这一天之中，她被"盼"指使着，曾三番五次、五次三番，也不知出来张望过多少回！

可也是啊！在这年头儿，儿子孤身一人出去开会，为娘的咋能不挂心？何况，在这一天之中，周围的村子里，还响过好几回枪哩！

真急煞人呀！二愣娘心在盼眼在望，一直盼望到现在，儿子还不见回来！在这一天当中，曾有多少远方的人影引起过她的希望？又曾有多少个这样那样的念头引起过她的忧虑？

眼下，也许她已经影影绰绰地望见儿子的苗影儿了吧？你看！她不已经用那皱纹很多的手掌，久久地打着亮棚，正在朝二愣这边眺望吗？

哦！她望来望去，终于辨认出来了——那个迎面走过来的大小伙子，正是她那二愣儿子！尽管这时她还看不清二愣的面目，可她的心里已十分肯定——她是绝对认不错的！

顿时，二愣娘那一直是阴沉沉的脸上，蓦然间变了样子——里里外外全是喜，犄里旮旯儿都是笑了！可是，当儿子一步闯到她的眼前时，她那满脸的笑意里，却又似乎掺杂上一种迷惑不解的成分！

这是为啥？

因为这时黄二愣的脸上，笑颜横溢；他这笑颜，比母亲因突然见到儿子而立刻爆发出的笑颜还要浓！母亲，该是多么了解儿子呀，可是，二愣今日这种笑容喜面，使他的老娘也觉得是头一回见着！你想啊，就凭这一点，咋能不使当娘的产生迷惑之感哩！

因此，二愣娘盯视着儿子的笑面迎头问道：

"瞧你乐得这个样儿！活像那中了状元回来似的！得了啥喜事儿啦？"

乐不可遏的黄二愣，当即向娘说：

"娘，你是不知道——今儿这个大喜事，跟那中'状元'可不能比呀！"

娘半信半疑，又喜又惊：

"哟呵！你说得真玄乎！倒是啥事儿呀？能值得这么喜！"

"啥事儿？告诉你吧——批准啦！"

二愣这句话，既没头，又没尾，把他的老娘逗笑了！娘喜嗔兼有地点着儿子的额头，眼笑心急地说：

"瞧你这孩儿！为嘛说个啥事儿，总是这么少头没尾巴的！你说的倒是啥呀——批准啦？"

二愣嘿呀嘿地憨笑着，将嘴贴在娘的耳朵上，神秘地、一字一顿地说：

"当——八——路！"

"当八路"这三个字，立刻引出一股喜色爬满了二愣娘的面颊。要知道，当八路，这不仅是黄二愣自己长期以来的夙愿，也是当娘的对她的儿子的一种最高的希望啊！她早就从内心里悄悄地盼着，自己的儿子能当上个八路，出息成一个像他梁大叔那样的人！她还曾想要是能有那一天，我这个当娘的，总算没有白生他白养他！"可是，在这种盼望之中，二愣娘还有点担心："唉，八成不行！像二愣这个孩儿，无论说话办事，都愣头愣脑，那队伍上能要他这一号儿的？"你想啊，二愣娘原来是这么个想法儿，今天突然听说儿子当八路的事队伍上批准啦，她咋能不喜？又咋能不乐？

她喜！她乐！她喜得心里开了锅！她乐得脸上开了花！在这又喜又乐的当儿，一句嘴不从心的话脱口而出：

"二愣！可是真的？"

黄二愣当然不满意娘这种打人兴头的问法儿。便说：

"娘，我啥事儿哄弄过你呀？"

娘想："可说哩！二愣从来是没跟娘说过瞎话儿的！"于是，她说：

"要是当真，那可好！儿呀，你只要参加到咱那队伍里去，娘就是闭上眼，也放心了！……"

娘正说着，二愣想起永生说过的几句话："二愣啊，光争取参军是不够的，还要争取入党啊！革命的队伍，是温暖的革命大家庭；党，是无产阶级的先锋队！你想想，光入伍，参加到这个大家庭中来，就能算最幸福，到此满足了吗？……"二愣一想起这话，当然会和他入党的事联系起来的。于是，他挺挺胸脯儿，又向娘说：

"还有个比这更喜的事哩！"

"更喜的事？"

"当然喽！"

"那是啥？"

向来放不住话的黄二愣，这时又把嘴凑到娘的耳边去了。显然，他是想把入党的事告诉给娘，好让娘跟他一起来个高兴加高兴。

这时的二愣娘，已将她的注意力，全集中到耳朵上。

谁知，二愣的嘴刚凑到她的耳朵上，啥还没说，又缩回去了。这是为什么？

因为二愣这时又想起梁永生嘱咐过他的两句话："二愣呀，入了党，要遵守党的纪律，党里的事，要绝对保密！就是亲爹亲娘，可也不能说呀！"可是，二愣越不说，娘就越纳闷儿。最后，直急得二愣娘没好气儿地说：

"瞧你这孩儿！越长越没出息！跟娘也没正格的！你成心闷煞娘呀？"

"娘，我不是没正格的……"

"不是没正格的为啥还不快说？"

黄二愣为难地说：

"不能说呀！"

二愣娘当然不能理解：

"胡扯！一个儿，一个娘，还有啥话不能说？"

二愣傻眼了！他该怎么解释呢？要是别人，也许是有法子解释的。可是黄二愣，他算没了辙！没辙怎么办？在娘追逼得无法的情况下，他只好搪塞支吾地说：

"这是秘密，不能告诉你！"

他这样说了以后，又怕娘领悟不到这话的含意，因而他感到不满足，便又加上一句：

"反正是，往后儿，我就快成了像梁永生那样儿的人了！"

二愣娘听了儿子这话，禁不住失声地笑了。

她用手往后拢了拢被风吹散的头发，指着儿子的眼胡子说："你呀你呀，俺那二愣儿哟！你怎么这么不知道天高地厚？你也想着跟那梁永生比比？你要能赶上你梁大叔的一个指头也好哇！"

娘这套话，说得个红脸大汉黄二愣脸更红了。

方才，黄二愣在说那句话的时候，心里只是想道：梁永生，既是个军人，又是个党员。至于别的，他啥也没有想到。现在，经娘这么一说，他也觉着那么个说法有点不大得体，又嘿嘿地憨笑起来。

黄二愣大步小步闯进家，屁股没沾炕，就开箱倒柜地翻腾开了。

他要翻腾什么？只有黄二愣自己知道。

二愣娘因为走得慢，被二愣拉在了后头。谁知，当她一步迈进屋时，二愣已将包袱流星地摆了半截炕！二愣娘一见这光景，又急又蒙，便大声小气地嘟嘟道：

"哎哟哟！俺那个愣大爷哟！你这是要找啥呀？无论找啥，你除了知道脑袋长到肩膀上，还知道啥东西放在哪里？就不会等娘回来言语一声儿叫娘给你找？看你乱抓一把花椒，给俺驰翻了个扬而翻天！叫俺怎么拾掇？……"

娘在一旁不住声地嘟嘟，二愣低着个脑瓜子还是驰翻他的：

"俺找衣裳！"

"找衣裳？"

"嗯。"

"黑灯瞎火的，找衣裳干啥？"

"准备走！"

"走？"

"嗯。"

"往哪走？"

"当兵去嘛！"

娘由烦变喜：

"哦！多咱走哇？"

"没准儿。"黄二愣说，"日期还没定下来呢！"

"这又不是什么娶媳妇、嫁闺女，还要挑选个什么好日子啊？"这时娘比二愣还要急，"叫我说，既然上头批准了，那你就赶紧上队伍上去呗！早去总比晚去好，还定的什么日期呀！……"

"唔！可不是那么简单！"

"这有啥简单不简单的？一不用套车，二不用雇轿，捎上几件子衣裳，俩脚一挠，就走呗！"

"批准虽说批准了——"二愣说，"可是，至于多咱到队伍上去，还得听上级的通知哩！"

二愣娘一听这话，口气又变了味道：

"唉唉，俺那个愣小子嗳！照这么说，你用得着这么毛毛草草的？"

二愣说：

"喔！那可不行！咋不行？这是军事行动！通知到手，腿就得开路！误了一分钟，也是大错误！"

当娘的，当然知道儿的心情，所以没再去管他，就自己忙着掀锅去了。

二愣娘一面忙着从锅上往下戗饼子，一面又问儿子道：

"二愣啊，你这回去开会，还有啥新鲜事儿呀？跟娘唠叨唠叨，也好让俺这老婆子心里豁亮豁亮！……"

娘这一问，把个二愣提醒了。他两手一拍大腿，急眉火眼地说：

"糟糕！"

"啥呀？"

二愣没迭得给娘解释一句，将那乱七八糟摆了一炕的烂摊子一舍，撒开丫子蹿出屋去。

他去干啥？

原来是这样：在这次民兵队长会上，梁永生还布置给黄二愣一项任务呢！这一阵，他被去当八路这件事迷住了心，竟把那么重要的事给忘了！

二愣冲出屋去以后，从角门洞子底下搬过那个榆木梯子，往屋檐上一竖，噌呀噌地爬上了房顶。

二愣像疯了似的这个闹劲儿，闹得他娘摸不着头脑了："他这是要干啥哩？"二愣娘正纳闷儿，忽听房顶上传来一阵清脆悦耳的鸟叫声：

"唧呱呱！唧呱呱！唧唧呱呱！……"

这鸟叫声，是龙潭街上的民兵们规定的集合讯号儿。

这种讯号是非常细密的。人们从不同的鸟叫声中，不仅可以听出是让什么人集合，为什么集合，还可以听出带什么东西、在什么时间、到什么地方集合。

这套讯号儿虽与二愣娘并没有什么直接联系，可是由于日子久了，她听常了，如今大体上也能听出个七成八脉的来。

因此，待二愣从房上下来后，娘又问他说：

"你们又要去破公路呀？"

"嗯哪！"

黄二愣顺口应了一声，又自己忙活起来。

只见，他抽开一个炕坯，从炕洞里拿出一条宽宽的皮带，还有一口大刀、两颗手榴弹，然后将皮带在褂子外头扎了个駒紧，又将大刀背在身后，手榴弹斜插在腰间的皮带上。

二愣自顾自地在这边打扮着，没有发觉娘在那边生他的气了。过了一会儿，娘一边用礤床子礤着瓜菜，一边没好气儿地朝二愣嘟噜道：

"你看人家老梁，见回来到咱家，总是跟俺这老婆子坐到一块儿叨叨一阵子。你瞧你，还短不了的跟你梁大叔在一块儿泡，也没泡出点出息来……"

二愣懵懵懂懂地问：

"啥？"

"啥？你见回开会来到家，啥也不跟娘说！娘问一句，你'嗯'一声，三捆子扇不出个闷屁来，就像打鬼子不关俺的事似的！……"二愣娘一边拌着瓜菜一边说："二愣啊，往后儿，你也要成了那八路军了，要知道，那八路军里可没有你这一号儿的窝囊废！将来，你要真的到了队伍上，可得好好地跟你梁大叔他们学着点儿！听了不？哎？对娘的话别这么牛头木耳的！……"

二愣听了娘这些话，知道自己不对了。

他嘿嘿地笑着说：

"娘，是我不对！"

二愣这种爽朗性体儿，确实叫人喜欢。

吃饭了。二愣娘拿起一个饼子，揭下饼子上的硬嘎渣，递给二愣说：

"人老了，牙越来越不行了，吃这饼子嘎渣真费劲，你那牙口儿好，替娘吃它吧！"

"唉。"

二愣接过来，放在嘴里，嚼得嘎嘣嘎嘣响。随后，他一面吃着饭，一面跟娘唠扯起开会的事来了。

黄二愣狼吞虎咽地吃了晚饭，抄起一把镃镐冲出屋去。他走得那个急劲儿，带得桌子凳子一阵乱响，屋门口上还掀起了一股小风。

"不擦擦汗就往外跑哇？俺那愣大爷！"

二愣娘大声小气地喊着，紧跑慢颠追到角门儿上，只是望见那边有个影影绰绰的黑影，又听见一声"没关系"，随后一闪便不见了！

黄二愣到哪里去了？

他奔向了民兵队部。

民兵队部，设在村北头的关帝庙里。

如今的关帝庙，由于年久失修，已经破烂不堪了。墙壁上，布满了弹洞。在这弹洞累累的庙院门口上，挂着一块小小的木头牌子。木头牌子上写的是："义合成木作铺。"

庙院内的东厢房里，井井有条地摆列着一些木匠用的工具，例如拐尺呀、墨斗呀，还有那些大小不等、用途各异的锛凿锯斧呀，等等。屋内的地面上，除了木条、板片，便是锯末、凿屑、刨花子。冷眼一看，倒还蛮像个乡间木作铺的样子哩！

其实呢，只要让个内行人仔细一瞅，便可看出破绽。因为，许多常用工具的刃子上，全都生了一层褐色的铁锈，只有那一根根的锯条是锃亮的。这是因为，民兵们短不了用它去锯敌人的电线杆。

这所关帝庙，自从常明义被打死、常秋生逃走以后，一直没人居住。只是有的讨饭人或逃难人，有时在这里躲风避雨，安宿过夜。可是，打从这里安上民兵队部，又突然火爆起来了。平日里，民兵们总是在这庙院附近放有暗哨。一到天黑，这里更是有众多的人进进出出。随着形势的越来越好，出进这个庙院的人越来越多。现在，在出进庙院的人中，除了民兵们而外，还有一些上了年纪的抗日积极分子，也三六九儿地往这里凑合凑合。

今儿个，黄二愣嘴里轻哼着抗日小调儿，跨着大步走进了庙院儿。这时节，早到的民兵们，除了正在魁星楼上值班站岗的乔世春而外，其余的人们，正在天井里闹得挺火爆。

有的，托着棍棒当枪，闭着一只眼，睁着一只眼，正然练习瞄准儿。那当枪用的木棒，久久地停在那里，纹丝不动。

有的，手里舞着大刀，两腿又蹦又跳，正在演习拼杀。那明晃晃的大刀，伴随着手臂的舞动，在星光下闪着一道道的弧光。

有的，又弹腿，又折腰，又舞拳，又跺脚，正然练武术。

还有的，正在学着埋地雷。

滑稽二摸着一个来看热闹的娃娃的头说：

"小洪，听说你们儿童团里也在练武，是吗？我去给你们当个'教师爷'吧？用不用？"

小机灵正和一个乳名叫"邋遢儿"的孩子说笑着：

"邋遢鬼！儿童团员，就是民兵的'后备队员'，懂不懂？咱可先说下，你这个邋遢劲儿要是改不了，俺民兵里可是不招你！……"

他们正忙活得挺火爆，说笑得挺热闹，一见黄二愣进了院儿，呼啦啦一声全都上来了。这时，一双双亲昵的眼神，注视着这位民兵队长。并且，与此同时，还七嘴八舌地嚷着：

"队长回来啦！领来的啥任务？"

"二愣，先说说听来的好消息！"

"对！准有好消息！你瞧二愣那笑乎乎的样儿……"

扎裹得头齐腰紧的黄二愣，这时笔管儿条直地站在天井里，将一对拳头撑在腰间，刀柄上的红绸布，飘飘摆摆地垂在肩头上，红闪闪的脸上潜伏着笑意。这时候，黄二愣的本心眼儿里，是恨不能将他那满腔的喜悦和兴奋，一股脑儿地倾泻给自己的战友们。可是，他朝院中一撒打，见人不全，又变了主意：

"别嚷，别嚷了！等人到全了我才说哩！"

黄二愣这洪亮的大嗓门儿，一下子把人声全压下去了。在这突然出现了一时寂静的当儿，小机灵跨着急匆匆的步子闯过来。他来到二愣近前，啥也不顾，一把抓上二愣，劈头就问：

"我那个事儿怎么样了？"

二愣感到莫名其妙：

"你的啥事儿？"

小机灵朝着二愣的前胸给了他一杵子：

"你这个家伙呀！闹了半天又给我忘啦！"

他这一杵子，倒把个二愣杵醒了：

"你是说，叫我向上级要求要求，让上级发给咱村民兵几支枪——对不？"

"对呀！"另一个民兵接腔道，"这不光是小机灵他自个儿的要求，也是咱民兵们共同的要求——民兵民兵嘛，既然有个'兵'字在里头，就该有几支枪才是正理！"

"就是嘛！"又一个民兵帮言道，"咱这个要求并不分外——人家好多村的民兵都有枪了……"

黄二愣经过梁永生的长期熏染，如今说话有时也带上了几分风趣的味道：

"你们别来'整'我好不好？我多咱说过民兵不该有枪？我曾说过你们这个希望分外？"

"这你倒是没说过！"小机灵又攻上来，"可你不该给忘了哇！"

"忘我倒是没忘！"二愣和着小机灵的韵调说，"可我就是没向上级提——"

"没提？"

"为啥不提？"

"我觉着——"黄二愣透透亮亮地讲，"想向上级要枪就没出息，更不用说张开那红齿白牙的大嘴提出这样的要求！"

满院的民兵轰地一阵乱了：

"向上级要枪，是为了打鬼子，又不是要来吃它解解馋！这怎么能说是没出息哩？"

"就是嘛！逮雀儿还得用个豆哩！没枪怎么打鬼子？这和'没出息'贴得上边吗？"

"二愣！咱们需要枪，又没有枪；你不同意向上级要，那向谁要？向你要？"

黄二愣就着这人的话音说：

"向我要？向我要个啥？我又没开着枪炉！"

众笑。

二愣一挥拳头，又说：

"有本事向敌人去要嘛！敌人那里的枪多着呢！"

黄二愣的说法，得到了多数民兵的赞成：

"这话对！人家外村民兵的枪，大都是近来从敌人手里夺来的，上级决定留给他们使用了！"

"有的虽是上级发的，那是因为人家那个民兵队战斗力强，上级才重点发了枪；咱们要想让上级发枪，就得先呛呛劲，干出点名堂来！"

"还有些民兵的枪，是因为配合部队参战有功，上级奖励给他们的……"

"其实，说一千，道一万，还是离不开咱那二愣队长讲的那个'总精神儿'——夺！就说上级的枪吧，是从哪里来的？不也是从敌人的手里夺来的？……"

"对呀！咱们龙潭的民兵，配合大刀队作战，不是也缴获过敌人的枪支吗？不过，那时上级有规定，民兵和群众缴获的零散枪支弹药要集中上送，我们背了不多几天，便交到县里去了！现在，形势越来越好了，我们的枪支也越来越多了，据说，今后民兵再夺了枪，上级允许我们留一部分自己用……"

黄二愣听着这七嘴八舌的一片议论声，心里一直热滚滚的。当他听到这里的时候，心潮更高了，从旁插言道：

"这个'夺'字用得好！对我们来说，当前的问题，是我们民兵们自己向敌人去夺呢？还是我们的八路军同志夺来以后，我们再伸着个不知道害臊的大手向上级去要呢？"

几乎是众口一声：

"咱自己夺！"

也有人觉着这个简单的回答不够劲儿，又在你一言我一语地作着补充——

小机灵说："民兵民兵嘛！既然占了个'兵'字儿，就得有个'兵'劲儿，不能干那没出息的事儿！"

滑稽二说："要说别的也许咱不会，要说'夺'，咱又不是没长手！为什么还要借人家的手使唤？"

"……"

在一片议论声中，民兵们全到齐了。

你瞧！拥拥挤挤的满院的民兵们，个顶个的净是些硬硬邦邦、虎虎势势的小伙子。他们，都长得粗眉大眼，膀阔腰圆，强烈地表现出北方青年农民的特征！

这些准备去破路的民兵们，有的扛着长头儿镐镐，有的拿着短把儿铁锨。还有的挎着锯，掖着斧，抬着高高的梯子——这是打算去破电线的。

他们不光带着工具，还同时携带着武器。因为这个民兵队现在还没有步枪，所以武器主要是两种：一是大砍刀——每人有一口；一是手榴弹——一半人有一半人没有。除此而外，还有几支猎枪、洋炮之类的火器。

"集合！"

这是队长发布的号令。

伴随着黄二愣这声号令，可庭满院响起一片急促的脚步声。一瞬间，一溜东西向的双行横队，齐刷刷地出现在黄二愣的对面。

黄二愣，利利落落，威威武武，挺胸站在队前。民兵们那一双双的眼睛，一齐盯着他们这位上任不久的新队长。

二愣在当民兵的时候，是个宁上十回战场、不上一回讲台的人物。可是，自从他当上民兵队长以后，工作的需要，硬逼着他登上讲台，当众讲话，而且还正在逼着他改变自己的性格儿。

而今你看，这位新队长又要讲话了！

整个庙庭，肃静得如同无人一样。

兴冲冲站在队前的黄二愣，在讲话的同时，带劲地打着手势，还倒满像那么一回事儿哩：

"同志们！我先向大家报告一个好消息——"

群情振奋。

二愣学着梁永生的样子，稍微停顿一下，又眉飞色舞、喜声笑韵地说：

"在这次会上，我听到一个新精神——毛主席、党中央的指示精神……"

黄二愣的这句话，声腔并不高，可是他这句话的每一个字，都像一颗颗的吸铁石一样，一下子就把所有人的耳朵、眼睛、思想、情绪、注意力，全给吸住了；并使得人们的面容更加亮堂，更加生动；一双双骨碌碌地转动着的笑眼，都闪耀着兴奋的光芒。

由于人们压抑不住发自心窝儿的激动，所以黄二愣才刚扯开个话头儿，那个被人称为"小机灵"的民兵就迫不及待、急不可耐地插嘴问道：

"队长，快说，快说呀！"

另一个民兵帮腔道：

"是啊！啥精神？快说嘛！"

这时的黄二愣，恨不能把他所记住的一切，连根带叶地一口气全都吹进战友们的脑海里去。可是，因为他毕竟还是没有当众讲话的习惯，所以虽然是满肚子的话正在乱往外拱，可又一时闹不清先从哪里说起才好。

过了一会儿。

他终于理出了一根话头儿，这才兴冲冲地开了腔：

"我才听到的这个指示精神，主要是关于领导方法问题。当时，领导同志讲的还具体些，可我，往这里一站，有点蒙头，也想不全了。现在我记住的，有这么个精神：在一定时期内，只能有一个中心工作，别的工作也要做，但要摆在第二位、第三位……"

黄二愣在这边一字一板地讲着，那边那些含着微笑静听的民兵们，都不约而同地连连点头。二愣讲完后，大家异口同声地说：

"说得太对了！"

还有的说："咱坚决照党的指示办！"

也有的说："二愣，咱们当前的中心工作是啥——上级说来没有？"

"说了！"黄二愣道，"梁队长说，我们民兵的当前中心工作，是破路！"他没给别人留下插言的空间，又紧接着急转话题兴冲冲地说，"再一个好消息，就是这次会上，梁队长还传达了毛主席最近的指示精神。毛主席说：'希特勒不久就会被打败，日寇也已处在衰败过程中。'……"

黄二愣一口气说到这里，这才喘了一口大气，并用手背抹去了他那额头上的汗珠。在二愣讲述的时候，民兵们都喜在心里，笑在面上，静静地听着，整个庭院除了二愣的讲话声以外，再也没有一点响声。二愣讲完后，人群中立刻掀起一片喜气洋洋的议论声，整个庭院沸腾起来。在这一片沸腾的人声中，还有人提高嗓门儿急切地追问道：

"二愣，还有啥好消息？说下去——"

"还有——"二愣说，"现在，我们根据地的地面儿又扩大了，根据地的人口，包括一面负担和两面负担的，已经有八千多万了，军队有四十七万了，民兵有二百二十七万了，党员有九十多万了……"

有的人听到这里高兴得鼓起掌来。

有的人兴冲冲地说：

"唔哈！我们的力量真不小哇！"

滑稽二说：

"那二百二十七万民兵里头，也有咱们这一伙哩！"

在他这有点滑稽的口吻里，包含着自豪的语气。

小机灵帮腔补充说：

"那是当然！还有那八千多万人口当中，能不把咱们龙潭街上这千八百号人包括在里头？"

在人们纷纷议论的当儿，也有人向大家嚷道：

"别吵别吵！人家二愣还没讲完呐！"

另一个人就势催促二愣：

"队长！往下说呀——还有啥好消息？"

黄二愣抓下罩在头上的毛巾，抠着青青的光光的头皮，心里悄悄地想了一下儿，摆动着那只大巴掌说：

"没有了。再有，就是叫人生气的消息了！"

二愣这一句，使人们静下来。

这时候，每个人的脸上，都浮现起不安的神色。小机灵更特别沉不住气，着急地问：

"队长，啥叫人生气的消息？"

二愣先骂了一声，而后气愤愤地说：

"最近三年多以来，国民党留在敌后的数十万军队，经不起日本帝国主义的打击，约有一半投降了敌人，约有一半被敌人消灭……"

人们这时的心情，都很气愤。人群中，响起一片怒骂声。

黄二愣加重了语气，又接着说：

"还有呐！"

"还有啥？"

"国民党一向是真反共，假抗日。最近在河南打仗，日本鬼子只不过几个师团，国民党几十万军队，有的是刚一打就稀里哗啦败了，有的甚至是还没打，就散的散、逃的逃！国民党的大官儿，一个姓汤的，一个姓胡的，他们领的部队，都是这样！……"

"蒋介石那个老小子，真是内战内行，外战外行！"

"国民党反动派坏透了！……"

黄二愣提一提嗓门儿，压下了嘈杂的人声，又接着讲下去：

"大家别嚷啦！下边，我跟大家讲一讲这次破路的意义……"

"甭讲那个了，反正是破路呗！"有人说，"我们保证把这个'中心'干好就是了！"

"那可不行！"二愣坚持说，"梁永生同志说过，不光要让群众知道怎么做，还得要让群众知道为什么这样做才行呢！"

民兵中有人在悄悄议论：

"你看咱这队长还真有个派头哩！"

"他处处都在学梁永生！"

"梁队长常说的话，他还真学会了不少呢！"

黄二愣见人们嘀嘀咕咕，队列也有点乱了，他突然严厉起来：

"遵守纪律！站好！别乱呛呛！"

人们立即肃静下来。

在正式队伍中，战士们站得挺胸凹腹才算端庄郑重。可是，在黄二愣指挥下的这些没有经过正式军事训练的民兵们，为了表示端庄郑重，都挺得直直的，仿佛他们觉着只有这样才能增加几分威风。

黄二愣见人们安静下来，又接着说：

"据我们得到的情报，柴胡店的敌人，要把从各村抢去的碎铜烂铁，送到县城去。要知道，这是当前敌人最缺乏的军用物资。上级说，一定不能让他们运走！……"

"对！不能让他们运走！"

"这次破路的目的，除了不让敌人运走铜铁而外，还有更大的战略意义呢！更大的战略意义是什么？上级只说，形势向前发展了，为了作战的需要，要进一步切断敌人的交通联系。这一点，咱还领会不透；不过，既然上级提到这点，那就一定有上级的部署。因为这个，我们这回破路，是整个联防区一齐行动。我们一定要破得多，破得快，破得彻底！"

二愣说到这里，一挥拳头，又来上一句：

"下回评比，夺个第一！"

他这一说，人们又唧哝起来。有人问：

"二愣，这次会上，各村民兵评比来不？"

"评了！"

"咱第几？"

"第三！"

大家齐声说：

"下回夺第一！"

有人建议说：

"咱这回去破路，全体民兵一齐出发，和破电线同时进行！……"

黄二愣说：

"破路和割电线同时进行可以，全体民兵一齐出发不行！"

"为什么？"

"还要保卫村子嘛！"二愣接着说，"一班留下保卫村子，二班破公路，三班割电线，四班担任战地警戒！"

"行！"

人们齐声应着。二愣沉思了一下，接着说："负责割电线的同志们注意：要把电线杆上的瓷瓶儿弄下来，倒出里边的硫磺，交到上级去，我们的地下军工厂，当前正需要这种玩意儿……"二愣说着说着断了弦，这显然是又在思考出发前应当交代的问题。在这当儿，有个急性人耐不住了，他催二愣道：

"队长，别磨蹭了，快走吧！"

这时，二愣忽然又想起梁永生说过的一句话："歌声是很重要的。高声歌唱能鼓舞斗志……"于是，他用商量的口吻向大家说：

"咱先唱个歌儿再出发好不好？"

"好！"

人们全都同意。

接着，黄二愣先起了个头儿，又用两条手臂摆摆划划地打着拍子，晃着脑袋，民兵们的齐唱声伴随着黄二愣那手臂的节奏响起来：

> 背起大刀片，
>
> 披上手榴弹，
>
> 保卫家乡民兵个个是好汉！
>
> …………

歌子唱完了。

二愣发布命令道：

"大家注意！行军队形这样走法——四班在前头，二班在当中，三班在最后；每班之间，都要间隔五十步……"

有人不以为然地说：

663

"我看甭这么小心，一块儿走就得啦！现在，我们八路军的声势大多了，形势好多了，敌人也老实多了，特别是自从那回把石黑的'地下线'一网打尽以后，敌人成了瞎长虫，更不敢轻易出窝了！"

还有人帮腔说：

"就是嘛！如今形势好转了，不用那么小心了！尤其是前几天城南的战事一激烈，敌人的'扫荡队'往城南一拉，石黑和白眼狼这些狗杂种们更老实了。叫我说，在这深更半夜的时候，他们是不敢出来的！"

黄二愣仍坚持自己原来的部署。并批评了这种论调太麻痹。他这一批评，又有人说：

"咦！二愣还满不简单哩！"

这话被二愣听见了。他觉着脸上热了一阵儿：

"咱有啥不简单的？全是跟梁队长学的！"

随后，他将拳头威威武武地一扬，加重了那无可动摇的语气，向民兵们发布了"出发"的命令。伴随着一阵嗒嗒的脚步声，破路大队出了村口，又进入一条道沟，一直向东走去。

一路上，黄二愣的命令不时地从前头传递过来：

"跟上距离！"

这命令，一个人一个人地向后传着，一直传到最后一个。不多时，另一道命令又传出来：

"不许出声！"

这时，月亮还没露面儿。珠玉似的星星们，在深空里一眨一眨地眨着眼睛，显得澄澈的夜空更加深邃，更加静谧了。辽渺的甜睡着的大地，被灰色的夜幕覆盖着。稍离得远一点的景物，只能看出个粗略的轮廓，再远一些，就什么也看不清了。

真是一个美妙的神秘的夏夜呀！

残留在道路两旁的小树，搭眼一望活像那墨水画儿似的，黑乎乎的，分辨不出什么枝枝丫丫。道沟里光线更暗。有时候，后边的人走着走着，猛地打了个前失，将身子扑到他前头那个人的脊梁上。

路途中，人们只是走呀走，走呀走，没人抽烟，没人说话，就连个咳嗽声也听不见。能听见的，只有嗒嗒的脚步声，呼呼的夜风声，还有那偶尔在谁的脚下发出的磕绊声。

风，虽然很大，可是，由于刚刚下过一场小雨，刮不起土来，这漫洼里的空气，还是挺清新的。

公路就要来到了。

二愣悄声命令道：

"站住！"

民兵们站住了。可是有人不解其意，就问：

"怎么？有情况？"

二愣不答。只是说：

"拐弯，向南！"

由此继续向东，不远，便是公路了，为啥不赶紧上公路，反而拐弯向南呢？那些不理解的人，在悄悄地嘀咕。二愣仍不解释，只是以命令的口气道：

"不许说话！"

朝南走了一段，小机灵憋不住了，凑到黄二愣的身边来，问：

"你是想离据点远一点——是不？"

二愣点点头。

有人不以为然地说：

"那天破路，就是在这里插的家伙——忒小心！"

"那天是那天！"小机灵替二愣争辩道，"今夜南风大，再要在这里动手，柴胡店据点上就有可能听见响动的！……"

那人觉着此话有理，没再吱声。

人们又朝南走了一阵，二愣说：

"别走啦！"

破路的队伍停下了。

黄二愣像个指挥员似的站在道沟沿上，指指画画地说：

"四班长注意！你派两位同志，由此往南，到离这里半里路远的地方，埋伏在公路旁边，监视着由南开来的敌人；你们班的其他同志，由此往北，也在距此半里路远的地方，埋伏在公路旁边，监视着柴胡店据点的方向，发现敌情，及时报告……"

黄二愣部署完毕，四班的民兵分头走了。接着，二愣又向二、三班的民兵同志们一挥手说：

"咱们也走哇！"

随后，人们都爬上道沟，一直向东，通过半人深的玉米地和齐膝深的棉花地，笔直地朝公路插过去。黄二愣一边带领着队伍走着，一边在不时地提醒他的战友们：

"注意脚底下，别踩了庄稼！"

人们登上公路了。

白刷刷的土公路，像条吸血虫似的仰躺在大地上。这条公路，是跳突在县城和柴胡店据点之间的一条大动脉。是它，在帮助日本鬼子的汽车到处乱窜，运来了屠杀人民的枪炮弹药，运走了抢夺的老百姓的粮棉猪羊；是它，在帮助日本鬼子的马队、摩托队四处横行，追击游击队，糟蹋老百姓……

因此，人们一见这条公路，全都气红了眼。

"公路，就是敌人的腿。"黄二愣带着鼓动的口气说，"我们挑断了公路，就等于是砸断了敌人的腿——伙计们，干呀！"

其实，有些人没等二愣说话，就已经插上家伙干起来了。

破电线的也动了手。

他们，有的两个人拉着一根锯条，在电线杆的半扎腰里噌呀噌地拉起来。有的竖起梯子爬上电线杆，用克丝钳子咔嚓咔嚓地截电线。

越是高空风越大。

战斗在电线杆头的民兵们，衣襟被风吹起来，活像一对正在扇动着的大翅膀。

整个战斗工地上，到处是吭噔吭噔的刨土声，沙啦沙啦的拉锯声，咔嚓咔嚓的截铁声，彼此交织，响成一片。被锯断的电线杆，一根接一根地倒下了，砸得大地好像地震似的颤动着。

在这各种各样的响声中，还夹杂着人们的悄悄低语。小机灵一面用铁锨掘着路面，一面关切地问黄二愣：

"哎，二愣，你要求参军的事有眉目了吗？"

黄二愣正在刨土，衣裳被风吹得鼓胀胀的。他一听小机灵问起他参军的事，兴致高起来，便一面抢着镐镐一面答道：

"差不离儿了！"

滑稽二插言道：

"差不离了？净吃俊药！那你咋不去报到？"

小机灵也说：

"要是叫我呀，既然差不离儿了，天明等不到鸡叫，就早挠丫子了！"

黄二愣解释道：

"主要是现在要求当八路的人太多，枪支不够用。领导上说了，多咱有了枪，多咱叫俺去！……"

另一个民兵插了嘴：

"二愣，你带我一块儿去行不？"

又一个民兵也参进来：

"二愣，可别忘下我呀！"

二愣说：

"你们嚷嚷啥？我去还没枪哩！"

黄二愣在负责破公路的二班这边干了一阵，又到负责破电线的三班那边去了。当他走到拉电线杆的工地时，一位年岁较大的民兵正在惋惜地嘟哝着：

"可惜了的个材料儿，一锯两截子，怪心疼的！"

"大哥，你歇歇，我来！"二愣接过那人的锯，一边拉着一边说，"大哥，你是个木匠，爱惜材料，这我知道。可是，这电线杆，是敌人的耳朵，咱能留着它吗？"

"按说倒是这么回事儿！"那个木匠说，"不过，叫我看，日本鬼子是秋后的蚂蚱，没有几天的蹦跶头了！等那狗杂种们一完蛋，这些玩意儿不都成了咱们的了吗？"

"大哥呀，日本鬼子是兔子尾巴长不了了，你这话说得满对！"黄二愣学着梁永生的语调说，"抗战胜利了，不光电线杆是咱们的，整个天下，也都应该是咱劳动人民的。可是，现在仗还没打完，就得一切服从战争，还得忍痛牺牲一切，来赢得战争的胜利。因为，仗打胜了，一切全有了；仗打败了，一切全完了！……"

那位木匠听了这些话，眼里闪着兴奋的光亮：

"真是人不说不知，木不钻不透！二愣啊，你这一说，我的心里拐过弯儿来了！……"

他说着，硬从黄二愣手里把锯夺过来。这时，他锯得更起劲儿了。

不一会儿，二愣又回到二班的工地上。他一来，就有人向他要求说：

"队长，你短不了跟梁永生同志见面，又三六九儿地出去开会，一定听见过不少有趣儿的战斗故事，就着这个机会，给俺们讲一个吧？"

还有人就劲儿掇掇道：

"对！二愣，来一个！光箍着个嘴闷着头儿地干，怪没意思的！"

"来一个就来一个——"黄二愣抢起大镐，一边干着一边讲开了，"今年麦秋，在城南发生过这么一回事——当时，八路军为了完成一个更大的战略任务，都暂时转移了。可巧，就在这种情况下，敌人要下乡抢粮……"

二愣讲到这里，故意停顿一下。

他这一停，惹得人们乱催他：

"二愣，快说呀！"

"是啊！那怎么办哩？"

黄二愣向拳眼里吐了一口气，搓搓手掌，又一面干着一面讲下去：

"这天，鬼子和汉奸们，将车辆什么的全预备好了，计划明天一早下乡抢粮。你猜怎么着？"

"怎么着？"

"到了晚上，据点突然被围住了！鬼子头目儿听见站岗的大兵一报，立刻登上那高高的岗楼子。他朝四下一望，嗄！只见四面八方，到处都是正在活动着的人影。他又仔细一看，原来是八路军的大部队，排成了几路纵队，正在半明半暗的月光下浩浩荡荡地行军呢！"

"你不说八路军都转移了吗？"

"是啊！从哪里来的这大部队呢？"

"你们往下听呀——"黄二愣说，"那八路军的大部队，有的从东向西开，有的从南往北过，前不见队伍的头，后不见队伍的尾！那枪杆子嘛，一根一根又一根，一片一片又一片，亚赛高粱地一般！"

"嘿！可真够威武呀！"

"就是嘛！"二愣说，"瞧那股势头儿，这些队伍根本就没把这个小小的据点儿搁在眼里！他们不仅浩浩荡荡地行军，还一面行军一面唱着歌子。在歌声的间隙里，还时而高声地喊着：

‘一——二——三——四！’”

"这一下，准把鬼子吓坏了！"

"他们直吓得腿肚子都转了筋！"

"人家不往县城打电话吗？"

"电话不通了！"

"他们没开枪？"

"小鬼子没那么大的胆！"黄二愣说，"他不开枪还担心这大部队攻打他的据点呢！要再一开枪，他不怕惹出祸来？"

"那怎么办？"

"你先别替敌人发愁！"二愣说，"就在这样的节骨眼儿上，外边的八路军开始向据点里头喊话了——"

"‘据点上听着！我们是奉令来这一带休整的，没有攻打据点的任务。你们可以放心。不过，要是你们自不量力，硬要鸡蛋碰石头，惹是生非，那可别怪我们八路军不客气！’……"

黄二愣讲着讲着，又卖了个"关子"。

已经听入了迷的民兵们，七嘴八舌地乱催他：

"说呀！"

"二愣，快说！"

"还说啥？"二愣说，"没意思了！"

"正说到劲头上，咋又没意思了？"

"敌人全吓草鸡了，还有啥意思？"

"敌人吓草鸡后，又怎么样了呢？"

"从那天夜晚起，这个据点上的敌人一连三天没敢出窝！"黄二愣说，"在这三天中，各村各户，积极响应我们上级‘快收快打快藏’的号召，充分发挥生产变工组的作用，把粮食全都埋藏了起来，没埋藏起来的就运走了！"

"以后呢？"

"以后，敌人出来了。"二愣笑着说，"可是，他们把各村都翻了个底儿朝天，连一个粮食粒儿也没翻着！……"

直到这时，人们心里还别着个扣儿。有人插嘴问二愣：

"那些围据点的大部队，到底是从哪里来的呀？"

黄二愣嗤地笑了：

"根本就没有什么大部队——净些民兵！"

"民兵？"

"可不是呗！"

"民兵哪有这么多的人？那得多大村子？"

黄二愣还没答腔，小机灵先插了言：

"你这个人呀，死心眼儿！人家就不会各村的民兵来个联合行动？那么一联合，你说要多少人没有？"

那个"打破砂锅璺到底"的民兵，觉着小机灵的话在理，吐一下舌头，不吱声了。可是，另一个民兵又提出了问题：

"民兵哪有那么多的枪呢？"

黄二愣解释说：

"在那些人中，只有一少部分人扛的是枪；其余的大部分人，大都是扛的大镐和铁锹……"

他一面说着，一面做着样子——将手中的大镐镐倒扛在肩上，让大镐的把儿朝天竖着，紧接着又绘声绘色地说：

"你们瞧，大镐也罢，铁锹也罢，只要这样一扛，从远处一看，和大枪有多少区别？何况不是大白天，而是在月光底下呢？"

二愣正说着，一个哨兵飞步起来。

那哨兵来到二愣面前，气吁吁地说：

"报告队长！柴胡店的敌人出动了！"

黄二愣当然不会慌。

他收住话头，问道：

"他们有多少人？"

听二愣的口气，仿佛是敌人人数少了他要包圆儿似的。可是，那个哨兵说：

"敌人有多少号人闹不清！"

"咋搞的？这叫什么哨兵？"

"我们发现，正北有手电光一闪一闪的，就赶紧来报告了……"

黄二愣向四周望了一阵，又想了一下，而后朝他身边的一个民兵命令道：

"撤！"

二愣的话音未落，那个民兵已回过头去，又向他身边的另一个民兵说：

"撤！"

那个民兵又一回头：

"撤！"

就这样，黄二愣发布的这个一个字的命令，就像一块石头扔进水中激起的圆形波纹那样，迅速地向四面八方扩散开来。只见整个工地上的民兵们，你传我，我传他，一瞬间便传遍了战斗工地的每一个角落，并从电线杆的根儿底下，传上了电线杆的顶端。

在这一片"撤"声悄悄地传递着的同时，黄二愣又向那位跑来送信的哨兵命令道：

"你们，也迅速撤退！"

"是！"

报信的哨兵又跑回去传达命令了。

黄二愣又吩咐小机灵道：

"你去告诉南边的哨兵——"

"也撤？"

"对！"

小机灵应了一声"是"，将铁锨往肩上一扛，撒开腿尥起蹶子，一直向南跑去。眨眼间，他那灵巧的身躯便消逝在夜幕中了。

战斗在电线杆头的人们，全都奉命溜下来。

在黄二愣的指挥下，立刻开始了有组织地撤退。

这时候，正北方那一闪一闪的手电光，离这工地只不过一里多路了，并正迅速地向这边靠近着。

就在这样的情况下，龙潭街上的民兵们并不慌忙。他们扛镐锨的扛镐锨，抬梯子的抬梯子，一个接一个地撤离开公路，顺着来时的路线，一直向西进入了道沟。

他们这时的动作，是那么井井有条，是那么从容不迫，是那么迅速敏捷，而又是那么熟练，轻巧，简直是没有一丁点儿响声。

民兵队长黄二愣，走在队伍的尽后头。

二愣也进入道沟了。

先头的敌人已来到民兵们刚刚撤出的战斗工地上。

这时节，一道一道又一道的手电光，朝公路两侧照射着。继而，又传来了敌人的说话声：

"他妈的！白天刚垫好了，又给挑了个乱七八糟！"

另一个伪军老声老气地说：

"老弟，别骂啦，挑就挑吧！要是没人挑路了，咱这护路队吃谁去呀？"

又一个伪军另起话题说：

"你说怪不？咱们整天价出来查路，光能看见这些新挑的沟沟壕壕儿，还有那些东倒西歪、七零八落的电线、电线杆，可是，总是连个人影儿也看不见！"

"亏着咱没看见！"

"为啥？"

"看见不就糟了？"

"糟啥？"

"如今可不同那二年了！就凭咱这几个人，也要跟人家八路军大刀队较量较量？那还不是鸡蛋碰石头——自找难看！石黑怎么样？白眼狼又怎么样？不都跟大刀队较量过？结果呢？一样是屁滚尿流，丢盔弃甲！"

"你这个小子，净长大刀队的威风！"

"这不是谁长谁的威风的事儿！你凭良心说，我说的是真的不？"

这时伪军中有个人说："叫我看，挑公路、割电线这手活儿，八成是民兵干的！"

另一个伪军不以为然地说："民兵？他们要是没有八路保护着，就敢上这公路边上凑合？"

"唔！民兵也够厉害的呀！"

"民兵厉害啥？他们有的连枪都没有，有支破枪也没有几颗子弹，而且没受过什么军事训练，有啥了不起的？"

"啐！你觉着自己才受了两个半月的军事训练长本事啦？张口闭口离不开'军事训练'！"

"倒不是那个！我是说，民兵，只不过净是些穷庄稼巴子，有啥厉害的？咱孬好得算个当兵的吧，还怕那些庄稼民兵？……"

这一阵，一直趴在道沟崖上听着的黄二愣，听见伪军说民兵的坏话，心里怪生气的。他想："哼！好小子啊！你竟敢瞧不起我们民兵！好！今儿个，我黄二愣要叫你知道我们龙潭街的民兵不是好惹的！"二愣心里这么想着，就用肩膀头儿碰一下趴在他身边的乔世春，又掉过脸去小声道：

"伙计！你们在这里老实儿地等着，我去教训教训那些不知天高地厚的狗汉奸！……"

乔世春一听来了神：

"咱俩去！"

趴在二愣另一边的小机灵也参与进来：

"俺也去！"

紧靠着小机灵的滑稽二就说：

"咱来个'一齐上'吧！"

黄二愣将他们三个和另外几个民兵召集在一起，蹲在道沟里，悄声解释道：

"不能去这么多人！咱们都没有枪……"

小机灵抢过二愣的话头儿，指着他手中的大铁锨说：

"这个家伙铲不下脑袋来？"

这话挺投二愣的脾气儿，他觉着小机灵说得有理儿，心里犹豫起来。乔世春、滑稽二见二愣动了心，就齐打忽地紧撺掇：

"愣队长！把那愣劲儿拿出来，干啦！"

"二愣啊，甭犹豫了，我看行——人多势众嘛！"

这句话，使个黄二愣忽地想起那回夜袭柴胡店的事来了——那回夜袭柴胡店以后，照例开了个总结经验教训的会议。在会上，梁永生曾说过这样几句话："凭勇气能够打死虎狼，设巧计才可捉到狐狸。我们对敌用兵，应当机动灵活，根据情况决定。打游击战，有时人要多，有时人要少……"现在二愣一想起这个，脱口便说：

"去那么多人可不行！"

"为啥不行？"

"人多目标大！光我这口大刀加手榴弹，就满够他们吃喝的了！"

可是，还有的仍在要求："二愣啊，叫我去吧！"二愣一看好说不行，立刻严肃起来：

"服从命令！"

命令，对每一个民兵，都是有着巨大威力的。因此，二愣这句话，使人们马上静了下来。

随后，黄二愣在道沟里开始准备了——他先紧了紧腰带子，把那本来就不算粗的腰膀扎得赖细赖细；而后又从腰里抽出一颗手榴弹，紧紧地握在手中，便悄悄地爬上了沟崖。

他爬上沟崖以后，又忽地想起了梁永生跟他讲过的一个故事——就是方才他跟民兵们讲的那个民兵智围据点的故事，于是话在心里说："别忘了人多势众、策应配合啊！"接着，他又回过身来，嘱咐他的伙伴们说：

"哎，伙计们，你们可别光看热闹儿呀！"

"你要我们干啥呀？"

"配合我一下儿呗！"

"那行啊！咋配合法儿？"

黄二愣和人们头顶着头，悄悄地部署了一番。直到人们说："瞧好儿吧——办得到！"他这才离开道沟，向着公路前进了。

天空里的星星，在云缝里眨着眼睛。庄稼地里的蛐蛐儿，发出一阵阵短促的叫声。

黄二愣曲着腿，弓着腰，顺着玉米地的垄背，蹑手蹑脚、不声不响地朝那公路靠近着。

半人高的春玉米，被风一刮，摇头晃膀，抖擞着精神。一片片的玉米叶子，活像刀片儿似的，从黄二愣的脸上擦过。这时的黄二愣，由于思想太集中了，既觉不出痛，也觉不出痒，只顾往前走。

玉米地走到头了。

从这里到公路还有七十米。

这七十米，是一片棉花地。

在当时，日本鬼子有个"禁令"：公路两侧，七十米以内，不准种高秆作物。谁要是不遵守"禁令"，硬种上玉米、高粱之类的高秆作物，鬼子就给砍掉。如果土地的主人叫他们抓住，还要挨打受罚大吃苦头！

现在，摆在黄二愣面前的这片棉花地，棉棵只有齐膝高。二愣趴在玉米地头上，眺望着公路上的情景。这时候，那半明半暗的月亮已被云块遮住，只见星光下有一簇簇的黑影，在公路上活动着。再细瞅，啥也辨不清。

这时，黄二愣面对着前面的公路暗自思量："继续前进吧，前面的棉棵太矮，遮不住身子；不往前进吧，又距离太远，怕是手榴弹不准扔到！"他想到这里，突然转念又想："要是眼下手中有支大枪，那该多来劲呀！"他一想到枪，又立刻联想到有了枪就能去当八路的事。一想到这个，一个美妙的念头油然而生："我趁这个机会要是弄到一支枪，那当八路的问题不就解决了？"

二愣渴望当八路是多迫切呀！现在他觉着当八路的愿望眼看就要实现了，心窝儿里甭提多高兴啦！

因此，黄二愣情不自禁地想象起当上八路以后的情景来了。一忽儿，他想到端着哇哇叫的匣子枪出入据点；一忽儿，又想到冒雨行军，漫野宿营，和战友们一起唱歌儿、讲故事……他越想越来劲，越想越兴奋，差一丁点儿笑出声来。

直到这时，黄二愣才像大梦初醒似的，蓦然意识到，眼下不是想这些事的地方，也不是想这些事的时候。于是，又自己责备起自己来："唉唉！二愣呀二愣！你还不赶紧想办法去夺枪，这是想到哪里去了！"接着，各地民兵们那些夺枪的故事，一齐在二愣的脑海里活跃起来。与此同时，二愣暗暗地下定了决心："决不能把敌人吓跑拉倒，无论如何也要让这些狗杂种给我黄二愣留下一支枪！"

那么，用个啥法儿呢？

他又琢磨了一阵儿，终于琢磨出一个法子——匍匐前进，靠近敌人。于是，他将身子趴下来，用两个胳膊肘子拄着地，身子一纵一纵的，顺着一个棉花垄背朝公路靠近着，靠近着，靠近着……

夜风，带着大量的水分，带着庄稼的香味儿，徐徐地吹着。嫩绿的棉苗，被风一刮，都向着一个方向起起伏伏地颤动着，在棉田里掀起了层出无穷的碧浪，呈现着一派神秘的气氛。

我们的好民兵黄二愣，就在这神秘的碧浪底层前进着。

他离公路只有四十多米了。

这时，公路上的情景，已大体可以看清。只见，在那暗暗的星光下，有十来个伪军。他们，有的正在点数着公路上坑壕的个数，有的在数被锯倒的电线杆的根数。他们为啥要数这个呢？显然是为了回到据点以后好向他们的上司报告。

　　另外，还有几个人蹲在一堆儿，在嘀嘀咕咕地谈着什么。在这一堆儿伪军中，有一个挎匣枪的家伙，说话带着一股粗野的声韵。不用说，那个挎匣枪的，便是这伙伪军的头子了。

　　黄二愣望着这种场景，心里悄悄地拿着主意："我这个手榴弹，一定要扔进那个人堆，炸死那个汉奸头子，叫他把那支匣子枪给我留下！"

　　夺枪的信念和希望，闪电般地穿过黄二愣的脑际，使他的勇气和智慧成倍成倍地增加着。他为了更有把握一些，又在棉田的绿波之下继续前进了。

　　黄二愣一刻不停地匍匐前进着。

　　他和敌人的距离渐渐地缩短着。

　　二愣和敌人相隔不到三十米了。

　　这一阵，公路上的敌人，一直在用手电光向四外搜索着。突然，一道手电光朝二愣射过来，二愣赶紧将翘着的脑袋伏在地上。

　　不一会儿，手电光向北移去。

　　黄二愣，又翘起头来前进了。

　　他刚刚向前移进了一米多，又一束手电光由南而北移过来。伴随着这黄黄乎乎的手电的光亮，还传来一声失声转韵的喝唬声：

　　"谁？"

　　这喝唬声传进了西边的道沟。

　　埋伏在道沟里的民兵们，全都紧张起来！"怎么？二愣被他们发现了？"这样一个吃惊的念头，在同一个时间闪过每一个民兵的脑海。就在这时，他们抽出了背后的大刀，有的端起了铁锨，还有的把手榴弹的拉火线抠出来……总之，大家一齐作好了战斗准备，准备随时冲上去营救自己的战友——黄二愣。

　　黄二愣呢？他怎么样了？

　　他倒是一直非常沉着。因为恐慌和害怕与二愣这位小伙子从来是无缘的。不论在什么情况之下，他总是坚信自己一定能胜利。方才，公路上的伪军一咋呼，二愣的头脑中就立刻产生了这样的想法："好小子！你既然发现了我，我就谢犒谢犒你！"他在这样想着的同时，已将全身的力气唰地集中到了那只紧握着手榴弹的手臂上，并准备把这颗手榴弹扔出去。

　　就在这时，粗中有细的黄二愣定睛一瞅，判断出敌人并没有真的发现他，而是在虚惊地瞎咋呼。他是怎么得出这种结论的呢？说来也很简单，就是那伪军的枪口并没瞄着二愣，而是瞄着二愣旁边的另一个地方。二愣一见这种情景，才慢慢地呼出一口长气，心中蔑视地骂道：

"胆小鬼儿！"

伪军们确实净是些胆小鬼儿。方才那个伪军一声咋呼，虽然没吓住黄二愣，可倒把他们那一伙儿全吓蒙了！只见，他们有的哆哆嗦嗦地端着大枪四处瞅着，有的扑通一声跳进公路上的坑壕，还有的拉开架子要马上开腿。那伙蹲在一堆儿的家伙们，也忽地跑散了。带匣枪的汉奸头子，硬着头皮来到那个咋呼一声的伪军近前，以颤颤巍巍的声音问道：

"哪里？"

那伪军朝棉田一指说：

"那里！"

"啥？"

"棉棵动弹……"

"混蛋！刮风嘛，能不动？"

"不！动的不对头！"那伪军指指画画地说，"你看，你看看，那里，那里，又动了，又动了……"

那汉奸头子大概也发现棉棵动得不对头了，吓得忽地躲到那个伪军的身后去。与此同时，他还以颤抖的嗓音嚷叫道：

"谁？出来！……"

他正嚷着，一只活泼的野兔，从棉花地里蹿出来，像箭头似的穿过公路，斜棱八角地朝东北跑去了。公路上的伪军们，望望那只一闪而过又钻进了青纱帐的野兔儿，再回过头来瞟瞟那个吓黄了脸的头头儿，全都哄哄地笑起来。

伪军们的哄笑，把那个汉奸头目儿的黄脸笑红了。那家伙当着他的部下出了丑，觉着没处去抹脸儿了，便一连给了那个指指画画咋咋呼呼的伪军两掴子，并骂道：

"净他妈的穷叽歪！……"

这一阵，黄二愣一直在继续前进着，前进着。他一面在棉棵底下匍匐前进，一面在心里向自己发布着命令："再近些！……再近些！……"直到他和敌人的距离不到二十米的时候，他才将身子停下来。

到这时，公路上的敌人的面部轮廓都可以看清了。于是，他再次将全身的

677

力气运到胳臂上，猛一抡，把那颗已经攥出汗来的手榴弹甩了出去。

这颗撅着尾巴飞向公路的手榴弹，按照黄二愣的心愿落在了那个汉奸头目儿的身边。

那个挎匣枪的汉奸头子，是当过多年国民党兵的老兵油子。他望着这颗突如其来的手榴弹先是一怔，而后随手推倒了站在他身边的那个伪军。

那个伪军的身子，实扑扑地压在了突突冒烟的手榴弹上。

那汉奸头子在推倒伪军的同时，他自己也趴在了地上，脑袋瓜子狠劲地往地里拱着，恨不能把地皮拱开个窟窿钻进去。

"轰——！"

手榴弹爆炸了！

伴随着手榴弹的爆炸，一声巨响，尘土四溅，硝烟弥空！那个被他的上司推倒在手榴弹上的伪军，腾云驾雾，粉身碎骨了！其余的伪军，刚从地上晕头转向地爬起来，就听棉花地里有人高声喊道：

"我们八路军、民兵来了！你们休想逃走！"

这是黄二愣的声音。

与此同时，公路西边的道沟里，突然爆发出一片惊天动地的吼喊声：

"同志们！冲呀！"

"杀呀！"

"捉活的呀！"

这吼喊声伴随着风声一齐向敌人冲过去。好像那夜风也在和民兵们一齐吼喊着。这更加壮大了民兵们齐声吼喊的声威。

紧接着，南边的哨兵，北边的哨兵，也从公路两边的青纱帐里吼喊起来：

"冲啊！"

"杀啊！"

"包围呀！"

各处这一乱喊，伪军们以为是八路军和民兵真的从西面、南面和北面拉着椅子圈儿包围上来了！因此，他们连滚带爬地离开公路，狼嗥鬼叫地向东而逃！

黄二愣簌地登上公路，挥舞着亮闪闪的大刀又吼喊起来：

"你们跑不了啦！快缴枪投降吧！"

埋伏在西边道沟里的人们，都舞动着大刀、铁锨也朝公路冲来了。

二愣就势又喊道：

"同志们！追呀！"

正扑向公路的民兵们，接着黄二愣的尾音也一齐吼喊着：

"追呀！"

"追呀！"

"……"

二愣哈腰拾起敌人舍下的那支大枪，拉栓顶火儿，瞄着正在漫洼地里落荒而逃的伪军射击起来：

"嘎咕儿——！"

接着又是一枪：

"嘎咕儿——！"

追腔枪一响，敌人更慌了。

他们，有的跑掉了帽子，有的跑掉了鞋，有的跌倒爬起来，跌倒爬起来……漫洼遍野，鬼哭狼嗥，一片喊爹叫娘声。

这时的黄二愣，面对着伪军们的狼狈相，心里好笑，并学着梁永生的口气，轻蔑地骂道：

"净些尿包！"

不一会儿，民兵们全都来到公路上。

人们齐打忽地将个黄二愣围起来，全眼馋地盯着二愣手里的大枪，嚷开了。

有的朝二愣腆腆大拇指说：

"嘿！你真是这个！"

还有的自动地分享着二愣的喜悦，带着几分自豪的语气说：

"咱们的愣队长就是棒！"

二愣说：

"棒？窝囊！"

"窝囊？"

"当然窝囊喽！"二愣说，"我本心眼儿里，是想弄到那支匣子枪的……"

"这支大枪也蛮好啊！"有人抓上黄二愣手中那支枪的红油油的枪托子，一边夺着一边道，"二愣，让我看看……"

　　黄二愣死死地抓住枪杆，高低不肯松手。看他抓得那股劲头儿，恐怕已经将枪杆子上捏出了十个深深的手印子。这真的，二愣对这支大枪也是很喜爱的。因此，这时他一边和那人夺着，一边急匆匆地说：

　　"我还没过够瘾呐！你有本事上敌人手里夺去嘛！"

　　这时，小机灵批评二愣说：

　　"二愣，你这就不对了——"

　　"咋不对？"

　　"夺这支枪，也有大伙儿的力量呀……"

　　这一句，把个二愣提醒了。使他意识到，方才由于脑子太热，把话说错了。于是，二愣满含歉意地一笑，又爽朗地说：

　　"你批评得对。是怨我！"

　　于是，他把枪给了那位民兵，又以恳求的口吻，向人们解释说：

　　"以后让大家都看个够不行吗？眼时下不是个火候儿呀！"人们是通情达理的。许多人满意地说：

　　"行！"

　　"二愣说得对！"

　　那位跟二愣夺枪的民兵，又把枪还给了二愣，笑着说：

　　"这枪是队长从敌人手里夺的，还是归咱们队长吧！"

　　大伙儿都笑了。

　　随后，有人问：

　　"队长，咱还干不？"

　　二愣想："该干！把敌人再引出来，好再夺几支枪呀！"他想到这里，就反问大伙儿：

　　"你们怕死不？"

　　众人齐答：

　　"不怕！"

　　二愣高兴起来：

　　"好！接着干！"

　　此后，黄二愣将哨兵的位置重新部署了一番，并加强了警戒的力量，人们又挑道的挑道，截电线的截电线，锯电线杆的锯电线杆，呼呼啦啦地重新干起来了。有一伙儿民兵，一面忙活一面议论着：

"敌人要再来一回够多好！"

"好啥？"

"我也夺支枪呀……"

"这回难啦！"

"为啥？"

"敌人不敢再来了呗！"

黄二愣在一旁听了这些话，心中在想："可也是呀——敌人大概是不敢轻易出窝了！怎么办哩？"他想了一阵，就向大家说：

"哎，咱们引引敌人行不行？"

"咋引？"

"唱个歌子怎么样？"

"好！"

"行！"

"唱！"

许多人响应着。

接着，他们一边干，一边唱起歌儿来了：

> 八路军呀大刀队，
> 英勇杀敌显神威；
> 有志男儿快参加呀，
> 抡起大刀砍石黑！
> …………

人们正兴奋地唱着，一个哨兵领着锁柱走过来。

那个负责放哨的民兵向二愣打了个立正，说道：

"报告队长！锁柱同志来找你了！"

二愣一见锁柱，也咔地来了个立正：

"报告锁柱！我们，我们……"

"我们唱歌儿哩！是不是？"

锁柱紧接着二愣的话茬儿，拦腰插了这么一句。而后，他禁不住地扑哧笑了。

这时，黄二愣呆愣愣地望着小锁柱，耸耸肩膀，一口口地咽着唾沫，最后，也嘿嘿地笑起来。可是，他由于压抑不住内心的高兴，便前赶一步抓上锁柱的手，得意洋洋地说：

"嘿！一伙儿敌人的护路队，叫我们打了个燕儿飞！"

"知道了。我就是听到枪声才赶来的！"

锁柱说着，见黄二愣的肩上背着一支大枪，就指着那大枪又惊又喜地说：

"喔哈！还得了个这家伙呀？"

"嗯喃！"

二愣马上摘下枪，朝锁柱一举：

"给你！"

"给我？"

"啊！"

"干啥？"

"上交嘛！"

锁柱接过枪，端在手里，笑眯着眼瞅了一阵儿，乐呵呵儿地说：

"嗬！还是个汤姆式哪！"

"汤姆式好不好？"

"好！好枪，好枪啊！"

锁柱说着，又将枪向二愣递过来：

"你先背着它吧！"

黄二愣憨笑着接过枪，心窝儿里甜滋滋的。说真的，锁柱夸奖这支枪，他心里可痛快啦！接着，他又向锁柱说：

"哎，这回我当八路的事可该行了吧？"

锁柱摆手道：

"先别说这个！"

"咋？"

"我还有要紧的事要跟你说哩！"

"啥？"

"你们怎么唱上啦？"

"为的引敌人呀！"

"引敌人？"

"引他出来嘛！"

锁柱又扑哧笑了：

"我说二愣呀二愣，我算服你了！"

"服我啥？"

"'服'你真是个二愣呗！"锁柱说，"你咋不想想，这里是唱歌儿的地界儿吗？眼下是唱歌儿的时候吗？你这不是净闯祸吗？"

"闯祸？"

"不闯祸怎么的？"锁柱说，"我揣摸着，敌人不用你引，他们是准会来的！"

"来就揍那些龟孙！"

"当然，敌人要是再来个十个八个的护路队，你们也可能收拾得了他们……"

"怎么还'可能'呀？我们有把握……"

"要是来上几十个呢？"

"也给他包圆儿！"

"来上一二百呢？"

"那，哪能来这么多哩！"

"噢！我明白了——"锁柱幽默地说，"看来是石黑跟你订下牛皮文书了——他保证不来这么多人！是不是呀俺那二愣队长？"

黄二愣听锁柱这么一说，心里开始觉病儿了。他一觉病儿，舌头像立刻短了半截。因此，这时他本心眼儿里还想争个理儿，可又一时想不出合适的词儿，所以光忽闪着两只大眼憨笑，不吱声了。

锁柱见黄二愣傻了眼，没拿的了，趁势又说："二愣啊，叫我看，你这股'二愣'劲儿，大概活到八十也改不利索了！"二愣摸着脖颈子笑道："可不！八成得死了带去啦！"他们开了两句玩笑，锁柱便转了话题又说下去：

"今晚上的情况，那个放哨的民兵方才全跟我讲了。二愣啊，你们所以能用一颗手榴弹打跑了十来个伪军，一来是因为你勇敢，二来是你们组织得好，而且行动迅速。二愣，你说我说的对不？"

黄二愣摸着后脑勺儿，憨笑不答。

锁柱拍一下二愣的肩膀，说：

"二愣啊，你眼下搞的这一套，八成要吃亏了！"

"为啥？"

"因为这不叫勇敢，这叫麻痹，这叫轻敌，我就说到家吧——这叫瞎胡闹！"

锁柱喘了一口气，指点着黄二愣刚夺来的那支枪，又继续说下去："没有机智的勇敢，就是一支没有准星的枪！所以，那不叫勇敢！那叫……"黄二愣一听这是梁永生过去说过的话，便拦上去干脆截脆地说：

"通啦！"

"通啥啦？"

"怨俺呗！"

"以后要注意！"

"行！一定注意！"二愣眼珠儿一转又说，"哎，锁柱，我今天犯的这个错儿，不会影响我当八路吧？"

锁柱笑了：

"我早知道你得提到这个问题！"

"早知道？"

"当然喽！"

"你咋知道的？"

锁柱带着逗哏的语调答道：

"揣摸的嘛！"

他俩相互对视着，都无声地笑了。

稍一沉乎，二愣又问：

"锁柱，说正格的——影响不影响？"

锁柱见二愣真有点担心，就说：

"放心吧！我揣摸着是影响不了的！"

黄二愣听了，脸上闪过一股人们不易察觉的兴奋的光辉。紧跟着，他又问：

"锁柱，你说，我已经有枪了，马上到大刀队上去报到行不？"

"哟！这号事我可主不了！"

"谁主得了？"

"谁？那还用问——梁队长呗！"

"他现在在哪里？"

"你要干啥？"

"我去找他！"

"瞧你，说急就急成这个样子？"

"你是不知道哇！我这些日子，一想起参军的事来，心急得连觉都睡不着！"二愣说，"好个锁柱了，说给我吧！"

锁柱当然完全能够理解二愣这时的心情，于是便告诉他说："梁队长现在在宁安寨。"

"同志，你就受点累呗！"

"啥？"

"负责收这个场呀！"

锁柱摇着头，佯装不肯应这个差。黄二愣沉不住气了，又央求起来：

"好个锁柱了！好个锁柱了！……"

锁柱依然拿糖道：

"咦？那可不行！这是你这民兵队长的权力。我，只不过是个当兵的……"

黄二愣忙道：

"我现在马上就交权还不行？你要咋办就咋办！"

他说着，又转向小机灵：

"你就帮助锁柱收这个场吧！你再负责告诉全体民兵同志，就说我已经把指挥权交给锁柱同志了。"

二愣话没落地，脚已离开地皮。

锁柱扑哧笑了，一把拽住二愣，关切地嘱咐着：

"二愣啊，一路上，要小心，要谨慎，别多嘴，别多事，别要二愣……"

锁柱这些语重心长的话，在黄二愣的心窝儿里，掀起一场感情的风暴。可是，从来不会说什么感激话的黄二愣，这时只是连连地点着头，就是直到最后，也只是说出两个字来：

"好喽！"

二愣话毕，一撒丫子开了腿。

锁柱笑望着二愣的背影：

"真是个'二愣'！"

风，从河面上吹来，它将黄二愣那浑身的疲劳，困乏，一下子吹了个干净，使得这位夜奔宁安寨的黄二愣，就像刚刚洗过温水澡似的那么轻松，那么熨帖！黄二愣正然甩臂晃膀越来越快地走着，前头有个民兵跑上来拦住他问道：

"喂！二愣，你上哪去呀？"

"喔！这事先不能告诉你！"

黄二愣从那个民兵的身旁绕过去。他抢出几步，又掉过头脸，饱含着笑意，神秘地说：

"伙计！等上几天儿，你自然会知道的！"

"哼！你甭不说！不说我也知道……"

二愣走远了。眨眼间，他那高大的身形便消逝在茫苍苍的夜幕中。

夜，更深了。

风，更大了。

大风吹不灭小小的萤火。这时候，远处的沟崖边，林丛间，萤火点点，或飞散，或聚拢，忽而飘飘游游，忽而又不见了。

锁柱还在朝着二愣奔去的方向眺望着。

民兵小机灵凑到锁柱近前，建议道：

"锁柱，你这个'大文豪'，应当把二愣夺枪的事写篇小稿儿，登到报上去……"

锁柱可能没听见。他不仅没吭声，脸上也没反应，仍在二目专注地向远方眺望着。

另一位民兵赞成小机灵的主张，他以鼓励的口吻向小机灵说：

"这件事儿，甭惊动人家锁柱了，你写就行！"

"我行？别开玩笑了！"小机灵说，"我这个'徒弟'还没'出师'呢！"

这时节，锁柱已被凑过来的民兵们围起来了。可是，锁柱他仍在眺望二愣奔去的方向。说实际，二愣的背影早就看不见了。不过，在锁柱的视觉里，黄二愣的形象还在鲜明地晃动着。这个形象，在锁柱的头脑中又引出一个念头：

"黄二愣可真是员虎将呀！"

锁柱这个念头，由于感情冲动，不由得脱口而出了。他这句话一出口，又激起一阵人声——

这个说："锁柱，你就写写这员虎将呗！"

那个说："是啊！你写，我贡献材料！"

也有的说"这篇稿子，不写真可惜！"

还有的说："锁柱，我听说你还是报社的通讯员哩，不写得算不负责任呀！"

这些话，因为是从许多人的嘴里说出来的，所以它们之间，有的压着撺儿，有的搭着茬，话虽不算少，可时间并不长。时间尽管不长，可锁柱还是嫌长。他用手势压下嘈杂的人语，以收场的口吻说：

"写稿儿我同意，以后咱们插伙儿干……"

锁柱本想就此先了却这一锅，可是人们不肯跟他罢休。又有人问：

"插伙儿干？那怎么个干法儿哩？"

"插伙儿干，就是大家商量着来呗！"另一个人说，"锁柱，你先出个题目吧！有了题目，人们好往一个点子上凑材料儿啊！"

"好！"锁柱说，"题目就叫它个《一弹之战》吧！怎么样？"

这时，有说行的，有说不行的，又是一片人声。小机灵就说：

"《一弹之战》，太文绉绉的！按我的意思，就叫它个《夺枪》，又干脆，又明白……"

人们正在兴头子上，可是锁柱觉着，无论如何再也不能由着人们的性子这么嚷下去了，因为这里不是讨论这种问题的地界儿！于是，他再次用手势将人声压下去，随后便以命令的口气说道：

"民兵同志们！听从指挥——马上撤离公路！"

"是！"

锁柱在参军之前当过龙潭街上的民兵队长，对指挥民兵破路这件事是熟悉的。现在，这些龙潭街上的民兵们，在他这位"临时代理队长"的指挥之下，迅速地、有条不紊地向公路以西撤去了。

一瞬间，公路上便没了人影。

留在公路上的，是一条条的壕沟，是东倒西歪的电线杆和七零八落、半截拉块的电线，还有龙潭街的民兵们那一片片战斗的脚印！

锁柱带领着民兵们，撤离公路以后，进入一条道沟，直奔着龙潭的方向，悄然而去。当他们走出约一里多路的时候，远远望见柴胡店据点上的敌人出动了。他们那大批的人马，像成群的疯狗，像结帮的恶狼，又像一些嗡嗡叫着的苍蝇，顺着那条被切成若干截的公路，急匆匆、慌忙忙地扑过来！

他们来干什么？

干什么？你可不要以为人家又是扑空，白来一趟！你看，那个伪军的尸体，不是正在等着他们来收殓吗？

天近黎明了。

月亮隐没在西方天外。

一团团白茫茫的雾气，从满洼遍野的庄稼棵里升腾起来，向漫空飘散着。

当柴胡店的敌人正拖着那具伪军尸体蹿回据点的时候，宁安寨正在准备迎接那位远路赶来的夺枪勇士黄二愣，龙潭街也正在喜迎着她这些破路归来的健儿们……

第十五章

龙潭的早晨

时光在战火中匆匆溜走。

秋天，又一个秋天——庄户人家的黄金季节来到了。

这是一个风和日丽的清早。一只红尾巴公鸡，站在村边的一个高高的土堆上，抻着长长的脖子喔喔地啼叫着。东方，天地相连的地方，一幅金黄的云幕，正在徐徐拉开，万道曙光好像一把巨大的透明的金扫帚，把天地间的黑暗、昏沉一扫而光，使大地反射出又新又美又悦人的色泽。

挂在西天的半轮明月，在完成了它那照明引路的使命以后，带着子弟兵们的征尘下山去了，只把其笑眼的余晖留在天边上。就在这时，一轮光耀大地热洒人间的旭日，驱散了夜间的寒凉，带着历史的重任，带着人民的希望，正从那万紫千红的东方冉冉升起……

龙潭桥上映朝晖。一支队伍开过来。

这支队伍，身上都穿着崭新的军装，腰里扎着武装带，有的背大枪，有的挎匣枪，身后还都佩着一口大砍刀。他们，齐刷刷地摆成双行纵队，迈着一样的步子，胳膊也都甩得那么齐数，浩浩荡荡地朝着龙潭前进着。

他们那健美的身影，铺在洒满阳光的大道上。

和煦的晨风，正在战士们的脸上嬉闹。

这是什么队伍？

八路军。

哪一部分？

大刀队。

近期以来，共产党和毛主席领导的八路军、新四军，在全国各地一连打了许多胜仗，正在迅速地改变着战争形势。随着全国抗战形势的胜利发展，临河区敌我斗争的格局也发生了巨大变化。

在这里，乡村包围据点的局面已初步形成，日伪军已成了瓮中之鳖。他们一出窝门，准得挨揍，所以全吓得黑白缩在乌龟壳里，不敢轻易出来探头了。

八路军的大刀队，眼下已发展到七八十号人。

他们已经全都穿上军装，白天也公开活动了。

老百姓面对着一派胜利形势，人心大快，群情振奋，庄庄村村的抗日气氛，也一天比一天地更加活跃起来。

龙潭街上，正准备去下地干活的人们，全被挂在街头上的黑板报吸住了。他们的手里拿着各种各样的家什，围在黑板报下看八路军的胜利消息。老石匠唐峻岭，手里拿着打磨的锤头和铳子，站在人圈儿外头，一边跷着脚脚着脸往里瞅着，一边粗声大气地嚷道：

"认字的念念，念念！"

李月金老汉拿着一个用纸褙褙做的大喇叭筒，站在一个像座小土山似的大土堆上，放开他那粗壮的大嗓门儿高声地喊着：

"妇救会的会员们注意！妇救会的会员们注意！交军鞋喽！……"

伴随着他的喊声，街街巷巷响起妇女们的说笑。

锁柱奶奶胳肢窝里挟着两双军鞋，两手还端着半簸箕豆踏子。她走得最慢，可是笑得最响。唐峻岭的老伴在背后喊了一声"三婶子"，说：

"你送下军鞋就上磨——是不？……你是一时也不叫两只手闲着！"

"你嫂子啊，你是带着黄病说人家的痹！"锁柱奶奶说，"你不是也去送军鞋吗，还搬着个桄车子干啥？"

接着，是一阵叽叽呱呱的笑声。

儿童团的小队伍，在关帝庙门前集合起来。他们先唱了一个歌儿，然后便开始分配任务了——汪岐山的孙子、儿童团长小洪，站在庙门前的七磴台阶上，像发布命令似的说：

"一班去给烈军属拔草，二班负责站岗放哨……"

还有些人，一边走着，一边拉着闲呱儿，并不时地跟远处的人打个招呼。

在十字街口上，好几个人把二愣娘围在当央。

他们七嘴八舌，吵吵嚷嚷，正然议论黄二愣。

乔士英捋着一拃长的胡子问二愣娘：

"他婶子，最近二愣回来过没有？"

"前些日子，来家扒扒头儿……"

"多咱？"

"哟！一晃又是半拉月了！"

"半月前回来过？咋没见着他哩？"头罩毛巾的小机灵说，"俺们民兵们，都怪想他的！"

"唉，甭提啦！"二愣娘拍一下巴掌，嘎嘎地笑了两声，又说，"那是半宿拉夜回来的！他说队伍从咱龙潭附近路过，顺便回家来看了看我，像掏把火似的，连炕沿也没坐热，就嘿呀嘿地滚了！"

她说罢，又嘎嘎地笑起来。

看表面，二愣娘好像半点心事也没有。其实呢？并不然。你想啊，当娘的，有个不想儿子吗？何况二愣打小还没大离开过娘哩！说真的，这半拉月，她没短了打听儿子的消息，还曾多次梦见二愣又回来了。特别是二愣刚参军走了的那几天，她有时眼睛一花，就仿佛看见二愣那个傻大个子影影绰绰一闪，晃进屋里去了。在当时，四邻八家的老妯娌们，怕二愣娘惦记儿子，曾多次劝过她。有的地主老婆，也曾给二愣娘添过心事：

"打仗嘛，可不是闹着玩儿的，枪子儿哪有眼呀！"

二愣娘听了这话，知道地主婆是在发坏，心里挺生气，当即刺了她几句，使那地主婆闹了个不落台。从那，二愣娘虽然心里长草，可她从未表露出来，见了人还是有说有笑的。

现在，她正说笑着，房治国的老爹凑过来了。这位白发苍苍的老头子，问二愣娘道：

"他嫂子！咱二愣干上这个了吗？"

老汉说着，伸出他那布满筋络的手比了个"八"字。

谁知，他这一句，逗得人们全笑开了。笑啥？显然是笑他的消息太不灵通了呗！

二愣娘也禁不住地笑了两声。而后，她把嘴凑到老爷子的耳朵上，满含笑韵地高声嚷道：

"房老叔，咱二愣早就干上啦！"

房老汉将干瘦的手掌接在耳轮上，帮助耳朵捕捉着二愣娘的话音。当他听明白了以后，点着白须抖动的下颏儿说：

"好！好啊！干上好！"

他的声音是那么高，那么大，仿佛他生怕人家听不见似的。稍一沉，老汉变换一下口气，又向人们絮絮叨叨地说：

"我活了这七老八十，经着好几个朝代了，就数着毛主席领导的这伙子队伍好！我老头子算看透这步棋了——"他用手又比了个"八"字，接着说，"这个，准能成得了旗号！……"

这位老爷子，一向话弦长。他的老伴儿打断了他的话弦，从旁插嘴道：

"你聋得像块木头，懂个啥？别瞎唠唠了！"

也许是听惯了的缘故吧，老伴儿并没把嘴凑到他的耳朵上去，可是老爷子却完全听明白了。于是，他反驳老伴儿说：

"哼！你别看我的耳朵聋——"

他又指指心口窝儿：

"可我的心并不'聋'啊！"

老两口子的对话，把人们又逗笑了。那位特别爱笑的玉兰姑娘，直笑得泪花子从眼里蹦出来。

笑声一落，房老汉的老伴儿又说：

"我说二愣他娘啊，你拉扯二愣这棵独根苗儿可真不易呀！脚下一看，倒是没有白受累，他当上八路了，你也成了军属了，人人尊，人人敬，多光荣呀！"

二愣娘笑吟吟地说：

"唉，啥军属不军属的呀！不军属是抗日，军属了，还是个抗日呗！"

在她说这话的同时，有一种抑制不住的光荣感，在她脸上的笑纹里荡漾着。

一霎儿，房老爷子又问二愣娘：

"他嫂子，我再问你——二愣多咱回来？"

"哟！这个俺可说不清！"二愣娘问，"老叔，你问这个有事吗？"

"有点事。"

"啥事儿？"

"我就把这件事托付给你吧——行不你嫂子？"

"看俺老叔说的，咱这两家子，不是一根蔓上的苦瓜吗？还有啥说的哩！"二愣娘实实落落地说，"老叔啊，你有啥事儿，就只管说呗！"

"咱二愣回来的时候，我托你个脸跟他说说，叫他跟上头要求要求——"房老汉指指站在旁边的小机灵说，"叫他也去干一个！"

二愣娘笑着说：

"你就这么一个宝贝孙子，也舍得让他去当兵？"

"舍得，舍得！"房老汉说，"这八路可不同于别的兵，当这个出息人呀！……"

当奶奶的又插嘴道：

"有啥舍不得呀？永生说得对——咱穷人是要革命的嘛！自从你家二愣参军走了以后，俺这个孙子就见天吵着要去当八路。他还成天价说：'好汉死在战场，懦夫死在炕上；干不上八路，我死不瞑目！'"

人们正说话儿，那边有人嚷：

"哎，你瞧，来八路了！"

"呀！可不！还是主力军呢！"

另有人推测着说：

"八成是新开过来的队伍吧？"

"你真是个二眼！仔细瞧瞧，前头那个挎匣子的大高个儿，晃呀晃的，那不是梁永生吗？"

"嘿！对呀！是他——咱那大刀队来了！"

小机灵拽拽二愣娘，又指指队伍说：

"大娘，你快看呀——"

"啥？"

"那不是俺二愣哥来了！"

二愣娘一听，老脸笑成了一朵花：

"哪里？哪里？"

她嘴里说着，将垂散下来的一缕灰白头发撩上去，又用手打起亮棚，直瞪着两只老花眼睛，朝东头的村口眺望着。

这时节，二愣娘的心里，活急煞了！她恨不能一眼瞅上儿子！可是，越急越瞅不见，就一面瞅着一面向小机灵说：

"小机灵！你二愣哥在哪里呀？快指给大娘！"

小机灵也在替二愣娘着急。他伸着手臂指指画画地大声说：

"你，你看，你看！那不在那里！唉唉！那不是——那不是——那不是嘛！……"

看小机灵这时的表情，好像恨不能帮着二愣娘的眼睛吃点劲似的。

队伍越走越近了。

二愣娘辨认了老大晌，还是没有识辨出哪一个是她的儿子黄二愣！这时在二愣娘的眼里，这长长的一大溜队伍，人人都穿着一色的军衣，都戴着一样的帽子，那一张张笑乎乎的脸庞，远远一望，也仿佛全差不多。因此，直闹得个二愣娘，觉着个个都像她的儿子；可是，再一细瞅，又觉着个个都不像二愣！

二愣娘瞅呀瞅地瞅着。

大刀队嗒呀嗒地进村了。

他们是唱着歌子开进村来的：

> 八路军呀好比水中鱼呀嗨，
> 老百姓就是汪洋大海的水呀嗨；
> 水中的鱼儿任意游呀嗨，
> 离水的鱼儿呀活不成呀咿呀嗨！
> …………

队伍边走边唱，边唱边走。

这时的龙潭街，宛如一池静水投进一块石头，立刻翻腾起来！你看哪！男男女女的人群，全带着惊喜的神色，都从家里跑到街上来了！

街道上的人群，陆陆续续地增加着，越增越密，越聚越多。这些跑来看望亲人的乡亲们，怀着烈火一般的心情，拥拥挤挤地站在街道两旁，张望，鼓掌，欢呼，跳跃，使整个街道，整个村庄，形成了一片势如涨潮般的汹涌，滚锅般的沸腾！

"你们瞧！咱这大刀队多威武呀！"

"这一条条的小伙子们，比穿便衣时显得更英俊了！"

人们比着手势喜气洋洋地大声议论着。

突然，二愣娘笑出声来了。她指指画画地说：

"在那里，在那里——这回可看清了！"

她笑哈哈地拍一下巴掌，像是向别人说话又像是自言自语，继而道：

"你们看，我这老眼花的！刚才个，我只看到齐整整的一大溜，两只眼从二愣身上走了好几个来回儿，也没认出俺那个傻小子来！你说笑话儿不笑话儿？"

爱多话的锁柱奶奶说：

"得说是笑话儿！娘不认得儿了，能说不是笑话儿？"

二愣娘笑得更响了。她掏出一块小手巾擦着眼里挤出的泪花：

"谁说不是哩！唉，其实啊，倒不是因为别的——原先个，二愣那个光景，哪有这么出息呀！……"

她越说，脸上的笑意越浓。

她越笑，心口窝儿里越滋。

这时节，注意黄二愣的，岂止是二愣娘？那些在场的民兵们，也都带着一脸喜气，用一双羡慕的眼光盯望着他们原先的伙伴黄二愣，而且是，手指着，眼笑着，口喊着：

"二愣！二愣！"

"二愣！二愣！"

而今的黄二愣，确乎不同于参军前的黄二愣了。你别看日子不多，他长的出息可真不少！这条硬汉子，一进入革命队伍的行列，真好似钢刀再淬火，利刃又加钢！咱先不用说他那内心里的变化，你就先看看他这仪表吧——昂着脑袋，腆着胸脯儿，走着步子，唱着歌子，脚不紊，头不歪，目不斜视；人们这么喊他，他就像根本没有听见一样，态势和表情，仍然是那么严肃认真，神气十足！后来，当黄二愣意识到乡亲们、伙伴们都正以敬佩的、羡慕的眼色注意着他时，他的内心里，有一种荣誉的感觉，油然而生！于是乎，他更加庄重、更加精神起来了！

在这八路军大刀队的队列里，另一位引人注目的新战士，是那个年龄最小的庞三华。

这时的庞三华，背着个小马枪，走在队伍的尽后头。

他的身上，和其他战士一样，也穿着一套崭新的军装。不一样的是，那军装穿在他的身上，显得又肥又大，差不多快搭到膝盖了！猛看上去，活像个不合身的二大袍子！

小三华的这种打扮，在大人群里引起一阵慈爱的笑声。一些儿童团们，则指着三华羡慕地嚷着：

"小八路，小八路！"

"嘿！真来劲儿呀！"

那个叫小洪的儿童团长，一面眼热地盯着个三华狠瞅，一面悄声喊他的爷爷汪岐山：

"爷爷，爷爷……"

爷爷正在笑眯着眼睛看队伍，连他这心坎上的孙子也顾不得了！小洪喊一声又一声，直到喊得爷爷没法不理睬了，他这才将视线移到小洪的身上：

"吵啥？"

小洪跷起脚，压低声音，指指三华神秘地问：

"爷爷，你说——我再长上一年，能赶上三华高不？"

小洪这没根没梢的发问，包含着什么意思？当爷爷的大概是能猜出来的。于是，爷爷宽慰孙子道：

"能！"

孙子乐了。爷爷又道：

"盼着吧！等你长到三华那么高，爷爷就把你送到队伍上去，也当个小八路！……"

爷爷这么一说，小洪乐得又蹦又跳。

在汪岐山跟他的孙子说话的当儿，他们的身边站着一位姑娘。

这位姑娘是秦玉兰。

这时的秦玉兰，一点也没有留意汪岐山爷孙二人。她那两只含情露笑的眼睛，正在那队伍的行列里溜来溜去。当她望着望着，一眼搭上了梁志勇的面容时，心窝儿里像突然发生了地震似的，立刻颤动起来！

就在这时，玉兰姑娘那双秀眼俊目的瞳仁里，猛地闪射出两股动人的光华和色彩！同时，她那表情已经失去克制的脸上，滚动着花一样的笑浪，就连鼻窝里都充满了幸福的笑意。

玉兰的身后，不远处，还有好几位姑娘。她们其中的一个，朝众家姊妹们挤挤眼，又冲着秦玉兰一腆下颏儿。这时，那个爱笑的姑娘先咕咕咕地引了个头儿，接着，旁的姑娘们也全跟着笑开了。

秦玉兰听见笑声，扭头一望，见那帮姑娘都正在用笑眼盯着她，直羞得她的脸腮唰地红了，挤巴挤巴钻进人堆里。她钻进人堆后，还仿佛感到人们都在议论她。

队伍从夹道的人群中穿过来。

来到了一个沿街傍道的空场上。

突然，梁永生向齐步行进的队伍发出了口令：

"立——定！"

伴随着这声口令，战士们的脚下咔的一声响，行进的队伍立刻停下了。继而，带队的梁永生，又朝战士们发出了一连串的口令声：

"向左——转！……向右看——齐！……向前——看！解散！"

呼啦啦一声，队伍散开了。

男男女女、老老少少的群众，齐打忽地朝着战士们拥过来。大刀队上的战士们，也都就势扎入群众中，并当即被人们包围住了。

你看吧，东一堆，西一伙，大一群，小一帮，可街满道，到处都是人疙瘩了。每个人疙瘩的中心，都有一个或者是几个大刀队的八路军战士。

你听吧，吵吵嚷嚷，嘻嘻哈哈，这边高谈阔论，那边喁喁低语，有的问这问那，有的喊喊喳喳，还有的突然爆发出一阵朗朗的笑声。

小锁柱和黄二愣，被一伙子民兵给围住了。

真难怪有些老年人说："青年人到一起，打打闹闹是见面礼！"还有的说："青年成了堆，笑声满天飞！"这些说法，并非没有道理。

你瞧！眼前这些民兵们，有的一见锁柱的面儿，就跟他开上了玩笑：

"锁柱，我听说你升官儿啦！……"

有的，就跟二愣逗乐子。特别是黄二愣的好朋友小机灵，他和二愣对眼一笑，接着便朝二愣的胸膛来了一杵子：

"你这个家伙呀！刚才，我一连喊你好几声，准没听见？你就没吭一声儿！

才干了两天半八路，装的什么蒜？"

黄二愣嘿嘿地笑着，将肩上的水连珠步枪摘下来，一本正经地说：

"喔！这是军事纪律嘛！队伍正在列队行进，自由行动还行？我们八路军战士，向来是自觉地……"

站在二愣脊梁后头的滑稽二，一听二愣说话的口气变了，就朝二愣的后脊梁轻打了一拳，笑咧咧地说道：

"你这个小子！怎么说话也侉起来了？"

另一个民兵接言道：

"二愣！你才干了这么几天八路，就跟俺们摆老资格呀？"

众人哄笑起来。

这时一个民兵掏出两根"自造牌"的烟卷儿，先向锁柱递过一支：

"锁柱，给你！"

"不抽！"

"尝尝嘛！这是龙潭出品的'自造牌'香烟！"

"我戒烟了！"

黄二愣插进来：

"告诉你们——以后别叫锁柱了！"

"咋？"

"人家锁柱升了——叫王班长！"

锁柱一甩胳臂给了二愣一撇子：

"什么班长不班长的呀！还不是干八路、闹革命？"

二愣不服气：

"班长就是班长嘛！这又不用保密，我又不是造谣，再不叫说干啥？"

那小伙子又朝二愣递过一支烟：

"二愣，咱们一块儿研究的卷烟土法儿，我们已经试验成功了。这是第一批'产品'。来，尝尝吧，伙计！"

黄二愣一面躲，一面摆手：

"不，不！俺不要！"

"咋？你也戒烟了？"

"这是个群众纪律问题！"二愣道，"八路军嘛，是人民的队伍，只能为人民服务，不能拿群众的一针一线，这是老传统……"

人们笑起来。

滑稽二指着二愣的眼胡子说：

"你这小子，装得好挺啊！"

二愣板着脸，不笑，又说：

"这可不是装！没有铁的纪律，怎能打胜仗？"

又是一阵笑。

在黄二愣、王锁柱和青年民兵们尽情说笑的同时，梁志勇和庞三华正在那边跟一帮娃娃们逗着玩儿。他俩蹲在一棵老槐树底下，周遭儿净是些七大八小的娃娃们。

这时的梁志勇，蓦然间恢复了他那过早逝去的童年，赛个大将军似的被孩子们围在当中。一个小娃娃从志勇的背后爬上他的脊梁，搂着他的脖子，猛力地往两边摇晃着。

聚集在志勇面前的娃娃们，挤成一个疙瘩蛋，逗着，笑着，闹着。梁志勇向前倾着身子，带着满脸孩子气儿，一会儿指着这个娃娃说：

"瞧你这个邋遢鬼！"

一忽儿又拨拉一下那个娃娃的小脸蛋儿：

"你腆着个脸瞅啥？不认得我？你脸上这血嘎渣怎么搞的？跟谁打架来？"

过一阵，他又拍拍一个紫糖脸的娃娃，说：

"看！你这衣裳全潲透了，还糊了这么些泥嘎巴，这是上哪儿疯跑去来？要是叫你多看见呀，准得正经八本地挨两捆子！"

他一回头，见一个踏得满腿是泥的孩子，撅呀撅地走过来。志勇将那孩子拽到自己的怀里，指指他手上的皴，笑着说："哎，哎呀！煺扒煺扒你这手上的皴，八成能上二亩地！"

志勇这一句，把一堆孩子全逗笑了。直笑得那孩子赶紧把手藏进衣袋里。

这个孩子不过六七岁。

他那红扑扑的脸上，镶嵌着一对逗人喜爱的酒窝儿。头上留着平平整整的"木梳背儿"。两只水灵灵的眼睛，含着天真的神情，不停地转动着。有两个大耳垂，圆乎乎，厚墩墩，朝下垂着。一会儿，他那伸进衣袋的手，掏出两个子弹壳儿，递给志勇一个，说：

"叔叔，给你一个。"

接着，他将另一个又放在志勇的另一只手里，说：

"这一个，你捎给我爹！"

这个孩子是李月金的孙子。他爹原是大刀队战士，是梁志勇的战友，现在已到主力部队去了。如今，志勇面对着孩子的重任，便说：

"小春啊，放心吧，你交给我的这个任务，我一定给你完成！"

他说着，先把小春送给他的那个子弹壳儿装进衣袋，又将小春托他捎的那个子弹壳儿仔仔细细地塞进内衣袋里。这时，往日里和小春爹一道战斗的一些场景，在梁志勇的头脑里翻腾起来了……

在志勇和小春谈着的当儿，三华向一个拿弓箭的娃子问道：

"小洪，你这么大了，还玩这个？"

小洪歪着小脑袋说：

"玩？射传单嘛！"

"射传单？"

"当然喽！"

"啥传单？"

"抗日传单呗！"

"往哪射？"

"往据点里射呀！"

小洪一边说着，一边掏衣袋。他掏呀掏，掏呀掏，先掏出一把"泥钱儿"装进另一个衣袋里，又扯出一把褙了好多褙儿的线绳子，攥在另一只手里，最后又掏出几个纸条儿，递给三华说：

"你看！"

三华接过那一沓褶褶褙褙的纸条儿，伸展开一个，拃平一瞅，只见上头写着：

"鬼子要完蛋了！伪军们快投降吧！"

他又伸开一个，上头写着另一个内容：

"八路军宽大俘虏！改邪归正既往不咎！"

庞三华左一张右一张地将那些纸条子全看了一遍，只见净是些瓦解敌军的宣传口号，心里挺高兴。随后，他拿过那个孩子手中的弓箭，瞅了瞅，又说：

"耶！你这是用柳条撷的呀？"

"嗯。"

"不撑劲！"

"咋？"

"没劲儿呗！"

另一个孩子被好胜心驱使着，把他的弓箭撬给三华，带着优越感的神气说：

"你看看我这个行不？"

三华拿在手中，瞅着，笑着：

"行！你这个行！你这是用柘条撷成的——是不？"

他说着，又拖了拖弓弦，问那娃娃：

"喔！挺有劲——能射多远？"

"哼！一射老远老远的呢！"

"能射到据点里头去吗？"

"能！"

"试验过？"

"试验好几回了！"那娃娃说，"前天晚上，是个大顺风，我就是用这个家伙，嗖呀嗖地一气儿射进三十多张传单去……"

"哟！"三华说，"风大了，一射，不各处乱刮吗？"

小洪从旁插了言。他掏出一把"泥钱儿"，举在三华脸前，说：

"瞧！风大，我们就在箭头上搁上这个！"

又一个娃子将弓箭递给志勇，要求道：

"叔叔，你射射试试，我这个射得最远！"

志勇笑道：

"你不是吹牛呀？"

"真不吹牛！不信你问问他们！"

那娃子泛指着孩子群蛮有把握地说着，一种自豪的神情，在他那水汪汪的眼睛里闪动着。

志勇拍着那娃子的肩膀说：

"小鬼，你先别撑劲，等我试完了才有你的理说呢！"

那娃子坚定地说：

"你尽管试嘛，准行！"

有个娃子插言道：

"我试过，他这个是棒！"

也有的娃子不服气：

"棒是棒，可不是他自个儿做的哩！"

"谁做的？"

"梁队长呗！"

这时节，正巧有架敌人的飞机，哼哼唧唧地叫着出现在高空，引起了那可街满道人群的一片怒骂声。梁志勇为了故意逗着孩子们乐，他对着飞机搭箭拉弓，嗖的一下子，缠着传单的箭头飞到漫天云里去了。

娃子们喜得又蹦又嚷又拍巴掌。

这个小家伙儿说："真高，真高，把云彩都穿了个窟窿！"

那个小家伙儿说：

"偏了，偏了！要不，这下子就射上了！"

在孩子们乱吵乱嚷的当儿，那箭头在云彩底下窝回来，头朝下，沿着一道弧形的路线，向那个很远很远的苇塘边上落去。

正在苇塘边觅食的一群鸟雀，腾的一声飞起来。

这个弓箭的主人，高兴得跳起老高。继而，又把盯着箭头的笑眼转向志勇：

"你看咋的？不哄弄你吧？"

梁志勇笑盈盈地点着头：

"行！真不赖！"

那个弓箭的小主人，跑着，跳着，笑着，像只活泼的小麻雀似的，奔向苇塘边去拾箭头了。

这一阵，庞三华又在那边跟一个拿风筝的娃娃混在一起了。梁志勇凑过去，轻摩着那个风筝娃的头顶，半喜半嗔地故意逗他说：

"风筝将！你瞧人家他们，都在用弓箭作宣传，可是你嘛？玩风筝！"

他拨拉着自己的脸蛋儿，又说：

"呸！呸！不害臊！"

那风筝将一脸抱屈的神色：

"你净屈枉人！"

"屈枉你？"

"可不是呗！"

风筝将说罢，鼓起腮帮，眼圈儿也渐渐地红起来。

三华拍他一下肩膀，笑着说：

"你志勇叔叔跟你闹着玩呀！"

志勇望着孩子的表情，心里一阵高兴。因为孩子这种表情告诉志勇：积极抗日光荣，不积极抗日可耻，已在这个孩子那幼小的心窝里深深地扎下了根！一个革命者，当他看到自己正在从事的革命事业，已经变成了下代人的理想的时候，他怎能不从内心里感到快慰，感到高兴呢？于是，志勇轻摩着那风筝将的头顶，抚慰他说：

"我知道，你不是玩风筝，是在作宣传——是吧？"

风筝将高兴地笑了：

"嗯。"

"你们近来宣传的啥内容？跟叔叔说说！啊？"

"唉。"

风筝将把小手伸进风筝肚子里，掏出一个纸叠，递给志勇，说道：

"叔叔，你看！"

志勇接过纸叠，伸开，上眼一瞅，只见上面密密麻麻写满了一行行的小字，净是些八路军的对敌政策。他拨拉一下风筝将的脸蛋儿，乐哈哈地又说：

"喔哈哈！你这个玩意儿更厉害呀！"

受表扬的小家伙红脸了。他不好意思地低下头去偷笑着。另一个拿弓箭的娃子举着弓箭说：

"俺这个，是步枪！"

他又指指那孩子的风筝：

"他那个，是大炮！放进一个去，就够鬼子们呛的！"

志勇问那风筝将：

"你这'大炮'，打进过据点去吗？"

小家伙神气地挺伸着两根指头，自豪地说：

"俺'打'进俩去了！"

梁志勇笑点着头，又问：

"小鬼，你把风筝放进去，敌人要是不管它哩？那不成了废品了吗？"

"不会的！这风筝上还要写大字呢！"

"写大字？"

"嗯喃！"

"写啥？"

小家伙像突然想起了什么，说：

"哎，叔叔，俺们儿童团员们，大伙儿凑了三句话，用哪句好，还没定下来，你帮着俺们拿个主意好吗？"

"好哇！"梁志勇逗哏地说，"我这个人呀，就是喜欢帮着人家拿主意。"

那小家伙得意地笑着说：

"一句是：'打倒日本帝国主义！'另一句是：'打进柴胡店，活捉石黑！'再一句是：'公审卖国贼白眼狼！'叔叔，你说，这三句用哪一句好？"

志勇笑道：

"三句都好。"

"都好用哪一句哩？"

"都好就都用呗！"

"一个风筝上写这么多字吗？"

"不行？"

"字太小了！"

"嫌字小不会多糊几个风筝吗？"

一个小家伙听到这里插了嘴：

"对！我再糊一个！"

又一个娃娃争着说：

"我也糊一个！"

稍停一下。梁志勇又问：

"哎，你们用放风筝、射箭这些方法作宣传，是谁琢磨出来的？"

"是俺老师帮着搞的。"

"噢！这么说，你们的老师，还真有两下子哩！"

"俺老师也是从外地学来的。"

"从哪里学来的？"

"坊子。"

"坊子？"

"嗯喃。"

"是坊子什么人创造的？"

"听人说，是高小勇和他的房老师琢磨出来的。"

梁志勇一听这是小勇和房老师的创造，心里当然挺高兴。接着，他又鼓励这龙潭街上的娃娃们说：

"你们注意学习外地的先进经验，这很好。可是，要是你们自己也能创造出一些新的宣传方法来，那可就更好了！"

一个小家伙冒冒失失地说：

"俺们正琢磨着呐！"

"那好哇！"志勇问，"你们琢磨的啥？"

这时，小洪用胳膊肘子捣了那个"冒失鬼"一下儿，意思是嗔他暴露了"秘密"。因此，小家伙们面对着梁志勇的发问，你看我，我看你，大眼瞪小眼，谁也不答腔了。志勇一见小家伙们这股劲头儿，就笑哈哈地说：

"哟！怎么？你们还跟我保密呀？"

儿童团长小洪解释道：

"叔叔，等你下回来时再告诉你！"

"那是为啥？"

"我们儿童团，不说空话！"小洪说，"现在就说出来，要是将来万一办不到，那多不好哇！……"

他们正说着，人群裂开了一道缝，那位爱笑的姑娘带着一串笑声走过来。随着那姑娘的渐走渐近，人缝在她的身后合拢着。那姑娘，离着老远就嚷：

"志勇啊，快去吧！"

志勇问："哪去？"

姑娘说："秦海城大爷家。"

志勇又问："上那里去干啥？"

姑娘笑着说："玉兰等着你哩！"

"等我？"

"嗯喃！"

"等我干啥？"

"那俺哪知道哇！"那满面笑纹的姑娘又说，"反正是有话儿说呗！"她说着说着，笑出声来了。

这时节，大刀队的战士们，有的被围在街上，有的就去串门子了。要论串门子，当然谁也"串"不过梁永生。他从队伍解散开以后，串了东家又串西家，刚从房治国家出来，又朝汪岐山家走去。

汪岐山家。

汪岐山和他的老伴儿正在和泥，准备砌牲口槽。岐山老汉把泥和熟以后，朝愣在旁边的老伴儿笑咧咧地说：

"老伙计呀，别修行了！甭管怎么着，反正得帮帮忙呀！"

他说着，将锄泥的木锨攗给老伴儿。

"你就是会支派人！"老伴儿接过木锨，嘟嘟道，"你只要一干点营生，甭寻思叫俺闲着！"

"咦！老俗话嘛：'水筲离不了井绳，瓦匠离不了小工。'要是没有你这个小工帮一下，我就是长着三只手也干不完呀！"

汪老汉边说边走，钻进草棚子去了。

老伴儿把盛泥的那个半边铁锅拉到泥堆近前，又将木锨插进泥里，吃劲一端，泥又顺着锨头溜下去了。她只好再把木锨重新插进泥里，可是，一端，又溜下去了……

正在这个节骨眼儿上，梁永生进了天井。

他不声不响地站在旁边看了一眼，哈哈地笑起来。并说：

"我那汪大嫂呀！你白跟着瓦匠过了大半辈子！"

汪大嫂猛一抬头，气吁吁地笑着问道：

"哟！老梁啊，你哪时来的？"

"我这不是才来吗？！"梁永生一边说着一边挽袖子，而后夺过汪大嫂的木锨又说，"这是锄泥，不是从锅里舀粥盛饭，瞧你猫弓着个腰，不是那个架势！"

他说着，竖起木锨，在泥堆里左一切，右一切，又迎头一截，然后，来了个骑马蹲裆式，用膝盖往前一顶，木锨贴着地皮哧地插进泥里，又就劲儿后手一摁，满满的一锨泥平平地端起来，接着一翻腕子，扣进那口半边铁锅里去了。

梁永生一边手脚不停地忙着，还一边乐呵呵儿地问汪大嫂：

"老嫂子！我这两下儿怎么样？"

"行行！"

"老嫂子捧着说吧！要比起俺汪大哥来……"

"唉，唉！那老东西还上得论呀！他白磕头认师学了三年手艺，干点营生笨得像个鸭子！……"

"哎，俺大哥哩？"

"唉！那个老东西……"

"老东西又怎么啦？"汪岐山拿着泥板、瓦刀笑咧咧地走出草棚子。他一撩眼皮望见了梁永生，又急转话题嬉笑道，"噢！老梁来啦——这是又向你告我的状啦？"他说罢，哈哈地笑起来。

"你说我告状我就告状——"汪大嫂说，"老梁，你是个明白人，啥事儿也能说到理儿上；你给俺断断倒是谁的不是吧！"

"老嫂子，你先别给我上刷子！"永生笑道，"你这话也没个头尾儿，叫我怎么断？倒是因为啥呀？"

永生一插手，汪大嫂没活干了。她从屋里拿出一把菜刀，在水缸沿上鐾着：

"说也好说，我一说你就明白——草棚子里，不是有个牲口槽吗？那槽底下，不是有个地道口儿吗？前日个，邻舍家的一只大山羊跑进棚子里，把牲口槽给拱倒了！老梁，你说，老邻旧居的，谁家不喂个鸡狗猪羊的呀？再说，这都是些畜类物儿……"

"瞧你这个啰嗦劲！"汪老汉一面在湿土地上搓着泥板，一面抢过老伴儿的话头儿说，"老梁啊，就是这么回事儿——槽倒了，洞口露出来了，我要修，她不叫修！"

"为啥不叫修？"

"人家有理——说是咱穷得几辈子没喂起过牲口，前几年修这个牲口槽是为了伪装洞口用的，现在鬼子快完蛋了，这套玩意儿用不着了！还说我放着正事儿不干干闲事儿，手痒痒不如去挠墙根儿！"

"老嫂子，是吗？"梁永生说，"要真是这样，那就是你的不是了！"

"我的不是？"

"是啊！"

“从前，我总觉着咱打不过鬼子，你批评过我好几回。现在……”

“现在你又麻痹起来了，还是应当批评你！”梁永生说，“嫂子啊，鬼子快完蛋了，这不假。可是，快完蛋，并不等于已经完蛋了啊！要知道，敌人越是快完蛋，就往往越是疯狂，我们越不能轻视他……”

梁永生正说着，隔墙传来一阵说笑声：

“哈哈！老赵啊，你这一说，我明白了——你是说，对敌人的政治攻势，要以武力做后盾，是不是这么个意思呀？”

这是乔士英老汉的声音。

他这话音刚落，就听见赵生水伸开了他那粗壮的大嗓门儿：

“你这话对倒是对，就是不大全科，还得加上一句：武装斗争离不开政治攻势的配合……”

汪岐山的老伴儿听了这话，好像想起了什么，她向永生说：

“哎，老梁，敌人的家伙比咱硬，可就是打不过咱，你说这是怎么个理儿哩？”

“打仗，光凭武器不行！更重要的，还得凭人！”永生指指汪岐山说，“就说汪大哥吧，拿起瓦刀能修房；可是老嫂子你呐？就是给你一把顶好的瓦刀，恐怕你也修不出好房来，你说是不？”

汪大嫂笑道：“那还用你说！可是，给他多么好的针线，他也不会缝衣绗被！”

汪岐山插言道：“啥事也是一个理儿。咱就拿跟敌人打仗来说吧——敌人的武器比咱的强，他想用武器吓住咱。可是他吓不住咱。咱呢？人比他强，要用英勇善战不怕死的精神威住他。因为他怕死，一见阵势儿就酥骨，被我们威住了，所以一打就败，一败，把那好武器也全丢给了咱们。这好武器，在敌人手里不能发挥它的威力，一到了咱们手里，威力可就大了！……”

汪老汉正发议论，另一个隔墙邻家传来娃娃们的歌唱声：

大砍刀，

呱呱叫，

专砍狗强盗！

没有枪，

没有炮，

去向敌人要！

…………

梁永生指指歌声响处，风趣地说：

"敌人的武器，我们能夺得来；我们的斗志，敌人他夺不去。照这样打法，打来打去，我们在斗志方面的长处越打越长，在武器方面的短处由短变长；敌人呐？在斗志方面的短处越打越短，在武器方面的长处由长变短，所以，他非败不行！"

"嗯。"

"对。"

梁永生和汪岐山忙着谈着，汪岐山的老伴儿在屋里切起瓜菜来。当永生到院里搬砖的时候，见她正在切瓜菜，就问：

"老嫂子，你合而巴总三四口人，切这么多的瓜菜吃得了哇？"

汪大嫂喜气洋洋地说：

"今儿个，不是添人加口了吗？"

"添人加口？"

"是啊！"

"来客人啦？"

"可不是呗！"汪大嫂说，"这不是来了你们这么一大帮'客人'吗？"

"噢！"永生醒腔了，"你是要给队伍准备饭呀？"

"就是啊！"汪大嫂说，"你没听见那小娃子们唱的歌儿吗——八路军，进了门，桌上增加碗几个，锅里多添水一盆……"

汪大嫂这大年纪了，拿着腔调唱童谣，听起来怪有意思的！大概大嫂也意识到这一点了，她说着说着咯咯地笑起来。

梁永生没有笑。他认真地说：

"老嫂子啊，你不要给俺们准备饭……"

"为啥呀？"

"俺们不住下——"

"人们都想你们。你们既然转过来了，总该住一天才对呀！"

"按说是该那么着！不过，我们还有任务，住不下！"梁永生一面忙着一面解释道，"正是因为知道乡亲们想俺们，再说俺们也想乡亲们，所以才决定从这里路过，落落脚儿，打个腰站，顺便跟乡亲们见见面儿……"

永生这一说，大嫂慌了神：

"哎呀！照这么说，那可就糟了！"

"糟了？"

"可不糟了呗！"

"糟啥？"

"唉！老梁啊，你是不知道——"汪大嫂说，"光说我知道的，正在给咱们部队准备饭的户儿，至少也有十几家子！……"

其实，她说少了！何止十几家呢？

眼下，龙潭街上的人们，都高兴得活像喜事临门一样。他们，一忽儿跑到街上看看，一忽儿又跑回家去了。你别看人们这么跑进跑出，其实，偌大个龙潭街，几乎是家家户户，都在悄悄地为子弟兵们准备饭菜哩！

先甭说别人，就说来龙潭街住闺女家的冯奶奶吧，她也正为招待自己的队伍忙得不可开交。冯奶奶的闺女和女婿，都是村上的干部。现在，他们两口子，都到外头忙工作去了，家里光剩下了这位冯奶奶。冯奶奶一听说村里来了队伍，就赶紧将闺女放了多日子没舍得吃，并打算让娘临走捎着的几斤杂面拿出来！要给战士们擀轴子热面条喝喝。

于是，冯奶奶将杂面倒在半大盆里，添上两瓢水，便挽起袖子搋起面来。她的手背上鼓胀起青筋，搋呀搋，搋呀搋，正劲儿呀劲儿地搋着，天井里突然咕噔咕噔地响起脚步声。

冯奶奶因为年岁大了，耳朵不大灵了。可是，由于院子挺浅，这脚步声又特别重，所以冯奶奶还是听见了。她抬头一望，只见一位穿军装的同志担着一担水咚呀咚地进了院子。

哦！这回来的是大部队呀！咦？怎么这个小伙子好眼熟哩？噢！认出来了！认出来了——那不是大刀队上那个唐铁牛嘛！冯奶奶心里这么想着，便挓挲着两只白花花的面手迎出来。

唐铁牛，原本个子不算高。而今，叫这一担水在肩膀上一压，显得更敦实了。冯奶奶一向喜欢铁牛这个实实落落的小伙子。特别是唐铁牛那不爱说话的性格，那爱沉思的眼神，还有那带着稚气的举动，给冯奶奶留下了良好的印象。现在冯奶奶一面朝外走着，一面急快地说道：

"铁牛啊，缸里这不还有半瓮水吗，你不歇歇儿，怎么又挑水来了？"

唐铁牛啥也不说，只是嘿嘿地笑。

他一边笑着，一边忽呀颤地走到水瓮近前，先将后头那只桶蹾在地上，又用手抠住前头这只桶的桶底，往上一扳，哗啦一声，满满的一桶水倒进缸里去了。然后，他又一侧身，用手抓上了后头那只桶的提系，并就劲儿转过身来，将水桶往缸沿上一靠，这桶水又倒进缸里。

冯奶奶见铁牛将一担水全倒完了，便说：

"孩子，快屋里坐下，歇歇儿！啊？"

"不累呀！冯奶奶。"

铁牛说着，将手伸进衣袋去。他掏呀掏，掏出一个纸包包，一边向冯奶奶递过去，一边解释道：

"冯奶奶，这个纸包里，是栝楼根。这栝楼根，是我们梁队长给你打听的偏方儿，叫你用它熬水喝。据往外传这个偏方儿的人说，喝上三回以后，你那多年的老病根儿，就算去不了根也准能见轻……"

唐铁牛将偏方儿的服用方法交代清楚以后，又转了话题说：

"梁队长本来是派我抽空给你送到宁安寨去的。今儿算赶得真巧，在这里碰见你了，该着我省几步道儿！"

他说罢，担未离肩，一转身，又去担水了。

冯奶奶伸开纸包，拿出栝楼根，瞅着，笑着，自言自语地叨叨道：

"永生这孩子，就是这么细致！他成天价比那忙人还忙，这点小事儿，过去半年多了，他还一直搁在心上……"

在冯奶奶光顾看那栝楼根的当儿，唐铁牛担着水桶出了院门。他一出门儿，正巧碰上小机灵。小机灵拦住他劈头便问：

"哎，伙计！我托你办的那个事儿，怎么样了？"

"啥事儿？"

"瞧你，准给我忘了——不是让你给我跟上头说说……"

"哦！你要求当八路的事呀？那我倒是说过了！"

"说过啦？可好！行不行？"

"你先别问这个！"

"咋的？"

"我得先考考你！"

"考考？"

"对啦！"

"考啥？"

"考考你够格不够格呗！"

"哦，好！考吧！"

"我问你——你为啥要当八路呢？"

"为抗日呀！"

铁牛摇摇头。

小机灵不解地问：

"怎么？不对？"

"不能说不对。不过，光是为抗日当八路，还不大够格！"

小机灵慌了：

"咋不够格？咱们的八路军，不就是抗日的队伍吗？"

铁牛没直接解释。他又反问小机灵：

"你知道八路军是谁的队伍吗？"

"人民的队伍呗！"

"谁领导的？"

"共产党、毛主席呀！"

铁牛又问："人民的愿望，除了抗日还有啥？"小机灵扑闪着眼皮没回答。唐铁牛稍一愣沉又接着说："共产党的主张，除了抗日还有啥？"小机灵挠挠头皮，仍没答上来。

唐铁牛哈哈地笑了两声。

然后，他装着领导人的态势，拍一下小机灵的肩膀，用倒插笔的方式说：

"小机灵啊，一个合格的革命战士，不能光为抗日打仗哟——"

"还为啥？"

"还要为解放全中国的劳苦大众而奋斗，为实现社会主义、共产主义而奋斗！……"

铁牛这么一说，小机灵长了精神：

"这个呀？俺明白！"

"光明白不行！"

"咋又不行？"

"你得有这样的愿望和决心才行哩！"

"当然有喽！"

"那好！"铁牛说，"明日个，梁队长要到县委去开会。他说，他开会回来，马上就研究新兵入伍问题……"

"哟！要求参军的很多呀？"

"敢是的！"

"你可别忘下俺呀！"

"忘不下。"

小机灵乐得跳起来。

滑稽二嗑着南瓜子儿听了一阵儿，插嘴问道：

"哎，铁牛，梁队长又要去县委开会？"

"对啦！"

"开啥会？能告诉俺这庄户人家不？"

铁牛望着滑稽二的滑稽相，拍拍他的肩膀笑笑说：

"哎呀！实在对不起！等梁队长告诉我以后，我才能告诉你哩！"

他们正逗着，那边传来了集合令：

"同志们！集——合——了！"

铁牛扭头一望，只见梁志勇站在一个高高的土堆上，用两只大手掌做成一个喇叭筒放在嘴边，正伸开他那洪亮的嗓门儿喊着。

闹闹哄哄的街道平静下来。

街街巷巷响起急促的脚步声。

一瞬间，两行整整齐齐的横队，出现在宽阔的南北大街上。

队伍开走了。

走在队伍尽后面的梁永生，向乡亲们热情地挥手道别。村里的男男女女，老老少少，都不约而同地跟在队伍后头，恋恋难舍地将自己的队伍送出村外。

梁永生在和人们告别的最后一句话是：

"秦大哥也不知哪里去了？请大家告诉他吧，我们走了！"

是啊！秦大哥只是在队伍刚进村时照了个面儿，一转眼便不见了，直到现在没露头儿！他到哪里去了呢？

原来是，他为了让自己的子弟兵们能吃上一顿好菜，便悄悄地领上一帮儿童团们，到运河边上去打鱼了。

运河里，打挺的鱼儿露出雪白雪白的肚皮，激起一朵朵的水花。孩子们看了这种情景，该是多高兴啊！他们在河岸上指指点点，跳跃着，喊叫着。

秦海城在精心地寻找着撒网的地方。

他沿着水边走了一阵，在一个河宽水静的地方停下了。只见他抓着二三十斤重的大网，左一悠，右一摆，唰啦一声，撒到河心里去了。稍停了一会儿，他又一把一把地把网拉回来。渔网刚刚拉到浅水的沙滩上，岸上的孩子们就拍着呱儿大声喊叫起来：

"嘿！大鱼！大鱼！"

"喔！好大的个儿呀！"

秦海城朝正然挪动着的渔网一瞅，只见鱼儿正在网里拼命挣扎。

就这样，他打一网又一网，越打越上劲，越打越喜欢。谁知，他正打着打着，忽听有的孩子嚷道：

"你们瞧！队伍走了！"

秦海城顺着那个孩子手指的方向一望，只见一列整齐的队伍出现在远方的大路上。那队伍尽管和这里相隔很远很远，可他分明已经看出来了，那是大刀队的战士们。当他放下渔网正要追上前去的时候，那队伍在一块高粱地边上转过弯去，不见了！……

又是一个龙潭街的早上。

梁永生从县委开会回来了。他在黄二愣家召开了一次党支委扩大会议。

会上。

梁永生怀着激动的心情向大家说：

"同志们！我先向你们报告个好消息——"

他像故意憋着大伙儿似的，说到这里收住话头，又忙着去点烟了。

会场上鸦雀无声。

　　与会的同志们，大都是带着房东的零活儿来参加会议的。永生说到这儿，人们手中的活儿全都停下了。一双双满含希望的眼光，全在紧紧地盯着永生。永生点着烟，狠狠地吸了一口，然后习惯地笑一下，又接上方才的话茬儿说下去：

　　"在这次会上，县委书记方延彬同志，给我们做了形势报告。对我们来说，形势正在越来越好。根据全国抗战形势的胜利发展，县委决定，从现在起，要有计划地逐步拔除敌人的据点，把它们一个一个地吃掉……"

　　梁永生这么一说，人们再也抑制不住内心的高兴，会场骤然活跃起来。永生朝会场扫视一眼，提一提嗓门儿，将喜气洋洋的悄悄议论声压下去，又一字一板地说开了：

　　"县委指出：拔除敌人据点的目的，一是为了配合我军主力部队的战略行动，二是为了摸索摸索拔除敌人据点的经验，为我全县的反攻作准备……"

　　在永生抽烟的当儿，锁柱插言道：

　　"拔据点，有咱大刀队的任务吗？"

　　"你猜呐？"

　　"我揣摸着，准得有！"

　　"你揣摸对啦。"梁永生以征询的眼光望着大家，"怎么样？有信心吗？"

　　人们使用着不同的言辞，各自表示着自己的态度：

　　"有信心！"

　　"没问题！"

　　"瞧好吧！"

　　"盼的是啥？"

　　"坚决干！"

　　"……"

　　"好！"

　　梁永生用一个"好"字总结了大家的发言。而后，他又转了话题说：

　　"那么，现在，咱们就讨论讨论拔除据点的问题吧！"

　　"先讨论啥？"

　　"先讨论拔哪个据点——怎么样？"

　　炮筒子一拳砸在桌子上，嗵的一炮：

"干大的呀——先拔柴胡店！"

锁柱扑哧笑了：

"又是空炮！"

"空炮？"

"当然是空炮！"

"啥叫空炮？"

"打不准目标就叫空炮！"

炮筒子和锁柱你一言我一语地叮当着。梁永生在旁边默默地听着一言不发。不过，在永生看来，炮筒子的意见的确是个"空炮"。原因是：这回永生从县委带回来的任务有两项，一是逐步拔除敌人据点，二是送一批战士去主力部队，扩大主力，以便集中优势兵力，歼灭大股敌人；去主力部队的同志一走，大刀队上的人少了，一上来就攻柴胡店据点，显然是行不通的。

不过，这个问题，现在还没传达。

为啥没传达呢？梁永生是这么想的："这两项任务，是两码事，有人去升主力也罢，没人去升主力也罢，拔据点的任务是一定要完成的；另外，要是把去主力部队的事一说，同志们准得争着去，那么一来，人们的思路全跑到去主力部队的事上去了，拔据点的问题怕是讨论不好了！"可是，现在梁永生尽管觉着炮筒子的意见不现实，他为了听听各种不同的意见，还是鼓励炮筒子说：

"说说，为啥先拔柴胡店？"

"拿鱼先拿头嘛！"

"噢！还有理儿不？全掏出来！"

"没哩！"

"好！痛快！拿鱼先拿头——先拔柴胡店！"梁永生伸出一根指头，"这算一种主张！"他又转向大家，"你们也都说说各自的主张！"

这时，小胖子正在修补一挂破旧的渔网。他总想发言，可他张了几回嘴，一个字也没吐出来，又把嘴紧紧地闭上了。永生瞟他一眼，睐笑着说：

"小胖子，来，你发个言！"

领导一点将，小胖子开了腔：

"叫我看，该先拔水泊洼！"

他说着说着，莫名其妙地红起脸来。说完后，又望了望大家伙儿的神色，不吱声了。永生又笑笑说：

"哎，小胖子，你平日说话一说一大溜，今儿怎么刚一句就断弦儿啦？"

"没了！"

"那不行！"永生以将一军的口吻说，"你也得说个理儿嘛——为啥该先拔水泊洼？"

永生这一将军，又将出一套理来：

"我是这么想的——第一，疤瘌四跟咱有过联系；第二，那个据点上的伪军已经从思想上被咱拿下马来了……"小胖子的视线跟永生的目光碰了个头儿，又继续说下去，"总而言之，叫我看，水泊洼据点是个喧膪！文拿也罢，武打也罢，强攻也好，智取也好，都是不费力的！"

小胖子将自己的看法陈述完毕，又把会场环视一眼，然后低下头去细心地补起那张渔网。

"我看小胖子的意见行啊！"

这是赵生水的老粗嗓音。

赵生水正利用开会的时间替他的房东修理后鞧。他头也不抬地扔出这么一句，又继续忙起手里的活儿，再也不吭声了。

屋里静下来。

"这也是一种意见——先拿水泊洼！"梁永生以启发的语气说，"没说话的，接着说呀！"他吸了口烟，又说，"咱们全把肚子里那一包子掏出来，摆到桌面儿上，相互比较比较嘛！"

他说到这里，用两只笑眼盯住了锁柱。

锁柱知道，队长这是让他发言。于是，他先笑一笑，胸有成竹地、爽朗地说：

"我的意见，先拿黄家镇。"

梁永生笑意横溢地望着锁柱：

"为啥？说下去——"

"黄家镇，是咱这个地区的南大门。拿下黄家镇，就等于插上一道铁门闩，割断了柴胡店和县城的联系。"锁柱说，"这样，咱以后攻打柴胡店的时候，是瓮中捉鳖，十拿九稳。因为，一形成那种局面，县城的敌人，要来救援柴胡店，也就困难了！"

永生点点头：

"完啦？"

"完啦！"

"好！"永生又转向大家：

"这又是一种主张——先拿黄家镇！"

他照例一顿，继而又问：

"谁还有新方案？接着谈！"

没人吭声。

永生等了一会儿，接着说：

"没发言的同志们——还得发呀！如果自己没有新方案，对别人的方案谈谈看法也好嘛！"

头一个谈看法的是一位新战士：

"我的看法是：小胖子的主张好——先从水泊洼那个喧脑开刀！"

沈万泉拔出嘴里的烟袋，在水杀上磕去烟灰，又吱吱地吹了两口，然后也慢腾腾地开了腔：

"我的看法和锁柱的看法一样：先插上铁门闩——拿黄家镇！"

这一阵，梁志勇一面在思考着各个方案的长短，一面在帮助他的房东拴驴纣棍子。他听着发言的断了溜儿，抬头一望，见人们都在盯着他，他当即说：

"我的看法也和锁柱的看法一样。"

他说罢，又低下头去忙他的了。

这以后，又有几个同志谈了自己的看法。这些人的看法，大体分为两种——有同意先拿下水泊洼的，有同意先拿下黄家镇的。

人们谈完了各自的看法后，发言又断了溜儿，屋里再次出现了短暂的寂静。

会场一沉静，主持会议的梁永生又活跃起来。他的注意力，迅速地转移了阵地——从耳朵上转移到眼睛上。你看，他那一双豁豁亮亮的大眼睛，突然忽忽闪闪地欢起来，向整个儿会场飘洒着含笑的热光：

"怎么又断弦啦？没词儿啦？"

人们用无声的笑，表示同意这个说法。

永生的视线扫过全场，又道：

"大家没了词儿，我就另出题儿——这样吧：现在各种各样的方案都摆出来了，每个人对这些方案也都有了态度，那么，下面咱是不是该比较比较这各个方案的长和短呀？"

永生几句话，将个刚刚落了潮的讨论会，又掀起一个新的高潮。

头一个发言的是小胖子。

他，由于自己的"方案"出其所料地得到了一定数量的"赞成票"，特别是其中还包括着支部成员赵生水，这使他很受鼓舞，抢先发了言。他的这次发言，气势比方才大多了，话儿也长了。不过，他讲的这些话，集中点只有一个——先拔水泊洼据点的好处。说具体些，其理由有二：一是好打，省劲，来得快，代价小；二是我们拿下水泊洼据点，能吓跑柴胡店的敌人。他侧重谈的，还是后边这个理由。

小胖子发言后，赵生水还补充了两句：

"我完全同意小胖子的看法。要按小锁柱、老沈、志勇他们的主张——先拿黄家镇，那不成了关上门打狼了吗？……"

大家知道，梁永生这个人，是从来不好打断别人的话弦拦腰插言的。也不知为什么，这回他却打破了历来的常规：

"哎，老赵，我先问你一句——关上门打狼不好？"

赵生水以板上钉钉的口气说：

"那是当然喽！"

梁永生的面部表情依然是松弛的。可是，他那话语的节奏，却是明显地加紧了：

"为什么？"

"只有傻瓜才会这么办！"

这是赵生水的回答。

由于老赵这话缺乏论据，可气势又是异常之大，因而引起一阵笑声。

小胖子没有笑。

他像为老赵解围似的，在笑声中开了腔：

"我刚才不是说过吗？关上门打狼，狼就要死拼乱咬，我们就伤亡多、代价大嘛！……"

锁柱见小胖子只是旧话重述，并没新的论据，就怪模怪样地逗笑说：

"你还说过——拿下水泊洼，吓跑柴胡店……"

"就是嘛！"小胖子说，"你说不会有这个效果？"

锁柱笑而未答。

梁永生又开了腔：

"小胖子，你是说，只要我们拿下水泊洼据点，准能吓跑柴胡店的敌人，是不是？"

"嗯。"小胖子说，"我是这么个看法儿。"他说着，瞟扫一眼众人，见有人的神色仿佛是不以为然，又加重语气跟上一句，"谁要不信，就等着瞧！"

永生笑笑说：

"小胖子啊，先别把话说死。不过，对这一点，我也认为是有可能的！"

小胖子听了他这话，脸上浮起胜利的笑意。

大家听了他这话，眼里闪出惊奇的目光。

永生说完这句话，又另起话题问小胖子：

"小胖子，你说，那柴胡店的敌人，要是逃跑的话，他们会往哪里跑呢？"

"往县城里跑呗！"

"他们跑进县城又怎么样？"

小胖子忽闪着大眼没答上来。

梁永生又一连气儿追问了好几句：

"敌人跑进县城，就算我们抗战胜利了？我们对待敌人，难道不是应该坚决把它消灭，而只是想个法子把它赶跑？……"

"把他们全赶进县城，再来个一勺儿烩嘛！"

赵生水插嘴争辩了这么一句。

梁永生的视线从小胖子身上又移向老赵：

"老赵，我再问问你——是一只狼好打呢？还是一群狼好打？"

"当然是一只狼要比一群狼好打了！"

"这么说，那你为啥还主张把敌人赶到一块儿去，等他们结成大帮再打呢？"

赵生水没答上来。

梁永生又问下去：

"再比方说，咱家闯进一只狼，是应当就地把它打死呢？还是应当先把它赶到邻居家去，然后再把它打死呢？"

　　按说，梁永生讲的，本是一个很严肃的问题，也是一个很深刻的道理。可是，由于他讲得形象，比喻贴切，所以，引得与会的人们全都笑了。这笑声中，包含着这样的意思："这话说到家了！"还有的人，不由得把这个意思说出来了：

　　"这话深刻！一下子打开了我的心窍！"

　　这时节，唯独赵生水还不以为然：

　　"敌人，净些豆腐渣，多点少点一个样！"

　　"喔！你可不能说得那么轻巧！"梁永生道，"要知道，豆腐渣多了，也能撑死老黄牛呀！"他停顿一下，又说，"老赵，你在财主家的豆腐坊里，赶了十来年的'圈儿集'，真知不道那豆腐渣的'厉害'吗？"

　　人们又笑了。

　　赵生水的发言，一向是简洁而干脆的：

　　"通啦！"

　　会场上静下来。

　　那些带着房东的零活儿来参加会议的同志们，又都闷着头儿地忙开了。

　　稍沉了一会儿。梁永生问大家：

　　"看来，大家都同意先拿黄家镇据点了——是不是？"

　　"是！"

　　人们异口同声地回答着。

　　梁永生点点头，又出了个题目：

　　"那么，咱们就共同归纳归纳这个方案的根据吧——也好向县委作请示报告呀！"

　　"我先说——"

　　坐在锅台角上的王锁柱，大腿压着二腿，将一个小本本儿往膝盖上一摊，先瞅了一下，便开了机关枪：

　　"第一，先拿下黄家镇，就等于关上了敌人逃跑的大门……"

　　锁柱的机枪嘴突突到这里，炮筒子吭的一声开了一炮：

　　"这个早说过了！用你再重一遍？怪不得都叫你'话篓子'！叫我看呀，你这个话篓子，还得加芡子哩！"

　　锁柱怎样了？他当然不会服：

　　"归纳归纳嘛！你不懂得啥叫'归纳'？还是没听明白支部书记梁永生同志

的意思？"

他一面说着，一面巡视着人们的神色。最后，将他的视线停留在梁永生那期待的笑脸上，又扳着指头有声有色有板有眼地说下去：

"第二，我们把敌人掏到城关区去，他们到那里不还是反革命？不还是害人民？我们那么干，等于是把自己肩上的包袱卸下来，再搁在兄弟地区的身上去！那显然，要给那里的战友增加压力，要给那里的人民群众增加困苦，还将给县委的整个部署增加麻烦，造成困难！……"

锁柱一条一条地讲完后，又突然变换了口气，接着说：

"我讲的这些，都是'归纳'的大伙儿的意见。说错了的，是我没领会好同志们的意思……"

锁柱滔滔不绝地讲了一阵，梁永生听了，喜在心里，笑在面上。这是因为，锁柱讲的这些，跟梁永生的心头所想合上了拍。除此而外，永生还想让同志们也能明白这些道理，因为这不仅有利于真正解决人们的思想问题，还可借以提高人们的认识水平，有利于今后的工作。

任何一次战斗，只有使同志们充分了解其意义，才能指望夺取胜利——这是永生的一贯想法。不过，这"战斗的意义"，他又一向不喜欢自己来讲，而常常是引导着别人替他说。今天，锁柱讲完后，梁永生又朝老赵一㬇下颏儿，说：

"哎，机枪住点儿了，你再放炮吧？"

"不！"

"咋？"

"没炮弹喽！"

人们都笑了。

笑声渐稀，永生又道：

"小胖子，你呐？"

小胖子停住手中的活儿，很郑重地说：

"我同意锁柱的意见。方才，我主张先拿水泊洼，错了！那是本位主义，没全局观点！更主要的，是不符合毛主席关于打歼灭战的教导……"

赵生水插言道：

"你不要检查啦！到明天晚上就该开生活检查会了，到那个会上，咱们一块儿检查吧！"

又是一片无声的笑。永生含着笑意点着头：

"小胖子最后谈到的这个问题很重要。我准备到晚上召开个学习会，学习学习毛主席的有关著作。"他转过话题又说，"今天咱们讨论的这个问题，我看，就按刚才锁柱作的那个'总结'办——大家看呐？怎么样？行不行？"

人们嬉笑着，齐声道：

"行！"

梁永生习惯地抽了口烟，继而道：

"咱再讨论第二个问题——也就是欢送一批同志去升主力的问题。"

会场上轰地沸腾起来。

你想啊，哪一个游击战士不盼着去主力部队呀？因此，永生这句话，就像一块石头投进水塘，在人们的心里激起了层层波浪，使得一张张的脸上，泛起了一道道的笑纹。

这时，有的下意识地自语道：

"大喜讯呀，大喜讯！"

有的在嘀嘀咕咕地议论着：

"伙计，你揣摸着这回得去多少人？"

还有的仿佛不相信自己的耳朵，口不由主地在叮问永生：

"梁队长！升主力？是真的？"

"你先别高兴，这回没你的份儿！"

"为啥？"

"吹喇叭的分家——挨不上号呗！"

梁永生笑笑，又说：

"这回升主力，咱大刀队要去四十个人——"

"真好！"

"可不算少！"

"可是，县委指示，支部委员和主要干部不能去。"

永生这么一说，有的同志失望地摇着头，好像在说"这次去不成了！"

这一阵，梁志勇在悄悄地想着另外一个问题。过了一会儿，他问梁队长：

"多咱去？"

"马上走！"

志勇沉思了片刻，正想张嘴，话题被一位新战士抢去了。在那战士的埋怨的口吻里，还带着几分着急的语气：

"队长，你咋不跟县委说说呢——又要拔据点，又要送战士去主力部队，这不矛盾吗？并且，去升主力的同志，一走就是四十名，剩下的，只不过三四十个人了，这怎么能行呢？"

炮筒子紧接着跟上一炮：

"是嘛！升主力的人，晚走几天就好了！"

梁永生反问道：

"怎么？没信心？"

炮筒子没答腔，那位新战士抢先说：

"打游击，人多几个少几个，怎么也好说！要说拔据点，人太少了怎么能行？"

梁永生逗他说：

"哎，你方才不是也同意先攻柴胡店吗？怎么？又不攻柴胡店啦？"

众笑。这笑声，把人们的思路又引向一个新的境界。那战士随着大家的笑声吐一下舌头，也笑了。

笑声落下。永生又说：

"要知道，扩大主力，也是为了反攻，为了更大量地歼灭敌人，我们得小局服从大局。"

小胖子将责怪的意思掩藏在尊敬的神情后边，朝着他一向信任的领导梁永生说：

"你要先交代清楚升主力这一锅，那管就好了！"

好了啥？这问题梁永生是明白的。可是，也不知为什么，还是故意问道：

"小胖子，为啥就好了？"

"那么一来，咱就甭讨论前头那一落拖了呗！"

那位新战士接言道：

"对嘛！咱们刚才呛咕的那一阵，算是瞎子点灯——白费蜡了！"

"咦！错了！"梁永生说，"拔据点的任务，咱一定要完成，怎么能算白费蜡呢？"

赵生水不解地问：

"怎么？一定完成？升主力的同志一走，剩下几拉拉人儿了，怎么去完成？"

"几拉拉人？剩剩就比两个人多吧？"梁永生说，"从前，队伍被打散了头的时候，你们两个人不是还坚持了几个月吗？"

"理是这么个理。"赵生水说，"我觉着，人少了，还要拔据点，总是不好办！"他停顿一下又说，"只要你拿出办法来，我保证：干是没问题的！"

梁永生瞟扫着会场：

"办法嘛，还得大家想哟！我既没开着'办法工厂'，也没当着'办法公司'的经理，哪有这么现成的'办法'呀！"

人们无声地笑了。

屋里一片沉默。

过了一阵，赵生水又发言了。他说：

"我想了个办法——向县委要求要求，让去升主力的同志们分两批走，行不行啊？"

"为啥？"

"我是说，咱抓紧时间，鏖战一下，再让第二批同志走……"

梁永生摇头道：

"去升主力的人，一个不能少，半天不能拖！不然，会影响上级的整个部署！"

又有人接言道：

"将拔据点的时间往后推一推怎么样？我觉着，那么办的好处是……"

梁永生摆手道：

"甭说什么好处了！拔据点的任务推不得！一推，也会影响到大局的。"

人们听了，都在点头。

永生见大家的思想认识已大体统一起来，本不想再说下去了。可他又想："不对呀！干革命，往后的道路还长着呐，对同志们的思想问题，怎么能就事论事地解决问题呢？应当抓住这个时机，将人们的认识再提高一步……"他想到这里，又接着讲下去。

他讲得可真活泼呀！

你看他，又打比喻，又举例子，既引导大家发问，又激发人们回答。在他的主导下，整个会场，时而鸦雀无声，时而笑浪滚滚；与会人员，有时在不约而同地点头，有时在紧张地思考问题。

经过梁永生启发诱导式的讲解，最后，大家的认识终于统一起来——

又要抽调一批战士去升主力，又要抓紧时间拔除一部分敌人的据点，这两者之间，确实是有点矛盾。可是，我们不能怕矛盾。矛盾普遍存在，过去有，现在有，将来还要有。事物，就是在矛盾中发展的；革命，就是在克服矛盾的过程中前进的。因此，矛盾，回避不了，只能想办法去解决它。解决矛盾的办法，具体说，有千千万，万万千；从性质上分，就是两种：一是正确的办法，一是不正确的办法。同志们弄清了这些大道理以后，永生将话题一转，急转直下，又将话头拉到当前的具体问题上来了：

"我们当前这个矛盾，是胜利形势下出现的矛盾，解决的办法不外乎有这么三个：一是，向上伸手——求援；二是，对任务打折扣——拖期；三是，在自己身上打主意——努力！"

他停顿一下，又问：

"同志们说，哪一种办法正确？"

"当然是最后一种办法正确喽！"

黄二愣更爽利：

"队长，你说怎么办吧！我们，没说的！刀山敢上，火海敢闯，保证完成任务就是了！"

梁永生笑道：

"二愣，我刚开会回来，离开这里十来天了，最近的情况还没吃透腔，不了解情况，没调查研究，哪有发言权呀！你怎么一谈到办法就向我'逼供'哩？"

好长时间没发言的沈万泉，这时慢慢沉沉地开了腔：

"我琢磨着，升主力，是大事，不能少去，也不能晚走；拔据点，也是大事，不能晚拔，更不能不拔！咋办？我琢磨着，得在'智'字上作文章！也就是说，只能智取，不宜强攻——"

老沈说到这里，看了永生一眼。

永生点点头，鼓励他道：

"说下去——你认为该怎么个智取法？"

"咱是不是来个将计就计？"

"将计就计？"永生问，"怎么个将计就计法？"

沈万泉还没回答，梁志勇突然插言道：

"有个情况，还没迭得向你汇报——在你去县委开会期间，黄家镇据点上的那个汉奸头子乔光祖，跟我们耍了个鬼话胡……"

永生对此很感兴趣：

"哦！啥？"

梁志勇以汇报的语气接着说：

"他派人送来一张纸条子。上写'请梁队长阁下到黄家镇据点上来谈判，我们确保安全。'……"

永生听后，兴头子更大了：

"你们怎么办的？"

志勇答道：

"当时因为你不在，我们合计一下——我去了！"

"噢！"永生沉思了一霎儿，又问，"你去了以后，有什么情况？"

"看样子，那小子本来就不是真想谈判，净胡扯皮！"志勇说，"我利用这个机会，教训那个小子一顿，便回来了！"

梁永生又沉思了片刻，向大家说：

"你们说，乔光祖这是耍的什么把戏？"

锁柱说：

"我看，他是见鬼子的大势已去，要耍个四面见线、脚踩两只船的花招儿！"

沈万泉说：

"由于形势的发展对敌人越来越不利，黄家镇据点上那些家伙们，老些日子没敢出窝门儿了。现在，他们对八路军的虚实搞不清，要通过这一手儿，试探试探深浅，这是有可能的……"

老沈说到这儿，志勇插言道：

"在当时，我们是这样分析的：他'请'咱进据点去'谈判'，咱要不敢去，他准认为咱没真力量，随后也许要闹个什么妖儿……"

志勇正说着，话头又被锁柱抢过去：

"我揣摸着，要是梁队长真去了，那个小子也许要发孬——把梁队长绑起来，送到石黑那里去请功受赏，借此机会好升官发财！"

锁柱说罢，老沈又接上他刚才的话弦：

"那小子的算盘大概是：这两个目的要是都达不到，就此机会和八路军建立个联系，对他也有好处……"

"有啥好处？"

"来个'两门赢'呗！"

永生又问：

"老沈同志，你身在虎穴，了解情况，而且和乔打交道多，对他也吃得比较透，你来估计估计——比方说，咱现在给姓乔的下道命令，让他投降，他干呀不干？"

沈万泉挺有把握地说：

"甭估计——准不干！"

"咋见得？"

"那天，志勇进据点以前，他把人全准备好了，只是没有动手……"

"哦！他为啥没动手？"

"他一见去的不是梁永生呗！"沈万泉说，"他把个梁志勇扣起来，送上去，石黑也不会重视——他的上司又没说谁捉住梁志勇赏洋五万元！再说，他只要捉不着梁永生，也是不敢轻易引火烧身的！……"

"好！我听明白了！"梁永生沉思了片刻，继而道，"我们来分析一下乔光祖的本质吧——这个小子，很狡猾，也很坏！他，根本不可能真想起义反正；他最近耍这种花招，也绝不是真想和我们谈判他起义反正的问题。统观乔的出身历史说明了这一点，回顾我们几年来和乔斗争的情况更说明这一点；方才同志们的发言也肯定了这一点。如果大家同意我这种认识，那就需要明确这么几点：一，不能对乔光祖有什么幻想。也就是说，在'智取'的过程中，不能期望通过教育争取使其起义反正，只能通过武力威胁使其缴械投降。二，要把我们政治工作的重点放在一般伪军身上。在'智取'之前要这样，在'智取'过程中也要这样。三，要时刻不忘乔是个狡猾的敌人。我们要高度警惕他这狡猾的一面，又要想法儿利用他这狡猾的一面。因此，我看可以考虑给他来个将计就计！"永生说到这里，将他那两条不断巡回的视线停留在沈万泉的身上，把话头一转又说，"老沈同志，你来谈谈你的想法儿吧！"

"行啊！"

随后，沈万泉把他"将计就计"的想法说了一遍，人们又呛呛咕咕地讨论了一阵，其中有修改，有补充，也有争论，最后才形成了一个全体与会同志一致同意的行动方案。

这件事就这样定下来了。

散会前，他们又讨论了一番大刀队应迅速吸收新战士的问题。散会时，梁永生紧紧抓住沈万泉的手，再次叮咛道：

"老沈同志啊，你赶回黄家镇以后，就按照咱们的计划行事吧！若出现什么新的情况，可要及时地和我们取上联系呀！"

"好！"

老沈应着，出门去了。

梁永生又向锁柱说：

"你和黄二愣马上出发，去完成你们分担的任务吧！行动一定要迅速，要严密！"

"是！"

锁柱和二愣同时应了一声，又相互一望，笑笑，也走了。

这时，梁志勇已自动来到永生的近前，在静静地等待着领导的命令。梁永生目送锁柱、二愣走出院门口，又掉过脸来跟志勇说：

"你负责安排挑选战士去升主力的问题。"

"好！"志勇以请示的口气说，"挑选什么样的人？你谈谈条件吧！"

"条件只一个——"

"啥？"

"选好的！"

"带枪不？"

"带"

"带啥枪？"

"带好枪。"

"长枪？短枪？"

"长枪。"

"是！"

志勇要走了。

永生又喊住他：

"行动要快！"

"是！"

"越快越好！"

"是！"

梁志勇走后，永生又朝其余的同志们说：

"小胖子站一站。其余同志，按照咱方才的计划，也分头行动吧！"

屋里的人走净了。

梁永生又向站在一旁待命的小胖子说：

"你到县委去一趟。"

"去干啥？"

梁永生将刚从衣袋里掏出的一封信递给小胖子：

"把这封信送到县委去。"

"好！"

"要把它交给县委书记方延彬同志。"

"是！"

"这封信很重要，涉及到我们大刀队的一些干部的提拔、安排等问题。"永生说，"万一路上碰到什么情况，一定要千方百计把它销毁，无论如何不能让它落到敌人手里……"

"是！"

"关于遵照县委指示拔除敌人据点的问题，你要根据咱们今天会上的讨论情况，原原本本地先向县委作个口头汇报。县委有什么指示，带回来。"永生说，"你再告诉县委——过两天，我将写一个书面报告送到县委去。"

"好吧！"

梁永生一面向外走着，还在一面嘱咐小胖子：

"路上，要注意这么几点……"

他俩且说且走，出了角门儿。小胖子告别了永生，出村去了。梁永生正在街上走着，忽听背后有人喊他：

"哎，梁队长！"

永生回头一望，原来是坊子镇的小学教员房智明来了。房智明是来找梁永生请示有关宣传的问题的。梁永生回答了他提出的几个具体问题以后，最后又特别向他强调了这样一点：

"对敌宣传，要侧重瓦解敌人。啊？"

"唉。"

"在加强对敌宣传的同时，可千万不能忽视对群众的宣传啊！"永生说，"在目前，对群众宣传的内容，要以号召青年参军入伍为中心……"

"好！记住啦！"

永生和房智明谈了一阵，刚要走，在村头放哨的二愣娘又赶了来。她着急地向永生说：

"饭也不吃，又要走哇？"

"老嫂子啊，放心吧，饭，是非吃不可的！"梁永生笑咧咧地说，"我们想就着饭时儿串几个门子，找几个人唠扯唠扯……"

"唉唉！你们这些人呀，整天价拿着吃饭不当回事儿！莫非说身子是铁的？……"

二愣娘站在角门儿口上，望着梁永生那高大的身影，大声小气地嘟嘟着。秋风，清爽宜人的秋风，正在悄悄地掀动着她那灰白了的发梢。

第十六章

巧夺黄家镇

"锁柱，哪去？"

"哪也不去。来接你。"

"来接我？"

"嗯喃。"

"你咋知道我从这条路上来？"梁永生拍拍锁柱的肩膀说，"又是揣摸的吧？哎？"

"不，这回不是揣摸的。"锁柱抚摸着他身边那个娃娃的头说，"是这个小鬼报告我的。"

这个小鬼，是沈万泉的孙子牛子。

梁永生笑望着牛子，问：

"小鬼，是吗？"

小牛子歪着小脑袋瓜儿，得意地嬉笑着，说：

"哎！"

永生又问："牛子，你是咋知道的哩？"

牛子答道："我是看见的呗！"

"看见的？"

"嗯喃。"

"你在哪儿看见的？"

牛子指着一棵枣树说：

"在那棵树上看见的。"

梁永生笑了：

"噢！我明白了——你又爬到树上去祸害人家的枣儿了！是不牛子？"

牛子光笑，没吱声儿。

永生拨拉着牛子的小脸蛋儿，又说：

"真不害臊！"

这时的小牛子，依然是既不认错儿，也不争理儿，只是亲亲热热地拉着梁大爷的手，嘬着个小嘴儿眯眯地笑。梁永生像故意激牛子似的，他用两只笑眼盯着牛子那红润润亮堂堂的面庞，又以讽刺的口吻道：

"还是个儿童团员哩，净犯群众纪律！……"

梁永生一把祸害枣儿和儿童团员联系起来，小牛子的心里可挂了火！他想："大爷说我什么都行，有就改没有就注意呗！可是，大爷这么个看法儿，我要再不解释清楚，那不就给俺儿童团丢人了吗？"牛子想到这里，就决定要向梁大爷解释一下儿：

"不！俺……"

可是，牛子刚一开口，永生又拦住他说：

"你，你说啥呀？别找借口啦！你家没有枣树，是不？房后头那两棵大枣树，二年前就叫鬼子给锯走了——你当是我知不道呀？……"

梁永生说着，迈开步子就要走。

他这么一逗，牛子可更急了！

他两手拽着梁永生的胳膊，吃劲地打着坠骨碌，急眉火眼地说：

"大爷，不行！不行——"

"大爷咋不行？"

"大爷不能走！"

梁永生笑道：

"嗬！俺揭了你的短，你就赖着俺呀！"

小牛子急道：

"不，不，不是那个——"

"不是那个是啥个？"

牛子撒娇地说：

"大爷屈枉人就不行！"

"牛子，是你自个儿说漏了馅子呀！是不？"永生说，"这怎么能赖大爷屈枉你哩？"

牛子坚持着：

"可不是屈枉俺呗！"

他在说这话的同时，用一双求援的目光望望锁柱，意思好像在说："锁柱叔叔，你知道情况，该说句公道话呀！"

方才这一阵，锁柱光笑未语。到了现在这个节骨眼上，他为了满足牛子的意愿，这才插言道：

"梁队长，你是屈枉人家牛子——"

"我是屈枉牛子？"

"对！"

"咋屈枉他？"

"是因为你不了解情况——"锁柱解释说，"人家牛子，是以上树摘枣吃为掩护，在树头上负责给我们放暗哨……"

其实，梁永生是非常了解牛子的。他知道牛子不会去祸害人家的枣儿。根据当前各村儿童团的活动情况，他也早已猜出牛子上树是为了给八路军放暗哨。方才他和牛子说的那些话，是故意激他，逗他。不过，由于他的样子很像真的，牛子这才急了。现在，锁柱这么一说，他又仿佛恍然大悟一般，就着锁柱的话音儿，忙向牛子道歉说：

"噢！原来是这么回事儿！牛子啊，对不起，大爷屈枉你了！"

牛子不好意思地笑着。

梁永生摸摸他的头顶，笑盈盈地又说：

"照这么说，我不光不该批评你，还该表扬表扬你这位负责的儿童团员哩！"

永生一提到儿童团，牛子又着起真儿来：

"表扬？表扬也不对！"

"哟！又不对？"

"就是嘛！"

"咋又不对的？"

"不该表扬呗！"

"为啥不该表扬哩？你站岗放哨……"

牛子抢去永生的话头儿，神气十足地说：

"站岗放哨，那是俺们儿童团的责任！责任，就是应当作的。应当作的，就不应当表扬……"

梁永生听着，笑着，没吱声。

牛子说着说着，瞟了梁大爷一眼，也不知突然想到了啥，他猛地收住了没说完的话头儿，急忙改了嘴，又道：

"俺比起坊子镇上那个高小勇来，还差着老大老大的一大骨节哩！"

"哦！你认识小勇？"

"嗯。认识。"牛子解释说，"高小勇常来俺雒家庄走亲戚……"

"噢！高小勇向你吹过——他怎么怎么行！是不？"

"不是。"小牛子慌忙为他所敬慕的人——高小勇洗白道，"人家小勇可不是好吹牛的人！他的优点，是俺村的民兵队长杨大虎大爷告诉俺的！"

梁永生鼓励牛子：

"噢！那好！牛子是个好孩子，往后儿，还要听杨大爷的话！啊？"

"唉。"

"也要听爷爷的话……"

"不，不，不！"

小牛子甩头晃脑地一连说了三个"不"，继而又鼓起腮帮，脸也涨红起来。

这是咋的回事儿哩？方才梁永生那些话，都是随便跟牛子说的，心里并没多想什么。现在牛子一出现这样的表情，梁永生不由得猛地打了个愣：

"这是为啥？"

"爷爷不是好人！"

小牛子嘴里这么说着，面颊更红了。

噢！永生忽地明白了——沈万泉同志，为了党的工作，为了抗日救国的神圣事业，这个黑锅还真背得不小嘞！你看，这不连他的孙子小牛子都说"爷爷不是好人"了！永生想到这里，不由得想替沈万泉同志解释几句，就说：

"牛子，你爷爷上据点去忙饭，也是为了给你和奶奶混点吃喝儿呀！……"

"爷爷就这么说过，可我不答情，奶奶也不答情！"牛子说，"奶奶还说爷爷是老没出息哩！"

"唔！有那么严重？"

"当然有喽！"牛子力争道，"饿死也不该去侍候那些汉奸王八蛋嘛，那才叫有志气呢！"

多么好的孩子呀！永生再用什么话来向牛子作解释？闹得他一时没有词儿了！永生没了词儿，牛子又说下去：

"我入儿童团的时候，已经表过态了——"

"噢！你表的啥态？"

"坚决跟爷爷划清界限！"牛子为了表达自己的决心，在说这句话时，还将小拳头儿在胸前晃动一下。他见永生大爷和锁柱叔叔这时都在盯着他眯笑，又道："真的！见回爷爷来家，我都不理他！你们要不信，去问奶奶嘛！"

梁永生爱昵地笑笑，又拨拉一下小牛子的脸蛋儿，走开了。

牛子尥起蹶子，又朝他的"哨位"跑去。

永生一边往村里走着，一边和锁柱拉着呱儿。

这些日子，他一直在别的村里活动。今天半夜，又赶到宁安寨，送走了去升主力的同志们。这不，如今，又来到了雒家庄上。虽然他离开这雒家庄日子并不算多，可他一进村，就对这儿的抗日工作产生了一种处处新鲜的印象。因此，他一边走一边向锁柱说：

"这村离云城这么近，人民群众的抗日救国运动能搞得这么活跃，成绩不小哇！"

很显然，永生的话里，包含着表扬锁柱的成分，因为锁柱来这村工作已经好几天了。可是，锁柱听后，却说：

"俺来以前，人家就很活跃。"

"你来以后呢？"

"我来以后，工作有点单打一，光一路地忙活那个了，别的，没选得安排……"

"你把这一套算练熟了——"永生笑着说，"凡是工作成绩，总得把你自己摘扒得干干净净的……"

他俩且说且走，来到一个猪圈旁边。

这里，有两个人正在忙着劁猪。梁永生上眼一瞅，笑咧咧地开了腔：

"大叔，你骟驴骟马是行家，劁猪可看出力巴来了！来，瞧我的！"

那劁猪人说：

"甭价，你指点指点就行了，别髒了衣裳！"

"没关系！你让手吧！"

永生说着，夺过那人手中的刀子，三下五除二便劁完了。而后，他将刀子什么的还给那人，又朝前走下去。在他的背后，响起一片赞扬声：

"老梁真是把巧手儿！他哪时学的这一套哩？"

"人家老梁不光会打仗，对咱庄户人家的事，他都很关心……"

梁永生并不留心人们的议论，渐渐远去了。

走在前头的锁柱，在一个院门口停下来，向永生一挥手说：

"队长，到啦！"

梁永生一腆脸，望着院门说：

"噢！你们住在大虎家？"

"嗯喃。"

锁柱随手推开半掩着的门板。

梁永生迈步跨进了院门。

他走进天井一看，只见西屋里热气腾腾，肉香扑鼻。又见北屋里迎门放着一张八仙桌子，桌子周遭儿摆了几把圈椅。桌面上，除了茶壶茶碗，便是酒瓶酒盅，还有一些点心、水果碟子。

这时节，那位满面春风的杨大虎，正踞踞在一棵沙果树下宰鸡。只见他守着一个热水盆子，将煺光了毛的鸡放在水里，哗啦哗啦地洗着。他听见脚步声，猛一抬头，见梁永生出现在他的面前，立刻喜上眉梢。接着，他站起身子，一面甩着手上的水珠儿，一面用那湿漉漉的拳头给了永生一杵子：

"你这个家伙，可真难请啊！"

"哪等你去请来呀，俺这不是自投来的吗？"

"我到村边去望你四回了！"

"喔哈！这比刘备请诸葛还多一回哩！那真得算'难请'了！"

他俩都笑起来。

锁柱也跟着笑了。

梁永生指指水盆子里的鸡，又说：

"大虎哥，你又宰鸡，又煮肉，闹得可真火爆呀！怎么，小日子儿不想过啦？"

杨大虎把那络腮胡子一捋，笑哈哈地说：

"俗语道：'装啥像啥，卖啥吆喝啥'嘛！"

他俩相对一望，又会意地笑了。

继而，大虎压一压嗓门儿，又道：

"咱把这种'阵势儿'这么一摆，等那杂种进门的时候，对他是个'安民告示'！……"

"那个姓乔的要是不来呢？"

"甭管他来姓啥的，也得把这个样子摆在这里！"大虎说，"就算他有九千九百九十九个可能不来，我们也得为那个'万一'作准备呀！……"

他们以打哈哈儿的形式谈论着准备工作，边谈边笑边走进了北屋。

这时，太阳的金色光波，从庭院中斜射进屋来，将屋中的一切陈设涂抹上一层生动的色彩，给人一种窗明几净的感觉。

梁永生指着摆在冲门的一把椅子逗哏地说：

"这把交椅是给我预备的吧？"

大虎光笑未答。

永生坐在椅子上。他随手掏出小烟袋儿，一边装着烟，一边问锁柱：

"战士们来了不？"

"来了。"

"多咱来到的？"

"五更头儿里。"

"他们都哪儿去了？"

"按照咱们的原定计划，全都分散开了……"

在锁柱向梁永生汇报情况的当儿，杨大虎跑到西屋提来一壶浓酽的红茶，笑着说：

"'客人'还没来，你俩先喝一壶吧！"

他说着，把茶壶和一苟茶碗放在桌子上，又溜出屋去宰他的鸡了。

锁柱的情况汇报还在继续着。

等他汇报完后，梁永生问道：

"哎，二愣呐？"

"送信去了。"

"上哪里？"

"上黄家镇据点上呀！"锁柱说，"队长，你找他有事儿？"

永生没有回答。而是继续问道：

"那封信，是怎么写的？"

"信上是这么写的——"

锁柱的记忆力真好！他原原本本地背诵起那封信的全文来：

"乔队长：日前承阁下盛情设宴，请我前去，适逢我因事不在，未能相会，深感遗憾。为回答阁下盛意，并答谢阁下对我分队长的款待，特于今日午时十二点在雒家庄略备小酌，务请阁下届时光临，商谈时局……"

锁柱一字一板地背述着信简的原文，就像每一个字都在嘴里嚼一遍然后才吐出来似的。他背述完以后，缓了口气又说：

"最后的落款署名是：'梁永生'。"

这一阵，梁永生稳稳地坐在椅子上，用一只拳头撑着下巴颏，一声不响地在抽烟。锁柱说完了，他依然在抽烟，并不作声。

屋里静得很。

只有梁永生那烟锅不时地吱吱叫唤。

锁柱瞅瞅梁永生的面部表情，不安地问：

"队长，怎么样？有问题？"

说起来，梁永生对信中的个别词句虽不甚满意，可他觉着信已发出去，说也没用了。同时，他对锁柱能够自当自主地进行工作，心里却是很高兴的。梁永生为了进一步培养锁柱独立工作的勇气，便鼓励他说：

"蛮不错嘛！往后儿，就要这样大胆地干！"

在锁柱看来，给敌人下"请帖"，是件大事。如今，他单独干了，还受到队长的鼓励，心里挺高兴。他为了不让喜悦心情流露出来，又急转话题说：

"队长，我再继续汇报准备情况吧？"

红色岁月

红色历程

红色史诗

红色经典

"刚才不是都说过了吗？"

"还没说完呢！"

"没完就接着说。"梁永生喝了口茶水又说，"光说主要的。"

"哎。"锁柱说，"我的安排是：乔光祖一到，就下他的枪……"

"噢！"

"而后，命令他领着我们进据点，再去收那些伪军们的枪……"

"噢！"

在锁柱汇报情况的当儿，有个念头一直在梁永生的头脑中活动："安排得倒挺细！可是，那个姓乔的不来又怎么进行？"永生虽然心里这么想着，可他嘴里只是"噢"，啥也没说，因为他相信锁柱会有安排的。事情果然不出永生所料——锁柱说着说着，把话题一转，继而又道：

"当然，那个姓乔的是不会来的。不过，这个'不会来'，是我们分析出来的。通过分析得出来的结论，不论所依据的材料是多么充分，多么可靠，至多也只能说是百分之九十九，要把它看作百分之百那是危险的。因此，我们对那个'百分之一'，还是作了些安排。"

永生满意地点点头。

锁柱继续说下去：

"我们通过进一步分析认为：姓乔的不会应邀前来，但也不会拒绝邀请，很可能像我们那样——派代表。"

永生再次点点头，并"噢"了一声。锁柱望望队长那赞许的、期待的目光，继续汇报道：

"如果乔要派代表来，我们就根据当时的具体情况，设法让他派来的人把我们带进据点。另外，这次'巧夺黄家镇'的一个重要问题是内应问题。关于内应问题，我已和沈万泉同志接过头了，他说已做好了五个伪军的工作。这五个伪军，都是被抓来的，没什么罪恶。我们进去后，他们将在老沈的指挥下，配合我们的行动。"

"噢！"

"除此而外，老沈同志还传出一个信来，说是今天下午一点半到三点半，正是他做好了工作的两个伪军在据点门口值岗。这样，咱们闯进据点大门的问题，就更有把握了！"

"噢！"

"再就是，我还和老沈同志约定好，在乔光祖或者是他的代表领着我们的人进据点以前，有人先在据点门外敲梆子卖豆腐，使老沈同志好有个准备，以防那小子们进了据点后发生突变……"

这一阵，坐在一边抽烟、静听的梁永生，除了有时候"噢"一声而外，他一直是不插言，不表态，让锁柱丝毫不受干扰地把话全说净了。

锁柱汇报完以后，照例是习惯地问了一句：

"队长，这个安排怎么样？"

梁永生笑了：

"挺具体。"

机灵的锁柱意识到，队长的回答，是"挺具体"，而不是"挺好"，因此，他又问：

"队长，有问题？"

永生没答。他习惯地一笑，说道：

"一般说，我们请客人，那客人总该是非亲即友，可今天我们去请的'客人'，又偏偏是我们的敌人……"

锁柱想了一下，点点头：

"队长，你的意思，我明白了！"

"说说看——"

"你是说——和敌人打交道，应当先考虑到敌人狡猾的一面，然后再去考虑他愚蠢的一面。"锁柱说，"对不，队长？"

梁永生点点头：

"这话对。"

继而他又引申下去：

"锁柱啊，无论干什么事，要先往坏处多想想，先往反面多想想。"

锁柱深深地点着头。

梁永生又举例道：

"咱们都是当兵的，三句话不离本行——就说打仗吧：进攻之前，应先想到怎么撤退；开火之前，既得想到胜，又要想到败……"

他列举了许多具体事例之后，又说：

"总之一句话，只有把最坏的各种可能性全想到了，并做了相应的准备，才能在真的出现了最坏的情况时，不至于束手无策；只有考虑到即使发生了最坏的情况，也能夺取胜利，这才能叫'有把握'！"

永生习惯地停顿一下，接着说：

"毛主席领导咱们部队，从红军时代开始，就不打无把握之仗！对这'把握'二字，我是这么理解的。当然，也不一定对。锁柱，你说呢？"

锁柱爽快地说：

"队长，你说得对！我以后一定正经八本地呛劲！"

锁柱说过，沉思起来。屋里很静。过了一阵儿，他瞅了瞅院中的阴影，带着几分焦急的语气说：

"天不早了，二愣怎么还没回来呢？"

这时，梁永生倒剪着双手，微低着头，在屋中很小的一个空间里来回地、缓慢地走动着，走动着。显然是，他正在思索着什么。

锁柱坐在炕沿上，右脚蹬在杌子上，右肘支着膝盖，手掌托着下颏，时而凝视着"通天框"，时而瞟瞟梁队长，又时而向屋外撒打撒打，望望已经傍晌的太阳。

梁永生在后窗近前停下来，转动着豁亮的大眼向村外眺望着。村外，是一派繁忙景象。大刀队的战士们，三三五五地杂在人群中，正在帮助群众干着各种活路。

屋里静若无人。

送信的二愣回来了。

二愣一进屋，锁柱就霍地站起身，急切地问道：

"送去啦？"

"送去啦！"

"来不来？"

"不知道！"

永生转过身来。他见二愣身上湿漉漉的，有点纳闷儿，就问：

"二愣，你这衣裳是怎么搞的？"

二愣嘿嘿地笑了：

"要说这一锅，怪有意思哩！"

"啥？"

"我送上信往外走的时候，突然从厨房里泼出一盆泔水。这盆泔水，不偏不斜，正好泼了我一身。当时，我一下子火儿了！因为我想：'这不是欺负人吗？不能让他！'可是，我扭头一看，呀！原来那泼水的并不是别人……"

"谁？"

"沈万泉同志！"

"他？"

"对！我灵机一转：'嗯！明白了——他用水泼我，八成有事儿！怎么办哩？'想到这里，灵机又一转，便佯装生气的样子，吵着闹着，骂骂咧咧地闯进厨房，一把抓上了老沈的脖领子，大声小气地跟他嚷开了！嚷啥？我叫他赔衣裳，我要拉他去见他的'上司'……"

"老沈呢？"

"他当然不认账！又是挣挣拽拽，又是抓抓挠挠，嘴里也不说好听的！"

"结果怎么着了？"

锁柱追问着。

"你往下听啊！"

他又转向永生：

"你猜怎么着？不一会儿，几个伪军跑来了！他们又是劝，又是拉，说好说歹，死说活说，这一锅才算散了伙！就在我和老沈拉拉扯扯吵吵闹闹的当儿，他将一个小小的纸蛋儿悄悄地塞给了我！"

"哦？好！"永生说，"那纸蛋儿呢？"

"在这里！"

黄二愣说着将手插进衣袋，掏出一个纸蛋儿递给了梁永生。永生接过纸蛋儿，一面小心翼翼地伸展着，一面有口无心地问二愣：

"这上头写的啥？"

"我哪知道哇！"

"噢！没迭得看！"

"倒不是没迭得！"二愣说，"我是个传书送信的，我觉着是不应当半路上偷看的……"

二愣这边说着，永生那边已经把纸蛋儿伸开了。他上眼一瞅，只见那张褶褶皱皱的纸条上写得很简单——只有六个字：

"瞧不起。七巴掌。"

这两句话是个啥意思哩？

把个梁永生、小锁柱和黄二愣全给难住了！

梁永生将纸条儿摊在桌子上，向他俩诙谐地说：

"来，咱们解解！"

二愣说：

"那是你俩的活儿，咱'解'不了这玩意儿！"

"咦！"梁永生笑道：

"俗话说：'三个臭皮匠，顶个诸葛亮。'你要不参加，咱管凑不上仨了！"

随后，他们仨一齐开动脑筋琢磨起来。你看吧，他们三个人，你一个想法，我一个看法，你否定我，我否定你，最后终于琢磨出一个名堂来！

啥名堂？

就是将"瞧不起。七巴掌。""翻译"成："乔不去。去班长。"

他仨都同意这个"解释"。

于是，便决定照这样的理解行事。

事情就有这么巧：梁永生正想派二愣去找志勇，志勇一步闯进屋来。志勇问：

"有什么变动吗？"

"没有！一切照原订计划行动——我和锁柱、二愣进据点，你带领战士和民兵埋伏在据点外头！……"

"我请求变动一下——"

"咋变动？"

"我和锁柱、二愣进去，你留在外头！"

"我同意志勇的意见！"

锁柱唯恐梁永生不接受志勇的建议，除表态支持外，又用他那张机枪嘴申述起理由来：

"让志勇进据点，队长留在外边，有八大好处：第一，他来班长，咱去分队长，大体对牌儿；第二，志勇去过一回，熟悉地理环境；第三，你留在外头，便于指挥队伍；第四，姓乔的诡计多端，硬闯辕门总是个悬乎事儿，不宜队长出马；第五……"

这当儿，梁永生坐在一旁听着，笑着。

其实，他早把主意拿好了。可是，他见锁柱说起来又没完没了了，就拦腰插言道：

"得啦得啦！就依着你！"

永生这一句，使锁柱的"机枪"停了火儿。锁柱得意地笑了。继而，他又朝志勇瞟了一眼，好像在说：

"怎么样？亏了我吧！"

"这件事算交给你们啦！"梁永生向志勇、锁柱、二愣环视一眼，"你们再仔细分析分析，进去以后，可能出现些什么情况，又该怎么对付……"

他站起身来又说：

"我去找些同志们，进一步研究研究如何在外头策应配合的问题。"

话毕。他迈步走出屋去。

屋里，三个年轻人呛呛咕咕地议论起来。

时间流逝着。

天近晌午了。

梁永生找到小胖子、唐铁牛、赵生水和其他一些同志座谈了一番，还跟杨大虎安排了一下民兵们的任务，又回到这个"客厅"里来了。

这时，志勇他们的讨论也有了眉目。

永生听了志勇的汇报，又补充了两点意见，然后说：

"就这样吧！你们看怎么样？"

志勇说："好！"

二愣说："行！"

锁柱说："如今是'万事俱备只欠东风'了！"

过了一会儿。

他们正在一面等候"客人"一面闲谈末论，负责在村边放哨的庞三华跑进屋来。

三华还没开口，永生先问道：

"来啦？"

"对！"

"几个？"

"俩！"

"有枪不？"

"没枪！"

"他们现在哪里？"

"在村口等着呐！"

"哎，你咋不把'客人'领进来？"永生风趣地说，"这不显着太'冷待'人家了？"

"我觉着还是先来送个信儿好！"三华解释道，"也免得……"

"你做得很对！"永生拍一下三华的肩膀笑道，"现在可该去领人家了吧？"

"是！"

三华应声要走。永生又嘱咐一句：

"客气些。"

"是！"

"好啦。去吧！"

三华走了。

永生又向志勇、二愣说：

"你俩跟人家都是'熟人'，到院门口去接一下吧！"

志勇、二愣相互对视了一眼，笑笑，走了。

永生又吩咐锁柱：

"你到里间屋去，将门帘落下来。注意：要时刻准备战斗，以防敌人在内身藏有凶器！"

"好！"

小锁柱走进里间后，将张着大机头的匣子枪握在手中，又将身子蹲在靠"灯窑儿"的隔墙处，不动了。

梁永生部署完毕，又坐在冲门的椅子上，掏出小烟袋儿，装上烟，点着，一口接一口地抽起来。

不一会儿，院门口传来说话声。

继而，伴随着一阵脚步声，梁志勇、黄二愣和两个伪军一齐走进院来。梁永生朝天井里一望，只见志勇和一个伪军走在前头，他们正然边走边说，边说边笑。在他俩的身后，是黄二愣和另一个伪军。

在今天这种情况下，梁志勇和黄二愣，对待两个伪军班长，是不即不离、若即若离，既警惕，又客气。

他们进了屋。黄二愣指着梁永生向那两个伪军介绍道：

"这一位，就是我们的梁队长。"

两个伪军恭恭敬敬地向梁永生行了个礼。

这时节，他们那发白的眼睛，狡诈而又生疏地梭动着；脸上挂着故意装点出来的显得不大自然的笑容，以十分抱歉的口吻说：

"梁队长，我们来打搅你了！"

梁永生带着一个活泼人特有的那种严肃神色，向桌边的椅子挥动一下手臂：

"坐，坐！"

这两个伪军，也不知是因为路上走得太急了，还是因为心情过度紧张，只见他们吁吁直喘，呼呼有声。在他们这种神色的衬托下，梁永生那种轻松、坦然的态势，愈显得宽怀大度、可敬可畏了。

他跟那两个伪军随随便便地说了几句脸目前的客套话儿，便一面抽着烟一面跟他们东扯西拉、讲古论今地攀谈起来。

这两个伪军，一个是四川口音，一个是关东口音。他俩的话音搅在一起，使人听起来感到耳朵很吃力。

他们前五百年后五百年、从天上到地下地闲谈了一阵，梁永生这才向志勇说：

"喔！天不早了，别光这么干嚼啦，上席吧！啊？"

"是！"

梁志勇应声离去。

不多时，酒呀菜的摆了一桌子。

那个高个儿的伪军望望桌上的席酌儿，欠起身子歉意地说：

"梁队长这番盛情，真叫我们过意不去呀！"

另一个矮个儿的伪军接言道：

"是啊，真是太荣幸了，太荣幸了！"

梁永生坦然笑道：

"别客气啦。很不像个样子！"

他指点着桌面上的酒呀菜的又说：

"你看！有啥呀？只不过是俗菜两盘，淡酒一杯，聊表一下我的一点小意思吧！"

他说着，端起酒杯：

"来吧！甭管好歹啦，请二位包涵着点……"

一场酒宴就这样开始了。

他们吃着，喝着，谈着，笑着，叫个不知内情的人一看，还蛮像个请客赴宴、"彬彬有礼"的光景哩！

那两个伪军，在开初时很局促。不论永生问他们什么，他们都是站起身来，立正回答。这种多次重复的机械动作，给人一种机器人儿的感觉。

梁永生的态势、神情，和他们截然相反；他就像平常吃饭一样，那么随随便便。他一面用筷子揲着菜，一面向伪军们说：

"我酒量小，不能敬你们，你们自己尽量喝，酒虽不好，但是管够！"

他又用筷子指点着桌上的大大小小的盘盘碟碟，接着说：

"菜不少，没好的，你们觉着什么可口，就揲什么，别拘着！好不好？"

两个伪军欠身道：

"不客气！"

"不客气！"

这两个伪军，都是乔光祖的亲信。对他们的情况，我们也早已掌握了。可是，过了一阵，梁永生望望天井的阴影，估摸一下时间，突然转了谈天说地、评风论雨的话题，带着几分并不明显的歉意，向伪军们说：

"哟！你看我，真对不起！咱们同桌共饭地谈了这么大晌，还没闹清你们二位姓什么呢！"

那个操着四川口音的矮个儿伪军，带着十足的丘八劲儿咔的一声站成了直橛儿：

"报告梁队长！我姓孙——"

他一扭身指指那个高个儿的伪军，嘘着满口的酒气又接着说："他姓曹！"

那个姓曹的也站起来，像个大虾似的弓着身子，操着关东口音说：

"是！贱姓曹！"

梁永生点点头，笑笑说：

"你们不要这样。都坐下说话。客人嘛！"

姓孙的伪军说：

"不！队长，你是长官！……"

梁永生哈哈地笑了：

"什么长官不长官呀！我们八路军里，不兴这套玩意儿！……"伪军们见梁永生说的和做的完全一样，确实没有一点官架子，很是平易近人，所以也不觉不由地不那么局促了。沉了一霎儿，永生像突然想起一个新的话题似的，又问那俩伪军：

"哎，你们乔队长怎么没来呢？"

又是那个姓孙的抢先答话。他语气闪烁地说：

"很遗憾！我们乔队长病了！"

姓曹的帮腔道：

"对！是他派俺俩来的，并要我们代表他向梁队长表示歉意！"

梁永生惋惜地说：

"你看！赶得真巧！上一回，他请客，就赶上我不在；这一回，我请客，又赶上他病了！"

"是啊，真是赶巧了！"

姓曹的呷下一口老白干儿，咂咂嘴，就着姓孙的话音随声附和地说：

"可不是嘛，可不是嘛！"

"这也倒好；该着咱们有缘——"梁永生说，"乔队长要不病，咱们怎么能认识哩！"

"荣幸，荣幸，实在荣幸！"

"就是，就是，就是嘛！"

"哎，你们二位，在乔队长手下担任……"

梁永生这话说得很慢，并且说到这里收住了话头。这显然是，下半句不用再说，那伪军也就明白了。

这回答话，姓曹的抢了先：

"我们俩，都是班长！"

他指着自己的鼻子尖儿：

"我，二班长——"

他又指指姓孙的那小脑瓜儿：

"他，一班长！"

梁永生点点头，"噢"了一声。

这时，梁永生见两个伪军的黄脸皮全被白干儿烧红了，并且或多或少地带上了几分醉意，就悄悄地向志勇递了个眼色。

又过了一阵。

梁志勇就着永生询问乔光祖的病情的茬口儿，以请示的口吻试试探探地插言道：

"队长，我，我想去看看乔队长——"

梁永生的脸上突然现出难色：

"说起来嘛，是应当去看望看望的。不过，你过晌还要到区上去开会……"

梁志勇继续恳求道：

"我快去快来，开会的事，保证误不了！"

永生紧锁着眉头，思索着。

梁志勇再次解释道：

"上一回，我代表你去赴宴，乔队长是那么热情，就像老朋友一样！现在，他病了，我要不去看望看望，总觉着心里怪过意不去的……"

永生好像无可奈何地说：

"这我知道。既然你非要去，就去一趟吧！"

志勇立刻满脸是笑了：

"是！"

"也给我带个好去。"

"是！"

"可一定快去快来呀！"

"是！"

永生说着说着，又像忽然想起了什么：

"哎呀！那据点的大门你进得去吗？"

志勇漫不经心地说：

"问题不大！上回我去过嘛！"

永生摇头道：

"不行！准能碰上上回值岗的人吗？要是万一发生了误会，那可就……"

志勇猛醒似的说：

"哟！可说哩！"

过了一霎儿，他忽然向那个姓孙的伪军说：

"哎，伙计，你领我去吧？"

他没等姓孙的回答，又向姓曹的说：

"伙计，要不你领我去！"

这时，两个伪军为了难。答应吧？怕回去不好交差！不答应？又找不到拒绝的理由！这时，他们临来之前乔光祖嘱咐的几句话，在两个伪军的耳边响着——一忽儿是："你们要注意气候的冷热，门帘的高低，看一看他们到底是个什么用意，回来向我报告……"一忽儿是："你们要像演戏一样，要演得像，演得熟，切莫让他们看出我们心不诚，意不真……"一忽儿又是："要多听，少说，光叙'友情'，不谈国事……"最后一句是："你们要是给我捅了娄子，回来我可不饶你们！"两个伪军心里想着这个，眼睛在彼此盯视着，代表着一种相互商量的意思。

梁永生见伪军们有些犹豫，就势插言道：

"这是啥时候呀？先别谈这个！待会儿，吃饱了，喝足了，他二位回去的时候，你跟他们一块儿走，到那里看望看望，从那里就直接去开会……"

永生的语气，是以上示下的，板上钉钉的，没有一点商量的余地。

志勇点头笑道：

"行，行！这法儿好，一举两得——也当送送客人！"

他又转向伪军：

"你们说对不对？"

这时，闹得两个伪军很尴尬。当他们正抓耳挠腮不知如何是好的时候，蓦然体察到，在梁永生那平平静静的神色中，仿佛又增加上了几分威严的味道。这点威严的味道，好像正在提醒两个伪军：注意！我已经说定了的事情，是不容变动的！于是，两个伪军只好应承道：

"对！"

"对！"

饭后。

志勇和两个伪军，一同走出角门儿，告辞了梁永生，朝黄家镇走去。他们刚走出村口，黄二愣突然从后边跑上来。他向志勇冒冒失失地问道：

"哎，伙计，上哪去？"

"黄家镇。"

"干啥去？"

"少废话！"

"哼！不说俺也知道！"

"你知道？"

"当然喽！"

"知道啥？"

"你去探病！是不？"

梁志勇没吭声。黄二愣又说：

"俺也去！"

"你去？"

"嗯。"

"有你的淡事儿？"

"俺跟你是鸡市鸭市鸽子（各自）另一市（事）！"黄二愣说，"俺刚才去送信，把扇子忘在那里了！"

"那好办——"

"咋办？"二愣说，"不要了？"

"我给你捎来就是了！"

"得啦得啦！"二愣摆手道，"去你的吧！"

"咋？"

"叫你一捎，那扇子还属于我呀？"

"二愣！我告诉你——"梁志勇以警告的口气说，"你这么自由行动，要叫队长知道了，吃不了可得兜着！咱先说下，到你挨剋的时候，我可不给你讲情……"

黄二愣一拍胸脯儿说：

"好汉做事好汉当，哪个用你讲情！"

他说着，随在志勇身后，一同朝前走去。

一条弯弯曲曲的村野小道，将黄绿间杂的平原切成两半，朝向那远方的黄家镇伸延着。道路两旁的农田里，呈现着一派初秋的景象。有些早庄稼快要熟了，散发着醉人的香气。有些晚茬庄稼长得茂，绿油油的还正长上劲儿呢！道边的崖坡上，盛开着各种野花，黄色的，白色的，紫色的，红色的，一簇簇，一片片，陪衬着绿草，喷放着香味。对对双双的花蝴蝶，被这些花朵吸引住，圈圈飞旋，翩翩起舞。三三五五的蚂蚱，或蹦或飞，时而落在人的身上，人想逮它时，它又飞去了。

梁志勇、黄二愣和两个伪军，一路走，一路看，一路老兄老弟地瞎胡扯着，慢一阵快一阵地向着黄家镇奔去。

他们走到半路时，锁柱又从背后追上来。

只见他跑得像只飞起来的小燕儿，并一边跑一边挥臂喊道：

"梁志勇！等一等！"

志勇扭头一望，不耐烦地牢骚道：

"瞧！这个穷裹黏劲儿，真腻歪人！"

待锁柱来到近前，志勇没好气儿地问：

"你又要啰唆啥？"

锁柱举起手里的信：

"送信去！"

黄二愣伸手要夺信：

"拿过来吧！"

锁柱没让他夺去：

"你要干啥？"

二愣自信地说：

"我替你捎去得啦！"

锁柱拨拉二愣一个趔趄：

"去你的吧！你这个大马虎呀，我一百个信不着！要是误了事，算你的还是算我的？啥？责任嘛！"

志勇忽闪着迷惑的眼睛：

"信？啥信？"

锁柱说：

"你问我，我问谁？我只知道——你们刚出村，柴胡店据点上来了一个人，给梁队长送来一封信；梁队长看完信，把那人打发走后，就立刻写了这封信，叫我送到黄家镇据点上去。并嘱咐我：一定要亲自交给乔队长！……"

如今，他们这一行已经是五个人了——梁志勇、黄二愣、王锁柱和那两个伪军。一路上，两个伪军的表情，总是不大自然，有时还像正在想着什么。志勇他们，为了不给伪军思考的空隙，就你一句、我一句、东一句、西一句地跟他们说着话儿。

他们走着走着，遇见一个卖豆腐的。那人担着豆腐挑子，从那边的一条斜向大道上插过来，忽呀颤地向前走去了。

这个卖豆腐的是杨大虎。

当然，杨大虎也看清了志勇他们。

可是，他们之间，谁也不理谁，各走各的路，全充互不认识。

空行人走不过挑挑儿的。这话半点不假。一开头就走在前头的杨大虎，把志勇等人越拉越远，越拉越远，不一会儿，他在前边的岔路口上拐了个弯儿，被一片高庄稼影起来，不见了。

不一会儿，梁志勇一行来到了黄家镇。

黄家镇据点，在这个镇店的西北角上。这里，原先是彭武举家的住宅。如今，在那又高又厚的垣墙外头，又挑了一圈儿又深又宽的壕沟。壕沟里有半人深的积水。水面上覆盖着一层黄绿色的、灰白色的、泛着泡沫儿的脏东西。壕沟外头，还有一道铁蒺藜网。

这个据点，只有一个门，门口朝南。

门口上，有个木头吊桥。眼时下，那吊桥已经高高地拉起来，像个起重机似的，朝半天空中斜竖着。梁志勇远远地眺望着据点的景象，话在心里说：

"这个老狐狸！要不巧夺智取，攻克这个据点还真得费点火头哩！"

据点在志勇的视线里渐渐地靠近着。

突然，担着豆腐挑子的杨大虎出现在据点门口上。他将挑子放在沟外的大道边上，拿过木头梆子敲起来：

"梆梆梆！梆梆！梆梆梆！梆梆！……"

梆子的响声未落，沈万泉从据点里走出来。他腰里扎着个齁满油渍的白围裙，挓挲着两只湿漉漉的油手，站在据点的大门口上，隔着壕沟向大虎喊道：

"卖豆腐的掌柜的！"

"唉！——"

大虎高声答应着。而后，停住梆子，又满面笑纹地上赶着说："大师傅！来点豆腐呀？要多少？今天的豆腐点得老，保你能炖得住！……"

"多少钱？"

"五十元一斤！要多少斤？说话吧！"

"呀！又涨钱啦？"

"票子越来越毛。豆子老是涨钱，豆腐能不涨钱？水涨船高嘛！"大虎说，"说真的，这个价儿卖，只赚把渣，没一分利！"他挥臂向西一点划，又说：

"到西乡，能卖六十元一斤！咱这是老主顾，能多算你的钱？……"

沈万泉知道：杨大虎的豆腐梆子声，是提前来给他送个信——我们那些来闯据点的同志们快到了！因此，现在沈万泉一边和大虎说着话儿，一边悄悄地朝西瞟了一眼，只见志勇、锁柱、二愣和那两个伪军班长正朝这边走来。于是，他又提高嗓门儿说：

"太贵啦！不买了。下回说吧！"

随后，他向两个门岗递了个眼色，便转过身子走进据点去了。

大虎打了个"唉"声，将挑子拾上肩，朝黄家镇街里走去。他一面走着，还一面自言自语地发着牢骚：

"唉！这个年月儿，钱色不稳，小买卖儿真难做呀！"

大虎渐渐远去了。

志勇他们又来到据点门前。

没等那两个伪军班长说话，站岗的伪军便将那支汉阳造的七九式步枪往肩上一背，哈下腰去解那吊桥的绳子了。这个伪军叫王皮田，他一边解着绳扣儿，还一边隔着壕沟和他的班长热情地打招呼：

"孙班长！回来啦？……曹班长！你准喝多了！……没价？咱就不信！你尿脬尿照照，你的脸成了啥颜色儿啦？快成了猴儿腚了！……"

王皮田一面嘻嘻哈哈地说着，一面慢慢地松着吊桥的绳子。待吊桥放稳后，姓孙的一侧身，朝他背后的梁志勇伸来一条胳膊，让道：

"请进！请进！"

梁志勇微微一笑：

"别客气！别客气！"

姓曹的打了个酒嗝儿插言道：

"分队长先进！客人嘛！"

志勇摆出无可奈何的态势，只好跨前一步，迈进了黄家镇据点的大门口。锁柱和二愣跟那两个伪军班长你推我搡地谦让了一阵，最后还是随在两个伪军班长的后头也进了据点。

据点的大门以里，是个宽宽绰绰的大院儿。

这个大院儿，是伪军们下操、集合的地方。

大院儿的北面，是一拉溜腰屋，总共十一间。当中那间，是个前后通行的穿堂过道，或叫作"走廊"。走廊两边，各有五间平房，朝南这面，光有窗户没有门。

梁志勇他们一同穿过前院儿，又经过那条穿堂过道，进入后院儿。在这穿堂过道的尽北头，有个朝东的门口。一种油腥气息，合着淡淡的烟雾从门口扑出来。

这是厨房。

沈万泉老汉，就住在这厨房的套间里。

目下，沈老汉也不知跑到哪里去了，厨房里空荡荡的，只有盆碗锅灶，没有一个人影儿。

志勇等人越过厨房门口来到后院儿。

这后院儿，比前院儿小多了。

院子的正北有座北屋。

有条用方砖墁成的甬路，从这过道里一直通向北屋门口。

北屋门前，有个七磴台阶的"月台"。

"月台"两侧，各有一丛石榴树。

这座屋，便是伪军小队长乔光祖的住处。

在这屋前的天井里，从东到西拴着一道横铁丝。铁丝上，一拉溜挂着好几个鸟笼子。笼子里，有画眉，有黄雀儿，有八哥儿，还有百舌子什么的。它们正在跳着，叫着。

这个穿堂过道的东侧，有道南北墙。墙上有个小小的发碹门儿，门里是个套院儿。这黄家镇据点上的三班伪军，全都住在这个套院儿里。

梁志勇一出过道北口，那个姓孙的伪军班长就朝北屋一指说：

"分队长，你自己去吧，反正已经来过了！"

姓曹的也说：

"对！熟不讲礼嘛！"

志勇见他俩想溜，就一手拉上一个，用开玩笑的口吻说：

"走走走，一块儿去嘛！俺来到你这里了，你们怎么想着晒我的台呀？"

两个伪军班长无奈，只好陪同志勇一起朝北屋走去。

这时，锁柱向志勇说：

"分队长，你们先去吧！俺是当兵的，和你一块儿进去有些不方便！……"

"那，你干啥去？"

"我和二愣到那边，找我表哥玩玩儿！"

"你不是要去给乔队长送信吗？"志勇说，"怎么又去找你表哥？"

"你先去和乔队长谈着，我和俺表哥见个面儿，说两句话，马上就去……"

锁柱说着，和二愣一前一后，大摇大摆地晃进跨院儿去了。他们走进跨院儿的门口，朝整个庭院投去深深的一瞥。只见，这时伪军们大都没待在屋中。

院子里可真"火爆"呀！

有的伪军撇着双腿坐在门槛儿上，正低着脑袋哗啦哗啦地洗衣裳。有的狗蹲在墙根底下，敞闪着怀，正抻着衣襟逮虱子，抠虮子。还有的，拿着个小刀子，正要把水果上的缺儿挖下去。也有的，自己蹲在墙旮旯儿里，正一口口地干哕着。

在天井的东北角上，有棵大椿树。树荫下，放着两张八仙桌。

每张桌子的周遭儿，都围成了人疙瘩。

这边的桌上正在"推牌九"。

那边的桌上正在"打麻将"。

围在这两张桌子周遭儿的人们，除了坐下来耍钱的，就是站在外圈儿扒眼儿的。这时节，耍钱的也罢，扒眼的也罢，全都将头埋在骨牌上了。

一忽儿，这个把骨牌往桌上一拍：

"天九儿！"

一忽儿，那个将骨牌搂得啪的一响：

"天杠！"

这当儿，那位腰扎围裙的沈万泉老汉，也掺杂在这扒眼的人堆里。

只见他，肩上搭着一条羊肚子手巾，不时地扯下来擦擦脖子上的汗，并借擦汗的当儿各处撒打撒打。他撒打一阵以后，又装出聚精会神的样子低下头去扒眼儿了。在扒眼儿的空间，他还短不了地插上个一言半语的俏皮话儿，引逗着伪军们哄笑起来。

再说锁柱和二愣。他俩跨进这个院门以后，都从腰里把匣枪掏出来了。

锁柱将拿枪的手往身后一背，两眼快速地朝院里左右一看，脚步没停，不慌不忙地向那树荫走过去。

在这个紧要时刻，沈万泉的配合起了重要作用。你看他，突然指手画脚地嚷道：

"他偷一张牌，扔到桌子底下去了！"

他这一嚷，所有伪军的眼珠子，全钻到桌子底下去了。沈万泉趁势又嚷：

"你看，你看！在那里，在那里，那不是吗！"

沈万泉这么不住声地嚷着，闹得伪军们都低着傻脑袋朝地皮上各处乱撒打，久久地抬不起头来。就在这个当儿，锁柱已来到了离这桌子只有十来步远的地方。

一忽儿，当有的伪军猛地发现了锁柱时，身着便衣的王锁柱，早已直直地挺立在一块大青石上。他正然笑眯眯地盯视着庭院中的伪军们。

这时，锁柱见发现他的伪军紧张起来，便就劲儿向他们打招呼说：

"弟兄们！我们来接你们啦！"

他这一句，使满院的伪军抬起了头。还有的，竟不知所措地站起身来，惶惶不安地盯着锁柱这位陌生的小伙子。

接我们？往哪接？他是干啥的？这样一些念头，在每一个伪军的脑袋里同时闪过去。甚至，有的人竟口不由主地在问：

"你，你是……"

机灵的锁柱，就着伪军的话头儿，笑哈哈地又说：

"怎么？你们还不知道？你们的乔队长，已经决定'起义反正'了！刚才，你们的孙班长和曹班长，不是才跟我们接过头吗？……"

在锁柱说话的当儿，沈万泉向他事先做好工作的几个伪军递了个眼色。接着，他们几个都溜走了。这间，锁柱又讲下去：

"你们不要有顾虑！不论你们过去如何，'起义反正'之后，我们既往不咎！……"

经锁柱这么一说，有些伪军的惊色，又变成了迷惑不解的神色。可是，也有少数不老实的顽固家伙，正然拉着架子要往屋里跑。

看来，那些不老实的小子们，大概是料定乔光祖不会"起义反正"，同时又量欺着王锁柱只是子身一人，而且没见这个穿便衣的小伙子有什么武器，显然是要进屋去拿枪，想进行负隅顽抗！

谁知，就在这时，院门口突然发出一声巨吼：

"不许动！"

这是黄二愣的声音。

他这声吼喊，亚赛炸雷一般，震撼着庭院。一种嗡嗡的回响，在伪军的耳边久久地嘶鸣。就连院中的那棵大椿树，也像吓得发抖似的无风而动。

正要往屋里溜的伪军，被这突如其来的勒令吓得身子一抖，脚不由主地站住了。与此同时，他们朝吼声起处一望，只见那门口旁边的小土台儿上，挺立着一位虎势彪彪的黑大个儿。

又见，那个黑大个儿，一手端着匣枪，匣枪张着大机头；另一只手背在身后，谁知那手里拿的是啥？黄二愣这种怒气冲冲的态势，和他那双炯炯闪光的火眼配合起来，给人一种杀气腾腾的感觉。

就在这时，锁柱也把匣枪亮出来了。

不过，锁柱的神情，和二愣截然相反。他那两只大眼，依然是笑盈盈的，整个面部没有一丝半毫的怒色。使人一看，他这种神色，和二愣的神色是很不协调的。你说怪不怪？这种不协调，却使伪军们产生了许多迷惑的猜想，似乎更感到莫名其妙的可怕。

伪军们正不知所措，忽听到有人又在他们的背后喝道：

"乔队长有令：谁不服从，就地枪毙！"

伪军们回头一看，只见伙夫沈万泉和几个伪军都端着三八式大枪站在屋门口上。这一新的情况，告诉那些不大老实的家伙们，想瞅个空子蹿进屋去，拿起枪来进行抵抗，已是根本办不到的了！在这样的节骨眼上，锁柱也突然严肃起来。他向伪军们说：

"我们的梁永生队长，已经和你们的乔队长谈妥了，我们允许你们集体反正。并且，眼下我们的部队就在据点门外等着哩！咱先把话说明白：你们哪一个不遵守协议，可别怪我们八路军不讲面子！"

有些伪军颤抖着说：

"不敢，不敢！"

"服从，服从！"

锁柱就劲儿喝道：

"服从的站队！"

他挥动着匣枪又跟上一句：

"快！别磨蹭！"

伪军们呼呼啦啦一阵忙乱，满院子响起脚步声。不大一会儿，一大溜长长的横队，出现在锁柱的面前。伴随着锁柱那"立正""看齐""报数"的口令声，伪军们又是一阵忙乱。

这当儿，我们的地下工作者沈万泉同志，指挥着他事先已经做好工作的那几个伪军，把各屋里的枪支都收集起来，并卸下枪栓，打成枪捆，像开展览会似的摆在了伪军的队前。

此情此景，再次告诉那些不老实的顽固分子：你们完了！已经彻底完了！趁早儿死了捣鬼闹乱子的那份心吧！不要再有什么幻想了！

沈万泉他们已经把枪收了，锁柱为啥还要再来这一手儿呢？

这是因为，在那边，梁志勇正在和乔光祖等人纠缠，而且他们又不了解当前是个什么具体情况；在这种情况之下，万一这边的伪军们发生什么波动，对那边的梁志勇显然是很不利的。所以，他们这一切措施，除了这个斗争现场的需要而外，还时刻在考虑到梁志勇那边的需要。也就是说，他们总是千方百计地使伪军们老实下来，好尽量保持一个平静的气氛。

为了给志勇留下一个更大的回旋空间，锁柱又向伪军们讲起话来了。

他讲的内容，主要是当前的新形势。

他一面讲着，还一面不时地挥动手中的匣子枪，直吓得胆小如鼠的伪军们，一个劲儿地又是咧嘴，又是闭眼，又是打冷战。

这一阵，黄二愣始终站在院门口。

他，一面用匣枪瞄着伪军们，一面不时地瞟扫着乔光祖的住房。假设说，在这时那个姓乔的要是猛孤丁地从屋里蹿出来，早已拿定了主意的黄二愣，肯定要甩过匣枪去放倒那个小子。

其实呢？用不着了！

为什么？

因为那个姓乔的，现在和他的喽啰们一样，也在梁志勇的枪口底下做了俘虏。

喔哈！志勇只一个人，而敌人是好几个人，况且他们比一般的伪军要狡猾、顽固，他们就没抵抗？咋会这么轻易地当了志勇的俘虏呢？要交代清楚这个问题，那得从梁志勇进屋说起。

志勇方才跟两个伪军班长进屋时，那个姓乔的正在和他的三班长下象棋。

这间屋子间量并不算大。

窗户上，挂着雪白的而又有花纹的窗帘；山墙上，挂着一副"四扇屏"，画面上全是菊花。花的形状有的像龙爪，有的像拳头，有的像玉手，有的像彩球。

屋中的空间里，被各种陈设摆得满满的。

靠窗处，有一张大藤床。床上铺着印花的床单儿。靠床的墙壁上，张挂着华丽的床帷子。床头处，有个紫檀木的油漆小茶几。茶几上雕刻着精细别致的花纹。

一盏大烟灯搁放在茶几上。

屋里散发着刺激脑子的鸦片烟的气味儿。

靠后山墙放着一张大方桌。桌面上铺着淡蓝色的漆布，摆设着用以装潢门面的文房四宝。还有高高的一摞线装的"四书""五经"之类。

特别引人注目的，是那个日寇侵华头子冈村宁次的照片镜架。

他所以摆上这些玩意儿，据说是有两层用意：一是标榜自己，二是取悦于石黑。因为石黑是个爱讲"孔孟之道"的日本鬼子。

在这张桌子的两边，是一对太师椅子。

目下，乔光祖和他的三班长，都坐在椅子上，正在面对着桌上的棋盘出神。看样子，可能是三班长的棋局正得势。他一边用手指轻轻地有节奏地敲啄着桌角儿，一边得意洋洋地说：

"队长，甭瞅啦，没招了！……你这马后炮虽然挺厉害，可惜晚着一步，被我这高吊马将住了！……"

这个乔光祖，跟他爹乔福增一个做相儿，也是个大老肥。他的脑袋瓜子，圆鼓鼓，光秃秃，眉毛稀得看不见，嘴边刮得闪青光，叫人乍一看，就像个被什么磨光蹭肿了的大牛蛋！

而今，他戴着一副平光的白金丝眼镜，将其全部精力都倾注到棋盘上，一面目不转睛地瞅着自己的"老将"，一面一口连一口地抽着烟卷儿。

在他嘴巴子底下的桌沿上，落满了一层烟灰。

这时你别看他一声不吭，可分明是并不认输。你瞧，他听了三班长那种说法以后，将那腾呀腾地冒着热气的秃亮脑瓜儿摇成了货郎鼓儿。

"乔队长，梁先生来了！"

那个姓孙的撩起门帘这么一打招呼，吓得个姓乔的没等抬头先打了个冷战！当他猛一抬头见梁志勇真的出现在他的面前时，又像突然被人冷不防打了一拳似的，失声地"哦"了一声。

啪嗒！

一枚拿在他手中的棋子儿，溜落在桌面上。

继而，骨骨碌碌一阵滚，又张到地下去了。

这时，机智沉着的梁志勇，佯装着丝毫没有留意他这种惊慌的表情，从从容容地跨进里间，乐呵呵儿地向他打着招呼。

乔光祖稍一沉静，又以近乎跳远的姿势将他那笨重的身子朝志勇弹过来，碰撞得桌子椅子叮叮当当地响了一阵儿。他忙不迭地说：

"失迎，失迎！"

不过，直到这时，他面部的神色，和这"失迎"的客气话依然是失调的。

志勇笑吟吟地说：

"冒失，冒失！"

他稍一停，继而又道：

"听你们的两位班长讲，阁下病了！我很不放心，特地来看望看望！……"

梁志勇一面嘻嘻哈哈地说着，一面用他那双欢笑的、平静的眼睛，迅速地、礼貌地扫视着屋中每一个人的面孔。

"哦，哦，哦哈，哦哈哈！"

姓乔的顺水推舟地应承着。他的脸上，挂上了一层潜伏在干笑后面的阴影。

这时，他那高凸凸的大籽肚儿，陡然抽回了二三寸。

接着，他这才将身子一闪，伸开手掌朝桌边的座位一摆，脸上强挤出一丝笑容，又思索意味地将头点动几下，从牙缝里蹦出几个字来：

"请，请坐！"

这时，外松内紧的梁志勇，已明显地意识到，面前这个老奸巨猾的乔光祖，是笑里藏刀，隐含着杀机。于是，便顺口应道：

"不客气！"

梁志勇的语气，不冷不热，不卑不亢，话中有骨。

他虽这样说着，可是，却就势占住了乔光祖让出的位子。

志勇为什么要抢占这个位子呢？

他想到了这样两点：一是，这个位子，与桌子对面的椅子、窗下的床铺正成三角形，他坐在这儿便于监视每个敌人的一举一动；二是，乔光祖的那支枪，就挂在这个座位后头的墙上，他往这儿一坐，敌人们再要去摘枪就不方便了。

不过，志勇来到这个座位上，并没马上坐下。他靠桌沿儿一站，先向姓乔的说：

"坐，坐，别客气！"

又转向两个伪军班长：

"你们也请坐！啊？"

随后又泛指着他们这一伙说：

"你看！我一点都不客气，你们怎么反倒客气起来了？我又不是初次来，还用得着这个样子？再说，你们都站着，叫我怎么好意思坐下呢？……"

敌人们全都坐下了。

乔光祖隔着桌子坐在志勇对面的椅子上。他拍打着眼皮儿，揣猜着志勇的来意……

三个伪军班长，肩挨肩地在床沿上坐了一溜儿。

梁志勇也坐下了。

直到这时，他的脸上依然是闪动着笑意。这由始至终久久不变的笑意，充分地显示着他那勇敢、沉着、机智的风度。

屋里静下来。

志勇又关切地问：

"乔队长，怎么不舒服？还是那老毛病吧？"

乔光祖支支吾吾：

"哎，哎，对，对……"

志勇紧接着又说：

"可不能马虎，得抓紧治呀！……"

这时的梁志勇，不仅嘴在忙着，耳朵还在监听着跨院那边的动静，眼睛又在监视着面前这些家伙的一举一动。就连那只看来闲着无事干的手，也在时刻准备着去抽腰里的匣子枪。

这时的乔光祖，也想了几句眼目前的闲话淡话，来应付这位来意莫测的不速之客——梁志勇。

也许是因为他心怀鬼胎的缘故吧？你看！他的屁股总是不老实儿地在椅子上坐着，一个劲儿地胡动弹，叫人看来，就像椅子上有蒺藜似的。

乔光祖虽不是个"老闷儿"，可是由于他现在心神不定，再加正在一面观察志勇一面暗想对策，所以话就少了。梁志勇，素常里并不是健谈的人。可是而今，他却一反常态，神采飞扬地高谈阔论起来。他先谈到了季节转换的自然规律，又谈到秋天是农民的黄金季节，也是各种害虫末日的前夕，继而问乔光祖道：

"阁下的病，大概也与近来气候的急剧变化有关系吧？"

乔光祖用喉音笑笑，还毫无必要地点点头：

"哦，哎，啊哈，嘿嘿……"

这当儿，梁志勇的视线和乔光祖的视线碰了个头儿，他发现，乔那阴险的脸相，正在神秘地瞟着白而冷的眼锋，朝他的三班长递过一个眼色。

他要干什么？

那个伪军三班长，显然是从乔的眼神中已领悟到什么。只见他稍稍沉思了一下，然后站起身来，向他的上司乔光祖说：

"队长，你们陪着客人说话吧，我退席啦！"

他一侧身又转向志勇：

"对不起！失陪，失陪，失陪了！我还有点事情，去去就来！……"

乔光祖没容梁志勇将来到嘴边的话说出口，就以教训的语气对他的三班长说：

"你要抓紧准备一下——好招待客人呀！"

"是！我知道……"

　　这时，梁志勇料定这些小子们话中有鬼。他想："无论如何，不能叫这个小子出去！一来，他出去搞了鬼，我们就被动了；二来，谁知锁柱和二愣那边进行得怎样了？这个家伙一出去，会不会给他们增加麻烦？"志勇想到这儿，便就着乔的话音说：

　　"一回生，二回熟，我们算是老相识了，还要准备什么？"

　　他又转向那伪军三班长：

　　"咱是头回见面，一块儿扯扯嘛！"

　　那三班长瞟着乔的眼色说：

　　"不，不！我还有事，对不起！……"

　　他说着说着迈开步子。

　　谁知，当他正要出门的时候，梁志勇在他的背后声色俱厉地喝道：

　　"回来！"

　　志勇的语气，是命令式的，而且充满了威胁和可怕的力量。那伪军三班长，闻声一抖，收住步子，愣在门口上不知所措了！

　　到这时，乔光祖和那两个伪军班长，全都立刻惊觉起来。只见他们嘴都张得老大，眼睛瞪得滚圆，活像几只地猴子似的。

　　梁志勇本想就劲儿亮出匣枪，向他们把话交代明白。可他又一想，不行啊！谁知目下锁柱、二愣进行到啥节骨眼了？要万一他们还没能将伪军们的枪支通通收起来，我在这边一闹翻，不就会促使那边的一些顽固家伙拼命抵抗吗？要出现那种情况，势必给锁柱和二愣造成严重困难！

　　在梁志勇看来，今儿巧夺黄家镇的关键，并不在于乔光祖和这几个伪军班长如何，而是取决于能不能一枪不发地将伪军们的枪支收起来！如果那一招儿按照预定计划达到了目的，那时的乔光祖就成了"光杆司令"，他即使想拼命顽抗，也无济于事了！

　　志勇意识到这点以后，就暗自决定："无论如何，我得千方百计给战友们制造方便，还得跟这小子们磨磨牙，多蘑菇一会儿，好使锁柱、二愣和老沈同志那边的斗争更从容、更有把握一些。"

　　当然，这时的梁志勇也明确地意识到，他们身在虎穴，事有多变，行动宜速不宜迟！特别是他自己这种处境，要是一旦出了娄子，就会影响这次任务的完成，影响上级党的整个部署，至于什么个人安危之类的东西，他连想也没想过，早已置之度外了！

因为有这些想法，这时的梁志勇，是明知"夜长梦多"，却故意拖延时间。

你看——

志勇灵机一闪，急中生智，蓦地收起怒气放出笑脸，些微带点歉意地说：

"诸位，别见怪，我这个人，是个火性子脾气儿！再说，你们也都是当兵的，总该知道一个军人的性格吧？"

他稍一收，转一下话题又说下去：

"说真的，你们也太瞧不起人了！我是奉我们梁队长之命，特为探病而来的，你们不远接高迎也罢，为啥又要闪我呢？"

志勇向那伪军三班长瞟了一眼，又将目光集中到乔光祖的脸上接着说：

"你们还久闯江湖，连点起码的礼节也不顾，未免太不够朋友了吧？"

他缓了口气，显出又要发火的样子：

"我们梁队长派我来看你，是给你点脸面，谁知你们却是狗上锅台不识抬举！早知这样，我梁志勇是不会来吃你们这一套的！其实，来了也没啥，你们既然不欢迎，我可以走嘛！……"

志勇越说越上气。

到这时，他在刚开口时的满脸笑纹已消逝净尽，怒气又爬满了面腮，并忽地站起身，作出一种要愤然离去的姿态。

"哪里哪里！误会误会！"乔光祖冷情地笑着说，"承君赐驾，茅舍增光，岂有不欢迎之理！我的手下人不懂事儿，实在对不起！……"

这时，乔光祖的那对灰眼珠儿，已张到了不能再大的程度，直直地盯着梁志勇。同时，他还说着说着离开了座位，向志勇这边凑过来。

从表面看，他是要凑过来拉住志勇不让走，而实际上，是想借此机会去摘挂在墙上的那支匣子枪。这当儿，那三个伪军班长也表面上漫不经心地说着挽留的话儿，而暗地里也作好了搏斗的准备。很显然，只要姓乔的一声令下，那仨小子就会马上动手的！

所有这一切，梁志勇都已明显地意识到了。

同时，志勇还进一步看出，眼时下，敌人对他的来意已经疑心很大了。因此，他当即决定：及早动手，控制敌人。

正在这十万火急的关头，从跨院儿里传来了黄二愣那声巨吼：

"不许动！"

这突如其来的吼喊，把个姓乔的，还有三个伪班长，全吓得猛地一抖！

显然，他们都已明白：不好了！

于是，乔光祖朝前猛一扑，一把抓住了挂在墙上的那支匣枪。三个伪军班长，也呼啦一声朝梁志勇这边猛扑过来。

就在这同一刹那间，梁志勇从黄二愣那"不许动"三个字里，立刻判断出：跨院那边，锁柱、二愣、沈万泉他们，已经占了主动，并控制了局势！

梁志勇在这样的判断支配下，嗖的一声从腰里抽出匣枪。他为了不让扑过来的敌人贴上他的身，又猛一纵身蹿上桌子。

随后，他挺立在桌面上，端着匣子枪，居高临下，竖起浓眉，一声怒喝：

"不准动！"

三个伪军班长，全像石猴、木鸡一样，目瞪口呆地僵在那里不动了，面无人色的乔光祖，扭着脖子一瞅，只见梁志勇的两道横眉拧成了一条绳，一双利目射出两道瘆人的寒光，他吓得浑身哆嗦起来。与此同时，他那双刚刚抓上匣枪皮套的手，就像被火烫了一下似的，唰地抽缩回来。你看他，扭着脖子侧着肩，直瞪着一双发白的眼睛盯着梁志勇那乌黑的匣枪口，不自觉地托挲着被大烟熏黄了的双手，以颤抖的声音说：

"朋友，不要误会，不要误会！……"

"没啥误会的！"

志勇将这话说出口以后，又忽然想道："跨院儿的情况究竟怎么样还搞不清呀！再说眼前这几个家伙还没被彻底拿下马来，在这样的情况下，还应当讲点斗争策略……"他想到这儿，又接上方才的话儿说下去：

"现在可以告诉你们了——你们的士兵，都已经'起义反正'了！他们都已把枪交给了我们！……"

乔光祖显然是不相信梁志勇的话。这时他强挤出一丝苦笑，龇着一嘴黄刺刺的金牙说：

"哪里哪里！别开玩笑啦，咱们是朋友了嘛！"

他为了先麻痹住志勇，妄想争取时间，好伺机反扑，又嬉皮笑脸地说：

"分队长，何必这样？只要贵军认为合适，好办，好办，一切都可朝着我姓乔的说……"

　　"老实点儿！"志勇说，"哪个不老实，就是抗拒士兵'起义反正'，我们要就地枪毙！"

　　接着，梁志勇又命令乔光祖和那三个伪军班长，全都并排着坐在床沿上，然后他才跳下桌子，将挂在墙上的匣枪摘下来，又从皮套里抽出来握在另一只手里。

　　到这时，梁志勇成了"双枪将"，威力更大了。

　　就这样，乔光祖一伙，在他的枪口下成了俘虏。

　　接着，从东跨院里传来了口令声和伪军们的报数声：

　　"一！"

　　"二！"

　　"三！"

　　"四！"

　　"……"

　　这报数声，是志勇和锁柱他们事先约定好的暗号儿，它说明对伪军们的收枪工作已胜利完成。因此，梁志勇听见这隐约传来的报数声以后，心中一阵高兴，于是又向乔光祖和三个伪军班长说：

　　"听了吧？我说你的士兵们都已'反正'了，你们不信！走，咱们一块儿看看去吧！"

　　乔光祖斜着眼，溜溜地看着志勇手中的匣枪，抬起屁股朝外走着。

　　三个伪军班长跟在他的腚后。

　　梁志勇两手提着双枪，大步走在乔光祖等人的身后，监视着他们的行动。

　　乔光祖已接近跨院门口了。

　　他只见，端着匣枪的黄二愣虎视眈眈地站在门口上，一双大眼里射出两道利剑般的冷光。他的眼光和二愣的眼光一碰头儿，便身不由主地一连后退了好几步。使人看来，就像他怕二愣那比他高一头宽一膀的体魄猛扑上来，会一下子把他压瘪砸扁似的，直吓得两臂一垂，脖子一抽，不敢走了！

　　志勇从后边赶上来。

　　他先朝二愣笑笑，打了个招呼，又向乔光祖等人挥臂道：

　　"走吧！"

　　姓乔的和伪军班长们又走开了。

他们战战兢兢地从黄二愣的枪口前头走过去，抽头探脑地进了跨院儿。

跨院儿里，三个班的伪军，站成了一溜双行横队。

尽管伪军们都是灰眉溜眼，少光无色，可是，他们的队列竟是那么整齐，那么安静，那么笔挺！

仅这一点，就足够乔光祖惊讶的了！

他这支拖拖沓沓的队伍，多咱也未曾有过这么好的"纪律"呀！

除此而外，他又见伪军们的枪和枪栓全分了家；枪杆打成了捆，枪栓装上了箱，都一股脑儿地摆在了伪军们的队列的前头。

姓乔的面对着这种情景，还像不相信自己的眼睛似的，用他那双灰色的尖眼珠子，在院中犄里旮旯地撒打着，就仿佛他是头一回来到这个地方似的。与此同时，他还话在心里自语着：

"我是不是在做梦？"

过了一阵。他渐渐地清醒过来。到这时，他那种潜藏在头脑中的伺机反扑的念头，这才唰地化成了泡影。一种绝望的念头，又在他那麻木的头脑里扩张起来。面色就像才从土里扒出来似的。并且，他还感到有一种很凉很凉的东西，从头顶唰地串到了脚后跟，使他顿时毛骨悚然，浑身打战！

你瞧他，活像被人抽去了全身的筋骨一样，那软瘫瘫的身子擦着墙皮蹲下去，两手捧着后脑勺儿，心里在丧气地想道：

"完了！我姓乔的算完了！……"

这时节，英武的小锁柱正向伪军讲话。他一边讲着，一边用一只手臂合乎节度地挥动着。当他望见乔光祖他们走进院门时，只是用眼角儿扫了一下，就像没有这回事儿似的，飞动着嘴唇又朗朗不断地继续讲下去，只是气魄比方才更大了！

梁志勇在路过院门口时，将他才缴获的那支匣枪递给了黄二愣。而后，他来到乔光祖的近前，哈下腰去，乐呵呵儿地拍他一下肩膀，用一种轻蔑的而又带着几分讽刺的口吻问道：

"'乔队长'！怎么样？"

他一挥臂朝庭院指了个扇子面儿：

"现在信了吧？"

姓乔的像被火烧着了脚后跟一样，慌乱地站起身，又点头又弓腰地说：

红色岁月

红色历程

红色史诗

红色经典

"信，信，信！……"

这时，只见乔光祖那苦笑的脸上，眼泪顺着皱纹已经流成了几道小河沟儿。继而，梁志勇又指指据点门楼子上的旗子，以嘲笑的语气向乔光祖说：

"那个玩意儿还要吗？"

这时姓乔的眼里闪出一种灰暗而迟钝的色素，并赶忙地说：

"不要了！不要了！"

他说罢，头沉重地垂下去。

那面旗子，经过日晒雨淋，已经破旧得不像样子了。只见，梁志勇向那破旗投去蔑视的一瞥，然后将手中的匣枪一甩，砰的一声枪响，那旗杆拦腰而断，旗子就像燕子投井一般，一下子扎了下去。

残留在门楼房顶上的半截旗杆，在飒飒的秋风里紧张地颤抖了一阵，而后，活像个没了脑瓜子的僵尸一样，直竖竖地戳在那里不动了！

乔光祖望着这种情景，口不由主地自语道：

"完了！"

随后，又两手捧着后脑勺儿，狗蹲在墙根底下。

顿时，据点周围，响起一片欢呼声：

"黄家镇解放了！"

"乔光祖完蛋了！"

"我们胜利了！"

"……"

原来，梁志勇甩枪断旗杆，不光是为了威镇乔光祖和伪军们，这还是个事先约定好的讯号哩！这个讯号，告诉埋伏在据点外头的大刀队战士和民兵们：巧夺黄家镇已胜利成功了！

因此，不多时，梁永生便带着大刀队进来了。

紧跟在他们后头的，是由杨大虎带领着的一些民兵们。此外，还有一些自动赶来的群众。这些人群，活像暴发了的山洪一样，顺着各条道路从四面八方一齐朝这黄家镇涌来。黄家镇的群众，更是一片欢腾。

梁永生进了黄家镇据点以后，锁柱先向伪军们宣布道：

"我们梁队长来给你们讲话了。你们要好好听着。"

随后，永生先向伪军士兵们简要地讲了一段话，对他们进行了一番教育，最后，又向他们郑重宣布：

"根据我们共产党、八路军优待俘虏的政策，对你们一律不杀不押！"

伪军们一个个喜笑颜开。

梁永生稍一停又接着说下去：

"一会儿就放你们走。凡是属于你们私人的东西，都可以拿着。凡是不属于你们私人所有的，无论什么东西，一律不许动！"

伪军们的情绪更热烈了。

梁永生一双锐利的目光在伪军的队列里巡视一遍，又以自问自答的口气说：

"我们释放你们以后，你们出了这个据点的大门，到哪里去呢？这由你们自己决定！据我们了解，你们这些人当中，有的是穷家子弟，被抓来以后，叫敌人硬逼着干上了伪军……"

有的伪军情不自禁地插言接舌道：

"对！我就是这么回事儿！"

永生向说话的伪军微微一笑，点点头：

"像这样一些人，我们相信是不会再去干伪军了。因为他们都是穷人，本来是日本侵略军逼来的嘛！有时候，因为不明白而一时做了坏事，这可以宽大处理，不予追究。"

梁永生讲到这里，变换了语气又说：

"不过，在你们当中，有的人由于种种原因也可能还要去当伪军的！……"

"不当了！"

"不当了！"

"不当了好！要有人想再去当，可以上柴胡店嘛，石黑，还有白眼狼，都在那里等人去陪葬哩！"

"不去了！"

"死也不去了！"

"还去？我早干够了！"

"去也罢，不去也罢，我方才已经说过——这由你们自己决定！要知道，我们既然当场释放你们，就不怕你们再去当伪军！你们想想，不是吗？啊？"梁永生缓了口气又说，"不过，我再次提醒你们：当伪军，是可耻的，是没有出路的！这一点，大概你们从当前战局的发展情况中也已经看出来了。因此，我劝

771

你们不要再去走这条绝路！我们希望你们，回家为民，一面积极参加抗日工作，立功赎罪，一面好好生产劳动，改造自己，重新做人！"

伪军们纷纷点头，连连应声：

"是！"

"一定！"

"准这么办！"

梁永生点点头，笑着说：

"好！好哇！"

他又以关切的口吻问：

"你们还有什么话要说？不要局促，可以说嘛！"

稍一沉。

有的伪军问：

"我们回到家，要参加抗日工作，人家村上的人们要俺吗？"

永生笑道：

"不用担心，要，准要。从今往后，只要你们参加抗日，将功补过，群众是会欢迎的……"

他望望那伪军迷惑不解的神色，继而又解释道：

"爱国不分先后，革命有早有晚。不论先、后、早、晚，我们一律欢迎。这一点，我们各级抗日组织都懂得，各村的抗日群众也懂得……"

又一个伪军吞吞吐吐地说：

"首长！我觉着有个难处，不知当说不当说——"

"啥？只管说嘛！"

"我是要回家为民的。"那伪军为难地说，"可是，离家远，怕是路上走不开。"

"噢！那好办！我们早把通行证给你们开出来了，一会儿就发给你！"

梁永生转向众伪军，又说：

"你们，还有啥要求？也提一提——"

又一个伪军说：

"我回家没路费——"

"这个，我们根据我党的政策，也早给你们准备好了。"梁永生说，"你们临走的时候，我们发给你们介绍信。并根据路程远近，发给你们一定数量的粮票。"永生耐心地说，"你们无论路过哪个村子，只要是我们的解放区，凭着我们的介绍信和粮票就保证能吃上饭……"

"谢谢首长！"

"谢谢长官！"

"谢我？错了！"梁永生摆摆手。又说："方才我不是说过吗？上边我说的这些，都是按照我们共产党、八路军的俘虏政策办事的！听明白了吗？"

"明白啦！"

"你们要感谢，就感谢共产党，感谢八路军！"

又有的伪军要求说：

"俺不回家行不？"

"不回家？去干啥？"

"我想，我想，我想干八路！"那伪军的脸涨红起来，又有些不好意思地说，"也不知你这队伍上要俺这一号儿的不？"

梁永生听了这话，脸上泛起一层笑意。可是，他想："去升主力的同志们走了，大刀队上的老战士已经不很多了。在这种情况下，适合不适合过多地吸收他们参加我们的部队呢？我要是当场答应了他的要求，再有更多的伪军提出这样的要求怎么办？……"

永生沉思了一阵儿，最后这样暗自决定了："当下，各村的贫雇农子弟要求参军的很多，应当优先吸收他们。以后，等队伍上的工农子弟多了，再根据情况，分期分批地吸收他们当中那些真正志愿参加的人……"

他想到这里，便向伪军们说：

"你们当中，有些人志愿加入我们的队伍，这是一种进步表现，我们欢迎这种态度。不过，根据当前情况，我们还是希望你们先回到家去劳动一段。如果你们回家以后表现很好，以后要当八路是可以办得到的……"

永生一面望着伪军们的表情一面讲着，他察觉有的伪军对他这种说法并不满足，于是又说：

"这样好不好——你们当中，愿意当八路的，在临走之前，可以把自己的姓名和地址留给我们，我们好到时候跟你们联系呀！……"

梁永生正一一地回答着伪军们提出的各种各样的问题，那个乔光祖磨磨蹭蹭地站起身，抽抽探探地凑到梁永生的近前来了。他先向永生行了个礼，然后像瞎子探路似的试探着说：

"梁队长，我，我，我怎么着？"

梁永生对他当然早胸有成竹了。可是，他却故意问那乔光祖道：

"你想怎么着？"

"我想，我想，我也想回家，当个好老百姓……"

永生冷冷地笑了。

乔光祖已看出这笑意味着什么，立刻惊慌起来，忙不迭地问道：

"不行？"

永生相当干脆：

"对！不行！"

姓乔的脸色煞白。

梁永生又郑重地说：

"你，不同于一般的伪军！这你应当有自知之明！我们要把你送到我们的上级去，听候处理！"

乔光祖一听要往上送他，更慌了。他用脚轻搓着地上的一块小砖头儿，愣沉一下，又问：

"梁队长，怎么处理我？"

梁永生严肃地说：

"那要根据你过去罪恶的大小，并看你今后的态度如何，由我们的上级机关来决定。"

"是，是！"

姓乔的不敢再问。他又点头，又哈腰，半步半步地向后退去。他退到一个墙角处，两臂交叉抱住肩膀，将脑袋一耷拉，又用脊梁擦着墙皮蹲下去。

这当儿，王皮田代表着那几个持枪的伪军，在旁边悄悄地捅了沈万泉一把，低声地向他要求说：

"哎，老沈，别忘了呀！"

"啥？"

"你不去给俺们几个问问吗？"

"问啥？"

"问问梁队长——俺们几个当八路行不行呀！"

王皮田这么一说，把个沈万泉提醒了。按说，他原来心里是装着这件事的。可是，一忙起来，把它忙忘了。不过，没等老沈去问，梁永生已主动走过来了。

永生怎么知道的呢？因为方才王皮田和沈万泉说话的时候，王皮田由于着急，嗓音越来越高，他的意思被永生听出来了。现在，永生朝王皮田近前一走，那几个持枪的伪军也忽地凑过来。梁永生在他们几个的对面乐呵呵儿地一站，带着鼓励的口吻说：

"这次解放黄家镇，你们是立了功的人呀！"

几个伪军喜得眉开眼笑：

"哪里哪里！"

"梁队长可不能这么说！"

"俺们至多是以功抵罪！"

这几个人你一言我一语地说着，梁永生望着他们亲切地笑着。这时永生虽然明知这几个伪军愿意当八路，可他却并没那么问，而是说：

"你们是不是愿意回家？"

这几个人齐声回答："不！"

永生故意逗笑儿地说：

"哦！你们还想去再干伪军？"

他们都哄笑起来：

"石黑叫我亲爹，老子也不干了！"

"我开过两回小差儿没开成，差一点儿叫他们活活打死！"

"我是被抓来的，从穿上这身汉奸皮那天起，就觉着这不是好人干的个差事！"

他们虽然把话已经讲得够明白了，可是在这种情况下，梁永生仍然不能不明知故问：

"那么，你们打算怎么办？"

他们众口一声：

"我们想干八路！"

"想干八路？"

"对啦！"

"真的？"

"当然喽！"这是他们这几个人同时说的。王皮田指着沈万泉又加上一句："梁队长要是不信，你就问问他！"

梁永生笑而不语。

王皮田又补充一句：

"老沈事前还答应过我们哩！"

永生就着这个话音儿，带着几分诙谐说道：

"好啦！老沈同志既然答应你们了，我当然要'照办'了！现在我向你们正式宣布：在你们几个当中，志愿当八路的，可以摘掉汉奸帽子……"

看来永生还想说什么，可是，当他说到这里时，那几个人激动起来。他们全都抓下头上那顶伪军帽儿，抡起胳臂狠劲地摔在地上：

"去你的吧！"

"再不跟你沾边啦！"

"这个熊玩意儿，压得我一见着熟人就抬不起头来！今天摘了它，就像头顶上掀去一块千斤重的大石头！"

他们这一吵吵，不仅打断了永生的话弦，还把在场的一些大刀队战士和民兵全逗笑了。就连那些正站在队列中的伪军们，也有一些人情不自禁地跟着笑起来。

最引人注目的，是乔光祖没有笑。

笑声落下了。

那个叫王皮田的，凑到锁柱近前，说：

"同志，我得谢谢你呀！"

原来这个王皮田，就是大刀队夜袭柴胡店时碰上的那个巡城哨。现在他见锁柱不理解他这句话的意思，就将他当时被捆起来填进水眼的过程说了一遍，两人都哈哈地笑起来。

锁柱说："你谢我啥？谢我当时没崩了你？"

王皮田说："不！我的意思还不是那个——"

锁柱问："是啥？"

王皮田说："你忘啦？在你们完成任务要走的时候，你把我从水眼里扯出来，还给我上了一堂政治课哩！你那回对我的教育，使我的脑筋开了窍儿……"

这件事，锁柱早就忘在脑后了。现在经王皮田这么一提，他不由得心中暗想："看起来，利用一切时机对伪军进行宣传教育，这对瓦解敌人作用可真大呀！"他想到这里，就向王皮田说：

"往后儿，你当上八路，可得改改干伪军时的那些流氓习气、坏作风呀！……"

王皮田涨红着脸说：

"我原先不是坏人，也没那些坏作风；打从干上汉奸队儿，才学上一些坏习气！从你那回教育了我以后，已经改得不轻了！……"

"改得不轻还不行啊！"锁柱说，"今后，得彻底改正，重新做人……"

"对！我一定痛改前非，立功赎罪！"王皮田说，"现在想起来，活活恨死日本人了！今后我一定……"

"可不能这么笼统着说呀！要把日本人民和日本反动派区分开——可恨的，只是那些日本反动派……"

锁柱正在这边和王皮田谈着，忽听梁永生在那边喊他一声。于是，他撂下王皮田，赶紧走过去。

永生笑着，幽默地说：

"来，该换防啦！"

原来这当儿永生又向伪军们讲了一阵话。现在他将锁柱召来后，自己便退到一边去了。

锁柱站在了梁永生讲话的地方，两条视线先在伪军们的脸上巡视了一遍。他这时才留意到，这些正然列队而站的伪军们，有的头发已经很长了，蓬散着，乱得像个老鸹窝；有的刚剃过头，头皮青徐徐的，活像个秃和尚……锁柱总是爱笑，现在他望见伪军们这种光景，就抿着嘴，极力控制着自己，不让自己笑出声来。

随后，他从衣袋里掏出一个小纸包儿，举在手中，向伪军说："注意喽！现在开始发粮票，发介绍信，发通行证了！"

这时的伪军们，全以惊疑的、渴求的目光，注视着锁柱手中的小纸包儿。他们的心里，都在不约而同地说：

"哟！这是真的呀！"

锁柱将粮票、介绍信、通行证分发完后，伪军们便全都回到屋里去整理他们私人的东西了。

这时，大刀队的战士们，各村的民兵们，还有黄家镇上的一些群众，都在忙着收集整理那些缴获的军用物资。

有一位大刀队战士，将电话机解下来，正要和枪支、弹药等其他军用物资包装在一起，准备运走，一位民兵凑过来指着电话机说：

"咱们用不着这玩意儿，摔掉它算啦！"

那战士觉着这话不是全无道理。他正犹豫，另一位战士插言道：

"摔就摔吧！有用的足够咱背的了，别背这种古董玩器儿的废物了！"

那战士被说转了主意。他正要摔，小锁柱一步抢过来拉住他说：

"别摔！"

"咋？"

"捎着它！"

"捎个废物干啥？"

"这不是废物！"锁柱说，"以后有用处！咱们要用发展的眼光看问题，思想要跟上形势……"

当锁柱跟人们在这边谈着的同时，梁永生跟沈万泉也正在那边谈着。

"老沈同志，这黄家镇据点一砸锅，你准有顾虑——"永生笑着说，"啥顾虑？'失业'了呗！"他俩笑了几声，永生又说，"甭愁'失业'，我再给你找个活儿干——"

"啥？"

"这黄家镇据点上的物资，属于伪军私人所有的，叫他们带走了；属于军用的，我们要运走；剩下的粮食、柴草和日用家具等物，要分给群众——"永生自问自答地说，"谁来分？要成立个敌伪物资分配委员会。谁当头儿呢？我的意见是，你是'老黄家镇'了，最有资格担任这个角色！怎么分？我看，黄家镇受敌人的糟害最大，该多分一点；周围的村庄，也要有份儿。具体分配方法，你先琢磨个方案……"在梁永生和沈万泉谈话的当儿，其他人已经将各屋的军用物资集中起来。眼下，他们扛枪捆的扛枪捆，背子弹的背子弹，抬手榴弹箱的抬手榴弹箱，正都喜气洋洋地向外走去。

同志们、群众全走了。

被解放了的伪军们也告辞了。

那个姓乔的，已被大刀队的几位战士押送到县委去。

如今，这黄家镇据点的院子里，只剩下了梁永生、梁志勇、王锁柱、黄二愣和杨大虎，还有那位随着黄家镇的解放而"失了业"的沈泉。

梁永生望望天色，向锁柱吩咐道：

"解放黄家镇的全部过程，你得算了解情况最多了。就由你代表咱们大刀队的党支部，去找县委汇报吧！"

锁柱爽快地说：

"好吧！你还有什么指示？"

梁永生笑笑说：

"没了。你要把县委的指示带回来。"

"是！"

锁柱一向干脆利落。现在他行了个军礼大步离去。

梁永生目送着这位从来不知疲倦的小伙子出了大门，然后向其余的同志挥手道：

"咱们也该走了吧？"

他说着，跨开了步子。

永生在前，众人在后，走着，说着，笑着，奔着院门走去。当他们来到大门口时，梁永生见墙角上有块砖也不知被谁给碰歪了。他凑过去，哈下腰，把砖正过来，又重新安好。

黄二愣不由得说：

"队长，管他这营生子哩！"

"他？谁？"

"队长，你怎么糊涂啦？"二愣提醒永生，"这里，是敌人的据点……"

"不！"梁永生认真地说，"从现在起，它再不是敌人的据点，而是人民的财产了！"

梁永生又风趣地说：

"二愣啊，这些房子虽然还是这些房子，可是，这所宅院上头的天已经变了！"

这时，火红的太阳，正映照着绿色的田野；一阵阵的清风，吹起层层碧浪，滚滚向前，滚滚向前！

梁永生一行人走在绿禾镇边阳光粼粼的大道上。

他们，笑面迎着清风，英姿披着金光，一边阔步行进，一边倾听着那从远方传来的歌声。

杨大虎走着走着，像突然想起了什么。他紧走几步赶上永生，百感交集、意味深长地说：

"老梁啊，二十多年前，你大闹黄家镇的时候，并没想到今天再来'大闹黄家镇'吧？……"

在杨大虎看来，他这句话，一定会在梁永生的脑海里激起层层波涛；眼前这种令人兴奋的现实，也必然要和许多痛苦的往事掺杂起来一齐涌上永生的心头，进而还会使他面对着巧夺黄家镇的胜利景象，心如脱缰之马似的想到许多许多。

可是，杨大虎哪里知道，这时的梁永生，他并没去回想那些往事；而是有几个拔除水泊洼据点的初步设想，正在他的脑海里同时翻滚着……

第十七章

——

夜战水泊洼

黄家镇据点一拔,水泊洼的伪军慌了神。

县委指示大刀队,趁热打铁,发动起各个村庄的各个抗日组织,和大刀队一起行动,对水泊洼据点进行政治攻势和武装袭击。大刀队照办后,疤痢四那个鬼难拿更沉不住气了。他三番五次,五次三番,捎书传信,托人托脸,要求和梁永生见个面。为此,梁永生在请示县委得到同意之后,又事先作了一番部署,便答应了疤痢四的要求。

这是一个傍晌时分。

太阳向冀鲁平原喷火。大地上尘土冒烟。栖在树枝上的蝉,热得吱啦吱啦乱叫唤。狗,耷拉着粉红色的长舌,哈嗒哈嗒地喘息着,正在到处乱窜。

就在这蝉叫狗跑的时刻,遵命而行的疤痢四,化装成农民模样,悄然离开水泊洼据点,汗汪汪、气吁吁地奔向八路军指定的见面地点——坊子小学。

一路上,疤痢四是提心吊胆的。

他怕群众发现他,不敢穿越村庄,也不敢靠近在地里干活的农民,只好转转悠悠地绕路而走,慢慢地向着坊子小学凑合。

其实,在地里干活的民兵们,早就瞄上了这个老小子。要不是领导上有通知,不让抓他,就算有八个疤痢四也早全做了俘虏了。

坊子小学到了。

学校附近的水湾边，有几棵大柳树。柳荫下，有几个妇女，正一边说笑一边织席。只见她们的双手上下翻飞着，快得像穿梭一样，抖得苇眉子唰唰直响，闪着白唰唰的银光。

大湾中，有些"光腚猴子"们正泡在水里。他们一边洗澡一边开水仗。时而有些水点点飞溅在湾边妇女们的身上，招来一阵阵的笑骂声。

疤瘌四活像一只避猫鼠似的，东望望，西瞅瞅，抽头探脑蹑足潜踪地走进小学的院门。

他进去一撒打，各屋空空的，没有一个人影！

原来是，梁永生防备这个小子搞鬼，并没在这里等他。

疤瘌四见此情景，又失望，又害怕。可是，当他正要鬼鬼祟祟地离去时，在门口上被早就隐蔽在学校附近的锁柱拦住了。

锁柱和疤瘌四曾在坊子茶馆里见过面，也算得上"老相识"了。因此，今天他俩一照面儿，小锁柱就带着嘲笑的口吻说：

"喔哈！这不是刘队长吗？"

疤瘌四惊慌地向小锁柱瞟了一眼，只见这位英俊飒俐的小伙子，下身穿着一条浅灰色的单裤，上身穿着一件刚洗过的白背心，两条黑黝黝的胳膊上，疙里疙瘩净些腱子肉，手里提着一支驳壳枪，显然这是一位八路军了。于是，连忙点头哈腰地说：

"不敢，不敢！刘其朝。"

锁柱笑眯眯地问他：

"你还认识我吗？"

疤瘌四拍打着一双迷惑的眼睛，久久地思索着。小锁柱又提醒他说：

"咱们曾在坊子茶馆里会着过……"

疤瘌四被点醒了：

"对，对对！"

锁柱又问：

"刘先生！你要来干啥？"

疤瘌四吞吞吐吐地说：

"我，我要求见梁队长……"

锁柱道：

"好哇！我，就是他派来接你的！"

疤瘌四又是一阵点头：

"太好啦，太好啦！"

锁柱朝疤瘌四一挥手：

"请跟我走吧！"

他说罢，回手掩上门，又从衣袋里掏出一把锁，挂上门钌锔儿，锁上门，向那直愣着的疤瘌四再次挥手道：

"请，头前一步！"

"是！"

疤瘌四和锁柱一前一后，顺着一条绿草茸茸的大道朝漫洼地里走去。

当他们从水湾边路过时，正泡在水中的"光腚猴子"们，像一条条发了怒的小鲸鱼似的，用手掌击起一片片的水线朝疤瘌四射过来，直到锁柱向他们喝唬一声，他们才一齐扎进水去不见了，只将一阵得意的笑声留在水面上。

出村了。

漫洼地里，芪庄稼生长正旺，呈现着一派生气。稚庄稼全都熟了，散发着醉人的香味。五颜六色的野花，开在田垄上、道边上，把这迷人的秋景点缀得更加壮观、更加美丽了。

树梢上的鸟雀，草丛中的蝈蝈，比着劲儿地叫唤，就像它们正在开赛歌会似的。

男男女女的庄稼人，都在忙着收秋。

他们，有的在割谷子，有的在砍高粱，也有的掮着鸭嘴犁耕地准备耩麦子，还有的驾着花轱辘车往地里正送铺粪。

自从"七七"事变以后，多年来还从没有过过这么安稳的秋收哩！因此，这些为秋收正忙碌着的人们，都喜在心里，笑在面上。有些人抑制不住内心的高兴，说一阵，笑一阵，随后，又一面手脚不停地忙着，一面哼唱起抗日小调儿来。

锁柱一边走一边向干活的人们打招呼。

疤瘌四见人们的风色不对，活像只夹尾巴狗似的，耷拉着脑袋一路紧走。在田间干活的农民们，有的带着讥刺的笑意指着他悄悄低语，有的高声大嗓地喊起来：

"哎，你们看！那不是疤瘌四吗？"

有的瞅了一阵，骂道：

"对！是那个杂种！"

还有的老汉气得胡子撅起来了，愤愤地说：

"我一见了他就气炸了肺！真该砸死这个鳖羔子！"

不一会儿，人们的嘲笑声，怒骂声，就像滚滚的巨浪一样，从疤瘌四的身后卷起来。

疤瘌四听了，又尴尬，又害怕，走得更快了。

锁柱听了，抿着嘴儿地笑。

他一边向人们甩头示意，让人们不要骂了，一边加快了步伐，跟在疤瘌四身后，沿着秋禾镶边的乡村大道，弯弯曲曲地朝前走下去。

他们走了一阵，来到一棵柳树下。

这棵柳树虽不甚高，可是很粗很粗。它那层层密密的枝枝叶叶，好像一篷翠绿的巨伞，在树下形成了一片很大的阴影。

锁柱在树荫里停下脚步，向疤瘌四说：

"站住吧。到啦。"

疤瘌四直橛似的站在那里。

锁柱又说：

"你等一等，我去找我们梁队长。"

他说罢跨开步子，顺着一块谷子地边朝前走去。他一边甩着膀臂走着，一边用手抚摩着谷穗，心里想着半年来变工组里的农民们的劳动场景，嘴里在情不自禁地喃喃自语："好谷子，好谷子！"

汗水是庄稼的乳汁。这块谷子经过变工组组员们的精心管理，如今看来确实长得不错。那预预实实的谷秸，由于担负不起沉重的谷穗，在秋风中倾斜下去，好像刚刚经过一场鏖战的战士那样，你靠着我，我偎着你，正在心满意足地酣睡着。

谷子地里，有一帮人正在割谷子。割过的谷垄，留下一层紧贴着地皮的齐刷刷的谷茬子。

在这帮割谷子的人群中，有变工组的农民和民兵，也有大刀队的战士们。

他们像一群大雁一样，摆成了一个"人"字形。人们一面汗津津地忙着，一面喜洋洋地议论："变工组真顶用！"

那位在当中打头的红脸大汉，就是大刀队队长梁永生。

梁永生，头上戴着一顶大檐儿草帽，上身穿件老布汗衫。古铜色的光膀子，汗津津的，被太阳一照闪着光亮，好像涂上了一层油。下身，裤筒挽过膝，两条毛茸茸的小腿上，布满了大大小小无数个筋疙瘩，被一条条高高鼓起的血管串联起来。腰胯上，掖着一条羊肚子手巾，手巾头儿耷拉在屁股上，伴随着他那拉镰割谷的动作，好像钟摆似的两边摆动着。

匣枪插在后腰带上。

"梁队长！"

锁柱喊了一声，紧走几步来到永生的面前。

永生沙啦一声割下一把谷子，直起腰杆望着笑呵呵的锁柱问道：

"嚷啥？"

锁柱压低嗓音说：

"疤瘌四来了！"

他一面说，一面挥臂指向柳荫。

永生朝那大路边的柳荫一望，笑哈哈地说：

"唔呵！真来了哇！"

他说着，手腕儿一转，拧了个勒儿，铺放在地上，又把镰刀递给锁柱说：

"你这一出算唱完了！下边该着我出角儿啦！来，咱俩换换班儿吧！"

锁柱笑笑，接过镰刀，又往拳眼里吐了口气，然后把腰一哈，沙啦沙啦地割起来。

梁永生从腰带上抽下毛巾，擦着一直没顾得擦的正顺着两个鬓角往下流的汗水。他擦罢，朝地边上走了几步，哈下腰去将一个断落在地上的谷穗儿捡起来，塞进谷捆里，又从谷捆上顺手拿起那件溻湿了半截的褂子，一伸胳膊穿在身上，没有扣扣儿，便跨开步子咚呀咚地朝向柳荫走去了。

他的脚上没穿鞋袜。脚掌上的老皮怕有一指厚。有时候，他的脚踩上个蒺藜什么的，只是些微一停，脚底板子在地上一搓，便又走开了。

永生的步子跨得很大，可是走得并不快。这是因为，他一边走，一边不时地哈下腰去捡拾地上的谷穗儿；一边走，还一边观望那些正在田间劳动的战士们。

他走着望着，望着走着，心里美滋滋的，脸上笑眯眯的。因为，他只见那些掺杂在农民群众中的战士们，个顶个的都像小老虎儿似的，劲儿那么猛，干得那么欢。他又见，战士们那一张张孩子式的面孔，有的被日光晒得油黑锃亮，有的爆起一层白色的肤皮。这种情景使他在想："这些战士掺在农民中，没有半点两样啊！……"

梁永生且望且想，且想且走。

他离着那柳荫还有老远呢，那个站在柳荫下的疤瘌四就迎了上来。你看那个老小子，大步夹小步，三步并两步，颠呀颠地跑来了！

他跑到梁永生的近前，收住脚步，成新月形地弯下腰，将那黄牙板儿一龇，两只手臂又一齐朝永生伸过来。

在这短暂的当儿，他还气吁吁地一连称道了三声"梁队长"，并抱歉地说：

"久违了！这些日子，我……"

梁永生并没跟疤瘌四握手。

他将手伸向腰里，扯下毛巾，又在汗津津的脸上擦着。并一边擦一边走一边向疤瘌四说：

"走吧！树下去谈。"

"是，好，嘿嘿，嘿嘿……"

树荫来到了。

梁永生摘下头上那顶大檐儿草帽，扇着直冒汗珠儿的脸，一屁股坐在柳荫下水沟边的一个土陵子上。接着，他又从腰里将那根小烟袋拔出来。

疤瘌四在梁永生对面的洼坡处狗蹲着。

也不知他是因为热的呢，还是因为胆怯心虚，只见他活像一只三伏天的狗，直到这时还是张着大嘴哈嗒哈嗒地喘个不停。

当他看见梁永生掏出烟袋时，便赶忙从衣袋里掏出一包纸烟，忙不迭地抽出一支，一手拿着，一手擎着，又用喉音咳儿咳儿地笑着向梁永生递过来：

"嘿嘿，梁队长，请，抽我一支……"

永生摆摆手：

"没抽惯那玩意儿！"

他一面捻搓着烟荷包儿装着烟，一面慢慢悠悠地问疤瘌四：

"你左一封信，右一封信，急着要见我，倒是有什么事儿呀？"

疤瘌四把那黄牙一龇，整个脸上的每一个汗毛孔里都涌出笑晕，像盲人走路似的进进退退地试探着说：

"我，我，我想向梁队长要求个事儿——"

永生故作惊疑地笑道：

"哦？跟我要求个事儿？啥？说吧！"

疤瘌四朝前就就身子，说：

"我想着，我想着脱掉这身汉奸皮儿呀！"

永生听了，哈哈地笑起来。

他笑了两声，啥也没说，便去点烟了。他点着烟，吸了一口，喷出来，然后这才风趣地说：

"你要脱掉汉奸皮儿，那不容易吗？我又从没说不让你脱，更没说你非得穿着它去见上帝不行，这还用得着向我要求吗？"

"梁队长，我是这个意思——"疤瘌四像有什么难言之隐似的，吞吞吐吐地说，"我是想，我是想，参加咱这一面儿……"

梁永生特意以惊奇的口吻问：

"噢！你要干八路？"

疤瘌四急忙应道：

"哎！对对，对！"

永生又笑了。他说：

"你想干八路，那当然好！我们的政策是，抗日不分先后，爱国就是一家嘛！"

他说到这里，稍一停转了话题，又以讽刺的口气接着说：

"不过，刘先生，可你要知道：八路军里，没有酒喝，也没有大烟抽，还不准抢老百姓的东西，更不许打骂老百姓……这你能受得了哇？"

疤瘌四的脸腾地红了。

他愣了一下，又忙说：

"我一定痛改前非！痛改前非！……"

"哎，刘先生，我问你——"梁永生望着疤瘌四的窘相说，"你干了这些年的汉奸，干够了？为啥又要干俺们这号'穷八路'呢？"

"自从那次梁队长在坊子茶馆对吾辈教育之后，我就开始醒悟了。真是'听君一席话，胜读十年书'呀！后来，又听了一些抗日先进人士多次在据点外面喊话，再加上我和贵方代表几次见面接头，他们对我又一次次地进行教诲，更使我分清了利害，懂得了共产党的许多政策。我这个老古董，虽说已是日落西山的人了，可还是想跟着八路军奔点前程呀！……"

疤瘌四一面察言观色地瞟着梁永生的面部表情，一面网花着他那两片薄薄的嘴唇儿，油嘴呱嗒舌地一气儿说了这么一大套。

梁永生听后，笑笑说：

"就只这些原因吗？"

"对！"

"不对吧？"

"咋不对？"

"叫我看，还有别的原因——"

"还有啥？"

"是不是我们收拾了那个姓乔的，你怕遭到同样的命运，有点沉不住气了？"

"不，不！"疤瘌四涨红着脸说，"梁队长，你是不知道——我为难呀！"

"为难？"

"是啊！"

"为啥难？"

"目下，我的弟兄们，大都心无斗志，全在列着架子开小差儿，要去当八路。还有些弟兄，公开骂石黑，骂白眼狼……"

惯于投机的疤瘌四，今儿所以来这一套，是想让梁永生相信他要求当八路是真心。为达此目的，他说到这里，在那瘦黄的脸上，还流露出一股颓唐之气，并长长地叹息了一声，转而又道：

"梁队长，你替我想想——弟兄们这个闹法儿，我怎么能呛得住劲儿哩！要是叫石黑、白眼狼知道了，还不得拿我问罪？那么一来——"

他指指自己的小脑瓜儿又说：

"我这个玩意儿不得搬搬家呀？"

永生这时才注意到，今天的疤瘌四，眼窝更深了，皱纹更稠了，脸色更黄了。心想："这个老小子，八成是真的犯了愁肠了！"不过，永生的心里是明确的：疤瘌四虽然因为看到了自己的末日犯了愁肠，可并不是真心反正，而是想投机！永生心里这么想着，他表面上只是抽烟，并没答腔。

疤瘌四喘息一口，接着说：

"再说，石黑手下这一帮子，整天价互分疆域，明争暗斗……"

"你也太多虑了吧！"梁永生突然拦腰插言道，"石黑和白眼狼在柴胡店，你在水泊洼，两地相隔十几里，你们据点上的情况，只要你不跟他们说，别的伪军又跟他们接不上头，那石黑、白眼狼怎么会知道？"

疤瘌四感伤地摇着头：

"不，不！他们有'耳朵'！"

石黑和白眼狼在水泊洼据点上有"耳朵"，梁永生早就知道。不过，他为了实现一个新的计划，便佯装一无所知，问道：

"啥？'耳朵'？噢！谁？"

"原先是余山怀。后来，余山怀被调到柴胡店去，当了'地下线'的'线头儿'。再以后，他被贵军逮捕了——这些，梁队长当然知道。"疤瘌四把话一转又说，"可是，现又派一个来……"

"又派一个来？"

"对！"

"那不好办？"

"怎么办？"

"枪毙他！"

"可不行！"

"舍不得？"

"不！"疤瘌四说，"枪毙他倒行！不过，我有一个要求——"

"啥要求？"

"我枪毙他以后，你得答应我参加八路！"

"这是为什么？"

"因为石黑、白眼狼不会轻饶我！"

梁永生故表同情地点点头：

"这我能想到！"

"答应我啦？"

"光我答应你不行啊！"永生说，"我们八路军，是人民的队伍，一切事情都要走群众路线——"他说到这儿，朝那随风起伏的谷田瞟了一眼，站起身说，"来，咱去商量商量……"

疤瘌四瞪着一双惊骇的眼睛：

"和谁去商量？"

梁永生指着正在田里劳动的人群说：

"跟那些群众去商量商量呀——问问他们同意不同意你参加八路军……"

疤瘌四慌了：

"不，不，不！"

永生把两条手臂一摊：

"你看！你又要参加我们八路军，又不敢去和人民群众见面，这怎么能行呢？"

他说罢，坐下，又一面装烟一面说：

"你大概自己也知道——民愤太大！是不是？"

"知道，知道！"

到此，永生又只顾抽烟，不吱声了。

疤瘌四还在一股劲儿地恳求着。

梁永生沉吟了片刻，又说：

"办法嘛，倒是有一个！不过，叫我看，你大概是不敢那么干的！"

疤瘌四焦灼地说：

"有办法？啥办法？梁队长，你说吧，我准敢干就是了！"

梁永生吸了口烟说：

"我们派人，去佯攻你水泊洼据点。你，给石黑、白眼狼打电话，告急求援。等石黑的援兵来到你们据点城下的时候，你们冲出据点，打他个措手不及。到那时，我们配合你们一下——切断他的退路，和你们一起来个两路夹击。这样，石黑的援军，就算不全军覆没，也准得打他个落花流水！你看怎么样？"

梁永生收住话头后，用眼盯着疤瘌四，意思是让他插话。

诡计多端的疤瘌四，原来没有想到梁永生会向他提出这样的问题。现在他想："我要不应下，那不露了馅子？"于是，他暗自决定："先应下，事到临头，再看风驶船，见机行事。"疤瘌四在这样的思想指使下，便说：

"义不容辞，理当效劳！"

谁知，梁永生却轻轻地摇摇头道：

"错了！"

"错了？"

"错了！"

永生这再次重复，不仅加重了语气，而且脸上现出几分严厉的神色。这严厉的神色，使得个疤瘌四不敢再追问下去。他只好直瞪着一双迷惑、不安的眼睛，让那句总想出口的话在心里打转："怎么错了呢？"

沉静了一会儿，梁永生这才又说下去：

"你要放明白些——我们这么做，不是求你帮我们什么忙！因此，你谈不上什么'效劳'不'效劳'！你要知道，也应该知道，我们是能够拔除你水泊洼这个小小的据点的！而且，我们也是一定要拔除它的！方才，我所以提出佯攻的方案，是想让你借这个机会立点功，这完全是为你的出路着想！"

永生说到这里，又不说了。

疤瘌四这时虽然连连称"是"，可是，永生从他的眼神里完全可以看出，他正在为他的出路打着他自己的算盘。因此，永生沉默了一会儿，又别开生面地问他说：

"你不是说想干八路吗？"

"是啊！"

永生知道他不是真心，却又故意问道：

"可是真心？"

"我天胆也不敢说假话呀！"疤瘌四说，"现在，对我来说，又不是'兵临城下'，更不是'刀压着脖子'，贵军也并未向我下'最后通牒'，而是我自己找上门来，自动提出要求干八路的，我要不是真心，何必惹是生非、多此一举呢？……"

"不对！"

"不对？"

"完全不对！"永生的语气严厉起来，"现在，对你来说，从表面看，虽说不是'兵临城下'，'刀压着脖子'，但是，实际上，已经是'兵临城下'，'刀

791

压着脖子'了！这一点，尽管你还不愿意承认，可我们认为，你也已经感觉到了！我们虽也没有给你下'最后通牒'，可是，历史正在给你下'最后通牒'！你要怕'惹是生非'，不愿'多此一举'，那你就听从历史的'判决'好了！……"

"不不，我不是那个意思！"

"你是啥意思？"

"我是想弃暗投明啊！"

"如果，你被大势所迫，真想弃暗投明，改邪归正，我们是高兴的，欢迎的。并且，可以给你一些帮助。"

永生一面说一面瞟扫着疤瘌四那神情的变化。他说到这里，抽了口烟，揣猜着对方的心理又说下去：

"因此，我这才在你突然提出要当八路的要求以后，临时琢磨了这么个办法！为的是，给你制造个机会，让你借此机会立个功。这样，你可以将功折罪，将来也好和人民群众见面……"

"对梁队长的一片心血，我万分感激，终生难报！"

他没容永生插言，又迫不及待、急不可耐地说：

"梁队长想的那个办法，实在是高招，妙策！我，佩服，实在是佩服！你说，咱什么时候干哩？"

"呀！这我倒没想！"永生道，"你看怎么好？"

"叫我说，事不宜迟，夜长梦多！"

"这话不假！"

"是不是咱今儿夜晚就行动？"

佯攻的方案，以及今晚就行动，都是梁永生早已主意好了的。现在他正在等着疤瘌四这句话。可是，他听了这话以后，却又表露出一种毫无准备的神情，思索着说：

"哎呀！那太急了吧？你们来得及吗？"

"来得及，来得及……"

"那，好吧！"

永生稍一停顿，又忽然变换了口吻，带着一种军人特有的决断表情，说道：

"就这么定啦！"

"感谢梁队长的关照！"

疤瘌四说罢站起身，两颗愣大愣大的黄色的门牙渐渐地露出来，先向永生笑笑，又说：

"梁队长，我可以回去了吗？"

"好！"

永生也站起身，以命令的口吻说：

"对这件事，你要当作一项军令来执行！"

"是！"

"军令意味着什么，我想你是明白的！"

"明白，明白！"

"你回去安排好以后，要在晚饭前派人来联系一下，将你的安排情况向我报告，我们再把联络暗号等告诉你……"

永生说完后，疤瘌四一连说了几个"好"，而后道：

"我走吧？"

"走吧！不过——"

梁永生把话一转，又说：

"我再赠送你两句古语：'悬崖勒马不为晚；船到江心抛锚迟。'好啦，回去吧！"

疤瘌四连连道谢后，转身离去了。

梁永生站在树下的高坡上，带着轻蔑的笑意望着疤瘌四的背影。疤瘌四可能是因为方才蹲的时间太久，两腿已经麻木了，如今一瘸一拐地走着。他那本来就不大的身形，而今在梁永生的视线中正越来越小，越来越小，当小到像个小黑狐狸似的时候，在一片坟堆处消逝了！

过了一会儿。

志勇、锁柱和大刀队上的一些战士们，忽呀忽地全跑到这大树荫下来了。他们每人都带来了一张笑脸，还有一身汗，齐打忽地围拢在梁永生的周围，散散乱乱地站了一圈儿，七嘴八舌头地问道：

"队长，谈得怎么样？"

"队长，咱的计划实现了多少？"

梁永生面对着一片询问声，笑笑说：

"满堂红呀！"

这句很不明确的话，对大刀队的同志们说来，却是明确的。这是因为，在疤瘌四来之前，人们对他要来干啥，我们应当怎么办，达到什么目的，曾进行过细致的分析研究，并作出了一致的决定。所以，现在永生一说"满堂红"，当然大家可以明确地意识到这"满堂红"意味着什么。锁柱首先问道：

"队长，那个老小子全应下啦？"

永生沉思着说：

"应倒是都应了！"

志勇从旁插进来：

"他这里边会不会有鬼？"

"这正是需要我们进一步研究的问题。"梁永生向众人打着手势说，"来来来，全坐下，咱们讨论讨论这个问题吧！"

人们围了个圈儿，全都坐下了。

在人们坐下之后，永生没有马上导入要讨论的正题，而是指着小胖子说：

"瞧你！活没多干，汗没少出——褂子全溻湿了！还不快脱下来晾晾？"

小胖子嘿嘿地笑着：

"没关系！咱别的不多，肉不少——会儿就晒干了！"

永生收起笑脸：

"淡话！长肉是晒衣裳的？得了皮肤病怎么办？脱下来！"

永生最后这一句，已经变成命令的语气了。小胖子笑笑，老老实实儿地脱下那件溻得躺湿的褂子，搭在大树旁边的一棵小树上。

讨论会，就在这地头上的树荫下开始了。

头一个发言的还是锁柱：

"我揣摸着，疤瘌四准有鬼！"

他的"对头炮"又跟他接上了火儿：

"你这个揣摸有啥根据？"

"当然有根据！"锁柱说，"我的根据，就是上次会上咱们通过分析得出的结论——疤瘌四这套把戏，意在投机，绝非真意！"他学着梁永生的口气又说，"自从茶馆训敌以后，尽管疤瘌四耍了不少花招儿，不过，他的反动立场，并没改变。我打个比方，现在的疤瘌四，仍然是两只脚都站在敌人的船上，只是将一只手伸向我们。"锁柱又变换成论述的语气，"那两只脚，代表他的反动性；这一只手，代表他的狡猾性。我们只要对这一点没有分歧，就应当承认他'有鬼'！当前的问题是：根据今天的新情况，应当进一步分析一下，这个老小子，到底是怀着一个什么鬼胎……"

小胖子不以为然地说：

"这种说法不符合当前形势！当前的疤瘌四，已经到了这步田地了，也就是说，眼看就要完蛋了，他还敢搞什么鬼？再说，就算计着他搞，我看他也搞不出什么鬼来了！"

"喔！瞧你说得这个把握劲儿！大概是那个疤瘌四跟你订下'保证不搞鬼'的'牛皮文书'了吧？"锁柱以开玩笑的口吻说了这么一句，继而又道，"就算那个疤瘌四真画下了什么'牛皮文书'，他要不按'文书'办事，咱也没处去跟他'打官司'呀！"

众人大笑。笑声一稀，梁永生开了腔：

"敌人快完蛋了，这不假。可是，那些特别顽固的敌人，由他们的本质所决定，是不会因为快完蛋而改变他们的反动立场的！"

他吸了口烟转了话题：

"我估计，疤瘌四原来的如意算盘是，他主动提出要当八路，知道我们准不收，这样，便形成了刚才锁柱分析的那种局面——他的两只脚仍然站在敌人一边，同时又将一只手伸给了我们；而后，他便观望，投机……"

永生一停又说：

"可是，大概他没想到，我们来了个出其不意的突然袭击——向他提出了'佯攻水泊洼据点'的方案。他呢？当然不敢不应，而且还得表现'积极'，若不这样，他不就露馅子了？这么一来，他原来那种观望、投机的想法就破产了。而且，何去何从，今晚上就要逼他作出选择！那么，今晚上他将怎么办呢？叫我分析，在今天晚上这场斗争中，疤瘌四有三种可能——"

他说到这里伸出三个指头。而后，又将三个指头弯下两个，留下一个举在脸前接着说：

"一种可能是——他和他的援兵合击我们！"

他将中指伸直，和那一直挺伸着的食指并在一起：

"第二种可能是——他将援兵放进据点，或继续固守水泊洼，或趁机逃往柴胡店！"

他说到这里，又将无名指伸直了：

"第三种可能，才是照我们和他的约定行事——配合我们的行动，夹击石黑的援兵……"

"那我们怎么办？"

"我们，必须明确，从疤瘌四的本质看，他走前两条道的可能性最大。因此，我们要高度警惕，严加提防，不让他的阴谋得逞。这一点，我们过去已经研究过了。当前，我们的斗争目标是，硬逼着疤瘌四走第三条道——也就是使其按照和我们的约定行事。如果我们搞得好，这一点也是有可能的。因为当前的形势有利于我们，主动权也在我们手里。我们应当注意的是，要尽量利用他的投机心理，想法打掉他的一切幻想，用武力逼他去做他本来不想做的事情……"

"你具体说说咱怎么个干法吧！"

"怎么个干法才能实现我们的计划，那就要看你的了！"

"看我的？"梁志勇不解其意地说，"按咱们的原定计划，我不是负责佯攻水泊洼吗？"

"我想变它一下！"

"咋变？"

"把'佯攻'，变为'真攻'！"永生说，"只有咱真攻，才能逼着疤瘌四做他本来不想做的事情——和我们夹击敌人援兵！"

人们纷纷表示赞成。

永生又向志勇说：

"要真攻，就要有优势兵力，光靠你们小分队的力量是不行的！这又怎么办？……"

"好办！"志勇插嘴说，"我去召集民兵！"

"对！我也是这么想的！"永生说，"这样吧——北联防区那八个村的民兵，都归你调用！"

"好！"

"还要记住——"永生叮嘱道，"在水泊洼据点内部的伪军中，我们有一定的工作基础。你们在攻打据点时，需要充分利用那方面的有利因素……"

"对！"

梁志勇的话音未逝，小锁柱又接上了：

"队长，我呢？"

"你原来的任务不变！"永生说，"再给你加上一项要求——"

"啥？"

"你负责和疤瘌四讲明白——逃回柴胡店，那是根本不可能的！懂吗？"

"懂啦！"锁柱说，"你的意思是：切断敌人援兵的退路以后，要狠狠地打！"

"为啥？"

"因为敌人只懂一种语言——就是从枪口里发出的语言！"小锁柱挥动着拳头说，"我们只有狠狠地打，才能叫疤瘌四明白——要逃回柴胡店，那是根本不可能的！"他说罢，又朝永生腆脸一笑：

"对不？"

永生爱慕地拍一下锁柱的肩膀，夸赞地笑着：

"机灵鬼！"

过了一会儿。小胖子建议道：

"咱们这一手儿，和敌人的援兵打的是刀枪实战，和疤瘌四打的是心理战，应当又集中兵力又大造声势！"

永生点头道：

"这个意见好！对疤瘌四，是真攻，也是心理战；对石黑的援兵，要狠打；都需要集中兵力，大造声势。"

锁柱以请示的口吻说：

"我们分队，是不是也召集民兵配合作战？"

"我看可以嘛！"永生说，"大家说呐？"

大家一致赞成。永生又说：

"那就这样——南联防区那八个村的民兵，通通归你调用！锁柱，怎么样？"

"行！"

"还要注意——除民兵现有枪支，什么红缨枪呀，大砍刀呀，手榴弹呀……总之，一切能用的家伙，要全用上！小胖子说得好，又集中兵力又大造声势嘛！"

"好！"

永生思忖了一下，又嘱咐说：

"可要把人组织好哇！人多了，组织工作的任务也就重了！人光多，组织不好，步调不一致，也是不能打胜仗的！"

这一阵，向来不肯发言的唐铁牛，由于担负着向四外瞭望情况的任务，所以就更不发言了。梁永生说到这里，朝他喊了一声：

"铁牛！"

"有！"

"再给你个任务——"

"啥？"

"你去组织南八村的民兵！"

"那……"

"那个活儿，咱干不了！是不是？"

唐铁牛摸着后脖颈，涨红着脸，憨笑着，憨了两三分钟才说：

"要说打仗，咱不怵头！可是，干这号事儿……梁队长，你又不是不了解俺——"

"因为我了解你，才将这项工作分配给你！"

"可是俺没干过呀！"

"正因为你没干过，所以才叫你去干的！"

铁牛又要求道：

"梁队长，让锁柱和我一块儿去吧？"

"锁柱还有锁柱的任务呐！"他稍一停又解释道，"他要跟我到水泊洼去勘察地势！"

锁柱出于强烈的责任感，生怕铁牛没经验，弄不好，误了事，便插言建议说：

"队长，叫我说，那地形不用再去勘察了！"

"为啥？"

"那水泊洼的地形地势，不是全在我们的心里装着了吗？"

"不行，还是去看看好！"梁永生坚持说，"麻痹，总是要吃亏的！"

"这一点，咱心里有根呀！"小锁柱也坚持说，"心里有根，就不能算麻痹吧？"

梁永生看过一些历史书籍。锁柱一说心里有根，使他想起一个历史故事。于是，他为了解决好锁柱的思想问题，竟像个老母亲跟孩子说话似的，是那么耐心，而又那么亲切：

"锁柱啊，你不是喜欢听故事吗？今儿个，我给你讲个列国时候的历史故事，你爱听不爱听？"

"爱听啊！"

"好！爱听我就讲讲——"永生说，"那时候，有一回，楚国要去偷袭宋国。在偷袭之前，楚国先派出人去，查清了澭水的水情，并插设上了路标，为的是到夜间沿着路标悄悄过河。可是，真没想到，当楚国的兵马于半夜三更蹚水过河的时候，却一下子淹死了一千多号人……"

"这是为什么？"

"为什么？因为在他们设上路标以后，河里突然涨了水！结果，这一仗，没等打，楚国就败了！"梁永生说到这里，将话题一转又道："锁柱，你先发表个'评论'——楚国的失败，是吃了什么亏？"

"他们所以不战而败，主要是吃了凭老印象行事的亏！"锁柱说，"要是他们在过河之前，再次查一下水情，那就好了！"

"你说得对呀！"梁永生说，"他们就是因为太相信老印象了，总觉着已经设上了路标，心里有根，结果才吃了个大亏，锁柱你说是不是？"

"是！"

"锁柱，记住：将古比今，一个理儿——'麻痹'这个坏蛋，就爱从'心里有根'这个后门儿里钻进来。我们可得时刻提防着它呀！"

"队长，我明白了！"

锁柱尽管已经表示"明白了"，可是梁永生还觉着不够。因为在永生看来，用古人的事例来改变别人的看法，固然比空口说些大道理要好，可是，如果能举个锁柱有亲身感受的例子，那效果一定会更好。于是，永生另起了个题目又说下去：

"哎，锁柱，我听说最近你迷上象棋了，是吗？"

"是。"

"你要知道，这战局，和那棋局，两者之间，有许多相似的地方。"梁永生说，"也就是说，随着棋子的移动，整个儿棋局的情况，时刻都在变化着，不是吗？在走棋的过程中，如果光凭过去了解的情况，就觉着'心里有根'，而不愿再去研究新的情况，能不输棋？"

锁柱扑闪着大眼，点点头。一霎儿，他又问："队长，咱准备得这么细，要是柴胡店的敌人不来救援水泊洼呢？"永生道：

"不来就拉倒呗！他来，咱就来个围点打援；不来，咱就拿下水泊洼……"

锁柱，志勇，铁牛，纷纷点头。

永生又向志勇、铁牛他们说：

"你们都分头行动吧！"

当人们要走的时候，他又留下铁牛，指着正往树上爬的蚂蚁向他说："铁牛，你看！这么个小蚂蚁，要爬上这么高的树，它都不怵头！我们，应当学习蚂蚁这种不怵头的精神呀！"随后，梁永生又将工作方法，应注意的问题，一一交代一遍。直到铁牛满怀信心地说："队长，保证完成任务！我该走了吧？"永生这才收住了传授经验的话头，又嘱咐了最后的一句话：

"遇到困难找群众商量。啊？"

人们都先后走了。

梁永生又向锁柱说：

"你到地里去拿两把镰来。"

"拿镰干啥？"

"勘察地形去呀！"永生说，"镰，往我们手中一拿，对我们，起'护身符'的作用；对敌人，起'麻痹剂'的作用！我们自己要切忌麻痹，可又要想法麻痹敌人……"

锁柱的鼻尖上顶着一层汗珠儿，扑闪着两只笑眼，兴冲冲地点点头，跑到谷田里拿镰去了。

过了一阵。

梁永生和锁柱一人拿着一把镰，出现在通往水泊洼的大道上。大道两旁，是一幅热烈的秋收图。

谁知，他们正朝前走着，突然从那边传来了威武的、带着童音的喝唬声：

"快！"

紧接着又是一声：

"快走！"

他俩举目一望，只见那刚刚走了不久的疤瘌四，又回来了。在疤瘌四的背后，还跟着两个手持大砍刀的儿童团员。

其中一个是高小勇。

只见，那两个彪彪愣愣的小家伙儿，正一边押着疤瘌四朝这边走着，一边豪气地挥舞着手中的大砍刀，还一个劲儿地呵斥疤瘌四：

"低下头儿！"

"老实点儿！"

"不老实砍了你！"

又见，疤瘌四像棵大风中的枯草一样，两手抱在腰里，身子抖动着，一再点头，连连称"是"，老老实实，俯首听命。

永生和锁柱且望且走迎上前去。

随着距离的越来越近，高小勇抱着双肘嗒嗒嗒地跑上来。他来到梁永生的近前，咔地来了个立正，严肃、郑重地说：

"报告梁队长！我们儿童团，捉到一个大汉奸！"

梁永生笑了。他摸着小勇子那毛茸茸的头顶，用另一只手指指正在走来的疤瘌四，问道：

"勇子，你咋知道他是个大汉奸？"

小勇说："他是疤瘌四嘛！疤瘌四就是大汉奸！"

永生问："你认识他？"

小勇说："他虽然化了装，但我也能认出他来！"

他们说着，疤瘌四来到近前了。

这时的疤瘌四，苦笑着，脸色好像唱小旦的胭脂没擦匀，红一块，白一块。他面朝着梁永生，摆出一副为难的神色，以求助的口气说：

"梁队长，你看，这两位小兄弟，不叫我过去——"

高小勇一听，脸上挂了色！他冲着疤瘌四"呸"地一口，厉声反驳道：

"胡说！谁是你的小兄弟？"

他一拍胸脯儿说：

"这人们是抗日的儿童团！"

红
色
岁
月

红
色
历
程

红
色
史
诗

红
色
经
典

他一挺胳膊又指向疤瘌四：

"你，是卖国投敌的大汉奸！"

梁永生和小锁柱都笑了。

小锁柱表扬小勇他们说：

"你们做得对！干得好！"

梁永生拍拍小勇的肩膀，接言道：

"你们把这个大汉奸交给我们，你们的任务就算完成了！快回你们的岗位吧！好吗？啊？"

两个小家伙齐声应道：

"是！"

谁知，当高小勇他们要走的时候，疤瘌四却着了慌。他赶忙向梁永生要求道：

"梁队长，你得给我讲个情，让他们把腰带子还给我呀！"

疤瘌四这么一说，梁永生这才注意到——高小勇的手里，确是拿着一根裤腰带！这是怎么回事儿哩？梁永生正想问小勇，还没开口，机灵的小勇已抢先开了腔，主动汇报道：

"报告梁队长！疤瘌四这个老小子不老实——"

"他咋不老实？"

"我们逮着他以后，原来是想先把他押送到民兵队部去。可是他，死活不去！……"

小锁柱笑着插言道：

"那么说，他确实还是不老实哩！"

"他就是不老实嘛！"高小勇说，"他当了俘虏，还不老实，我们能饶他？因为这个，我扇了他一个耳刮子，又抓上他的裤腰带，连推带搡，就硬往民兵队部里弄他！"

"这对！"

"对是对！谁知，刚走出不远，他突然一挣身子，跑了！"小勇说，"他人虽跑了，可是，他的腰带子，还在我的手里抓着……"

"这是怎么回事儿？"

"原来是，在我们又推又搡的当儿，他偷偷地把腰带子解开了！"高小勇指着疤瘌四说，"这个老小子，真是个鬼难拿！"

永生和锁柱都禁不住地笑了。

疤瘌四脸赛个老猴腚。

小锁柱好奇地又问：

"他跑了以后，你们又怎么逮回他来的？"

另一个小鬼抢先插嘴道：

"他一跑，我们就追！一边追，我还一边喊：

"'站——住！'

"可是，这个老小子，并不站住，还是跑——"

小勇抢过话头接着说：

"他不站住，我就又喊：

"'不站住可开枪啦！'

"你猜怎么着？这一句真顶劲——吓得这个老小子噗噔一声趴下了！"小勇指着疤瘌四的鼻子尖儿说，"你看，他这红鼻子尖儿上还磕去一层皮呢！"

小锁柱望着疤瘌四那汪着血的鼻子尖儿，又不由得笑了。疤瘌四忙解释道："我不是吓得趴下的，是叫一块坷垃绊倒了！"梁永生指指疤瘌四那条裤腰带，向小勇说：

"勇子啊！这件'胜利品'，上交给我们吧！啊？"

"是！"高小勇应了一声，将疤瘌四的裤腰带交给梁永生。而后，两个小鬼又同时向永生打了个敬礼，便像一对跌脊的小鲤鱼那样，转过身去撒开丫子，眨眼之间便消失在青纱帐里了。这时，锁柱以讽嘲的口气向疤瘌四说：

"哎呀！刘先生，你这堂堂的汉奸队长，在人民群众之中，真是寸步难行呀！"

梁永生朝疤瘌四一挥手：

"走吧！我们'送'你一程！"

"谢谢，谢谢！"

天已小晌午了。

在地里干活的农民们，大都已经收工。村里、村外的水边上、树荫下，都三三五五地聚集着汗流不息的人堆。他们，有的在沙啦沙啦地磨镰，有的在唰呀唰地磨刀，也有的在开小会儿，还有的在蹦蹦跶跶地练拳脚。

梁永生和小锁柱像押差似的和疤痢四一路走着。

每到一伙人近前,永生总要站一站,跟人们说笑几句。看他和人们那股熟悉劲儿,好像他就是这村里的人一样。同时,他们每穿过一个村庄,村里的男男女女,老老少少,包括那些穿着开裆裤的鼻涕客在内,全都主动地、热情地向永生和锁柱打招呼。

有时候,一个小伙子跑过来,先向梁永生说了个话儿,又问锁柱道:

"今天夜间,俺们几个村的民兵,联合搞摸据点的演习,你看不看呀?"

锁柱笑道:

"当然要看喽!"

在他们说话的当儿,梁永生朝那小伙子打量一眼,批评说:"瞧你这个邋遢鬼!还要搞军事演习哩!真不知道害臊!"

"害臊?"

永生指指那民兵的前腰说:

"手榴弹是这么个掖法儿?"

又指指他的后脊梁:

"这大刀的背法也不对!"

然后,他又拍一下那民兵的肩膀,笑咧咧地说:

"这哪像个民兵的样子呀!要是叫你爹看见呀,八成得给你两掴子!对不?咹?邋遢鬼!"

那民兵光是嘿嘿地笑,啥也不说。

梁永生又突然板起脸:

"笑!笑!就知道笑!笑啥?你是抗日军人的儿子,当这不够格的民兵,多丢人呀!"

那民兵收起笑脸:

"梁队长,我错了!"

他说着,赶忙重新整理起大刀、手榴弹和身上的衣着来。而后,向永生来了个立正:

"报告队长!请首长检查!"

梁永生又拍他一下肩头,扑哧笑了。

这当儿,一位老爷子凑过来。他带着父辈的神色,指着永生头上的汗斥责道：

"瞧你这孩子，又热得像个水鸡子！头上的汗，快流成河了，就不知道擦擦？着了风受罪不算，怎么带兵打仗哩？"

眼下的梁永生，这位八路军大刀队的队长，在这位张口就叱咤人的老农民面前，蓦地变成了一个站在家长脸前的孩子。他啥也不说，只是嘿嘿地笑。并一面笑着，一面扯下腰里的毛巾擦起汗来。

那老爷子又朝永生、锁柱一挥手：

"走吧！"

"干啥去？"

老爷子指指太阳说：

"晌午啦，跟大爷吃饭去！"

正在这时，东边远处，一位大娘在嚷：

"老梁！家来吃饭呀！"

西边，有一位老奶奶大概是听到了喊声，忙忙迭迭地走到角门口，一手扶着门框，一手打着亮棚，久久地朝这边张望一阵，又扯着长声呼唤起来：

"永——生！——"

永生还没顾得回答，她紧接着又是一遍：

"永——生——哟！"

永生含着笑韵高声应道：

"唉！——"

"今儿晌午，你谁家也不兴去，到奶奶这里来！"老奶奶说，"我有活儿叫你干呀！"

这位老奶奶，怕永生不去她家吃饭，曾用这法儿哄弄过永生。因此，现在永生摘下头上的草帽扇着风，一面向那老奶奶招招手，一面笑哈哈地说：

"冯奶奶！有啥活儿干呀？又是叫我帮着你吃粽子！是不？"

冯奶奶拍手打掌地笑开了。直笑得她那满头白发舞动起来。她笑了一阵，又说：

"看你这个孩子！一到了这事儿上，就是肯叫奶奶拧手！奶奶有活儿你干得着，奶奶吃药你熬得着，奶奶有点稀罕物儿你就吃不着啦？永生啊，我告诉你，这回你要不听话，奶奶就生你的气了！……"

冯奶奶大声小气地嚷着。

梁永生孩子气儿地说：

"冯奶奶！你净屈枉人！俺多咱敢不听过奶奶的话？"

他指着自己的肚子又说：

"主要是它不听话！它没经冯奶奶批准，就早班早地填满腔儿了！眼时下，想塞口凉水也塞不进去，你让俺往哪里吃呢？"

永生说罢，嬉笑着走开了。

他还没等出村，又有几个人围上来。他们你拉我扯，又推又搡，争争吵吵地说：

"老梁，上我家吃饭去！锁柱，你也去！"

"永生，别看你大爷穷，再穷我也能管起你们几顿饭！"

"你先挨不上个儿！轮班儿也该着俺管饭了！"

"叫我说这样——老梁和锁柱，咱一家一个……"

锁柱指着躲在一边的疤瘌四，故意取笑说：

"哎，你们瞧，那里还有一个喃！"

人们瞅瞅汉奸疤瘌四那个窘相，都撇着嘴角子笑了。

这个将一口唾沫吐在地上：

"他呀！狗一样的东西！叫他上茅坑里吃屎去吧！"

那个带着几分气冲着锁柱牢骚道：

"要不是你们下了通知，我早把那个老小子填进茅坑里焖成大粪了！"

在他们说笑逗哏的同时，梁永生在那边还为吃饭的问题跟人们纠缠着。梁永生向拉扯他的人们说：

"你们别急！我吃一顿饭，能饱一辈子？下一顿，准到你们家去吃就是了！你们想想，老百姓要是不管饭了，我们八路军靠什么活着？你们不是也会唱这个歌儿吗——"

他说着说着，竟唱起歌来了：

> 八路军呀人民子弟兵，
>
> 吃的穿的全靠老百姓。
>
> …………

他这么一唱，逗得那些发稀须白的老年人，全张着个少齿没牙的大嘴哈哈地笑起来。在这笑语訇訇的当儿，从胡同里头又传来了青年人的接唱声：

> …………
>
> 八路军呀救国又救民，
>
> 他们比亲人还要亲；
>
> 拼命流血为了咱呀，
>
> 咱不关心谁关心！
>
> …………

梁永生刚要走，又一伙"光腚猴子"跑上来。

他们一个"散兵线"来了个包围圈儿，把个梁永生圈在当央，齐打忽地乱吵吵。有的抱着永生的大腿喊"大爷"，逼着他还从前许下的愿——讲一大串打鬼子的故事；有的拽着永生的腰带打坠骨碌：

"叔叔，你得再教给俺们个抗日歌子，不教不叫你走！……"

永生一看，难以脱身了！于是，他把大手掌一摆晃，笑哈哈地说：

"行！答复你们的要求，讲个故事——"

他说着，蹲在孩子群里，像个孩子王似的，指手画脚绘声绘色地讲开了：

"有个小孩儿，名叫小三儿，馋得出奇，懒得冒尖儿，在了儿童团，站岗不守摊儿。有这么一天，他站着站着岗，一闭眼就蜷儿上了！一蜷就做了个梦。你们猜他梦着啥啦？他梦见身上的泥呀，全变成红糖了！变成红糖就吃呗！一搓一把，一搓一把……"

他一面说着，一面在小家伙的身上搓起来。梁永生那只大手掌，跟把木锉一样，在娃娃们那嫩肉皮上一搓，谁受得住呀，三搓两搓，把那帮"光腚猴子"全给搓得跟头骨碌地跑了！

梁永生趁着这个空儿，嘎嘎地笑着出了村。

这一阵，还有那么一些人，在一旁指指画画地悄悄低语着：

"你们瞧，疤瘌四那个猴相儿！"

"真该砸死那个狗杂种！"

"唷！政策呀！别胡来！"

直到永生和锁柱把疤瘌四领出村，疤瘌四这才出了口大气沉下心。过了一阵，他一边走着，一边装出一副感慨的神态，问梁永生：

"梁队长，有个事儿我不明白——"

"啥？"

"你们八路军，怎么和老百姓跟一家人一样哩？"

"哦！哈哈！"永生知道疤瘌四是在伪装"进步"，妄想骗取八路军的"信任"，便用带着几分讥讽的语气说，"你也想学学？可以告诉你嘛——因为我们是为人民服务的！"

他们走了一程又一程，穿过一庄又一庄，离水泊洼据点已经不很远了。永生停在一个崖坡上，向那隐约可见的水泊洼据点望了一眼，然后向已走下崖坡的疤瘌四说：

"从这里再往前，只有大树和庄稼了，他们不会扣起你来，你自己走吧，我们该回去了！"

疤瘌四声声称"是"，连连道谢。

而后，他像条夹尾巴狗似的，灰溜溜地溜回他那老窝去了。

待疤瘌四走远后，梁永生和锁柱下了崖坡，顺着一条弯弯曲曲的道沟向东南走去。

不多时，他们便走进了水泊洼。

这个荒芜的水泊洼，对梁永生和锁柱来说，都不是陌生的。

当梁永生还是个十几岁的孩子的时候，担着锢漏担儿外出盘乡，就经常路过这里。如今说来，那已是二十多年前的事了。

抗战初期，梁永生根据县委的指示拉起游击队以后，又经常在这个方圆十几里的大荒洼里进行游击活动。那时节，这个水泊洼里，红荆、芦苇，各种各样的杂草，五颜六色的野花，又稠密，又繁茂。人一钻进去，连个影儿也看不见，正是八路军打游击的好地方。

后来，鬼子、伪军在荒洼古庙安上据点以后，对这水泊洼的芦苇、红荆和各种野生的花草又砍又烧，因此，现在已经稀少得多了。

不过，生命力十分强大的红荆、芦苇是砍不绝的，野生的花草也是烧不尽的！它们，在每次被砍、烧之后，就又冒出更加茁壮的嫩芽，迅速地成长起来，并不断地向四外蔓延，扩大……

你看！这个凹凹凸凸、沟沟壕壕的水泊洼，在几遭砍烧的浩劫之后，如今，这不又已经是红荆墩墩、芦苇丛丛一片绿海了！

在那碧水汪汪的水坑边上，照样又生满了许许多多的野草、野花，依旧有群群帮帮的水鸭子出没。它们时而鸣叫着，喧闹着，时而又伸开那又长又大的翅子，掠过低空，消失在如雪似絮的芦苇深处。

如今的荒洼，也有一些和从前不一样的地方。这除了那座荒洼古庙变成了敌人的据点外，从据点南门开始，还修了一条通向柴胡店的公路。

梁永生和锁柱在这个大荒洼里转了一圈儿，来到了这条公路附近。锁柱站在一个土台上，朝各处撒打一阵儿，然后将一双视线射向永生。永生从锁柱的眼神中，已经意识到他要说什么，于是，便顺水推舟地说："锁柱，把'方案'拿出来！"锁柱见队长猜透了自己的心理，敬服地笑了。随后，他指着路边不远的一片芦苇向永生建议道：

"队长，叫我说，咱们的打援部队，就埋伏在那片芦苇中，你看行不行？"

永生站在锁柱身后，正朝各处瞭望着，沉思着。

利用哪些地形地物？兵力怎么部署？这些问题，现在在永生的头脑中已经有个初步想法了。由于他一向喜欢先听听别人的看法，所以并没将他自己的想法说出来。特别是因为永生了解锁柱的性格，知道他只要有了比较明确的看法，准能自动说出来，所以永生也没过早地问他。现在，锁柱提出这个问题以后，梁永生这才慢吞吞地说：

"论打伏击，那倒是个理想的地势。"

他停顿一下，先吐出了"但是"二字，然后又带着惋惜的口气说：

"怕就怕敌人不从这里走！"

"这条道，是从柴胡店通水泊洼据点的必经之路哇！"锁柱略带点提醒的语气，"柴胡店的敌人只要来援救水泊洼，还能跳过这里去？"

"那也别说！"

锁柱真够机灵。经永生这么一点，他立刻便猜出了永生心里想的是什么。于是，他朝那边挥臂一指，又说：

"队长，你是不是说那边还有一条蚰蜒小道儿？"

永生说：

"是啊！从前，我挑挂钩儿外出盘乡的时候，常走那条小道儿……"

锁柱说：

"柴胡店的敌人，要来水泊洼走那条小道儿，正是个弓背儿。"

他语气一转，又说：

"不过，敌人的援兵，也是有可能舍近求远特地走那条小道儿的……"

永生笑了。

锁柱也笑了。又说：

"他们是敌人，敌人内部矛盾重重嘛！"

随后，他便讲起他对这次战斗的一些想法来。

他俩一边低声说着，一边漫步走着，还一边仔细地勘察着地形。在相互提醒、相互补充的过程中，一个伏击方案的雏形便初步形成了。在他们跨过公路的时候，公路边上的电线，被风一刮正在嗡嗡作响。锁柱触景生情，建议道：

"哎，队长，咱拿下黄家镇据点，不是缴获了一部电话机吗？到晚上，是不是找个同志把它背来？……"

锁柱说到这里，停下了。

永生笑望着锁柱：

"说下去——"

锁柱说：

"我是想，咱找根铁丝，弯个钩儿，把它挂在电线上，另一头儿接到电话机上，听听疤瘌四跟他的上司到底放了些什么屁……"

"好主意！"永生说，"把这项任务就交给你吧！怎么样？"

"好哇！"

梁永生和锁柱完成了勘察地形的任务以后，又赶到南八村找到铁牛，检查一下他的工作情况，然后才回到坊子，在高小勇家又召开了一个党员会，研究并修改了一下作战计划，还作了一些具体部署，而后永生向大家说：

"放好岗哨，都好好躺上一觉儿，准备天近三更时开始行动。"

他走到屋门口，仰起脸来望了望天空的星辰，走回屋来又说：

"你们快去吧！只要抓紧时间，还有四个多钟头的好觉睡哩！"

梁永生在召开会议的同时，还完成了吃饭的任务。会开完了，他也饱了。而后，他饭碗一推，又出去了。

夜深了。

禾场里，田野里，到处闪动着灯火，荡漾着虫声。

梁永生从外边回来，刚进门，高大婶就端来一碗热气腾腾的姜汤。她的眼里，闪动着母亲疼爱儿子的热光，向永生说：

"我听到你短不了一阵阵地咳嗽，说话也有点鼻鼻齉齉的，准是着风儿了，快把它喝了吧！"

永生见大婶忙得汗津津的，心里挺不安，就说：

"大婶，我没病啊！"

他说着，打了个喷嚏。大婶笑了。轻点着他的前额说：

"瞧你这孩子！就会嘴硬！"

永生嘿嘿地笑着，又说：

"大婶，我年轻轻的，着点风受点凉的算个啥事儿？你老人家这么大岁数了，还来侍候我，真叫我……"

"叫你啥呀？又要说傻话儿！是不？"这时高大婶的心窝儿里，浮荡着母亲对待儿女的那种特殊的感情。她喘了一口又说下去："你们为了打鬼子，舍家撇业，风来雨去，大婶不侍候你谁侍候你？"她把碗向永生的近前推推，又说："就着热乎，快给我喝下去！听了不？咹？"

她嘟念着，出屋去了。

永生嘿嘿地笑着，望着大婶的背影，心在怦怦地跳。

有些人，一到了中年，那些青年时代的特点，就从他的身上偷偷地溜走了。可是，也有例外。永生就不是那样。直到如今，他那刚强的性格，充沛的体力，旺盛的精神，都丝毫不减当年。有时候，打起仗来，就算几天没吃上饭，他将腰带子一勒，冲锋陷阵仍赛猛虎一般。有时候，他坐在小油灯下，看起书来，常常通宵不眠。每当困神偷偷地强有力地向他袭来的时候，他就用凉水洗洗头，将困神赶跑，趴在灯下再看。今天，大婶走后，他又掏出那本经常带在身上的《抗日游击战争的战略问题》，打开，擎在手中，凑到灯下，聚精会神地看了起来。

过了一会儿。

门帘一闪，高大婶又走进屋来。她一瞅，摆在桌子上的姜汤都不冒热气了，立刻着起急来：

"看你这孩子！这个不听话！怎么光顾看书呀？姜汤都凉了！"

方才，永生只顾看书，把喝姜汤的事忘了。现在高大婶一嚷，永生才想起来。他嘿嘿地笑着，端起碗来就喝。

"别喝啦！"大婶说，"我再给你热热去……"

大婶说着就去夺碗，可永生那里咕噔咕噔一口气喝了个干净。大婶用食指点着永生的前额说："瞧你这个不知好歹！整天价凉一口热一口的！"永生用手背抹一把嘴边的水珠，笑笑说：

"一点也不凉，正中喝。"

"你这个孩子呀！非叫大婶治着不行！"大婶一边朝外走一边说，"天不早了，别看书啦，快睡吧，身上串发串发就轻松了。"

梁永生满口应承着：

"好。这就睡，这就睡。"

可是，大婶走后，他又看起书来。

外边，起风了。

风，刮走了那稀稀落落的几点星光。

风，刮得树头呜呜作响。

风是雨头。不一会儿，伴随着这越来越大的风声，又下起雨来。

雨，打得房顶嘭嘭作响。

雨，敲打着梁永生的心房。

这时的梁永生，就像看见在村边路口值岗的战士们，挺身站在风雨中；风正刮着雨点向战士的脸上、身上扑打；雨水正顺着战士的面颊往下滴流；战士们的衣裳都贴在身上……此情此景，使永生再也躺不住了，他一骨碌爬起身来，侧着耳朵，仔细地听着对间屋里的动静。

对间屋里，传来高大婶的鼾声。

这香甜的鼾声，钻进梁永生的心窝儿，激起了层层笑浪。你想啊，老迈年高的高大婶，为了抗日工作，为了自己的队伍，从早到晚忙累了一天，而今已安安稳稳地入睡了，梁永生怎么能不高兴哩？

不过，使梁永生高兴的，还有另一层原因，这就是：他要借此机会出去查岗。于是，他静悄悄地下了炕。为了不把大婶惊醒，细心的梁永生还摸着黑儿从缸里舀了半瓢水，轻轻地倒在门枢上。而后，他慢慢地、慢慢地拔开了门闩。

谁知，就这样，他还是把个睡觉特别灵醒的高大婶给惊醒了。高大婶睡蒙蒙地问道：

"永生，你刚刚躺下，又开门打户的，要干啥去？"

永生当然不敢跟老人撒谎，就说：

"大婶啊，我查岗去，你睡吧！"

高大婶着起急来：

"唉唉！永生啊永生，那站岗的别说还是些大活人呀，就是路口上放块石头，也能把敌人绊个跟头！你干啥这么不放心，值得冒着这么大的风雨去查岗？……"

大婶她大声小气地嚷着，拿着一件蓑衣从里间屋里走出来：

"给站岗的孩子们捎去！"

"好！"

梁永生应声未落，人已出了屋子，冒着夜间的风雨向村边走去……当梁永生围着村子转了一圈儿又回到屋里时，高大婶还没入睡。她一听见永生回来了，就没好气儿地嘟嘟道：

"不叫你去，偏去！管淋成落汤鸡了？快把湿衣裳脱下来，搭在绳子上晾晾……"

"唉。"

"那蓑衣……"

"给正在站岗的铁牛披上啦！"

"好！别磨蹭啦，快躺下睡一会儿吧！人是铁的呀？"

"唉。"

永生连声应着，换上衣裳，熄了灯。过了一阵，当他听见大婶又响起鼾声时，他这才又悄悄地爬起身，掌上灯，坐在灯下又看起书来。

连永生自己也不知道他又看了多长时间。直到梁志勇走进屋时，他还在聚精会神地看着。志勇皱一皱眉头，问：

"爹，你没睡一会儿？"

梁永生伸一伸腰，舒展一下身子，毫不在意地顺口说道：

"哪里！才起来不大一会儿。"

志勇笑了。

永生问他：

"你笑啥？"

志勇没说笑啥，而是指指灯说：

"你看！昨天晚上这灯碗里的油是满满当当的！"

梁永生朝灯碗儿一瞅，禁不住地笑了。原来直到这时他才发现，灯碗里的油，眼看就要干了。这时，永生像似触景生情地想起了什么，他也指指灯碗儿，就劲儿向志勇说道：

"要让灯不灭，就得常添油——志勇，你的政治学习，还得再加点油儿呀！"

"唉。"

志勇的答词虽是如此简单，可是，他的态度却是十分认真的。永生噗地一口吹灭了灯，又习惯地向窗口望了望，然后向志勇道：

"该行动了吧？"

"差不离儿了！"

志勇在估摸时间方面，有一套特殊的本领，人称"活钟表"。多少次的实践早已证明，就是在这风雨交加的夜里，他估量的时间，至多也不过差上抽袋烟的工夫。因此，在目前既无钟又无表的情况下，既然"时间权威"说"差不离儿了"，梁永生便当即发布了命令：

"集合！"．

"是！"

梁志勇领命而去。

志勇走后，梁永生舀了半瓢水倒在洗脸盆里，连头带脸地洗起来。每当睡眠不足或过度疲劳的时候，用凉水冲头洗脸，能赶走困乏，能驱散疲劳，能清脑提神——这是梁永生的实践经验。今天，他洗过头和脸，又整理一下枪和子弹袋，将书装进油布兜里，而后走出屋去。

永生的洗脸声把大婶惊醒了。她知道梁永生是要出发去打仗了，就急忙爬起身，点上灯，帮助永生收拾东西。看大婶的样子，现在她比永生还忙。

永生告别了大婶，拉开屋门出屋去了。

一股凉森森的夜风，挟持着许许多多的雨点，忽地扑进屋来。夜风吹动着挂在里间屋门口上的门帘。门帘扇动着豆粒大的灯舌。灯舌一个劲儿地摆晃着。

永生走了。大婶又突然想起什么：

"永生！捎上这……"

捎上什么？永生已经走远，大婶的后半句话被风雨声淹没了。

雨点打在天井里的丝瓜架上，发出一阵阵很大的动响。高大婶坐在炕上，心神不安地听着窗外的风雨声，不由得扒着窗台自言自语起来：

"这些孩儿们，多有出息呀！这号儿天气去打仗，一点也不怕苦！唉，叫我老婆子可怪心疼的哩！……"

说真的，战士们走在风雨之中，也确实是很不容易的。他们的头顶上，天低得活像一块眼看就要压下来的大铅板，雨水稀里哗啦地往他们的头上浇。凉簌簌的秋雨，打在战士们的脸上、头上、身上，顺着帽檐儿往下滴落着，又钻入衣领淌进脖子里。被雨水打透了的衣服，紧紧地贴在战士的身上。他们的脚下，除了泥便是水，噗噗嚓嚓走在泥水中，每前进一步都要付出很大的力气。有的人脚下一滑，啪嚓一声跌了一跤。他爬起来，在脸上搂一把，嘿嘿地笑了。

梁永生带领着大刀队的战士们，走在风雨交加的征途上，队伍的行列中，不时地这个人的嘴对着那个人的耳朵传递着命令：

"跟上！别掉队！"

"别跑！迈大步！"

大刀队来到了水泊洼。

被通知参加这次战斗的民兵们也到齐了。

梁永生和大刀队战士以及民兵负责人开了个碰头会，最后命令道：

"按照原定计划，各就各位！"

接着，连大刀队带民兵这支五百多号人的队伍，立刻分成了若干小股，冒着风雨向四处散去。

风，更大了。

雨，更急了。

浓云深处，响着隆隆的雷声。时而在夜空里突然出现一道立闪，仿佛把天劈成了两半。继而便是一声炸雷，震得地球像要马上崩裂似的。这风声、雨声和雷声，恰似一曲雄壮的军乐；它正激励着我们这些久经风雨的勇士们，在不畏风雨地奔跑，在紧张地进行着战前准备……

路面滑得像涂上了一层油，上坡时常有人打前失，下坡时也常有人坐"滑梯"，可是，这么多人，没有一个人说话，只有一片嗒嗒嗒的脚步声。不一会儿，人没影了，脚步声也消逝了，风雨之夜，又恢复了原来的样子。梁永生和黄二愣，还有另外几个战士，在据点南面公路旁边的一个洼坡处蹲下来。这里，便是这场即将到来的战斗的指挥部了。在这一场激战即将到来的时刻，各种各样的请示、报告从各个阵地上传到这里。

不大一会儿，攻打据点的枪声打响了。

又过一阵，湿淋淋的衣裳贴在身上的唐铁牛又跑来报告说：

"报告队长！锁柱同志已经听到：疤瘌四第一次向他的主子石黑告急求援了！"

梁永生点点头，命令道：

"好！继续监听！"

"是！"

铁牛顺着一条崖坡飞跑而去。崖坡下响起一阵由近渐远的脚步声。

这时，水泊洼据点内外，枪声更密了。

忽然，永生向身边的一位战士说：

"哎，你跑步到龙潭去一趟，告诉那村的民兵：埋伏在柴胡店以北，等敌人的援兵出发后，打他一下儿。"

二愣提醒永生道：

"队长，一打，他不就缩回去了？"

"不！咱要不打一下儿，他倒可能缩回去的。"永生又转向那位战士，"再告诉民兵同志们：打了就走，不要顶！"

"是！"

那战士转身要走。

梁永生又喊住他：

"忙啥？我还没说完哩——你再告诉他们：等我们这边和敌人的援兵打上以后，让他们佯攻一下柴胡店！声势要大一点。一个村的民兵不够用，可以多组织几个村。你就在那儿负责到底吧，不要回来了。"

"是！"

"还要注意：先准备好撤退路线，防备敌人猛然窜出来！……"

那送信的战士走了。

报信的铁牛又来了：

"报告队长！疤瘌四又一连两次向石黑告急求援。现在石黑已经答应：天亮以前，他将派贾立义带领一支人马援救水泊洼！"

"好！"梁永生点头道，"继续监听！"

"是！"

铁牛应声而去。一眨眼又消逝在夜幕中了。

梁永生沉思了一会儿，也不知他想了些啥，只听他又向二愣说：

"来援的敌人，既然是贾立义带队，他不同于石黑，很可能没有那种急迫的心情。而且，他还有可能盼着疤瘌四被我军消灭掉。"

"对！"二愣插言道，"我琢磨着，那只狼羔子，唯一注意的，是如何保存他自己的实力。因为那是他升官发财的本钱！"

永生听了黄二愣的插话，觉着他越来越精明了，心里很高兴。他朝二愣点点头，又说：

"根据这个，我估计贾立义八成十分小心，前进的速度可能很慢。二愣啊，我想让你带领一部分同志，马上向南转移，埋伏在由柴胡店到这水泊洼的半路上，把那只狼羔子带领的伪军放过来以后，你们突然出现在他们的背后，来个猛打猛追，将这些家伙们，赶进我们的'口袋'……"

"是！"

二愣领了令，跑步走了。

接着，永生又向庞三华说：

"你去追赶我刚才派往龙潭去的那位同志——"

"干啥？"

"对我原来的命令，作两点修改：第一，不要组织民兵打截击了。方才所以这样布置，是怕敌人疑惑我们布下了'口袋'而缩回去。如今，既然知道了敌人的援兵不是石黑亲自带队，而是由贾立义带队，他，是不敢缩回去的。第二，既然石黑和白眼狼都没出来，待我们和贾立义打起来以后，敌人再次派兵增援的可能性增加了。因此，佯攻柴胡店的声势，需要再大一些，为的是使敌人不敢轻易倾巢而出。"

"我记住啦！"

"这么一来，那个方面的任务重了，组织和指挥都需要加强。"永生说，"你，不要回来了，就留在那里，和方才那位同志一起完成这项任务吧！"

三华领命而去。

这时，水泊洼据点内外的枪声，还在紧一阵慢一阵地响着。梁永生正在一面倾听着枪声，一面判断着情况，唐铁牛第三次来报：

"报告梁队长！疤瘌四已第四次催促石黑快派援兵，他还说，援兵再来晚了，水泊洼就全完了！石黑命令疤瘌四继续坚守。并告诉他：贾立义已带领四十多人来驰援水泊洼了！"

永生听完汇报，想了想说：

"好啦！监听任务，到此算完成了！"

"我们怎么办？"

"你和锁柱，先割断电话线，然后撤离公路！"

报信的唐铁牛回去不久，锁柱就背着电话机来到了梁永生的身边。梁永生指着电话机向唐铁牛说：

"它，已经没用了。留在这里是个累赘，你把它送回去吧！"

"是！"

铁牛背起电话机，飞驰而去。

又过了一会儿。炮筒子领着伪军田宝宝来到永生这里。田宝宝刚打个立正，还没正口，梁永生拍拍他的肩膀就先开了腔：

"宝宝！咱又在这里见面了！啊？"

田宝宝笑笑，向永生说：

"报告梁队长，疤瘌四派我来向你报告：狼羔子已经带领着四十多人从柴胡店出发了！"

梁永生乐呵呵儿地说：

"哦！还有啥？"

"疤瘌四还说：狼羔子跟他有仇，很可能迟迟不前！"田宝宝说，"他要求梁队长：设法把狼羔子引到这水泊洼据点的南门上来！"

"噢！还有吗？"

"报告梁队长！疤瘌四说的就这些啦！"

"哎，你们刘队长怎么样？"

"我看他不是真心！"

"你从哪里看出来的？"

"今天夜里这场战斗，到底该怎么干，始终没正经八百地告诉弟兄们！"田宝宝说，"如果是真心反正，为什么不和弟兄们讲清楚？"

"你不是早已知道了吗？"

"是的！是咱大刀队传进一封信去告诉我的……"

"你没告诉别人？"

"告诉了！"

"再多告诉一些人。"

"是！"

"宝宝，哪条路是生路，哪条路是死路，过去，我不是都跟你讲过了吗？"

"讲过了。"

"现在，到了决定你走哪条路的时候了……"

"梁队长，你放心吧，我知道我应该做些什么！"

"那好！"

"我回去后，怎么和疤瘌四说？"

梁永生习惯地沉思了一会儿，然后又向田宝宝说：

"你回去，告诉你们的队长——就说我说：他报告的情况，我都知道了。今后我们怎么对待他，就看他今天夜晚是怎么表现的！"

"是！"

田宝宝打了个立正，跟着炮筒子走了。

突然，南边传来枪声。

梁永生望望将要发白的东方，又转过身去朝着响枪的方向微笑了：

"二愣他们干上了！"

风小了。

雨停了。

天空中的云块，正在堆集着，分裂着，舒展着，飘散着，变幻莫测。

随着时间的推移，枪声，正迅速地向这边靠近着。不多时，东南上的枪声、喊声，愈来愈烈，连成一片。又过了一阵。东方渐渐泛起一片白色，天将放亮了。只见有一队伪军，一边朝后放枪，一边朝前猛跑，顺着那条弓背小道儿，向这水泊洼据点奔过来。

又见，黄二愣和他的战友们，民兵们，紧跟在伪军的屁股后头，又追，又打，又喊：

"同志们！追呀！"

"捉活的呀！"

"前边截住！"

"伪军们！缴枪吧！"

"缴枪不杀！"

"狼羔子！投降吧！"

就这样，眨眼之间，便将这股敌人，赶进了我们的"口袋阵"。这时候，这股伪军啥也顾不得，只顾拼着命地朝前乱跑。

与此同时，据点内外的枪声，也空前猛烈起来。据点四周，喊声震天：

"同志们！冲啊！"

"同志们！攻啊！"

不过，我们那些埋伏在据点南门外的同志们，这时都严阵以待，一枪未发，眼瞅着敌人的援兵向据点的南门扑去。

狼羔子一伙，扑到据点南门附近了。我们那些正在攻打南门的同志们，朝敌人的援兵打了一阵枪，而后，假装顶不住，向两边撤去。

敌人援兵的先头部队来到据点的南门下了。

可是，令他们奇怪的是，却迟迟不见里边的伪军给他们开门。在这种情况下，狼羔子领的这一伙子，只好一面向背后的追兵还击，一面大声疾呼地叫门。

据点的门楼子上，没人答腔。

疤瘌四为什么不开门呢？狼羔子一面这样想着，一面眼瞅着他这伙子人疙瘩急得又蹦又跳。接着，他不由得破口大骂起来：

"疤瘌四！你这个草包！被八路吓破苦胆了吗？这爷们冒着生命的危险前来援救你，你他妈的怎么连门都不敢开？"

里边仍然无人答腔。

疤瘌四没有听见？

不！他听得很清楚。因为他就在这座门楼子上。

那么，他为什么不答腔呢？原来他正被焦虑和悲哀纠缠住，前思后想，左右为难！可也是呀！在这决定命运的最后时刻，那个一向爱计算得失的疤瘌四，岂能不充分发挥发挥他那"算破天"的本领，来盘算盘算到底该怎么办上算呢？

要说现在疤瘌四这个"合适干"的心里是千头万绪的，那确实是有点屈枉人家！而今，他正在紧张思虑着的，只有这么两个方面——是开枪呢？还是开门呢？

开枪，就是命令他的部下立即开火儿，按照和梁永生的事前约定办事——和八路军一起夹击贾立义这只狼羔子；开门，就是命令他的心腹敞开据点大门，将石黑派来的这支援军放进来，是去是留，以后再看风驶船，顺风转舵，细谋后事……

就这么个简单的问题，现在竟把个自称"才智超人"的疤瘌四给难住了！一忽儿，他觉着开枪合算——他想："看这眼下的时局，日本皇军大势已去，他们八成是不准行了！我借此机会，改弦更张，投靠八路，也好找条出路，保住这条老命呀！"他越想越得意："哼！我和八路两面夹击干掉这只狼羔子，不仅报了我的前仇，还报了梁永生的世仇，梁永生一定会感激我的！我和梁永生虽说也有点隔膜，还不就是因为那个雒金坡的事吗？雒金坡又不是梁永生的骨肉之亲，他和我还能成为解不开的疙瘩？"他想来想去竟异想天开了："再说，我干掉了狼羔子，在八路那一面儿上，总算立了一功，说不定还能到那边弄个一官半职的呢！……"

可是，一忽儿，他又划算着还是开门稳妥——因为他又想道："虽说八路如今已经强盛起来，可是，日本帝国也未必然就从此一蹶不振了，我要是现在就投靠八路，风险可太大呀！"他越想越觉着八路军靠不住："八路军，是共产党的队伍。那共产党，处处跟穷小子们一个鼻子眼儿里喘气儿，就算他们抗战胜利了，这帮子人们真的执掌起国家大事，像我这号儿人，还能得烟儿抽？"他想到这里，又自然而然地想到了蒋介石："再说，日本皇军就算失败了，老蒋也决不会容忍共产党这一套，到那时，国共两党必有一战……因此，对我刘其朝来说，即使另找靠山，也不应草率从事，等战后的中国大势看出个眉目时，再决定何去何从，才是正理！"他一念及此，便决定将大门敞开，把贾立义放进来，来个闭门一战！以后，能守便守，不能守就走，也免得今日仓促行事，日后悔之不及呀！……

疤瘌四正想着，忽听身边的田宝宝说："哎呀！听这枪声、喊声，八路军来的人可真不少哇！"田宝宝这句话，促使着疤瘌四转念又想："可也是哩！别忘了好汉不吃眼前亏呀！皇军虽好，可惜快要完了！蒋介石也好，可又远水解不了近渴！哎呀！到底怎么办好哩？……"

疤瘌四在开枪、开门两者之间踌躇着，久久地焦灼地踌躇着。这时，天空的阴云裂开了许多缝隙，曙光从云缝里射出来，把个雨后的大地照得通亮。疤瘌四就着曙光朝前一望，只见眼前是一眼望不到边的八路；他回头往后一看，后头也是一眼望不到边的八路；他再扭着脖子朝左右两边一撒打，左右两边还是一眼望不到边的八路！

这时，在疤瘌四的感觉中，这么大个水泊洼，整个儿是一片人的海洋！他这个弹丸一般的小小的据点，就像在汪洋大海中的一叶小舟儿，随时都有覆没的危险！

疤瘌四想到这里，不由得打了个冷战！

正在这时，他忽听田宝宝又惊骇地说：

"哎哟嗬！八路军的人这么多，不用说攻打，就是他们喝个号儿，来个一齐硬挤，也得把咱这个小小的据点给挤平喽！"

田宝宝话没落点，又一个伪军气吁吁地跑来。

这个伪军一脸雀斑，就是那个"瞌睡虫"。他跑得满头大汗，吓得面色蜡黄，上气不接下气地向疤瘌四说：

"报，报，报告队长！大，大，大事不好！"

疤瘌四虽然还不知什么事，可是嘴也吓结巴了：

"出，出，出了什么事？"

瞌睡虫的气还没喘匀：

"八路攻，攻进来了！"

疤瘌四一听，不寒而栗：

"从哪里攻进来的？"

"从西门上……"

"东门上怎么样？"

"也进来了！"

"北门上呢？"

"一个样！"

"这么快？"

"是啊！"

"他们是怎么进来的？"

"不一样——"瞌睡虫说，"有的，借我们朝天打枪的机会，悄悄地从围墙上爬进来了；有的，是他们在城外一喊话，我们的弟兄就给他们开了大门；我们防守的那个门，是他们硬攻进来的……"

报信的瞌睡虫正向疤痢四学舌，他这南门外，又突然枪声大作，杀声遍野。听声势，就好像八路军不知突然从什么地方调来了千军万马，已经埋伏在这水泊洼据点周围和通向柴胡店的公路上。

直到这时，鬼难拿疤痢四才意识到，守城无望了，逃回柴胡店也是不可能的了！摆在他面前的，如今只有两条路：一是当俘虏，一是暂时投八路！

正在这样的节骨眼上，又见守在城门楼子上的一些伪军们，已经用枪瞄上了狼羔子一伙，看其气势，他不发令也要开火了。与此同时，城门下又传来两种声音：一是八路军号召伪军反正的喊话声，一是狼羔子气急败坏的骂街声。

这种种情况，迫使疤痢四违背着自己的意愿向他的士兵们发布了命令：

"开枪！"

据点门楼子上的枪声响了。

疤痢四又喊道：

"朝狼羔子猛打！"

顿时，城门楼子上，两边的城墙上，枪声齐发，子弹横飞，一齐向狼羔子一伙扫过来。打响得最早的是田宝宝。还有他串通好了的一伙伪军士兵。这么一来，正背靠城门负隅顽抗的狼羔子，还有他那些喽啰们，更加摸不着头脑了。他们，立刻成了热锅上的蚂蚁，一面乱跑乱窜，一面大声疾呼：

"不要误会！自己人！……"

在这一片喊叫声中，顶数着狼羔子的嗓门儿最大，他简直快把那公鸭嗓子喊破了：

"别开枪！快开门！我是贾立义！……"

他一连嚷了好几遍，并没有人理他这一套。同时，据点上的枪声，越来越密了。狼羔子已看出情况不对头，忙向他的部下命令道：

"撤退！快！撤退！"

狼羔子一伙往后一撤，据点的南门突然敞开了，里头的伪军们，呼啦一声冲出来。他们紧跟在贾立义那伙散兵背后，一边射击一边喊：

"打狼哟！"

"活捉狼羔子！"

"……"

这当儿，梁永生和锁柱，肩并肩地卧在掩体里，倾听着，张望着，微笑着。

锁柱带着讽嘲的口气说：

"疤瘌四这老小子也够猛呀！"

永生笑了。问道：

"你说他为啥这么猛？"

锁柱说："想表现一下儿呗！"

永生问："这是一！那二呢？"

锁柱问："还有二？"

永生说："有！……"

永生正说着，忽听那边疤瘌四放开了特大的嗓门儿喊道：

"弟兄们！看在我刘其朝的面上，向那狼羔子猛劲冲呀！……"

锁柱听了疤瘌四的喊声，抢过梁永生的话头说：

"队长！那'二'，我明白了！"

"明白了啥？"

"疤瘌四要借此机会报私仇……"

在锁柱说话的同时，又听那边狼羔子也喊叫起来：

"弟兄们！看在我贾立义的面上，朝疤瘌四那个老杂种冲呀！"

原来狼羔子急眼了！他组织起他的散兵，向疤瘌四一伙反扑过来……

突然，四面八方枪声大作，千军万马喊声震天，大刀队的同志们，各村的民兵们，一齐冲杀上来。他们，一面勇猛冲杀，一面众口同音地喊着一个口号儿：

"缴枪不杀！"

这喊声，惊天动地，震耳欲聋！

这喊声，和那炒豆一般的枪声搅在一起，如狂风在吼，如暴雷在鸣，再叫那白闪闪的刀光一衬，愈显得雄壮，威风！就连那漫天空中的黑云块子，仿佛也都被这吼喊声吓了一跳，全忽呀忽地向天边飞去！

狼羔子和他那些散兵们，都闻声胆裂，惊慌地朝四下张望着。只见，八路军的神兵，活像自天而降，满洼遍野处处皆是，已将他们这可怜的一小撮儿，一层又一层地团团围住了！

并且，包围圈儿正在越来越小。

这时，有个念头在贾立义那伙伪军的头脑中闪现出来："冲不出去了！这回可真完了！"在敌军处于绝望的情况下，八路军和民兵们那"缴枪不杀"的口号声，发挥了一种巨大的威慑力量。

你看！有的伪军跪在地上，将那支老僧帽套筒子步枪举过头顶：

"我缴枪！我缴枪！……"

有的伪军早已把枪扔掉，缩着脖子举着手，一边哆嗦一边咋呼：

"我投降！我投降！……"

还有的，把脑袋瓜子钻进了兔子窝，囫囵个儿的身子舍在外头不要了！不过，人家的大脑并没失灵！你听，他的嘴还在兔子窝里嗡嗡地叫哩：

"八路军饶命啊！八路军饶命啊！……"

也有的，好像一匹受了惊的大叫驴，一面狼嗥鬼叫地乱叽歪，一面连滚带爬地乱窜趟！那些比这些胆小鬼儿还要胆小的孬包们，八成是已经吓傻了，要不就是吓昏了，躺在地上活像那抽"神风儿"的，浑身抖搂不吭气儿，直到他在八路军或民兵的刀枪下做了俘虏了，还是光瞪着两只蚂蚱眼不会说话！更甚者，则像个被抽去筋骨的肉布袋，赛摊稀泥似的舀不起来了！

这场战斗，就这么很快地结束了。

这真难怪黄二愣急得直喘粗气，并指点着俘虏们的眼胡子大发牢骚：

"你们这些孬包！不等打就先垮了！这叫俺怎么跟你们打呢？有劲使不上，有威带不起风，真窝囊死人！"

水泊洼的伪军们和我们的战士、民兵会合起来了。

田宝宝乐呵呵地来到永生近前。永生拍着他的肩膀问道：

"宝宝，你们那队长呢？"

宝宝嬉笑着：

"你问疤瘌四？"

梁永生笑笑，点点头。

田宝宝兴高采烈地说：

"呜呼哀哉了！"

"怎么？死啦？"

"嗯喃！"

"他怎么死的？"

"咱哪知道哇！"

"那你咋知他死了呢？"

"我看见他的尸首了！"

"在哪里？"

田宝宝顺手一指：

"梁队长，你看！疤瘌四那个老小子，那不是在那个狐狸洞口上趴着了吗？！"

梁永生顺着田宝宝手指的方向眺望着。

只见，那边的坟地里，有个狐狸洞口。狐狸洞口附近，有棵老榆树。树上的老鸹窝，已被那密集的枪子儿打得七零八落了！

目下，一只孤单的老鸹，正然绕树飞旋，为失去了窝巢而发出阵阵哀鸣！

一向好事儿的小胖子，跑到那棵榆树下边的狐狸洞口处，瞅了一阵，兴冲冲地嚷道：

"嘿！这位疤瘌将军，上东京东条英机那里领赏去了！"

锁柱在这边接言道：

"别瞎胡扯！人家'刘先生'，是叫狼羔子那一伙打死的！他去领啥赏？"

他强忍住笑又说：

"人家是上东京去找东条英机告状去了！"

众人哄笑起来。

一个伪军拦腰插了嘴。他带着气愤的感情：

"这个老小子早就该死！不过，他的死，倒不一定是叫狼羔子那一伙打死的！还兴许是我们这一伙子里的那个谁谁谁干的哩！"

他这一说，田宝宝像想起了什么。他指指那个说话的伪军，笑道：

"嘿！你这一说，我明白了——"

"你明白啥？"

"这手活儿啦，八成是你干的！"

那个伪军笑了。他摇摇头道：

"你这个'猜把式'，这回算失眼了——没猜对！"

"不是你？"

"不是我！"那个伪军说，"说真的，我倒是早就有心干掉这个冤家，只是没得手儿！这一回，咱又不走运，在战场上我一直寻他，可是，寻了好大一阵，始终没寻着那个老鳖猴儿！……"

在他们说笑着的当儿，锁柱和铁牛他们，已在那边将俘虏们全都集合起来了。

那些被俘的伪军，净些狼狈相。

有的，帽子没有了，光着个秃脑瓜子，老长的头发全参起来了；有的，鞋跑丢了，一只脚上光有袜子，另一只脚露着丫子；也有的，身上的衣裳，也不知叫什么挂了个稀巴烂，现在叫风一刮，各处乱呼嗒……

更令人可笑的是，有个伪军小头目儿，扯下标明他的身份的符号儿，偷偷地踩在脚底下。显然，他是想隐瞒身份，冒充士兵！

梁永生来到俘虏队前，放出两条炯炯闪光的视线，将这些俘虏们一个挨一个地看了一遍，又一个挨一个地看了一遍。

他要看什么？

他要看看二狼羔子贾立义是不是在里边！

看的结果呢？

其中没有贾立义！

咦？怪呀！这是一场歼灭战，所有敌军可以说无一漏网，可是，那只狼羔子哪里去了呢？梁永生想到这里，就询问被俘的伪军们。

伪军们全说闹不清。

正在这时，小胖子学着田宝宝的语汇说："二狼羔子是不是也和疤瘌四一个样——呜呼哀哉了？"永生听了，觉着小胖子言之有理，便立即发布命令道：

"清扫战场！"

随后，人们一齐按照命令行动起来。

不一会儿，战场清扫完了。

狼羔子呢？没有发现他的踪迹！

到这时，一个被俘的伪军开了口。他用很不肯定的口气说：

"狼羔子也许又窜回柴胡店去了！"

锁柱问：

"你咋知道？"

那伪军说：

"我是估量的！开初，他一直跟我在一堆儿；后来，我一看大势不好，要，要，要……可是，再也找不着那个该死的了！"

锁柱听后，向梁永生说：

"听他这么一说，我揣摸着狼羔子很可能是真的窜向柴胡店去了！"

永生点点头：

"可能！"

锁柱建议道：

"哎，队长，我带上一班人，去追那只狼羔子——怎么样？"

永生笑笑说：

"我看不用追了吧！"

"为什么？"

"总该让人家回去个报丧的呀！"

永生这一句，把人们全逗笑了。

笑声，赶跑了鏖战的疲乏。

笑声落下后，铁牛又说道：

"留下这个孬小子，可总是个问题呀！"

梁永生倒背着手儿，站在高崖上，眺望着雾气沉沉的远方。他朝那柴胡店的方向望了一阵，然后向铁牛点点头：

"你说得对！这确实是个问题！"

"那为啥不让去追？"

永生胸有成竹地说：

"为了留下这个问题呀！"

铁牛更加迷惑不解了：

"那又是为什么？"

"为的叫人家石黑去解决这个'问题'呗！"永生笑着说，"要不，人家石黑怎么能捞得着为这个难哩？"

"为难？"

"就是嘛！你们想想——"梁永生向众人将两手一摊笑道，"人家狼羔子贾立义，奉石黑的差派，带着这么多人，这么多枪，连夜驰援疤痢四，可是现在呢，那个疤痢四没救出去，水泊洼据点也完蛋了，狼羔子又将人、枪丢了个净，落了个鸡飞蛋打，他只身一人跑回柴胡店去了，石黑对他该怎么办？这对石黑来说，能说没有难为吗？"

炮筒子吭噔放出一炮：

"叫咱说，没难为！"

"咋没难为？"

"枪毙他，不就得啦？"

"石黑也许枪毙他——"

"那还有啥难为？"

梁永生对着炮筒子耐心地分析着：

"老炮，你就没替人家石黑想想？他的手下，总共才几个汉奸小队长？不就是四个吗？这四个汉奸小队长，一个叫阙八贵——被我们处决了！另一个叫乔光祖——被我们逮住了！再一个叫疤痢四，这不——"

他指着疤痢四的尸体又说：

"也'呜呼哀哉'了！"

永生缓了口气，变换一下口吻：

"除了这仨，还有谁？不就光剩下那个落荒而逃的狼羔子了吗？要知道，这四个汉奸小队长，等于石黑的四只爪子！是不是？如今说话，石黑的四只爪子，已被我们折断了三只，只剩下了一个！是不是？剩下的这一个，还要逼着他自己把它折断！"

他朝炮筒子笑笑，继而道：

"所谓'折断'，用你的话说，就是'枪毙他'。咱把话再说回来——老炮，你替人家石黑想想，是一点也没难为吗？"

炮筒子嘿嘿地笑了：

"明白啦！"

梁永生这些话，虽是对着炮筒子说的，可是，也是为了说给大家听的。其目的是借以提高战士们的分析能力。因此，尽管炮筒子已经"明白啦"，可他还是紧接着说下去了：

"除此而外，你们别忘了——那贾立义，是白眼狼的狼羔子！石黑毙了狼羔子，那白眼狼会高兴？会感激？不高兴、不感激又怎么样？这些问题，石黑能想不到？他一想到这个，你们说有没有难为？"

人们纷纷点头。

就在这时，有人却从另一面找出了空子：

"既然毙他不好办，人家石黑不会不毙他？"

梁永生风趣地说：

"一个'不毙'，就没难为了？"

他将笑意一收，一本正经地说：

"像贾立义这样一个败'将'，连人带枪丢了个干净！这叫：'鸡没偷成米丢净，失了武器又折兵'！石黑对他要不以'军法论处'，又何以'服众'？日后再要打仗，谁还给他卖命？"

梁永生刚说罢，志勇赶来了。

他是从水泊洼据点里赶来的。带着一身浓重的火药味儿。这员虎势彪彪的小将在梁永生的对面站得笔管条直，咔地来了个立正，并同时行了个军礼，而后又朝前跨进一步，挺胸凹肚、一字一板、铜声响器儿地说：

"报告队长！我们分队和民兵攻占水泊洼据点的任务，已经完成！"

这时节，梁永生望着他面前这位得胜归来的小将，虽说脸色未变，眼神未动，可是，他那心窝儿里，有一种说不出的喜悦，油然而生！

他只见，挺立面前垂手而站的小志勇，两个厚墩墩的鼻翅膨胀着，翕动着，宛如一匹刚刚在沙场上驰骋过的战马。又见他那已经破烂了的衣装上血迹斑斑，春风拂动的脸上布满了灰尘，这一切，在这特定的时刻，更加烘托出了他那威风凛凛的英雄气概！

在这一刹那间，细心的梁永生还发现他儿子那宽阔的前额上，也不知在哪时增添上了三道隐约可辨的横纹，就仿佛经过这场战斗之后，这员虎将比以前更加老练了，也更加稳重了！

这时梁永生的心里，就像见到自己亲手栽下的小树就要成材了一样，那么高兴，那么熨帖！

这种感情，使得个梁永生总想顺口表扬志勇两句。可是，他一想到方书记常说的"甘言夺志"那句话，便将表扬的话儿咽了回去。但你要知道，这时的梁永生，几乎忘掉了他和志勇之间还有一层父子关系，因而又曾想开他句玩笑，用那句玩笑话将正在心中翻滚奔腾的兴奋心情全部倾泻出来。可是，当那句玩笑话攻到嘴边时，他又猛地把嘴合上了。

随后，他只是郑重地点点头，啥也没说。

梁永生尽管啥也没说，可是，梁志勇透过爹那满脸的笑纹，已经清清楚楚地看出了爹的喜悦心情。小志勇为了让爹那含苞待放的炽热感情喷发出来，他便朝据点一指，带着一种老成持重的味道，说：

"爹，你看！"

梁永生昂首举目，朝那水泊洼据点望去。

只见，在那硝烟弥漫的城门楼子上，有一面鲜艳夺目的大红旗，正然昂扬地高高地伸展在漫天空里。

天空里的云块，早已消散净尽。

蓝湛湛的天幕，好似刚刚冲洗过一样，那么清新，那么洁净。

红旗，披着美丽的朝霞，正然自由地、骄傲地迎风劲展，翩翩起舞。

各种各类的昆虫、小鸟，在四野里叫着。

一轮喷薄而出的红日，在对着红旗微笑。

到这时，梁志勇再次瞟看爹的面容时，只见他那红光粼粼的大脸，已经笑成了一朵花，一朵盛开的美丽的花！

骤然，人们对着红旗欢呼起来。

一会儿。梁永生又听小将志勇向他请示道：

"据点里的东西怎么办？"

永生的回答像板上钉钉：

"一律撤走！"

田宝宝插言道：

"梁队长！我有个想法儿——"

梁永生以鼓励的口气说：

"啥想法儿？说嘛！"

"叫我看，从今往后，咱完全可以顶得住石黑、白眼狼那帮子人了！"田宝宝望着永生的表情试探着说，"咱把大刀队的大本营安到这水泊洼据点上，那不挺来劲吗？"

他见永生笑了，又道：

"要不，咱们大刀队，虽然威名挺大，可连个大本营也没有哇！"

梁永生摇头笑道：

"不！"

"咋？"

"有！"

"有？"

"早就有！"

田宝宝迷惑不解：

"早就有'大本营'？"

"对！"

"在哪里？"

"在人民群众之中！在广大农村之中！"

田宝宝笑了：

"我总觉着不跟有个像样的地界儿好！"

"好啥？"

"那么一来，可以和石黑来个你南我北，分庭抗礼；两军对垒，平分秋色，不是显着咱八路军大刀队的气派更大吗？"

梁永生哈哈地笑了。

他这一笑，笑得个田宝宝更摸不着头脑了：

"怎么？不对？"

"不对！"

"为啥？"

"因为你说的那个办法，不如打游击好！"

"打游击好啥哩？"

"打游击没有'包袱'！"梁永生耐心地教育田宝宝说，"当然，打游击要有革命根据地。我们的根据地正在扩大。但不能死守一个两个'像样的地界儿'。这样，仗在哪里打，在什么时间打，怎么个打法，不用跟敌人'商量'，都由咱自己独主！宝宝，你想想，我说得是这么个事儿不？"

田宝宝想了想，信服地点点头：

"嗯，对，是这么回事儿。"

梁永生拍一下他的肩膀，又问：

"宝宝，你知道我讲的这些话叫个啥吗？"

田宝宝拍打着眼皮，摇了摇头。永生又一字一板地说：

"这就叫：主——动——权！"

梁永生这么耐心地教育一个刚刚解放过来的伪军士兵，所见之人都很敬服。

梁永生这个人，每当把话说完，总爱用一句引人发笑的话来收尾。眼下，他又指指水泊洼据点向田宝宝说：

"宝宝，你要没在这里头待够，可以留下嘛！"

田宝宝笑了。人们也笑了。田宝宝又说：

"不不！俺跟你们打游击去！"

就着田宝宝的话头，许多原来跟他在一起的伪军，齐打忽地吵嚷开了：

"俺也去！"

"俺也去！"

"……"

永生笑了。他朝原在水泊洼据点上的伪军们挥挥手，说道：

"关于你们今后的安排问题，我们要开会研究。研究出意见后，再告诉你们……"

又过了一阵。

大刀队的战士们，民兵们，押着俘虏，抬着缴获的枪支、弹药和各种各样的胜利品，怀着胜利以后特有的喜悦心情，摆成了一溜双行纵队，浩浩荡荡，鱼贯而行，一直向东开去。

他们，将一片胜利的脚印，留在了自己的身后。

第十八章

围困柴胡店

水泊洼据点一拔除，临河区的形势，和全县一样——发生了很大变化。大刀队已发展到一百多号人。他们根据县委的指示，还进行了一次整编。整编以后的大刀队，分为三个分队，九个班。各个分队的干部，也都健全起来了：

王锁柱当了第二分队的分队长；

黄二愣和唐铁牛等当了班长……

在我大刀队得到了发展壮大的同时，敌人那边的兵力已大大减少了。他们，连上前些天才从县城调来的一班鬼子兵，总共也只不过有八九十个人了。这些敌伪军，全被我军围困在柴胡店，龟缩在两个大院儿里：

一个大院儿里住着石黑的鬼子队；

另一个大院儿里住着白眼狼的汉奸队。

石黑那帮鬼子队，人虽少，可是武器好——每人一支大盖儿枪，一支王八匣子。另外，还有四挺机关枪。

白眼狼领的那伙子伪军们，人数虽然多些，可武器比鬼子队差得多——他们每个人只有一支杂牌子步枪。

伪军小队长贾立义，已被石黑枪毙了。

石黑在枪毙贾立义之前，确实为了不少难。阙七荣一再向石黑建议，说不枪毙贾立义，部队以后再也没战斗力了。白眼狼则一再求情，说贾立义追随皇军这些年有功，留下来可以收拢军心；石黑权衡得失，犹豫再三，最后还是不得不下令把贾立义枪毙了。这之后，白眼狼和阙七荣的矛盾加深了，白眼狼对石黑也心怀不满。

近来敌人的活动情况是：他们尽管不敢拉着大队人马到处"讨伐"、"扫荡"了，可还是短不了地瞅个空子窜出据点来，在柴胡店附近的一些村庄里，抢劫一阵，又赶忙缩回据点去。

这是半个月前的情况。

眼下他们不敢了！

眼下，我们大刀队的战士们，和各村的民兵配合一起，已将柴胡店彻底围困起来。从柴胡店通向各处的公路，已被我军民全部破坏。不用说在上面跑汽车，连辆小推车也推不过去了。

柴胡店的交通完全断绝后，它成了汪洋大海中的"孤岛"。在这个"孤岛"的周遭儿，到处都是八路军和民兵们挑的交通沟和战壕。这些沟壕，横三竖四，错综交织，纵深达二三里。

在这些沟壕中，经常有八路军和民兵出没。

敌伪军只要一出窝，准得挨枪子儿。

就在前几天，敌人还曾试图蹿出窝巢，要来个闪电式的抢粮哩！可是，他们刚探出头来，就撞上了我们的天罗地网。

这是我们军民一体用智慧、勇气和意志结成的天罗地网！敌人撞上后，实实着着地挨了一顿好揍，便赶紧缩了回去。

从那以后，敌人像只被打断了脊梁骨的狗一样，老实多了！连日来，他们白天黑夜都龟缩在乌龟壳里，一直没敢露头儿！

这样的局面一形成，我们的各种抗日群众组织，更加活跃起来。各村的儿童团员们，三六九儿地拉着小队伍来到据点外面，射传单的射传单，放风筝的放风筝，还有的搞城下喊话。他们用这些办法，宣传共产党、八路军的对敌政策，瓦解敌人士气，号召伪军们弃暗投明、改邪归正、投诚起义。

各村的妇救会，就经常教育、组织一些伪军的家属，来到柴胡店的围子门外或是城壕沿上，召唤他们那当伪军的亲属返回家乡。

你听吧！拄着拐杖的老年人来喊儿孙的，穿着开裆裤的娃娃来叫爹爹的，一些青壮年女人来呼唤她的丈夫的，从早到晚络绎不绝。直闹得这柴胡店围墙的四周，哭哭啼啼，喊叫连天。

有时候，有的伪军正在城墙上站岗，正赶上他那发白牙落的老娘来到城墙根下。那老太太，一望见城墙上的儿子，就扑扑瑟瑟地淌开了泪水。她一边哭，一边向她的儿子说：

"孩子啊！你别干这个啦，快脱下这身汉奸皮儿回家去吧！日本鬼子快不行了，你还不赶紧想个法儿跑出来，莫非说，你要舍下你的老娘上外国吗？孩子啊，别看你给鬼子当兵，八路军对待咱家老的小的可都蛮不错呀！儿呀，听娘的话，快回家吧，保准没事儿……"

接着，她又举出一些伪军开小差返回家园的例子。那城墙上的伪军，见娘哭得眼赛红枣儿，他心似刀绞，泪如雨下。他们娘儿俩，一个在城上哭，一个在城下哭，越哭越痛。直到伪军头子来了，硬把那值岗的伪军扯下城墙，才算结束了这场悲剧！

不！这场悲剧并没有就此结束！你听！城外这"儿啦儿啦"的哭声，更响了，更高了，更大了！城里头，也在隐隐约约传出那伪军的哭泣声。

有时候，一个伪军的妻子，来到这围墙根下招呼她的丈夫。因为她的丈夫未在围墙上站岗，她就耷拉着两腿坐在城壕沿上放声大哭。她高一声，低一声，娘一声，儿一声，又哭天，又哭地，还哭自己的命不济！她一面哭，还一面对天诉述着由于男人不在家而产生的难处，苦处……她这带有传染性的哭声，随着凄凉的秋风飞上城墙，又通过伪军们的耳朵钻进他们的心中。

有的伪军，听见这女人的哭声，想起了他自己那好久没见面儿的老婆孩子，想起了他那年老多病的爹娘……因而，他情不自禁地也陪着这城下的女人抽泣落泪。还有的伪军，被这嚎啕不止的女人哭动了心，便悄悄溜下城墙，偷着去给他自己的伙伴儿、这女人的丈夫送了信儿。

伴随着我们的政治攻势的深入开展，开小差儿的伪军，一天比一天地多起来。

有的伪军，半夜三更溜下城墙，跑回老家去了。

有的伪军，带着枪支弹药，逃出据点，投奔了我们八路军。

就在前几天，在柴胡店据点上，还曾发生过这样的笑话儿：那是一个黢黑的深夜，石黑亲自出来巡城查哨时，碰上一个站岗的伪军正在抱着大枪哭鼻子！石黑用手电筒一照，只见那个伪军两眼哭得像对核桃，脸上净些泪道道，他一下子火儿了，肆口谩骂道：

"你的又想家啦？唉？巴格亚鲁！……"

那个伪军正觉着抱屈，本来就窝着一肚子火，石黑这一骂，把他骂急了，他便不管三七二十一地和石黑顶撞道：

"你就是会骂！骂个屁？我得算顶好顶好的了！"

石黑挨了顶，便打了那伪军两个耳掴子。可是，他又往前一溜达，这才发觉，原来那个伪军的说法儿是对的——而今，好几个岗位空空的，有的光有枪没了人，有的连人带枪全没了影儿！

那值岗的伪军哪去了？

他们，开小差儿的开小差儿，投八路的投八路，全都"不辞而别"溜之乎也了！

石黑不是傻子，他当然知道，伪军们所以产生这种情况，显然是与其亲属的城下呼唤大有关系。因此，石黑对经常来城下哭喊的伪军家属们非常恼火，而且也曾采取过严厉措施——有一回，一个伪军正在围子门的岗楼子上站岗，他的一个十多岁的儿子突然来到这围子门外。他一见爹正在城门楼子上站岗，喜出望外，便大声疾呼道：

"爹！我爷爷病得厉害，黑夜白天都在想你，他叫我来叫你回家去看看……"

那伪军该怎么回答孩子呢？他只是哭泣落泪，啥也说不上来。那孩子将爷爷教给他的话一连说了好几遍，见爹一直不肯走下岗楼跟他回家，他就在城门楼子下边连哭带叫地闹起来。

这个伪军的儿子正在城下哭闹，突然来了两个鬼子兵。这两个鬼子兵，是根据石黑的命令，专门到处检查这种情况的。现在他们来到城门楼子上，一见这种情景，没容分说，就先给了那个伪军两个脸巴掌。在这个鬼子兵打伪军的当儿，那个鬼子兵从城门楼子的窗户里往外打了一枪。他这一枪，使城下的哭叫声立刻止住了！那伪军来到窗口往下一看，只见他的儿子躺在血泊中！他一急之下，举起枪托子朝那鬼子的脑袋搠下去！只一下儿，便将那鬼子搠了个脑浆迸裂……后来，这个伪军虽然也死在鬼子手里，可是，鬼子们却不敢随便向伪军家属们开枪了！

面对着敌我斗争的这种新形势，我们大刀队遵照县委的指示精神，对广大人民群众加强了政策教育。经过宣传教育，群众的政策水平大大提高。他们对开小差儿回来的伪军，不仅不加歧视，还按照党的政策，由抗日政权适当安排他们的生活。与此同时，各村的群众抗日救国组织，又经常运用各种方式，教育帮助他们。

有些伪军提高觉悟后，就回到柴胡店的城墙下，去向还没逃出火坑的伪军喊话：

"弟兄们！日本鬼子是秋后的蚂蚱，没有几天的蹦跶头了，赶快弃暗投明吧！……"

还有的这样说：

"伙计们！你们可别跟着那些汉奸头子们学呀！人家当官儿的发财，咱们当兵的卖命，这不是个囫囵个儿的大傻瓜吗？……"

这些经过教育又来到城下的伪军，还用现身说法，宣传共产党、八路军和抗日民主政府的政策，劝说他们那些从前的伙伴开小差儿，回到自己的老家去，与亲属团聚，好好地生产劳动过日子，也免得为必将完蛋的日本帝国主义陪葬！

对那些志愿参加八路军当了战士的人，大刀队党支部就组织了诉苦大会。

先让贫苦农民诉阶级苦、民族苦教育他们。

又让他们诉受石黑压迫的苦，诉受白眼狼压迫的苦，诉受各个鬼子、汉奸头子们压迫的苦，进行自我教育。

在诉苦会上，申不完的冤屈，吐不尽的苦水，就像运河的浪涛一样，一个接着一个没完没尽，使这些战士哭得泣不成声。

这种诉苦教育，和八路军对他们的关心一结合，推动着他们的思想、感情发生了巨大变化。

除此而外，那些经过儿童团、青抗先、民兵这条道路走进大刀队来的战士们，对鬼子、汉奸头子更恨了，同这些战士们从感情上也融洽起来。

还有一些解放过来的战士，经过诉苦教育以后，他们自动地运用各种关系对据点上的伪军做了许多工作。这一手儿，在伪军中震动很大。他们，开小差儿的，携枪来降的，越来越多了。

在这种情况下，有的同志乐观起来。

有一天，几个战士闲谈时，小胖子曾说：

"我看，柴胡店据点上这伙子伪军，照这个跑法儿，用不了多久，他们的司务长就要交出伙食账喽！……"

这种论调，很快传进梁永生的耳朵。

永生认为：从表面看，这只不过是一个笑谈。可是，在这个笑谈里，潜藏着一种非常有害的盲目乐观情绪。这种情绪产生于那种骄傲麻痹思想。并且，他还想到：这种思想尽管是刚露苗头儿，可是，如果不及时地加以解决，必将直接影响到我军的战斗力！

怎么办？

梁永生在经过思考之后，于一个充满着战斗气氛的夜晚，在一个到处响着哨兵喝问口令的村庄中，先召开了支部会，又召开了指战员大会。

会上，经过一阵热烈的讨论，人们在这样的思想基础上统一了认识：

敌人，是不打不倒的。我们胜利的希望，只能寄托在我军的英勇战斗上，不能寄托在敌人士兵的开小差儿上。因此，我们面对着一派大好的胜利形势，不该盲目乐观，而应该时刻都准备进行更激烈的战斗。

在会议即将结束的时候，梁永生又语重心长地告诫战士们说：

"同志们！死虎要当活虎打，轻载要当重载担。况且现在敌人还不是'死虎'，我们要彻底歼灭这股敌人，任务还是艰巨的。在这些敌人中，除了石黑、白眼狼、阙七荣和其他一些头子们以外，在一般伪军中也有一些很坏的家伙。如地痞流氓，国民党的兵痞，以及一些投敌的地、富子弟，等等。因此，我们决不能轻敌。'骄兵必败'呀！我们应当记住这句兵家格言。"

永生讲完后，开始分组讨论。

讨论中，锁柱说：

"队长说得对呀！割断脖子的鸡还要扑棱一阵子呢！轻敌是要吃亏的！"

人们认识明确后，梁永生又向大家提出这样一个新的问题：

"咱们给敌人'算算卦'——他们当前的思想动向是什么？"

他见有的人对这个问题不大重视，又接着说：

"只有'知己知彼'，才能'百战不殆'！不分析敌人的动向，咋能'知彼'？不'知彼'，又咋能'不殆'呢？"

经过一阵热烈讨论，永生又作了总结性的发言：

"我同意同志们的看法——被围困在柴胡店的敌人，目前的主要动向，很可能是设法突围逃跑！我们既然这样认为，那么，咱当前的第一个任务，应当是堵住他们的逃路，不叫他们跑掉；第二个任务，才是狠狠地打击他们，把他们干掉！"

他说到这里，将举起的拳头落到桌子上，震得放在桌面的小烟袋跳动了一下。

梁永生顺手拿起桌子上的小烟袋儿，手里捻捻搓搓地装着烟，眼在巡视着人们的表情。沉静了片刻，他将话题一转又说下去：

"大家再对我的发言讨论讨论吧！"

"叫我说甭讨论了！"

"为啥？"

"我揣摸着——"锁柱说，"现在，队长不光把我们怎么打胜安排好了，而且，大概连敌人怎么完蛋也全替他们安排好了！"

说真的，这时梁永生的心里，确实是装着一个作战方案。在他这个方案中，对阵怎么布，仗怎么打，以及目下的布防有什么缺陷，如何进行调整，等等，都有一些初步意见。不过，梁永生却不愿先把他的方案拿出来。他还是坚持让人们讨论：

"这次战斗的指导思想虽然定下来了，可是，仗怎么打法，咱还没个准谱儿呀！"

"那也用不着讨论！"有人说，"队长怎么指挥，我们保证就怎么打……"

"那可不行！"

"咋不行？甭管怎么打，反正我坚信不疑：这一仗，还和过去的每一仗一样——石黑、白眼狼他们，是占不了便宜的！"

"咱红军、八路军的老传统，就是在军内要开展军事民主嘛！"梁永生坚持说，"我看，咱们还是要对作战中的一些具体问题进行一番认真讨论的！"

讨论又开始了。

会场的气氛重新高涨起来。

这时节，梁永生架着小烟袋儿，坐在一个圆杌子上，两只眼睛凝视着正冒白烟的烟锅儿。使人冷眼一看，仿佛他那根只有一拃长的小烟袋儿里，有着说不清的奥妙，目下永生正在集中精力观察它，研究它。

其实不然。永生这时正在一面听一面思索着每一个人的发言。并用人们从发言中表达出的各种意见，悄悄地修订、补充着他那个装在心里的方案。

这个讨论会，是无拘无束的，丰富多彩的。有时候，全被一个人的发言吸住了，会场静得像除了那个发言的人以外，再也没有人了一样。有时候，双方争论起来，听嗓门儿，看气氛，又很像正在吵架。一忽儿，分成了若干伙儿，各自议论着各自的话题。一忽儿，又统一起来了，人们都在为一个难题大费脑筋……

梁永生主持会，一向能使人们敞开思想。今儿还和往常一样，不管会场出现什么情况，他总是静静地听着。

在战争的年月里，凑巧的事还就是不少呢！

一霎儿，在村边值岗的唐铁牛，突然走进屋来。

唐铁牛是领着两个伪军走进屋来的。

这两个伪军，今夜才从柴胡店据点上逃出来，是特地到这里来找八路军大刀队投诚的。

永生听铁牛这么一说，心里挺高兴。

他在杌子腿上磕去烟灰，又将小烟袋往腰带上一别，而后告诉一名支部委员领着大家继续讨论，这才朝那两个前来投诚的伪军一挥手，说：

"走，咱到我的办公室里去谈谈。"

他们出了角门儿，在胡同里走了不远，又进了另一个角门儿。穿过一个浅浅的天井，梁永生将两个伪军领进一个只有一庹多宽的小房间。

他们进屋后，梁永生朝一条板凳一指，说：

"坐，坐下。"

他说着，自己在另一条板凳上坐下了。

两个伪军在同一条板凳上并排着坐下来。

梁永生先向他俩问了一些情况，然后又以商量的口气说：

"你们谈谈鬼子的动向好不好？"

一个又高又瘦的伪军先开了腔：

"叫我看，他们要逃跑！"

另一个又矮又胖的伪军接言道：

"我就是因为不愿意跟着他们走才逃出来的！"

他俩这个一句那个一句地谈着，梁永生在这个当儿点着了烟。而后，他狠狠地吸了一口，又慢吞吞地吐出来，笑吟吟地问：

"你们咋知道他们要逃跑？"

"他们把文件全烧了，笨重的东西也砸了，这不是想跑是干啥？"瘦子说到这里，胖子又接上了："那天，我给白眼狼站岗，听见石黑和白眼狼边说边走：'你的主意大大的好，再不走晚了晚了的！'石黑这句话，我琢磨着，就是要溜了！"

"你们看——他们为啥要逃跑哩？"

"他们不傻——大势已去，不跑等死？"

看来，那个胖子比瘦子细致——他接着瘦子的话音儿说：

"叫我看，他们有三怕——"

他说到这里，故意停下来，用眼瞟瞟梁永生的面容，心里揣猜着对方是不是喜欢听下去。

梁永生从那伪军的表情上，看透了他的心理活动，就顺口插了一句：

"哪三怕？"

"他们一怕围困久了，活活饿死！"

"噢！这二呢？"

"他二怕八路军攻进去——"

"这三哩？"

"三怕俺们这些当兵的开小差儿呗！"

瘦子觉着胖子这话不够分量，又添上一句："我们三开两开，就把石黑、白眼狼给开成'光杆司令'了！"

永生笑了笑，沉静一霎儿，见两个伪军没人想再说什么，又问：

"照你们的看法，他们将来要往哪里跑？"

"往南跑呗！"

"为啥哩？"

"县城在南边嘛！"

永生又向胖子一腆脸：

"你看呐？"

胖子说："我看他们也是要往南跑！"他停一下，又提出根据道："今儿白天，我见石黑和白眼狼，到了南门上，朝南张望了好大晌……"

"你们说，他们跑了跑不了？"

"我看跑不了！"

"为什么？"

"首先是因为黄家镇据点拔除了。那黄家镇据点，是这柴胡店据点的南大门，也是由柴胡店通往县城的一座桥梁。那个据点一拔，等于把门关了，把桥拆了，县城里来接应柴胡店就困难多了。再加现在八路军已兵临城下，据点周围，满洼遍野，除了八路，便是民兵，他们哪能跑得了呢？"

这是瘦子的说法。

永生见胖子在微微地摇头，就朝他一睨下颏儿：

"哎，你看呐？"

胖子先笑一笑，说：

"我爱说笑话儿——"

永生也笑了，说：

"好哇！说吧——我就是爱听笑话儿！"

"叫我看——"胖子说，"他们只要决心跑，是能够跑得了的！"

梁永生对这种说法很感兴趣。

因为，在他看来，通过伪军的看法，来检查我军的布防，是有用的，也是难得的。

于是，永生又鼓励那个胖子说：

"说下去——为什么他们跑得了？"

胖子鼓了鼓气，说：

"我是这么个看法——他们，有四挺机枪，要是集中火力，朝着一个地方一突突，冲开一条通道，我看是容易的！"

他瞟一眼永生的表情，又说：

"再就是，你们现在挖的这些交通沟，战壕，看来都是准备攻打据点用的——"

"你咋知道？"

"我看着，竖沟多，横沟少！"

梁永生很欣赏这个伪军的见识。因为，他早就发觉了这个问题，并准备在这次会上加以解决。方才，他在离开会场前，所以坚持让同志们继续讨论下去，其中就包括要解决这个问题的意思。不过，他现在跟这个伪军不仅啥也没表示，却好像对此一无所察似的问道：

"竖沟多、横沟少有啥不好？"

"用它打攻击没啥不好！"

"打截击呢？"

"伤亡准大呗！"

那胖子说出这句话后，又赶忙解释道：

"梁队长！我是个一根肠子通到底的人，说话直出直入，从来不会拐弯儿！我刚才这些话，全是出于好心，甭管说对说错，你可别见怪呀！"

梁永生见他有顾虑，就热情地再一次鼓励他：

"我们共产党，八路军，就是喜欢像你这样说话的人。你就有啥说啥，一五一十，大胆地说吧！说对了是好话，说错了是好心，对与不对全没关系！"

经梁永生这么一鼓励，那两个伪军话更多了。他们对我军的围城布防，又谈了许多看法。这些看法，有的是属于指缺点的，也有的是属于提建议的。当然，他们谈的这些，有对的，也有不对的。

最后，梁永生对他俩所谈的一切，无论是对的也罢，不对的也罢，有用的也罢，没用的也罢，一律是什么也没表示，只是以一种满意的微笑做了回答。随后，他另起了一个话题，又问：

"哎，你们再说说——既然是能够突围逃跑，那你俩为啥还开小差儿来投八路呢？"

"俺俩不愿意跟着他们跑！"

"这又是为啥？"

"我是因为家在这一带。"瘦子说，"几年来，八路军对待我家里的人很好，我已经全知道了。"他指指自己的胸膛又说，"谁这肋条骨底下没有四两红肉？说良心话，我从心眼儿里感激八路军！再说，我舍下一家老小，跟着他们有个啥跑头儿？"他干咳了两声又说，"我已经看透了，日本鬼子早晚是非败不行了！我要光闭着个瞎眼跟着他们跑，跑到哪里算一站？又跑到哪里算个头儿？还能跟他们一块儿跑出国去？……"

瘦子说完后，梁永生又问那个胖子：

"哎，你呐？听口音，你大概不是这一带的人吧？为啥也不愿意跟着他们跑哩？"

"我懂得八路军的政策。我觉着八路军好。"那个胖子说到这里，见梁永生很有兴趣地听着，又有些不好意思地补充说，"我是曾经被八路军俘虏过的人，受到过八路军的宽大和教育……"

永生一听这话，就问：

"怎么？你被我们俘虏过？"

"对啦！"

"被我军的哪支队伍俘虏过？"

"大刀队！"

"大刀队？"

"对！"

"在什么地方？"

"在宁安寨。"

胖伪军说到这里，锁柱走进屋来。锁柱一见这个胖伪军的面儿，猛地打了个愣。接着，他朝那个胖伪军一指，笑眯着眼睛问道：

"哎，你认识我不？"

胖伪军朝锁柱瞅着，久久地瞅着，不吭声儿。

擅长口技的小锁柱，一见这个伪军认不出他来，他眼珠子一骨碌，突然装腔拿调地说：

"'于皮子！背的谁呀？'——'答话！'——'皇军'……"

锁柱学着三个人的腔调这么一说，那个胖子蓦然惊喜起来：

"我认出来啦！认出来啦！……"

原来，这个胖子，就是背着冒充"皇军"的锁柱撤出宁安寨的那个于皮子。现在，于皮子一认出锁柱，就亲热得扑过来。他双手抓住锁柱的手，激动地说：

"想不到我们又见面了！"

"是啊！"锁柱为了要看看于皮子今天的认识水平，便以开玩笑的口吻接着说："于皮子！今天，我得谢谢你呀！"

"谢我？"

"是啊！"锁柱说，"那回你背着我突出了重围……"

于皮子涨红着脸说：

"你净讽刺俺！"

"这怎么是讽刺你哩？"

"我倒是应当感谢你的救命之恩哩！"

"感谢我？"

"就是嘛！"于皮子说，"在当时，我背着你突围脱险，是在你的枪口之下被逼着干的！那还有什么值得可'谢'的？可你对我，却是真有两次救命之恩——我做了你的俘虏，你没枪毙我，那是第一次救命之恩；我将你背出村后，你在那样的情况下，还向我讲了一些八路军的政策，这才促使我今天逃出了火坑，来投奔八路军，这不又是第二次救命之恩吗？……"

于皮子这么一说，引得人们都笑起来。

锁柱也跟着笑了一阵后，转向永生道：

"梁队长，讨论会讨论得差不离了，正等你去作总结哩！"

梁永生听后，笑哈哈地说：

"那总结是我包下了吗？为啥非要等着我？"

他虽嘴里是这样说着，可还是立刻站起了身。随后，他一边往外走着，一边指着两个来投诚的伪军向锁柱说道：

"我替你作总结去，你替我安排他俩休息！"

"是！"

锁柱领着两个投诚的伪军，走出梁永生的办公室。

梁永生来到会场上。

这时，讨论会已进入尾声。

永生坐下后，先将两个投诚伪军讲的情况谈了一下。谁知，他这一谈，又将个讨论会掀起了新的高潮。原来，方才梁永生和投诚伪军谈话的时候，这讨论会上，也曾围绕着我军阵地的布防问题发生了一场争论。在争论中，曾有几位战士提出"竖沟多、横沟少"的问题，并通过争论取得了一致意见。现在梁永生一谈及这件事，那场向着更深一层发展的争论，又重新爆发了。

这时的梁永生，照例坐在一边抽烟，静静地听着。直到讨论会又落潮了，他这才将大家的意见综合、归纳起来，并对我军的布防作出了如下调整和部署：

第一，锁柱带领的第二分队，到柴胡店的南门外去布防。任务是，堵住安图南逃的敌人。第三分队，到柴胡店的北门外布防。任务是，防止敌人向北逃窜。梁志勇带领的第一分队，作为机动力量和后备力量，留在指挥部待命。

第二，柴胡店的东面和西面，组织各村的民兵防守。任务是，打击可能窜出据点来骚扰和抢粮的敌人。东面，由沈万泉同志任指挥，秦海城和滑稽二任副指挥。西面，由李虎同志任指挥，杨大虎和铁蛋任副指挥。

第三，再挑选二百名到三百名精干民兵，由唐铁牛负责带队，到柴胡店南面去，归锁柱统一指挥，和大刀队统一布防。

第四，第三分队要派出一个班，由赵生水同志亲自带领，赶到柴胡店以南十里左右的地方布防。这个阵地的任务有两项：一是拦截万一突破我们的防线向县城逃窜之敌；二是阻击可能由县城来增援柴胡店的敌人援军。

第五，柴胡店周围的交通沟，战壕，防御工事，都要根据情况迅速加以改造，使其既适用于进攻，又适用于阻击。这项任务，事关紧要，要火速行动，连夜突击，力争尽早完成。

梁永生作完上述部署之后，会场上爆发出一阵喜气洋洋的议论声。永生用手势压下人们的悄悄议论，向人们说：

"大家谈谈自己的看法吧！"

好几个人同时说：

"没啥谈的啦！"

会场沉静了一会儿，永生又说：

"谁还有不同意见？"

这回几乎是众口一声："没有啦！"

此后，永生从衣袋里掏出一张纸，宣布了县委的一个通知。通知的内容，主要有三个方面：

第一，我军主力某部，目前正在临县某地部署一次较大的围歼战。大刀队和民兵攻打柴胡店，除了县委原来确定的意义之外，又增加了分散敌人注意力的意义。因此，望你们一定要把这次战斗打好，好使我军主力在敌人没有发觉的情况下迅速完成围歼战的准备工作。

第二，在大刀队和民兵攻打柴胡店以前，我县大队和一部分民兵一起，围困并佯攻县城的敌人，进行牵制，使其不敢倾全力增援或接应柴胡店，以达到使柴胡店的敌人全部就歼之目的。

第三，县委已命令地处县城和柴胡店之间的两个区的区中队和民兵，在县城和柴胡店之间层层布防，任务和你们大刀队的赵生水部相同。此外，两个区的区党委，还将组织一批民兵，交由赵生水同志指挥，和他们并肩作战……

永生传达完了县委的通知，又点着赵生水的名字嘱咐道：

"你们的任务是艰巨的。在完成这项任务的过程中，要注意这么几点：一是要和围城佯攻的部队取上联系；二是和兄弟地区的部队配合好；三是要和你们一起战斗的兄弟地区的民兵搞好关系……"

部署完毕，会议就结束了。

紧接着，柴胡店四周的各个阵地上，全都忙起来。

你看吧！换阵地的，挖工事的，开小会的……到处是一片紧张战斗的气氛。

镐镐锨锨起起落落，来来往往的人流好像穿梭一样。

送信的通讯员，来往在由县委驻地到大刀队指挥部的大路上。大刀队的传令兵，顺着柴胡店四周的交通沟，在各个阵地上奔跑着。

你听吧！镐锨的挖土声，紧张的脚步声，短促的命令声，夹杂着一声两声的冷枪声，使这柴胡店的四野里，呈现着一片十足的、战斗之前特有的气氛。这种充满着生气的气氛，是严峻的，紧张的，而又是镇静有序的。

这时节，梁永生让志勇留守在指挥部，他自己带领上小胖子，到各个阵地上查看战备情况去了。

他俩先在东、北、西三面的阵地上转了一圈儿。

现在又来到柴胡店南门外的第二分队的阵地上。

这里，和其他各个阵地上的情景大体差不多，除了掩蔽部，便是伏地堡，还有各式各样的战壕。弯弯曲曲的交通沟，密密匝匝，错综交织，好像那蜘蛛网一样，将整个阵地的角角落落联结起来。

黄二愣和他全班的战士们，正一面轮班吃饭，一面就着月光继续修挖工事。

梁永生走过来了。

他首先望见的，是那伙正在战壕里吃饭的战士们。龙潭街的小机灵刚参军，也在这个班里。由于好几个人只有一个菜碗，那些热气腾腾的小伙子们，头挤着头，肩挨着肩，围成了疙瘩挤成了堆。他们为了加快速度，争取时间，正在齐打忽地乱伸筷子。

往日里，就是在战壕中吃饭，尽管不容许大说大笑，可人们总还是免不了挤眼弄鼻地出出洋相，甚至悄声细气儿地逗个哏。

而现在，情况却大不相同。

这些吃着饭的战士，全都闷着头儿地呼啦呼啦地吃饭，脸上没有一分笑意和半丝笑纹。就是有人见到梁永生朝他们走过来，也没有任何表示！

显然是，他们正闹情绪！

他们是因为什么事而闹情绪呢？

梁永生正然边走边想，又见在那边修挖工事的战士们，好像情绪也不对头！他们，有的噘着个大嘴，有的唉声叹气，还有的一边忙活着一边悄悄低语。

抡着大镐刨土的黄二愣，瞪起虎彪彪的大眼，扭着脖子朝这边低声道：

"老实儿地干，别穷嘀咕！"

听语气，看面色，也很不正常！

这倒是怎么一回事儿哩？

永生暗自决定：先找黄二愣那个当班长的谈谈。谁知，他往二愣近前一凑合，那二愣的嘴噘得更大了，简直是能拴住一匹大叫驴！

二愣见永生走过来，不抬头，不吱声，照常吭噔吭噔地刨土，只是他那两个鼻孔里，一个劲儿地直出长气，就像刚跟谁吵过架似的！

梁永生站在一旁，打量着二愣瞅了一阵。越瞅，他越觉着黄二愣的情绪不对劲儿！这时的黄二愣，虽说对挖工事是很用劲儿的，不过，分明可以看出，他的肚子里，憋着一股闷气。这气，他想发泄，又没处去发泄！仿佛是，眼时下，他正在通过手中这把大镐，要将那满肚子的闷气倾泻到地宫里去！

梁永生望了一会儿，向二愣说：

"二愣，又玩儿命啦？"

要在往日，二愣准得说：

"力气是个'怪'，使了它还在！"

可是今儿，二愣没吱声。

永生跨前一步凑上去，轻拍一下黄二愣的肩膀，笑盈盈地又说：

"二愣，看来你心里的火气真不小哇！这么大的风也吹不熄？倒是为了啥？"

二愣仍没吱声。照样刨他的土。

梁永生见二愣又上来了那股子倔强的牛劲儿，心里觉着好笑。笑，能解决问题？那又怎么办哩？永生还是老办法——他抄起闲在旁边备用的一把铁锨，插上手干起活儿来。他一边一锨一锨地往外扔土，一边揣猜着黄二愣闹情绪的原因。也不知这一阵永生想了些什么，只见他过了一会儿又开了腔：

"二愣，你这个班，分的这块阵地很重要哇！"

梁永生这一句，把个二愣捅炸了：

"得啦俺那队长！别拿俺开心了，俺都快活活窝囊死了！"

永生故作惊奇：

"窝囊？"

"可不是呗！"

"窝囊啥？"

"啥？俺这里，不叫阵地——"

"不叫阵地？"

"就是！"

"叫啥？"

"叫'养老院'！"

黄二愣分的这个阵地，是堵击逃敌的第三道防线。方才，梁永生估摸着，二愣所以有情绪，他这个班的战士们所以有情绪，八成是对分队长王锁柱把他们安排在这样的阵地上心里不满。现在，经二愣这么一说，永生算是明白了——果然就是这么回事儿！

可是，永生是同意锁柱这个安排的。

并且，他还为锁柱能够独自作出这样的部署，而打心眼儿里感到高兴呢！

于是，他笑呵呵儿地又向二愣说：

"二愣啊，叫我看，你们分队长这个安排，说明他对你们这个班是非常信任的！"

永生一说这个，二愣火儿更大了！他的脸上，肌肉一疙瘩一疙瘩地突起来，气鼓鼓地说：

"信任？唉！咋不信任？人家打仗，叫俺看热闹儿，阖天底下这算第一号儿的信任啦！不信任再怎么着？那就该着叫俺们告老还乡喽！"

二愣这阵牢骚，把个梁永生牢骚笑了。

黄二愣不解地问：

"队长，你笑啥？"

"我笑你呗！"

"笑我啥？"

"笑你憨！"

"憨？我方才讲的不是实际？"

"你方才讲的那一套，跟实际正翻掉着盆儿！"梁永生说着，一猫腰，将一大锨泥土甩上沟崖，又把锨头嚓的一声插进土里，挺起腰来喘了口大气，接着说，"二愣，你平心静气地想想，如果第一道防线和第二道防线的同志们，能够胜利地完成阻击任务，没有用着你这第三道防线，那不是更好吗？"

他把锨上的土甩出去，继而道：

"假如说，那一、二道防线，万一挡不住逃窜的敌人，就得看你这第三道防线了！是不？要是你们再挡不住，那会出现什么情况？显然，敌人就算跑掉了！……"

永生一激，二愣虎起脸说：

"怎么？算他跑掉了？队长，你只管放心，我保险：一个也让他跑不了！"

"准能做到这一点？"

"当然能！"

"那好！"永生道，"因此，我们对第一和第二道防线，要求是：尽力堵住敌人；而对第三道防线，也就是最后一道防线，要求是：必须堵住敌人！二愣，你想想，对哪一线的要求高？"

梁永生向黄二愣提出这个问题以后，唰呀唰地扔起土来，光干活不说话了。为啥？他要给二愣留出一段思索的时间。

这时，二愣扑闪着一双大眼想着，脸上的火色渐渐地消退着。可是，那火色并没消退干净，却止住了。稍一沉，他说：

"人家一线、二线的同志们，早就把劲全憋足了！我怕的是，他们一股脑儿地把逃敌全包了圆儿！"

"要能那么干脆，你不高兴？"

二愣只顾刨土，没吭声。

永生铲起一锨土，又说："在作战的指导思想上，一线、二线和三线也不完全一样……"

"咋不一样？"

"一线和二线，应当是：假若让后一道防线挡住敌人代价更小，而且有把握，那就不该不顾一切地硬拼。可是，你这第三道防线呢？就不一样了！因为这是最后一道防线，所以，只要逃窜之敌来到你们的阵地前面，不管付出多么大的代价，你们应当而且必须是……"

二愣抢过话头插言道：

"我明白！"

"明白啥？"

"必须不惜任何代价，坚决堵住逃敌！"

永生点头道：

"对呀！"

他将话题一转又说：

"从这儿讲，你这第三道防线，不是更重要吗？你们的分队长，把你这一班安排在这里，不是出于对你们的信任是什么？"

话到此处，二愣乐了。人家黄二愣，倒是个爽快人。他嘿嘿一笑，说道：

"通了！"

"全通啦？"

"对！"

"我看不一定！"

"为啥？"

"二愣啊，我问你——"梁永生说，"你家那几间小土房，不都是你自己亲手盖起来的吗？"

"是啊！"二愣说，"你问这个干啥？"

"我是说，你亲手盖过房子，对房子，应当是有所体验的！"梁永生说，"咱把打鬼子，闹革命，和盖房子相比，咱们每一个革命战士，就好比是盖房子用的各种材料。二愣啊，你说我打的这个比喻对不对？"

二愣想了想：

"对呀！"

"一个合格的战士，要既能当大梁，当基柱，也能当陪檩，当垫楔，那才对呀！"永生稍一停又说，"争当大梁，也就是说抢挑重担，当然是对的。可是，光有大梁，没有垫楔，能盖成房子吗？"

"当然不能！"

梁永生耐心而又亲切地说：

"二愣啊，我们作为一个革命战士，要做到为了革命能上能下，能大能小，一切听从党指挥，一切交给党安排。也就是说，党叫当'大梁咱就当'大梁'；党叫当'垫楔'，咱就当'垫楔'——对执行党的指示，党的命令，不打折扣，不讲价钱……"

永生越讲越上劲。

二愣越听越入神。

最后，黄二愣说：

"队长，我全通啦！"

永生满意地笑了：

"那很好。可是，光你通了还不行啊！"

"还不行？"

"看！又忘了！"

"啥？"

"如今，你是班长了，不是一般的战士了——"

"我明白了——"二愣笑着说，"队长，你是说，要通过我这个班长，使全班战士都'通了'，那才行哪！是不是这个意思？"

梁永生点点头，无声地笑了。

永生要走了。

二愣怕领导不放心，又表示态度说：

"梁队长！过一会儿，你再回来看看吧——我保证让全班战士的情绪嗷嗷儿叫！"

"好哇！我是要回来看看的！"

永生说罢，离开二愣班的阵地，向北走去。

小胖子放下手中的铁锨，紧跟在队长的后边。

他们顺着交通沟走了一阵，又碰上了分队长王锁柱。

这时，锁柱正在交通沟里跑来跑去，看来他忙得很哟！永生瞅了一会儿，将他喊过来，问道：

"锁柱，战备工作进行得怎么样啦？"

锁柱兴冲冲地说：

"没问题啦！"

"没问题是什么话？"

锁柱还是一身孩子气儿，一伸舌头，又说：

"交通沟，全打通了！……"

永生笑道：

"锁柱啊，光交通沟全打通就行啦？更重要的，是如何把战士们的思想'全打通'！"

锁柱扑闪着一双思索的眼睛望着永生，久久地不出声。梁永生相信锁柱能够理解他这句话的意思，所以他并没接着这个话题再说下去，而是把话头一转，向锁柱又提出一个新问题：

"锁柱，你这么布防，是想怎么个打法儿？"

锁柱又开了机关枪：

"敌人冲出来以后，我只要觉着有把握堵住他，就打算命令第一道防线，还有第二道防线，先把敌人放过去。等敌人冲到第三道防线前沿时，我再一声令下，一齐发起冲锋，来个三面夹击，来个猛打猛冲！……"

"为啥要这样打法？"

"这样，置敌人于我军的半包围之中，有利于大量杀伤敌人！"

永生笑笑，又问：

"领导上给你们的任务是啥？"

锁柱以背述的口吻说：

"坚决堵住逃窜之敌，不让他跑掉一个！"

梁永生又追问道：

"你的指导思想，是大量杀伤敌人，符合领导上对你们的要求吗？"

"我觉着是符合的！"锁柱带着辩论的语气报告说，"堵击住敌人是为了什么？不让他逃掉又是为了什么？还不是为了就地消灭他们？"他越说越理直气壮，"因此说，我的作战指导思想是：在保证不让敌人跑掉一个的前提下，通过围困阶段的堵击战，先设法给敌人以尽量大的杀伤，这样，下一步棋也就好走了！……"

梁永生对锁柱的想法很满意。可是，他却像故意打趣似的问锁柱：

"'下一步棋'是什么？"

"攻打柴胡店据点呗！"

"锁柱，咱先交代明白——下一步攻打柴胡店据点的任务，我可从来没有许给你们分队呀！"

"正是因为领导上没把攻打据点的任务许给我们分队，所以我们才决定这个打法……"

永生听锁柱这么一说，心中更高兴了。这是因为，通过这个具体事儿，不仅可以说明，锁柱的指挥能力已经提高，而且还可以说明，他的思想水平也在提高。因此，这时他再也压不住内心的喜悦，便情不自禁地拍一下锁柱的肩膀，笑着说：

"好哇！"

"批准啦？"

"我完全同意你的部署！"

又是一个战斗的夜晚。

月亮早已落下去。天空中，只有几颗残星，还在深空里眨着眼睛。

黎明，战斗的黎明，在人们的不知不觉中来临了。

四野里，升腾起一股股的雾气，天地之间朦朦胧胧，一些远处的景物，都看不大清楚。

锁柱趴在战壕里，正透过晨雾向前张望着。

他只见，前边，在四五百米远的地方，有黑黝黝的一大块，从地平线上高高地凸出来，好像一座平踏踏的小山。显然，那就是柴胡店了。在那个"山"顶上，又直兀兀地冒出几个尖儿来，那是敌人据点上的炮楼子。

锁柱正然瞭望，那柴胡店的北门上，突然响起了密集的枪声。

据点南门鸦雀无声。

这是怎么回事儿？

锁柱盯着柴胡店那模糊的轮廓，想了一阵，向他身边的战友们说：

"注意！敌人可能要从南门突围！"

分队长一声令下，战士们全长了精神。他们都握紧枪杆，扣住扳机，瞪起大眼，严阵以待。

过了一会儿。

柴胡店南门外，突然出现一溜影影绰绰的小黑点儿。那些越来越大的小黑点儿，正顺着公路两边的小沟蠕动，渐渐地朝我们的阵地这边靠近着。

又过了一阵，随着那小黑点儿的增大，锁柱已经看清了：摸过来的只有六七个伪军。那几个伪军，一边抽头探脑地向前摸，一边东张西望地乱撒打。锁柱见此情景心中暗想："看这个样子，敌人不像是真要马上突围，而可能是要让这伙送死鬼来个试探，借以侦察侦察我们的布防情况，以确定其突围路线和突围方法……"

锁柱想到这里，又联系到过半夜后，敌人曾在南门上打了好几阵枪，制造了一个要突围的烟幕（我们没还枪），更觉着自己的想法有道理了。于是，他扭过身去，告诉趴在他的身子左边的庞三华说：

"你去向一线、二线传达我的命令：我不开枪，谁也不许开枪！"

"是！"

庞三华顺着交通沟跑去了。

锁柱又向趴在他右边的田宝宝说：

"你去三线告诉二愣同志：等敌人接近他的阵地时再开枪，但不准冲杀！"

"是！"

田宝宝又走了。

锁柱集中精力，继续监视着那几个越来越近的敌人。

敌人快要接近第一线了。

埋伏在第一线的同志们，因接到了分队长"不许开枪"的命令，只好顺着交通沟悄悄地向两边撤去，给敌人让开了一条通道。

敌人又凑到第二道防线附近了。

守卫在第二道防线上的战士们，也和第一道防线上的同志们一样——向公路两边撤去。

敌人闯过我们的第一道防线和第二道防线以后，渐渐地又接近了我们的第三道防线。

突然，第三道防线上，响起一阵排子枪。

枪声一响，无数颗闪光的子弹，扑头盖顶地朝敌人压过去。

敌人一阵慌乱。

他们忙忙迭迭地还了几枪，撒腿就往回跑。

这时节，如果锁柱一声令下，撤到两边去的一、二道防线上的同志们同时开火儿，并一齐冲上来，来个三面夹击，这一小撮儿伪军就根本甭想回去了！

可是，锁柱偏偏没有下达这样的命令。

因此，这几个该死的伪军，除了被二愣他们放倒两个而外，其余的，全在一、二线的战士们的枪口底下窜回据点去了。

阵地上宁静下来。

好几名战士来到分队长的身边。

庞三华不满地说：

"锁柱，睡着啦！"

"没有哇！"

"没有为啥不发令？"

"发啥令？"

"开枪令呗！"

锁柱自从当上分队长以后，外表上虽然有时还带着一些孩子气儿，可他的思想上，比从前老练多了。尤其是在和他的部下打交道的时候，好像一下子长上好几岁去。一到了战场上，他更稳重得似乎超过了他的年龄。

现在，他面对着含气带火前来质问的战友，脸没挂色，眼没瞪圆，那张机关枪嘴也没开火儿，只是冲着三华眯眯地笑。

过了一阵儿，他才像老大哥似的说：

"三华，别急嘛！"

小三华依然气不消：

"你这个干法，能叫人不急？"

"你说说——急啥哩？"

"急你失掉了战机，放走了敌人呗！"

小三华嘴里牢骚着，吭噔一声，赌气坐在地上。

炮筒子走过来了。

看来他的火气更大。不过，他并没向锁柱发牢骚，而是冲着三华踢了一下儿：

"起来！"

"干啥？"

"找队长去嘛！"

"去告状？"

"说告状也行！咱反正得把情况反映上去！"

要在从前，小锁柱遇见这样的节骨眼儿，又得跟炮筒子叮当叮当。可是而今的小锁柱，他一点也没着急，仍在眯眯地笑。并且，比方才笑得更亲切，更深沉，更自然了。而后，他用双手在炮筒子的肩膀上猛摁了一下，摁得个炮筒子就劲儿坐在崖坡上。他扶着炮筒子的膝盖一蹲，这才笑吟吟地说：

"老伙计！让我先说两句，你再去告状……"

"有啥说的？没说的！"炮筒子响开了连珠炮，"你故意放走了敌人，轻着说，是严重失职！要说重一点，那就是，那就是……"

"那就是'通敌之罪'呗！"

锁柱接了这么个话把儿，扑哧哧笑了。

他这一笑，逗得个要去"告状"的炮筒子，也不由得龇开了牙：

"俺可没说你'通敌之罪'——那是你自个儿说的！"

说真的，炮筒子是了解锁柱的。而且，他从内心里也是信任这位新上任的分队长的。方才，他是因为没捞着把那几个伪军干掉，连急加火上了气，这才冲口而出说了些过头话。现在，他些微一冷静，便将自己本来想说而没说出口来的话，又自己否定了。

这要搁在过去，锁柱岂肯容他"爬房"？准得抓住不放：

"你没说？你的意思就是这个！……"

可是今天，他并没来这惯用的一套。

为什么？因为他是分队长了！

分队长，只不过是一种职务；职务，能和一个人的脾气有关系？有！

一个人，挑生活中的担子，靠的是力气。那么，挑领导工作这副担子，靠什么呢？和挑其他的革命担子一样——靠的是对革命事业的高度责任感。

这种责任感，来源于党的培养教育。

这种责任感，能产生出一股强大的力量，促使着一个挑起领导重担的人，在自觉地改变着自己那些与领导工作不合拍的性体儿。

就拿小锁柱来说吧，他从前那种好和炮筒子抬杠的习惯，如今这不都被责任感产生出来的强大力量压住了？因为这个，他并没乘机猛攻上去，强逼着炮筒子公开承认什么，而是把话题一转，笑呵呵地说：

“伙计，你没捞着干掉那几个伪军，急了！是不是这么回事儿？”

“嗯！”

锁柱的话题又是一转：

“你是愿意多干掉几个敌人，还是愿意少干掉几个敌人？”

“废话！”

“咋是废话？”

“这还用问？”

“噢！我明白了——你是愿意多干掉几个敌人的！这好办——”锁柱挥臂一指，“伙计，你瞧——敌人那不又送上门来了？！”

锁柱在和炮筒子谈话的当儿，他的眼睛始终在兼顾着柴胡店方面的动静。当他们谈到这里的时候，正巧有一大批敌军从柴胡店的南门里冲了出来。因此，机敏的锁柱，便将这种新的情况立刻和他正说着的话儿联系起来。

正闹情绪的炮筒子，朝锁柱手指的方向一望，马上乐了！到这时，“锁柱为啥把那几个伪军放回去”那个疑团，在炮筒子的脑海里唰地消散净尽。

这一阵一直噘着大嘴的庞三华，一见这情景，思想上那个疙瘩也不解自开了。他乐不得儿地说：

“喔！这回送来的这些肉蛋，比刚才多多了！”

炮筒子更乐不可遏地给了锁柱一杵子：

“你这个家伙还真行哩！”

“这又说我行了？刚才，你一说去告我，吓了我一脑瓜子头发！”锁柱一手摸着脑袋皮，一手指着正要扑过来的鬼子和伪军，逗闷子说，“多亏着人家敌人‘救’了我！”

锁柱一向是非常严谨的，为什么在这种场合还逗笑谈？这是因为，他见身边有不少没大经过战阵的新战士，想以这种不畏战阵的情绪来感染他们。可是，炮筒子不了解锁柱的意图，就用一双笑眼瞪了他一下：

“啥节骨眼？还穷逗！”

他继而着急地说：

"锁柱，怎么办？快下命令吧！"

"好！我的命令再错了，你就两状一块儿告！"

锁柱一面说着，一面观望着敌人的队形。只见，伪军在前，鬼子在后，拉成了一长溜。锁柱看罢，将笑脸一收，立刻严肃起来："庞三华！"

"有！"

"你去一线、二线，传达我的命令：迅速向两边后撤，没有我的命令，谁也不许开火儿！"

"是！"

庞三华将锁柱的命令重述一遍，见锁柱点头后，这才像个打足了气的皮球一样，从地上蹦起来，尥着蹶子飞跑而去。

一瞬间，便在交通沟的拐弯处消失了。

锁柱又向正然待命的炮筒子命令道：

"你去第三线，告诉黄二愣：要他们严阵以待，勇猛冲杀，力争全歼！"

"是！"

炮筒子咔地打了个立正，哈下腰去开了腿。

从柴胡店窜出来的敌人越来越近了。

我们一线上的战士们后撤着……

我们二线上的战士们后撤着……

守卫在三线上的战士们，民兵们，全都学着班长黄二愣的样子，一面闪着火眼盯着正在冲上来的敌人，一面悄悄地将手榴弹拧开盖儿，勾住线儿，将一口大气憋在胸口上，静静地等待着那些送死鬼们！

敌人已经来到三线阵地的前沿了。

黄二愣将拳头提在胸前，猛力往下一击，突然发布了命令：

"打！"

这"打"字的余音未落，黄二愣手里的手榴弹飞了出去。紧接着，一颗颗的手榴弹，活像成群结帮的老鸹一样，全都撅着个尾巴飞向敌群！

伴随着声声爆炸，手榴弹开放出朵朵红花。就在这时，我军的排子枪又齐声吼叫起来。排子枪、手榴弹交织一起，好像急雨带雹一样向敌群倾泻着。

慌乱的敌人正要拼命向前冲杀的时候，那些一线、二线的战士和民兵们，根据分队长的命令从敌人的左右两侧一齐开了枪。

这么一来，整个儿的阵地上，火星飞爆，浓烟四起，枪声、喊声和手榴弹的爆炸声，撼天震地连成一片！

三面受敌的伪军们，一看钻进了我们的"口袋"，慌作一团，阵脚大乱。在这种情况下，敌人的士兵们，死的死了，伤的伤了，没死没伤的，还有那些受了轻伤的，就像一窝被打蹿了的兔子似的，到处乱跑乱窜着！

走在后头的敌人，见势不妙，将屁股一掉，又窜回据点去了。走在前头的这一伙，被我们一线、二线的同志们卡住了退路，困在公路上。

他们，有的趴在地上打哆嗦，有的慌乱无绪地进行顽抗……就在这时，那些逃回据点的敌军，在城门楼子上架起了机关枪，朝着这边突突突地猛扫过来！

这当儿，我们的战士们，民兵们，全都卧在战壕里没出来。被敌人那机枪扫倒的，净是他们自己那些被困在公路上的家伙们。

锁柱向敌人堆里一望，只见那伙伪军已死伤过半。剩下的这一少半，正爹一声娘一声地嚎叫着，又跑又窜乱成一团。

于是，他放开喉咙，向那伪军们喊道：

"缴枪不杀！八路军优待俘虏！"

分队长带头这么一喊，"缴枪不杀！八路军优待俘虏！"的喊声，立即形成了一股巨大的声浪，猛烈地撞击着伪军们的耳鼓！

对走投无路的敌人来说，喊声比枪声威力更大。

我们这么一喊话攻心，公路上的伪军们，不一会儿便停止了抵抗。他们，有的举起枪，有的在沟里举起一只手摇晃着白手绢儿，还有的将帽子倒过来戴着……总之，全部缴械投降了！

这一仗，从开第一枪，到结束战斗，只有几分钟。

战场上又是一片寂静。

漫空翻滚的硝烟中，闪烁着霓虹的彩霞。

黄二愣将田宝宝叫到自己身边，把脸一拉，粗声大气地说：

"刚才，敌人冲到我军阵地前沿的时候，瞧你吓得那种熊相儿！像个八路吗？……"

田宝宝耷拉着脑袋不吱声。

黄二愣越说气越大：

"手榴弹没拉火线就扔出去了，简直是胡闹！叫你就把我们八路军的脸给丢尽了！……"

田宝宝涨红着脸，依然不作声。

黄二愣又质问起来：

"你为啥吓成那个样儿？……为啥手榴弹不拉火线就扔出去？……我们的手榴弹，都是我们的同志用血换来的，用命换来的，懂吗？"

"懂！"

"懂？懂为啥拿着手榴弹胡糟蹋？"

"我不是胡糟蹋！"

"不是胡糟蹋？那为啥不拉火线就扔出去？哎？说！你说！"黄二愣连逼了两句没逼出话来，只好自己又说下去，"我说你'胡糟蹋'，是因为你是个新战士，是个解放过来参军的战士，给你留着情呢！"他三说两说又上了火，"你要连胡糟蹋都不承认，那就只能说，你是，你是……"

是什么？黄二愣没说出来。可是，看来田宝宝已经估计出二愣要说什么了，于是他急忙解释道：

"班长，我不是别的，主要是心里慌了……"

"你慌的哪一慌？"

"因为敌我两军相隔太近了！"田宝宝说，"班长，你要是早一点发令开火儿，我也不至于慌得闹出笑话来……"

"早点开火？早点开火敌人能吓慌吗？"黄二愣说，"我们所以力争近战，是为了歼灭敌人！你慌的哪一慌？"二愣喘了口大气又道："你不会想想？要是和敌人的距离远了，能有这么大的杀伤力？"

二愣一说到杀伤力，自然又想起田宝宝的手榴弹没拉火线的事来。于是，他将话题一转，又转到了田宝宝的身上：

"就说你扔出去的那第一颗手榴弹吧，虽然没拉火线，不是也把一个敌人投了个跟头？……"

黄二愣说着说着，笑了。

脸皮子特别薄的田宝宝，也禁不住地笑了，并笑得脸又涨红起来：

"当时，我主要是怕……"

"我知道你就是怕！"黄二愣虽然知道，但还是要问，"你怕啥？咹？说明白它！"

"我怕，我怕，我怕……"

田宝宝结结巴巴一大阵，到了儿也没结巴出倒是怕什么。黄二愣这一阵一直在旁边替他着急，先是急得皱起眉头，继而急得老喘大气，最后直急得冲口问道：

"连个'死'也说不上来？还是不愿意说那个字儿？你不会说也罢，你不愿说也罢，我就替你说了吧——你就是怕死！"

黄二愣这"怕死"一出口，田宝宝臊得连耳朵梢儿都红了。二愣盯着田宝宝的窘相，又挖苦上了：

"你也知道害臊哇？害臊你就别怕死！怕死你就别害臊！……"

你听听咱二愣这号理论！请不要觉着奇怪，话要不是这样说，那就不是二愣了！就这样，人家二愣还是觉着没说到骨头，他喘了一阵粗气，连打了几个唉声，又道：

"宝宝呀，你真是个宝宝！你叫我这当班长的说你个啥？唉！要不因为你是个新战士，我，我，我，唉——！"

世间之事，真是值得研究——这时的田宝宝，尽管觉着脸上像起了火，可是他的心里，却是半点也不烦恶二愣。他不仅不烦二愣的话说得尖刻，而且觉着班长该说，说得也满对！这是什么缘故？是因为他知道自己错了？是因为他理解班长是一片好心？是因为他已经摸到了二愣的脾气儿？还是因为他开始懂得了贪生怕死、临战怯阵在八路军中是丑事？……宝宝不怪二愣，究竟原因何在，咱没研究过！我看也不用去研究了！现在，就说他在挨了二愣这顿批评以后的表示吧——他说：

"班长，我错了，以后改！"

"光认错不行！"

"我不是说以后改吗？"

"那也不行！"

"怎么才行？"

"你得从思想上真正明白——"黄二愣说，"你的错误是个啥？"

田宝宝慨然道：

"我的错误，就是怕死！"

尽管田宝宝答得既爽朗，又肯定，可是，他的脸照样又红涨起来。黄二愣拍一下田宝宝的肩膀，笑着说：

"这话好！"

在黄二愣和田宝宝谈话的当儿，那边的战壕里，有一伙战士正在议论他们新上任不久的分队长——王锁柱：

"从今天这场战斗的部署看，锁柱还真不简单哩！"

"那当然喽！要是没两下子，梁队长能把这么重要的一个阵地指挥权交给他？"

"你俩让个空儿，我插上一句：你俩说——梁队长为什么这么重用锁柱？"

"我来替他俩回答这个问题——因为锁柱根子正，苗子好，岁数小……"

就在这时，那位被战士们议论着的小锁柱，照例抓住了这个战斗间隙，正在向战士们做宣传鼓动工作：

"同志们，你们知道咱们的大刀队从十来个人发展到一百多号人了，你们知道我们大刀队送去升主力的同志也不少了，可知道咱毛主席领导的抗日根据地总共有多少人口了吗？"

每个抗日战士，每个抗日群众，谁不关心这件事？因此，锁柱用鼓动的口吻这么一说，围在他周遭儿的战士，民兵，还有来火线慰军的群众，一下子全活跃起来。

"锁柱，快说说——咱们的各个根据地总共有多少人口？"

"是啊，分队长快说说——俺俩前几天为这事争论了半晌，还打下了赌呢！"

"你别扯那些闲话，快让锁柱说正题儿！"

锁柱将大拇指头一腆，兴冲冲地说：

"到目下说话，咱毛主席领导的各个抗日根据地的总人口，已经发展到九千一百万了！"

"喔！真多呀！"

"真多！"

人们一片欢腾。

有人又问：

"这些根据地都分布在哪里呀？"

有人觉着这个问法多余："在哪里？在中国呗！"

还有人帮腔道："就是嘛，这话问得没理！"

可也有人为提出这个问题的人争理：

"人家问得在理！你们别来充那明白人——快叫锁柱跟咱们讲讲！"

锁柱说话了——他提高嗓门儿压下人声，然后道：

"现在，除了陕甘宁边区，在咱们华北，还有华中、华南，都有咱们的解放区，地界儿可大了……"

阵地上，又是一阵欢腾的议论声：

"叫锁柱这一说，我的心里更豁亮了！"

"有盼头啦！小鬼子闹不了几天了！"

"咱早就看透了——有咱毛主席领导，鬼子非完蛋不可，咱中国非胜利不可！"

"……"

正在这时，梁永生从别的阵地上转到这里来了。

他见人们都乐得这个样子，就问：

"你们得到什么喜讯啦？"

人们你一言、我一语，把锁柱跟大家讲的事儿学说了一遍。永生听后，满心里高兴，他拍着小锁柱的肩膀，笑吟吟地表扬道：

"你们一连打了两个胜仗——我祝贺你们呀！"

"两个胜仗？"

"就是嘛！"永生说，"刚才，你们打的那一仗挺漂亮嘛！那仗以后，这不又打了个宣传工作的政治仗……"

梁永生这么一说，把个锁柱的脸给说红了。他不好意思地低下了头儿，光抿着个嘴儿笑，一声不言语。

沉乎一阵儿，梁永生又说：

"锁柱，你说，敌人会不会再突围？"

锁柱抬起头：

"我揣摸着，会的！"

"怎么办？"

"队长，你放心，我保证！"

"保证啥？"

"保证揍回他去！"

锁柱为了加重他的语气，将拳头从空中砸下来。

梁永生拍他一下肩膀，笑着说：

"来，咱估计估计敌人再次突围的方式——"

"唉。"

随后，他俩踞踞在战壕里，不慌不忙地谈起来——

"我揣摸着，敌人再要突围，很可能要来个孤注一掷式的可面捅了！"

"为什么？"

"因为他们从早晨到现在，已经搞过两次突围活动了。第一次是试探性的。他们弄了六七个伪军审出来，意在用这些送死鬼来侦察我们的兵力部署。第二次是试验性的。他们是伪军在前鬼子在后，意在让我们先和伪军拼杀一阵，鬼子再根据情况相机而行。因此，他们的下一次突围，便很可能是孤注一掷了……"

"敌人的上两次突围，你们那样打法，很好。不过，下一回，敌人要来个孤注一掷式的突围，咱就得来个硬碰硬了……"

"对！我就是这么想的！……"

在他们倾谈的当儿，据点上时而发出一声两声的冷枪。梁永生指指冷枪传来的方向，向锁柱说：

"这冷枪很讨厌！它闹得我们的活动很不方便，应当制止住它！"

"咋制止？"

"挑选几名神枪手，将据点的围墙封锁起来，敌人一露头儿，就揍他！"梁永生说，"不能让他们这么自由自在地逛来逛去！"

"唉。"

锁柱说干就干，立即派了两名神枪手，将据点的围墙监视起来。然后，他又和永生继续谈论。他俩正谈着，从那边来了一位老汉。

那是魏基珂老汉担着饭挑子走过来了。

锁柱赶过去，一面接饭挑子，一面说道：

"魏爷爷，这是啥时候儿呀，不晌不乏的，怎么又送饭来啦？"

魏基珂老汉笑哈哈地说：

"管它是啥时候儿干啥？就着这一阵儿消停，你们抓紧这个空儿，先呛得饱饱的，好准备打仗啊！"

"那也不能一天吃五顿饭呀！"

"咱甭论多少顿，得空儿就吃！"魏基珂老汉说，"到了该吃饭的时候儿，敌人那小子们，还不一定让你们安安稳稳地吃哩！……"

他俩一边说着话儿，一边朝前走，来到梁永生的近前。

这一阵，梁永生早就在那边笑眯眯地瞅着魏大叔。他瞅着瞅着，忽见这位老人的腿上红了一大块，心里猛吃一惊。接着，他赶紧扶住已来到近前的魏大叔，指着他的腿问道：

"大叔，这里怎么啦？"

魏大叔笑着说：

"挨了敌人一冷枪，不碍事！"

梁永生急忙扶着老人坐下，又拿过放在旁边的急救包，忙着给大叔包扎伤口。

魏大叔用衣袖擦擦胡子，冲着柴胡店据点的方向怒冲冲地骂道：

"狗杂种！没本事对付我们的部队，向我个老头子抖威风！"

他缓了口气又说：

"也好哇！给我这一枪，是怕我忘了他们！"

魏大叔正说着，有一只大个儿的蚊子从他的眼前飞过去。他触景生情，在那已网结起来的话头儿后头，又加上这么一句：

"这些孬种们甭疯闹，秋后的蚊子长不了啦！"

这当儿，锁柱掀开了饭筐子。他一瞅，只见里边除了用新收下的谷子做的小米干饭以外，还有鸡蛋还有肉，就着急地说：

"魏爷爷，你……"

"我又怎么啦？"

"你怎么又弄这个呀！"

"这个吃不得？"

"几年来，群众叫敌人祸害得这么苦，今年才刚收了一个囫囵秋——"锁柱说，"这鸡呀肉的，我们说啥也不能吃……"

魏基珂老汉一听急了：

"小锁柱，你说的啥？不吃？你敢！"

他指指自己腿上的枪伤，又说：

"就冲着我老头子挨的这一枪，你们也得把这挑子饭菜给我老老实实地吃！"

他老人家说着，又从怀里掏出一个鸡蛋，举在他自己的眼前，深情地说：

"这个鸡蛋，在我被敌人的枪子打伤跌倒的时候，它从筐子里滚了出来。我冒着敌人的枪子儿，又将它捡回，顺手揣在了怀里——"

他说着，把鸡蛋向锁柱递过去：

"锁柱，给你！"

锁柱接过鸡蛋。

魏基珂老汉又说：

"我老头子要亲眼瞅着你把这个鸡蛋给我吃下去！"

鸡蛋，在小锁柱的手里，微微地颤动着。这个小小的鸡蛋啊！它，带着魏爷爷的鲜血；它，带着魏爷爷的体温；它，还带着魏爷爷那颗火一样的心！

小锁柱，盯着鸡蛋，瞅了多时。

渐渐地，渐渐地，他将一双视线，又移向魏爷爷腿上的受伤处。

他只见，冒着热气的鲜血，透过包扎的药布又将魏爷爷的裤筒洇湿了、染红了好大一片。这时节，锁柱的心里，像针扎一样地疼痛。两颗小小的亮晶晶的泪珠儿，从他的眼角儿上慢慢地滚下来。

继而，锁柱的视线，又移向敌人的据点。

此刻，一股仇恨的怒焰，在他的胸中升腾起来。

这时的锁柱，上牙咬着下唇，时而瞅瞅魏爷爷的伤腿，又时而望望敌人的岗楼，最后将一双眼睛又集中在正在手中颤动的鸡蛋上，沉思了片刻，随后，把拳头一挥，向他的战士们发布了吃饭的命令：

"同志们！吃饭！"

战士们正轮班吃饭，又来了一伙儿童团。

这些天真可爱的小家伙们，是在他们的团长高小勇的带领下，顺着一条弯弯曲曲的蛇形的交通沟跑过来的。他们就赛一帮欢老虎儿一样，脸上挂着讨人喜欢的微笑。每个人的手里，还拿着一副"呱嗒板子"。

他们来到战士们近前，齐声道：

"叔叔们！辛苦了！"

这句话，从一帮孩子们的嘴里说出来，而且又是在这硝烟弥漫的战壕里，所以，使得每个战士的心里，都觉着甜滋滋、热滚滚的。

随后，高小勇将胸脯儿一挺，郑重其事地说：

"叔叔们！你们为了全国人民的抗日救国事业，英勇杀敌，浴血奋战，我们儿童团来慰问你们啦！"

梁永生见高小勇那么神气，心里高兴得发痒，就故意逗他说：

"勇子！你们来慰问，带来的啥好慰问品呀？"

这时，人们都以为，这一下儿，准把个小勇子给问住了！可是，事实并不是那样。你看，我们的高小勇多么机灵！只见，他那两只水水汪汪的大眼珠子，叽里咕噜地乱张了一阵跟头，便竹板一打开了腔：

> 没带银，没带金，
> 带来我们一片心；
> 唱段快板送叔叔，
> 慰问我们的八路军！
> …………

"欢迎！"

"欢迎！"

战士们嘻嘻哈哈地回答着。

还响起一阵噼噼啪啪的掌声。

掌声还没落下，突然响了一声枪——

"嘎勾儿——！"

这声枪是从我军阵地的战壕里响起的，一颗枪子儿一溜火光飞向柴胡店据点的围墙。伴随着这声枪响，只见那敌人据点的围墙上，有一个鬼子兵就像正在爬坡的骡子拉出的粪蛋子似的，从围子墙那高高的陡坡上，跟头骨碌地滚进那围墙下边的壕沟里！

嘿！多开心呀！

这种令人开心的情景，使那正要落潮的笑声、掌声，又升扬起来！在这笑声、掌声中，还夹杂着喜气洋洋的议论：

"谁来的这一枪？真棒！"

"这法儿行——当练习打靶子！"

"下一回你瞧我的——咱也露一手儿！"

"你那一手儿放着吧！"

"怎么的？"

"露不出来了呗！"

"为什么？"

"敌人还敢在围墙上游逛？"

"咦？你错了！错啥？别忘了，那是敌人！要知道，我们的敌人，是从来不会接受教训的！……"

在人们纷纷议论的同时，那些火线慰问军队的儿童团员们，并没因此而忘记他们的责任。他们在团长高小勇的指挥下，划分成了若干小组，仨一伙，俩一帮，分别到前沿阵地的各个战壕里去了。

不一会儿，牛子也带领着一伙儿童团员们，来到前沿阵地上。而今的牛子，已是儿童团长了。他和高小勇一样，也将他的小队伍分散开，在各个战壕里唱起来。

你听呀！伴随着呱嗒板子的响声，各种各样的快板，各种各样的歌曲，各种各样的小演唱儿，遍响在这前沿阵地上硝烟弥漫的各个战壕里。在这演唱声中，笑声，掌声，起起落落，阵阵相连。欢笑过后，又是新的演唱。这边唱的是：

> 打竹板，响连声，
>
> 我数快板叔叔听：
>
> 叔叔都是英雄汉，
>
> 奋勇杀敌立战功；
>
> 毛主席的好战士，
>
> 劳动人民子弟兵；
>
> 胸怀革命斗志昂，

共产主义记心中；

不怕苦来不怕死，

抗日救国打冲锋；

我们长大学叔叔，

当个人民子弟兵；

接过叔叔手中枪，

阶级斗争记心中；

定把革命干到底，

人民江山万年红！

那边，是些女孩子们的声音。她们唱的是：

竹板一响呱嗒嗒，

叔叔战场把敌杀；

我们长大学叔叔，

要为人民打天下！

…………

战士们，民兵们，一边吃饭一边听，越听越长劲，越听越爱听。有的在议论纷纷，有的在赞不绝口，有的在连连喝彩，有的竟嘎嘎地笑起来。

正在这时，突突突，突突突，柴胡店南门上的机关枪又响起来了。奉命负责监视敌人动向的唐铁牛，忽然向大家说：

"注意！敌人又开始突围了！"

锁柱向战士们命令道：

"准备战斗！"

随后，又掉过脸去，向正唱上劲儿的儿童团员们亲热地说：

"小同志们！我代表全体指战员，谢谢你们！"

儿童团员们的唱声收住了。

锁柱又关切地说：

"你们快顺着交通沟撤走吧，我们要打仗了！"

高小勇歪着小脑袋，鼓着腮帮子：

"不！"

"咋？"

"我们不走！"

"不走？"

"嗯。"

"我们要打仗呀！"

"我们儿童团，也和叔叔们一起打仗！"

锁柱一听，心里当然着急。可是，他在表面上，还是摆出一副十分耐心的神态，抚摩着小勇那毛茸茸的头顶，劝他说：

"小勇啊，听叔叔的话，啊？走吧，在这儿可不是闹着玩儿的！枪子儿会打着你们的！啊？……"

小勇子还是坚持着：

"不！我们不怕！"

别的儿童团员们，也在嚷：

"我们是毛主席的儿童团，为打鬼子不怕死！"

情况越来越紧急了。

好几个战士围在锁柱身旁，准备向分队长请示什么。

锁柱觉着，不能再跟这些小家伙们纠缠下去了！可他们就是不肯走，又怎么办呢？他想了一下儿，把笑脸一收，骤然严肃起来：

"儿童团员同志们！你们懂得'三大纪律八项注意'吗？"

"懂得！"

"既然懂得，就要服从命令，听从指挥！"锁柱说，"现在，我命令你们：马上撤退！"

小家伙们全不吱声了。

锁柱像带队下操似的，喝起口令来：

"立正！……向后转！……跑步走！"

他这一手儿，真来劲！儿童团员们全顺着交通沟往后跑去了。

锁柱望着渐渐远去的孩子们，脸上浮现起含苞待放的微笑……

在锁柱和儿童团员们纠缠的这一阵儿，梁永生和魏大叔在那边也正相持不下。刚开头是——梁永生说：

"大叔，你快走吧，要打仗了！"

魏大叔把旱烟袋斜斜地往脖后的衣领里一插，胡子抖动着，咬着牙说：

"永生，给我个手榴弹！"

"干啥？"

"我老头子也跟那杂种们干一家伙！"

梁永生望着魏大叔——这位在人生的大海中漂流了大半辈子，曾经忍受过一个穷庄稼人能够忍受的一切苦难的老头子，现在要手榴弹想参加战斗，这叫永生怎好拒绝呢？

但是，永生是不能同意他老人家带伤参战的！

使他为难的是，不管他怎么死说活说，也不管他怎么左劝右劝，魏大叔却破例地耍起执拗来——就是高低不肯走！

这再怎么办哩？

也用锁柱对待儿童团的办法吗？显然是不能的！他怎么能向魏大叔这个亲敬的老人下命令呢？可是，情况越来越紧急，再也不容许用说服的办法拖延时间了！在这种局面下，梁永生哈腰背起了魏大叔，顺着交通沟向后跑去。

魏大叔趴在梁永生的脊梁上，在一个劲儿地嚷：

"永生！你放下我……"

永生没听。他刚把魏大叔背走，敌人攻上来了。

从柴胡店窜出来的那些家伙们，扬风扎毛挺狂气！他们用四挺机关枪，一齐朝我们的阵地猛烈扫射，直打得大地上尘土飞扬！

我们的战士和民兵，趴在战壕里，被敌人的机枪盖得抬不起头。白眼狼领着大批的伪军，趁这当儿蜂拥而上，一齐扑了过来。

石黑拿着军刀，舞舞扎扎，也在后边亲自督阵。

看敌人的阵势，显然是已经下了最大的决心，妄想凭着他们在武器上的优势，硬要在我们的阵地上冲开一条血路，逃之夭夭！

机枪越打越猛，敌人越来越近。

端着刺刀的敌人，可着性子往前冲！他们又是打枪，又是扔手榴弹，又是"冲呀""杀呀"一股劲儿地狼嗥鬼叫。

阵地上，硝烟滚滚，弹片横飞，吱溜吱溜的枪子儿，噗噜噗噜地钻进土里，拱得战壕边沿上的土堆接连不断地乱开花!

有些子弹打到了树上。刚见枯黄的树叶子，唰啦唰啦地向下飘落着。它们，洒落在阵地上，洒落在战壕里，洒落在战士们的头上，身上……

尽管敌人闹得这么凶，可是我们的战士和民兵们，都不慌不忙，严阵以待。

他们将子弹推上膛了。

他们将手榴弹掀开盖儿了。

他们将大刀片儿准备好了。

总之，他们做好了一切迎击敌人的战斗准备。只是，不吭声，不放枪，等待着敌人前来送死!

在这样的时刻，有的战士在暗暗自语:

"报仇的时候到了!"

还有些战士在相互鼓励:

"伙计，别忘了日本鬼子杀害你娘的血仇啊!"

"对! 我一辈子也忘不了! 伙计，你在入党申请书上写过的那些话，如今可到了该兑现的时候啦!"

有的新战士和身边的战友说:

"你们都立过不少战功了! 我呢，才参军不几天，芝麻粒大的战功也没有，一想到这个我就觉着比别人矮着半脑袋! 这一回呀，你就看我的吧!"

还有的是解放过来参军的战士，他们说:

"过去，我稀里糊涂地给鬼子卖过力气，今天，我要狠狠地揍那小子们，好立功赎罪呀!"

有的民兵就说:

"咱是毛主席的民兵，一定给毛主席争气!"

"……"

敌人距离我们的阵地前沿只有十几步远了。

汉奸头子白眼狼，好像驮着沉重的东西走在独木桥上，侧侧晃晃，战战兢兢，正在一伙伪军后头一边走一边嚷着:

"快!"

就在这时，锁柱突然发出一声炸雷般的巨吼:

"打!"

他嘴里喊着，手里的手榴弹飞了出去。与此同时，无数颗手榴弹，一齐飞起来。紧接着，敌群中立刻发出一阵隆隆的响声。这响声，连成一片，持续不断，就像天崩地裂一样，硝烟弥住长空，大地震得发抖！

敌军大乱。

我军大喊：

"冲呀！"

"杀呀！"

在这怒吼滚滚的当儿，锁柱腾身一跃跳出战壕，挥舞着寒光闪闪的大刀冲向敌人。几百名无畏的战士和民兵们，也都像离弦的箭头那样——

嗖！

嗖！

嗖！

一齐跃出战壕！一齐冲向敌人！他们不管三七二十一，见沟跳沟，见崖登崖，飞起双腿拼命猛跑，抢起大刀冲入溃乱的敌群！

一忽儿，在这硝烟弥空枪声滚动的战场上，便形成了敌我掺杂、喊杀震天的鏖战局面！

一场大刀对刺刀的白刃战开始了！

这时节，到处都是"缴枪不杀"的呐喊声，到处都是大刀和刺刀的碰击声！

到这时，那个方才还在咋咋呼呼的白眼狼，吓得从一个崖坡上滚下去，不见了。

而今的战场上，敌人的机关枪，已经失去了威风！不！因为机关枪不能上刺刀，所以，它在这种局面下，不仅仅是失去了威风，而且简直成了废物！

相形之下，我们的大刀，却大显神通！

你看呀！早已被手榴弹炸蒙了的鬼子们，伪军们，面对着一口口闪着寒光、带着风声的大刀片儿，全都吓得魂飞胆裂，骨酥筋软，纷纷各自奔命，几乎没有谁还顾得抵抗了！

这场肉搏战，吓得走在后头的鬼子兵，又急忙窜回据点去。他们，将一些尸体、伤兵，还有许多枪支、弹药和一挺机关枪，舍在这正在厮杀的战场上，不顾不管了！

没跑迭的伪军全都投了降。

残敌窜回柴胡店，没顾得关上围子门，就一头扎进了他那个鬼子据点。

石黑的鬼子据点，在柴胡店镇的大围子圈儿里头，是就着苏秋元的油坊，又经过扩修而成的。实际上，是个点中之点，城中之城。原来，他们是依靠大土围子，固守整个柴胡店；而今人数少了，只好将那大土围子弃之于不顾，全都龟缩到这个小小的据点里来了。

我们的大刀队战士们，民兵们，呼啦啦一阵风似的追进了柴胡店。不一会儿，便将石黑的鬼子据点，围了个风雨不透！

在这当儿，梁志勇带领的一批同志，从柴胡店的西面攻进来，同时占领了白眼狼原先盘踞的那个伪军据点。

战斗告一段落了。

经过清扫战场，在敌人的尸体中、伤兵中和俘虏中，一连搜寻了好几遍，但始终没有查清白眼狼那个大汉奸的下落。

他到哪里去了呢？

人们围绕着这个问题，纷纷议论起来：

"八成是跟着鬼子跑进石黑的据点去了！"

"没有！"

"你咋知道？"

"我见跑回去的净些戴铁帽子的家伙！"

大家正呛呛咕咕，小胖子忽然喊了一声：

"看！来了！"

人们顺着小胖子手指的方向一望，只见杨翠花和二愣娘正扛着扁担押着白眼狼朝这边走来。战士们，民兵们，一阵风似的一齐拥上去。

无数张愤怒的面孔，无数双愤怒的眼睛，一齐盯着大汉奸白眼狼。

而今的白眼狼，尖脑袋剃得光光的，前脑盖斜度很大，从他那尖尖的下巴颏经过瘦长的驴脸直到尖头的顶端，有着一段远得令人惊讶而又恶心的距离。这时他那浑身的部件好像都脱了臼，已经全不顶用了！他那躺细精长的罗圈腿，和那蛇形的身子一起弯成了七十二道弯儿！看来，如果不是杨翠花和二愣娘拖拉着他，提溜着他，他就会像一摊稀狗屎那样瘫在地皮上！

眼下，浑身是土的白眼狼，站在人圈儿当央，耷拉着两只三棱子母狗眼儿，神死目呆地盯着地皮。

八成是这个小子怕人们揍他吧？

你看！他那身子像抽神风似的哆嗦开了！

梁永生望着这个血债累累的白眼狼，立刻火冒三丈，气撞顶梁，仇恨的怒涛在心里翻滚着，使得他的身子微微地颤动起来。这种冲动的感情在促使着永生——狠狠地给白眼狼这个老杂种一顿耳掴子！

可他并没这么办。

这时在场的战士和民兵们，心里也都掀起一股憎恨的风暴。

有的说："揍那个老杂种！"

有的说："崩了这个大汉奸！"

还有的握着拳头朝白眼狼扑过去，但是被梁永生拦住了。梁永生的党性，正在促使他控制住自己的感情，按照党的政策办事。随后，他吐出一口唾沫，将憋在胸口上的怒气呼出来，继而指指白眼狼问翠花和二愣娘道：

"你们是怎么逮着他的哩？"

杨翠花还没答话，二愣娘抢先开了腔：

"我和他翠花婶子来给你们送水，在一个村头上正巧碰上白眼狼——"

她指指面无人色的白眼狼又说：

"这个老杂种，当时可悚啦！他一看见俺俩，就往草垛里钻！翠花因为不大认识他，觉着挺可笑！我一说那是白眼狼，翠花一下子急了！她舞起扁担就往前跑。我怕白眼狼有枪，翠花会吃他的亏，就说：'你先别去，咱上村里叫民兵去吧！'翠花没听我这一套，窜过去狠狠地揍了他一扁担！这一扁担，砸得白眼狼嗷的一声……"

二愣娘说到这里，人们轰地笑了。

这时节，这边在笑，那边也在笑。

这边笑是笑白眼狼，那边笑是笑啥哩？

原来是，在敌人的又一次突围失败后，我军的阵地上再次寂静下来，有些老战士很会利用这战斗间隙的暂时悠闲，正在说长道短扯东拉西地尽情说笑。

引着大家说笑的，是分队长王锁柱。他指指鬼子遗弃在阵地上的一具尸体，俏皮地说：

"哎，你们瞧，那个家伙正在张着个大嘴骂东条哩！"

首先接腔的，当然又得是锁柱的对头炮筒子。他以揭短的口气说：

"人家张着嘴就是骂东条？当得住是骂石黑？你揣摸也揣摸不出个根据来！"

锁柱笑道：

"有根据嘛！你看，人家那不正张着大嘴冲着太平洋吗？……"

锁柱和炮筒子在这里逗哏，二愣在他俩身边摆弄枪。这支枪，是田宝宝在这次战斗中缴获的。二愣一面摆弄着，一面朝田宝宝笑着；过会儿，他又面向三华，语带讥讽地说：

"石黑这个鬼杂种，越来越不够'朋友'了！"

三华扑闪着莫名其妙的笑眼问道：

"啥不够'朋友'了？"

黄二愣指着手中的枪说：

"你瞧瞧，他送来的这枪支，一批比一批孬！"

这当儿，战士们正在饱享着胜利之后的快乐，作为领导人的梁永生，却悄悄地踱回他的指挥部去，趴在桌子上给县委写起报告来了。

在围困柴胡店的战斗中，梁永生是天天都向县委写报告的。他今天这份报告，采用了给县委书记的一封便信的形式。在这封信中，他除了详细地汇报了一天来的战斗情况外，还就围困柴胡店的战斗实践，谈了几点经验、教训——这是县委的明确要求，因为有些兄弟部队，目前也在进行围困战，需要随时交流经验、教训。

因此，这封便信写得比较长。

梁永生将信写完后，便马上派了锁柱去县委送信，并嘱咐他说：

"你见到县委领导同志，再作一些口头补充汇报，以争取县委给予更多、更具体的指示……"

在锁柱将要出发的时候，他又派了另外两名战士，和锁柱一路同行，将白眼狼以及另外几个汉奸小头头儿，一齐押送到县委去了。

第十九章

刀铣河山

县委指示大刀队：

"为配合我军主力部队的战役行动，要在三天之内攻克柴胡店据点，彻底消灭石黑这股残敌！"

大刀队对石黑据点的攻坚战，已进入第二天。

在已经过去的一天一夜中，我军的全体指战员，以及参战的民兵和群众，虽曾几经努力，但始终未能排除前进的障碍！因此，直到今儿一早，这个据点还没攻下来！

多急人呀！

战士们的决心书、请战书，好像雪片一样，一张紧接一张，纷纷飞向队部。

有的在决心书上写着：

"血染红旗，刀铣河山，这是我的誓愿……"

有的在请战书上写着：

"我请求党，请求首长：在解放柴胡店的战斗中给我一个机会，让我实现我那'血染红旗，刀铣河山'的强烈志向……"

还有的战士，将"血染红旗，刀铣河山"这两句誓言，写在枪托上，刻在刀柄上！

各村的民兵，各村的群众，接连不断地举行解放柴胡店的誓师大会！一阵阵气壮山河的口号声，此起彼落：

"坚决解放柴胡店，定用钢刀铣河山！"

"为了消灭石黑，宁愿血染红旗！"

这些战士们、民兵们、群众们的决心书、请战书、誓师会，既表现了人们的雄心壮志和英雄气概，也反映出了人们潜藏在心中的那股焦急情绪！

显然，要说焦急，大概谁也莫过于梁永生了！

你看！他连续开了一夜会，今儿一早又再次来到前沿阵地上。这前沿阵地上，充满着战斗的气氛。坚守在这里的战士们，民兵们，有的跳在房顶上，有的蹲在矮墙下，也有的卧在临时挖成的战壕中，还有的隐蔽在靠近据点的各种各样的建筑物里。

凡是隐蔽在建筑物中的战士和民兵，全都在对着石黑据点的墙壁上，挖了许多高高低低的枪眼和瞭望孔。目下，他们正在用枪瞄着敌人的据点，怀着焦急的心情等待攻击的命令。梁永生围着据点周围的前沿阵地转了一遭儿，而后，又跨步走进一座破烂不堪的庙宇。

这是一座土地庙。

从前，梁永生就是在这里落入人贩子的魔掌的。

而今，第二分队的前线指挥部设在这里。

这个指挥部里的指挥员，当然就是锁柱了。梁永生走进这个指挥部时，第一分队队长梁志勇也在这里。他和锁柱蹲在一起，正喊喊喳喳地说着。看样子，显然他俩是在商量着什么。

这座房子里，除了他俩，还有黄二愣和另外几名战士。其中，包括那位火线入伍的小机灵。这时的小机灵，带着一身豪情英气，正对着墙上的枪眼，在监视着据点上敌人的动向。其余的战士们，正抓紧被换下班儿来的这个时机，将脊梁倚在墙上打着盹儿。

永生刚进屋，敌人的机关枪就疯狂地叫唤起来。

黄二愣对着瞭望孔，气冲冲地说道：

"哼！凭着机枪就能救了你们的狗命？"

当屋里的人们发现梁永生走进来时，大家都忽地站起身，全用一双敬重的目光笑望着自己的领导人。锁柱望着望着，微微地皱起眉头，胸脯儿起伏着，说：

“老梁同志，你光强调别人轮班休息，可是你，可是你……唉！”

“我又怎么啦？还值得唉声叹气的！”

“你又没休息呗！”

“锁柱，咱别乱弹琴好不好？”梁永生习惯地拍一下锁柱的肩膀，乐呵呵儿地说，“小伙子啊，别乱给我扣帽子啦！啊？我已经休息过喽！”

锁柱盯着梁永生那汪满红丝的眼睛，噘着个小嘴儿心疼地说：

“你又来骗俺！”

“这回可真不骗你！”

“不骗俺？上半夜儿，咱们一块儿开支委会，是不？下半夜儿，你又开村干部会，是不？”锁柱说，“这不，现在天刚发亮，你又跑到这里来了！你倒是哪个时候休息的？俺那队长！”

永生光笑，没答。

黄二愣又凑过来插了嘴：

“哼！休息？刚才我还见你在那边阵地上开小会儿来呢！”

梁永生往后推推帽子，指着二愣笑道：

“你看！管露馅子了——”

“啥？”

“又装迷糊？方才，你离开我那儿的时候，我跟你说的啥来？咹？”梁永生说：“我不是说叫你去睡一会儿吗？你睡没睡？咋又见到我在那边阵地上开小会儿哩？咹？准是做了个梦吧？”

人们都笑了。

这笑声和敌人那机枪的叫声搅在一起，反映出只有八路军的战士才有的这种乐观主义色彩。

随后，梁永生来到墙边，让小机灵闪开，他透过墙壁上的瞭望孔，对着石黑的据点凝望起来——这瞭望孔外头的景象，好似一张圆形的照片儿。

照片儿的中心是敌人的据点。

据点的周遭儿，有两层铁丝网。在这铁蒺藜网里头，是一道又深又宽的壕沟。壕沟里头，还有一圈儿高大的围墙。围墙的墙头上有一溜垛口。一根根黑色的枪筒子，从大大小小的枪眼里探出来。

梁永生望着，望着，久久地望着。看其神态，就像他正在欣赏一幅有名的字画那样，精神是那么活跃，而又那么集中。

这一阵，锁柱站在梁永生的身后，也在悄悄地朝外看着。当他发现梁永生的视线盯在一个独特形状的粗枪筒上的时候，便指指那个玩意儿悄声说：

"队长，看了吧——那个粗家伙，就是石黑那挺歪把子机枪！"

梁永生仍在凝望着，沉思着，没作声。

黄二愣气刚刚地插言道：

"就是那个家伙可恶！要不是它，早攻上去了！"

梁永生仍然没吱声。

这时，他那双炯炯闪光的眼睛，又盯在一棵大杨树上了。这棵杨树的枝叶，已被机枪扫得七零八落。永生不由得触景生情地想道："是啊！要攻上去，就必须顶着敌人的机枪往前冲，伤亡可就大了！"

过了一会儿，他转念又想："冲到据点近前，还得砍断铁丝网，爬过大壕沟，然后，再跐着云梯攀登围墙！这不算，在爬到云梯的最后一磴时，还得站在梯子上跟鬼子进行一场肉搏战……"

永生想到这里，情不自禁地摇起头来。这当儿，一句心里话，不由得摇出了口：

"不行，不行！那么办，伤亡太大了！"

永生这句随口流出的自言自语，尽管很低很低，可是，由于二愣正在注视着队长的表情，所以他还是听见了。因此，二愣说：

"队长！只要有办法就行，我们不怕死，你就下命令吧！"

梁永生转过身来，望望二愣，笑了。

可是，他啥也没说，只是习惯地掏出烟袋来。

这时，人们从永生的表情上，已经明显地看出，他对黄二愣这种英勇气概，是赞赏的。同时，人们还看出了，在他那赞赏的表情后边，还潜伏着一种作为一个领导人所特有的那种焦急难决的心情！

是啊！让同志们硬冲吗？永生当然不愿意付出那么大的代价！不让同志们硬冲吧，可又怎么攻进去呢？况且，三天的时限，已经过去一天多了！三天之内，要是拿不下柴胡店，势必会影响到县委的整个战略计划！在这种情况之下，作为领导人的梁永生，既要对县委负责，又要对战士负责，他怎能不焦急？又怎能不为难呢？

诚然，像梁永生这样一位受到群众爱戴的指挥员，他的焦急，自然会有许许多多的同志，在悄悄地自动地替他分担。你看！就连那几位战士，也都盯望着永生，面有急色，好像恨不能自己也帮着领导人吃把劲似的！

过了一会儿。锁柱说：

"队长，刚才你来时，我和志勇正在商量着一个攻打据点的办法——"

"唔！那好哇！说说看！"

"我们一致的看法是——"锁柱说，"在当前，关键的关键，是如何把炸药运到爆破点去！"

"是的！"

锁柱望着队长的神情，见领导对他提出的这个问题很感兴趣，他那张机枪嘴又打开连发了：

"咱们大刀队，没飞机，没大炮，要打攻坚战，就得用土办法来对付洋鬼子——"

志勇嫌锁柱说得不明确，从旁插上一句：

"也就是说——得想法子用人往上运炸药！"

志勇的话题刚落地，锁柱又把话头抢过去：

"对！问题就是这样！"

他变换一下语气，紧接着说：

"可是，我们只要往前一凑，敌人就用机枪扫！要是冒着敌人的机枪火力硬往上闯，再越过双层铁蒺藜网，还有那道壕沟，把炸药送到围墙根儿底下去，伤亡大不算，成功的希望还极小！"

锁柱喘了口大气又说：

"我们要用机枪压住敌人的火力吧，一来我们的子弹少，拼不过敌人；二来我们就是那么一个歪把子，如今支在南门外的阵地上……"

"那是用来专门对付敌人突围逃走的！"

"对！要是把那个玩意搬到这里来，万一敌人钻了这个空子，再次从南门突围，那不麻烦了？"锁柱说着说着又拐了弯儿，"我们支委会的决议很明确嘛——首先是不让柴胡店的敌人突围逃走，这样才可保证就地消灭他们！因此，是不能那么办的！……"

梁志勇见锁柱老是说不到正题上，就再次打断他的话弦插嘴说：

"我们曾想过这么个办法——用一张八仙桌子，桌子上搭上一床用水泡透的棉被，两个人钻在桌子底下，顶着桌子，抱着炸药，硬往上闯！……"

梁永生插话道：

"泡湿的棉被，枪子儿打透打不透？"

"棉被厚一点，枪子儿倒是打不透……"

"机枪呐？"

"问题就在这里！"锁柱接过来说，"因为我们分队没机枪，所以当初没用机枪试验过。后来，我们派人把志勇同志请了来，共同研究这个问题。原来，他们分队，也在研究运送炸药的办法，并且，正巧和我们分队想到一门上去了……"

"怎么样？"

"不行！"

"咋不行？"

"棉被用水泡透以后，机枪能打透！"

"你们试验过？"

"试验过。"志勇说，"我们找出的原因是，因为机枪可以打连发……"

永生听到这里，迈开沉重的步子，在屋中慢慢地走动起来。他一面踱步，一面抽烟，完全陷入沉思中。过了一霎儿，他像突然想到了什么，猛地留住那沉甸甸的步子，掉过脸来询问志勇和锁柱：

"你们搞试验，借用的谁家的棉被？……噢！记住：因为上边打上一些枪眼儿，要包赔人家的损失！"

"对！这是个群众纪律问题！"

"不光是个群众纪律问题，还是个群众观念问题！"永生稍一停顿，带着浓厚的阶级感情又说，"要知道，一床被子，哪怕是一床很破很破的被子，也是穷苦人的半拉家当啊！他们没有这床破被子往前靠啥过冬？……"

志勇和锁柱动情地点着头。

梁永生反剪起双手，继续在屋里踱步。

这时，梁永生的焦急心情，就像有传染性似的，闹得屋里的所有人都锁起眉头。

人们都自觉地、主动地在和自己的领导人一起思考问题。

屋里寂静得很。

又过了一阵，黄二愣突然扔出这么一句：

"咱要是有个大炮就好了！"

锁柱带着批评的语气接言道：

"废话！甭说有大炮，就是有个掷弹筒，也不至于这么难治呀！"

永生听了，觉着二愣和锁柱的语气里，都有点儿丧气的味道，又见屋里的气氛也有点低沉，便转身凑过来，笑盈盈地问：

"二愣，你说咱没大炮？"

没等二愣说啥，永生随后又道：

"大炮嘛！咱并不少哇！"

"咱有大炮？"

"当然有喽！"

"在哪里？"

永生扯起二愣的手，指指他手掌上那成串的血泡，笑哈哈地说：

"你看！这泡（炮）还小吗？"

人们都笑了。

人们一笑，永生却又收起他的笑脸，严肃认真地说：

"同志们，我们所有的指战员，谁的手上没有血泡？没有这样的同志吧？这血泡是怎么来的？不是在帮助群众干活时磨出来的吗？不是在抢修工事时磨出来的吗？"

"是！"

"同志们！咱们可不要轻看这些血泡呀！"梁永生进一步加重了语气，"要知道，这手上的血泡，和那用钢铁制成的大炮相比，威力不知要大着多少倍哩！"

猛然醒悟的人们，全敬服地点着头。

这时，梁永生忽然发现，在黄二愣那鼓鼓囊囊的衣兜里，露出两片嫩绿的菜叶儿。这一发现，使梁永生的心里猛地一翻。

这是为什么？

梁永生几乎是靠吃野菜长大的。当然他一眼就能看出来——二愣衣兜里装的，是一种可以生吃的野菜。这野菜，使永生立刻想起一些战士的反映：黄二愣觉着自己的饭量大，又想到目下群众的生活十分苦，有时群众送来好一些的饭食，他总是舍不得吃饱，过后，再偷偷地去生吃野菜。

永生想起这些，不由心中暗道：

"我党有这样的党员，我军有这样的战士，还愁抗战不能胜利？还怕革命不能成功？……"

随后，他将屋里的人们召集一起，向大家讲述了这样一个故事——

在我们八路军的主力部队里，有一位战士，是个侦察兵。有一天，他在完成一项任务时，由于叛徒告密，被敌人围困在荒洼中的破庙里。这位同志，凭着一颗对党对人民的赤胆忠心，和上百号鬼子、伪军战斗了两天一夜，并使敌人遭到了重大伤亡。最后，敌人冲进去时，他拉响了最后一颗手榴弹，和五六个鬼子兵同归于尽了……

只有一名八路，为什么竟能有这么大的战斗威力？这是所有的敌人都不能理解的。一个鬼子头子说：

"我倒要看看这个八路的肚子里有什么特殊的东西！"

后来，当这个刽子手发现我们的烈士的肚子里装满野菜时，却吓得浑身颤抖起来，瞪着一双迷惘的眼睛愕然叫道：

"野菜？野菜？野菜能有这么大的威力？！"

这也难怪！一个鬼子头子，他怎么能够理解野菜比肉面威力更大的道理？

永生说到这里，人们都在为有这样忠勇的同志而高兴，而自豪，并对那位烈士的英雄气概肃然起敬。与此同时，还有一股对敌人的仇恨心，和因失去一位并不认识的战友而产生的悲愤拧在一起，聚会成一团熊熊烈火，在每个人的胸膛里燃烧起来。

黄二愣汪着眼花说：

"我一定向那位烈士学习！"

锁柱和志勇，都攥得拳头嘎嘎直响，同声道：

"坚决给烈士报仇！"

人们正谈着，那位一直在瞭望孔上监视敌人的小机灵凑过来，向永生说：

"梁队长！石黑向我们喊话哩——"

"他喊啥？"

"你听——"

人们静下来。

瞭望孔里传进石黑的大嗓喊叫声：

"我是石黑！请梁队长阁下出来讲话！"

梁永生听了，站起身来，朝瞭望孔处走过去。

志勇、锁柱、二愣、小机灵等人，紧紧跟在他的身后。

在这当儿，石黑那边又是一遍：

"我是石黑！请梁队长阁下出来讲话！"

石黑那只老狐狸，又要耍什么鬼把戏？梁永生心里这么想着，正要到瞭望孔处去答话，叫个黄二愣一把给拽住了。

二愣关切地说：

"队长，你别去！"

"咋？"

"是不是石黑那个孬种要耍什么花招儿害你呀？"

"不怕他！"

"不行！我先看看！"

二愣说罢，用他那粗大的身子硬把梁永生挡在后边，他自己凑到瞭望孔上朝外张望起来。他望了一阵儿，没发现什么可疑的迹象，就放开了他那大嗓门儿，朝据点上喊开了：

"石黑听着！我们的梁队长就在这里，你有啥话就说吧！"

石黑紧接着二愣的话尾又开了腔：

"梁先生！我们谈判谈判好不好？"

梁永生答话了：

"又要谈判吗？可以！但还是有个条件——"

石黑赶忙说：

"好的好的！可以商量……"

梁永生又说：

"我们的条件很简单——就是你们先缴枪！"

石黑一怔，又奸笑了两声：

"梁先生！你太激动了吧？一方先缴枪，还谈判什么？我建议：贵我双方，还是先无条件地谈谈。梁先生！你看好吗？"

梁永生干掰截脆地说：

"你们不缴枪，没有'谈判'可言！"

石黑又说：

"梁永生先生！你应当明智一些：尽管你们人多势众，尽管你们已兵临城下，可是，你要知道，我们的官兵训练有素，我们的武器装备优良，而且，我们还有充足的弹药储备，兼有坚固的防御工事，我们是完全可以坚守几个月的，你们是攻不进来的！……"

梁永生说：

"只要你们不放下侵略的武器，我们就决不停止反侵略的战斗！不管你们能顽抗多久，我们是决心奉陪到底的！石黑！你自己倒是应当'明智'一些：你们的彻底失败是已经注定了的！不论你们要什么鬼把戏进行垂死挣扎，也决逃脱不了被消灭的命运！"

怒不可遏的黄二愣插言接舌道：

"石黑！你这个老小子甭撑洋劲，我们要把你这些强盗们饿成肉干儿！"

石黑假装镇静，冷笑两声，又说：

"梁先生！我奉劝你们，还是不要这么强硬！再这么对峙下去，你们中国的老百姓，是要吃苦头的！比如说，镇上的老百姓到井上去打水，我们是完全可以用机枪扫射的！这柴胡店镇上的民房，我们还能把它变成一片火海……"

石黑变换成另一种口气又说：

"可是，我们并没这样做。而且，我们还主动提出了'谈判'。你们应当明白，这完全是善意的，是从人道主义出发的！"

梁永生说：

"石黑！你们侵略者什么残暴的事情都能干出来，这一点，我们早就知道！可是，对你们那一套，我们中国人民从来没有怕过，这一点，你也是完全知道的！石黑！你们侵略中国，七年多来，好话说尽，坏事做绝，但是，并没骗了中国人民，更没吓倒中国人民！……"

石黑插嘴道：

"梁先生！咱不要提已经过去的那些事了，还是来谈一谈眼前的现实问题吧——"

"眼前的现实是，你们的出路只有一条——"

"哦！哪一条？"

"投降！"

"梁先生！我还是奉劝阁下——不要太自信，也不要太激动嘛！"石黑单刀直入地说，"现在，我们提出十四条建议，供你们考虑——"

梁永生没答腔。

石黑停顿一下，又自己独白下去：

"第一，我们的问题，可以和平解决，也应当和平解决；第二，你们退出柴胡店，我们保证不出柴胡店；第三，我们能够同意在你们方便的任何时间，在贵我双方都安全的地点，举行正式谈判；第四，如果贵方认为我们是侵略者，不喜欢用'谈判'这个字眼儿的话，也可以进行不拘形式的讨论，或者，用贵方所能接受的一个无论什么字眼儿……"

"我们所能接受的，只有一个字眼儿——受降！"

石黑又冷笑道：

"先生，不要说玩笑话了！还是让我把建议讲完，你们再作个全盘考虑，好不好？"

没人理他。

他厚着脸皮继续独白：

"第五，你们提出的各种条件，也都可以作为谈判或讨论的基础；第六，我们并不想久驻柴胡店，经过谈判之后，我们可以把武器交给你们，但你们要保证我们的人员安全撤走……"

石黑正伧腔野调地嚷叫着，突然一名战士来到梁永生的身边：

"报告队长！我奉赵生水同志之命，前来向你报告！"

永生扭头一望，只见气吁吁的庞三华正站在他的身后。庞三华，是永生在几个钟头之前，才将他派到由县城到柴胡店之间那个打阻击的阵地上去的。现在他奉赵生水同志之命前来报告，这显然是有什么新的情况！于是，永生离开瞭望孔，拍一下三华的肩膀说：

"来，这边谈。"

永生领着三华到另一个屋角上去了。石黑在据点上还继续嚷着：

"我再说一遍：我们并不想在柴胡店久驻了！经过谈判，我们可以把武器交给你们。不过，你们要保证我们的人员安全撤走！这是第六条。"

在石黑看来，大概是以为这一条对八路军有吸引力，因而他又重复了一遍。事实上，他这一条，也确乎在战士们中引起了许多不同的看法。

田宝宝先说：

"叫我看，他这一条倒可以应下！"

炮筒子哼了一声道：

"他要真这么办，咱倒是省点劲！"

"他不会真这么办的！"锁柱说，"这是又一套鬼把戏！咱可不能上当……"

炮筒子不服这笼统的说法，他质问锁柱：

"啥鬼把戏？咱会上什么当？你总得说出个么二三来呀！"

能言善辩的锁柱，还没来及答话，志勇接言道：

"叫我说，这是缓兵之计！……"

战士们在这边议论，永生和三华在那边谈着：

"县城里的敌人，已派出部队来增援柴胡店了！"

"目前他们已到达什么地方？"

"我离开阵地时，他们已到边临镇！"

"情况怎么样？"

"情况很紧张！我们这班人，和别区的兄弟部队，还有当地的一些民兵同志，并肩战斗，堵住了敌人前进的道路！"三华说，"不过，敌人兵多枪好，给我们的压力很大！……"

梁永生皱一下眉头。

庞三华又接着说下去：

"兄弟部队和当地的民兵同志，大家一致表示：不惜一切代价，坚决拦住驰援柴胡店的敌人！他们还让我给梁队长捎信来，请你放心！……"

"赵生水同志是怎么说的？"

"赵生水同志的看法是：我们一定能够阻住敌人，但咱这边的攻城部队如能尽早将柴胡店的残敌消灭，那将会大大减少协助我们打阻击的兄弟部队和民兵同志的伤亡！"三华说："生水同志派我来，除要我向你报告阻击阵地的战况外，还特地嘱咐我，要我把他的看法报告给队长！"

庞三华滔滔地说着，石黑的喊叫声还在阵阵传来：

"……以上是第八条。第九条，我们深知贵军医药缺乏，你们的伤员正在受着痛苦！如果你们同意的话，我们从人道主义出发，可以协助你们医疗伤员……"

二愣越听越生气。后来他实在憋不住了，就伸开高嗓门儿大声嚷道：

"石黑！少来这些闲言淡语吧！要'谈判'，先缴枪！"

小胖子接着说：

"石黑！告诉你：你们不缴枪，我们就困你个油尽捻子干，叫你的饭锅闲起来当钢盔戴！"

石黑又嚷道：

"你们太没有自知之明了！你们没有重武器，是攻不开我们的据点的！你们还应当明白：我们的粮食、弹药，都有大量储备！更重要的，你们不要忘了：我们的武器和装备是精良的……"

"迷信武器的蠢猪！"

梁永生冲着据点的方向骂了一句，又扭过头来问三华道：

"那边的战况怎么样？"

"从黎明到我来时，已经进行了三次肉搏战了！"三华说，"可是，从五更到现在，那些蠢猪们，只向前爬进了里把路儿！……"

梁永生听了三华的汇报，心里又激动，又焦急，身子在微微地颤动着，久久地没有吭声。

屋里，静得好像没人一样。

只有石黑的喊叫声，还在陆续传来。他说：

"梁先生！你是个精明人，仔细考虑考虑吧！还是明智一些好，不要太自信！你的应当知道，我们还是有力量的！如果咱们通过谈判解决问题，将形势缓和下来，对贵我双方，对黎民百姓，对那些趴在战壕里的士兵们，都是大大的有好处的！……"

这时的梁永生，再没理睬石黑这些淡话。

他含着小烟袋，抽着烟，倒背起手，在屋中慢慢腾腾地走动着，久久地沉思着。

时间在飞逝。

人们在着急。

那位前来报信的庞三华，见梁队长已深深地陷入沉思中，呆愣愣地站在一旁等着，不肯多嘴，生怕打扰了队长的思路。可是，他凝视着永生出了一阵神，又出了一阵神，见永生仍然不理会他，只好上前说道：

"梁队长，我可以回去了吗？"

三华一问，梁永生从沉思中醒过来。他，仿佛这时才突然意识到——那位前来送信的小三华，直到这时还等在他的身边！他问三华道：

"三华，对咱这次强攻柴胡店的歼灭战，你有些什么好主意呀？说说看！"

小三华在参军之前，可以说是一片玩心。入伍后，日子虽还不多，但很快地有了一个明显的进步，就是在思想上有了责任感。不过，他这种正在成长中的责任感，在目前阶段还是有它的局限性的。也就是说，对他自己所担负的任务，总是千方百计去完成；可是，除此而外，他就很少主动去想一想了。特别是像这一仗该怎么打这类的重大问题，除非是就着会议场合跟大伙儿一起谈谈看法而外，并没有把它一直装在心里，经常不断地认真想一想。当然，他更没预料到，在这么大的重要问题上，梁队长竟会向他这个年龄最小的新兵求策问计。因为这个，永生现在一问，他茫然无措了！愣沉了一阵，这才有些不好意思地说：

"我一个小孩子价，哪懂得这么大的事呀！"

这里，庞三华口中的"小孩子"，其含意显然是年轻人。年轻人就不懂大事？不！年轻人能懂大事，而且也能办大事！也就是说，懂不懂大事，能不能办大事，不是由年龄来决定的。

这是梁永生的看法。

他基于这样的看法，所以不仅一向注意对青年人的培养，还一向重视青年人的长处。特别是自从县委书记跟他谈话以后，他对青年人的估价更全面了，更准确了，更高了。就在前几天，他还曾以个人名义，给县委写了个报告，建议县委提拔王锁柱当大刀队队长，他自己继续担任大刀队的指导员。在那个报告中，他写上了这样几句话：

"……为了党的革命事业的长远利益，我认为应当把像王锁柱这样的青年人提拔到领导岗位上来。那种'岁数还不到，办事不牢靠'的论调，我以为是错误的。衡量一个人的能力大小，不能用年龄作为尺度……"

由此可见，梁永生显然不会同意三华的说法。不过，他面对着小三华，并没将他那些已成定念的理论搬出来，而是先笑眯眯地拍一下三华的膀头儿，然后轻摸着自己下颏上的胡楂子说：

"三华啊，你看，这后生的胡子，比那先生的眼眉还要长！是不？"

永生这么一说，人们才注意到，由于近来战况紧张，梁永生已好些日子没顾上刮脸，现在胡子确乎是不算短了。特别是小三华，他这时望望永生的胡楂子，又望望永生的眼眉，心里好像忽地懂得一个什么道理。他懂得了一个什么道理？又觉着一口说不出来。在这个节骨眼上，永生又说话了：

"三华啊，年纪轻，不一定见识短！年纪轻，更不一定责任心差！三华呀，革命这件大事，是咱们大家伙儿的事；这个'大家伙儿'，包括每一个革命者，不论其年龄大小都算数儿，显然其中既有我也有你了！你说是不？"

"是！"

"就你我二人来说，你比我更重要——因为你的年纪比我轻！"永生说，"我们所从事的革命事业，正在向前发展，而且将永远发展下去，所以说这不是一代革命者可以完成的革命事业！是这么个理儿不？如果你同意我的这种看法，就应当想想——革命能不能成功，更大的希望应当寄托在哪些人身上呢？……"

按永生的意愿，他本是还要继续说下去。可是，目前的客观现实情况，不允许他完全按照这种意愿行事。于是，他说到这里转了话题：

"三华，你有什么话要说不？"

"没有！"

"那么，你该走了——"

"是！"

三华刚要转身，永生又喊住他：

"三华！你回去后，要代表我，代表咱大刀队上的全体同志和参战的全体民兵、群众，向兄弟区的同志们表示感谢——感谢他们对我们的全力支援！"

"是！"

"另外，还要告诉那些打阻击的战友：我们这边一定千方百计克服困难，力争尽快、尽早地将柴胡店的残敌收拾掉！……"

永生话毕。

三华走了。

他走在路上，一面飞步疾行，一面心中在想："过去，我对全局想得太少了！今后，一定要注意这件事……"这时的小三华，心忙腿更忙，边想边走，远去了！

梁永生送走三华以后，又踱着步子沉思起来。

屋里又是一阵寂静。过了一阵，也不知永生想了些什么，只见他将二愣叫到近前，吩咐道：

"你去三分队，传达我的命令，要他们立即出发，跑步前进，到阻击阵地去，和兄弟部队并肩作战！"

"是！"

"别走！还有，在他们和兄弟部队并肩作战中，一定要听从兄弟部队的统一部署和指挥！"

黄二愣也走了。

这一阵，梁志勇一直在思考攻打据点的办法。待二愣走后，他立刻凑到永生近前，向爹建议道：

"我想了个法儿——"

"啥？"

"咱们是不是化装成敌人的援兵，叫开据点的大门，进去后，来个内外夹击……"

志勇没说完，永生摇头道：

"这法子，好倒好。可是，就在前几天，枣林区的同志们已经用过了。这就像诸葛亮的空城计只能用一回一样。他们第一次用，确乎成功了。可我们再二次用，怕是要失败！"

"枣林区用过，柴胡店的敌人会知道？"

"石黑知道不知道，咱还搞不清。在搞不清的情况下，就得先按他已经知道来行事……"

"对！要是石黑知道了，这法儿就不灵了！"

"不！"

"咋？"

"不仅是不灵了——"永生说，"还要往更坏处想一下儿！敌人来个'将计就计'怎么办？那，我们不就吃亏了？"

志勇觉着有理，点点头，又皱起眉来。

过了一阵。

梁永生将志勇、锁柱叫到近前，向他们说：

"这是一次攻坚战。我们呐，打游击战打惯了，干这手活儿，还没什么经验。越是没有经验，越要大胆试验。大胆的试验，是成功的一半。俗话说，失败是成功之母嘛！方才，你们研究的那个运送炸药的问题，我认为路子是对头的，只是具体方法还行不通！"

他向志勇、锁柱瞟了一眼，又说：

"我看，这样吧——你们去各个阵地，动员那些所有参加战斗的战士和民兵们，让大家一齐开动脑筋，来个群策群力……"

他俩要走时，永生又补充说：

"星多夜空亮，人多智慧广。还要想法开个村干部会，把柴胡店附近各村的群众也发动起来，请他们也参加我们这个想办法的'战役'！"

志勇和锁柱走后，永生又向炮筒子一招手说：

"来呀！攻打据点了，还得用用你这个'大炮'啊！"

"队长，你怎么无论在啥节骨眼儿，总是忘不了逗闷子？"炮筒子来到永生近前又说，"队长，叫我说，你趁早甭找这号麻烦！"

"麻烦？"

"可不是呗！"

"是啥？"

"你找我就是自找麻烦！"炮筒子见永生还不理解他的意思，又说，"你不是找我帮助想想办法吗？队长，刮风下雨你知不道，我这个脑袋瓜儿你还知不道？研究办法找上我，那还不是白搭一盘菜？"

"嘻！你真是主观！"

"咋？"

"我要派你到县委去一趟——"

"去干啥？"

"去取爆炸管儿。"

"哦！原来是这么回事儿呀，那你算找着了！"炮筒子说，"要论这宗差事，派我去是老生戴胡子——正扮！"

"就是道儿远……"

"腿长不怕它道远！"炮筒子一拍大腿说，"要动这个，不是吹，咱是拿手的压轴儿戏哟！"

梁永生笑了：

"老炮啊，你知道，县委已主动派人给我们送了炸药来了，并在信中问我们：是不是需要爆炸管儿。我想，根据目前战斗的进展情况，甭管人们讨论出什么办法，大概总是离不开爆炸管儿的！因此，你要把步叉子迈大点儿，快去快来！"

"瞧好儿吧！"

"县委的负责同志问到这里的战斗情况，你就知道什么说什么，知道多少说多少，你怎么想的、怎么看的就怎么说。听了不？啊？"

炮筒子扣扣头皮说：

"哟！再加上这么个重载货……"

"拉不动？"

"队长，你最好是写个信，我带着……"

"你需要马上出发，写信来不及了！当然，向县委要爆炸管儿的信，还是要写的。不过，要在信上汇报战况，时间不允许！"永生说，"你走了以后，我再抓紧时间向县委写报告。"

永生说着，从衣袋里掏出钢笔和纸，垫在膝盖上，唰唰地写起信来。只见他，想一阵，写一阵，写一阵，想一阵，笔尖时而在字句的末尾停顿一下，时而又在纸面上飞舞起来。信写完后，永生又从头到尾一连看了两遍，而后熟练地折成三角儿，递给炮筒子，又郑重地嘱咐道：

"放好。可别丢了哇！"

"放心吧！"炮筒子一面往内衣袋里装着，一面说，"丢了这个，县委能给我爆炸管儿？要是白跑一个来回儿，不把时间误了？"

"你理解这一点很好！"永生转了话题说，"县委有什么指示，要带回来。"

"这个……"

"这个又准怵头！是不？"

炮筒子为难地笑着。

梁永生拍拍炮筒子的肩膀头儿：

"甭怵头！用你常用的老办法就行——"

"啥'老办法'？"

"这不才刚还跟我用一回吗？"永生学着炮筒子的神态、语调说，"'你最好是写个信，我带着'……"

"给写？"

"给写！"

"我不认识县委书记……"

"你不认识他，他可了解你。"

"你向他谈到过我？"

"我谈到过。他也经常问到你们。"梁永生说，"咱们的县委书记，对大刀队里的同志们，虽然不都认识，可他对大家十分关心，并且，他对每一个战士都了解得清清楚楚……"

梁永生打发炮筒子走了以后，又向在这个屋里坚守阵地的战士们安排一下，便出屋去了。

直到这时，石黑求和的喊叫，还在断断续续地响着。梁永生一边朝外走，一边心里说："石黑呀石黑！你想要个花招儿骗取喘息时间呀？见鬼去吧！我们是不会上当的！"

经过广大军民的热烈讨论，往敌人据点近前运送炸药的办法，终于想出来了——挖地道。

偏午时分。挖地道的工程开始了。

地道的洞口儿，就设在王锁柱这个小分队的指挥部里。坑道工程的总指挥，就是王锁柱。副总指挥，是杨大虎和沈万泉。

在工程开始的时候，队长梁永生，也特地赶到工地现场，并作了一番政治动员。

锁柱将参加挖坑道的青壮年们，分成了三支专业队伍——一支叫掘进队，负责挖土；一支叫滑车队，负责提土；一支叫运输队，负责运土。

工地上，刨的刨，掘的掘，镐镐锨锨起起落落，铿铿锵锵响成一片。参加挖坑道的人们，尽管头上、脸上的汗都流成河了，可是人人都干劲冲天，笑逐颜开。可也是啊，我们能不能迅速攻克石黑的据点，关键问题就是运送炸药的办法。现如今，办法想出来了，挖坑道也动工了，这就是说，攻克据点就在眼前了，石黑就要完蛋了，人们怎能不高兴呢？

可是，说来也真蹊跷！正当人们都乐不可遏的时候，梁永生却突然皱起了眉头！

这是咋的个事儿哩？

大家正纳闷儿，永生突然摆摆手说：

"住手！"

总指挥锁柱不理解队长的意思，他用手背抹一把前额上的汗水，惊奇地问道：

"队长，这是为啥？"

梁永生指指据点的方向：

"这儿离据点这么近，这镐锨的响声又这么大，你揣摸揣摸，敌人能不能听见？"

"听是能听见！"

"那怎么能行？"

二愣不以为然！插言道：

"管它哩！敌人听见又怎的？他反正不敢出来，怕他个屁！"

"不对！"

"为啥？"

"不论啥事儿，只要敌人有准备，就不易成功！"永生说，"就是在如今这种情况下，虽说我们占着优势，还是要做到出其不意才好！"

"这倒对！"锁柱把眉头一皱，"咋办哩？"

梁永生胸有成竹地说：

"办法嘛，还得向群众去要呗！"

锁柱点点头。随后，他将工地上的人们全组织起来，一场热烈的讨论又开始了。一个皮鞋匠，难出好鞋样；两个皮鞋匠，有事好商量；三个皮鞋匠，胜过诸葛亮。过了一阵。在汇报时，各个讨论小组提出了许多办法。

黄二愣首先发言。

"我参加的那一组，有人提议用打枪的办法，压下挖坑道的声音……"

锁柱摇头道：

"那得多少子弹？"

二愣不吭声了。

杨大虎也是一个组的代表。他是最后发言的：

"我们那个组的讨论结果，跟小胖子那个组的意见差不多——也是主张把锣呀，鼓呀，镲呀，全弄出来，来个猛敲猛砸……"

沈万泉点了点头。可紧接着他又提出了新的问题：

"这个办法，倒是能把挖坑道的响声压下。不过，咱无缘无故的敲锣打鼓，敌人会不会怀疑？他们一怀疑，也许能猜出个七成八脉的！……"

这一阵，梁永生一直在抽烟。他一面抽烟，一面听着人们的议论，一面沉思。当他听到这里时，头脑中忽地一闪，脸上立刻浮起一层笑意。

跟梁永生打了几十年交道的杨大虎，一见梁永生这种表情，脸上也立刻浮现出一层笑意。接着，他凑过去，戳了永生一把，满怀希望地问：

"永生，你想出什么名堂来啦？"

梁永生摇摇头：

"我啥名堂也没想出来！"

"那你乐啥？"

"我觉着你们想出的那个'名堂'不错！"

"我们的啥'名堂'？"

"敲锣打鼓嘛！"

"能行？老沈不说敌人会怀疑吗？"

"布个'迷魂阵'嘛！"梁永生说，"弄上点狮子、秧歌什么的闹腾闹腾……"

黄二愣一听乐了：

"对！也就着热闹热闹！"

永生朝二愣笑笑，没吱声。

王锁柱想了想说：

"行！那么一闹腾，敌人准以为咱们是在军民联欢庆祝胜利呢！"

志勇接言道：

"这是一！除此外，敌人也许认为咱们是在故意气他们哩！"

小胖子又补充说：

"还有三呐——石黑也可能猜疑是咱们用这种办法引他们出来！……"

"行啦行啦！"梁永生笑道："咱们别给人家石黑算卦了，就让他爱咋想就咋想去吧！"

人们都不作声了。

梁永生抽了口烟又说：

"锁柱，你们替人家敌人想得这么周到，可别忘了替咱自己想想呀！"

王锁柱说：

"我已经想好了！"

梁永生问：

"你想好了啥啦？"

王锁柱答道：

"咱得把据点的大门封锁住，以防敌人万一真的窜出来！"

"很好！"

永生将笑脸移向志勇：

"你负责这项任务！"

"是！"

这时，梁永生突然想起杨大虎在三十多年前闹元宵引狮子的事来，他又面向杨大虎意味深长地说：

"大虎哥，你卖卖老吧？"

"啥？"

"狮子一出动，你不得显显身手吗？"

杨大虎会意地笑了：

"这一套，你就都交给我吧！"

在杨大虎的张罗、组织和指挥之下，柴胡店四街和附近村庄的群众，搬出锣鼓，驾起狮子，扮上秧歌，还绑上高跷，扎上太平车，在墙遮壁挡的街道里，在机枪射程之外的广场上，又打又敲，又扭又唱，又嚷又闹，那股火爆劲儿就不用提了！

人们的兴头子比从前闹元宵还要大。

也不知是谁，还弄来一些鞭炮。

这种景象，梁永生多少年没有看到了哇！因此，它一下子把个梁永生带回到了少年时代的元宵夜晚……

鬼子据点里的大洋马，被这来自四面八方的锣鼓声，鞭炮声，惊吓得咴儿咴儿地叫唤起来。石黑也蒙了。他赶忙招来一伙喽啰，研究起这种新的情况来。

与此同时，我们的坑道工程，又动手了。

滑车哗啦哗啦地响着。两条一搿把粗的滑车绳，系着两只用桑条编成的大土筐；土筐上来，空筐下去，一筐接一筐的泥土提出坑道口来。

井口般的坑道口越来越深了。

在挖到一丈五尺深的时候，坑道便朝着据点的方向拐了弯儿，又平行着向前挖去。

过了一阵。

王锁柱脱了光脊梁，握着滑车绳站在坑道口上，压着声儿喝号子指挥着井上井下所有的人。正在这时，刚开过一个小会儿的梁永生凑过来。他拍一下王锁柱的光脊梁，半嗔半嘻地说：“锁柱，又玩命呀！”

锁柱嘿嘿地笑着：

“没关系！两手一忙活，浑身是火！”

梁永生说：“我不是怕你着凉！”

王锁柱说：“怕我累垮——是不是？”

梁永生说：“你明知，为啥‘故犯’？”

王锁柱说：“累不垮！心里一高兴，浑身是劲呀！”

梁永生插上手干了一阵，又到别的阵地上去了。他解下腰里的皮带提在手里，一边走一边抽打着身上的尘土。刚走出不远，望见魏基珂老汉拄着一根棍子走过来，永生赶紧迎上去，着急地说：

“大叔，你怎么来啦？”

“我骑小毛驴来的。”

“你不好好在家养伤，跑到这里来干啥？”

“你尤大哥回村去弄滑车，说是要挖坑道……”

“挖坑道，那是棒小伙子干的活儿，你老人家跑来干啥呀？”梁永生上前扶着魏大叔，又说，“大叔，你已经这大岁数了，虽说身板儿还好，可是年纪不饶人呀！再说，你这腿又受了伤！大叔啊，你别叫我着急了，还是赶紧回去吧！”

魏大叔说：

“永生啊，我来也干不了啥，去看看还不行？”

永生还是劝：

"大叔，这有个啥看头儿？回去吧！"

"永生，你可别忘了我是打井的把式呀！"魏大叔说，"我琢磨着，挖坑道这手活儿，八成跟打井是一个理儿。我来看看，兴许能给你们出个主意哩！"

永生听后，笑了。

因为他觉着魏大叔说得有理，没再拦他，只是关切地说：

"大叔，加点小心，可别碰着呀！"

魏大叔张开了他那牙齿不全的嘴，孩子似的笑着：

"永生啊，只管放心好了——忙你的去吧！"

他说着，朝挖坑道的工地走去。

梁永生笑望着魏大叔的背影，觉着这位老头子好像更年轻了。他站在那里愣沉了一阵，扎上腰里的皮带，又继续向前走去。

前边，有一伙妇女，正在说笑。

她们聚在一块儿，说笑得那么火爆，真比八台大戏还热闹。这里正打仗，这些妇女来干什么呢？原来，她们是来自各个村庄的妇救会组织的慰问团。这些人中，有村妇救会的干部，有子弟兵的家属，还有苦大仇深的老贫农。

杨翠花、秦玉兰、二愣娘、尤大嫂和小勇奶奶都来了。她们全是慰问团的成员。有的还是带队的领导人哩！梁永生特地赶过去，跟她们亲亲热热地说了一阵话儿，便向北边的阵地走去了。

他一边走，一边和路遇的战士、民兵打招呼，还跟因种种使命而来到前线的群众热情地握手，并关切地嘱咐他们：

"当心敌人的冷枪！啊？"

断黑时分。梁永生在走遍了据点四周的阵地之后，又回到挖坑道的阵地上来了。

坑道工地附近，有片大树林。

树林里，满是白杨绿柳。许多小鸟儿，正在林中歌唱着，喧闹着。林边有个池塘。晚霞的余晖，照着千层细浪，映出万片彩光。

当梁永生从这林边路过时，突然望见志勇和玉兰正在林中。只见，他俩肩并肩地走着，谈着，谈着，走着……

而今的秦玉兰，在梁志勇的面前，在经历了一个拘束阶段之后，又恢复了在兴安岭下那种少年时代的自然劲儿。你看，她现在像志勇注视她一样地注视着志勇，似笑非笑地说：

"放心吧！你嘱咐的这些，我全记住了！在今后的工作中，我一定再呛一把劲，积极创造条件，争取早日参加党的组织……"

志勇笑着，点点头。

玉兰浅浅一笑，胸脯起伏着，又说：

"你可得多帮助我呀！"

"过去，在这方面我注意不够！"梁志勇先检查了一句，又转过话题说，"现在，你已经给我做出样子了，今后，我得向你学习呀！……"

"向我学习？"

"是啊！方才，你不是主动帮助我了吗？"志勇又举例说，"你嘱咐我，在解放柴胡店的战斗中，要英勇杀敌，多立战功……这不是对我的关心和帮助吗？"

"那是俺作为一个慰问团成员的责任……"

梁永生又往前走了一阵，只见一条条的交通沟里，慰问团的同志们正在跟战士们、民兵们倾谈着。他们仨一伙俩一堆，谈得是那么亲切，就像一家人佳节团聚、围桌吃饭时的气氛一样。

一阵阵的笑声从交通沟里升扬起来。

一声声动人心弦的话语撞击着永生的耳鼓：

"大娘，瞧好吧，我们一定狠狠打击敌人！"

"大嫂，我们一定替你的丈夫报仇！"

"老奶奶，你只管放心，据点上那些鬼子，一个也让他跑不了！"

永生正然兴冲冲地且看、且听、且走，杨翠花从那边急匆匆地走过来。梁永生笑望着妻子问道：

"瞧你走得像刮旋风似的，有啥急事呀？"

翠花以问代答地说道：

"你见到志勇没有？"

"找他干啥？"

"我得嘱咐嘱咐他呀！"

"嘱咐啥？"

"嘱咐他勇敢杀敌立战功呗!"翠花说,"俺慰问团里有这么一项任务——鼓励鼓励自己的家属……"

"噢!那你就先鼓励鼓励我吧!"

"看你!不管啥时候,总是这么没要拉紧的!"翠花说,"俺没这闲工夫跟你逗闷子——快告诉我:你倒是见到志勇没有?"

永生朝树林子一甩头:

"你瞧!"

翠花向林中一望,远远看见志勇正和玉兰走着谈着。这时,她的脸上立刻泛起一层笑意。可是,她那朝向树林刚刚迈开的步子,又停住了……

在杨翠花迟疑不前的当儿,梁永生跨开步子又继续朝那坑道工地走去了。

当永生来到工地近前时,只见黄二愣和他的老娘正在一个墙角处站着。这时,二愣的脸上阴沉沉的,眼里含着泪水,牙齿咬得咯咯嘣嘣响……这是怎么回事儿呢?梁永生凑过去,一问,原来是这样:

在一个大雁南飞的季节,被白眼狼逼到关东去的二愣爹黄大海,怀着抗日救国的迫切心情回到关里来了。谁知,当他在奔向龙潭的途中经过柴胡店附近的时候,被鬼子们抓进了据点。

白眼狼当然认识黄大海。他向石黑说:

"这个黄大海,是八路的探子……"

因此,石黑对黄大海一再用刑,折磨得死去活来。在进行最后一次审讯的时候,黄大海站在石黑的审讯桌前,昂首挺胸,一声不响。蘸水的皮鞭连连落在黄大海的身上,黄大海脚不挪,身不闪,不低头,不闭眼。

后来,石黑假模假样地凑过来,拍着黄大海的肩膀皮笑肉不笑地说:

"你的有骨头,是好汉子!你只要……"

石黑话没说完,黄大海的巴掌落在石黑的脸上。

一个鬼子兵开枪了。

子弹从黄大海的胸膛上穿过。

黄大海一趔趄,又站住了。他的眼里闪射着怒火,朝石黑举起一把椅子……

石黑又是一枪。

二愣爹那两只暴起青筋的大手,渐渐地松开了……

黄大海身上带的那只手镯，落在石黑手里。

后来，石黑又把它送给了白眼狼的姨太太。

这些事，是一个从柴胡店开小差儿回来的伪军告诉二愣娘的。那个伪军是二愣娘她娘家村的人。方才，二愣娘将这件事告诉给她的儿子，现在永生一问，她又向永生叙述了一遍。

这个消息，使永生的心里升起了一团怒火。他听完以后，强压住自己的悲痛和气愤，劝慰哭得两眼通红、气得浑身发抖的二愣娘说："老嫂子啊，我们一定给黄大哥报仇！"

他说罢，转身走进第二分队的指挥部。

这时，坑道已朝据点的方向挖出了好几十米。

锁柱见永生走进来，他一边摘下帽子扇着风，一边向永生汇报说：

"队长，照这个进度，半夜前后就能完成！"

由于锣鼓的响声太大，锁柱这话尽管是凑在他的近前说的，可是梁永生还是没听清楚。于是，他把锁柱拉到一边，让锁柱又重说一遍，永生这才问道：

"测量过？"

"测量过！"

"好！我下去看看。"

他们回到坑道口，在永生要下坑道时，锁柱想陪他一同下去。永生不同意：

"指挥嘛！擅离岗位还行？"

他笑呵呵地说着，两手握住滑车绳。滑车一阵爆响，永生下了坑道。

坑道里，又窄，又矮，又黑。黑得两个人走个对面碰着鼻子尖儿也看不清彼此的面目。在里边挖坑道的人们，全都是弓着腰，曲着腿，摸着黑儿干活。

梁永生正往前走着走着，忽然跟迎着他走过来的一个人碰了头。那人带着火气嚷道：

"谁？不是贴着左边走吗？忘啦？净犯纪律！"

永生一听语音，忙说：

"大虎哥啊，我……"

杨大虎虽看不清对方的模样，可他已从语音中听出来了——被他斥责的这个人，原来不是哪一个负责运土的运输队员，而是他没有料想到的梁永生。于是，大虎吃惊地说：

"哦？永生啊！"

"是我。"

"你怎么跑到这里来啦？"

"你不是去舞狮子了吗，怎么也跑到这里来啦？"

两人都笑了。

这时，运土的人们从后头赶上来了。他们一边匆匆忙忙地走着，一边大声小气地嚷道：

"闪开！闪开！"

"谁这么不睁眼？这是个说闲话的地界儿吗？"

"有话出去说，别拦路！"

人们这些粗声粗气的话语，尽管都属于严厉的责备，可是，在梁永生听来，却从心眼儿里觉着舒坦。这是因为，这些责备的话语，反映出一种梁永生作为领导人所特别喜欢的心情。

于是，永生将身子紧紧地贴在左边，顺着黑咕隆咚的坑道，又朝前走下去。

坑道的尽头来到了。

这里，沈万泉正领着两个小伙子干到劲上。

梁永生和沈万泉打过招呼，硬夺过他手中的小镢镐干起来。他一边干一边说：

"老沈同志，力气出在年轻啊！你这个年纪儿，怎么也来干这个玩意儿？"

永生一干，那两小伙子干劲更足了。

沈万泉蹲在一边，趁这个机会装上一袋烟，一边吧嗒吧嗒地抽着，一边向永生说：

"我搂算着，再有四五个钟头，就能挖到敌人据点的壕沟……"

经沈万泉这么一说，梁永生蓦然想起一件事来——他禁不住地插言道：

"哎呀！还有个难题哩——"

"啥？"

"壕沟那么深，咱这坑道挖到那里，八成得露出来！"

永生一句话，提醒了沈万泉：

"哟！可说哩！"

他想了一想，又说：

"我估量着，凭咱这坑道的深度，挖到壕沟那里，就算露不出来，它上边的土层，也一定是很薄很薄的了！"

"那不得塌下来吗？"

"谁说不是哩！"

"那怎么办？"

一个小伙子从旁插了这么一句。

沈万泉只顾一口接一口地抽闷烟，没有答腔。因为这个新的难题，使这位负责指挥掘进的老头子，深深地沉思起来。

梁永生一边干着一边说：

"咱们动动脑筋吧！我想，办法总是能想出来的！活人还能叫尿憋死？"

他说罢，继续刨土，不再吭声。

负责挖土的其他人，也都围绕着梁永生提出的这个新难题思索起来。

这时，整个挖掘工地，再也没有人语，只剩下了吭噔吭噔的刨土声。

沉寂了片刻。

沈万泉开了腔：

"哎，你们说，这样行不行——"

人们迫不及待地问：

"怎么样？"

"从现在开始，逐步往下深，让坑道斜度前进！"沈万泉说，"这么一来，等坑道挖到据点壕沟那里，它上边的土层不就厚了吗？"

"好！"

"行！"

"就这么办！"

最后这一句，是永生说的。人们一致同意了老沈的意见后，稍有消沉的干劲儿，又高涨起来。

黎明时分。

梁永生正在指挥部里和几位战士谈话。

炮筒子从县委回来了。他将带回来的爆炸管儿递给梁永生，而后耸动着双眉汇报说：

"队长，县委完全同意咱们的做法。"

他说着，从衣袋里掏出一封信，又递给永生：

"这是县委书记方延彬同志写给你的信。"

永生接过信，伸开，聚精会神地看着。

在梁永生看信的当儿，炮筒子站在一旁喜气洋洋地说着：

"方书记对这里的情况问得可细啦！多亏你又派人送了个报告去……"

永生一边看信一边点头。

炮筒子还在继续说下去：

"方书记一再问我们还有什么困难，并说，有困难就提出来，县委一定千方百计大力支援……"

炮筒子的话没说完，永生已把信看完了。他又将信重新折叠起来，一面往衣袋里装着，一面问炮筒子道：

"县委还有什么指示吗？"

"方书记只说预祝我们胜利成功！"炮筒子说，"如果有什么指示的话，八成是让去送报告的梁志勇同志带给你。"

梁永生问："你来的时候，志勇已经赶到啦？"

炮筒子点点头："嗯喃。"

永生又问："他什么时候回来？"

炮筒子说："这个我就说不上了！方书记只是说，让我头前一步，他和志勇还有话说……"

在炮筒子说着的同时，梁永生轻摸着像个大爆仗似的爆炸管儿，头脑中思索着县委书记方延彬同志那封信上的话语，觉着心口窝儿里热滚滚的，脸上又流露出特别急迫而又特别兴奋的气色。接着，他向围在身边的几位战士吩咐道：

"你们分头到各个阵地去，把县委对我们的关怀，以及爆炸管儿已经拿来的喜讯，赶快告诉给所有的战士和民兵同志们！让大家高兴高兴……"

"是！"

那几位战士异口同声地应着，继而一跃而起，纷纷跑出屋去。

少顷。刚刚掩上的屋门又开了，一股热风扑进来。紧接着，只见有个黑影儿在门口一晃，杨大虎就像被风刮进来的一样，一步闯进屋子。

梁永生将爆炸管儿已经来到的事告诉给大虎。

大虎将爆炸管儿拿在手中，端详了一阵儿，他触景生情，想起了梁永生在少年时代的一个元宵夜晚，往火堆里扔爆仗炸狼羔子的事来，就笑乎乎地逗眼说：

"喔！这个爆仗可真大呀！"

永生先是一愣，接着很快领悟了大虎的意思。于是，他俩对视一下儿，都嘎嘎地笑起来。笑声落下，永生风趣地说：

"它准能迸石黑一身火星子！"

随后又是一阵笑。

就在这时，同样的笑声，也在据点四周的各个阵地上响着。因为，这爆炸管儿来到的喜讯，已经传遍了各个阵地。你想啊，战士们，民兵们，特别是那些正在挖坑道的同志们，谁能不兴奋，谁能不激动，谁能不高兴地笑上几声？

伴随着这笑声而出现的，是挖坑道的进度更快了，战壕里的战士们斗志更旺了！

次日拂晓。

坑道竣工了。

人们将爆炸管儿和炸药都放进去，又在导火线上拴好一根长长的绳子，并把绳头儿拉出了坑道口。梁永生亲自指挥着人们把这一切安排就了绪，他舒出一口大气，又问志勇和锁柱：

"周围群众的撤离工作都安排好了吧？"

锁柱首先说：

"早安排好啦！"

永生继而问：

"各个阵地上，冲锋准备工作怎么样了？"

志勇接言道：

"都已'万事齐备'！"

锁柱补充说：

"就'只欠东风'啦！"

梁永生当然明白：锁柱这个"只欠东风"，就是说光等着队长下命令了！

于是，永生点点头，说了声"好"，继而乓的一声，将手中那支匣枪的子弹登上了膛，又闪射着两条炯炯的目光将身边的同志们扫视了一眼，只见那一条条棒硬溜直的小伙子们，脸上都挂着一副随时准备冲锋的那种紧张而又喜悦的神色，眼里闪动着在进入战斗之前特有的那股兴奋的光彩。永生看罢，这才转向正然握绳待命的黄二愣，并将紧紧攥着的拳头提在胸前，又伴随着短促的命令声往下一击：

"拉！"

系着导火索的绳子拉动了。

梁永生又向屋里的人们一挥手臂，紧接着发布了第二道命令：

"撤离！"

人们迅速地而又是有秩序地走出屋来。

这时，据点上的机关枪，正在狂气地响着。

不一霎儿。轰隆隆！一声巨响，敌人那吐着长长火舌的机枪，一下子哑巴了！与此同时，人们刚刚离开的那座土地庙，也被这巨响震塌了！它变成了一座小土山！

这时节，人们仿佛觉着天在摇，地在颤，空气在急剧地波动。就连据点四面八方十里以内的人们，也都觉着就像在不很远的地方天塌下一块来似的，将偌大的个地球给震撼了！

在这一声巨响之后，柴胡店的上空升起一片火焰！

在这样的时刻，周围的村庄里，该有多少双笑眼眺望着柴胡店镇！我军的阵地上，又该有多少双眼睛，笑望着那被浓烟笼罩着的敌人据点呀！

敌人的据点怎么样了呢？它那高高的围墙，被炸开了一个很大很大的豁口。那个豁口足有两丈宽！

这个两丈宽的豁口呀，正是我军通向胜利的大门！

从围墙上塌下来的大土块子，大都溜进了壕沟，把那深深的壕沟几乎快填平了！这时，这个本来属于中国人民的柴胡店镇啊，在被敌人蹂躏了好几年之后，而今好像突然变成了一只怒吼的雄狮，正久久地颤动着，决心彻底抖掉它身上的耻辱，来喜迎自己的主人。

原先趴在围墙上的鬼子兵，如今全不见了！他们哪里去了？咱哪知道！咱只见，这时据点的天空，被硝烟、飞尘和鬼子的黑血染成了灰黄色！据点的地面上，滚滚的硝烟，团团的黄土，强烈的火药味儿，形成了好像一座山峦似的雾气。这宛如山峦般的尘埃烟雾，正在向四外扩散着，向高空升腾着，升腾着，一直升得顶上了天！

这时节，梁永生和他的战友们，笑望着被烟尘笼罩的鬼子据点，嗅着阵阵扑鼻的火药味儿，心头上，泛起一股异常兴奋、异常清新的感觉！

因为他们知道：正是这种火药味儿，炸开了残敌赖以顽抗的围墙；也正是这种火药味儿，为我们彻底消灭残敌，开辟了前进的道路！

眼下的梁永生，像每一次战斗开始时一样——他虎目圆睁，凝望着血肉横飞、影物迷离的鬼子据点，千仇万恨汇聚在心口上，浑身汹涌着一股海潮般的力量。

片刻，他将那雄伟的身躯往后一仰，朝那硝烟起处一挥手臂，用尽生平之力，宛如又一声爆炸似的发布了向敌人据点冲锋的命令：

"同志们！为人民立功的时候到了！冲锋啊！"

决不辜负党的信任，决不辜负祖国的期望，要争取一切机会，在那革命的红旗上，洒上几滴自己的鲜血——这是大刀队战士们的誓愿！对这样的战士来说，指挥员的命令，就是党的召唤，就是祖国的召唤，就是人民的召唤！

永生的吼声未落，冲锋的号声响起来了。

一位英武的小号兵，站在高高的屋脊上，挺着胸，昂着头，鼓着腮，用上了他的全身力气，嘀嘀嗒嗒地吹着军号。一块鲜艳的红绸布，从号柄上朝下垂着，正在号兵那起伏的胸前随风飘动。一阵嘹亮的号声，从那朝四外闪亮的号口里喷射出来，冲上九霄，像撕扯天空的电闪一般，划破了万里长空！

这冲锋的号声，仿佛正在重述着指挥员的命令；

这冲锋的号声，正在汇集着战士们的力量，正在鼓舞着战士们的勇气，正在凝聚着战士们的仇恨，正在点燃着战士们的怒火……

在这队长命令下、军号冲天起的时刻，无数的吼喊声，势如落地滚雷一般，一齐冲向敌人的据点：

"冲呀——！"

"杀呀——！"

在这"冲呀""杀呀"的喊声中，还夹杂着政治攻心的喊话：

"活捉石黑！"

"缴枪不杀！"

"八路军优待俘虏！"

"日本士兵们快投降吧！"

"……"

这异口同声的吼喊，愈扬愈高，愈响愈烈，势如千万头雄狮在齐声吼鸣，又如夏日的炸雷滚过长空！直震得天在抖，地在颤，房在撼，树在摇！它，比那尚未落尽的雷管儿爆炸声，不知还要大着多少倍！

这些正在吼喊的大刀队战士们，来自各村的民兵们，手中刀光闪闪，人人精神倍增！这是什么精神？这是准备用自己的鲜血去换取胜利的精神！是准备用自己的生命去报答祖国的精神！

冲锋开始了！

嗖嗖嗖！

嗖嗖嗖！

战士、民兵掺杂一起，或挥枪，或舞刀，宛如下山之虎，犹如离弦之箭，争先恐后，健步飞腾，一齐朝前扑上去！

前面，是爆炸引起的烈火；

前面，是大雾一般的硝烟！

除此而外，还有那被气浪冲上漫天云的砖头瓦片，而今正然像下雹子一样地向地面洒落着……

这些，所有这些，对在抗战烈火中熔炼成钢骨铁胆的勇士们来说，它又算得了什么？我们的战士，我们的民兵，对此全然不顾，只顾向前冲，向前冲，向前冲！

那些飞步跑在前头的人们，抢起一口口银光闪闪的大刀片儿，将一道道的铁丝网砍了个七零八落。继而纵身一跃，跳下那已被倒塌的围墙快垫平了的壕沟。像山洪暴发一样的人流，从被炸开的围墙豁口涌进敌人的据点！

说来也真怪！我们这些健儿们冲进据点后，据点里的鬼子兵就像全死净了一样——没谁抵抗！这是咋的一回事哩？只那一声爆炸，就将据点里的鬼子全炸死了吗？并非如此！原来是：那些如今还活着的鬼子兵，也全被这突如其来的剧烈爆炸声震蒙了！吓傻了！你瞧，有的鬼子兵被那强大的气浪掀倒后，手中的大盖儿枪摔出老远，四脚拉叉地仰面朝天躺在地上，一副苍白的脸，绝望地看着天，只会拍打眼皮儿，别的地方全不会动弹了！有的鬼子兵，被深深地埋在土里，外边只露着两只脚。还有的鬼子兵，虽然端着枪蹲在围墙上，可是他的身子简直成了一具僵尸，连一动也不会动了！

这些家伙们，就在这迷迷瞪瞪的状态中做了俘虏。

过了一会儿。

那些还没当俘虏的鬼子兵开始清醒了。

他们，有的像要癔症似的，在半昏迷中磕头碰脑地胡跑乱窜，歇斯底里地狼嗥鬼叫；有的则像酩酊大醉了，溜脚巴滚，跌跌撞撞，直到脑袋瓜子碰上枪子儿了，他这才吭噔一声扑身倒下去，趴在地上闹了个狗啃蜜，再也不动了；还有的正往草垛里钻，身子的前半截钻进去了，后半截还没钻进去，就被那闪着寒光的大刀给他分了家！

又过了一阵儿。

那些还没被活捉或杀死的鬼子，完全清醒过来了。

敌人越临近灭亡，就越加疯狂。现在，残敌开始了垂死挣扎，负隅顽抗。有一个鬼子兵，从窗口里嗖地蹿出来，端着刺刀直扑梁永生。这时，梁永生正在指挥着战士和民兵们跟敌人进行拼杀，当他发现那个扑过来的鬼子时，鬼子已经来到他的近前！

怎么办？

开枪射击吗？来不及了！

挥刀还手吗？也来不及了！

因为，鬼子的刺刀，已经来到他的胸口上！

这时节，手疾眼快的梁永生猛一闪身，那鬼子的刺刀从他的腋下穿过去；嘶啦一声，永生的衣裳被刺刀捅了个大口子！当那鬼子正要抽刀再刺的时候，他的脑瓜子，已被梁永生的大刀片儿削下来了！

嘿！好一个能征善战的梁永生啊！

你瞧他，一手挥刀，一手端枪，像只下山猛虎似的，又朝还在那边顽抗的敌人冲过去了！这时，他手中那口明晃晃的大刀片儿，在左闪右晃，在横砍立劈，直杀得那些外强中干的敌人，屁滚尿流，失魂落魄，吱吱哇哇地四处奔逃！

这当儿，时而有颗子弹擦着永生的头皮飞过去，时而又有颗手榴弹在他的身边爆炸开来！可是，我们的共产党员梁永生，他不是准备牺牲自己的一切才投入革命的吗？对这些情况，他自然是全然不顾的；他只顾向敌人冲杀，只顾向敌人射击！

一个敌人在他的刀口下倒下去了；

又一个敌人在他的枪口前跌翻在地……

一团团的飞尘，一层层的烟雾，忽而将永生吞没了，忽而又把他喷出来！

梁永生正在冲杀，突然从那边传来一阵吼喊声：

"打倒日本帝国主义！"

永生朝吼声传来的方向一望，只见那边有个日本鬼子正要放火烧监狱；被关在监狱里的阶级弟兄们，正在齐声怒吼！于是，他，腾！腾！腾！健步如飞冲上去。那鬼子，一见永生冲过来了，端起刺刀挺枪便刺。永生挥臂抢刀，将鬼子的刺刀开了出去！只听当啷一声脆响，那鬼子的刺刀断成两截！

鬼子掉头就跑！

永生向前一蹿，挥臂又是一刀；咔嚓一声，将那鬼子头上的钢盔砍成了两瓣儿！那鬼子，一个仰八叉倒栽下去！

永生回过身来，用上全身力气，高高举起那口银光闪闪的五寸宽刀——

咔！

咔！

咔！

朝着监狱的锁链连砍了三刀。伴随着嗖嗖飞溅的火星，锁链眼看就要被大刀砍断了！谁知，就在这时，一颗子弹从那边射过来。永生回手一枪，将那放枪的家伙打倒地上……

轰！

呀！不好了！

当梁永生刚刚踢开一颗正在冒烟的手榴弹之后，另一颗手榴弹在他的身边爆炸了！与此同时，那颗被他踢得飞起来的手榴弹，也在离他不远的上空发出了一声巨响！由于这两颗手榴弹的同时爆炸，永生的衣裳燃烧起来……

情况显然已经十分危急了！

在这十分危急的时刻，黄二愣箭步腾身赶过来。当他来到梁永生的面前时，梁永生依然是，一手举着刀，一手端着枪，昂首挺胸站在那里。只见，他那双深沉的眼睛，比平时更加明亮，亮得仿佛连钢铁也能看透；他那张因战斗热情的冲激而涨红起来的面孔，闪着照人的光彩！

他的身上腾着火光！

火光在他手中那口大刀面上跳跃，烟雾在大刀周围缭绕，一片激战的动人场景，清晰地映射在那口高高举起的明晃晃的大刀片上！

可是，满怀着激动心情的黄二愣，一连喊了好几声，这位巍巍屹立的梁永生，却没有答腔！

这是为什么？

哦！我们的英雄梁永生同志，已经失去知觉了！

就在这时，他那潜浮着一层胜利微笑的脸上，是严肃的，坦然的，平静的。仿佛是在经过了一场激烈战斗之后，目下正稍事休息片刻……

就在这时，我们的黄二愣，瞪着一双吃惊的大眼，盯望着自己的领导人、入党介绍人梁永生，心中肃然起敬，眼里滚下了泪珠！于是，他赶紧扑上去，一只手紧紧地拢住梁永生，一只手连忙扑打永生身上的火苗。

就在这时，一颗子弹从那边的窗户里射出来！这颗罪恶的子弹，打中了黄二愣的胸膛！

就在这时，那些被敌人关在监狱里的阶级弟兄，终于撞断了那条被梁永生砍过的锁链，一齐冲出监狱，围在梁永生和黄二愣的周围……

黄二愣用命令的口气向人们说道：

"你们抬着梁队长，马上撤出去！"

人们撤走了。

黄二愣瞪起一双目眦欲裂的火眼，放出两条气愤、仇恨交织在一起的视线，射向了那个射出子弹的窗口！

这一阵，黄二愣一直被一股仇恨的火焰和狂烈的感情缠裹着。方才敌人那一枪，打在他的身上，更使他怒气满胸，火冒三丈！

胶着激战中的时间是宝贵的。

目下，时间不容许二愣多想。只见他，上牙咬着下唇，腾身而起，朝着那座开枪的房子猛扑过去。他扑到那座房子的门口附近，一甩腕子，扔出一颗手榴弹。那颗像个铁流星似的手榴弹，尾巴上拖着一股白烟扎进屋里。

屋里的鬼子们，一见手榴弹钻时屋来，全吓悚了！他们哇哇地叫唤着，你拥我挤，趺趺撞撞，都在拼命地往外跑！

在这眨眼之际，有个闪光的念头像雷雨之夜的闪电一样掠过黄二愣那辽阔的脑海："决不能让这些凶煞神在我共产党员的眼皮子底下逃掉一个！"二愣在这样的念头指使下，一头扑上前，大喝一声：

"你们休想活着出去！"

黄二愣一边喊着，又一边用他那魁梧高大的身躯堵住了屋门口。这时候，屋里的鬼子们拼着命地往外挤，黄二愣就拼着命地往里挤。你说怪不怪？好几个鬼子兵，一齐朝外拥，劲头儿该是多么大呀，可是，竟没挤过我们这位负了伤的黄二愣——他们硬是被黄二愣给挡在屋里了！

屋里。

那颗突突冒烟的手榴弹，正在骨碌碌地打转转，眼看就要爆炸了！那手榴弹，距离黄二愣只有一米多远。黄二愣隔着敌人，双眼越过敌人的头顶，盯着这颗手榴弹，急得脖子上那一条条发着紫色的血管全暴起来了，他话在心里说："手榴弹呀手榴弹，你怎么还不快点响呢？"

死亡，对有些人来说，它是最可怕的东西。不过，它在真正的革命者面前，却失去了所有的威风！因为，一个革命者，他是时刻都在为革命而战斗，时刻都在准备着为革命而牺牲；他既然明白了为什么而生，为什么而死，自然就会不仅不感到死亡的可怕，反而会在危及生命的斗争中，骤然产生出无穷的智慧、勇气和力量，并能做到平素本来不可能做到的事情！特别是当他明确地意识到自己死得有价值的时候，他面对死亡时的心情，却比素常里更兴奋，更轻松，更从容！

这是每一个革命英雄所共有的特色！

你就看我们眼前的黄二愣吧！他现在一面暗暗地自语着，还一面暗暗地下了决心："我黄二愣宁可粉身碎骨，也要履行自己作为一名八路军战士的责任——决不让这些杀害中国人民的刽子手们逃掉一个！"

这样的决心，在鼓舞着二愣和那些拼命往外挤的鬼子进行着意志持久力的较量，并使他感觉着仿佛自己的身躯突然扩张起来，个子更高了，膀臂更宽了；他又仿佛觉着，自己的身子就是一座石山，就是一座碉堡，完全能够堵挡住一切敌人……

轰！

一片飞红的火光一闪，手榴弹终于响了！

伴随着手榴弹的爆炸声，火热的铁片满屋飞溅。鬼子们，死的死了，伤的伤了，噗哧哧，吭噔噔，全都倒下去了。

一顶钢盔，滴溜溜飞上屋顶，撞到梁上，又跌落地上，摔瘪了。

黄二愣挺立在屋门口上，望着这种场景，一股兴奋的心情油然而生，他的脸上笑成了一朵花。

不好了！

二愣笑着笑着，突然觉着眼前蓦地腾起一团黑雾，闹得他的两只眼睛啥也看不见了！就在这时，他觉着天在转，地在旋，头重脚轻，身子不由自主地摇晃起来。继而，他对自己失去了控制能力，浑身悠悠忽忽，就像正从一个很高很高的地方掉下来！

接着，他的身子摇摆了一阵，倒下去了！

原来是，二愣又一次受了重伤，伤势使他失去了知觉！

时间在血战中流过去；

时间在硝烟中飞逝着。

黄二愣从昏迷中醒过来了。

这时，战斗还在激烈地进行。

在如今这场胶着状态的激战中，尽管梁志勇已自动地取代了梁永生的队长职务在进行指挥，可是我们的战士们、民兵们，同时又都在自觉地"人自为战"。整个据点里，子弹横飞，刀光闪闪，杀声一片。你看那机枪手将皮带挂在肩膀上，端着机枪正向成堆的敌人猛扫！机枪手挂花了，另一位战士抢上去，接过机关枪又向敌人冲去。你瞧！那位同志倒下后，又挣扎着身子站起来，举着他的大刀，猛力朝前跑去追杀敌人了！

从昏迷中苏醒过来的黄二愣，强打精神睁眼一看，只见他自己的身上落满了灰尘瓦片，滚滚的浓烟已将他罩了起来。他透过烟雾朝那喊杀处一望，又见梁志勇正和石黑那个老杂种对阵拼杀。

小志勇，由于他面对着石黑这个杀人魔王，心中升起一团仇恨的火焰，使得他胆不怯，气不馁，一直采取攻势，朝石黑连劈数刀。但是，石黑这个小老子，刺枪的技术很熟练，这时虽被志勇的勇猛精神吓得有点紧张，可他还在拼命招架。

他俩大体上形成了僵持局面。

正在这个节骨眼儿上，又一个鬼子兵从那边扑过来。问题已十分明显，等那个鬼子冲到近前，敌我的力量对比就要发生变化！到那时，梁志勇将腹背受敌，处于一种非常不利的地位！

可是，我们的小志勇，在这一分钟内就有上百次牺牲的风险面前，早把那生死抛上了九霄。他面对着其力量正在增加的敌人，没有一丁点儿示弱的意思，并且冲杀得更加勇猛了。

就在这样的时刻，从那边的浓烟烈火中喷出一个人来！

他是谁？

他，就是那位两次负伤才刚刚从昏迷中苏醒过来的黄二愣。二愣抢着大刀飞跑着，赶来助战了！

这时的黄二愣，有一股仇恨的火焰正在他的心头升起，旺盛的生命力正在他的周身燃烧，使得他的神志特别清醒，使得他第一次感觉到自己有一股从来没有过的那种无穷无尽的力量，还使得他觉着眼前的小鬼子小得像蚍蜉一样渺小！

在革命战争中，人的自觉的意志力量，能使人干出事后连自己都感到惊讶的事来。那回龙潭巷战前，二愣砍死一个敌人以后，蹿过垣墙跑出村子，可是后来他又试着蹿了好几回，那垣墙并没增高可怎么也蹿不过去了。今天，黄二愣带着重伤，一个箭步奔了上去。石黑一见黄二愣冲上来，知道自己腹背受敌性命难保了！他正想说："我的投降！"可是，他这话还没等出口，黄二愣已抢起大刀砍在石黑的身上。二愣这一刀，叫那罪恶累累的刽子手石黑，像个死龟似的实朴朴地趴在血汪里……

此刻，历史正在向石黑庄严宣布：你这个双手沾满了中国人民鲜血的法西斯匪徒，还想逃脱审判吗？中国人民的法庭已开了七八年，现在这就是对你的最后的判决！

这一来，那个正在扑来的鬼子，立刻吓飞了真魂。他哇啦哇啦地叽歪着，掉过屁股就往回跑。

黄二愣望着石黑的尸体，他的脸上，再次闪现出胜利的幸福的微笑。这笑容，反映出他那因实现了自己的夙愿而感到无限喜悦的心境；这笑容，也标志着他那顽强的生命力，已发挥到最高限度！

但是，就在二愣的笑意愈泛愈浓的时候，他那魁梧的身躯，却不由自主地轻轻地向上飘开了！继而，又渐渐地向后仰去！

这时的梁志勇，本想去追赶那个正在逃窜的鬼子兵。他忽见黄二愣要栽倒，就腾身一跃来了个箭步蹿过来，一下子将二愣抱住了！

战友的友情，是生死一脉相流的，是人间的任何友情所不能比拟的。而今的梁志勇，在这战火硝烟的沙场上，怀抱着战友黄二愣，两眼汪着热泪，满腔希望地大声呼喊着：

"二愣！二愣！……"

黄二愣已经不能回答他了！

然而，二愣那颗还在跳动着的心，这时正在向他的战友梁志勇大声疾呼：

"志勇！不要管我！你快抢起大刀，向敌人的头上砍呀！"

也就在这时，梁志勇已明显地感觉出，黄二愣那沉重的身子，正从他那颤动的胳膊上，慢慢地往下溜着，慢慢地往下溜着……

当梁永生睁开眼睛时，发现自己躺在一张床上。又见，许多战友，许多民兵，许多乡亲们，都聚拢在床边围着他。

这是怎么回事呢？

他不知道。

他只知道口干舌燥，头昏脑涨，身上像是被绳子一道又一道地紧紧地绑着，每一个毛细孔里又仿佛都扎上了一根钢针！

过了一会儿。

梁永生觉着脑海里呼呼地闪了一阵，对眼前这陌生的场景，唰地明白过来了。

站在他身旁的人们，原先脸皮都绷得紧紧的，连呼吸都放轻了。现在，他们一见梁永生苏醒过来，那一张张挂着泪痕的脸上，不约而同地浮现出一层兴奋的笑纹。锁柱首先凑上来，激动地轻声地喊着：

"梁队长，梁队长！……"

梁永生当然知道这时战友们是啥样的心情，他为了使人们那根紧绷绷的心弦松弛下来，就振作起精神风趣地说道：

"哎呀！这一觉儿睡得好舒服呀！"

他这一逗，人们全笑起来。

笑声渐稀，有人又问：

"队长，你觉着怎么样？"

像这类问题，在永生看来是不需要回答的。因此，他啥也没说，只是瞪着两只大眼望着身旁的战友们。他只见，每个人的脸上，都被硝烟战火熏燎得花儿胡哨，有的还挂着血迹。他不由得心里一沉，带着几分急迫的语气问锁柱道：

"锁柱，战斗怎么样了？"

"胜利结束了！"

"石黑呐？"

"叫二愣劈了！"

"其余的鬼子……"

"全消灭了，无一漏网！"锁柱兴冲冲地说，"就连石黑的翻译官阙七荣那个大汉奸，也已俘获在案……"

梁永生听到这里，高兴地笑了。他接过锁柱递在他面前的水碗，喝了几口，稍一停，又问：

"我们的伤亡情况呢？"

永生一问这个，人们闷了宫。屋里，鸦雀无声。人们全都垂着头，轻轻地短促地呼吸着，谁也不肯作声。后来，还是锁柱打破了这个令人难以忍受的沉默，淌着热泪把我军的伤亡情况告诉给永生。这时永生的眼里，像下上了一层露水，潮乎乎湿漉漉的。当锁柱说到黄二愣身受重伤时，梁永生忽地坐起身，追问道：

"二愣的伤势怎么样？"

"很重！"

"他在哪里？"

"已派人抬着他和另外两位伤员去县大队医疗所了！"

锁柱的音韵里，充满了激愤和沉痛。他说罢，再也忍不住，回过头去，头顶着墙，哭开了。他虽然没哭出声来，可是直哭得一对膀头在一阵阵地抖动。

永生听说二愣和另外两位同志受了伤去医疗所了，心窝儿里像压上了一块千斤重的大石头，又像有谁从他的心尖儿上削去了血淋淋的一片肉。他再也待不住了，忽地下了床，匆匆忙忙朝外就走。

当然，在这样的时刻，如果不是那股在他的身上潜伏着的英雄气质撑持着他，如果没有那层在他的心头荡漾着的阶级深情地激励着他，他不要说会走路，恐怕连站也站不起来的。可是，目下的梁永生，他已经忘了一切，只知朝外冲！

人们问他要去干啥，他不吱声。锁柱见他脚下没有根儿，就想拉住他。谁知，一把没拉住，永生冲出屋去了。锁柱知道永生是要去追担架，便抹去脸上的泪珠，紧随其后赶上去。

梁永生在一股无比强烈的阶级感情支持下，在锁柱的细心照料下，经过一阵疾走，终于赶上了担架。在他们刚刚望见担架的影子时，锁柱喊了一声，想让担架站下等一等，为的是让永生少走几步。

可是，抬担架的人们，以及护送担架的志勇，全没听见锁柱的喊声。担架，继续朝前走着。锁柱正想提高嗓门儿再喊，永生把他制止住了。

永生为啥不让锁柱喊住担架？他虽没有讲明理由，可是锁柱心里明白——多少年来，梁永生这位领导人，对每一个战士的关心，胜过关心他自己。尤其是在一些紧要关头上，他总是将每一个战士装进自己的心窝儿，唯独把他自己的安危置之度外。你想啊，在眼时下这样的时刻，他恨不能想个办法让那担架一步赶到医疗所，岂肯忍心让担架停下来等他几步呢？说真的，这时永生的心情是：既希望担架快走，又希望马上见到二愣和另外那两位受了伤的同志。这两种愿望，显然是矛盾的。这个矛盾怎么解决？有办法。你看，他自从望见担架的背影以后，脚步不是明显地加快了吗？喔！他要飞起来了！

担架，终于被永生赶上了。

走在后边的两副担架上，抬着两位伤势较轻的战士。梁永生先看了看这两位同志，并询问了一下情况，然后又来到黄二愣的担架近前。

你说怪不怪？当梁永生不顾一切地拼命追赶担架的时候，他仿佛觉着心中有千言万语要跟二愣说。可是，现在他站在了担架的旁边，一看二愣的伤势很重，觉着心里猛地收缩一下儿，就像有个什么东西一下子把他的嗓子哽噎住了，闹得他只是用两只大眼直瞪瞪地、久久地望着黄二愣，啥也说不出来，仿佛他正在尽力地把二愣的面容深深地印在自己的脑子里。

多少个和二愣一齐度过的艰苦岁月？多少个和二愣一起冲杀的战斗场景？……这时在永生的脑海里一齐闪过去。因此，现在永生的外表虽然十分平静，可是他的心脏却跳动得又是格外剧烈。他的两眼，正在一阵阵发黑；他的鼻子，正在一阵阵发酸；他的脑袋，正在轰轰地胀大起来；他的双脚，仿佛正踩在棉花包上。你看，他的呼吸不是越来越急促了吗？他眼窝儿里那颗越来越大的泪珠儿，不是眼看着就要蹦出来了吗？

又过了一会儿，梁永生终于艰难地张开了口，声音沙哑地说道：

"二愣啊，到县医疗所里，好好养伤。过两天，我和同志们去看你们。"

二愣听到永生的语音，强力睁开眼睛，瞳孔里闪出一道生命力极其顽强的光波。当他看到站在他身边的领导人时，他那带血的脸上浮现出幸福的微笑。这时候，他的眼珠子一动不动，厚硕的嘴唇颤动着，显然，他正在用上最大的力气，极力忍受着剧烈的疼痛。过了一霎儿，他攒了攒劲断断续续地向他的入党介绍人、支部书记梁永生说：

"永生同志……放心吧……我不会死的……因为党和人民……正需要我……"

二愣说着说着，一阵难以忍受的疼痛，又突然爬上他的嘴边。他那额头上的汗粒子，一串串地滚下来。梁永生一边用毛巾给二愣擦着汗，一边焦急地想道："二愣伤太重了！怕是……"他想到这里，觉着就像有人正用刀子在他的心上一片片地往下剐肉，不敢再想下去，便嘱咐志勇道：

"一路上，要多加小心，处处留神，越快越好……"

他正说着，大刀队的一位战士飞步跑来。那战士先向永生打了个敬礼，然后将一封信递给他。永生一边拆信，一边顺口问道：

"哪来的？"

"县委的通讯员同志送来的。"

梁永生伸开信纸，一看，高兴地笑了。接着，他又向志勇说：

"真好！主力部队的随军医院，派出一个抢救小组，已经远路赶来了……"

"现在哪里？"

"现在正走在奔向宁安寨的路上。"永生说，"这不，县委通知我们，要我们把伤员赶快送往宁安寨……"

"那可太好了！"

"快走吧！"

"是！"

担架走开了。

梁永生木然不动地站在原地，将一双沉甸甸的目光投向远方，眺望着担架那越来越模糊的后影，久久地不肯离去。此刻，梁永生的心情，像那些经历过战争生活的人常有的心情一样，当战斗正在紧张进行的当儿，就是亲眼看见自己的战友倒下去了，他只有气，没有泪，只有愤怒，没有悲痛。可是，如今战斗已经结束了，而且是胜利结束的，他眺望着那个抬着黄二愣的即将消失的担架，大滴大滴的热泪却从梁永生的脸上滚了下来，滴落在他那被战火燎烧过的衣襟上。

担架拐过了前面的村庄，消逝在林荫深处，望不见影儿了！

梁永生，还在原地呆呆地站着，久久地站着。

只是，他那双失去目标的视线，又集中到一棵正散发着强大生命力的小松树上。不过，直到这时，黄二愣那副英武、倔强的面容，还在永生的眼前晃动着；直到这时，黄二愣向永生告别时的那句动人心弦的话语，也还清晰地回响在他的耳畔……

在梁永生久久深思、久久出神的当儿，忽而仿佛看到了黄二愣那双忽悠忽悠的大眼睛，忽而又仿佛听见了黄二愣那朗朗暴响的笑声。这一阵，锁柱一直站在梁永生的身边。过了一阵，有几位战士和民兵赶来了。锁柱打破了这长时间的沉默，提醒永生说：

"队长，你看，同志们来了！咱该回去了吧？"

"啊！"

永生从沉思中醒来，慢慢地转过身，拖着沉重的步子，迎着那些正在赶来的战友走回去。

大路两旁，是一片万紫千红的秋景。

一行行的枣树，果实累累，宛如千万颗红色的宝石；势如浩瀚大海的晚茬禾田，正在扬波滚浪，碧光闪闪；青菜畦里，黄花遍地，香气扑鼻；棉花地里，绒绒似毯，银白一片……

多么迷人的景色啊！

多么富饶的河山！

梁永生和他的战友们，越过一洼又一洼，穿过一村又一村，一直朝前走着。

村中的景象，比漫洼的自然景色更感人肺腑，更动人心弦！灿烂的朝阳，已将这村村庄庄都染成玫瑰色。绚丽的彩虹，辉映着巨大的墙标：

"热烈庆祝解放柴胡店！"

村村庄庄的老老少少，都正在为举行祝捷大会而忙碌着。有的正在搭舞台，准备演节目；有的正在化装，准备闹秧歌；也有的将柴胡店大捷的胜利消息编成快板，写在黑板报上：

> 人民救星毛主席，
> 领导人民来抗战；
> 打了胜仗千千万，
> 出了英雄万万千；
> 别的暂且咱不表，
> 先说解放柴胡店；
> 军民协力来作战，
> 抡起大刀铣河山！
> …………

还有的村庄，写出了这样的墙头诗：

> 太阳红，太阳亮，
> 太阳的光芒万万丈；
> 我们胸中的红太阳，
> 比天上的太阳还要亮；
> 天上的太阳暖皮肤，
> 我们的太阳暖心房；
> 太阳就是毛主席，
> 太阳就是共产党；
> 毛主席，共产党，
> 抗战救国指航向；
> 万里河山万里营，
> 亿万人民举刀枪；
> 刀铣河山河山美，
> 枪震宇宙宇宙亮！
> …………

梁永生边走边看，越看心潮越高，越看精神越旺。锁柱见梁队长的神色已经恢复过来，就一面走着一面问道：

"队长，主力部队随军医院的医疗小组，怎么来得这么及时？是不是县委给咱们联系的？"

永生点点头。锁柱又问：

"在县委刚才送来的这封信上，除了谈到医疗小组的问题以外，还有别的什么指示精神？"

梁永生说：

"县委还指示我们：要我们原地休整三天，然后全体指战员一齐赶到县委那里……"

"赶到县委那里？"

"对呀！"

"噢！我明白了——"

"你明白啥？"

"准是调我们去攻打县城！"

永生笑了。锁柱问：

"不对？"

"这回你又揣摸对了！"永生兴奋起来，"锁柱啊，我告诉你个好消息吧——在我们围攻柴胡店的同时，我们的主力部队不是在临县打了个大胜仗吗？在那次战斗结束之后，那支主力部队来了个连续作战，马上挥师渡河回到我县。现在已将县城团团围住。锁柱啊，我县的县城很快就要解放喽！"

人们听后，都心情振奋。有人问：

"这是县委的信上说的？"

永生答道：

"是的！"

锁柱感慨地说：

"哎呀！形势发展得可真快呀！"

梁永生点点头道：

"是啊！"

稍一沉，锁柱又问：

"这么说，县委调咱们大刀队到县委去，是不是让我们去配合主力部队攻打县城？"

"是的！"

"分配给我们的战斗任务是什么？"

"哎呀！县委信上没说，我又不会'揣摸'——"永生笑道，"你提的这个问题，我可答不上来呀！"

锁柱听后，也笑了。走了一阵儿，有人又问：

"梁队长，县委这封信上，除了刚才说过的这些事以外，还有别的什么新精神不？"

"还有——"

"还有啥？"

"……"

他们且谈且走远去了。

阳光普照的原野上，留下一溜浓密鲜明的脚印。瓦蓝瓦蓝的天空里，一阵又一阵地回响着他们那朗朗的笑声。

尾 声

"日本鬼子投降了！"

这个抗战胜利的喜讯，就像一阵扑面而来的春风，卷走了笼罩在人们心头上的阴云。这股春风，吹到了江南塞北，吹到了关东口西，吹到了全国各地。当然，也吹到了这弹坑累累的冀鲁平原。

冀鲁平原运河两岸的抗日军民，全都怀着兴奋的心情，噙着激动的泪水，带着一脸喜气，还有那一串串的欢笑，街谈巷议，奔走相告。村村庄庄，鼓乐齐鸣，红旗招展。各种字体的大字墙标，比比皆是，抬头可见：

"热烈庆祝抗战胜利！"

这几经战火洗礼的龙潭街，和临河区的其他村庄一样，连日来，一直是被庆祝抗战胜利的节日气氛笼罩着。这天晚上，这龙潭街比"七七"事变前的元宵灯节还要热闹！

自从天还不大黑，人们就把锣呀鼓的架到街上，叮叮叮呛呛呛地敲打起来了。那些准备扮演角色跑秧歌的人们，为了提前化装，全都早班早儿地吃了晚饭，跑到村北头的民兵队部——关帝庙里去了。

由于这次跑秧歌是庆祝抗战胜利，可能还因为多年没有这种热闹儿看的缘故，村中的男女老少，对这回跑秧歌兴致格外高。

昔日里，元宵节闹社火，跑秧歌，是街上拴绳挂灯笼。而今，风俗变了。

在秧歌队出场的时候，人们都燃起火把，举在手中。火把代替灯笼，据说有好几层意思——一是火把照明胜过灯笼；二是火把除了起照明的作用而外，还可为秧歌队助兴；三是这是庆胜利，不是闹元宵，从意义上讲，火把要比灯笼好！

真巧！这天晚上，大刀队正住在龙潭街上。

前一段时间，大刀队根据上级的命令一直在外地作战。因为，这县虽然解放了，可是，邻近的一些地区，有的城镇还没解放。如杨柳青，就是前两天才解放的。我们的大刀队，在外地配合主力部队打了许多胜仗以后，现在是奉命回到他们的老基地龙潭街一带来休整的。因此，今天晚上，有些大刀队的战士们，也参加了群众的秧歌队。

不光这，就连许多来这里慰问军队的外村人，也都化上装跑起秧歌来了！

这么一来，这支本来就不小的秧歌队，闹得大上加大，气氛空前火爆。

参加秧歌队的，有黄大海的老伴儿二愣娘，王长江的儿子小锁柱，房治国的儿子房春洪，庞安邦的儿子庞三华，唐峻岭的儿子唐铁牛，乔士英的孙子小机灵，汪岐山的孙子汪小洪，李月金的孙子李小春，梁宝成的孙子梁志勇，沈万泉的孙子小牛子，高荣芳的孙子小勇子……另外，还有以秦玉兰为首的一群姑娘，以魏基珂为首的一伙老将。

杨大虎自告奋勇担任了秧歌队的总指挥。

沈万泉被聘为秧歌队的顾问。

总之，这个秧歌队，男男女女，老老少少，不下上百号人。

秧歌队在一个大场院里打开了场子。

而今的秧歌队，和抗战前的秧歌队大不相同了——不再是什么高跷、龙灯、太平车……唱的曲子也不再是过去的老一套了。他们所表演的节目，不论是歌曲也罢，快板也罢，还是街头活报剧也罢，一律是新内容，新形式，而且大都是集体创作、自编自演的。

今天演出的节目，主要有：

活报剧：《黄二愣刀劈石黑》；

小演唱：《杨翠花活捉白眼狼》；

数来宝：《巧夺黄家镇》；

快板书：《夜战水泊洼》；

大联唱:《虎口拔牙》;

对唱:《茶馆训敌》;

独唱:《龙潭巷战》……

尾声

观众们，在广场的周遭儿围了个大圈儿。这些观众中，有穿着军装的八路军战士，有扎着皮带背着大枪的民兵，有龙潭街上的男女群众，还有来自各村的宾客。他们，军军民民，本村人外村人，掺杂一起，说着，笑着，听着，看着，都沉浸在抗战胜利的喜悦气氛中。

广场中央的秧歌队，尽情地演着，唱着。你看，那些青少年妇女们，腰里扎着一条红绸子，两只手抓着红绸子的两个头儿，脚步踩着锣鼓点儿，双臂一张一张的，活像一对大翅膀。那些小伙子们的腰里，都扎着一条宽皮带，头上罩着清一色的白毛巾，手里拿着呱嗒板子，边扭，边敲，边唱。

夜深了。冉冉升起的月亮，给大地罩上一层金色的面纱。

一九七一年十月至一九七四年十月
草于山东省宁津县时集公社郭杲大队
一九七五年三月至五月改定于北京